本書爲國家社科基金重大項目『全清詩歌總集文獻整理與研究』、廣西特聘專家團隊課題『清詩總集文獻整理與研究』階段性成果

百名家詩選

〔清〕魏憲 輯 方麗萍 丁潔瓊 點校

下

廣西師範大學出版社
GUANGXI NORMAL UNIVERSITY PRESS
·桂林·

卷六十　程啓朱

福清魏憲惟度　輯選

錢塘徐旭齡敬庵　含山李衷燦梅郚
茌平王日高北山　太倉毛師柱亦史　參

程啓朱 字念伊，黄岡人。

小引

魏子曰：余壬子客衛源，以其地多君子，可以收麗澤之益。詎蘇環中、王蓼航、李范林、冀渭公、侯康侯諸公迭爲唱酬外，殊寥寥也。時撫軍佟高岡、大參李素園、太守程念伊、司馬李梅郚皆擅詞林夙譽，以小子朝夕咨訪，不吝琰琬爲風雅先，而太守程公於癸丑黄花時復和我《八居韵》寄示。天涯知己，别後相思，感當以泣。因取篋中藏梓以問世，慨然於心曰：世之爲詩者必求其似。似唐、似晋、似魏、似漢，日取法乎上而終不越我之情。情者，詩之始也。無緣飾，無摹擬，率性而出，聲調不相睽。彼《木瓜》之吟、《采葛》之篇，適然於心口者亦烏乎似之？太守情人也。情之所鍾，動協律吕，天籟鳴而衆山響也。無緣飾而真，不摹擬而神，極精窮變，了達無礙，則情也而幾於道矣，太守則又學道人也，憶蘇門孫先生鍾元爲余道太守清凈寧一，於孔、孟心傳浩乎有得。今晋秩伊邇，倘得關、閩、濂、洛之鄉，振起宗風，爲絶學倡，恐不但以詩文彪炳中外已也。蘇門豈僅長嘯乎哉！

汴河新柳

隋朝舊植久湮淪，憲府栽培萬樹新。青眼纔開饒秀色，纖腰乍舞不勝春。曉風殘月聞嘶馬，宿雨成陰漸蔭人。誰識儲材需大用，築堤捲掃免勞民。

白松

高辛佚女葬山中，貞魄千年化白松。霜幹依然瓊樹質，雪膚猶作粉花容。素柯皎潔霓裳粲，翠鬣陰森偃蓋重。乍有長風飄練影，驚聞靈韵奏笙鏞。

賦得洛陽三月花如錦

自古繁華數洛陽，名園綺錯鬥芬芳。花光全借五絲色，淑氣微聞百合香。細草鋪茵西蜀錦，重英雜彩内家妝。東皇着意矜奇麗，分得天孫雲漢章。

銅雀臺

漢家宫闕遍蒿萊，魏武初營銅雀臺。聲妓一時傾國色，嘉賓七子掞天才。秖今陳迹空流水，自古雄圖付劫灰。不用傷時歌《薤露》，西陵松柏轉堪哀。

送春

九十春光倏已過，留連無計奈愁何。嬌鶯不語穿高柳，戲蝶含情立小荷。芳草叢生顔色減，繁花開遍落英多。韶華去我歸何處，送汝臨風一浩歌。

聞鶯

萬户初開天氣清，春風處處囀流鶯。綿蠻窗外寧無意，睍睆花間若有情。自哢自吟歌宛轉，乍來乍去影縱横。寂寥空館懷人客，最愛嚶鳴求友聲。

春日游杏花山〔一〕

閑來一味惜春光，著屐看山憶故鄉。開到杏花風漸暖，出齊芳草日初長。無錢那得常懸杖，有酒何妨數舉觴。滿眼芳菲須戀賞，儘教潦倒醉斜陽。

〔一〕『春日游杏花山』，聚錦堂本作『春日游杏山』。

平臺晚眺

梁園舊地盡蒿萊，陳迹虛存一古臺。枚馬文章懸白日，孝王宮館起黃埃。夕陽没處蒼烟合，暝色分時皓月來。千古銷沉皆若此，百年世事總堪哀。

菊潭

山光明秀水清甘，出澗沿溪注碧潭。芳菊緑崖渾綺錯，繁花覆谷若雲曇。泉滋津液增香味，飲致高年播美談。安得普天沾闓澤，遍開壽域縱幽探。

韓陵一片石

南北分王幾廢興，空餘片石立韓陵。千秋獨擅徐孝穆，一語兼傳温子昇。剥落篆文生碧蘚，蕪埋贔屭蔓青藤。奸雄霸業今何在？留得諛辭謬見稱。

棘津

太公昔未遇，咄此窮獨叟。室人加謫逐，屠釣或見讎。當其困棘津，不能爲身謀。栖栖無所容，踽踽西入周。罷釣爲王師，鷹揚展壯猷。一舉殪商辛，胙土封營丘。功業冠百世，异代罕與儔。棘津非愚失，渭濱豈智優。窮達信有時，困辱將誰尤。

淇澳

武公洵睿聖，耄期不倦勤。恂栗作抑戒，交儆望國人。爲治識政本，化民務修身。琢磨比珪璧，學術一何醇。衛風美有斐，德輝著千春。至今淇水澳，箓竹色長新。瞻仰致勿諼，睹物懷其仁。
覽古遺祠下，徘徊問水濱。土人謂淇水爲石河，遂誤指祠前思德河爲淇澳，故結句云云。

擊磬處

仲尼數適衛，眷懷情自深。雅志在東周，環轍豈無心。感慨寓擊磬，荷簣亦知音。神龍慕天飛，潛魚樂淵沉。飛沉各殊性，焉用相規箴。至今擊磬處，遺迹猶可尋。豐碑立道周，千載同所欽。

君子村

蘧子賢大夫，見稱於仲尼。崎嶇衰亂朝，能卷而懷之。孫甯爲無道，置君若奕棋。潔身出近關，皓白誰能緇。一心事四君，暗室忽忍欺。冥冥不墮行，南子且見知。靈公不進用，尸諫何能爲？平生敦克復，細行殆無遺。知非欲寡過，進修罔倦時。令德不可諼，世遠名益隨。泉水日潺湲，東流注清淇。山川無改色，朝市幾變移。當時螭與魅，磨滅知爲誰。烟草覆墟隴，憑吊有餘悲。獨存君子村，百世仰光儀。春秋崇報享，因墓立廟祠。民心豈私好，於此識秉彝。德輝照古今，使我繫深思。

望京樓

廢邸遺墟空此樓，蓬蒿塞徑少人游。蒼山盤薄仍南向，衛水瀠洄自北流。綉栱雕梁栖野鴿，朱扉碧瓦蝕蝸牛。登臨遥望思京國，風景凄凉滿目愁。

蘇門

爲愛蘇門勝，頻因按部游。名賢深仰止，古迹久彝猶。山外翠微合，亭前碧水流。何能遺塵累，於此狎群鷗。

百泉

宦情何處豁，愛此百門泉。皎潔涵虛氣，空明接遠天。烟開一鏡净，沫噴萬珠圓。晤對心閑曠，儵然謝俗緣。

清暉閣

駐蓋軒車集，開樽逸興長。清暉浮水際，佳氣接山光。滿目烟霞色，緣階花草香。塵纓羈紲久，吾欲濯滄浪。

嘯臺

策杖逾丹壑，捫蘿上嘯臺。荒祠生碧蘚，斷碣卧蒼苔。嵐氣時吞吐，峰雲自往來。鳳鸞聲絶響，懷古興悠哉。

安樂窩

此樂誰能識？安閑獨討論。静中探月窟，動處躡天根。吟咏羲皇際，婆娑造化源。一窩真道味，觸露見微言。

梅溪

中原昔板蕩，弘濟賴斯人。老去辭榮禄，歸來慕隱淪。梅香滿院落，月色印溪濱。吟咏希康節，高風迴絶塵。

報國寺松歌

金元至今五百載，舊物無存朝市改。惟有古松十數株，鐵幹嶙峋獨長在。嶔崎歷落各异態，攫拿聳拔多奇概。四方詞客集京華，觀者咏歌無不愛。就中雙松最偉觀，環怪離奇非一端。一株頹然欲就地，支離老態渾游戲。一株突兀欲參天，應龍夭矯升雲烟。大枝紛披若萬舞，小枝詰曲皆連蜷。入夏清冷真世外，一一陰森如翠蓋。朝烟夕靄變幻多，微風振蕩生靈籟。名震京師獨後凋，何异大隱居市朝。偃蹇不爲廊廟用，婆娑豈必遠塵囂。吁嗟此松多异形，固知呵護有神靈。但恐一旦化龍歸滄海，萬户千門驚夢醒。

金魚池

會心不在遠，愛此金魚池。游泳觀其樂，相見濠濮時。托身幸得地，寧虞香餌欺。覓食窺游人，争噬更不疑。悠然浮水際，五色炫漣漪。錦鱗帶晚照，爛若朱霞披。仿佛登瀛洲，觀彼魚龍戲。潛躍沐恩波，造物如爾私。惜哉隔通津，奮鬣苦無期。何由達溟渤，望洋空繫思。

西山晚秋

兹晨愜幽尋，初日上平林。一望西山爽，翛然生遠心。總轡出近郊，行行造崟岑。蒼靄引遐矚，烟嵐隨境深。霜樹如丹渥，寒花若散金。蒙茸多异草，翔集皆幽禽。寶殿輝金碧，梵宇開琅琳。山椒構高閣，城闕可窺臨。東望際滄海，積氣靄沉沉。徘徊逸興發，援筆一長吟。

百花陀

今朝風景好，日暖氣清和。乘興踏青郊，載酒百花陀。物華正綺靡，秀色滿芳柯。繁英奪霞彩，細葉剪輕羅。妍笑争春麗，幽香浥露多。聯翩引戲蝶，睍睆送鶯歌。游人來作隊，艷女目回波。物情同戀賞，莫惜醉顔酡。

賦得宫殿風微燕雀高應試

陽和初應律，習習谷風微。不惜鯤鵬力，遍宜燕雀飛。乍離温室樹，忽過禁園扉。摇曳趨長樂，聯翩入紫薇。初疑鳷鵲似，細認羽毛非。大厦成應賀，從兹得所歸。

岳陽樓

層構凌雲面水湄，洞庭勝概攬無遺。湖光浩淼吞三楚，山色蒼茫接九疑。日月升沉臨極浦，帆檣翔集遍長陂。咏題誰得江山助，三絶碑文太白詩。

黄鶴樓

塵世滄桑幾變更，兹樓千載襲嘉名。俯看黄鶴磯前水，無限白雲天際情。鄂渚雪濤當檻闊，晴川雲樹隔江平。亦知題咏慚崔灝，吟眺徘徊句已成。

鸚鵡洲

處士佯狂氣不平，運移漢祚獨傷情。驅除未遂鷹鸇志，詞賦虚成鸚鵡名。古墓年深蒼蘚没，芳洲春至緑蕪生。慨慷嫚駡唯求死，千載何人識禰衡。

雪樓

學士遭讒此謫居，空令异代仰光儀。文章自得江山助，寤寐長懸魏闕思。樓閣增修非舊日，堂皇圖畫效當時。使君仰止多幽興，退食委蛇咏素絲。

赤壁

赤壁巉岩阨武昌，山川今古鬱蒼蒼。清風明月嗟無主，碧水烟波泠未央。蘇子文章垂宇宙，魏皇霸業付滄桑。凄凉异代空陳迹，憑吊興懷水一方。

謁殷太師比干墓

一墳何嶔嶔，宛在殷之土。我至起高風，肅肅游上古。公也忠豈孤，丹心馨列祖。即今書史青，荒苔雜晝廡。松棟宿星雲，舊郊被風雨。片石照尼山，萬古開聾瞽。陰森鬼神憑，收監敢或侮。所願爲良臣，終身荷聖主。忠良豈二心，千載接公武。采彼行山毛，酌彼泌泉滸。蒼涼白日寒，漁歌歸遠浦。

前題和李素園大參韵

平野孤臣卧，巍然老樹存。鴛甍横鼠迹，猊案綉苔痕。僮僕欣看碣，衣裳凛入門。樵民三兩户，風雨護忠魂。

下拜拂榛莽，愁看徑色萋。殷墀空染血，牧野竟聞鼙。冷殿容山鳥，孤丘射晚霓。捐軀臣子分，何用夜猿啼？

墓封隔代事，不必問先生。有骨留陳迹，無心藉遠聲。松園雲葉暗，香繞石烟清。仿佛精英在，臨風酹九京。

自有丹心在，何曾恨主驕。盤欹仍古篆，碑斷剩前朝。山虎環忠闕牧馬數百，有虎驅之去，村童薦野蕭。翻憐千載下，感慨未能消。

和魏惟度八居韵

山居

叠嶂重重水一溪，囂塵隔絶數峰西。考槃幽處群麋鹿，畜牧深林效祝鷄。遍地异香花氣合，滿山積翠藥苗齊。優游世外渾無事，散髪行吟聽鳥啼。

岩居

靈岩聳翠抱丹溪，爲愛岩居住水西。一片烟嵐生地籟，千章雲樹舞天鷄。清泉瀅澈光堪鑒，白石崚嶒勢不齊。空谷寂寥無伴侣，老猿故故傍人啼。

樓居

高樓虚敞俯青溪，梧柳風枝盡向西。四面啓窗通野馬，六時談學對鳴鷄。望中縹緲晴烟合，檻外蒼茫雲樹齊。百尺置身塵累遣，那知人世有悲啼。

茅居

茅茨數笏住清溪，指顧平疇一水西。客至疏籬迎吠犬，蟬吟高樹雜鳴鷄。青苗過雨經鋤長，新笋驚雷出土齊。門巷久蕪車馬隘，喧喧終日亂禽啼。

鄽居

門限通溝似小溪，紅塵不到席門西。居臨大道常馳馬，里接鳴珂慣鬥鷄。玩世獨游塵境外，忘機自覺物情齊。榮枯得喪憑真宰，閲盡人間笑與啼。

船居

一自扁舟去霅溪，浮家遍歷五湖西。候風泊渚馴鷗鳥，觀日乘潮聽玉鷄。素練遥連滄海闊，青山高與白雲齊。往來且喜皆幽處，多事檣烏入夜啼。

水居

溪繞幽居竹繞溪，柴扉苔徑板橋西。緣堤紅蓼藏花鴨，夾岸青蘋戲水鷄。蔓草侵階書帶長，芰荷浥露翠華齊。栖遲轉覺衡門樂，時有幽禽對酒啼。

村居

環村古木帶深溪，野水縈回東復西。壟畝初收縱牧犢，埸功纔畢散塒鷄。醵錢社飲淳風古，釀秫酣歌苦樂齊。且喜年來稍豐稔，更無鴻雁澤中啼。

烈女詩有小引

陶女足大，黄岡陶誠之女，年十四，許聘朱君錫之子廷傑。傑死，女欲往祭，父母勸止之。女乃涕泣不食，竟日自縊死。

江皋有貞女，明妝立素月。静意慕孤芳，緬焉懷往烈。十四對流黄，鳴機織秋夕。媒氏何殷勤，手持雙玉玦。繫以蛺蝶羅，紅絲千萬結。女生願有家，褵袂自兹纈。詎意狂飆生，山摧梁木折。梁木亦已零，女蘿焉所適？止水矢從夫，百折心益決。死義非死情，不必曾頏頡。再拜别慈親，俯仰腸内裂。魂魄今于歸，九原有安宅。世人競鉛華，聲容隨烟滅。卓哉岳瀆英，流輝映昔哲。入夜起江濤，今古聲悲咽。

節婦詩有小引

阮氏，黄岡生員程彭時妻。彭時早死。阮二十四歲，無子。翁姑以家貧勸改適，阮念翁姑無倚，矢死靡他，苦節三十餘年，生養死葬，卒成厥志。今六十歲矣，例當旌於里。乃叙述其大節於詩，以俟采風君子焉。

寒月照霜塗，凄風吹斷梗。弱植難久持，勁節何能永。至性在空閨，秉義獨淵静。良人中路捐，一身罹咎疢。豈難一死殉，黄髮憂存省。以此守微軀，晨昏自勉黽。永言謝鉛華，蓬顔操臼井。生事口以零，况乃多凶眚。饑寒寧復辭，庭帷嗟暮景。長跪進藜羹，勸慰聲悲哽。鞠躬强承歡，有泪清宵隕。舅姑相繼亡，素旐空山引。負土闢荒榛，秋墳哭月泠。茹荼三十年，孝節乃克盡。死者骨肉完，生者轉凄憫。浩浩江水聲，漠漠松杉影。垂白守衡門，日暮酸風緊。

俟趙川勘水衝地畝

何事沙田變石田，依然國賦在窮川。桃源昔日多流水，不用天家下恤蠲。
幾年流水再桑田，十畝無端嘆逝川。岩谷尚存耕鑿改，野人何計樂輸蠲。

卷六十一　楊輝斗

福清魏憲惟度　輯選

鄞縣史大成立庵　曲阜孔興釪　紹先
柏鄉魏裔魯竟甫　華亭王度心〔一〕季友　參

楊輝斗 號潤丘，荆門人。

小引

魏子曰：美哉！此潤丘楊先生詩也！潤丘爲余友薛篛園較〔二〕楚所拔棘闈第一人。射策大廷，

〔一〕『心』，原本、校本均脱。楊廷福、楊同甫編《清人室名别稱字號索引（增補本）·乙編》作『度心』（上海：上海古籍出版社，二〇〇一年，第八四頁），據改。

〔二〕『較』，當爲『校』。

騎上苑馬，看花以歸。天下競誦其制義，而閩人尤以篛園故爭稱之。初不聞其能詩也。癸丑令内黄，余客元城，相隔僅百里。潤丘脂其轄、簇其幟，望余寓至止，出詩一編。以香茗對吟且十日，驚嘆其奇，曰：『斯才也，惟楚有之，不必其變楚音也。』潤丘乃憤然作色，曰：『詩有正始，以《三百篇》爲宗。吾楚未入風，安能媲響？公其少余哉！』余曰：『不然。楚無風而有騷，今以爲經；繼經而有詩，今以爲史，幾與雅、頌并列；嗣後爲歌、爲辯、爲招、爲賦，體不一而皆稱詩。三閭大夫始之，其弟子宋玉繼之，杜少陵振之，孟襄陽、皮鹿門起而左右之，詩之盛也，莫楚若矣。子今之官，又沈詹事雲卿之鄉也，起古人於九京，探其淵源而疏其流派，如水之下漈，靡不傾焉。吾恐茶陵〔一〕、興國、京山、竟陵諸君子且將叩荆門，揖潤丘而謝之曰：楚風大勁，微夫人之力不及此。區區十五國復何難坐進其域也哉！余將持此集郵孺屏、子永數公。』向篛園瞑宅而謔之曰：『子之知潤丘也，制義而已！』

湖泛同鄭武裔劉載臣暨弟開曦峨源侄子宜子常子功

小艇尋幽處，閑情托流水。晴霞趁晚風，波光隨起止。深莫測淵源，篙師發蒙始。安得素心人，

〔一〕『茶』，原本、校本均作『荼』，訛誤。茶陵派，明代李東陽倡發之詩派。

談言窺奥旨。

踏霜早行

上山下山路委折，山光水光互明滅。僮僕相呼呼不迭，馬蹄踏破鷄聲徹。欲渡不渡滑橋結，隔林忽聽寒冰冽。而我兀然獨若拙，可知幽思已澹絶。

襄陽道中登鳳凰閣

鹿門峴山兩峰峙，翠微明滅蒼烟裏。鳳林高閣瞰江流，終古亭亭自栖止。栖止此間孰與儔，鷗浮鳧没狎磯頭。不餐蕢實氣氤氲，舉頭直呑嶺表雲。有時翔洽千萬仞，浩然一鳴翰羽分。

和張右生雨霽集飲園中韵

天地此浩浩，古今未能老。昭蘇含萬象，颯爽如在抱。四顧接山光，晴雲練若掃。把酒問清濁，此意云潦倒。造化渾自然，無與乎幽討。園亭氣一新，林木知春早。檐間雀聲喧，愛兹清真好。而我任天和，承流及春草。

雪霽集唐

白日生新事，芳洲復暮晴。細風吹帳冷，殘雪隔林明。暗澗泉聲小，空山天氣清。寒花開已盡，陰處葉難生。

晴明含萬象，向曉白雲收。花落尋無徑，人家到漸幽。日華浮野雪，風静聽溪流。微照露花影，松風直似秋。

南陽道中

山山堆險峭，一徑可微通。石壁流新翠，晴空點去鴻。風聲寒萬壑，日影亂孤桐。遥見高峰頂，依稀是卧龍。

過洛陽龍門山

伊洛古名勝，傳奇事事幽。龍門烟外翠，石佛象中秋。峽水流還細，懸崖峭自留。依依千古話，迹在此山丘。

雪阻鉅鹿

客裏孤燈夜，忽然雨雪初。雲凉幾樹白，風透一窗虚。乘興瀹清茗，無聊憶舊書。幾回猶自料，欲飲向誰廬。

霽雪

初霽朝光滿，寒林望一清。塗衝餘馬迹，烟暖候鶯聲。草樹新沾影，山嵐乍染晴。遥知今夜月，照徹更分明。

繁陽署中送友人應試成均

策騎驅長道，雍容上國游。鶯花濺馬足，客路趁星郵。囊裏琴心古，篋中劍氣流。上林棫樸滿，春色葉薪槱。

八月十五夜旅次新樂縣獨酌月色忽上乘興步之

突出諸峰色，宵光静氣浮。風聲傳午夜，月性正中秋。此地頻催杵，他鄉獨倚樓。庾公逸興在，乘醉逐清謳。

月色浮虚白，中庭照獨明。孤光天際結，皓魄晚來清。今夜家家望，當秋故故盈。姮娥欣共賞，何處醉傾城？

和劉載臣内兄對酒韵

清光何處澹，載酒坐秋旻。傾蓋酬知己，停杯語故人。風高乘逸興，露冷暗芳春。嵇阮如相過，陶然更有神。

春雪

何事春晴冷絮霏，梅花香老敵寒威。玉龍酣戰鱗披甲，白鶴翻飛羽散衣。盈尺已曾占瑞氣，降庭猶是報芳菲。灞橋幽意獨堪賞，思滿奚囊踏韵歸。

東郊望麥桑

晴光乍轉載春陽，駐馬郊原化日長。隴畝歌聲閑處伴，竹林笛韵静中忙。兩岐秀色凝芳露，滿目柔條待懿筐。不盡野田禾黍茂，繁花細逐過鄰墻。

春雪和祈年集韵

春山澹鎖畫圖開，滿酌葡萄映緑醅。集霰寒霜營澗户，迎風冷絮舞章臺。騎驢人敞鹿門去，返棹船從剡水來。祝國應知盈尺瑞，致令玉馬出塵埃。

八居詩次魏惟度韵

山居

含烟蒼翠滴蒙溪，小築平原嶺表西。雪滿難尋高卧伴，情閑恰共縱談鷄。巷門遠對松陰肅，麋鹿偕游寢食齊。穩向北窗留勝賞，峽猿莫教夜深啼。

岩居

洞天遥望武陵溪，滴翠微含返照西。風動水簾霏玉露，石懸寶鏡觸山鷄。層巒叠就金屏艷，一溜中分清駛齊。忽散朝烟封澗户，虬〔一〕然古木號猿啼。

〔一〕『虬』，原本、校本均作『蚪』。『虬』，謂蜷曲貌。故改。

樓居

百尺憑空俯大溪，朝東烟雨暮飛西。倚欄開放雲中鶴，高卧時聞天上鷄。作賦仲宣登自爽，娱賓庾子興還齊。青山四望常留影，恰恰嬌鶯盡日啼。

茅居

蓬飛曲徑漱流溪，買築閑閑十畝西。透牖泄烟驚睡鳥，疏籬驟雨亂荒鷄。數椽誰訝參差麗，四壁何妨澹漠齊。小設方床供醉卧，園林直剩杜鵑啼。

鄽居

堪羨當年隱竹溪，飛塵莫染西山西。晝喧不礙游春夢，漏盡偏傳伺夜鷄。入世方求青眼盼，過門祇有綉衣齊。歸尋老圃春城曉，澹寄物情未敢啼。

船居

一葉風飄逆上溪，月明直趁荻花西。披雲卧水乘危浪，褰袖攀蓮候曉鷄。醉把釣竿供性傲，閑依樓櫓挂帆齊。摇摇剡曲衝來晚，驚起沙鷗逐對啼。

水居

廬結人間溪復溪，溯洄宛在水雲西。臨流遠引千堆雪，隔塢平嫻五德鷄。簾捲湖光晴欲碎，窗含秋月澹偏齊。芰荷低覆茅檐静，白鷺閑閑散漫啼。

村居

酒滿匏尊花滿溪，醇醪那問自東西。酣歌莫諳邀鄰叟，吐綬知晴報午鷄。比屋倉盈婦子樂，平疇蔓長稻粱齊。牧童不省笛聲誤，貪看山鳩故故啼。

夏日坐子常佺齋中喜雨

閑亭欲共酌，有意愛新流。绿滿階前草，凉生六月秋。

賒酒 和倩公兄韵

燕臺有酒是誰家？教飲無錢莫浪賒。尋得昔人沉醉處，詩成應在牡丹花。

邯鄲道中

長途車馬踏風塵，若個桃源去問津。爲倩征夫喧且静，漫勞驚醒夢中人。

月下美人影

如洗清光照素娥，花前裊裊夜情多。爲尋遺迹渾無似，疑是天孫夜渡河。

水中美人影

凌波步步下仙槎，一派歌聲散若耶。驚夢湘靈挾瑟起，倩他相伴坐荷花。

剪刀聲

并刀聲碎隔窗繒，暗裏幽思静會曽。應是倦眸驚裂素，縣知畫閣有孤燈。

桔槔聲

灌溉聲喧藉力多，桔槔原自倚丘阿。飛湍瀑布知相似，擊缶音同雜沓歌。

砧聲

玉露零秋氣欲霏，夜來人静傍深幃。忽傳砧響聲聲急，不禁寒侵尚搗衣。

欸乃聲

擊楫遥聞泛緑波，招招同載月明過。輕摇短棹聲相和，猶有悠揚未盡歌。

鐵馬聲

傍檐斜挂響玲瓏，瀟颯摇摇驟晚風。不事銜枚遵號令，行聲赴敵戰征鴻。

黄池八景

繁陽春色

争奇爰自美繁陽，勝日園林不勝望。趙國將軍競戰伐，魏文禪代講興王。河陽有樹誰遺種，澶院分陰華正芳。目盡金堤千古秀，烟雲縹緲共春長。

泮水晴瀾
澄澄半壁小橋通，碧水中涵潤色濃。落日片鱗吹細細，曉天和氣澹溶溶。不聞濤怒驚芹藻，有待風翻動蟄龍。莫謂池中空蕩漾，片時霖雨灑蒼松。

商陵烟雨
繚繞晴烟帝子宫，中興事業載殷隆。寢園自昔崇昭代，禋薦於今感异衷。靄靄墓門雲氣鎖，森森陵木雨聲中。昏風吹没行人影，惟有亳城四望通。

泊口漁舟
傳聞泊口古津頭，曲岸輕舟上下浮。一葉偶衝閑鷺叫，片帆倒挂夕陽流。恍如撥刺驚漁笠，鏗爾敲聲整釣鈎。載得滿船明月夜，風生衛水傍汀洲。

靈感曉鐘
不信招提送梵音，一聲聲度惹追尋。道心自省開天地，佛子虚公隔曉陰。悟後幾回欹寢枕，覺來猶自夢禪林。風鈴響徹樓頭鼓，唤醒塵凡入世心。

古塔秋陰
荒寺何年倚澶淵，筆峰孤削亳城邊。層團古佛空凡界，峭插浮屠隔曉天。日影欲同宵氣静，風輕不礙鳥飛還。誰人拚此清光〔一〕冷，净掃塵埃個裏眠。

亳城遠眺

亳城猶是舊殷城，雉堞胡爲碧草縈。博望岡前春色澹，鸕鷀陂畔野烟横。收來青翠隨村落，看到雲山不世情。遥望寢陵晴爛熳，融融爽颯載風清。

烽臺夕照

征幡遥指古柯城，戍鼓初開大將旌。烟火欲飛延朗騎，層臺迴擬亞夫營。返景方生虹蜺似，回巒遠抱翠霞迎。寧知寒盡敵人膽，遺址空名待晚晴。

〔一〕「清」，原本、校本均作「請」，誤。「清光」，謂清亮的光輝。

卷六十二　成　光

福清魏憲惟度　輯選

華亭顧大申見山　山陽馬　駿西樵
永嘉王錫琯玉叔　江都宗元鼎定九　參

成　光

字仲謙，大名人。

小引

魏子曰：青壇成相國謝政已三年，門館蕭然如素士。余登其堂，與其公子論交，得以遍觀其著述，欲借以張吾選焉。相國謙讓未遑，先以《素園集》相示，固公子仲謙之所爲箕裘者也。仲謙以拖金佩玉之躬，堅白石青松之操，閉門掃軌，無雜至之賓。時與余暨郜凌玉學憲、吴星若文學飲素園，草木欣榮，臺樓高聳，日月沐浴之奇，烟雲變幻之態，無不盡見之詩。間爲臨池與王右軍、衛夫人争衡於尺幅之間。得其片楮者，什襲藏之，有如珙璧。仲謙固視之漠如。不但無高華公子之習，并無跅弛名士之概。噫！其古之有道者歟？心一孔觀察曰：『自文穆公宰天下時已然，固其家風之所傳者遠矣。』

百泉夜坐

蘇門山下百泉幽，雨後清宵不厭游。人影倒移波底月，山光曲抱樹中樓。珍珠源涌繁星散，鸞鳳聲同萬籟收。待到五湖踪迹遍，還將烟景傲中州。

潞河舟中中秋

歸路尚漫漫，佳期及玉盤。平原争照遠，淺瀨散光寒。白日傷心過，清宵帶泪看。十年空復此，流恨碧雲端。

舟泊津門

盡日鳴榔出上游，烟波忽睹接天浮。河流清濁分三派，海氣蒼茫指十洲。露冷蒹葭迷去雁，風回沙草立輕鷗。緑城簫鼓中宵息，坐對清輝迴息愁。

清源早發

坐見銀河落半天，征人不耐五更眠。鷄聲乍急嚴城漏，鷁首旋開古渡烟。墜葉三秋同黯澹，浮雲幾載任流遷。鄉關咫尺猶稽日，愁絶霜華强扣舷。

賜裘行恭紀丁酉冬事

翠華冉冉下乾清，城南霜滿玉鸞鳴。貴戚公卿紛扈從，忽傳飛鞚召書生。被召甘泉猶色戰，便許宫前來燕見。天顔晬穆咫尺間，天語温仁渾不倦。肆業憑將謨典陳，托婚猶荷咨諏遍。對罷微聞天樂遥，長楊羽獵起崇朝。一發射熊驚漢武，三驅捲旆儼周郊。重來伏謁畋游後，不待金門仙仗交。黄封寶帶擎宫監，异賞殊恩賜紫貂。我聞講武殿前密雪下，解裘曾賚西征者。數百年來此事稀，功高將相無容假。近來我父元狐冠，寵榮禮數傾朝野。何意推恩及小臣，倘示爲裘繼良冶。一門挾纊抑何頻，人間豪貴徒紛紛。紈袴綺襦不足數，鷫鸘鶴氅誰能倫。拜歸那敢被諸身，祇應長作笥中珍，長願垂衣億萬春。

贈孫開州青門

夙昔才名鴛水邊，分符三載牧澶淵。黄河故道沙沉璧，赤縣新聲户拂弦。露冕出郊迎曉日，賣刀遍野樂春田。如雲意氣兼無偶，折節論交海内傳。

送張蘿庵入都

張子研京正就時，驪駒此去欲何之。龍文新拭豐城劍，石友争吟《金谷詩》。入對宫雲移晝漏，出游禁樹繞晴絲。莫愁春盡人千里，且傍將離泛酒巵。

廣平中皃盟過訪賦贈

隔歲邯鄲道，無繇問紫山。閉關方病肺，倒屣忽開顔。令弟青雲色，難兄白髮閑。相期滏水上，卜築共潺湲。

早斂垂天翼，高名屬隱淪。爲移忠作孝，不獨句驚人。倚劍叢臺暮，悲歌燕市春。南冠憑解脱，莫惜染緇塵。

樽酒趁宵凉，聊登伯氏堂。多君全出處，念我及存亡。子敬琴先碎，安仁鬢欲霜。更憐分手易，明日又河梁。

御溝新柳

春水溶溶春柳籠，春歸三十六離宫。參差弄色翻黄鳥，蕩漾流光漱玉虹。濯濯長條空鎖月，凄凄芳草共含風。尋常翠輦行游處，極目烟波總向東。

客秋別汗朱於都門至是造訪濮陽

名流垂畫舫，才致近歸君。夜擁青藜杖，朝揮白練裙。悲歌辭上谷，握手對南薫。吾輩何摇落，同淹麋鹿群。

盧溝橋

帝城西去控盧溝，萬國輪蹄此上游。玉蝀晝横連遠巘，神蛟秋怒斷中流。宫雲縹緲蓬萊近，陵樹依稀霜葉稠。回首三年仍故道，悲歌誰識旅人愁。

暮春夢闌招飲園中

與君幾日不相晤，東風吹遍庭前樹。白雪紅霞色照天，氤氲馥郁香凝霧。潦倒那知花信過，韶華幾被塵緣誤。良朋歡會未易得，脱帽解衣删禮數。湘簾高捲烏几明，檀槽新滴素瓷輕。詼諧曼倩金門隱，詞賦枚生梁苑清。須臾落照映樓臺，相携花底重徘徊。主人指點當階柏，云是尚書親手栽。我祖文穆知同志，城隅亦有幽栖地。雲石蒼凉舊草堂，鼯啼鵑叫空留記。君家兄弟何賢豪，文彩歷落青雲高。已見九賓享白璧，還能一醉揮金貂。金貂白璧去復來，莫負尊前花正開。君不見沁水園林狐兔宅，平泉花木總塵埃。人生百年草頭露，低眉局促何爲哉！

客鄴下許典三世德堂賦贈

鹿洞鵝湖恣討論，愛君名理到君門。解鞍便下南州榻，送酒還傾北海尊。畫壁曉烟山入座，湘簾夜月樹移痕。獨愁孝子方鷄骨，酬倡何時共鄴園。

贈張憲副爾成

凌雲辭賦重金門，幾載天中憲節尊。轉餉故深蕭相績，虛懷偏渥信陵恩。欲披朗月趨鈴閣，正喜甘霖擁畫幡。國計民依均有託，何辭斗酒一留髠。

中原解甲静塵埃，畫戟牙旌駐鄴臺。曙色度河笳鼓發，春風入貢舳艫開。家依鳳闕天常近，客向龍門日未回。莫訝故人貪握手，清秋劍佩指蓬萊。

飲衛輝蘇給諫[一]齋歸賦

微雨瀟瀟暑氣清，歸從高宴暮雲平。雕梁鼠竄中涓第，畫閣烏啼帝子城。濁酒更傾留月坐，芒鞋莫滯看山行。遥知一夜蘇門下，入户泉聲漱玉鳴。

中秋後一日

輝輝仍昨夜，淡淡意如何？疏樹殘霞没，連帆倦鳥過。徘徊憐桂影，凄切聽漁歌。衛水家園近，愁心繞夕波。

[一]『諫』，原本、校本均作『練』，誤。『給諫』，清六科給事中别稱。『蘇給諫』，即蘇文樞。（康熙）《河南通志》載：蘇文樞，汲縣人，户科給事中。

郊園小集同孫右漢諸公

攜來醽醁共盈觴，才子高吟興欲狂。紅蘂翻風朝日麗，碧梧流水午陰涼。愛看小玉調鸚鵡，醉聽新聲吐鳳凰。莫道酒闌無一事，彎弓躍馬少年場。

飲鄴郡李磊軒齋

一逢元禮羨登仙，把臂論交豈偶然。鄴下風流詞賦盛，客中心事酒杯傳。隔窗鳥語銷殘暑，夾徑花枝起暮烟。舊德世餘嗜古癖，尊彝滿眼坐留連。

贈謝元城澹石

數載無聞杜宇啼，一官萬里别巴西。嘉陵山水圖中見，劍閣風烟夢裏迷。花到酴醾誰作釀，人如鸞鳳尚卑棲。元城不數宣城迹，褒召行看下紫泥。

送錢子璧師南歸

自昔人歌行路難，歸途雨雪幸加餐。明珠未合塵中擲，神劍須從斗外看。浹歲春風留絳帳，數聲秋雁急征鞍。躊躇分手情何限？玉局清尊午夜寒。

滙園有懷園在城内西北隅，創自董見心先生，後歸内父劉公，今予借居。

一徑誰開傍水湄，前賢曾此樂栖遲。當階樹老龍鱗合，入室人非燕子知。兒女自驚成老大，兵戈猶記滿瘡痍。徘徊二十年來事，日落晴空雲影移。
地僻曾無塵市喧，早看城堞散朝暾。松風乍入飄雲葉，苔色遥連失水痕。濯足歌殘常抱膝，絶交書罷自忘言。才名却憶劉公幹，何日新詩把臂論。

廣平曉行

欹枕嚴城鐘漏低，起行月落近前堤。空明十里如銀水，歷歷疏星散馬蹄。
芳樹清陰鳥語閑，板橋續斷水潺湲。隔溪草閣無人迹，繫馬憑闌對遠山。

内湖千葉蓮

太液波平菡萏香，菱歌日暮亂秋光。人間識得西來種，盡説親栽是上皇。

贈劉侍御導九

起舞中宵越石才，十年風采振烏臺。皂囊報國懸霄漢，驄馬論交賁草萊。北望九重虛席久，南馳五嶺建旌回。具知霖礪須臾事，暫向家園共酒杯。

至濮陽贈會稽孟懋昭

萬壑千岩縹緲間，蘭亭才藻願追攀。花封早傍黄河岸，芒屩初來白馬山。郭外微風沙浩浩，檐前緑樹鳥關關。荀香不散鳴琴處，有客狂歌任往還。

春日郊園小集分得函字

晴空燕掠語喃喃，把臂荒園仗尺函。百一推詩移晝漏，十千沽酒典春衫。歌聲鳥和花間出，亭影波明鏡裏銜。野興茫茫酬酢外，南游擬挂五湖帆。

步韵酬許侍御青嶼兼訂後會

連年風雨憶宫槐，寄迹東山濟世才。前席新恩賈傅入，乘驄舊望漢廷推。天浮紫氣車初過，江擁青峰客暫陪。酒罷何當裁白雪，荒園松徑此長開。

病起孫右漢召飲城外故居因過竇松濤東園同黄子石劉夢闈張企麓

折簡相招慰寂寥，芳菲出郭未全消。到來松竹晴逾翠，老去鶯花秀自饒。湖海論心容嘯傲，雲沙聯步得逍遥。同人共指東園路，亭榭參差隔板橋。

初放將離罣晚烟，謝家林壑亦多年。雲留返照孤亭外，風引疏花古柏顛。縱飲豈愁生白髮，曠懷那計失青氈？狂來試問高陽侣，運甓何如抱甕賢。

重陽後一日袁杜少朱汗朱孫右漢劉夢闈眉生黄志伊美中吉羽諸同人郊園看菊限乂字

摇落登高後，還看老圃花。繞籬多爛熳，布席近欹斜。歌發人雙麗，詩成手八乂。相期須盡醉，遮莫亂歸鴉。

眉生再入都門

維魚歡同源，維鳥歡同林。浮雲恣舒卷，猶自戀故岑。况是托婚媾，何爲不同心？昔年省重闈，驅車返衛濱。過君恕醉齋，飲我桑落醇。盤桓未幾時，北來侍二人。燕市掩柴扉，夢想越三春。君來即言歸，去住情倍辛。懷哉歷夏秋，物候蕭以森。朔風吹庭户，砧杵送寒禽。陽月忽枉駕，不憚軟紅塵。屈指浹歲間，行色各侁侁。他鄉與故園，乾坤客裏身。渾忘馳驅勞，翻言會晤頻。疏窗有白月，烏几有清樽。相對且開顔，擊筑放長吟。

憶昔

内苑澄湖隱昔年，金虹橋畔水雲連。花香别殿圖書静，鳥語琪林鐘磬傳。寂寂黄龍閑鳳笛，蕭蕭紫燕冷魚鞭。尋常歌舞昭陽月，今照橋山弓劍前。

贈温子映奎

新成一草亭，對塔静聞鈴。自具水犀照，旁搜《玉髓經》。銜杯遲落日，移席近疏星。那忍輕言别，征鞍爲爾停。

偶成

誰信芳姿玉不如，春殘寂寂惜居諸。翠鈿彩鳳臨妝晚，金剪雙鴛落綉餘。西舍生兒看挂矢，東鄰嫁女聽鳴車。瑣窗無計裁幽恨，漫學班姬强著書。

卷六十三　黄　伸

福清魏憲惟度　輯選

武進陳玉璂椒峰　海澄黄元垵莘〔一〕子

龍溪趙與梗珠谷　滑縣朱　驊汗　朱　參

黄　伸字美中，元城人。

小引

魏子曰：美中黄先生，癸丑成進士。觀察孔公賦詩贈之云：『青衫色映曲江水，彩筆光摇上苑花。』向余索和，余遲遲未就，報觀察曰：『魏子長江湖已十年矣，春明之夢視爲隔世事。公欲余

〔一〕『莘』，原本、校本均作此。沈定均修、吴聯薰增纂《漳州府志》卷三十三：『黄元垵，字辛子，海澄人。』（清光緒三年刻本，第七六葉）

和什，恐美中吡爲不祥，厭且刼去，不如借此二語，贈美中詩。』公報可。余即大書美中卷首曰：『詩以適於用者爲大。水，性清也，清以鑒物，無遁情焉；花，容麗也，麗必加質，先務實焉。今美中宴曲江矣。曲江之水，將以潤萬物。游上苑矣。上苑之花，將以卜陽春。吾願美中之詩，盡歌《天保》也、補《南陔》也、敦《常棣》也、榮《棫樸》也、奏《振鷺》也、譜《豳風》也，庶幾乎青衫可以覆天下，而彩筆可以横雲間矣。彼花鳥伶官、烟霞過客曰：「吾詩則然也。」奚以爲？』

寄懷袁杜少

雪氣連朝暮，天晴風更洌。寒雁叫空林，飢烏啄凍澤。四時更代謝，日月一何迫？故人今不見，思逐梅花發。黄河横千里，寒冰堅如鐵。各在天一涯，興言念疇昔。六月艱行旅，逸興付舟楫。片帆挂清源，一笑盤餐列。相逢忽相失，流水空悲咽。射策黄金臺，買酒長安陌。高歌傍無人，醉擊唾壺缺。不才甘自弃，灑泪爲君惜。污血自龍種，胡爲霜蹄蹶。西風吹易水，白日照碣石。徒步返故山，揮手肝腸熱。轉眼秋復冬，音書久隔絶。相知在寸心，欲寄無他説。君子守固窮，志士茹冰蘗。余也常黽勉，自顧羞蹇劣。昂藏君所負，寧肯事容悦！涸轍無凡鱗，鸞鳳有鎩翮。時俗尚蕭艾，歲晚見松柏。勿爲遇所移，努力追前哲。

送別趙秋水兼寄中皐盟觀仲兄弟

七月西風吹井梧，池荷漸老庭葵疏。鳴蟲唧唧夜色徂，羈客徘徊臨前除。送君尚記與君別，黄金臺下無顔色。還家忽忽音書絶，君去并州我適越。洎我歸來卧舊丘，聞君又買廣陵舟。同在天涯不相值，江山悵望生離愁。兩年不見增白髮，相逢遺我詩盈篋。三伏炎蒸金石流，展卷灑灑飄冰雪。河朔快飲五陵豪，留君不住心煩勞。匣琴罷酌坐深宵，玉露無聲銀漢高。悠悠此意無終極，説向世人應不識。歸見荆園兩兄弟，爲道别後長相憶。

游靈隱寺觀冷泉飛來諸勝

但聞靈隱名，不識靈隱路。漁人招我來，遥指雲深處。水窮危磴懸，路斷飛橋渡。深山花自香，瑶草紛無數。出壑轉經峰，忽見雲中樹。樹杪走飛甍，檐前垂瀑布。瀑布聲中亂石稠，一時迸落衣裳秋。背岩繞澗植叢竹，風來處處吟寒玉。冷泉亭下木森森，日光不動澄潭深。倒映飛來峰欲濕，千佛萬像空中出。傾刻變幻落霞紫，丹葩翠蕤交如綺。湖上奇峰幾萬叠，不謂此峰奇如此。側身直入翠微中，大山小山皆玲瓏。累累懸崖垂密髀，亭亭峭壁削芙蓉。閣道中穿石自圻，定足直畏山根折。古洞陰森不敢窺，白日蛟龍常出没。對面孤峰高插天，崎嶇鳥道一絲縣。回頭遥指問山僧，此峰便是北高巔。却向郡城望客舍，峰陰正與窗相迓。日日窗前看飛來，那知即在此峰下。

成近天招飲郊園賞菊分微字

霜凈秋原闊，沙晴野菊圍。花前人并坐，天外鳥孤飛。夕日明高樹，寒香落舞衣。淹留深不去，歸路隔漁磯。

過丹陽晤九逵

大江何浩渺，數載問情親。爲問西泠月，却逢北固春。山川争待我，衣食尚隨人。不盡班荆意，相看各愴神。

游金山

萬頃滄波上，一峰夕照前。樓臺蜃氣結，雲樹鑒光懸。鳥識空中路，人游象外天。蓬萊原可到，何事更求仙。

野盡江天合，雲深山寺平。鐘聲藏絶壑，樹杪出孤城。浪捲飛岩動，帆銜落日明。海風吹不斷，摇落故鄉情。

亂木攢空碧，窗開面面風。花飄聞唄誦，石坼見蛟宫。拂袖嶺雲白，連天海日紅。江流何浩浩，一氣引鴻濛。

初夏西園小集同朱亶初分賦

把酒層臺上，高城夕照銜。因君來霅水，使我憶靈岩。聞道梅千樹，何時風一帆。劇談增晚興，明月上春衫。

九日同人飲李小西先生廢園用杜韵

樓角天風晚吹哀，荒原霜老雁初回。昔人已見占星去，佳節今看載酒來。三晋雲山秋落葉，千林烟雨暮登臺。當前俯仰俱陳迹，且對黄花一舉杯。

戊中九日後孫雪崖約游泰山余病不果詩以送之

五岳曾聞推泰岱，十年幽夢隔烟霞。君行正值黄花後，我病空憐白雁斜。奇向天門探日月，灾從海窟問龍蛇。遥知杖拄西風外，汨灑青齊幾萬家。時有地震之變

金灘道中

野况蕭然傍晚晴，霜林淅瀝起秋聲。高天風掃寒雲斷，落日鴉攢古木平。巷僻總疑秦隱地，臺荒猶説宋軍城。繁華過眼俱流水，欲向南山采杜蘅。

游曹秋岳侍郎鐵舟園

爲問鐵舟路，來經范蠡湖。遥聽楊柳内，黄鳥似相呼。

亂竹橋邊植，孤亭鏡裏開。春風一拂動，波影上窗來。
石皺山苔古，沙深野蕨肥。梅花開更落，何日主人歸。

遲月

開樽遲月光，愛其光之潔。坐久月不來，誤認墻陰雪。

金沙泛舟

竹纜斜牽入遠陂，村烟沙樹晚離離。無邊野色直堪畫，黄葉橋頭颺酒旗。
一派輕潮散野烟，夕陽明水水明船。蘭橈過處歌聲發，驚起鳬鷗入遠天。

舟過維揚觀湖上園亭

竹扉半掩竹籬斜，隱隱樓臺隔碧紗。滿院子規啼不住，當窗開盡玉蘭花。

贈吴山道士

吴山道士愛高吟，見客能知丘壑心。日暮樓頭同眺望，隔江指點舊山陰。

約游金沙

籬落欹斜樹不齊，野烟夕日晚低迷。還期莫返山陰棹，路繞金沙是剡溪。

卷六十四 黄任

福清魏憲惟度 輯選

廣平申涵煜觀仲 江寧胡其毅致果

吴江趙 澐山子 華亭沈道映彦澈[一] 參

黄任 字志伊，元城人。

小引

魏子曰：『詩是吾家事。』此少陵之言也。少陵許身臯夔，老而更狂。至學詩一道，不得不歸尊乃祖，則甚矣，詩有淵源也。志伊黄先生，庚戌看花上苑，爲朝家倚庇之身，宜天下事無不可爲者。

[一] 『澈』，原本、校本均作此。清沈德潛等編《清詩别裁集》卷六作『徹』（上海：上海古籍出版社，二〇一三年，第二四一頁）。

余讀《坦齋詩》必溯其由，於少師中五公暨石笥太翁庭訓，雅不傷柔，文不傷綺，彬彬焉。澤於忠厚和平之教，非輕俗、寒瘦者所可幾。弓冶箕裘之喻，信乎其有徵矣。彼學海而挽其波，登山而躋其脊者，則惑也。

至日社集懷中皃盟兄弟

歲暮積陰雲壓城，寒林戛戛一鴻征。逃名未廢謳吟興，避俗今偕鷗鷺盟。亂後交情餘我輩，年來風雅屬漳洺。遥知抱膝叢臺下，梁父吟成意氣横。

送袁杜少入都

驛路黄泥滿，停驂話去踪。長貧多好句，久客少愁容。雨漲桑乾水，花明馬服峰。公卿方好士，倒屣應相從。

過故宅梅花下作

庭前舊有兩梅樹，掩映房櫳披月霧。誰使券成陽羨宅，頓教夢失羅浮路。幾年家圃爲鄰園，一旦頹垣换丹堊。貧富雖云今昔异，冰心豈爲新忘故。可憐余作陌頭人，猶幸汝同山下遇。索笑巡檐情更急，樊條對酒傷無數。枝横清影畫堂深，風攪凍香白日暮。世事那堪轉瞬更，人生能得幾回聚？寒空流霰濕冥濛，夜夜花魂泣不住。

人日寄杜少汗朱

微風晴影散花磚，社鼓儺歌動野烟。春到柳邊纔七日，人懷河上已經年。伾山芳草堪憐後，瓠水桃花未發前。好着一鞭來草舍，莫教愁對絮漫天。

成近天招飲郊園賞菊

別業成幽賞，畦邊杖短筇。花圍如錯錦，城遠似連峰。秋色開閑幔，斜陽動暮鐘。勝游真不易，歸馬尚從容。

酷暑念舍弟南游早晚歸

閉門伏枕困炎痾，長路熇蒸豈易過。北地高凉猶自爾，南方卑濕更如何？鴒飛寂寞江灘雨，雁影差池震澤波。此日諸侯誰好客？歸哉共卧碧山阿。

翕亭賞荷

緑荷香泛曲池隈，一朵亭亭帶雨開。把酒欲遲明月上，携琴正值故人來。雲移疏影浮新漲，露引清芬入舊醅。自笑鄰翁還潦倒，數逢高晏得追陪。

小集三槐堂分韵時立秋前四日也

晚霽浮青靄，微凉透碧紗。雨香滋石蘚，簟影撲松花。把酒風林静，題詩醉墨斜。悠悠三伏盡，銀漢動星槎。

飲西村晚歸

亂水明幽徑，危橋欹晚風。車停雲影外，人醉雁聲中。日落村烟白，霜高野樹紅。歸來林月上，獨坐菊花叢。

柬采臣用杜韵

無情白髮不相寬，有興青春且盡歡。欲滌窮愁惟縱酒，漸成懶漫每忘冠。林鶯巧囀還高下，轂雨新晴乍暖寒。爲報西園花似錦，與君扶杖一相看。

花朝孫雪崖過訪

結廬雖未遠，迴與市塵違。載酒君能至，論文夜不歸。好花當令節，明月照人衣。坐久渾忘寐，隔林見少微。

咏琴

枯桐含妙理，纖指發清音。冷冷幽泉咽，瀟瀟暮雨吟。和平留正始，淡遠托高深。斯世無鍾子，徒懷千載心。

訪菊

偶探秋色過疏林，入户唯聞弦誦音。愛客旋除花下徑，停杯疾草醉中吟。携來寒蕊連朝露，植向芸窗伴素琴。瞥眼浮雲安足問，高懷對此遂幽沉。

元宵即事

不盡清宵賞，笙歌欲曙天。興酣尊瀉月，春暖雪生烟。扇影回嬌面，燈花落舞筵。每從行樂處，暗自惜流年。

甘泉庵阻雨

投鞭逢古寺，疏雨亂斜曛。淅瀝鳴霜樹，霏微濕雁群。臺高秋入眼，野曠磬穿雲。東去金沙道，蒼茫望不分。

聞多素心人樂與數晨夕答同社移居

褊性愛岑寂，然欲親芝蘭。陶公賦卜宅，罄此平生歡。形忘見古人，握手析肺肝。清風吹庭際，明月照檐端。有酒君同酌，有琴我共彈。嗟哉管鮑交，此道千古難。人情易衰歇，願言保歲寒。

春夜聞雨

竹徑春風亂，松窗夜雨鳴。氣侵書帙冷，聲入夢魂清。細故知花性，幽能見客情。曉看南畝外，黄犢足深耕。

過内丘游圓津庵

野寺停塵騎，蕭然物外心。亭環緑水闊，閣倚白雲深。鳥語有時序，松聲無古今。浮名此地絶，長嘯一披襟。

心遠樓分齊字

踏歌晚傍竹樓西，楊柳春風亂鳥啼。日霽荒園林氣净，窗開平野草烟低。青帘市遠花千樹，黄犢沙明雨一犁。回首當年俱往事，偶逢良會倍凄凄。

折柳詞

雨雪霏霏暮角催，梅花亭下送行杯。明朝此地看君去，一任東風長緑苔。

移枕

落紅飛絮滿繩床，移枕清陰背草堂。向午夢回山鳥亂，隔墻風送菜花香。

卷六十五　張祖詠

福清魏憲惟度　輯選

含山李束燦梅郙　溧陽彭椅爰琴[一]　參

儀真蔣仕榮衡庵　侯官曾祖訓惟久

張祖詠 字又益，内江人。

小引

魏子曰：昔人云少陵入蜀後詩益工，謂其獲山水之助。則生長於蜀者，宜盡能詩矣。然司馬長卿、楊子雲、譙青城、嚴君平之數公者，或以賦、或以文、或以易卜自見，不必其盡能詩，何也？獨陳伯玉、李太白以其詩與少陵相頡頏，説者謂赤甲、白鹽、魚復、牛峽間天地沉鬱頓挫之

[一] 此人即彭桂。彭桂（一六三一—一七〇三），原名椅，字爰琴，一字上馨。

奇，鍾於詩者爲尤難也。今張子又益，錚錚以其詩鳴，而又不日卧於蜀中山水。僑寓巢湖，大江南北名公巨卿争折節下之。予過毗陵，與研齋李太史衡浣花才子指首屈焉。謂其得家學於尊甫、群玉先生者，至深以邃也。近始締交河朔，有古人傾蓋班荆風。出所爲詩，屬予論定。見其以英雄之氣練儒雅之才，轡中鳴球，風生玉樹，幾幾乎視黄金白雪、牛鬼蛇神輩皆奴隸撻之矣。偶與予并轡而馳謁比干之墓，登望京樓上，岸然懷古，灑酒賦詩，淋漓慨慷，識其胸中復有抑塞磊砢消不盡之致見於詩，而又不必見於詩者長留天壤間也。寧必曰『雕蟲小技，壯夫不爲』哉？兹且待詔承明，與天下文人賡歌喜起，聲震寰區，必不待輦千緡，於長安鼓胡琴而故碎之矣。含山李梅邨先生，張子莫逆交也。請質以予言，并問巢湖山水焉。何必入蜀叱瞿塘灧澦爲？

雜詩

誰謂客無衣，薜荔製我裳。誰謂客無食，薇蕨供我糧。衣食非所急，心爲蒼生傷。廟廊有奇策，草野空回腸。

感大水作

去年遭蝗旱，兒女鬻遠方。今歲被水潦，相與共淪亡。洪流拔屋宇，白波捲蓋藏。携持奔高阜，行復見汪洋。何以當吾世，乃此遇滄桑。沉溺何足道，縣官方督糧。

感遇二首

貧賤驕人耳，黄金何足論。寧爲鴻鵠翔，肯逐鷃雀喧。六翮吾自有，且從霄漢翻。
置身天地間，出門豈不寬。冠蓋當我前，自作浮雲觀。吾哀韓王孫，乃受漂母餐。

讀范增傳同劉了庵年伯作

白帝已斃隆準公，安能劍舞困乃翁。玉玦不敵舞陰盾，黄金一行疑重瞳。君王許乞骸骨去，烏騅獨走烏江路。八千子弟無一存，七十老翁何足數。噫吁嘻！丈夫擇主不慎始，國破身亡亦徒耳。何如吾家報韓人，功成更從赤松子。

隔巷見

長安有女正青春，自矜十五未嫁人。豈是薛濤居北里，如何宋玉在東鄰。東鄰北里遥相及，紅裙翠袖風前立。時聞門裏墮釵聲，逢人便故搴幃入。相看游子笑相憐，柳絲花片總嫣然。衹愁夜夜墻頭月，腸斷秦箏十二弦。

韓侯嶺懷古

淮陰江上持竿子，垂鈎未釣祖龍死。一朝忽登大將壇，區區三秦探囊底。當年叱咤悲重瞳，滎陽困鬥胡爲爾？魏趙已破燕齊平，豈知天下半解體。但驚旗鼓出井陘，不知間道走泜水。誰言未有縛鷄力，斬餘擒説直如豕。可憐徒受假王紿，不斃赤蛇斃吕雉。君看祠前日暮雲，漢家原廟無遺址。

宿山房酒家

黄沙茫茫芳草路，疲馬躑躅千山暮。竹林深處逗微烟，幾家茅屋依山住。壚頭好洗風塵顔，不惜十千沽酒去。此時疏風度頹墻，陰陰斜月照空廊。何處驚烏繞枝叫，孤檠對影坐茅堂。茅堂起舞影婆娑，舞罷獨酌還高歌。黄塵悠悠心自感，醉來擊筑愁如何。

淮陰訪胡二以同學

不須談往事，吾道自然貧。歸路無顔色，停鞭訪故人。河山迷雨雪，裘馬暗風塵。作客雄雙劍，蹉跎豈效顰。

都門重九期彭爰琴再宓昆玉登高不果夜集邸中

縱有登高興，誰過郭隗臺。賜萸非我望，送酒孰憐才。悲向歌中發，人從月底來。還應期共醉，莫負菊花杯。

過榆次縣

艱險不復道，太行方在東。烏啼山路寂，沙踏馬蹄空。萬户蒼烟内，孤城緑樹中。臨流且沽飲，落日酒旗風。

宿執鞭人家

念爾相從久，依依似有情。暮同殘月宿，曉逐冷風行。濁酒憑尊醉，孤燈當席明。夜闌頻擊筑，七尺感平生。

早春過張睿先齋頭即事

梅情猶未懶，草色已連天。齋静千岩合，庭閑獨鳥眠。踏青嘶叱撥，拾翠傍鞦韆。慢話芳郊事，王孫最可憐。

欲宿彭澤縣不及

古邑臨江岸，相看是畫圖。一城山共水，半壁楚連吴。夢隔樓頭鼓，心依酒肆壚。此時彭澤令，還肯折腰無？

良鄉道上即事懷彭爰琴二首

金臺花正發，游子漫言回。空獻《長楊賦》，誰憐入洛才。天涯仍作客，京國嘆無媒。此夕愁安托，故人應夢來。

出郭環蒼翠，峰峰映落霞。馬聲嘶柳岸，酒旆指山家。南國逢歸雁，東門欲種瓜。長安流滯者，應爲憶天涯。

送春二首

薊北春遲到，如何今亦歸。野花愁自落，梁燕看還飛。柳暗前途月，塵迷故國衣。年年那作客，送盡此芳菲。

尤憐春去日，未是客歸時。芳草難爲夢，征人不自知。鳥聲到鶗鴂，花候過荼蘼。憶得離家久，頻忘寒暑移。

鹽池

郇瑕稱沃地，鹵澤不須熬。徭户新添籍，王官舊有曹。炎精蒸玉粒，鐵釜泛銀濤。國税從兹出，黎民莫憚勞。

虞帝琴臺

荒臺蒲坡上，清籟似鳴琴。明月照猶爾，薰風吹至今。和平還太古，恬澹感遺音。多似湘江側，時聞鼓瑟音。

贈同游者

喜子能談俠，擔簦共我游。壯懷依短劍，結客托雙眸。筑擊花前月，歌成柳岸樓。看山如有興，沽酒脱余裘。

參藩李素園先生招飲有贈

閩海多奇士，如公更卓然。酒同詞客飲，詩向國門懸。對月閑馴鶴，看花静撫弦。頓忘身建節，日擁一爐烟。

客衛源偕魏惟度陳曉亭吴星若訪驪月上人因留社集

新詩連日有，出郭興愈增。爲愛鬚眉衲，招携山水朋。采薇供午饌，吹杖借禪燈。遥指西山翠，驅車欲共登。

途中遇雪

雪風吹馬去遲遲，何處梅花勸酒卮。在我固宜潘岳鬢，干人何盡馬良眉。雲連玉宇炊烟淡，凍合瓊樓雁陣岐。歸去自憐裘已敝，寒江何處釣堪垂。

喜晤李廉水内兄

千里迢遥獻賦來，鳳〔一〕皇池畔且徘徊。蒼黄正值三秋肅，青白何妨兩眼開。射虎北平還好俠，論文東閣孰憐才。相逢燕市同爲客，共上昭王百尺臺。

〔一〕『鳳』，原本、校本均作『風』，誤。

曉行定州道中

夾道垂楊散曉烟，驅車遥指太行前。常時快讀留侯傳，此日慚揮祖逖鞭。危堞亂雲猶漠漠，平沙荒草更芊芊。傷心幾欲臨河返，何處歸耕二頃田？

旅舍次壁間韵

三月垂楊别帝畿，不堪飛絮正霏霏。春深路遍王孫草，風起塵埋客子衣。尚欲操戈揮魯日，肯教垂釣傍漁磯。賈生正有匡時策，寧向林泉賦早歸。

過壽陽縣

馬頭佳氣曉相迎，山色遥連樹杪城。關店新烟侵酒旆，客途殘夢醒鷄聲。醉餘不覺悲歌壯，荒後猶看父老耕。自嘆臨河曾未返，獨將辛苦事宵征。

途中遇雨

山城纔過板橋西，疏雨淒風漸濕衣。遠樹有時侵霧出，層巒無數向雲低。鄉心易長河流漲，客思多沾柳絮泥。何處燎薪尋旅店，爲看村火隔前谿。

蒲守侯容庵招宴郊臺

臨風揮麈興悠然，愧我曾無《白雪篇》。岳勢西臨秦日月，地形北鎮晋山川。飛花紅向尊前落，遠樹青依天際連。恰喜登樓陪庾亮，好教風度憶當年。

天中客蒲坂作

客中佳節獨淹留，敝葛朝來方换裘。虞舜山川雖在望，屈原風雨不堪愁。浮家久厭辟兵縷，泛宅長隨競渡舟。無奈錦江歸路渺，黄河偏繞郡城流。

除夕

梅花村落晚聞鐘，獻歲明朝亥又逢。旅舍寒烟侵薜荔，客窗燈影夢芙蓉。囊空未賣金成賦，劍冷還憑雪作鋒。濁酒半觥詩一卷，聊支燈火伴殘冬。

送張睿先之舒城辦課

巢湖烟水正茫茫，柳折河橋第幾行。負郭有田猶是累，青門無爵不堪傷。飛來燕子家非舊，歸去王孫草亦芳。却嘆志和浮宅久，成都無復有餘桑。

晚春喜晴

三春風雨不知春，此日晴開景色新。柳意故將花作雪，蝶情欲以夢爲人。啼鶯自去潛芳樹，游子還來踏錦塵。巢水望中三百六，烟波深處看垂綸。

雨中發巢湖

風雨開帆意惘然，征人惆悵别樽前。空囊爲客三千里，八口〔一〕浮家十二年。野渡孤燈今夜夢，河橋疏柳此時烟。不堪臨去重回首，且向湖頭一扣舷。

次霍山縣

灊臺勝概壯南州，一派清泉抱郭流。縣裏青山花繞屋，門前緑樹月當樓。萬家烟火連城市，四野桑麻接隴丘。嘆我不緣身事累，好來止此任遨游。

阻雨

莫教久滯祖生鞭，風雨連宵萬壑前。野渡亂雲遲釣舫，平沙芳草憶征韉。關山冷逼歸人夢，燈火愁來馬上烟。嘆我飄零常作客，不堪静坐聽啼鵑。

羅田縣感大水作

野水連天促客車，望中浩蕩渺無涯。孤城此日惟三版，滄海於今剩幾家。豈待渡江方擊楫，却疑天漢竟乘槎。征人已欲臨河返，何處東門可種瓜。

〔一〕『口』，原本、聚錦堂本皆漫漶，據枕江堂本補。

竹瓦店遇鄉人

疲馬千山度翠微，荒村惟見鷓鴣飛。投鞭柳岸看溪漲，倚劍風前問落暉。久客鄉音偏入聽，長征旅夢漸忘歸。相逢休話兵戈事，且向壚頭醉解衣。

別荊南兼東彭建初

興盡須回訪戴舟，豈同王粲便依劉。最難爲別文章侶，絶不關情冠蓋游。江上孤帆還挂雨，懷中雙劍已驚秋。章臺縱有千株柳，送盡行人總不留。

楚江月夜

誰道仙人去未回，鶴樓千載看崔巍。楚王夢裏神爲賦，黄祖刀頭血是才。烟火萬家明月渡，笙歌兩岸碧雲開。征人極目思無限，擊碎唾壺酒百杯。

九江登鎖江樓和壁間有感之作

潯陽樓接大江濤，欲問蒼穹首漫搔。游子新亭風景泪，漁郎桃葉漢官袍。簾前賈舶東西去，檻外廬山日夕高。回憶鄉關猶戰伐，登臨極目倍蕭騷。

賣劍

豈因買犢解吴鈎，却爲西京賦《四愁》。誰道萬人方足學，自憐十五已迎牛。定知空向燕山老，遮莫還從雷煥游。何事荆卿妄説劍，至今七首不堪求。

贈武鄉使君吴人千

射熊未得賦《長楊》，又逐征輪向太行。因共芙蓉花裏國，來尋竹葉醉中鄉。堂前織錦人如玉，樓上裁詩月似霜。寶劍明珠逢子索，莫言阮籍祇猖狂。

客巢邑秋日同曾惟久湯子將曾公受昆玉游懷秀庵四首之一

千山霜葉映顔紅，萬尺寒梢掃碧空。馬踏巉岩憐石瘦，鷄鳴幽徑看橋通。無邊野樹鐘聲外，不盡流泉曲澗中。相對共亡歸路晚，忽驚短笛已乘風。

送朱天授

郵亭沽酒送征輪，好向鍾山訪隱淪〔一〕。知爾壯懷能造命，慚余傲骨不愁貧。嶺南共有梅花夢，江上人歸桃葉春。風雨談玄期再過，莫將踪迹類浮蘋。

期登山望巢湖不果

廿載浮家戀此湖，别來踪迹冷菰蒲。王孫我憶磯頭釣，窮士誰呼江上蘆。風雨不堪遮望眼，烟波何處可乘桴。行當再命尋幽屐，指點雲山入畫圖。

〔一〕『淪』，原本、校本均作『綸』，誤。『隱淪』，謂神仙，或隱者。

秋望

碧天遥望影茫茫，野闊沙長柳遍黄。萬里塞鴻猶帶紫，千林落木欲流霜。籬邊高節酬金菊，楓下輕紅慰海棠。極目忽驚鄉思切，鱸魚回首不堪傷。

留别賈伊任

若容高卧尚何求，豈奈飢寒促我游。切切友朋惟爾賴，依依鄰曲向誰謀。梅花驛舍燈催夢，疏柳河橋月上頭。無限離懷難寄與，王孫芳草盡知愁。

客衛源偕魏惟度出郭訪驪月上人和韵

鶴去軒空寂鼓鐘，相看郭外數青峰。客携風到花迎屐，僧卧雲深户不封。菡萏未舒沙路暗，緑楊已拽晚烟濃。北來傾蓋君知己，日傍延津匣底鋒。

周雪庵以玉鞋杯索賦

貼地金蓮俏作卮，争看掌上玉山移。誰從拾得昭陽履，醉見弓彎試舞時。

蛙鳴不寐枕上口占

曾聞玄浦梵音後，又是池塘卧聽時。此夜公私鳴不歇，却教羈客夢遲遲。

與客手談

暖玉輕敲午夢殘，楸枰再拂頓忘餐。宣城往事余深鄙，别墅還須擬謝安。

卷六十六　張鴻儀

福清魏憲惟度　輯選

永年申涵盼隨叔　宣城趙時可考叔
仁和盧　琦西寧　廣平趙　湛秋水　參

張鴻儀 字起陸，號企麓，元城人。

小引

魏子曰：企麓張先生，丁未成進士，以制義鳴海内，其詩未見也。壬子，與余定交衛源。每當酣歌宴飲之餘，爲枕石漱流之舉，謁比干之墓、式伯玉之廬、聆吾夫子擊磬處，靡不聯騎共馳，嘯咏志之，然未能睹其全也。癸丑，入魏博，寓天雄書院者三匝月。隔企麓家半里許，春風解凍，往來無虛日。相與搜蝌蚪之書，訪沈宋之遺。欽魏公之晚節，秋浦猶香；嘆元祐之黨〔一〕人，孤

〔一〕『黨』，原本、校本均作『全』，誤。『黨人』，即朋黨；『元祐黨人』，北宋反對王安石變法的一派。

詗獨聳。爰有懷也，偕之咏也。而企麓始出其沐浴日月之思、絢爛雲霞之句，命相訂正。觀察孔先生復挈斗酒相勞，檄五鹿山靈，給香茗佐之。余始得探其詞源，倒其詩奥。乾坤不死，定有爲企麓卜千秋者，請以此帙爲左券也。

咏史

戰國諸公子，名譽越王侯。倒屣延賓客，折節相與游。信陵重夷門，捐生仰吴鈎。毛錐解趙難，狗吠出秦裘。養士幾千人，僅得一二酬。獨有春申君，躡珠炫客眸。李園操戈時，不聞同主憂。愎諫以自用，性命委瀆溝。身殺名亦損，徒貽三君羞。後來漢翟公，冠蓋望門投。一朝罷廷尉，庭巷冷如秋。緩急不相濟，反面成怨仇。

丈夫善擇主，策勛在鐘彝。托身一不慎，愧恨徒後時。我嗟亞父謀，幾使沛公危。竪子言不用，玉斗碎何爲。既見龍五采，天命何能移？彭城歸骸骨，差强鴟夷皮。何如赤松子，辟穀食紫芝。

上元前二日朱左人夫子招同繆歌起太史王子厚諫垣觀燈

春解層冰暖帝鄉，星橋將啓應青陽。尊開絳帳〔一〕憐高足，燈列金蓮出尚方。火樹光摇繁外焰〔二〕，藏〔三〕花翠入酒邊香。歸來既醉踏明月，六市落梅歌正長。

臧介子年兄招集玉虛觀平臺看西山積雪同黄訥庵戚而介鄭元闇喬子静諸年兄芳傳家弟分賦得山字

六花飛後霽春山，勝會登臨旅况閑。斷嶺風寒堆玉屑，危峰樹老帶霜顔。黄冠亂指招提出，紅友頻催醉客還。聞道吳兒能度曲，竹林明日許追攀。

邯鄲少年行

我羡邯鄲少年行，五陵裘馬氣揚揚。射生走狗蹴踘場，弱冠俠名走齊梁。金韉玉勒鐵裲襠，儀從盡是千金裝。興來狹邪過平康，徵歌選伎自相羊。醉舞龍泉劍吐芒，纏頭不吝傾錦囊。天子博募羽林郎，追風逐電跨驌驦。彎弓三葉獨穿楊，錦袍斗印出明光。願求推轂鎮岩疆，平生熱血報君

〔一〕『絳帳』，原本漫漶，據校本補。
〔二〕『焰』，原本漫漶，據校本補。
〔三〕『藏』，原本漫漶，據校本補。

王。在昔平原風流長，况生燕趙慷慨鄉。何時博盧訪賣漿，叢臺相與話昂藏。

同人約游岱宗

岱岳聞人説，靈岩接混茫。氣銜吴練白，勢壓海波蒼。日觀飄仙佩，天門落玉香。相期峰最上，封禪吊前王。

訪孫右漢不遇

爲園汝自癖，踏屐我能來。石丈如虚席，竹君解愛才。烟霞勞客夢，亭榭待誰開。不盡山陰興，停橈去幾回。

即事

僻性耽幽寂，全無世外譁。抄經勤煮茗，按譜漫移花。竹枕詩連雨，松亭夢入霞。悠然無一事，返照落窗紗。

聽蛩

緩步徵秋色，俄來促織音。聲回雜細雨，響落亂寒砧。殘夢驚初破，新愁感益深。蕭然群籟寂，落日下松陰。

春晚

又見三春去，闌珊不自由。香消紅減態，風度緑含愁。碧碗浮新乳，青帘訪舊游。東皇如可挽，攀檻爲花留。

雨後游中條山

亂雲歸澗壑，空翠濕巉岏。滑滑鳥聲碎，蕭蕭馬道盤。平田一野闊，遠寺萬峰攢。解得尋山樂，渾忘行路難。

游虎丘

榜舟村近水，躡屐始知山。雲染青千嶂，溪流碧一灣。劍池烟樹合，香積飯僧閑。便欲辭塵累，靈丘駐客顔。

盱眙山

山市回崗抱，尋幽不厭看。途窮一磴引，烟密萬家攢。雉堞連雲峻，河流漱石寒。登臨勞拄杖，空翠落巑岏。

紅樹

烈風密捲肅霜寒，秋老千林帶醉看。半靨窺墻渾似錦，全妝臨鏡欲流丹。卜鄰剩有黄花友，耐冷還須絳雪餐。疑是桃源招隱處，漁郎燈火射前灘。

擣衣

霜冷芙蓉未授衣，西施獨上浣紗磯。聲隨雁語魂空斷，心度關雲夢欲飛。支石敲殘機上錦，衝寒擣瘦帶中圍。天涯忽憶征人苦，泪濕冰綃步月歸。

題遁山草堂

濠梁秋水卧莊周，手剪蒿萊結草樓。十柳當門開一徑，雙溪繞檻擁孤舟。山川苕霅傳新稿，裘馬邯鄲説舊游。菊老東籬雲葉紫，可容策杖共探幽。

同李褐公登岳陽東山小飲延壽觀

千峰一抹〔二〕插雲青，立馬遥看似列屏。古殿奇文多鳥迹，天風急雨半龍腥。池深魚隊浮沉見，沙漲泉聲斷續聽。勝地招尋容我輩，好將傾倒謝山靈。

鄴城懷古

西陵何處問繁華，衰草寒烟起塞笳。香履空聞留繐帳，豆箕已自摘臺瓜。魂銷歌舞迷荒樹，腸斷松杉有暮鴉。疑冢無人封馬鬣，多情獨吊魏宫斜。

才名鄴下動星文，七子風流自不群。綉虎王孫人似玉，從龍詞客氣如雲。覆巢北海無完卵，撾鼓漁陽有舊墳。獨羨當年列侍從，西園車蓋日紛紛。

〔二〕『抹』，原本、校本均作『抹』，與文意不符。『一抹』，即言一片，千峰連綿狀。故改。

安陽道中次雪崖韵

野霧蒼茫裏，寒砧遠近間。溪明秋見石，雲密樹連山。木葉經霜落，漁歌倚棹還。何時倦行役，小築自閑閑。

中秋吴通庵明府招飲伾山同中州羅夫子雪崖孫年兄

岩嶢叠嶂散晴暉，宓子開樽坐翠微。石底雲根連髓結，亭陰鐵幹帶鱗飛。白門隔歲依仙舫，青眼千秋侍絳幃。醉後孫登饒逸興，半山清嘯月明歸。

登光岳樓懷古

層閣何年造，登臨亦有緣。奇峰雲外岱，晴市海中天。開郡追秦始，射書憶魯連。夕陽看欲没，燈火亂漁船。

春日郊園社集時同人有登岱之行分韵

兩月風塵倦馬蹄時予歸自長安，歸家又見草萋萋。西園社啓竹三徑，南畝春深雨一犁。日觀盤來千磴折，天門高處衆峰低。慚予數載羈婚嫁，海樹岳雲入望迷。

丹陽署中喜晤曹顧庵太史

玉堂學士謝鳴珂，招隱山中卧薜蘿。百里星文占練水，十年風雅重嘉禾。摛詞已綉陳思虎，搦管還籠逸少鵝。環賜恩從天上至，花磚日影待君過。

重九寓旌陽署中言念竇松濤年伯朱鼎陽同人出游新安諸名勝未及追隨悵然有作

嚴城深在萬峰間，雲鎖霜衙旅夢閑。選勝無緣陪杖履，登高有思賦刀環。黄山嵐染杉千本，白岳溪流洞幾灣。佳會懸知人脱帽，使君賓從正開顔。

重陽前四日同宋荔裳方與三過甘泉庵登高分韵

雨霽生新爽，招尋盡我儕。城蕪殘堞散，碣古亂榛埋。風帽吹狂客，霜華落斷崖。連鑣歸路晚，夕照下茅柴。

早訂登高約，逃禪客到門。飄蓬游宦改，浩劫老僧存。地重黄河繞，沙飛白日昏。籌邊勞使相，指點舊軍屯。

客中雨夜

久旱愁鄉國，客懷去住懸。徒看三月雨，盡溉兩河田。屋隙分凉氣，窗虚透斷烟。瀟瀟聲入耳，清夢未成眠。

初冬社集約游李道生園看菊分韵

秋去黄花晚，亭然耐雪侵。偶當白社集，約訪碧山深。未醉籬邊酒，先傳郢上吟。招尋知己在，共守歲寒心。

憶諸兄弟

長安三月苦栖遲，每到芳辰動客悲。錣羽頻窺鴻雁影，離群懶誦鶺鴒詩。高歌風雨新秋夜，把臂池塘長夏時。往事不堪回首憶，相思有夢到漳湄。

清明同印心舅丈黄五城成我孚家七叔九叔長兄兩侄飲丹陽之望湖亭因憶五鹿社同人

春風披拂草芊芊，十里湖光望欲然。有客開尊同酩酊，誰家別院競鞦韆。看山已踏雲根斷，仰屋空留月影懸。回首漳干蓮社侶，尋青何處擁嬋娟。

謝雄隱上人畫扇

寒汀烟渚墨痕濃，小景成來逼惠宗。纔展齊紈風露捲，恍疑身入翠微峰。

春閨曲

春暮闌珊清晝遲，博山烟盡水沉時。百花園裏閑移步，戲取落紅打侍兒。

卷六十七　張鴻佑

福清魏憲惟度　輯選

錢塘嚴　沆顥亭　長垣王維坤簡庵
華亭顧大申見山　元城孫　郁雪崖　參

張鴻佑　字右君，號念麓，元城人。

小引

魏子曰：元城喬木之家，代不乏人，惟張氏最著。然不僅以青紫耀里閭也，蓋實有其才華意致，爲當世所推重焉。余壬子客衛，交企麓，已選其詩。次歲挂轅澶淵，又得與念麓晨夕倡和，不啻登機、雲之堂，攬其菁英而坐進風雅也。惜凍雪凝霜，手腕如戟，未能抄其全稿。因就郜學憲所拔《五鹿詩選》中鐫其尤者，與天下共之。鳳毛鴻爪，稍覿光儀，已咄咄嘆异，何必過屠門大嚼，劈麟脯、飲瓊漿，始稱快意哉？然張氏諸阮可與二麓頡頏者，余又烏得而盡知之也！

寄朱汗朱

尚憶東園醉，衝寒送爾回。最憐三月別，今見一書來。幽鳥鳴春竹，輕風度草萊。遥思明月夜，清夢幾徘徊。

過廢寺

路斷忽逢寺，空林淡夕陽。無僧堪問法，有客自登堂。鳥啄殘經亂，塵封斷碣荒。徘徊吟眺處，衰草暮雲黄。

過盱眙

不謂層岩上，巍然雉堞連。門迎千嶂起，樓控半天懸。落日低樵徑，眠雲抱石田。不知吟眺處，已踞萬峰巔。

無錫夜泊

近水秋偏早，江天霽復青。濤聲驚夜雨，螢火亂疏星。就月移歌舫，尋凉泊鷺汀。异鄉容客醉，身世信浮萍。

雨後過海潮庵

泊舟來野寺，香閣晝氤氳。雨過千林濕，門開一磬聞。登樓瞻海氣，掃石卧江雲。不識支公社，容隨野鹿群。

黄河晚渡

短棹臨孤渚，黄河起暮烟。風高沙障日，雲動水浮天。漭沆魚龍嘯，濛洄江海連。中流空擊楫，今已負當年。

登岱

岱宗山翠鬱崔嵸，晴日登臨興不窮。石壁藤蘿垂洞口，天門鐘磬落雲中。蒼岩積雨苔嘗滿，老樹盤虬腹半空。柱杖試探孤絶處，微茫直與玉虚通。

青帝峰頭亂石攢，烟光疑向鏡中看。海晴東望三千里，路險中分十八盤。落日倒銜吴練白，長風遠引暮天寒。倦來暫憇層崖下，無數松花拂簭冠。

撥雲身立石門巔，羅列群峰入望偏。曲磴千回潛蝕屐，奇峰一柱矗撑天。穹窿漢時封壇古，磨滅秦文斷碣懸。最羡茅庵雙羽士，攤經高枕白雲眠。

岧嶢叠嶂插芙蓉，極目烟嵐翠幾重。高閣連雲巢海鶴，飛泉落澗動眠龍。銀河低接桃花峪，渤海遥連日觀峰。七十二君封禪地，題詩石壁吊遺踪。

黄美中歸自西湖

半年離思隔江天，河朔初歸訪戴船。孤杖曾探天柱月，輕裝應帶海門烟。堤邊楊柳懷坡老，井底丹砂憶稚川。聞道客途詩興好，高吟莫惜向人傳。

過江

江水平如鏡，持橈縱遠看。雲生青嶂圻〔一〕，天入海門寬。風定孤帆穩，濤飛八月寒。金焦新雨後，空翠落巉湲。

同趙秋水訪孫右漢不遇

城外閑雲拂野流，探奇并馬入林丘。主人何處尋元亮，客興翻同問子猷。一帶溪光凉似雨，幾行樹影净於秋。相𢬵他日還相訪，清嘯閑登百尺樓。

西園雅集喜秋水自廣陵至

西園樽酒罄交歡，雨過高城竹氣寒。六月故人江上至，十年白髮客中看。池邊漲水通花徑，樹杪

〔一〕『圻』，疑作『坼』。『圻』係平聲字，此處當爲仄聲字。

歸雲度石欄。倚杖深松懸暮色，蒼蒼落日下烟巒。

雨中登北固

北固臨江峙，層巒接碧霄。樓吞京口月，鐘落海門潮。帶雨拾山果，披雲采藥苗。石磐逢老衲，指點説金焦。

卷六十八　劉友光〔一〕

福清魏憲惟度輯選

合肥龔鼎孳芝麓　長汀黎士弘媿曾　參
景陵譚　篆灌村　歙縣汪　楫舟次

劉友光　字魚計，原字杜三，攸縣人。

聽祁門張令彈琴即送之游漢上

疏桐引露清晨淥，有客携琴弄不足。河輪之玉徽絶倫，三終五終及華燭。據膝持頤移我情，長江奔雷連吴蜀。廣陵未絶人不知，中散曾授賀令思。雅曲自應傳雅人，會稽明月吹君絲。昔聞載過祁山鼓，更遣南薰滿庭户。天下萬物盡和平，廳事晝閑玄鶴舞。龜山峨峨勢崚嶒，四面黄塵能蔽

〔一〕　此卷三個版本均無小引。

魯。項不可騎腰難折，袖拂朱弦同疏越。麗色流聲哀田文，臺傾池平原更迭。朝滿夕虛豈足怪，幽澗深林泉嗚咽。薺麥茂茂傷西東，高山流水滿焦桐。刺船更問漢陽樹，湘弦楚竹怨無窮。君家侍中妙離鸞，少年獨步入雲端。斗酒明日望溝水，臨風送遠更一彈。

過荆軻故居

以軀借人事不偶，功竟無成環柱走。宰負田光賣頭顱，督亢竟落秦人手。何不須臾稍待客，武陽死灰隨其後。易水蕭蕭至今寒，何顔更對白衣冠。陳留博浪亦僥幸，不依沛公終負韓。危哉大索滿沙中，低徊荆卿將無同。衰草黄狐掉尾雉，不分秦宫與漢宫。我歌大招招太子，魂歸不必恨遼東。

鄴下吊石氏

衰草迷離百感生，三臺彌望失峥嶸。曉開金雀臨桑苑，更遣銅駝徙洛城。黄吻孤兒終送璽，紫綸少婦亦談兵。可憐少被櫻桃誤，縱有純灰洗不清。

寄懷潘吏部年丈

同條風急各東西，夢繞空林樹樹凄。聞到崖山悲往事潘初任廣萬州守，得歸王谷便幽栖。蜂甜舉國隨花去，蟲苦終身入蓼迷。堪笑漆園徒喪我，據梧隱几物難齊。

輞庵憩岳堂落成

悠悠遠岫對閑扉，嵐翠何能與我違？橘柚天寒明細雨，芙蓉霜後嘆無衣。有餘隙地移松補，不下疏簾待鶴歸。歷過名山難記憶，留僧畫取伴漁磯。

過玉泉山憩呂公洞遇王敬哉太宗伯談西山往事甚悉

一泓羅帶碧於苔，意外從公與溯洄。閣下未留韓愈迹，山中更有謝安來。芙蓉墮瓦鴛鴦散，芳草迷鄉鸜鵒哀。聽説寢園沾聖澤，冬青無用布衣栽。

生還

生還偶遂似羌村，剪紙相招澤畔魂。觸熱青蠅終被獵，訴〔一〕寒鸜鵒最能言。乘風挂席漁歸浦，冒雨移花蝶到門。惆悵當時王録事，草堂三歲不成軒。

和龔芝麓先生

平原家法本東陽，敢謂無人亦自芳。入市碎琴文已散，看花憐蝶舞全忙。奪哀人重曲江望，行樂歌傳種豆方。不到玄亭因乏酒，長懸鵁杓憶鵝黄。時龔公以奪情留任

〔一〕『訴』，原本、校本均作『訢』，據劉友光《香山草堂集》（清康熙刻本，下同）改。

黄鵠高翔憶樹芳，兩丸萍轉亦何忙。登樓是處憐王粲，前席無聞召雒陽。極目空懷湘岸草，折肱誰進越人方。臨風自惜梅花賦，林下無人月色黄。

雨雪中襄先安人墓畢感賦二首

霏霏雨雪四山垂，鳥雀無聲望轉疑。烟蔓已隨封馬鬣，軒車誰遣會牛醫。及泉難盡寒羹泪，斷竹彌深逐肉悲。獨有深情王大保，遠遺諛墓到孤兒。

阜帶戀纓不甚拘，七年叢棘繞微軀。乾坤浩蕩錐難卓，杯棬飄蕭澤已枯。芳草凄迷春雨恨，生芻寥落世情殊。寒機軋軋鳴田婦，腸斷燈前萬轉呼。

簡王貽上儀部

越人五步矢紛紛，羽族無驚不亂群。未解蘭香湘水佩，空移蕙帳《北山文》。遺簪四海哀原婦，修竹殘春屬右軍。南岳獻嘲誰解得，開軒收取自怡雲。

匠石年來見夢頻，可知橘柚果非倫。誰將野藾蒙珠的，遥望山庭絶玉塵。漢殿不諱長樂酒，洞簫傳誦六宫人。梅花一意歸何遜，嶺畔還開折後春。

丁景吕南游索書與梅村師聞師連舉二子却寄

鯉魚窟宅滿江潭，腹裹浮沉書數函。近悉臨風增玉樹，虚將曳緒望金蠶。鈎求根蒂遺賓戲，斷絶樵蘇與客談。可喜河汾歸老後，更無房杜與朝參。

哀緒三眠柳漸酣，綠經江北更江南。門餘三尺淹留雪，野墜同時痛哭簪。貧已無家翳獨樹，春猶遺興到雙柑。門生老大諸兒稚，醉後何人可舉籃？

朱漢臣使君被議聞重到長沙候命有寄朱鎮番人也

長沙日落水蒼蒼，秋色從來遠此鄉。薏苡一車瞻北闕，葡萄數斗憶西涼。大瓢日負行中野，獨樹年來稱草堂。可有山僧堪夜話，不妨風雨又瀟湘。

聞歌

春風一曲鬥宜男，興慶池荒蝶夢憨。紅豆飄零誰倚笛，落花時節憶江南。

聞笛

飛樓隔院玉釭明，漏泄天津橋上情。大小梅花俱是恨，幾回催夢繞江城。

劍堂頭四句

年來朽宅漸郎當，遙望東山更繞床。霜被水田晴對岳，寒燒木佛曉開堂。長參柏子沾花雨，不練松脂却老霜。委運姑隨雙鼠詰，安心不爲覓驢忙。桃花飯熟源何在，柳絮泥深春自芳。船子呈撓誰漏網，石頭覓路思逢場。無生自應空諸劫，苦行何曾出上方。曉惜痴蠅開紙穴，晚收文鶴散松房。優曇鉢底花無量，檐蔔林邊路絶香。趺坐此中忘歲月，不知塵外有滄桑。

寄衡李黄憶溪

南來湖岳氣全周，一望能將千頃收。伏櫪近來安老驥，奏刀何處有全牛。尊前留客題黄鶴，溪上容人弄白鷗。山色窺簾青九面，開雲時一注蝌蚪。

崔五竺三索題游南岳詩時予方守制家食

微霜吹頹髮，鬮鬮草上白。雁自明月來，苦寒生翰翮。抱書開五雲，略與説肝膈。青草涵巾紫，雲濤相絡繹。芙蓉九千丈，南來已殊碧。白袷青芒鞋，嵐烟遭充斥。望君白玉虬，灑灑祝融脊。海日蕩襟期，星辰隨手摘。神鷹自高騫，鴟鳶殊不惜。蕭艾苦囚鸞，偃蹇不越陌。陋哉漢武皇，雄心終局蹐。大牢徒霍灊，南巡氣蕭瑟。獨有謝靈運，持斧縱雙屐。此意差强人，苦爲官屬厄。濟勝爾同情，縹緲餐玉液。漁獵到蝌蚪，桃花蒙潤澤。開門望籬菊，何能忘三益。

雨中過輞庵

林深寒易早，風雨更無端。粟向青天轉，笳吹白髮酸。稍聞鍾出岫，相見藥憑欄。竹下斜生徑，人來頗耐看。

胡沂庵司李自南岳道上以如黔草先寄數日行部到攸雨中酬贈

楚山未了青，雲與夜郎接。酒人紫綺裘，琵琶照巾舄。龍標亦後來，摩挲錦屏石。寥落一千載，嵯峨巒烟白。菁深瀰灌莽，彝猶偶盤結。君枉白玉虬，香風吹大澤。網鐵聲錚錚，珊瑚遂絡繹。三年開岳雲，芙蓉熳松屐。衡雁日邊來，捲我門前席。玉屑奔檐端，風雨凉絺綌。昌黎開爐冶，陶鑄到張籍。窮吟老南澗，微沾漢魏液。璃琉合雙眼，終與虛空隔。手此若望洋，蒼茫苦獨立。屋角藏青山，蕭條獨四壁。中間嵐與泉，葱鬱呈棨戟。垂柳暗漁津，無與度阡陌。金瑟屬愁媒，情淹兔園册。青天雖可幕，何由嘗局蹐。

晤嚴顥亭黄門

無才自合老墻東，四面春寒更轉蓬。太史占星曾昔日，故人怪我尚書空。批鱗真屬清時鳳，折角還登一代龍。却憶西泠橋下水，淡妝濃抹醉春風。

送陳昌箕諭南平

我昔方弱冠，南游到牛渚。起卧醉花間，弦管狎柔櫓。君亦尚翩翩，抗手同雲路。秋霜不惜人，彈指各遲暮。海塵既已飛，相顧殊藍縷。垂老更無家，宛然見杜甫。友亦鄭廣文，坐氈寒劍浦。南平山色佳，有泉必到户。君今白馬去，油油望離黍。蜀帝杳難期，何天不杜宇。天實遺事多，追琢見風度。看君頭已白，是非自刻露。莫遣後來人，慷慨徒懷古。臨岐涕泗零，春花落微雨。

鄴下

平視殿前絶代人，當時岳岳獨劉禎。同根已解相煎急，猶自傷心賦《洛神》。

荒冢累累七十二，野棠開盡不知春。將軍有墓真書漢，何用懷疑惑後人。

對酒當歌古戰場，春風寂寂雀臺荒。征西墓上花無限，歲歲誰分死後香。

鄂口懷吴既閑

青烽南望歲炎炎，何處謀身可下簾。老去哀多聞庾信，魂銷别後獨江淹。蒲帆夕指魚梁火，明月人留市酒帘。愁絶江天吟日暮，同誰端坐憶茅檐？

春日祝周撫部

曾聞南極迴，春至照平津。鳳轉瓊房舞，雲開玉節塵。探書因到酉，維岳自生申。青鳥風時下，紅綃扇賜頻。明時逢浩蕩，開府自清新。宴濕桃花雨，盤浮芝肉春。绛鞲争避路，蒼玉獨垂紳。金樹承天寵，交梨散席珍。笛聲邀鶴步，松酒漬龍鱗。漢庭推細柳，蒙吏頌長椿。簾疏開翡翠，符下刻麒麟。文武分呈露，安危合倚身。冥靈原楚澤，長此護蒲輪。

寄永新令黎愧曾

霜月上秋山，潔暉明千里。琴水相瀠洄，流寒渌無比。朱弦二十五，有人抱綠綺。南薰被阡陌，高山滿十指。我年昔弱冠，青鞋從此始。沾沾裘馬間，清狂爲人喜。賢宰字園客，仁心及童子。軒蓋爲我留，襟帶吹蘭芷。雄劍歸琉璃，大風塵四起。原野厭人肉，公侯等犬豕。井鮒蒙大索，傭舂又過此。山深無静柯，臨月空徙倚。困游多素心，取暢蘆中士。近傳袖裏書，説尹口不止。蓑笠旅纓簪，聚舞凌都鄙。瓜圃釣船中，風日更和美。滋菊解雜菜，差保薜荔耻。少帝近臨軒，廓清到釜篚。冰心徹玉壺，碧波無彼此。襦褲騰風謡，流傳喧玉几。垂花難久淹，四海歌孔邇。落葉哀蒼生，霖雨無津涘。餘情及名山，大雅摧淫靡。弱蘿仰喬松，雲龍亦妄擬。銅盤羅閨彦，而我失鞭弭。風花滿簾閣，飛灑及覃耜。輟耕望雙凫，滿引田間兕。朝拂葛屨霜，擊鼓誦君子。

燕市五月送董楚望還苕

蒼蒼苕上水，園草綠無涯。褐暖三年玉，笛留五月花。乘風移檜楫，隨月到漁家。日暮雲何限，江東望眼斜。

嚴方公年丈解少司農任讀禮董湖北還留湖上數日有作

無端歲歲是天涯，倦上高樓望景斜。袖薄風飄蓮晚唱，岸紅晴見蓼初花。書藏東壁新開府，水盡南天夢有家。肯割烟波湖一曲，老年約上釣魚槎。

秦中吉農部枉過感謝一首 時余爲仇家所中吉無一面大責當事不爲直枉

迢迢天半羨朱霞，碧映峋嶁未有涯。湘漲横流迷杜若，秦風宛在憶蒹葭。石渠藜没三更焰，玉笛梅吹五月花。豈獨含情憐越石，更持太息到長沙。蓬心未解江湖遠，茅屋還依風雨斜。川媚珠明思化雀，杯留弓影仍驚蛇。酒酣漫拭三撾鼓，春去全荒五色瓜。車馬不因門冷落，還來江上聽琵琶。

送瞿如還山

蕭蕭黄葉送歸心，流水無弦獨抱琴。烽透故園憐瓦合，老依獨樹入雲深。秋埸得秫催收穫，晚岫當窗送夕陰。稚子候門殊不正，逐江真得釣人心。

雪中種柳

亂絮因風一樣飄，留鶯送客自今朝。金墉泪下情無限，緑到南朝第幾條。

雪中種竹

閑門僵卧不曾開，徑造何人日日來。逃入此中誰得見，祇因此意盡情栽。

宿湯陰

琴聲愛惜遠王門，匹馬還投落照村。鄂國魂銷風角冷，侍中血散雨磷昏。詞場遺恨收銅雀，野店留人索瓦盆。秋色長沙真獨遠，無邊木葉下中原。

九日盧先安人墓側

歲華留不住，宛似夕陽頽。極目峰千叠，傷心土一坏。鬢凋争雪白，樹老受風哀。辜負梅花甚，無勞索笑開。
春風唐突甚，倉卒入廬居。往事悲横槊，餘生但荷鋤。椒懸杯澤潤，粉漬荔枝疏。愁見百花發，無因奉板輿。

里中有賦蠹魚詩者予爲廣其唱

不須營九島，四庫儘無遮。白小疑同氣，青箱果世家。儉歲亡三篋，停餐待五車。無心望吁濕，崛强免泥沙。

牛口 沙河西唐文皇敗竇建德處也

隋鹿迷江都，群雄各飛揚。獨有大原人，豁達不尋常。夏王亦人傑，徒步起南漳。一發聊城矢，義問振王章。舉哀謁元后，傳首洗國殃。能原琮與蓋，大義燦日光。恭帝猶守府，意氣托鄭王。

布席摧尺帛，唇齒遂參商。亮節乎豚魚，五鳥下翱翔。神器顧有托，忘仇濟洛陽。謠聲散刁斗，祭酒謀徒臧。素服詣軍門，不及中槊強。文皇雖英畏，失律馭四方。世充實篡人，徒蜀恕豺狼。胡爲竇忠武，灑血齒劍霜。英風感千古，日落暗啼螿。

春日雨中無酒有懷趙公洞門

薄寒能耐老羊裘，寂寂禪扉雨似秋。瘦馬看花惟白傅，葛巾傳檄望青州。撥雲闊絶南鄰伴，細雨荒蕪西塞舟。芳草天連青極目，可堪無事獨登樓。

歲暮有寄

檐前山色甚無拘，日暮無人獨據梧。豈有芭蕉真覆鹿，不知苡薏竟成珠。梅花笛落寒江晚，《錦樹》篇吹萬壑枯。先世絶交書尚在，何煩雙鶴報林逋。

有貽牡丹者

春色媚檐端，垂簾或永日。北方有佳人，傾城與促膝。胭脂樓初開，蝶夢不能出。明珠無忌憚，六宫寵亦失。倏忽鬟雲飛，風光還四溢。雖有百寶欄，風雨往來密。榮衰會有時，頹然得放逸。

赴大名謁兵憲孔公

偶然索米望朱塵，蒸取摶沙飢更真。不得揮弦終一弄，曾聞衣綉活千人。長楊試取青蒲奏，細柳相公何必在中書。百花有塢長投馬，三輔還垂白馬津。鸞鳳鷹鸇人共見，折腰鈴閣豈無因。

江潭久不復爲漁，跛足聊因緩步疏。畫舫重新張要地，何人敢饋魚。更向晚香亭上望，玉杯行酒媚秋蔬。

十里亭 沙河西蘇秦陰資張儀處，今有東西兩蘇莊。

蘇説秦不用，儀秦喬松姿，鬼谷同愛惜。後有非與斯，亦分蘭陵席。四君雖异轍，争以秦爲策。季子雖詭秘，甘爲六國役。從親慮反覆，資儀以自畫。豈有臼杵情，脱友於困阨。陋哉武信君，啼笑無所擇。妄謂客卿榮，安知蘇扶掖。可憐李丞相，忍令非就磔。青松委風雨，車笠蒙弃擲。難彌虎狼隙，猶能念疇昔。郵亭閲歲華，凄風吹燕麥。餘謀惑魏人，生死情遂易。口吻固多智，衡成終不保，難辭亡友責。三嘆謝始皇，何能不逐客？

秋日送培兒還應省試

千佛名經裏，厩中淹累月，落葉竟修途。無絹堪資汝，及時且上書。經年惟閉户，何日慰充閭。莫上西陵去，開顔一報予。

珊瑚明鐵網，玳瑁暗鳴鴉。憐渠非一事，三十尚無家。謀醉依僧釀，無錢仰畫叉。歌吹散晚霞。

旅店書壁

相憐蓬鬢漸如絲，空意南山豆落萁。出塞明妃空恃貌，能詩蔡琰自多悲。垂楊是處堪盤馬，廢苑留人數看碑。怨既未明恩亦負，青萍惆悵欲何爲。

種樹

沃上敵西陲，浩然滿風露。瓦礫備櫛梳，恐以傳舍誤。古人好著書，閑情及種樹。榮條辭故丘，衆枝欣内附。羅列似兒孫，參差隨意布。梢雲起青葱，十年目所注。安得歐盧陵，成陰遂托付。偃醉得天年，不勞匠石顧。

採兒下第來省春日送之南還

五色雲迷萬卷書，年年坦率復何如。荆州厩内無人事，累汝樵炊自放驢。

大河春色滿平沙，芳草隨人渌到家。第一莫先荒下潠，秋來猶得刈桃花。

東郭方塘可種魚，官家有紙不求書。太行雲色時時白，尚有慈親獨倚閭。

銅臺雀去泣寒磷，金虎渠荒春水新。詞客霸圖消歇盡，白楊青草問何人。

門前

門前流水滿荒渠，梟雁東皋生事虚。對客長年羞五羖，憂讒無事哭三閭。春來争鬥移花檻，燈下閑抄種樹書。四海故交零落盡，幾人留得在樵漁。

胡石莊長公過沙出石莊懷詩次韵奉答

同時飛逐憶南京，明月猶傳弄笛聲。垂暮至今愁日落，失晨空欲補更鳴。停雲極目勞元亮，黄葉殊鄉類長卿。寶樹扶疏堪息影，更于冉冉得修名。

甘瓜朱李事殷殷，急雪吹巢并翼分。孤館杳無留客雨，故山空散贈人雲。誰知白首慚蘇武，獨有無官羡郭文。湘澧不須憐袂褋，已遭捐弃莫相聞。

答友

戍角悲生事，柴門獨迥然。漁翁憐滿地，山鬼嘯寒天。移樹常占雨，通厨自有泉。河清君莫問，泥醉已年年。

留别都門同寓

烽烟捲地古長沙，青草黄陵落日斜。歸去此中門獨閉，秋來時一望蒹葭。

呂年兄新除南宫招同譜雅集時予輩亦各還湘沔矣

同時裘馬已晨星，君或無慚舊典型。潘岳名花原赤縣，漢時大樹憶南亭。金魚新佩沾鸜鵒，玉宇無塵散鶺鴒。芳草臨風能競路，馬蹄流水各青青。

秋日用韵酬費瞿如

長夜漫漫扣角同，扶桑照夜獨王融。菊黄寒冒東籬雨，鷺白竿斜西塞風。雲暗荒原秦殿火，霜凄百卉楚宫桐。徵求到骨無由訴，愁絶重箋大小東。

司空山梁司空張岊冲舉於此

舉家仝在白雲中，甚遂南游玉册通。劍舄夜凌滄海月，齊梁草没蕊珠宫。紫麟自却金門詔，碧馬時傳漢祀豐。大小蓮花青朵朵，此中何日不松風。

石公寄歸山詩并索培兒畫因次原韵公明舊少司馬也

安排脚底任流行，玉節銅瓿總一生。舊犬相傳入裾喜，大官不用遣騎迎。隔窗世界峰無路，待月霜天鶴主更。公自澄懷兒未解，卧游行障畫難成。

寄王山長

虚名詎與救溝壑，無孔無弦自息機。小閣清晨惟雀到，大臣終夜望牛肥。湖深釣可容鈎直，講罷魚應向席飛。悵望嘉榮髭鬢好，凉州聲外舊人稀。

確山阻雨

高閣延群岫，空濛耐一看。知時真好雨，問俗亦農官。衰白餘鷄肋，遥青墮馬鞍。故園松菊杳，沾灑碩人寬。
蔓草無拘束，榮敷滿渌疇。招民遷絶徼，弃地滿中州。驗歲空占雨，經春失飯牛。黨人哀漢業，未敢恕清流。

都門留别李夏章羅宗玉

春歸人亦往，天遠望無涯。倚樹憐明月，垂鞭已落花。鶯啼聯榻雨，園老故侯瓜。還向蘆中去，難忘兩部蛙。
爛醉生涯薄，無勞説獨醒。花憐人面改，草入馬蹄青。畫角晴吹壘，天涯雨散萍。故人多原禄，書信慰飄零。

秋日展祭宋廣平祠

荒祠一望樹全遮，華酌將陳鼓數檛。流血公先芟穢草，招魂吾欲問梅花。楚州泪向清宫墮，峭谷春回止輦嗟。一片平原殘碣在，青磷寒雨夕陽鴉。
開國詒謀泣長孫，司晨終有牝鷄存。教坊已進優人魃，嶺表難歸處士魂。風定哀蟬栖弱柳，天凉饑鼠拱修門。我來一問靈荃恨，慟死怏怏亦可原。

春日同吴既閑入香山寺

擔頭紛紛百花春，香紅霧白九陌塵。雄藩金犢開珠旗，觀者何人不逡巡。可憐蜂蝶情獨深，步步隨花懶避人。道傍侏儒色喪沮，招摇黔驢與素侶。徑入香山看杏花，宛轉隨人非一處。金碧崔嵬白日輝，鈴鐸風聞聲楚楚。熹廟四海尚升平，金錢泥沙何足語。貂璫禍水勢懷襄，灌溉福田入寶坊。蟒玉衣冠虚墓高，金猊珠珞滿雕墻。豐碑歲久苔花碧，綉澀燕許之文章。曾聞學士亦曒曒，胡爲模棱人意傷。當時崔魏或無文，不能歌誦并飛揚。君不見開元内侍聲赫奕，廣南道上何踧踖。中丞風度儼嚴霜，能動天顔稱氣魄。蕭艾紛披各栖畝，眉目蘭臺自刻畫。

卷六十九　戴其員

福清魏憲惟度　輯選

萊陽宋　琬荔裳　滄州戴王縉紳璜〔一〕　參

桐城姚文燮經三　金谿王有年研田

戴其員 號雪看，桐城人。

小引

魏子曰：江南水鄉也，皖最高。波翻浪涌，有懷襄之勢。左旋歷九華，迤邐五百餘里而接黃海。

〔一〕『璜』，原本、校本均作此。徐世昌輯《晚晴簃詩匯》卷二十八：戴王縉，字紳黄，號雲極，滄州人。（北京：中國書店，一九八八年，第三五二頁）

海非水也，雲爲之上峙〔一〕，三十六峰雲下走，或聚或散，挾風有聲，有如海焉。每夏秋之交，驟雨初晴，幻化尤不可測。余己酉游山中，檄三十六人爲峰長，各占一峰，日紀其勝。移書施愚山大參曰：『此中必有以詩文作丹青者，寄其性靈焉。鬱鬱兹懷，未既靚也。』近過沙麓，得讀戴雪看先生詩，新蒨離奇，藻不傷縟，琢不鄰巧，彬彬皆澤於古，不旁今人門户。急携與孔心一觀察快讀，曰：『此集名《愜山》，更愜心矣。』迨晉謁於司馬郡署，莊重典型，肅然起敬，縞紵定交者三閲月。日夕過從，講家庭父子之樂。始知起家樅陽，實祖白岳。覺囊在三十六峰，時與愚山期許者，實挺生於兹，非皖水、黄峰濯其魄而翼其神不至此。吾聞龍眠上有李居士焉，博古識奇字，所爲畫咄咄入神品。得其片紙者，如商鼎周彝，什襲藏之。將先生此集盡入繪事，恐畫中有詩，儿爲居士所妒，而世之寶三李者，且轉而宗二戴矣。買雪舟而入剡溪，非僅事也。時壬子之臘念有二日。

題沈石田山水限十一真

縱筆寫天地，山川發興新。峰回徑忽轉，澗斷泉還親。鶴邈隨雲影，魚潛任釣綸。壁間非近玩，

〔一〕『峙』，原本、校本均作『跱』。『峙』，直立，聳立。

點綴化工春。

題藍田叔漁樵煎茶圖限六麻

輞川餘景在，酷似野人家。漁艇隨風蕩，樵蘇取徑邪。閑將深澗雪，點煮北源茶。蘸墨有如此，探奇何事賒。

讀周伯衡先生寄咏雪詩十二章

名區栖碩彦，瑶圃會佳辰。詞賦裁雲舊，霜華染翰新。梁園誰授簡，鈴閣有芳鄰。酬唱和歌裏，雙旌捧鳳綸。

春日咏懷 時同馮惇吾使君方還青劉伊思賦限韵八首

千峰競秀揖重門，横木求閑似了元。石徑苔痕無屐破，平疇麥浪任雲翻。梅殘猶不逢南信，月落那堪聽蜀魂。潦倒簿書終日裏，敢云利器别盤根。

寥落郊原烏暗啼，晨炊烟靄數家迷。老農泣指明星爛，處士悲吟杲日栖。逐月鳩聲思石燕，先秋柳色悴黄鸝。渠流細咽甫田渴，孰起潭龍到漢西。

小築園亭不構堂，簡書寬我坐繩床。微吟間以酬詩史，呼飲何能到醉鄉。未去三春先夏暑，願將一雨變秋凉。落花飛絮偏來急，故故添愁斷客腸。

春水盈盈書寄吴，釜寒不必向秦呼。三年我愧侏儒飽，比偶兒償筆硯逋。冷入吟蛩難辨響，笑把譚虱豈緣鬚。裔雲社名兄弟飄蓬後，雪霽風清憶剡無。

填階草色爲誰傭，春日遲遲野况濃。叱馭邛崍無所恨，修途蹩躠反成慵。荒城好種花千樹，冷廨惟煎雪幾鍾。渭北江東空送目，青山綻處白雲縫。

種竹鋤蔬恁似家，斷齏燒笋客情賒。文章憎命消年少，簿牒嬰人促鬢華。未驗維魚占歲稔，漫嗟孤鳥滯天涯。空庭鎮日無多事，雙樹高枝鵲自譁。

一枕孤帆直到南，醒來長嘆遠爲官。風遲山色雲移緩，夢殢江程露滴殘。故里何時蕉葉醉，他鄉還啖菜根酸。鳥聲歷歷經檐隙，唤我雙眉且放攢。

南北春歸共此朝，欲將離恨寄輕刀。羊腸却笑單車馭，鷄骨難支匹馬勞。阻道伊人宛在水，縫裳季女不吟曹。龍山舊有幽栖處，别後松芽幾尺高。

愜麓映翠天雄十二景

愜山蕢土漢河防，沙麓曾占聖母祥。异代勛名留史册，盛時風景屬蠶桑。梨花歷落凝霜白，柳色參差帶雨蒼。掩映烟雲無限意，爲騎瘦馬踏春陽。

淇衛浮青

共伯蘇門山下水，千里來爲淇衛河。秋漲雲連村樹遠，春晴烟擁片帆過。風光若此時光換，歸興何如酒興多？我欲臨流揚一觶，岱宗東望鬱嵯峨。

金堤秋月

蛇蜒無際障秋霖，皐雁飛鳴大澤深。百里波通游屐月，千年堤在濟川心。魏公板築餘名勝，寇老經營變古今。此日不須矜重鎮，好將風景肆幽尋。

東館春華

博洽高風不可攀，先生遺館在人間。冢中蝌蚪文猶在，笙吹詩歌帙尚班。桃李穠華苔蘚徑，麥粦漸秀水雲灣。幽人逸興誰相識，獨向平林謾往還。

晚香挹露

愛蓮茂叔奇文在，又續韓公秋圃香。古柏參天風度遠，名花繞檻咏歌長。由來勝地開懷抱，老大餘閑自徜徉。作賦登高惝往事，餐英是處樂羲皇。

衆樂襲芬

潞公雅意築高堂，人去堂空花自芳。事業中原從載筆，風流遺俗尚飛觴。千秋寒雪梨仍白，萬畝黄雲菜有香。正賴部君能志勝，不將廢迹委倉茫。

古碑寒烟

宋帝曾題五禮碑，尚餘斷石偃荒逵。曉風霞舉龍蛇字，秋露烟横幼婦辭。荆棘銅駝千古泪，墓門金碗百年悲。摩娑苔蘚心如結，痛酌豪吟慰所思。

沙灘暮雨

千家樓閣萬舟横，烟雨迷離薄暮情。伐鼓考金喧水國，吹笙撥阮度雲軿。傍人踴躍樽前笑，賈客經營夢裏行。獨有少年無意緒，金沙灘上看調箏。

雲石秀區

城南韋杜久知名，臺榭參差照眼明。遥水通渠穿複道，小山當户接蓬瀛。謝安定爲蒼生出，裴度聊抒緑野情。佐郡慚余無寸補，閑尋花徑仰高甍。

井泉仙梵

廢壘猶傳宋麗譙，梁公祠宇已飄摇。桃林寂寞飛紅雨，土阜縱横長緑苗。梵井忽來功德水，經聲常沸浙江潮。憑高無限興亡感，十里烟雲暮又朝。

文閣夕暉

尊經閣敞俯郊廛，朱檻遥臨衛水前。泰岱浮沉當户牖，烟霞掩映接杯棬。往時湫隘人心鬱，此日巍峨物望懸。愧我追隨公瑾後，醇醪每醉夕陽天。

講堂朝旭

浴池朝景遠曈曈，地敞偏宜楊柳風。鐃吹久虚歸馬後，弦歌重聽語鶯中。憂來製錦章難報，老去論文步未工。獨有冰盤春苜蓿，團團初日小齋東。

孔憲臺宴雪八咏和章

畿南使節彩雲開，宴雪樽浮舊酒醅。蔀屋凝寒争挾纊，郢歌屬和共登臺。參差玉樹階前發，仿佛銀河天上來。一片空明誰得似，冰心久已絶塵埃。

元日先春曙色開，半旬飛雪泛殘醅。冰攢列嶂千峰樹，玉照高原百丈臺。處士閉門僵卧足，幽人策蹇探花來。平疇彌望六花滿，萬里風清絶塞埃。

雪吹空庭玉樹開，老農呼酒盡餘醅。同謀墐户煨松火，何暇披蓑上釣臺。飽犢不思穿凍出，饑烏似欲觸寒來。平鋪遍地豐年瑞，誰入太虚一點埃。

積素連陰迥不開，望中千騎擁春醅。嗚弓欲向瑶華樹，擐甲争趨白玉臺。勁旅衝風逐兔去，將軍帶雪架鷹來。鐃歌飲至凱旋樂，還憶沙場起暮埃。

夢裏江山照眼明，千峰萬壑玉填平。醒來紙帳梅花色，還向空階瓊砌生。愁濕黄鶯猶未至，群飛白鷺自相迎。閑曹鎮日無多事，散步商歌過短楹。

翠華臨幸九垓明，飛雪塵清輦道平。彩仗春隨淑氣轉，蒼龍花擁卿雲生。光摇銀燭旌旗動，色晃朝衣劍佩迎。九廟陵宫禋祀肅，千官拜舞别階楹。

飛雁南來度水明，天空雪浄暮雲平。隴頭書信猶遲至，笛裏梅花却盡生。鶴氅爲衣足眺望，晶盤供客少逢迎。家鄉回首十年事，長嘯高歌倚檻楹。

雪霽澌流素練明，風光無地不升平。金莖玉露乘春湛，火樹星橋帶月生。土脉墳盈南畝載，層冰解凍東風迎。飲和食德惟推分，曬藥攤書有數楹。

山居次魏惟度韵八首

深山夜雨漲桃谿，緑黯紅鮮落照西。藉草任眠蒼徑鹿，當窗祇蓄長鳴鷄。啁啾嘈雜幽禽細，突兀巑岏古木齊。坐對歸雲青冥色，栖烏猶自傍人啼。

岩居

勝侣漫尋舊虎溪，幽栖岩壑小窗西。潺潺水潤長堤鳥，寂寂空林午夢鷄。地僻杳無柯斧到，居高似與嶺雲齊。朋儔寥落烟霞外，愁聽夕曛杜宇啼。

樓居

危樓百尺俯深溪，坐卧渾忘東復西。嘹唳遠聞鳴海鶴，蹁躚晴看舞鵾鷄。晚霞照野楹前出，曉日當窗木末齊。憑高眺望開懷抱，巢鵲山鳩次第啼。

茅居

四面環山抱一溪，誅茅編槿斷橋西。市遠祇憑銀繫鹿，時清不聞渡頭鷄。鷺鴉雜沓沙邊偶，花樹蒙茸竹屋齊。風景幽尋元絶俗，悲蟬何事不禁啼。

鄭居

紫陌紅塵映碧溪，幽人宅在水涯西。南橋公子會馳馬，北郭俠邪來鬥鷄。開徑詎云蔣詡并，著書欲與虞翻齊。昂藏七尺非無泪，不向牛衣卧裏啼。

船居

烟水垂綸不着溪，笠雲蓑雨任東西。空濛霧裏驚秋雁，欸〔二〕乃聲中聽曉鷄。蝦菜生涯隨日足，笭箵事業稱船齊。鳴榔恐觸蛟龍怒，弄棹且隨黄鳥啼。

〔二〕『欵』，原本、校本均作『欵』，誤。『欸乃』，槳櫓之聲或漁家號子聲。

水居

世網攖人避窅溪，性耽岑寂水鄉西。但能海畔狎鷗鳥，莫道雲中墮犬鷄。春醉夭桃含色重，秋肥蒼荻長苗齊。數聲漁笛滄浪興，休管鵂鶹夜半啼。

村居

卜築由來傍水溪，緑陰覆屋柳垂西。繞飛貪愛銜泥燕，催起莫尤報曉鷄。四野浪翻麰麥動，一庭香送稻粳齊。閑來欲作梅花賦，社酒村歌任笑啼。

癸卯春補階州牧四月之任途中見聞及任内閲歴紀事八章

首夏鬱蒸别帝里，蕭蕭馬首向關西。奇峰硉兀火雲地，炎海淼茫道暍栖。一路鶯歌迷上苑，兩行柳緑傍長堤。漏深正欲眠清簟，慵聽荒村午夜鷄。

初捧除書武都日，原田麥浪正翻秋。黄河九曲穿秦塞，太華三峰擘隴州。架屋層巒緣鳥道，接橋斷岸替桴舟。不悲危險單騎御，萬里雲山一望收。

驕陽杲杲野田焦，巫祝村童舞柳條。共望伏雛飛石燕，誰將神糞涌山椒。雷聲未送千峰澍，鍾響隨聞一寺曉秦中雷轟，恐冰雹隨暴雨至，群赴寺觀鳴鍾鼓。灾眚恐生人意外，不如耐暑任灾歊。途中遇旱

華山别後幾經秋，此日重來感舊游。十載相思勞夢寐，千尋登陟豈悠游。蓮蕖冉冉無開落，玉女

飄飄任去留。箭括車箱渺歸路，暫栖此地即丹丘。甲午春，過華山之西鄉任，今再過。

武都衙宇倚山隈，積翠連雲滿座來。麥隴最宜春夜月，花陰還映石岑苔。櫻桃曉日家家熟，鸚鵡畫欄裊裊飏。偏是淒人腸斷處，邊笳羌笛兩相催。

乘驄使節出雲霄，萬里共球捧盛朝。沙苑遠供赤血種，羌番飽飫紫茸條。拔茶自古誇良吏，易馬寧今累庶僚。聖主籌邊多碩畫，普天稽首頌神堯。

武都文廟兵燹焚毀規模雖具缺略甚多且復塑像予修建之後衆議請仍設主予從其請而丹壁間嵌一石像則吳道子筆胡安國鎸於蜀庠前牧購善手勒石者也瞻仰之下人心悚然拜颺遺徽恭紀盛事

右文元不異窮邊，禮樂光輝舊管弦。廟貌聿新兵火後，威儀早失象形前。敢云道子能圖畫，猶賴安國爲傳鎸。精爽依稀肹蠁〔一〕地，增修屬意藉才賢。

取士復用八股武都士鋭意注疏之學公餘請予説書因示

説經腹慱侍中笥，皋比何當北面師。犧畫以前元有《易》，孔删之後豈無《詩》。典謨讎校〔二〕齒牙誤，編紀傳訛亥豕疑。講席從游多英俊，十城吾道在於兹。

〔一〕『肹蠁』，亦作『肸蠁』。
〔二〕『校』，原本、校本均作『較』。『讎校』，即校對文字。

晚香堂因韓魏公建也今堂巋然獨存而挹芳襲香二亭周使君次第新之殆秋圃勝概也爰次宋御之孫青門韵賦詩四章

晚香亭

何年結構晚香亭，韓老聲名自古馨。竹葉𡟰娟風入牖，柏枝盤屈蔭遮庭。寒花不改凌霜節，芳草何須點翠屏。參佐風流庾亮興，各天悵望嘆晨星。

挹芳亭

亭榜挹芳秋圃邊，濂溪風月繼名賢。籬根既種千株菊，池水還栽百丈蓮。調鶴馴麋夕照地，浴鳧飛鷺曉烟天。祇因吟弄胸中意，故覓輕舟載石還。

襲香亭

亭榭層層接晚香，忽驚黄葉又飄霜。芙蓉露濕丹楓落，鷹隼風高海燕藏。野色蒼茫連幕遠，客懷澹蕩泛杯長。魏公事業千秋在，憑眺如今意欲揚。

準提閣

官衙誰似祇園清，净土莊嚴悟法精。碧紺輝煌金世界，琉璃映徹照編氓。疏鍾不破華胥夢，梵誦如聞潮海鳴。小閣嶙峋霄漢聳，香臺此豈世中情。

贈趙山子次韵

衛水寒江入望明，扁舟泛雪不勝情。雄才匪獨追莊叔，高節還兼似管寧。榻下晚香歡載酒，歌留沙麓憶題名。金門奏對臚傳後，霞蔚詩文醉六經。

賀劉叔同宴爾

多君風韵蕭郎儔，高踞元龍百尺樓。鳧舄翺翔天闕近，鳳歌倡和綉帷悠。金沙不隔藍橋路，衛水遥連銀漢浮。此日翟珈照綺席，懷中玉燕帶雲流。

懷汪梅湖

夢思千里溯江回，文藻風流曠代才。著述窗生書帶草，辭徵徑没老蒼苔。漁歌隔浦晚烟入，鶴嘯高原曉霧開。瀲灧湖光春水闊，扁舟蕩槳故人來。

重陽前十日季廣之自黎陽來訪投詩和贈

千里離家歸夢長，荒園逢客近重陽。山楓落葉迎霜赤，籬菊含花帶雨蒼。詩思闌珊無地發，天真爛熳待君將。郊原誰是憑高處，我欲移樽佩紫囊。

重陽前偶值風雨凄其季君索韵

映日楓林翠壁丹，半天風雨助秋寒。黄花沾濕泠偏艷，白雁驚飆慘不歡。逸興閉門烟一縷，故人清話緒千端。我同吏隱君流寓，莫作山陰返棹看。

重陽後一日與季廣之咏菊拈得吟字

暮對寒花共客吟，颸風入户吹衣襟。已浮佳節重陽酒，猶抱東籬賞菊心。魄濯冰壺月下問，英零玉露霜天尋。陶家不獨能憐汝，冷艶芳華自古今。

鳩

桃花片片漲新流，隔岸鳩聲喚麥秋。呼雨應憐農稼苦，逐雌寧爲樹顛謀。不隨黄雀喧晴語，時伴青蓑刺水儔。好覓田家桑落酒，陶然一醉共忘愁。

燕

呢喃燕語細聲稠，簾外輕盈拂剪鈎。入幕宛矜新羽翰，栖巢猶憶舊春秋。但隨翠袖飄宫扇，不逐黄鸞上戍樓。社日來年風雨後，應還掠水過墻頭。

杜鵑

春山蓊蔚草繽紛，杜宇沉沉叫夕曛。苦泪難眠深夜月，哀喉欲喚曉天雲。花留蜀國啼痕在，影過吴江望眼分。梁益計來千萬里，凄聲到處不堪聞。

蜂

隨蝶尋芳過短墻，游蜂無賴更顛狂。腰非沉病三分瘦，色逞陶籬一樣黄。不怨東風殘艷質，那堪螫尾妒花房。畫樓脂粉飄香細，誤逐嬌枝探綉裳。

蝶

春深蛺蝶款飛低，摇曳曉妝媚綉閨。纔逐香風尋曲徑，旋隨午夢過長堤。探花不畏朝烟濕，嬌〔一〕舞寧知落照西。自識劉郎粉退後，廬山雙艷任評題。

〔一〕『嬌』字以後文字，原本缺失，據校本補。

卷七十　李念慈

福清魏憲惟度　輯選

合肥李天馥容庵〔一〕　吴江計　東甫草
貴溪鄭日奎次公　桐城姚文燄彦昭　參

李念慈 字屺瞻，號劬庵，涇陽人。

小引

魏子曰：近讀書漆園，枯寂無事，步一小村中，聽老塾師爲劍氣之歌，匿笑不止。歸與友人吴星若謀曰：『此老不善率真，自取嗤誚。吾輩詩文亦當改轍，勿事濃妝厚抹，枉作東施也。』案頭因

〔一〕『庵』，原本、校本均作此。徐世昌輯《晚晴簃詩匯》：李天馥，字湘北，號容齋，永城籍，合肥人。（北京：中國書店，一九八八年，第三四五頁）

取劬庵先生詩誦之，無意於高而步凌垠堮矣，無意於深而溯增波瀾矣，無意於幽而徑轉冥寞矣。急移向月下，兩人對吟曰：『此率真詩也。汰昌谷之險澀，斂太白之粗豪，去輞川彭澤之蕭淡，騷騷乎其進於少陵者乎？』曩空同以詩鳴北地，議者謂得杜之神，劬庵固地靈所鍾也。取空同與之頡頏上下，安得謂我不見古人也？因付之梓，爲斯集先聲焉。

題畫

秋色澹空岩，夕陽挂疏樹。於中見村籬，長年支霜露。秦使不可求，茫茫隔烟霧。山氣自南來，蒼然成遠暮。疑有餐霞人，卧在烟深處。

朱圉山

我過朱圉山，山勢何縹緲。丹崖卧横紋，十里行未了。塞路風沙集，冰溪清渭繞。鷄犬叫雲中，人家出樹杪。天寒烟不上，道險壑方窈。移神探古迹，流目矚去鳥。海内多戰鬥，河西尚征剿。苦爲行遲遲，半是憂悄悄。雲開西傾青，日出伏羌曉。問奇懷胼胝，尋幽披蘿蔦。因愛山中静，人世多紛擾。

阿壩東山晚眺

騎馬到松岑，萬緑渺無數。況有一片月，挂在西陵樹。遥遥陟寒坂，被榛入廣霧。亂山何纍纍，陵谷相回互。黄河自天來，巨波東南注。極目俯大荒，風沙千里暮。海内多戰伐，邊功競馳騖。良馬千隊連，士卒百金募。聯營卧冰霜，轉輸披寒露。殺傷不足論，策名良已誤。我來經戰地，鬼火照空素。黄羊走沙磧，飢鷹啄狡兔。連峰接渺茫，落日邊風怒。長林振響籟，空阿生深懼。持觴吊往昔，慷慨各相顧。寄語嶺上兒，莫唱《丁都護》。

飲淮上酒舍

扁舟向酒家，緑花錯如綉。中有桃源人，蹁躚曳廣袖。他鄉欣同里，相邀飲醇酎。遥天敞素秋，涼氣澄清晝。回風振葭影，浴鳥紛馳驟。雅歌絶俗響，短笛復迭奏。陶然坐及夕，放談話故舊。脱巾入歸艇，湖光蕩列宿。

江泊看月

輕帆轉石城，月皎維舟夕。春晴過上弦，澄江應潮汐。小舟少板屋，水宿覆片席。孤光對欹枕，流寒著背脊。披衣出短艙，久立愛清魄。冥冥山色蒼，濛濛江氣白。四顧意寥廓，幽賞寄空碧。

瀑園醉歌

南家池館依林麓，青山一帶豁雙目。截嶺爲峰爽氣横，飛樓複道凌空矗。老竹撲墻十萬竿，幽深盡日無剥啄。主人飲我還看松，黛色參天亂酒客。松間窈窕轉危石，好月娟娟來照客。醉後和月卧松根，吐出玉花潑琥珀。可憐把筆空復豪，眼中山水題不得。峽口懸濤噴雪來，氣寒侵袂聲喧豗。此時酒醒念夙昔，紛然萬感心崩摧。君擊鼓，我起舞，吴兒羌笛春宵午。乾坤莽莽我生初，意氣相看泪如雨。

灞上贈别茂梴生

漢室中郎有蔡子，愛拂朱弦對秋水。期牙既往知者稀，吁嗟雅音尚賴此。北海茂君雅善余，兩載過從交不疏。東將入海卧白雲，更倚日觀注古書。我送君兮終南麓，颯颯霜風寒落木。却出囊中嶧陽桐，爲余更奏高山曲。驪馬嘶兮灞之干，請君且復罷猗蘭。今日相將聊爲别，欲飲不飲空闌珊。長歌贈君盡君卮，明日憶君天之涯，與君不醉將何爲？

東湖訪費子范出近詩

玄冥行冬冬欲老，冰花一夜吹瓊島。我出青門過素滻，見君手寫東湖草。苦吟能使鬼物泣，纖膚習氣一時掃。世上紛紛逐埃塵，輕裘肥馬安足道。東湖有廬堪共卧，東湖有尊堪共倒。我欲東湖把一竿，坐弄滄波對晴昊。生事驅人兵馬間，躊躇何日開懷抱。

馮公署中移小松樹栽

種松亦不多，映屋頗扶疏。二月天氣寒，緑陰匝清渠。與君步履西園内，十株五株使人愛。灌溉寧惜童僕勞，護持未許風雷礙。金天蕭颯冰霜冷，參差欲偃千年頂。風起時聞笙竽音，月斜紛走虬龍影。邊城烽火今無有，政閑常得徘徊久。松間吟詩松下卧，客引壺觴主稱壽。君不見昔日種竹王子猷，對此速宜酌一斗。

廣陵濤

大江八月秋氣高，海水上溯激洪濤。雲亂山飛雷怒號，灌阡漫沱没江皋。漂揚推逐愁萬艘，蛟螭迫顧失其曹。海門之西小孤東，奔湍怒起千里同。浙江錢唐水盡立，石城鐵甕滂渤中。元氣掀騰無始終，赤岸或圍日母通。廣陵曲江吹聲急，觀者如雲岸邊集。衝崖打壁態變幻，駭情駭目紛難給。初來潑浪生渟泓，勢大漸看洲渚平。水關涌裔蕩委曲，林園蓊藹生空明。移日濤歸景色清，萬人散亂舟楫行。市樓高啓酒旗出，錦纜徐牽榜歌鳴。江南踏潮聞更奇，訇隱回合迷津涯。枚生奮筆詞難罄，子胥鼓浪情可悲。宇宙奇觀那盡見，鬢中霜雪風將吹。一尊痛飲愁寥廓，泪滴澄江坐賦詩。

三鑒齋石長卿先生書屋

名士讀書處，深秋薄暮初。蓼花風更落，菊葉雨還舒。堊壁牽蛛網，青緗食蠹魚。江南鴻雁絶，吾道欲何如。

渭雨吟

渭城秋欲暮，爲客賦《無衣》。任懶逢迎少，常貧問訊稀。秋聲風到枕，夜色雨侵扉。誰念幽窗裏，徘徊未得歸。

葉落庭柯寂，横斜對我門。參天終有幹，逗月欲無痕。瀏鶒河中浦，蒹葭檻外村。濕雲垂不斷，何處望林園。

層樓山子上，云是青緗堂。細草危岩緑，名花邃谷藏。石欄俯流水，土木欺城墻。車馬誰還至，空崖下夕陽。

尚書墳墓地，寂莫向平蕪。落日空山下，西風老碧梧。翩翩秋去燕，縮縮夜眠狐。爲問城中客，經過墮泪無。

冬喜蘇雨若解綬卜居城北

載石歸來日，寒雲釀雪初。開樽盈白酒，入饌有冰魚。春暖應移竹，身閑好著書。爲鄰多樂事，還往肯教疏。

秦州

杜老羈栖處，空山但鳥音。驛樓霜月小，客夢故鄉深。薄靄横高樹，蒼崖俯密林。近來詩興少，到此一長吟。

别顧與治

南國推詞伯，論交獨重君。忘年呼小友，敦樸近先民。譽毁從時俗，才思動鬼神。衰年常卧病，藥餌正須親。

西圃蔬畦初成課園丁疏渠引山泉入

塞水流沙近，分來一勺清。徐看穿圃入，細作繞籬行。幾處花根濕，滿園春草生。畦蔬如不乏，何必憶蓴羹。

城西水聲

塞上流沙水，灘聲響近原。夜深聞正切，月下聽空煩。劍冷青萍吼，琴清白雪翻。西園佇立久，因得静中喧。

小橋

小橋如畫裏，秋爽更宜看。八月天山下，千門落水殘。烟光凝暮色，水氣動宵寒。剩有如澠酒，狂歌興不闌。

砧

清砧秋月下，纖手搗寒衣。絶塞愁將寄，征人歲不歸。關河鴻去盡，雲雨夢來稀。夜久聲還歇，涼風透薄幃。

剛成屯

夜宿剛成屯，一老負其孫。兩面俱菜色，手持樹葉餐。苦稱窮餓極，乞食活朝昏。爲我數鄰里，十家九不存。月中雨如畚，盡去空此村。亦有好室廬，捐弃隨人奔。民生習危亂，歲饑〔一〕有變翻。居恐逢迫脅，相從遭戮冤。不如之他方，展轉草樹根。餓死免惡名，猶幸爲良魂。聽此詎忍盡，感嘆莫爲言。

秦時石表

方石類削圭，立在東岳巔。相傳秦皇置，孤高凌紫烟。漫滅絶文字，無乃結繩前。封禪事幽閟，奄化無留連。好大窮四海，流弊毒萬年。七十二朝代，踪迹同茫然。頌銘〔二〕徒爲耳，身没見愚

〔一〕『饑』，聚錦堂本作『餓』。
〔二〕『頌銘』，原本、枕江堂本均漫漶，聚錦堂本作『煮銘』。李念慈《谷口山房詩集》（國圖藏清康熙二十八年刻本，下同）作『頌銘』，據改。

賢。民口不可防，况乃欺皇天。

涿州宏仁寺四松

昔游金陵寺，數禮長干塔。最愛六朝松，扶疏指閶闔。五月出長安，炎蒸路難越。赤日焦顏面，黄塵没短髪。長林翳古刹，眼望心已達。進門失烈暑，旋行解短褐。更入得四松，銅柯白蘚匝。對坐恣偃仰，塵襟一洗豁。老僧習若遺，狂客性所適。干戈滿山澤，喬林多剪伐。如何大道傍，猶得見此物。托始難具考，增崇萬曆末。巍然留蕭森，毋亦仗佛法。殿閣金碧存，節宇規制闊。感懷百年前，太平寬民力。征途方冉冉，緬維神超忽。安得據胡床，長此看明月。

冬日濟南送李佳木返任城觴罷出門佳木指寺寓池柳謂老僧曰恨不見白綿金縷當有留題余曰白綿金縷具柳性中正可於池冰徑雪中想見之若必待春來是見春乃見柳也戲索筆題一律於僧壁佳木和己乃行

户外長條褭細微，方塘寒影挽征衣。春來飽見青烟鎖，暖日還看白雪飛。游子行時忍攀折，佳人别後想腰圍。山僧未惜風流絮，一任粘泥怨落暉。

李滄溟先生墓

慟哭斯人殁，空經墓下田。亂山還白雪，森柏向青天。盛世文章貴，高名日月懸。豐碑藏蔓草，猶藉後世賢。舊無碑，施愚山視學山東，爲刻石表之。

華州道上張伯式邀餞沚園

細路春畦裏，危亭沚水邊。石林疏繫馬，柳渚曲張筵。勸酒歌頻發，尋幽坐屢遷。平生真率意，見爾復流連。

路傍望王氏園林舍定即步入主人延余小酌出吴兒度曲

地迥邀春住，廊回引步遲。把荷憐楚客，度曲得吴兒。笛囀聲融竹，箏調手應絲。平生習疏放，達暮不知疲。

東烏嶺回望平陽懷毛錦來司理

東行登峻阪，跋馬望君頻。好會重分袂，離思欲損神。才名知爾大，披豁向吾真。後晤當何日，相期帝里春。

山下許梁諸村

南下太行麓，平原錯緑疇。數村烟冉冉，千畝竹修修。暮靄牛羊下，高田禾黍收。軟沙蘇馬足，縱轡復何憂。

緣河諸村

芋葉如荷碧，柿林勝橘黄。野田連密黍，官路出長楊。處處催河賦，年年赴築防。汴東新又決，千里没農桑。

秋日寄内

歲歲常爲客，今秋又不歸。每憐人兩地，不及雁雙飛。獨宿朱顔改，長貧生事微。它時或相守，祇惜少年違。

十四夜看月

客路中秋逼，蟾蜍祇自看。頻行聞短笛，獨坐憶長安。影射天河炯，光生玉露寒。濁醪村店有，買酌一杯寬。

同陳伯璣孫豹人夜集施愚山學憲寓齋論詩和韵

乍見即相尋，青尊對素心。兵戈諸子在，燈火一宵深。大雅誰從古，流風感至今。少陵如可作，千載有同音。

爲圃

去年種菊映庭除，今歲籬邊復種蔬。隨意剪裁緣小徑，關心風雨過鄰居。豆花棚下清秋早，禾黍梢頭皎月初。漸喜城中來往絶，甆罌濁酒日蕭疏。

秋晴

連朝密雨新晴後，坐對南山倒接䍦。捲幔日光纔淡淡，開窗雲氣尚垂垂。城邊禾稼經淋没，河上村垣入夜危。從此消愁非一事，客中杯酒莫深悲。

華岳

秦山山盡華山峰，仄蹬穿雲叩帝封。萬里浮烟藏玉女，千年積雪卧蒼龍。經春總聽危岩溜，入夜應聞長樂鐘。傳道黄精可服食，那能猿鶴日相從。

紀异

戊子五月朔日食至盡亭午昏黑星辰俱見

朔日晨興逢日食，憂時無賴倚筇看。陰陰雲物蒙高閣，湛湛星辰見急湍。兵氣九州爲晝晦，霾風五月覺天寒。年來灾變渾經眼，何日蒼生起謝安。

關山

亂峰層叠鬱盤旋，累日山行欲到天。坂道馬嘶千樹杪，飛樓客卧一床懸。村橋高隱烟雲密，瀑霤寒凝冰雪堅。向晚不堪西望阻，邊城烽火正鳴弦。

僧倮長送菊

客裏看花事已殘，數枝分贈抵琅玕。移從籬下青霜謝，綴向檐前玉露溥。故國晚香勞遠夢，石城秋氣動高寒。由來此種黄金色，好與頭陀面共看。

家人至聞故居賃人移家南舍湫隘特甚心頗煩憂作詩遣懷

貧向今年典故居，移家新住道南廬。苔深頗滑高人屐，地僻仍煩長者車。破屋儘教斜受月，繩床不礙日攤書。窮愁著述宜栖此，慚愧無才賦《子虚》。

茅齋舊築纔容膝，合室今依此是家。繞屋垣墻低竹樹，凌人風雨濕桐花。窮居結客心猶劇，濁世求安願豈賒。歸閉柴門讀《商頌》，吾生端不任豪華。

江中放舟

廬江城下發凌晨，暮指潯〔一〕陽近比鄰。迅似征鴻初奮羽，捷於奔馬不生塵。岸山好處看旋失，浦樹微時望已親。自詫一帆真太易，翻憐愁殺守風人。

〔一〕『潯』，聚錦堂本作『溥』。

行匡廬山下

匡廬山下識春暉，斜擁肩輿入翠微。萬壑松雲寒客路，滿空嵐氣濕征衣。啄花小鳥銜花去，出水輕鷗掠水飛。景物都從閑處好，市朝應是見來稀。

清明

幽卧都忘節序更，傍人爲説已清明。三年拜掃違涇滸，萬里飄蓬對石城。春雨足沾村路濕，江花偏照客愁生。孤雲每日看應盡，腸斷歸期總未成。

舟中看新月

扁舟日落維荒渚，新月光生慰寂寥。水裏細翻金蔓蔓，蘆邊曲射白蕭蕭。亂檣徹夜繁燈火，孤夢移時數動摇。却念故園人悵望，玉鈎清冷照無聊。

春日張友鴻招飲家園索童子度曲時友鴻將之任滇南

愛汝園林迥貯春，板橋流水碧粼粼。疏梅照影斜臨檻，好鳥啼聲側向人。萬里壯行須縱酒，《三都》擅賦莫憂貧。幾年不聽秋郎曲，且醉尊前一闋新。

行汴東河決處

淼茫彌望白，汗漫捲諸村。聞道洪波下，突衝淮泗昏。汴東深澤國，亳邑浸城門。翠柳傾猶活，
華堂濕易蹲。萬家蛙産竈，千里穀漂根。魚鱉吹難住，蛟龍怒坼藩。滔滔昏墊接，滚滚浪花翻。
婦子奔中野，無家依斷原。秋高霖雨急，日暮哭聲繁。堤岸成村落，蓬葭充屋垣。短籬兒女出，
露釜爨烟燔。客路傷灾异，經過長鬱煩。兵戈餘井徑，沉没到鷄豚。大吏勤操築，星馳罷乘軒。
年年急麻柳，歲歲護居屯。供納百城憊，農桑幾處存。偷生還苦役，何路吁高閽。蒿目哀鴻雁，
悲歌凄斷猿。行藏愧庸碌，漂轉任乾坤。無力拯胥溺，吟詩吊楚魂。

題友人畫山水

拂素寫青山，茅屋疏林裏。莫放秋風吹，恐有秋聲起。

路逢故鄉客

知是故鄉人，都忘呼姓字。相逢山路間，彼此俱回顧。

題畫

曉日銜山遠，喬松隱坐深。行來衣盡濕，嵐氣欲相侵。

夢中成絶句

城上〔一〕春風城下水，隴頭烟霧隴邊起。平原極目望迢遥，一片春風烟霧裏。

題畫

細浦蒼崖遠近村，孤烟挾雨門雲根。米顛若在前溪住，應棹扁舟夜到門。

平沙蘆葉蒙茸出，深澗芙蓉爛熳開。獨鳥回風栖未穩，滿江秋色暮雲來。

楊柳

紅雨溪邊迷舊路，寒香隴上寄相思。春來多少傷心樹，不獨垂楊綰別離。

廬山道士

遠岫出雲帶野烟，微聞人語隔清泉。何由得到山中住，來往春畦亂水邊。

〔一〕『上』，原本、校本均作『土』，形訛。

卷七十一 陸 輿

福清魏憲惟度 輯選

曲阜孔胤樾心一 山陽丘象隨季貞

貴溪鄭日奎次公 太倉顧 湄伊人 參

陸 輿

字公車，號雪樵，廣陵人。

小引

魏子曰：雪樵陸先生，今之古人也。余未出仙霞，嘗讀先生所著《梧莢齋》諸文章，慨然慕之，徒爾相思，不可得而見。今歲過魏邑，訪如石毛明府，詢名下士大夫，有可與共晨夕者乎？明府首以先生對。余愕然驚起曰：『思之久矣！何期托屐於此哉！』急往從之。先生丹顔白鬚，曳杖相迎，飄飄如蓬島中人。歡然款接，傾吐生平，真如數十年交，遂爲忘形知己。徐引入，萍居半畝，臨水有楊柳五六株，圍籬匡，石竹、小草歷落可喜。復出所爲詩，纍纍相質於余。余展讀未竟，瞠目稱快，色喜神怡，見其有古者、奇者、澹者、遠者，深沉頓挫，無一不歸於靈厚。岸然獨异、卓然不滓，是其欲自成一家，不屑屑焉仿佛古人者。携歸五鹿，出示觀察孔公，公爲之擊節曰：『子此行可謂入寶山而不空手也。』先生廣陵人，初年歸耕於劍川，今復旅居於洹水，猶之浣花野老，隨地築草堂而已。端介好學，製作幾於等身，此雖鼎味一臠，抑足以光吾選矣。

帝京篇有引

昔左太冲賦《三都》，軒窗几席各置子墨，凡十年乃成；駱臨海爲《帝京篇》，亦正濡首染翰，竭思緒爲之。予來長安萍頓亦五春秋矣，每思援筆爲此，逡巡未下。且近來賦《帝京》者，道里園墅，率用西京舊名。即賦燕京，而僅徵述宫室庭臺，不復問山川名勝與忠節理學，猶之乎鞶帨之事耳。不揣遲之又遲，妄擬爲此。於衷古切今之中，時寓傷離道故之意。太冲而當吾世，正恐覆瓿不及耳。特以請質名流點定，非自附於管弦風雅，鼓吹章騷也。

雲鎖盧龍橋，日照長安道。烟花萬户玉甍飛，羅綺千場金鑰曉。畫檻雕題發寶光，天外峰巒四座張。玲瓏睥睨連城曲，朱輪綉輦吹塵香。鴛鴦七十排東觀，貔虎三千列魚貫。孺子撩衣帶劍趨，蒼頭結綬迎風煽。銀床甲帳陳兩邊，玳瑁題梁賁席前。春花度索華林夢，秋月傳杯幺鳳筵。憶自燕皇耀神武，雕面將軍開幕府。四望河山鞏壯圖，亂落芙蓉血光舞。平明共轡巡閶闔音協，夾道分馳槐柳列。國老雙藤樹遥漢，羽林年少争鞢鞨。五花壓箽賜宫臣，六雲綉佩鵁鶄巾。一笑百諸回身舞，獨教夜半馳車輪。天街鋪錦箔臺上，樓頭走馬黄金仗。二十五弦雁柱箏，三十六宫紫絲帳。建禮門前界玉堤，銅龍臺畔連清溪。宫槐匝影緑天幕，白麻紅燭飄金題。山川眉目冷碑碣，賢豪意氣争虎螭。岐陽石鼓供俎豆，鷲峰旃像增鉗錘。十刹海中千佛寺，拈花索笑檀波事。易水風前郭隗臺，黄金千載空蒿萊〔二〕。丞相祠堂柴市北，少保遺容崇文陸。燕山夜半雪鵑啼，滿眼黄塵青鏡逐。海淀蓮衣青杏洗，高粱柳綫迎風倚。韋氏園亭春醉融，麥莊舞浪行人膩。皂藻晴莎點禁烟，青山十里樓臺牽。鼉鼓鸞簫響空碧，烏聲樹影風蒼然。玉泉山，紅螺洞，碧雲柏徑雙林送。銀山西望玉鱗輝，平坡晚磬中峰頌。聚燕臺中燕子歸，白雲觀上雲封堆。曲水園中水帶起，金魚池上魚苗開。報國雙松送行屐，鶴踏松頭剛半折音浙。顯靈宫裏奏清詞，供奉雷壇柏封折音舌。摩訶風入弦，法雲香出泉。泡河魚弄影，石徑草連天。燈市南頭花作拍，冰雪成聲露凝魄。年華入市結風烟，驕盡金錢擲雙舄。春場場上春信來，春風剪剪春星圍。馬頭十丈香雲涌，玉漏沉沉露影回。共稱帝里風期好，白袷紅顔鬥年少。鬢邊斜插宜春花，袖底時分月華照。清苑圖黄都鏡〔三〕，十二

〔二〕「萊」，原本、校本均作「菜」，誤。「蒿萊」，野草、雜草。
〔三〕「清苑圖黄都鏡」句末疑脱「中」。

樓碑絡九井。朝紛趙李場，暮押金張聘。平泉添夜來，金谷懸秋印。七香車逐柳絮泥，萬年館聚桃花陣。漢宮烏啼天未了，晨游不盡物華老。東城西第雲作徽，岧嶢碧落星精掃。内殿承顏玉是纓，外家分燭珠爲屏。午樓賜餔樂事集，千官放假馳瑶京。回鶻初成歌，步天行作調。不數長樂鐘，寧問華陽笑。平津邸中水自渦，博陸門外鳥可羅。惟有河山祇如許，青門夜雨東陵波。古來賢達恒賦此，壘傀不數其如何。君不見天南地北蛛網空，土花井蝕壚頭風。盛衰時覺黄埃同，一醉萬古披心胸。

長安春燈市行

千門萬户春燈明，長安女兒踏月行。珠浮翠結狎燈影，香風花氣排雲城。象板鵾笙歌且拍，寶馬雕輪接長陌。禁墻月落人未還，不知今夕真何夕。五陵俠少千金裘，蹴踘歡場對市樓。拾來紅豆按宫譜，質去青衫代酒籌。天寶才人花閣筆，開元子弟金抹額。祇愁舞罷曉鐘鳴，不問當場步摇折。樓頭人半欹，花邊露初起。暖風燕剪行即來，楊柳銀堤鏡出裏。歌舞年年不負人，幾令歌舞不成塵。且喜露華照晴旭，春光一片醉人心。

冰壺濯魄歌

一片空明界，寒光領素心。影移雪鶴舞，神度玉山吟。灝氣花吹幔，輕風月定衾。琉璃屏上畫，能隔一重尋。

咏冰燈和原韵

咫尺遥天不夜燈，繭絲綉出玉壺冰。銀橋星轉千巒護，琪樹花開五瀑凝。姑射月明珠闕曉，蘭臺雪滿火龍騰。行人折入圓嶠路，九點光聯似可憑。

咏琉璃燈金魚

一片虚明鏡作衙，蘭膏春暖映浮槎。聽來唼水凝潛隱，望去回波恰半遮。光合玉鱗分素練，絳翻錦鬣吐冰花。忽驚落子簾風下，折入銀塘未可乂。

秦淮望

林外鐘聲水外樓，曉風吹夢上簾鈎。菱花照出芙蓉夜，燕羽翻成蛺蝶秋。紅板橋西新殿脚，碧雲籠下舊梢頭。槳游不待斜陽送，何處春來問莫愁。

桃葉渡咏美人刻竹

曉風因露落，翠袖錦雲欄。近水光中濺，沉烟影外珊。舊題青未了，新韵緑能删。幾點眉心語，春纖冷可彈。

梅花

香風黯淡度層陰，一夜驚回天地心。冷落詩篇懷靖節，蕭疏木石見雲林。霜描素質神俱靜，雪點寒梢〔一〕意特深。老我蓬窗同笑傲，還思明月在江潯。

寂歷清風處士家，一枝山閣獨橫斜。香飄古渡人歸棹，月冷空江雁度沙。凍雪不消依傲骨，冰心自惜傍高霞。相看開落知何意，聽到荒村雜暮笳。

山中堪結水烟鄰，千古真同卧雪人。曲塢頓述雲半面，孤村難忍月全身。頻挑拄杖尋芳圃，漫捲詩籤問遠津。鶴夢未醒天欲曉，霏微數點見陽春。

昨夜銀灣透一枝，高人相對漫吟詩。芳心最耐依岩壑，玉照偏宜近水湄。位置林泉饒品格，生成骨相更嶔嶔。參橫又是昏黃後，小艇寒烟月上時。

香雲百疊野塘秋，爲愛孤芳此暫留。移屐每停山外月，橫琴相倚竹邊樓。半畦沙渚依黃犢，五夜霜風伴碧油。玉笛一聲催曉白，微波清淺有扁舟。

獨照空山影自橫，枝頭太乙最分明。官橋送馬長林曉，野店歸樵晚渡晴。背月微茫寒氣裊，臨風隱約凍雲生。柴門半闢鋼鐺〔二〕卧，一樹亭亭不世情。

〔一〕『梢』，原本、校本均作『稍』。聚錦堂本此句有眉批『稍，當作梢』，據改。

〔二〕『鋼鐺』，疑爲『鋃鐺』，形容梅樹枝幹如鐵鏈般。

滿林雪色半迷蕪，是處溪山冷畫圖。瘦骨幾曾依夏屋，素心長欲傍寒罏。城烏帶影歸殘壘，野塞西風趁晚途。自爾孤高堪歲暮，相携斗酒醉中呼。

探幽每欲到林塘，湘浦烟沉夢是鄉。古木寒條凌曉臘，蒼苔白石點殘陽。名心澹處揮塵麈，冷眼消時解佩香。看到孤貞忘世相，何煩索笑問滄桑。

北平秋興八首有引

予居北平凡七載，所見浩渺廓落之象，與夫磊塊寥拓〔一〕之人，荒索悲凉，意有所觸，輒筆之詩，覺宇宙之秋有盡，而心性之秋無盡。就秋咏秋，就吾今日之言秋以引秋，涉筆點墨，又與少陵之所咏有异，兹以《秋興》諸咏就正同人。一種雁老霜殘，兔僵蟾澀之氣候，正與風暄日妍，鳥嬉花笑平分千古。然秋之爲秋，較淡較遠矣。知我者，請就行間問之，當有秋聲在。

萬里寒聲到玉溝，延清門外聽鳴騶。楓天祇下伊州拍，棗地長聞烏夜愁。白社那禁秋眼闊，黄墟曾記曉山籌。片雲落日隨塵擁，榆塞驚回硯北樓。

空林極目晚風高，夢破諸陵遍鬱蒿。舊感銅駝圍夜壑，新歌玉勒問春槽。行吟澤畔看稀髮，狂嘯樓頭和九皋。霜葉翻秋聯屋角，一樽誰慰野雲勞。

〔一〕『拓』，原本、校本均作『柘』，形訛。

碧翁無語暗雲流，空寄元龍百尺樓。玉簡每翻《高士傳》，金莖疇錫醉鄉侯。草迷何處思千里，松老惟應念一丘。乞食古來人盡是，白衣村叟即羊裘。

白蘋洲渚起高歌，正許終南響玉珂。車馬徒征雙鬢改，風塵空負半生過。柴桑無酒供題句，杜曲多情笑擲梭。歸去扁舟湖上隱，一天雲水不催科。

悵望高岑領暮天，凉生越布帝城邊。旗亭古樹荒原外，客路浮雲落照前。道在險彝還自信，心存氣骨肯誰憐。滄桑一聽乾坤事，短鋏長裾足任便。

到處平皋敗葉飛，秋光漠漠散晴暉。千村樹影看人聚，五夜砧聲送雁歸。擬渡黄河舟楫寄，却驚白氈嘯歌違。紛紛冀北江南路，爲憶臨岐月滿衣。

寂寂啼蛩動旅思，銀塘野泛且隨時。愁看擎露仙人掌，閑聽支機織女絲。百尺金臺停驥足，一燈魚火點秋涯。荔裳莫道寒風薄，楓老霜心早自知。

霜徑蕭然古道齊，平沙獵獵雁飛低。九陵風雨樵蘇出，八節峰巒野燒迷。菡萏光中秋露下，鷓鴣聲裏暮雲西。祇今無限蒼茫意，强賦離心續舊題。

吊柴市

市在北京府學西，宋文丞相死節處，有文丞相祠焉。

古木寒流接晚烟，西風何處咽啼鵑。小樓栖息星歸海，大義瀰淪日亘天。化血萇弘青入簡，怒潮伍相夜鳴鞭。祇今《正氣》歌猶在，時繞崖山石骨邊。

咏雙松

松在北京慈仁寺，左高如鶴峙，右横若龍游。

落日雙松影欲流，不知摩頂幾春秋。龍吟夜蟄雲雷壯，鶴振風翎霄漢游。愛老特存天眼貴，盤空未許客塵留。午鐘香界當機出，直喝青山座上頭。

黄金臺二首

昭王已千載，猶勒黄金名。高臺既杳渺，衰草空縱横。平野盤沙聚，層霄孤雁聲。天風吹不絶，留寫古今情。

馬骨何庸駿，築臺意自深。秋空響龍劍，野燒貫虹心。士價日云賤，世趨誠益輕。寥寥嘆金盡，正復爲知音。

長安雪後看西山

雪裏看山没山徑，雪後看山吐山影。西風一夜萬里來，九叠銀屏開曉鏡。我來看雪因看山，騎驢猶勝灞橋間。看雪看山總無定，四顧茫茫誰許攀。山易改形雪易積，青山不見峻嶒碧。堆螺排岫非舊顔，不信青山頭亦白。却問青山年少時，鴻濛一色將何之。與雪與山共三友，憑高須盡一杯酒。直待雪消山復出，酬得山公詩一葉。和詩和酒結山緣，拾得梅花古句旋。

咏乳燕

畫欄垂幕約芳叢，夢裏昭陽西又東。綽影每濡花露外，銜香時落鏡雲中。輕陰剪剪翻疏雨，初月纖纖織晚風。正是繞塘横借緑，隔簾飛墮酒鱗紅。

漫述

東家富兒田阡陌，西鄰老人頭空白。頭空白，迂籌策，滿門蓬藋甑生塵，崚嶒自號文章伯。一笑當年石季倫，大言闊步若無人。緑珠信自無情物，金谷名園盡殉身。常貧賤，韓夫子，老妻弱息呼庚癸，淮西之碑卧道傍，佛骨諫疏載青史。嫉賢梗道段文昌，靡靡之辭值杯水。自來豪傑等紛紜，咤叱千人氣不群。趿履侯門重知己，世間那有春申君。天地與吾亦寥廓，村醪野菜爲君醵。明時文字耐餳飴，宋代襟期帶糟粕。陳元龍、王景略，欲鑄經綸頻落魄。千秋祇有孔明賢，自損精神追管樂。山齋歲晏鼓寒濤，茶爐九月材秋籜。酒爲清聖醉爲仙，更有盧仝趣可傳。七碗漫勞除積穢，千場盡滌野狐禪。君不見孟浩然，詩名直到至尊前。岳陽雲夢真傑作，有才無命終淪落。又不見杜陵甫，撚斷髭鬚吟味苦。天寒風急夜蒼茫，口吸天河捫天乳。狂來直欲走王侯，眼前小兒皆嚴武。華亭骨，渭南姿，凉月清秋萬頃陂。斜抱紫泥當侯喜，亂敲石鼎自聯詩。

美人冰上行

一簾冰絡鎖銀灣，綽約風前誰許攀。未剪輕綃粘白絮，略扶初月倩朱顔。響聞寶屧臨華圃，寒點青眉到遠山。幾曲凌波渾不定，應知玉女弄珠還。

金陵懷古二首

一片長干草自青，傷心懶説舊新亭。華林園上憐歸燕，桃葉舟中問落星。三月銅駝鐘暗語，六朝紅粉水猶停。據床時憶桓伊笛，惆悵當年玉樹庭。

無限歌鐘盡戰場，石城秋草耐興亡。木蘭有恨依江水，楊柳無情亂夕陽。白鷺洲前〔一〕翻《子夜》，青山郭外賦《横塘》。雄心已共吴鈎冷〔二〕，獨〔三〕倚壚頭醉鷫鸘。

九日次杜少陵韵

登臨每覺旅懷寛，眼底雲山集古歡。雙鬢風塵彈短劍，五陵車馬笑南冠。秋歸落葉旋空舞，露滴疏花帶影寒。却喜中庭初月起，停杯猶作幾回看。

春林野渡

野水林花外，紅殷映去帆。竹孫籬半護，櫻子鳥頻銜。翠滑宜拖屐，寒輕欲問衫。風帘〔四〕横渡口，沽酒自司監。

〔一〕『洲前』，原本漫漶，據校本補。
〔二〕『冷』，原本漫漶，據校本補。
〔三〕『獨』，原本漫漶，據校本補。
〔四〕『風帘』，原本漫漶，據校本補。

看畫

古木一谿水，晴嵐數叠山。人家深樹裏，茅屋幾重灣。

煮茗

不用黄金碾，和雲剪露芽。松風響活火，漸起雪濤花。

晚眺

山徑夕陽外，孤亭晚更幽。畫眉啼不盡，踏影下谿頭。

絶句二〔二〕首

門前五〔三〕柳垂，疑是陶家宅。雨過緑苔深，一徑無人迹。

草色晴披雨，山光淡點雲。鳥啼深樹出，樵唱隔溪聞。

題畫二首

青山一點白雲邊，歷歷寒沙淡着烟。拾得秋鴻天外意，無煩鶯語十三弦。

日落空林返照微，冥鴻肅肅暮雲飛。歸來三徑寒花晚，一路秋聲月滿衣。

〔二〕『絶句二』，原本、枕江堂本均漫漶，據聚錦堂本補。

〔三〕『五』，原本、枕江堂本均漫漶，據聚錦堂本補。

山中曉行

忽聞山下鐘，知是山中寺。空翠〔一〕曉烟濃，鐘聲在何處。入山不見人，山禽自來去。

春思

一身去國經愁慣，萬里還家感夢頻。花落故園春又暮，緑蘿門外草如茵。

秋思

鄉心漸覺吴山遠，歸夢偏驚楚月斜。風雨滿樓悲落雁，梧桐幾樹怨啼鴉。

咏芙蓉

一枝露冷隔秋烟，水底盈盈照更妍。未識闌干惆悵外，篆烟飛過十三弦。

咏梅絶句和龔鐵庵作有引

咏梅祇以咏花，一片闌珊，可堪久處，將毋少陵，君復而後，竟無有點破梅心者。吾友鐵庵龔子從夢中得句，自是東君借此漏泄於紙上盤雲，足可千秋不謝。予亦效顰賦此，聊爲花神點頷。

江城一笛萬峰寒，月滿羅浮蝶夢安。夜半空山人不見，枝頭風露影珊珊。

老幹疏花冷自期，疑烟疑水晚風隨。誰知暗裏先春句，即是逋仙索笑時。

〔一〕『翠』，聚錦堂本誤作『率』。

門對青丘映白沙，一泓清照淡浮槎。花時九錫君何受，玄墓山前入徑斜。

風來曉幕鏡中行，瘦影矜持雪未晴。最是寒威消不盡，卧雲堂下讀書聲。

卜築墻東到石門〔二〕，爲〔三〕尋仙子又黄昏。無端夜氣吹寒律，綻得孤芳月半村〔三〕。

古樹楂牙着蕊初〔四〕，天成一卷灞橋書。曉山閣筆人同畫，數縷香心〔五〕入夢餘。

〔一〕『門』，原本漫漶，據校本補。

〔二〕『爲』，原本漫漶，據校本補。

〔三〕『芳月半村』，原本漫漶，據校本補。

〔四〕『着蕊初』，原本漫漶，據校本補。

〔五〕『縷香心』，原本漫漶，據校本補。

卷七十二　沈道映

福清魏憲惟度　輯選

萊陽宋　琬荔裳　華亭田茂遇髴淵
武塘曹爾堪顧庵　盱江吴學炯星若　參

沈道映 字彦澈，號鑑亭，婁縣人。

小引

魏子曰：余於辛亥游雲間，訪傅石漪別駕。館余潭西，載更寒暑。雲間固海内所稱風雅地，而余以從事選政，盡識其賢豪才俊，班荆傾蓋，角韵飛觴，殆無虚日。因得與彦澈定交，於石漪坐中促席談心，盱衡千古。余甚儀之，彦澈亦不我鄙彝，時相過從。與之辨事則得失判矣，與之評史則治亂晰矣，與之論詩則體法嚴矣。每篝燈午夜，惓惓不已。所爲唱和之什積以成帙，携之行篋中，未敢忘也。癸丑春暮，驅車過顓頊故城，訪青門刺史。入其署，槐陰之下有長揖而前者，則故沈郎也。相與撫掌稱快。因歷叙寒温，流連宵旦，仿佛潭西故事，且出《瘵鶴亭草》見示。讀之，凡關山閲歷、風雨懷人以及酒酣耳熱之時、鐘沉雁落之候，偶有所觸，無不托諸篇章以鳴其所感。急爲携歸補入《石倉》集中，公之天下。足見彦瀓琴劍天涯，吟咏不輟，其性情學問有大過人者，并簡石漪别駕焉。

月夜游白雲庵

醉後扶蒼藤，尋幽聊乘興。攀蘿度前峰，陟壑轉微徑。犬吠林更深，月出山初静。幽人每孤往，
宿鳥時相應。惟聞松際風，不辨烟中磬。行行指平岡，遂造招提境。岩扉闃無人，密樹亂清影。
扣關至松寮，方得窮幽勝。僧徒四五人，睡起目猶瞪。花落澗户空，雲凝石床冷。支公去未歸，
遥情何由竟。霏霏露已沾，寥寥夜方永。惆悵徒言還，泉聲滿清聽。

寓武塘錢氏南園孫霄客過夜話

斜陽没林表，高樓延暮色。竹深歸鳥喧，庭空花影寂。寒更蕭寺鐘，獨夜越鄉客。撫景耿不眠，
悄然對四壁。何來空谷音，慰此旅愁劇。燒燈照素心，散帙論古昔。高言豁胸懷，竪議矜創獲。
愛此幽夜話，翻覺嚴漏迫。襆被爲我留，連床風雨夕。松風入座清，梅花滿林白。永晝亦遲君，
揮麈對泉石。

夕霽即事

驟雨撤喧濁，薄暮開新晴。輕陰猶未斂，孤霞倏東生。石壁俯殘照，林壑含餘清。郊原互回映，夕鳥争飛鳴。鮮雲蕩華薄，彩虹曳層城。蒼翠群木秀，葱蒨遠岫横。炊烟起郊郭，清景羅軒楹。蕭散滌煩慮，澄鮮淡遥情。素琴方罷鼓，濁醪聊自傾。策杖步荒圃，浩歌思濯纓。怡悦東籬下，悠然遺世營。

寓懷

朱陽熹自南，百草生繁陰。喬柯翳陽景，廣牖開煩襟。霏霏丹荑秀，交交黄鳥音。謖謖松下風，泠泠丘中琴。葛蘿互蒙密，雲霞蔚深沉。息駕絶塵鞅，晞髮聊長林。芳蘭當門鋤，直木斧柯尋。有識貴韜精，幽獨良可任。濠濮千載上，寥寥徵賞心。

又

蜉蝣不逮夕，蕣華止朝鮮。粲粲雖可悦，亮非金石堅。狹輈既已傾，明膏徒自煎。審己安蓬虆，遺俗止攀緣。歔醨匪所適，耀首誰爲妍。將期任公釣，聊排漆園筌。冥心任太素，放志淩雲烟。重岩攀落蕊，層崖挹飛泉。石髓探幽閟，金膏駐靈仙。永懷羨門游，馳想子喬騫。逍遥良辰候，寧爲世累纏。

鳴鳥羡喬林，游魚樂深澤。飛潛不相因，高下任所適。伊余丘樊姿，雅尚敦夙昔。孤雲曳遥情，高霞結沉癖。濯潭媚澄鮮，捫巘懷葱碧。松枝秀宜餐，江籬芳可摘。既愜冥鴻心，寧以腐鼠迫。隱見苟不揆，終爲達者惜。

同郡别駕傅公惟度松之星若雙白同里帶三先生六益鼒淵蒼水集硯銘臨流草堂

西郊美物候，高秋展遐矚。墟落明孤烟，原野散晴旭。招邀有之子，開筵蔭喬木。溪堂敞幽襟，曲池繞寒緑。鱸魚鱠正肥，松花釀新熟。白雲被芙蕖，青樽映黄菊。蒼翠入遥峰，凝睇怡心目。皃鷖來親人，繞澗飛蔌蔌。婉孌賢府君，風流迥超俗。性與高人親，脱略去邊幅。眷兹山水情，干旌駐空谷。歡宴放意志，流連忘日促。遥懷托風雅，清言逾絲竹。悠悠韋白踪，千載同高躅。

别惟度

與君展良游，數月招提境。登閣愜幽期，流連移日景。識君古人風，胸懷篤淵静。能事寄千秋，蕭然萬慮屏。迹與松風清，興逐高秋迥。長吟對層巒，遥情時一騁。久客倦人事，忽焉買舴艋。束書理晨裝，去去川途永。輕隨波際鷗，静泛烟中艇。京江樹如薺，天末勞引領。分手渺前期，何以慰耿耿。

集光復堂分賦得露字

君家北郭多幽趣，開徑長留佳客住。折柬頻來隔日招，銜杯喜作高陽聚。驂驔門外繫垂楊，花月樽前尋舊雨。岸幘人來九曲雲，輕裝客指三江樹。竹林數子盡賢豪，落落風飆見真素。嗟予本屬蓬蒿人，年來已作烟霞痼。倚鋏不入平原門，把鋤擬向要離墓。生涯濩落來客嘲，寥廓無途鳳困篋。獨將歲月消酒杯，寧復沉埋守章句。但逢知己便開顏，爲歡作劇無違忤。廣川主人興獨豪，當筵意氣相傾吐。清齋不覺炎暑蒸，轟飲高談忘禮數。玉肪新鱠谷陽鱸，紅螺細酌蘭陵酟。城頭角動歸鴉栖，疏槐葉落微風度。酣劇翻愁去路遥，歸橈已見流清露。

送蒼水游粤

董子才名滿江左，雄辭健筆無其倫。崎嶔磊落多不偶，十年高卧滄江濱。丈夫壯盛不得志，寧肯低眉住鄉里。仰天大笑忽出門，萬里之游自此始。南去瀟湘望嶺雲，鷓鴣啼處對斜曛。洲上杜蘅思屈子，祠前斑竹吊湘君。九歌地入騷人怨，慷慨登臨恣游宴。岳陽秋色把杯深，巴陵夜雨清吟健。山川遥接桂林城，匹馬還爲嶺外行。戰罷樓船烽燧息，風清瘴癘海波平。探奇歷險不知住，重到昔人遷謫處。紅蕉丹荔酹羅浮，古今才士同時遇。定有明珠壓客裝，還多翠羽酬佳句。男兒志豈安蒿萊，壯游萬里形神開。不見馬遷歷覽遍天下，著書後世稱奇才。

盱眙道中

縣小無城郭，長空泗水流。雲檣臨岸密，烟火傍山稠。曉市浮橋隘，重岡列刹幽。往來争利涉，南北總悠悠。

泗州有感

路出都梁盡，懸檣問水程。衝波帆影亂，映日市烟明。隔岸山圍郭，中流塔枕城。千年靈迹在，鐘鼓送潮聲有泗州大士塔廟。豐沛當年地，空傷王氣消。劍鋩寒大澤，鼉鼓咽秋潮。淮海猶蟠亘，風雲竟寂寥。一坏何處問，宿草莽蕭蕭。

游都梁山望泗州

望眼登臨豁，長空似畫圖。滄波浮地闊，層塔倚天孤。沙草閑鷗鳥，人烟走舳艫。茫茫濤浪外，陳迹幾荒蕪。山迴清無暑，泉流石徑寒山有玻璃泉。湖天亭外合，魚鳥鏡中寬。列刹穿雲起，孤城隔水看。何人倚長笛，竟日獨憑欄。地是隋宮舊相傳此山爲隋都梁宫，詩從米老傳亭間有米南宫石，刻都梁十景詩。荒臺餘短碣，斷壑走哀泉。客話先朝事，僧追廢寢年。一杯空泗水，日日送啼鵑。

過塗山望禹廟

蔓草重岡出，殘陽古殿扃。山川歸滌蕩，玉帛想神靈。石裂摧孤樹，祠荒沒舊銘。八年胼胝事，寂寞感遺經。

登開署披雲閣

樓高出霞外，登眺俯平蕪。秋老寒砧急，城荒落照孤。亂沙閑牧馬，古堞隱啼烏。駐蹕千年事，英風尚有無。樓爲宋真宗駐蹕時所題。

登開州千佛閣

策馬尋幽寺，城南一扣關。雲依清磬住，僧傍古松閒。問法心難遣，思鄉鬢易斑。旅懷登眺豁，寧得緩躋攀。

戚城謁先賢子路墓

衛國幽宫在，蕭蕭鳥雀悲。冰霜存古木，風雨護殘碑。忠信一言折，英靈百代垂。高臺空兀突，猶想結纓時。

渡黄河

南下流如駛，滔滔萬馬奔。沸沙翻日月，濁浪涌乾坤。忠信危時仗，風波定後論。浮生同泛梗，飄泊恨寧存。
此去黎陽近，行人北上稀。寒沙圍馬足，苦霧染征衣。平野濤聲迴，殘陽樹影微。斷腸天外雁，一一向南飛。

瓜步別友

沙尾中流出，緣江列障稠。帆回楊子渡，樹入海門秋。故壘依寒堞，悲笳隱戍樓。可堪離別後，獨客上真州。

維揚道中

隋堤南北路，楊柳已無存。蔓草朱樓散，重岡畫角屯。江山空白骨，風月自黄昏。寂寞雷塘土，難招帝子魂。
南朝佳麗地，今古恨蕪城。雨歇行宫夢，江流戰鼓聲。錦帆迷夜月，鐵甲莽連營。誰唱無愁曲，還令百感生。

舟宿五河縣

過雨張帆疾，輕舟進急湍。雲容朝自定，水氣晚生寒。古廟沙崩岸，荒蘆月隱灘。憑舷望牛斗，歸路已漫漫。

經懷遠

泗水流將盡，蒼山遠岸遮。霏微空靄接，回合兩峰斜。急槳移沙草，輕帆捲浪花。客程猶未止，直北路方賒。

長淮道中遇雨

風緊危檣直，驚波夾岸奔。吹沙鯨氣盛，排日浪雲昏。急雨争維艦，安流更過村。陰晴俄頃异，險易任乾坤。

謁明道先生書院

千載留遺澤，澶淵俎豆傳。微言開絶學，新法畏高賢。楗石功猶在，長堤迹未湮先生爲澶州判官，時河水衝决，築堤捍之。至今存。庭前翠草色，風月尚無邊。

旅夜書懷示李子隆

一望關山隔，孤踪祇自憐。鄉心隨暮雨，客况似秋蟬。愁到憑詩遣，書成待雁傳。計時粳稻熟，相對話沉淪。到此疏朋好，逢君語便親。江湖同失路，風雨念蕭晨。意爲知音愜，情緣感舊真。青衫雙濕處，歸夢緑村邊。

送霄客南還

聚首無多日，天涯袂忽揮。苦將游子泪，灑向故人衣。落照河流出，寒楓驛路稀。與君俱作客，争奈不同歸。

九日同開署諸公登超然臺

秋入平原蔓草荒，故宫何處問宣房。河吞廢壘愁雲白，城擁寒沙落照黄。天外鄉心隨去雁，檐前晴菊佐飛觴。莫訝醉裏常扶帽，翹首關山正渺茫。

辛亥除夕

官齋又逼椒花候，好友相看笑語親。柏酒開筵燒絳蠟，銅盤促席暖烏薪。坐聽蓮漏催殘歲，旋理銀幡待早春。遥想高堂當此夕，把杯應憶遠游人。

壬子立春日宴如水堂

東堂高宴簇辛盤，銀燭華星坐夜闌。春色早隨五馬至，和風晴轉萬家歡。官厨釀進椒花美，綺席人從彩燕看。絲管聲繁華屋暖，不知簾外晚霜寒。

人日集董閬石蒼水光復堂送魏惟度返秣陵旋之都下

尊開董相送君行，黄鳥春風别思盈。人日辛盤聊共對，天涯芳草若爲情。帆連瓜步江流迥，馬渡燕山夕照横。遥想國門懸字貴，平津東閣快逢迎。

上巳書懷

旅舍春晴試裌衣，寂寥何處探芳菲。垂楊戰壘風沙合，蔓草高原祓禊稀。故國幾人傳錦字，望鄉有客對斜暉。采蘭中澤朋儔渺，腸斷空梁紫燕飛。

中秋夕送李子隆南還

槐庭永夜露華生，碧落光寒烏鵲驚。爲客不堪秋漸老，離樽偏與月同盈。一城砧杵銀河静，千里關山玉笛清。臨别黎陽頻悵望，故園叢桂正含情。

客舍寄懷詩

惟度星若

文選樓高引眺長，樓頭鴻雁警新霜。烟郊晴入遥山翠，樵徑楓銜夕照黄。寥泬應知秋共賦，登臨須藉酒盈觴。茱萸插罷多同調，莫更聞砧憶故鄉。

六益

幽栖北郭絶塵喧，嘯咏悠然在鹿門。客况總輸游屐健，詩名翻覺布衣尊。映階紅藥含朝雨，繞澗寒梅照角巾。何日花前同刻燭，與君清夜坐高軒。

硯銘

郊居水竹淡清襟，獨得悠悠物外心。衡宇相看孤樹近，過從偏喜入林深。何人堪共公榮飲，如我時聞《梁甫吟》。終擬瓜丘歸荷耒，西田烟月更招尋。

忍齋先生

輕裝萬里點蒼還，花鳥南村日閉關。白石静分支遁麈，緑陰春滿謝家山。晴窗鬥墨烟巒潤，高館邀賓絲竹閑。猶憶留連同季重余同六益時在忍齋處，參差梅影畫圖間。

家雪峰

他鄉苦憶病維摩，皂帽藜床歲月過。春到竹林無酒伴，悲來土室祇高歌。柴桑甲子同元亮，筆冢風流繼永和。誰共扁舟横鐵笛，滄江閑理釣漁蓑。

釜山先生

解組歸來鬢尚青，談詩把酒事沉冥。五言共詫臨川美，三日誰同僕射醒。訪竹愛尋高士駕，移文寧乞草堂靈。機山樓閣春雲裏，想見吟成倚翠屏。

洮侯

梅吟居士老羊裘，落魄高陽一醉侯。棋局酒槍新歲月，長鑱短屐舊風流。三春詩思君應健，千里鄉心我獨愁。知有蓬蒿齊仲蔚，草堂誰與共淹留。

髯淵

青溪一别阻追攀，遠道加餐尺素艱。雲樹水西增悵望，塵沙河朔更摧顔。千秋道在身猶壯，三徑風高意自閑。縱使茂陵耽著述，可能無事馬蹄間。

閬石

翛然門巷少經過，長日無妨有雀羅。出郭扁舟時載酒，看山側帽喜清哦。楊雄耽寂干時懶，潘岳閑居感遇多。悵望暮雲春樹渺，幾時開徑召羊何。

蒼水時方游粵

故人一别各天涯，銅柱炎荒道路賒。椰子酒傾蠻雨暗，鷓鴣聲急嶺雲遮。驛梅望斷南來雁，朔雪心懸北客槎。兩地迢遥千萬里，詩成回首衹長嗟。

澶署觀劇喜聽吴音同子隆静涵賦

脆管哀絲静不喧，遏雲清響坐黄昏。筵前一奏吴趨曲，銷盡江南旅客魂。

囀喉車子徹天風，一縷蛛絲逗碧空。檀板翠眉銀燭夜，恍疑身在五湖東。

秋到澶淵動旅情，况逢此夕管弦清。不須唱徹伊州調，祇恐樽前白髮生。
銀河絡角斗闌干，地主能罄客子歡。縱使何戡今日少，鄉音應作舊人看。
花下銀箏倚玉簫，按殘孤拍度清宵。一枝賽却風前柳，好并紅兒鬥舞腰。
窄袖輕衫結束新，曼聲初發滿堂春。賞音刺史風流在，較勝蘇州白舍人。
西堂水調奏秦青，比部烟花宴賞停。舞罷畫欄雙佇立，素蕖含露兩娉婷。
鈿蟬金雁按紅牙，歷亂楊花間李花有楊李二人最佳。此夜綠樽殘醉後，渾忘身世在天涯。

題畫

回合丹崖樹影重，亭間指點勝扶笻。銀濤直下高千尺，此是匡廬第幾峰。

壬子歲暮立春

窮年臘向今朝盡，簾外寒威漸減時。屈指梅花消息早，想應開遍故園枝。
官閣風和凍欲開，共看剪彩醉新醅。獨憐河朔三年客，不似陽春此日回。

卷七十三　朱　驊

福清魏憲惟度　輯選

華亭沈　荃繹堂　吴縣尤侗展成
長垣郜焕元凌玉　崑山許虬竹隱　參

朱　驊 字汗朱，滑縣人。

小引

魏子曰：余讀郜雪嵐《五鹿詩選》而嘆天雄之多才也，朱子汗朱其特秀云。蓋汗朱鍾靈大伾，能讀五車，與袁杜少、王幼輿稱三才子，時皆以大器期之。幼輿已策名天府，出宰民社，杜少、汗朱共峥嶸里黨間。余游其地，得讀其詩。清新雋雅，絶去繁縟，譬瓊樓仙女，翛然淡妝，即刻劃西施猶憎其貌，則無鹽可知矣。至汗朱之摹臨古帖，手腕中有神品，少陵所謂『但恨無過王右軍』者。其丰采骨力，尤與其古、近體相仿佛。昨張孝廉念麓過余寓齋，出是集共讀。快咏之曰：

『詩凌漢魏字争晋，別置一席待先生。』噫！至矣。

月夜同人登鳳陽第一山

野月逐人白，空山入夜清。雲烟千樹合，燈火萬家明。古寺藏龍鉢，秋風隱鳳城。側身千里外，同是故鄉情。

九日同王木重游壽春涌泉庵

九日能無負，同來問涌泉。地連秋水闊，城對石橋偏。野興逐高鳥，霜花淡遠天。經時鄉夢切，登眺倍凄然。

秋夜獨坐因念王史園明日還太丘賦此送別

遠樹秋螢亂，炊鐙坐石陰。鐘來古寺静，風入野堂深。獨對檐前菊，頻驚別後心。太丘明日路，回首各沾襟。

初夏思園偶成

深巷席爲户，茅堂柳向城。到逢春雨後，坐待夏雲生。馴鹿池邊去，乳禽花外鳴。幽栖寧忘此，惆悵歲時情。

客津門漫興

潮落沙紋細，樓高旅思寬。離家春尚早，近海夏猶寒。白酒愁堪醉，黄魚賤可餐。最憐今夜月，祇是异鄉看。

客天雄寓孫右漢沙堤野築

到處秋陰滿，沙堤細路高。當門縣薜荔，留客坐蓬蒿。勝地欣相得，清時愧未遭。隔鄰歌白苧，長嘯過東皋。

百里軒車隔，三秋夢寐勞。柴門幽竹在，遠樹野烟高。嵐氣生朝雨，松花落布袍。放歌坐回首，盡日聽風濤。

題李氏隱居

高沙回細路，曲曲入柴扉。亂石開青嶂，疏籬種紫薇。幽禽啄果落，稚子荷苗歸。甕酒年年滿，應知客到稀。

同人游竇松濤塊園是夜集右漢宅分賦

野興秋來劇，名園客到初。遠烟千樹迴，落木一亭虚。暫醉山公酒，還過楊子居。談詩入永夜，城角動蕭疏。

送錢子璧還江南

相思幾載隔漁磯，纔得逢君又送歸。日暮離亭簫鼓歇，滿天落葉向人飛。

衛水秋深雁陣遲，黄花開向送君時。且拚爛醉登高酒，明歲花開知對誰。

留笏草堂晤談季屏即席賦贈

先世同蘭譜，邀君過菊叢。人情悲鼓瑟，吾道任飄蓬。星白寒雲裏，霜清旅夜中。相期盡一醉，千里看飛鴻。

約游金沙泛舟

旅病連朝未破除，晴雲野水動蕭疏。與君共買金沙酒，黄菊開殘十月初。

衛河霜落水痕清，兩岸丹楓照眼明。却憶去年秋色裏，征帆獨挂海潮平。

孫右漢至自蒲城明日即有伾山之行詩以送之

東風吹草徑，有客到柴關。繫馬長松下，開樽流水間。低雲沉夜雨，遠霧抱春山。明日千峰上，知君未肯還。

同孫右漢李湛一九鼎和尚春日游大伾

危磴倚嵯峨，孤松帶女蘿。披雲隨杖屨，選勝坐岩阿。山路晴烟合，人家春雨多。下方鐘磬寂，隱隱動笙歌。

送潘蘭皋還過伾山讀書處兼示王玉樹九鼎和尚

舊日讀書處，淒涼獨子過。山晴春草發，松老白雲多。坐聽生公偈，閑看逸少鵝。鹿門空有夢，回首隔烟蘿。

卷七十四　孫郁

福清魏憲惟度　輯選

安丘曹貞吉實庵　宣城高詠阮懷
新城王士驥隴西　崑山龔賢野遺　參

孫郁 字右漢，號雪崖，元城人。

小引

魏子曰：昔少陵讀詩，不甚喜陶而好稱庾。説者謂枯腴不同，故取捨亦异。余曰不然。詩固有神，淺於論詞華，不如深於核性情也；外而觀聲調，不如内而求骨力也。骨力健而性情真，則神矣。余過五鹿，與孔觀察談詩，首推孫進士雪崖先生。觀察笑曰：『孫詩與子不同。孫氣雄，子則逸；孫詞練，子則縱；孫格高，子則法；孫意創，子則達。』余惘然自失者五六日。因取篋中未鎸詩彙質雪崖，雪崖不我鄙彝，細爲删訂：於《飲宋南陔》則曰『新倩』，於《答金潛五》

則曰『清新矯健』，於《顧茂倫過訪》則曰『清空一氣如話』，於《祝崔惕庵》則曰『清穩高脱，絶無俗氣，自是風塵外物』，於《訪陳蘭涯》則曰『清綺新拔，絶不寄人籬下』，於《訪顧思庵》則曰『美秀而文，亦復閑遠灑脱』，於《過潞王墳》則曰『悲壯無敵』，於《落花》則曰『寫得蹁躚有致』，於《秋咏》則曰『高渾似杜，錢、劉不得望其項背』，於《墜馬》則曰『疏宕頓挫，自笑自憐，甚有奇氣』。余捧讀之下，知爲過譽，不敢自信。急携至觀察署，偏袒大呼曰：『雪崖之不弃予也如此，則予之詩可知矣，雪崖之詩愈可知矣。雪崖之詩可知，則余之佩服雪崖也。豈阿所好哉！』觀察復執卷微笑曰：『使二君旗鼓中原，正未知鹿死誰手。』余逡巡謝不敏，請以雪崖詩問世，必有不爲少陵者，於陶、庾均好之也，進而論性情，求骨力焉，則雪崖其神矣。

獨坐

金風飄素節，細雨濕檐楹。纔見百舌結，又聽蟪蛄鳴。年華易消歇，獨坐感嘆生。怪此擾擾者，今古無异情。懷金去故國，躍馬從遠征。思婦怨别離，烈士死令名。赫赫宦游子，夙夜忘其貞。胡將易盡軀，苦與百年争。牛山誠足鄙，服藥多無成。不如一壺酒，寢興寡所營。

上巳

樹蘭方垂穗，當春茂華滋。春水清且淺，及兹上巳時。采采不盈把，心與古人期。周公城洛邑，隨波泛羽巵。昭王霸諸侯，金人事可疑。荀勖曾草賦，陸機曾製詩。即彼蘭亭會，流觴事足師。祓灞與禊洛，俱在水之湄。前賢皆如此，胡不一繼之。春日既和柔，景物復熙熙。雨濕塵不起，風翻柳欲垂。望望平野闊，夾溪叫黃鸝。彈琴又鼓缶，連袂坐清漪。入脣有美酒，照眼有花枝。逍遥晴川上，不樂更何爲。

紅葉

驅馬指孤城，馬上看紅葉。天半起朱霞，絳雲没丹闕。淺深色不同，參差自分列。展席踞其中，愛玩情不竭。但聞吟絡緯，不見飛蛺蝶。坐久動微吟，颯颯北風發。一半上襟裾，一半入廣陌。美人何遲暮，秋思欲斷絶。豈必攬春華，始爲人所悦。

清明行

五鹿原上清明節，柳港花塢叫鵯鵊。年年花底怨東風，吊古行吟心斷絶。曾聞此地沙麓崩，畢萬城郭已湮没。落日荒塍哭武庚，秦開東郡多戰伐。節鎮更憶開元時，赤甲黃纛白羽旗。雕馬瓠子盡銷沉，古道空存大觀碑。清時於兹建制府，扼吭中原控齊魯。軍營競製《横吹曲》，官妓初學

《柘枝舞》。况值九夏正投戈，烽燧不聞真樂土。春雨一犁漲春水，榆柳新烟眠不起。鞦韆院宇海棠紅，寒食人家飛燕子。寶馬輕翻陌上塵，香風吹落墳頭紙。君不見顓頊墓上野棠生，農夫朝驅黄犢耕。又不見帝嚳陵前草成窠，牧竪眠雲枕緑蓑。不如買醉大堤旁，據地豪飲且高歌。青帘斜亞出茅屋，一灣碧水環疏竹。當爐女兒好顔色，背人偷轉横波目。楊柳門前杏花殘，芳草無情爲誰緑。春去春來如轉蓬，浮生夜夜當秉燭。

田家雜興

桑柘環我村，鷄犬依我户。空林響桔槔，披露灌蔬圃。畦平水脉通，流膏潤吾土。葵藿既以肥，盈疇見禾黍。倦來隨意眠，不覺日停午。睡餘懶趨走，門前抱兒女。遠岸卧牛羊，隔鄰聞機杼。崩雷西北來，千村飛快雨。翻悔井床傍，今晨力作苦。

又

曉起驅黄犢，污邪載滿車。并力藝黍稷，復不遺菽麻。又念村舍南，土肥可種瓜。揮汗鋤其中，曝背赤日斜。凉風灑然至，登高望平沙。青畦十萬頃，緑樹兩三家。偶爾逢鄰叟，坐對水之涯。晚鐘沉古寺，歸路見浮槎。山門清更寂，沿溪踏月華。

又

秋林柿葉黄，雨過如新沐。流水貫柴門，歸雲低茅屋。耕耨有餘閑，垂釣清溪曲。砧杵遠僅聞，村春時相續。坐見紫鱗游，愛茲波紋緑。泛泛手中絲，得魚願已足。即令空竿回，亦不愧幽獨。安能落世網，營營多所欲。

又

漳南當大陸，平平略無山。卑者宜種豆，高者宜黍田。千疇皆一色，剥棗八月天。伐木深林響，放歌牧豎閑。鷗鷺盈前渚，一望秋水寬。水淺蒹葭蔽，中有釣魚船。移橈邀我過，相對情依然。斜陽落樹杪，坐月弄潺湲。

又

野老任天真，不知有榮辱。賦税及時完，藜藿足充腹。歲晏得休暇，緝茅補淺屋。至後北風嚴，迎陽坐枯木。騣裹誰家兒，雙雙競奔逐。相顧追一狼，抒臂放金鏃。雪深巨壑平，一騎失前足。行者過雲嶺，仆者卧空谷。對此三嘆息，凡事有覆餗。

登清源城北永壽寺塔

沙屯百雉平，浮屠迴相望。千盤危磴黑，絶頂驚濤壯。天風響層檐，頓覺諸緣妄。舉頭見皇州，九河皆北向。泰岱入懷中，秦關横翠嶂。帆檣吴楚來，萬里逐奔浪。俯瞰飛鳥没，一氣秋原曠。禾黍滿故宫，憑眺多惆悵。圖史委河間，神仙營海上。吾道不可窮，兹游庶云放。長嘯倚青雲，騁志發高唱。會當凌八極，空彼一切相。

南霽雲將軍廟

唐室遭板蕩，漁陽鼙鼓起。殺戮到中州，陝東無完壘。壯哉南將軍，來作徵兵使。嚙指報賀蘭，一洗秦廷耻。大節在睢陽，表表垂青史。我來瞻廟貌，頓丘城北里。兜鍪尚裹身，按劍髮直指。似有遺恨存，無以報天子。按牒求後人，零落不足紀。松柏盤陰雲，伏臘崇禋祀。風摇大樹根，月照澄潭裏。應有忠魂在，時時依衛水。

登東昌光岳樓

春明芳草生，訪舊聊城下。躡屐陟崇閣，塵念爲之寡。象緯挂飛檐，鼪鼯伏斷瓦。烈風西北來，山川落平野。泰岱踞其左，黄河如奔馬。一點齊州青，萬道驚湍瀉。偃仰動餘悲，放歌多瀟灑。却憶射書臺，高節真堪把。

過漳河望銅雀臺

朔風匹馬邯鄲道，沙壘荒荒盡白草。殘陽滿地見漁翁，濁漳古渡人行少。崩岸欹樹倒村屋，奔浪西來晝浩浩。漢家壇畤久銷沉，魏武西陵焉能保。歌舞還憐銅雀臺，清塵起處不勝哀。香履空聞囑翠袖，豆箕相煎已見猜。七十二冢今何在，誰對墓門澆一杯。寒雲遠挂楓林側，吊古行吟心惻惻。金馬鐵衣卧戰場，當年費盡英雄力。斷瓦零膏出廢垣，玉殿銅駝留不得。惟有太行如拱峙，終古不改蒼蒼色。

西郊樹後園限韵

雨後芳茵浄，看花興倍添。沙明浮緑水，籬短挂青帘。野曠鸎啼樹，園空燕撲簾。春光驚爛熳，彩管愧江淹。

春醪吾自戀，險韵且同拈。鷗静閑相并，蜂酣到處黏。層城懸日角，亂樹隱峰尖。更掃花陰地，清光待玉蟾。

移寓則誠和尚故居

避俗來山縣，逃虛過化城。空梁翻舊燕，深樹坐雛鸎。暗惜青春去，驚看白髮生。知交與時序，摇落總關情。

白月流高樹，蒼藤過短墻。草深嫌露重，衣薄覺風凉。山殿丹青古，習池臺榭荒。悲歌何限意，醉卧贊公房。

堂邑道中

日暖春冰泮，雲晴草甲齊。山村多亂樹，官路漲新溪。曝背園田父，春沙見寡妻。青帘何處問，祇在小橋西。

臨清道中

漫野春烟薄，叢林曉日遮。連雲浮塔影，近水有人家。斷岸鶯啼柳，空城鳥啄沙。東風催社雨，何處問桃花。

雨後宴集培園同安靖九劉夢闈眉生慧生分賦用袁杜少席間韵

驟雨空階響，衝泥到辟疆。騷人多比興，逋客愛滄浪。樹密巢雲氣，臺平受月光。最憐袁叔子，倚馬彩毫長。

露重蒼苔滑，烟深古木青。星辰懸北極，雷雨下南溟。杯酒同嵩徑，行藏寄草亭。何妨學嵇阮，潦倒醉還醒。

雨中同錢子璧鮑乃兹飲成二酉衆芳樓用袁杜少韵

踏雨尋華館，神仙洞壑幽。詩追唐大曆，畫并李營丘。橋短斜臨水，烟濃細入樓。更憐雲路近，日日許從游。

臺欹園石丈，徑轉入花溪。客坐亭陰外，雲來郡堞西。崩雷流電火，殘雨挂虹霓。瀟灑杯中意，仙源路已迷。

綺閣朱欄繞，雕梁紫燕雙。水光浮曲舫，花氣散層窗。磁碗青精飯，松醪白玉缸。陶然有餘興，疑是泛滄江。

旌陽栖真山西竺寺同月峰上人訪竇子明仙人遺迹

削壁開龍藏，層梯路可尋。飛岩懸瀑布，曉日上琪林。且倚紅藤杖，聊爲白石吟。桐疏低欲墜，竹密細成陰。客作新秋意，僧懷出世心。大參諸品外，卓錫最高岑。貝葉攤髹几，繩床横素琴。山空無凡籟，谷静有鳴禽。太白詩仍在，子明迹未沉。石屏丹竈冷，梟嶺翠濤深。塵劫連滄海，浮名役古今。遥看雲起處，齊作鳳鸞音。

澶淵道中謁先賢仲夫子墓

黄沙沉古道，馬首夏雲奇。麥浪油油動，松濤颯颯吹。披榛尋細路，藉草拜荒壥。瓦冷鼪鼯竄，杉枯薜荔垂。捫蘿登斷壘，洗石讀殘碑。弦誦風猶在，詩書道未衰。尼山高弟子，衛水舊車騎。
爲宰稱三善，升堂許一窺。結纓存氣節，鼓瑟憶鬚眉。禋祀春秋重，關河歲月移。剛明真國士，
慷慨是吾師。西望黎公墓，南鄰伯玉祠。層烟迷叠岫，落日照頹陴。澶水鳧鷗起，戚城烏雀悲。
川原空浩蕩，禾黍自葳蕤。薄暮樵歌發，低徊欲去遲。

登岱十二首

岱宗首出闢鴻濛，盤踞東方氣象雄。絶代文章生孔子，百王禮樂在周公。聲光不改蒼靈色，渾灝
還歸造化功。七十二君封禪地，玉函金簡總難窮。
海氣晴連日觀峰，青天壁立玉芙蓉。秦碑剥落元無字，漢柏蕭森舊有封。亂樹浮烟低倚澗，層陰
背寺遠聞鐘。太平天子懷喬岳，曾遣詞臣代秩宗。
松盤石壑路參差，絶巘層巒面面奇。呼吸元能通帝座，聲靈真足奠坤維。白雲猶向封中起，黄氣
空聞天外垂。寒霧滿山人不見，蓮花峰上憶安期。
青帝乘權總百神，萬山拱衛盡稱臣。真宗北幸朝梁父，漢武東封見老人。澗道盤紆凌鶴鸛，天門
崒嵂倚星辰。雲連蜃氣蒼茫裏，却指扶桑是近鄰。
群山矶硉皆偏向，南面獨推泰岱尊。浪底魚龍喧日本，雲中鷄犬叫天閽。生生共識乾坤母，浩浩
難尋海岳根。不盡升沉今古事，欲將無始叩軒轅。

浩劫長存古祀壇，風濤烟磴幾千盤。霜沉古洞雲根斷，冰結陰崖石罅寒。日下金閶懸白馬，峰頭玉女舞青鸞。幽岩夜半生靈籟，尺五天庭到不難。

芒鞋竹杖客心閑，散步逍遥一陟攀。采藥行尋黄峴嶺，聽松坐對石間山。天孫下降聞鸞鶴，王母西來響佩環。盛事休將銀管述，無邊雲雨在人間。

嵯峨宫闕太清邊，玉版金繩不記年。欲到危峰看日浴，須從古驛枕雲眠。腰間珠斗連滄海，頂上銀潢接碧天。安得乘風生六翮，蓬瀛隻尺可游仙。

日邊北望見神京，眼底河流一綫明。真有天風吹御幛，不須法雨濯塵纓。松間白鹿時來往，石上黄冠廢送迎。畢萬城頭瞻故國，暮雲烟樹總關情。

蒼璧青珪出尚方，神靈百代競趨蹡。燔柴有典來虞帝，風雨無情逐始皇。鞭石曾聞除輦路，占雲何必紀芝房。偶來吊古探奇勝，萬仞峰頭坐夕陽。

細雨濃雲晝不冥，石龕羽客寫金經。黄河倒挂千峰白，翠嶂平分六郡青。選勝偏能逢地主，題詩端不愧山靈。窮幽坐對危岩下，澗底笙簧細可聽。

白龍池上聽龍吟，海色天光落滿襟。谷口霞明連兖冀，山腰雲起割晴陰。飛岩挂雨千尋碧，木葉經霜五色深。客裏不知秋已盡，百年幾得此登臨。

天雄懷古

畢萬遺封古大名，三州扼險土田平。山川盡入秦東郡，鎖鑰曾傳宋北京。白露横空聞木葉，黄花滿地見秋耕。殘碑偃卧荒烟裏，禾黍西風無限情。

唐藩割據舊稱雄，指點川原近鄴東。沙麓山崩城堞改，銀槍軍散陣雲空。鉦鼙尚咽枋頭水，璧馬徒沉瓠子宫。剩史何人搜佚事，高天有客賦秋風。

獨立荒城吊夕曛，平沙漠漠落秋雲。空思疏鑿伾山迹，誰識荆榛帝嚳墳。地逼黄河長患水，營連白馬舊屯軍。商飆何處吹蘆管，斜上青天有雁群。

魏郡風烟接帝居，天中轉運入河渠。輕帆曉落金沙月，奇字深藏竹冢書。欲訪聞車君子里，還尋與塊野人墟。蒹葭秋水懷思遠，錦樹幽花不負予。

霜後芙蓉病不勝，荒原日落聽呼鷹。秋山荻老連鷄泊，澶水沙沉見馬陵。捫虱偏憐王景略，狎鷗最憶佛圖澄。鹿臺龍井俱塵土，何用傷今感廢興。

水落宣防土一堆，山形遠抱太行來。離宫作寺殘鐘斷，古道成河巨壑哀。魏博牙兵元跋扈，淇源竹箭半蒿萊。寒烟亂挂漳南樹，夜雨秋風問雀臺。

三晋東連河朔間，豫州南控設重關。城鄰海岱風猶古，水下天津勢不還。蝌蚪誰探蒼頡篆，參苓空老白雲山。何人辟穀能招隱，坐對霜岩柿葉斑。

蕭蕭獵騎下荒陂，野雉驚飛衛水湄。郡縣何年環北極，圖書此日繼南皮。逍遥愛讀莊周賦，華黍重賡束皙詩。沈謝能文盡同調，從教漉酒醉東籬。

九日心遠樓登高偕姑蘇顧湘佩同學部雪嵐袁杜少竇松濤張蘿庵芹溪劉培園仲迪季同黄志伊毅齋成仲謙即用重陽二韵分賦

秋園霜落剪芙蓉，紫翠含烟幾萬重。雲壓層城銜夕照，寺鄰流水響疏鐘。茱萸細泛吟紅葉，關塞遥連見碧峰。同學五陵俱善賦，探珠誰復得驪龍。

斜風細雨又重陽，何處登高不斷腸。西去山光沉漠野，北來秋色老滄浪。寒花抱蕊依蘿磴，木葉吟風下藕塘。百尺樓頭堪縱睡，雲邊形勝控齊梁。

閩中魏惟度同江右吴星若過訪以補石倉詩選見惠即贈

十年垂老濁漳濱，皂帽青鞋作酒民。好古山人逢魏萬，能文才子羨吴均。千秋詞賦聲稱重，五岳雲烟杖履親。閩海匡廬君舊業，西南形勝得高論。

宋荔裳按察由揚州泛長江之任成都得近體五章却寄

乘軺使者下邗溝，萬里滄江賦壯游。雕鶚盤雲回斷嶺，黿鼉抱日鼓中流。青山綿亘形如畫，錦水凋殘計可憂。溟渤光摇天北極，不知何處望神州。

憶昔逢君當九日，登高貰酒醉平原。縱横巨手如陶謝，綺麗新詞過宋元。七葉弓裘懸海岱，兩行棨戟下夔門。浣花溪上林塘好，子美文章許并論。沱江水闊晝溟溟，益部天空入使星。棧閣雲沉諸洞黑，岷峨雪壓亂峰青。兵戈今已消群寇，痌瘝何由報内廷。坐待搴帷勞撫字，藩宣猶見古儀型。劍門秋老白鹽寒，叱馭休歌《蜀道難》。龍卧澄江驚急雨，猱懸古木挂飛湍。烽烟乍息殘黎少，稼穡深荒野水寬。鴻雁嗷嗷悲鎩羽，何人獨對月中看。執法臺前冰鑒虚，風流更憶宰官餘。青絲籠貯桐花鳳，赤玉盤擎丙穴魚。退食時吟司馬賦，行游定訪拾遺居。平反共信無冤獄，藉甚聲名在禁廬。

素園宴集孔心一憲副限韵

逍遥公後世承恩，舊有湖山在素園。兩代綵綸歸掌握，春風夜雨長蘭蓀。亂樹牽藤怪石蹲，清陰半畝水潺湲。沙平籬短飛紅雨，畫舫青帘江上村。叢篁解籜迸龍孫，石上青苔帶雨痕。幽鳥狎人啼不住，溪邊桃李更無言。高柳疏松積翠繁，八風亭下宿紅鴛。四圍烟雨環春水，一部笙歌花外喧。睥睨雲連暮靄屯，嚴城鼓角動黄昏。紅燈影落清波裏，戲水游魚不敢吞。

鄭懷橘別墅看梨花

清明過雨柳條新，谷口來尋鄭子真。夾岸梨花三百樹，年年花發倍愁人。

風捲梨雲片片飛，半隨柳絮點人衣。花開花落尋常事，莫上城頭弔夕暉。

卷七十五　劉元徵

福清魏憲惟度　輯選

嘉善曹爾堪顧庵　新城楊日升集虛
曲阜孔胤樾心一　東明袁　佑杜少　參

劉元徵 字伯誠，號夢闈，大名人。

小引

魏子曰：余將入魏，息馬衛源。部學憲雪嵐亦停驂，相與咏《竹竿》《芄蘭》之什。握手而詢曰：『魏之詩人，有能振十八章而起者乎？』雪嵐笑曰：『郁哉！離離乎畢萬之墟，劉爲大，傑才輩出，儀部培園其選也。』迨訪孔觀察心一於魏署，詢如之。觀察復掀髯微笑，曰『培園培園』云。余因得持刺謁先生之廬，求所爲振十八章而起者。先生出十數册見示曰：『《葛屨》《伐檀》，魏風人曷足多哉！』余逡巡捧讀，浣薇而手録之，曰：『其敦厚也似陳拾遺，其韶秀也似王汜水，其沉鬱頓挫也幾幾乎比肩浣花野老矣。公家中郎將尚倒戈而逐，彼希彝、夢得，寧不避舍焉！』因取部選定本，與觀察裒而益之，曰：『此雖不足盡培園，而培園實見端於此。』

舟中望敬亭山

昔聞敬亭山，今泛宛溪水。落日下峰陰，倒景浸寒沚。歷歷賢豪迹，悠悠年代裏。長嘯懷古人，歌發〔一〕群鷗起。

暮秋北旋張企麓汪聲耳成我孚送至雲陽北望湖亭作

榜人欲解纜，踟蹰步城陰。戀戀居人意，凄凄行子心。相送不忍别，同舟及前林。婉轉依河壖，緬邈眺蒼岑。秋陽耀原陸，草木氣蕭森。褰衣陟累榭，曠望消煩襟。淼淼澄湖色，暖暖夕景沉。遥指江路永，彌覺離思深。賞心從此隔，佳期杳難尋。前途誰共酌，濁酒慰獨吟。

早秋月夜同黄小重孫右漢集成仲謙水榭觀蓮

鬱蒸殘暑滯，爽豁清夜幽。誰爲乘日養，聊作秉燭游。主人展宵宴，召客城南陬。深柳何鬱鬱，

〔一〕『發』，原本、枕江堂本漫漶，據聚錦堂本補。

樓臺夜色浮。參差映華薄，曲折引芳洲。敞榭臨曲岸，孤嶼峙中流。列坐水次静，溪冷晚風颼。玉露零午夜，紅蕖娟早秋。絳雲時飄揚，月出積靄收。浮光驚栖翼，流輝躍潛虬〔二〕。坐久河漢轉，不覺刻漏悠。陶然忘主客，爲君永夕留。

夏冰行

鬱蒸六月炎威迫，行天赤日方赫赫。已嘆焦生石圻烟，誰堪暖挹温泉液。三庚尚伏陰未生，何來盤内有凝冰。頓教寒燠失時序，使我對之疑且驚。峰巒面面琢玲瓏，環溪清水亦淙淙。金鋪翠幌清風起，綺席雕甍暑氣空。佳人袖拂金錯刀，鏗鏗碎響紛瓊瑶。旋注清泉沉玉李，還分餘液泛香醪。清瀅沁入心脾爽，冷然如作御風想。杜老徒思赤脚游，漢帝空勞承露掌。我聞雪山崚嶒峙金天，寒冰終歲自依然。又聞藐姑峰高上霄漢，仙人環佩玉珊珊。何似斧冰消執熱，長懷萬里費躋攀。四氣乘除各有時，伐冰吹律古來知。陰陽原賴調燮力，始信功成造化移。

驅蝗謡

驅蝗復驅蝗，蝗來正未止。栖處既鱗次，飛時亦櫛比。閭里相依甘苦同，如何驅蝗彼田中。郎令

〔二〕『虬』，原本、校本均作『蚪』。『潛虬』，謂潛龍。

山川异郡縣，我歌人泣安忍見。君不見漢家天子憫灾荒，冠蓋使者道相望。彼介而翼争翻飛，捕之無益驅何爲？但願雨暘常調和，蝗復爲魚游碧波，普天同賡華黍歌。

涇縣道中二首

宛陵南去路，合沓萬峰開。怪石當人立，亂流逐馬回。人家依嶺側，鳥道上雲隈。絶澗蟄龍卧，風雷中夜來。

山嵐望不極，身漸入雲中。峰起地疑盡，嶺回路轉通。清流觸石怒，密竹倩烟封。跋涉誰言苦，登臨興不窮。

登京口玉山清音閣

策杖躡江巘，臨風倚梵樓。秋天出遠樹，夕照見歸舟。清磬雲中發，驚濤檻底流。坐來塵境隔，疑是御風游。

萬佛閣下步月

古殿肅陰陰，喬松大十尋。深秋霜氣滿，清夜月華臨。風急沉城柝，天空流梵音。時聞北雁至，摇落動歸心。

燕至

社燕當春至，飛飛意若傷。經年當道路，閲世昇温凉。祇嘆飄揺室，誰期玳瑁梁。鷦鷯何爲者，托迹一枝長。

園中曉起簡胡濤公

侵曉輕陰合，疏林凉吹飛。城烟輕羃樹，竹露冷沾衣。舊句删難定，宿酲解漸微。高人能共此，答坐并忘機。

七夕同企麓右漢小重晚集分賦

暮靄收殘雨，空園響桔槔。破雲新月吐，抱葉晚蟬號。秋氣停杯入，星文倚望高。莫論乞巧事，迂拙白吾曹。

齊河道中望泰山

合沓群峰翠色開，岱宗南望獨崔嵬。歷朝禮樂巡游地，曠代文章封禪才。晴色天門明匹練，晨光日觀隱蓬萊。遠游獨抱盧敖興，留滯誰生太史哀。

張受庵太守招同卜郡丞任别駕林總戎游海廟飲蠡酌亭

秋風小隊海雲邊，長嘯登臺列綺筵。寒涌波濤青接漢，晴開島嶼翠浮烟。丹青廟貌藏圭璧，剥落碑文歷歲年。勝地良朋堪晤對，清歌妙舞且流連。

張韞璘銓部招飲萊城南平雲樓

郊圃迎秋雨過時，主人開宴晚涼宜。日邊舊識山公啓，林下今陪謝傅棋。傑閣嵐光争入座，曲池花氣暗侵巵。天涯握手欣歡聚，月上山城歸騎遲。

予於初秋至丹陽右漢前數日已往旌德未及一會悵然賦此

樽酒東郊醉暮春，西陵曾約泛芳蘋。到來踪迹關河隔，别後音書夢寐頻。梓岳白雲隨杖履，練湖寒水照綸巾。山川處處題名遍，每誦新詩益愴神。

雨中姜宗伯園看桂花

摇落深秋旅客愁，同人永日事遨游。歌成叢桂堪招隱，咏就滄浪欲狎鷗。樹裏樓臺閑白日，雨中烟霧抱寒流。不辭芒履蒼苔濕，竹外銀鞍駐紫騮。

秋日安靖九枉駕小園因贈

京洛當時憶舊游，飄零華髮共滄洲。經年青玉傳書少，一夕渌樽發興幽。瘴海風烟遷客泪，湘潭蘭芷楚人愁。相看欲采寒花贈，寂寞清霜百卉秋。

初夏成仲謙北園看芍藥

背郭園林面水涯，逶迤野徑引平沙。花開晝敞青油幕，客到門嘶白鼻騧。風冷松杉含宿雨，日晴樓閣帶殘霞。流連不厭頻移席，坐久高城叫暮鴉。

寄送奉常錢丈奉使廣寧

幾歲清班拜太常，禁闈日侍御爐香。使星暫指山川外，卿月還依霄漢傍。地險關門三輔接，天回馳道兩京長。臨邛負弩争相候，返轡能無過故鄉。

宛陵道中夜行

炎暑時方熾，聞鷄早就程。亂峰乘月出，遠水帶星明。竹暗知村近，烏啼覺曙生。高林初日照，已達宛陵城。

七夕集王文無報恩寺寓齋是日立秋

留滯江鄉嘆遠游，良晨樽酒足忘憂。一聲清磬諸天静，四面晴巒小閣幽。老去行藏羞乞巧，愁來詞賦祇悲秋。亦知信美非吾土，日暮停雲共倚樓。

九日登文選樓

令節誰同酌，异鄉獨倚樓。山川自勝地，風雨正清秋。遠樹接瓜步，亂峰出潤州。蕭梁遺舊迹，吊古問東流。

書永城店壁

摇落天涯鄉思催，倦游歲晚却歸來。一帆烟雨江淮遠，匹馬雲山河岳開。日照孤城寒霧斂，沙飛野店朔風哀。停車欲訪鄒枚侣，草木荒凉圮舊臺。

題王雨若廣文夕佳草堂

草閣臨幽地，蕭然野興長。談經吾道貴，束帶世情忘。峰積窗中翠，花飛坐上香。憑誰稱吏隱，自署比柴桑。

王北山給諫枉駕園中留飲用曹秋岳司農九日韵

幾歲相思夢寐勞，清樽永夕共吾曹。風回葭浦飛鴻遠，夜静霜空孤月高。上客風雲懷魏闕，野人蘭芷擷江皋。誰憐騎省當時客，飄泊安仁已二毛。

宿浦口

山下江流望淼茫，山頭樓雉鬱蒼蒼。客來文枕難成夢，一夜潮聲萬里長。

廣陵逢張公調

江上西風落葉秋，逢君握手減窮愁。竹西明月歌聲滿，且典鷫裘上酒樓。

乙巳除夕

臘盡江湖春欲生，年華荏苒獨含情。孤城冰雪風光轉，午夜星辰斗柄橫。閉户深山身漸老，懷人關塞夢偏驚。東皋歲事關心切，明發占雲拄杖行。

許青嶼侍御枉顧山中即送之北上

暫喜班荆慰索居，旋驚折柳問徵車。南來舟楫停青雀，北去風烟繞玉除。臺柏蕭森秋色外，宫雲葱鬱漏聲餘。十年交友晨星散，霄漢能忘數寄書。

何蕤音侍御枉顧山中予舊與何同爲比部郎

卧病經年閉户深，驚聞軒蓋到園林。柴門久絶交游屐，上客能存故舊心。近喜南床推獨坐，舊憐西署許投簪。山中欲采秋英贈，芳荪難禁露氣侵。

閨情

落盡殘花春日遲，瑣窗不語獨長思。萍開碧沼羞窺鏡，雨洗青峰學畫眉。寶瑟凄凉悲自語，錦機斷續倩誰知。相逢莫采蘼蕪草，當日恩情已暗移。

過大名舊城

畢萬遺封舊，滄桑幾歲遷。川原秋色外，禾黍夕陽前。碑版埋荒草，樓臺横野烟。賢豪往代滿，憑眺意凄然。

初秋客聊城聞諸友衛河泛舟因寄

挂席浮秋色，回舟載月明。白鷗閑不去，紅蓼遠相迎。簫鼓灘聲静，琴樽野望清。飄然羡李郭，遠客獨含情。

九日同沈慵仙游府暨諸同人城東甘泉寺登高

近郭招尋渡野濠，元戎小隊駐蘭皋。孤城烟繞晴光澹，萬樹風含秋氣高。却喜登臨還戲馬，自憐文字愧題糕。遠師曾作蓮花社，何事於今斷濁醪。

寶地烟霞物外幽，經時騎馬復來游。因逢載酒陶家會，轉憶〔一〕悲秋楚客愁。倚杖城邊楓葉暮，懷人河上雁聲秋。燕山此日風光好，祈穀壇西萬木稠。

戲贈菊仙校〔二〕書

久羡丰姿秀可餐，嚴霜不怕九秋寒。重陽曾飲茱萸酒，知是長生賈佩蘭。

〔一〕『憶』，聚錦堂本作『意』。
〔二〕『校』，原本、校本均作『較』。『校書』，校對書籍文字。

春日同黄小重孫雪崖飲小園

輝輝暄日長，冉冉春雲細。欣欣萬木榮，霏霏初雨霽。寢疴日屏迹，荆扉經旬閉。散帙聞鳥啼，開樽喜客至。臨溪搴弱枝，穿林摘芳蕙。晷運無停軌，誰挽羲和轡。繁花争一時，嫣然各自媚。擾擾百年内，汩汩役愚智。良晨不易逢，何事懷百慮。取樂貴及時，逍遥隨所寄。願君愛景光，短章聊申意。

辛亥七月八日風雷大作雨未沾足聊賦短章志慨

久旱炎蒸鬱，初秋雷電來。枯苗甘雨少，老樹急風摧。終歲公私困，三農日夜哀。積陰涼吹早，白露已相催。

辛亥中秋郜凌玉以修郡志至社集分賦

青楓白露晚生寒，華館客來足盡歡。玉魄團圞今對酒，青萍離合念加餐。鵲翻河漢驚宵永，桂放岩巒惜歲殘。厨俊千秋須品定，汝南月旦待琅玕。

秋夜郜凌玉袁杜少集小齋分賦

日落荒園宿鳥還，聯鑣有客到柴關。霜前細菊經秋發，燈下清樽隔歲攀。聖世名詩推粉署，暮年生計共青山。老來屏迹惟高枕，此夕逢君一破顔。

咏白菊

盈盈當晚節，皎皎抱寒香。西候來金氣，東籬帶素商。今看疑露白，舊摘愛花黄。爲報匡君社，原連陶令莊。

飲錢仲和書館

初冬晴日減嚴寒，霜柳拂墻葉未乾。風響桔槔深院静，鴉啼睥睨暮烟殘。門無塵事常枯坐，架有奇書許共看。見説左思饒賦筆，藝林聲價重琅玕。

二月二日晨起對雪念凌玉客金灘因寄

層陰不散晚難晴，細雨能催急霰生。夜聽北風吹凍澤，朝看朔雪照春城。寒深沙草迷歸雁，冰結林花怯囀鶯。爲念羈懷應有賦，村沽旅館獨含情。

凌玉自歷下回旋有事平干夜集小園諸子散後復酌月下話舊

素友經年嘆轉蓬，花時相見且從容。巾車夢繞漳干渡，蠟屐雲生歷下峰。客散洗樽憐夜月，談深捉麈動晨鐘。驚心往事空回首，聯騎曾吟右掖松。

仲春郊游晚集美中齋劇飲時有雙鬟佐酒限人字

北郭池臺鎖碧筠，重來又是一年春。風烟入望晴初放，雨雪經時柳乍新。挾瑟邯鄲逢趙女，和歌荆楚愧巴人。陶情老去惟絲竹，不厭樽前屢舞身。

春日孔心一觀察携具天雄書院之文昌閣同凌玉雪崖企麓雅集

十年落魄釣滄洲，舊雨魂消韋杜游。忽報綉衣能命酒，相携白袷一登樓。鳥啼深院春光静，日落高城暮角愁。却喜時平弦誦滿，使君樽俎自風流。

春日集雲石堂限花字

城郭春陰細，樓臺暮景斜。深松寒帶雨，新柳晚啼鴉。詞客吟芳草，佳人怨落花。樽開任爛熳，老倍惜年華。

緑牡丹

國色天香誇异姿，歐家新碧更争奇。影翻翠葉花難辨，香抱冰心氣自知。對酒畫堂開緑野，揮毫石閣憶青藜。曾看五色絲綸在，坐使春風色相移。

緑芍藥

吹盡殘紅啼鳥催，緑陰新滿報花開。鉛華恐被春風誤，衫袖甘同秋水裁。鄭女摘來連蕙葉，謝公咏就并林苔。生平慣聽别離曲，楊柳蘼蕪意自哀。

秋日之金佛寺同雪崖馬上口占限晴字

荒阡枉陌背高城，渚柳汀茅蕩午晴。秋隴牛羊眠草細，寒塘鵝鴨泛波清。村孤樹裏聞鷄唱，寺近風前落磬聲。不厭紆回迷野徑，翻恣吟眺得遐情。

安陽道中望太行山

倚棹安陽渡，迎人行崦秋。青霞銜日落，丹嶂插天浮。巢鶴松岩夢，鳴泉乳竇流。遥憐幽絶處，欲作采真游。千崖秋色静，萬壑晚晴新。形勝連山海，輿圖跨晋秦。嵌岩蒼檜老，絶澗紫芝春。長嘯思中散，依稀想异人。

宋荔裳按察四川時僑寓吴門由大江溯三峽携家之任因寄

簡書重捧自天高，西去蠶叢不憚勞。鴻雁漸歸白雪戍，鯨鯢久息錦江濤。一官偃蹇名逾重，萬里馳驅賦轉豪。簿領餘閑還載酒，浣花溪上駐旌旄。岷江東下連滄海，峽水西來接錦城。萬里携家楓乍落，千峰鼓枻水初生。賜環雨露長沙詔，叱馭風波蜀道行。回首秋雲萊子國，久抛猿鶴舊時盟。

卷七十六　楊州彦

福清魏憲惟度　輯選

曲阜孔胤樾心一　婁縣王頊齡顓士　參
嘉善郁之章光伯　南城吴學炯星若

楊州彦 字宣樓，當陽人。

小引

魏子曰：癸丑日行南陸，鬚髪如焚，策蹇星行，過相邑止焉。潤丘楊先生下榻宛在庵，一塢緑楊，兩泓碧水，明月清風，足開懷抱。忽投我《澹園詩》一帙。噫！此園真澹哉！恍冰綃萬丈，浣我十斛軟塵矣。因痛恣丹黄，緘寄心一孔觀察，曰：『菖〔一〕痂之嗜，固是奇癖。決無有不嗜梨

〔一〕『菖』，原本、校本均作此，當爲『瘡』。

者，嗜梨決無有厭哀家者。』宣樓爲楚名宿，與潤丘伯仲。其爲詩，清永雋拔，不襲古人牙後。句剪雲衣，氣吐霞彩。浣讀之下，真如啖哀梨。僕恨馬首不能悉載，欲絞其汁，貯以白玉壺，供太青案前，日飲少許以代瓊漿，望酒池肉林且如嘔矣。先生素有清癖，其以爲然乎？急爲我讀竟付梓，勿遲至薄暮風生，羿妻且竊而奔矣。因述以引其端。

溪上吟

山在溪邊，樹當山缺。倒景於溪，波相曲折。而我兀然，幽思澹絶。

嚴先生子陵

東漢之興，光武特處。咄咄嚴光，羊裘澤渚。帝曰子陵，我難下女。豈惡富貴？豈樂賤貧？高祖盧綰，年月同辰。少壯相愛，老大君臣。何如先生，至今故人！

雜詩

築室終南下，不采終南藥。何以養性年，不憂亦不樂。誰知春風温，誰知秋風惡。嗟彼神農草，感之成開落。寄謝山中人，死草何堪嚼。

物生各有性，甘苦不相習。斷荼續以薺，薺傷荼亦泣。泰山十八盤，下有如拳石。誰能持此心，向人受損益。

積雨使人幽，曠然獲所止。萬慮自丘山，秋風吹野水。大道胡浩繁，尋之有厚委。理身如理髮，慎獨稱君子。

肅肅秋氣深，颯然入毛髮。微風吹柴荆，遥見寒山月。老僧昨夜中，磬聲遞清越。誰識林藪間，幽意殊未歇。

古意

鷄鳴高樹顛，游子束裝去。借問來何時，此去向何處。衣裳未可牽，縱横皆是路。陰雲覆高岡，不見前村樹。八門固多愁，出門何所慕。妾是三春花，常畏三春暮。

秋夕懷栗長伯

微雨歇山阿，寒光落水滸。秋風自作聲，不知宋玉苦。緩步踏荒塗，道狹雜榛楛。誤觸螢火飛，始悟草未腐。顧念諸有情，啾啾相儔伍。持此一寸心，誰與余終古。

悼梅詩

章臺寺古梅不花不子，近忽抽柔條以艷游者。不數年，爲武夫薪去，賦十二韵悼之。

章華老梅根，歲月弗能紀。斂精自闃寥，傍此荒臺趾。春風吹不開，秋風吹不死。憶得昨年暮，古心忽孩孺。柔條漫作花，倒挂枯虬樹。如彼鐘漏鳴，夜行不知路。寒燈欲滅時，摇曳孤光露。

玉步暗將移，英明盡氣數。物性既反常，鬼神亦不護。健兒持利斤，楚靈未敢怒。斧聲雖不揚，遥向空林度。雜汝棫樸間，泣對何人訴？

和鄭友韓美人睡起

雙腕忽伸半面紫，楊妃曉夢初驚起。席上餘温猶未已，呼向枕邊覓墮珥。

秋夜聽洪大讀離騷

秋風蕭瑟氣凛冽，無憂使人腸斷絶。阿誰向我誦《離騷》，一章未竟三嗚咽。當年屈子怨何深？紙上而今純是血。蟋蟀堂西堂左鳴，《湘君》《山鬼》窗後積。與君携手仰看天，是處星辰一澹白。

寫懷

青燈熒熒照幽獨，四坐無聲窅空谷。男兒三十有一年，當初不料今碌碌。嵇康嵇康抱琴來，爲我瀉盡西泉瀑。漸離漸離酣醉往，爲我擊碎南山竹。我翻古人書，漫滅不可讀。我歌古人愁，頭緒不勝哭。燈熒熒，照幽獨。

懷張恪

酌盡一尊酒，徒然倚敝廬。江聲流到夜，月性迥如虚。復幾故人在，兩年音信疏。單衾寒共覆，昔我未離居。

同友人夜酌

千古英雄局，掀髯一笑中。沛公三尺鐵，范蠡半檣風。席捲空譚夢，燈吹不聚蟲。君平緣底事，瑣瑣説窮通。

栗長伯述龍洞寺奇勝遥成四韵

龍洞何年寺，傳云峭壁懸。小分三峽影，亂涌一堆泉。山鬼迷幽壑，清猿嘯遠天。兩峰長欲合，愁白老僧巔。

燕臺初雪時駕幸薊州

楚客懷歸夜，燕山雨雪初。寒侵千里夢，白盡一床書。滅火全冬氣，呼醪傲茗疏。不勝高處冷，行在復何如。

夢逸書復獲

散帙逸何處，夢中驚復存。經年不手澤，入夜感精魂。重惜新污抹，翻憐舊指痕。曙窗寒未啓，惆悵隔黄昏。

酷暑〔二〕

酷暑〔三〕移風性，吹來裏作烟。就床欲夢雪，塞牖怯窺天。寂感生空響，隙光著地圓。偶然如有悟，依舊不成眠。

野菊

芸黄花葉發蒿蓬，問種猶傳與菊同。蕊小易簪宜短鬢，香多能散敵秋風。容甘澹盡寧名野，寄趾籬邊白作叢。爲想當年陶處士，醉魂曾否在其中。

龍泉寺謁胡文定公墓

皂帽青衫拜棘叢，忠魂應繞舊丘中。循環治亂今同古，宛轉艱難我夢公。龍老卧殘徒噴沫，松寒秃盡尚號風。深山是處傳豺虎，愁近黄昏山月空。

〔二〕『暑』，原本、校本均作『署』，誤。
〔三〕『暑』，原本、校本均作『署』，誤。

賣驢余北上乘此，歸來賣之。〔一〕

常時恨爾四蹄頑，此去依誰定不還。來往群隨大宛種，艱難西踏太行山。過橋寧許騎詩叟，負磨莫教賣老慳。却憶少陵憐病馬，沉吟未覺也酸顔。

如如庵劉延叔見過云其得余書友人扇頭詩願與訂交并投四韵

當年紈扇漫書時，寧料君興願見思。兩姓祖宗隨紙墨，終身朋友拜鬚眉。共依榻影消深夜，未了名根有贈詩。野寺寒燈殊不寂，蒼蒼曾照幾男兒。

游蒙惠泉源出自陝中，蒙寒、惠温相距數武。

山麓從來此水泓，誰分蒙惠兩泉名。參差楚陝通消息，咫尺温寒別性情。積石迸珠雙鼎沸，遥天挂雨一絲輕。登臨最憶黄山谷，題盡殘碑傍圮城。

晚眺西山

畫工爭畫此山容，薄暮蒼蒼王氣鍾。返照亂衝遥望眼，層岩疑礙晚來鐘。指君細數尤高處，載酒偏宜那一峰。却憶玉泉別業裏，暝烟染就萬株松。

〔一〕原本題下注『余北上乘此，歸來賣之』與題目『賣驢』粘爲一處，未區分開。

咏香櫞 朱邑侯索咏

日南舊傍月黄昏，垂向茅亭結老根。橙欲受降安僕妾，橘應羅拜認兒孫。寫生螭頷珠千顆，偷句人衣香一團。就掌倩誰紅袖裹，丁寧莫便與温存。

送朱參軍渭玉 并序

朱渭玉參軍率一旅師蒞止當陽，與余輩訂交。酒止茗香，徜徉頽突，不知何者爲主客。康熙元年正月，奉天子命移鎮九溪。惜别矣，弱柳依風，千條萬縷，布帆一挂，直指岳陽。此間豈復有朱渭玉耶？短歌佐酒，怨不成聲。漫書紙上，使它日偶一展卷，胸中、眼中知此潦倒數行書出自其故人筆下耳。

朱渭玉參軍率一旅師蒞止當陽，與余輩訂交。

回立龍媒錦幛泥，移時踏遍草萋萋。縱離舊侣逢新侣，忍别青溪過九溪。水泊軍艘成市井，風摇鳥隼動虹霓。簡書不爲懷人地，携手蒼烟任馬嘶。

晚宿山家

幾度長安耻問津，摇鞭前指一村春。衝寒下馬慚賓客，傍晚依誰甚主臣。鶴似老翁低坐石，雪名白犬唤隨人。哄堂兒女茅柴酒，悔盡浮名誤此身。

堆藍山和梁麗生咏

到處名岩推險峭，堆藍翻以樸成尊。安禪趺坐降諸衲，短髮蒼顏俯衆孫。亂石觸泉醒鶴夢，暮雲匝樹冷山魂。幾時移向濤聲裏，小結茅亭倒挂門。

黄鶴胎霜中詩不出霜字漫和之

秋深愛月坐秋庭，玉兔寒毛碎落襟。露作老容依菊蕊，雪將輕卒戰楓林。帶來驄馬三分面，寫出孤鸞一寸心。爲語行人莫漫踏，板橋痕待畫中尋。

壽陳和裾尊人八十初度

疏林梅作將春氣，此際先生倒玉尊。歲已廿年浮甲子，眼看高祖到曾孫。自燒笋菜呼鄰叟，不杖藜笻過遠村。可是圖南真性在，衹今苗裔有仙根。

登高遠望

踏到孤峰頂，連衣卧石頭。誰家横嘯處，出樹盡成秋。

劉步鳴[一] 佩刀

七首縣秋水，霜寒發短歌。若從燕市過，再莫誤荆軻。

尋山

曉起踏空山，信步穿山樹。薄暮不知還，解衣坐疑路。

漫作

鐵石爲我心，背着春風睡。不聽賣花聲，不灑落花泪。

投湖上人家

茅屋參差傍水湄，野龐吠客繞疏籬。老翁指我石頭坐，自去溪邊理釣絲。

寄西湖友人

聞道君家茅屋處，開門日夜是西湖。能將一幅溪藤紙，澹寫湖光寄我無。

少年行

日日青樓卧錦衾，偶然踏月作商吟。驚人綉户三更啓，錯挂珠簾碎玉簪。

〔一〕『鳴』，原本、校本均作『鳴』。邊連寶《病餘長語》有《咏劉步鳴初學琴》一首，故改。

黄子師戲抹墨汁塗醉美人菊花

誰將墨灑菊叢中，醉美人花污淺紅。直似孟光依本色，不施朱粉嫁梁鴻。
果是佳人醉倚亭，杯捲不勝唤難醒。垂頭摇散芙蓉髻，覆面香絲一片青。
醉葉從甘籬下寒，阿誰淡墨掃妝殘。祇憎變白渾爲黑，多恐蠹均不肯餐。
陶家廬結傍山隈，何處白衣送酒來。嬌怯不勝桑落氣，到門酩酊卧蒼苔。
楊妃昨夜宴西宫，一斗蒲陶滿頰紅。不省侍兒扶進去，玉山頹倒碧紗中。

邯鄲咏黄粱睡象

斗許風塵撲面吹，夢中人笑夢中痴。拙工不解盧生醒，猶貌盧生未醒時。

贈歌兒

女兒顔色女兒喉，一樣嬌痴一樣羞。直恐幻成真粉黛，環多腕弱爲卿愁。
一曲霓裳汝試聽，銷魂着假似娉婷。譬如是處真山水，却愛丹青挂壁釘。

咏鬥草美人

鬥草臨當欲鬥時，輕裾插衽步遲遲。使君五馬踟蹰看，一幅周南《芣苢》詩。

卷七十七　楊思本〔一〕

福清魏憲惟度　輯選

蔚州魏象樞環溪　宜興陳維崧其年　參

遵化周體觀伯衡　新城楊日升集虛

楊思本　字因之，新城人。

山中觀雨

烟霧濛濛，雨落如許。竹葉低垂，風來欲舉。起視前山，眇無處所。

酒醒得句

鷄聲亂唱，月色照床。游情復動，結想花光。

〔一〕此卷三個版本均無小引。

邂逅故人同飲

一望有寒意，梅花點朔風。過溪一嚼酒，復爾故人同。苛禮既不設，清談時與窮。醉來各分手，絮別小橋東。

酒肆

酒肆逢三子，飛觥少一人。憑君爲招引，共此甕頭春。兩人呼侶去，當筵我獨開。停杯還復酌，不見故人來。

古意二首

有懷獨長嘯，無人誰共歡。念子隔河漢，清商聊自彈。悟言愜千載，凌空乘紫鸞。眇眇幾叢烟，松風吹暮寒。

亭亭山上松，南北幾千步。一絲眇微塵，來往枝巔度。問此亦誰爲，精靈自吞吐。欲以贈離居，濛濛薄烟霧。

讀宗侯千里先生似陶館集

對案翻玄帙，悠然見古人。不知何氏代，但覺絶囂塵。漉酒花風夜，彈琴桑樹春。心清疑入夢，韻遠自傳神。曖曖田居樂，依依故里親。冥虛乘化外，吾欲來問津。

與公望讀書華蓋余窗外有緑竹森森一似衆君子肅然在前令人起敬因賦與公望

山窗既絶塵，萬竹居要妙。壁立自森森，穆穆真同調。鎮日向人静，微風時一笑。亭午曜靈舒，緑葉還相照。

六月初三日出山留别諸子

夜雨洗青山，朝來壯行色。烟雲互吞吐，靈變非凡測。此中有造化，相觀唯泯默。朗朗如若曹，吾言良可弋。

舟曉懷公望

膊膊鷄初鳴，萬物有動意。明星向東出，曉月行看墜。魚舟上下來，咿軋成清吹。因想城居人，欹枕還猶睡。

題夢瀑齋爲安仁宗侯

廬山幾千仞，屈注來天潢。銀濤半空瀉，日夜流湯湯。西爽有畸人，節氣凌秋霜。筆纚五色絲，濯錦成文章。對此有遠意，泛舟欲褰裳。字之以瀑泉，鐘鼎生輝光。振振彼公姓，留硯雲烟香。高懷識夢寐，事存不復忘。清齋無纖塵，匹練相飛翔。吾欲賦柔翰，耑耑詎能詳。

柬曦侄相過有作

正愛此風日，之子來英英。後庭張几席，簾影地文生。隨意傾筐庋，悠然見道情。不知坐闤闠，咿喔午鷄聲。

游嘉和飲曾體元書室

相逢春日好，共醉百春堂。箏度隨風曲，花迎帶露香。戲魚清可數，歌鳥狎相將。復有西園奏，客心誠未央。

又飲接龍亭

主人歡未已，携酒復登亭。層閣平飛影，空欞動吹聲。群薺遠樹出，一葉小舟輕。敬客如公子，留連盡日情。

賦别璩陟曦省親博平

見説官衙遠，驅車每計程。陪京曾識面，遠驛舊知名。畫意隨時出，詩情一路生。淵源接家學，早晚謁承明。

到家喜晴

南望家山至，遷延半日經。衹今風變暖，便覺草回青。遠樹如新沐，嬌花恰半醒。芳春隨處是，况復鳥堪聽。

立春贈林明府

玉琯吹春日，歡歌處處生。槐庭鶴影瘦，花署篆烟清。雲灑神靈雨，風和衆妙聲。中牟推第一，蘭省競時名。

題黃尹公畫卷

十幅琅玕紙，千年罨畫詞。美人見雲氣，游子惜花枝。雨落高唐暮，珠投洛浦時。蘧然春睡覺，蝶夢更何之。

桃花

園内夭桃照綺窗，園中少女復新妝。夭桃少女顔色變，長坡走馬車輪轉。銜杯日落暮風吹，高燒銀燭照娥眉。

臘月同包叔賢涂子期侄公望踏雪南郊

天姥玉塵三萬斛，飛向梁園矗寒竹。男兒吐氣作長虹，共酌花磁醉醽醁。銜風出騎游南郊，枝高拗折梅花梢。不辭傍人笑墮馬，拾得明珠還亂灑。

鬱金堂古意爲鄧遠游先生賦

層疊山飛雙鳳凰，夾江流水浪花香。百種春雲生雉堞，萬家秋月照銀床。春雲秋月情非一，朱第樓臺相對出。也知勝地稱絶奇，把似名都詎相失。名都何處嗚珂里，鬱金樓閣天中起。畫棟嶙峋朝霧黄，綉闥縱横暮烟紫。葳蕤錦幔挂層檐，每到花時盡捲簾。曲室透迤誰得見，却傳一綫度銀蟾。氍毹匝地春光好，别有幽奇難比道。織作鴛鴦影便雙，結就芙蓉香不老。欣逢門露不曾難，雕甍時得舉頭看。當街齊種三珠樹，複道同妝卍字闌。中宵紫艷如銀燭，燕姬趙女旋妝束。已知精舍盡藏書，别有閑軒留度曲。樓頭極目是誰家，隱隱明窗映碧霞。妖童指點啼烏樹，侍史争傳來鳳花。復有幽軒臨玉署，六月寒風自來去。怪來一室獨妍和，火井温泉似同處。就中臺榭絶雲高，却留觀望廣陵濤。八月靈槎誰共泛，天風分落紫雲璈。碧雲呵護常如綺，中有仙人凴玉几。姓字留香勒簡書，閥閲論功著青史。記得慈恩方少年，長安寶馬珊瑚鞭。揮毫字字流珠玉，顧曲翩翩醉綺筵。彈琴出治分吴越，處處留花芳未歇。兩河赤子澍甘霖，三輔黄圖光日月。滇南一道遠瑶京，璽書直欲待親行。綉斧已教常向化，朱幡何事復論兵。幾載離家歸未得，板輿好在長相憶。還轅得奉聖人書，斕斑喜見親慈色。即今宫詔復來催，况復仙童嶺上來。漢主玄霜和露吸，魏王金屑向人開。憶昔桑田變滄海，麻姑一會方平在。忽經陵谷又千年，獨自長松春不改。長松不改日嵯峨，十月桃花照緑波。是處傳杯還設宴，等閑看舞復教歌。祇今海上交游遍，稱觴半是金閨彦。碧月裁成白扇團，花風吹上紅霞茜。夜來春曙酒初醒，王氣青葱出鯉庭。寶樹謝家真俊物，青箱王氏太寧馨。東風喚起青絲柳，緑髩朱顔爲君壽。搦管從來不讓人，笑看金印還如斗。丈夫意氣本凌雲，多才復遇聖明君。已見贈金來太尉，又傳賜第到將軍。將軍賜第鬱金堂，鬱金堂上鬱金香。輕車行酒馬行炙，挾瑟調絲方未央。

池頭柳

春風蕩漾池頭柳，揉作金絲春未久。春水吹成萬丈波，却教叠叠捲春羅。誰家春女池頭立，春眼見人回不及。急將春袂掩前妝，春波暗射脂粉光。岸上春人自來去，驚鴻走入春深處。春深何處畫墻高，春鳥飛來叫百勞。春閨有人長嘆息，絲絲春雨同愁織。春花妒雨不成芳，茸茸剪出春草香。春寒陣陣人難睡，春酒將來仍未醉。朝來春日射高樓，手持春扇蕩雙眸。處處春園生嫩緑，春暖困人看不足。看光鎮日在誰邊，幽閨長是怯春眠。冉冉暗催春漸去，香箋歷亂題春句。春燈結作同心花，馮將春夢繞天涯。

東䢼別業古意

往余與鄧壺丘先生游，杯筵歡笑，罔不相洽。余爲拈《鬱金古意》及《芙蓉樓賦》，先生深相推許，謂此何減古人。是時東䢼別業方成，亦嘗與先生盤桓其中，彌飲竟日。然締構之初，未若今日集其全盛也。次公聲子雅敦宿好，復同臭味，每謂余不可無作，余心識之。丙子春日，偶與家東曦閑踏周回芳榭，眪睞亭柯，念哲人之音徽，覺山河其未遠，因爾成賦。

東風吹動長河柳，裊裊牽絲綰垂手。誰家別業在東栱，是處游人相望久。當關一閣最高頭，開窗直射水長流。六月松濤齊入耳，懸空清眇風颼颼。散步循墻知幾里，匹帛叢花未云擬。涜翠亭深坐竹林，未到亭中但遥指。深溝一路繞門前，山溜泠泠春水鮮。片片桃花飛入水，流雲何處問神仙。到門但覺諸緣息，一軒弘敞當心直。開光如月任長圓，清省餘閑暢胸臆。回廊屧步見高臺，高臺鬱鬱池中開。橫使美人臺上唱，響入雲端吹落梅。登階上堂早飛越，面面紗窗細如髮。窗中對射盡瑰奇，掩映松風與蘿月。松風蘿月自年年，淡雲微雨養花天。向内數楹堪静寄，幽蘭咇咈如清烟。軒窗蕩人難盡覰，走入浮園最深處。園丁酌水沃盆花，花上游蜂任來去。游時正值春風寒，憑欄偃曝自相安。架上葡萄猶未緑，却留朱實异時看。轉入一堂還隱几，挂壁名文看未已。幽深鳥語自間關，閑想芾雲見朱紫。堂前一樹古嵯峨，石凳周遭可坐歌。地勢既高見江水，却言園内流清波。清波日夜流無歇，遥憶美人音塵闕。清緒如絲寸寸抽，織成春錦何光滑。當年賦就《鬱金堂》，春風歲歲錦囊香。今日園中儼相對，餘歡未已清歌長。

長歌

建業燕臺兩帝京，天教昭代造升平。驅廉轉戰千萬里，蕩寇經營百二城。神威聖武清河岳，雲陣風師洗甲兵。一統縱横天仗出，萬年詩禮卿雲生。卿雲天上苞符見，醴泉地出珍珠濺。簪纓珪璧壯宸居，聲名文物成芳甸。將相調和邁等儔，士馬精疆時簡練。居民俯仰無復憂，司徒早夜驅從善。鶯啼日暖樹參雲，犬眠風静花如霰。三公吉日慶良辰，數行清酒無荒宴。緑野披蓑雨織烟，曲室彈琴風拂弦。機杼聲連弦上曲，旗帘影帶酒家筵。酒家筵上無珍味，貴客座前皆不費。布衣疏食賀豐年，風俗紀綱咸正氣。正氣繇來護國家，清風從古自官衙。甄表人人皆孝秀，文章在在擯繁華。帝京兩建安南北，祖宗天受非人力。正朔長頒遍地天，异域欣承瞻視息。列聖相傳奉憲章，先賢各自懋旂常。海晏河清非一日，國泰民安來六陽。也有《豳風》憂未雨，也有堅冰戒履霜。二百年來稱盛世，《三百篇》中警太康。太康半自時文靡，年少浮華博金紫。帖括遮承〔一〕無是非，治亂無關忽經史。貴人公子競豪奢，出入道傍皆嘆嗟。衣香拂袖裁紅錦，口脂匀面耀朱霞。朱霞紅錦争相向，倡樓夜宿紅綃帳。長筵飲啖鬥時新，華裾日夜求花樣。南北雖然風土殊，千金一笑共歡娱。使勢招權千百種，攀援納賄一齊輸。風俗推移歸大老，貪僂强半樂奔趨。遂有纏頭見趙舞，豈無金錯聽吴歈。神宗末年東事起，承平日久無堅壘。當事何人養亂階，喪師辱國從兹始。孤兒百萬絜將歸，教持弓箭冒重圍。二十年來身勢長，中國悠悠付不知。水衡日夜催糧餉，

〔一〕『承』，聚錦堂本作『永』。

貪污横索猶無狀。經年經歲事多端，養成巨寇徒相望。相望如雲復薦飢，公卿猶若太平時。流寇何人不偵問，積寇何年得脱離。持禄養交同燕雀，論文較藝誇新奇。已報交交來盗賊，猶自紛紛拜座師。聖主殷憂宵旰勞，簪裾比比徒相視。長爲孫子積金錢，不知忠義關朝市。天崩地坼何堪道，千古斯文同地掃。南山竹盡不勝書，司馬懷慚董狐老。人世瀕危每見天，綱常何事豈徒然？轉瞬雷轟同電掣，驅殘一似逐飛鳶。國家大勢源流遠，伊耆姚姒同堂建。縱然花盛自離披，風開風落仍歸本。南來一路有凝丞，擁立金枝護金陵。萬國同時思有主，三易從兹冀得朋。得朋有主天回象，何人鬻爵猶招黨。攫金白晝虚無人，含沙射影如翻掌。横使騎塵隨飆來，過江容易城門開。忿恨如前憂草野，幸逢主上識伊萊。主上英明信神武，朝常事事遵皇祖。十實同人挽樸淳，一詔彌天覆區宇。窮荒絶徼且來歸，北伐南征誰敢侮？萬齡依舊肅衣冠，兩階行復陳干羽。陪京何日拂塵囂，長安何日共趨朝？武緯文經臣稷契，啓後承前君舜堯。三物有人敦節義，四方無事薄征徭。都人士女欣相笑，雲翔川泳共逍遥。龍蟠虎踞王都鞏，駿馬金臺賢士招。鎬京郟鄏繇來久，曾孫猶自咏飄摇。

王孫招游會仙岩不及意甚悢悢因賦

東望靈山覺路漫，干霄直上見流湍。陽回黍谷春猶暖，潮轉松濤夏亦寒。横使雲霞蒸絶巘，遥分烟月聳孤巒。山人顧是陶弘景，采得瓊枝獨自看。

游從姑

探穴窮奇盡日行，岩嶢幽閴此初經。苔痕不辨龍蛇字，松徑時聞鸞鳳聲。陟巘便疑登九野，臨池恍覺踏層冰。步蟾石上堪留月，還借銀河瀉玉瓶。

鐃歌

鐃歌吹動柳條新，綉斧行邊社稷臣。開閣遠臨天漢浄，建牙遥護帝城春。烟銷翰海回兵氣，日暖胡沙清騎塵。見説天朝須翊贊，却將顔色照麒麟。

早春同涂子期舟游

輕舟早與故人期，恰恰〔一〕鶯啼柳未垂。兩袖乘風飛欲去，片帆將雨坐來時。村醪對吸渾無語，短拂閑揮若有思。歸騎欲嘶春不盡，草薰花暖日遲遲。

同涂子期勉公不疑君實不害諸君踏鐙聽諸王孫吹彈度曲

逐伴行歌月似銀，燒鐙不夜漢宫春。吹笙太液誰家子，撃鼓漁陽隊裏人。嘯樹仙韶頻側耳，穿雲絶調足娱神。春宵正永未堪去，徙倚還聽别曲聲。

〔一〕『恰恰』，原本、校本均作『哈哈』，誤。

晴湖

平湖高處見行雲，二月春明錦浪分。日射金鱗偏照眼，風吹綺縠細裁文。跳珠噴沫魚龍戲，灑雨争飛鵝鴨群。延佇未須便歸去，桃花新見點江濆。

臘月二十七日訪江如僧於山中時城市正爾喧鬧獨如僧了無一事静看飛雪歸後有賦

高窠深處避逢迎，獻歲春臨喜見兄。一僕應門無吠犬，環山種樹有啼鶯。雪寒不凍先生骨，道隱惟多老佛名。半日共成相笑事，却教歸路遠蓬瀛。

閲旅庵難民圖志哀

從來兵寇也如林，十六年來太不禁。不忍看圖真地岳，却教何處問天心。因循釁釀河山大，苦痛人同歲月深。宵旰久知明主意，憑誰親佐五弦琴。

歡儂曲

蕭〔二〕瑟朔風寒，凍合横塘暮。曉起臨妝臺，知有鵜鴂路。

今朝風太惡，從歡索酒杯。不分阿兒手，携冰作鏡來。

〔二〕『蕭』，原本、校本均作『簫』，據文意當爲『蕭』。故改。

擬古

出自城西門，城隅一頭樹。有鳥哺其兒，見人不飛去。
村塢無人行，村民自來往。不知城市春，但道桑麻長。
阿翁提阿孫，阿孫幾年餘。問翁欲何似，翁言孫讀書。
游雲川上浮，長年照川水。川民不荷鋤，常時十日雨。

除日與璩爾助

君無半文錢，我有千金意。雙手持贈君，問酒咸陽市。

芳草

芳草迎人意，春風亂發生。一聲彈不盡，相對古今情。

登仲隴

一望傷心處，迷離杜宇烟。酒澆三尺土，吾弟又今年。

喜朱幼晋至郡煮茗賦此

我曹淡蕩人，窮交指松柏。祇此冰雪姿，何歲無顔色。

和輔調竹上露聲

竹密烟霧濃，泠泠切清響。初疑疏雨聲，開窗日華上。

懷仙十首

層霞深擁舊吾家，簾捲真珠串露華。隔斷五雲多少路，春風幾度碧桃花。

一望平原生紫烟，蹁躚鶴舞在芝田。吹笙却是誰家子，騎向瑶池采玉蓮。

電掣金蛇乍有無，遥知帝女共投壺。玉塵萬斛今輸却，尚有玄霜在絳都。

寶殿寥陽玉作成，當年曾聽《火珠經》。如今不在翻經處，千頃琉璃空月明。

昔年仙子共徘徊，雙手親擎燭夜杯。醉舞霓裳分五色，紅光化作采雲堆。

曾從仙侣賞花辰，同駕蒼虬訪玉真。自是劉安鷄犬過，人間錯認作浮雲。

青宫銀榜謫仙題，松樹親栽與鶴栖。封鎖洞門人去後，知他今日與雲齊。

閶闔金風下界飄，聚仙樓上一吹簫。等閑驚起秦家鳳，飛向咸池萬里遥。

一點齊州一點烟，衹今滄海舊桑田。算來又是蟠桃熟，持向仙都祝萬年。

萬叠蓬山隔海圻，麻姑今日是相知。東皇舊主如相問，尚少神龍一隻騎。

夢游三首

踏鐙歸來，似醉非醉，似夢非夢。有麗人焉，鼓瑟吹笙，動成三五。東都舞妓，南國歌兒，媚眼橫詞，猶能記憶。因賦。

不捲珠簾春暗明，啼鵑吹血紫苔生。無人得似司花女，日傍君王玉輦行。右將花者

鈿蟬金雁消停久，含恨羞看疊勝環。多少寂寥聽不得，低聲故意唱陽關。右舉琵琶者

新妝接葉花如許，落罷鶯啼日漸長。獨自龍樓春不盡，紅蘭香後白蘭香。右吹笙者

春日宫詞

魚鑰重重是主恩，誰教紅雨灑春温。兒今已似西宫柳，盡日斜偎見枕痕。

夜落金錢花詩奉酬簡吾叔

粉汗香鬟盡日紅，玉簫吹斷暮樓鍾。風清欲墮知無限，入曙烟銷翠蕊空。

花落花開不用悲，李娃新寵漢宫時。若教憔悴枝頭死，何似芳魂死後思。

值雪和王孫韵

天山昨夜雪花漫，去老孤城一劍看。分得將軍桑落酒，吹笳不見入邊寒。

楊花撲地隱層城，寂寞長門冷玉笙。却道聖王恩意重，無端冰箸亦關情。

小苑芙蓉

等閑秋水淺深叢，花發寒塘夕照中。却怪無端貪結子，殘脂剩粉亂隨風。
怯露凌風半欲垂，吴王江上醉西施。嬌姿婉轉春無限，雙袖扶頭舞罷時。

月夜偶占

金穗籠烟照藥欄，偶從吹笛過雲間。前頭屈指興亡事，月冷松寒千萬山。

檀郎

紫帳流蘇捲復舒，别來曾得下階除。須臾日射明光牖，照見檀郎架上書。

美人春睡

芍藥花開一兩枝，蓬鬆春睡日遲遲。宫中怪得無多樹，不似章臺鳥亂啼。

春閨

自剪紅羅穩稱身，十分才地自宜人。閨中無甚關情事，惟有年年暗惜春。
惜春終不見春留，流水年光轉玉溝。閑恨日斜青柳暮，遥憐風起白蘋秋。

宫詞

盡日長門畫漏遲，玉簫閑向個中吹。君王衹道無傾國，誰信蛾眉阻畫師。

春閨八咏 有引

春女思，秋士悲，大概云耳。乃其關切處政在春未來時，秋未到時，極寒、極熱之際，忽然而和風拂人，芳衾夜暖；忽然而泠風一點，沁入肌骨。此時不覺逗漏其中，或神爲動，或魂爲驚。若到後來，不過與蜂喧蝶攘，落葉森森，揉作一團，如夢如痴光景耳。

春曉

珊瑚枕上雙鴛醒，隱隱銀瓶汲深井。重圍猶似夜時春，檐鵲聲聲來唤人。

春朝

十二高樓銀母面，綉幕頳盤紅尚淺。輕雲細掠乍來時，妾自安心郎畫眉。

春晝

百花欄外蜂媒路，盡日教郎何處去。倦來隨意數花鬚，錦堂偷得坐氍毹。

春夜

宫鶯日暮啼還歇，共擁金屏燭花發。芳衾叠就玉羅香，婉轉爲歡春夢長。

春晴

楚鐘未發曉鴉起，纖雲纖作紅羅袂。湘簾影裏問郎來，沉醉花前好夢回。

春雨

簾纖占斷鞦韆影，點點檐花啼素綆。樓頭莫問蝶飛雙，爲郎催起柳條長。

春寒

豆蔻梢頭花信緊，紅酥凍却香檀暈。玉盞銀槍春事濃，吹笙閣裏共薰籠。

春暖

碧桃紅綻東風滿，香衫畫襗還凝汗。高樓貪得看游人，手剪輕紈持贈君。

秋窗八咏

秋月

乳鴉聲碎梧桐影，泠泠一片秋光冷。細讀芝泥玉版書，却憐今夜好蕭疏。

秋風

吴娥一曲庭花落，天遣吹翻到林薄。古樹凄清夾路開，西軒夜半擁潮來。

秋雲

昨夜赤龍飛不起，啾啾擲入西河水。五老峰前一縷烟，隨風吹滿落霞天。

秋水

一點孤烟寒杜芷，沙中篆籒已如此。方銅照膽乍風颼，古煉冷光吹不流。

秋桂

城南樹老烏生子，白月寒香新叫起。紫金簌簌露花飛，寂絶空山人未歸。

秋雁

蕭蕭驚起黄蘆下，散落秋聲滿原野。淡雲窩裏打盤旋，目窮千里渺如烟。

秋砧

梁王苑中竹啼露，班女深宫泣紈素。誰家月影照千門，擣盡寒風吹泪痕。

秋菊

合歡帶纈茱萸紫，碎霜一夜吹寒蕊。先輩莫愁呼酒筵，芙蓉屏幢擲金錢。

小雨

冉冉連陰晝欲暝，山門閑坐未常扃。分來遠墅三分雨，添却平疇一寸青。

春朝同東曦侄孫讀書啜酒後號集虚

渾金璞玉吾家子，甘雨和風天上人。手把一經寒共校，更携温酒自然春。

春思

春情萬疊向風薰，入夜吹成一片雲。紅燭漸歆香漸歇，不知何事尚思君。

溪水

岧嶢直上最高峰，山徑無人花自紅。溪水不知離亂事，涓涓直向海門東。

卷七十八　劉維禎〔一〕

福清魏憲惟度　輯選

宛平田種玉遜庵　大名劉元徵夢闈

新城王士驥隴西　南城吴學炯星若　參

劉維禎　字瑞公，武進人。

述懷

徘徊空宇内，惻愴莫我知。回飆凄以厲，旅雁相因依。良辰逝安適，感時使我悲。緬想巢居子，遐心世所希。自非曠士襟，疇能樂調饑。

大鵬狹萬里，斥鷃適數武。遠近雖不同，小大各有取。曠觀瀛海内，浮雲變今古。達人知止足，

〔一〕　此卷三個版本均無小引。

味者徒踽踽。放意撰良辰，爲樂焉可數。無爲將大車，沉憂日應撫。
南國有佳人，獨處依空幃。容華艷桃李，羅衣猶電揮。含情未及宣，脉脉托離徽。素手拂朱弦，
曲終有餘悲。清泉石上流，别鶴夜中飛。愁多理清曲，知音非所希。
長安有故侯，乃種東陵瓜。當其得意時，鐘鼎何足誇？榮枯非有常，俯仰奚咨嗟。願同安期游，
飛步太清家。下視軒冕客，委弃同泥沙。

晚眺

出門當溽暑，開襟縱幽步。涼飆蕩炎燠，浩蕩賞心遇。輕烟生樹杪，層巒障雲路。俄看明月迴，
旋復清輝布。栖鳥驚沙渚，漁人宿汀露。曠焉釋拘局，忽動滄洲慕。

游子吟

迢迢大路迴，發發北風揚。游子欲何之，溯洄以傍徨。登高望故國，但見浮雲翔。殷勤訴所思，
援琴引清商。爲鼓一再行，涕下沾我裳。壯夫事遠游，離别固其常。所念故與親，南北各一方。
嗟嗟勿重陳，驪歌自古傷。

十三夜同君身舅氏對月

旅思不遑寐，攬衣步前楹。歌嘯未終已，皓月忽已明。圓景澈絳霄，清輝麗飛甍。佇立夜將半，
玉露凄以清。顧景念往歲，聚散感人情。今夕爲何夕，邂逅迹復并。良會難屢值，得酒聊自傾。

不見雲間月，三五缺復盈。

送舅氏還宜興

涼飆度秋嶺，躊躕日將暮。我送舅氏歸，揚舲宛溪渡。落葉正飄飖，征雁聊可數。顧望影已遥，離憂將焉訴。追問何時來，深秋肅其羽。聚散非有常，惻愴何能賦。别後應更悲，重陽足風雨。

雜詩

獨處忽不怡，東皋縱余步。玄雲自天合，咫尺多風雨。驚鴻褰反音，晨風斷歸羽。感物多所懷，躊躕日將暮。

擬古

悠悠道云遠，冉冉歲將徂。念君行不歸，泣望天一隅。萬里隔容輝，關山安可逾。候雁辭故土，黄鵠凌雲衢。中夜愴然嘆，同裯與我殊。思欲隨晨風，又復不須臾。音息邈難達，何由致區區。願君割情戀，善保金石軀。

高樓一何綺，垂楊映深曲。翩翩雙飛燕，自繞雕梁宿。樓上誰家姝，皎皎顔如玉。良人處雁門，歸期杳難卜。坐歇芳春時，秋風入華屋。深夜獨偏栖，沉思聊躑躅。

翩翩郢中兒，泠泠發皓齒。冉冉歌陽春，引商雜流徵。渺渺思入雲，悠悠清徹耳。知音古所難，衆人聽其似。曲終和者誰，太息何能已。

七級途中作

朔風吹塵起，驅馬欲何之。歲暮挽輸急，公事有程期。道逢百夫長，群從何施施。得志左右盻，對面不相知。失意立談間，悍丁多怒辭。令長愛百姓，惜哉徒爾爲。時事固如此，歸來但自嗤。

過箕山

萬乘無足慕，丘壑良自安。巢由弃軒冕，高風天壤間。陶唐已綿邈，慨焉發長嘆。末季道陵遲，寵禄誰不干。失路俯仰中，利竭名亦殫。偃鼠期滿腹，知止誠獨難。箕山何巉巉，潁水清且寒。伊人在何許，冥鴻相與還。

月下吟

凉秋九月雁在天，明月何心照我前。銀河清淺不能渡，白露横空真可憐。人生變態無窮已，古來明月長如此。今年望月在長安，明年踪迹知誰是？月落空梁風滿樓，颯颯吹人空白頭。搔首微吟明月下，關山何處不堪愁。

題劉顧新畫梅

中庭明月出復没，舉頭忽見梅花發。問誰有力移植此，劉生大笑余能爾。丹青弄筆等閑事，仿佛冰容照滿紙。悄然坐我孤恨旁，冷艷飛來覺有香。寒心應入廣平賦，落額羞爲公主妝。古今畫家亦無數，如君自寫胸中趣。縱筆一掃花縱横，斷魂恰似江南路。蕭疏淡影懸新障，寂寞幽光發毫素。幽光淡影非人間，欲折一枝供歲暮。劉生慷慨意有餘，揮手相贈莫躊躕。歸去清芬携滿袖，詩成霜雪散前除。山中自有高人卧，杖屨他年安所如。

得白筠心書知有石梁之行賦此言别

昨夜春光度溪壑，獨坐寒齋苦蕭索。忽接雲中尺素書，翻使離愁生郡閣。憶君慷慨俠者流，與君相好復同游。秋風把酒琴高渡，明月題詩謝朓樓。意氣相傾真不偶，不謂别來今獨久。已悲江上寄寒梅，謾向天邊歌折柳。聞欲乘春度石梁，敝裘孤劍促行裝。芙蓉岡上相思切，大别山前清夢長。昭亭南望空回首，不得臨岐把君袖。執管那令逸興飛，援琴祇引清商奏。嗟余年年思故廬，憐君歲歲出無車。丈夫未稱平生意，明日扁舟信所如。

憶昨行寄黄長弟

憶昔遭逢正三月，奮欲乘風向金闕。是時親友皆追攀，一遇黄生舟即發。意氣相傾興轉豪，眼看世上如鴻毛。黄河浪黑淮水白，論文氣與秋天高。金門獻賦動天子，曲江春宴開聞喜。聯鑣道上生輝光，柳暗花明過燕市。興酣同上寶釵樓，唤出佳人字莫愁。樽前爲我彈箜篌，日落西山翠已收。與君欲去尚夷猶，隱隱金波藏薄霧。玉漏沉沉失歸路，輿闌緩步傍宫墻。何處新聲暗中度，陌上看君信可憐。朝朝痛飲落花前，知己相逢無促戚。那知别思在誰邊，今君起草明光裏。我獨扁舟渡宛水，叩缶擊筑和者誰。燕樹江雲幾千里，回首少年樂事多，何時對酒共高歌？

寄姚際斯給事

君不見姚君意氣多磊落，二十聲名滿京洛。壯歲拜官青鎖闥，肯與千人同諾諾。憶初射策金馬門，與君同日承君恩。鳴鞭遥指曲江碧，花光柳色摇金樽。看君倜儻無與比，慕君爲人把君臂。訪古頻過碣石宫，停車共攬西山翠。詎知世事同蒼狗，春明折柳遥分手。净夜鳴琴猿鶴怨，青天擊劍蛟龍吼。聞君今已厭承明，余尚微官滯宛城。輶軒漫惜故人别，雲鳥深知傲吏情。嗟哉此意人難識，遥望江天泪横臆。黄金臺上空嶙峋，叠嶂樓邊悲逼側。海内交游重知己，日落孤城徒倚徙。功勛名位會有期，慷慨高歌望吾子。

題明鏡庵梁于喬畫竹

古今畫竹有幾人，吴生好手稱第一。後來繼之有與可，兔起鶻落疇能測。古人毫素不可得，遂使�軒日蕭瑟。忽然怪此還舊觀，問之乃是梁生筆。梁上善畫逸者流，氣酣落紙梁園秋。淡烟細雨看不見，翠影清光坐獨幽。懸之空堂聲淅淅，四座陰森不可留。蛟龍怒爾恐飛去，洞庭波兮帝子愁。山中老僧苦愛竹，乞得梁生畫此幅。相對空疑雪欲侵，無心祇見雲相逐。我有高懷未能寫，性本漁樵慕山野。與爾相携向竹林，日日臨風共瀟灑。

春燕行

去歲秋風入金屋，燕子辭家度寒谷。忽見春光憶故巢，飛來仍繞雕梁宿。雕梁猶在故巢非，回思舊日增歔欷。銜泥却恨身無力，欲語先愁音漸微。不惜陽春那可得，暗入風簾心惻惻。昭陽殿裏羨雙栖，白玉堂前憐隻翼。誰家思婦泪潸潸，燕子南來人未還。幾看玄影流青鏡，空有紅襟映翠鬟。春夢醒時天欲曙，燕子飛飛依舊處。夫君此日定思歸，祇恐君歸燕已去。

鶴池 衛靈公養鶴處

嗷嗷九皋鳴，翩翩整羽飾。本是林壑姿，何爲在君側？一朝盼睞殊等倫，分餐玉粒乘華軒。祇言游戲依臺沼，那知烽火照郊原。鵝鸛紛飛陣雲黑，國人驅鶴與之敵。嗟爾幽禽何所爲？欲報君恩恨無力。乃信遭逢自有時，姬文靈囿焉可追？不如戢翼五湖畔，明月清波濯素輝。

三槐堂遺址

王公世德昌，三槐植新堂。朱甍廣厦不復見，荒烟野草徒蒼茫。今昔興衰固有期，行人過此勿生悲。汴京宫闕久泯滅，公卿第宅那可知。况聞文正之子孫，徙居中州爲清門。始信仁者必有後，坡公此論終不諼。宋代名相得幾人，一時寇呂難其倫。如公勛業已千載，世事浮雲安足論。

弇山

我來莘邑慕弇山，謂言陟險愁躋攀。層巒翠嶂須歷遍，謝公屐齒折其間。策馬還來窮勝迹，碎石峥嶸不逾尺。荒郊未見雲峰起，井闌徒對寒泉碧。兹山得名真足奇，疑若一蕢之所爲。不然風吹作平地，滄桑陵谷焉能追。且放襟抱休徘徊，達人曠觀無不可，泰山培塿何异哉。

渡江

鼓枻滄江上，烟波此一方。風輕漁唱入，霧斂净琴張。岸草摇空碧，秋山麗夕陽。冥冥帆去疾，幽興獨難忘。

六合道中

北望知何極，行吟古道旁。荒烟迷六合，秋色滿雙塘。霜早驚蘆白，天空見鳥翔。鄉心隨落日，縹緲度山岡。

野泊

扁舟何處泊，回望夏雲多。遠嶂浮青靄，長風起白波。乘流隨釣艇，沽酒雜漁蓑。不覺山村暮，蕭蕭夜雨過。

游敬亭山

策馬陵危磴，携尊坐翠雲。溪聲岩下度，山色鏡中分。鳥去高原迥，林空落葉聞。山來名勝地，懷古意殷殷。

雪中還宣州與筠心分韵

歲暮偏爲客，征途秖自勞。乾坤雙白眼，風雪一綈袍。流水蕩歸槳，輕寒冷佩刀。知音原自寡，郢調莫孤高。

孤燈明野店，客夢冷清宵。曙色催征騎，寒光照濁醪。鷄鳴五夜盡，雁度一聲高。莫唱《關山曲》，離情正鬱陶。

舟次水陽

烟波渺無際，回望白雲空。斷岸餘殘雪，輕帆挂遠風。人離歸夢後，寒盡客愁中。此際嗟行役，傷心南去鴻。

舟次宣城

試向寒原望，西山日半銜。望鄉歌白紵，愁坐濕青衫。雪積埋樵徑，雲過隱片帆。敬亭應咫尺，飛鳥下層岩。

送玓心還常州

澄江晴望迥，送子陟江濱。白雪憐同調，青山戀故人。琴聲凄永夜，劍氣渺延津。余亦思歸者，風塵負此身。

元夕

玉笛飛江閣，銀花燦宛津。共看今夜月，不是故園春。散步將安適，疏燈獨可親。鄉愁容易入，歌舞漫教陳。

得楊東曦書

北望長安道，喜君匹馬還。秋風題雁字，寒月度鷄山。別泪江雲外，交情落照間。援琴思別引，流水亦潺潺。

送徐山甫之旌德

栖栖不得意，况乃別愁生。對酒官仍冷，看山客獨行。野花隨路發，春鳥向人鳴。此去多幽興，知君調更清。

春日雨懷

江城連夜雨，無計奈愁何。積晦藏山色，沉雲宿晚波。蒼茫成獨坐，寥落起悲歌。料得田園好，春風長薜蘿。

舟發宣城

六月偏行路，孤舟向遠村。風塵徒自笑，心事與誰論。日暖雲光薄，沙暄水氣昏。衹應林下住，高卧掩柴門。

秋雨

漠漠烟光晚，陰陰澤國秋。山雲常抱雨，沙岸欲奔流。羽濕回衡雁，風翻没海鷗。故鄉溪水隔，霜葉迴含愁。

紛紛木葉下，渺渺洞庭波。欲訪伊人去，其如秋水何。樵舟横短楫，漁岸隱青蓑。未遂滄洲願，空山掩薜蘿。

山行

爲愛秋山爽，良朋手共携。入看青嶂曉，時與白雲迷。落葉隨行迹，人烟冷斷蹊。行吟未忍去，歸路日將西。

題錢夫人節井

井在莘署之旁。甲申之警，邑令錢公堅守旬日，夫人度不免於難，懷幼子入焉〔一〕，侍婢亦以身殉。邑人重其節烈，名其井曰『節井』。

翠閣烽烟逼，愁雲慘不開。倉皇辭玉鏡，寂寞掩泉臺。寒甃生春草，銀床覆石苔。豈惟湘水上，竹汨使人哀。

碧井依然在，香魂得返無。清風吹檻側，明月冷庭隅。舊恨傷鉛粉，餘悲墮掌珠。祠堂有遺樹，夜夜聽啼烏。

傳道懷沙日，相從有侍兒。紅顔無復恨，黄鳥至今悲。鬼火燒荒砌，浮雲結素帷。芳魂歸碧落，化鶴是何時？

伊尹耕莘處

阿衡未得位，此地昔躬耕。塗炭一夫耻，浮雲千駟輕。幽居辭幣帛，聖主繼弓旌。荒徑依然在，悠悠萬古情。

〔一〕『焉』，聚錦堂本作『井』。

冬夜别友人

颯颯寒風向北吹，驪歌唱罷不勝悲。城邊野戍依雲斷，嶺外孤鴻度月遲。揮手兩分游子泪，停杯一與故人辭。明朝寂寞滄江上，懶上高樓獨賦詩。

過項王墓

荒丘聞説葬重瞳，白草茫茫古道中。一戰諸侯空鉅鹿，千秋父老吊江東。舳艫晝暗蛟龍雨，松柏朝呼鳥雀風。嘆息英雄虚霸業，至今遺恨滿幽宫。

登甘露寺

歸路一登甘露寺，窮途攬勝興猶賒。江分南北開天塹，山峙金焦長白沙。塔勢晝懸滄海日，波光曉接赤城霞。凌空剩有扁舟意，莫遣鄉愁到水涯。

溧水道中

日淡霜天冷翠浮，平皋一望曉烟收。懸崖怪石當人立，曲徑虬松俯壑幽。出岫無心雲自得，歸林何意鳥相求。山川到處供吟眺，莫嘆風塵此浪游。

宛陵晚發

刁斗聲傳四野多，驚心風鶴竟如何。未堪懸劍宵乘險，况復褰衣曉渡河。江上烽烟沉鐵鎖，秣陵風雨暗雕戈。駕言四牡將安騁，徒羡山頭一鳥過。

宜興舟中

烽警南方寇未除，扁舟獨載病相如。漫嗟白屋餘空壁，且喜青山近故廬。夜月蘆花垂渚冷，秋風落葉隔林虚。買田陽羡知何日，澤畔行吟自卜居。

游醉翁亭

陰寒不廢看山興，路轉峰回到上頭。深竹蕭蕭人境杳，疏梅寂寂小堂幽。鐘傳古寺烟將暝，雨歇空林翠欲浮。覽勝行吟思共遠，風塵莫遣有離憂。

山半孤亭翠欲飛，登游漫惜雨沾衣。苔班松瘦蒼崖古，鳥語花香白晝微。檻外流觴依曲澗，峰頭清磬落雙扉。便應晞髮崇岡上，日日看雲醉不歸。

七夕公宴送毛倬人之燕和韵

檻外凉颸動晚風，清光半入綺筵中。初飛一葉侵杯緑，斜度雙星映炬紅。砧響蘭陵催别騎，鴻高冀北冷秋空。明朝分手天邊去，此夕青樽未易同。

懷白筠心

石梁風雨接江潯，對水看山别思深。兩地久懸明月夢，尺書因見故人心。栖遲我有潘生拙，落魄君無季子金。遥指前期猶未定，天涯回首一沾襟。

懷王侯在

隔江雲樹思悠悠，又見花明謝朓樓。好夢未通青草路，題詩且寄碧山頭。故園春晚流鶯歇，叠嶂風高雁羽愁。一自河梁分手後，匣中夜夜嘯吴鈎。

送賈仁侯學博之祁門

三載儒官日把杯，謝樓明月每徘徊。青氊同作江城客，絳帳仍推洛下才。暮色遥看溪水合，秋光無際石門開。經過勝處應題句，却望新安雁影來。

寄張幼玉

每憶梅溪花發日，相逢樽酒爲君開。五湖放棹知何處，一笑浮生定幾回。作賦自同庾信體，驚秋誰念楚詞哀。謝公樓上遥相望，惟有孤雲日往來。

登白雪樓

寂寂朱樓對碧湍，倦游孤客一憑闌。青山自繞名流宅，白雪猶懸异代看。萬井爨烟浮檻外，重城雉堞隔林端。登高亦有懷人思，詞賦於今和獨難。

同鄒愓庵游大名湖

高閣朱闌俯碧流，芙蓉十里繞芳洲。臨風暫繫青絲鞚，遲日徐開翡翠舟。座上行杯彈趙瑟，花前按拍狎秦謳。習池風景渾無异，好向山公續勝游。

九日

金風淅淅曉窗寒，四望荒郊木葉乾。賓雁一聲天外度，黄花無數客中看。十年旅宦功名薄，千里鄉關道路難。秋色催人最蕭瑟，濁醪相對且爲歡〔二〕。

喜雨

遥聞圭璧罄長安，聖主桑林動百官。芻牧祇深勞吏責，雲霓先得老農歡。風吹緑野含膏潤，暑退荒齋起暮寒。寄語田間勤畚鍤，十千歲取不爲難。

燕

不辭倦翮共回翔，應候南歸道路長。向户應知尋故壘，入簾偏自惜春光。人前細語雕梁晚，花底銜泥紫幕香。猶喜相逢舊相識，年年翾羽上君堂。

〔二〕「歡」，原本、校本均作「歌」。聚錦堂本文字上方有眉批「歌，當作歡」，據改。

寄王貽上司理揚州

共說江都去，偏宜董相才。濤聲胥浦入，秋色廣陵開。明月邀仙侶，閑雲度酒杯。公餘饒宴笑，
參佐見風裁。政績初邗水，文章自選臺。蕪城應有賦，雁影莫空來。

寄贈侍御顧季蔚巡按楚

蹀躞花驄走漢陽，冰壺秋映楚天霜。綉衣共羨行江夏，簪筆常思入未央。
幾年草奏鳳墀前，此日埋輪鄂渚邊。欲識臣心清似水，洞庭秋月正涓涓。

趙夫子再至宣州賦

一官何意滯江城，苜蓿闌干春又生。猶是馬融門下士，談經終愧鄭康成。

少年行

年少風流白袷狂，更逢游俠是咸陽。黄金百萬一時盡，笑謂文君典鷫鸘。
十年結客氣偏投，不數當年荆聶儔。俠氣干霄人不識，樽前夜夜看吴鈎。

采蓮曲

玉淑金塘勝若耶，緑波深處采蓮花。回舟月下裙猶濕，擊腕風前鬢欲斜。

卷七十九　王澤弘

福清魏憲惟度　輯選

華亭沈荃繹堂　嘉善顧耿臣奕聞

萊陽宋琬荔裳　桐城戴其員雪看　參

王澤弘

字涓來，號昊廬，黄岡人。

小引

魏子曰：《記》有之：粤無鎛，秦無廬。秦、粤非無鎛也、廬也，夫人而能爲鎛也、廬也。楚之於詩也亦然。昊廬王先生固楚材之般、倕也。或曰：『習也，檢討公著之家也。』或曰：『傳也，鶴林孫公以之儲元，爾成張公以之登第。』文心即詩心也。余小子曰：固也。先生實得之天耳。天之菁英，人不得而襲之；天之工力，人不得而勉焉也。予度仙霞，歲將十稔，十五國之風已知之矣。癸丑秋深，以一竿投漳河，一矢獵太行。鯢也、鮒也，其族漁也；狐也、狌〔一〕也，其族獵也。發人之笱，掩人之罟，其盜漁、盜獵者也。最後昊廬先生以詩示其任氏之漁、羅氏之獵乎？偉矣！其俎登東海，囊括上林者乎？今讀其五言古則鄴下也、彭澤也，七言古則浣花也、徂徠也，近體則絳州、鹿門也，飄飄乎如蟬蛻之遇秋風，泠然善矣。而余更有進者：今天子有事明堂。先生方出中秘，徵材薊燕都鄙、郊圻間，杞梓楩楠，錯采交進。先生受之繩墨，升之櫟棟，爲大廈之所倚庇。林可焚也，澤可竭也，豈僅僅乎詩之爲教也？而後知余小子之爲漁、爲獵者淺也。

擬古

種樹長秋花，鑿池待春水。故人永相托，所得僅如此。水逝有還波，花落無生理。安知同堂客，不似千萬里。萬里隔鄉縣，有時自相見。片言偶乖離，對面形色變。願言白頭好，不願白頭早。白頭難與期，此心私自悲。

〔一〕『狌』，原本、校本均作『狌』，形訛。『狌』，同『鼪』，俗稱黃鼠狼。《莊子·秋水》：『騏驥驊騮，一日而馳千里，捕鼠不如狸狌。』

聽楊振玉彈琴題箑以贈

深春過我操悲秋，不是琴心是隴頭。燕地自來芳樹少，却疑落葉滿庭愁。

寄宋玉叔

吾友聲名久，頻年見面疏。詩篇存我法，閲歷當奇書。碣石堪垂績，燕臺望卜居。祇愁君到後，歸伴楚江漁。

柬顧西巘侍御

寒風積雨滿庭吹，爲報晴川侍御知。一樹梅花千點泪，無人看到夜深時。

丁亥七夕

天上知何事？人間説渡河。浮生多怨别，對此自悲歌。是日偏宜夜，經秋客不過。雙星期失信，烏鵲竟如何。

送程伯建

秋風將盡後，更送客南歸。去國葉皆脱，懷人雁正飛。行裝存故劍，蓬鬢仗清輝。君看今宵月，凄凄畏擣衣。

過曹顧庵前輩陸舫

草堂閑曠正清秋，相對凉如水氣浮。自有坐中人作楫，不妨市上屋爲舟。林深白日偏常静，地遠青山覺更幽。最愛隔鄰蕭寺裏，鐘聲欲盡尚遲留。

魯橋遇同年徐月鹿

客子歸舟度魯橋，停舟忽遇使臣軺。過君旅舍燈花喜，顧我孤蓬霜樹遥。岸老平湖天漸雪，月明群雁夜疑潮。關河分手吾何事，不復垂綸祇采樵。

舟行至夏鎮

舟行當歲暮，河淺水彌清。似映遠山碧，微含殘月明。淡交懷古道，飲酌感深情。應有幽人屋，閑居達此生。

泊舟南陽湖

歸舟屢泊不知名，客夜惟憐此地清。古岸漸看簫鼓近，孤帆如在畫圖行。湖寬似曉月初吐，林静無聲雪半晴。腸斷捕漁燈影亂，扣舷歌動故山情。

過彭家口

此地滄桑野老諳，三河水勢盡歸南。雪光照影千村合，霜氣如烟萬嶺含。誰構石橋通古渡，應思血汗苦丁男。歸人指顧溪山好，或有高僧此結庵。

小除立春泊舟清江浦

淮陰再過恰逢春，此地遲留更愴神。岸雪未消頻作客，署槐漸老倍思親先太史爲淮司李。船移遠水陳靈几，泪滴椒觴薦野蘋。游子歷年多在外，九原應念北歸身。

舟中有懷

離心百折到江流，雨向春深夜落愁。爲客久同湘浦雁，懷人如坐洞庭秋。聽歌有怨弦難識，解纜猶牽岸不留。君入淮南吾去越，好風偏阻木蘭舟。

贈吴弘人聞夏伯仲

歸家猶作未歸身，歲暮悲歌到暮春。最念客來芳草路，却憐書報落花辰。交情未敢同厨顧，世事相看迭主賓。莫道此行新識面，論心已是廿年人。

贈吴兹受先生

君憂東去我懷歸，塞漠鄉園意總違。誰念老人離少子，獨憐孤客憶雙闈。心隨白髮扶鳩杖，夢怯黄沙響鐵衣。握手莫言成永别，他年此地定相依。

鐵佛寺訪謝有客

鐵佛登龕我正來，相逢一笑見花開。水雲客爲今朝至，鐘版聲從何處回？入坐茶香潭内雪，留門月冷檻前苔。夜深僧話先年事，淅淅風吹劫後灰。

贈友

披衣帶月借歸舟，江上征人閨内愁。夏口青山樊口樹，一帆卷盡畫中秋。

江上漫興

薊門歸後遠黄塵，衹愛招游漢水濱。江上青山冬更老，舟中白晝見常新。遥天雲樹渾圖畫，滿地漁樵半逸民。我欲相從終歲住，竹籬茅屋控閑身。

偶成

情薄何知有斷腸，却從陌上采青桑。無端年少深相問，瘦盡春蠶絲不長。

咏芭蕉

懸陰映高閣，江露滴秋衣。莫道凋零盡，春來還自歸。
蕉心有意開，蕉葉隨時折。但衹長根芽，不妨卧霜雪。

江上遲復生未至

子夜立高岡，遠與寒江對。江聲抱苦心，回瀾怨陰晦。故人坐天外，寢食藏悲慨。孤舟不忍歸，情深畏相背。風雨濕我衣，佇望猶莫退。歲晏偕護持，客久肝腸碎。願得早追隨，既言不敢悔。斟酌前致辭，指水終身佩。

訪樂叢

亂峰斷處水聲澌，徑絶人踪一折危。但見高雲平眼過，忽聞孤磬下山遲。杖穿石齒僧來約，屐響苔衣客去期。東嶺日低明月上，可憐萬籟欲歸時。

懷劉子彝未歸

白露黄花九月寒，秋光如雪照欄干。客懷遠道朝猶夢，書擁高樓夜獨看。每待君來呼掃徑，長因思〔一〕苦減加餐。何時著述須同志，衹爲知音昔所難。

寄閤古古游廬山

二月春無一日晴，客舟心似遠江聲。人傳我友匡廬卧，常與高僧栗里行。耽酒不須頻駡座，賦詩

〔一〕『思』，原本、校本均作『恩』，誤。

相勸更藏名。昔聞隱者真何限，非托漁樵即耦耕。

清明

佳辰柳色雨頻催，獨我船從巨浪來。此日故園應掃墓，遥憐群弟憶銜杯。爲秦爲晋桃花笑，非火非烟綿竹哀。雙鯉素書終莫寄，廣陵潮到小孤回。

廣陵喜顧修遠至

與君相見即相離，見後茫茫别後思。天意故遲存久會，客途頻遇似先期。情深月挂邗溝樹，夢遠春歸漢水湄。從此著書煩早寄，扁舟吾欲隱茅茨。

舊刀歌

余於長安佩一短刀者，三年未嘗暫捨。偶見蘭巖持新刀歸，因易之。已而思弃舊者非義，遂還其新而仍取其舊者，作《舊刀歌》。

昔從燕市買古鐵，佩之三年未暫褻。有時醉歌自起舞，數尺寒光如電掣。臨風出鞘挂壁間，六月稜稜立冰雪。忽見新刀製亦同，偶然相易意終𠬸。聞君欲以贈他人，弃舊求新心鬱結。爲泣著簪我亦然，不忍朝隨暮訣絶。新刀利鈍不可知，舊刀鋒芒未纖缺。新刀不佩故人裳，舊刀不染奸人血。憐爾佩久取爾歸，爾自有心毋怨觖。不道我心不如鐵，斑斑泪痕中腸折。將刀鎔盡更鑄成，刀上之斑不可滅。

題程穆倩石言册子

我來孤舟自臨皋，君亦破屋倚蓬蒿。侵晨訪我促膝坐，執手嘆世首重搔。春風三月如鐵冷，故人安得不緼袍。故人將身與迹混，却借篆籀爲隱遁。雕畫歲月非無心，世事不如刀畫穩。君心深苦知者稀，古人出處心自忖。君看世上逐利名，衹似棱棱刀上行。張帆乘車并跨馬，紛紛勢力何縱横。我雖求名仍世外，虚舟不畏風濤聲。思君匠心石一片，落腕如有鋼百煉。雙目凝神結構時，有時會心翻手戰。要知絶技亦無益，周鼓商盤等秋電。此意茫茫人不聞，雖然不聞却有君。劫灰一坏泣何處？何論六書與八分。消磨壯志意良苦，捉刀惆悵看高雲。君不勝衣身瘦弱，鏤成金石何磅礴。想像鐫時如舞劍，一畫亦具一丘壑。勿言奇文未徑寸，中似太虚甚寥廓。况君詩畫古人間，如在絶頂誰追攀。奇才抑塞空托此，袖中隱忍生青山。

落花詩

爲送春光聽曉鐘，不如歲歲衹如冬。竟無開落驚雙眼，應少悲歡損舊容。故國數枝人幾見，他鄉一瓣憾千重。遲歸對此傷游子，憶得征衣密密縫。

深春零落滿空缸，獨對芳園憶楚江。香爲故人寒透紙，影憐新月暗臨窗。不辭在樹枝枝墜，惟願沾泥片片雙。勝事晚鐘清梵夜，折來留供佛前幢。

程穆倩山人招飲

初夏凝寒似早春，斷雲疏雨濕飛塵。非遲曲徑花前約，爲念高樓樹下人。静氣每從耽酒見，道心偏向聽歌真。此生懷抱誰相識，但對桐陰借比鄰。

題畫

去年身卧西湖水，今年看畫西湖紙。宛然坐我一葉舟，相送孤山小亭裏。遠山遠水如無心，一筆兩筆藏真理。不用墨處更奇絶，雲烟萬丈徑寸耳。平坡深樹何紆回，筆所凝注遂數里。方竹杖，芒草履，愁顔祇爲看山喜。踏盡五湖歸不歸，七十二峰從此始。

贈李二夢珠

別君纔半日，哀樂每千端。瘦影看衣怯，長眉一鏡寬。聽歌停調苦，學舞折身難。臨去遲回發，横舟夜倚欄。

懷丁綉夫

去歲傷春傍水隈，垂虹亭即斷腸臺。年雖緑鬢文章老，交已青松雨雪催。芳草情深書早寄，落花泪盡客重來。與君一見難爲別，夢繞吴江千萬回。

題程穆倩畫

高山亦可居，深林亦可隱。下臨萬頃秋，中藏一葉影。停楫正踟躕，澹然坐孤冷。茫茫海天寬，欲行未敢逞。獨看孤月上，蒼色照諸嶺。誰識乘舟人，行止有深省。

項去浮館丈至廣陵

我來留滯蕪城住，停車衹吊雷塘路。相逢故舊似新知，所遇新知如未遇。忽聞君從江左來，解衣促席呼金罍。盛暑張燈忘六月，懷抱抑塞門洞開。人生去住如江水，波濤突兀終不止。又如高樹臨深秋，隨風飄落隨風起。去年相見在西湖，泛船載酒月似珠。今年悲歌廣陵市，却憶西湖是畫圖。我懷磊落君瀟灑，兩人相見必傾瀉。我方築廬西山傍，君亦高卧東山下。丈夫出處有深情，家國事重名位輕。顧我栖遲戀白髮，勸君早出憐蒼生。每言君是文章客，五雲讀書猶昨夕。致君堯舜早歸來，莫待相看笑頭白。

無錫黄心甫游於齊與歌者胡文玉善心甫有僕窺橐中資將謀不利文玉覺其意以身代刃入膚數寸有中營劉將軍者出奇方救之得不死余感其義以作歌

梁溪高士冰雪姿，著書兀兀恒苦饑。客游齊魯何寂寞，忽感歌者相追隨。黄河以北嗜北調，青州亦住宣州兒。妙年顔色天然美，艷妝不學俗女子。一夜歌聲繞屋梁，滿堂泪下如鉛水。相憐悔不早同生，那期衹欲從君死。先生有僕不安貧，不識博奥之主人。拔刀作逆胡爲爾，天涯安得金繞身。最恨有刀不鑄眼，如花忍作看秋薪。虎狼自門入，煎逼何太急？短袖甘爲倚柱笑，一身却似當熊立。少年義俠誰不憐，忍痛無聲暗悲泣。此身一死奚足云，高義偏感劉將軍。脱贈奇方出金石，先生搗藥何殷勤。古人深情各有托，綉被安可方紅裙。先生自嘆知音寡，我亦有生深情者。爲僕受恩反負恩，如君萍梗交，乃肯視死如飄瓦，我願他日乘車相逢揖君下。

秦淮雜詩和王阮亭作

碧浪清波亦有情，佳人遥指渡頭名。春來兩岸桃花發，却似王郎放棹迎。

故宫荆棘柳陰遲，零落秦淮萬縷絲。羌笛更從何處怨？江南盡似玉關時。

宫草迷離二十秋，莫愁湖上幾人游。可憐天地愁如許，苦勸人間且莫愁。

舊苑名娼數頓揚，曾傳大内舞霓裳。自憐生在開元後，不見風流脱十娘。

月夜清歌度玉簫，白門二妙客争邀。傷心歌吹今銷歇，斷月零風咽板橋。傅壽善歌，沙嫩善簫。

少年調笑戲呼郎，歡怨頻移暗斷腸。一自杜蘭憔悴盡，滿園花綻不知春。

鸚鵡新詩不忍聞，吟成珠泪憶湘君。傷心風雅摧殘盡，不信江南有范雲。

答孫豹人見贈次原韵

涇陽孫子天下士，楗户恒畏旁人憐。但道歸秦一生足，每逢賦詩萬事捐。插書滿架盎無粟，留客沽酒囊有錢。安得移居數晨夕，與君爛醉消長年。

今年踪迹祇江濱，畫舫書籤未是貧。風雨中流思舊友，河山一葉送勞人。世無老眼輕相識，交有深心重自陳。欣慨難言經十載，浮生無計得沉淪。

別貽上

野曠心牽百丈寒，一帆侵曉出秋瀾。鶺鴒影共回風葉，鴻雁聲愁濕羽翰。天露微晴看海日，鐘來杳靄辨烟巒。孤舟相憶江南北，應似金焦兩地看。

黄維章前輩有歸州硯咏之

鍾山流寓黄太史，老精賞鑒世莫比。自言有研歸州石，石上小眼數莫紀。我言此研似端溪，紫色潤澤雕刻齊。藏之篋笥游五岳，奇書絶壁供品題。太史巨手與高眼，誰知皆賴歸州産。异時有書或傳世，紀曰楚研手中撰。

吴門送秦留仙歸梁谿

我年已壯子神清，感舊今如老弟兄。南苑春寒裘作被，北門漏永燭移檠。當時并轡人同散，此夜連舟月更明。去去天陰那忍別，孤蓬聽雨不勝情。

題畫贈李眉年

畫内名山人不到，名山如畫到者少。何如携在懷袖間，放眼便見丘壑好。見時深悔未卜鄰，卜鄰深山有幾人。我亦生具烟霞癖，十年翻作玉堂賓。雲樹疏密峰巒起，紙幅空處即秋水。水折山回繫夢魂，風吹雨滴生悲喜。對君畫幅心通禪，忽聞故人彈三弦。憐君半夜思歸客，有意無意聲凄然。

留別丁綉夫

楚客南還更送秋，霜楓兩岸祇離舟。故人一葉寒猶訪，游子三更泪未收。分手畏當新月照，思家尚喜逆風留。每來相見渾無語，莫令君知別後愁。

停舟候潮過南徐華氏園有感

涉江不意阻河濱，閑過山居憶避秦。天地豈無支厦木，古今多是候潮人。客驚竹葉三更雨，山放梅花十月春。此日淹留君莫嘆，船依亭榭亦佳鄰。

家大母太夫人誕辰

慈闈明日捧霞觴，游子依然滯野航。戲彩衣成難獻壽，倚門髮白未登堂。曾孫争欲扶鳩杖，諸弟應思引雁行。獨我望雲遥下拜，向南搔首更回翔。

擬古

壯年輕久别，束髪事遠游。長跪辭老親，泪下不敢流。向壁暗拭涕，恐貽高堂憂。一朝歷吴楚，
倏忽經三秋。仰視鴻雁翔，哀鳴何所求。游子非木石，規畫豈不周。妻子固不戀，慈母誰與賙？
因循營苟得，怨艾恒自尤。不如早旋歸，負米事西疇。

憶内子病

歸舟溯鑾江，曉聞家僕至。披衣未敢問，畏有難言事。得聞祖母安，喜色尚驚悸。遂開所寄書，
忽復生憔悴。念汝抱久痾，沉憂兼積瘁。歷年居京華，家計頻汝累。祖親既耄耋，諸子亦幼稚。
所賴共扶持，相與敦古義。矧我屢行役，飄摇生内愧。生人苦樂半，何計得相避？遠人恒曠懷，
女子多怨觖。願汝厚自愛，門户庶勿墜。古詩：『健婦持門户，亦勝一丈夫。』

出真州阻風作

江行苦逆風，同舟多憂思。顧我獨宴笑，去住各有時。雖阻歸客程，適與順流宜。矧兹歲已暮，
萬族誰無依。來者歸有日，去者歸何期。所貴相知深，不畏相見遲。遲遲勿復道，相知願終老。

感懷

嘉樹桃李花，不如種芳草。枯瘁霜雪中，本根恒美好。我居在南窗，晨夕未忍掃。願汝日長養，歲寒恒相保。抽葉更發榮，連莖仍奮藻。如何紈綺子，當春移新棗。徒令小鳥栖，刺葉蔓行道。我來欲剪除，荷鋤當及早。芳草雖細微，肯待王孫老。青青自有期，勿論暫枯槁。湘水日夕緑，楚客揚歸舲。中流彈古調，抱琴誰與聽。舊業在赤嶂〔一〕，焚香讀丹經。群花正零落，崇蘭偏芳馨。佳人來相賞，坐久風泠泠。至交不在密，達者忘其形。君看幽蘭意，用心在沉冥。蘭香終古存，蘭葉終歲青。深感佳人嘆，使我心未寧。

舟行即事

歸船牽纜逆流中，夕照微銜遠樹紅。江落水尋何代岸，霧迷帆接异鄉鴻。村醪遍覓成名酒，蒲葦難求似桂叢。相對故人忘是客，晚吹横笛動悲風。

曉行至五溪即事

卧聞檐溜響天明，衹作空山落雨聲。起看凍雲隨望迴，始知殘雪滴朝晴。草豐竹密禽喧語，溪涸

〔一〕『嶂』，地名用字。『赤嶂』，即赤壁。

沙柔馬燮行。竟日攀援來絶頂，萬峰氣候一峰生。

五溪望九華諸峰雪

出門朝日照溪明，忽望諸峰入眼驚。但識夜寒同氣候，如何天半昇陰晴。山含微雪蒼然白，水帶殘冰分外清。到此倍知身世幻，九華真有故人情。

九華雪霽

雪後登山喜見晴，萬山渾似一山平。寒光地盡爲天色，皎日人看作月明。俯視虛空懸在下，遥來絶頂欲聞聲。大江吴楚澄如練，長嘯扶筇衹自行。

望九華

入谷方數里，微雨來餘芬。停車眺前嶺，漸喜含朝曛。過嶺瞻遠色，白氣何氤氳。諸峰迴變態，不辨雪與雲。漸久憶所歷，微茫自此分。山下雨滴瀝，山半雪離紛。林壑亦已閉，白雲莫敢群。惟見飛瀑奔，喧激静聽聞。竟日攀木杪，望古一何殷。

銘九歸索書因贈

風聲斷處水瀟瀟，去國離人立板橋。不是吴山行不得，客魂先怯幾回潮。

送周銘九

雨後殘星點點明，離人惆悵夜三更。寒鐘亦似猿啼苦，到曉曾無第四聲。

漫興

秋來百日仍無雨，亂後多年更有家。暫止江南營燕壘，頻來湖北泛漁槎。重陽已至催名酒，甲子將終見菊花。世事勿言餘隱痛，忘機默坐是生涯。

自題小像

年少留侯玉不如，莫言白面未髭鬚。神仙王佐他年事，且讀山中萬卷書。

望金山

草痕微緑雨頻催，客子空船浪不回。江左昔人揮麈尾，吴中此日牧龍媒。金山寺憶頭陀建，玉帶橋思學士來。曾折桃花今五載，愁聞畫角繞城哀。

寄葉晋源

十年前屢共朝昏，孤舫樊湖夜到門。良友爲雲飄帝里，浮名似草繫王孫。荔枝紅摘思同調，盧橘黄看憶故園。劍去爲龍真見否，海蟾仙伴可猶存。

贈胡彦遠

十年姓字渺追攀，相見今嗟鬢已斑。問舊惟應悲故劍，懷人祇似夢名山。兩峰月到西湖碧，一畝田依北郭閑。欲話行藏誰信我，感君心許泪潺湲。

殘春蕭颯似斜陽，風雨何堪滿屋梁。載酒憐君來路滑，論心顧我帶愁長。病中書札同良藥，客舍晴明當故鄉。稍俟西湖微月吐，水樓相約話離觴。

花朝日信筆

花朝天氣半陰晴，紅洗桃花落照清。匹馬獨吟城外路，春山黯淡别時情。

雨中聞謝有客彈琴作

春山經雨緑，春水經雨深。空谷有静者，石澗横鳴琴。初彈風雨集，再彈山水音。遂令逆旅夢，皆含萬古心。天地久已閉，胡爲嗟屢陰。

春已去歌

春已去，風雨相催何日住。春再來，明年不用風雨催。江籬湘畹盈春水，木蘭舟上思公子。寒山猿鶴蕙帳開，中有幽人夢未起。落日如箭急，深林秋聲戚，勞勞中原向天泣。

思遠吟

夏水青岑，秋水緑波。芙蓉朝榮，遥采芰荷。有美一人，翠袖哀歌。會日苦少，別日苦多。離離原樹，發彼舊柯。盤盤古石，托彼女蘿。燕子念巢，既寒且過。鴻雁南翔，雙雙渡河。我無羽翼，奈此愁何！

入小崎道中作

結伴尋幽入畫圖，杪秋山色客同癯。葉疑花發兼黄紫，月似燈昏乍有無。岐路蠶叢悲老馬，孤巢風樹感慈烏。餘生得共崖雲卧，勿憶君恩賜鏡湖。莫訝躋攀廢歲年，多生行脚遍山川。風飛黄葉如蝴蝶，霜改青林作杜鵑。秋與暮雲歸欲盡，客隨殘月影相連。低回馬首吾何願，獨卧孤峰病叟禪。

登小崎山頂

蒼崖緑芙蓉，大江一綫雪。願作崎山農，更鋤萬古月。

懷廣容園

休沐歸來强仕年，結廬深倚白雲邊。南陽争比西山静，東里何如北郭賢？養鶴羽長緣送客，種茶花發當耕田。著書高卧渾無事，默坐蒲團一炷烟。

題周言志伯樂顧駿圖歌

穆王八駿不可得，秦皇七馬空亡國。張騫既去漢無人，烏孫汗血無消息。吴門周郎氣突兀，自寫其窮兼有骨。丹青不救丈夫貧，黑貂敝盡恒破襪。忽然掃筆畫驊騮，一馬正嘶凡馬愁。自困鹽車久伏櫪，得逢拂拭今昂頭。乘風悲鳴人不識，紫袍玉帶從旁立。借問伯樂者何人，雙眸識得心於邑。此馬瘦骨何太窮，此馬千里如追風。天厩駑駘飽厚禄，山林雄俊空青驄。一朝牽來獻天子，朝離楚國暮帝里。萬馬俯首不敢前，殿前蹀躞天顔喜。吁嗟乎！安得畫馬可作真，今日亦無伯樂知。馬人縱令此馬招呼能下地，徒與列駟争風塵，不如畫馬傳奇聳俊稱絶倫。

舟行

殘暑雖愁熱，無風小艇安。白波浸舊岸，蒼壁插高湍。樹憶荒園瘦，秋隨客夢寒。不衰頻竹杖，人訝理漁竿。

贈韋子惕

記得少時與君友，每過幽居添結構。雙鶴羽白浴小池，小童髮垂立清晝。園外時聽讀書聲，閉關不掩松竹茂。於今我壯君欲老，當年君壯吾方幼。忽然大海揚枯桑，廿年不改韋郎瘦。當今雅尚祇勢豪，友聲何人嘆故舊。與君同病藥莫療，絶交書伴《離騷》讀。韋郎卜築在樊湖，種柳如家地是僦。水漲蛟龍巢書堂，風高茅齋屋瓦漏。貧交既貴故劍忘，君有良田不得售。吁嗟售田竟何益，千金入手不停宿。莫如飲酒學灌園，何妨忍饑習辟穀。天寒君欲往劍津，足苦雙繭皮面皺。鋤金難復見管寧，指囷無人是魯肅。爲君高歌《行路難》，四座悲風動橘柚。倩人尺布補征衣，過我丈室露兩袖。勸君慎勿游，東鄰非不富。勸君慎出門，故友非不厚。比鄰故友尚相忘，悠悠世路誰相救？梁湖魚可釣，梁山石可漱。莫羡高門厭粱肉，漏卮在前欹器後，惟我與爾能白首。

贈陳頑龍觀察

臨淮海山氣崒嵂，鬱葱盤結奇人出。巨浸疊嶂浴古今，孕秀鍾英補天日。遂有先生應岳神，幼孤哀敬動四鄰。思凌顔謝人莫敵，才比管樂稱絶倫。結交任俠輸百萬，海内待君爲左券。義心苦調聞不平，却借絲弦寫哀怨。一朝折節下董帷，博奥天人無不窺。著書已作文章伯，辟穀先爲王者師。運逢先代中原亂，學書既成去學劍。名士仍兼裘帶風，陰符還定梁宋難。由來國士自無雙，閫外猶鑿讀書窗。光焰萬丈人莫識，五岳方寸誰能降。知君去就原有以，不愛錦衣愛青史。真人定鼎入漢關，將軍捲甲渡燕水。紅雲捧處正少年，每逢天笑稱君賢。賜以璽書及鞍馬，金吾世蔭紀凌烟。才高豈居絳灌下，脱却戰袍一儒者。相君非是薄封侯，曼倩何妨戲金馬。大將登第人已驚，况有令子齊科名。聯翩看花雙鳳闕，不數一日七十城。黄鶴樓頭看勒石，長公書法如疊璧。鳳閣天門筆轉蒼，鐵畫銀鈎髮應白。以身報國何所求，出守鄧州更潯州。太原父老攀轅泣，黔陽猺獞遮道謳。是時楚臬席虛左，僉曰公賢詔曰可。江漢今逢被惠風，姓名早已通靈瑣。記得陛見殿上趨，君王一見賜名姝。《紫玉歌》中憶韓重，《白頭吟》罷嫁羅敷。平生心事秋清練，禹峰曾有頑龍傳。弘也讀之生紫烟，同人贊嘆稱黄絹。屢過夏首登君堂，握手感舊摧肝腸。海内淮陰今再得，吁嗟漂母君同鄉。我有中懷思告語，願君救世我軒翥。淮南向有鉢池山，是我當年舊居處。

懷仙詩

葛公本仙骨，木訥疑愚氓。棋局不知道，樗蒲不知名。雖平石冰亂，侯爵奚足榮？惟求勾漏令，養拙資清貞。洛陽訪异書，羅浮煉八瓊。著作一千卷，鬱鬱何其精。留書别太守，舉體如烟輕。二鄭爲師友，庶幾道可成。我生宜努力，服食還上清。

又

東華未入道，殺氣横中原。百戰一不利，激往如電奔。失道迷深谷，歡遇胡僧言。遂解將軍印，得入太上門。授以刀圭秘，口口探靈根。功成餌還丹，高舉齊雲騫。凡夫抱聖胎，皆可登九垠。金仙善示現，吾師心無己。衆生難盡度，玉顔慘不喜。楚人何多緣，屢邀師至止。岳陽與黄鶴，二樓駐仙趾。點金畏誤人，賣桃難孝子。傳道自鶴嶺，鐵笛吹湘水。十試不一誤，雲房思莫比。晚遇黄龍喝，禪玄無二理。萬古盧生夢，神仙呼不起。

又

吾祖王子喬，妙容振仙袂。凌空吹玉笙，鳳皇響天際。陋矣南面王，弃家遂遠避。欣接浮丘公，靈泉灌命蒂。月黄與日丹，服之玩千世。嵩山三十春，心空形豈敝。是身遍虚空，長繩莫能繫。還家謝世人，緱嶺聞鶴唳。苗裔繼者誰，吾生宜自勵。

又

嶺南氣鬱葱，海瓊振孤響。蟾夢感母懷，真人來少廣。每歌雲游難，訪道生瓊想。金丹授泥丸，師恩實陶獎。仙律何森嚴，雷霆在其掌。武夷扣寂寞，匡岫結珍賞。金剛與圓覺，還丹理無兩。斯言自君發，禪玄破疑網。焚香誦微言，茫然覿君像。

薦福寺寓中作

弱柳江邊草漸肥，主人不出客思歸。當年負劍情何重，此日班荆坐尚稀。雨夜怪禽啼古樹，月明饑虎嘯輕扉。山居日久渾相狎，身世年來總息機。

早歲奔馳識物情，不須逆旅嘆勞生。曉聞鳥語知天霽，夜見梅開信月明。久客誰遺《懷舊賦》，長愁慣聽曼歌聲。他年斗酒留君醉，俯看浮雲百態更。

偶感

十載悲歌《蜀道難》，於今衹作等閑看。恩毋望報如新識，怨亦忘機作舊歡。斫地虚勞彈寶劍，當門實畏種幽蘭。浮湛玩世良非傲，楚客從來戴鶡冠。

自南康陸行至九江道經廬山下

北風寒欲改春聲，獨有匡廬伴曉征。石上月華凝作雪，潭中雲影照如苹。幽禽宛轉留孤客，古樹纏綿送遠行。白首相依惟五老，竟無離别見交情。

舟行多阻陸行疲，僕馬奔忙尚覺遲。石磴攀援依木杪，冰苔欹側出雲楣。寒松夾道蒼龍嘯，古洞迷踪白鹿悲。不爲老親心事迫，結廬絶頂盡幽期。

徐亦史明府移樽廣容園小詩志謝

良會嗟難遘，况兼心境閑。烟雲千樹杪，吴楚一燈閑。歌隱樽前雨，軒收檻外山。夜深歸路暗，遥辨翠微還。

諸葛武侯

諸葛功成二十餘，出師衹似在茅廬。生逢魚水他何慕，老剩桑田意自如。三顧惟將嘔血報，兩朝不改鞠躬初。古人出處心先定，置我山林却不虚。

王景略

清河景略救時身，嘆息知公有二人呂婆樓薦景略，謂謀略不世出，李威勸堅猛以國事。欲就桓温原爲晉，不除樊世可稱秦。隱居尚憶華陰路，大志惟憑北海濱。臨訣數言堪涕泣，一生沉痛質明神。

張留侯

穀城山下草離離，追憶高風繫所思。漫道留侯如女子，每看秦帝祇嬰兒。報韓志切逢黄石，翼漢功成賴紫芝。身退拂衣還辟穀，神仙原是帝王師。

梅花樹下歌

西山峰頂三千丈，雪深五尺平如掌。梅花銜凍吐寒紅，香色無聲我獨往。獨往非是我有情，二更到時天尚明。非燈非月夜皎皎，幽人探花踏雪行。雪厚不辭雙履濕，偶然赤脚雪上立。棱棱苦節透骨寒，切切陰憂椎心泣。我知雪有心，雪是我知音。梅花老友與我伴，趺坐花下彈絲琴。琴聲莫彈梅花調，梅花亂落人易老。琴聲莫彈白雪篇，白雪淒苦傷冰弦。不如十指祇撥無生曲，高僧聽罷抱琴入。白雪爲我飛，梅花爲我垂。雪花梅花不可辨，祇因身上衣縞衣。脱衣且上禪床坐，雪與梅花猜不破，不如擁絮還高卧。

送友人北上

冬夜别，聲哽咽。送君遠看燕市月，不如歸卧楚峰雪。雪花團團落馬鞍，片片征衣衣上寒。凍雲吹沙壓古道，孤月淒苦照長安。長安兒女情，古塞風鶴聲。鐵甲裹肉心内熱，將軍射石猛虎驚。誰聞閨人遠相憶，隔簾望月長太息。戰場白骨暗悲啼，綉榻青春怨顔色。女兒顔如花，如花方在一枝斜。臨水澹紅心自惜，可知妾命如秋紗。紗窗薄如紙，寸心夢萬里。夢中怯行路，恐隔隴頭水。隴頭之水接黄河，河濁何日揚清波？妾命亦自比水潔，兔絲何用附女蘿！郎歸過新歲，春風知郎處。處處春風不見郎，見郎却是春風住。

秋夜同萬孝克坐偶然作歌

霜夜月昏燒燭白，月照雨痕如雨雪。愁人擁爐火半紅，促膝良朋更漏歇。四更昏月寒，子夜細雨殘。袖中短劍瘦龍吼，世上高歌《行路難》。乘車不難登太行，乘舟不難涉海水。海水波，有平時。太山險，容步履。我所難兮，難在門内一尺地。一尺地有山萬峰，一尺地有波萬重。我欲乘車輪轅折，我欲乘舟帆檣窮。忽坐九折上，忽涉九淵中。耳側波濤何豐隆，人聲不如鬼語聰。魑魅軒然都市逢，我讀《春秋》掩卷哭。孔子不作何人續，筆削之恩〔一〕刺心骨。

偶感

屢客復何益，蕭然及早秋。露凝荷氣静，雨過竹香浮。處亂無如默，全生止用柔。姓名如可隱，誓墓賦歸休。

木蘭山道中作

曉望山行屢涉津，千峰招我意何真。應思舊約今來赴，却似貧交分外親。石洞早歸清夜月，草堂終老翠微春。浮生名利休相逼，念我中原憔悴人。

贈楊鄂州出使安南

龍門江急盡高湍，捧詔安辭行路難。浪泊何殊燕草色，象山應作楚峰觀。天恩未忍餘蛇豕，方貢寧須責彈丸。勾漏朱砂今尚在，可能持贈煉還丹。

同高念東先生泛舟月湖即席和韵

亭上波光浴日輪，放舟高會漢江濱。勛名救世原非幻，歌舞移情亦自真。野閣遠邀黄綬客，綺筵

〔一〕『恩』，疑爲『思』。明蔣悌生《五經蠡測》卷六《春秋》：『筆削之旨思過半矣。』（清同治刻本，第三葉）

中坐雪衣人。月湖秋色寒侵柳，爲惜離群折更新。

幾日追隨暫繫舟，水亭山閣共優游。吟詩衹似吴江冷，顧曲難消楚客愁。豈識武侯非管樂，須知曼倩亦巢由。他年瓢衲從君住，五岳爲家可再謀。

宋牧仲别駕招同陳義扶孝廉飲署内東齋義扶即席有作因屬和四首

東齋賓主總名流，人坐中央菊兩頭。官舍閑於三徑遠，交情澹對一燈秋。頻催酌酒忘深夜，盡攬藏書當勝游。迂拙若余偏入坐，吟詩欲醉竟銷愁。

荒城風雨抱江流，獨我凄然感白頭爲先王母。綺席客猶思負米，雪衣心豈爲悲秋。登堂有約期同拜，愛日難追悔遠游。班坐三人皆异地，當歌莫動望雲愁。

高檐滴瀝若懸流，壁畫蒼松白石頭。訪舊但期千里駕，論心如坐萬山秋。橘香入酒疑花釀，燭影摇窗勝夜游。豫楚素交良不易，棹歌且莫促離愁。

遥看楚水接吴流，相送悲歌古渡頭。竹影含烟斜受雨，菊花飲露直禁秋。論文每重陳琳草，作賦今同宋玉游。重咏河橋分手曲，雁行風急不勝愁。

雨後游西山作

游山出郭恰初晴，石古沙寒帶濕行。寺隱梨花冰雪净，亭收芳草水天横。高松露滴知春盡，絶嶠雲浮悟世情。獨有遠公真好我，頻留岩畔話無生。

二月春無二日晴，今朝初霽喜山行。孤烟隱似天涯路，芳草柔於夢裏情。雪爪飛鴻留故迹，紙鳶弱綫繫浮生。何人識得拋家累，一杖斜挑破衲輕。

樊湖初度

初度悲生我，舟行意鮮歡。草心一寸苦，春色二分闌。風定湖爲鏡，山銜月似盤。挂帆經過處，野老盡來看。

樊湖雜詩

韶〔二〕華人莫問，獨我入樊川。兩岸圍芳草，中流引畫船。樹紅團月吐，湖緑遠峰懸。秉燭傷春盡，悲歌夜不眠。

岸動

絳桃將綻樹芳菲，白燕雙隨柳絮飛。爲語春光休便返，可能遲度菊花歸。

十日家居半客行，江花江草度浮生。不知怪石心何恨，終歲嵯峨不肯平。

〔二〕『韶』，原本、校本均作『詔』，文意不通。『韶華』，即指春光。故改。

過昭山

昭潭澄湛氣離紛，長纜牽江動縠紋。絶巘未秋多紫樹，層梯將午自蒼雲。烟迷寺遠鐘聲濕，風過崖回梵響聞。想到南征停蹕處，旌旗倒影躍魚群。

登祝融峰

祝融雲起如空繫，祝融雲散如天霽。陰晴不爲風雨生，高峰懸絶無根蒂。衡岳去地近萬仞，南紀山河稱巨鎮。芒鞋竹杖自擔簦，妙卉靈花笑蓬鬢。朱陵洞裏是吾家，守洞童子掃緑霞。幽岩七月冰結蘚，回溪歲晚樹結花。我來不覓仙人面，仙人多劫頻相見。金丹煉成是月黄，石髓飲來若霜霰。我訪白衣李鄴侯，懶殘煨芋何所求。出世亦抱救世願，無生客爲蒼生謀。烟霞峰半讀書處，五聖精靈未曾去。密紆籌策復兩京，苦口回天誰與助。當時尚有陸贄賢，同心匡輔堪擎天。胡爲二公竟契闊，陵寢鐘簴幾移遷。我來抱影峰頂宿，巳公岩下聽飛瀑。觀日雲海蕩心胸，鐵脚道人叫山谷。禹碑萬古空崔嵬，科斗既出鬼夜哀。吁嗟乎！金簡玉牒安在哉？蒼水使者何處來？使我登岳懷古悲禹功，望舜廟不見兮泪暗催。

長沙客懷

晴暉映遠山，夕霽林巒出。長沙秋爽清，誰謂生卑濕。旅思閑更繁，翻願落日急。歡宴在异鄉，有如井寄汲。忍辱强罄折，對影暗怏悒。哀響摧損籜，露泫葉如泣。松柏衆草間，偃蹇亦獨立。孰知冲霄漢，垂陰覆廣邑。抱奇思救世，懷憂在歡燕。自知良亦難，外狂中實狷。讀史兼覽鏡，觀心若披面。天道誰謂遥，理數貞不變。日月與雷霆，終古不相見。至人握元化，澹然如灑練。束帶非吾好，爲客亦掩扉。樓居獨焚香，心息静相依。雙目久内視，諸我自外歸。如水含浮沙，澄徹可鑒微。諒哉觀道妙，無念隱冥機。

何參軍藏有古梅一幅不知姓字或曰此元人筆也索余題跋余因信筆作歌

天寒臘月嚴霜急，古幹凌空香風濕。林逋長往孤山空，月明夜夜老梅泣。參軍好奇癖丹青，買得絹素神物靈。高堂恍惚動疏影，久坐隱躍聞芳馨。多生愛踏梅花路，江南靈谷與玄墓。武林西溪二十里，紅粉白雪花如雨。我聞長沙郴林市，梅花國土成烟霧。向花多苦吟，不識花有音。折花多攀林，不識花有心。有音暗對霜月吐，有心秖爲丘壑深。吁嗟世人尚炎熱，君獨何心愛冰雪。風姿冷艷獨臨水，瘦影撑柱渾似鐵。縱然朱門亦有種，寧爲繁華改清節。可嘆世人原不如草木，歲寒不願居華屋。寧結伴侣依林麓，不然一枝老空谷。或學龍蛇屈突聽飛瀑，參軍隱居頗好奇。愛我偏在林壑時，請我縱筆揮新詩，問花何求花無辭。吁嗟乎！海内困苦蒼生悲，誰爲和羹者？手摘君家堂上梅花枝。

登岳陽樓舊址

高山平臺氣軒豁，白沙浸天湖水渴。山脚直插洞庭根，遠逼波濤向西闊。倏忽風定浪欲希，一峰雲散一峰歸。無數鳧鷗波底浴，幾行鴻雁天際飛。野老指點君山樹，云是昔年湘妃墓。十二峰栖環佩魂，瀟湘夜滴斑竹雨。再聞哽咽説亂離，老泪沾灑白鬚眉。玉帛聲碎劫灰火，兒女血裹降賊旗。聽罷客懷發深省，山水登臨意俱冷。雙足欲下雙眼昏，湖山萬象盡倒影。

偶成

日暮沙蟲忽聚鳴，春雷初震便收聲。誰知高鶴來天半，銜得瓊花立晚晴。

黄鶴樓觀江漲歌

高空寥廓與天際，蜀江漢江於此注。浩浩朝東萬古流，竊疑厚地摇根蒂。楚渚城南黄鵠磯，撑出江中水逆飛。層樓高出百雉外，結牖低看兩曜歸。我來登樓開牖入，罡風回合烟霧濕。倒影斜插清漢巾，懸空翻似飛泉立。客子樓居六月寒，江城變態千萬端。澄波忽作九疑險，隻尺回淵十八灘。有時風頭如潑墨，天意陰憂雲鐵色。本是安瀾莽沸騰，何异對面生荆棘。有時波定浪花浮，忽然萬斛鳴琅球。有時江平竟不流，静鏡縞練懸清秋。有時風乍起，微聲蹙浪魚鱗紫。有時西日斜，銀濤一半疑白沙。絶愛晴光燦爛映朝霞，水面千樹紅桃花。大别軍山幾關鎖，洞庭帆檣自天墮。應憶劉曹此戰争，有人羽扇中流坐。漢水西北流無處，滔滔何者如龍據。尚有赤壁西塞砥百川，狂瀾安敢竟東去！

月夜天門山登眺

栖薄江村欲二更，衝寒荒市入山行。壁懸老屋愁風峭，人歷荒苔感月明。嶺嶠到江還插漢，石門對岸隱爲城。遠煩道士前相導，指顧南雲説舊京。

泊燕子磯大雪過三台洞

兩度來尋九歲游，迴疑隔世碧峰頭。岩栖客化遼城鶴，江路人同海上鷗。雪涌銀濤嫌浪黑，風號鐵騎覺沙稠。望衡曾訪三生迹，歷數前身總一漚。

贈周櫟園

虚堂披豁久，静氣若山深。家剩千秋史，身存百折心。著書忘歲月，積畫當登臨。舊恨渾無憶，怡然托素琴。

車中望東蒙山白雲作

北征驅車鷄鳴起，古道盤紆石溪裏。遠望蒼崖貯白雲，澄徹宛似一泓水。倏忽瀰漫數千峰，渾疑長江數十里。雲卧不動山轉摇，微露巔崖如洲沚。何當東蒙結茅屋，雲英服食勝石髓。本往京雒慕隱居，稽首名山慚未已。

春深

春深亭午盡征裝，苦熱應同夏日長。漫擬蒼生思謝傅，還期大隱問韓康。鳥諳野樹幽栖樂，花笑車塵過客忙。救世本難歸隱易，曾聞嘔血出南陽。

邗上春寒惜路分，馬嘶回顧爲離群。河邊細麥疑芳草，樹外飛沙似白雲。報國心長同遠道，濟時力弱想奇勛。自知林卧迂疏久，衮職徒虚負聖君。

泰安州見杏花作

春陰泥凍阻天涯，直過青齊見杏花。雨後忽疑生晚照，日低渾似映朝霞。爲看驛路垂垂發，因憶山園故故斜。浮世風光容易度，及時隨地惜芳華。

贈柯三台口號

初夏幽栖亂井蛙，每逢相慰待芳華。武昌市小英雄賤，誰問當年許負家。

卷八十　丘象升

福清魏憲惟度　輯選

黄岡王澤弘昊廬　遂安毛際可鶴舫
山陽陸求可密庵　黄岡王追騏雪洲　參

丘象升 字曙戒，山陽人。

小引

魏子曰：淮陰，古豪傑地也。豪傑以才氣雄，不得其平則鳴，爲天下憂。近少豪傑而多文人，文人以詩文勝，不得其平亦鳴，爲天下法。法之所在，尺寸以量之，銖鋼以衡之，其法始善焉。曙戒丘先生，淮陰文人也。以名制科，讀書中秘，宜無不平之鳴矣。忽謫而之嶺表，山川之奇峭、風土之淩越，輒有以發其不平之鳴。故凡身之所歷，適者、逸者、吁者、駭者、高者、下者、怪者、幽者，無不見之於詩，可爲法於天下。曩余選《詩持》，僅登其數首，不無恨少。近始得其

《嶺海集》，古體取材昭明，長句希踪太白，近體以少陵爲主，佐以王、孟，故音節、聲響、意象、丰神無之不飛揚欲動，真可束天下於法之中，游天下於法之外，譬大塊噫氣，吹萬不同，寧僅爲黍谷之暖已哉，而又何不平之鳴也？雖然，《詩》首三百，關關之鳩、呦呦之鹿，以開風雅，何一而非鳴者？鳴其所善鳴，則文人也，而聖賢之矣。寧豪傑之足云？淮之上有張虞山焉，曙戒友也；有季貞、慎庵焉，曙戒兄弟也。皆文人也，其所鳴又何如也？

登金山同虞山家季貞

高步金山寺，蒼茫萬象空。氣吞横海外，波立大江中。石牖雲長出，花岩徑暗通。卧看仍不倦，霞起一天紅。

自青沙溪至李陽驛作

海色東林發，山鳥高空起。漁父棹歌來，蕩入前溪水。披衣向曉嵐，岸改目屢徙。平林緑蕪晴，空青叠累累。遠山亘蜿蜒，斷續天根倚。舟子避風濤，側帆折江汜。清流分宛委，磯石更磊磊。綈纚未敢攖，高穿雲樹裏。孤雲幻山嶺，古樹排山趾。柔檣婉轉間，變態非一理。孤帆悲獨往，駕言息江沚。登高一遐覽，胡爲嘆泥滓。

登回瀾閣同張虞山和家季貞題壁韵

危閣盤江嶼，停橈落日過。天垂山麓斷，户敞水雲多。壞瓦穿蒼鼠，翻潮浴巨鼉。故園望何處，壁上起悲歌。

潯陽江上作

一日乘風數百里，山光不斷樹不已。遠峰横叠青天中，危磯突出江心裏。怒濤飛噴石壁翻，蒼虬倒挂陰崖起。一氣嵸巃萬仞間，晴雨烟嵐倏忽徙。朝昏過眼不知名，但覺巉岩照江水。忽聽漁歌江水生，絶壑深坐垂竿子。蓑風笠雨何徜徉，車塵馬迹徒爾爾。酬酒試尋陶處士，編籬種秫從兹始。

望小孤

不到潯陽已十年，布帆無恙此南遷。小孤山色仍如舊，一任風波倚碧天。

游石鐘山遇談長益

維舟絶壁下，孤城山角起。及我登高樓，人烟又山底。破壁翳苔蘚，壞道翳荆杞。盤紆石磴過，兩山高莫比。峰巒蹲虎豹，溪壑藏神鬼。一步一回看，心目驚屢徙。曉色隱潯江，暮雨昏彭蠡。俯尋怪石間，深潭空若洗。爲聽鏜鎝聲，殷殷石罅啓。或奏函胡音，或含清越理。静聆悚精魂，駭愕翻自喜。忽遇故人來，探幽步山趾。昔者東坡游石鐘，與君今遇石鐘裏。天南地北久離群，何期復聚佳山水。

峽江

贛江衆水争，峽門復陡仄。中流莫敢攖，近岸磯如翼。夏雨更霏微，百丈牽難陟。上游信天險，逆溯空人力。呼號竟朝昏，衹在山南北。曉雲半峰屯，飛瀑石梁出。齒牙變萬千，遠近響非一。异境殊曠然，風塵何太逼。

百嘉村

千里烟塵僅百嘉，茅茨不過幾人家。誰憐壞道餘砂礫，尚有寒泉咽野花。

萬安城

萬安城蹲萬山中，青蒿野棘摇悲風。我來晚泊萬山下，高灘石瀨聲哀瀉。夜聽縱横虎迹强，咆哮猛氣駭孤寡。更有樓船十萬駐，縣帖催夫急日暮。城市寥寥人幾家，遍搜荒野充其數。痛哭前村誰忍聞，欲逃猛虎愁無路。我聞新恩今正頒，蒼生舉踵皆歡顔，胡爲迫促愁九關。君不見韶山韶水間，九成之樂不復還，昔何休豫今何艱！

過十八灘雜詩

夜宿萬安城，灘聲崩入耳。凌晨泛回流，觸目愈激詭。白水瀉天河，青峰裂地軌。幽森陰白日，
開闢漓太始。崎嶇我欲泣，局蹐况舟子。猿鳥不敢立，牽挽無所倚。浩波復茫茫，怪石潛江底。
我自謫官時，側聞心倚徙。歷茲果惶恐，艱險殊未已惶恐灘名。
高峰如雲涌，變幻多奇狀。縱觀極天表，壁立忽相向。去徑各已合，前崖復奇創。石罅一綫開，
幽境轉夷曠。老樹挂層鐵，勁翮飛難上。胡然蛟鼉吼，趣惡聲尤壯。松風雜山鬼，嘯怒奔岩嶂。
予心自坦坦，三老空惆悵。
收帆日已斜，峕崿猶不斷。孤烟入群峰，濛濛失霄漢。夜半月清迥，村墟色蕭散。鵂鶹自悲鳴，
蒼鼯自奔竄。賈舶畏猛虎，戍鐸依沙岸。可憐茲地上，久矣傷多難。大艑復中艑，千里來更换。
王師何容與，七閩方長嘆。

過梅嶺三首

荒僻至南安，直疑宇宙塞。不知過横浦，險隘通殊域。山亂無尊卑，萬叠互欹側。仰摩天氣青，
俯障地氣黑。一步一境新，一磴一歇息。松榕多奇姿，烟嵐變衆色。坡陀間村烟，曲折成溝洫。
秧苗碧於水，懷新見農力。何幸兵火餘，此地猶耕織。

驅車礙山角，緩步苦日赤。攀藤到嶺門，轉覺山陰積。路高欲近天，雲沉飛細澤。松風忽飅飅，暑氣消寒石。石泉自中頂，萬古分嶺脉。隱隱度榛莽，高低響亂磧。誰爲此疏鑿，輸貢來重譯。及今苦戰征，猶爲罷賦役。

一縷雖孤懸，對面驚猿狖。方聞嘯我前，忽已襲我後。老樹鬱稠陰，微隙如中溜。及我步山坡，谿谷復非舊。石崩似欲飛，溪烟似欲綉。中原真尺幅，安容此絶構。

海南秋興

交趾西連漲海狂，石塘何處白茫茫。颶風挾雨愁猿鳥，月信偷潮背短長。獠峒人人殊譯語，漢家歲歲入梯航。玉音自昔宣奇甸，百拜今猶感聖王。

去國何妨老粵疆，可憐霜鬢在高堂。捫心客路黄茅瘴，握手歸期白露凉。遠戍秋砧新搗月，空亭孤夢冷啼螿。暗驚蕭颯飄椰葉，已送西風到竹床。

登七星岩

怪石争奔突，懸崖半欲垂。榕根盤積鐵，雷斧劈妖螭。穴暗穿風雨，天低險髮絲。相傳能醉卧，獨醒亦何爲？

諸公同載酒，日暮集前亭。碧鑿摇殘梗，黄花放晚馨。人經奇險處，山變曉昏形。歸路一回顧，疏鍾入杳冥。

觀音岩聽虞山彈琴

泯泯湞陽水，沿江山繚繞。輕舟弄水涯，看山日未了。既夕乃停舟，傍水依岩表。籟静澹人懷，山空息飛鳥。忽聞山水音，夜半清裊裊。不復辨焦桐，神情益浩渺。推篷一長嘯，江澄山月小。

晚晴同虞山步亂石灘

舟停微雨過，風定暮山晴。散步寒嵐重，低窺亂石横。峽荒祠不火，樹禿鳥無聲。深入鷩籬人，人音隔水生。

雨中過劍鋒灘

盡日盤蝸路，看山幾萬重。雲迷風不辨，樹黑雨初濃。怪響知灘近，高流帶石舂。劍鋒空錯鍔，小艇却從容。

送葉淡生南歸

與君未相晤，忽已言相别。不知兩摇摇，神思從何結。早秋入國門，風沙眼光滅。忽入青蒼裏，坐我深山穴。騎驢急相索，空谷遐心絶。西去玉泉峰，探勝桑乾汍。到處有題名，獨與山靈熱。我輩真精神，筆墨相傾折。聲名非可邀，山水自怡悦。把君詩在手，傳誦聲不輟。乃聞返故廬，惆悵心如竭。

秋日喜遇毛子霞於慈仁寺松下

丹楓阻二別，玉露集三洲。每對晴川樹，常思聽雪樓。閉門無好伴，扶杖偶閑游。雲聚蒼龍隱，陰深白日幽。逍遥方散步，箕踞有科頭。冷愛無人境，歡逢不意投。開襟空萬里，長話到千秋。高踔從難識，朋情少易酬。他年碑碣在，風雨護丹丘。

所見

八月晦日河上行，晚風溟溟含陰晴。垂簾塞兑深相向，白駒一隙掀空明。群呼大叫推蓬視，西陸奇光煆海水。倒峰側嶺天上垂，龍樓蜃氣何所倚。頃刻風吹北極回，南山宫闕轉蓬萊。大塊文瀾滿天走，晴雨溪山分不開。船頭獨立眼光紫，炯炯直射長河裏。祇擬滄桑欲定鰲不眠，又疑圖書欲出龍馬起。吁嗟兮！何奇山不得名之爲山，水不得名之爲水。把酒生平得未有，高堂廣厦寧知此。長嘯數聲歌未已，陰陽餗覆不敢指。飛雹流霞倏忽東，酒杯未乾千萬里。怪哉高帆火似紅，千檣艷艷張赤風。篙子鬚眉皆欲燃，祖龍豈有驚天功。君不見寒鳥不知夏，秋蟲不知冬，蛙吟蚓腹南華翁，摇唇鼓舌悲鴻濛。

報國寺松歌

嗚乎！山川有靈氣，草木皆能鍾。乾坤殊變化，奇章能不窮。振衣高上毗盧閣，神京俯視歸鴻濛。天峰氣接太行西，北河溯湃盧龍東。滚滚沙塵市朝起，獨結離奇青一叢。异哉此松自何代，數時環繞寒陰重。高枝古幹皆尋常，兩株創鬬奪化工。不與群木爭參天，卧鱗偃甲盤琳宫。日照晴雲生紫烟，雨翻陸地走神龍。清陰横被方畝外，交枝接葉低相攻。幹中有小樹，寄生亦芃芃。飛鳥入其下，不知何所從。吁嗟！秦松漢柏有其名，實歷乃知天下雄。我寓慈仁兩月餘，睥睨獨與此君同。門外車騎何傯迫，門内鐘鼓何疏慵？五侯七貴勞攘至，誰能盤薄坐其中。君不見新柳高槐夾廣道，攀枝泫然摇秋風。與君酬酒安所知，露下天高，報國之松。

馬當

馬當山下下輕航，亂石風穿花徑香。横枕江流吞楚豫，平分匡阜割陰陽。海魚欲上乘潮捲，沙鷺驚飛向晚翔。獨坐斜陽貪縱目，却忘天險在高岡。

寒溪

暫脱風塵累，飄然物外游。寒溪春雨潤，深樹晚鐘留。孤堞迎窗出，長江入檻流。曠觀皆自得，更欲上西頭。

雨中同王昊廬侍讀王雪洲給諫與樂叢上人話九曲亭

雨中躡屐轉西林，空谷誰知有好音。一鉢寒泉清到骨，數行殘偈冷關心。魔高百丈方知道，火爍千爐始見金。今日不須談底事，撚花在在足春陰。

皖城迎江寺和牧仲韵

城闕高臨寺，江空晚泊船。賽神春社酒，贈芍冶游天。佛果從花散，仙音借鳥傳。潜山多勝地，卓錫自何年。

和呈牧仲招同季成登岸小飲

野泊收帆早，灘沙漾水圓。射分高岸闊，酒愛遠村連。巨口懸鈎活，春藤滴雨鮮。回船幽興懶，芳草欲成眠。

同諸公游宋氏山林憩積真寺後圃是日牧仲招集識舟亭

不獨烟霞勝，還增位置嘉。編籬門映水，種竹路穿沙。花落飛還起，香多樹不遮。曲樓攢小閣，絲管在誰家？

雨後春泥熟，田家急早耕。蔬畦分界碧，溝澮別行清。屋舍堪分畫，漁樵各治生。細看牛背穩，忽有故山情。

極目歸舟處，荒亭勝概收。故人良宴會，詞客最風流。烟白江如定，雲蒸山欲浮。日窮飛鳥盡，猶自戀磯頭。洗盞還重酌，山林匝晚烟。祇疑城柝遠，猶聽寺鐘縣。歸袖侵嵐濕，春星入水眠。此中丘壑意，盡載米家船。

三月一日采石大風雪歌

昨日江心起碧波，江沙滚滚黄如河。船頭雪花噴千尺，蛟鼉得意排山過。窄港深碇橛屢徙，長年恐懼心未已。更道年年三月三，鯉魚風惡非常比。賈客聞之不寐坐，連檣明燭待風過。雷車殷殷匝地起，電旗閃閃穿江破。千軍萬騎忽奔騰，人心摧折驚遷播。側聞太真燃水犀，水怪汹汹無所栖。豈今白也復捉月，亂攪波心聲發發。萬壑深松裏不住，山靈激作蛟龍怒。白浪横衝石壁回，磯頭鞺鞳聲相妒。三日揺揺舟未寧，江頭濩落不堪聽。漫空亂濺鮫人泪，凍作寒花山失青。天心蕩蕩良匪測，惟有塞向屏營守户庭。

謫仙樓觀蕭尺木畫壁歌

我自瓊州海島歸，縱迹馳情山水忌。但見大塊真文章，窮奇浩瀚滿天地。今也停舟謫仙樓，招手李白仝遨游。倏焉樓下烟雲起，晴雨溪山四壁裏。往呼應接不能暇，天下名山皆聚此。舉步纔登太岱巔，七十二峰峰側連。南天俯視十八盤，置身日觀滄海懸。回首匡廬雲海紫，東林西林一氣耳。不辨五老坐何處，濛濛萬古浮江水。江水西自蜀川來，峨眉秀發從天開。一輪明月下秋水，近照青崖猿嘯哀。忽見澗風颼颼寒刺脊，咫尺華陰積雪凝千尺。蓮花玉女非人境，明星仙掌開奇闢。樓内松風響盈耳，樓外江潮聲不已。千青萬翠捲吾身，暝濛歸路從何指。憑欄目眩神摇摇，定睛作者爲蕭子。蕭子蕭子爾何雄，七十四歲髮芃芃。出門柱杖乃能走，下筆離奇翻虬龍。始知人有真精神，直與造化争端倪。何有畢力事丹青，聲名已噪虎頭齊。白也亦非真酒人，蕭子亦非真畫師。天地有寒暑，草木各自知。登樓欲識醉翁意，時向壁間自領取。泠泠乎高山流水之深思。

題丁繼之秦淮水閣和錢牧齋宗伯韵

桃花欲盡柳條新，緑水波回戀舊春。燕子空憐歸社日，漁郎驚起避秦人。青谿有笛傳邀步，彩鷁無燈照渡津。賴得老翁風月主，能教山水不清貧。

江皋曲

采石磯頭花亂飛，誰家游女戀斜暉。春心似厭金閨暖，故逐東風吹舞衣。

花信纔過又采蘭，江皋寒食佩珊珊。雙纏不耐蒼崖峻，倚遍朱樓十二欄。

三台閣下謫仙樓，挈榼携樽共冶游。野菜花邊穿蛺蝶，碧桃影裏亂箜篌。

己酉三月再泛紅橋同宋牧仲汪蛟門宋中郎喬石林韓醉白兼懷王阮亭孫豹人龔半千張虞山

清流催畫舫，春影亂紅橋。嬌鳥驚人散，名花隔水招。迎風頻縱酒，落日屢停橈。悵望平山外，迷樓何處消。

昔日同游伴，今朝思黯然。茱萸觴夜月，芍藥舞晴烟。白雪存詩格，黄鶯换酒船。法曹真好士，遺事竹西傳。

同宋牧仲宋中郎鄭有四汪蛟門喬石林觀查伊璜女樂

曲徑深穿水向城，鮑家亭榭有時名。餘風猶襲迷樓艶，度曲常聞子夜聲。

汾陽絲管日翩翩，歌舞功成樂暮年。何况此君多難後，黄金用盡葬嬋娟。

天津登玉皇閣

塞水東來入白河，帝京環抱鬱嵯峨。氣連島嶼通潮汐，地近燕雲起駱駝。節鉞久弛遼海闊，魚鹽獨向直沽多。遥看風帆朝天去，百萬梯航一夜過。

聽山堂贈馬西樵

四野闊無際，編籬擁萬城。門偏迎夕照，樹雜亂秋聲。虚室常生白，寒流不斷清。主人惟閉户，抱膝有餘情。

立秋日呈田沛蒼宋右之兩學士王鶴山梁子遠兩京卿

客心愁熱倚長松，乍覺凉颸下短墉。北闕晴雲來五色，西山積翠隱千重。過從金井開新釀，卧對寒螿咽曉鐘。曾侍六龍天上節，瀛洲佳氣老芙蓉。

長安早秋三首

爲客京華日，驚心白露時。月明千户静，斗轉萬星移。北地寒原早，南枝風正吹。繁霜猶未殞，百卉已難支。

散髮堪深坐，開樽有素歡。西山青雨急，南苑白雲寬。蒲柳摇疏氣，樓臺變舊觀。行人愁夜熱，燈火自長安。

月到秋先白，凉增雨後深。上都連朔漠，七月擣寒砧。燕市騎驢客，金臺戀主心。長沙愁更遠，玉露滿楓林。

中元坐雨遲葉蕃仙不至夜霽月色更明悵然有懷

獨坐常相憶，何當秋雨時。待君終不至，更向月明期。揮手空千乘，銜杯借一枝。委蛇親老意，升斗不須辭。

李道士亭子絶句二首

庭外高槐樹，吹來忽有聲。一樽開未已，滿地落花生。
夕影蟬猶噪，南郊雨驟來。酒狂隨處去，更欲問蓬萊。

長安早秋再用姬望嵩三兄弟韵

閶闔開雲際，天高萬象空。金莖承碧漢，玉臼搗瓊宮。射柳塵無警，吹豳賦最工。九重憂稼穡，不待感秋風。
帝德原寬大，流移塞漠回。三宮巍日月，九市迴塵埃。駝馬秋聲壯，旌旗曉仗開。昔經承輦路，金粉接蓬萊。
疏館臨池闊，乘凉看躍魚。花明香隔院，曲細艷停車。落葉紅牙脆，輕風白紵疏。摇摇垂柳外，秋露淡芙蕖。
常恨燕山雨，擎杯聽幾曾。芭蕉清夜籟，蟋蟀亂秋燈。寒至鳥聲急，風多桐影憎。石床吟未穩，酣卧不如僧。
病後披裘早，秋風感二毛。拙能存傲骨，貧每笑綈袍。路遠砧聲急，星低螢火高。孤吟三楚客，江上讀《離騷》。

望闕呈同院諸公

日出蓬萊雨露親，十年曾侍起居人。香凝淑氣分青鎖，花繞晴雲向紫宸。禁柳久迷無路入，宮鶯重聽一時新。上林淹頓愁難賦，輪囷遥瞻益愴神。

出都

屢易登程日，遲回去國心。殘鞭催落照，歸路感秋砧。鳥倦投林急，雲飛護闕深。行藏俱未穩，頭上雪霜侵。

聞雁思仲兄也

風急搧舲直向東，數聲寒雁落秋空。驚人苦帶關山恨，惜羽翻悲霜雪窮。身在上林曾有寄，群離北塞杳無通。傷心二十五年泪，濕盡征衣灑斷蓬。

送吴姬望游歷下兼呈周霖公學使

吴子蒼茫大雅，嶔崎磊落之奇才。談詩説劍長安來，道高不與時人伍。碎琴拂袖黄金臺，八月天高霜氣直。疏襟抗志無秋色，長嘯數聲天地青。白眼舉世誰可得？側聞讀史稱元公。吐哺握髮欽遺風，今乃爲此歷下游，豈有德音相與同？吴子掀髯長嘯仰天歌。歌曰：齊魯天縱有孔孟，洙泗淵源開鴻濛。况也泰山天下宗，泱泱大國稱奇雄。窮討不辭跋涉勞，延陵往迹先吾曹。徂徠逸客多英异，漆園老吏何逍遥。太白至今樓名酒，南池竟爲少陵有。當時諸君皆奇人，數奇遇蹇何不偶。我作歌，君飲酒。酒未乾，歌未終。大明湖，聲渢渢。華不注，烟濛濛。君之傲骨丈人峰，千年無長揖，百歲無俯躬。短裘敝屨隻身走，繁霜落葉飛輕鴻。抗手別其弟與友。嗚呼！獨尋東道主人翁，山川不得居其功。

黄芽菜名

河上荒涼愧釜鬵，銀芽頓頓每相尋。梗腴闊白横徑寸，葉潤微黄濇似金。清厭蓴絲紛繞指，潔同蘆笋少烹鱘。四時風味誇常有，冬後還禁雪色侵。

下分水

水勢南分秋正乾，從今行路不須難。船頭穩坐迎明月，櫓尾輕摇入曉寒。白動漁舟飛下瀨，陰濃柳岸響回灘。榜人齊唱揚州曲，不數吴兒字字安。

卷八十一　葉雷生

福清魏憲惟度　輯選

華亭沈　荃繹堂　會稽徐名世次留　參

宣城施閏章愚山　嘉定周陳俶義扶

葉雷生 字蕃仙，號蓉庵，山陰人。

小引

魏子曰：人不真，惡能詩？有意爲之，則僞矣。詩不真，惡足傳？有意爲之，則僻矣。惟無意於爲真而真詩見、真人并見者，斯其人非常人，其詩亦非常詩。雲門葉蓉庵先生，真人也。負才名三十年，絶無名士跅弛氣習，令頓丘悃愊無華，上交不隨而下交不亢焉。黎庶沐其清風，愛而誦之曰：『我侯真哉！』故入其治無苛政，登其堂無積牘，方期奏最承明。適以讀禮謝事，群百里蒼赤不忍其去。出郭之日，至有越境祖道，依依出涕者。則先生之真，尤徵諸輿情而可見也。

余托知交最深，因合其新舊詩，拔厥尤者梓行，如見先生性情所至，使讀者不必知其名，亦射覆得之，曰：『非若人，莫能爲也。』此其詩爲真詩，不假力而就，如山泉之赴壑，晴嶺之捲雲也；不雕琢而神，如秋風之振籜，明月之出林也。彼雕蟲小技戔戔自栩者，誠壯夫之所不爲，奚僞與僻焉？故曰：『有非常之人，而後有非常之詩。』

楊白花

樂府《楊白花》，魏將名，後歸梁宮闕。思之作歌，隱名托義，漢庭赤鳳來之屬也。後代作者，緣情申旨，互有寄托，即樂府可知矣。漢魏以前，當法其章句可通者。今見作者，以脱落錯互，意不相屬爲近古，則是操觚之士，必殘形去目，而後爲左史、龍門也。病中偶作三章，亦載筆之始，且略志鄙見，以告同學。

楊白花，白如雪，年年烏啼暮春月。東家少年行不歸，楊花如雨沾客衣。
三月下旬天氣悲，楊花飛不得，吹作御街泥。樓上美人含笑看，下里孤兒泪如霰。
楊白花，宛轉房櫳間。纏綿綺綉榻，流影拂朱顔。東風剗地留不住，不見楊花見楊樹。

塘上行

蒲生塘上晚，鴛鴦羽翼短。日夕宿蒲根，相期爲嫵婉。黄雀高高飛，嫁女日夕啼。邯鄲多蕩子，

趙女斂蛾眉。蕩子下巴陵，倡家多有情。朝横翡翠被，夜奏鳳凰笙。白日何離離，結交須及時。

朱門青瑣闥，駿馬紫金羈。青瑣生塵滿，黄雀高飛遠。請看塘上蒲，太息加餐飯。

東家行

東家有好女，綽約如朝烟。弟入平陽館，兄是李延年。春風入房櫳，繚繞不得眠。起來花下立，

泪落如流泉。弟兄來相勸，何不及盛顔。著我綉腰襦，繫我青絲錢。入門拜阿婿，驕蹇氣不前。

鬥鷄長樂里，走馬章臺邊。夜夜明燭坐，滅燭更可憐。寄語東鄰姝，孤居直自賢。

秦女行

秦女懷死别，臨訣百裴徊。陰陽道乖隔，化爲綉鳥歸。一解

疇昔中夜歸，鬖鬖動繐幃。故夫抱關卧，孤雛著卧啼。二解

孤雛著卧啼，桁上有懸衣。欲語更前却，謂勿使兒饑。三解

兒饑不敢啼，鴟梟隔户飛。吾將訴閶闔，皇路使康彝。四解

涉江采芙蓉三章

商飆颯然至，百卉具已腓。宵分聽蜻蛚，素魄曜房帷。晨鷄動高樹，候雁東南飛。窅窱芙蓉花，徙倚隔江湄。水深憂魚龍，水淺畏滓泥。褰裳不得就，躊躕心不彝。

江南秋氣晚，雜卉猶充庭。蓐收不時至，坐聞鶗鴂鳴。亭亭芙蓉花，丹葩曜陽莖。美人垂素手，天際留雲軿。貯以緑玉房，薦之紫石英。毋令繁霜至，坐嗟芳歲零。

芍藥贈鄭國，含桃薦華林。陽春豈不懷，感此秋氣深。回舟下曲渚，幽花粲重襟。欲以貽遠道，所嘆無同心。明年鴻雁至，與爾懷好音。

雨雪行

雨雪關山，行路大難。泥深車折，僕夫長嘆。一解

冰折車輪，泥深馬腹。南望邯鄲，西臨上谷。二解

吁嗟艱哉！秦趙之都。趙女彈箏，秦民畢逋。三解

今上御宇，百姓和樂。隨山刊木，至於大漠。四解

河冰漸漸，谿谷盤盤。羽林孤兒，裋褐不完。五解

東方鷄鳴，皎兮日出。鼉鼓鸞旂，還於衢室。瑞應自天，民無疢疾。六解

擬古二章

金仙不可見，沉憂寄醽醁。向晚秋聲來，懷我北窗竹。薊門客五載，浮踪愧麋鹿。燕昭與望諸，弃我如轉轂。宋公來自晋，暫得共被宿。微言絶衆流，高議駭時俗。尚想孫登嘯，雷霆震幽獨。努力慎前修，扶桑迫銜燭。

逆旅依主人，海鷗争坐席。百年我爲誰，天地遠行宕。下擔見羅敷，捋鬚長嚄唶。春雲從東來，海月映空碧。安得一尊酒，與子共晨夕。

己酉秋日丘内翰曙戒招集天壇李道士亭子分賦得七言古

煌煌京雒天宇清，五君七子盛有名。渴來願倚賣漿宿，愁劇翻爲六博行。栖栖丘子何爲者？蹭蹬風雲陪五馬。奏賦頗憶明光宫，看雲重過郊壇下。郊壇亭子何蕭森，柱史伯陽知我心。琪樹瑶花那可見，越客楚狂相對吟。煩君載酒意不薄，當筵清睡槐花落。向晚風雷發旅愁，歸路青鞋雙寂寞。紫壇窅窱鎖齋廊，漢時秦雍事渺茫。何年獻頌聞天樂，寶鼎芝房空帝鄉。

觀趙吴興臨李將軍明皇幸蜀圖歌

開元帝子元神武，手平内難登天府。清明初政齊貞觀，殿庭寶玉同塵土。鬗粟秋風秦隴寒，哥舒兵潰走長安。海棠睡足胭脂損，閣道淋鈴行路難。秦關隴水聲嗚咽，不見驪山舊宫闕。魚復蠶蘩古帝鄉，玉壘錦江新日月。才人小帽窄征衫，倚馬木末愁巉岩。不見前旌望後騎，從官涉水鬚鬖鬖。殿前力士猛如虎，手馴白澤行負弩。神獸能知萬物情，當時未説長征苦。負囊飲馬羽林兒，沙崩古岸風颸颸。滹沱麥飯知何許，大樹將軍立少時。翠華隱隱銜江日，鳥道盤空雲氣濕。武擔山頭王氣多，梁父禪亭那可及。握温承旨趙王孫，手寫此圖鑒戒存。秋槐花落弦琯歇，皋亭風急江雲昏。我觀此圖重嘍嘈，天荒地老無終極。臣甫低頭拜杜鵑，戎州荔枝那忍食。廢興天定無奈何，花蕊夫人細馬駝。

今日行送金或友孝廉子亮

今日采樵風日好，垂垂短髮不知老。遥聞極浦吹洞簫，錦裘寶馬争官道。云是漢時金王孫，著書作賦邁等倫。天子下詔問南國，群公祖帳臨西園。凌雲自合有知己，縱横陸沉安足擬。蘭臺晝坐春空雲，綺琴夜拂秋天水。顧我蕭蕭奈老何，高堂明鏡愁青蛾。人生得意貴年少，扶桑弱水誰曾過。

舊縣歌唐昭信縣去盱眙三十里今廢

昭信縣西寒食路，燕支湖上行人度。行人不歸寒食過，湖外殘陽隔江樹。江樹參差愁脉脉，日日牽衣上沙磧。客夢長隨海燕歸，江路花開春月白。遺老新耕江上沙，少年經戰老天涯。插田歌裏分明道，紅廟村邊是帝家。

南滁道中

艱貞成汗漫，匹馬入南滁。溪女耕官道，田歌識霸餘。城孤山勢合，水隱寺鐘虚。摇落年來意，逢人乞素書。

極目無相識，田翁或子真。亂流看飲馬，深樹坐懷人。雲物嘗如醉，行藏不記身。勞歌當日暮，何地不西秦。

越客愁騎馬，淮南此見山。平沙千嶂起，霸國一僧還。市近溪魚美，風輕估婦閑。此來疑獨往，惆悵落星灣。

三度游西澗，林僧盡笑迎。幽栖從此去，夫子獨無名。故國白蘋月，中原黄鳥聲。披裘君自可，冰雪昭孤行。

寄息庵先輩

北固山應老，浮名悟息機。草肥秦塞馬，花落漢臣衣。戰鼓江聲舊，遺民邑里非。中原休悵望，落日片鴻飛。

暮春留沈鶴士還山居次其贈韵

送君何處去，愁裏客星湖。花落江城晚，人歸野照孤。獨憐秦甲子，猶見魯諸儒。歲歲柔桑發，蘼蕪愧故夫。

再贈鶴士

賀監宅前路，年年栖遁心。欲知芳草意，時有一鶯深。室已無萊婦，名猶愧竹林。暫來人外住，剪燭話春陰。

寄來四民起

西陵江上路，東去是湘湖。碧鳥朱樱下，青天白舫孤。寺鐘連瀣氣，山色似匡廬。何日烽烟息，浮家對荷鋤。

初春偶作寄陳大平遠

岸柳濛濛碧，流鶯細細聞。年華長似客，天地正從軍。書寄江梅晚，陽回塞雁春。不堪明鏡裏，清夢思紛紛。

寒食

戍鼓江城暗，繁花雨雪遲。兩京寒食節，千載杜陵詩。苜蓿迷芳杜，銅鞮問竹枝。不堪河畔柳，歲歲贈相思。

同蕭大公懋再宿東園兼遲蕭一公溥

惜别梅花發，重來緑樹深。天風吹晚照，客夢滿春禽。漢隱東園在，吴歈北里尋。百年存友道，高會復沉吟。

秋日集梅市草堂送顧茂倫還吴

海客彈琴晚，天空捲幔秋。朱花含返照，白鳥下滄洲。漢隱何年宅，山陰此夜舟。相思長惜别，古意在登樓。

同彦遠泛湖南謁龕堂禪師

風日湖南寺，秋春兩度過。輕陰移白舫，古路出青蘿。碧玉當窗面，桃根隔岸歌。年來轉凄澹，金地禮維摩。

送牧雪上人還廣陵

髯衲初相識，相逢又擬還。斷潮江上月，横笛夢中山。趺坐長看劍，懷人每閉關。青楓黄菊裹，浩蕩此身閑。

河西雜感

永和不似舊年光，江北逢春意獨傷。馬上曉雲山倚伏，雁邊沙路日微茫。中原百戰餘青草，絕塞千家徙白狼。不盡登臨回首意，銅駝金狄晚蒼蒼。

客窗今似住僧寮，三十無家意已消。竹院去年寒食雨，羊裘何處富春潮。花開鹿苑人三世，草暗金陵夢六朝。慚愧絳紗村裏住，故鄉今亦少漁樵。

宿醉翁

豈爲浮名住此峰，翠微深處佛燈逢。溪聲不斷何年雨，客夢分明此夜鐘。四海黨人元祐後，千春國士義熙重。阿誰會得高寒意，曉起長廊獨倚松。

獨宿空山意自驚，游人更入旅人情。鷄鳴遠寺連松火，水出中峰合磬聲。小隱菰蘆難自得，大觀天地或能平。臨溪一夜江南夢，自起裁書勸耦耕。

同化山師樵風首座泛舟訪林處士墓還宿湖南

百二河山此地孤，先生終古獨稱逋。羅浮夢醒梅非昨，遼瀣人歸鶴已無。隔水暗塵橋上馬，倚樓殘照笛邊湖。何人又續前身話，燒芋三更撥地爐。

懷胡大彦遠

聞道携家住錫山，使來未有報書還。角巾蕙帶青春老，短棹桐江白晝閑。明月故人吴苑路，西風征戍穆陵關。何時醉倚高齋話，笑撫胡公雙白鷴。

寄懷梅氏兄弟

宣城兄弟解相留，客裏同登謝朓樓。夜月論文桑落酒，春風送客木蘭舟。十年戎馬生華髮，滿地江湖失故侯。好向少微高處卧，此生吾已托滄洲。

次萬年少韵惜别胡大彦遠

故國關河似入秦，勞勞亭下客中身。樵歌夜半生今古，俎豆千春見此人。玉座何年宣室夢，金泥不媚泰山神。與君更上蕭梁道，小雁長條咽去津。

再次韵投贈年少

問余何意出淮津，木末芙蓉照病身。白眼敢煩安邑主，青山送老義熙人。聽來鴻雁偏依塞，剗却桃花好望秦。漭瀁中原平不息，黄河東下獨傷神。

醽醁景裏望西秦，谷口桃開兩度身。天地無言空我輩，菰蘆有意夢何人。黄榆白草彭城路，細雨秋鐘北固津。惆悵江行却歸首，回帆撾鼓悦江神。

春夜

三月江村猶擁絮，五更澥角正歸鴻。鏡中人去憐青鳥，石上花開寄紫茸。雕羽軍聲驅宋鵲，馬蹄殘夢入盧龍。何時風雨朝元路，曉日曈曨聽禁鐘。

送友人游江右

官道垂垂楊柳春，明朝匹馬是征人。江東好客周公瑾，谷口躬耕鄭子真。彭澤草青三月雨，鏡湖花老十年身。與君惜別君應念，仗策重歸莫問津。

禹陵

唐陵漢寢俱搖落，神禹功高自不磨。金簡無聲寒夜月，日珪有氣接天河。雲中雜吹迎仙馭，澗底漁樵答帝歌。修祀祇今荒徼遍，野人日暮意如何。

毗陵雜感

驛路江深馬足平，迢迢不盡旅人情。麟書自拜延陵墓，鳥道人尋黄歇城。千里暮潮通鐵甕，五原秋雨没金莖。何當仗策臨高望，朔雁紛紛入塞聲。

許仲將爲仁和學博寄詩示意

知君捧檄木爲郎，博士褰幃近故鄉。三月繁花燕市酒，十年清夢薊門霜。談經匡鼎聲名舊，出塞田疇感慨長。湖澥弟兄休隔絶，秋來鴻雁已成行。

暮春同許仲將張履嘉諸博士集湖舫

湖上輕陰載酒過，青衫蓬鬢意如何。一時人物非元祐，三月風光似永和。落日回舟聞白紵，春城策杖見銅駝。何年牧馬吴山静，游女長携緩緩歌。

九日同彦遠宿蕭公懋公溥宅懷舊

西陵江上又今年，九日懷人正可憐。蟋蟀夜堂紅袖雨，芙蓉秋水白門烟。登臺一望邊聲苦，抱膝三更濁酒賢。莫忘蕭家兄弟好，閉關清梵禮諸天。

哭胡大彦遠

湖上驚傳鵩鳥音，虚堂兀坐晝陰陰。青燈有女留三絶，白馬何人試一臨。幾度寄書春雁後，十年懸榻夜窗心。渾疑泛海曇摩去，蓮社能來許重尋。

理安寺

谽回雲林深，寺門見太古。山僧半路迎，鐘聲日當午。

松巔閣

高閣經年閉，長松獨倚天。忽聞飛鳥過，人語落風泉。

且住亭

江上望南山，蓮峰青歷歷。誰知江上人，今日峰頭立。

新庵孤峰閣

上嶺疑無路，到門知有山。芙蓉開絶壁，海日照烟鬟。

京口聽潮

兩槳寒潮荻葦鳴，六朝遺話付漁燈。聽來不是濠梁趣，一夜滄桑萬古情。

河西作

辛苦滄桑欲見難，大河風雪古來寒。相思梅竹江南路，夢裏詩成馬上看。

寄胡大彦遠

越客吴儂别有情，青衫蓬鬢日邊迎。山中此夜無今古，水閣挑鐙聽雁鳴。
千里傭書似成秦，梅花河渚隔年人。故交問我今如雁，地遠天空雪滿身。

竹枝詞

雲軿惜别思茫茫，門外烏啼漸曉光。惆悵起來渾似夢，櫻桃花下打鴛鴦。

山上蘼蕪山下看，天涯何處倚闌干。十年記得橋西路，細雨杏花寒食寒。

代友人湖上曲

木蘭花下月光微，近水朱樓照解衣。今日重來真似夢，半塘風雨送僧歸。

醉贈周二

雲深樹暗聽流泉，醉裏梅花更可憐。玉帳無聲金闕迥，當今不用李青蓮。

少年曲

醉別鳴箏秦女樓，紅塵一騎出長秋。射生隊裏知名姓，白羽雕弓紫綺裘。
當筵不揖武安侯，匹馬橫行十六州。都護臨邊長不調，青霜白雪滿吴鉤。

送客游秦

桃李何芳菲，江南春減衣。隴客夜吹笛，遥望華山畿。烟白草新碧，沙長燕未歸。回思薊門道，擊筑知音稀。

渡京口作

浮玉峰前路，乘橈更幾回。鐘鳴沙岸月，潮轉石城雷。萬象生今古，乾坤憶霸才。都亭留庾信，褦襶此重來。

曉日開清暑，孤槎㨾太虛。江光含北固，客夢滿南徐。身世慵看劍，行吟悔上書。海鷗沙鳥外，時見一樵漁。

棹歌中夜發，城烏隔浦啼。笛吹江月墮，家近石城迷。延年進女弟，奚吾憐小妻。莫愁羈客苦，明日是隋堤。

黄河道中

鷄鳴估客行，日出大河明。積雪通霞氣，回風落雁聲。沙連淮楚白，山入岱宗青。我獨何爲者，徬徨萬古情。

將之歷下别許大仲將

送客臨滄海，登車復贈言。高堂雙白髮，去國一青樽。日觀明天表，河源出地垠。東游信浩蕩，誰謂飯王孫。

結髮金閨裏，長啼玉輦傍。五陵懷劍客，四十射書郎。倚馬看新雁，當樓夢夕陽。相思無斷絶，古月照河梁。

曉行即事

曉發黄山店，還過張夏村。昔賢遺想像，吾道托饔飧。積石通秦觀，餘霞散海門。天鷄啼不了，今古此朝昏。

同魏惟度吳星若過一味禪院并留題一味泉

蒼耳城西路，青鞋引興長。草堂天地小，花塢燕鶯忙。月隱金堤水，風翻石鼎香。欲同彌勒住，清夢不須床。次惟度韵

擬結茅亭子，寒泉知我心。匏尊江海闊，風雨佛燈深。投轄我將去，扶笻爾獨吟。誰爲後來者，鐘磬動雙林。

壬子仲秋魏思永過頓丘待月小飲有懷施愚山使君郎席作

座有三山客，平分九十秋。露華看杏靄，桂樹且淹留。送汝桓伊笛，懷人謝朓樓。殷勤托尊酒，後夜憶滄洲。

長至後一日答友人

獻履初陽動，觀臺紀歲重。雲移秦畤樹，雪隱泰壇鐘。刺綉憐過市，祈年願學農。漢京風物好，童子日高春。

送袁九叙中丞撫山左二十韵

衮衣東國望，玉節尚方遥。誼主尊夔契，儒臣仰姒姚。繁纓天厩賜，蒲璧紫宸朝。三輔環京鎬，

單車戒麗譙。飲冰心悄悄，執熱吏嘵嘵。海日凌虚觀，徂徠隱暮潮。城臨譚子國，路入峼山橋。詔下臣鄰喜，旌臨士女驕。明堂勤述職，綿蕞訪蒭蕘。夙昔巡南服，曾聞格有苗。駢駹歸貢賦，爨僰盡漁樵。雨雪增華髮，園陵想寂寥。詒謀傳聖子，報政答文昭。祖席仍周道，銘功擬漢標。紫雲開甲帳，白羽拂丹霄。拭履猶瞻魯，裁書好射聊。大臣恒抑抑，小草愧刁刁。獻賦頭應白，行吟尾欲翛。燕臺空擊筑，吴市憶吹簫。感激平原意，回車倘見招。

夏夜家山獨坐看月有所思

豈是關山月，翻同遠别離。明河虚此夜，清夢憶他時。眉暈鈎簾見，啼妝拂鏡遲。曲房營繞座，塵閣竹侵帷。白紵風微起，青蘋木未悲。鄴臺銅雀老，楚殿玉魚移。絳雪何年待，黄壚祇自知。會看叢桂滿，千里慰心期。

黄河舟中作

太虚澒洞西日沉，我來鼓棹何沉吟。荒荒古岸風雲勢，浩浩洪流天地心。舟師賈客曉歌發，鼉鼓鳳簫秋氣深。昆侖西望無消息，輪挽東南自古今。

豈有泥金動紫微，茂陵西望思依依。星槎八月天河迴，璧馬千年帝子歸。落日牛羊迷大澤，秋風婦子賦《無衣》。盤庚雒誥何人上？碧海朱霞看雁飛。

阻風天妃閘謁金龍大王祠恭讀廟碑紀事明日得風解纜祝而焚之水濱

嗟王生不勒燕然，苕上歸神五百年。日月雙輪回大地，河山九曲壯中天。洪流此日憂漕挽，宗國何人賦《大田》。多少烏衣舊王謝，吹簫擊筑向居延。

寂寂湖山載駱駝，臯亭山下雁初過。丹心自不求青史，浩氣終然壯大河。魯國諸生齊下拜，漢家驃騎且安歌。靈均自憫含生苦，燖豕封羊奈爾何。

再游城西水關馬上作寄示同游者

苑西荷葉緑新齊，款段重來路不迷。越客自吟青玉案，燕姬知倡白銅鞮。金鰲雨過飛甍静，翠幄風圓乳燕低。歸去輕塵天路遠，憶君重有數行題。

寄紀伯紫兼懷年少彥遠

南州耆舊近何如，北道何人可卜居。一日青門留褦襶，三年白社少音書。鍾山落照鴻飛遠，牛渚清秋月上初。知子依劉遥有賦，不堪狂客獨回車。

旅堂掃迹隰西平，多愧西州舊友生。九日臺邊還戲馬，三春湖上獨聞鶯。名山禮佛知何事，禪草遺人總不情。猶有白門遺老在，慈仁花下對沾纓。

送友人歸省江東

薊門霜月點征袍，上客將行太白高。獻賦昔邀三殿對，拂衣今謝五陵豪。徂徠雪滿晨驅馬，京口帆開夜聽濤。尚有東山絲竹在，金樽彩袖莫辭勞。

上谷郡齋長至

古木風高曉月孤，山鷄野鶴自將呼。先人俎豆烽烟隔，舊國陵園涕泪無。千里朔雲回黍谷，百年清夢托屠蘇。甘泉扈從群公事，白髮青衫一病夫。

同袁黄門中丞兄弟慈園上人游西山諸刹

出郭輕塵散馬蹄，夢游真到上方西。碧雲寺古龍湫暗，香國林深象罔迷。天上星文留御墨，人間歌舞幾前谿。芙蓉青嶂金仙立，垂手招予度石梯。

前身摩詰許重來，獨翠遥青百尺臺。四面好風清磬落，六時靈雨石幢開。太平玉帛祇園見，戚里歌鐘梁甫哀。惆悵隔林歸騎促，鶯聲特地送人回。

辛亥初夏三日，同燕市二翁游西山諸蘭若，凡五日返。雖未能選勝幽深，較去夏從卧雪公游，則稍似整暇矣。先後得七言近體數章，逸其稿，乃於暇日臆而録之，詩無足存。念自有京雒以來，便有西山。其間賢豪累累，其著康樂之屐，聞東林之鐘者，歲凡幾人。再來名山摩娑舊題歲月者，凡得幾客也。同游二翁，闤闠中人，無市井氣。胡翁崑，素年七十矣，嘗酒間自言曰：『某雖老，願從公一游西山。他豪客不能從，非從公不可。』酒數行。因自搔短髮，撚其髭曰：『明年知健否？』何翁卓崖自請爲西山鄉道，與香山藏經院僧延如相善。延如無他長，跛一足，善飲。與余中夜飲嘯，林木皆振，宿鳥皆啞啞驚起。胡翁先寢，予乘醉自榻扼胡翁臂强之飲。翁擁被寒栗，笑而言曰：『宜奉命，力不勝酒，且明日當還，山妻稚子相待。願從公乞骸骨。』予笑而釋之。此夜殊忘逆旅。延如庭前種芍藥數十本，屋後櫻桃園一區，衣食粗足，無求於城市。彼西山精藍弘敞，甲於天下，其僧舊爲五侯中貴人所豢養，今尤捷足而好利，顧延如獨跛而好飲。若延如者，其廢於形而全於天，愚於俗而智於酒者與？因録小詩，漫爲記。壬子九月中浣一日書於頓丘署齋。

游香山諸精舍還宿藏經院

結侶春城暫解鞍，過谿人似虎谿寒。香臺花雨三千界，石路松聲十八盤。獨翠峰留天上路，來青軒駐月中鸞。重城東望迷雙闕，許史笙歌正合歡。

明世宗幸香山，稱西山諸峰唯香山獨有翠色。神宗御書『來青軒』額，蒼秀有顔魯公家法。軒外有姜立綱書『來青軒』額，則踏拖猥俗不可耐矣。故香山寺記有『聖祖稱獨翠，神孫記來青』語。事見《帝京景物略》。

又

再上香山日未斜，山僧茗荈薦槐芽。櫻桃的的珊瑚樹，芍藥垂垂優鉢花。卧佛貪看三匝繞，黄姑清夢百年賒。我來濯足臨流坐，陵谷何人記歲華。

碧雲寺 一名于公祠

碧雲金碧藹重重，秪樹香林笑殺儂。阿監自營三窟兔，法王施與五更鐘。龍湫百丈哀寒玉，雁塔雙梯對偃松。無那倦游渾欲睡，天風吹悍緑芙蓉。

寺創始於于監，再值魏監當事，大加營建，金塗紺飾，照耀雲日。後列中貴人墓重欄複道，制度逾通侯，計其輂石灾木費以億萬計。蓋中貴無子孫，故爲此漆城石椁計，非其知見賢於楊王孫也。墓道踞碧雲高頂。墓前一石亭，祀于監，然袍笏如新，或是魏閹爾。是日，予游石亭小憩，有一老内監，敝青衣，戴草笠，亦至石亭，有道暍困憊狀。因脱笠向塑像再拜，言曰：『祖爺，祖爺，福被汝享盡矣。寧知子孫之苦？』此語雖駁，亦可警俗。山頂正中有魏閹生壙，後以罪僇不果葬。寺僧言數年前有一中官驟貴，魏閹門生也，復具衣冠葬之。嗟乎！中貴何足道？猶可以愧吾輩之掃迹西州操戈窺履者。

卧佛寺

曲肱自燮石堂寒，莫作雙林晏息看。客到上方松子落，鳥窺香積蕨芽酸。天人大事花微笑，陵谷浮生路幾盤。一自明星人去後，祖衣長挂碧欄干。

皇姑寺

翠華北狩紫臺孤，禁籞曾聞諫草無。一日雷霆誅少保，百年雨露祀皇姑。穹廬朔雪還家夢，畫壁春風出塞圖。十里香臺遺老拜，陵園若個薦新蒲。

明英宗北狩，有尼呂氏秦人止輦伏諫。侍衛捶逐之，遂殞。英宗在塞外，嘗見尼左右扈從。駕還復辟，追録其功，敕建順天保明寺，祀尼像於東偏，或曰順天云云，明保天順隱語也。事見《景物略》。當得之父老之傳聞云。

石景山

輦道陰森歲月多，黄雲白日指渾河。穿泉百丈驪龍渴，鑿石千夫鈍馬駝。夜月靈旂群帝語，春風花雨法王過。我來獨傍星辰宿，清夢紛紛出女蘿。

渾河源出塞外，合於盧龍。明神宗自天壽山謁陵歸，東渡渾河，危橋棧道，水勢汹涌，因念黄河漕挽至重，宣諭河臣，加意疏築。一時扈從作詩紀事。自李文正而下七言古數章皆爽傑可誦。詳載《景物略》。自石景山西渡渾河，則有秘摩崖、百花岩諸勝地，窅窱幽深，不減沃洲天姥。臨河而嘆，山靈其捨我乎！

退翁亭

退翁亭子鬱蕭森，退谷峰前雲木深。大硯床前留著《易》，小山賦後早抽簪。春風廢圃開紅藥，夜月虚堂響梵音。何日籃輿同勝賞，青山不負伯牙琴。

退谷孫北海侍郎讀書處。北海，明辛未進士，思宗朝給諫。鼎革自田間起，歷仕至少宰，以耳疾上書引退。閉户著書，有《五經疏義》。俱手著，授梓行世，尤熟先朝典故，自郊社壇壝以及鹺漕馬政皆能口授其略，然多沉默不言。嘗著《學典》二十卷，凡三易稿。時余下榻袁修庵黄門家，與退翁宅相對。會夏伏暑暍，余將出國門，爲閉户揮汗分校《學典》十卷。退翁恨相見之晚，暇日治具招飲。家藏宋元人法書、名畫及金石遺文最多，皆神雋有生氣，非世俗市廛所嘗見也。而尤雋异者，所藏米海嶽《研山》，遠近前後十二峰，顧盼生動，細如嬰兒指，大不過數寸。峰前有右一壑稍長，左一池稍狹，而圓池壑之間界一小石道，似欲達中峰者。石色正青如靈璧。退翁什襲不肯多示人，余特請觀。退翁笑而出之。正容拱立而授客，客膝席而受。觀群峰如巫山新雨後，秀潤欲滴，而峰巒池壑，化工自然。倘所云微塵法輪不可思議者虖！是日風日清美，退谷修髯偉貌，年八十矣，目奕奕有光。窗前有白石几，長廣丈，闊二尺餘，退谷笑而顧余曰：『僕據此几讀書，非口誦即手鈔，凡三十年矣。』其四隅棱角宛然，唯安坐榻正面刓缺如新月者數寸。窗前古藤一本，長數丈，下護朱欄，養二鶴。古藤垂陰蔽日，風聲蕭瑟，二鶴梳翎長唳，如在洞庭林屋也。此七年客國門第一勝事，至頓丘搜録舊稿，乃補記之。北海諱承澤，順天人，所居齋曰『硯山』，署座右曰『考亭』。真弟子伊洛大功臣，蓋以理學自任。云他日還鏡湖，擬作《海嶽研山歌》并《硯山齋觀畫記》，非敢言文也。以志勝游之歲月耳。

初至頓丘歲杪大雪無廳事之擾賦詩數章

夜堂風急玉壺冰，南國梅開寄未曾。歸夢每過橋外寺，離歌重憶水邊鐙。獠奴侍酒如逢魅，健卒當關似養鷹。爲報公田多置釀，簿書束帶我何能。

積雪空庭夜氣寒，何來雙鶴倚闌干。城荒睥睨人烟少，歲紀蝨螟賦税難。華髮自羞牛馬走，高歌長對籜皮冠。故人尺素無繇達，洞口薔薇笑謝安。

南國家書盡月稀，朔風愁對舊縫衣。清齋禮足真無那，濁酒當壚似息機。户有閑田民力困，里多私馬健兒肥。深源咄咄緣何事，伏枕香爐晝掩扉。

多愧泉明《誡子詩》，雪中擁臬自呼兒。慈親封鮓書難寄，高士揮鋤意可師。自入風塵悲栗里，每逢櫻笋憶花時。鶯啼谷口梅如雪，舴艋回篙送客遲。

地僻桑麻散吏尊，蒼頭負弩叱奔豚。凌雲已愧文園令，問字還疑絳帳村。草閣鷄鳴喧午市，沙城鵲噪報朝暾。春來積雪如銀海，高卧加餐鶴聽門。
吏部祠堂春草深萊陽宋公元長，青霞齋閣夜猿吟會稽沈忠愍公。褰帷玉貌驚儕俗，隔巷烏衣變古今。
沙際雁鳴東海日，城頭月照北堂琴。我來俯仰唯高咏，馬策西州愧此心。
魚鹽入市夜歸遲，遺老垂垂桑柘枝。豪氣獨尋南八里，餘風應洗頓丘詩。雪深齋署迷黄獨，酒響
銅瓶唱紫芝。日讀軍書十二卷，桐鄉無計浙江祠。
春城霽雪動春光，齋鼓聲傳夜漏長。彩仗暗分青社土，銀幡遥對紫髯郎。黐租屢下神明詔，祈穀
新書大有祥。應獻明堂《三禮賦》，蒼龍左個殿中央。

奉使檄出郊馬上偶然作一章

春郊麥秀雨如絲，騎馬休傷桃李枝。自是傅巖勤版築，更勞姬旦待天時。把犁健婦當門急，負鍤
孤兒出巷遲。但使升平群盗息，蓋公黄老亦吾師。

獨游慈仁寺買得草蘭數本向來所少者云自黄山來客以紙糊竹籠和泥封護兼程而至

白髪青門住，驚春見此花。尚書初入省，燕姞夢還家。谷口人誰似，湘川望轉賒。永和風日好，
修褉憶天涯。
萋萋幽谷意，渺渺洛波塵。下嫁憐張碩，行吟逐楚臣。乳鶯啼處發，芳樹密成鄰。怪爾慈仁寺，

繁花滿眼新。

暮春齋中寄孫北海侍郎

花落金臺宿霧昏，懷人如在絳紗村。書成硯北還留稿，客避墻東祇掩門。信史兩朝文獻重，尊經一代典型存。雙荷净洗聲聞外，越客狂歌孰與論？

溪行即事

回谿青嶂石橋寒，小艇藤蘿仰面看。飛鳥無聲花似雪，却忘前度是袁安。

題夏君履小像 夏爲故驃騎偏將軍

上將龍韜久息機，天風灑頂著緇衣。橋邊黄石知何事，若個封侯得早歸。已分投閑老白雲，故人携手思紛紛。芒鞋再上金臺望，日落西風雁幾群。

花朝前一日寄姜綺老

客邊明日是花朝，夢到江南第一橋。鄉信不來春已半，賣花聲切馬蹄驕。南州耆舊本風流，白髮青尊紫綺裘。猶有鹿門妻子在，野橋楊柳望歸舟。隴上春寒不見花，邊城下馬正吹笳。十千沽酒秦姬壓，乘醉還過劇孟家。

長安竹枝詞三章

摩訶池上白頭新，聽雨長安夢裏身。芍藥丁香開已遍，看來可是舊京春。

細字泥金婀娜書，鳳雛搖落閉宮車。翠微夜月分明語，曉看青天是白榆。

破帽青衫十九年，重來乞食杏花前。歌姬擊鉢渾無那，若個蘇郎送酒錢。

對酒觀南岳碑偶然作庚戌秋寓袁黄門家，醉後書壁。

南岳碑文古，金臺酒未清。觀書應避世，痛飲得縱横。八月驚濤壯，三更白髮生。高歌待明發，聊欲灑吾纓。

頓丘解印僦居李生别業九日山僧村老有來送菊招登白衣閣者

九日黄花也自開，依然仲蔚卧蒿萊。山僧頗似東林至，野老翻疑西蜀來。豈有長風真落帽，偏逢細雨罷登臺。絶裾游子身難贖，薑桂無勞濁酒杯。

卷八十二　宗元鼎

福清魏憲惟度　輯選

宣城施閏章愚山　吴江顧有孝茂倫

嘉善曹爾堪顧庵　三原孫枝蔚豹人　參

宗元鼎 字定九，號小香，廣陵人。

小引

魏子曰：往余讀盧江龔宗伯《題新柳堂詩》《暨大梁周侍郎月夜梅花下》《懷宗定九村居之作》云，意中常欲到新柳讀書堂。每思尋其堂而不知處。及過邗溝，始知堂在廣陵城東，爲晋謝安石芙蓉墅。近宗子定九卜築其中，舊有芙蓉别業、小香居、花間亭、梅西堂諸勝，今皆荒蕪不存，悵焉者久之。及登其堂，讀其詩，知與濟南司勛、主客二王交善。司勛評其集云：『今人言詩，古體動稱漢魏，黄初以降若不屑者，定九獨不廢六朝。今人言詩，近體動稱初盛，大曆以還若不屑者，定九獨不廢中晚。蓋今人爲詩，多以郛郭，而定九以神韵。今人爲詩，多以剽襲，而定九以研精也。』至主客評其《芙蓉集》：『爲青春鷃鴂、楊柳樓臺，極得陰鏗、何遜之體，意得處往往欲逼二謝，絶句尤得樊川、玉溪諸家之妙。』蘭陵鄒程邨每語余云：『定九避地東原，藏書百卷，鴻妻驥子，衡門蕭然。』江右李太虚宗伯有題《芙蓉集》云：『江淹夢筆筆生花，宗鼎新詩萼緑華。昨夜讀君新樂府，芙蓉秋水映窗紗。』觀諸公之贈言，可以知其人與詩矣。至於家學淵源，有傅巖公爲之祖，方城公爲之從祖。方城與歷下、瑯琊爲中原七子，傅巖與陶會稽、董華亭稱同榜三才，則廣陵志乘已備載之，余又何必多及也。

東原雜詩

處處春鳩鳴，一雨郊原足。陌上楊柳青，社日酒新熟。農家歲事勤，早已驅耕犢。
村居异塵境，暝色無人影。愛此柴門夜，倚策消清景。微月照前溪，松風自煮茗。
流光近初夏，園影紛成緑。亭午一來尋，携書偃茅屋。但聞好鳥音，時時媚幽獨。
角巾白袷衣，行散花時節。隱隱梵放聲，樹杪和雲結。閑立看春潭，夕陽亂明滅。
鳥喧晝愈静，花滿園滋寂。時有幽人至，臨風一吹笛。吹罷澹無言，坐對空庭闃。

秋夜懷王阮亭先生

元璩耽雲栖，稚圭好文咏。自非折節流，何以神相映。在昔王撫軍，牽絲稱水鏡。瀟瀟蒲葵扇，霏霏玉麈柄。既愜滄洲趣，坐嘯淮南政。於今京雒去，騷雅誰與并。

春日同諸公集汪叔定蛟門見山樓分韵得素字

晚歲息獻酬，歸翼瘁遠翥。結廬在東原，閑情托毫素。好鳥既相和，孤雲亦自遇。方春入城郭，悠然任籃輿。正值賞心儔，樽酒敦薄暮。高情寄簪紱，會解琴中趣。樓頭况南山，烟霞目所寓。酒酣各限韵，分析陶詩句時用淵明『聞多素心人，樂與數晨夕』爲韵。

寄前少司農周櫟園先生時觀察青州

讀史最愛庾武昌，南樓理咏秋氣凉。其時幕吏殷與王，老子亦復據匡床。賦詩直學李長庚，漢中太守醉相迎。餐霞樓上玉笙清，凌霄意氣當筵生。櫟園先生來邗上，清姿毅骨尊時望。正人何必蹈腐儒，風月高空興豪宕。猶記寒冬至日勢棱棱，侍郎貰酒留賓朋。座中詩人分部曲，徐君存永延壽許天玉珌。關陝才推孫豹人枝蔚，半千詩畫迴清新龔賢。長子英雄亦瑰异師，鑾箋小楷汪舟次楫。一時酒政頗森嚴，横筆容吾縱飛騎。當年數日不相見，道氣堅貞特相念。夜深獨步梅花下，嘯咏懷余意瀟灑。空江澄客夢，冷月定花香二句乃先生懷余詩，吟玩佳句何時忘？屈指此聚已三載，今日聲名冠北海。初春持節廣陵過，舊惠群黎遮道多。黄公酒肆雖相近，顧此邈若山與河。

曾寄新詩書竹扇，春日因風托鴻便。不知驛使可能傳，別夢與之堯山邊。堯山稷山俱名迹，不得從游空自惜。蕭條閉户揚子居，三年又困東堂策。揚州亦是南青州，南北青州千里隔。青州代有古名臣，仲淹富弼公等倫。散地豈久沉智勇，况有閩海功難泯。咫尺鸞書徵蹇諤，輔臣入對天章閣。筆札條陳君莫辭，賤子賡吟慶曆詩。

惜瓊詞爲芝麓先生悼亡

松桂盈山阿，蘼蕪滿岩澤。瓊花凋瘁無二株，要是人間真可惜。夫人才思映香閨，清新宛與令暉齊。烏絲展對窗前咏，斑管拈從花下題。衛家小楷冰爲骨，玉壺曉濯瑶臺月。况復畫蘭香九畹，緑萼紫莖芳谷晚。枝枝葉葉寄幽心，空谷佳人風韵遠。弱齡徐淑秦嘉娶，素琴明鏡情好固。神清故有林下風，京陵家範世所慕。奉常名重晋山濤，閑集高朋揮紈素。當年嵇阮契金蘭，率皆纖手製傳餐。三更竹葉梨花釀，午夜芹芽碧玉盤。官清道重心如水，頻典春衣佐夫子。家貧不厭士依劉，尚嗟范叔寒如此。兩回亞相宦京畿，贊務宜家補衮衣。湘簾自是經綸侶，豈獨琴弦按素徽。頃聞七月秋風猛，梧桐葉落愁金井。可憐蕙弱露難朦，猝覽蒙莊驚責影。塵世修短信有期，荀郎身熨終何爲。光陰不向妝臺惜，水净山媚玉瘦時。菖蒲九節杳西河，三山芝草竟無多。鶴辭吴市空悲舞，鳳去秦臺奈若何。萃萃籩豆陳菱藕，朔望茵幬帳杯酒。傷心微雨濕芙蓉芝麓公有三十二芙蓉軒，可似平生對案否？疇昔長齋禮綉佛，去來無繫終無物。何須歸月并還星，娑羅雙樹衣輕拂。

黯黯霜華月透紗，商音如泣雁行斜。春帆閣上腸應斷，且寄長歌拭泪花。

王西樵先生屬蕭靈曦畫西湖三舟圖作歌贈之兼簡蕭子

乙巳歲，司勋王西樵先生與宋荔裳觀察、楊執玉太常同客湖上。時盛夏，各僦舟以居。每風景晴好，率命棹於兩堤、六橋之間。八閩林鐵崖憲使作圖爲宋公贈。越歲丙午秋，司勋與觀察重晤維揚，時太常已復燕游，而觀察又將北去，司勋撫玩之餘，中情交集，因命蕭子仿圖曩迹，俾余作歌以識之。

君不見昔日陶崑山，日泛三舟西塞間。一載飲饌一賓客，一與雲卿焦遂浮家宅。摩訶寶劍常隨身，女樂清商烟月夕。當時號作水仙游，至今秋夜蘆花白。又不見吴中陸魯望，篷席扁舟江水上。筆床茶竈時往來，笠澤松陵共酬倡。往事悠悠勿復陳，西湖今有泛游人。王楊才思原無敵，池上新翻宋絶倫。諸公欣然爲曠達，杯酒乾坤任軒豁。湖邊也復買三舟，尋勝標新爛熳游。長堤横截衝天漢，六橋雙對水中流。閑話山高封寶石，漫聽湖聖見金牛。湖心夜静涼風發，秋色先催暑氣歇。麯院荷香泊妓船，平湖玉色沉冰月。扇底歌能遏彩雲，掌中舞復嬌羅襪。八閩鐵崖老林逋，買絲畫得三舟圖。青蒼北苑得意筆，幽窈林麓動狂呼。直令蘇堤配蘇小，如將西子比西湖。咫尺繁華竟疇昔，風流聚散湖山隔。江干垂柳廣陵津，依稀猶似西泠陌。騷賦還逢宋大夫，京雒故人楊執戟。是時寂寞蟬無聲，美人於焉心不懌。那堪《九辯》悲秋人，又復携圖悵行役。焉得并州快剪刀，剪取南屏一幅高。畫家誰好手，家聲舊迹河東守。作詩誰擅場，少文多病卧南陽。王公乘興捲鵝溪，兼命畫就爲之題。日望丹青狀天目，蘭陵雅性尚高束。我今爲作三舟曲，宛棹輕烟湖影緑。何須十日一水五日石，聊示此歌相迫促。

早春河豚歌

江南荻芽臘月生，江洲河豚破春有。歲初一尾直千錢，競嗜奇珍新上口。味真淡爽誰與齊，鮆魚雖美失之厚。是時江鱭亦清鮮，品終不敢登左右。吾生最愛西施乳河豚腹中上品也，酥酪蓴羹俱下走。惜乎聖俞長於詩梅聖俞，比之籠蛇何不偶。兼言怪狀毒莫加，喪軀如麻鏌鋣手。尋常食物馬牛羊，苟失庖煎寧免咎。吾云〔二〕此物魚傾城，一顧再顧何妨否。胡爲元章畏此羹，膺本猶然躊躕久。潤州城外瓜渚邊，嬌歌玉嫩當壚婦。快呼蔗漿與河豚，解佩同沽酒一斗。

壬子四月八日閑卧小香居念隔歲此時坐白門周櫟園先生恕老堂中瞻禮閻立本佛像及貫休羅漢十六軸漫賦長歌爲寄〔三〕

隔年此日長干道，恕老堂中風景好。今年此日小香居，枕茗爐香衹自如。此日人傳浴佛節，江南禪

〔二〕「云」，聚錦堂本作「生」。
〔三〕「歌爲寄」，原本漫漶，據校本補。

院尤佳絶。都梁安息灌金盆，鐃鼓香花隨處潔。從來佛事重蕭梁，遺俗千年人未忘。白象當年不可問，雪山往迹空論量。猶記恕老堂中逢，此日清齋時果消。閑逸先生道貌手摩尼，昨夕爲觴初度時。堂中何所有？立本佛像巍巍尊。東西何所設？貫休羅漢懸兩軒。我聞右相應務才謂立本，丹青神妙絶塵埃。六朝名士皆能畫，公際初唐畫獨推。至今人説凌烟閣，衣冠偉麗光錯落。又云貌寫秦王府，學士風標鬱秀古。况是西方之聖人，不治不亂何其神。博陵能貌其清净，巨力龍象法中身。貫休晚唐詩中傑，禪月篆隸人稱説。所畫羅漢形骨奇，云是入定親見之。我時一一瞻梵相，袈裟生動氣遒上。至今猶如在眼前，侍者傍立精神傳。閻畫貫畫不易得，珍惜須當具全力。先生爲官數十載，家無長物蕭然在。衹今惟有數卷書，金石遺文充敝廬。何時買棹金陵渡，看畫焚香對剪蔬。

梅花落

玉窗斜捲真珠箔，美人獨坐梅偏落。衹謂梅花送曉妝，不道花香人更香。若看百媚臨風倚，美人自好梅難比。但論顔色妝濃妍，梅花美人相對憐。搴芳袖，出纖手。折花枝，隔窗牖。嬌攀無力不勝花，枝枝翻落隔墻家。

過龔半千高士讀架上書

真是書連屋，虚窗擁百城。野雲沉案影，亭葉助茶聲。眼放千年闊，交延斗室清。豈徒分甲乙，空博鄴侯名。

桃葉渡同黄仙裳望報恩寺塔燈即次仙裳韵

秦淮忽驚見，光閃白層層。銀漢鋪秋水，金陵射塔燈。橋高觀自切，夜净色逾澄。明發同登頂，吾衰怯未能。

春晚獨坐簡孫無言

晚院風初定，春宵月半微。江花寒食近，塞雁暖雲歸。索莫襟懷剩，蹉跎願力違。何時招舊隱，同老釣魚磯。

瓜叟

早摘浮瓜賣，身肩妻負囊。頳顔風雨剥，赤脚樹皮蒼。不剖晶瓤嚼，空尋井水嘗。豈知歸價少，兒女壓輕筐。

題清凉山禪庵竹院

梵宇游難遍，秋聲引客聽。花深行欲盡，徑轉又堪停。萬竹斜封屋，一僧孤對經。此中忘世味，惟有澗青冥。

雨中同陳其年孫又百飲王西樵先生寓園

秋色甚寥落，故鄉仍索居。喜同王逸少，相望隔園廬。閑極也能過，交真不計疏。尋常杯酒外，惟論古今書。

雨中聞剥啄，知是賞心招。莫惜衝泥去，何曾策杖遥。到亭桐葉滿，静坐桂香饒。黯黯蕪城暮，濃雲愛薄霄。

春日東原

漫寄樽中興，悠然向夕曛。黄花光菜圃，紅掌净鵝群。水曲連村抱，原平一徑分。倦歸還倚樹，遥望隔江雲。

二月二日追和李義山原韵

白袷穿花載酒行，暖風吹出杏園笙。粉垣人弄鞦韆影，芳草春生蹴踘情。近水車船争野渡，遠村鼙鼓獵郊營。朝來莫訝啼鶯少，二月先聽百舌聲。

庚寅春日陪太常龔孝升先生飲吴菌次玉琴齋時太常將還都門

永夜開樽逞逸才，官街更鼓暗相催。頻年寄迹三春柳，此夕多情二月杯。燕杳花遲深悵望，雁歸人去共徘徊。座中衹有吴郎醉，赢得琴心上玉臺。

揚州早雁

風急秋高嘹唳清，晚烟斜度廣陵城。隋宫已改還翻影，水調初停忽數聲。泪逐楚娥回首落，愁從江客倚樓生。年年依舊蘆花冷，幾日春深又北征。

童子以桂花一枝插瓶中

异香幽静晚風吹，每愛清秋及此時。斜插小瓶依竹几，夜深引動北山思。

莫愁湖

洛陽漢水兼江左，同是莫愁分作身。南北六朝皆一轍，山河不愛愛佳人。

秦淮

依然渡口秦淮月，却憶當年看月時。夜静吴儂翻白雪，曲欄干畔洞簫吹。

邀笛步

冷冷青溪秋月明，依稀三弄岸邊生。行人不問長淮戰，惟愛柯亭笛裏聲。

百尺樓

素襪翩翩月一鈎，凌雲風致想高樓。江南歌舞尋常事，便遣曹彬下蔣州。

勞勞〔一〕亭

席上陽關馬上春，勞勞閱盡古今人。偏生摇曳迎風柳，不向家園向陌塵。

古意

沉沉烟柳汴河邊，行到郵亭兩岸蟬。當日征人含泪語，分明爲約祇三年。

題孫豹人抱琴圖小像

長松千尺挺宜陽，箕踞孫郎態更狂。世上知音人不見，一弦扯去待嵇康。

讀太倉王端士芝廛集

一卷芝廛手自持，果然冰雪滌新詩。連朝細咏北窗下，引得鄰家聽短籬。

淮陰過韓侯釣臺

荒臺空見草萋萋，楚水殘碑落日低。若憶當年垂釣事，太公韓信總封齊。

〔一〕『勞勞』，原本漫漶，據校本補。

卷八十三　毛師柱

福清魏憲惟度　輯選

黄岡杜　濬于皇　新城王士禛阮亭

南海程可則周量　宜興陳維崧其年　參

毛師柱 字亦史，號端峰，太倉人。

小引

魏子曰：癸丑客天雄，冬深無雪，當事諸公憂民憂者命余賦之。余謂賦以肖物之形也，無其物而擬爲之，則古今賦雪者多矣，何必余？何必今日？强爲《招雪詞》以代之。命童子六七人歌以侑酒。適同業吴星若以毛亦史詩刻成，促余小序。余取而再讀之，質諸當事曰：『此一團白雪也，使有力者吹之，可繽紛天下。』東明令楊集虛曰：『陽〔一〕春再發兮黍谷匪幽，疇嗣厥徽兮白雪樓〔二〕。』元城〔三〕令陳蘭涯曰：『皎皎白駒兮虞仲，峰頭飛此洪濤〔四〕兮有弇州。』大名太守顧奕聞曰：『睬洞庭之月色兮，川岳與游；剪此冰雪之姿兮，婁水悠悠。』觀察孔先生起而揚言曰：『兩曜繼光兮六出無花，農夫望歲兮穰穰滿車。安得此錦心玉骨兮，散作九天之葩。』余因倚歌以和之。杯盤狼藉，不復知身猶是客也。夜半，雪花如掌，初在樹間，漸摇光入室。忽聞剥啄聲從南來，則魏令如石先生偕亦史以大、小阮戴笠來尋，恍山陰一棹矣。詩文神通天地，詎不信哉！

停舟

停舟聊騁望，游子意何如。山近初晴候，潮平積雨餘。年華催〔五〕渡客，鄉夢過江書。却羡垂綸叟，柴門坐釣魚。

〔一〕『陽』，原本漫漶，據校本補。
〔二〕『樓』，原本漫漶，據校本補。
〔三〕『元城』，原本漫漶，據校本補。
〔四〕『此洪濤』，原本漫漶，據校本補。
〔五〕『催』，原本漫漶，據校本補。

渡江

又作渡江客〔一〕，蕭疏兩鬢鬖。回風欺薄酒，細雨失重嵐。佳侶同舟得，新愁别路諳。今宵瓜渚夢，白髮在江南。

憶東皋舊游

平山堂接山光寺，幾度登臨有醉歌。綠暗紅橋深柳色，碧涵青雀遠風波。好花開遍春剛去，殘夢醒來客又過。遥憶東皋舊游伴，酒杯詩卷近如何。

謁露觔祠

遺廟停橈拜，靈旗颭水濱。骨堅纔見節，筋露恰全身。一夕自千古，百年無二人。高風湖水潔，不敢薦青蘋。

韓侯釣臺

列爵淮陰帝業開，桐江還有客星來。漢家宫闕銷沉盡，寂寞乾坤兩釣臺。

〔一〕『客』，原本漫漶，據校本補。

珠梅道中 和宋青湄

夕陽山好青無數，千頃湖光亂鷗鷺。細草微波兩岸明，荷香静繞珠梅路。荷葉荷花十里餘，輕風帆影度徐徐。波紋蕩衍湘簾净，绿水青山畫不如。移情獨有江南客，那得扁舟留十日。夜夜船頭對月明，露濕荷香數聲笛。

四女祠

古祠祀四女，不知姓名誰。祠荒舊聞失，衆口留殘碑。養父誓不嫁，形影相追隨。四女同一心，石轉心不移。我行過祠下，再拜增欷歔。巾幗著純孝，自顧慚鬚眉。親老不得養，飄泊徒天涯。昨夜夢中見，仿佛還家時。仰彼四女風，子職誠多虧。引領望天末，雲影空遲遲。

舟夜苦熱與張時叔鄧獻誠借宿僧院中夜起坐偶作

月落空林幽，禪燈照深廣。葉風露光動，高梧滴清響。仰視大火沉，殘河數星朗。坐令煩暑銷，襟懷濯新爽。願言塵鞅息，來結滄洲想。

燕臺重九後六日宴集黄天濤寓齋同沙定峰顧仲光鄭有章吴六平諸子分得中字

繁弦急管對花叢，尊酒何妨日日同。剩有萸香還訪菊，轉因萍合慰飄蓬。清砧月皎疏燈外，白雁秋殘好句中。醉後莫辭投轄飲，幾人淪落滯江東。

贈閩南阮疇生

十年詩卷客天涯，好句吟殘日影斜。遼海風塵餘皂帽，燕山冰雪對黃花。桄榔月老三秋樹，鴻雁書回萬里家。濬却宦情清夢穩，肯從勾漏問丹砂。

都門旅夜寄王虹友顧伊人江位初沈台臣諸同學

客路三冬近，寒齋百感增。柳無霜後葉，硯有臘前冰。詩意驚秋鬢，鄉愁語夜燈。南鴻飛已盡，書札總難憑。

寄祝東皋冒巢民先生雙壽同紀伯紫黃天濤周翼微陳緯雲郁東堂集冒穀梁寓齋賦

花發江南候，春生薊北天。山川餘舊老，風雅寄林泉。道已隨時拙，名還與世傳。鹿門看繼響，偕隱自年年。

記宿高齋夜，春風一載餘。幾聽燕市筑，三寄廣陵書。白石心堪許，青門鬢未疏。秋江征棹穩，好復傍樵漁。

贈送曾則通南歸臨江

矯矯風塵對玉壺，忽驚鄉思滿菰蘆。青箱舊識才多少，黃閣寧論夢有無。燕市鶯花供帳客，峽江烟雨挂帆圖。君歸是處容高卧，吟遍春山大小孤曾爲二雲先生令似。

訪魏惟度賦贈

虎觀箕裘振後昆，閩山旗鼓樹中原。雄才盡壓南皮座，古誼頻邀北海尊。惟度客天雄，與孔心一觀察爲道義交。

千載風騷歸纂述，一時葩藻許評論。深知更有黄扉老惟度與柏鄉相國游，最蒙器重，肯向平陽爲掃門。

聞聲猶憶滯京華，手把君詩坐日斜。千頃澄波悲宿草昔年於黄述之大參京邸讀惟度詩，今述之下世已二載矣，幾年秋水賦蒹葭。鄉心易老漳河樹，歸興難尋震澤槎。籬菊開時俱在客，相逢那惜百壺賒。

讀海陵黄天濤曲阿詩集賦贈

故人踪迹近何如，一載辭家賦索居。到眼青山看北固，過江紅樹問南徐。他鄉句好風塵外，久客名藏感慨餘。此日悲歌同擊筑，對君詩卷倍躊躇。

冬暮偕曹九咸客吴門喜遇弘導憲尹兩王子排字成詩各得一首

爲客看冬盡，逢君語夕天。月微殘笛裏，鴻苦斷鐘前。水落湖田闊，烟開浦樹圓。一尊吴市酒，飄泊問歸船。

吴門舟夜寄懷朱祖義黄又文王誦侯徐霆發

落帆驚邂逅，酌酒在天涯。别思看楓樹，秋吟負菊花。江山餘客夢，風雨誤歸槎。憶得書齋夜，疏燈帽影斜。

贈吴星若

上客年方少，身閑旅思輕。江山供嘯咏，湖澥識詩名。學已窺微妙，才應敵老成。翩翩衛洗馬，凝望玉壺清。

鄭驛留賓地，吴關作客時。青衫曾入幕，紅燭共銜巵庚戌秋日於鄭闇齋民部座上得識星若。別憶帆開疾，書憎雁到遲。漳河重把袂，三載慰相思。

辛亥元夕吴梅村先生招陪吴湖州薗次同余澹心王湘碧惟夏次谷許九日顧伊人沈台臣宴集樂志堂即席分賦兼呈湖州

名園上客及芳辰，擊鉢傳柑滿座春。月裏樓臺千尺水，酒邊裙屐六朝人。銀燈入夜翻如畫，玉管凝雲細若塵。太守風流遲識面，故應慚愧是勞薪。

題陸鴻逸春星草堂

柴桑楊柳邵陵瓜，竹塢茅堂傍水涯。奴有千頭還種橘，客來雙眼但看花。犁歸春雨烏犍健，書對秋燈皂帽斜。從此幽栖清夢穩，底須林壑卧烟霞。

壬子早春同周翼微吕雪洲徐東白沈台臣諸子集眉照半樓即席分韵得中字

茅屋由來問巳公，開樽擊鉢幾人同。雨餘壁蘚生寒緑，春到江梅綻小紅。一磬響通千竹外，半樓詩老十年中。鬢絲禪榻今宵聚，愁向河橋話轉蓬時余將有北行。

洹城喜雪次如石叔元韵

東風側側影紛紛，飄灑何妨兩鬢侵。豈是庭除天雨玉，已知丘壟麥含金。青黄頓轉三春色，蒼赤都安四野心。却怪吴儂愁亦掃，閑窗披褐有微吟。

崇川邵潛夫先生老客東皋以予過從問疾有詩枉贈依韵奉酬時年八十有五

苦節論耆舊，似君今日稀。滄桑餘獨樹，歲月掩雙扉。共識龐公隱，誰憐杜老饑。病來詩愈好，回首見風徽。

叢含英孝廉招同王阮亭諸公登湘中閣望雨

高閣懸崖面面同，遠天和樹晚濛濛。谿雲半掩池邊屋，檐溜斜回竹下風。幾度登臨春思老春半過巢民與其年讀書此閣，此時賓從旅愁空。五湖烟景瀟湘雨，并入山窗一望中。

六月十一夜冒巢民先生招同杜茶村陳其年杜武功葉桐初許山濤暨令弟無譽放舟水繪即次巢民泛月元韵二首

白舫清池際晚晴，好天華月照閑情。藤蘿掩岸如無徑，簫管凌波别有聲。林影破時燈遠合，漲痕齊處柳低横。渼陂赤壁今千載，仿佛身疑畫裏行。

回首春宵此再游春暮阮亭諸公泛月此園，有唱和詩刻，鉢池烟月夏偏幽。波光直逼堂前檻，竹色平添閣外洲。静極秖嫌蟲響雜，坐深頻見翳雲收。故人隔歲輕分手，客裏相逢興轉遒。

舍桴寓庵答黄長孺前輩

憶昔追隨悵未能，三旬偏喜佛龕燈。吟殘夜雨同爲客，聽到晨鐘半是僧。月榭影無雲一點，松窗風有葉千層。他時清境應重覓，人在江南未可憑。

田父詞 同顔佳胤石夏宗月川社集分賦

老農生長斐江邊，自言力作思逢年。那知年豐更愁苦，令我不得中宵眠。箱中有粟囊無錢，公庭敲骨真可憐。傾箱不足了官税，依然土銼無炊烟。嗚呼！人生筋力百可用，慎莫歸種江南田。

題普陀僧慧雨畫梅册子

七十老僧性孤潔，洛伽峰頭卧烟月。獨有生平嗜最深，湘管藤箋畫冰雪。夢覺蒲團更幾枝，人閑花逸兩相宜。花如人影清於鶴，下筆還看瘦比詩。携來一幅松軒下，禪榻茶烟致瀟灑。老幹横斜鐵石堅，非君寫照胡爲者。從此身名總出塵，畫梅何似種梅人。芒鞋若到孤山路，好與林逋共結鄰。

江行

寒潮響京口，薄暮凉飆發。孤榜凌層波，江天眼空闊。聯行見征雁，遠向長天没。回首江南山，殘陽映微月。

寄冒青若都門

憶子別故鄉，我爲异鄉客。相送城西門，翩然事行役。揚帆背征雁，道遠音書隔。况我歸江南，秋風掩蓬蓽。揭來金陵城，逢僧話疇昔梅岑。知爲支許游，握手長安陌。念子亦憔悴，因嘆生理迫。天地多緇塵，青衫總蕭瑟。賴有同心彦謂定峰、翼微、東堂、松一諸子，羈旅共晨夕。努力崇修名，高堂早頭白。

雨中泊天門山和陳確庵

江闊雨冥冥，孤帆傍遠汀。霧添雙鷺白，雲擁數峰青。岸迴沙難上，村荒酒易醒。薄游看歲暮，玄髮愧飄零。

自德安返武昌酬翁寶林夜坐見懷韵

匆匆分袂武昌城，晚渡寒江蕩槳平。千里風塵愁馬迹，五更霜雪畏鷄聲。山連舊驛橋多斷，砦結荒陂瓦半傾。遠念蕭條見良友，夜深燃燭計歸程。

初秋襄陽放船下武昌途中早發安陸將入漢陽界口和王長源師韵

大堤東下漢江平，短楫輕帆十日程。殘月客辭安陸郡，亂山人指漢陽城。魂依鄂渚他鄉夢，歌憶銅鞮故國情。腸斷秋宵聞野哭，峽猿何必更三聲。

贈袁又陶兼柬許來鶴浦雲曠許駕六

奉母由來孝可稱，感時潘岳二毛增。臨風獨倚疏籬竹，卧雪微吟破屋燈。笑我有家翻似客，羡君無累勝於僧。十年同學晨星在，裘馬何須問五陵。

送睿石渡江之靈隱同曹文虎張孺子限高字二首

湖山千里不辭勞，南北雲峰問兩高。君去定憐吾尚住，江鄉驢背首頻搔。

瓦官閣下師曾住時睿石從金陵過東皋，回首横江白浪高。此去聽松靈隱夜，尚疑風雨亂波濤。

濟寧道中和周六皆

千株楊柳暗長堤，重碧陰陰覆緑漪。大似平山堂畔路，疏籬淺渚日斜時。

楊柳青去天津南四十里

莫説他鄉楊柳青，客愁如醉幾曾醒。故園楊柳青無數，夜夜三更笛裏聽。

卷八十四　黄之鼎

福清魏憲惟度　輯選

山陽丘象升曙戒　上元程　瀚瞻庵

溧陽吴　穎見末　華亭張陳鼎梅巖　參

黄之鼎 字訥庵，元城人。

小引

魏子曰：余性喜游，每身到處，環峰洄溪，必鶩遠陵危以致之，未嘗爲屐齒息勞也。近税駕魏郡，平原萬里，絶無山水可容寓目，不得不搜名下詩篇以當之。心一孔觀察出十數家見貽。初得劉夢闈，則氣厚詞敷，以當泰岱、彭蠡；再得孫雪崖，則意高文秀，以當匡廬、西子湖；再得張企麓，則語圓格老，以當白岳、王屋，平湖、語溪；得成仲謙，則天目、湘江也；得黄石筍、志伊喬梓，則京峴〔一〕、蕩湖也；美中則羅浮、西洱也；最後得訥庵先生，卧而游焉，起而問焉，出而入，作而息，咏歌而贊嘆焉，曰：『此天台、雁宕入海求神仙處也，寧僅作詩觀！』

送盧明府之任永寧

南服新開萬里天，懷柔聖主藉才賢。麓山春柳盈盈緑，盤水秋帆的的懸。自許清風消瘴癘，還餘白雪净烽烟。扳轅莫漫悲離緒，伫有徵書嶺外傳。

七夕翕亭分賦

西風昨夕下庭柯，又見雙星夜渡河。烏鵲虚傳天上會，白駒真自隙中過。尊前客夢驚砧杵，雨後秋容老芰荷。大巧由來争似拙，漫將歲月怨蹉跎。

秋日登金佛寺閣和張司馬次先壁間韵

僧樓爽氣入秋含，萬木蕭疏郡堞南。遠野河流連寶筏，前朝御墨出琅函。拚將老圃黄花酒，静對松陰白石庵。歸路太行遥望迴，晚風馬首散晴嵐。

〔一〕『峴』，原本漫漶，據校本補。

永豐門餞別諸進士復至閑閑亭小飲

宫柳青青去騎催，旗亭祖帳夾城開。尋芳争過陶潛宅，得意群登郭隗臺。驛路濃花看攬轡，春郊細雨對銜杯。落英歷亂還堪賞，爛醉無愁騎馬回。

西園餞杜少兄弟分一先

細雨滌煩暑，開尊對暮天。歡無妨卜夜，别已憶〔二〕經年。入洛才同〔三〕擅，游梁道并傳。御河秋水發，擬醉孝廉船。

大伾山和王宗伯壁間韵

炎帝崇青岳，伾山祀玉壇。穴龍晴帶雨，駐馬夏仍寒。翰墨存先達，風流紀漢官。客來尋往迹，感慨向空磐。

衛輝道中

天風吹雨脚，驛路出雲門。細細沾行色，瀟瀟静客魂。山深竹抱舍，地僻水環村。何日絶塵累，

〔二〕『憶』，原本漫漶，據校本補。

〔三〕『才同』，原本、枕江堂本皆漫漶，據聚錦堂本補。

結茅近石根。

趙秋水飲翁亭

余自漳干返，君從江左來。相逢忽此地，静裏一銜杯。亭樹籠烟出，池荷帶雨開。新詩看更好，應爲故人裁。

西園社集

結客從蓮社，携琴過竹扉。鶯花春欲老，京國夢初歸。檻曲遲明月，臺空落遠暉。一尊堪永日，莫自羡輕肥。

客蘇門

共城城外鬱蒼蒼，虎踞龍蹲勢欲翔。日暮憑欄山色裏，湖光一片落斜陽。

嘯臺

天外鸞凰久不聞，荒臺欹側對斜曛。靈源日暮微風發，入耳濤聲恐是君。

諸大夫園

翠筠叢裏水雲鄉，不數名園古辟疆。因憶吾家舊緑野，衛河南畔有山堂。

共城别

探幽有弟稱豪絶，倚馬蕭蕭望百門。約待向平人事畢，杖藜携手入雲根。

贈周輝縣四明

羡爾神明宰，英英玉不如。下交方倒屣，有雨忽隨車。祈穀情偏愜，勤民志可舒。故鄉原在望，曾否潤吾廬。

蕭寺喜雨

一雨蕭蕭入夜豐，朝來雙樹盡菁葱。不知隴上還深淺，早起科頭問遠公。

夏日社集

折簡成高會，芙蕖照一亭。緑披葉向老，香净雨初經。地最宜明月，人還望德星。晚來堪共醉，夕爽下疏櫺。

七夕飲白衣閣兼約次日郊外看蓮

曲徑夕陰合，危樓夜色分。雨餘憐素月，客至依慈雲。鵲渡歡無極，蟻浮興不群。明朝烟水外，莫更負論文。

依韵答田石虹

風流端不愧田郎，别後積思日與長。忽漫相逢中水曲，還期結伴伾山陽。尊前矯矯青雲志，袖裏洋洋白雪章。正是楓宸求賦草，同時司馬早游梁。

寄咏友人齋中白芍藥

聞道維揚種，移來傍硯池。瑞分金帶勝，色并玉盤奇。調鼎推冰骨，翻階重素姿。錦亭應有待，可許共銜卮。

息園社集同臧介子年兄

日日春園醉，琴尊復此同。柳含遠水緑，花映隔簾紅。興劇來佳客，亭虚受好風。漫言城市近，隨地有墻東。

秋日西園小集同方與三吴小修郜凌玉

城頭落日散晴暉，有客携琴坐翠微。傍晚凉颸生竹徑，隔籬梧葉下柴扉。歌傳出塞名方籍，賦就藏山願不違。自是風流堪共戀，非關投轄可忘歸。

中秋前一日同李艷寔蘇眉仙飲程介侯南園

城下層臺接畫樓，登樓月色滿城頭。何期元禮能同御，不謂眉山此共游。入座烟巒青欲近，繞籬竹樹翠還浮。當筵未盡論詩興，明夜清光尚可求。

九日繁陽僧舍

惠公精舍柯城闉，夢擾空香已一旬。作客忽驚重九日，銜杯深負百年身。黄花孤挺依寒圃，白雁群飛渡遠津。回首故園山徑在，淵明何事滯歸輪。

贈居停僧慧引慧實游於酒故篇中及之

結宇依神境，虛空遠市廛。盆花秋散馥，溪月晚生烟。濁酒能違俗，清齋可悟禪。客來容下榻，昏日與周旋。

鄴城懷古

霜落天高暑氣澄，西來岳色引孤藤。异方雲木漳南近，前代風流鄴下稱。歌舞幾年空繐帳，山川片石認韓陵。側聞洪峪多仙侶，何日移家最上層。

客邸邀胡存人小飲詩以代柬

山城百里隔滄浪，回首西風感异鄉。剩有一尊僧舍静，好開竹徑待求羊。天畔歸鴻永夜聞，臨邛車馬恰同群。分來香積厨中飯，擬向山房卧白雲。

卷八十五　曹玉珂

福清魏憲惟度　輯選

柏鄉魏裔介貞庵　涇陽李念慈屺瞻
吳縣宋德宜右之　南城吳學炯星若　參

曹玉珂 字陸海，富平人。

小引

魏子曰：曩余選《詩持》，白門張瑶星袖楊樹滋詩訪於清凉峰下，余快讀之，多陸海曹先生倡和之作。聞其名，未審其人也。迨入都，登柏鄉相國之堂，讀《觀始集》，載陸海詩甚夥。雖審其人，亦未謀其面，輸其心也。慨然曰：『生則同時，居則异地，有幸有不幸耳。』昨過繁陽，方令尹竹友始出陸海《緩齋集》見示，并辱書相推轂。捧讀之下，如身處污池得攫神龍而探頷珠，忽不知其喜之何從也？大抵陸海詩刻意求古人，嘐嘐然視其鄉獻吉輩超乘而上，庶幾乎挽波流而登彼岸，坐進於古之作者而無難。然古之作者先取法，次聲調，次才情。法得則範我馳驅，獲禽多也；聲調得則戛以鳴球，瓦缶奔也；才情得則天籟所吹，萬有俱動，素質所先，千絢改色也。陸海具詩之神乎神也，而軌於道矣。至其序傳、碑記取精於六經百家，事論、史論具千百年手眼，爲今時管、葛，行將訏謨定策，造天家不拔之基，豈徒以翩翩國士，奏清廟明堂之什已哉！然余所期於公者，以公世爲儒宗，《廣雅》《秋波》《八絶》《三桂》皆擅譽今古，溯濟陰，積石爲倉，以敵二酉，赫赫若前日事。余不揣爲能始宗伯續成此集，固公家舊業也。悠悠斯世，疇復深知，殆將與陸海相與有成矣！

感遇

考槃在澗阿，詩書足所求。階前緑竹外，清溪向人流。看水時循岸，孤雲正侣游。雲色映晚暮，蒼然萬物秋。此際意無限，不必問滄洲。

咏史

文淵裹尸還，壯猷垂千祀。丈夫遇知己，許身當如是。竟來苡薏讒，聖明亦難恃。當其稱矍鑠，論年可以止。歲花不再榮，春風看桃李。

叔度比顔淵，所著無文字。良以客氣盡，氣與道爲際。問事不肯言，静中度身世。泛泛仙舟侣，圭角何多事。

秋日效鮑謝體

冉冉黄花寒，離離赤葉披。四顧郊野外，曠懷易生悲。木脱鳥宿竹，萍開魚見池。烟渺山常隱，朝嚴霜未衰。遐寄矚草木，惻焉摇落時。

爽氣集亭皋，天圍静且素。疏葉老增妍，孤月寒生露。夜修螿語闌，水清雁影渡。栖遲興自怡，佳境倏然遇。

齋中讀書效康樂體

園柳摇芳湄，寒藻舞清漣。怡情隨俯仰，遇物嘆自然。循古志要妙，推移昧所言。山光紛故情，澤景迸新妍。晴天澹晚雲，遠樹媚寒烟。交交藿苗埸，蒼蒼蒹葭川。伊人美如玉，騁望思已延。平霞從朝涌，餘清還夕至。曉遲知雲重，木脱識秋去。不有千載書，孰申百代意。唐遵誠云勞，梅福亦多事。息心觀元化，前林自榮瘁。

答友效梁陳體

水際常滿烟，孤村易生暮。澹瀲起容姿，晚霞興雲路。寒鳥識舊宿，静者依高樹。思君山川間，此夜同白露。

山齋獨坐擬楊處道

獨居易永言，昕夕看風霄。歸雲渡遠樹，高柳覆斷橋。花落鳥暗淡，日隱山寂寥。虛室生幽氣，修竹動回飆。古人去我久，默坐余心遥。

兒朴送楊樹滋自華下回

伏枕卧山塢，兒朴送君行。夜坐起陰雲，月向雲隙明。村鷄栖樹巔，忽聞扣柴荆。兒偕僕馬歸，君已赴王程。歷述新吏色，如目睹送迎。是夕擁離思，寸心千里横。展書不能讀，窗草滴雨聲。一燈静四壁〔二〕，秋蟲何事鳴。

藏溪

余家籍洪洞，遠稽不敢誣。自晋移頻水，傳在孝陵初。渡河比屋偕，相地卧龍居。俗靖依喬木，淳風世詩書。南園鬬負郭，桔槔植嘉蔬。宦成孤松長，構茅遂縣車。幼聞堂上言，高曾此敝廬。往者寇作逆，沿郊立氈毹。通宵炬如月，畫棟充薪芻。饘粥因舊田，復徙温泉隅。水碓喧竹木，

〔二〕『壁』，原本、校本均作『璧』，誤。

高柳覆河渠。波光清可鑒，不宜字以愚。地輿既未載，水經亦未疏。既未鄰大道，亦未交通都。稱此溪曰藏，名與實相符。黽勉仕宦歸，終當共爾娛。南園似續興，永作午橋漁。

步韵答王幼華

永夜同心語，其臭比蘭椒。邇來賦離居，風雨日瀟瀟。繞塢柳色青，春色渡河橋。仰視星漢明，維斗亦有杓。便便崎嶇人，分馳不相邀。爾我絶回曲，如波赴東潮。相期勉始終，仰首指雲霄。

送陸見南同學會試

冬杪柳如醉，文去但存質。不青霸陵道，偏染征人衵。設餞君舊塾，交疏萃静謐。始悟十年時，山水虚白日。一尊君行後，仰睇飛雲疾。

楊妃墓

德艷同留迹，天人似有私。馬嵬一古丘，聚觀道左碑。雨後出其粉，尚醫女面媸。千載發靈异，而况在當時。魂魄能生物，原隰受轉移。西近大家墓，童叟總未知。

秋閨效齊梁體

寒日影如月，凄風晴亦烟。想望一無際，魚鳥自相憐。孤帷霜易入，明鏡照空懸。人情逐春槿，不知晚歲天。

遠鐘摇竹木，對鏡减眉黄。疏幹凝遥壁，寒籜徙回廊。侍兒志月影，栖烏驚燭光。翠袖常幽獨，門函塞上霜。

美女篇效陳思王

美女静且嫻，駕車行采桑。嬌葉摇新緑，好烏起回翔。素手援柔條，參差動鳴璫。玉骨鳴姍姍，風飄翠帶長。舉顧生靈昇，人衣滿路香。行旅用徘徊，少年以徬徨。深閨觀圖史，所志古明良。庸衆徒紛紜，玉顔在空房。

霽雪

霽雪又輕陰，寒氣擁庭樹。澹日薄晴暉，檐溜凝滴露。饑雀静不譁，寂寞生遥慕。翻憶童年時，喜躍行冰路。

幽蘭

幽蘭在中谷，時至自發榮。無心逐群葩，亦多香氣生。風雨懷憂虞，獨立睇陰晴。翻憶植名園，培護順物情。草木不能言，惻惻抱至誠。

擬古從軍

將飲河梁餞，兵列渭水陳。意氣懷史簡，慷慨拜鬼神。中原鄰朔氣，窮野接秋旻。川平日易晚，山荒草不春。孤月白同沙，片雲黄似塵。横笛哀寒夜，征雁斷霜辰。召募多蕩子，草檄集詞人。
騎馬賀蘭上，釣魚西海濱。

憶幼華南游用玄暉體

秋光欲續冬，蕭颯正秋餘。雲集晚霜隔，禾收平野舒。寥寥此時望，余心將焉如。既憂寒苦逼，
復驚歲月除。感嘆同懷子，南州何處居？

閨情

疇昔見君書，梅正花籬邊。風回雪已緩，對使立雪前。别日不堪憶，憶此已經年。

松

引領睇前村，悠然見一松。始悟未秋時，衆木葉相同。日夕嚴霜起，寥寥寒野中。人生不滿百，
愧此長青葱。

康山和幼華康德涵彈琵琶處在揚州

意氣從招謗，盛名果誤身。徇友不自潔，甘心托酒人。琵琶彈市廛，觀者塞城闉。清時弃軒冕，
和平答高旻。維揚名利區，冰雪灑紅塵。遺迹尚高丘，誰肯剪荆榛。

河水

有村在河畔，秋來河水溢。高原倏爲谷，而況原上室。陰雲結暮烟，龍蛇共白日。昔爲屋中人，今成浪底骨。晚磷浮波上，夜深聲唧唧。擇居既不智，天人豈倉卒。

擬古

南園貴公子，好爲長夜歡。日暮巷無人，燒炬喜相看。影摇馳美酒，歌舞聲珊珊。爲樂方幾時，農家夢已殘。駕牛耕東菑，明星照燦爛。衆動各營爲，飲者寢初安。

得釜山書用杜工部水檻韵却寄

燕市聚君寓，每日看雲飛。避人卜遠處，簾静晝常垂。烟動任群類，師訓明兢持。揮涕送南還，濁浪危檣欹。空歸畏庸愚，益爲此輩嗤。天漢浮河來，門外槎一支。登岸復依人，何久困爾爲。書至思前事，驚定還餘悲。

雜詩

窮達亦何常，惟人欲所生。此境從無盡，空勞喜與驚。卓哉古哲人，寂然學忘情。心想通萬物，無處非和平。

咏史

争土在父子，其事亦易明。何待証夷齊，至且請結纓。季世聖人遠，是非益縱横。我欲泣路岐，楊朱有〔一〕同情。

理一亘〔二〕時移，静氣思前事。穆穆古人心，不平亦歆意〔三〕。亶父〔四〕非翦商，傳季夫何志。昭昭穹窿間，誰踐雷俞致。青峰若虚無，登之自可跂。

槃居

夙昔樂山水，擇處得佳區。泉源發門户，環山隱村墟。盛夏暑氣遥，茂樹比依渠。結茅不離岸，檐下即可漁。境静心亦適，任意讀群書。歷思古初人，何者勉以如。隔河有躬耕，習勞已勝予。

咏古

子房已封留，後稱韓司徒。忠武終爲漢，盡瘁志舊都。一人意不移，天地亦躊躇。吁咈去世久，

〔一〕『朱有』，原本漫漶，據校本補。
〔二〕『理一亘』，原本漫漶，據校本補。
〔三〕『歆意』，原本漫漶，據校本補。
〔四〕『亶父』，原本漫漶，據校本補。

堂簾似行途。魚水史日疏，無道并無愚。

呈石生魏先生先生選《觀始集》收拙作

昭代偉人世共企，事功理學兼文字。一時性情受裁成，尋常壁壘皆變易。遂令風氣躋而上，聲音之道復元始。去漓還淳斷自兹，手扶太極挽三季。珂之愚也且栖栖，耽書懷古卧藏溪。感遇偶如蟲鳥鳴，浮雲寥泬誰爲梯。鐵網魚目附珊瑚，譬之物焉出井泥。劣骨雖非行山馬，千秋躑躅一長嘶。

春雪歌

一帶坤軸昨夜裂，陰氣千群出振擊。海東寒雲騰如馬，空中沉溟連陣結。雨師灑瓶不得下，初爲冰塊蕩成屑。前日梨花散香風，緋衣侍臣咏欺雪。看花紫陌吹羅衣，忽撲春蟲凍欲滅。西風應是明夜晴，雙清且看古今月。

轅駒行

轅下駒，爾何慕？上有千鈞之載，下有九折之路。蒺藜當道皮骨露，爾餘千里之能，何不逸去馳雲霧？吁嗟乎！駿與駑，非同步，車上之人不一顧。

風

怒風擁土奔寒氣，池冰〔二〕似石陌如沸。枯木無葉枝作鳴，鳥雀不飛寺門閉。此時羸馬尚栖栖，薄面欲裂眼欲迷。遠望烟火村中叟，掩扉酌酒對山妻。

秋懷

納凉曾幾日，風意競殘秋。積雨生寒早，濕雲入夜稠。非時驚落葉，斜日更登樓。何處蒹葭岸，掩扉無所求。

重陽更愁雨，日暮霽高雯。荻盡河光出，葉稀山影分。如心無一事，與衆尚同群。閑上高原望，華峰多白雲。

送張紫弼南旋

千門霜月霽，共坐一燈殘。日暮風尤急，凍深雪自乾。匡床客夢淺，薄被鳥聲寒。明月君南去，梅花到處看。

〔二〕『冰』，原本、枕江堂本均作『水』，據聚錦堂本改。

雨

雨角依山近，前驅驟且狂。雷聲千壑怒，電影一溪長。里人修水路，燕子斷雲翔。狼藉荒村裏，靜觀喜晚涼。

蒼然閣

此地誰成閣，百年我獨臨。雨生新竹遠，雲隱暮山深。倚檻紛榮謝，開窗横古今。遥瞻李杜廟，城外柏森森。

暮雨

細雨荒村至，西來傍落曛。霧交增暝色，烟起接寒雲。平野低山勢，長河漲水垠。忽然人暗澹，空有夜珠聞。

聞幼華寓吴門寄訊

日落峨山外，蒼然遠望迷。誰能離薄俗，君自出長堤。夢擁秋風轉，書旋曉月低。吴門訪市隱，滿載有新題。

雷雨

良苗懷久旱，雷雨夜飛來。流照依雲變，割鳴到地回。乘風勢過急，灑潤物先隤。不破田中塊，屢豐遍八垓。

蚊

好静移南寺，蚊生草樹翔。巧能入帳匿，態以去燈狂。善飲知肥遁，惡聲昧退藏。從來多不寐，此夜益徬徨。

聞説秋風至，蚊生利口花。天時亦有節，爾欲豈無涯。類自乘昏聚，聲猶入市譁。蕭蕭葉盡濕，何處尚爲家？

應人師聘將往天水留别舍弟

寒官既尚遠，家食亦難謀。特爲高堂養，復成師席游。樹生前路夢，烟杳故園秋。遺僕耕南畝，伴身有蒯緱。

送謝晋侯同年

萬里西川路，微官莅小城。多危惟信理，遠害須能清。山立蠶叢暗，雲開鳳闕明。除荒得俸少，禄養若爲情。

晚晴

歸雲脱暮嶺，夕照出高林。餘雨風猶送，疏鍾月漸臨。前山明翠壁，鄰舍起清砧。不覺憑欄久，小窗鳴素琴。

簾内美人

珊珊玉佩近簾櫳，欲下庭階怯曉風。初捲素妃離霧内，復垂巫女隱雲中。近聞香度金鈎静，止露裙颺蓮瓣紅。雙燕飛來徒自繞，懶看窗外落花叢。

帳裏美人

攬衣獨起坐蘭帷，尚未開妝唤侍兒。殘夢依依床懶下，幽懷冉冉枕難離。曉光偏映花初醒，香氣遥浮蓮欲垂。羞學去屏花簟卧，待郎前始整容儀。

送董孔昭旋里

薇署槐堂此對君，應知秦地動星文。匣中風雨雙龍躍，轅下晦明老驥勤。夜語堪懸孤月夢，素心欲贈一峰雲。遥知别後相思處，西望故人看雁群。

過靈石李公祠

衛公遺廟柏森森，尚有荒碑傍碧岑。寶劍函中讎子首，玉鞭馬上美人心。一尊酒盡楊花暮，半局棋殘海樹深。道上於今空似鷲，隨塵寂寞落車音。

懷温玄肆

朔氣增寒欲暮天，峨山樹杪對温泉。薜蘿夢寄閑雲外，湖海情深落雁前。卧病庭柯生返照，憶人芳草入新年。西京此日推揚子，已有桓譚見太玄。

擁爐

擁爐閉户入嘉平，欲雪陰濃晚又晴。街鼓衝雲真异俗，寺鐘伴月起寒聲。懷人舊寄金徽曲，小婦新懸鐵馬鳴。覓禄長安將一載，近來處處故鄉情。

葺屋

屋破秋風懶且貧，入冬纔覓補茅人。凍雲欲雪孤村暮，濕氣增寒四壁新。裴迪難求摩詰友，卧龍宜傍德公鄰。空懷暫住蒹葭岸，明月梅花何處春。

紅葉

紅葉欲殘動寂寥，連陰暮雨復瀟瀟。朔風北去蝸名薄，秋色他鄉鳥夢遥。作客登臺逢落日，懷人對月坐清宵。夏來已至黄花後，昨夜歸鴻盡渡橋。

紅塵

紅塵一任去來忙，欲住何煩又憶鄉。人道從前原夢夢，我觀是處有蒼蒼。樹鳴沙起晴如雨，寓静簾垂夏亦涼。俯仰百年身上係，微官詎敢任行藏。

梁園

梁園草色似汀洲，入夜清歌每未休。繞樹斜飛池上燕，避人低泛水邊鷗。思鄉忽憶經秦苑，懷友偏宜上酒樓。有客空言丘壑好，問誰不向帝京游。

夢樹滋

行渡畫橋水一灣，南園續作俯潺湲。千尋碧樹初凝雨，兩岸明霞遠映山。忽共良朋登紫閣，更逢仙馭過函關。遨游未竟東方曉，自笑盧生枕隙還。

讀禮答賻

十載君書肯向誰，交情不復問天涯。使來傳語看明月，賻入含哀對素帷。夢裏梅花清自賞，山中桂樹卧相宜。故人剩有河山在，颯沓西風有所思。

過靈石山

鬱然遠望思悠哉，道上行雲黯復開。守拙難辭生事累，性疏方見古人才。青山若笑君如夢，芳草無言客又來。斜照淮陰山上廟，忽聞歌舞起荒臺。

王山史一鶴亭次左微之韵

結亭高對華山雲，清唳亭前四野聞。見月原宜林氏宅，對琴堪憶趙公群。懸知雁字慵爲草，不必鵝鳴愛寫文。應有買田新作券，讀書暇自課耕耘。

新秋

北渚園林忽報秋，清陰檻外接滄洲。白雲千里來何事，明月空山往莫儔。堪憶黄鶯鳴谷口，可憐花翰染南州。非關蔣詡嚴三徑，當日人無二仲游。

經時

經時客舍掩窗紗，長晝寥寥惜歲華。日映陰雲蒸暑氣，風行不雨走塵沙。市聲近擾竹床夢，閣夜遥聽檀板謹。駒隙何堪成久寓，白雲冉冉動思家。

乙未初度

此日年年常作客，於今仍復旅長安。夢中桂樹齋前發，陌上梅花篋裏看。猶有舌存談夜月，正逢裘敝覺春寒。長歌不作窮途哭，笑指文禽集畫欄。

樹滋青藜閣

故人高閣照青藜，鄴架書連畫棟齊。醉起門前看碧水，夢回葉上聽黄鸝。一軒竹裏花爲壁，三徑籬邊柳拂堤。依檻遥天同極目，明霞夕映滿窗西。

雜咏

隨地流泉萬木深，蒹葭兩岸曉陰陰。白雲若識冥鴻意，黄鳥獨懷野老音。石在橋邊誰覓履，龍亡岡上世無琴。同心共憶河山遠，雲物蕭條自古今。

定國寺

上方夜半起狂飆，重幕佛燈影動摇。黄蘖已殘風更急，緑叢經凍葉全消。川原光映美人地，水石聲清國士橋。曉起莫勞頻遠望，黄塵碧海不相遥。

得家書寄公勇

果然頻顧又頻周，每接書來頌潁州。紅粉别時期未遠，白雲深處勢當留。弱孫學語能看月，長子行文可望秋。聞道天官循榜序，明年定到帝京游。

夜坐

殘暉冉冉柳邊迷，一室燈明新月低。何處樓頭書野鶴，有誰枕上舞荒鷄。桃花不種玄都裏，玉樹偏生藍水西。塵世丹丘原有地，莫勞遠問日栖栖。

立秋

草堂開向緑楊灣，千樹濃陰日閉關。於世漫勞投白眼，芳鄰偶喜結青山。夜來月影猶從客，雨後天空起放鵰。何處秋風一夜至，鏡中倐爾易朱顔。

送内弟强二而義入蜀

因〔一〕人生事竟西游，蜀道風烟寄蒯緱。同舍一尊橋畔柳，孤踪獨過驛邊樓。武侯祠外城如錦，杜甫堂前水尚流。聞説兩川多勝迹，莫因訪古自淹留。

月下梨花和徐文長四首

暖宵圓壁覆閑墀，偏照繁花皓影遲。坐對庭前雙玉樹，夢回枕上伴瑶姬。紅塵客遠清光處，碧葉畫棟人嫌白晝時。曾憶閉門憐細雨，莫虚良夜泛霞卮。

東風夜静擁晴光，素蕊空明潋灧香。曾羡秋凝園是水，早看春剪瓣如霜。清池倒影浮銀浪，畫棟流輝坐雪堂。玉女峰頭開寶鏡，芙蓉已厭飾新妝。

麗景當軒初夜時，瑶華合壁共離離。樊川集霰臨秦鏡，御宿浮光動漢池。粉帶微黄連桂蕊，艷生積素飾蛾眉。尋芳暮蝶飛仍去，應怯寒光宿别枝。

瓊樹初開蕊未殘，空庭皎皎倚欄干。影移草色渾疑露，香繼梅花不借寒。左掖清暉人似玉，西園冷艷語如蘭。唐家子弟笙歌處，喜對瑶蟾到夜闌。

〔一〕『因』，原本、校本均作『困』，誤。清仇兆鰲《杜詩詳注》卷七《秦州雜詩二十首》：『滿目悲生事，因人作遠游。』（北京：中華書局，二〇一五年，第六九一頁）據改。

白燕和袁景文

小庭簾捲上銀鈎，帶語雙摇雪影浮。夢憶瑶光丞相閣，曉含霜色美人樓。茅山隱處初相見，漢水歸時不共游。遥望海天人再至，飛雲别有白雲兜。

曉行烈風

曉行隱隱起晴暉，忽爾長風動地圍。一往人如冰在體，相逢客盡土爲衣。非江八月推濤至，有物盈空擁石飛。茅店尚遥難息馬，從來任運已忘機。

秋霽懷范昭卿

秋色凄凄宿霧長，繞門山水見晴光。山開夕照明花徑，水散輕陰接草堂。窗外蕉聲雲帶雨，洲前荻老露爲霜。寂寥此際懷人切，東望萊蕪片月凉。

秋

雲藏大色净，斜照發幽閑。半世稠人裏，孤身百事間。

閨情

亦知戍尚遠，愁心不自舒。聊問鄰家婦，誰見和戍書。

雨

曉日入雲裏，風沙隱淺暉。雷聲忽遠近，樹影向人飛。

枕

推却鴛鴦枕，中藏邊地程。有時倦來著，勞妾往返行。

新婦

新婦思母家，頻歸又畏禮。咨且姑嫜前，微言衣當洗。

春江花月夜

明月窺紗窗，梅花影忽起。問春尚未來，應近長江水。

讀曲歌

相送把郎臂，泪落沾郎體。常見泪痕處，雙臂莫教洗。
三唱鷄所爲，五更人所名。不是兩相迫，夜長不即明。

折楊柳歌辭

送郎大道側，驕馬頻長嘶。是儂雙泪落，流波浸馬蹄。
臨行藏郎鞭，楊枝不近手。郎馬不得行，伫立相看久。

上外曾祖母孫太君墓

府君一歲失祖母，育於太君。年年躬具麥飯，今年惟珂上太君墓矣。

昨歲府君病在床，命兒麥飯具壺漿。今年上墓獨歸後，誰問墓前草許長。

贈張山人

家在秋風温水濱，中原白眼有嶙峋。聞君多寫青山賣，寫我青山作主人。

山中伐木憶相求，一笠詩瓢計遠游。萬里圖中君指路，烟雲何處是滄洲。

寄張文谷同窗

窈窕空山若對君，月明柳外度高旻〔一〕。忽然夜半秋聲至，曉起推窗盡作雲。

日映寒雲柳拂堤，雁聲縹緲過藏溪。懷人偶上東臯望，一帶蘆花盡向西。

送韓聖秋南游

佳人南國倚朱樓，西北浮雲望雍州。到日紅妝迎户笑，何妨行色是深秋。

〔一〕『旻』，原本、校本均作『雯』，形訛。

次常擎宇給諫韵兼懷其太尊天部先生

夢入青山自拂衣，先公隱處有漁磯。漫泉河畔蘆花滿，時看孤雲水際飛。
青瑣朝班補衮衣，歸來坐看水中磯。開籠忽放白鷴去，一任秋空萬里飛。
梧掖先朝久寂寂，近來折檻有朱雲。山公啓事書猶在，海内新增諫議文。

無題

捲髮疏雲彩袖新，爲憐昨夜泪沾巾。幾看歌演《長門傳》，不識今時作賦人。

卷八十六　吴學炯

福清魏憲惟度　輯選

太倉吴偉業梅村　山陽陸求可密庵

龍溪李贊元素園　嘉善魏學渠子存　參

吴學炯

字星若，號南溪，南城人。

秋雨堂詩集原序〔一〕

魏子曰：四時之氣莫淡於秋，宜月；莫潔於秋，宜水；莫静於秋，宜山；亦莫韵於秋，宜菊宜蘭。故士之生於秋者，多冰玉之姿焉。余友吴星若，生於秋者也。其性與情與之相宜，詩亦清亮雋逸，得秋之神，其名詩以秋宜也。然不僅以秋，而掇之雨者何也？我知之矣。星若生長豫

〔一〕此序亦見於魏憲《枕江堂詩文集》，題爲《秋雨堂詩序》，無『魏子曰』三字，餘皆同。

章，地有麻姑之泉，山有匡廬之瀑，水有九江之濤，皆天地汪洋之氣。積而爲雨，上可以起風雲，下可以潤禾黍，在澤無涸，在野無旱，在草木無焦枯，民得之以生，龍得之以升，羽毛鱗甲之族得之以無嘆乾、夭札之患。雨之時義亦大矣。而星若曰：『不然也。吾蓋悲夫秋之爲氣也。白帝司辰，素商紀節，日黯淡而將陰，風淅瀝而如泣。夜凄泠兮漏長，晝蕭疏兮晷短。皆足動人愁思、起予寤嘆，於雨時爲尤甚。初帶風以飄揚，繼隨雲而密布，助疏柳之攲斜，催落桐以偃仰，雁以之送凄惻之音，燕以之回差池之羽，故宋以之悲、杜以之興、歐以之賦也，余獨何心能不泄之以詩乎？』然以之名其堂也。説又何居？蓋星若生於兵革之際，邦家多故，水旱頻仍，長卿之四壁空存，馮驩之三鋏羞鼓。其視此堂也，亦蕭蕭秋雨焉耳。余嘗登其堂，見其題柱，有『天下皆秋雨，山中自夕陽』之句，則星若之志，又微且遠矣。余烏可以意窺哉！余第愛其人其詩之宜秋也。

顧修遠先生拉游慧山觀泉

清晨生微籟，催我披衣起。言訪慧山泉，登舟殊自喜。岸接長短橋，樓依大小峙。一亭獨踞中，泉同天地始。品者次中泠，實與中泠比。澄泓涵太虛，秋氣白雲裏。臨流照鬢眉，欲别懷難已。

鄰居訪桂同惟度松之

天氣正清秋，結伴探鄰里。有桂三兩株，含吐秋風裏。婆娑眷顧之，香飛襲羅綺。默默顛倒時，淡潔神如水。樹色影斜陽，遲遲但徙倚。再來莫復問，榮枯渾如此。

別鍾山

五載客秦淮，與君獨爲侶。不覺晨夕深，默默無一語。稽首相别行，四顧復延佇。天地已如斯，風雨君自主。

秋渡賞溪

秋風吹短棹，泛泛欲何之。岸闊波無際，溪寒日上遲。村烟添樹色，客思與秋宜。若問滄洲趣，眠鷗夢裏知。

登攝山絶頂同惟度玄圃

攝山高聳屐頻加，踏破蒼苔石徑斜。鳥外松篁依佛閣，雲中鷄犬老仙家。層巒雨散青歸浦，遠嶼潮來白浸沙。惟有山靈鍾我輩，不勝幽興寄烟霞。

秋之宛陵曉途即景

琴書檢點事遥征，不斷溪山曙氣清。殘月猶催蛩語切，秋風頻送馬蹄輕。黄花淡淡生孤驛，紅葉飛飛過短城。極目北樓烟樹裏，謝公何處慰深情。

托友寄書

尺素憑君去，平安兩字真。莫將風雨損，兼把雪霜陳。柳折官橋早，梅開驛路新。并州非可久，婉轉慰吾親。

枯梅

曾經上苑帶香移，誰道如今守一枝。節操未更還吐色，堅貞能秉豈無姿。定知不入時人夢，有待偏宜處士期。分付東君休妒我，一天明月占疏籬。

漁

孤舟遠水趁風歸，自挽江濤亂翠微。願得蛟龍忘歲月，何知霜雪落蓑衣！潭深不餌由鈎直，日暮垂綸笑網稀。沽酒狂呼天地外，滄桑雖改有漁磯。

登金陵鳳凰臺

秋風吹我高臺上，望極秦淮古路長。花鳥六朝餘畫譜，山河萬里壯詩囊。蕭疏楊柳維車馬，寂寞梧桐妒鳳凰。却喜酒樓沉醉客，年年歌吹老滄桑。

白燕

翩翩疑帶白蘋來，雪羽翻風兩翅開。乍看玉梭穿畫檻，忽驚銀剪落花臺。半痕斜月窠邊墜，一片新雲屋外回。欲雜烏衣驚不染，呢喃聲裏漫徘徊。

過九龍灘

朔雪凍新梅，游人思歸嘆。買艇遞覿來，九龍勢如瀚。我久怖其險，未獲波瀾看。始信石參天，雲霧生古幹。仰視一穹蒼，何知日初旦。枯木皆峰巒，老藤成帳幔。水幻斜傾潭，石壁劃然斷。濤怒若奔雷，浩浩從天漢。舟行浪花中，人笑漁游泮。矢疾何足奇，鳥飛如相逭。英雄膽欲灰，猛士力難捍。命輕不足言，視身猶仙换。顛翻孰能支，鼓棹聲相喚。三老不輕行，灘傍人熟攤。平生心不寒，到兹豈生汗。疑是泛河槎，蓬萊同一玩。天地真無窮，愁懷醒一半。能浣蒼生頑，快哉水漫漫。

客建州將有都門之行寄慰家大人

颯颯秋風枕簟寒，閩疆游子出長安。有家可寄偏携策，無地立錐且據鞍。北直芙蓉愁裏佩，南溪桑梓夢中看。詩成泪染丹山色，菽水歸承膝下歡。

拾蕉葉作書

危闌静倚思悠然，步采芭蕉當錦箋。色潤頗堪資玉案，性柔猶得近青氊。揮毫竟作龍蛇譜，濡墨斜成山水篇。爲囑秋風休浪剪，留供野客志新傳。

祖堂

堂園深樹裏，古路自蒼蒼。山静松聲遠，秋清泉氣香。烟凝千嶂雨，葉落一林霜。到此塵心静，瞻依有法王。

雨花臺登高

獨步荒臺上，高秋一雁過。晴嵐歸野樹，返照入江波。强醉茱萸酒，牽愁《楊柳歌》。非關鄉思切，但恐老干戈。

栖霞寺

石磴層層倩短笻，薜蘿門外水溶溶。緑齊新圃千竿竹，翠積高岩一壑松。客卧禪關招遠鶴，僧歸烟徑起疏鐘。名山到處爲知己，欲向雲間乞半峰。

五日羅鶴儕時先招游秦淮燈舫同徐仲光魏惟度諸先生

銀鹿相邀畫舫迎，客中佳節倍心驚。菖蒲酒醉愁聞笛，楊柳花飛懶聽鶯。兩岸樓臺憑水國，一河燈火雜天星。同人細説秦淮勝，惆悵繁華六代名。

喜侯晋水明府重建烟雨亭

虛亭結構自年年，潭水桃花問謫仙。岸闊沙平千澗落，城高樹遠萬山連。新開水檻臨丹壑，重送笙歌入綺筵。令尹風流常醉客，好留名迹在雲烟。

登烟雨亭同魏思永限韵

百里溪山兩眼收，無邊秋色可同游。奇雲勢欲回千嶂，古樹陰深聚一樓。亭下汀洲紅蓼集，城西蔀屋晚烟浮。樊川在昔留題去，惟有空江日夜流。

秣陵喜遇徐仲光先生

相逢湖海客，衣拂六朝塵。品節能尊世，文章不厭貧。殷勤詳驛路，凄惻説鄉鄰。莫問鍾山景，松楸泣鬼神。

春游佟匯白中丞僻園次宋茘裳觀察韵

探幽頻問路，爲我指江干。客至門初啓，花繁露未乾。蘭清堪作友，松老亦宜官。欲寫園林勝，詩成興不闌。

轉向長亭上，簫聲小院西。燕飛花裏濕，鶯度柳邊迷。一徑依池曲，千峰入户齊。山川鳴得意，琴酒亦堪携。

欲成今古業，養晦一江間。日暖山嵐翠，春晴草色斑。林深藏鳥雀，池闊隱魴鰥。遥指天高處，飛雲帶鶴還。

踏破蒼苔路，相看緑滿園。橋亭圍幾樹，岩壑抱孤村。禮爲知交設，詩因我輩存。徘徊情未已，夕照返前墩。

不待中丞約，花閑愛客來。橋灣春水合，徑曲曙雲開。緑野陶真性，青山養大才。忘憂知未可，萱草莫頻栽。

酒設花棚下，山厨次第營。遠峰雲裏暗，芳草日邊明。密塢留春色，飛濤作雨聲。先生能醉客，歌管屢相更。

花香群蝶醉，水静數鷗眠。村樹時堪畫，鄰鐘別有禪。衣冠分座立，琴劍一堂懸。欲領江干趣，穿籬再覓椽。

縱談頻不倦，圖史積雲床。杯斝皆殊製，盤餐出异鄉。山光生晚霧，帘影弄斜陽。忽覺春寒至，微風入鷫鸘。

黄山天都峰

冥搜不覺路崎嶇，盡攝諸峰入畫圖。杖履雲隨排帝闕，笙簫風起奏仙都。無邊滄海空雙眼，大地奇山截一隅。趺坐却忘秋欲到，松聲鳥語共相呼。

登敬亭次史及超太史韵

北郊十里縱奇觀，歷盡松坪陟衆巒。亭聳昭山疑地縮，烟迷宛水失天寬。青霄淡淡雲霞變，白日荒荒草木寒。漫道謫仙看不厭，至今憑眺幾人闌。

夜坐與魏惟度評詩

寒燈相對喜同人，今古詩將次第掄。夜静不知明月好，更深殊覺遠鐘新。長篇細讀存風雅，奇句狂吟泣鬼神。欲使漢唐歸此日，推敲嚴處動星辰。

送參藩陳緑崖先生督糈貴竹

不辭萬里向栖霞，自是新恩棨戟華。桃葉渡頭含暮雨，竹鷄聲裏探秋花。度支有節閑行郡，飛挽無留早放衙。指日黄綸移近地，期君歌吹過山家。

蕭孟昉研鄰

名園新構恣探游，曲曲疏籬徑自幽。山色江光千堞鎖，花香竹影一樓收。琴尊與客消清晝，風雨懷人不問秋。窗火熒熒惟著述，好將詩史繼前修。

梅花

不染胭脂色自工，却將素節隱園東。幽閑處士霜花外，冷落佳人鶴影中。韵出溪山情有在，香銷紙帳夢常空。相思獨有漁樵伴，漠漠初生海月籠。

延津送任東頑之温陵

草草相逢碧水限，正當孤艇九峰開。心關天地留詩卷，志在河山問酒杯。劍氣尚凌雙峽水，笛聲遥寄一江梅。温陵自有知音者，好把經綸仔細裁。

由北山至情覺軒歸卧南廬

幽居無所事，偶出北山麓。千峰含夕陽，松柏圍園築。苔徑甚不同，危欄多屈曲。僧閑静掩門，客至自看竹。衣帶亂微烟，馴鳥互相逐。次第禮空王，恍惚過西竺。爐中烹新茗，架上存舊軸。携友出疏籬，轉入一茅屋。老僧意相親，沙彌韵不俗。奇花滿院香，名利不相屬。自思雨雪身，不清濁世目。静坐忘古今，詩書或堪讀。忽見短墻頭，千竿一片緑。日落催游人，溪聲時斷續。貝葉不可翻，清泉猶堪掬。歸歟倚庭除，露草含珠玉。晚霞映寒梅，暮雲掩崖谷。微鐘入南廬，篝燈爲待宿。涉獵山水間，清卧亦云福。

愛妾換劍

抱恨山河嘆莫酬，花容古劍總關愁。難留鴉鬢陪歌舞，易得龍泉起斗牛。星佩棱棱輝畫檻，菱花寂寂拂吴鈎。縱横直向凌烟上，回首羅幃月滿樓。

秋夜渡黄河

滚滚長河片片秋，同人相伴水雲游。黄沙兩岸沉漁網，赤土沿堤列估舟。萬里波光衝遠嶼，半痕月影下平疇。難分清濁猶堪笑，把酒狂歌泛斗牛。

翁未青以詩招飲歸途遇雨次原韵

偶爾停車柘水前，忽傳折簡興翩然。尊中緑酒寒堪醉，檻外黄花晚更鮮。問字喜臨揚子宅，探幽偏泛米家船。歸途不斷侵衣雨，欲放新梅笑客還。

雪夜

莫辨乾坤色，微茫雨雪紛。光侵天欲曙，氣冷夜難分。窗白猶疑月，山奇不載雲。誰憐孤寺客，凄絶一鐘聞。

客武林夜集林兆經齋頭同魏惟度葉子雨分得真字

天涯意氣許誰真，此夜談心浣舊塵。縱酒薄霜侵燭影，敲詩寒月落花茵。行藏莫計虚存舌，治亂難憑愧有身。聚散故人須盡醉，滄桑幾見雪梅新。

涇川寄懷同學諸子

閑涉桃花潭，潭深無隻鯉。好友聚旌陽，欲寄數行紙。別時桂始丹，忽忽菊吐蕊。感兹時物遷，相思徒爾爾。夢繞梓山雲，情深梅溪水。雲水尚可期，吾儕寧若此？憶別清風亭，默然各相視。不如別汪倫，一詩堪永矢。

雨中喜王允侯過我夜話

寂寞黄昏聞剥啄，愴皇相見慰凄其。風來萬樹秋深夜，雨過千家夢轉時。劍若有情堪贈客，酒能遣興便成詩。談深莫惜歸途晚，剪燭何妨更下帷。

題徐公輔江城閣

輕風吹遠雁，曲水静浮鷗。畫得滄洲趣，詩消日月愁。茶烟過短檻，雲影抱虚樓。楊柳蕭疏色，城頭正早秋。

侯晋水明府贈我驊騮游琴谿歷金鷄洞宿岩礲而歸

正欲探幽覓杖藜，驊騮相贈向琴谿。岩虚丹鼎無仙迹，橋接青山有客題。古洞鷄聲藏野塢，高岩雲影落荒畦。禪房信宿秋風起，一路花香兩袖携。

客中有感

石頭城古路迢迢，六代繁華久寂寥。地僻苔深誰客到，天空雁遠幾書招。鶯花兩月閑中度，琴酒三春夢裏消。獨有垂楊堪結侶，依依猶向竹窗飄。

雪霽謁方正學先生祠

連朝陰凍客留行，虔吊先生泪濕纓。木末霜花寒自發，山頭玉樹雪初晴。一家事業空荆棘，十族忠魂想旆旌。蘋藻春風羞獨薦，欲從天半拂塵迎。

修竹園看牡丹

春深色自媚，隨意步孤村。水曲新畦路，橋横野寺門。清香宜凈土，艷色隱名園。不識花憐客，依依静欲言。

登牛首弘覺寺夜宿藂雲堂

危然天闕插雙峰，石磴千層碧草封。塔影倒懸堂可畫，雲梯直上路無踪。高低岩壑生寒月，上下樓臺出晚鐘。借得匡床聊信宿，四山松響夢相從。

采石磯

一山獨枕大江流，緩步頻登客思幽。舟泛長江雲縹緲，亭吞遠嶂霧沉浮。圍岩松竹新僧室，夾岸村烟舊酒樓。欲問騎鯨客何處？空餘春草緑磯頭。

同魏兩峰結夏西湖留別陳緑崖杜于皇張南邨胡致果諸先生限韵

知交難遽別，聊與束行裝。鷁尾三山迴，湖心一寺凉。雲迷吴越白，風漾水天蒼。但得消長夏，詩成肅報章。

周釜山太守枉駕兼索余詩賦謝

野徑起秋風，虚庭花欲吐。對景殊寂寥，蕭蕭微雨度。忽傳刺史車，旌旄森柾顧。顛倒肅衣迎，談笑傾積素。五馬裕風流，九峰樹詞賦。自緬逐風塵，駑駘焉足數。啓我篋中詩，幽吟愧學步。倘得附青雲，千秋感知遇。

柬袁漢推兼訊令弟紫若

靈岩春色别君情，泛泛孤舟逐水程。遠嶂雲深紅葉路，虚樓月敞白霜城。篋中詞賦頻輸醉，夢裏關河獨自行。珍重弟兄須鍵户，墨花藜火夜窗聲。

寄懷張南邨

孤舟曾別芰荷香，又復風吹籬菊黄。野浦砧聲寒夜月，荒村草色動秋霜。吟成白下詩千首，醉向青溪酒一觴。异地懷深常見雁，如何空度石城傍。

金閶夜泊

沉沉暮色客停橈，徙倚無人話寂寥。風送鐘聲來北寺，月移河影度西橋。高樓笛起三更酒，遠渚船歸一夜潮。吴越興亡成一夢，青磷野戍自深宵。

題陳幼木學博卧游草堂

下帷無所事，蔬圃愜幽情。孤鳥能呼侣，奇花不辨名。水波千頃白，山色一痕清。貰酒常遲月，高談對友生。

乳鹿哺茸草，新鱗嗡小蓮。長堤柳似織，低砌槿初編。酒氣降風雨，棋聲答管弦。經過斜照裏，萬緑漾清漣。

雨中顧茂倫同令侄迪公過訪即别

偶卜江干駐，何當繫艇過。拂衣經雨亂，攝屐帶花多。今古交無僞，詩文論不阿。歸歟同小阮，吟嘯對清波。

同顧脩遠孝廉舟泊虎丘

片石微茫接水涯，虎丘晚色映平沙。危橋欲斷鄰僧路，孤塔能留過客槎。一夜秋風黄橘柚，半江明月白蒹葭。鐘聲細聽全歸枕，共數星辰落劍花。

游辟疆園

扁舟駕得泛秋霞，别業危然枕石斜。入徑雲迷斑竹葉，緣溪秋老白蘋花。鳥鳴虚閣高人榻，藤補疏籬處士家。數里村烟城郭外，著書漫自長桑麻。

登城晚眺同顧天石分韵

數武城西路，齊登挹晚霞。烟飛千嶂没，風迅一帆斜。古堞餘荒草，孤村落暮鴉。故園虚悵望，畏説泛天涯。

秋泛泖湖

平湖萬頃淡秋旻，極目蒼波漾白蘋。三面水摇孤寺塔，數痕烟斷遠村津。茫茫鷗鷺浮沉影，隱隱峰巒遠近神。却笑鑒湖多一乞，滄桑何處不宜人。

張友鴻司李招飲竹深書屋

杜門擁雪不勝情，喜拂青絲馬上輕。錯落樓臺銜日色，參差簾幕透歌聲。芸香向晚迷幽客，酒氣衝寒念友生。何處張華今再見，棱棱劍氣九峰横。

宋南陔進士招飲看菊

宴客花園几，秋深未覺寒。香從杯裏度，影向畫中看。艷色黄金縷，冰心白玉盤。餐英渾不厭，索醉倚闌干。

王農山侍御以詩見別次韻賦答

獨枉高軒幾度看，談詩揮麈客懷寬。蒼生有待終宜出，朱轂無緣未肯干。雁度青溪山水迴，夢深黄浦雪霜寒。何堪千里愁離別，酒灑郵亭駐馬難。

墨林宴集分得秋字座有校書曉鶯倩蓉

主客皆同調，登堂野色幽。畫中千嶂霽，詩裏一江秋。菊淡人相得，茗清泉欲浮。阿誰偏醉我，纖手善藏鈎。

寄魏惟度

忽爾經旬別，離愁緑水連。夢分吟白苧，道在憶青氈。夜雨江樓上，春風湖舫邊。歸期應不遠，浩蕩養花天。

答周宿來太守雨夜見懷韵

勞勞折簡慰萍蹤，况值黄昏霧氣濃。深夜頻傾孤館酒，寒風遥送隔城鐘。欲將胸次涵三泖，愧未奇文載九峰。獨笑年來空寄慨，一天新雨洗芙蓉。

禾中清明

晴光柳色故園春，旅食天涯倍愴神。寂寂提壺黄犢路，凄凄剪紙白楊津。荒村老婦啼新壤，野冢孤烏吊舊人。自是水荒零落盡，幾家烟火繞城闉。

宿天妃宫次傅暘谷别駕韵

古殿清秋夜，天涯托夢頻。書聲同寓客，燈影异鄉人。枕簟深宵爽，星河澈曉新。雙親千里外，何處話艱辛？

别洞庭

暫謝洞庭去，登舟日色曛。逢仙狂乞藥，選石醉留文。袖得湖中月，囊携峰際雲。秋風如有信，再探莫將軍莫將軍，峰名。。

集宋既庭讀書堂同尤展成余澹心家菌次諸先生

一棹蘇臺下，相逢話更幽。茗香紛兩席，梧竹綴三秋。青眼非關酒，蒼山亦解愁。况當同調者，近遠异鄉州。

洞庭留别許玉晨致遠家不官次惟度韵

連夕蕉窗吟嘯聲，不堪天外説歸情。湖風萬頃催離别，峰月三秋照友生。蘆荻烟清當岸出，芙蕖水碧向舟明。山靈有意如相問，重與飛鴻寄姓名。

白雲間舟行〔一〕至禾中即事寄兩峰素公

蕩漾扁舟曉霧濃，泖湖平接鶴湖東。寒烟不散孤村樹，春水時流野浦風。楊柳數家夕照裏，梅花一郡月明中。鴻歸爲報諸游侶，午夜鐘清夢自通。

焦山

秋風游興爽，攝屐就雲巔。蒼翠江中寺，澄泓水底天。銘岩常憶鶴，詔洞幾留仙。我欲乘槎去，海門生暮烟。

過天寧寺訪曹顧庵學士

君留蘭若日，我客邗溝城。相見寒温語，深期風雅盟。林疏黄葉下，寺古白雲生。不盡追歡意，斜陽送別情。

由醉翁亭過瑯琊歸飲亭上同魏惟度許虞廷

朔風宜閉户，寒山靳客屨。我來喜值一陽生，日暖山風催馬駛。郊南茅屋三兩村，峰前草徑四五

〔一〕『舟行』，原本漫漶，據校本補。

里。石橋斜卧釀泉邊，泉香流出山之髓。黄葉飄飄上客衣，翼然亭畔石如齒。歷歷樓臺祀醉翁，醉翁一醉文章起。梅魂泉色香至今，誤盡風流學醉死。傾蓋相談有數公，一揖虚亭坐流水。須臾并轡上瑯琊，數畝畦田半芳芷。孤佛殘僧了無言，貪看榆柏頻徙倚。歸騎仍停六一泉，澄泓山色青如洗。深林烟細動行厨，削壁嵚嵚綉苔綺。方榻從容列山肴，曲水流觴情無已。興酣長嘯謝主人，今古佳游非偶爾。徘徊夕照落寒鴉，石溜潺潺暮烟紫。

望瑯琊殘雪

山形平復起，雪後更嶙峋。色淡還依舊，痕殘故轉新。餘峰疑石丈，亂瀑濺幽人。自識凝寒候，應生萬里春。

積雨不得過傅石漪别駕寓中賦此却寄

曉夜峰峰濕翠侵，難移蠟屐恣幽尋。寒梅有夢虚三徑，春鳥無聲坐一林。風雨客窗知讀《易》，水雲僧寺憶鳴琴。何時買醉高臺畔，日暖風清話素心。

長淮雨中

長淮疲遠客，馬首逐雲齊。帽濕桃花雨，衣沾燕子泥。風聲千隴集，柳色一村迷。廿里人烟斷，荒蕪祇鳥啼。

至衛源大參李素園先生招飲

草草相逢鍾阜日，遲遲獨望太行雲。停鞭千里勞過問，作賦《三都》愧共聞。月迴樓臺歌吹沸，風傳羅綺酒尊芬。竹林往事何須數，尺五薇垣紫氣氳。

夜懷張又益時客郡司馬李梅村先生署中

磻溪夜静客星移，矯首疏林卧轉遲。别去張華分一劍，吟同李白合千巵。薰風有意吹難至，明月無情問豈知。深鎖重門空佇立，望京樓畔却爲誰？

贈鄭闇庵户部

短裾纔得揖嶙峋，紫氣騰關喜借恂。自是濟川才較异，還知裕國計彌新。畫堂夜月含香使，茅店秋風彈鋏人。相慰憂勞天上語，歌呼野客識蒼旻。

題陳亦人别駕帳上蘭竹

蘭竹亦何清，香翠墨痕裏。夢後拜幽人，亭亭一君子。

讀書清凉臺陸密庵學憲過訪不值賦謝時偶客維揚

性懶殊耽幽僻地，邗江偶出采芙蓉。花庵空寄狂夫榻，草徑虚承長者車。不惜青緗携贈遠，深慚白晰負吹噓。歸來明月清江上，水際寒鴻悵報書。

舟行

正值春風媚，飄颻事事幽。梅花江上路，柳色水邊洲。遠客吟孤舫，新鶯囀畫樓。小奚能識意，沽酒對江頭。

大風

荒山古屋旅魂驚，儘日狂飆作意鳴。樹木顛翻沙石亂，江河奔激水雲横。勢歸浩蕩疑無影，氣拔虛空自有聲。不覺蒼旻昏旦暮，石尤今喜破愁城。

卷八十七　釋大依

福清魏憲惟度　輯選

福寧陳　濩秋庵　山陽陸求可密庵
邗江宗元鼎定九　白下張　愬南村　參

釋大依 字南庵，古閩人。

小引

魏子曰：南庵，余閩莆人，以儒入禪，其爲禪也深矣。余侍夢筆浪杖人，香茗之暇，每爲余哆洞下老宿，如竺庵、石潮、爲霖、觀濤，皆嘖嘖許其入室，於南公尤篤愛之，故余知之最久。一晤檀度，便締好如數十年交，惠余《閱吹堂全集》。奉爲龜鑒，喜其格調匪常，詞章持達，間以其悟後定静，散見於山水友朋，以自寄其神農、虞夏之慨。不獨以意發題先，神含題外者，自見其聰明已也。近兒敬修自淮上來，携南公新篇，并其高足千指、客塵、天根、童求、首嚴諸詩，漸次光余是選，首於南公，拔其尤焉。

宿弘濟

燕子磯邊寺，因岩結一堂。依潮安短夢，分石下胡床。松影摇衾緑，月痕過樹凉。濤聲千載上，何以竟茫茫。

種柳詩寄童求

經營方丈地，插柳護疏籬。弱質當春月，低窗在雨時。枝防送客盡，庭待種花遲。鏟却階前蕙，斯情君獨知。

黄大宗招集止園雨中看梅仝張虞山杜湘草

名園戴雨踏蒼苔，爲有汪洋叔度才。烟色不隨春水去，風光偏向小山開。王孫使我思芳草，玉笛催人怨落梅。幾片娟娟軒外影，參差照客上高臺。

送杜湘草北游

裝束新詩迴遠程，君家水部本高名。江干却畏停車問，燕市聊爲策杖行。襆被薰風迎客路，霜砧明月賦《秋聲》。臨岐且宿河邊寺，明日雲山萬里情。

寄懷焦山古樵法侄

閑情正對別峰頭，一病朝分瓜渚舟。亂葦片帆雲渺渺，空江冷雨客悠悠。竹風自嘯魚龍夜，山月難尋烟水秋。最喜吾宗多意氣，法幢長涌海雲樓。

寄懷顧茂倫

元嘆吴中本盛名，丹鉛一室閉柴荆。著書直待青松老，爲客常愁芳草生。野水雪灘高釣艇，春風藜杖出江城。相逢猶憶華嚴寺，細雨曾聽屐齒聲。

寄懷張南村

建業詞人幽事賒，向來郭外愛君家。竹床布被留松閣，石路柴門對雨花。白髮誰憐貧采藥，青門自許老栽瓜。蕭然欲向長干問，未必春風在絳紗。

許白嶼招集齋頭

蘆籬秋色足幽尋，玄度相邀委巷深。滿目黄河歸雁影，一庭芳草故人心。低窗書帙生雲氣，落日茶香對竹陰。衹是入山情最好，還移蓮社到東林。

蔣虎臣太史見過

世外蔣居士，原從翰苑來。衣冠全道義，論説少塵埃。石上因緣舊，河邊樓閣開。臨岐情不盡，春色滿蒿萊。

同陸逃夫送王任公北歸次任公韵

六月疲驢沙路難，低回荒殿繞頹闌。驚人晚續澄江句，鳴磬朝辭野寺餐。斜日欲沉風乍起，行囊自束柳將殘。何時仝踐東湖約，千樹堤邊香色寬逃夫有『百年産業梨千樹』之句。

淮徐吊古

濉泗曾鏖楚漢軍，吕梁東下氣如雲。山從下相高低斷，水入黄河清濁分。蔓草釣臺存冷月，夕陽荷鍤瘞沉醺。常思漂母當年飯，欲薦荒祠自采芹。

河决有感送千指南行

秋入河流濁浪黄，侵田倒屋送凄凉。老懷不問歸何地，荒草於今漸有霜。江艇汝行榆柳外，石城皛亂水雲鄉。淮南桂樹還招隱，將學劉安鷄犬行。

祝盧衷愫明府八帙

蒼然石骨立河邊，名士風流八十年。無事看花隨竹杖，有時搔首問青天。盈庭寶樹堪相慰，進履陰符莫漫傳。肯向虎溪分一笑，南宗本是盧家禪。

金陵諸人士以長干寺見邀詩以謝之

細數遷移歲月頻，行囊却笑老隨身。栖霞松下眠三載，浮玉江心話幾人。即使未能飛白日，想應終不入紅塵。長干何事徵書至，已卸閑名是隱淪。

寄周櫟園方伯

方伯芳聲播百蠻，近傳南國一官閑。新詩滿案蒲鞭後，退食長宵桃葉間。叔子自然留片石，蒼生未許老東山。他時一衲歌姬院，乞遍秦淮第幾灣。

沭陽與童求夜話時童求將有夢筆之行

胸中怪石起寒更，逢汝閩山又遠行。天下幾人憐我老，河邊一夜欲心傾。霜風衣冷松陰凈，土屋燈殘月色盈。却悔無端投保社，全家冰雪送閑名。

王家營

出門便是遠游程，瓢笠投人費所營。土銼蔬盤新弟子，繩床草薦舊河聲。幾行有樹舟難定，五里無家鉢亦輕。回首半生膚髮盡，何曾放下世間名。

老官亭

老官亭下暫淹留，極樂庵中坐小樓。獨對孤燈看穩夢，還疑連夜泛虚舟。霜風柳岸魚鹽市，烟月人家蘆荻洲。自笑白頭甘巷陌，沿門敢爲一身謀。

枯樹鋪

江天遥見一舟無，潦倒平原樹半枯。麥粥尚能尋破院，朝饑未許哭窮途。斜陽鴉返河聲急，積雪人行村鎮孤。莫怪冷風愁杖屨，荒雲遠近閉菰蘆。

鍾山

頭白江南不忍歸，琵琶街上夢依依。寺存前代僧應少，山到斜陽樹已非。江水幾年沉鐵鎖，孝陵千里拜緇衣。茫茫白日高天下，獨見荒原數鳥飛。

杜子濂大參過山中值予他出寄之

節麾高擁出幽尋，歸覓風流在遠岑。一郡新詩傳水部，群山紅葉見秋心。花間退食官偏静，廳事焚香月每深。莫怪山僧忘應接，蒼茫泉石總知音。

寄陳緑崖〔二〕觀察

六朝官舍大江東，呵殿聲從緑樹通。開署聞多乘曉月，入山時一問宗風。藍溪家在荔枝下，白麈人來桃葉中。肯念河干遺一叟，爲尋芳草到壺公。

吴江訪顧茂倫

祇愁風雨盡飛花，來訪吴江處士家。千里布帆尋寂寞，廿年姓字識英華。方停雙槳垂春柳，欲叩

〔二〕『崖』，原本、校本均脱，據本書卷二十九補。

衡門亂曉鴉。知己相逢今世外，應看髩鬢忽驚嗟。

焦山休夏

成祖家聲賴未遥，刹竿浮玉見同條。誰知枯木重開葉，何事名山祇姓焦。兩岸帆檣花下路，六時風雨海門潮。關心尊宿留休夏，一代書成破寂寥。

啼鶯好上早凉山，正合波光樹色間。佛印詩留青玉塢，雲聲庵在碧桃灣。隔江城市懷人近，空谷鄰僧愛我閑。顛倒眠餐隨作客，清齋禪版不知還。

且向江心倚翠屏，炎天客路苦揚舲。師生道合山皆好，吴楚僧來户不扃。隱士生應羞衮冕，飛禽死亦重詩銘。茫茫凉雨烟波裏，閑續酈元未注經。

無事閑過九里村，三山遥見一江尊。勢從鐵甕分瓜渚，力爲金陵控海門。貔虎樓船横上郡，蕭梁宫殿冷中原。道人重借蓮花榻，三十年來感慨存。

湘草過我焦山仝回瓜渚予以〔一〕病先歸淮上作此寄之

明月江心一棹過，幾宵披露上岩阿。舟從瓜渚愁中遠，詩是離人病後〔二〕多。紅葉無家仝白下，蹇

〔一〕『予以』，原本漫漶，據校本補。
〔二〕『後』，原本漫漶，據校本補。

驢有夢怨黄河。藹庵樹石空相念，衹許新題再拜歌。

寄懷李中玉廣文

河上薰風開絳紗，江東甲第舊名家。五千有句傳關尹，半壁無天待女媧。夢去柳絲三月雨，愁來苜蓿滿園花。何時得在諸生後，更向玄亭問晚霞。

草布

江北愁無葛，田家種草爲。黄兼嫩柳澹，稀耐暖風吹。艾服從淮俗，蘭芳愧楚詞。凉秋將代序，嘆息授衣時。

十一月望夜

冬晴隨好月，皎皎步長廊。如水一庭樹，侵人萬里霜。鼓吹聲亦静，燈火色初荒。又欲〔二〕聞鷄罷，携笻過野塘。

十一月廿七夜

仲冬廿七近臘月，雪風半夜吹窗缺。一燈摇蕩光屢旋，老僧凍手支蘆席。俄頃風平雪亦平，燈光一半雪光碧。擁被挑燈氣漸寒，鄰鷄隱隱鳴阡陌。我想長宵夢裹人，朝來各怪一天雪。

〔二〕『又欲』，原本漫漶，據校本補。

冬夜〔一〕喜陸密庵學憲過宿寺中

至性落人〔二〕間，官人兼好道。閩海布神明，風雨在懷抱。贈我詩琳琅，見公章句表。虚衷及我法，直欲通孔老。爲有摩尼珠，面面照人好。又愛秖樹林，經冬未枯槁。落日至肩輿，荒蹊不及掃。促膝我南軒，漏深猶探討。鄙人生道心，對公苦不早。嚼齒已露齦，握拳竟透瓜。是夜霜不寒，星漢白如曉。捉手步廣庭，静嘆鷔〔三〕栖鳥。公但罷經書，此事自了了。不必登泰山，由來天下小。

臘月八夜雪

臘月八日夜不寒，朔風吹雪滿河干。諸子圍坐至更闌，燈色漸黄茶盞乾。起行玉影〔四〕照珊珊，我想當時攝嶺看。曳杖山頭月未殘〔五〕，中有〔六〕數樹生波瀾。萬里無聲光漫漫，不料淮西又倚欄。

〔一〕『冬夜』，原本漫漶，據校本補。
〔二〕『落人』，原本漫漶，據校本補。
〔三〕『静嘆鷔』，原本漫漶，據校本補。
〔四〕『起行玉影』，原本漫漶，據校本補。
〔五〕『山頭月未殘』，原本漫漶，據校本補。
〔六〕『中有』，原本漫漶，據校本補。

陸逃夫僕來索硯詩寄逃夫

山僧几上一石硯，多載塵蒙光不見。陸郎賞識咤神奇，少爲拭拂飛紫電。潑墨鱗鱗波浪生，照人肝膈玉一片。欲置東湖著書窗，肯入起草明光殿。陸郎有僕來索之，云饋當今之時彦。細思此語却非君，抑亦傳言之不善。此硯已合君精神，留與君前作故人。

五日聞雷

五日聞雷早，元正幸所遭。不教春久蟄，且得雨如膏。畦甲青初起，窗蕉影未高。月湄輿馬在，促膝話松濤。

花朝

愛花竟欲祝花生，布襪輕風到處行。春色一年今日好，天香百種幾人情。東籬五柳還栽菊，南國雙柑自聽鶯。寄語有心賢謝監，白蓮更鑿一池平。

關山月

風獵獵，霜泠泠。笳聲起，征人聽。征人三十萬，一一照伶仃。我何離枝葉，草色連根青。空天明月早，盡照征人老。亦復照枝葉，不照連根草。草色白如星，隨風照遠庭。夜夜到鄉井，不見關山坰。

示牧愚上座有引

余以衰老，多愛憐後學。見微慧者，撫之、策之、激之、濯之，不啻飢渴者之於食飲，寒暑者之於衣巾也。旁有忌者，議之、方之、怪之、毀之，余初不顧也。閲數歲，或盡弃，其生平竟背謬余所期。向之議且毀者復快且謔矣，而余復不顧也。又數歲，且比比然矣。若使余終於謬而彼果於毀矣，余即有堅忍不拔之志，而不能不漸爲之稍稍易矣。私自切責，日呼己名，曰：某何爲也？且能毁者即取以鑒，日閉門謝一切。忽牧愚自金峰來。金峰不負余者也，牧愚應亦不負金峰。向之自責者，又因而稍自慰矣。又不自禁其撫之、策之、激之、濯之〔二〕之矣。攘臂下車，馮婦奚疑哉？旁之議者又〔三〕騒騒乎起矣！余之不顧又騒騒乎固矣！因而自笑生平鐵石心腸，輕於弃妻子而重於弃後學，即今之後學必不負余，而余亦未免於自負矣。因爲詩以問牧愚而并序簡端云。

楚風日以衰，大道俗所弃。釋迦既不尊，孔子又失位。歲暮見一人，循循高道義。知我有血心，晨夕對無睡。執手追明月，廣庭逗寒吹。朔風萬里來，貧子盡憔悴。舉世七尺軀，何爲負天地？

〔二〕『策之、激之、濯之』，原本漫漶，據校本補。

〔三〕『哉？旁之議者又』，原本漫漶，據校本補。

冰雪向君言，努力酬叔季。

春梅

二月春香滿，南園露幾稍。枯枝開冷艷，緑萼試新苞。隔水看初月，無人〔一〕到遠郊。誰憐林處士，夜夜踏霜坳。

梅花落

當春花獨開，花心亦如錦。當春花獨落，花心實如冰。冰固寒所守，錦爲時〔二〕所矜。天未開，地未闢，花得其新。桃欲紅，李欲白，花返其真〔三〕。青山白石，獨臨水濱。開不近人，落不近人，可憐〔四〕如月照孤僧。自從一入關山笛，飄蕩〔五〕香魂不可〔六〕憑。

〔一〕『人』，原本漫漶，據校本補。
〔二〕『時』，原本漫漶，據校本補。
〔三〕『欲白，花返其真』，原本漫漶，據校本補。
〔四〕『落不近人，可憐』，原本漫漶，據校本補。
〔五〕『飄蕩』，原本漫漶，據校本補。
〔六〕『不可』，原本漫漶，據校本補。

卷八十八　釋讀徹

福清魏憲惟度　輯選

華亭張若羲帶三　福寧陳湲秋庵
閩縣林之蕃涵齋　江寧張愬南村　參

釋讀徹 字蒼雪，雲南人。

小引

魏子曰：余嘗乘柴車登支研山，坐支遁放鶴處，黄雲白榆雜衣袂間。一樵者導入中峰，山樓欹側五六間，案上殘楮敗毫，零亂無次。余驚异之，曰：『此必有高僧。』細詢之，知爲蒼雪舊寺。索其遺詩以歸，大約長於咏物，古近體俱有异采，不沾沾如近代禪和，取支離公案，與詩人争一日名也。石倉曹先生喜談禪，博山、雪關、永覺、覺浪，皆其所倡和者。予先以此問世，次搜諸公逸篇。石倉有知，當向靈山會上尋諸知識，與話滄桑，翩翩一鶴，未必不千歲歸來也噫！

空香

春來無不可，一杖隨所之。花發千峰外，鶯啼二月時。沾衣空翠冷，拂面緑〔一〕香吹。日暮忘歸去，逢人或笑痴。

新緑

春雨不時〔二〕歇，苔痕遍處封。始從兩三點，染出千萬峰。一緑〔三〕無遠近，隔溪成澮濃。何人解摇落，獨立撫孤松。

隔林火

野燒出林際，林霜葉盡枯。遠風撲不滅，深雪點來孤。磷影吹明滅，書聲伴有無。更疑漁宿處，寒照白頭顱。

〔一〕『緑』，《蒼雪大師南來堂詩集》（民國二十九年上海王氏鉛印本，下同）作『暗』。
〔二〕『時』，《蒼雪大師南來堂詩集》作『得』。
〔三〕『一緑』，原本漫漶，據校本補。

樹杪泉

聽從一葉起，響落五溪秋。夜雨何來急，江聲泛樹頭。坳堂思覆水，大壑可藏舟。莫向人間去，清泉混濁流。

拄布簾有懷故山

何物拄門前，摇摇不夜眠。領風兼領月，非雨亦非烟。遠夢應難隔，歸心衹共懸。幾時茅屋底，高掩看雲天。

當門柳

家住柳溪口，溪流灣更灣。喜無多種地，自不礙青山。愛馬猶堪繫，傷秋未忍攀。幾經花落盡，一夜雪封關。

鄰鶴過

短栅因難住，竹門偶自開。一鳴驚夢破，大步踏花來。直送天風去，翻憐毛羽頽。盈盈池水上，孤影照低回。

涵暉閣

小閣戀餘霽，幽人生遠心。虚臨一面水，寒起半湖陰。野曠延無際，秋光澹不禁。有懷安可見，楓冷入孤吟。

新秋

敝衲初添補，繩床小睡成。不知微雨過，但覺晚凉生。風日澹無色，湖山碧近情。蕭蕭桐葉上，歷歷是秋聲。

度黔中鐵鎖橋

去國萬餘里，西行不計年。海風人面改，沙路馬蹄穿。虹影雷門過，江聲鐵鎖懸。危橋難并進，幾度望招烟。

南游普陀

何年鬼斧鑿，峭壁倚天開。浪欲推山去，潮能挾海來。半空飛雨霧，一洞走風雷。大士端然坐，盤陀最上臺。

再至崇川

地盡應臨海，天寒欲授衣。月隨秋水上，人共夜潮歸。一犬無聊吠，群鷗自息機。橋頭燈火裏，猶記舊僧扉。

朱雲子明詩平論選成濫及拙作

著作觀前代，無如勝我明。大音歸正始，元氣自和平。手筆操斤斧，人文托死生。怪來删定後，三百有僧名。

同陳百史方密之分韵懷滇中唐大來

獻策南歸去，名山到處登。送君天下士，老我故鄉僧。幸得一人識，不孤萬里朋。西風揮泪别，秋色滿金陵。

渡江訪師利居士阻風

偶爾犯蛟宫，淮南訪桂叢。潮來天勢側，浪打樹根空。沙鳥争翻雨，江豚逞拜風。何當山月好，此際卧窗中。

戲和久知月夜踏花影

步來浮動薄於烟，宛轉春心不肯眠。眼底分明難却掃，脚根有物若爲牽。花猶未死魂猶在，爾自無心人自憐。何事痴狂偏我劇，頻看栩栩蝶飛還。

春草

悵望平蕪遠接天，活於柳浪碧於烟。生時多借東君力，到處偏爲游子憐。近郭不勝車輦過，沿江初送馬蹄便。牧童未解傷春恨，驅向牛羊古墓邊。

古冢

一望纍纍秋草坡，北邙山下試經過。荒碑墮地無文字，空壙當門種黍禾。螻蟻移家窠臼在，狐狸住老子孫多。楊花落地何人掃，蕭瑟風來化白蛾。

掃花

風歸可復奈紛紜，潄帚閑持向水濆。忍手亂翻深徑雨，傷春碎攪一溪雲。蟻埋紅濕行猶惜，泥裹殘香掃不分。燕子無言又飛去，蒼苔冷落自成文。

柳浪

濯濯無聲走浪遲，纔舒青眼便波隨。一匀水色相牽動，五兩風輕不斷吹。長恨空勞抛碧縷，狂瀾無力弄柔絲。行人欲渡隋堤上，脉脉春潮帶雨時。

孤松

秦官五樹剩單丁，秀入天台上畫屏。遠信似傳歸异域，一枝斜掩到中庭。枯將化石封苔蘚，老不空心抱茯苓。欲把折來聊當麈，捲簾突出半峰青。

金陵懷古

石頭城下水淙淙，水繞江關合抱龍。六代蕭條黄葉寺，五更風雨白門鐘。鳳凰已去臺邊樹，燕子仍飛磯上峰。坏土當年誰敢盜，一朝伐盡孝陵松。

焚筆

問奇命駕漫停車，那復臨池辨魯魚。土冢不封毛盡禿，鐵門斷限字元無。興來風雨千張掃，望去蒼茫一管枯。從此案頭焚却後，不須更作《絶交書》。

移梅

豈是尋常獨愛奇，品題古澹更無枝。花前記取春先覺，夢裏移來蝶亦知。消息隴頭今便得，飄零湖上久難期。黄昏弄笛人何處？不自關心衹自吹。

薙草

芊芊春雨緑新抽，妒殺微風滿地揉。送盡王孫歸去後，望來何處不堪愁。輕扶蝶夢摇宫扇，冷化螢光度御溝。古道凄凄鋤未得，夕陽佇立在溪頭。

卷八十九　魏惟度

同學諸子公選定
福清魏憲惟度著

小引

陸雪樵輿曰，或謂魏子之針綫日爲它人緝寸帛而成衣，自捨匹錦之不顧。此非知魏子言也，蓋實有不知魏子者。魏子風儀俊潔，豪邁軼倫，有如天馬游龍，足迹未至，聲光先之。文章遍海内，注之於昭代久矣，又何俟執牛耳？選《補石倉詩》，尚欲希心自顧，而爲毛遂之脱穎耶？予知魏子正不屑屑而爲此也。雖然，魏子之詩不與選〔一〕，是徒有銂羹而亡至味，寧免遺珠之誚乎？予

〔一〕『子之詩不與選』，原本漫漶，據校本補。

今〔一〕胠篋而得其全稿，與同儕諸君子存其百之一，以足成其正始，爲一代詩史，互相映發於元音，益托千秋之不朽云。

上陵

上陵足佳景，下津多流沙。有客從遠來，乃在水之涯。青蓮以爲舟，一葉而優游。紫霞以爲裘，明月珠綴旒。南溟之鸞青玉羽，黄鵠隨飛舞。倏來倏往日與月，同逆旅。花上白露，光曉何楚楚！馭神龍，策天馬，恣逍遥。天之下，瑞氣結〔二〕靈芝，實乃秀銅池，獻我天子，萬壽以爲期〔三〕。

企喻歌

男兒莫惜身，百戰氣逾增。豪傑沙草中，千古骨棱棱。

黄淡思歌

朝起見花開，暮歸見花墜。花開似郎歡，花墜似儂泪。

〔一〕『珠之誚乎？予今』，原本漫漶，據校本補。
〔二〕『天之下，瑞氣結』，原本漫漶，據校本補。
〔三〕『壽以爲期』，原本漫漶，據校本補。

郎隨北雁去，期隨南雁回。雁復到南洲，郎尚不見來。

隴頭水歌

潺潺隴水，西流不返。行行孤身，去家日遠。

淳于王歌

望郎短墻外，短墻比天長。思郎方寸心，寸心不可量。

捉搦歌

種種花好不結子，不如野菜味香美。娶婦貌好無張弛，不如醜女供甘旨。

東鄰女子嫁大賈，西鄰女嫁田間父〔一〕。耕耨相守不出户，勝却貿貨離鄉土。

君子行

君子處百事，須當慎其微。防危迨全盛，先天天不違。飲酒終致醉，多言失是非。勞謙道所重，賢聖識其幾。大禹治四海，功德何巍巍。即受堯舜禪，尤嚴寸陰希。

〔一〕『女嫁田間父』，原本漫漶，據校本補。

團扇郎

白團扇，對面挹清風，炎歊忽然變。持出素紈潔，是儂心一片。秋來早辭君，長歌自掩面。

子夜歌

大堤踏春陽，春風吹緑鬟。日夕聞催歸，步步不能進。
花含葉色好，不見同所歡。折來一兩朵，對此日盤桓。
緑池雙鴛鴦，浮沉戲池水。錦翼妒蓮花，闌干儂獨倚。
鳥性悦天光，花意暢青春。遠客牽人懷，風景徒自新。
楊柳垂青色，暮絲一何長。依依費摇〔一〕曳，每見繫人腸。

采蓮童曲

蓮湖摇桂楫，采采歌聲長。芙蓉比童貌，荷葉比衣裳。

烏夜啼

門前垂柳陰，不繫歸馬蹄。夜深閉窗户，啞啞烏來栖。

〔一〕『依依費摇』，原本漫漶，據校本補。

月明照樹光，栖烏驚欲起。清宵良會歡，何處人千里。

襄陽樂

大堤臨漢水，笙歌泛小舟。女郎鬥綺羅，何人第一流。

襄陽蹋銅蹄歌

陌上折楊柳，相贈作馬鞭。三策不回首，瞻望泪潸然。

楊白花

江上春風暖，楊白花正開。一從飄蕩離枝葉，飛入誰家去不來。出門再望無顏色，每憶楊花愁似織。憑對春風長寄語，吹我楊花還舊處。

鼓山絶頂次大王父觀察公韵

春深百卉明，言懷空谷蕙。結伴策笻登，石鼓朝霞霽。獨跨屴崱峰，萬山皆雲裔。響起海門潮，棹擊空江桂。烏兔不敢驕，閶闔豈云閉。遠矚滄海田，阡陌絶微翳。島嶼自參差，鸛鶴時摇曳。微茫一氣中，海天無盡勢。琉球望荒唐，彈丸逐東逝。指示隘九州，皇輿負斯志。問天天不言，俯仰詎瓠繫。學步愧箕裘，乘風鼓長袂。

徐野君王丹麓書至白門兼讀其近詩

憶昔經武林，珍重懷珙璧。欲贈兩幽人，惆悵心异迹。忽枉古雙魚，遠慰石城客。秉燭細讀之，新詩資三益。南屏雲幾層，西湖水千尺。相照夢魂清，紙窗餘虚白。

寄新建陳士業

先生天下士，托契在羲皇。軫念民物情，散見有文章。不材掄風雅，匡廬鬱相望。尺素既莫來，欲濟復無梁。空此停雲心，悠悠江水長。

游黄山書所歷石鼓、海門，峰名。

昧爽登黄山，言自松谷始。石路逼青旻，諸峰争拱峙〔一〕。巉岩欲强名，造物絶思議。倏忽見雲崩，參差疑石墜。日月驚雙懸，松杉屢交臂。攀藤挈一僧，同曳獅林寺。寺前石鼓峰，峰作海門勢。壁立幾萬丈，居高眩俯視。谷口坐聽松，另闢一天地。夕陽遞遠山，坐把峰峰識。

其二始信、軒轅、丹臺、蓮花、光明頂俱峰名。

〔一〕「峙」，原本、校本均作「侍」，與文意不符。「拱峙」，猶言環繞，高高聳立貌。明徐弘祖《徐霞客游記·游黄山日記》：「初十日……其外則翠微峰、三海門，蹄股拱峙。」據改。

一夜宿獅峰，夢繞諸林麓。破夢策笻登，始信岩光旭。岩倚樹作梯，攀樹峰峰逐。甫至光明頂，
狂風起地軸。竦立望前海，後海忽相續。細欲窮其源，山爲海之瀆。蜃氣結千重，嵐光飛四隩。
奇哉天地情，滄桑即在目。欲起問軒轅，丹臺走麋鹿。再振蓮花峰，洞中石磴曲。側身與雲争，
首膝互相蹙。上下友猿猴，扶携借僮僕。回望澗之阿，急欲添一瀑。晚至文殊院，繞壁松楸緑。
松穿石隙生，石抱松根育。峭勁儗高人，烟月千年蓄。與我成主賓，奇逢在空谷。

其三山有天都峰、卧龍松、慈光寺

山行百餘里，冥搜全未竟。雖歷伏火中，峰高已秋令。振衣上天都，群巒悉趨迎。閟洞起卧龍，
肅然生愛敬。忽轉别一天，插石皆幽勁。虚磴接危梯，崩崖倚幽阱。我本探奇人，到此憂虞并。
黽勉敵天工，下山達松徑。廓然佛界寬，慈光演大乘。假我水雲寮，鐘鳴始出定。安得日在兹，
山水共幽訂。

妾薄命

憶昔君未貴，讀書妾織錦。君留堂上賓，妾烹厨下飪。一旦既榮華，新人貌如花。新人比珠玉，
故人似泥沙。欲彈膝上琴，哀怨不成音。高歌以當泣，白頭空自吟。荼蓼豈云苦，江海豈云深？
惆悵不可極，千載獨妾心。

周櫟園先生招飲贈以先總憲南臺公石室私抄感賦用二韵

人生歷百年，知我并生我。所以古明哲，析薪憂勿荷。王父勤著書，藝林名久播。僻在天一隅，孤行滞江左。不才輸心血，無由振淪墮。喜沐先生教，吹嘘附風雅。贏馬詣華堂，春風酣杯斝。齒及石室餘，從閩秘白下。檢出二酉中，特遺後起者。感激跪陳詞，三代均陶冶。寧獨庇後生，居然覆大厦。知己其在兹，千秋感莫寫。搔首倚天青，有泪自盈把。

寄題春草閣贈于鼎玉筠二汪子

古人偶一夢，春草至今青。佳哉君兄弟，繼之共横經。一解

結閣俯黄岳，峰峰入閣櫺。時或峰爲海，觀海峰泠泠。大地奇文章，爲君浣性靈。二解

我曾學爲治，贈子雙青萍。我欲學爲御，思君駕兩軿。一如月在抱，一如雲且停。悠悠風雨心，塗鴉上閣屏。三解

梅村即事呈大司成吴先生

向讀梅村詩，不識梅村路。今來事炎征，直向村中住。先生肯下交，脱衣道情愫。敦問鄉典型，徐陳半物故謂鰲峰、秋室諸公。勉余學古人，文章遵尺度。肅聽儼父師，凝神薄章句。促膝頻折疑，年分忘已素。須臾愜游情，招舟與余渡。曲曲園中池，密密岸傍樹。齒齒橋邊石，疏疏臺外圃。十里入江村，五里迷花絮。忘是城中家，山川生指顧。小泊梅花庵，聽草梅邊附舟名聽草。捲簾放

諸峰，夏雲與峰妒。酒漿列峰前，揮麈任納吐。賓主既忘形，顛倒無回護。謬賞及小篇，愧獲千秋遇。更贈諸著述，珠璣錯韶頀。拜受如捧盈，覿面光華聚。誰云陌路岐，枯旱沾時雨。

文硎山

吳山多美秀，水雲互相結。突兀此中峰，遥睇半明滅。捨舟逐朝暾，豁然忘甃甓。四望作湖光，村落以樹別。深中一烟藏，淺處萬花纈。佳哉夾道松，化城壯金埒。振衣放鶴亭，緬懷於往哲。千古景伊人，峰峰足瓜瓞。

陸密庵學憲過訪山中得讀其近詩

僑居石城隈，蕭然惟古處。白雲遞往還，青鳥絶來去。忽枉長者車，踧踖屏衆慮。澄觀歷代詩，平論今人語。大都崇格調，次復研章句。性靈耽寂寞，才華軼法度。細讀諸鴻篇，元音容與布。純穆體自充，恬淡氣逾聚。時得濂洛傳，古人如可遇。焚香净几席，鬼神争回護。性命有至文，風雅多神悟。試觀習染家，青藍污皓素。何况執樂人，瓦缶敵韶頀。掃盡歸太空，千峰一月吐。執手出柴扉，送送秦淮路。佇立屢徘徊，慰我十年慕。

謁殷太師廟次程念伊太守韵

芳廟立郊坰，猶然是殷土。寢門柏森森，離奇顔色古。堂上覿忠容，肅穆歆列祖。岳岳唐宋碑，鼎鼎東西廡。春秋祀典型，牲帛走風雨。載觀三尺瑩，千秋震曚瞽。巋然殷人題，大書嚴瀆侮。捫讀銅盤銘，褒封周新主。歷兹三千年，高風昭聖武。其誰丹雘之，五馬簇江滸。衛水日溶溶，歌聲出深浦。

淮上問古

布帆獨挂江頭月，照人情緒冷入骨。村醪開飲兩三杯，頗覺熱腸從中發。呼月前來細問之，當時年少抑奚痴？英雄未遇防身害，俯出袴下使衆疑。一朝得主風雲會，麟自昭昭鳳自翽。翻覺年少空爾爲，長與千秋指無賴。何如老嫗念長饑？竟漂數日世應稀。識先蕭何恩先沛，千金之報已云微。至今淮水秋波緑，浣此鬚眉尚共勖。莫使前人勝後人，劉項由來非定局。

寶劍篇

赤山之精三尺鐵，紅光初淬鸊鵜血。星辰隱顯應天文，龜文縵理陽精潔。寶帶金鋪日月縣，素質寒鋒如耀雪。剸蛟割犀不足論，未曾叱咤么麼滅。爲君四斷〔一〕月氏頭，爲君内斷佞人舌。神物變幻君不知，從容爲聽莊生説。久存匣裏作龍吼，光芒夜半干牛斗。世上無復張司空，何時得藉英雄手。

〔一〕「四斷」疑爲「外斷」，與「内斷」對。

哀城東

驅車獨向榕城東，俯仰乾坤百感空。新蒲細柳春風裏，紫燕黄鸝落照中。憶昔城東雄甲第，衣冠文雅皆名裔。詩書屋裏欲充梁，車馬前途何迢遞。鶯花不綉三月天，笙管時紛中秋霽。編户機絲織杼聲，半入雲中半天際。倏忽滄桑有變更，桓桓糾糾階之厲。壞垣破壁亦無存，萬瓦鱗鱗何須計。百族流離自昔無，男爲奴僕女爲隸。笳聲夜半響烏烏，砧杵秋深聽細細。八閩山水古稱奇，五虎全龍競相制。三山藏現隱列星，旗鼓控江雙奠麗。第一樓前跨馬過，海天如涌金鷄閉。而今極目總凄然，感起城東傷全勢。英雄何處不歸來，桑梓功業徒泄泄。魏生落拓事多悲，縱有長裾不肯曳。手披杜甫《哀江頭》，江水江花昏戍樓。

施愚山歸自武夷快談諸勝出題咏詩見示賦此答之

吾閩山水咸稱美，武夷諸峰首屈指。先生鼓棹破烟歸，請與先生談所以。溪口穹窿字大王，半與幔亭相因倚。曲曲澄泓涌一峰，玉女娟娟立溪涘。大藏小藏仰面看，石上仙船如水裹。俯諸卧龍百尺潭，金鷄洞古深無底。大隱高高儼列屏，障堪半畝平如坻。從無道流敢問居，特卜講堂朱夫子。稍折懸岩削幾痕，直稱接笋高無比。木梯鐵絙欲連天，岩脊層層僅容趾。勞勞既上復欲下，仙掌雲窩錯如齒。循途竟可達天游，奇處忽平心生喜。一覽臺臨九曲清，三十六峰皆在几。旋轉渡溪至桃源，鼓子憑陵并蓮起。平曠桑麻聚一村，回首層巒忘遠邇。大抵兹山妙在溪，怪石沿流皆兩峙。須駕扁舟曲曲行，左睇右盼無窮已。若使登峰便選峰，峰峰過眼殊難紀。先生山水有奇懷，不憚冥搜三千里。盡留佳咏慰山靈，余將研墨編山史。

客桃花潭姚六康明府停舟相訪

昔人踏歌送客行，今人停棹問客住。潭影深深照客心，歷亂桃花歸何處？桃花開已過春天，秋月今來水上懸。花曾笑月盈還缺，月亦尋花衰復妍。不如澄潭水一片，古往今來皆可見。君子之交正如斯，相期照心非照面。

琴雁歌贈莆田林質庵

我生之初天下亂，士挈詩書學奔竄。得免荷戈與負鋤，争攻絶藝弄柔翰。壺公山南我林生，琴音畫譜天下冠。揮弦不僅入風雲，畫雁如欲過江漢。與我相逢在六峰，抱琴行行到江岸。彈來流水落雁聲，江水爲飛雁群斷。因之伸紙作秋江，江上蘆花生几案。我愛蘆花不敢題，琴心却被雁聲唤。龜山有操雁無書，舉頭日月懸天半。林生林生且奈何，聽我狂歌旦復旦。

喜吴星若歸自平江爲宋既庭尤展成吴薗次余澹心鄭新篇至

白苧西郊秋水緑，危樓獨坐秋思蹙。遥喜一航天際歸，南溪吴子滿箱軸。展卷琳琅欲放光，詩文詞賦相追續。如聆玉磬聲既庭有《玉磬山房詩》，如推北平轂展成有《右北平集》。如挹峴山雲薗次守湖州初歸，如捧莆陽玉澹心，余閩人。拂几篝燈恣丹黄，四隅松風清謖謖。夜半起行月微明，何處翩翩吟空谷。

落花限韵

天地文章本無數，三春花萼含姿吐。少女潛勾馮彝臨，争妒娉婷洗媚嫵。初遣辭枝尚有情，欲下不下空中舞。徐看點點綴青苔，紅白繽紛雜璣組。更饒傍水不沾泥，願逐清流行踽踽。世間俊物豈尋常，東皇有力難爲主。宛若明妃出漢宫，差比西施離越土。含愁含怨不受憐，如泣如悲心獨苦。蜉蝣不量與依依，蝴蝶無知同栩栩。我亦今古有心人，枯菀因兹屢延佇。安得愛才竟千秋，重翼花神上花譜。

醉爲馬墜呈所知

憲也十年長爲客，路逢騎馬多辟易。邇來馳驅趙魏間，喜與驊騮共朝夕。驊騮好武習健兒，每遇文人心不懌。昨日醉飲黄叔度謂吉羽，張燈早已離華席。顧盼門前簇金鞍，三匹雄姿白與赤。一乘孫登謂雪崖一吴均謂星若，驕嘶一匹高千尺。余前跨之不逡巡，適逢彼怒雙蹄躑。辱在塗泥久不收，反側何堪重跛躄。扶歸紙帳石缸青，伏枕呻吟巾裹額。朋知載酒來相看，杖藜强起拖雙舄。語盡回思還一笑，人生履坦偏遭逆。君不見杜甫醉挽紫游繮，噴玉迸落瞿塘石。嵇康養生曾著論，忽罹殺戮爲物役。得失從來作此觀，一曲一杯天眼白。

石室

石室何年構，天工削不成。山光浮欲動，雲影過來輕。壁挂千尋月，溪流數里聲。高僧方出定，聊與話幽情。

延津泊舟

繫纜空潭下，潭深月不流。光摇雙塔影，氣撼一溪秋。夢破鐘初起，談雄劍欲浮。乾坤千古恨，盡載一孤舟。

明妃怨

婉轉辭明主，迢遥嫁异鄉。青娥傷漢月，紅泪染胡霜。暫得恩波日，徒成怨別腸。無金酬畫士，是妾誤君王。

聽南屏曉鐘

隱隱聲初度，風微浪亦平。敲殘僧夢破，催醒鳥魂清。欲起湖頭聽，還從月下行。南屏山不遠，惆悵碧雲生。

登詩話樓懷嚴滄浪先生

文雅如君少，深懷獨倚樓。溪横秋水闊，城擁晚烟浮。安有琴書在，空將杯酒酬。相師吾豈敢，風雨一淹留。

柘浦訪翁未青不遇賦寄

南浦傷心地，離君五六年。貯書還有屋，負郭喜無田。未掃落花徑，虛留《伐木》篇。秋風如有信，爲寄白雲邊。

鷄鳴山望臺城

金陵城北路，層塔倚禪門。龕護孤僧骨，臺歸故帝魂。清秋芳草碧，白晝亂雲昏。一望蒼涼處，難將對佛言。

含虛閣

一閣皆虛氣，秋雲淡欲封。青苔寒有色，紅葉晚猶濃。檻俯高低寺，簾搴大小峰。安能乘羽翼？天半訪游龍。

冒雪登鍾山

不怯衝寒出，全憑驢背堅。山河皆异色，天地亦空懸。帘影翻銀漢，松聲瀉玉田。振衣驚四望，何處孝陵烟。

同房大生李子玉釋谷語智林登清涼臺

客具詩禪癖，同敲山下扉。乘高黄葉亂，眺遠白雲飛。湖水連城涸，村烟入寺微。行行還徙倚，漸有月生衣。

雨

一雨渾無賴，空山不洗愁。偏防索米棹，難下讀書樓。乍覺園疏潤，如聞嶺樹秋。若當禾黍候，田畯喜油油。

荻港

三家成小聚，開户盡江天。孤戍兵依佛，荒磯客繫船。酒香魚入肆，春淺笋登筵。蘆荻深深處，幽吟不忍眠。

京口夜泊

北固初停棹，蒼然晚氣凝。無言寒鐵甕，有夢隔金陵。謀酒三更市，挑琴一夜燈。回看天界月，遥挂碧雲嶒。

雨宿草坪庵

不斷空山色，居然卧草萊。春光摇法席，花雨亂經臺。香氣侵簾濕，鐘聲度水來。下方元夕景，猶有暮笳催。

古意

自從久客戍漁陽，獨抱孤懷望渺茫。君畏簡書歸不得，妾持砧杵恨增長。關山月落人何處，玉樹鷄鳴夜未央。欲織回文將寄遠，愁縈心曲不成章。

江郎石

立馬山前問巨靈，誰移石壁插天青。兩痕削出高低影，三片争分大小形。忽送白雲看不見，乍開明月憶曾經。乾坤奇幻原難測，欲喚江郎夢裏醒。

遇富陽縣先君司鐸之地余覽揆處

薄暮停橈碧水湄，富春風景异當時。聖宫茂草階全没，官舍懸弧檻屢移。易姓幾忘前甲子，象賢慚守舊弓箕。滔滔大地渾如此，莫向江干嘆路岐。

宿于忠肅墓下

日落平湖放艇來，青松黄壤獨徘徊。鬢眉此日趨脂粉，肝膽何年起草萊。明月南屏寒舊魄，疏鐘西竺動餘哀。蘧然一夢渾忘却，夢裏關河總未回。

登岃峭峰

策杖凌空欲問天，山回路轉海門前。身浮四大孤峰聳，氣接三光一水連。縹緲旌旗翻日月，高低島嶼出雲烟。琉球指點虛無裏，那得乘風破浪船。

別峰蘭若

風回雨歇碧峰西，探得秖園路不迷。石笋漸高青嶂隔，山茶初長緑烟齊。頻敲石磬松花落，共坐蒲團竹影低。睡後月生清籟寂，白雲隱隱唱天鷄。

題林浦江閣兼別林蕡之騰之

凌虚高閣俯寒流，面面晴峰淡似秋。隔岸烟村依石鼓，一汀漁火泛蘭舟。雲霞屢度晨昏色，禾黍頻生今古愁。信宿談心明月下，何年重訪碧江頭。

白燕

社後歸來粉翅敲，烏衣陣裏玉梭拋。斜飛碧沼蓮飄葉，孤寢雕梁雪滿巢。一片微雲窺竹塢，半彎初月挂松梢。長江碧水清如許，不見差池羽影交。

天游閣

武夷最勝屬天游，俯看層巒面面秋。九曲溪聲争繞榻，六峰樹色總歸樓。半函詩卷收難盡，兩隻芒鞋去尚留。更有撩人幽夢處，幔亭雲影罩仙舟。

送玉輪之劍津

孤筇遥送暮江頭，爲振宗風出古丘。洗鉢遠尋雙劍水，攤經閑上九峰樓。袈裟欲取丹楓染，詩卷還將碧荔收。待我玉華游屐倦，一航相伴菊花秋。

游玉華洞

秋郊十里探仙源，古洞玲瓏白日昏。藥竈詩筒成往事，丹崖碧石可長存。猶留天地鴻濛色，誰見神工斧鑿痕。欲摘靈芝供斗酒，薜蘿深處不堪捫。

劍津遇周天池

邂逅相將勝夙期，談來身世事多奇。難逢國士懸青眼，識得英雄是白眉。明月空潭雙劍氣，梅花晴雪九峰詩。聞君挾策金門下，可有彈冠似昔時。

感懷

何事秋風起四鄰，葛衣換酒率天真。黄花有色驕陶令，白雁無情誤漢臣。萬里奔繻疑是夢，廿年留劍總生塵。放聲欲哭山山暝，聊向江頭再問津。

郡司馬李梅邨携觴至寓

衛源十笏衹幽栖，尊酒逢君肯爲携。簇簇銀鞍過竹徑，翩翩玉軸擁花谿。大洪雪白留新賦，小峴山青有舊題。安得平原時潦倒，柳陰深處聽黄鸝。

人日社集留别雲間諸知己時將返白下檢點書籍隨北上謁柏鄉魏師相廬江龔宗伯

堂擒風雅喜從新，七日晴光媚遠人。花勝暫分黃浦酒，竹書將拂白門塵。懷深燮理今元老，交托寅清古大臣。莫遣鶯花寒驛路，漸隨游騎度天津。

秋感

日向孤龕撫素琴，不堪秋色又相侵。荆榛滿眼無通徑，烟水縈懷失舊林。兄弟夢魂依白骨，友朋顔色問黃金。看來總爲浮名誤，行對吴江衹自吟。

天雄訪陳蘭涯大令喜晤林子將社長

河朔驅車洹水連，名花新種帝城偏。陳遵别計三千里，林藻懷鷩十六年。如此相逢誰白髮，不堪重憶是青氈。何時載酒東湖上，桑土綢繆一醉眠。

孔心一觀察月夜招飲

一天凉月伴幽尋，古寺回廊緩步深。静署有情傳下榻，輕輪無恙載孤琴。尊中酒喜三更足，案上詩留千古心。此夜占星誰太史，白榆歷歷指西林。

孔心一書來喜真州梁敷五濬邑周伯衡寄詩集至

炎炎初日下平疇，風雅關心屢置郵。有客相思傳《白雪》，幾人作賦醉青州。中山久峙千年望，淇水今看萬派流。夜半鎖窗吟不歇，夢魂飛越過南樓。

重游玉虚洞

携手還尋古洞游，東西莫辨以聲求。晨烟夕照皆空色，月落星高自去留。始信地天原有缺，縱分晴雨亦難周。歸途又作仙源想，夢裏依稀到十洲。

雨中王允侯過我夜話

暮雨秋風正掩門，忽聞君至屐聲喧。詩分奇正狂生壘，劍説雌雄待報恩。僧舍三更誰送酒，客樓千古是消魂。還期霽色城西路，碧棹青山可共論。

同陳昌元鄭惟藎登福廬宿葉文忠石隱山房

洞壑玲瓏作晚聲，芝英亭下夢魂清。虹歸碧澗千尋色，月挂青崖萬里明。臺榭荒凉聞虎嘯，衣冠造次趁鷗盟。蒹葭白露荒祠晚，誰計安危感慨生。

重登大覺寺懷陳止庵

重來此地訪烟霞，栲栳陰濃石磴斜。鷄犬雲中皆舊識，牧樵岩下半通家。門封蛛網猶懸榻，壁拂蝌文半罩紗。惆悵昔游零落者，十年兵甲老天涯。

讀書一拂祠喜林伯奮自楚至蔡方山自粵至并坐雨中小飲

荒祠深柳傍寒峰，我友天涯策短筇。乘鶴樓高誰客在，騎羊城古幾仙逢。畏談湖海從前事，笑慰支離別後踪。小雨帘飄裘可典，白門孤艇各從容。

登雨花臺

閑閑獨步上高臺，雪色平林暖始開。花雨久隨青草没，江濤時涌白雲來。繁華六代看朝槿，感慨千秋問野梅。何事長陵松柏裏，頻年風雨起餘哀。

含元閣即景

危閣崚嶒上碧霄，窗虛八面盡堪描。千村屋繞高低樹，一水城通大小橋。丹竈西山疑暮雨，泮宫南國正秋宵。天涯載酒尋狂客，勝作平原十日招。

九日侯晋水明府招登烟雨亭

重陽雨色喜全收，勝友携樽作勝游。城下并舟齊到寺，樹間乘屐忽登樓。僧容開禁雲先醉，客欲徵歌月正浮。却笑昔人循故事，偶然落帽擅風流。

敬亭晴雨次張逸山韵

山中氣候幾人知，秋杪寒暄不定時。驟雨驚濤峰欲失，殘陽落影塔增欹。情文極變留詩史，濃淡難分乞畫師。盡撤珠簾看不厭，巫山何處更相思。

虞美人草

垓下歌殘翠黛休，美人名逐草名留。隨風還作軍中舞，泣露猶含帳裏愁。楚水蕭條迷古廟，霸圖寂寞鎖荒丘。戚姬亦有千年恨，不見遺芳古墅頭。

舟過吴淞懷陳大樽先生

少慕三吴十二家，先生挺出壯中華。雄文倒海今司馬，大節擎天古女媧。立馬西湖留藻荇谷霖、蒼祀先生於七賢祠，挂帆青浦拜蒹葭。采風不見新祠宇，落日孤烟問水涯。

雲間吊夏瑗公偕其子存古殉節

濱海頻年訪古遺，長歌河上憶吾師公靖節於河。獨將七尺争天地，孰鑄雙忠上鼎彝？學海波瀾文有禁公有文禁之刻，詞林凄惻哭留詩公同朝暨諸門士俱有挽章。吴航直接吴淞水，萬里棠陰百代思。公曾爲吾閩長樂令

雲間喜遇陳昌箕

山中宰相泖湖賓，握手驚看豈爲貧。七十春秋高著作，三千水陸訪鄉鄰。詎知黄耇皆新壤，無復青山識舊人。獨我旅帷風雨際，還從樽酒與嶙峋。

訪吴梅村先生賦贈

才名久已重山丘，霞嶺難乘載雪舟。道企五千高日月，詩存三百見春秋。人争瓦缶喧天奏，誰挽江河入地流。遥向龍門邀一盼，酬知原不在吴鈎。

烟雨方舟載酒行，典型萬里望峥嶸。青山未老中原夢，白首長存太古情。一塢梅花常愛客，兩堤柳色欲流鶯。後先知己温陵在，惟借吹嘘遍上京。先生房師周芮公，吾閩泉人。

謝傅石漪爲卜草堂

一馬雙僮道不孤，恰逢知己守三吴。鋤茅爲卜東西瀼，種柳時過裏外湖。不惜養廉謀土木，可堪同調勝葭莩。連朝秋雨山樓上，頻想高風對酒呼。

送卓尚如歸閩次傅石漪韵

忽道君歸念百端，故園風雨倍艱難。荔枝無分長相憶，蓴菜多情半未殘。明月一天生遠夢，迅帆千里送新寒。論交莫道今朝晚，傾蓋離懷更不安。

送别陳得水兼訊鐵山先生

白門三載共風塵，亂後重逢意氣真。明月花庵頻訪桂，清風畫舫更思蓴。送歸愁惜長江晚，話别魂消故國春。爲問猖狂君大阮，海天青眼屬何人。

室若至

地僻無徒清晝眠，忽驚剥啄有名禪。帶來溪響生琴潤，招遍雲峰入座妍。方外縱談忘伏暑，山中結屋待秋烟。何當贈我新詩去，盡作炎方白雪傳。

懷陳緑崖先生却寄

蕭瑟芙蓉手自搴，白門黄浦隔遥天。文章過眼看桃李，家國關心問杜鵑。愛酒乞鄰墻上過，尋仙覓路雨中還。懷君不佩忘憂草，秋水高樓三百篇。

偕同鄉諸先生公祭一拂鄭介夫暨全閩清忠祠

秋色石城下，相將謁古祠。碧梧深繫馬，疏柳淡褰帷。四壁文章重，千秋記載垂。奏圖光宋史，歸拂壯閩碑。俎豆隆先典，蘋蘩守舊規。英才咸濟濟，後進各師師。共肅衣冠拜，彌興朝野思。蒼生原有待，赤膽更誰期。再晋東偏室，還修北面儀。清忠長不朽，貪懦亦何爲。小子塗泥質，諸公鼎鼐資。願言須努力，獻此百年卮。

登清凉臺

偶縱石城步，言登百尺臺。松杉前代蔚，鐘磬隔林開。層塔形如舞，長江勢欲洄。三山碧浪涌，萬井緑雲堆。人説梁唐舊，余驚歲序催。興亡無盡感，天地有窮哀。夕照峰峰迴，烟光樹樹回。

蒼茫秋色晚，俯仰獨徘徊。

鄉約禮廢久矣旌陽李廣庵明府特舉講行猶古之道也敬贈十六韵

禮失謀諸野，今猶三代時。楚江仁君子，滇水大刑司。補秩臨旌邑，弘慈首宛湄。聿行隆古事，恪守聖賢規。講始六條設，文先萬里知。晨昏無怠色，朔望有常期。濟濟東西序，蚩蚩大小兒。譽髦皆迪簡，壽耇倍含頤。苜蓿先生共，熊羆裨將隨。肅雍十笏地開講護國寺，翹楚九重儀。在昔柏鄉相，經題薇省碑。於今十五載，始覯百年師。我縱仙源屐，躬陪令尹卮。清風雖屢見，盛教此方披。極目兵戈後，傷心禾黍離。安能不俯仰，拊手致芹詞。

賦得斂性就幽篷贈吴不官次同人韵

白下交君日，詩中羡有禪。去來忘歲序，呫嗶養天年。曾擅鋤金手，寧無種玉田。先平方寸地，頻拂百重泉。閲世難存史，觀風惜斷篇。葺籬匡日月，開户走雲烟。事事看如此，時時守固然。儀型遵後輩，理學測先賢。五岳真堪佩，三竿自可眠。願堅石室閉，莫駕泛湖船。

登望京樓在衛城之北，明時潞王建。西可望其墳。

初凉天色遠，信步陟高樓。百級蒼階古，千重碧檻幽。雲生衣袂幻，風送土沙浮。睥睨圍三里，嶔嶔抹一秋。太行長捲幔，衛水曲通舟。烟樹迷横浦，晴橋過小洲。人家耘麥隴，邑井結松楸。誰憶京華信，徒懸宫闕眸。廢興原似輦，天地小如鷗。錫爵何年事，分桐幾代留。勞勞戈戟罷，淡淡水天流。西慟墳爲寺，東傷屋作丘。樵柯龍欲卧，獵網鹿難游。灑酒風無力，焚香霧正收。

夕陽鐘外影，新月雨餘鈎。惆悵王孫草，青青旦暮愁。

欲雪

山意偏宜雪，荒齋莫畏寒。沽來一斗酒，隨處向梅看。

客中重九

登高不飲酒，獨坐大江濱。未識故園菊，今朝醉幾人。

尋蘭

紉蘭同屈子，采采入山阿。細問蘭生意，秋風起薜蘿。

山厨

山厨恐無烟，收拾且炊字。忽聽剥琢聲，前村疑餉使。

白石長爲枕，狂來欲煮之。煮成笑問婦，石亦有光時。

嘯臺

清談天下誤，長嘯山中老。千載有心人，惆悵蘇門道。

留别鄭子長

買棹隨流直向西，緑楊深處曉鶯啼。東風若肯憐歸客，吹落桃花出武溪。

黄素公解纜延平

中天日出曉烟平，兩岸桃花一棹輕。贈汝延津雙玉劍，時時風雨作龍聲。

寄友

汝向山中幾日行，余從江上聽秋聲。十年未肯輕離手，極目蒼烟一雁鳴。

游仙詩戲示劉生

洞門深閉種桑麻，不許春風説漢家。却笑當年劉子驥，空從鷄犬覓桃花。

山行值雨

一杖千峰頂上行，白雲和雨作溪聲。蒼茫不辨前山路，何處村翁帶笑迎。

中秋同星若

三載中秋憶共君，樵川烟雨石城雲。可知明月當空少，莫遣寒杯此夜分。

補遺一　成性[一]

福清魏憲惟度　輯選

含山李衷燦梅郵　閩縣陳　偉蘭涯　參

侯官王　綸汝言　内江張祖詠又益

成性

字我存，號率庵，和州人。

小引

魏子曰：余髮未弁，受知於陳雲從先生。每爲余道我存成公，莊莊恂恂，所進未可量也。迨公舉制科，將代巡入閩，人莫不以赫奕擬之。公至，而恬穆若素士，謙撝之度、惇摯之懷，全閩共見。向之憚其赫奕者，轉而愛之、慕之，不啻赤子之投慈母，藹然親矣。記重九之日，公課士於明遠

[一] 此卷詩篇見於枕江堂本、聚錦堂本卷三十二。

樓，自爲詩四章，令諸生屬和。儼然平昔舊交，濸筆硯於几席。刊布八郡，爲詞壇佳話。余時以讀禮山中，未預盛典。時從都人士，花月之夕，取而讀之，信雲從先生言之於三十年以前者，符之於三十年以後也。近旅天雄，與王汝言、陳蘭涯諸君子詩文相遇〔一〕，每憶公丰采，未能縮地一晤。適衛司馬梅邨李公以介使持公新詩見示，如《率庵整舫》《初園》《足半》等集，皆至情之言，動協風雅，絶不類時俗粉飾，務纖趣以媚當時。急壽諸梨棗〔二〕，報梅邨曰：詩樂之始也。余嘗審音樂以觀詩，爲燕也石，爲巴也瑟，爲牙也琴，直以一音取重，卒之舞百獸、和神人、出流魚、仰秣馬，莫不入神。今讀成公詩，一以正始元音廣吹天籟，譬集笙、鏞、鐘、鼓於一堂而莫之與易也，又何俟吴季札觀之而後知爲洋洋大國風哉！公貽我多矣。

思祖詩

此身何以生，曰惟予大父。方予六九齡，相繼失恃怙。祖母時亦亡，我祖益復苦。天蹇一老翁，白髮哺雛羽。孫喜固惟歡，孫哭亦不怒。言及我二人，潸焉涕如雨。念家有孤兒，晝游不過午。

〔一〕『遇』，枕江堂本、聚錦堂本均作『玉』，誤。
〔二〕此處脱『棗』字。『梨棗』，古代梨木、棗木所刻雕版。

念家有孤兒，夜飲不待鼓。積銖供吾衣，損箸增吾脯。我時在童蒙，安知祖艱窶。非無粟盈倉，
我祖市於釜。非無笥滿裳，我祖衣自補。初予就塾時，終歲通八股。我祖袖示人，私心竊自詡。
謂我有此孫，差能立門户。河清難可期，我壽幾入土。乙亥和陽凶，秦寇環城堵。猰貐而食人，
耇老膏其斧。持戈索祖金，祖金將奚取。我祖詈且號，爾賊何狂瞽。我家世儒生，忠義相傳譜。
爾殺則殺之，予豈受爾侮。予時見祖傷，胸舂千萬杵。反刃賊未能，殉祖思無補。捐軀在布衣，
慷慨有誰睹？每念我祖恩，立身益自努。弋獲此蝸名，差言繩祖武。我願化麋鹿，繞墓時麌麌。
我願化長松，柯葉蔽我祖。我願化溪流，紆回逐桃塢我祖葬所。此身何以生？曰惟予大父。

同友人泛舟湖口值村翁進茶相與談閑事有感

不爲窮所驅，胡來此山谷。荒闤日已西，相携幸不獨。泛舟我言旋，中有愁百斛。疲邑無仁民，
兵戈生詆誘。淫雨漲污田，新舊不接穀。乾坤當變更，生人半草木。有子入公門，富貴在頃倏。
喜能令人生，怒能令人哭。拙士狃平時，區區守誦讀。舉世概燠涼，文章道日蹙。遠涉忘歲時，
驚聞六月六。細霖皴平湖，輕烟起遥麓。闞口一老翁，向來曾止宿。露頂捧村茶，而意甚恭肅。
携酒促我醒，我夢呼童僕。一飲湖西園，再飲陰雲昱。醉看水連天，收來可盈匊。

行路難

君不見船下柁，移右復移左。君不見天上星，在隅還在庭。世情原自有更變，刻舟求劍徒冥冥。進可帝師退可釣，徒步何辱車何榮！

言志詩

智士各馳騖，我拙願居後。高車非不榮，仁義亦還有。代種鄉里田，偃卧門前柳。釣魚古荒溝，舂米鄰人臼。賃地作閑園，秋瓜與春韭。種黍寧種秫，秫多可爲酒。交人但交老，老翁益人厚。野花遍山岡，不必植座右。飛禽集高樹，何用籠斯守。兒女自長成，會須各有偶。嘗笑尚平愚，問他婚嫁否。禰衡終不遇，趙壹徒自負。高聲讀《離騷》，屈子吾老友。我性本疏直，生平絶矯揉。百思無一長，甘心同敝帚。賈人未獲雉，匹婦不開口。畯明無一言，叔向安携手。有才耻自鳴，所以成腐朽。不知世路艱，直自如山陡。迂儒困常調，誰肯執其咎。展我當年書，開我昔時牖。閉户謝時人，冷暖均弗受。城中似海蜃，一任市樓阜。清净吾所宜，絶迹不之走。我心良易足，足意在升斗。虚生爲世累，但願得中壽。筋骨豈好勞，命合止野叟。未審千載下，知予爲某某。

讀古詩歌

古來稱大篇，杜陵太白退之傳。乃知此道不從奇才异手出，畢竟脆格軟調難精堅。我觀諸公之所作，或如孤雲出遠岫，或如濆流尋巨川，或決然而騁，如騊驪之奔軼。或溜然直下，如輕帆順水之風船。或朗如初吐之月，或澄如晚霽之天。或殷殷闐闐，如短兵簇矢之相接。或峨冠博帶，如嚴君神明之在前。或奇可而怪，如松鱗石鬣之不可狀。或澹然而寂，如深山窮谷不記甲子之枯禪。諸公佳作自無敵，余亦未能睹其全。長恨古人不識面，但於文字相周旋。聯絡先後須天眼，千秋萬歲當比肩。時流雷同那可説，少見多怪心不然。余因偃蹇充歲月，趨賢則鶩趨勢孱。而今冰鑒究誰是？吾寧蓬頭垢臉羞争妍。羈魂草草白日卧，逋愁千萬何時蠲。散復散，顛復顛，太倉一粒奚有焉？功名富貴若朝露，昨日縉紳今已悛。惟有立言庶不朽，苔痕剥盡猶鮮鮮。

苦水歌

京師有苦水之稱，因見鬻水者戲而作之。

欲爲盜泉恐傷廉，欲爲温泉羞附炎。名隸五行甘作苦，轆轤如泣聲漸漸。役車載滿苦不盡，日復一日還相添。嗟爾爲水勿復嘆，井渫不食爾何嫌。水之族類遍江海，甘可爲酒鹹可鹽。居人用汝作湔浣，含垢納污心自厭。

寄傲

手不握刺惟舉卮，足不趨勢惟念微。口不議俗但説鬼，目不睨古肯覷誰。此身三百六十節，節節帶傲與人違。子真變易姓名去，康伯遥遁何所之。遭逢百倍此二子，安能自弃聖明時。白水浩浩聲嗚咽，騂馬不來遲復遲。讀書既久成滯物，膠心應世難推移。長鋏短檠歌不盡，秋風江上鯉魚肥。

憶燕山除夕時南歸家居

憶在燕山除夕時，秘書公退晚風颸。身因异地傷懷抱，句合同人賤別離。半卷欲清兒女夢，一燈空冷利名悲。常騎老馬嘶前櫪，不爲朝參尚起遲。

坐徐子星世易堂

經時不見事尤奇，我輩交情天下知。在客幾曾形彼此，歸來猶恨羽參差。片帆滿載三秋夢，杯酒難寬兩地思。更喜君家兄弟好，故人因得附塤篪。

客銅山有感

出門有礙便同車，信我從來世法疏。薄宦數奇惟感慨，孤根獨立耻吹噓。是書可借消閑晝，非酒無爲到客居。浹月不知何所事，較將生計拙樵漁。

瓦官時爲友人謀納姬

留得黄庭未諳攤，行來臺榭已多殘。踟躇粉黛虚金屋，信宿烟雲憩瓦官。脱俗有僧偏重客，催茶無酒亦成歡。龍泉掃葉知誰處，風雨依稀午夜寒。

夢爲僧

蕭蕭蘆葉古灘頭，清夜移人野寺幽。半世功名寒似石，一生心事澹於秋。羞將异骨剷妻子，喜共殘僧飯麥粦。夢裏鐘聲剛未歇，蛩吟依舊響啾啾。

偕徐子星坐城頭茵落葉作竟日談驟雨始下

家無勝地秖城登，敗葉敲頭坐我朋。詩思轉因秋思減，雨聲猶共友聲增。年來异己空三費，幾處同心此一燈。夜夜興歸樽後句，不知可記醒時曾。

游天門在郡西南即青蓮題詩處，予醉卧其上十日。

咫尺未經天外世，不期今日遂疏狂。烟迷野樹楓林緑，水漾秋江秫稻黄。晚浦漁人頻下網，急流舟子便揚帆。歸來懷抱無如此，惟有天門重歷陽。

遠猥

由來不慣語寒温，南北居行總閉門。古道如犀成黑暗犀曰黑暗，小言似犬吠黄昏。酒瓢徒有宣平在，詩友今無夢得存。新歲舊顔何可問？雪深僵卧懶加餐。

曉醒有感

還將古調向人彈，獵酒行來最易乾。前市車譁今似昨，北窗風戰火愈寒。自分鐵骨難工媚，何處灰心可即安。世路莫言多嶮巇，雪甌無數小巑岏。

雨過

雨過凉生日影移，霎時秋氣襲人衣。一杯送晚無他計，兩意横中不果歸。卧杵又催羈客夢，飛鴻已厭寄家詩。平生多少難完事，遑問江鱸肥未肥。三十年來博一名，頭顱仍舊可心驚。跨臨酒海憑依隱，坐擁書城任縱横。壯志晚隨楓葉盡，秋思遥逐楚雲生。風吹不斷堂前語，怕聽歸人問水程。

夏午偶成

世態於今又一新，勞勞何日已風塵。當途半是同時客，閉户難堪久住人。六月泥深埋馬足，十年冰冷賦車轔。莫言名事無多繫，此日傷懷不爲貧。

過彭澤懷靖節先生

柴桑高隱樂衡門，晋代完人千古存。特爲義熙留甲子，方知太尉有賢孫。才堪著作徵難就，賦得歸來意不言。五斗寧將易五柳，清風江上好評論。先生高義古人師，酒字篇篇卒未離。不解書多禪草事，無弦琴隱《采薇》詩。督郵到處輕腰節，處士於今有面皮。萬里歸來三徑晚，中流聊與質心期。

舟中寫懷

舟行無曆日，不復記清明。拜掃家兒事，蕭條旅客情。長河猶見柳，野岸不聞鶯。剩有床頭醳，無令百感生。
家鄉當此日，鶯語百花明。誰念吾長往，應知少舊盟。無才羞入洛，失意勉辭耕。珠桂年年戚，風波不易平。
野草青於岸，扁舟晚近湖。多愁止自曉，有月令人孤。懷土非吾志，出山亦我愚。難將舊面目，承睫向當途。
豈是梯榮至，通都覓道流。饑寒賢聖事，離索古今愁。壯去悲筋骨，憂來懶應酬。千秋知己貴，惠子得莊周。

舟中憶兒生日

熊兒生此日，是我北征時。汝幼無親黨，家貧有薄醨。故園花正發，京國到猶遲。老馬心常苦，徒深顧後悲。

接蔚州夫子書信

欲到鵝湖願竟虛，關山幸不阻音書。吾師莫若蕭夫子，人子當如徐仲車。地薄稍能資菽水，時清正可狎樵漁。鯫生碌碌成何事，未得安心賦《遂初》。

一疏潘輿許自由，幾年絳帳未從游。手栽桃李知餘幾，耳聽芝蘭喜競抽。欲逸眠龍雲際穩，求深隱豹霧中留。危言不作庸言好先生以庸名齋，畢竟名山是遠謀。

懷崑林先生

臨岐未得面先生，知是黄花山下行。滿篋參苓皆長賜，盈車梨棗半公評。從無趙至傾中散，獨有中郎愛《論衡》。極目燕雲頻悵望，高天惟見斗星横。

懷子星齊年

秦淮河畔柳依依，晨夕何人爲扣扉。海内無從勤吕駕，里中誰復問陶歸。批鱗北闕君章在時有刻疏之役，戢翼東岡我願違。寄語知心徐給事，思君常逐斷雲飛。

過陳雲從先生里

富春江上太丘廬，轉眼滄桑絳帳虚。趙至幼邀中散盼，孔融早載孝章車。九原不起吾知己，四海無交孰問予。路出西州今再嘆，生平多愧報恩疏。

初發横江舟中作

北道塵揚便小舟，依然浪迹也堪羞。踉蹌薄宦何邕老，醉放青山李白愁時望采石一帶。當路勾除忻賽馬，忘身錦綉畏犧牛。歷陽朝發石頭近，細雨江心起泡漚。

泊白洋河

河水湯湯日夜流，荒凉兩岸一孤舟。多艱世路浮沉晚，不盡憂心風雨秋。久廢那堪披故紙，重來何日問西疇。子行空有勞生論，不及司圖得早休。

過驪山浴温泉漫賦

驪山烽火是何年，千古興亡事渺然。玉輅鸞旂成蔓草，離宮複道盡荒烟。高低翠柏如新植，滅没殘碑似未鎸。一曲霓裳音斷絶，浴妃池畔水潺潺。

過馬嵬坡視楊貴妃墓

一婦何關治亂無，唐皇作事自糊塗。荒坡宿草栖殘雪，留得人間春睡圖。
歌舞當年樂太真，漁陽鐵騎起黄塵。君恩祇似乘軒鶴，到此無言謝國人。
三尺殘碑走兔蹯，馬嵬遺冢至今存。若將白髮宫中老，那得青青倩女魂。
憶昔明皇幸蜀年，負心羯竪起烽烟。馬嵬坡上風聲碎，疑是咸陽宫裏弦。

過唐武則天陵墓有感

悍后規模亦自殊，朝官石馬列荒蕪。賓王淪落嗟時相，尚是憐才女丈夫。

謁諸葛武侯祠墓

漢室河山代既遥，武侯名字肅垂髫。《出師》二表傳千古，定業三分話一朝。吴魏有人非勁敵，高光無運起炎苗。長吟絶響稱《梁父》，壁上琴聲未寂寥。

入棧道

客邸爲家又轉蓬，馳驅王事任西東。三春花鳥潺湲裏，萬里鄉關烟霧中。出舍每驚豺虎迹，逢人多遇馬牛風。閑來選石評高下，把酒看山興不窮。

過廣元

不是艱難獨萃予，生來行徑自乖疏。兩京十口千峰隔，萬里三巴一紙書。山國幾年驚燧火，春田猶未見耕鋤。扁舟到此歸心急，何處蒿深是敝廬。

棧道

鄭重日王事，馳驅愧小勤。夜深人逐虎，地絶棧連雲。野路花隨發，荒山火自焚。那堪行道遠，又值雪紛紛。

尋石子得盈抱咏之

寂寞平沙裏，曾經幾浪過。米顛今不在，石丈竟如何。黄竹赤松伴，青山白水多。望夫疑有怨，莫去逐鳴珂。半載崎嶇裏，狂夫興未悛。忍飢尋怪石，狎虎聽清泉。路似曾游地，山疑别是天。有身隨處好，不必更牽纏。

將歸

人能幾五載，可不謂暌離。於外成何事，相逢非所期。况歸猶暫爾，既近肯栖遲。豈受微官縛，終須脱馬羈。歸心徒自急，未敢向人言。舊我仍頭面，新柴异里門。艱難歡笑短，歲月戇愚存。積虱身無盡，朝朝對客捫。離家三百里，近譬若升堂。客久從天下，心勞計日忙。江山空浩首，閨牖老蓬妝。試看歸來物，囊詩石滿筐。久不經人眼，長途如閉扉。夢魂三徑繞，今昔一官微。愁與路將盡，心先身早歸。有兒未識父，江口俟迎稀。萬里多年别，近鄉如有疑。誰將我到信，預令家人知。屢問風愁折，纔過地喜移。明朝登北岸，下馬抱吾兒。

喜拜墓

桃花橋畔水瀰瀰，游子孤踪涕泪涶。祀缺鷄犧塵掩豆，土彝馬鬣草封碑。遵崖不見華來此，繞墓何知鐸在斯。罔極終天餘一嘆，蒼蒼雲樹幾年思。

喜見子

萬里歸來叩户扃，嗷嗷家犬吠中庭。慚爲人父徒三嘆，孰是吾兒有四齡。入刹已徵莎草夢，探囊徐出《白華經》。抱來置膝無相畏，莫把親顔當客形。

襄陽憶家

桃花古塢歷陽城，歲歲離家草自生。村酒宜人誰獨醉，春山伐木可同聲。零星杜亮憐才僕，寂寞汪倫送遠情。十載爲郎萬里使，竹箱依舊羽毛輕。

三月浮家學志和，蜀川秦水楚江過。并無荒徑難存菊，幸有嬰兒喜夢莎。夙昔鋒棱歸黯淡，生平涕泪盡吟哦。鴟彝馬革何人事？不及蘇門一嘯多。

黄溢聽蛙

夜泊廬中人語稀，江洲四月老蛙肥。無端續續聲高下，若唤歸人急早歸。

聲氣還同莫謂微，池塘青草自音徽。哀鳴盡付東流水，誰問田間是與非。

謝客

畏愛兩無着，宜其冷面多。年來每自揣，到處免相過。見要誠非喜，逢人且抱痾。平生寥落意，獨對大江沱。
金位尋常事，無之適可輕。避人防冷面，却贈免時枰。道路詩書氣，襟裾河岳精。千秋誰見許？復有一成生。

長安元夕

薄宦長安尚未休，何知令節但知愁。燈前花結真無謂，酒後吟多不自由。鬼盡待年燕市鬧，人誰度日楚江秋。可憐一嘆還三唱，寂寞春深燕子樓。

晤徐子星年兄

縱有新交遜故知，生平况不合時宜。相逢各自驚頭鬢，當世何曾問口碑。枕上驕人粱未熟，井中坐客眼猶窺。年來并少彈冠興，且盡春深酒一卮。

聞環極魏夫子將至京志喜

長安孰是開眉處，却喜先生即到京。西首都人頻悵望，中原文物自盱衡。君恩終有朝天日，母在初無捧檄情。幾欲弃官同賀子，何期旦晚侍周程。

十月初十日啓奏即事壬子工垣

寒風起處臣衣薄，閶闔門深夜未終。造物忌多常恐敗，憂時無策敢言忠。攄愚幾見天顔霽，承問方知帝聽聰上問疏内事。莫把唐虞稱往代，古今事業也相同。

言志

吾生原不爲功名，何况區區温飽身。祇恐毁方辜正獻，安能阿世學平津！悠悠此日隨多口，斷斷當時有介〔一〕臣。廊廟山林憑出處，年來魂夢繞江濱。

〔一〕『介』，枕江堂本、聚錦堂本均作『个』。

補遺二　孔興釪〔一〕

福清魏憲惟度　輯選

華亭沈　荃繹堂　南城吴學炯　星若

新城王士禄西樵　嘉善孫雯鏡〔二〕静涵　參

孔興釪　字紹先，曲阜至聖裔。

小引

魏子曰：余寓虎丘五閲月，山川秀麗，烟嵐日環几席；晨窗煮字，不啻置身閬苑中。迨渡震澤、

〔一〕此卷詩篇見於枕江堂本、聚錦堂本卷五十二。

〔二〕『雯鏡』，枕江堂本、聚錦堂本均作『鏡雯』，誤。據魏憲《枕江堂詩文集・鸞嘯軒詩序》：孫雯鏡，嘉善人，字静涵。據改。

溯淮泗，偶一俯首，其巋然天表、青連齊魯者，則泰岱也。躋其巔，南望吴門，僅若匹練。至虎丘勝概，則亦一拳石可以納之袖中，一勺水可以貯之盂内。不覺神爲之肅，魄爲之震。天下之大觀，其在此乎？及過曲阜，登孔子之堂，觀車服祭器，古質嚴重，則又徘徊久之，流連不忍去。至漢有聖人之澤，歷百代而日新，其靈秀之氣，蔚爲令嗣，豈顧問哉！英賢接踵，在當時已然。北海，宋有道輔，尤以光偉大節，爲古今艷誦。本朝世祖時，事關典禮，心一孔公復能抗疏伏諫，直聲動海内。今逾三十年，紹先先生裒然高舉矣。掇巍科、登翰苑，高文典册，方以筆楮相世。聖天子以爲孔氏之門每多忠貞之佐，蘭臺書帙不足煩之，宜處於梧垣柏署之間，用觀其折檻伏蒲之氣，從此而上光祖烈，下澤蒼生，乃指顧間事，天下將益景朝陽之鳳矣。歲壬子，先生過五鹿，省候觀察。余方寓天雄書院，論次風雅，而門外青苔踏破，尺許高軒隱隱從竹影中出。名則霄升，心則谷下，玉山映座，令人氣静。繼授余古今各體，高揖三唐而俯視七子，一快讀之。并州剪遜其利，哀家梨讓其爽，技至此乎？余思《三百篇》自屬君家删定，豈當年過庭之時，果有异聞耶？余將又懷陳亢之疑矣。

王子喬擬古

太子晋〔一〕，遠乘白鹿游雲中。遠乘白鹿游雲中，顔如童。太子晋，神鹿似雪丹唇紅。空中戲，行若龍，出自海上蓬萊紫霞宫。歷嵩高，騎氣馭風，上過萬丈閶闔，舉手長揖天公。上古皇王不足令，令我英主致休禎。四海殷殷泰道呈，元氣氤氲永康寧。靈娥羅列鼓琴瑟，神通八極和且平。鳳凰翱，栖殿上，長奏聖人前，延我皇帝億萬年。

隴西行

仙境奚所有，芝草種瑶田。猛獸守重關，磨牙何獰然。鳳凰振華猻〔二〕，兩兩舞蹁躚。玉女迎遠客，綽約步嬛嬛。含笑啓玉齒，揮袖生紫烟。揖客寶堂上，鋪設列瓊筵。飽以胡麻羹，飲以瓊漿泉。載歌拊瑶瑟，玉指動朱弦。一鼓兩三行，清韵入寥天。客拜殷勤起，遥送洞扉前。相贈一丸藥，意戀多綿綿。仙家殊塵境，無令俗慮牽。榮華徒自惜，憂樂苦相煎。

〔一〕『晋』，枕江堂本、聚錦堂本均作『晉』。劉向《列仙傳·王子喬》：『王子喬者，周靈王太子晋也。』

〔二〕『猻』，不知何字，疑爲『羽』或『翮』之异體字。

元日雨

不覺逢元日，悠然動旅思。僧開迎竹户，客放讀書帷。鳥寐知春早，花醒愛雨滋。盤中擎細菜，延佇許多時。

訪友

江干直放棹，信宿赴君期。雨歇花魂净，晴新蝶夢知。東西難卜瀼，大小愧稱兒。且盡須臾酒，城闉恐有司。

早朝

旭日曈曈啓自天，百僚雲萃御樓前。青松綴玉傳甘露，紫笋浮花瀹醴泉。多士聽宣魚貫入，諸班分直雁行聯。書生謬忝儒紳後，執策從容侍講筵。

秋感

昨夜西風過郡城，遣童出户問秋聲。霖音淅瀝來恒岳，雲影蒼茫隱帝京。宦業未能逢夢卜，家山何處問春耕？讀書曾嘆馮唐老，匣劍帷燈空復情。

寓園

無邊風景耐人觀，競秀争妍不厭繁。一曲漁歌烟漠漠，三春農夢雨漫漫。雲霞谷裏禽聲暖，青靄圖中月色寒。何處冰壺來濯魄，花陰石上好盤桓。

贈友移居

草草河干復定居，幽人性與市城疏。庭中新貯雲霞色，階下重滋雨露蔬。愛客特開三徑竹，課兒閑檢一床書。許多勝事頻堪記，竟日修琴更對余。

龍潭

龍去名還在，潭空水不流。荒臺寒竹影，古寺暗松楸。客喜雲堪伴，神因鳥解愁。何人時載酒，隔嶺聽樵謳。

寄家觀察心一

暫得岑閑正可娱，清尊獨對一峰孤。幽懷但願揖奇石，散秩何能請鑒湖。宦業漫飛池上鵝，春光早到樹頭鴣。故山無盡烟光路，大阮何年共一區。

寓村寺

荒村餘古寺，暫住伴莓苔。不見幽人過，空邀野客來。堂中鐘磬冷，竹裏鶴猿哀。午夜初生月，晶瑩絶點埃。

留别吴星若

西窗風雨幾同聽，惆悵離群野渡横。酒肆帘飛雲一棹，禪林鐘度月三更。柳花飛處誰傳夢，鴻雁行中好寄情。此去西山秋氣爽，匣中長劍欲教鳴。

寄懷魏惟度

寶劍南來歷歷星，長餘紫氣接天青。名高萬里争投轄，才霸千秋似建瓴。鶴步松林看獨遠，鶯鳴柳浪憶同聽。洹河清映盧溝月，早趁東風薦藻馨。

宿趙州寺

散秩全無事，山門寄興豪。誰憐花雨瘦，自笑劍書勞。午夜鐘催夢，清晨梵入濤。趙州茶正熟，對坐讀《離騷》。

郊行喜家觀察心一禱雨有應

千里平疇景物隆，青青麥色四郊同。誰家婦子勤東作，幾處豚蹄祝歲豐。草屐半沾寒食雨，春衫不畏柳花風。共傳觀察勤民事，蠲潔焚香對彼穹。

梅花

歷盡冰霜節不更，喜生深徑促春聲。微微玉影三分白，淡淡冰姿幾點清。弱質臨風神欲舞，幽香弄幌夢難成。東風應識愁人意，素友相依解恨情。

草堂

春風吹綻一林花，澗水潺湲可泛槎。野寺鐘鳴浮碧霧，草堂客到舉朝霞。幽蘭獨賞誰爲佩，海鳥無憂自宿沙。却嘆叔平多世界，木奴千樹日營家。

客懷愁緒向春開，倦鳥翱翔又一回。峭巘千尋懸素瀑，平溪九曲送流杯。纖簾想見多幽思，執戟空憐老賦才。芳樹欲含無盡意，争如風雨不停催。

讀枕江堂詩贈魏惟度

先生詩新奇，殷鏗何足比？拂几再四讀，矖然〔一〕爲之喜。秋來何處山，翠嵐近席几。文章聲氣通，寧論幾千里。可知千古人，隨地動仰止。登臨興有餘，蒼烟滿墨紙。魏博重惠余，爲續行山史。

謁比干墓次大參李素園韵

何代無興廢，乾坤此廟存。鴛鴦垂瓦影，蝌蚪綉碑痕。肅肅冠裳地，彬彬典禮門。俯躬堂戺下，

〔一〕『矖』，枕江堂本、聚錦堂本均作『輾』，訛誤。『矖然』，謂笑貌，與『爲之喜』相合，故改。

仿佛見精魂。

油油禾黍地，碧草更萋萋。雲影如留佩，松風尚聽鼙。正容疑浴月，光氣欲侵霓。何必傷心極，頻來烏雀啼。

數諫驚天地，千秋重死生。夔龍尊正色，狐兔惕寒聲。故土何曾莽，新封益見清。峥嶸尼父筆，一字別周京。

臣罪當誅矣，難言嗣主驕。剖心安一日，旌骨已千朝。護守多松柏，芟除別艾蕭。栖遲歷下客，懷古未能消。

殷三仁故里洪城内廟尚存

心出形能踐，器歸疇不亡。到今存故里，在昔妥先王。

同盟山武王會諸侯伐紂處

軍中敢遽動，山下尚遲盟。此際勞師詔，何妨下各營。

伯夷叔齊扣馬處獲嘉境内

目無左右兵，手格同召馬。大義肯姑容，雷同牧之野。

蘇門山

我欲家蘇門，寄興在静功。補山之缺陷，種萬株怪松。

宿阿曲

白雲容渺渺，紫氣自騰騰。神來戲華筵，鐘鼓長依憑。

道君曲

月明中夜，星耀將曙。道君陟降，鸞鶴爲馭。

聖郎曲

霞車來冉冉，星佩響鏘鏘。蹈廓歡華燭，靈對樂椒漿。精爽自來及，瑞靄氣何昌。

天雄普照寺

門外方池涌緑波，天空日影淡烟蘿。升平願製《凌雲賦》，草野争傳復旦歌。古寺僧眠鐘自語，花臺客醉月恒過。興來欲覓前川路，魏博城南問素娥。

金灘遣興

青疇紫陌遍生花，乘興金灘泛水槎。漢柏有烟皆帶雨，山桃無萼不飛霞。閑行鹿過開幽徑，醉卧鷺來分暖沙。但得賞心名樂國，林巒何處不爲家？

附録

吴偉業序

枕江堂本

詩莫盛於唐，而唐人選唐詩者，不過殷元六家，亦綦嚴矣。昭代詩不讓於初盛，登壇論定者不啻數十家，豈古人固拙哉？抑今人多能事也？余詩不逮古人，亦不敢溷今人之選，獨俯心於魏子惟度，蓋惟度閩産也，閩中山水奇秀甲天下，咸萃於文人之身。自林鴻子羽崛起談詩，一時相唱和者，有十子之稱。嗣是鄭繼之俎豆少陵，陳幼孺伯孺、徐幔亭鰲峰頡頏一代，爲中原所景仰。而惟度令祖南臺先生以大觀察歸養，八十春秋，獨擅著作。與于鱗元美縱横於嘉隆之間，使碌碌餘子不敢仰視。宜惟度之家學既淵，私淑猶邇，一出而操選定之權，天下不得而議之也。然不但此也。余嘗見閩之選家矣：高廷禮《品彙》，精心研究，有鑒别之材；鄧汝高《正聲》，嚴慎體裁，著弘博之譽；何匪莪《明文徵》，采詩最多，綱羅闕失，標新异之目，已與濟南之《選》、竟陵之《歸》膾炙人口。惟度置不問，而獨爲能始曹宗伯補《石倉》之選也，我知之矣。蓋能始一代鴻才，嘗言釋有藏而儒無藏，欲以《石倉》代儒藏之缺，故上溯十二代，搜剔幾備。而輟業後惟度復爲嗣續，且皇皇焉。慮鼎革之際，黍離塞道，兵燹頻仍，先輩遺篇，散失無存，不惜以强仕方至之身，爲名山千秋之業。弘攬昭代碩篇，博采啓禎逸稿，探石室未出之奇，懸國門不易之書。惟度之志，固深且遠矣。余髫年受知於芮公周夫子，得追隨於石齋、東崖、若椰諸先生後，親睹乎閩之多才久矣。惟度訪我梅花村中，把酒談棋之不暇，日出諸名集手録而心志之。今所爲《補石倉》者，犁然在天壤間也。豈復與尋常選詩沾沾一二言者同日語哉！余欲褰裳從之矣。

時康熙辛亥夏日，太倉年家弟吴偉業梅村拜書於虎丘之舟次。

（吴偉業序見於枕江堂本《百名家詩選》卷首、枕江堂本《補石倉詩選》卷首）

凡例

枕江堂本

一、是選以人爲重。人以品節爲主，或理學紹古，或經濟匡時，或正色廟廊，或敦行草野，皆兩間正氣、一代偉人。衡量之間，寧嚴不濫。事緣實著，人以類從。

一、先達詩集表見當世者，石倉曹先生前選收羅已得八九。兹於世遠者概不復及。惟於天啓甲子以後、康熙壬子以前，毋論仕隱，皆得補入，以成全書。

一、四方名彦，河山阻絶，搜訪有心，郵筒莫致。或僅嘗寸臠，或未見一斑。今就篋中所存，先付剞劂。尚期海内同人，共懷懿好，各出秘藏，以光風雅。

一、諸君子人各一集，集係一序，或取之奏疏語録，或取之豐碑行狀，或得之實聞實見，皆略次其生平。至原集序文有可采録者，亦所不遺。庶幾存其詩以存其人焉耳。

一、邇來選詩，多表章同時。已赴玉樓之召，終淹石室之藏。故是集所載，不問存没，一以佳篇爲主。凡我同人，有慈孝至情、生死交誼者，勿靳遺稿，悉付拔尤。

一、余《詩持》之選，自一集至三集皆有評點，雖不敢遽爲定見，亦快一時心目。兹集因照《石倉》原刻，期於板式一樣，以成大觀，故不敢僭加評騭。

一、各家之詩，有以體序者，有以類序者，有以時與地序者，各從原本，未敢擅爲改易。

一、近來選家，如柏鄉魏相國之《觀始》《溯洄》二集，顧茂倫之《驪珠》《英華》《詩鈔》，田髴淵之《高言集》，陳伯璣之《詩慰》，鄧孝威之《詩觀》，徐松之之《雲山酬唱》，多不勝述，俱見博采苦心，業已行世。是選不敢雷同，以滋物議。

兩峰居士魏憲惟度書

（此凡例八則見於枕江堂本《百名家詩選》卷首、枕江堂本《補石倉詩選》卷首）

鄧之誠跋

憲著《枕江堂集》，寒齋有之。此則以續《石倉詩選》，凡九十九家，人爲一卷。曰百家者，舉大數言之。首載天章，繼以魏李二相。餘多冠蓋之流，絶少嚴壑之士。以己作殿後，謂非啖名而何？昔跋《枕江堂集》，謂憲師法若真，必非遺老。今於此集收佟鳳彩，小引中自序甲午嘗中副車，則予言信矣。憲尚有《詩持》四集，蓋以此書射利，故不憚煩也。己丑四月晦文如居士識于成府村居。

目有馮雲驤，而集中爲黄萿華。何以易去，則不可知。字書無『萿』字，未識何字之訛。竹坨有句云：『近來論詩多序爵，不及歸田七品官。直待書坊有陳起，江湖諸集一齊刊。』或謂爲憲此選而作。百家中無竹坨、西河，可怪也。

（參見謝正光、佘汝豐編著：《清初人選清初詩彙考》，南京：南京大學出版社，一九九八年，第一三四頁）

鄭振鐸跋

《國朝百名家詩選》八十九卷，清魏憲輯，康熙二十四年己丑閩中聖益齋刊本。一九五六年一月二十六日得於北京邃雅齋，價二十四金。此類書在三十年前爲學人争取之目標，今則知音絶稀；實則論述清初詩者，此書仍是第一手材料之一也。諦

（此跋題於聖益齋本《國朝百名家詩選》，原本今藏中國國家圖書館。見鄭振鐸撰，吴曉玲整理：《西諦書跋》，北京：文物出版社，一九九八年，第三一三頁）

《百名家詩選》，福清魏憲選，八十九卷，存二十二册（缺一至六），枕江堂刊本。右《百名家詩選》八十九卷，魏憲輯，蓋續《石倉詩選》者。實祇八十九家。每家有一小序，足資知人論世之助。『百』字係後來挖改，疑非原來書名。余先有魏氏《詩持》三集，復於傳薪書局徐紹樵許得此。價甚廉。故雖闕前六卷，仍收之。紹樵云：有《石倉詩選》百二十餘册，余力促其出售。未商妥，而先獲此。南洋中學有此書全帙，當借抄補足。憲自附其詩於後，不脱明人積習。所選未必皆可觀。然其中詩集不傳者居多。賴此，得窺豹一斑。

（鄭振鐸：《西諦書話》，北京：生活·讀書·新知三聯書店，一九八三年，第二五一、二五二頁）

引用書目

一、魏裔介《嶼舫詩集》，國圖藏清順治刻本；《兼濟堂文集》，天津圖書館藏清康熙刻本。

二、李霨《心遠堂詩集》，國圖藏清康熙十六年（一六七七）刻本。

三、王崇簡《青箱堂詩集》，清康熙二十八年（一六八九）刻本。

四、龔鼎孳《定山堂詩集》，天津圖書館藏清康熙十五年（一六七六）吴興祚刻本；《香嚴齋詩集》，天津圖書館藏清康熙五年（一六六六）刻本。

五、梁清標《蕉林詩集》，天津圖書館藏清康熙十七年（一六七八）秋碧堂刻本。

六、王熙《王文靖公集》，國圖藏清抄本。

七、錢謙益《牧齋初學集》，國圖藏明崇禎十六年（一六四三）瞿式耜刻本；《牧齋有學集》，國圖藏清康熙刻本。

八、吴偉業《梅村集》，國圖藏清康熙刻本。

九、曹溶《静惕堂詩集》，天津圖書館藏清雍正三年（一七二五）李維鈞刻本。

十、申涵光《聰山文集》，天津圖書館藏清康熙刻清補刻本。

十一、楊思聖《且亭詩》，國圖藏清康熙刻本。

十二、戴明説《定園詩集》，國圖藏清康熙戴氏平山在東閣刻本。

十三、王士禛《帶經堂集》，國圖藏清康熙程哲七略書堂刻本。

十四、施閏章《施愚山先生詩集》，天津圖書館藏清乾隆刻本。

十五、宋琬《安雅堂詩》，雲南省圖書館藏清順治十七年（一六六〇）刻本；《安雅堂未刻稿》，北大圖書館藏清乾隆三十一年（一七六六）刻本。

十六、馮如京《秋水集》，天津圖書館藏清乾隆五年（一七四〇）武林雁門馮氏重刻本。

十七、程可則《海日堂集》，天津圖書館藏清道光五年（一八二五）一經書室刻本。

十八、傅爲霖《緑綺堂暘谷集·詩集》，國圖藏清康熙十年（一六七一）刻本。

十九、程雲《松壺集》，天津圖書館藏清康熙刻本。

二十、紀映鍾《戇叟詩鈔》，清光緒三十一年（一九〇五）江寧傅氏刻本。

二十一、計東《改亭詩集》，清乾隆十三年（一七四八）計瓆刻本。

二十二、劉友光《香山草堂集》，清康熙刻本。

二十三、李念慈《谷口山房詩集》，國圖藏清康熙二十八年（一六八九）刻本。

二十四、釋讀徹《蒼雪大師南來堂詩集》，民國二十九年（一九四〇）上海王氏鉛印本。

二十五、魏憲《枕江堂詩文集》，清康熙十二年（一六七三）有恒書屋刻本。

【本書爲國家社科基金重大項目『全清詩歌總集文獻整理與研究』、廣西特聘專家團隊課題『清詩總集文獻整理與研究』階段性成果】

百名家詩選

〔清〕魏憲 輯
方麗萍 丁潔瓊 點校

中

廣西師范大學出版社
GUANGXI NORMAL UNIVERSITY PRESS
·桂林·

卷二十六　魏裔魯

福清魏憲惟度　輯選

曲阜孔胤樾心一　平湖馬耀曾又輝

嘉善魏學渠子存　華亭王頊齡顓士　參

魏裔魯

號〔一〕竟甫，柏鄉人。

小引

魏子曰：余落拓不羈，慕司馬相如之爲人，時作萬里游想，以足不耐草履，出不能無友朋，每以資斧不充告罷，間尋之於山川勝志當卧游焉。去歲消夏衛源，與内江張又益宴坐嘯臺，論天下名

〔一〕『號』，原本、校本均作此。徐世昌輯《晚晴簃詩匯》卷三十二：『魏裔魯，字竟甫，號曦庵。』（北京：中國書店，一九八八年，第四〇一頁）

勝。又益以蜀中山水驕余，予以閩中山水傲之。雖一時興會，頗足旗鼓相當。而峨眉積雪、玉壘浮雲，終抱域外天涯之感。近以《補石倉》之役，挂轅五鹿，孔心一觀察忽枉車騎甚都，吏捧一帙至，笑語予曰：『君欲爲蜀中游乎！此竟甫魏先生宦劍南時一繪圖也。』黄牛白狗之奇、錦江僰溪之麗，間氣篤生，如萇弘之血、楊雄之字、嚴遵之《易》、武侯之圖、蘇眉山父子之文章、卓文君夫婦之琴酒，皆可按詩而得之。余讀之喜可知也。曰：『少陵入蜀，詩乃益工，竟甫其何以後先同揆耶？』因壽諸梨棗，與天下同好者共之。

謁禹王廟

驅馬出城東，悠悠涉涪水。問君何所之？言尋神禹里。石紐已千秋，村名留遺址。麻柳以爲墻，沙石以爲壘。其中祀夏王，儼然具冠履。河洛著明德，因憶巢居子。我來謁祠下，恍惚若宛委。山色水聲中，江流何徹耳。舉目眺嶇嶔，丹霞映山市。日暮揚孤帆，舟漏防石齒。回首望廟門，歷歷猶堪指。近郭復徘徊，流星疾如駛。

孔明兄弟分仕三國

炎祚當衰微，仕進宜擇主。孫權爲漢賊，曹瞞更跋扈。奸雄雖蓋世，咄咄何足數。武侯事躬耕，忘情在華黼。三顧意誠殷，慷慨出衡宇。矢志立中興，祁山表進取。鞠躬期盡瘁，誓死報君父。
惜哉兄與弟，富貴甘惑蠱。瑾也仕吴會，誕也竊魏組。在魏指爲狗，在吴號爲虎。惟蜀稱猶龍，
二子竟何補？始信鴻鵠志，不與燕雀伍。

張晦先僉憲招飲馬頭寺

世人悲宦海，往往如桎梏。一落緇塵中，誰能免於俗。吾鄉張節使，旌旄駐西蜀。官閑無簿書，
訟簡息刑獄。朝夕惟閉門，一編手自録。妙墨宗二王，詞藻噴珠玉。處己最矜嚴，接物破拘束。
相携出郭門，執手弃幢纛。時當二月天，花開滿山足。細雨浥蘭芬，輕烟散柔緑。中厨辦豐肴，
布幔圍裀褥。款我以深情，飲我以醽醁。下問無别詞，風雅實所欲。自言訪林泉，緩步不加督。
仰眺峰腰雲，攬衣曳短襡。俯窺萬壑流，返照來相矚。躡履下層岩，茅屋已秉燭。冠蓋遍嶙峋，
路險步躊躅。松炬引前途，列星光如浴。歸來脱巾幘，瀹茗消煩酷。回想崆峒勝，歷歷猶堪數。
幸有芝蘭交，風雨話心曲。與君賦新詩，努力更相勖。

招飲

羈栖在龍城，苦無尋樂處。城西馬頭寺，幽僻名最著。卜地既高敞，衲子亦淡素。况近崑崙峰，
可以恣閑步。主人頗愛客，笑語饒野趣。筵前多層巔，出席頻回顧。烟騰結繁雲，木高連雨足。

戚戚寒鳥啼，燦燦雉鷄羽。感物發嘯歌，愧無謝朓句。日暮走江聲，擊楫中流渡。歸來踏芒屩，焚葭引前路。山深多虎踪，霜月挂猿樹。流雲拂行蓋，涼風吹荒戍。人生百年間，嘉會能幾聚？爲樂當及時，歲月屈指度。何時脱簪組，終隱南山霧。

行路難

行路難，城郭丘墟烟火寒。千里不見人，兩足任蹣跚。荒草山谷蔓，豺虎道路繁。峰高摩雁翮，澗曲隱蛇盤。劍閣凌霄漢，錦江繞琅玕。朔風吹我面，婦子更衣單。小市車馬稀，竟日不獲餐。南窗有琴瑟，胡不歸撫彈？西園有蘭蕙，胡不恣笑歡？君不見上蔡黄犬成往事，華亭鶴唳空辛酸？又不見阮籍青眼人已殊，世態反覆似波瀾？吁嗟兮，行路難。

石仙人

外美五老麗，内美三峰清。天子不能臣，長揖懷叔卿。從來但聞仙人掌，誰知仙形在山嶼？此仙日采石上芝，此仙日汲石泉煮。餐霞吸露駕蓬萊，歷盡風霜共寒暑。青牛昔日過函關，紫氣猶留在遺楮。此仙何獨耳目泯？屹立岩壑無一語。

讀蘇子瞻婢春娘辭謝口號

黄州山水未邅屯，抛却佳人無限春。效死君前爲斂衽，空留騏驥控清塵。

雲臺觀

滿天風雨自西來，白帝宮中紫霧開。皓首龐眉多羽客，恍疑身世在蓬萊。

雨淋鈴

鑾輿出狩幔宮圍，棧閣鈴聲夜雨霏。寂寞昭陽誰奏曲？梨園觱篥有張徽。

入蜀

落落錦川去，江梅夜雨飛。山川多間阻，戎馬正重圍。隴月鳴羌笛，巴雲捲毳衣。憑鞍一灑泪，壯志未全違。

扶風吊古

過里增悲慨，白雲彌望賒。千年良史筆，一代老臣家。勛業開西域，文章映太華。蒼烟盤鳥道，懷古暫停車。

馬道

削嶂通烟霧，攀蘿曲徑捫。銀沙走石壁，雪浪漱雲根。老樹垂松子，寒溪長竹孫。停驂郵舍晚，愁絶聽啼猿。

陽平關

夕陽征客倦，匹馬到關前。草舍依沙岸，人烟散野天。雄峰雲外樹，大壑雨中船。酒肆堪停駕，
醉來聽蜀鵑。

高村

翠壁圍茅屋，蒼茫喧午鷄。猿猱林木嘯，鳥雀薜蘿栖。日烈熏人面，山高困馬蹄。攀緣憑力擁，
俯視萬峰低。

鴻門坂在臨潼

英雄群逐鹿，楚漢互交兵。殺氣迷芳草，陰風滿故營。留侯餘勝算，亞父亦何成？得失千年事，
荒原野水平。

步彭門友人韵

汴水桃花漲，龍川蹀躞行。三春禹穴雨，六月雁門霜。杜宇摇江樹，燕巢栖屋梁。鄗南天際遠，
灑泪草堂傍。

新軒落成

爲愛庭前緑，山光雨後烟。杜鵑聲入座，鸚鵡影翻天。松户堪容膝，蓬門止數椽。空齋無一事，

常誦少陵篇。

早行

昧旦披衣起，肩輿過鷺沙。鞭摇孤嶺月，劍帶遠山霞。小市青帘挂，空村黄犢遮。傷心埋騎足，病肺轉思家。

春詞

窗影半蘢蓯，憑虚四望窮。梅花含宿霧，柳色散輕風。牧馬沙汀裏，耕牛草澗中。邊城春日早，冰泮下崆峒。

夏詞

署静開軒坐，孤峰落案前。鳴琴泉漱石，戛玉竹敲烟。渡口挑魚網，山家載酒船。葛衣五月捲，清景欲忘眠。

秋詞

凉夜挑燈寂，寒蛩入户穿。丹楓吹夕照，黄葉落秋烟。征雁翔雲表，哀猿泣樹顛。山深何用買，沽酒愧無錢。

龍城

龍城居絶塞，堞雉半山中。一綫通松嶺，四圍盡雪宫。香楠堅似矢，疏竹亂如蓬。知己天涯少，烽烟泣斷鴻。

和楊子元見山堂閑居吟

日暮挑燈坐，忘憂興有餘。故人千里至，知己五湖虚。山鳥歸陰壑，秋蟬響敝廬。羲皇頻破卷，沽酒客顔舒。投荒在絶域，悵望欲何之？强酌葡萄酒，難吟白雪詩。桐風吹幔曉，桂雨落階遲。閬苑多豪客，相從曳杖藜。

宿木蘆寺

崔嵬盤野徑，古木噪鳴禽。日暮僧依榻，山空月照林。黄柑深院静，青橘曲堂陰。炊火官厨冷，羈人午夜心。

山行

山行常早起，霜露一身多。霞燦江籬菊，烟飛塞嶺蘿。石根穿鼠窟，樹杪挂蜂窩。傾側依僮僕，閑吟發嘯歌。

歸棹

朝來歸棹疾，日出半江中。兩岸懸青嶂，孤帆落彩虹。山深微雨濕，水闊晚風融。前路逢明月，懷人思不窮。

古城

殊方多沃壤，此地屢豐年。水碓舂香稻，堰田引洌泉。老猿緣古木，野鹿竄荒烟。卜築深山峪，人家幾欲仙。

古木

古木深山立，蒼然一老翁。朝餐溪畔水，夕卧嶺頭風。幹古凝繁露，枝盤落斷虹。笑啼均寂寞，詎與世情同？

野馬壩

野壩無烟户，高岩結竹房。數椽遮嶺雪，一榻傍山塘。林密聞鷄唱，溪深見雁行。披裘猶向火，午夜聽寒螿。

白店道中

驅馬行山麓，蒼茫偏白雲。亂松穿石窟，小徑入江濆。宦久思歸里，民稀苦募軍。勞勞岩壑裏，回首日光曛。

泛舟明月渡

朔風吹短棹，來訪古崆峒。削壁層花塢，奔流到草宫。人游青嶂外，影落碧波中。浪迹如蓬轉，高歌醉晚楓。

崆峒

篬竹通人徑，蒼松帶野烟。山留黄帝迹，祠入夏王川。雲冷孤舟月，風寒雙劍天。日爲河朔飲，宦况頗悠然。

和張晦先韵

崑崙春色早，臘盡已飛花。出郭開樽酒，停舟聽戍笳。岩松餘積雪，溪竹帶晴沙。宴賞殊方劇，狂歌興愈賒。

固關

岧嶤固關路，雙峰插半天。旗開千嶂雨，甲洗萬溪泉。鐵壁攢雲雉，銀沙走練川。隔山分晋趙，匹馬晚風前。

過汴梁贈別錢太守

彭門握手氣氤氳，今日重逢日色曛。洛下青雲知己在，筵前白雪故人分。登高作賦推枚乘，問字探奇憶子雲。千里鶯花梁苑早，臨風把酒細論文。

潁川治績豈能侔，吟嘯還思放鶴游。話别漫歌《鸚鵡賦》，談心共羡鳳凰樓。玉津烟雨春方到，劍閣寒雲雪未收。太守風流推獨步，中原吏隱羼君侯。

登華山

蜿蜒一徑躡峥嶸，納履由來鳥道行。霧市跨驢迎絳節，仙龕藏馬映霓旗〔一〕。山腰石室烟霞滿，天半醴泉檜柏清。何日辭榮吹玉笛，雲臺辟穀學長生。

咫尺天門賦壯游，遥瞻函谷拱神州。足懸雷電飛丹壑，手摘星辰控玉樓。千丈虬松雲外迴，三峰積雪峪中收。黄河明滅崑崙下，奔走龍沙到海流。

西岳毓靈傳往代，連峰巀嶪鎮金天。玄猿夜泣千岩雨，白雁朝飛萬壑烟。坐看斗坪依嶺外，卧聽瀑布響檐前。蓮花頂上仙人洞，老樹淩風拂座弦。

〔一〕『旗』，聚錦堂本有眉批『旗，當爲旌』。

朵朵蓮峰氣象舒，千年靈迹歷居諸。瑶臺常納高人屐，洞府時開隱士盧。鳥傍丹爐飛紫霧，雲封藥竈落青㵐。空濛萬里寒光邈，兀坐幽岩讀道書。

咸陽懷古

岳雲靄靄落沙洲，千里孤征此地休。渭水波濤連紫谷，阿房灰燼接青疇。楚歌已散干戈氣，漢室空悲禾黍秋。話到泥丸真足耻，古今天險有誰留。

三班故里

班氏才名异代雄，我今憑吊過扶風。孤墳半落荒山外，甲第全湮蔓草中。漢苑三千餘斷碣，秦臺十二卧長楓。當年城闕雖非舊，大業豐功紀故宫。

述懷

官舍蕭條冷故宫，携家今向萬山中。年來詩史情偏劇，老去江湖氣尚雄。五月披裘霜露冷，三春憂旱黍禾空。荒城妻子多饑餒，羌笛愁聽塞外風。

回憶西安

客况淹留道路迂，花飛三月醉醍醐。上林春漲明寒鷺，司竹晴烟過野凫。李耳青牛沉紫霧，馬融絳帳半平蕪。微官絶域真如夢，細雨疏燈涕泪枯。

吹落寒雲萬樹屯，幾家烟火到關門。青山蓊鬱連霄漢，白水微茫繞澗村。溪畔種樽琴韵冷，階前蔣徑竹聲喧。褰衣直躡秦川嶺，欲向龍州學漆園。

古龍州

龍州古地已荒唐，鶴唳猿啼竄野狼。萬嶺樵歌歸遠浦，一帆漁唱挂斜陽。林深茅屋青山合，谿峻寒流白草傍。學士當年曾嘯月，殘碑猶在水中央。

草舍青青罩薜蘿，荆蓁滿眼鬖毛皤。蒼崖縮地荒烟亂，雪浪翻天秋雨多。學士風流吟皎月，騷人游泳醉鯨波。感時欲下西川泪，燕市誰爲擊筑歌。

過江油吊太白草堂

太白當年去不回，孤笻草屩獨徘徊。風吹舊浦春花落，月照空江秋雨催。遺址尚看留蜀道，殘碑今更冷秦灰。荒城我過思芻牧，仰視遥天雁影來。

送虎都司之任南康

江上烽烟傍海隈，將軍錫命自天開。霓旌霧捲松藩雨，鐵騎風生彭蠡雷。五老峰前雙鶻落，孤帆影外一麾來。太平天子專征日，虎竹寧慚頗牧才。

江油道中

蕭條城社幾滄桑，倦馬行來過草堂。怪石崚嶒飛劍戟，驚濤澎湃捲冰霜。離離禾黍人烟寂，鬱鬱松�小市荒。門外江聲喧客夢，孤燈烟寺照空床。

述懷

五載彭城又蜀游，龍沙凋敝舊羊裘。風吹峽雪乾坤小，浪捲巴雲日月浮。人影一溪歸晚棹，天光萬壑落初秋。狂奴故態難宜俗，懶向金門待詔留。

閬中城南彩舟宴集和楊猶龍方伯韵

閬中岩壑四圍清，忘分攀躋賓主情。玉壘烟霞飛鳥度，錦川風雨漾鷗明。城邊畫舫惟藏酒，世上波濤祇忌名。滿座夔龍期共醉，歸田他日閱春耕。

龍州立秋遇雨

淅瀝風雷過禹門，峰巒瀑布遍沙村。半天草木山光映，一葉梧桐雨氣翻。雪石吹波侵古洞，長鯨鼓浪落新痕。邊陲雁影何時至，日暮秋蟬樹杪喧。

龍城晏歲

塞上花飛滿徑橫，春光繚繞度邊城。門穿薜荔朝烟静，户掩松楸夜雨清。魚浦東澌噴雪浪，牛山北峙見雲耕。蠶崖鐵騎圍難解，萬里橋邊意未平。

折玉簪花送友

一官霧雨瘴烟身，猶幸幽芳可耐貧。顧影有情鶯作伴，向人無語月爲鄰。數枝冷露添冰雪，一陣香風送玉人。素艷寒姿渾似我，羞將老眼對秋旻。

春雨課蔬

草閣柴扉山麓平，課蔬竟日祇謀生。一樽哭世江湖泪，萬里逃名雨雪情。地界流沙鄰絶塞，人居天末傍邊城。關山笛裏家園夢，永夜孤燈照月明。

別成都魏子存宗兄

二月微寒柳色黄，銜杯天末雁離行。岷江載酒人隨馬，巫峽囊雲霧隱棠。一卷柳洲蓮社約，三年龍渚草堂荒。樽前共對成慷慨，放眼桃花客路長。

入棧

春日花開曳杖藜，飄零一劍萬峰低。無邊草色來燕趙，不盡河流下楚齊。似黛遠山飛白鷺，如烟弱柳落黄鸝。誰憐客子添憔悴，久客龍沙狎鼓鼙。

再過秦嶺

鐵崖霜壁俯青谿，萬仞孤峰紫氣迷。砌石爲梯開鳥徑，緑松蓋屋待僧栖。雲邊渭水舳艫亂，天外崤函車馬齊。此日杖藜難再得，他時回首憶關西。

韓信嶺

青山滿眼草離離，碧血千年號野鴟。烹狗已知爲將日，藏弓豈在假王時。漢家負德忘三傑，楚國勛高自六奇。最羡赤松能早計，一身殉主古今悲。

藥師遇虬髯處

靈石曾經跨蹇游，相逢杯酒話王侯。從龍已拂英雄志，逐鹿偏能意氣投。冷眼獨窺俠客面，鬚眉共識异人儔。可憐茅店留豪迹，寂寞寒烟汾水流。

八居詩次魏惟度韵

山居

十丈丹梯百尺溪，緑楊村在衆峰西。松門日暖眠花鴨，薜徑雲深護竹鷄。捲幔遠山青未了，携觴嫩草碧初齊。幽居最喜無塵事，時有春禽隔樹啼。

岩居

絶壁天開傍柳溪，誅茅近向瀑泉西。草堂醉客青霞酒，藥塢占晴碧樹鷄。乞竹漸看幽徑滿，分花新共短欄齊。閑來盡日唯孤坐，谷口無人鳥自啼。

樓居

千章喬木俯清溪，罨畫垂虹雉堞西。天半遠驚榆塞雁，雲中雙舞玉樓鷄。開簾白晝諸峰入，極目蒼烟九點齊。若使洞簫吹月下，鳳雛應向碧梧啼。

茅居

幽栖何必若耶溪，茅屋新成似瀼西。老樹風寒喧野鳥，短籬晝静過鄰鷄。課耕迎喜桑麻熟，除架新看芋栗齊。留得邠郊遺俗在，無家不效杜陵啼。

鄽居

桃源曾識避秦溪，大隱何妨近市西。一徑紅深藏吠犬，半窗緑暗寂鳴鷄。忘機自覺心俱遠，觀化從知物可齊。翻笑天津橋畔客，無端更聽杜鵑啼。

船居

雨漲銀塘緑滿溪，蘭橈還指畫橋西。風輕斜舞飛飛燕，樹遠時聽喔喔鷄。領略閑情烟樹迴，平分幽景水雲齊。浮家願學鴟夷子，一任春林謝豹啼。

水居

別開池館枕回溪，一水瀠洄繞澗西。徑曲幾迷秋苑鹿，窗虛暗度竹林鷄。閑憑小閣清輝集，静對漣漪積翠齊。却望秋江猶可涉，芙蓉采罷聽蛩啼。

村居

白沙翠竹繞幽溪，十畝閑閑負郭西。野渡遠看船載馬，夕陽斜照屋栖鷄。風翻綉陌松濤急，雨過平疇麥浪齊。絶喜爲農堪寄老，桑麻深處少鴻啼。

卷二十七　孔胤樾

福清魏憲惟度　輯選

盱眙〔一〕魏象樞環溪　永年申涵盼隨叔

華亭沈荃繹堂　莆田陳偉蘭涯　參

孔胤樾　號心一，曲阜人，至聖裔。

小引

魏子曰：詩道荒蕪久矣，起而振之者，不過一二人。此一二人者，困於畸立寡援，忌與謗隨，而

〔一〕『盱眙』，原本、聚錦堂本均作此。沈德潛等編《清詩別裁集》卷二曰魏象樞『山西蔚州人』（上海：上海古籍出版社，二〇一三年，第六〇頁），《清史稿》卷二百六十三魏象樞本傳亦同（北京：中華書局，一九七七年，第九九〇五頁）。本書卷七十七亦作『蔚州』。

此道益不可問。柏鄉魏師相惄焉憂之，與楊猶龍、魏環溪、申鳧盟諸君子出全力以挽之，首推心一先生爲祭酒。蓋先生裔出至聖，掇巍科，建牙魏郡，治登三古，以其緒餘沉酣風雅，使淇濮之墟燦然稱文明焉。余每過柏鄉，取《觀始》《溯洄》二集所載先生詩，反覆吟咏，未嘗不嘆服其精細綿密，非大力深心者，不能遽詣其堂奥也。壬子春暮，謀續《石倉》之選，師相移書先生曰：『曩聆諄誨，欲訂正千秋，而弟河魚爲疾，弗遂初願，惟賴大君子之振舉耳。』兹魏子惟度以漢魏、三唐爲寢食，以《懷人》《求友》爲性命，欲得咳唾珠璣，光其琬琰，而天雄諸名下凡登高能賦者，皆可借以論次。庶我輩平昔所言，得以傳聲響於來葉，媲美績於昭明矣。其相期望也如此。喜先生不弃，因郜學憲凌玉過訪，郵近詩相示。静夜朗吟，光生四壁，不啻商彝、周鼎之陸離於樽俎間也。余驅車博望，坐晚香亭下，讀束皙《補亡詩》之章，如搜古冢竹書，作不可復得想。迨閱沈詹事全集，包括唐代，爲五七言鼻祖，豈但齊名宋氏，非天雄盛事乎！先生際治平之日，以北門鎖鑰待命天子，進都人士而訓誥之行，見二雅、三頌、十五風可嗣美删定，又何黄初、大曆之足云。余且拭目俟之矣。

望泰山用張雲齋原韵

此云山色青，彼云山色紫。世眼小如豆，耳食辭多詭。杖藜行數程，尚未及山址。聳漢畏天傾，非以高示美。中峰散靈秀，歷代展封禮。天地不寂寥，賴此巋然峙。萬國蒼生心，向此認其始。不敢閑觀游，齋沐思神理。天地以氣成，岱爲何物化。石窟藏日月，四岳俱退舍。生平稻粱謀，對之氣亦羈。無此廓塵目，畢世安永夜。轉謂天可尺，雲與嵐相迓。興到欲造巔，居高懼難下。攬勝亦已矣，暫旋問岱駕。

和唐人宋務光海上作

天闢方生水，浮天水有力。壯士憤盈胸，拔劍思人測。曠觀宇宙中，巨濤吞萬國。時至則氣轉，詭异不一色。空闊蕩目光，天近益難識。浮動不關風，湍回自降陟。日出既涵東，月出亦照北。日月浴其中，消息安可得。倏駭鼉鼓鳴，萬彙不得默。蛟宫一息崩，霆聲震絶域。星斗涌潮來，方位乖其職。綰合地與天，上下波光直。賈艘入洞冥，閉窗省素慾。元氣正渾淪，何處聞嘆息。須臾慶安瀾，光彩照無極。横空小鳥飛，近視數丈翼。

烟火行

上元烟火卜時豐，五侯七貴鞭燭龍。初知人間燈宵盛，映得空中月亦紅。銅漏方滴天街暮，花飛雲際半疑樹。能工欲以巧示人，青靄先生五里霧。霧中氤氲紫影開，千雷萬霆逼出來。依稀解得蜃爲市，焜爍還驚金作臺。光焰激昂懸天半，令人不敢認冷灰。空中構結亦精細，一層方盡一層繼。爝火安能近晨暉？但乘暝色恐非計。

銅雀臺用唐人劉長卿原韵

魏武思争日，崇臺築幾層。臺端一片影，驅爾入西陵。漳水茫茫去復來，英雄白骨生蒼苔。當年遺命寧無重，香履何事一徘徊。君不見人當生死垂絶時，笑爲真笑悲真悲。却怪老瞞譎未去，沾沾顧附兒女路。顯將逆迹諉後人，墓道還思題漢處。

放鱔

爾軀僅尺餘，溪處量已久。鱗介族亦多，賦形爾獨醜。蠕蠕不寧居，戢戢不自守。有喉啞不鳴，無足殊能走。隱形江海寬，無端一昂首。夜半聞餌香，次第入竹笱。畢命在須臾，烹鼎酬杯酒。貪乃禍之媒，豈是數丁九。余見惻然憐，解資脱其咎。巨筐傾諸江，祝爾歸原藪。爾却不自思，游衍聚渡口。罹患曾幾時，爾胸一無有。爾氣亦自豪，爾遇不足狃。羅網密於前，吁嗟爾知否？

高郵湖放蟹戲爲長短句

爾以甲爲身，似乎能立武。爾以多爲足，似乎能遁苦。况乎居於水之隈，隱資蛟龍以爲輔。伏於蘆之下，儼以苻萑爲門户。穴盤十萬甲，戈戟森相伍。望若沉雲，照若朝雨，可以横行於水草之間，而莫敢攖其怒。胡爲乎人得撤其藩、亂其部，將登鄮生鼎上俎，將備畢卓船頭脯。爾之罹難有自來，請得歷歷向爾數。爾形不盈方，素履不守矩。機深安可泄，津津逢人吐。無尾亦何掉，有目空自努。世人怪其形，將疑爲跛扈。禍乎禍乎爾自賈！余獨矜其無他腸，一片赤肝庶可進於古。乃以床金贖爾身，今仍放於江之滸。爾其經患而智益明，爾其玩敵而氣再鼓。予亦安能全爾於始終，即屢縱屢擒，將於爾何補？

和唐人劉長卿小鳥篇

小鳥小鳥何其微，問耳奚長喙且飛。祇緣翮短難摩漢，檐際徘徊卜所依。倏見勺粟階前落，衆鳥微軀欣有托。自空飛下聲帶酸，飽腹間遭鷹鸇搏。更餘漏羽泣岐路，一日饑腸難及暮。誰知食在蹈危機，天地廓寥無穩處。到處張羅不敢進，幾許梳翎漫自問。不難一飯矢徇身，復念渴饑有定分。君不見錦雉翩翩映嘉木，山下飲泉山麓宿。自分與世絶嫌猜，陌上飛飛往復回。文羽可憐不獨賞，引得王孫金彈來。

中秋後二夕飲月用沈康臣韵

壬子八月月十七，西望一峰銜紫日。中秋餘興仍命酒，月亦還來佐此夕。高者樓榭低者屋，萬户千門月中出。此時却疑地作天，天光垂碧亦如田。塵腸土胃一時盡，襟袂虚含秋色鮮。頽陽方墜冥沉中，飛來素照洗鴻濛。不知世界幾許大，紛紛環映桂香宫。毛髮寂時寒生栗，山川静處竅涵風。中宵不作聞鷄舞，肅肅樓頭霜滿鼓。此月曾自庾樓來，安見照今不似古。浮生栖遲更逢閏，昨日分光入衰鬢。碧松千影斂濤聲，銀漢一痕渡雁陣。當年盗藥事沉浮，空與千秋種樂愁。天不磨月月磨世，照海照桑春復秋。憂自中來夜不寐，舉酒酹月博一醉。龍鍾自向澄谿照，驚見衆星光烱碎。

漁臺湖中觀打魚

舟過東蒙山之麓，驚見洪濤吞平陸。紅曦斜映緑楊村，數丈魚網挂茅屋。漁子赤脚蹲灘頭，取網四張波底伏。腥風吹動萬鱗來，静聽水中聲謖謖。少時舉繩黑如雲，河窟盡羅大小族。巨魚暴腮氣力全，失勢須臾狀不服。崛起騰驤半欲高，一反一覆矜白腹。漁家妻子喧笑聲，乘興競來空手逐。無數群小半伏辜，甲敗鱗殘鬐盡禿。世人肯施腹作棺，提籠何妨市上鬻。嗟爾種類水中藏，蹴波爲城廣嗣育。無端舉體供人餐，細計因緣自有夙。

和唐人岑參衛節度赤驃馬歌

韓幹巧思畫不得，祇爲傳神不在色。牽來奕奕態不定，幾許低頭齕金勒。雪霽郊原試一騎，珊瑚剪水舉輕絲。騰驤峻坂目無險，却憶空中電轉時。羽翮半生四蹄内，光流千里恒自愛。氣滿鬃開血汗流，萬朵桃花風吹碎。壯士年年拭寶刀，志清豺窟義風高（拳肉脹筋）。少逸氣獨羡，飛霞顧盼豪。往來射獵南山口，石印蹄痕得未有。分明震勵逐晨暉，望裏熒熒日在後。意氣相憐樂未央，春來蹄襯陌花香。棱棱迴立蒼崖上，百步逢人射异光。八駿九逸那及此，駑姿千萬塵沙起。不知穀食幾何年，烽火關山卧故里。

和唐人李端瘦馬行

昨日董農城下過，驚見一馬泥途卧。金蠅飛繞滿脊瘡，四蹄屈申令我傷。明知毛革盡此土，炯炯雙眸猶望鄉。陌上兒童相奔逐，瓦礫相欺積平陸。瘦到骨高痛半忘，病塞身中反垂腹。寄語途間輕薄兒，此馬當年誰得騎？五陵道上珊瑚策，顧盼風華爾豈知？一旦不食春郊草，遂與王孫一時老。願爾年年髮自青，終身莫上北邙道。

冬夕友人理琵琶用唐人顧況琵琶歌韵賦之

有客自矜琵琶好，雷海區區何足道。初寫中和泄泄音，雪滿寒郊生碧草。一聲哽咽暗中回，月落鴻驚四面哀。一生沉鬱泪半盡，萬事衝胸酸楚來。歷數目前疇繼武，聽到無聲樂亦苦。震魂動魄豈尋常，耳兮目兮孰爲主。

和唐人李頎崔五六圖屏各賦一物得烏孫佩刀

秋水一痕浸寶刀，百金市錦綉爲帶。斷盡人間諸不平，霜色冷冷飄絶塞。狐在後兮豺在前，色聲半喪雪鋒邊。但憑氣攝山川静，何用開裝飽血泉。筆墨淋淋繪奇狀，寒生四座屹相向。男兒一片借軀心，佩爾日游江海上。

和唐人王泠然題河邊枯柳

兩岸濤聲繞縣州，輕摇小舫入谿游。風物蕭蕭秋在目，河水恒浮瘦日流。布帆直進回帆口，倏見荒堤三五柳。野火焚來腹盡空，曩時枝葉更何有。憶昔輕姿發早陽，河畔青青列幾行。驛亭離客恒揮泪，幽閣春思暗入香。斗酒雙柑何足道，翠色吹出鶯韵好。方慚無髪門青絲，誰料無情爾亦老。應是年來鑠露霜，丁丁漸到斧斤鄉。東風再過不相顧，萬事榮枯泪滿裳。

和王貽上洗象行

廓門之外一溪碧，驚見途人奔絡繹。兒童狂呼洗象來，數對旌旗映日赤。岸頭簡點二十四，一一紛向弘波墜。半沉半浮浩氣舒，縱放奔逸不成隊。衝突似與黿鼉戰，濤飛千尺杳不見。身無鱗甲入蛟城，踏破琉璃萬族驚。蕩浄塵緇氣益壯，出没奇恣嘯巨浪。倏然昂首捲飛泉，無數暴霖噴陸上。大庾禄食比諸郎，入朝步步廑王章。山野初來昧儀度，爪牙半斂鐵鈎旁。但謂天恩沾萬里，區區不忍憶遐荒。浴罷歸來暮鼓動，萬人隨之聲沸洶。應慚無技負龐身，羞聽途誇帝室珍。

和魏惟度墜馬作

魏博城中駐高客，入座春風飲和易。狂來拔劍舞樽前，醉後濡毫灑寒夕。昨聞命酒煉珍堂，淳于三斗方離席。珊瑚鞭舉跨雕鞍，雷發風生驚汗赤。月明奕奕走康莊，聳鬣騰驤高數尺。驊騮自是思出群，怒抖龍文矜躅躑。倏低倏昂向空嘶，數挽青繮不轉頷。五花盤封飄若雲，一笑臨風墜劍舄。愛爾神駿量有心，幽賞何須論順逆。君不見曼卿當年遇差同，還幸學士原爲石。剡溪舟楫灞陵驢，寥廓寰中聽子役。利害且讓騎馬人，仰天長嘯霜華白。

贈吴星若次韵

雅抱如君殊足奇，書懸一字孰能移。戎濤才調唯艱酒，終賈年華更富詩。五岳盤胸時造景，千秋命筆不經思。近來藝苑風淆甚，展玩佳篇自得師。

讀魏惟度諸集賦贈次原韵

先生慧照亦何奇，月旦群倫卓不移。論定近歸草野筆，時流再見漢唐詩。隨心杯斝傳新語，寓目烟雲發綺思。文柄一麾争易響，元音未替足相師。

題買臣婦

樵子叩門入，朗吟飛空半。不知婦意乖，猶勸炊晨爨。有婦前致詞，鏡分在今旦。樵子五中崩，但視床前幔。鄰里詫生離，老幼窺籬畔。或言衣食微，胡爲恩中斷？良人貌楚楚，日出無沉翰。簫鼓聲漸遠，扃户惟聞嘆。

署齋酒坐限賦落花

昨日鳩聲報春暮，方見陌頭花滿樹。含葩吐蕚色色鮮，無端惹得封姨妒。數痕彩雨飄空際，次第辭枝少沾滯。風力更復載之升，摇曳東西無定計。映日懸知影難掃，乘烟自矜芳魄好。徘徊良久倦欲投，縈草沾苔何顛倒。試問郊原分幾片，滿目逶迤白與茜。轉側猶思返故枝，無奈青陽曾已餞。燕壘年來委舊棟，鎮日呢喃若争訟。化作香泥登畫堂，霞彩雲光日與共。

過柏鄉邑呈魏相國

鄗南秋色幾千尋，驚見軒車入紫林。登闕原修司馬業，還山恰合季鷹心。平泉樹影簾前度，長樂鐘聲户外沉。近代詞壇尊執耳，聳身世表好高吟。

魏惟度以所刻魏相國嶼舫集見示喜而讀之因賦贈

太平宰相自朝還，楓葉紅飄十月天。勛伐曾經鐘鼎記，文章將并古今傳。幽情不剪窗前草，慧業能生舌上蓮。歷述遭逢多盛事，絶無《五噫》出關篇。

題沈石田山水限韵

何處勤幽討，蕭疏見碧林。危峰直摘斗，野樹密藏禽。溪轉波猶動，雲垂氣欲森。問誰傳妙墨，盡日豁塵襟。

月夜雅集贈魏惟度

李杜文章不可尋，羨君蔚起繼高深。豪懷到處争投轄，賦價何須更碎琴。名勝悉歸删定筆，風謡静証古今心。樽前何惜同拚醉，滿目空明月出林。

月夜雅集贈吴星若

問君何日事幽尋，閲歷烟雲冬已深。幾度霜風吹寶鍔，半裝凉月照瑶琴。憑將山水發奇氣，欲向詩文覓素心。落落天涯斗酒在，梅花取次綴寒林。

山居次魏惟度韵

薪采山崖水汲溪，數椽牢構石橋西。閑來挾瑟送鴻雁，醉後彎弓射錦鷄。四面烟空孤岫聳，一痕月映萬岡齊。楓林聊見秋風動，吹得繁蟬不住啼。

岩居

峭壁茅椽俯碧溪，崎嶇那復辨東西。春秋無曆唯憑雁，明晦多雲但聽鷄。日脚每從窗上度，松梢差與户雲齊。興來對酒峰頭坐，時有幽禽隔澗啼。

樓居

百尺雕梁瞰碧溪，巍然孤峙夕陽西。閑從空際吟鸞鳳，静向雲中聽犬鷄。霧重願同千樹隱，烟消争與一峰齊。此間正欲深求我，寄語春禽莫亂啼。

茅居

菰蘆斗室近前溪，書卷晴攤石磴西。客少厨中無野雁，交深窗下有譚鷄。風吹籬院秋先到，日冷柴門光自齊。解得是貧非是病，哀猿何事向人啼。

鄽居

城雄百雉俯長溪，高下亭臺綉陌西。幾處王孫金市馬，誰家年少袖懷鷄。風生華轂門前過，霞舉衣冠座上齊。閱歷世情心似水，青槐日落聽烏啼。

船居

倏然一棹入長溪，泛宅浮家過嶺西。時往時來灘上鳥，半宫半徵島中鷄。波心夜見星光滿，帆影晨占風色齊。紅蓼緑蓑傳世業，春來唯聽鷓鴣啼。

水居

近成小築傍山溪，垂柳青青覆屋西。春入芳塘飛素鷺，秋生苔徑竄莎鷄。經年日出光恒暗，夜半龍吟聲不齊。滿目空濛濠上意，曦宫無復赤烏啼。

村居

閑閑十畝引長溪，烟火多家麥壟西。梳土三春憐瘦犢，催耕午夜寄荒鷄。風吹杏圃青帘動，月借蘆塘素色齊。榆社酹年競擊鼓，笑將梨棗慰兒啼。

柳公榮年兄有咏荆卿一絶發義明確自是特筆因擬五言一首自知續貂然欲生劫以報太子此荆卿之所以敗也篇中蓋深惜之荆卿有靈不知亦首肯余言否

延燕亦有策，殲秦亦有名。車騎募劍術，崎嶇不易成。荆卿原卓犖，太子分誼明。恩深無險阻，慨然仗劍行。賓客盡衣白，擊筑亦商鳴。義肝相激勵，無一顧卿生。既入虎狼國，論勢無兩平。環逐不一决，詎希曹沫盟。惜哉圖中匕，空發銅柱聲。燕秦事已矣，易水迄今清。

冬夕天雄文昌閣雅集次魏惟度韵

寒暄驅日月，百歲成朝暮。何處五湖舟，那知三島路。劉伶製酒文，陸羽修茶具。天地寄瀟灑，行藏守澹素。論交胸貯雪，尚古筆開霧。塵志滌樽罍，幽情占比賦。霜華澄醉眼，長嘯震林樹。

長至後夜集限咏瓶菊

朔氣泠泠入畫堂，隆冬何處菊花香。屏間不改三秋色，簾外空飄十月霜。世眼惟知欽晚節，幽姿尚欲領初陽。憑將斗酒消寒夜，却比東籬引興長。

覲典寓都偶吟八律

陡開霽色聽啼鴉，殿閣崔巍映早霞。昨日龍樓占太史，今朝鳳詔入誰家。宋姚登闕才名盛，廣受歸林清節嘉。却怪漢文無事世，封章尚自有長沙。

長安雪霽净平沙，聳漢樓臺一望賒。岸柳垂絲恒繫馬，庭槐舒碧静喧鴉。晨光劍佩三公騎，日暮歌鐘七貴家。自嘆無才襄景運，空將衰鬢度芳華。

黑衣年少侍宸居，休沐翩翩下玉除。家散千金常購劍，爵封萬户豈須書。西園詞客囊琴至，南國佳人奉櫛初。功勒凌烟傳世永，浮生方不負居諸。

京邑繁華莫與儔，朱輪華轂鬥神州。世卿雅命超宗鳳，戚里争馳王愷牛。雨過春城花氣細，風清亭館樂聲幽。四封共慶烽烟息，碧甃香泉盡日流。

綰綬風塵日絾愁，誰期燕市復重游。流光已入三秋鬢，世事何堪一轉眸。奏瑟齊門術未盡，吹笙緱嶺願難酬。逢人莫述升沉話，且看春雲映酒甌[一]。

策馬康衢作冶游，青槐夾道映高樓。霞光半向朱梁起，素月多從玉砌流。匏斗量珠分趙女，叵羅貯酒酌亭侯。名花語鳥春常住，不信人間有十洲。

[一]『春』，聚錦堂本作『秋』；『甌』，聚錦堂本作『鷗』。

令節欣逢月色開，千闉紅炬照亭臺。誰人醉跨雕鞍過，有女紛乘油幕來。清晏昨聞頒彩勝，喧闐何處覓南陔。六鰲雙鳳真奇巧，雅羨岐公作賦才。

聳秀西峰風景幽，芒鞋却好踏芳游。雨來柳谷烟常泛，日射桃溪水自流。青嶂却能開道眼，紅塵終是白人頭。何時結屋蒼崖下，卧看嵐光空際浮。

過信陵湯沐邑

濁世翩翩公子名，平原曾借信陵兵。秦王方欲西稱帝，魏將何能北救卿。卧内竊符愚晋鄙，市中執轡感侯嬴。縱然全得婚姻國，湯邑難匡矯制聲。

冬夕携觴過惟度星若寓中

筆静五花閑，孤霞飛薄暮。幽齋夕影寥，款叚銜霜路。回首顧奚童，短衣携酒具。有客事高吟，襟期相映素。掀髯笑譚間，朗然散寒霧。精舍貯空明，競製蟾光賦。歸途醉色酡，星落橋邊樹。

勘任邑邢家口水灾

極目蘆花滿一區，漳流幾處没平蕪。白洋尚立梳翎鷺，青陌時奔濡尾狐。不見將軍争築土，空聞農令課徵輸。荒原駐馬增惆悵，試問殘黎有也無。

途次苦暑

客路晴雲烘太行，塵飛馬首汗如漿。沿堤垂柳千絲静，摩漢流鶯幾點黄。何日泛舟歸鑒水，有時伏榻夢瀟湘。徘徊無計消炎暑，憶見商羊舞道傍。

途次喜雨

烟泛疏林日氣凉，樹頭風動見鳩忙。斜飛電影千峰紫，半瀉濤光萬彙芳。麥壟自今占秀實，田家無復嘆輸將。微官素少匡時略，且倚天工澤一方。

春日雨中飲成相國素園用壁間詩韵賦贈

四境烽消裏戰旌，欣聞相府奏新聲。苔痕滿徑浮春碧，花氣吹樽帶雨清。鄴架縱觀龍篆古，緱峰隱聽鶴笙鳴。獨憐經歲塵飛鬢，棹入桃源自不輕。
四境烽消裏戰旌，香浮碧甕瀉濤聲。函中秦漢風原古，枕上羲皇夢自清。五岳雲生封鶴迹，三春花發聽禽鳴。太平却有山間相，多少蒼生繫重輕。

素園緑牡丹

何處名園産异葩，洛陽富貴漫相誇。移來蓮壑多疑葉，種入篁叢不見花。色映春樽將進酒，香飄譚麈欲浸茶。蕭疏轉勝胭脂艷，慚愧當年姚魏家。

日映芳叢露漸晞，洛陽丰艷古今稀。葩含尚憶朱霞爛，蕊綻方驚翠霧飛。漢女昨遺青玉佩，幽人新製碧荷衣。空濛花葉香何處，寄語游蜂莫亂依。

郜凌玉年兄修大名志成賦贈

巍然雄鎮控群州，典册無傳嗣世愁。欲考國風知正變，應從野史繼春秋。興亡有感多忠孝，月旦無私任馬牛。常怪龍門羞處士，知君端不負清流。

恆麓映翠

突兀烟巒歲一新，四時芳靄動初春。霖飛石磴常浮碧，風過疏林不泛塵。雲窟應通仙島路，青谿宜卧武陵人。相逢盡是芒鞋客，慚愧勞勞綰綬身。

東館春華

青青籬舍郡城東，父老班荆誦東公。亂後還留郊草碧，時平遍見野棠紅。雲生珠樹鳩鳴雨，日映雕梁燕舞風。誰道山陰勞應接，三春佳勝在天雄。

天雄西郊飲樹後園次郜凌玉年兄韵

芳草浮西陌，游人暫駐幨。燕窠丹棟綴，鳩宇碧林黏。雲影生杯底，春思吐筆尖。奚囊丘壑滿，尚自檢牙籤。

前題 次孫雪嵐年兄韵

方池涵水碧，雨後浪紋添。石徑鋪棋局，烟村挂酒帘。鶯聲清午榻，燕語度疏簾。野興何能盡，桃花笑久淹。

偶游天雄興化寺詩以代偈

孤鐘來遠寺，縹緲澹烟中。曲徑開斜日，疏林度晚風。庭前參柏碧，法界續燈紅。誰是曹溪嗣？翛然天際鴻。

題憲臣榛苓卷

榛苓誰氏筆，展卷一徘徊。怪石排空峙，崇樓映日開。朝雲垂舞袖，樊素上歌臺。謝傅耽絲竹，千秋仰盛才。

題憲臣行樂圖

片幅飄佳墨，能傳素石翁。鬚眉三島氣，杖履五湖風。薄禄灰心後，高山放志中。翛然調静鶴，晚照映簾紅。

雲石秀區

寥廓雲光半掩扉，三峰對峙挂朝暉。開簾但覺匡廬近，時有真人控鶴飛。

甘泉仙梵

浮生何事逐塵名，欲理楞迦澹世情。遥見僧歸雲外寺，西風吹碎木魚聲。

春日成園宴集

有客囊琴過素園，危峰高峙水潺湲。蒼茫那是青谿口，流出桃花静不言。

清澗春來浴紫鴛，臨流揮麈到黄昏。風吹花影參差動，松際斜飛月一痕。

簑山聳秀

峭巇凌空半欲飛，屏開碧玉映朝暉。幽人省得嵐光濕，昨剪新荷製作衣。

古柏參天

霜標植自漢皇年，閲歷春秋榦益堅。梓澤園中一夕雨，却輸桃李片時妍。

旅中午夢

款段平驅驛路遲，聊安片榻待斜曦。鄰家清磬驚殘夢，正是東軒種竹時。

旅夜讀史

驛館蕭蕭百事疏，剪燈静讀腐遷書。偶然會得古人意，掩卷無言步出廬。

米子飛年兄自粵西告歸賦贈八律俱次原韵

聞子方辭禄，思尋安樂窩。一官平險熟，三徑菊松多。登嶺舒長嘯，瞻天發浩歌。願言贈隱服，代剪緑池荷。

其二

屈指君歸日，鱸魚泛自江。一尊酬夕岫，半榻卧南窗。芳野呼鳩杖，烟谿放釣艭。閑來煮絳雪，雲際下金幢。

其三

夙駕歌行邁，孤裝出粵西。遺琴懸畫壁，載石渡長溪。既少三多夢，何堪二竪栖。追隨尋藥草，陟巘手同携。

其四

浮名終有盡，石火轉眸時。闢徑延雲月，修園聽鼓吹。老窺詩律細，静卜世情移。猿鶴頻年望，回車莫再遲。

其五

宦轍分馳後，徒悲道路長。關河自險阻，雲物轉蒼茫。野鶴凌空遠，歸鴻落響涼。東籬秋色到，來就菊花香。

其六

雲光滿上谷，客子卧郵亭。鷄肋難酬志，羊裘欲遁形。晨霜吹畫角，夜雨冷檐鈴。應卜詩思遠，濡毫書紙屏。

其七

金風驅剩暑，淅瀝夕光微。有客矜投幘，何人遂拂衣。全生資五畝，養志閉雙扉。蓮社昨傳約，酒徒却許歸。

其八

世外尋幽賞，青峰對素心。陶公昨挂冕，姜子日擁衾。曦影涵裝瘦，河光映泪深。粵中勞父老，北望作長吟。

新正咏雪三首

竹軒小史報梅開，令序餘閑啓舊醅。淅瀝乍驚天雨粟，空明疑是月鋪臺。嘗祈陌上青竿稻名秀，更慮寒郊赤羽來。從此榆枌歌大有，邦畿南北净塵埃。

霧隱朱曦夕未開，朔風何事促春醅。漫煩静響頻敲户，欲滌塵襟獨上臺。詩客昨乘驢背去，幽人適綴鶴衣來。霏霏衹見寒花墜，覆盡天街絶點埃。

何事樓臺照眼明，東阡西陌雪吹平。鮮浮有象風前舞，静到無聲霧裏生。貰酒人從橋上過，寄梅使在隴頭迎。憑高望遠無邊景，寥廓胸襟獨倚楹。

茅山紀游

蕩漾烟光驛路迷，尋芳晚過石橋西。花阡踏破香風起，小犬籬邊吠馬蹄。

曉發

烟泛林端知幾重，峰頭微見日華曈。石溪南畔多精舍，尚有鐘聲未出松。

新霽

遥望霞飛碧落間，花香鳥語自幽閑。偶因覓句衝苔徑，何事輕烟尚隱山。

茅山下宫

竹榻斜憑日色曛，幽岩花氣静中聞。開書但覺朱燈暗，起視窗前半是雲。

茅山上宫

巍巍石磴滿青松，上下嵐光織幾重。游客不知山有寺，輕風飄出一聲鐘。

西湖紀游

長湖平净曉烟泠，幾處笙歌醉醁醽。多少嵐光空際落，輕舟載得萬峰青。

飄然片舫杳何之，心醉湖光歸去遲。涼月一痕松際出，快逢水面見山時。

玉岑僧房

蘿壁涼風散曉鐘，山腰碧處盡長松。鳥歌簾外禪房静，一局清枰花影重。

昭慶寺

殿閣崔巍湖渚間，梵音高舉自幽閑。門前似挂王維畫，夕照多宜雨後山。

湖心亭

遥望孤亭思一臨，小舠載酒問湖心。須臾水面微風起，烟雨千重何處尋。

吴山

何代傳流山是吴，亭臺高下入途迂。千峰滴翠知多少，半落城中半落湖。

斷橋濛月

醉倚石欄夕色微，清歌一曲和應稀。濛濛湖上烟光滿，密繞千山月不飛。

湖魚

沉淵千頃泳群鱗，日啖花光計不貧。隨意浮沉宜自得，石磯垂釣久無人。

放鶴亭拜和靖先生墓

和靖先生百代身，荒丘一閉幾經春。松楸近亦多閑鶴，空舞亭前無主人。

登湖心亭遠眺

三面青山一面城，滄波千頃礎邊生。錦帆渺渺衝烟去，貰酒人從橋上行。

南屏山

近來身在畫圖間，賓客盈船笑語閑。方過南屏青未了，回頭烟起是孤山。

壑庵

崎嶇石徑入雲堆，獨木橋邊古壑哀。行到萬竿修竹處，一聲清梵有僧來。

曉泛

烟堤幾度柳垂香，小舫沿行雲水鄉。空際一樓迎曉色，誰家少婦倚新妝。

雨中望南屏

南屏日峙聖湖東，四野霖飛入望空。一道白光開遠目，半峰插在亂雲中。

保叔塔

山岡峭峙幾經年，宿月栖雲瑞色鮮。自是西湖渾似畫，何須彩筆更描天。

梅花嶼乃和靖先生故宅

烟月叢中不紀春，生平無志羡蒲輪。翛然獨立風塵外，應是梅花化作身。

孤山寺

孤刹懸山山勢巍，嵐光澮澮散朝暉。石谿鐘到人回首，飄渺樓臺帶雨飛。

登赤霞山

山巔渺渺夕烟濃，杖履翛然歷幾重。驚見晴霞生峭壁，飛來一片欲燒松。

水月樓胡梅林構以居徐文長也

誰道先生亦買山，小樓斜倚翠微間。流傳筆墨知多少，水月於今却也閑。

落畫樓戴文進故居，進畫西湖圖，妙絶古今。

爛熳湖山一卷收，雨絲花片寄情幽。西泠勝迹高低見，那是君家落畫樓。

昭慶寺居心樓予所旅寓處也

小樓斜倚山之岡，夕照烘窗却亦凉。趁得頑雲今不在，臨池摹出十三行。

居心樓雲

自出山楹何處歸，樓臺半隱夕光微。坐來漸覺衣裳濕，及至開窗一片飛。

登天然圖畫閣遠眺

朝登高閣嶺松香，五月榴風尚帶凉。正在閑評名勝處，千山隔斷一錢塘。

寶石山梵刹

杖履常經蘭若邊，石臺莎暖亦堪眠。晨光映得山川白，鐘出青松一縷烟。

朱淑真墓淑真爲錢塘閨秀，善詩，工書。嫁市儈，憤悶而死，遺詩名《斷腸集》。

蛾眉斂盡入丘墟，腸斷當年一卷書。地下何須悲寂寞，西陵橋畔小青廬。

梅圃

依稀樹影未能齊，暗度香風亦不凄。醉倚石屏閑待月，霜空夜半一烏啼。

片雲石步月

石溪月冷暗泉流，滌暑多宜午夜游。古刹斜懸空際影，一聲清磬萬山秋。

上天竺

川岩環拱象王宮，花竹幽深度細風。每見晨昏多氣色，紅塵不到碧霞中。

中天竺

禪院幽深别有春，飛泉觸石日粼粼。幾行杖履苔痕破，小犬花邊解吠人。

下天竺

空王閣下度微風，碧牖朱窗日影曈。偶坐石床翻貝葉，銀蟬紛竄梵文中。

趙好好墓好好，錢塘名妓。善詩，工書，擅美一時。

傾城一笑待如何，墓草空憐日益多。時有香磷浮夜月，溪頭愁聽采蓮歌。

香林洞

洞口花光映日暉，聊將緑醴醉芳菲。歸來沿路多蝴蝶，尚繞衣襟不住飛。

曼碩草堂揭奚斯耽情山水，高逸不仕。

草堂隔斷半溪雲，當日高風千古聞。惹得詞家詩滿壁，曾無人獻《北山文》。

叢桂

冷若梅花静若蘭，風吹黄萼日珊珊。夜來素月叢邊過，帶得幽香入廣寒。

卷二十八　郜焕元

福清魏憲惟度　輯選

秀水曹　溶秋嶽　龍溪李贊元素園

順天張永祺爾成　黄岡程啓朱念伊　參

郜焕元 字凌玉，號雪嵐，長垣人。

小引

魏子曰：世有聞聲相思者矣，思之不得，則梯山航海以求之。至比諸古人，生不必同時，而愛慕無已，托諸夢寐者，莫詩文之交若也。予於凌玉郜先生作此想焉。當凌玉之對策大廷也，予始弱冠，讀其制舉業即心儀之，曰：『固一代文人耳。』己丑變起，全晋騷動，凌玉方試宰其間，誓抗孤城，殲巨寇，以告成功，晋秩粉署。士之游長安者皆道凌玉有兼才，余益心儀之。迨余放舟入楚，登黄鶴之樓，吊禰正平於鸚鵡洲上，進觀赤壁鏖兵處，羡英雄氣色。凌玉方秉文衡所遴拔，皆翩翩爾雅之材。予之心儀之也，益不可解矣。無何，凌玉歸卧河干，肆力風雅，以振敝興衰爲己任，山水友朋之樂，性命以之。枉顧予於邶、鄘，大浮白稱快，不啻數十年交。向欲梯山航海以求之，至比諸古人，托夢寐以通者，皆涣然無餘憾矣。豈非少陵所謂文章有神交有道者哉？至其詩篇富有，出入於騷雅、漢魏，合三唐而成一家者，海内名流往往能道之。顧凌玉每匿其稿，作帳中秘，不欲出以示人。予强之且再，久之始出，所得僅萬分一耳，是不足以傳凌玉而凌玉亦可以是傳矣。予又烏乎贅！

送别宫紫元

十年讀君書，今年見君面。坐此長松下，芳草鬱幽蒨。英論薄層巔，曠懷明飛練。憶余垂髫時，君已南宫薦。才藻跨凌雲，共倚匡時彦。中道竟陸沉，高踪托述撰。芳華思令人，山川日悠緬。一尊得快游，擊筑同燕甸。孤桐發清音，佳人成婉孌。所嗟歲序馳，凄凄悲霜霰。秋雨被遥岑，游子懷江縣。駕言返初服，海水日激濺。丈夫感意氣，軒冕誠足賤。故人知我心，不隨風雨變。含情戀佳期，終思偕歡宴。歡宴不可期，别離忽遠道。北風蕙草微，江雁歸胡早。羈人感物候，凄惻傷懷抱。厭此車馬塵，眷彼林中好。秋雨浥平田，江鄉足粳稻。獨坐理清商，嘯對海門島。遐矚萬象中，奇書肆幽討。

春雨草堂閑，落懷星石倒。淮水送鯉魚，詩來慰枯槁。伊我胡滯淫？索米徒草草。夙昔同心人，
倏忽隔凉燠。輕帆指潞河，岸岸芙蓉老。志士貴遠心，愚者多懊惱。黄鵠有羽翼，萬里游浩浩。
慎此金石顔，容輝當自保。

送別曹持遠比部

同是長安客，出入供司寇。我歸八年前，君歸八年後。荒城凛歲嚴，一尊感故舊。本非逢世姿，
落落何辭詬。夙昔窺家學，時代綿華胄。咳吐古人風，藝苑擢神秀。高才反見黜，長揖謝朝右。
匹馬下長河，賦雪梁園就。春色變河橋，高柳明岩岫。新人苦不知，故人苦不救。擁志歸吴山，
僕夫催何驟。臨別寄瑶華，珍重此懷袖。

魏雍伯招游鹿泉諸勝

跨馬出西郊，倦眼豁疏放。遠景帶日斜，清游恣玄暢。秋氣下蒼岩，空翠殆難狀。同行得佳侣，
泉石激微尚。行看岩岫舒，坐愛流滮漾。瞻眺韓侯祠，英風颯甲仗。剥蘚讀殘碑，寄興忽悲壯。
回望羽人居，丹栱絶壁上。虚洞有雲封，老樹爲之障。急雨溜層巔，扳烟遵複嶂。初尋驚奥奇，
徑轉得平曠。中有龍象藏，丹碧鬱相望。微步愜幽尋，陰洞何年創。嵌空入杳窅，白日劃光亮。
造化鍾靈异，神工非意匠。纍纍號連珠，透闢絶依傍。冰雪冷然入，披襟爲神王。空亭延翠花，
日暮欣軼宕。生平丘壑心，對此樹嘉貺。願得休糧居，乘風采瀣沆。

楊使君署中贈袁杜少

我坐使君屋，讀君《修竹篇》。怒螭盤空壁，氣勢相蜿蜒。逶迤數十句，變化如雲烟。列宿羅胸中，腹笥何便便。我欲揚風雅，對君感朱弦。肅心窺元化，微茫慎所宣。建安與黄初，徽音賴以還。靡靡齊梁體，噍殺不足傳。漆水挺奇傑，早歲恣騰騫。驊騮騁逸步，一日遍八埏。行矣振北軍，拔幟登其先。

走筆别程伯建

前年别城之隈，今年别江之滸。黄鵠高騫野鶩翔，蒼龍晝立瘦蛟舞。沙洲烟草路茫茫，棕笠泥鞋九日雨。歐長卿，李雲田，偕子同來送别船。别船日暮芙蓉老，滿酹清酤問秋旻。相逢意氣感鬚眉，二子不言子更悲。昨日上書不見收，低頭幕府終何爲。聞君仗策向長安，水落桑乾木葉寒。黄金誰薦中涓馬，易水空憐壯士冠。君不見郎官湖上李白游，至今魂魄尚堪留。又不見蓬荆深没楚王臺，陰雨啾啾鬼夜哀。登祝融，望吴越，我欲扶笻鼓柁，上八萬之天台，探千年之禹穴。安能俯仰隨世綱，犧牛文身入廟遭羈紲。〔一〕

〔一〕『綱』，原本、校本均作『網』，聚錦堂本有眉批『網，應作綱』，據改；『犧』，原本、校本均作『曦』，據文意改。『犧牛』，即古代祭祀使用的純色牛。

雨中同崔琳墟醉飲

黑雲垂垂壓清晝，暑雨空庭來何驟。崔郎騎馬衝泥來，共倚湘簾看檐溜。須臾返照出其裏，玳瑁千層落杯底。玄蟬咽咽露初零，故鄉明月沉秋水。幾年阻隔湘衡面，動如參商不相見。此時鮮綬賦歸來，坐開桑落偕親串。回思廿載薊門道，我輩紅顔各年少。君家兄弟盛聲名，我亦當時附文藻。祇今零落感晨星，聚散人生胡能保。楊雄著作等覆瓿，屈原放逐山草槁。古人行樂貴及時，轉眼韶華驚醜老。君不見青磷夜泣黄金臺，昨日騕褭今蒿萊。又不見黄河新起瓠子宫，萬家城市走蛟龍。眼中世事已如此，更闌燭盡角聲起，君今不醉胡爲爾。

中秋無月柬王幼輿

去年我在燕山北，有月無酒常逼側。今年我向故鄉來，有酒無月罷登臺。陰雲送雨晚細微，颯颯天風吹我衣。張燈促席開南樓，樓外蛟龍攖月游。遥夕沉吟坐夜闌，關山笛裏憶長安。噫嗟嗟，怨離别，滿眼愴，浮雲海烟幾時滅？幾時滅，我心悲。人生去住各難料，來歲陰晴未可知。呼兒且進酒，覆我掌中卮。安得王郎拔劍斫地歌，開我萬古磊落抑鬱之襟期？

送韓石華北游

崑崙東折走中流，中嵩拔地亘崷崪。千年再産韓荊州，文章八代繼前修。十載栽花東海陬，一日聲名動九丘。華胄遥遥盛箕裘，中有長公聲最優。身長七尺髯且修，五岳方寸罕其儔。萬卷胸羅恣冥搜，元精滚滚開雙眸。一朝晤我河之洲，五月招提醉石榴。拔劍砍地勢更遒，興酣落紙如琳球。杵臼論交意氣稠，却憶當年淮水舟。君家大阮共登樓，群盗如毛罹百憂。前有黄狐後鵂鶹，聞鷄中夜誓同仇。白日西匿不可求，良朋一散二十秋。與君相對倍綢繆，高城落日酒無籌。平原遂作十日留，漫漶一刺向誰投。彈鋏歸來仗蒯緱，匣中風雨吼蒼虬。悲歌起舞響箜篌，聞君明日京洛游。黄金高築碣石幽，左携騕褭右驊騮。珊瑚連錢飾絡頭，伯樂一顧中涓收。臨行送子勸吟甌，胡以贈之雙吴鈎。鸕鷀光寒星漢侔，薊門八月風颼飀。赤霄萬里縱彝猶，孔翠豈同燕雀謀，咄嗟世路又何尤？我今投老事鋤耰，緑疇南陌聽呼鳩。他年遇子動鳴騶，好訪青門問故侯。

留别張及庵

歲在丁酉月當五，與君邂逅晴川浦。麻衣執手泪縱横，憔悴江邊相勞苦。是年九月我東歸，萬里飄摇嗟委羽。蓬根淪落又三秋，白雲濁水何由睹。昨朝跨馬衛河濱，聞爾建節來東魯。殷然感舊賦東征，剥啄柴荆尋賃廡。故人喜我遠方來，滚湯濯我面上土。擊鮮買酒情何深，清歌妙舞出名部。南船昨夜送旗槍，磁罌致我味何溥。一滯荒城遂浹旬，感心撫事泪如縷。共是長安省署人，君直銅龍我金虎。許身自比稷契班，致主羞稱絳灌伍。一朝奉使出春明，我司文衡君典午。聯鏕出入武昌城，左携黄鵠右鸚鵡。報國唯將奇士收，匠心謬持郢人斧。豈料腐儒逢世難，長袖無能學善舞。掉頭不顧時輩憐，掣肘動遭上官忤。三言投杼我辭官，飢走湘江采宿莽。傅會獄成戈復攢，此身久已付几俎。聖代求言閶闔開，小臣不死緣明主。此時子問粵西船，歲晚停橈三日語。同時好友方與張吉偶嶋公也，椒盤初薦批麟脯。狂歌大叫成四人，一洗塵俗凌萬古。子入蒼梧我適荆，聚散人生難具數。仕宦不達婚嫁多，空山日暮愁秋雨。葛巾誰解問陶潛，長鑱衹合老杜甫。有詩不敢向人談，疏狂恐遭時賢怒。以此百爲不厭意，幽居著書門常杜。唯君海内重膠漆，衆中顧我出肺腑。相逢無改舊鬚眉，五倫之缺猶可補。麥秋五月我當歸，明日騎驢向何許。苦語沾唇歌復哀，暑星在廬月在户。抑鬱阨塞者誰人？壺中酒盡君當取。

贈盧子

暑雨鎧鎝衝河甸，客子褦襶游將倦。我友招尋邵侍御，倉卒遂識盧生面。盧生早歲蜚英聲，楗户下帷破萬卷。我父東國舊掄才，摸索幾擬雄文薦。清宵剪燭竟何人，感士不遇空戀戀。一朝進士有七人，明珪美璧咸國珍。中有邵子更絶倫，自言與君情最親。高論時時回天地，哀歌往往動鬼神。論文未擬等覆瓿，撫事衹應嘆積新。今年我向濟州來，把臂深惜國士才。纔言古道眉〔二〕先動，即論怪事心誠哀。千年重睹玄都觀，百里猶傳單父臺。二十年中堪回首，悲歌幾醉任城酒。文章遇合君能致，富貴自分余何有。杜甫池邊柳色青，太白樓頭月如斗。浩歌仰視浮雲白，相對

〔二〕『眉』，原本漫漶，據校本補。

無辭杯在手，盧生盧生真堪友！

伾山高爲李青立作李子舊黎侯仲子也

伾山高，高入雲，上有松杉下榆枌。千年老鶴巢其巔，日夕引子悲鳴。聞悲鳴，何所道？似屬憶使君。使君七載牧黎陽，爬梳已遍玄髮蒼。千村鼓静烽烟息，百雉城成帶礪長。倉卒南渡日，高牙振軍壘。漢業想諸葛，未捷身先死。今年作客薊門秋，邂逅逢君國士流。傳家已識張安世，生子當如孫仲謀。見君面，聽君辭，使君儀容如見之。汝南舊有先賢傳，楚國重賡廉吏詩。相贈復何言？相看又别離。漢北與漳南，各自慰心期。帝城歲暮嚴霜起，我亦還山下衛水。道出黎陽告故人，我見使君第二子。

晚登晴川閣

傑閣初登眺，千帆入杳冥。水吞三面白，山截兩峰青。地坼連吴楚，潮回辨日星。憑闌閑指點，一棹下烟汀。

將赴湖南晚渡漢江

一葦江烟破，回流指郡西。汀花隨岸小，漁火帶星低。水氣雜霜露，客心落鼓鼙。坐看王會遠，萬里下雕題。

不倦

不倦登臨目，朝朝漢水流。病深三月雨，花滿一年秋。身世江船小，人烟野鶩稠。隔城聞楚調，思婦正含愁。

襄陽咏古

太傅高名在，登臨古郡過。三分餘涕泪，百戰老山河。碑涌寒潮逝，帶留芳草多。勞人深駐馬，日暮一悲歌。

襄中晚行

暝色下疏林，蒼茫動客心。孤烟古驛迥，落日遠江深〔二〕。路仄迎山鬼，潮喧怪水禽。紫陽如可遇，真欲弃華簪。

荆門舟夜

天高明野電，夜静倚官舟。堠火荆門接，霜星楚岸稠。山河留霸氣，詞賦待名流。寥落千年事，蕭蕭蘆葉秋。

〔二〕『江深』，原本漫漶，據校本補。

棐臣見過

江漢客無定，鄂城掉屨回。病因秋色起，窮得故人來。野服搴蘿薜，悲歌辨瓦雷。尊前黄葉句，蕭瑟待君裁。

夏人叔從禹峰先生爲湖南之游

之子湖南去，扁舟意若何。白雲衡岳滿，青草洞庭多。幕府裁鐃曲，遷人依棹歌。祇愁楊子宅，早暮少經過。

草檄真能事，從軍亦壯游。況逢漢陸賈，同注晉陽秋。雨幔臨湘浦，風帆近岳樓。賴君傳古迹，賦壓楚江頭。

送姜鐵夫南歸

白首家無定，青山爾又歸。京華詞客賤，秋雨故人稀。鐘動催霜葉，潮平載夕暉。鑒湖烟月好，爲我選漁磯。

中皃盟見訪

自枉高人駕，悠然澹旅情。狂真疏禮法，老益厭詩名。萬樹霜前色，連砧苑外聲。鄉心劇歲晚，遲我碧山耕。

訪趙錦帆於報國寺解官南歸悵然有懷

白首官仍謫，黄河客竟還。春明無故舊，秋色冷鄉關。葉落松房定，風吹海月閑。蘇門歸倘遂，同釣碧溪灣。

王子陶見過

委巷無車馬，高軒爾特來。情深邀月去，坐久索詩回。社稷更新主，風烟起暮臺。當時郎署侶，頭白正堪哀。時康熙改元

王雪洲南歸

有懷王給事，别我下京河。暫釋移薪痛，休吟種豆歌。鄉心辭苑柳，吾道問江沱。一放還明主，孤臣涕泪多。

故城舟夜

野泊風帆定，空舟夜氣遥。暮烟沉古寺，孤月涌新潮。鴨鵜鳴何急，鼋鼍夢不驕。荒墩吹畫角，東國正蕭條。

送長益南還

江湖君又去，京洛少知音。故里三年約，扁舟五月心。危途淹老驥，暮雨帶孤琴。歸到金焦日，

秋山夢已深。

晤張海旭

尚記南奔日，艱危借一舟。孤帆淮浦月，百戰島門秋。身世還青眼，山河竟白頭。草堂尊酒在，萬里慰離憂。

酬侯餘古

愛爾藏書屋，觴開薄暮天。花移春禊後，峰墮酒壚前。禮法狂難設，詩篇老不傳。再來秋更約，定鼓渡河船。

寄逌山子

別後俱〔二〕多難，歸來獨可憐。興吟吴苑草，泪盡郢門烟〔三〕。萬事還鄉井，孤身歷歲年。白頭新賦草，零落竟誰傳。

〔二〕『後俱』，原本漫漶，據校本補。
〔三〕『門烟』，原本漫漶，據校本補。

平干中秋雨後見月

一片鵝城月，驚看雨後懸。光寒潦水外，影静戍樓前。短鬢秋堪數，羈心晚自憐。他鄉感節候，曾記幾回圓。

贈彭禹峰先生

揚舲五月下蠻方，醉踏江樓草色長。公子椒蘭新七澤，將軍裘帶舊三湘。君從絳幄論前輩，我向青雲認父行。萬里長纓須早繫，漢家將相本南陽。

江上逢黄坤五太史

白髮承明舊侍臣，天涯淪落晚堪親。篋中歲月存詩史，世外江湖有釣緡。往事傷心辭洛日，他鄉垂老避秦人。開元朝士君仍在，聽到宮詞泪滿巾。

池州贈周伯衡

高帆咋夜過池陽，感慨尊前楓葉黄。朝論尚惜違瑣闥，主恩今許返湘鄉。秋鶩畫角嚴關静，夢怯雕弧險路長。便與盡情十日飲，升沉萬里各蒼茫。

贈大司馬河使朱公梅麓

詞臣八座下明宫，水土兼傳仗鉞功。遂使黄龍歸故道，不教白馬怨秋風。艨艟歲月春流外，羽獵山川輦路中。啓沃願參還省閣，車書萬里正朝東。

貴池舟中遇顔乃來太守赴荆州兵使

高城雲木隱汀洲，太守船回卜夜游。畫舫移尊天上坐，青山歸夢雨中愁。巖關畫壓孫權壘，古堞晴生蕭統樓。望裹八州防禦遠，早傳清嘯滿江頭。

送嚴顥亭都諫還餘杭

高梁柳色轉斜暉，潞水揚舲花片飛。寸草青回游子去，方舟春送侍臣歸。西京諫草尊劉向，南國才名憶陸機。大滌閑雲難久卧，少年天子正宵衣。

赴東壑遥望五龍雪色

徑行初日千峰上，俯瞰蒼烟一郡西。朔塞天連三晋險，晴空雪壓五龍低。山腰拾級樵争入，樹杪盤雲鳥亂啼。萬壑鄉園吾獨往，嶺猿溪月待幽栖。

己亥九日

摇落空亭菊自花，東籬斗酒尚堪賒。百年雙鬢秋方暮，四海重陽客在家。漠漠山城催落葉，陰陰江雨送鳴笳。干戈南北無消息，悵望高天獨雁斜。

贈李將軍戍楚

鐵衣十載臨戎日，尚憶圍城轉戰功。射虎未聞封李廣，雕蟲猶復困楊雄。千群代馬悲笳裏，獨戍江湖險塞中。氛祲扶桑憂不細，捷書早寄楚天鴻。

王幼輿以近詩見貽即有禹州之游作此奉送兼致懷兵使沈繹堂

閑門盡日補烟蘿，竹裏逢君有嘯歌。一卷詩纔傳白雪，三春客又渡黄河。風歸禹甸山川麗，路入梁園詞賦多。好問故人東郡長，樓中八咏定如何。

晤李梅臣時以病持戒

卜鄰猶喜近鄉關，十載浮雲故國顔。放後幾人無白髮，歸來此地有青山。高城夜雨薜蘿隱，獨樹閑門烏雀還。見説長齋能事佛，維摩丈室許誰攀。

送張爾成赴召

出使十年今赴召，班行應睹漢儀新。名高館閣推前輩，國有安危屬大臣。飛挽山河回驛騎，嚴裝衣履上星辰。鳳凰臺側麒麟閣，還讓螭頭第二人。

盧溝

盧溝橋下水，盧溝橋上月。水月無斷流，游人游不歇。

楊白花

二月楊花青，三月楊花白。不見遠行人，飛入遠行陌。

銅雀臺

漳水橋邊路，銅臺日暮雲。至今魏武帝，誰説漢將軍。

雨中再寄伯衡

异國風烟日，孤舟雨雪心。獨憐今夜客，別恨與江深。
不見秋浦城，但見秋浦樹。蒼茫烟雨中，念爾齊山句。

學岡

地回岡仍抱，春深雁自回。我來瞻遺廟，又見杏花開。

示棐臣

春雨茅堂長緑苔，閉門閑看碧桃開。雲亭寂寞無人問，祇有侯芭日日來。

送劉毅公游襄陽

漫將詩句動江關，春草王孫尚未還。便欲躬耕何地是，憑君好問鹿門山。

春山獨客使人愁，楊柳青青送客舟。我已無家難作賦，君行莫上仲宣樓。
楚客曾聞續大招，郢城南去水蕭蕭。祇今宋玉墳邊月，猶照行人渡板橋。

送王大愚南還

斷壘寒烟古孟津，羨君此去有垂綸。桃花野水三千尺，流到宣房問故人。

送夏人叔之德安

日兆山南小豫章，桃花遥帶嶺雲長。行邊莫便悲供奉，自古人間有夜郎。

漢陽中秋

秋山雨過露華寒，讀罷莊周夢欲闌。可惜故園今夜月，年來都向异鄉看。

寄雲田

腸斷西風感别離，彝門道左驅車時。信陵門下如雲客，不是侯生那得知。
秋風葉落洞庭山，賈誼長沙去未還。自是文章能側目，莫令玄草到人間。

寄伯建

江船無日不鳴笳，辜負揚州幾樹花。匹馬黄河歸路遠，北風吹夢到長沙。
李生跋扈夏生哀，此世何人解愛才。記得榜前燒燭地，武昌城上聽鐘來。

送尹韓五中貴

汝從幾載侍先皇，供奉猶聞說尚方。苦向開元訊舊事，白頭朝士泪沾裳。
薜荔墻東隱敝廬，科頭應不愛高車。長門休問《千金賦》，近日相如少著書。

過順德有懷滄溟先生

中原二子盛當時，歷下文章晚更奇。識得峨嵋天半意，黄榆高處自題詩。
領袖宗徐氣尚驕，秋生郡閣雁蕭蕭。文章未老山河在，詞客英靈正可招。

卷二十九　陳寶鑰

福清魏憲惟度　輯選

鄞縣史大成立庵　山陽陳台孫階六　參
宛平田種玉遜庵　甌寧謝　銓虞公

陳寶鑰　字大來，號〔一〕緑崖，晋江人。

小引〔二〕

魏子曰：緑崖先生閩异才也，著作日新，絶無一字蹈襲古人。與余忘年分交，參藩江南，時以

〔一〕『號』，原本、校本均作此。王士禎《池北偶談》卷二十一《談异二·林四娘》：『閩陳寶鑰，字緑崖，觀察青州。』（濟南：齊魯書社，二〇〇七年，第四二〇頁）

〔二〕聚錦堂本無此小引。

《蓴山堂詩》屬訂正，業已序之矣。辛亥過太倉，訪梅村吴司成，出先生詩共欣賞，爲擊節稱快，曰：『此三百年來一人。』因移書先生，云：『讀《蓴山全集》，奇思妙句絡繹奔會於尺幅之中，使人應接不暇。七言長歌落想不凡，峨眉天半，太華削成，無以逾其超特。』夫梅村牛耳東南，經品題者不啻球琳琬琰登諸廊廟。其傾倒先生至此，區區小子又何足以贊高深乎！但念予少負不羈，人争欲殺，先生獨青眼有加，逢人項説。近持節牂牁，相别四千餘里，以山川所歷形諸咏嘆者，不下數千篇。偕撫軍曹先生《澹餘集》緘示，勤勤懇懇，欲余買艇湘江晤撫軍於石門銅鼓間，以大著其千秋之業。余以《石倉》之役與心一孔觀察論定，未即果行。因口誦蓴山數詩，與觀察聽之。觀察且躍然喜曰：『余之志，梅村之志也。』先以補諸《石倉》，後續其所未竟焉可也。

松門坐月

新月欲附松，松高出月上。展轉窺客顔，徘徊闢山障。安得與雲心，長此抱月颺。悠然萬濤來，人月兩惆悵。

初春游牛首山

有峰齊入天，角立爲雙闕。此山主吴盟，登眺殊足樂。古寺聚峰腰，垣蔽如城郭。紆斜人徑通，半空寫丹雘。局蹐世上觀，不覺心目廓。地能慧佛心，梵語自天落。苔深洞不知，嵐幽每入閣。
佛子若可爲，捨身何足愕？有身如可捨，何畏鬼蛇攫。登峰一嘯號，視下皆毫末。四顧天地寬，
萬頃眼中白。可知生死大，何論富貴薄。牛首雖宜春，春早游不錯。當此春冬際，日月照虛壑。
景態無窮期，莫言駑力弱。游興如禪心，何必太粘着。

垂影塔

古塔挂峰腰，聳出峰頭上。隨樹入幽房，塔垂樹則仰。此理究不明，終古費人想。天地如棋盤，
日月如運掌。物齊則觀同，横斜兩不爽。辟彼印間文，字轉而成象。辟彼鏡中窩，窩心必懸顙。
兩曜作是觀，返照則回朗。室虛白常明，閉日能肸蠁。挂角於壁中，形落在深泱。此理自然照，
古人徒影響。

觀音洞

一燈明法處，萬佛到此場。所以三石洞，沸然如蝸房。有住便有身，有身便存亡。如聲之與影，
無觸不歸荒。聲盡響不遏，形落影猶煌。古洞音容在，曠觀世無方。日月照不到，古燈長夜光。
天地留斯隙，以啓慧肝腸。萬佛歸於圓，普陀即南陽。三洞不异旨，無住見佛王。

妾薄命

妾心一何苦，妾曾適楚不相取。愛妾憐妾才，有才亦藝近於賈。愛妾憐妾顔，古來顔色盡塵土。不如歸來學心空，却將妾心對佛譜。佛言有婿如阿難，汝但摩登作咒語。不然且伴老香山，兜率天中作天姥。此語未許俗人知，說與松聲鳥語當簫鼓。

二月花朝步朝天宫爲老子升旦道士咸裳服奏樂歡而志感

二月之中花初育，乍雨洗花如新沐。步入冶城樂沸來，羽流悦聖薰天祝。此城爲宫始何年？學仙亦如礪劍然。火無百煉不成劍，道無萬劫不成仙。磨得仙骨同劍利，古來劍俠仙家戲。不貴虚無道自來，矯誣之君仙不至。神仙之至非一道，邋遢飄灑長春老。冷謙魂向瓶中呼，爛頭作事亦潦倒。嘉隆以後無仙迹，却咎氣運與地脉。譬如冶寒劍不成，世無仙學何自獲。祇今劍花仙何歸，朝天宫宇依然巍。笙鶴不知鳴夜月，黄冠猶着舊裳衣。

芙蓉閣

白鳥銜花後，芙蓉尚拂霄。峰雲藏古拙，檻色幻烟消。頑石如能語，仙槎亦不遥。憑虚窮目處，自覺此身飄。

小星槎

靡望雲無際，天浮百丈槎。棋羅星蕩漾，馬逐岫横斜。空闊惟涵氣，虚靈欲諦花。簪紳自未脱，驕語羨僧家。

雨花臺

臺僅幔天裏，有亭必礙觀。四山來聚寶，一市繞長干。屐記前朝勝，杯團半日歡。名游如好友，相對總盤桓。

寄石谿

破劫銷塵火不宜，心存累盡可無疑。岩頭雪凍寒山色，石眼風吟拾得詩。佛子成圖堪折骨，名言强解儘支離。回思點點前語，好似中峰日到時。

燕道中再和李素園少參及施子沱伯林子康石燕懷原韵

行行不計露霜分，何日逍遥學漆園。伏軾三年留舌在，登車萬事把鬚捫。流紅忽見星當面，曙白仍將月出門。陌路相逢無爾我，往來衹有馬蹄喧。

地别燕齊氣自同，每懷壯志角雄風。當年不調龍顔喜，此日何能虎穴空。爛額都充座上客，先言曾念徙薪翁。於今衹看河間道，驛馬降書奏未窮。

寄訊蘇念溪郡丞時旅豫章

別君乍見鶯初友，回馬今逢雁驟賓。漫道江湖能阻我，安知夢寐不通津。已回震澤風頭浪，誰現峨嵋雪後身。歸到西齋來鳳處，煩將郡史築亭新。

初游報恩寺

何須覓勝向深山，近郭招提便往還。匝翠龍陰鋪貝葉，飛丹雁閣照金顏。浮光現魄千頭紫，拾級凌空一點斑。兵燹於今翻劫後，頻游那得此身閑。

游天界寺

地最虛靈養佛心，招提五百有誰林。山猿久落前朝諦，野鹿無眠古樹陰。階草釀香留客履，岩花含慧繞人襟。問君好事何來暮，勿厭峰頭日色侵。
日斜再訪佛王居，已見禪堂晚課魚。羅漢廊無通履迹，毗盧閣但鎖雲餘。璇宮問路傍花入，繞陌逢人帶酒鋤。好景都從忙裏遇，清明錯過恐春虛。

再游天界寺登毗盧閣

寺興漸奢更續游，穿松入徑竹林幽。久無上閣藏蒼鼠，偶爾憑欄聽午鳩。不覺千山窺四面，但移一碧入雙眸。何能到此消殘夢，總任斜陽付夕收。

尋春又到大羅天，老徑苔深不計年。人借名山空姓字，佛留畫閣鎖雲烟。墻頭夕岫堆紅髻，檻外風茵繞翠氊。走馬看山山亦厭，好辭婚宦問高禪。

石谿云武陵桃源舊境蕩然無迹矣爲之紀感

桃源在人境，孰謂可避秦。秦人搜未及，從古有逃民。何云秦網峻且密？依附山林多不出。三户安知非武陵，秦皇偏墮楚人術。桃源既有逸丁夫，二酉亦藏舊典謨。雄杰生心雲夢澤，楚實多智秦非愚。吁嗟乎！赤蛇之精出豐沛，赤松之仙在留會。桃源豈無仙劍術，不見從龍除秦害。乃知彭澤實寓言，後無問津見其概叶。君不見今日桃源非昔年，樹童石齒寂人烟。洞口泥丸滿地鋪，神仙不見民亦逋。漁父子，漁父子，不尋源於盛漢之始，無傳奇於晋魏之紀，未必秦虐而漢美。

送魏惟度同吴星若西湖結夏步于皇韵

非厭金陵久，陡然促越裝。游心無遠近，客意有炎凉。湖洗懷同翠，峰飛何與蒼。兩人尋樂事，自是大文章。

送客難爲客，輕風一檐裝。湖光雖欲艷，眼界正宜凉。橋月留人照，夏峰從古蒼。雙携游屐勝，塗抹總成章。

趙雪餘贈別先往丹霞次韵

一詞楊柳兩情生，人去丹霞送我行。心醉紅塵千里渴，夢馨玉液一卮清。題橋草聖雲飛手，賦海詩狂汐怒聲。總是牢騷姑遠去，曠游勝把石田耕。

一路溪山積漱烟，入雲沽酒問長年。卧聽兩岸黄鸝話，醉步孤村白犢眠。鮫室無波堪吊古，方壺有路莫求仙。才名似子何須藉，曳裾侯門步不前。

留別魏惟度步來韵

年來夢亦與君游，念我輕裝出鷺洲。江上離情波蕩漾，馬頭敲句步遲留。青絲帶繫愁牽柳，碧玉篸懸夢入青。銅鼓原非天外景，也容客履到山頭。

留別吴星若次韵

羡爾鷗心到處游，時時寄迹遍芳洲。夕陽老我千山落，秋雨隨君一劍留。家別西山無斷夢，迹浮南海有虚舟。煩君贈句弁篇首，好附名山藏石頭。

金潛五以詩贈行步謝之

誰不才名讓少年，况同覿面誦瑶篇。逢君一嘯青峰外，醉我千村落日邊。晋草吴花空繞夢，滇風黔雨別爲天。雙魚不盡牽衣話，好付江頭買水錢。

魏惟度同華亭周廣庵秀水王安節海陵黄月天集陶陶亭觀余所著春秋管窺并藏畫有賦步答

掬水飧君興亦酣，朋來不速盡東南。驚醒碧草空階夢，唤到黄鶯隔樹談。禪意詩腸同一一，棋枰酒令任三三。樽前有酒君須醉，蕭寺夕陽路不堪。

酒淡陰濃半未酣，逝言薄暮出城南。斜陽不閉青山路，夕鳥頻催滿座談。籠鶴嘗思高唳九，峽猿不覺墮聲三。歸來獨掃蘿天月，招上祖堂懶未堪。

隔塘覆蓋已陰酣，尚有餘寒雨自南。看字龍蛇飛欲舞，披圖山水細如談。園林樂事須君五，風月同人待我三。有約錢塘猶滯此，宦情友誼兩難堪。

當年落筆興沉酣，不讓痴心鄭所南。贅立庚寅窺豹旨，焚餘甲子付鷄談。荷心欲斷穿絲百，竹節長鳴得籟三。看看年年成底事，自憐老馬策難堪。

留别李子玉時積雨乍晴夕陽挂樹同集魏惟度樓頭次韵

嵓嵓李子肅如秋，家在南郊積翠浮。夕照窺人紅入座，東風到樹碧侵樓。快談寒谷乍生暖，高嘯懸河忽轉流。賒出重雲今夜月，辭君欲去但搔頭。

巫山高

巫山高，峰頭十二真嵯峨。楚王之魂不憚遠，乃赴高堂起夢濤。試問神女何姓名？笑而不答若有情。巫山朝朝暮暮雨，遂令楚王神不寧叶。但恐良緣不偶，奇遇難成。赤甲爲之關，白帝爲之營，鐵牛鎖斷其精英，遂令宋玉之徒招魂水渚，以瞿塘爲相思之城。

妾薄命

妾薄命，命薄於秋雲。生具窈窕質，寵愛早期君。君王非不愛，温存百其態。宫中多蛾眉，讒口日以喙。初時尚不疑，漸而見其概。念來正芳年，三十遂遣退。妾曾習詩書，寧敢以色漁。當熊何其猛，君側不早除。妾貌即花枝，芳菲能幾時。得序者自進，失勢枉圖維。長門不復見，但自掩秋扇。恐令君王知，一召羞人面。

秋胡行

取妾纔三月，出門遠仕陳。三月相識面，夢寐自相親。胡爲五載歸，視爲陌路人。儂雖不識歡，歡合審笑嚬。兩兩不相辨，寧獨儂可嗔。安知聊試子，原非我圖新。此意未既質，入門大義申。桑間尚如此，睢水豈無填。男兒有疑行，苦口何所伸。誰知貞烈性，一死以自殉。石尤至今惡，遂名妒婦津。願言魯男子，長此守家貧。

琵琶行

妾辭君王出昭陽，君王恐妾路悲傷。盛選樂工馬上將，琵琶哀怨聲尤長。彈工不解妾心腸，下馬取來自鏗鏘。塞馬聞之亦回翔，一時從人盡思鄉。誰將妾心達君王，君王宫裏天一方。况今妾身在疆埸，此曲本是彼中良。單于知音喜欲狂，馬前相慰仔細商。獻爾閼氏瓔珞妝，勝在漢宮下陣行。一時携手入凉房，强開笑語暫相忘。

京口即事

秋聲瑟瑟捲風沙，巨浸殘村有幾家。鷺立莎洲雙點白，豚吹水面一江花。鵲頭倚棹人長嘯，牛渚凌波佩自遐。極眺無堪頻注目，落紅倒挂半天斜。

遠際吁嗅作泊聲，心忙路隔暫舟停。荻蘆有火知漁聚，星漢無邊見岸平。水净沙洲栖倦雁，烟深草屋宿流螢。無端攪斷三更夢，日色漸高古潤城。

白鸚鵡自海澄公署中見之

朱寒偏耐雪爲裘，頭插葵花一朵秋。嗔作霓人花舞片，歡同羽士髻〔一〕爲琉。維摩舌本音難譯，蒼頡書中迹不猶。一自沱洹初貢後，白毛黄耈總難求。

雅禽原以白爲珍，雄者既來雌自臻。質雪寧疑偏妒雪，畏人未免且依人。闌干立遍頻呼侶，黄白渾成肯著塵。物入中州孤潔貴，西方定不好麒麟。

〔一〕『髻』，疑爲『髫』。

紅鸚鵡

同來選就改妝新，多買胭脂染作神。慧性寧專言艷耳，紅顏自以色媚人。娥眉不讓入宮寵，絳袖偏工掩袂嚬。曾記當年袁謝賦，標題每許獨能真。

結伴乘槎海外來，一從中土便相猜。非貪綉户争雙倚，却恨朱顏忍自埋。展轉孤生青草夢，鞦韆獨打石榴開。祇今隻影深藏後，枉費鷹心展鷙才。

卷三十　柯　聳〔一〕

福清魏憲惟度　輯選

嘉善魏學渠子存　宜興莫大勛魯巖

晉江陳寶鑰緑崖　江夏程　封石門　參

柯　聳　字岸初，號素培，嘉善人。

春陵署中有隙地構小廬三楹以竹爲椽上覆新茅庭前雜樹數枝青翠欲滴室中一榻一几公餘獨坐翛然幽遠不減築室深山也詩以紀之

亦欲構華軒，重念力役苦。旬日遂成廬，短墻聊築土。竹枝密作椽，大者編成户。覆茅敵寒風，經雨隨時補。自喜冰署中，幽曠同村塢。夙昔無俗情，冥坐游皇古。披吟足賞心，草木静爲伍。

〔一〕　此卷小引，三個版本均無。

小鳥啄檐前，林烟光欲吐。積翠疑山深，絲桐静可撫。高卧夕凉陰，我友懷巢父。多謝機心人，擾擾奚足數。

讀魏崑林先生觀始集詩選題後

皇風衍八紘，英靈奮河岳。不觀正始音，安知大雅作。副相廊廟才，幽尋肆探索。詞林推鳳麟，雅奏在韶濩。爰陳南海詩，廣張洞庭樂。譬彼荆山璆，圭璋方在握。譬彼清廟瑟，朱弦何澹漠。間氣良所鍾，窮神洵靡作。伊予秉微尚，風雅慚末學。遠藉瑶華披，相從事鏤錯。

與準庵夜坐述懷

昔嘆子無恃，今傷我無怙。物换星移能幾時，須臾霜鬢傷遲暮。子既生來鮮弟昆，嗟予有季淪黄土。形單影隻多悲辛，以我較子情更苦。數年游宦老風塵，傷哉《北門》嘆終窶。憶從前歲赴三湘，歸心時夢斑斕舞。何期鞅掌忽九年，高堂色笑杳難睹。鷄豚恨不逮親存，楚臺一望摧肺腑。爲人爲子竟若何，事死事生誰比數。黄河之水漭沆流，泰岱峰高衆山俯。山高水長無終窮，此恨何期渺千古。從今築室鶴湖濱，誓墓終當學老圃。子其努力致青雲，嚴君堂上日方午。他日飛騰會有期，莫忘今夜聯床雨。

途遇漕艘有感

盡日南行大河曲，挽漕灌輸千萬舳。連檣競進勢排山，路傍觀者惟側目。若輩貪横久成習，聚族舟中如比屋。國家養兵需軍儲，當事但知勤督促。誰知小民良苦辛，官胥虐民同几肉。徵輸不得待秋成，猶恐愆期事敲朴。每儲水次待官軍，成例相循往難復。官軍運米非一朝，一石纔能致一斛。簸揚糠秕猶不堪，民間粒粒皆珠玉。中人借貸稱倍息，貧者流離路相屬。往往誅求及親戚，鬻賣子女猶不足。况兼額外多横索，半爲吏胥飽其腹。水旱之時令愈嚴，瓶無斗儲盎無粟。猶然窟穴爲利藪，愚民惟有吞聲哭。臺臣二周古遺直，繪圖入告慘難讀。豈期奉行多空文，後來不戒前車覆。即今萬艦如雲飛，公私捆載相馳逐。相看盡是民脂膏，美食鮮衣遍僮僕。東南民力今已竭，莫遺哀鴻遍山谷。願言廟謨多講求，撫綏終爲蒼生福。

天台山歌客有言天台之勝者，作歌紀之。

平生游覽事探索，南登武彝北恒岳。匡廬瀑布幾經過，黄鶴仙人殊不作。一從宦轍走風塵，名山可望不可親。出入京華走吴越，馬蹄躑躅摧車輪。聞君稱説東吴勝，聽之不覺開心神。金庭秘府神仙迹，桐柏山頭風歷歷。曾從華頂望蓬萊，瓊樓玉闕浮烟開。赤城霞起臨天臺，顧視九域如纖埃。石梁天半杳可睹，九華真人安在哉。迢迢勝地不得上，使我沉吟一惆悵。杖策經過定幾時，雲山滿目知無恙。

瑞芝歌

誰移五色芝，下種萬古丘。黃如蒸藜緑碧油，時有仙人來敖游。六英九莖似十洲，鳳雛銜尾聲啾啾。吁嗟金母去瑶池，馬鬣西風靈草披。絳雲奕奕紫珠垂，氤氳香氣堆琉璃。君不見北海孝子廬墓時，靈芝燦爛光威蕤，海上神仙徒爾爲。

望鹿門山懷孟浩然故居

鹿門山色遠蒼蒼，小隱岩藪薜荔墻。斜分荃壁爲門廡，雜構辛楣葺藥房。當日上書不得志，高卧山中製荷芰。雲夢八九在胸中，惟曰不才明主弃。自是泉石有膏肓，世人那得知君意。我來不見龐德公，微雲疏雨列梧桐。爲誦襄陽驚人句，歌聲若出幽人宫。嗚呼孟子既云没，祇今風雅誰爲伯。騷人倘作鹿門游，指點飛花是故宅。

霽園

高天明霽色，宿雨散春城。寂寂林亭下，交交山鳥鳴。日斜流水緩，風動落花輕。何處堪垂釣，滄浪信有情。

長安道

長安十二陌，車馬日經過。上客青絲轡，佳人白雪歌。城烏寒更起，宫漏夜應多。雲散朱門裏，春風奈樂何。

乞假歸舟咏懷

人生貴適志，歸去卧東皋。囊貯韓康藥，門盈仲蔚蒿。山川容嘯傲，舟楫慎風濤。好憶幽栖處，冥鴻一羽毛。

夙有烟霞好，年來意更親。琴尊留卧病，松菊未全貧。莫漫禰衡刺，寧聞庾亮塵。桃源歸即是，不必問迷津。

春游祠

上巳屬芳辰，清明接仲春。鈿車青草岸，畫舫緑楊津。水上聞歌伎，花中出舞人。城南斗鷄道，何惜往來頻。

贈張素存年翁新婚

冰壺清照畫堂陰，掌内明珠入上林。百子帳開留半臂，五絲縷細結同心。瑶池初進仙姑饌，藜閣兼收女史箴。屋是黄金人是璧，鳳凰臺畔正春深。

復漢光武廟祀城南三十里爲白水村，漢世祖發迹於此上，有廟祀久廢，余至始修復之。

漢火方炎鼎忽傾，幸逢真主應圖生。赤符伏處開龍冢，白水流來擁鳳城。當日雲臺將玉佩，祇今畫壁拂霓旌。春秋俎豆長新地，父老猶傳長厚聲。

憶西溪小築

築廬僻在邑西灣，寂寂荊扉晝日關。時爲肩梅尋野渡，或因采藥一登山。庭餘石壁留琴坐，石有幽人放鶴還。歸去不須向累畢，飄然長嘯白雲間。

擬唐人長安春望

柳散秦川曙色開，百花初拂翠輿來。侍臣會諫長楊獵，上巳還流太液杯。龍闕日華高露掌，鳳城春樹隱風臺。宸游扈從多詞藻，應制誰稱作賦才。

贈宋牧仲世兄赴任黄州別駕

洛陽才子乘風去，贈爾歸鞭汴水東。話別夜深梁苑雪，持裝曉拂楚王風。不嫌司馬稱方外，且慰題輿識治中。試問吕虔刀尚在，好將勛業繼三公。

萬壽節早朝大雪

金鑰風微玉漏殘，披裘猶覺曙光寒。月明瓊樹栖烏起，花暗瑶臺立馬看。已識神車來四海，故教鶴蓋擁千官。共欣萬歲陽和節，紫禁凝華春未闌。

出都留謝臺中諸公

離亭蕭瑟動秋風，帳飲青門夕照紅。八月仙槎秋水闊，千家砧杵暮烟空。河梁惜别存知己，海内論交有數公。烏鵲南飛渾不定，啼聲疑回柏臺中。

西谿小築

新成小築傍城闉，野竹蕭疏隱者居。半嶺夕陽明紫翠，平橋飛閣映芙蕖。登山時采灞陵藥，臨水思觀濠上魚。自許元卿三徑在，羊求今日定何如。

小閣凌空枕碧虚，四圍青翠襲人裾。檐飛帆影開簾過，坐拂松聲帶雨疏。早歲耕田惟種秫，有時課僕且栽蔬。莫言高隱閑無事，每日勤翻種樹書。

歸歟三徑已榛蕪，小葺幽栖聊自娱。庭立石峰堪作丈，門臨溪水亦名愚。堂留雪滌堂名看山色，閣望涵虚閣名入畫圖。十丈紅塵高馬骨，清風吹到草廬無。

卜居西郭半村中，幾曲清谿一棹通。度壑鍾聲蕭寺外，穿林塔影小樓東。樹因初植偏宜雨，竹自新移却畏風。倦起偶來松下坐，農歌處處屬年豐。

觀采蓮即事

太液池分碧澗開，榜人何事弄波來。恐驚舟畔羅裙女，棹入深谿不肯回。

西湖雜詩

繞堤花柳昔曾諳，搖落於今總不堪。惟有西泠橋下水，送君湖北又湖南。

懸崖百丈隱深松，天上飛來何處峰。更望雲林最高頂，夕陽遥度虎谿鐘。

荷花覆水白蘋嬌，水滿重湖入望遥。日暮采蓮歌未歇，不知何處好停橈。

才子乘風踏玉沙，迢迢靈漢鼓雲華。豈真賦命人琴絶，江筆年年記落花。

卷三十一 毛逵

福清魏憲惟度　輯選

柏鄉魏裔魯竟甫　南安傅爲霖石潏
黄岡程啓朱念伊　南城吴學炯星若　參

毛逵 字錦來，新昌人。

小引

魏子曰：江右，人文淵藪也。瀏覽往牒，自南州高士後，五柳先生傑出，於義熙之間有潯陽三隱、四隱之稱。鄭鷓鴣、楊童子鳴於唐，江南夫子、臨江三孔、歐陽六一、文山、疊山鳴於宋。至元室而浸微矣，草廬先生猶能閉户著書，收一時重望。明興，專尚舉業，陳、羅、章、艾起而羽翼經傳，爲陸文安、羅近溪功臣。近代匪石君緝太虚、雪堂、巨源、茂先、于一、士業、博庵諸君子，擅東南之譽。余《詩持》之選，固已論次之矣。壬子寓衛，錦來毛先生憑太守程念伊寄示近集數種：一曰《李平暇墨平劇郡》也，詩成於兵刑岸獄之餘，其心定、其氣和、其神暢，則性情適於中而聲音發於外。先生固自序之矣。一曰《金門暇墨》，則先生以循卓膺璽書爲大行時輶軒采風之詩也。恢奇怪險、輪困離奇，多古人所未道者。衝口直説，輒有神詣，蔣學士又道之矣。一曰《病言》，則先生假歸，操棰驢背，扣舷月下，用以佐岐黄而代刀圭者也。楊柳雨雪之思，黄草蒼葦之感，而總歸於和平、正直、忠孝，油然則熊少宰復嘖嘖稱之矣。今先生補銓曹、總楚闈，入以應明良喜起之賡，出以寫山川景物之麗。其爲詩，富有日新，非小子之所可測者。昔于鱗談詩，最稱余德甫爲大江之西一人，使于鱗生於今日，得讀錦來雄篇，又作何想也？余因論次是集，益不勝匡廬、彭蠡之慕矣！

己亥九日登高姑射山酌平泉亭上

危亭跨亂水，影静碧潭空。溜響泉花白，霜飛柿葉紅。人來姑射外，酒坐菊香中。顔色聞仙好，憐余那得同。

雲

膚寸合山巔，捲舒自寂然。無心開洞壑，著意掩山川。携得應成雨，囊歸欲放天。與君曾有約，伴我客窗眠。

夏雨

嶺頭欲暗疾風催，百里先吹雨氣來。蜿蝘蒼龍蟠日影，呼號泫豹動山隈。彩虹飲澗千尋下，布鼓鞭雲萬道開。頃刻紅霞天外散，新凉荷畔晚香回。

庚子中秋闈中作

棘闈庭敞月當頭，影倒奎懸百尺樓。代闕雲開方渡雁，星河水湛擬乘舟。時名幾許儔先進，秋色誰憐向獨愁。纔罷較文方勸酒，隔簾莫問夜沉浮。

微雲初澹見飛蟾，吹滿寒波十二簾。漠漠桂芬隨露下，熒熒藜火隔窗添。澄懷坐對千秋月，得賦宜售一字縑。静夜庭空明似水，疏星數點上前檐。

登汾陰祠秋風樓

漢帝高歌動白雲，滿天秋色起河汾。佳人隔水摇蘭槳，壯士沿邊怨雁群。草木多愁因笑樂，山川有泪失功勛。中流不似瀛洲好，后土祠前已落曛。

擬隋宫艷詞

夜静簾開水殿紗，月中携手坐羊車。喁喁笑語調宫婢，吃吃低聲款内家。九曲池邊比翼鳥，萬年枝上合歡花。君王但與儂偕老，莫向人前問麗華。

山莊

雲邊屋角樹邊扉，窈窕疏籬夕照圍。黄犬經年無客吠，青山盡日等人歸。榆添酒價錢頻落，柳贈春寒絮特飛。笑引君來須款步，穿林猶有釣魚磯。

宿泓芝驛

古驛庭枯老樹柯，蕭蕭風雨繫鳴騶。參差斷碣留蟲鳥，長短荒墻覆薜蘿。滿目井厨誰是主，破窗星月白相過。傷心亂後皇華客，看遍青山泪眼多。

藐姑射山六首

日出霍峰頭，彩雲蟠其下。光暉映城隅，藐姑相照射。恍惚見仙人，玉顔殊蕭灑。醉倚白鹿肩，縱横同騎馬。

十載訪丹丘，夢魂殊勞瘁。不意藐姑山，相呼入坐睡。仙人逐日來，微言授天吏。無妨筆如刀，但寫活人字。

姑山臨汾河，綿叠數百里。其間冰雪姿，居處無定止。倏見山之陽，相招隔秋水。心容永潔清，願言余與爾。

襄陵有平泉，出自姑山麓。幽房結其巔，疑即雲霞屋。美人從中來，芬芳散林木。呼我臨清流，攜手照心曲。

姑射産群芳，琪花及瑶草。仙家弃如蒿，不必費尋討。世人事服食，安保顔色好。笑示不死方，教余却醜老。

或言汾西縣，舊有藐姑里。玉人邈難求，至今遺銅屣。著之如輕綿，可以涉雲水。延佇待雙舄，朝暮常徙倚。

壬寅中秋宿洪洞郵署時大雨連宵

中秋不見月，萬里皆霪霖。長天無顔色，佳節但凄清。况復宦游者，驅車道路行。登山愁顛躓，涉水慮浮沉。薄暮望城郭，烟雲濕遠林。中宵息郵署，落落數蕉聲。后土何時净，嬋娟不可親。

把酒灑空夜，願早見天心。

寄迹藐姑下，四載接清秋。年年在道路，得月增離憂。今夕憂未損，明月復難求。旅情烟霧外，秋色雨聲收。何處聞砧杵，誰家憶畫樓。長安亦如此，萬里使予愁。

秋思憑月色，好景托金閨。疇能隨風雨，况復作鷄栖。郵亭酒冷後，客路夜寒時。宦態摇銀蠟，鄉心問木樨。一聲新雁落，愁殺并州兒。

月圓必天上，其奈密雲多。何事妒佳節，愁予問碧波。庭空偏集雨，酒冷不生酡。猶憶深閨語，遥憐了夜歌。人生殊恍惚，此夕更如何。

過堯祠

我方驅車古唐國，每頌唐風思儉嗇。朝出神京望帝丘，遂謁堯祠慶都北。吾聞帝德莫與京，唐風今在平陽城。未識堯所治，先問堯所生。天地混沌何所始？多生聖人固爾爾。世去軒轅曾幾時，地近伏羲不數里。是祠未知何代之所營，茅茨不剪土階平。特與聖人留儉德，數椽無事斫削成。慶都城中猶有一坏土，不稱帝妃稱堯母。厥母生堯如與萬世生一天，不羡女媧徒能煉石將天補。堯母墳邊，守冢無半户。堯祠之中，歲時伏臘，亦無污樽與土鼓。或曰：若是天地遷流而無處，雖以開天之聖，亦似乎莫能自爲主。吁嗟乎！孰知母可以不墳，堯可以不祠，大德無名自終古。

過韓信嶺歌

甫出靈石郭，西上靈石山。山水相紆曲，路在岩崖間。歷盡岩崖上山頂，肅肅陰風空谷冷。開漢將軍舊有名，嶺名今以將軍命。墓門古碣自千秋，寂寞荒祠坐道周。半是漢儀半胄士，祠中偉人淮陰侯。漢家盡欲烹走狗，陰謀遺計屬吕后。血雨朝灑未央宫，怨氣夜傳河東首。曾聞班師自平城，河東傳首適相迎。沛公上壽淮陰死，猶是當年臣主情。將軍天姿本超邁，意氣横吞六合外。九里年歲未深學問寡，功名遂讓純臣輩。將軍不負漢，漢實負將軍。心迹本易見，議論何紛紜。九里垓前半生苦，收拾河山歸共主。酬功不列五等封，埋頭止有一坏土。千岩萬壑聲凄凄，如聞鐵騎侯夜歸。祠中枯樹烏飛啼，日落躊躇壯士悲。

山居

青山團團四邊起，山下幽居深樹裏。皎月上東方，穿林早見光。庭前山翠瀉，四時如無夏。我愛庭内人，不識漢與秦。

城居

城居失節候，盆草學園林。榮落自昏曉，收藏足古今。土微知地力，物小見天心。静日成幽賞，閑情處處深。

庭樹

城居得好樹，深夏鬱庭前。曙影晨鶯鵲，餘暉夕噪蟬。暑清抛葉雨，日暝繞枝烟。冷署塵緣少，當窗儘晝眠。

題蘆雁圖

秋風初起塞門開，月落霜寒陣陣催。蘆葦有情隨意宿，稻粱可飽莫聲哀。長江萬里同天地，遠浦孤帆任去來。誰説衡峰霄漢上，幾經飛過未曾回。

坐費

坐費行人禄，終年未出都。無書堪諭蜀，有葦莫航吴。天際雙星隱，周行四牡孤。時平詔令少，柳雪不歌途。

署冷

署冷非通要，官卑得自如。晝眠羞暴弃，兀坐損居諸。食禄無聞政，消閑止讀書。誰知鵷鷺序，亦有清虚廬。

迎喜神曲五章

欲曙兮東窗，盥蘭湯兮出洞房。步容與兮中堂，羌翹首兮何方。紫氣遥集兮思欲狂，神將至止兮自無愁之鄉。

年年兮愁何多，看花不馥兮飲酒不酡。僉云擾我兮花風酒魔，揮之不去兮降不和。振大勇兮羯鼓頻撾，散花酌酒兮發浩歌，神將至止兮我樂如〔一〕何。

酒釃兮花稠，衆方喤喤兮我獨不。本無所攖於中兮曷抱杞憂，反覆思惟兮莫得其由。願載愁雲於風車兮散之海漚，神其許我兮盼雙眸。

〔一〕『如』，原本漫漶，據校本補。

望神兮久在雲端，雲師豐隆兮障隔余看。神欲急下兮故令盤桓，予辭懇切兮托以青鸞。笙簧具奏兮幡幢盈壇，聞感予之顒若兮諾予交歡，神將至止兮彈余冠。神果鶱降於庭兮喜氣雲流，笑語喁喁兮意態休休。都麗婉孌兮侍從怡柔，命發千鈞之金鑰兮先我眉頭。贈瓊花以盈把兮載玉液以盈舟，謂自今以往兮俾所遇之悉投。内外和平兮壽而修，挾青龍而驂白鹿兮同笑傲乎方洲。

家書至

僕來方繫馬，相視語喁然。棠棣云偏〔一〕好，松筠得晚妍。惰勤詢國課，饑飽問鄰烟。無限沉吟者，持緘未發前。

皇華詩十二章

大婚

上林祥發合歡花，鳳輦宵迎萬炬紗。宮府喧闐開紫詔，絲綸慎重遣皇華。備員金馬因承旨，夙駕星軺得泛槎。喜頌關雎江漢滿，閭閻有室盡宜家。

〔一〕『偏』，聚錦堂本作『徧』。

加徽號

靈長世澤頌姜嫄，踐祚於今屬聖孫。孝治以先惟報本，承歡罔極又加尊。詔裁雲錦行行燦，語挾春風字字温。載路臣民歌樂只，天家有道位乾坤。

戚里

皇家戚里在鳴珂，選淑還應出伏波。一德何煩冰下語，兩宫親執月中柯。椒房好禮羞田竇，樛木長年蒨蔦蘿。爲説往觀扶杖者，聖躬多豫有共和。

奉差

太史宵占兩曜開，雲房選駿出金臺。爲傳天上宜春曲，大賜人間合巹杯。織女機絲分百辟恩賜賞緞，使星車蓋近三臺。聖朝恩德同民樂，不教深閨賦《摽梅》。

出都門

近臣授旨下黄扉，拜命銜恩別禁闈。扈從頻分天仗賜，旌旄遥引御香飛。戒途虎賁馳風雨，拂樹龍旂染露晞。道左呼嵩觀禮肅，連程警蹕舞朝衣。

郵亭

一望秋郊霜樹丹，使臣旌節近天看。雲龍曲護金章麗，班馬長嘶玉勒寒。回首禁城思緲緲，傷心古驛路漫漫。計程靡及祇王事，夙夜猶懷敢自安。

出固關

重門候吏迓開關，平水勞人是舊顔。似昇昔來饒紫氣，但憐相識盡青山。登臨半入詩歌久，車馬曾經道路閑。纔引清光飛月殿，又隨雲影日邊還。

入晋

三年奏績入明光，再捧丹書下晋陽。快睹使君迎父老，歡騰寮寀問天王。烟山猶紫前來路，霜葉偏青别後棠。懷我并州縈抱久，故人又喜話農桑。

開讀

五雲初下晋陽城，簇簇旌旗夾路迎。侍衛前驅天仗至，將軍親執鼓鼙行。問安各致臣衷切，授詔咸歌帝室寧。早慰諸公心魏闕，聖人有道日崢嶸。

答父老

桃夭吉禮備三千，六合方同大酺年。已拂天風行草木，未携膏雨足桑田。况聞晋鄙多鴻雁，恐有窮廬望賜緡。捧得新綸游舊地，敢煩父老問車前。

别并州

滿城車馬動轟雷，傳送使星天上回。争挈壺漿傾大斗，共瞻旌旆陟崔嵬。仙人未去姑山久，寶鼎還浮趙曲來。莫迓臨岐無愠色，笑顔止爲并州開。

復命

乘郵又早入皇都，往返山川雪載途。多少蒼鷹方健隔，不無馴雉尚將雛。空持使節傳天語，未許書生繪畫圖。敬捧黄麻歸紫府，莫舒一得補宸謨。

看秋葉

秋入村林遠近分，半紅半紫盡霜文。畫圖若遺添顔色，幾點青松鎖白雲。

宿新樂郵亭次壁間舊韵贈新樂令

山城如斗水西偏，水面雲横山面烟。鷄犬似聞村落近，郵亭衹見短長連。孤槎夜泛疑天末，魏闕時懸向日邊。何幸得同循吏語〔一〕，爲人〔二〕芻牧祝惟年。

滹沱河渡冰橋

恒山風落後，滹曲盡層冰。水面雲生足，波心雪照乘。狐踪堅可信，鰲背滑難憑。緩步馮彝穴，濤藏不敢興。

〔一〕『語』，原本漫漶，據校本補。
〔二〕『爲人』，原本漫漶，據校本補。

當壚曲

酒霧壚雲香裊然，當壚雲擁月中仙。似憐醉客温存甚，故送鶯聲喚酒錢。

長門怨

嫁夫不過天子止，住屋不過黄金裹。妾道天子即是天，天上春光由妾使。自從痴笑入宫門，春光曾使幾朝昏。倏忽新花變腐草，盡産流螢消秋魂。可怪妾家姑姨母，但羡宫中春似水。那知簫鼓宜春殿，衹隔長門秋一紙。

立仗馬

泰和殿前立仗馬，奚官牽來赤墀下。玉龍十道下晴空，練光照耀鵷鷺中。鞧鞴龍文雲五色，黄金絡首白玉勒。首昂步闊豐其膺，意氣已足空同群。一從列隊金門裹，令人相逢不敢齒。自是致身高百尋，豈因買骨重千金。誰能如君多厚福，終身坐食天廐粟。

嶧山

截然三四壘，箕踞倚青天。瘦削因奇峭，孤高得斷聯。一峰開洞壑，數點弄雲烟。自古鐘靈异，名山以大賢〔二〕。

招燕

鈎簾招燕入，簾動燕還驚。棟宇雖依舊，主人未分明。招我知非惡，我心自不寧。徘徊欲遠舉，啾唧復悲鳴。往事多艱苦，舊巢費經營。恩愛豈忍割？去就難爲情。直待主人見，低昂下庭楹。

小馬

鼓翅鳴原壘，拂拭梁上塵。

小馬高麗騧，行春去玉河。鳴風驕滿路，飲澗健凌波。安步尋山穩，危橋得力多。相依同遠指，徑入白雲窩。

東風嘲

日日園林葉未分，常將花信報殷勤。如今吹向枝頭盡，開落還應衹恨君。

東風解

無奈司花各有神，東君不厭百花新。請看枝上紛紛落，猶戀春風舞向人。

〔二〕　聚錦堂本缺《嶧山》詩『名山以大賢』句及後六首詩。

昭關吊子胥二首

丈大當逼側，掩泪渡雄關。去國愁名姓，亡人怯面顔。肝腸爲楚裂，鬢髮到吴斑。天遣憂諸夏，知君未可還。

月落重門曉，鷄鳴壯士悲。途窮銷智勇，怨重上鬚眉。一死哀漁父，扁舟愧子皮。吴宫賜劍後，應悔渡關時。

小孤山

玉女盆中青菡萏，飛來一枝滄波點。四時無葉花不開，摇蕩天光水深淺。銀山雪浪相飛翻，鼉竈出没江天昏。蒼翠不動烟霧裹，陽侯守護孤根尊。菡萏峰頭如絶壁，僅容一瓢與一錫。夜深祇是龍姑來，相侯仙人吹鐵笛。鐵笛一吹萬籟空，江風不起月明中。西向唯有匡山在，舉手遥參五老峰。

卷三十二　馮如京〔一〕

福清魏憲惟度　輯選

虞山錢謙益牧齋　絳巖蔣先庚震青
東海范驤文白　金陵倪燦闇公　參

馮如京 字修隱，號秋水，雁門人。

小引

魏子曰：自昔晋代風流，二王咸稱繼美；宋室忠清，兩范克振家聲。總由言以旌心，詩以載道。若使情弗篤乎君王，志不存乎民物，色工朱紫，徒成藻繢〔二〕之容；韵合宫商，未協克諧之奏。

〔一〕此卷枕江堂本、聚錦堂本均收録『成性』詩。
〔二〕『繢』，原本作『瞶』，誤。據文意改。

縱復博綜正變，雜撰音叶，安能暉映三才，發皇萬有？龍文扛鼎，噌吰鞺鞳之聲；鴻筆摩空，拿攫連蜷之狀。周情孔思，杼柚吟瑶；夏鼎商盤，雕鎪籀篆；卿雲之麗，碧落捲舒，本出無心；大海之生，紫瀾浩蕩，仍歸何有！若我秋水馮夫子暨令嗣志俶、懿生兩先生，望重朝野，名争問絹。揆文兩蜀，井華汲處，都吟桃李之章；主試三吳，黄榜初開，人快盧陵之目。皆夫子九霄退食，三殿書思，蒿目時艱，動懷國是。嘆密雲之不雨，望切虹霓；愾洚水之懷山，憂深昏墊。年年結笈登山，用鼓英士之快筆；歲歲横舟澤國，無非采掇其賢豪。天之報施，有由來也。及讀夫子詩文、奏疏、辭賦、諸刻，幾盈數尺。若句宣白下、岳收東粤、覲天顔、撫榆關，一游、一居、一聚、一散，靡不有詩，皆揮毫悃悰。山回故國之篇，淋漓忠懷；火雹荒陵之句，入以應明良喜起之賡歌，出以寫山川景物之勝概。非小子之所可測，亦非學士之所能傳。僅録十之一二以見。夫子有裴晋公之經緯，發杜子美之忠愛意云。

詰愁

夏日臨青鏡，蕭然白髮明。愁心方一寸，白髮有數莖。一愁一白髮，能有幾多髮。一髮當一愁，其如無限愁。髮少愁且多，身世恐蹉跎。髮短愁且長，心事欲彷徨。髮固無時黑，愁或有時輕。吾髮吾髡盡，看愁何處生。

避亂行

避亂一身多，何況説妻子。骨肉各异縣，黄金賤糠秕。衣食驅命關，弃之去所累。況乃問功名，
此道輕於紙。崒兀何山高，澒洚波如漆。悠悠千古心，坐聽風飄飄。

反從軍并叙

王粲《從軍詩》五首，蓋伎操也。譽由諂發，詞不衷情。余己丑冬夜挑燈讀之而耻之，因反數語。思古人反《離騷》《招隱》，類各申一，得以抒己意耳。

神武貴不殺，從軍曷取之。群雄雖已殄，漢賊實爲誰。虐戰殉長子，乃云不勞師。鼎翁負重任，
沮溺知辟時。禽獸且有憚，己身樂爲犧。胡爲稱良苗，又言夫子非。拙哉千古下，令人識其私。

讀史庚寅春

大舜視天下，猶如敝屣也。柳下守其介，不易三公者。古人秉至性，況乃外物假。良禽憚爲犧，
孤鶴樂於野。天地亦遼朗，萬類皆瀟灑。渺焉桐江絲，不以九鼎下。嗟此窗前晷，疾若空中馬。
苕苕白雲深，惻惻泪盈把。
淵明老酒徒，得意在翰牘。步兵長嘯人，曷爲途窮哭。參軍著短章，沉飲反爲福。青蓮詩百篇，
一飲傾十斛。醒中三辰悠，醒時九壤縮。始知崇飲客，妙理各有獨。
潁川標野性，瓢挂夕陽暉。圯上一老叟，巧作用世思。足乃加帝腹，咄咄始稱奇。孰謂四皓芝，

不敵二十薇。翻然效羽翼，毋乃初終違。

足淵明句并叙，本韵古通。

坡公謂淵明詩外枯中腴，鍾伯敬以二字俱説不着。蓋陶詩之妙全在不枯，信哉！王右丞以淵明《乞食》詩『叩門拙言詞』謂有悔心，則解綬歸來，幾爲先生短矣。然則雜伶人而奏技主家，爲右丞長乎？噫！千秋藻鑒，片語惛之。余讀陶集，初苦於難入，終苦於難出。噫！陶詩之厚，遂至此哉！則枯字真説不着。《乞食》一章，非悲憤，亦非解嘲，其厚尤不可言，悔心從何處見得？至《飲酒》二十章，尤爲全篇之最。余偶讀至五章，摘其一句，亦具通體精神。索居在湟，寡所歡接，因分擬之，各足十句，得十首百句。余非不知陶詩不可擬也，擬陶詩者，自爲陶詩耳，匪曰效顰。

結廬人在境，人事擾而煩。勞勞征塵苦，悠悠吾道閑。荒徑歸來掃，北窗今許眠。懶尋瓜五色，且卜醉三年。鄉憐有鬥者，披髮豈有賢。

悠然見南山，南山積翠間。晴時真好色〔一〕，雨後競妝嫺。對面開明鏡，流光入素闤。凉氣侵衣袂，風聲到樹邊。相看渾不懈，坐久月生寒。

〔一〕『好色』，馮如京《秋水集》（天津圖書館藏清乾隆五年武林雁門馮氏重刻本，下同）作『色好』。

此中有真意，當思至理全。癖非盡是酒，懶不爲逃禪。縱觀山寂歷，更見鳥翩翾。應無避世志，第與古爲緣。臨淵非有羡，得失不徒筌。

種書堂候雨 丁酉四月時有粤東之行白社分韵

鶉火次朱明，南箕鼓其槖。祝融何馮陵，肥蟦代爲虐。豈是木山人，舉手指吴越。毒霧瘴幽潭，歊烟噴叢薄。咄嗟下土民，相視惟錯愕。田疇半已空，池沼盡欲涸。妻孥不聊生，赤祲遍村落。如此再一旬，終將填溝壑。余職司藩宣，忍以憂易樂。偶過種書堂，兼之問民瘼。覓讀《相雨書》，問彼黄子發。安得生冠雲，累者罩日角。滂沱不崇朝，觸石膚寸合。不特蘇禾苗，且以洗兵甲。忽覺少女風，微微起蘋末。最畏東方虹，夭矯恣伸縮。急將陰石鞭，或仿仲舒法。閉陽縱諸陰，南山虎射殺。仰觀天漢間，黑豕相蹢躅。大地遍清凉，庶幾出火宅。

喜貧

余時副憲榆塞靖邊，貧甚。夫心貧則清，身貧則適，地貧則僻，官貧則政無煩苛。扃扉高卧，課子賦詩，盡日澹忘，人厭我喜。

五月生清草，風高麥浪微。時多嗥虎迹，常見野禽飛。緑水寒當徑，白雲凉在衣。雖貧貧豈病，療病有詩歸。

晚霽

遠霽山涵翠，夕陽挂晚明。歸雲千里碧，洗月一簾清。不謂眼前俗，而亡外物情。小齋能獨坐，謖謖起松聲。

廣陵客貽我以新茗賦得秋字

俗多添病懶，畏暑冷金篝。過雁銜春草，清風散客愁。色隨雲外落，香自月中浮。洗盞烹新水，翛然氣欲秋。

七夕

牛女情非隔，星橋豈藉過。一年非是遠，七夕不爲多。盟指機中石，恩深天上河。人間有怨婦，掩泪下金梭。

秋興

木末雲光净，草深蟲亂鳴。物悲人意苦，秋老客心驚。山月荒凉照，帷燈黯澹明。歸鴻將過冀，爲我説邊情。

客心争旦暮，九月殘砧聲。亂草荒愁緒，輕雲薄宦情。沙吹晴午晦，雨過宿猿鳴。鷄骨泠泠瘦，霜風夜夜驚。

九月〔二〕宴鄭明府之俊

幾點山頭菊，紛披帶雪枝。厭寒阻北嶺，耽僻下東籬。無髮難擎帽，有風易倒吹。故人將過我，濁酒一傾卮。

秋夜旅懷

星高宵氣重，漏斷白雲孤。遣怨讀麟史，澆貧酌塞酥。宿鳥翻葉碎，晴月照人臞。深夜尋殘夢，客衾疑敝繻。

苦月

卧病鼓聲急，霜華欲滿城。漾風輝魄冷，凝素雪光盈。晴浣孤清苦，幽生寂寞明。人心厭久客，見月轉傷情。

夏日

夏雲如亂石，落落注青山。真色含古今，虚光横牖闤。看峰生遠意，對榻愛常閑〔三〕。耽此滄洲

〔二〕『月』，《秋水集》作『日』。

〔三〕『閑』，原本作『問』，據《秋水集》改。

夢，因風到雁關。

擬山居

簪綬原無分，石蘿舊有緣。放身天漠漠，引耳水溪溪。老病依丹竈，閑心守白蓮。匡床忘出定，敢擬是胎仙。

擊楫非吾事，中流有巨航。江湖群鰐變，天地一鷗翔。白月生虚室，青山卧草堂。他時應鼓棹，清濁任滄浪。

眼前真足樂，無物可微參。鸛立彼晨露，鷗飛染夕嵐。機忘渾太古，静息有優曇。昨夜懸寒玉，清猿照碧潭。

雪夜走柯城

壬辰臘日，時治寇江上。

小棹因愁載，江天入暮年。濤分眉月澹，雲際尾波連。烟鳥輕如夢，寒花大似錢。牛衣堪卧病，徒羡晋公賢。

過十八灘

向刻粤槎日紀志之詳矣，兹不復贅。

亂流齒怪石，萬態水中央。玉燕晨飛雨，金蟆夜吐光。危檣依月小，急浦過花香。拚醉無辭飲，天風滿袖凉。

過閔子祠

羸馬嘶豐草，殘螭卧道傍。荒苔凝晚日，零雨落晨霜。八百王風邈，三千聖澤長。蘆花滿地白，過者有餘香。

雨晴

積霧天如垢，劃然洞兩儀。萬山拱曉日，群木吐新枝。鶯燕恣情性，風花任合離。不須驚物候，流憩亦相宜。

喜晴

喜得青山在，豁然洞目時。摩空鷙力健，旋舞鶴飛怡。樹樹開新色，帆帆挂彩曦。晦明傷此道，天地再清熙。

雨後月維舟聊城近郊己亥夏日

黑雲洗月出，天意在清明。露滴千松小，風高一雁輕。炎炎知大夏，冷冷有孤行。散步芳林下，香生搴杜蘅。

舟行遇雨

七月連宵雨，長河没曉天。殘香生別浦，遠樹隔蒼烟。緑曲灣如黛，青荷大似拳。清秋知幾度，離恨欲經年。

近里

聞説家山近，奚童次第來。今年夏始旱，數日雨爲灾。茅徑常時閉，荒庭半是苔。深宵聊藉飲，共醉月徘徊。

小雨晚晴

夏日看山色，山腰細雨生。雲情多反覆，天意轉清明。大樹分凉影，方池落晚晴。都來塵事少，閑坐聽蛙鳴。

和陳祺公觀察

曲沼知魚樂，高松爲鶴謀。客來天欲霽，雨過氣如秋。敞牖排青巘，高歌傲白頭。藥苗新種就，老病不須憂。

旅眠

欹枕悲秋晚，勞人夢亦煩。夜風如有意，吹夢到家園。

榆關道中憶舊游甲申秋九月

我昔不憚煩，勞此山川路。秋來萬物凋，日月都非故。

擬元夕

榆西絶塞，戍卒苦貧。元夕佳辰，幾不知檛鼓、燒燈爲何事。余同子驤〔二〕戲擬分平韵。

燦燦飛星彈，翩翩照彩鷴。漫憐歌子夜，風月總相關。

静夜思

蕩子不思家，春來遍地花。誰邀長夜月，夜夜到窗紗。

西園咏己丑湟署小築

天涯常作客，小圃暫爲家。傷心枝上鳥，啼變隔年花。

春草油油碧，緣愁細細生。紛若千萬縷，不盡古今情。

花魂

蝶夢年年變，鶯愁日日新。朦朧纖月下，倩女有離身。

七夕宴集篇己丑湟署

明河七夕曙光鮮，瑟瑟西風駕彩軿。萬里秋聲傷久別，一天靈雨沐新嬛。床頭濁酒堪澆客，放白

〔二〕『余同子驤』，原本漫漶，據《秋水集》補。

亭前集衆賢。李生七碗秋水骨，更吞斗酒筆如椽。黄生入幕恣説劍，飽讀素書《三略》篇。談兵賈生中若神，暫嫻樽俎坐青氈。丁公白髮顏渥丹，著書攝性隱抱關。知機如賀早辭榮，直欲投身歸四明。座上論文虹欲吐，更兼陳子氣如虎。府倅君王印輞川，巧合金針對月穿。星前北斗門嬋娟，羞言大樹屬吾曹。起視星河月半高，膠膠鷄聲宵氣白。盡倒金樽醉四壁，曝衣樓上蛩啾啾。烏鵲橋邊泪汐汐，人生有酒須竟歡。君不見天上人間，動是經年隔。時王〔二〕倅新昏

行路難

人生有苦各自知，明月在天水在池。天地山川色蒼蒼，東西南北路茫茫。請君酌酒且自寬，試歌一曲行路難。王陽九折宜回轂，江水誰招楚澤魂。年閲十九節旄盡，白頭司馬望玉門。行路難，烏足難？天涯游子客衣單，高堂白髮勉加餐。勉加餐，有誰歡？人生有子各异縣，方知行路難復難。

渡秦河

野漠風高接大荒，黄沙衰草共茫茫。霜霏古壁迷雲徑，霧鎖洪流冷日光。兵火半生驚白髮，飄零

〔二〕『王』，原本漫漶，據《秋水集》補。

一劍嘆空囊。天涯謾作傷心句，恐有征人欲斷腸。

春日塞上蕩寇功成，驤兒偶拈，聊次之。

平原盡目足荒荒，草亂烟迷没晝光。北壘驅風藏虎豹，西山落日走牛羊。丹心自信籌邊苦，白髮誰憐滿鏡霜？三月塞門無柳色，春光不肯度垂楊。

范老關

先宋范文正仲淹知延州時，曾駐馬於此，故名。又俗呼『范將軍馬營』。

沙積雲飛百仞間，孤城一片落空山。北門久下寇公鑰，西塞今開范老關。碧水聲流亡國恨，青霄夢繞故鄉還。年來最有滄洲癖，不爲耽貧愛老閑。

東巡允吾

夜風吹月月初新，細碾寒沙白似銀。衽鐵不生邊士暖，飲冰難洗客心塵。郵亭到處身爲夢，鄉國年來夢是身。青海雪山真异域，可將冠冕望人倫。

讀空同文有感

寒起霜鐘暝色紛，引杯讀史到宵分。欲翻重譯嫺風雅，難使侏儷識古文。遠塞已知絶緑字，内庭誰許奏祥雲。應憐此道消沉久，况有邊聲載六軍。

寄子詩曾占《易林》，有『六月睽睽』句。

塞上風霜〔一〕撲面時，思親憶子兩增悲。汗駒自策馳鞭影，老特徒能舐犢兒。五夜鷄聲頻看劍，三冬篝火數吹藜。攤書倦倚清齋外，翹首關西一望之。

讀兒驤和詩危功句有感

湟水濤驚鼓角鳴，俄傳蹀血兩河傾。孤城已許睢陽節，堅壁猶慚細柳營。事外逍遥清類鶴，局旁彈議亂如枰。雁門自合投身老，驢背青山莫愛名。

古邠瞻大佛寺

積石混茫古洞開，諸天曇雪落荒埃。莊嚴丈六傳新火，解悟三千大辨才。花散林風霏法雨，鳥通禪性集香臺。昨宵雲破飛寒玉，吊月清猿照影來。

五凉望崆峒山

沙風塵雨漬征鞍，幾種離雲萬仞山。半嶺雪消全霧繞，一峰霞卷四光環。尋幽曾説笄頭勝，問道無緣月石閑。俗骨何由輕似蜕，一時身舉翠微間。

〔一〕『霜』，《秋水集》作『吹』。

讀史

今昔興亡事不同，挑燈閑讀古遺風。花紅帳暖新飛燕，月黑砧殘舊守宮。王氣千年清似水，伯功一旦盛如芃。寒宵起向中街立，奎壁星高劍影雄。武勝文衰之意

和梅無華計部荒圃之作并次原韵

嵐光鬱鬱草殷殷，枕石年來闊見聞。入檻祇餘三徑月，開簾時借一山雲。竿垂自許羊裘老，星聚誰占太史文。白日易曛春易盡，好將消息問東君。

雁字詩

支廣文掞英手呈乃翁美中先生《雁字詩》，讀之古藻蒼凉，摇人心目。蓋不以雁字爲雁字，而文生於情，獨抒己性，直出中郎頭地。余不揣謭劣，偶以公餘，亦擘紙抽毫，率成十二韵。既乏鸑鸞瑞鳳之章，且有刻鵠類鶩之誚。附斯鵬翼，終耻蠅聲。至『驤子』數章，尤嗤鴉〔一〕惡。

鵝群終是落塵埃，耻學樊籠屬下材。擘破混濛添一畫，燦成文理列三才。吟聲能譜賢臣頌，數墨堪登太史臺。自古奇書多鳥迹，應從物外識新裁。

〔一〕『鴉』，《秋水集》作『雅』。

嘹嚦遥從午夜聞，分明點畫燦生雲。一天斗宿饒鉛〔二〕槧，大地山川焕墨紋。不二寫成歸至道，斯人撰出識同群。匪因南國謀粱稻，欲變今文識古文。

春秋兩度識行藏，采筆風生上國光。纔見斯文臨朔漠，忽驚染翰下瀟湘。不須煮字謀生計，豈爲尋行果稻粱。謾説强分南北地，共披雲漢見天章。

贈馬大將軍援漳凱旋

將軍大纛奠南州，麟閣功名萬户侯。露布驚摇漳海月，雲旗高拂柱〔三〕山秋。黄金綉甲三千士，碧玉清歌十二樓。共醉升平無戰伐，西風射獵臂青鞲。

送郭玄庵給諫江右典試還朝

三秋銜命往掄才，千里仍看擁傳回。龍劍早占豐斗氣，鳳毛盡拔豫章材。自憐白髮馮唐老，人羨黄金郭隗臺。此去上林花正好，也教春色到寒梅。

〔二〕『鉛』，原本作『沿』，據《秋水集》改。
〔三〕『柱』，《秋水集》作『閩』。

和李屺瞻元夕

華燈白髮共飄蕭，半世浮名夢裏蕉。投老一身甘木石，冥飛萬里入雲霄。香生小閣人依玉，寒起長江月涌潮。夜半狂吟干氣象，流霞筆彩欲驚摇。

和倪闇公

詩思清狂酒思豪，九微遥燭五雲高。玉堂坐月清如水，寒夜烹茶味似醪。遣興且歌楊柳曲，逢時耻奏鬱輪袍。杞人每切憂天慮，揚子何庸更反騷。

次驤兒韵

珠箔流霞映紫微，冰壺對月共依稀。三山烟雨歸鴉晚，六代繁華故國非。春院花香遥夜夢，後庭樹冷薄羅衣。獨憐吏事終朝苦，攬鏡愁看白雪霏。

賦得庭前雙舞鶴秣陵藩署

曉唳時聞繞徑來，空庭半畝盡莓苔。臨風玉樹聯翩影，對月梨花次第開。瘦骨知貧甘石隱，閑心潔體屬仙胎。文明鳳德雖堪羡，别有清姿出世才。

浣花堂喜雨限東字

浣花堂上絳紗紅，雅奏何妨到曲終。廿載功名烟霧裏，百年事業有無中。當筵且喜歌時雨，解纜何能趁好風。極目南天何處是，暮雲梁月照江東。

匡廬山有小引

按志，廬山在九江府南廿五里，隸德化縣，古名南鄣山。高二千三百六十丈，周二百五十里，其山九層，川亦九派。《山海經》所謂三天子鄣也。有三宫：上宫居岩表，有石梁瀑布；次宫隔一谷，下宫在彭蠡湖際。其山有紫芝田四十畝，常有二仙童采芝，人若逐之，但云猖客，芝草則寂無見矣。《潯陽記》云：匡先生，字子孝，周武王時人，師老聃，得久視之道。結茅於南鄣虎溪上，修煉七百年，而白日霞舉矣，因呼爲『匡山』。道家第三十六福地也。余於舟次江中，遥望則見蒼翠萬狀，一峰欻出，俯首江中，儼然如墮。及舟過其下，則劈峰插漢，上接雲霄，烟樹嵐光。覿面領略，真可横榻而受，披襟而納矣。爰就短章以志什一耳。

蒼嵐積翠幾氤氲，萬叠寒光曉色雰。倒影遥看天外落，奇峰近識水中分。奚囊半卷三江月，小艇全收五老雲相傳山有五老峰。猖客何由芝草覓，空傳仙迹古今聞。

粵闈即事丁酉八月

風高北斗夜光寒，秋色遥臨白露團。六律黄鐘臻爾雅，五玕青樹蔚詞壇。宣猷漫説屏藩使，司命應推獬豸冠。他日立朝能正笏，忻看劍佩共珊珊。

舟行雜興戊戌九月南雄道上

天空霧濕月明初，秋色光涵萬壑虛。遠照漁燈輝上下，銜寒雁陣影清疏。馬卿病渴思高枕，諸葛吟餘卧敝廬。看盡浮雲羞老大，連宵有夢到華胥。

曾聞興廢古來頻，剩水殘山幾度新。漠漠平原紛逐鹿，茫茫大澤有迷津。碧雲紅葉千林醉，白帢青衫一路貧。縱飲不妨澆斗酒，清江皓月爛如銀。

江上

燦爛星河日夜浮，烏啼漏斷五更頭。銀沙映月無雙照二孤彭蠡之間，兩岸堆沙，如雪照月無光，碧水遥天迸一流。劍冷酒酣悲往事，花飛夢短惜輕游。羨魚縱有垂綸志，滄海茫茫懶下鈎。

携幼子雲驌歸自嶺表時以藩司入覲，歲在戊戌。

休辭萬里歷冰霜，稚子來同客路長。雙控紫繮嘶古道，一鞭嵐影入斜陽。雲連北闕瞻天遠，才擅西園旅雁行。愧我無聞兼老病，不堪重過紫薇堂。

郵亭評史

無論蒙恩幾百年，翻然一旦遂爭先。登壇元老披金甲，秉鉞將軍仗玉鞭。黄閣麒麟應再畫，故園猿鶴不須憐。一生富貴由中熱，青史何能到九泉。

社日雪晴霞影在樹

積雨吹風滿碧紗，年年春燕滯天涯。强斟濁酒澆青眼，且把冰花當杏花〔二〕。

釣臺觀潮潮至，釣臺則無聲。

萬里寒濤瀉太清，富春山下寂無聲。鴟夷剩〔三〕有千尋怒，一見先生氣自平。

苦雨望霽

積雨連宵天欲低，山高山下白雲齊。千林露墜飛鳥羽，萬壑濤驚猛獸棲。沙浪翻銀摧短草，野苔剥翠没長堤。不堪巾折徐踽步，一任粦漂漫屬鞮。幾點零丁幽客恨，數聲飄急旅人啼。頹齋坐漏青衫敝，草閣遥連白水迷。宿霧能消風藉力，重雲望霽日生霓。邊城雨過應無暑，窗影清凉月在西。

〔二〕『花』，原本作『紅』，據《秋水集》改。

〔三〕『鴟夷剩』，原本漫漶，據《秋水集》補。

卷三十三　程可則

福清魏憲惟度　輯選

曲阜孔胤樾心一　含山李衷燦梅郘

新昌毛　逵錦來　錢塘葉雷生蓉庵　參

程可則 字周量，號〔一〕湟溱，南海人。

小引

魏子曰：周量程先生以壬辰榜首屈授郎署，天下争惜之。其文章鳴一時，義俠高千古，天下又争羡之。夫一人之身，惜之羡之，變幻俄頃，悠悠道路之口豈顧問哉？其所以群然宗之絶無异辭

〔一〕『號』，原本、校本均作此。李元度《國朝先正事略》卷三十八：『程可則，字周量，一字湟溱，號石臞，南海人也。』（清同治五年平江李氏循陔草堂刻本，第一一葉）

者，則其詩耳。丁戊之際，余寓白門，得先生佳什，登《詩持》二、三集中，業已借光紙貴。近復得八家詩於五鹿，多先生長安之作，拔其尤者，先付剞劂。適聞先生有出守桂林之命，喜與觀察孔公言曰：『甚矣，天之巧於置詩人也！』蜀中山水，奇欝險峭，以居少陵；道州山水，澹遠幽邃，以居次山；金陵山水，秀而深、宏而肆，太白、牧之輩居之。各資其形勝以抒厥性靈。今粤之西，地接滇黔，出荆襄者，皆哆爲奇觀。先生新擁五馬，憑陵其間，冥搜山澥，當必有以發其奥而抉其幽者。此豈君相之權所能司、智力之優所可幸哉？天殆欲神而明之，待其人而畀耳。余喜八閩、兩粤山川人物，縱横萬里，柳子厚、蘇子瞻輩皆得力其中。先生家其東而官其西，進而討論咏歌之，以睦我鄰，封郵筒商確，不知天下之惜之、羡之者又作何如觀也？故因黄進士美中行寄先生一笑焉。

隴頭水二曲

隴頭流水，其聲湯湯。念彼征人，飲馬道旁。秦山間之，何時故鄉。

隴頭流水，其流不竭。北風朝號，層冰夜裂。十步九回，羊腸泪血。不有死生，敢傷離别。

朝〔二〕涉隴頭水，暮涉隴頭水。隴頭不斷流，秦川去何已。北風僵馬毛，寒冰割肌髓。身爲軍國役，心逐疆場死。丈夫自有行，安能戀妻子。

青溪小姑曲

青溪水如練，小姑情婉孌。願因溪水清，照郎意深淺。

采菱曲

采菱采菱溪水净，笑插菱花照溪影，香風雜遝羅衣冷。羅衣冷，棹遲遲。折芳馨，遺所思。

朝雲曲

巫山之高雲千尺，張樂陽臺宴行客，美人珊珊不可即。不可即，空徘徊。巫山高，何時來？

冰車行

泥滑滑，車簌簌，長河積冰已成陸。八尺柔絲穿地軸，輪轅不用三十六。易舟以輿，輿不脱輹。大車小車，不如冰車速。泥活活，車粼粼，安車負重無飆塵。昔歌《獨漉篇》，水深能殺人。大車小車，不如冰車仁。嗚呼！公無渡河，公今渡河。蛟龍既蟄，得過且過。安能大地無頽波，適彼

〔二〕『朝』，原本、校本均作『潮』，誤。

四海平且和。

古風四首

威鳳誕靈姿，其羽爲文章。生當明盛世，可以鳴朝陽。所遭未得時，斂翮悲摧藏。恥與燕雀伍，

羞争鷄鶩粱。峨峨梧桐枝，日夕凌風霜。吾德苟未衰，安用接輿傷。

南國有佳人，獨立好顔色。十三習圖史，十五工文織。寂寞守空閨，秋風聞太息。草木既已落，

羅紈爲誰飾。良夜鳴孤琴，音響何惻惻。朝見池中禽，惓彼雙栖翼。

羅浮紫烟客，高卧鐵橋東。日對碧流水，時聽萬壑松。雲霞間日月，炯炯羅心胸。舉手謝時人，

汩汩泥途中。行隨大化盡，飄若風飛蓬。何如廣成子，相將乘赤龍。

孟嘗雖好客，終不如田横。鐘鼓豈足貴，饌玉非交情。横奉洛陽書，二客要之行。屬徒五百人，

蹈海群相争。出關者何爲？狗盜而鷄鳴。養士各有報，所見在死生。

徐州道中

我家南山陽，委懷在槃澗。時與漁樵游，坐弄孤雲晚。一朝駕衡軛，飄飄逐征雁。陰雨渡河橋，

嚴霜踐荒阪。賴有古人迹，觸景姿流盼。不嗟行路難，所惜歲云晏。

舟晚

空翠明遠岑，斜陽淡孤渚。微波滉漾間，輕舟自容與。秋色從西來，蒼然滿平楚。仰視天際禽，矯矯空中舉。此時山水心，誰知在羈旅。

彈子磯

彈子磯，彈子磯，行人歲暮今且歸。寒風颯颯吹我衣，天荒地老南岡陲。黄巢一去海水飛，至今野人猶刺譏，奸雄遺臭將何爲？君不見磯頭之下鯉魚肥，烟蓑往還無是非。

銅鼓歌金公絢宅作

主人玩物有奇尚，銅鼓石琴兩相向。琴聲泠然高出雲，鼓色斑斑勢難狀。革形金面三尺餘，土花駁蝕花扶疏。中藏太極不盈寸，六十四卦紛熒如。琉璃綫刻鴛鴦起，波濤影静蛟龍死。摩挲蝌蚪有雙頭，仿佛熊羆無兩耳。不知鼓制始何代，或曰諸獠與交趾。蠻鄉此物以爲俗，鑄成置酒招鄰屋。豪家子弟金銀釵，醉擊華堂聲陸續《晉書》：諸獠并鑄銅爲鼓，初成，懸庭中，置酒招同類。有富豪子弟來者，執金銀釵扣鼓，釵竟遺主人，名納鼓釵。漢家老將伏波軍，改作驊騮獻紫宸。至尊含笑親嘆賞，詔置宣德稱奇珍《漢書》[一]：伏波征交阯，得駱越銅鼓，改鑄馬式，上之，詔置宣德殿門。一自滄田

[一] 事見《後漢書》，非《漢書》。

變今古，天下瑰瓊復誰睹。銀筝玳甲總飛塵，玉馬銅駝亦黄土。此鼓獨聞闐，倚君花檻邊。小扣已令鬼神懼，大扣將使鼉宫蛟室夜半争皇然。鼓兮鼓兮，我欲以磚礫爲懸，珊瑚作簴，仍學馬援貢天子。大聲逢逢振邊鄙，漁陽之鼙何爲爾。

安陵驛

歸路知何極，斜陽且繫船。落霞明古驛，秋水滿前川。茅店砧初動，漁舟火漸懸。〔一〕無人問羈旅，愁絶〔二〕向江天。

舟晚

回舟轉清澳，落日照前岑。水闊一帆遠，雲歸衆壑陰。蟲聲喧别浦，人語静空林。寂寞河干客，悠悠行路心〔三〕。

〔一〕『茅店砧初動，漁舟火漸懸』，程可則《海日堂集》（天津圖書館藏清道光五年一經書室刻本，下同）作『雁羽紛南下，漁歌自渺然』。
〔二〕『絶』，《海日堂集》作『坐』。
〔三〕『心』，聚錦堂本作『難』。

送朱舜音子皋還錫山

四月暑還輕，南船正好行。惠風隨雨過，江芷帶潮生。送爾脊令去，其如雲樹情。夕陽聞折柳，淒切不成聲。

舟次同張玉叔作

愧我獨何事，隨君亦遠行。褰衣向劍水，扶藥去秋城。草木霜初落，關河漲未清。不因朋侶在，何以慰宵征。

凌江雨中朱漣生竹庵同過

故山猶在目，去路幾時休。看竹雲藏寺，携琴客到樓。微凉高館夕，長嘯大江秋。不擬張平子，蒼茫咏《四愁》。

寄賈孚遠

自我還珠浦，花飛又見新。山川記行役，風雨隔伊人。祇作離歌慣，何曾遠夢頻。虔南有香草，采采爲誰春。

送談蘧懷學博之海南

知己已晨星，離歌此復聽。當杯見楊柳，立馬在津亭。鬢入天隅白，氊歸海角青。風濤春正穩，珍重到南溟。

虞山宿邵無盡山房

雲鎖諸峰峰影愁，若爲遷客起離憂。黄花欲盡霜〔一〕初落，白酒新成凍已浮。鳳脛蠟殘聞過雁，麝煤香冷畏登樓。珠江夜有懷人夢，錦字誰傳到石頭。

與山品閑雲二上人宿劉漢三山房因懷一靈在廬山

村邊地僻幽栖穩，方外人携逸興賒。清麈不妨浮竹葉，殘枰相與落燈花。風過隔院聞鶯細，雨歇長林上月斜。遥憶虎溪鐘定後，何人輕駕白牛車。

登南安東山寺

日日登樓望翠微，捫蘿今始到山扉。白雲引徑鶴孤往，碧水當門花亂飛。草長不迷樵子路，樹高猶挂老僧衣。遲回日暮疏鐘起，月出西峰〔二〕尚未歸。

〔一〕『霜』，聚錦堂本作『雲』。
〔二〕『峰』，原本、校本均作『風』，據《海日堂集》改。

度雙牌峽

虔州南上路巑岏，忽到雙牌水氣昏。帆向夕陽争鳥道，天留孤塹峙江門。沿洄百折灘聲急，明滅千峰樹影繁。谷口似聞鷄犬唤，人家疑是武陵源。

題畫

春水碧於烟，平田緑如織。空舟不見人，泬寥天一色。

淮上別沈大

楚水連天路杳冥，送君南浦柳猶青。不知後夜樓頭月，多少離思向洞庭。

黄塘二首

路入黄塘夕照陰，平沙漠漠獨行吟。鄉關日暮空回首，一道嵐光隔水深。

題老將騎馬圖

一騎平沙〔一〕大漠風，據鞍誰識伏波雄。平生白草黄雲意，猶在蕭蕭落日中。

〔一〕『平沙』，《海日堂集》作『憑陵』。

泰和謁楊文貞祠

三楊自昔規模遠，道氣如公更可師。不見諸軍平漢日，獨存孤趙論功時。群言幾奪天王眷，片語能全叔父私。今日豐碑猶在眼，更無蘋藻薦荒墀。

鄱陽湖望廬山因懷天然老宿須識行人

水繞匡廬面面峰，晚烟摇漾玉芙蓉。杯間瀑布三千丈，谷口明霞一萬重。雪嶺夜深誰控鶴，石堂舟遠忽聞鐘。白蓮舊社勞相憶，寒月蕭蕭不可從。

儲潭廟

古廟依孤嶼，靈潭控上游。雲霞藏洞壑，歲月老松楸。四壁蛟龍氣，中天鳥雀愁。翕河今有頌，不必戒沉牛。

汨羅望三閭大夫廟

辛苦江潭日，飄零問卜居。靈修終不悟，芳草總愁予。浩蕩思公子，嬋媛泣女嬃。空令薦蘋芷，長對楚江漁。

蕭灘夜泊

方舟夜泊蕭灘宿，疏雨霏霏響林木。鸜鵒洲前葉正紅，梧桐秋盡陰猶緑。烟水微茫滯去津，隔舟頻聽越人吟。嶺雲江樹三千里，驛路霜飛寒色侵。

送一靈上人歸羅浮

羅浮仙窟宅，四百玉芙蓉。吾子今歸去，栖遲第幾峰。雲霞天半落，鸞鶴夜深逢。何日携筇去，同看萬壑松。

題孫北海先生退谷山房

太行山不斷，遥接鳳城西。合沓千峰出，逶迤一徑迷。亭臺無遠近，雲水與高低。隨意春風起，飄飄信杖藜。

劉公㦷至彈琴

閉門理幽獨，日落空齋陰。客子此時至，青天鳴素琴。松風生萬壑，人語静疏林。不復知城市，悠然山水心。

送魏子存司李成都

誰説蠶藂不易行，春風三月馬蹄輕。銅梁舊枕秦山險，玉壘新連楚塞平。芳草緑齊過漢水，杜鵑紅盡到綿城。知君篋底多詞賦，諭蜀文應似長卿。

荔枝詞二首

盡抱冰心護紫紈，琵琶洲上〔二〕火雲團。疑從玉露分仙掌，不羨朱櫻賜上闌。

劈破天漿貢祝融，蕊珠宫是水晶宫。漢王不下唐羌詔，驛路長兼堠火紅。

紀載之少參水樓晚集

水郭開芳宴，津樓對晚晴。樹深微雨過，風暖野花生。隔浦浮春氣，連天落雁聲。不辭歸騎暮，燈火啓重城。

七星岩宿暢公禪房

已是幽人宅，還兼山水靈。霽湖澄野緑，絶壁削空青。猿鳥隨高下，烟花各杳冥。夜深還説法，應有鬼神聽。

彭澤訪秦覲文令君不遇同師聲上人登北山

江上〔三〕尋朋與願違，還從净侣叩山扉。樓臺百尺虚空住，花雨一簾高下飛。遠岫影看全楚入，數

〔二〕『上』，《海日堂集》作『映』。
〔三〕『江上』，《海日堂集》作『駐楫』。

帆人指小孤微。摩崖更剔蒼苔讀，坐遍雲松未擬歸。〔二〕

七夕同震生芝五竹庵苦子喦上作

年年七夕長離憂，今夕山城對舊游。仍是客途逢過雁，不應良夜望牽牛。蕭疏短砌蟲聲急，寂歷空庭樹影秋。我欲乘槎問星漢，澹雲斜月故悠悠。

不信佳期事宛然，天邊消息許誰傳。黄姑一去無來日，烏鵲重飛動隔年。人世別離宵夢裏，客心零落早秋前。何當滿酌如澠酒，共對南樓夜不眠。

送和公芝五用喈後復枉見過留宿戢山草堂分賦

昨折津頭楊柳枝，已拚離恨向江湄。何因却對寒山月，又得同銜濁酒卮。燈火一龕如夢到，雲峰千疊暫行遲。與君不寐聆宵柝，鼓打潮聲是別時。

登滕王閣

帝子風流久杳然，尚餘飛閣枕江天。千年作賦人如昨，一夕登樓事已傳。終古落霞連去鶩，清秋孤客獨鳴舷。憑高悵望生遥思，惟見西山起暮烟。

〔二〕『摩崖更剔蒼苔讀，坐遍雲松未擬歸』，《海日堂集》作『澄江柳色清如靄，何事先生輒賦歸』。

出湖口入江書所見

客路今揚子，江光豁〔一〕見聞。水兼彭蠡闊，山與郢黄分。風細魚吹沫，天空雁赴群。人家烟渚外，漁網自紛紛。

出蕪關望赭山識舟亭憶舊游

兩日關邊滯去程，隔江頻聽棹歌聲。識舟亭上寒山月，猶記當年載酒行。

任丘旅舍讀陶詩有感

朔風一何駛，百里陰塵高。疲馬饑不行，僕夫前告勞。停驂止山郭，澹然絶棼呶。展卷懷故人，跂彼徵士陶。一歌《飲酒》篇，再咏《斜川》謡。冲襟何放曠，達化違塵囂。始悟齊物理，世榮非所邀。我昔過彭澤，山水懷清風。雖無五柳存，湖光蕩人胸。簪組不足羡，弃之如飄蓬。伊余苦物役，躑躅將焉窮。不如歸南山，耕鑿安吾躬。

題畫

島樹何蒼茫，烟雲自舒捲。略約度回溪，松關隱遥巘。盈盈山水間，空翠杳難辨。漁村數茅屋，

〔一〕『豁』，《海日堂集》作『异』。

迢遥隔平阪。豈少忘機人，於中事游衍。我欲往從之，悠然芳草遠。

送家立庵學士册封安南

自昔南交地，蠻烟萬里餘。地經羲叔宅，人習素王書。秬鬯分藩舊，苴茅錫命初。須令知漢大，不必問金車。

此地論征戰，中朝幾變更。遥聞伏波將，始拔大羅城。勾嶺花迎佩，蘇江雨洗兵。千秋銅柱在，突兀海雲平。

爲項犀水題倦鳥亭册字

豈有垂天翼，而爲繞樹栖。閑情寄林壑，小築傍雲溪。蟹舍宜江北，漁庵即瀼西。祇愁猿鶴夢，不穩向輪蹄。

寄栖賢石鑑大師

六年不見廬山面，却向廬山憶我師。萬壑樹聲鳴磬後，四圍山色捲簾時。放參定許溪雲入，下食頻教谷鳥窺。更愛玉淵潭上水，獨看清影少人知。

送毛錦來假歸江西二首

汾水初回使者車，何當病渴似相如。知君不爲朝參懶，愛向廬山讀道書。

斫取琅玕百尺青，新詩落手不曾停。如今大笑清江上，唱與魚龍五夜聽。

懷姜鐵夫

易水秋風不可聞，蕭蕭寒渚雁無群。思君今夜焚香處，九子峰前禮白雲。

西山歸王十一貽上以詩見訊喜有此答

幾日名山取次登，勞君相訊白雲層。分明記得桃花路，不向人間説武陵。

君是金門大隱身，輞川詩畫卧游頻。何如萬壑千峰裏，穩作青鞋布襪人。

送陳其年游梁

商氣冒衆壑，嚴飆散高秋。浮雲漸消歇，易水行不流。節序既多感，送遠增綢繆。豈不念歲寒，蘭芷萎道周。人生不適志，去住難爲謀。坐令千里道，極目生離憂。君有徑寸珠，并抱連城璧。一身爲光輝，可以照四國。胡爲逐征雁，飛飛不遑息。風雲當自致，結交慎所擇。史侯富文藻，意氣流胸臆。駕言從之游，古歡亮無斁。遥遥汴京雲，莽莽夷門道。侯嬴不再來，信陵亦荒草。天地方悠悠，川原漫浩浩。君行幸努力，修名以爲寶。毋爲長相思，相思令人老。

送何不偕歸粤

來是尋歡去是愁，若爲相見長離憂。十旬朔雪三更榻，一日春風萬里舟。京國不如鄉國好，故人那爲遠人留。空持白社青山夢，與爾同過叱馭樓。

長安春望

東風何事祇徘徊，望遠當春自可哀。倚樹每愁花落去，登樓不見燕歸來。鏡中鬢逐京塵改，夢裏舟從粵客回。昨夜青郊有離別，教人無那獨銜杯。

書張伯明先生忠烈詩卷後

先生諱國勛，字伯明，湖廣黄陂人也。明崇禎丙子爲應城司訓。本年十月，流寇圍應城，先生率民兵死守三閱月，城中食盡遂陷。先生城頭具衣冠，北向拜，還守泮宫。賊闌入，將焚泮宫。先生厲聲罵賊，抱先師木主哭之慟。忽反風滅火，廟上殷殷若雷聲。賊執先生，斷其左臂。罵益烈。賊支解先生，舉合室投巨焰中，十二月初十日也。時先生子文學世祐，年方十五，逃出，走蒲陽，過雲夢澤，截左指血書告城隍。夜夢黄冠神拊曰：『游子不須頻問信，堤陽烟柳送春多。』遂孤身詣闕陳情。愍帝嘉之，贈將仕郎，國子監學正。友人楊子鄂州爲録其事以傳予：『惟司訓秩甚卑，無守土責。當賊薄城下，先生可去，而以死守。守卒死，死又甚烈。視同時大將，或降或遁，何霄壤也！』書此以志，憑吊兼示令子公望云。

千古睢陽烈，悠悠復應城。斯文慚後死，吾道見先生。俎豆爲軍旅，旂常足姓名。至今餘浩氣，日夜繞南荆。

盜賊悲前代，驅除豈异人。將軍無衛霍，博士有君臣。報國心何苦，承師道更屯。所欽還令子，涕泪上楓宸。

同門沈繹堂副使屢奉詔旨入對寵賚有加詩以美之

每入深宫到夕曛，受恩誰復得如君？御香衣袖尋常惹，天語絲綸次第聞。宣室自應陳賈對，甘泉真愧薦雄文。從今身似紅樓燕，來往丹霄傍五雲。

施愚山初至都門王西樵阮亭兄弟招同荔裳顧庵繹堂小集限初字

薄凉殘暑立秋初，宛水先生昨駐車。遂有弟兄敦宿好，轉因樽酒憶離居。疏簾密坐斜陽外，短劍長歌細雨餘。白首故交情自切，西窗頻過復何如。

吴漁山爲余仿營丘早雪圖歌以贈之

漁山山人不出山，朅來燕市仍鍵關。含毫潑墨自怡悦，爲我披豁開心顔。鵝溪一幅營丘似，積素凝寒半江水。殘條拂地凍欲僵，有客孤舟去如駛。蘆葉蕭蕭風亂飛，千山寒色兼斜暉。此翁掉頭頗解事，天地已閉人當歸。不然訪戴意亦適，歲寒蘭芷應須惜。多謝山人冰雪心，挂帆好向羅浮宅。

送施愚山游嵩山分得高字

凉秋復新霽，爽籟生林皋。側望西山岑，百里明纖毫。苦爲物役牽，未得恣游遨。夫子負奇懷，山水恒相遭。論文躋日觀，秉節臨江濤。兹來踏春明，屏迹辭喧囂。手携綠玉策，嘯傲凌嵩高。嵩高何巍巍，背洛襟函崤。乾坤界其中，風雨爲之交。三臺架絶頂，四樹森危條。石床已千載，突兀留山坳。君其暢玉趾，攀陟偕猿猱。道逢浮丘公，鸞鶴從所招。人生不百年，散髮當自豪。嗤彼向子平，還爲婚嫁勞。因君羡此游，不寐懷中宵。

自獲鹿至井陘一路崇山峻嶺車馬邅回村舍參差人影上下旴水恣其怒號殘雪被於陵阪移情竟日輒爾忘疲達核桃園宿焉

晨出石邑門，行行不數里。崇巒當我前，欲往昧所指。忽然仄徑通，驟入幽岩裏。蜿蜒衹一綫，方駕不容軌。右臨絶壑深，左跕崩崖毁。居民四五家，穴石參差倚。殘雪皚未消，枯林老欲死。雖乏康衢騁，亦有危途喜。竟日移我情，側身圖畫似。明發過故關，又看巉岩始。平生丘壑心，於此亦足矣。何必尋五岳，坐待婚嫁已。

卷三十四　周令樹

福清魏憲惟度　輯選

嘉善柯　聳岸初　大冶余國柱佺廬
泰州張幼學詞臣　華亭吴懋謙六益　參

周令樹 字計百，延津人。

小引

魏子曰：曩余訪崆峒，計百周先生司李虔州，中丞佟夫子嘖嘖稱先生有經濟才。余心志之。迨選《詩持》於白下，夫子復出先生詩見貽，嘖嘖稱先生且兼風雅焉。余心又志之。適蜀中張又益入晋，先生方擁五馬，余以一帙奉寄，非敢曰毋忘風雨也，見中丞之於計百深矣。近以敝車入都，暫憩五鹿，春眠方曉，有持邸報來者，曰：『晋陽守且高尚矣，疏入承明其允也。』余驚起徘徊廡下曰：『其古者急流勇退人歟？以彼經濟之才，何所不可？而毅然若是，恐廩延玉柱之間談風雅者又多一主盟矣。』亟取其詩讀之，氣雄以厚、味永而雋、詞雅而敷，時以其長歌短咏之懷寫其憫時憂俗之意，以視世之山高水長、石隱千秋者，殊不侔也。何以遂賦歸來也？因取大易爲之筮焉。初得潛、再得晋、三得無妄，乃端策拂龜，復驚起徘徊廡下曰：『其得之矣，見天心矣。』先生其確乎不可拔也，守初筮焉可也。

征婦嘆

青青陌上柳，灼灼堤上華。皎皎天上月，嗚嗚枝上鴉。良人戍金微，千里黄雲遮。豈不懷紅顔，蕩子樂無家。塞上秋風高，饗士夜嗚笳。游人悲故鄉，番休况及瓜。宫中聞賜衣，或恐戀龍沙。

青樓怨

青樓誰家女，窈窕出南州。自言好顔色，秋水上雙眸。結髮歸夫婿，夫婿白且修。堂上列姬媵，厩中餘驊騮。華筵張七夕，雙雙笑牽牛。一朝兵渡江，鐵馬嘶沙洲。黄雲起西北，赤日照戈矛。軍令赦紅顔，倉皇易臂韝。逐隊據花韉，千里任沉浮。深閨聞我來，詰語聲啁啁。將軍聞我來，戲指衾與裯。同儕聞我來，悲喜各含愁。相顧色慘澹，知我委青樓。豈不惜傾城，主人愛明珠。

渡漳水

怒馬誰家少年子，揮鞭争渡漳河水。手挽烏號問高臺，舟人指點説香履。臺上主人安在哉？曰夜河流蛟龍蹷。碧甃鴛瓦埋廣野，少年落泪發清哀。少年何須悲千古，英雄從來一坏土。魏武虎視營八極，寧知大物屬典午。揚帆競渡客停車，應是五侯七貴家。古岸月明行人盡，萬樹垂楊噪饑鴉。

寄周煉師師善琴

道人駕鶴大伾峰，扶筇古洞飼老龍。道人采藥夷山麓，手誅白茅自結屋。屋近前朝紫禁城，鳳喙麟角煮雲英。時携緑綺叫青冥，雲旗霓裳夜吹笙。我今燕市瞻北斗，閱盡白雲變蒼狗。谷口鐵鎖垂百丈，莫教虎蹲驚人走。

柬喬文衣司城文衣曾參軍齊越

金門聽曉漏，不作帝城看。騷雅安千里，山川隱一官。樹經秦代古，月度海天寒。半醉歌燕市，風塵拂馬鞍。

七月朔值先嚴初度

風木仍千里，河山遂九秋。可憐空客夢，不得到荒丘。朱户獨黄卷，青衫自白頭。當年筵上月，夜夜照松楸。

贈吳門周遂閑布衣

六代繁華地，多君太古心。琴迎玄鶴舞，笛亂老龍吟。短劍風霜落，孤笻日月侵。悲歌燕市冷，一顧愧知音。

經靖難駐師處

百戰餘荒壘，群鴉噪夕陽。山河同日月，社稷异興亡。不是謀臣死，難言殺運張。金陵王氣盡，文子祀高皇。

秋日送錦帆先生歸里

買酒空王殿，西風起別筵。黄花明故里，白雁帶長天。去國遥依友，爲郎尚草玄。書空成往事，策馬踏秋烟。

送曹容庵司李懷慶

梁月吴江夢，鶯花漢苑春。又成千里别，各重百年身。虚牖來青嶺，輕舟動白蘋。河陽風俗古，長嘯下天津。

送彭燕文司李汝寧

握手文章伯，秋風澹暮烟。山鳴千木落，月闊一帆縣。遠水朝梁苑，高雲蹴楚天。莫言同作吏，咫尺武陵船。

懷歲寒老人孫鍾元徵士

秋静蘇門夜，孤雲翼草亭。驚泉奔石吼，落日杖藜聽。天地餘遺老，干戈足一經。玉繩明歷歷，獨望少微星。

潞王墳

策馬前王墓，蒼茫龍虎形。壑深一水白，天近萬山青。風雨精靈集，松楸象兕扃。年來中使去，碧瓦坐流螢。

題畫

乾坤不可極，尺練起滄洲。旭日浮元氣，高天下亂流。蒼茫没島嶼，浩瀚失龍鰍。四海生平志，堪從壁上求。

岳忠武廟

高秋古廟陣雲多，血戰勤王事若何。揚纛幾年鳴鐵騎，班師一夜吊銅駝。檻盤老樹流青影，雨歇長河捲白波。痛飲黄龍成往事，碑陰苔滿賀蘭歌。

秋日都門送李雲襄還汴

黃花白雁塞雲愁，落日征衫控紫騮。濁酒長歌易水月，華輪回首薊門秋。千尋塔影烟中出，萬里河聲天上流。春半聞君裁錦字，有人遠望幾登樓。

讀張譙明都諫斗齋詩

曉漏鳴珂夜色殘，鳳凰池上涌文瀾。懷人泪落白狼遠，吊古風高石馬寒。山國秋雲客裏度，江天烟雨夢中看。檢來諫草頻燒燭，月照奚囊露未闌。

送戚价人之安定任

三載離群嘆一天，薰風無賴促花韉。香山樹斷迷燕闕，函谷雲開渡渭川。此日雕龍空北斗，他年驄馬重西偏。驅車秦漢興亡地，懷古應勞托錦箋。

讀同人送李龍袞季天中詩

萬里秋風老客星，明妃墓草晚來青。君恩不靳新燕月，臣罪猶親舊沛亭。河近白狼沙浩浩，雲迷玄菟雨溟溟。夢中抗疏尋歸路，鴨淥狂濤插翠屏。

挽僉憲郭裕九先生

朔風短劍別孤城，曳杖歌傳客夢驚。白簡他年悲後死，青燈此夜哭先生。嵩峰秋老麒麟卧，洛浦天高鴻雁鳴。萬里招魂何處是，九原明月落松聲。

送余敬庵司李開封

千里夷山秋色中，朱幡皂蓋映青驄。高風半捲河聲壯，旭日遥懸塔影紅。豺虎晝啼秦寇壘，蛟龍夜浴宋王宫。清光直上梁園月，好向長安照轉蓬。

汴藩懷古

百褶烟痕障錦霞，蕭條昔日帝王家。波腥龍孕池中子，雲黑風飛殿上沙。枯竹走篵穿怪石，朽藤行蔓鎖殘葭。六宫歌舞今何在，月下頻傳斷續蛙。

緑柳廊

夾道陰雲十里長，黄塵赤日午風凉。故園今亦栽千樹，空自經年夢草堂。

長安月

酒對長安月色新，長安月送雁聲頻。閨中亦看長安月，不見長安月下人。

郊外別親友北發

一曲驪歌黯客魂，荒郊遮莫倒離樽。衹今馬首夕陽下，夢入白雲何處村。

懷鄧元昭太史

幾載長安逐馬塵，牙檣桂棹下蘭津。溪頭盡日松風落，吹送漁磯月影新。

因孫棐臣寄曹石霞

南雲萬里隔瀟湘，雁度衡陽碧水長。聞道桃花紅樹樹，夢隨小艇問漁郎。

江岸閑步

落日風沙際，孤村三五家。衣冠隨意創，鷄犬向人譁。流水門前住，青山徑外斜。漁郎艤舟處，恐有白雲遮。

觀奕

相角因何事，空傳國手名。贏輸亦偶爾，白黑故分明。不覺群情妒，那堪世眼驚。天邊雲影重，鴻鵠自縱横。

東湖同翟湛持巫巒稺張逢伯陳伯璣泛舟

小艇夕陽下，湖光亂碧霄。微官堪縱酒，狂客自吹簫。往事今安在，古人不可招。相傳全盛日，歌舞起中宵。

此地乘舟客，寥寥二十年。千峰青近郭，群鷺白遥天。沙渚橋初補，禪房壁未全。杏花樓下水，晚棹尚悠然。

同吴六益游忘歸岩

久識忘歸路，兹游心倍閑。秋聲吹大壑，落木滿空山。地僻藏猺女，林喧出峒蠻。殷勤吴季重，相對破愁顔。

卷三十五　李衷燦

福清魏憲惟度　輯選

華亭沈荃繹堂　山陰姜　梗鐵夫

和州成性率庵　内江張祖詠又益　參

李衷燦 字藜仲，號梅邨，含山人。

小引

魏子曰：余嘗泛舟歷湖，望蘭陵小峴，青蒼佳氣，疑此中有人。登采石，讀《卧虬》《翔羽》之篇，幽峭深沉，與山川相映發。嘆曰：『此其是矣，爲咏《蒹葭》之詩。』迨適荆門，徘徊於二澤三澨間，見數千父老扶杖、持羊酒，伏泣道傍，曰：『天不吊，奪我父母，厚邨鄘民也。』遥視之，則匹馬雙僮，依依不忍别去者，州刺史李公也。目异之而心志之，曰：『此僅事耳，爲咏樂只之詩。』壬子夏初，驅車入衛，與錦江張又益、毗陵毛子霞同謁郡司馬梅邨先生，一見如數十年交，移樽寺邸，論文署齋，出采石諸刻，見示相樂也。已而，相泣曰：『吾不忍此荆州民。』余始驚而起爲觴，一再行曰：『得之矣，吾神交久矣。』爲咏《伐木》之詩，遂相與流連者數月，入其署如冰壺，披其帷如處子，游其市如無懷，葛天即攝令於汲，不無錢穀、岸獄、車馬贈答之繁，亦處之如寄，無他擾焉。咸曰：『司馬公非今人也，真得力於濂、洛、關、閩之傳，爲修、齊、治、平之具者也。』又爲之咏《淇奥》之詩，則今日之補是集於《石倉》也，非徒以張吾選已也。

褒山

野寺躡空岩，石楠蟠青壁。林表出雙塔，風鈴互鳴擊。蕩胸生層雲，龍池聚雨蜥。饑鷹啼木末，白日空房寂。熊虎夜來鬥，曉視泥田迹。山僧把鋤犁，群居棚與櫪。危泉輾衆砢，砯砰生的礫。野梅香滿山，諸峰隨意歷。有時風雨翻，龍象空中泣。

杜工部以下數詩偶感成咏，不拘代次。

中宵九廟灰飛起，布衣夜哭咸陽市。誓辭羌村隨虎兕，妻孥遠隔三千里。醉中誤怒西川使，挺之之兒乃有此。振衣欲殺鬼不喜，白晝狂歌浣花里。手提骷髏血滿紙，搜脂瘧鬼潛山底。休休宰相明天子，杜甫文章窮餓死。

李白

兔罝雖高張，不挂龍與虎。黄金十萬走東吴，撥置真同塵與土。酒氣淋漓十指古，輕紅芍藥生烟霧。上方吐舌李龜年，宫中聖人比韶濩。一文不值漢長秋，比肩公卿牧羊竪。蜀道難於上青天，請君更向邛西路。青山魂魄大江頭，夜夜魚龍供吞吐。

賈誼

賈生少年真落魄，交淺言深《治安策》。願請長纓典屬國，未必神龍鬚可逆。不然東市頭已馘，吴楚智囊豈晁錯。天子夜半布前席，左支右吾袒赤幘。故鬼無聲新鬼唶，天地大文不可泄，怪爾遠作長沙客。

田横

澄泓蕭瑟天風烈，夜夜洪濤吹地折。狼豺晝嘯虎爲群，膽大如瓠骨如鐵。天運已歸劉亭長，山寒日暮思惆悵。嵎夷既略海東平，西走長安羞將相。鄿蘄曲逆真潦倒，大王小侯何草草。一時五百客皇皇，散作瑶光壽荒島。

禰衡

當時不可投一刺，胡爲漫滅刺中字。許昌之人江夏鬼，殺人豈復憐才子。洋洋鼓聲天地間，痴兒佯笑鼓聲前。《鸚鵡賦》成頭顱解，可憐哭倒孔北海。

孔融

孔北海，真男子。薦禰衡，有奇氣。生平蟻示〔一〕袁公路，座上客滿，樽中酒注。手持老瞞席前箸，一語不合胸填怒。荀文若，比三傑，空羹相贈口流血。楊公既誅，拂衣走疾，父子兄弟罪不及。周公旦，召公奭，南史之簡董狐筆。此人傲岸，其志不可測。

東方朔

漢武營八極，鞭笞一世才。英雄叱咤走風雷，將軍下殿色如灰。獨有一士稱大賢，公車之牘凡三千。大笑絶纓人主前，往從崑崙求神仙。柳滿掖庭春花紅，香風吹入建章宫。彼隱山中雲萬叠，我隱金馬門西東。

孟浩然

鹿門之石何偪偪，有人躬耕鹿門裏。時時來往高達夫，草鞋破帽游床底。天子咨嗟稱良士，老病當爲明主弃。蹹車蹹車白汗流，拂衣自此歸休矣。他日登樓望鹿門，欲覓襄陽此中是。

〔一〕「示」，疑爲「視」。

大榆

余家大溪之榆，獨本千尺，迥出林表。遠人品目，輙辨老夫所止。相傳爲王大父手植，百有二十九年矣。兵燹勿害，其有所護者與？

吾尚寐廬大溪右，老榆鐵色蟠中霤。挺然千尺拿青雲，柎杈力與雷風鬥。百二十年實非妄，皇天后土資生長。衆木凡才不敢攀，獨鶴蒼鷹巧相向。赤日徑過秋水濺，素姿照燭孤光遍。好是正直栖神明，庶幾夙夜祈天眷。憶昔乾坤正豺虎，十年作客來鄉土。怪爾猶存問故人，中宵賊炬聞嘸雨。其後南征索戰楫，千家楠梓泣符牒。官吏獰獰領健兒，下馬排墻柱斧入。獨此咨嗟立良久，回問向來有此不？榆兮榆兮材不材，慎毋剪伐隨楛柳。

喜晤朱槐里

風霜天地滿，之子役柴車。客倦憐江路，更寒愛草廬。有杯同破涕，無語各翻書。不意干戈後，交情尚未疏。

褒山讀書寄叔宣弟

第一山中樂，峰峰有白雲。拙還多是睡，性最懶於文。慰我惟親健，持家仗爾勤。歸來春已暮，斗酒莫辭醺。

蕭六二呂元聲雪中相過即別

風雪前山盡，將毋念遠游。賒來村舍酒，携上故人舟。天意今如此，君行豈自由。清溪迷處所，望望隔林丘。

舟子起長嘆，最云今日寒。櫓聲摇就雪，風力直歸船。幸望敝廬近，徒然酒興闌。别余成獨往，良晤惜艱難。

雪

千山同一雪，亂眼入林阿。寒逼青燈動，光生白屋多。鐺紅存冷性，筆凍耐微呵。萬物領君意，鋒棱滿衆柯。

辛卯除夕東郊墅中

暮色當軒静，村村羯鼓聞。炬明千室火，香結半天雲。米桶鄰人共，椒花幼女分。自然催一醉，喧雜野人群。

舟行沽飲

寂寞扁舟内，江行野望空。風歸高葉上，天入亂帆中。遠渚連沙白，秋山帶晚紅。此游誰慰我？村酒向漁翁。

赴洵任別友人

聞道洵陽路，盈盈漢水縈。遺棠猜老樹，舊井識周原。地瘠廉名小，官貧古道存。君如當獻納，莫忘別時言。

南觀

寺古衣侵柱，碑荒石有痕。翠岩橫障郭，江水曲連門。野犢隨豐草，新鋤長麥根。倦游春欲暮，相對把青樽。

得洵陽寄好我者

莫問洵陽路，秦關古宓臺。自嫌身命薄，頓起俗人猜。換米銀釧過，充寒綉鞋來。不圖今日裏，青眼向余開。

九日同顧蕙右登上清院時游履布滿雨花臺畔

涼風起天末，嘻笑各爲群。望渺千家樹，飛來何處雲。縱橫賓主席，寂寞古今墳上清院後即正學方先生墓也。爛熳南城菊，歸時日已曛。

采石詩

癸未，余讀書采江。孟春廿日，命舟西河，逆流渡楫。林壑幽邃可數百武，折從一小徑抵山麓。

捨艇北上，層峰落翠，内環曲澗，外臨大江，岩嶢虬列，白日爲陰，寒光四逼。少間聞有響如殷雷〔一〕者，松巘濤江，雜踏發聲，石徑嶔歆〔二〕，攬株〔三〕斜度至謫仙樓。河縈如帶，憑樓西矚，澄江在目，顧檣櫓指錯，巙廬眉列，鮮霞搴林，傾輝映岫，非供奉其惡能居此也。入瞻遺踪，英風朗列，善哉少陵之言也：『落月滿屋梁，猶疑照顔色。』天命偉人，傳玆山川，斯亦域内希絶之事矣。

翠蘿山

門前山已綠，春氣自然深。儘可酬游志，因之携素琴。臥虬争野壑，翔羽觸高岑。到處皆成僻，開余上古心。

謫仙樓

入門欽所見，摘葉供青蓮。夫子舊游處，妙情留水邊。乾坤勞嬗代，風雅祇高搴。稽古生遥悟，蒼凉視遠天。

牛渚磯

不復知游倦，看花乃到嵎。江空聞見静，天迥性情孤。角笋初苞竹，鯨波亂浴凫。峨眉坐相望，

〔一〕『雷』，原本漫漶，據校本補。
〔二〕『歆』，原本漫漶，據校本補。
〔三〕『攬株』，原本漫漶，據校本補。

青翠撲肌膚。

文星閣

高樓矗霄漢，能令千峰降。爛熳雲歸屋，欹危石據窗。依京雄作輔，截水突攔江。日暮飄風發，殘虹帶影幢。

新營謁虞雍公祠

中原誰致此，戍鼓逼漁舟。天子憂明闕，將軍卧上游。魚龍騰塞氣，桃李入春愁。正爾隆州客，胡爲對楚囚。

沿江壁上

依沙成小泊，獨坐發孤清。突兀支坤軸，巉岩懾海鯨。蛟龍石穴注，風雨壁間生。誰鑿江痕古，驚濤不肯平。

寄朱槐里

霜鬢相逢十載餘，枌榆社業近何如。每因白眼新看日，想到黄公舊酒壚。無事但關深柳户，消愁時發故人書。不堪回首江南路，爲子良籌在卜居。

郭至也招余次日飲夜中大雨震雷不果行

幽棲共築此山隈，好我還能發舊醅。三徑竹花明午約，半窗風雨夜深來。如斯良晤天能妒，未有雄譚鬼不猜。秖待青梅如豆子，呼君細掃石床苔。

寄明淵上人

寂寞山城寺裏逢，蕭疏不與衆心同。壯年客載扁舟去，老大名歸白社中。世事秖今宜一衲，君才何必更書空。片雲孤鶴閒來往，好摘春花漉酒紅。

何寤明見過

小苑城隅幽可探，矗天高樹鎖晴嵐。蓬心飄泊詩全廢，禮法疏慵睡最甘。偶過幸除門外字，相逢肯不夜深譚。亂離幾處君同我，一見青梅一次酣。

雨中感寄何寤明時寤明客於南寺者屢月且辭余行矣詩以留之

君愁多在梵聲邊，燕子初來又一年。宿雨漸添門外滑，濁醪消盡客中錢。莫因白社攢眉去，尚有青山一笑緣。何日杖藜閑過我，看予春檻柳如烟。

乙榜詩呈吳縣分考正韵

破窗燈火水邊林，十載蕭條原子貧。自分不材甘衆弃，獨從焦尾辨孤音。天人理莫憑工拙，師友誠能動鬼神。乍到虎丘添一笑，江帆落處問迷津。

再宿褒山喜晤玉如上人明晨賦別

野寺故人好顏色，天涯游子鬢鬅鬙。榻穿幾處心如石，夜到三更水自冰。墻外老狐吹野燒，殿中諸佛守寒燈。霜鐘再發別君去，悵望青山山幾層。

和成率庵苦雨詩

不堪暑雨客中貧，杵臼蕭然鄭子真。潦倒一官僮僕貳，詩文數册友朋珍。移床汗漫支殘滴，乞米荒唐問故人。想到華陽雲隔處，千株烟柳在河濱。

望盧時以内艱歸

痛哭三更到敝廬，一干城鐵借難除。曾聞薄俸能娱老，誰料投荒恰是余。半世罪惟毛義檄，終天恨滿太真裾。早知不得親無恙，傭保何妨供水蔬。

再至洵與友人

老大方知行路難，盈盈風雪過前灘。傳聞殘政碑猶在，誰料相知意已闌。如子自能爲劇孟，慚余多不似張堪。乾坤雙眼原無賴，一壑寒梅折取看。

辛丑歲除柬同舟金仲遠

天涯歲事將何如，廓落青山興不除。野市共謀彭澤酒，江船多買武昌魚。欲舒柳眼三分足，已坐春風十日餘。惟子與余同李郭，更深猶許借奇書。是歲臘月十八日立春

送驪月上人

江漢滔滔曉夜東，無生誰肯學龐公。但除煩惱皆成病，不讀楞嚴便是空。野鶴林間踪迹异，群鷄花樣百千同。橫擔瓢笠黄梅去，龍朔三年記祖風。

移樽魏惟度寺邸同張又益和韵

紙窗高卧似幽棲，近日新詩未敢携。何幸二難來草榻，得追三笑過蒼谿。權衡今古凌空手，拈弄風花絶妙題。寺北寺南多好樹，儘堪沽酒聽黄鸝。

壬子霞别已十年忽訪衛署邀同魏惟度張又益縱飲雅謔遂將達旦惟度即席賦詩次韵和之

平川斜日白荒荒，忽見青絲絡馬繮。老友到門具鷄黍，新知入座奏笙簧。論詩家各耑名宿，問姓人多是故鄉。觴政未闌天欲曙，猶横東壁照文章。

春日

野人情與世情疏，買得青溪水竹居。風雨入春無别事，半船濁酒半船書。

村中

誰家少婦衹提筐，清曉收來陌上桑。老扈（趨人收麥之鳥）聲喧眠不得，年年蠶盡麥初黄。

展墓

黄土雙親照白雲，孤兒拜別又銷魂。三行血泪秋郊外，幾度傷心夢裏墳。

旅中

沽酒酒家酒滿觴，雁高霜老菊初黄。十年不盡胸中事，細雨寒燈夢一床。

濠上王善楚仲夏與余别於汴相訂九日來舍過期不至作此詩

蕭蕭班馬古繁臺，許我江村濁酒杯。惱殺西園無賴菊，離披不待故人來。

雨中坐友人閣

小閣支離花滿洲，一天烟雨欲矜秋。得君自可舒懷抱，不爲元章山水留。

燕子磯

燕子磯頭風正狂，鄰舟夜起客商量。明朝不必海門去，鐵笛邀君醉一場。

卷三十六　傅爲霖

福清魏憲惟度　輯選

柏鄉魏裔介貞庵　曲阜孔胤樾心一
合肥龔鼎孳芝麓　南城吴學炯星若　參

傅爲霖　字石漪，號晹谷，南安人。

小引

魏子曰：嗚呼，詩之重也，詎不以性情哉！《大易》云：『修辭立其誠。』誠者，性情之始也，辭其體要焉耳。古聖賢以性情發而爲辭，而詩名焉。故《尚書》之教胄子也，以樂合詩，進而可以和神人。吾夫子删詩，斷自商周，於風也疏達，於雅也莊肅，於頌也奥質，極辭之變而性情見焉。非是則無辭。漢魏六朝作者林立，然綺靡成習，軌於正則者鮮矣。至唐以李杜鳴，然李以氣韻雄，杜以研深勝，揆諸中和之旨，猶有議之者。及明北地、信陽、太倉、歷下諸公，非不金谷瑶臺，居然天府也。然優孟衣冠，不免薄俗之議，况蓊然閭巷歌謡，而可與子晋之笙、成連之琴并聞天際者哉！此暘谷之詩所以脱然不滓，純乎性情，爲絶學倡也。余嘗與同人論次其詩，皆有關吏治，甚切民瘼。至敷詞和雅、用意深厚，得涉世持躬之要，可擬白香山。觀其通守雲間，政治之餘，登峰泛泖，日與郡縉紳酬唱。及今被謗，絶無悲天憫人之意介介於胸。優游山水，嘯歌晨夕，亦惟香山可相仿佛。是性情也，進於道矣。而僅以詩稱乎？余且與之學《易》矣，與之論樂矣。

瑞麥

時維季春，皇乃祈實。昊天孔昭，鑒於有德。維此下土，勤其稼穡。

聖人貴禾，書必及麥。雨露芃芃，岐秀且實。何以致之？敬慎不忒。

王道無頗，民歌帝力。九穗一莖，登此瑞麥。匪惟地沃，實從天錫。

載薦載登，惟社惟稷。荷天之佑，百穀滋殖。爰戒臣工，益殫厥職。

重闢先賢祠恭賦十章章六句有引

先賢祠，宋制使馬公光祖鎮金陵，彙古來此鄉名哲及仕宦流寓之賢者吴泰伯以下凡四十一人立祠青溪。置腴田，春秋祀焉，期香火歲歲勿替，甚盛典也。詎意世遠湮没，識者悲之。至明萬曆間，郡紳焦弱侯先生請於李文節、葉文忠二相國，遂屬葛屺瞻先生擇地南郊重建普德寺。後山祠成，增祀十三人，合前共五十四位。時代姓氏，詳在祠記中。當青溪之始建也，有閩士陳宗上言蘇東坡嘗往來金陵山水間，宜入祀。時雖未允，而普德之建，則蘇文忠預焉。是陳生之議既行，亦以見祀典之日以周也。曾幾何時，祠宇剥蝕於緇流，幾不可問。己酉秋，適閩士魏憲過長干，故老話其遺迹，隨聞之參藩緑崖陳公。公力爲廓清，諏吉闢祠迎主，復其故位。噫！斯舉也，不特先賢五十四人重開生面，即馬制使，李、葉二相國，焦、葛諸君子建祠，從祀之苦心盛典不致，久而弗彰，伊誰之力也。夫始建之時，閩人議之；及乎中衰，閩人興之；今祠之再闢，又出乎閩人，是閩於先賢大有造也。參藩《解縛》篇有云：閩亦何負於天下後世哉！亶其然乎。

悠悠古今，有數名賢。出處或殊，媲美後先。弗表而彰，孰其知焉。
惟昔制使，愛此先賢。相彼青溪，創祠其前。爰立祀典，爰置膏田。
維春與秋，俎豆不愆。世遠代移，此祀遂湮。剥斯復斯，豈不有天。
後之君子，顧而惻然。白之相國，祠額重鮮。再堂再構，飭其豆籩。
爰稽舊典，配以先賢。泰伯以下，位東西遍。卓哉盛舉，宜百千年。
維祠有松，鬱鬱高騫。曾幾何時，栖烏與鳶。緇而蝕之，不絶如綫。
瞻彼南郊，遺址巋然。維我閩士，過而流連。謀而復諸，抗論持堅。

偉哉蕺山，不爲衆遷。出之高閣，爰解其纏。廓之清之，新其几筵。載拜載迎，簫鼓鬍鬍。奠位秩秩，神其欣然。臨斯格斯，秉志維虔。酌彼樽酒，靄靄香烟。實維古人，耑美於前。匪有今人？誰與爲傳。

送魏惟度返棹白門隨即入燕次留别原韵

閑來百種舊愁新，况復臨風送故人。幾載荔枝家有夢，一肩詩卷客無塵。江南烟水遲舟子，冀北雲山托雁臣。漫道泖峰春色好，鄉思幾度過延津。春風隔歲渡江濱，此日離情草色新。今古有誰能不朽，文章到處豈終貧。征帆雪壓六朝樹，客夢鐘殘三泖蓴。極望雲深南北路，相思相訊莫辭頻。

君子行

君子卓古今，居心何寥廓。出處或有殊，大道相與托。冥冥仰鴻鵠，啾啾窺燕雀。東山有流言，尼父遭伐削。所貴安其常，窮通恒足樂。精義更入神，蕩蕩無適莫。猶存戒懼思，臨深而履薄。

擬陶

忽忽秋將盡，木葉霜露交。東籬菊盈把，嘆彼松後凋。閑中領静謐，瑟瑟爽氣高。仰首聊一望，孤鶴唳青霄。萬物處區宇，役役何其勞。衰榮靡有定，中懷常欲焦。何如一樽酒，醉醒得自陶。

悠悠身與世，言笑以終朝。

露筋祠

廟貌獨巍然，何人崇厥祀。名盛於寰區，競稱奇女子。當昔出門時，偕行有嫂氏。忽值白日昏，皇皇無栖止。四望蒼莽間，毅然獨不倚。聚蚊已成雷，此身任所舐。非不愛吾生，恐爲人所鄙。昆蟲具性靈，胡以亂相哆。筋露骨尤香，苦節甘如旨。年年秋月明，夜静照深水。

過管公市

江南三月雪霏霏，嗟余行役仍未止。捨棹維揚買蹇驢，數程忽過管公市。許多霸略盡銷沉，斯地尚因管鮑紀。巋然道口一青碑，字鎸分金在於是。人生所貴在相知，阿堵區區寧足齒。果使分金一節奇，管鮑毋乃丈夫鄙。射鈎已是慰幽魂，隱忍成仁生猶死。匡合競稱天下才，當日惟鮑號知己。鮑非多與管非貪，事出尋常亦偶爾。笑彼范須兩男兒，空説戀戀無終始。

宿遷晚眺

北來蹇迹印紅沙，遥望南雲何處家。城外河澌瀉暮霞，落暉山上樹喧鴉。偶來高處閑徙倚，此地舊爲項王里。項王宫畔草離離，天短英雄氣自悲。風雲叱咤萬人敵，别有柔情泣愛姬。憑眺江村秋色裏，幾回惆悵夕陽時。

山東道上雜咏

謾説風塵慣，頻驚客路行。村鷄催起早，籬犬認來經。草故當春緑，山尤帶雨青。主人能不俗，有子讀書聲。

茅店餐塵飯，幾回過魯疆。人多奇頸相，女少着裙妝。白鳥斜成字，青山翠染裳。偶然觸個事，失笑墮驢傍。

秋泛

無事郡齋日，招尋郭外舟。九峰青一棹，雙鬢冷三秋。難測乾坤意，不勝今古愁。落霞樽酒後，孤月涌寒流。

春邸雜咏步道建韵

纔拂春光好，欲殘愁莫删。吟能銷白日，花可照紅顔。鳥語朝昏際，鐘聲斷續間。歸樵應有意，回首隔千山。

過安山閘霧甚

河干漸短夢，放閘恰晨征。霧忽連天蔽，舟還逆水行。岸人稀辨色，雲雁但聞聲。向午日光拂，山顔入棹晴。

夜泛

鐘盡空江碧，飄然獨往還。扁舟猶日夜，終古此溪山。草木初冬暖，琴書薄宦閑。開樾安客夢，雁過又情關。

夜泊焦溪理琴垂釣

空山萬籟寂初更，碧水聲中一棹横。客欲破寥琴作友，舟因停夜釣爲情。居然谷響兼魚聽，况復人閑對月明。坐覺溪凉秋氣肅，松風入夢旅魂清。

德州曉發

聊計征期已數旬，趁凉攬轡獨凌晨。五更星影城頭角，四壁鷄聲夢裏人。早月依依隨去路，秋霜點點濕征塵。傾欹驟背續殘睡，乍覺蒼茫曙色匀。

神山訪諸乾一不遇越日惠教以詩次韵奉酬

青溪隔歲别芝容，特泝伊人第四峰。緑字酒香烟泛艇，碧雲琴静鶴聞鐘。相將羽士同看竹，更道先生欲種松。餉我新詩勞遠訊，得閑乘興擬登龍。

望泰山

天門咫尺正氤氲，翠色遥看欲布雲。千古許多封禪蹕，九州皆小岱宗群。蒼茫紫氣通燕靄，縹緲晴嵐落海曛。七十二朝尋勝事，青苔碧蘚斷碑文。

次阮疇生送余歸雲間韵

如萍身世任悠悠，行色天涯笑浪游。一自黃河遲北棹，又從白雪下南州。湖山雖闊夢魂合，聲氣無多我輩求。張翰思歸緣底事，非關魚菜憶三秋。

表叔留穆夫將南回省親余適北行同至京口而別

客中送客倍依依，一向南歸一北馳。如我蕭條難自語，藉君詳細話相知。最憐兒侄傷心後，善慰慈親倚望時。江水春風添別緒，莫嫌署冷訂秋期。

落花詩次韵

醉坐花茵如錦時，管弦一曲譜紅兒。已知漸次星霜异，轉憶從前雨露私。數拍笳聲悲蔡女，五湖烟艇老西施。最憐蛺蝶空留戀，未斷情根若藕絲。

難禁節序去匆匆，欲把清樽問太空。落翠方添三徑雨，輕蘋又起一宵風。遥看芳草連天碧，更見飛花綴柳紅。杜宇春深應血盡，啼聲不住曉昏中。

登虎丘次同寅范繩斯韵

草草吴江問虎丘，晴峰入眼塔當頭。天猶放暖冬如夏，人亦乘閑去復留。泉石可能傳地勝，笙歌偏覺累山幽。祇今莫管浮沉事，烟景携將落釣舟。

無數畫船雜此丘，應知山亦悔名留。一泓劍氣通泉冷，百道茶烟繞徑幽。波漾布帆生浩蕩，天容

我輩恣遨游。低回石畔雲無賴，樹杪殘陽尚未收。

讀同寅朱冰在和章再依原韵

乾坤許大數兹丘，祇爲當年踞虎頭。日冷江楓紅葉盡，僧歸山寺白雲留。人間獨有登臨好，世外

無如水石幽。吴越事皆成短夢，烟波縹緲五湖舟。

紆遲短棹過前丘，領略光風半日留。雙眼蒼茫天地渺，一樽潦倒古今幽。曲來郢雪驚難和，人恰

山陰喜共游。薄暮帆歸江上去，數峰隱約望中收。

雪吟次范繩斯韵

子夜飄飄一夢回，起看如絮砌成堆。可知冷欲添寒署，全覺艷將門臘梅。玉樹乍驚鴉立破，冰壺

莫認雁飛回。調高自是和來寡，郢雪頻教詩興催。

立秋日賦送陳昌箕之白下

携手江城六月秋，知君百尺自風流。俸廉不惜傳新句，客老偏能壯舊游。亂後文章餘兩鬢，天涯

身世等孤舟。白門此去還相憶，九點峰前雲未收。

招盧文子小集見辭以詩依來韵

欲借樽前一問詩，不將清興雜歌絲。年來已負荔枝夢，秋去又虚蓴菜期。樓外鐘聲催漏許，席中蠟影照人誰。今宵幸却論文事，千古悠悠祇自知。

酬田髴淵二首并小引

余仰田髴淵有日矣。三載鹿鹿，時多室邇人遐之恨。己酉秋，冷齋無事，始獲接對，一見如舊。聲氣之孚，信不偶也。示我名篇，莊誦不啻金石聲，值有十五國風之選。余搜篋中，得我閩諸家，就其品題。時風雨滿城，一樽從事，聊效白衣之意云爾。佳句見貽，因次來韵。

泖澱秋光漾水文，相逢今已慰聲聞。神交恰有三年積，風雨偏愁九日殷。傾倒樽前人似玉，縱横筆底氣如雲。田生經術推當代，閩海還將一席分。

水西夜夜映星文，間氣鍾來自昔聞。正羡著書多日暇，寧言送酒寄情殷。文章已貴貧由命，身世能抛淡若雲。冷我一官還拓落，與君秋色好平分。

渡江

又向金焦山外游，江楓背日已迎秋。輕帆波静中流穩，不盡烟光一望收。

抱琴

知音未許説寥寥，水可移情山可調。珍重冰弦焦尾上，待將明月向誰挑。

覽勝

山水天容我輩多，好將雙眼放狂歌。極知名勝難游盡，到處登臨莫放過。

雲間諸子秋集寓樓

柴關剥啄無，客至一傾壺。乍領新秋色，相看舊釣徒。樓高吟興闊，山暝雁聲孤。近欲依三泖，何須乞鑒湖。

集董且庵光復堂

幾度悲摇落，秋光又過旬。五湖皆熟識，二陸是前身。白社杯常滿，名山句不貧。知君下帷日，秘策有天人。

集張漫樵紫蓋山房

白髮風流甚，江東有步兵。雲濃添雨意，樹古逗蟬聲。健筆傳高士，秋山愛老成。爲予寬酒政，落日照孤城。

雲間贈別詹峨士回粵東

羡君天下士，相識在燕京。遥憶三年別，知從五嶺行。秋添霜鬢色，鴉亂暮山聲。一話鄉關事，凄然百感生。

相逢知己少，况是故鄉來。落日雲間榻，西風嶺外杯。燭燒千里夢，雨長一庭苔。湖上秋蓴好，扁舟莫便回。

卷三十七　程雲

福清魏憲惟度　輯選

黄岡程啓朱念伊　錢塘姜圖南真源

閩縣鄭焻新闇庵　江都劉師峻峻度　參

程雲 字天翼，萊蕪人。

小引

魏子曰：一生一死，乃見交情。昔人之言，深有慨於世道涼薄而交情不古也。余祖籍山左，家重光。己丑，同籍皆得以孔李之好，定縞紵交。程萊蕪天翼固夙昔所企慕而未得見者也。萊蕪試宰澴州，紫雲白雁之間，政聲丕著。特以詩酒之癖未除，拂袖歸田。將赴玉樓之期，以所著各體詩，托其同年譜程念伊先生藏焉。嗟乎！使藏非其人，不殘於兵則燼於火矣，不蠹以游則鼠以飽矣，不高閣枕之則行篋佚之矣。先生獨什襲珍之，且挈以之官，如與之歌杖杜焉、與之奏塤篪焉、與之賦

《蒹葭》焉，愛之、憐之、諷之、咏之、丹之、黄之、晨之、夕之、風之、雨之，且命余删之、存之，懸諸國門與天下共之。先生之情也，萊蕪之情也。即天下人之情也，豈區區一同年譜云爾乎？曩張劭與范式交善，劭且死，形諸夢寐，式素車白馬，會葬千里。今古侈爲美談。視先生爲何如也？吾將携此詩，走夾谷道上，以生芻一束，招天翼之魂而告之曰：『金石能消，此情不泯矣！』

大風歌

大風起兮鳥高翔，天下爲家兮思故鄉，父老子弟兮樂未央。

薤露

薤上露夜湛，斯人之死自生時。彼螻蟻兮，豈分嫫母與西施！

行路難

海不可乾，山不可易。自我見君，怕有今日。君先疑我，强我約誓。負我誓不誠，他人誇爾極多情〔一〕。

〔一〕『爾極多情』，程雲《松壺集》（天津圖書館藏清康熙刻本）作『君極有情』。

枯魚過河泣

枯魚勸活魚，活魚共笑之。蛟龍失江河，且爲螻蟻欺。昔不投深淵，相訴亦何爲？

悲落葉

悲落葉，落葉不歸枝。安知來歲葉，還似去年時？

秋夜長

秋夜長，春夜短。夜短使人疲，夜長使人懶。何不四時平？不長亦不短。

折楊柳枝歌

走馬遺金鞭，駐馬折柳枝。下馬插道旁，明年枝葉垂。
郎折柳作鞭，柳作儂腰節。不願鞭郎馬，願郎長攀折。

高陽樂人歌

千金白鼻騧，繫在門前柳。有錢須與沽，無錢馬當否？

新嫁娘

在家有阿母〔二〕，出嫁〔三〕有阿夫。未諳夫性情，何言舅與姑。

懊儂曲

儂可怪得歡，歡怪儂不得。不當與歡絶，祇當不相識。

野老招飲

移家入深山，山中如有素。負暄讀短檐，清絶得新句。出門望東疇，夕照在高樹。野老胡爲來，娓娓向予訴。溪頭桃李開，村醪足人酤。老侶集中林，恐子莫肯顧。果見六七翁，瀟散無禮數。踞石藉草茵，依依忘道故。拊掌勸田歌，婆娑美無度。盤中蕨與薇，欣然竭匏瓠。强起帶月歸，健倒不成步。回頭看主人，手足亦無措。

秋日赴飲田家

科頭行徐徐，秋老一望白。到門槐柳合，入門踏牛迹。羅坐斗室中，瓜蔓上屋脊。田夫禮貌恭，

〔二〕『阿母』，原本漫漶，據校本補。
〔三〕『出嫁』，原本漫漶，據校本補。

欲言笑啞啞。今年幸薄收，所餘一斛麥。貧家無釀法，苦酒如黄糵。稚子挈壺出，短几不盈尺。豈須采園蔬，墻棗熟可摘。是時山雨過，微風入籬隙。向夕石路滑，歸家借襏襫。

登東蒙歷山

偶與宿山家，中夜神骨净。雨歇靄翠微，一往愜幽性。古木忽逼人，足趾石紛競。攀蘿陟絶巔，據雲胸臆平。微風自西來，幽咽如琴咏。翳翳浮空濛，夕陽爲掩映。遐想有虞時，冥搜恐未竟。

山居

褰裳泛溪雲，深入南山裏。予室無户垣，嶙峋列石齒。剪茅覆屋頭，淫雨不能圮。秋川百道流，清泚漱園趾。朝旭燠中林，凉風伏不起。移杖步西疇，鳥道獨逶迤。隴上棗離離，撥雲拾草耳。豈不節勞佚，荷擔輕舉趾。稚子出逢迎，斗酒報新釃。顧予自蓬蒿，潦倒而已矣。

坐蒼龍峽瀑下

峽上松杉影倒浮，峽中雷雨日長流。千歲老龍乍睡起，雲外明珠吐不止。解衣盤礴坐石根，對面不聞人語喧。直欲乘槎上天去，太古鴻濛知何處。

朱不凡醉緑亭

醉緑亭中秋尚酷，茂林繁露濕朝旭。早起科頭過板橋，憑欄澹寂恣遐矚。老藤化石骨峥嶸，古螺吸水苔衣綠。携來一袖陶柳詩，主人爲我沽醽醁。

鸚鵡洲 次太白韵

鸚鵡不巢江上水，芳洲何以鸚鵡名。當是禰生絶筆日，至今化碧草青青。千古悠悠懷不淺，若爲天地怒濤生。欲吊汨羅復何處？烟波冷月向人明。

映水曲

吴趨橋上樓中女，碧紗日日隔清渚。妝成含睇步躝跚，朱簾半捲如聞語。飛來飛去桃李花，垂楊誰繫白鼻騧。可憐臨去芙蓉落，留得朝雲與暮霞。

登新甫

逼側攀林杪，空濛鬱若浮。野泉偏受雨，喬水易知秋。近擁青徐出，高憑岱岳游。百年丘壑志，今日一滄洲。

山齋

茅茨山氣裏，空翠滿中庭。遠岫雲如見，幽泉月可聽。無人從下榻，一子半横經。習懶兼成拙，柴門鎮日扃。

夕蟬

夕陽蟬噪急，雨後有餘清。斗室無長物，千林若一聲。涼疑秋影落，澹是露華明。不待寒蟲集，客心早自驚。

秋海棠

仿佛春猶在，凄其更好姿。若爲清影去，常怯細風吹。半面如憐我，低眉欲恨誰。小庭寒較早，可憶背人時。

自宮山前歸

窈窕從中麓，盤回過曲林。聽泉山氣古，坐石雨香深。白髮仍多累，黄齏尚易尋。近家歸意怯，日暮急寒砧。

夕步

閉門秋色至，薄暮啓柴關。遥望中林外，忽逢兩岸間。霞低將入水，照返暫留山。懶熳余何敢，獨銷永日閑。

秋夜

一病忽徂暑，移家愛石林。泉鳴孤樹寂，月照衆山深。野客清無夢，空齋静有琴。朝來嘗晏起，幽懶遂予心。

秋夜

近日閑成癖，科頭坐夜深。清霜生客鬢，寒月到人心。薜荔留清夢，蛩螿寄好音。鄰家吹短笛，不是子期琴。

蕙松招飲齋頭

兵燹荒城裏，蕭然獨下帷。古梅江上贈，新竹雨中移。茗白翻疑水，謳清却悟詩。頹然看似我，豈與世情宜？

元夕深夜登黄鶴樓

中夜續登臨，天晴紅氣陰。遠星乘水大，欹月坐烟深。静息千秋事，幽生太古心。寂然忘出處，憑檻一微吟。

書蠹

兒懶書魚賀，營巢積寸深。托身頗不俗，恣意恐成淫。目力今難恃，文思老更侵。仲宣難復起，徒有伯喈心。

登岱二首

縹緲碧霞抵岳宮，捫天咫尺駐鴻濛。白門雨雪回三觀，滄海波濤擁二東。漢禪秦封微渺外，金函玉簡有無中。古今不改岩岩石，何處飛龍舉太空。

名山三百競朝宗，首出青方萬物從。六月乘風披艷雪，九天踏雨蔭晴松。東皇左個扶桑起，玉女中央列時重。梁父云亭俱杖底，聖人千載繼登封。

趵突泉

歷下名泉首灤瀾，一泓突兀結峰巒。碧霞閣静摇晴雨，白雪樓孤集夏寒。注地岩華冰鏡圓，濺天星斗芰荷盤。獨來坐卧婆娑石，剥落蕪苔掃欲殫。

雪詩二首次蘇韵

微茫寒吹落輕纖，凍寂柴荆未解嚴。清映平林沙外月，空涵高麓水中鹽。幽篁乍俯垂荒徑，暮鳥群呼下短檐。朝夕南山舒眺眼，會須晴放數峰尖。

蕭條古木坐寒鴉，閉户嘗回長者車。將勿奪鮮從鶴羽，不妨分色與梅花。遥從江上孤漁夜，高卧山中處士家。松葉煨罏心俱寂，仰傾三斗手彌乂。

己卯元日安期生祠

蕭瑟寒威澗谷鳴，空山秦漢古先生。松杉不辨雲中影，鹿鶴如聞海外聲。兩日孤踪經歲隔，百年大藥幾時成。相傳桑梓神仙里，安得相携見太平。

銅雀硯

友人示我古鴛鴦，曾見前朝舞袖長。搦管生憎兒女氣，摛文老忌粉脂香。尚勞賞鑒分真贋，奚怪俗工涸㮶良。珍重東山淄水石，案頭拂拂野雲凉。

衰柳

溪上紛披柳數條，翻憐早發後來凋。一時月度黄金縷，何處人吹碧玉簫。野店無香仍自惜，長亭免折若爲驕。先生歸去因成號，别有知心未寂寥。

次和友月

遠天初涌半輪横，能助家山夜夜清。幾見溪澄梅自惜，如聞桂落鳥翻驚。素心永夕琴孤引，寒影三人酒數行。白首相看如夙昔，漂摇風雨不曾傾。

次和友琴

試向空山一再彈，怡然心曲解如蟠。漢宫秋月懸今夜，巫峽春江落此灘。古道非關雙耳聽，時人直作七弦看。前身却亦陶彭澤，挂壁無聲静結歡。

初抵孝感次答程夔夫見贈

嚴程兼日鳥争翔，澤國空傳稻米香。琴咏自知官况少，簿書誰謂吏才長。携將岱雨來荆楚，坐聽江流到沅湘。聞道伊人清隱處，東村十畝繞垂楊。

登九華

捨舟遠上最高峰，踏遍嶙峋探往踪。盤踞洪濤分砥柱，憑陵灝氣結芙蓉。晴涵三月千岩雪，静擁中天萬古松。誰謂攀援無勝具，茂林修竹供支筇。

擬吊夷齊祠

首陽千載蕨薇新，誰繼古賢兩逸民。北避初爲全父子，西歸終不負君臣。戎衣取國仍稱聖，白馬移封亦得仁。若謂伐商綏士女，代周何更有狂秦。

光岳樓次答施愚山督學

岱宗縹緲起東溟，杰閣遥連列一屏。遂以市城生寂歷，若爲鐘磬落清泠。行舟樹杪千帆白，倚杖河源萬壑青。聖代何能扶羽翼？踟躕古意托鴻冥。

古劍

岳氣來神物，千年淬水新。不知今天下，多少負心人。

節酒

鄉鄰八九家，次第傳生節。扶歸踏月明，人影度寒雪。

子房椎

力士爲何人？不忠亦不死。當其大索時，早從赤松子。

秋胡妻

別離雖已久，豈不識桑林。郎自有他意，黄金試妾心。

蝴蝶花

蝴蝶花開蝴蝶隨，花開蝶舞兩無疑。主人却亦蒙中叟，夢裏相逢知是誰。

飲尚之朗青臺

清朝微雨過城闕，一榻垂陰涼未歇。桂落無聲秋影香，狂來共捉松頭月。

三月夜雪宿尚之陶白庵次韵

五年重過故人居，落盡梅花春自如。中夜不知林外雪，祇疑山月照床書。

郭娘泉上櫻桃園

逐岸人家籬落同，朱櫻照眼射波紅。春來載酒頻相過，願卜溪頭一畝宫。

北上過瓦橋關

蒼茫古戍鳥飛還，千里平蕪不見山。聞道西南烽火急，兼程已過瓦橋關。

燕邸寒食

長安信美憶吾家，寒食春風兩鬢華。惟有西山朝氣好，不知何處著桃花。

燕坊

金絲寶袋裊烟斜，宫様盤妝簇翠花。借問何人雙繫馬？臂鷹如解聽琵琶。

宿澄嵐舟中

寒夜扁舟月暫明，亭橈鐙下故人情。醒來不記鄉關夢，誤聽江流作雨聲。

夜聞西河

西河雨歇走龍湫，一夜寒吹萬壑秋。回憶當年垂釣處，十年孤負白沙洲。

卷三十八　嚴曾榘

福清魏憲惟度　輯選

泰州季振宜滄葦　嘉善柯崇樸寓匏
侯官何徵蘭畹仲　江寧陳　菁幼木　參

嚴曾榘 字方貽，號柱峰，餘姚人。

小引

魏子曰：曩余讀《燕臺詩》，嘆才之難也。荔裳表東海之觀，錦帆、譙明擅梁苑之譽，愚山爭霸宛陵，藥園、胤倩、顥亭踞吳山之巔。合四國之英而僅得七子，誰謂東南竹箭不勝其伐乎！而方貽給諫獨以弱冠之年，從顥亭先生唱和於父執之列，使天下望其才氣，不敢仰視。如森森橋梓獨支大厦而不假人力也，如掬錢塘之水東注諸海而汪洋天際也，抑何才之多也！余庚戌之秋，浪游雲間，得與方貽定交，一時同人潦倒詩酒，極稱盛事。今太保梁掷霄、學憲張子美、太守周釜山俱稱古人，别駕傅石漪以傲骨崚嶒貶落山水，董進士閬石、孝廉蒼水、文學沈彦徹、吴星若數公青氊猶舊，視方貽之玉佩鏘鏘，與太翁夙夜省垣，爲天子侍從之臣，歌《天保》《采薇》於金閨玉闕間者，真不啻霄淵寥廓也。才難之嘆，寧僅爲燕臺七子哉！

金魚池

朱羲逸迺軫，赤陸變新曆。晨駕尋芳甸，攬策任所適。露蕊花競垂，風葉柳初折。緑槐蔭清沚，丹館接華壁。循渚矚游鱗，依林駐行軔。群泳頳尾妍，悠逝素鬐激。回回狎輕藻，冉冉唼柔荻。感此惟昔游，逖矣追良覿。綺席遵芳湖，彩舫楫文鷁。輕絲白藕連，細實朱蓮摘。澄泓明波映，皎潔塵慮滌。何能續歡賞，在目恍所歷。

從家嚴赴季滄葦先生招飲賦謝

良辰届長夏，華軒延夕陽。嘉賓四面集，來會君子堂。高甍麗返景，修樹生微凉。廣筵進旨酒，玉爵酬兕觥。嘉肴更迭薦，水陸湊鮮芳。酒闌衣帶緩，促席談讌長。馥馥麝蘭氣，冉冉燈燭光。嚴霜未被野，良夜不可忘。賤子侍末席，中飲不盡觴。起謝賢主人，好樂庶無荒。

慈仁寺松歌

慈仁古刹迴臨街，入門老樹根相排。撑拿聳拔皆有態，槐枝柏刺無不佳。新松五六各异狀，有時相亞或相讓。嶔崎總非百年物，盤踞况逼諸天上。及見雙松叫奇絶，不與凡樹同霜雪。千載根盤勢若龍，雙株幹老色如鐵。其一最短石磴齊，一株稍欲青天躋。盡攫長柯耐雨露，不須高頂干雲霓。老材豈必枝葉好，秃幹自護神靈栖。古來奇物不貴妍，獨標异骨元氣全。盤礴自有真意在，剥蝕縱使霜皮穿。其餘樹木兩傍立，非不突兀思參天。柯條扶疏神氣少，側身不敢跨連蜷。我行更上石磴坐，俯看雙松失松大。毗盧閣上日欲沉，金粟宫中春已破。眼前古物誰尚存，周鼓商彝有幾個。君不見階前人散松樹青，月出惟聞野狐過。

同吴天朗翁用公天街看月

秋夕凉偏早，天街露欲團。風高鳥雙去，城月迴孤圓。清郭同携手，丹梯愧并肩。飛揚無盡意，劍舞未須眠。
酒罷風初起，橋平月共看。照人聯璧樹，走馬并銀鞍。街闊飛沙合，河深瀉水寒。夜中垂轡返，城角已吹殘。

閑居漫興

秋氣入庭際，空階碧月凉。明燈猶夜績，起草看封章。雁序横空遠，鷄人報夜長。問安知内直，霜色上裘裳。

昔共金閨彦，題詩玉殿間。揮毫來禁苑，如堵看朝班。天語知名熟，公車報罷還。漸離吾愛汝，擊筑共燕山。

蕭瑟此登臺，西山爽氣開。千峰黄葉落，萬里素書來。慰藉慚知己，漂零自不才。南征舊同學，一一弁繻回。

昆弟慚吾長，晨昏省侍親。詩書遺我輩，裘馬是何人。緑酒兼容醉，青氈不厭貧。古來稱驥足，端爲出風塵。

寄懷王備五表兄

爲問蘭亭序，群賢若個從。捲簾看緑竹，揮麈折蒼松。落月詩千首，秋雲嶺萬峰。何時同躡屐，披豁對心胸。

喜張祖望入都

七葉張公子，來游京雒中。登樓就劉表，閉户托楊雄。月市松全碧，秋陵樹半紅。爲君携手去，憑吊古人風。

懷陸左城

三年不見平原令，著就《長楊賦》幾篇。解識酒同高士飲，肯將玄借富人傳。月明千里江南夢，木落三秋薊北天。遥想西陵楓樹下，賓朋滿座菊花筵。

南海子御試恭紀

天子更衣禁囿中，華旗翠蓋轉和風。魚龍映日元臨海，鳷鵲凌雲别起宫。漸解春冰舟欲動，新垂苑柳輦纔通。上林獨愧相如筆，侍從争誇詞賦雄。

侍家大人同項眉山年伯韋公祠看海棠命賦

古祠青甸起芳塵，紫陌朱闌集廣輪。雙樹久分仙掌露，繁花猶發帝城春。枝間接葉偏宜鳥，殿外浮香欲送人。奉命靈光爲賦拙，將車捧杖托荀陳。

雨中過韓固庵年伯齋中留飲賦贈

春城薄暮北風哀，騎馬衝泥細雨催。入户慣從床下拜，留賓更賜掌中杯。人間名字推前輩，座上風流引後來。自愧三升非管輅，高談敢傍四筵開。

送錢宫聲同年還里

駟馬高車出帝京，關門猶識弃繻生。高名曲水詩先唱，勁筆凌雲賦早成。折柳秋風辭灞滻，尋花春色滿江城。蕭條徒步看裘馬，無盡河梁落日情。

贈賀韓叔夜明府時新授永嘉令

百里新分向永嘉，風流裘馬接京華。當筵染翰題春草，上座飛觥換燭花。未去長安傾彩筆，先從勾漏問丹砂。玉河莫惜臨岐酒，好待清江八月槎。

投贈總憲魏崑林先生

玉燭開元老，金縢啓大儒。漢廷重經術，魏相協神謨。彩筆蜚仙翰，宫衣侍省爐。瑣闈門外拜，折檻殿中呼。字挾風霜出，章彈鳥雀驅。遭時逢主聖，遷秩晋官殊。副相金章入，中朝革履趨。近分臺下柏，争集樹頭烏。元豸羅廷寧，青驄闢道塗。總持資柱石，率領佐宸樞。勛業須圖畫，文章寶楷模。詞源注溟渤，論定掃蓁蕪。大雅逢開代，名流集上都。家家持异喙，個個握靈珠。蕭選堪千古，韋編布廣衢。風流歸正始，感激起頑儒。下體非香草，連鑣及小蘇。蒼葭虚倚玉，朱邸濫吹竽。問道容奇字，名篇取大愚。歸心望滄海，日夜向東徂。

上元口號次米紫來同年韵

如意敲殘玉唾壺，留賓夜飲漫呼盧。興酣不分天街月，更向高陽覓酒徒。
青娥皓齒轉明眸，小燕雙雙舞鳳頭。愛看燈輪邀女伴，含羞却待夜深游。
正陽門外月將斜，銀箭金壺漏漸加。多少達官人不識，城邊親控紫騮騧。

滿地金絲擁菊花，看時争駐五雲車。羊皮細鼓通宵急，燈火三條映彩霞。

何處多情弄玉簫，佳人隊隊互相招。氤氲女伴香車繞，輕薄兒郎駿馬驕。

玉漏將殘曙色遲，燈微人散曉風吹。同游多有西陵客，回首吴山落月時。

卷三十九　顧大申

福清魏憲惟度　輯選

嘉善顧耿臣奕聞　桐城戴其員雪看

華亭錢芳標寶汾　無錫顧采麟天石〔一〕　參

顧大申 字震雉，號見山，華亭人。

小引

魏子曰：余游峰泖，見山先生方辭粉署，讀禮家居，詩文香茗間，交藹如也。近策蹇入都，路出

〔一〕『顧采麟』，原本、校本均作此。此人實爲顧彩，字天石，號補齋、湘槎、夢鶴、夢鶴居士等，江蘇無錫人。見楊廷福、楊同甫編《清人室名别稱字號索引（增補本）·乙編》，上海：上海古籍出版社，二〇〇一年，第九九五頁。

大名，奕聞太守新擁五馬賁予寓，坐談之頃，即以見山爲詢，意以余《石倉》之選不得先生佳篇爲憾事。遂遍搜行篋，《鶴巢全集》久爲上官大夫竊去。因取余《詩持》暨徐松之《雲山酬倡》內所載，合梓以傳。嗟乎！是烏足以盡先生哉！先生鍾靈雲間，士大夫以風雅相尚，董宗伯、陳徵君基其始，陳黄門、夏考功、李舍人總其成，海内翕然宗之。今見山際文明極盛之時，宋副都、沈學士、王侍御、王學憲、張節推、周太守，董、宋二進士，田、董二孝廉出全力以防其弊。古風宗漢魏，近體準盛唐，於太倉、歷下諸古人不無繼起之功。今讀其《詩源》一書，上溯三百，中歷楚詞及昭明選體，下逮濟南唐詩，爲古今定本，其志、其事可考而知矣。其爲先正矩矱、後學津梁，豈淺鮮哉！故余於顧太守之詢而爲之論定於此。

明月照高樓

朱樓文杏梁，麗藻雙鴛鴦。上與青雲齊，中宵薄迴光。佳人邈獨處，凝睇摇青霜。輝輝接遠道，微微散羅裳。調琴動逸響，織素不成章。恒恐朱顔改，如彼金風凉。願爲雲中雁，飄飖隨君旁。同心并羽翼，徘徊歸故鄉。

楊白花

皇州二三月，楊花度苑墻。宮中少婦弄瑶瑟，曉起捉花長嘆息。一樹花飛落萬家，誰人對此不咨嗟。東風好吹作浮萍，昆明池外常青青。

梅花落

笛裏邊聲斷，花稍夜月微。若憐春色盡，故向玉階飛。白雁横榆塞，鳴笳暗鐵衣。清芬零落遍，音信隴頭稀。

洛陽道

嵩陽佳氣浮，洛水恣遨游。飛蓋通三市，金鐘沸五侯。笙歌忘入夜，羅綺未知秋。劇夢朝相結，鳴鞭上酒樓。

楊柳枝詞

紅亭細柳碧萋萋，潮水初添欲上堤。花落秦淮春暗去，月明神女唱青谿。
二月花飛度苑墻，菖蒲出水葉初長。春光不斷交河路，多少青楊間白楊。
黄河東向海門流，楊柳青青沙際浮。何處笛聲吹月起？隔簾纖手接伊州。

齋中讀書

新雨歡時序，披襟暑氣伏。朝來林泉凉，幽光藹庭緑。簾静梁燕飛，當軒理緗軸。興往古皇會，神移白日促。嘒嘒桑巔蟬，娟娟墀畔竹。秋空落槐金，山紅紛躑躅。感念《小宛》篇，向夕重秉燭。

秋風行送宋子直方

宋子辭官東歸，將卜居於震澤之濱，顧子作是詩以送之。

秋風淅淅從天來，穿林叫嘯何悲哉。慘如奔空走萬馬，颯如吕梁崩蹋河流開。千里蕭條波浪起，蛟龍翻蕩東江水。衰草葳蕤白露滋，蒼山靆靉楓林紫。縹緲風高散綺羅，峰頭樓閣映滄波。晴川路接梁鴻墓，烟雨舟行范蠡湖。龍威丈人引歸路，桂楫淩風獨歸去。花洲灔灔雲悠悠，他日尋君不知處。

惜鸚鵡

春風吹花散作雪，玉樓鴛瓦明霜月。紅襟翠翼不禁催，隻影嬌啼流碧血。美人香稻珠顆黄，手提銅奩出蘭房。銀鈎慘淡紺霧冷，緑衣蕭瑟寒無光。嚴宵樓頭雪皎皎，綉幕重衾花繚繞。何來弱質黛侵眸，口誦楞伽夢分曉。獨不見玉釵白燕漢宫飛，霍家金鳳曉依依。秦關月落隴雲起，好傍天河烏鵲歸。

雪後登歌風臺示沛令

一劍收秦鹿，秋風萬里心。悲歌誰掩泣，壯士已成擒。井邑新豐舊，龍蛇大澤深。殘碑埋野弋，雪後此登臨。

茂宰調弦地，雄圖想像中。臺空晴捲雪，鴟冷夜呼風。半醉尋榆社，長吟歷沛宮。千年遺老在，攀陟感何窮。

秋堂

露蕊霜葩晚更親，秋堂粉壁浄無塵。蘭紛紫艷思公子，菊綻黄金憶酒人。滿眼逝波歸路急，一官衰懶去情真。長湖九月蓴絲滑，漫約西溪理釣綸。

秋雨移酌櫟園舟中

雲滿東山急雨霏，移觴對酌兩依依。荒城野戍鳴秋柝，海嶠孤臣冷葛衣。醉後玄黄燈半燼，尊前風雨雁初飛。君看豐沛笙歌地，昔日高臺今日非。

春雨樓成

臨河面郭聳朱樓，縹緲波光樓上頭。東海萬山分障列，兖州四水抱城流。望中烟繞長堤柳，天際雲浮錦纜舟。況復夜凉憑眺裹，水晶澄碧起吴鈎。

古意

黄河西控玉門流，萬里寒沙接戍樓。不盡青山晴歷歷，浮雲何處古涼州。

初構西村後山草堂

我本雲壑士，偶然濫朝簪。執戟十五載，岩廊自浮沉。今兹得歸來，來歸返舊林。深感故人厚，知我田園心。貽我谷口居，言望崑山岑。長薄帶近郊，喬木秀遠陰。結廬幽邃區，托興長湖潯。五畝亦粗足，力農庶其任。輟耕之隴上，豁達披胸襟。眷言刈西成，粲粲動長吟。匪敢垂堂構，聊以懷好音。荷蓧有二子，風軌私所欽。

九日渡京江錢明府移席追送

木蘭爲檝桂爲舟，吹簫伐鼓放中流。筵前送客重陽酒，江上登高萬歲樓。山入秣陵晴渺渺，潮平瓜步晚悠悠。豈能對景無杯酌，故使黄花笑白頭。

江上有期不至

白玉壺中一杯酒，紫姑廟前三株柳。盡日傾杯弄柳條，懷人不至空搔首。秦宫碧玉盛繁華，別館紅亭着處家。共説行輈無定所，可憐孤客望天涯。天涯泛泛浮文鷁，江南江北還相隔。不聞〔二〕尚

〔二〕『聞』，原本漫漶，據校本補。

書曳履聲，忽聽江樓夜吹笛。

慈仁寺諸子餞别

慈仁寺裏海棠前，携手將迎是别筵。隔院啼鶯虚縹渺，臨岐尊酒重纏綿。青門祖帳辭朝路，楊柳飛花送客天。忽唱驪歌聽不得，醉中分手各風烟。

舟過鄱湖風利不得登廬山

南州十日九太息，欲到廬山愁不得。豈知六月鄱陽湖，朝風東南暮東北。忽然風動無波瀾，二百里外俄頃間。日高吴城唤魚賈，月出沽酒湖口山。廬山之山回地紀，左跨潯陽右彭蠡。晴天往往飛白雲，雨後峰峰見青紫。香鑪可望不可登，欲呼五老同雲軿。更思中峰白鹿洞，倒挂匹練摇空青。仙都秘迹神仙守，烟巒但許樵夫有。惟恐狂生輕洞天，故遣風師催鷁首。廬山面面向窗開，開窗且飲三百杯。總然未便乘雲去，也得山前叫嘯來。

采石磯

翰林祠館俯崇磯，畫棟虚明出翠微。借問青山誰得共，眼中惟有謝玄暉。
蛾眉亭上曉雲輕，入望風帆百里明。猶記少年登眺處，碧天晴宇候潮生。
江山盡日畫屏開，磯下濤聲曉夜哀。萬壑松風殘照裏，却飛空翠入船來。

犀浦城邊白日昏，梁山飛雨急傾盆。江頭潮落如歸客，不到天門到海門。

過薛城符使君穀齋邀飲境上

使者干旌出水濱，雨餘芳草净無塵。正逢彈鋏歌魚地，賴有班荆置酒人。此會十年如夢醒，感君一飯見情真。離亭落日愁分袂，獨馬蕭蕭西問津。

同龔大司馬觀劇祖觀察署中即事

清歌細舞畫堂春，紅玉闌干翡翠塵。獨擁華衾還不寐，可知情盡曲中人。
雲母紗窗十二樓，當年同醉月華秋。渭城人老陽關遠，不信何戡已白頭。
當筵按舞曳長裾，風動裾開錦不如。那識歌殘金縷暗，衆中憔悴是前魚。
燈前細語擘霜柑，香飯維摩共一龕。日射紅窗金蒜穩，曲闌深鎖夜情酣。
憲王樂府睡翁詞，點板新傳老院師。徹夜笙歌銷絳蠟，轉疑身在太平時。

泰和縣復晤許明府堯文時攝縣事

忽爾經年别，歸與萬里身。憐君猶佐郡，不自厭官貧。縣古餘青檜，江深隱白蘋。老懷驚代謝，感逝益傷神。

暮春于役淮陰

客裏淮南路，征途久未經。岸崩花覆紫，烟薄樹浮青。怒馬饑恒立，村醪午易醒。弄晴黄蝶嫩，款款上沙汀。

百戰徐邳地，蒼茫萬古情。英雄争逐鹿，冠帶幾尋盟。路僻山根静，雲垂麥隴平。十年戎馬後，父老厭聞兵。

送沈繹堂編修遷大梁道

中土凋殘後，君行入大梁。龍蛇悲瓠子，甲馬散敖倉。積雨連雲白，飛星落照黄。須知漢武帝，不是薄淮陽。

休文多病起，詩酒興偏豪。短劍悲零落，層霄出羽毛。草荒梁苑没，月白吹臺高。獨向彝門去，西風看鼓刀。

送周宿來比部出守括蒼

束髮同壇坫，栖遲幾歲寒。漸看兒女大，自覺宦情闌。薄禄仍金馬，秋風動鶡冠。桐江花月好，期爾釣嚴灘。

出守君何憾，雙旌向處州。地傳甌越秀，星度少微留。白水通官舫，青山滿郡樓。夜凉松露落，疑與上真游。

鶴巢新軒落成

水竹依修檻，方潭映碧除。新荷疏受雨，密藻暗窺魚。月影通簾細，花香入坐虚。亟來情自給，奚必問蘧廬。

得信知東籬家兄同茂秦弟北發

鄉心同逝水，白日惜韶華。一本離荊樹，三年見落花。夢中頻徙倚，酒後失咨嗟。南望猶空憶，晴峰送斷霞。

懷鄧元昭

匹馬秦州去，關門雪正飛。十年遲秘省，千里度金微。隴月凄羌管，洮雲捲毳衣。把君書失涕，攬轡存心違。

懷家倩來

午日秦淮棹，傳聞有惠連。如何風雨夕，又在廣陵天。白馬濤聲壯，銀鐙翠羽妍。危波隨處急，珍重五湖船。

卷四十　陸求可〔一〕

福清魏憲惟度　輯選

宣城施閏章愚山　江都汪楫舟次
嘉善曹爾堪顧庵　崑山龔賢半千　參

陸求可　字咸一，號密庵，山陽人。

感遇

天地嬗元化，日月無留行。悠悠自今古，大道攝群生。吾生雜氣質，何以保其貞。智慧日銷滅，抱樸歸無名。高危增恐懼，物理惡中盈。窈冥任大運，聊用安性情。

〔一〕　此卷三個版本均無小引。

孔望山

山有仙則名，不如傳以聖。至人陟崔嵬，道與峰頭競。况將望大海，心眼恣奇横。想見廣大胸，匪同游涉興。我來此山下，肅然起深敬。

懷雲臺山

昔登海上山，絶頂舒長嘯。蕩胸起洪濤，寓目聳孤嶠。支笻尋澗壑，崎嶇歷衆妙。祇今隔世界，無地展游眺。獨坐幽亭裏，何以豁懷抱。

七夕

日落暮烟起，蒼蒼月微白。桐樹散幽陰，蟲聲出籬隙。清夜何窅然，雙星見此夕。殷勤霄漢間，別離憶疇昔。祇得暫歡娱，還共虞間隔。烏鵲皆有情，古今知所惜。悵望青天久，空園寒露集。

夾城泛舟

泛舟過城隅，頗有林壑趣。水面清風來，檐間白鳥去。曠落無人烟，蕭蕭見遠樹。停棹且徘徊，寒月光已吐。

饑民

念爾饑驅者，流離不知數。賑濟欲開倉，遠近競來赴。鵠面與鳩形，嗷嗷俱待哺。何人最可憐？

老翁并老嫗。衰顔兼困憊，曳踵似欲仆。向人説苦辛，哽咽終難訴。舉室盡逃亡，兒孫不我顧。行將溝壑填，半菽無所措。何處有官糧，道途總昏瞀。余聞三嘆息，掩泪增恐懼。大運今如此，天心正僤怒。何日轉豐年？釋此饑寒慮。

水灾三載困苦已甚秦隴河堤未築辛亥春水猶漲民之饑也殆云極矣皇上心焉念之捐漕米十萬石遣户部侍郎田公賑濟

宸衷抒藹惻，念兹生民苦。氣數有不齊，缺陷君王補。三載罹水灾，百草皆爛死。今春水未消，無地栽禾黍。遠近盡啼饑，村村火不舉。懸磬將如何，伶仃去鄉土。流民勿嗟傷，朝廷能活汝。賑濟遣親臣，恩波及淮浦。流離數萬家，家家沐膏雨。不作鴻雁哀，歸來復安堵。聖恩起涸鱗，救荒直邁古。白叟與黄童，人人祝聖主。全此仁愛心，必能回天怒。指日慶豐年，饔飧足四餔。婦子樂盈寧，蠟臘共歌舞。

韓信荒城

荒城遺址在，烟草塞寒原。仍似釣磯冷，空餘淮水奔。人隨走狗没，悔憶蒯通言。憑吊登壇事，鳶啼聲欲吞。

節孝書院

節孝千秋重，何須更説書。清修存一德，積學勵三餘。道藉文章著，憂深講習疏。伊人不可見，懷古倍欷歔。

范張古廟

范張同至性，風義類皇初。千里衷如見，兩年信豈虛？嗟今友誼冷，愧不古人如。祠廟歸何所，徬徨欲問之〔一〕。

劉伶仙臺

沉醉忘天地，何醉土木形。無心任放達，有意托昏冥。淮浦風烟闊，臺邊霜露零。先生終鼾睡，萬古不能醒。

鉢池仙境

神仙不可接，遺迹竟蕭條。我念鉢池境，曾來王子喬。丹成餘竈冷，舄去憶人遥。笙鶴歸何處，徘徊對碧霄。

〔一〕『之』，枕江堂本作『諸』。

金牛高岡

蒼然平楚外，聳峙壓淮疆。戰伐思前代，蕭條剩古岡。湖翻千里白，雲落半堤黄。惆悵登臨久，漁歌出野航。

南浦月華

我來南浦上，小艇渡微瀾。忽見清輝發，遥從水面看。半輪流不盡，千古照常寒。俯仰皆空闊，吟詩永夜歡。

西湖烟艇

微茫沙草際，漁艇泛空湖。波上雜行止，烟中乍有無。去帆隨白鳥，回棹拂青菰。一望晴川遠，朝昏總畫圖。

賦得多病故人疏

舊侶吾常念，君家誼倍親。顧余應意切，握手見情真。何竟音書渺，悠悠陌路人。静中看物態，嘆息度宵晨。世事余多感，愴然難具陳。干時應有客，問疾竟無人。我意終如昨，君懷别有因。撫膺空悵惆，何日賁雙輪。

抱病經旬後，咨嗟想舊盟。死生應不負，疾痛總關情。憶昔君同我，肝腸弟與兄。漠然今掉臂，風雨冷孤檠。病後心逾苦，凄然事滿襟。披帷無好伴，横几祇孤琴。夢度春山遠，影隨寒月深。故人終不見，起坐自沉吟。

擬古歌

蘇季子，舌無比。不得指，放歸里，饑欲死，妻孥面目尚如此。范大夫，智傾吴。挾彼姝，掃姑蘇，泛五湖，縱有烏喙焉噬吾。

行路難

勸君愛卧游，安安惟斗室。滿目盡風波，一入誰能出。饑虎食人時，威鳳養文日。讀《易》筮天山，庶幾云無失。豪放性空存，保惜心欲密。人情險日深，測之而不一。何如閉户搜奇書，何如抱膝理瑶瑟？吁嗟乎！世上誰知重書生，兀坐乃是全身術。

子夜夏歌

采蓮過横塘，停棹向中央。非畏新水深，羞見雙鴛鴦。

宫怨

莫開長信門，莫除玉階草。慚愧鏡裏容，日盼羊車老。明河照深巷，相對誇容冶。嗟彼姊妹行，孰是承恩者。

吟水仙操

忽悟古人心，不在理鳴琴。此中有真聲，豈曰枯桐音。殘燈續孤寤，浩然生微吟。移情何所見？悠悠秋水深。

鄰叟携酒過余山居

荆扉誰剥啄，開户見尊罍。前曾看花過，今復聽鶯來。就石坐無序，一飲傾千杯。山月漸高酒未已，樹影依依在溪水。

野步

春花處處拂衣香，雛燕隨風出短墻。野草無名千百種，長楊夾路兩三行。横橋隔水藏深塢，群鳥衝烟亂夕陽。歸去不須愁寂寞，西家桑落有餘漿。

馬西樵留飲

曲欄花滿緑陰稠，有僕應門客自留。來是劉伶都嗜酒，坐非王粲莫登樓。高齋新句披雲錦，凉夜深燈照雪球。近日心情多落拓，逢君不醉又焉求。

竹窗聽雨與張虞山閣容庵限韵

苔紋滿徑帶烟青，疏雨濛濛侵石欞。游屐未堪登鶴嶼，清齋時自理茶經。千甑謀醉杯難罄，半局争雄劫不停。摇曳一林新緑遍，松花蕉葉各泠泠。

夜入秦郵湖

中宵埋槳赴霜湖，人語濤聲忽有無。雲練千村凝積水，鴻鶩幾渚宿寒蒲。官舟乍倚心難穩，良友長依夢不孤。星斗剩波光屢合，遥遥四際若幽圖。

泛舟

橋横秋水棹無聲，三五同人一泛輕。載酒欲尋修竹地，題詩偏愛蓼花名。溯游且逐沙鷗去，曲折猶煩老樹迎。回首陂塘風色冷，孤霞斜抱夕陽明。

西湖玩月

月來我不俗，我在月非孤。獨惜人歸後，清光空照湖。

蠶婦三章，章六句。

蠶婦携瓷，路遠行遲。手進郎食，心慮蠶饑。匪慮蠶饑，蠶饑亂繭絲。

蠶婦攜筐，日暮路長。目極四際，心憂無桑。匪憂無桑，蠶田作戰場。
蠶婦攜萸，歸路躊躕。樞機將廢，心畏舅姑。匪畏舅姑，舅姑無冬襦。

秋夕別友回文

樽前別況又生愁，怪石浮灘淺水流。村樹幾家漁和曲，月亭孤夢客驚秋。奔南雁冷催楓落，度北雲閑覓竹投。痕碧一天霜色夜，門迎寺遠磬悠悠。

雪夜回文

凝天水瘦荻圍廬，古韵摹懷俗盡鋤。冰落紙寒風戰筆，案穿窗冷雪埋書。層層玉嶺辭殘月，碎碎鳴泉沸静茶。燈剪夜光梅潤白，澄清影淡卧烟虚。

過舊縣

昔年孔道設孤城，豈爲衝疲復議更。憑吊河山豐鎬意，顧瞻墟址黍禾情。遥天久斷皐飛影，宿莽長留鴻泣聲。最是廢興生百感，殘碑猶載舊時名。

修光武祠

白水真人舂陵中，符來赤伏芟群雄。王氣銷沉久已矣，遺像巋然祀故宫。陰風夜颯神鬼哭，靈光晝見龍蛇伏。一林松檜老參天，六月寒濤響山谷。我來瞻拜神愴然，更新榱桷造几筵。鮮潔嘉疏陳歲時，從今典祀期千年。

踏荒

長吏稱善職，首在課春耕。如何荒阪上，石田紛縱横。將毋因水旱，或亦爲軍兵。賦斂既以多，
踐踏復不輕。以兹耕作少，遂使蔓草生。我行荒田畔，招呼集衆氓。努力治墝埆，畢志芟茅荆。
耒耜與牛種，吾當爲經營。庶幾歲有秋，平疇禾稻盈。

兵過

朔野鐃聲動，平疇大纛飄。塵沙連地起，日落風蕭蕭。列校過河曲，萬騎指平橋。寶刀常在手，
羽箭常在腰。怒馬齊飛去，彎弓試射雕。滇南尚背叛，禁旅勞勇驍。微臣治征繕，夙夜心勞憔。
伫看南服定，坐使金甲銷。

禱雨

商羊久不舞，州民皆苦旱。長吏切三農，中夜起長嘆。牲璧往告虔，夙興以待旦。雩禱及龍見，
周雅賡雲漢。自考以數事，致魃安能逭？庶幾微風動，甘澍隨車涣。

喜雨

好雨應時至，濛濛灝氣涵。花翻珠欲落，苗潤秀如含。石燕方群舞，微風正自南。豐年應有兆，

喜色上朝簪。

慰驛牛

堵陽介中州，行李往來日不休。送運軍需與過使，馬之不給繼以牛。飾以鞍韉加銜勒，日走大道無終極。陷泥蹶塊足力憊，望月而喘猶未息。吁嗟爾牛勉爾力，爾能任重須報國。吾縱脱爾之羈絡，爾欲飛去無羽翼。莫嗟崎嶇路逶迤，長吏腰間印峨峨。送往迎來勞更多，知爾困苦奈爾何。吁嗟爾牛雖有蹄似蓮花，聲如黄鐘，徒爲人役心忡忡，恨爾不與甯戚早相逢。牛兮，牛兮，努力食細草，待天下無事，偃武修文日，放爾於桃林之道，以全爾之壽考。

喜虎去境

境内多虎，往年晝出食人。予到任後，人未有爲其食者。不敢謬云《渡河》，實則未入境也。

堵陽亂後少人行，不堪猛虎日縱横。田荒賦在不能耕，滇南鬼方未休兵。王師絡繹事南征，堵陽極衝疲送迎，役繁民困不欲生。吁嗟堵陽民困今已極，如何復有猛虎日縱横，咆哮食人如食牲。我方吏兹土，聞之爲一驚。正欲草就《猛虎行》，驅爾族類出荒城。爾聞吾至先遠行，不敢張牙瞋目與我争。我聞劉昆在弘農，宋均在九江，虎皆辟易其先聲。愧我非有二子名，虎胡退徙事遠行？

訪隱士不遇

特向深山訪隱淪，三年踪迹未沾塵。長風送我千峰頂，落日留君一角巾。苔洞月明蒼虎夜，草堂雲暖紫芝春。仙人多應朝天去，半嶺惟聞笙鶴音。

早朝

帶月趨丹闕，鐘聲尚未殘。仙花迎五輅，御柳拂千官。青瑣和風滿，彤墀香氣繁。盛朝郎署暇，退食足清歡。

太廟陪祀

翠華臨翼廟，嘉玉薦明禋。大孝昭休德，群心致夙寅。治人先格祖，報本在寧神。叨列駿奔後，欣觀典禮新。

天壇陪祫祭

天壇修歲事，黍稷薦嘉誠。典重千官肅，儀殷百物亨。聚神求祖考，合饗格幽明。欣遇駿奔日，微臣孝敬生。

敬獄篇

古人敬岸獄，所期在懲誡。刑辟以止刑，取法雷雨解。伊余忝司憲，中心懷耿介。早作綜刑書，午夜忘睱憊。欽恤凜帝言，服念守王戒。輕重遵周典，明慎占易卦。常存得情哀，豈效深文快。平反出入間，折斷謹片話。

九日維陽舟中

孤舟鼓吹散清音，此日東籬菊未尋。潦倒已爲邗水夢，高歌猶是故鄉心。遥思兄弟開三徑，應有烟霞繞一林。我獨溯洄江上去，扣舷聊復短長吟。

姑蘇舟次

此日他鄉舉客杯，扁舟河上自徘徊。雲回錦樹青山遠，霜老丹楓白雁來。

江南

西風吹雨大江寒，多少奇形供一看。雲霧浮沉吞郡邑，魚龍出没壯波瀾。冥濛纔覺山川幻，混一那知天地寬？獨坐虚舟如太古，頻呼濁酒盡吾歡。

過嚴子陵釣臺

幽懷矯矯問空潭，把釣終身夢寐甘。比以渭濱殊不一，擬之箕潁可成三。能輕富貴誠高士，寄傲乾坤是偉男。炎漢山河久謝矣，何如片石峙江南。

西安抵浦城雜咏

西安城外渡秋風，千里寒雲起塞鴻。篙入淺灘撑白石，舟隨前浦逐丹楓。淡涵天影千溪闊，澄徹波心萬象空。日暮孤舟何處泊，江郎山色半巃嵸。

灘聲日夜盡淙淙，小艇還將碧浪衝。兩岸青黃垂橘柚，一江紅白老芙蓉。山川到處開生面，琴鶴蕭然想舊踪。清獻芳名千古在，蒼凉祠墓白雲封西安有趙抃祠墓。

連朝風雨滯青湖，今日依然風雨俱。風亂一村旅思冷，雨侵兩鬢客愁孤。山邊泥徑半深淺，樹裏人家若有無。爲念僕夫辛苦甚，不堪歲暮歷崎嶇。

高峰羅列自嶙峋，一日那堪過嶺頻。地鬱崔巍驚旅夢，天開奇勝與詩人。松杉皆向烟中老，山水還從雨後新。幸有雲霞供嘯傲，何辭薄宦走風塵。

山程盤曲走山根，穩坐藍輿過幾村。難向疏林窺日月，空隨寒雨度朝昏。插天奇峭雙崖立，入地深沉一水奔。收貯才人胸次裏，群形盡供墨痕翻。

楓嶺巍峨迥不群，到來閩浙嶺頭分。浙西已度終朝雨，閩徼還看日暮雲。白石青霞皆秀麗，蒼苔黄葉自紛紜。遠鄉我愛風光好，况有濤聲十里聞。

蒼茫遠岫雨中看，草木蕭蕭萬嶺寒。怪石支離村路細，小禽飲啄野田寬。雲霞開合成奇相，山水空明出大觀。海内風光須閲歷，浮生何必故園安。

山行

行行復行行，遠望山頭樹。樹纔欲近人，人又望山去。

山濤

高山一夜雨，白水走山腰。涌出聲皆震，奔流氣更驕。怒來還觸石，瀉去欲吞橋。坐見溪河裏，平添十丈潮。

喜晴

連朝苦陰雨，今晨喜乍晴。寒烟收遠岫，爽氣出孤城。鳥逐高雲去，人從細路行。念兹風日好，翻起故園情。

自延平抵水口驛

溪中産石石之藪，峻嶒欲同天地久。亘古常在溪邊守，勇者壯士怯者叟。大如熊羆小蝌蚪，湍水逢之怒且吼。驚濤飛立立而陡，澎湃噌吰世罕有。榜人戒慎不敢苟，奮臂操船自昂首。轉日回天機在手，輕舟直向洪波走。朝發南平暮水口，客子高歌對星斗，臨風長嘯一杯酒。

溪石

溪上嶔崎石骨瘦，竪者如人横者獸。斧劈奇形撑宇宙，怒立中流披甲胄，奮身欲與蛟龍鬥。日月照其前，風雨摧其後。雷電掣其左，波濤撼其右。此石端坐祇依舊，萬古常同天地壽。

灘聲

停船傍野灘，灘聲響不止。客子不能寐，聽之清兩耳。此聲何所終，此聲何自始。高峰峙其旁，怪石藏其裏。灘流日夜奔，千古無窮已。日月東西行，星漢南北駛。天地似轉輪，萬化皆如此。

舟行

清流百轉復千折，小舟蕩漾一溪中。山合四圍疑無路，轉到山根一綫通。一綫波濤怒不止，蕩舟艱澀從兹始。浪自洶洶舟自輕，破浪還從石上行。行至安瀾闊且清，舟人掉臂不肯住。遥指溪上千株樹，舟行又向前溪去。

東漢

龍門春陵睹漢官，彼蒼何事誕靈桓。可憐大祚行將盡，炎火無能炙老瞞。

後漢

臣主依然父子親，卧龍功業自千春。看來銜璧成都日，多却劉禪一個人。

僞周武氏

婦人何事竟當陽，游戲神通一狄梁。除却六郎承寵幸，感恩猶有駱賓王。

讀黄粱夢口占

不但夢是夢，醒却亦是夢。悟得醒時夢，乃不夢裏夢。

豈獨人如夢，天地一大夢。天地無醒時，人將終古〔二〕夢。

讀陳白沙集

新〔三〕會從來穎悟人，詩文言道喜能真。直超造物牢籠外，寄興寒烟水月身。

讀曹石倉十二代詩選

石倉東南彦，早歲工柔翰。二十魁南宫，歷官在閑淡。平生寡嗜好，惟耽圖史玩。丹鉛歷代詩，甲乙何斷斷。聚集千載籍，紛若牛毛亂。去取一以定，道一能相貫。浩浩古人篇，朗朗列星漢。天地大文舒，蔚若繁英燦。伊余探四始，窮年驚浩汗。静悟選者意，焚膏以待旦。筆削謹嚴間，一詞何能贊。

〔二〕『古』，原本漫漶，據校本補。

〔三〕『新』，原本漫漶，據校本補。

登鼓山

名山標峙冶城東，屴崱峰高獨擅雄。勢壓群山諸嶂小，聲移流水涌泉洪。雲飛不斷千層白，日出常瞻一片紅。今日攀躋來絶頂，憑虚遥御海濤風。

慧妾

輕盈麗質倩妝新，慧性宜人可具陳。玉管早吹調鳳曲，雪窗能伴著書人。歌聲花下疏還密，笑語尊前細更真。最是西園明月夜，敲棋學咏度芳春。

駿馬

渥洼名産有誰如，伯樂曾經顧盼餘。金勒乍嘶春日暮，玉關遍踏雪山初。五花爛熳稱龍友，萬里奔馳過雁書。早晚逸才將入貢，房星應副六閑需。

聽蛙

閣閣鳴蛙出小池，閑堂鼓吹恰相宜。緑陰青草春殘後，細雨疏蒲水淺時。繁響似嗔喧遠夢，清音堪聽助詩脾。夜深枕畔燈花落，月滿虚窗有所思。

聞蛩

淅淅金風葉墜林，微蟲此日感秋吟。凄清半雜疏砧冷，寂歷還隨遠漏沉。咽比寒蟬聲更細，形同促織影難尋。助予吟咏深更裏，還怪鄉心一夜侵。

鷓鴣

鷓鴣山西鳥，閩南性亦宜。置兹清署裏，何似隴頭時。解識主人意，能吟坐客詩。江洲春草滿，歸思不堪支。

閨情

十月寒花落更香，明年春草雨猶長。仙郎憶别題新賦，少女含情學晚妝。歸燕獨栖紅葉月，征鴻雙渡白門霜。音書永斷城南别，遼海無由接鳳凰。

訓士

俯仰念今古，代謝如轉轂。大道藏其中，天地資化育。人生有至性，胡爲多迷復。直賴傳心者，凜凜畏幽獨。窮理在一心，吐辭傾萬斛。講學擅儒宗，鵝湖與白鹿。千言不爲繁，片語理亦足。固緣領會深，亦由討論熟。豈徒矜文章，石渠并天禄。爲語後來人，學古志須篤。性情既能醇，舉止自能肅。太極旨當明，西銘義務續。沉吟定性書，虚懷探所蓄。孔顔何處尋，微言藉感觸。獨惜章句儒，沾沾事誦讀。學道以爲名，依然徇其欲。攻治既不勤，理義如堅木。才技固清華，神明多局促。悠悠過此生，委化甘庸碌。何以企先賢，黽勉辭酖毒。發憤氣能清，猛省神不辱。

講習聚友朋，嘉修與共勖。

大田驛曉行

衝烟行古道，琴劍伴孤征。殘月曉猶白，吟蟲秋愈清。氣蒸知海日，潮起聽江聲。欲向空山裏，尋芳擷杜蘅。

龍溪道上

參差石路旅行艱，漠漠寒沙白幾灣。古樹千重常護嶺，蒼波萬里欲吞山。人隨澤畔烟光去，鳥傍岩間竹影還。極目郊圻天際遠，浮雲何處辨鄉關。

舟中雜咏

連朝春雨暗，溪上積苔紋。水色高低變，山光遠近分。漁樵相作伴，猿鳥各爲群。静對真忘倦，聊堪適所欣。

過盡驚濤處，波瀾漸覺微。鳥來欣共浴，雲去愛孤飛。新笋風前折，春蔬雨後肥。榜人登古岸，乘月析薪歸。

十日溪中雨，低雲壓帽來。風生薜荔冷，春晚杜鵑哀。亂篠圍山麓，飛花點岸苔。更餘聲韵永，水石共喧豗。

移棹前溪去，蒼茫渡幾灣。城中烟火聚，郊外采樵閑。大邑環流水，通都接亂山。仰觀餘曠落，雲際鳥飛還。

再宿石牛驛

嵯峨山勢作牛形，終日高眠傍驛亭。扣角不聞歌白石，回頭恰似望長汀。那知關外雲方紫，惟戀村中草尚青。今夕停車重問宿，新詩吟與牧童聽。

清流道中

日日籃輿驛路行，空山到眼盡孤清。山頭石綉千年色，山下溪喧萬古聲。

羅源曉行

山下遥看海日生，幾家烟火出孤城。嵐光初起千岩合，松影晨開萬壑清。

白鶴嶺

籃輿入深山，道路多阻梗。嵯峨聳蒼翠，陡峙白鶴嶺。黑雲走其腰，青天壓其頂。寒泉出峽喧，老樹當岩静。天風常肅肅，海水常冥冥。仰視何寥曠，俯瞰亦孤迥。疑從天上來，非復在人境。

山行

山勢何岧嶢，險絶稱天作。開闢自何年，神功恣斧鑿。高者爲蓮花，瘦者爲白鶴。餘峰不可紀，怪石排鋒鍔。浮雲覆我首，倏忽在我脚。置身天半歷崎嶇，俯仰乾坤真曠落。況有長風萬里吹，洶涌波濤驕海若。

福寧道中

滿目憐凋瘵，荒原不忍看。炊烟一路少，廬舍幾村殘。澤畔烽初息，居人夢未安。蕭蕭風雨後，空見海濤寒。

哭李制臺

可羡無諸一舊封，盡銷刀劍使歸農。忽焉騎尾登霄漢，自是功名壽景鐘。
粤南昔日耀神威，安撫猶傳采石磯。韜略於今留海上，頻年不見羽書飛。
武庫包羅孰與齊，勛名堪媲杜征西。雕戈色暗奇文變，龍劍光鎖寶氣低。
剛直風猷肅百官，能令鷹隼不驚鸞。至今疏草存朝寧，霜氣蕭森白日寒。
因爲軍書夙夜勞，十年報國一征袍。南中亦是甘棠地，不用招魂賦楚騷。
飛捷頻揚海上艅，獻俘經歲未曾停。於今人去功長在，閩部諸山不斷青。
衡文忝職在閩南，鈐閣陰符許共探。知己感深心獨愴，西州道上有羊曇。
軍門面列兩山尖，射獵營中緑草纖。苦憶西園明月夜，論兵諸校坐褰簾。

卷四十一　周體觀

福清魏憲惟度　輯選

曲阜孔胤樾　心一　太和蕭研鄰〔二〕孟昉

華亭王度心〔三〕季友　閩縣林紹勛　丹夫　參

周體觀

字伯衡，遵化人。

〔二〕『蕭研鄰』，原本、校本均作『蕭邢』，此處有脱文、形訛。此人實爲蕭伯昇。蕭伯昇，江西太和人，字孟昉，號研鄰、研鄰子。本書卷八十六吴學炯有《蕭孟昉研鄰》一詩。

〔三〕『王度心』，原本、校本均作『王度』，脱『心』字。王度心即王鴻緒。王鴻緒（一六四五—一七二三），初名度心，中進士後改名鴻緒，字季友，號儼齋，别號横雲山人，松江華亭人。參見楊廷福、楊同甫編：《清人室名别稱字號索引（增補本）·乙編》，上海：上海古籍出版社，二〇〇一年，第八四頁。

小引

魏子曰：詩，心聲也。心爲小天地，變幻原不可測，故風雲雷雨、山岳江河，有觸而動。天地無一定之理，吾輩靈明所運，發而成聲。時而幽深，時而雋峭，時而清空澹遠。蓄而爲古，放而爲歌行，範而爲律，亦猶天地之萌而爲春，長而爲夏，收斂而爲秋冬也。若拘之以成法，則日新之趣落窠臼中矣。余客澶淵，孔心一觀察寄伯衡周參藩詩至。余慨然讀，欣然起曰：詩神物也，神則變動而靡有極。初擬爲漢魏，然漢魏簡古矣，此詩則幽以峭；再擬爲唐初、盛，然初、盛渾雄矣，此詩則蘊以沉；三擬爲明初諸大家，然明初氣運，猶有元末餘習，深而有痕、麗而近靡，此詩則潤不傷腴、新不落纖，使人推索之無從焉。大抵參藩以聰明運學力，以識見繪時景，深廣高雄、蒼凉蓊蔚，不肯旁古人門户，而古人實不能外。誠詞賦之英雄，風雅之虎豹也。彼萎薾不振者，亦瑣瑣卑流矣，曷足多哉！

遣興柬陳默公

不如葱與韭。嘆息避俗翁，葛巾自漉酒。明日非所求，斯人乃不朽。

匠丐各有群，腐儒良獨醜。平生所讀書，相之如敝帚。唱喁莫爲前，唱于莫爲後。種植芥與薑，

別賈瑶林觀察

論交傾蓋合，未有若君心。已覺離思劇，何堪冬氣深。青衫辭故國，白首見知音。告别長途去，唯虞臘雪侵。

別朱天中前輩

目疾知全愈，田乾可慮飢。一秋常有夢，此別會何時。心緒臨岐亂，封書下筆遲。衝寒勞令子，白首寄相思。

別程士哲

匆匆忽分手，尊酒暫相寬。前路杳無際，浮雲良足嘆。素交零落甚，歸棹雪霜寒。幸見彭躬老，爲言惜別難。

別周虞赤郡伯

數年歸未得，無日不相過。最是懸魚署，偏承推食[illegible]。繫舟南浦，別泪楚江波。送者猶群處，其如獨客何。

挂劍篇

我昔未游上國時，心欲贈君君不知。今日已從上國返，我欲贈君[illegible]已往。吁嗟乎挂劍墓傍枝，幸君莫嫌遲。

泊吴城士哲追送見過是晚除夕

見客收殘卷，停舟就淺沙。十年猶旅食，霜鬢復春華。雨雪衝寒急，鄉關問路賒。記經除夕日，幾度在天涯。

送張晦先提學赴黔中

逢君無那雨溟溟，春水春船去洞庭。正是江蘋愁向白，可知岸柳爲誰青。火經寒食應新改，歌過滄浪須細聽。萬里渡瀘緣底事，空教前席駐郵亭。

登黄鶴樓和韵

滔滔汀漢俯雄圖，黄鶴仙樓擅楚都。春漲倒連巫峽雨，風檣屈注洞庭湖。虚臺月涌烟波闊，芳樹雲深島嶼紆。萬里長安鄉國异，登臨空自愧文儒。

過大别

我行見大别，横江敷蒼丘。高可三百仞，綿紆十里修。上覆白雲閣，下瞰晴川樓。閣勢朗百間，樓起龍泓頭。背蓄沱水湖，面俯蜀江流。麓址分衡岳，門户鎖荆州。長江勢北回，大别氣南收。神禹識經途，崛出誰爲讎。高棟十萬家，繚繞漢陽陬。蟠鬱護佳氣，人文闢殊尤。跨馬陟其巔，丘壑潛幽幽。江湖昳白髮，宇宙此身浮。壘壘多古墳，屈宋不可求。緬想禰正平，徒懷鸚鵡洲。

過孝感逢巫巒穉

征途經孝感，馬上度端陽。白芷仙姬佩，青溪孝子鄉。日斜沾細雨，力倦怯回塘。舊識巫司理，相勞已道傍。

青螺谷

一溪如蘿帶，荇藻鬱參差。兩岸芳樹深，叢陰相蔽虧。晨起溪烟平，罥浮芳樹枝。澗道時離合，緣溪爲逶迤。輿徒沐沙瀨，臺笠吹凉颸。石楠及古渡，垂合若相欺。幽幽見鹿群，哀哀聞子規。盤折二十里，戀慕無已時。四山雲氣深，茅屋烟火遲。飄爾獨晨征，應爲巢父嗤。

初至濬上

移家就鄰邑，聊慰故鄉心。托迹柴門迥，平居陋巷深。古槐浮日景，秋圃護城陰。何似鷦鷯雀，爲巢傍上林。

次韵書伯兄硯上

長物平生累，硜硜覺汝賢。静功知有壽，晚節更能堅。三月桃花水，一溪松杪烟。與君真石友，相伴結衰年。

伯兄乾還沼村

却因相送憶從前，不覺離居二十年。待弟初歸猶寄旅，勞兄久客始言旋。蒼頭取道青山外，野店停車白露邊。自是老來別更苦，可知家遠望尤懸。倦眠應有思鄉夢，獨步惟吟洗耳篇。秋雁漫隨黄葉下，澄江平與草堂連。行穿谷口松相引，夜扣柴扉月正圓。賢嫂賢孫如問訊，道儂已辦買山錢。

晨兒同端孫蒙童就館伯兄乾戲爲小詩志喜依韵和之

并出來蒙館，新梳撮小鬟。雁行肩自挽，魚綴次相班。舞象童年逼，吟詩乳質頑。雙雙過庭際，正好著斑斕。老至思田里，歸來且暫安。長孫習誦讀，幼子戀盤餐。孝友推諸阮，門庭類范丹。傳家他日事，繞膝眼前看。莫知諸子惡，早覺乳孫賢。入群襟自正，赴館舞常顛。叔侄雖差次，游行已并肩。更憐居處地，慈母爲三遷。

晚次安陽

萬里歸途此再過，十年衰鬢付蹉跎。愁隨匹馬秋風緩，行近孤城暮角多。隴樹蒼茫連鹿苑，銅臺蕪没傍漳河。兒童不解遺墟恨，猶唱油油《麥秀歌》。

過蘧伯玉先生故里

每憶淇源水，今過伯玉鄉。野花開徑小，垂柳拂碑長。念友曾通使，懷君獨用藏。衛多君子澤，百世慕芬芳。

新春咏雪和孔心一僉憲

紛紛春雪應時開，寒署留賓自撥醅。漫引陂塘通地澤，更占雲物上靈臺。扁舟野渡漁蓑遠，小隊平原獵騎來。老眼欲迷情轉豁，連天無際絶塵埃。

階下殘梅映雪開，凍春正自有餘醅。不須送客分南浦，且爲看山掃北臺。野牧裹頭驅犢去，村翁罩笠趁墟來。平橋折岸惟流水，何處還容撲面埃。

悠悠懷抱爲誰開，竹屋圍罏袛舊醅。短笠長鑱行采藥，敝裘羸馬倦登臺。春融可信山花早，物候還看旅雁來。筋力就衰猶吏隱，濫竽何以答涓埃。

春酒春盤對雪開，甕頭已是隔年醅。莫嫌岸幘還迎客，自笑龍鍾獨倚臺。率爾折梅貽舊去，更誰撥擢過溪來。却看兩鬢星星色，似爲衝寒故點埃。

雪壓重門次第開，穆生醴酒藉新醅。夜沉小閣封朱箔，曉起平池接露臺。叢竹暖回穿徑出，山鶯寒劇傍人來。東郊一縷乘驢客，柳岸霜蹄踏草埃。

柴門無事向山開，潦倒何堪濁酒醅。青玉尚存平子案，黃金莫辨望諸臺。久辭鄉國成流落，暫掩蓬蒿謝往來。獨愧東西南北客，至今猶未拂征埃。

村流岸岸映村明，村樹陰陰接郡平。雪過元宵難再大，蠶將社日早能生。土膏欲動占冰泮，陽氣猶微擊鼓迎。不待祈年知大有，昭融草昧兆軒楹。

春水春山照眼明，濛濛一帶水雲平。客中物態隨時易，老至霜華逼鬢生。不惜青衫尋路濕，即看紅杏出墻迎。比年無復田家樂，野雀空倉徒倚楹。

朝來雪霽自分明，草閣虛寒似水平。山氣驟凝梅漸落，湖光初媚柳潛生。經春泥滑行人緩，夾路壺漿野店迎。却憶淺斟低唱客，珠簾翠幕掩芳楹。

攤書問夜藉餘明，門外寒雲叠雪平。向暮蓂開催臘盡，詰朝江漲逐春生。登山衹好扶筇去，看竹何須掃徑迎。冉冉墟烟收絡索，垂垂瀑溜注檐楹。

壬子九月環溪都諫招飲可亭陪諸公作

十年今復到長安，九月秋深菊已殘。多病可虞還戀酒，長貧猶自未辭官。重逢故舊論文細，獨嘆衰微行路難。尚欲叨陪申契闊，木棉不耐晚風寒。

送顧奕聞比部出守大名

股肱特藉省郎過，露冕行春向衛河。儓隸排衙庭事古，兒童騎竹路傍多。隨車膏雨諧群望，下馬條章入頌歌。此日龔黄親按部，貧家次第沐恩波。含香畫省重儀型，出牧親除紀御屛。新受一廛因負耒，謾開三徑托浮萍。到門驚劇依皇甫，流寓低迷愧管寧。淹偃一生將耄老，徒傾葵藿向朝廷。

宿明月店

朝發清風浦，暮停明月車。鈎簾人影夕，剪燭夜寒餘。物態驚梅蕊，鄉心逼歲除。拂衣猶未隱，宿諸負樵漁。

奉和孔心一公祖見寄

谷口今焉是，岩耕羨子真。浮家鄉俗厚，投老鬢華新。欲種淇園竹，還垂濮水綸。草堂依幕府，何异客平津。

福清魏憲惟度　輯選

曲阜孔胤樾心一　嘉善曹鑑平掌公
秀水何元英蕤音　南城吴學炯星若　參

卷四十二　王日高

王日高　號北山，茌平人。

小引

魏子曰：今世之言詩者動稱《三百篇》矣，然《三百篇》固孔子删後之詩也。孔子删之意云何？曰：删其不正者以歸於正也，故約其旨曰『思無邪』。夫詩者，思也。思在天地則溥矣，思在君父則尊矣，思在兄弟、夫婦、僚友則厚矣。而世之善思者，必折衷於孔子。然孔子過庭之訓曰『不學詩，無以言』，則内貞之爲思者，外應之爲言。言又思之著也。對天地則言在誓誥，對君父則言在表章，對兄弟、夫婦、僚友則言在質信。今世之能言而善思者，求之千百而不得一二，豈盡世運使然哉？亦未知折衷於孔子矣。孔子而後，寥寥數千載，得過庭之訓者，惟觀察心一先生焉。而心一先生之所推許者，惟北山王給諫爲最著。然給諫固言官也，歐陽公之言曰：『學者不得爲宰相，必當爲諫官。』宰相行其道，諫官行其言。言又與道并重，不僅爲思之所見端矣。曩余至長安，見先生初入省垣，侃侃諸大疏皆天下之利害、社稷生民之至計，次第見諸施行。而疏草之暇所著爲詩歌，皆本諸性情，得忠孝大旨，非徒以烟雲花鳥消此晨夕也。則先生之言，即先生之道也。先生之道，由於先生之思也。無邪之旨，不浩然其有得矣乎？觀察孔先生以能言許之有以也。

秋日館中讀書館課

聖世崇文日，聯翩集帝都。朱火方謝序，清風已戒塗。驤首弭征蓋，冉冉南端趨。案牘無餘事，望古遥相娱。共究天人策，瀏覽山海圖。皇路正熙恬，玉燭調六符。清暉入綺寮，華月流軒櫨。校讎芸香案，摛文鳳沼泭。亥豕鮮攸謬，疑義相與鋪。華國匪有裨，澤躬以自膴。道義欽所秉，夙心矢靡渝。康時寶石畫，報德撫微軀。古人亦何爲？習勤惜斯須。鳳翮揚華轂，龍文麗天衢。縹緗有全樂，高歌念吾徒。乘時庶無怠，莫令道心孤。

賦得春水滿四澤

膏澤周三春，靈雨知時節。破塊復濯枝，灑然澄碧徹。氿泉沸高嶺，幽湛更迴絶。悠然與意會，此際曷能説。蘭谷蘸清影，冰雪何凛洌。扃户絶交游，泥深阻軮轍。檢視古人編，兀坐銷良月。

過友人寓次壁上韵

窈窅鄽間塘，詰曲塘陰路。水漲蘆荻滋，平疇皆汜濩。高下渾一色，空青雜雲樹。此中有幽人，静對忘昕暮。嘯然長嘯餘，冥心快所遇。舉網即錦鱗，瀹甘作雪乳。徐步歷芳洲，徙倚倒杖屨。相期荷葉鮮，重來聽夜雨。

瀛洲亭懷古 館課

傳聞海上有仙山，方丈咫尺不可攀。人間何處有蓬萊？謫仙時寄暫徘徊。漢代已開賢良詔，力田孝弟登樞要。唐初更重文學臣，北門西掖稱嘉賓。一時頓起瀛洲譽，金殿銀臺獨著書。天子猶深仙籙羨，班冠玉笋何煒如。自此纍朝多寵遇，蒙恩往往叨主顧。蓮炬撤歸藜火餘，視草常秘温室樹。古今异代不同時，名實克全視所期。芳躅猶記頌前型，修士曷當忘日孳。君不見喬木結根山之阿，經年雨露秀枝柯。一朝采作天家貢，楮砥充棟力何多？又不見鳳難養翮在岩谷，臨流刷羽盟幽獨。有時覽輝下人寰，高岡鳴豫翔華屋。遠游何必逐赤松，納約巷遇有奇逢。勝地由來多懿範，豈與夫箕山潁水，詩遺世之孤踪？

醉春圖記略

花朝後八日，杏花初坼。是日微晴，和風細細。傳子澄之來就我游。偕雯生、斐弟，步自北原，旋折而東。杏林尋花，恣意搴取，列置齋頭，忽入錦綉叢中矣。小飲向夕，復挈瓶望色深處投憩焉。選於北里之西。既喜得地，再掇小芳，環列座隅，興益大暢，將及酩酊，忽有紅裙騎馬來者，則小妓素娥也。大呼曰：『謝東山正須爾矣！』欣然就坐，狂性愈豪。薄暮告去，許之。又有三人持酤自道上來，獵而飲之，更强作魚餡。夜深乃歸，興猶未已，不知星斗之既斜矣。因囑坐中繪者爲圖，以記其事。它年憶及，亦當一番佳話也。

春來天上花生枝，綺陌游人起春思。蕩子年少興欲狂，相邀同心野外嬉。選地尋芳任去留，笑指紅杏村北頭。携壺挑菜與君飲，夕陽一半下西樓。淡紅衫子一麗人，瞥見垂鞭緑楊新。樂莫樂兮相知久，翩然駐馬坐芳茵。酩酊高陽興愈豪，東山携手須爾曹。千杯緑醑何辭醉，心輕萬事如鴻毛。山光漸紫銅盤匿，一曲清歌舞緑袍。我醉欲去任君去，情輕易别莫忉忉。更憐美人能走馬，回鞭故穿花叢下。電掣衣光一道紅，四蹄風生如飄瓦。花鈿委地尋不見，笑殺行客喉欲啞。去者自去住者住，忍令青樽愁莫顧。狂歌大叫呼太白，忽有白衣送酒具。拉來共坐杏花陰，月暗人踪不知怖。榾柮煨火徹天紅，花光照耀何菁葱。月殿仙子知何處，此身疑在蓬萊宫。

九日游豊臺即事

何處秋光好，山深菊已黄。游軒經水榭，人語集蘭塘。野意盟鷗侶，狂花蔓草堂。今朝紛盛會，佳事入奚囊。諸同人先集祖園水亭

登高追雅集，暫此擁途窮。友勝黄金澹，芳餘緑野空園昔爲名勝地。萬峰雲影際，千壑木聲中。指顧斜陽近，揚鞭似御風。

狼籍杯盤後，忽逢花史招。倦驅捐佩重，餘醉倚風消。試馬平原闊，尋芳野徑遥。狂來喧笑語，栖羽集深條。

豪游愧戲馬，芹獻野人家。選艶呼穠李，徵歌出狹斜。當杯憐皓月，解語對名花。子夜歡猶戀，嚴城促進麻。

道士院墻陰牡丹

邂逅逢花苑，相憐絶代姿。雅堪金屋貯，端與玉堂宜。富貴名空艶，風塵爾自知。托身未得地，寶檻是何時。

游中頂

茫茫大造問天公，忽漫尋秋柳陌中。石澗長通蒲荻水，漁歌細起蓼花風。繞堤雪漲千畦碧，横浦

霞舒一抹紅。待詔經年唯頌酒，何如閱世老墻東。

歸來露坐用袁中郎七夕韵

望中山色與谿烟，曲曲秋潭古柳邊。乍去何曾看好竹，重來祇爲聽流泉。惠連群季今三月，於野狂尋已五年。欲渡蓮塘花下語，其如溪畔少䑰船。

送吕慈園同年省親

臨岐執手意如何，明日河梁發棹歌。樹接薊門秋色老，雲横翔塞雁聲多。病軀千里懷蓴豉，離緒經年托衍波。東觀即今虚講席，故山暫許卜烟羅。

春日游西山

碧雲高閣倚山斜，桃徑遥通仙子家。飯熟五松青玉粒，香開十丈岳蓮花。錦鱗出水迎朝日，翠羽分枝噪晚霞。憑檻一臨梅萬壑，杏園先試早春花。

群峰聳翠護仙壇，遥望幽人獨俯欄。一草一花閑自放，爲泉爲石静中看。松深不礙鶴巢峻，崖嶮何妨鹿苑寒。頓欲翛然忘我絆，裹糧十日此盤桓。

贈信初歸省

紅蕖碧柳映河橋，千里蓴思不可招。暫慰離群歌白紵，尤憐好月度清宵。秋雲隴首緘愁黯，春草池塘入夢遥。載酒同人重寄訊，驪駒何事促征鑣。

魯公莊

茌城北去望平原，細草幽花滿路繁。佳氣葱蘢雲擁市，和風蕩漾水爲村。鄉依高士名如鄭，人入花林不記門。猶有數椽祠碣在，兒童父老祝琴尊。

別王黄湄同年

與君邂逅廣陵城，客邸梅花徹骨清。石寺開尊初度過，浮山結伴故人情。相看雪色憐遲暮，把劍霜華怨未平。別後池塘春草緑，阿誰不負歲寒盟。

寄張于周同年孝廉

解佩河梁話別餘，經年忽枉數行書。知君饒有《停雲》賦，愧我曾無辟蠹魚。玉署應爲招隱地，金門好迓故人車。曲江計日秋華發，倒屣登瀛問起予。

舟次寄懷友人

握手金陵二月餘，別來惆悵意何如。并州客舍故人面，牛渚歌吟處士廬。月夜光摇湖水闊，雲天望渺雁行疏。春明池草年年緑，夢破江南雙鯉魚。

登萬壽閣

雨餘選勝問山家，草緑西南一道斜。布穀聲中收麥浪，合歡影底見榴花。登高欲引蘇門嘯，載酒還同下澤車。宿鳥窺人留我去，願從劉阮飯胡麻。

中秋

倐然長望泬寥天，迢遞明河一縷鮮。京國中秋初此夕，故園好月憶當年。金閨寂寞霜娥怨，別館凄清錦瑟懸。最是幽人甘獨寤，夢中疑有鶴蹁躚。夜裏銜杯問月華，多情若爲舊烟霞。今宵何處能忘爾，偏我騷人不是家。偶傍玉堂揮藻鳳，閑隨墨客學塗鴉。團圞已擬黄花後，星漢空瞻八月槎。

九日館中次吴默巖韵

流光又已入重陽，何處東籬可倒觴。青女空傳寒夜怨，黄花拚負故園香。當年寂寞愁衰病，此日牢騷付季商。冒雨登高誰是伴，獨憐玉署轉宵長。

祀榆山先塋

和風挽袂到南岡，此日登塋意自强。鳳嶺鳳山洞名洞前雲欲碧，榖城山下石猶黄。列峰硉兀不知主，烟樹蒼茫莫辨行。他歲重游興兆地，狂呼錦水是吾鄉。

夏日邀友人園集不至次來韵

草草杯盤非綺羅，習池那得醉顏酡。呼來侍史皆花友，屏去笙簫聽鳥歌。促坐頓忘炎日永，披襟暫假快風多。玉人不至增長想，款叚何緣一再過。

友人新賦小星戲柬

盈盈明月憶來時，豆蔻香融白雪姿。蕭史樓中雙鳳管，朱門簾外一緡絲。情知波險尋桃葉，自信風狂約柳枝。儂欲緩歌《三婦艷》，恐教碧玉斂蛾眉。

莫愁今已解愁無，兩兩波心浴羽雛。《子夜》歌成歡未厭，《閑情》賦就病如蘇。總然洛浦憐交甫，謾向青溪殢小姑。夏簟漏長人未寢，花陰潛立且踟蹰。

登岱

岳岳岱宗迴處尊，千秋萬古仰天門。聲光列土皆臣伏，形勝諸藩盡顩恩。風雨神踪時上下，日星靈氣半涵吞。山容晝裏尋常見，欲效蛩吟祝大坤。

天作雄藩鎮大東，五雲深處現穹窿。萬靈受命歸元后，四海來賓呼上嵩。狩始震方柴望早，秩先河瀆禴祠隆。登封七十何堪譜，虞典曾傳輯瑞同。

洞天縹緲望中開，北斗平臨切上臺。御帳還從龍峪出，白雲時繞日峰來。秦皇避雨碑無字，漢帝乾封禪有臺。遥想六龍巡幸日，山靈瑞靄自追陪。

昔年曾夢岱華游，飛步雲巒意未休。便欲凌風窺海嶠，即從觀日俯瀛洲。沙鷗渺渺汶河畔，宿霧濛濛梁父幽。幸自憑高時極目，層城十二望中收。

雨中坐張永老得月亭

仲蔚萊居石壁間，身如桑者且閑閑。欲尋樂地唯栽柳，爲訪丹崖更買山。竹屋池塘欣得月，岩扉籬落不須關。尊罏好慰秋風興，問字先嬴載酒還。

冬日過歷下

不見歷山已七年，今來風物尚依然。鵲華不改青螺色，白雪猶凝碧樹烟。記向明湖聽曉唱，好因池月坐流泉。雲霄屈指浮生事，讀罷《離騷》欲問天。

馬莊春雨馬賓王故里

東郊霡霂濕晴沙，柳緑花明一道斜。鳩婦呼風歌别苑，漁蓑貰酒寄鄰家。堂開北海尊常滿，迹斷羊求徑不譁。唯有溪翁荒圃畔，青門自種邵平瓜。

野步尋杏花

尋春入杏林，花發一何早。憐爾翩翩姿，相看人未老。

夜步蓮塘詰朝向主人索花

君家占斷好蓮陂，涼月疏風枕簟宜。狂客歸來渾不寐，幸分冰壑夜舒枝。

西陂雜咏

天清露重草離離，葉密蟬鳴花盡時。記取當年郎去路，垂楊繫馬最高枝。

柳陰憶舊

昔年跋踄此曾過，今夕平輿度遠坡。禾黍秋風看積翠，青青道左柳陰多。

菊月夜歸自郡

風定林閑霧蔭肥，霜華似欲沁人衣。今宵恐負東籬興，爲愛月明信馬歸。

幾望夜

月明風定大橋西，遠聽簫聲渡若溪。一夜不眠緣底事，星河漸近曉檐低。

春宵

長向春風帶笑看，素馨花氣滿欄干。朝來取次開多少，妒雨桃花不耐寒。

夜起

客邸重經午夢霜，新知人殢舊眠床。此行不盡剡中興，竹裏吹簫引鳳凰。

玉簪花

玉貌冰姿潤不如，木籬蘭薄月華初。幽香不喜閨娃佩，好與騷人伴讀書。

催妝詞和友人

梅花發後見嬋娟，綉户香風不問年。角枕錦衾雙婉孌，從教日影度花磚。

懷柏齋友人

柏齋今亦草萊無？花底蟬聲鳥語孤。應得月明人静後，讀騷痛飲且呼盧。

獨酌松陰下

幽人幽興倚微風，長憶當年桑苧翁。野鳥飛鳴明鏡裏，松花摇落酒杯中。書所觸。

謫仙自與世人疏，賴爾高文一起予。莫道無情能解意，却來乳鳥竊窺書。時讀青蓮集，有雀來松枝。

故園花木滿籬生，何事游人苦遠行。應想諸君懷别恨，緘情寄與曉來鶯。諸君謂花木也，如子猷呼竹耳〔一〕。

〔一〕『呼竹耳』，原本漫漶，據校本補。

卷四十三　范周

福清魏憲惟度　輯選

曲阜孔胤樾心一　大名劉元徵夢闈

蘄州盧紘澹崖〔一〕　黄岡程啓朱念伊　參

范周 字挺嶽，號雪樵，吴縣人。

小引

魏子曰：兼材難矣。騷人韵士麗於文者，缺經世之具；能臣良吏茂於功者，乏掞天之詞。從古惜之。非天厚之以經濟才猷，復充之以涵養學問，欲以三不朽之業同敝天壤也，未之覯也。吴門

〔一〕『崖』，原本、校本均作此。錢仲聯主編《清詩紀事·順治朝卷》：『盧紘，字元度，號澹巖，湖北蘄州人。』（南京：鳳凰出版社，二〇〇四年，第一七九二頁）

范雪樵先生則不然。當先生之讀中秘書也，雅擅文名矣。甲午主試北闈，所拔多英宿。戊戌登鼎甲者三，咸出其門。海内談文章者，愈翕然宗之。迨兩任監司，載轉憲副，晋陽、鄴水之間，嘖嘖有聲曰：『范公才多，所平反軍國之稍，飛挽及之，夙弊一經厘剔，中外皆禔福焉。』而復以在公之暇，留心風雅。自樂府以及古近體，亹亹數千篇，皆异采陸離，不寄古人籬下。視世之優孟衣冠，襲漢唐而不知變者，奚啻什百哉！佘客魏郡，先生駐節金灘，相隔三十里。典型不遠，郵示全集，拂几篝燈，與觀察孔心一、儀部劉夢闉二公快讀，恍移我情於漳河洹瀆間也。所謂今古兼材，樹不朽而無愧者，非先生其誰與歸〔一〕？

俠客行

挾彈跨紫騮，電掣風颼颼。千金購匕首，淬藥銛純鈎。飛身隱如丸，半夜擲髑髏。欲解不平恨，所志豈望酬。亦有慷慨士，溷迹狗屠儔。一朝感意氣，然諾重山丘。酒酣髮倒竪，請君斷吾頭。日暮筑聲死，壯心慘不柔。碧血濺殿柱，白虹貫濤流。匹夫奮激昂，天地爲昏幽。邯鄲救趙難，東海報韓讎。咄哉兩鐵椎，霹靂震千秋。

〔一〕『與歸』，原本漫漶，據校本補。

長干行

妾是長干居，郎亦長干里。幼小結婚姻，兩家隔一涘。十四賦于歸，羞澀但徙倚。向夜背燈坐，
白日低頭視。十五漸綢繆，恩情誰得似。綉作雙鴛鴦，裁爲合歡被。十六郎經商，匆匆治行李。
杯酒兩行泪，別離自兹始。妾本不諳愁，生長深閨裏。朝朝計程期，暮暮聽風起。夏月南風疾，
愁君渡江汜。秋月西風厲，愁君涉湘水。聞説蔽天篷，雙桅如走駛。昨夜風勢狂，郎船何處艤。
失利必還去，得利不知止。惟願繫郎足，白頭相守此。自顧如玉姿，衹有花堪比。安能感百憂，
坐損紅顔美。

黄葛篇

黄葛紛以郁，纏綿蔓滋蔓。鳥鳴聽喈喈，采之在中谷。爲絺亦爲綌，佳人自杼軸。寬隘費踟躇，
裁剪作衣幅。君子役嶺南，寄去泪盈目。妾心如素絲，不改寒與燠。遥望祝融峰，赫赫火雲矗。
何日秋風起，炎退新凉謖。縱是喜新凉，休捐禦暑服。念妾親製時，針綫手中蹙。

少年行

錦帶繫珠袍，雕弓映寶刀。金勒胭脂馬，驕嘶霜雪毛。馳騁新豐市，結交劇孟豪。殺人報讎耻，
飲酒吞鯨鰲。少年負血氣，叱咤成風飈。悲歌向易水，征戰赴臨洮。眼底藐衛霍，胸中鄙蕭曹。
咄嗟甕牖子，何爲困青蒿。

鳳皇曲

吹簫嬴帝女，蕭史同心語。碧漢矗危樓，彷彿星河渚。傳出玉管情，飛去青鸞侶。彩雲何日還，千秋共延佇。

美女篇

有美顔如玉，窈窕處閨幃。名花映穠麗，皓月揚幽輝。微行岐路間，采桑飼蠶饑。摻摻舉手摘，落葉帶餘緋。秀潔任天真，修飾無珠璣。容止一何嫻，澹蕩素羅衣。行旅暫延佇，色動神與飛。佳人何處居？結茅清溪依。擇配懷高賢，勢利心所非。德曜古何人，景行願不違。寧偕薜蘿老，肯逐稻粱肥。媒妁徒勞問，知心自古稀。

白頭吟

皚質映冰雪，芳心托椒蘭。幽澗不知燠，凉飆易見寒。貞亮守夙昔，反覆奮波瀾。恩好每暗移，嫌隙形疵瘢。武帝貯阿嬌，金屋玉闌干。一朝失寵恃，中夜起長嘆。欲買才人筆，重邀天子看。既上《長門賦》，豈惜黄金殫。相如意氣盛，駟馬位高官。顧盼茂陵女，比之彩雲鸞。不念犢鼻困，應憐鳳曲彈。寫寄《白頭吟》，憂來集百端。風吹變草色，日出晞露盤。流水無再返，落花詎還蟠。新人藻中魚，舊人手中竿。得新必忘故，人情罔間難。衹有青陵臺，終始仍交歡。自古多捐弃，拊膺摧心肝。

烏栖曲

楊柳堤邊烏欲栖，草含白露鳴莎鷄。月照流黄纖手織，凉風細細吹深閨。美人中夜停梭立，鄰家幾處砧聲急。踟躕欲語獨向誰，不覺羅衣袖沾濕。

于闐采花

于闐美玉玉無瑕，盡誇歌舞顔如花。花貌玉容頗相似，争如馬上弄琵琶。一自後宮來遠嫁，千花萬玉掩泥沙。妍媸轉移畫工手，竟使無鹽入帝家。

采蓮曲

水殿風生荷芰香，君王笑比美人妝。蘭橈桂槳擢歌亂，葉底驚動雙鴛鴦。宫娥盡似荷花好，不及游魚樂戲藻。回眸一朵并頭鮮，采獻西施心却惱。

咏古

有鯀未徵庸，胤子方嚚訟。巽位肇放勛，畀以天下重。洗耳表高風，潛龍貞勿用。杳冥萬古間，箕山瓢笠夢。

存越破吴歸，扁舟五湖下。姓名變陶朱，風節何瀟灑。功成寵不居，黄金像鑄冶。哀哉文大夫，軀殉烏喙者。

六王皆西向，誰云不帝秦。匹夫甘蹈海，義氣震高旻。千金真敝屣，一矢飛城闉。戰國縱横習，寥寥此畸人。博浪一鐵椎，祖龍已褫魄。帷幄佐赤帝，書卷受黄石。衹此報韓心，永矢期無斁。歸與喬松游，肯爲菹醢虢。白水起真人，羊裘隱男子。與帝同榻眠，高卧不縮趾。天子重布衣，客星驚太史。長釣富春山，君臣喻魚水〔二〕。咄嗟彭澤叟，五斗誤五柳。長歌歸去來，解組如弁帚。舉世枕糟丘，胡爲釀秫酒。行藏固適時，醉醒一無有。

遣興

壯齡登賢書，雲從欣景會。長安上萬言，誰復較小大。先皇優侍臣，湛恩何汪濊。賤子列金門，文章耻藻繪。邦畿叨典闈，英髦謬殿最。知人遜歐陽，差免魚目昧。天子方厲精，黜陟齊内外。御試拔第三，温旨异裁汰。益津郡股肱，承宣輯襟帶。臣周駑駘材，敢負王言藹制書有『品行清端，才猷贍裕』之褒。。永矢冰蘗心，南山多蔚薈。我生實不辰，萱草萎蕭艾。明珠忽暗投，片言成錦貝。

〔二〕『水』，原本、枕江堂本皆作『冰』，據聚錦堂本改。

薄謫補晉陽，三月加秩賚。亡何偃蹇遭，乃逢鄉市儈。賦額缺錙銖，僵李竟移害。一朝萬里行，
行李真狼狽。江濤怖失魂，山霧觸成癲。萬死呼吸生，猶憎余何怯。對面魑鬼儔，陰風慘硼磕。
本是雲中翰，而作几上膾。所恨秉貞剛，不能徇狡獪。巧拙究同歸，夢醒如蟬蜕。胡爲變坦途，
荆棘纏芥蔕。此生亦須臾，敗籜隨秋籟。故交相慰辭，阨窮有陳蔡。不敢發狂歌，三緘戒塞兑。
藜藿采已枯，濁醪沽一酹。寧投清波流，肯逐污溝澮。深慮贈繳施，更韜文彩翽。强項久自砭，
婢膝終難丐。寵辱委之天，庶以全吾泰。

慰蘭詩

憶余謫昭州司馬，已作《瑞蘭詩》，以紀异矣。戊申春暮，游新安，經宛陵，逾崇嶺，見蘭開遍溪谷，瀟灑娟秀，有隱君子之風焉。停驂之頃，土人手摘數本弃擲道左。余惋惜久之，作《慰蘭詩》。

爾乃九畹仙，蔚蔚空谷芳。肥遁托素岑，招隱非所望。磊落澗阿側，葳蕤枳棘傍。牛羊牧其下，
更受斧斤戕。蔓草同零露，萎敗聽凋霜。君子握瑜瑾，固窮德彌臧。不以無人識，而甘名節傷。
萬物各有時，貴賤隨其鄉。此間樹梓漆，次亦植茶槍。瑶草與蕭艾，誰復辨參商。朝看岩上秀，
夕委糞土場。顧之長嘆息，擷置籃輿裝。濯以瀑布泉，滋以沆瀣瀼。繫以紫霞絲，裹以青緗囊。
紉作佳人佩，薦爲王者香。草木詎無情？葵藿傾朝陽。溪毛享清廟，嶧桐登明堂。鹽梅和鼎羹，
琅玕飼鳳凰。不願清平曲，帶笑傾國妝。庶幾歸去辭，伴菊逸柴桑。彈琴逢鍾期，爨材發幽光。

寶氣屬張華，塵埋躍星芒。千載希知音，寥寥思不忘。

蠶繭

采桑筐滿室，蠶飽腹成絲。晝夜力經營，自衛還縛之。誰謂心計巧，徒爲絡緯資。咄哉飼蠶婦，生殺皆其司。

燈蛾

萬物皆固然，樂生而惡死。死必蹈危機，生由安素履。爝火具猛勢，胡爲甘犯此？餘光不能竊，適以自焚耳。

蟻穴

天地本至寬，妄擬穴中鬥。頗似南越王，不知椎結陋。鑽隙曾幾何？裹糧惟所就。舉世醉淳于，白日槐根吼。

蜂窩

豈有惜花心，居然作花媒。西苑恣采取，東風莫見猜。聚族湊陰合，群飛趁暖開。轉瞬釀成蜜，辛苦亦哀哉。

蒼蠅

止樊亦止棘，厥好惟營營。偶醒君王夢，不後鷄鳴聲。擾攘似故習，逐臭猶率誠。所畏貽吾玷，懷璧保令名。

蟋蟀

玉露零蔓草，金風吹華池。唧唧小蟲鳴，冷咽何其悲。一旦逢公子，千金决戰期。寧爲知己死，將軍志不移。

蟬蛻

林間正盛暑，亭午噪枝嘹。秋氣漸結舌，每爲諫官謡。忽如尸解幻，脱此軀殼超。百骸不自保，期與神仙招。

螢火

南律啓宵行，東山名熠耀。金屋檐前飛，讀書窗畔照。光景亦無多，掩映恣所眺。暘谷燧珠升，薪盡火不燎。

蛺蝶

儇小愛修飾，含情染素黄。蕊葉逐深淺，參差成隊行。易惹兒童撲，空矜粉黛香。既識此身幻，猶誇栩栩忙。

蜘蛛

蟲有壟斷焉，登之左右望。縱横布一圍，結構空中颺。毒甚糾作絲，機深觸成障。安得四面開，解脱全虚曠。

渡河行

天上來崑崙，巨靈擘龍門。浩瀚注東海，猶如建瓴奔。君不見璧馬秋風塞瓠子，三春又漲桃花水。萬里河源詔使尋，火敦腦兒不可揣。我欲再乘博望槎，一問支機之石自女媧。明星落落渺銀漢，忽驚風雨摇平沙。白洋河，舟可戕。一望意蕭索，憂心方如何。野人爲余流涕説，今年五月河新决。豆苗麥穗委洪流，白叟黄童半魚鱉。縣官租賦不稍寬，驛遞差徭未曾絶。曩時肉剜且醫瘡，今日皮存無剩血。客子聞之添客愁，監門孰繪靡遺孑。江南江北憂豺虎，河伯不仁河濱苦。兵燹波濤一樣愁，可惜中原無樂土。

登太白樓擬李翰林贈賀監詩

感君意氣一何厚，徂徠山巔招好友。城上矗聳百尺樓，樓頭釀熟千斛酒。開筵泛酌金叵羅，徙倚留連不釋手。浮雲落日滿窗中，白眼看之竟無有。昔逐長安市上塵，驚余非是人間人。嶙峋自具蓬萊骨，激昂甘受鬼神嗔。相逢談笑真知己，鷫鸘脱去不愁貧。天涯飄泊等閑事，歲月星霜誰復記。主人慷慨囊篋傾，營構層樓待客至。碣石宮兮黄金臺，黄金築成賢者來。畫棟雕甍浮若墜，丹梯縹緲蒼旻開。君不見宣城謝玄暉，君不見荆州王仲宣。才子登樓樓斯傳，投轄擁篲無聞焉。人生憂樂能幾何，汶泗漭漭東流波。且與吾子崇放達，坐邀明月醉顔酡。

房山歌

房山畫山化工手，潑墨繚繞烟雲陡。今我忽登房山城，如入畫圖類岡阜。正側回環深黝多，連綿窈曲層巒厚。乃悟古人用丹青，直是目中見所有。羡彼留侯辟穀游，愧同太史牛馬走。賈島風流不復存，石壁藏經何代剖。此山閲人徒笑人，安知我前與我後。萬古冥冥憑吊間，浩氣凌空叱蒼狗。

粤山行

粤山之奇奇於尖，芙蓉秀削紫鍔銛。疑是崆峒長劍倚，峰巒矗矗火雲炎。粤山之奇奇於小，起伏聯綿形窈窕。玲瓏嵌空劚牖櫺，片玉碎金探不了。粤山之奇奇於斷，蒼龍蝘蜿鱗甲亂。㟼嶁層叠盡波瀾，縱横陣影排鶴鸛。粤山之奇奇於骨，萬點黔青露硉矹。何年剔抉藉鬼工，蘚護雲根肖毛髮。我來凝睇九疑霞，岧嶢紆鬱五嶺遮。神仙窅冥不可見，空思勾漏訪丹砂。瘴烟毒雨晴飛暗，木客山魈晝出瞰。洞谿怪險雜狑犽，灘咽蜑船泅弄纜。猿啼虎吼旅魂哀，南交重譯走崔嵬。空山叫得哥哥住，征人掩泪趙佗臺。蠻天自古流名逐，昭州司馬昭潭哭。柳侯涪翁祠廟荒，祇聽蕭蕭下落木。

後渡河行

黃河白晝石尤起，浪打沙圍櫓聲死。篙師榜人失面色，須臾震蕩船如紙。嗟我磊砢黯黮魂，洞庭一葉茫無止。今來渡河釋戒心，忠信波濤涉久矣。白洋河邊民其魚，桃源渡口村村水。磧岸橫尸青草堆，微見斷桅出沙裏。昨日王船二百餘，半夜天吴走風駛。雖云河伯多不仁，誰視天下溺由己。

嚴子陵釣臺

桐江風雨篷如駛，巋然釣臺烟霧裏。兩臺相望各百尋，俯瞰清流石齒齒。白衣真人本故交，羊裘長隱富春坳。垂竿直拂珊瑚樹，意已忘魚况釣鰲。帝非長頸烏喙流，未聞菹醢黥彭儔。安車玄纁致三聘，居然湯尹相應求。亡何天子同卧起，一夜占天驚太史。諫議大夫不願拜，掉頭歸去烟波紫。君不見伏波將軍載薏苡，椒房不免憂讒死？南陽子孫誰復存，埋没雲臺圖畫紙。二十八宿扶炎精，不如客星千古明。淮陰之釣釣智術，渭濱之釣釣功名。高風視此若敝屣，不學巢由去洗耳。神龍時潛亦時現，先生一人而已矣。

畫梅老人歌贈陳孔彰

白陽妙筆不易購，孔彰山人出其右。花卉翎毛繪事精，飄飄紙上香迎嗅。獨羡孤山傲癖深，揮毫愛寫冰姿瘦。亂點蕊珠蛺蝶飛，縱横寒玉虬龍吼。今年七十雙碧瞳，宛似老梅更神秀。吾家梅隱工畫梅，潑墨雲烟風雨驟。喜懸眼鏡著葛巾，腕底凉生忘暑晝。兩家各擅幽奇思，知音流水高山奏。聞君將索梅隱梅，題此梅根爲君壽。

昭君故里

世上蠅營何足怪，傾城拙守顔亦壞。當局何人不愛錢，可憐輕視丹青債。竊疑當日無鹽事，未必無因作針芥。君王好尚太非情，千古妍媸异成敗。君不見卜式五銖輸百萬，男兒竟遂封侯願。阿嬌欲買天子心，文章不惜賂黄金。多少高車駟馬兒，道傍鶉結每低眉。窮年鬱鬱蓬蒿下，空恃昭君絶世姿。

冬暮即事

冰霜驚歲晚，舟滯想驅車。凍瓦喧饑雀，寒汀静老漁。檣孤知樹盡，堞近見村虚。跋扈煩鉦鼓，淮南有捷書。時聞膠州之警

平定寒食始見杏花

南國鶯花老，榆關乍吐芳。遥隨新燕影，偏近美人妝。三月春疑淺，孤亭雨欲香。最憐狂客至，詩酒意俱忘。

促織

秋暑仍絺綌，胡爲促織忙。吟風催落葉，咽月候微霜。刀尺金閨近，機絲銀漢長。獨憐邊戍苦，凄切未成章。

賦得洞庭秋欲雪

歸雁影蕭蕭，砧催落木凋。練迤霜色近，絮點荻花遥。清瑟寒應斷，哀魂黯未招。不堪頻極目，空霰若爲飄。

憶菊同安靖九限韵

人澹應相似，叢開祇自知。有杯供瘦影，無靨倩勻脂。清絶霜迎濯，香餘月受篩。閑翻《高隱傳》，惟爾伴園籬。

昨日萸囊佩，登臺黯望鄉。應知高士賞，不學美人妝。舉世哀遲暮，惟君恬退藏。折腰寧有戀，差問故園荒。

淮上訪丘曙戒不遇

我來淮水上，子去黄山岑。海外文章蔚，天邊吏隱深。悠悠同謫籍，磊磊兩知心。過訪慳良晤，相思托素琴。曙戒以侍講出爲瓊州别駕，時裁缺旋里。

曉霜楓

紅妝添弄粉，耐聽五更鐘。不畏封姨舞，偏耽青女容。月殘茅舍影，人過板橋踪。獨有烏啼處，堆成柿葉濃。

登烟雨樓恭讀先高祖菁山公碑文

剛骨忤權相，威行紈袴兒公爲國博，值嚴世蕃蔭例入監，游蕩不檢，怒而撻之，致忤。其父嵩出爲雲南佐郡。左遷碧鷄徼，群仰紫麟儀。遇絀功名蹇，歸來文字垂。遺碑多蘚剥，跽讀有餘悲。

齊雲岩

岩與白雲齊，登岩雲又低。蛟螭蟠碧澗，獅象護丹梯左獅右象，形爲天造。星指松梢近，霞隨竹杖携。長生應有訣，未許俗攀躋。

珠簾洞

瀑影隨香細，天花似雨零。鮫人綃不捲，織女夜垂經。縷縷疑爲障，絲絲恍若扃。洞中笙鶴起，隱在隔簾聽。

五老峰

天外秀芙蓉，形如指掌從。三姑青綰髻傍有三姑峰，五老皓爲容。疑是隱君子，飛來現古峰。兒孫群搢笏，拱揖一何恭。

題竹漁莊和無依上人原韵

最愛湖田景，何妨近比閭。梵聲迎鶴隊，古意托鶉居。罨畫溪邊樹，垂虹橋畔廬。此間渾亦似，坐釣雪磯漁。

僧定真閑適，天花晝入扃。菱歌聞隔岸，牧笛隱前汀。香稻和雲濕，烟嵐共塔冥。翛然超世外，身已在丹青。

疏鐘天際落，遮莫半塘村。雪屋疑連岫，雲帆似抹坤。菰浦供野菜，蓑笠到柴門。自得無生住，龕燈徹曉昏。

輞川圖畫裏，瀟灑竹林清。負郭踏青勝，横山積翠平。野人結網罟，園叟灌蕪菁。蓮社期歸隱，終當遂此情。

賦得野渡無人舟自横

宛然一幅桃源畫，漫把漁翁偶意删。飄泊無心隨纜緩，浮沉不計逐波閑。任他鼓枻高青翰，祇此虚舟傍白鷳。盡道濟川需作楫，衝風破浪幾時還。

舟行即事

沙岸縈紆是曲江，船横水折半篷降。數家荆棘寒迷樹，幾點烏鴉影帶幢。龍劍霜花侵緑酒，獸爐榆火促青缸。無邊客思隨烟景，愁聽風聲響夜窗。

雲艘數里

兩挽危檣溯怒湍，半旬留滯距安瀾。凝冰薄擁隨霜積，靄霧全濃綴雪殘。汶衛源流聯一鎖，乾坤日夜捲雙丸。陽和未釋窮途恨，涉歷方驚世路難。

輪將竣事鼓行勤，爲阻奔流去住分。平擁千檣猶帶雪，遥聯兩岸若屯雲。蔽空豈是旌旗色，濟險應思疏鑿勛。挽粟東南四百萬，近來荒潦更憂聞。

賦得江色映疏簾

滚滚潮流天地青，傍櫨一幅不曾扃。圖懸秋水連仍斷，織就綃冰緯復經。珠縷纖痕虚峽雨，筠皴泪點暗湘靈。誰云沆漭趨千里，濃淡窺人影未停。

雪花

漫將六出擬仙裁，瓣瓣迎寒凍裏開。學舞封姨腰似絮，借妝青女額添梅。玉龍鬥冷芙蓉落，白鳳銜香蛺蝶來。真是璇宫繒剪碎，遍成瑶菭失蒼苔。

雨花

好覓天葩晝墜奇，空濛細細乍飛時。春殘輕灑征人泪，秋老虛垂織女絲。滴翠香生隨霡霂，含緋暈淺着胭脂。芳塵祇傍微風舞，襯濕飄來到硯池。

霜花

漏闌柝静意如何，萬瓦寒生淺淡多。不見霰飛開夜合，空愁露冷剪秋羅。板橋踏白梨千點，楓葉題紅雁幾過。寂莫自憐根蒂少，待將春信問青娥。

浪花

千頃回瀾萬蕊含，碧空瀲灧散優曇。波翻桂魄輝當五，漲點桃腮艷正三。溪上浣紗憐鬢影，川前織錦借梭探。蘭橈擊處蜻蜓戲，也似尋芳摘取貪。

酒花

含苞詎礙叵羅寬，緑蟻浮來洵合歡。細瓣恣分金玉色，幽聲任取白青看。秫非鶯粟虛生艷，釀是春缸蕊不殘。疑自八仙移種後，珀光常侑菊英餐。

鏡花

微風綽約舞枝妍，吹入玲瓏小洞天。叢桂忽開明月樹，游蜂空撲美人鈿。翠眉半掩堪分艷，白髮全窺恐受憐。幽意何須怨零落，繁華元是影中鮮。

賦得霜劍轉龍文

三尺寒光數丈浮，銛鋩閃處奪雙眸。飛來鱗爪隨風雨，躍出雌雄動斗牛。自有驪珠頷下吐，那鶩明月暗中投。贈人令德非虛佩，長倚青天物外游。

河橋驛

淼淼蒼波萬畝環，馬嘶斷渚渡前灣。幾船明月來商估，夾岸青山帶女鬟。塵市暫邀層閣眺，烟蓑忽傍五湖閑。魚臺空憶如棠迹，摇曳風緡起白鷴。

荒田漠漠幾分隈，湖畔斜扉僧不開。未有飛山看卓錫，空餘渡水待乘杯。何年仙梵游髻聽，半世浮踪密網催。識得此中真解脱，滄溟深處釣魚臺。

豆苗麥穗已平蕪，增點南陽一曲湖。罨畫溪頭多草樹，垂虹橋畔雜菰蒲。此間風土魚蝦賤，幾處飄流鷄犬無。豈識曠觀思正遠，憑虛欲寫碧天圖。

雪

素質悠揚繪即非，輕盈轉訝瘦成肥。鵝來换字翎空舞，笛裏吹梅蕊散飛。天地已幬群玉界，臺池不貸夜珠輝。郢人梁客歌還賦，争似霓裳更羽衣。

空濛瀟灑散芳塵，到處成形稱物均。泠泠飛英疑讓馥，明明素魄訝連晨。不遺泥滓能函蓋，豈擇清流始隱淪。粉飾太平無闕漏，好披鶴氅待仙人。

月

燠涼不換廣寒幽，懵懂詩人祇愛秋。詎爲霽陰愆進退，能將新滿信環鈎。四時逸興雄尊酒，千古深情静倚樓。何處烏號關塞影？飄來織女錦機頭。

守欶持盈物理推，循環壯稚作胚胎。簾帷静夜追清夢，藻荇空庭改綉莓。芳樹扶疏珠裹去，美人裊娜鏡中來。巧思鏤借新刀尺，試取齊紈一樣裁。

風

欲摘南箕問若何，無邊氣勢不勝多。剛柔互體虚能應，動静相乘時乃和。偶爾輕颸摇草樹，忽然長嘯撼山河。凝流萬象皆陳迹，鼓蕩玄工到已過。

百族相遭有怒欣，花枝水面動成文。春開絳幕迎金剪，秋漾青羅颭佩裙。守在無形形反役，功居善化化爲君。人間何物真神迅，嘘噏埏垓未可分。

雲

官同人鳥紀何年，靉靆奇峰去復旋。卿咏帝廷華日月，白謡王母問山川。神仙采藥千岩杳，太史傳書五色鮮。世上浮名若長在，天章應不散如烟。天孫製錦作帡幪，舒捲誰能一睫窮。岫出無心觀静遠，水窮忽起識虚空。曉鬟借樣藏窩緑，舞袖新裁落朵紅。果使巫山行挾雨，何如跨鶴彩霞中。

黄河阻風

石尤風勢改雲容，一夜船窗聽怒鋒。河伯旌旗磨彩鷁，天吴金鼓戰黄龍。途窮實下鮫珠泪，涉險空思馬璧踪。驛傍鍾吾聊信宿，孤城粉堞幾時封。

回文

狂吟醉伴旅遲眠，映雪冰壺玉斝傳。香砌倚壚花動影，翠簾摇幌月浮烟。篁堆冷釣閑依苑，薜印斜橋小渡船。長帶遠輝雲散緲，蒼蒼點樹鳥飛旋。

雁字詩有序

余謫居昭州，歷冬而春，萬里孤踪，鄉書杳邈。因憶古來鱗鴻代郵，良屬僅事。既而思之，衡峰以南，朱鳥罕翔。今昭之距衡，又不知其幾千百峰。觸緒興懷，此《雁字詩》所爲作也。顧荆艷之體貴工，而余獨不能工？古人云窮而益工者，余非不窮而拙乃更甚，豈非係乎才，不係乎遇也耶？

一東

遥天列陣正乘風，畫一懸文遵渚同。拍水叫群凄織錦，銜蘆驚繳咄書空。能垂籀迹先倉頡，頗畏焚餘避祝融。幾到上林親弋足，最愁冷落寫江楓。

二冬

冥冥矯翮勢藏鋒，大幅青旻筆影重。好借冷嵐烟潑墨，還移淡月印斜封。草來張旭三杯聖，飛去僧繇一點龍。萬里郵筒緘不盡，口傳嘹嚦寄吴儂。

四支

臨池不惜羽差池，寶笈新從日影篩。霜葉題紅痕欲瘦，荻花飛白掠翻欹。何須毛穎頻摹拓，縱有楊雄懶問奇。碧落翩翩驚老健，磨崖應許勒鷄碑。

六魚

揮弦目送渺愁余，瀟灑凌雲賦《子虚》。漆字長留蝌蚪在，螭文不蝕蠹蟫餘。鵝溪一幅青捎破，鳳翥雙鈎白曳疏。東壁自來繁載籍，憑空争似换羊書。

七虞

霜毫横掃碧天衢，弄月嘲風到五湖。法簡三章遵漢約，經傳十翼衍河圖。非關蔡令求魚網，豈是蘭亭索鼠鬚。冥悟文章歸正始，西東還顧却如無。

十一真

浮提金瀋灑高旻，鞮譯從來識爾臣。霞脚連蜷應落霓，雪堆夭矯衹排人。秋屯塞策遍仍正，露布蠻書草亦真。隻字千緡聲價重，等閑浪擬筆花皴。

十三元

柳骨顔筋世所尊，偏從陽鳥學空翻。天門榜射痕留屋，月窟奎滴影抹坤。蠆尾八分摹鐵管，鵝群一籠叫冰魂。聯軒迴异塗鴉迹，皀匕徒勞越楚論。

十一尤

三峽詞源若倒流，凌空構勢透霜稠。石渠簡授冥呑鳥，宛委函開亂蹙虬。天女裊風香撒楮，仙人飛墨幻皴榴。旁搜污漫多殘闕，好藉奇肱遍校讎。

十二侵

不羨雄聲附羽林，寥寥柔翰孰知音。心懸霄漢毫餘赤，形瘁間關字較黔。寫出旅愁隨夜犺，題成閨怨和秋砧。何人摹得鍾王迹，一曲平沙譜素琴。

寒食游沸水寺

紆回馬首斷雲踪，掩却招提對面峰。幽徑壺觴詩侶挈，香厨筍蕨野僧供。一行塔勢蹲雷蠖，萬丈泉聲吼鉢龍。此日漫傳多禁火，應知仙梵久餐松。

荔枝

海嶠仙人落絳囊，炎雲結出水晶瓤。傾城掐破憐冰骨，居士描成愧玉漿。枝上紛垂凝醴露，盤中新薦挹天香。窮荒似得金莖賜，消渴相如喜欲狂。

龍眼

枝葉葳蕤綴露莖，攀鱗羡爾錫嘉名。羞隨丹荔郵頻速，怯類明珠謗易生。豈有鮫綃垂一泪，還疑魚目亂雙睛。嶺南濺齒多珍味，讓彼餘甘傲獨清。

茉莉

明璫耀飾恰黄昏，鬘女優曇散薜門。借點額妝添瓣樣，倩匀靨艷讓脂痕。雪冰幻惹炎天影，蜂蝶空消秋夜魂。綠萼總應寒玉碎，蛾眉淡掃不堪論。

鷓鴣

越鳥聲聲傍越臺，臨岐啼斷旅魂哀。秖愁勸駕催人去，非羡趨炎捧日來。斑竹叢中霜怯度，粉桃陰裏雨驚回。嶺南譜得新詞調，唱到黄陵青草堆。

鸚鵡

粤西亦類隴西禽，丹味蒼翎托遠岑。每向侏㒧聽鳥語，翻從緜籠譯人音。飛來博局迎君寵，喚出琵琶喻妾心。洲上可憐才客賦，江聲千古助豪吟。

沸水飛泉

懸瀑奔湍峭壁坳，銀河倒瀉落松梢。巨靈劈澗千尋涌，罔象探珠萬斛抛。卓錫何年飛幻雨，蟄雷此夜舞潛蛟。扶笻獨坐忘身世，洗耳惟應屬許巢。

臨江晚釣

冥冥江流天地青，隔溪漁火不曾扃。垂綸久已忘鰲海，坐瀨何妨老客星。得失半消寒笠雪，浮沉一任野鳧汀。滄浪濯足還沽酒，白眼憑他傲獨醒。

桐汭道中

苕上扁舟訪釣綸，又來紫陌逐紅塵。山花似笑迎征騎，江燕偏飛媚旅人。野碓水槔乘瀑急，笠烟蓑雨趁犁頻。林隈一望迷離景，滿幅雲巒潑墨新。

渚清沙白碧峰頭，踏雨衝泥客路愁。徑轉危橋泉咽冷，人聞空谷鳥啼幽。杜鵑開遍誰憐惜，芍藥栽多豈贈酬。春事闌珊驚物候，浮踪徙倚欲何求。

千秋嶺

鳥道盤紆欲倚笻，蓮龕絶頂白雲封。藤蘿挂壁松巢鶴，風雨蹲空石吼龍。虹影浮橋天際筏，灘聲静夜月爲春。曠觀縹緲烟霞外，江北江南無數峰。

績溪道中

叢山關口野人家，長抱溪流石徑賒。幾處鶯啼門外柳，時聞鳩喚霧中花。白雲無意留春駐，碧澗多情向郭斜。佳樹籠葱惟椅漆，村農不解課桑麻。

鄧尉山探梅

寒姿瀟灑有誰群，寫怨《離騷》獨少君。勢取横看欹更出，影當疏曳疊難分。鷩移海土瑶池坐，畏引樓中玉笛聞。冷挹雲封翠微處，松濤石瀨共幽芬。

十里漫漫一望賒，村家視此亦桑麻。不隨國色捎春色，那信林花惹雪花。玉蝀飛來香繞寺，冰魂睡去影籠沙。應知自具嶙峋骨，肯受逋仙好句誇。

一幅溪山罨畫圖，平分練色映明湖。烟疏月淡情何似，島瘦郊寒意與俱。幻入羅浮宜有夢，真逢姑射更無姝。峻嶒坐嘯碧峰下，漫索村醪不厭沽。

萬物敷榮有性情，仙姿迥絶自縱横。烟霞點綴須摩詰，笑傲淋漓似步兵。冷癖不招青女妒，清癯易惹卞龍争。忘機到此塵氛盡，皓鶴凌空緱嶺笙。

大庾新枝北遜南，具區名勝蕊珠含。暖春早占應居一，寒歲論交且列三。筇杖過時詩忽淡，馬蹄迷處地疑藍。悟來别有銷魂句，偃卧雲根鶴夢酣。

丰神骨格最難兼，强擬平章苦思拈。衹合此君名太白，須知别種盡無鹽。閑依薜石聞鐘梵，遍歷蒼虬問酒帘。一局冷枰窺物理，不如花下且掀髯。

何必傾城笑倚窗，蛾眉淡掃絶無雙。結成蟾彩銀河色，剪出冰綃玉女幢。不羨鼎羹供上苑，久甘山野逸春江。夭桃冶杏休相問，領略泠泠意自降。

高人冷卧白雲窩，烟景林間散玉珂。屋繞幾株今在否？宫妝一點近如何？聞香不覺忘溪斷，過眼空思入畫多。潦倒騎驢真勝事，忍將芳訊付蹉跎。

遠在天涯近水涯，何妨淪落傍籬柴。畏招俗客呼張蓋，止許顛仙踏破鞋。淡蕩山光情自愜，參差鳥語慮相乖。朝來不意詩魂瘦，一片冰心與汝偕。

依稀層折浪生寒，色相天然自起瀾。添却素娥仍寂寂，携來緑綺轉珊珊。隋珠和璧形多穢，白雪陽春唱獨難。我亦不耽時艷者，詩脾香沁可當餐。

落花詩

一東

一笑嫣然倚惠風，無端零亂委芳叢。非關青女寒揉絮，豈是黄姑織剪絨。么鳳飛來翎碎緑，優曇飄下雨絲紅。深扃每謝人窺徑，衹許宫妝額點工。

二冬

纔見辭柯春已慵，那堪數陣失苔封。卧裀〔一〕仍惹聲驚夢，拾翠方愁鈿減容。恰傍空梁疑掠燕，似餘丹葉幻捎龍。閑憑識得榮凋理，不管銷魂蝶與蜂。

三江

曾偕傾國競無雙，亂舞餘嬌意未降。簌簌剩紅撩綺席，溶溶艷蕊撲澄江。高人曲奏英蕤軫，天女香分菡萏幢。何事東君憐護少，僅同飄絮逐閑窗。

四支

北枝庾嶺讓南枝，早晚摧殘祇自知。欲擬消酲空吸露，誰堪勻靨印紋脂。借移天上三千種，應倩封家十八姨。撫景何煩頻扼腕，好颺詩思點蜍池。

五微

爲愛華林錦綉圍，長安曾記典春衣。乍飄檀蕊姿隨減，忽褪冰絲影已微。疏淡祇應酬處士，嬌香空欲比名妃。堪憐瞬息韶光去，妄買胭脂擬畫緋。

〔一〕『裀』，原本、校本均作『䄄』，誤。『裀』，卧具，墊子、褥子。

六魚

鮮穠未耐伴幽居，况復風吹日曬餘。堆徑綺霞沾舞鶴，遍池紅雨沫游魚。采蘭空谷悲公子，紈扇長門感婕妤。千古飄零同此恨，那能物換不欷歔。

七虞

十客風流點碧蕪，追思昨日數花鬚。應招蜀帝啼鵑泪，空惹滕王寫蝶圖。彩綴枝間寧蔕隕，蓮生步底詎茵鋪。紛紛香國疑揉碎，尚有痴人欲煮酥。

八齊

點檢丰神格不齊，盡銷形色幻芳蹊。漁郎泊處流爲片，燕子銜時香作泥。豈有傾城顏久駐，緣知錦里望終凄。笛聲何必吹飛蕊，縱是天花亦眼迷。

十灰

香魂寂寂冷蒼苔，不是窗前紅葉堆。有月疑飄金粟瓣，無雲訝隕豆秸灰。鹿銜將去衣誰染，驛使過時夢幾回。百寶欄中争爛熳，爲茵爲溷總徒哀。

十一真

玄都觀裏種桃人，一夜驚看陌上塵。金谷碎珠飄白絮，馬嵬殘玉化青磷。由來蕊發燈須假，方信花生筆未真。倘悟色空空色際，不教行樂送歸春。

楓

一夜秋容老，霏烟散綺林。瓊枝嬌映日，火樹艷吹陰。冷落吴江夢，飄零湘楚心。參差凌赤峽，歷亂掩朱禽。葩簇難分辨，霞堆欲籠岑。蟾生脂更潤，鵑死血還侵。不惹封姨妒，寧愁青女臨。蕭蕭隨斷雁，片片助孤砧。絳雪何縹緲，丹柯匪丈尋。酡顔應暫駐，仙液且停斟。未灑蕉窗字，空流溝水吟。旅魂憎白髮，勝友傲黄金。世路涇猶渭，人情商共參。鳺啼無剩卉，缶奏有繁音。羨爾天孫錦，憐余俗吏簪。常投定遠筆，屢破戴逵琴。粉堞瞻烏集，蒼苔卧緑沉。槿榮安足戀，木脱詎能禁？絢質標仍颯，寒姿骨自嶔。梧桐甘墜早，橘柚讓藏深。擬化萇弘碧，誰哀子罕黔。杈枒元似古，點染忽成今。思苦敲僧島，才慚草檄琳。霜綃方挂眼，猿泪總沾襟。但聽蟲聲滅，風摇萬壑森。

白鷴有序

臨賀荒署中有遺余雙白鷴者。踽踽空庭，盼影自憐。雖文采蔚然，不無凌霄之慕，一旦爲罻羅所致，亦足悲矣。指謂靖九曰：『爾我匏繫天末，偃蹇無聊，毋乃類是。』感而作《白鷴詩》。

丹頂文翎步啄徐，摩空健翮憶雲舒。九苞絢采殊儀鳳，五服含章擬佩魚。鷗侣漫招矰繳慕，鶩群自逐稻粱餘。中庭顧影驕寒玉，半夜驚栖怯素蜍。翻翟訝同鷄距掣，開籠喜共隼條除。談經檻外飛晴雪，投璧山間換錦裾。班序由他忙待漏，朔南任彼浪傳書。雙心祇盼鴛鴦瓦，孤客相憐枳棘居。豈必鳴臯清唳迥，那堪樹栅翰音疏。姿侵瑶草紅分綺，質映秋潭碧掠虚。越國頻年供翡翠，魯人何事祀鶢鶋？炎州刷羽悲猶爾，敢詡翀天縱所如。

虞夫人

騅也寄他軍，虞兮殉爾君。漢家雖得鹿，獨愧此釵裙。

李夫人

總是爲情惑，雄心化作柔。芳魂如可覿，不必望仙樓。

卓文君

休作《白頭吟》，恩情繾綣深。男兒生厭薄，早已伏琴心。

咏古

逐鹿還從馬上來，分茅胙土尚雄才。一朝菹醢傳諸將，不及兵權釋酒杯。

屹若長城峙海涯，樓船如馬踏龍沙。扶餘蜃氣終銷歇，空徙沿邊十萬家。

松濤

蒼虬幻吼自生瀾，山閣開扃若涌湍。秦代大夫游日觀，鞭驅東海挾潮寒。

卷四十四　王紫綬

福清魏憲惟度　輯選

常熟錢朝鼎黍谷　陽武趙賓錦帆
汲縣李實秀范林　山陽程浹濰東　參

王紫綬

字金章，號蓼航，輝縣人。

小引

魏子曰：余癖耽山水。渡河以北，平沙漠漠，則河清難俟，瞻太行一抹而已。偶聞蘇門百泉之勝，策蹇以從，徘徊於嘯臺、安樂窩間，仰而嘆曰：『嗟乎！士君子遭時不造，具經世之才，托足空山，僅以長嘯、安樂傳今古也。亦已悲已！』然蘇門一小山耳，獨此百泉者，澄泓數里，涌珠千斛，月白風清，雨晴雪霽，無一不宜，意其中必有絕世之資相應而起。果得覯蓼航王太史。讀其《柿庵詩》，凌北地、信陽而獨擅一代也。或曰：『信陽清雋沉實，時出入於中盛。惟北地俎豆少陵，集有唐之大成。』太史則伯仲北地，而坐進少陵者也。兹讀其七言古風，層波百折，起伏頓挫，無迹可尋，而轉合矩度不失毫黍，如龍游空中，首尾摇曳，而鱗甲爪指挺然、森然。五七言、近體，渾雄博大、矯健蒼老，如過齊魯之墟，望泰岱佳色，鬱乎蒼蒼，青蒨未了。真可謂卓然自命者矣。如坐蘇門之上致羨百泉曰：『詩在是也，猶淺之乎？視太史矣。』

潞河舟中

振衣謝京塵，沿流理輕楫。秋露凄以清，舟子競利涉。時徂景未晏，蟲鳴林葉赤。挂席下津門，凌〔一〕潮拾海月。陰風激廣川，澄瀾媚晴夕。感兹將母心，早歲辭太液。回首雙闕高，千里如不隔。山河亦已緬，霜雪亦已迫。緑酒頳朱顔，白日凋華髮。翹首望滄洲，願言沿溟渤。浩浩浮雲翔，孤鳥烟際没。徙倚復誰陳？窅然水天碧。

山中夕雨

太行千萬峰，昏旦狀非一。衆瀑激陽崖，層岑翳頳日。支頤雨欲來，峰峰鮮定色。霅霅華景沉，荒荒岩電匿。絶頂滅復明，微隙疏還密。陰晴一何速，泉鳴澗谷溢。空翠生衣裳，六月風瑟瑟。

〔一〕『凌』，原本漫漶，據校本補。

耳目亦已窮，聲態詎能悉？不知何山雲，倒放夕陽出。岡巒虧蔽多，反悔前峰失。眷兹山中人，有徑到芝術。詰朝雲起時，携手上崒嵂。

弃婦詞

朝鐘不響暮鐘咽，烏啼未了鵑啼血。空房弃婦更斷腸，手把當時相贈玦。一自去幃歲月移，夢裏起居似往時。風輕團扇承秋早，霜冷銅壺度漏遲。上堂下堂情難异，鬖髿猶恐傍人忌。北望徒憐銅雀臺，風吹繐帳如人開，西陵不見使心哀。

大梁宫人行

茅店朔風籬户破，土榻夜寒捫足坐。苦耳凄音無倦時，始猶絮絮後轉大。自從垂髫入王宫，天下藩封數汴中。五方食貨舟車便，四海衣裳冠蓋通。宫中日夜聞簫鼓，記得憲王春樂府。暗携玉尺比珊瑚，閑向金籠教鸚鵡。鰲山城市結丹丘，步輦隨登宣德樓。三千朱履高門隘，十二雕欄夾道稠。桃笙葵扇泥金虎，藏冰七十二王所。水晶簾映玻璃杯，玳瑁簪翻蛺蝶譜。明月離離海嶠來，翡翠凌空飛閣開。艮岳清鐘飄鐵塔，隋堤錦纜隱繁臺。最是梁園雪欲滿，雜遝喧闐貂氣暖。錦綉遍闤闠上樹，氍毹初動帳中管。教坊入直殿西頭，私言闤闠見風流。白鼻騧隨銀鑿落，青油幕覆玉搔頭。五門回斜五十里，家家日在歌聲裏。錭鎪熠耀侯嬴關，屈戍輝煌朱亥市。晨昏四季賣花天，蹴踘戎戲首鞦韆。帝子鬥鷄輸寶玦，妖童走馬失金鞭。大家園亭仿宋作，水陸年年花石過。

十番絲竹五侯眠，九陌腥膻七貴唾。寒食中元十月朝，士女踏壞金梁橋。連帷羅袂肩相并，條脱香巾步自摇。辛巳闖寇春薄汴，血濺西城六日戰。竊符虚擬魏家軍，飛鏃哄傳雷將面。冬來捲土壓東城，雉堞烽高百里營。雲梯萬架星辰亂，鐵炮千家風雨鳴。前番射中闖賊眼，幕府上功雙綬綰。此番一月用火攻，崩頽埤堄餘三版。三版一月不可侵，二百年來見人心。周藩朱提紅標記，一級償以五十金。賊營今年四野蔽，秣馬取禾作家計。日日巾幗罵將軍，城上鐃吹門自閉。麥青即來待麥黄，城上堤上坐相望。此時河南無明土，左鎮擁兵踞武昌。富家積金不積穀，倉倉糶盡敞空屋。死者已果生者腹，生者豈有完骨肉。官府下令日搜糧，抽刀控箭入人房。搜之烏有曰蠲助，珠玉還載粟橐囊。五月開門放人出，六月塞門防人逸。將軍密計撫軍頷，肥瘠皆堪充軍實。銀滿．抔米一〔一〕抔，豪家潜向老兵謀。老兵米有肉更有，私下屠人公賣牛。兵將三日索一賜，窮後周工夜不寐。粟紅已罄神宗年，鈔黑猶題洪武字。百官數月城上栖，鼠雀群空馬妾啼。太守骨立麵爲糜，方伯髦年柏作虀。或啜綿子或啖紙，四府自飽三府死。將軍連日宰駱駝，愁瘦梨園諸弟子。中官朝暮啓王時，説盡民間瑣褻詞。朽車蓋伴羊裘煮，溷水蟲爲魚子炊。八月晝夜連陰雨，城下水從城上取。九月忽傳黄河遷，天明十七歲壬午。黑雲未散黄雲生，一夜千鐘萬鐘聲。纔道

〔一〕『米一』，原本、聚錦堂本均脱，據枕江堂本補。

蛟龍門北郭，旋教樓市收東京。匆匆從駕壽山上，窪處洪濤深七丈。王家僅餘數尺城，女墻缺溢如破畚。馮彝怒叫天吴趨，鐘樓鼓樓争須臾。衹恐壽山淪水底，相約結帶理珠襦。文武將士呼舟渡，舟子操舟左右顧。百官在後王在前，法度不行行賄賂。舟開遥指古寺牢，相國鴟吻百人號。水面忽驚炮火響，賊筏漸欲近城壕。撫軍聞之額頻蹙，將軍第呼渡河速。新河已過過舊河，舊河之水没車輻。王駕倉皇次延津，燃燈白屋點妃嬪。低頭拭〔一〕泪中官嘆，幾回錯唤舊宫人。左右紛言鄴下好，昨日王駕離酸棗。一騎雙乘騎又稀，妾身獨走沙門道。夜來和衣宿荒村，夢裏猶入厚載門。乍醒不知同伴盡，失聲倩視臂間痕。聞道鄴城纔三舍，妾身到應是明夜。未到預憐望西陵，銅雀惟見漳河下。非關老大恨天涯，芳草王孫何處家？凄音未斷風漸加，颯颯茅店響霜華。噫爾宫人莫惆悵，余亦滿身黄河浪。説盡汴梁遺更多，河北天寒鷄早唱。

柳園行

柳園下馬無一柳，河干老人衣露肘。却指夕陽向客言，瓦上殘暉蒼鼠走。此地豪華記昔年，瑟瑟珠簾樹杪懸。宅第雲霄陵衛霍，阡陌縱横邁竇田。五蘊七寶出内賜，晨興一箸萬錢費。門臨白馬大王風，家接陳橋天子氣。梁王賓客許追陪，一水舟車日幾回。雪盡呼鷹游兔苑，酒酣携妓上吹

〔一〕『拭』，聚錦堂本誤作『抵』。

廠。大練母儀領六宮，秋月春花顰笑淺。乙酉〔一〕之間重臺。詔書初膺翬翟選，閶闔中開納鳳輦。婕妤昭儀寵莫并。定興夫人曰奉聖，緹騎株連偶語人。生祠火急封疆吏，臣，楊左肉銷北寺塵。互飛旨承樊嫕使令便，侯及吕嬃封爵盛。巧竊威福附貂璫，當防冷眼覷昭陽。暗引羊車回永巷，蜚語中椒房。外家頓失金吾貴，大官漸減掖庭味。燈前良娣伴中官，灞上將軍逢醉尉。故劍霜寒氣不騰，伏后蕭墻百慮增。上公已越九千歲，妖媼寧知十二陵。戊辰冰消日赫赫，太后坐受新皇册。黨錮最憐戚畹賢，手敕恩加太康伯。秦寇重來圍汴京，下盡河南七十城。揭竿蔽野龍蛇亂，夜火隔河霹靂鳴。黄流破城如破竹，舟子操舟上人屋。男攀女挽勢欲沉，歸去舟中指可掬。甲申日墜燕雲垂，髯龍血叫雌龍隨。珥簪雜遝胭脂井，弦管凄凉凝碧池。長信上陽人俱散，三木公卿旬未罷。覆巢北海小兒悲，牽犬東門老父嘆。昨日魏其今武安，擒虎軍中吊唁難。昭陵青冢憑誰問，人世空餘賈佩蘭。掃清宫禁來真主，瘴雨蠻烟開幕府。征滇貔虎次朱仙，戍粤駱駝過妹土。連錢麈滚鐵浮圖，匼匝日明金僕姑。綺疏閣壞鈴聲啞，綉錯田荒麥穗枯。桂叢移作他山樹，御碑摩向誰家墓。雨摧碧瓦鴛鴦飛，月落雕梁狐狸住。自從河口決荆隆，鯀也九載鮮成功。秦皇鞭石神人怒，漢室泥沙璧馬空。河使下令雷霆吼，兩岸蕭蕭星在罶。隋堤采罄輸黄金，瓠子丁亡鎖白

〔一〕『乙酉』，原本、枕江堂本均作『乙丙』，據聚錦堂本改。

首。中原八郡零一州，更番河署起高樓。包工白粲連車解，折埽朱堤計畝收。是時曾因廝役入，十隊紅妝樓上立。故遲檀板宰官領，潜倚洞簫嫠婦泣。前年微倖合龍門，河夫雖罷堤夫存。慣看月華銜鐵塔，飽嘗雪片舞梁園。河開河塞終無已，帳殿往回獵馬喜。夷門闤市已全非，鈎弋妝樓今若此。客猶未語河忽高，浪涌沙黄風怒號。欲共老人尋往事，數聲野雉起蓬蒿。

雪下老梅歌贈朱在其

七尺矮檐三尺雪，幽香一夜生古鐵。座前月影動黄昏，風吹酒人雙耳熱。七十無兒官報罷，無家欲依梅爲舍。大婦安閑中婦勤，小婦語語私慰藉。老鶴夢穩羅浮清，明歲雪花何處下。

出崇文門抵通州

去路疑無路，昏鴉盡北翔。女墻新睥睨，宫瓦舊鴛鴦。估火明荒驛，秋聲出廢莊。翻憐河下水，幾日到高梁。

大雪同石仲生傅叔甘飲報國寺松下

買酒來空地，雪深没客踪。同人仍古寺，往事祇寒松。别院飄清磬，虚廊散晚鐘。西山明日到，再上兩三峰。

同人步訪趙松雪碑迹於共城郊外

細路霜郊出，荒碑夕照前。屐聲隨落葉，人語入蒼烟。日月龜龍老，山河蝌蚪懸。漢家遺事少，好借蔡邕傳。

贈白雲隱者

經年人不到，盡室寄高岑。垂釣防花落，披書選樹陰。雨苔侵石几，風磬出霜林。幾次逢君話，猶嫌隱未深。

萬泉古寺

山山秋色合，亂水冷禪關。幽鳥巢雙葦，驚鴻起一灣。松交虛谷響，潭定落花閑。悔不同僧住，烟蘿共往還。

送張坦公前輩之官徽寧

六代笙簫地，幾城近不歌。秋鐘藏寺少，月笛倚樓多。風冷江邊葉，天低雁外河。知君歸興遠，幽夢滿烟蘿。

蠻烽猶不息，水柵夜當關。鐵鎖魚龍卧，樓船日月閑。海霜摇白岳，秋葉下黄山。一望長江静，上流簫鼓還。

許蘭陵自銀州移官巴西

兩地接風烟，西南斷復連。猿聲隨漢月，雁影帶秦天。驛夢生殘漏，鄉書到隔年。中原何處望？夜夜有星懸。

夜飲許傅巖白露園

坐定泉聲入，留人老桂秋。琅玕三徑合，星宿一池稠。罥石雲常濕，撲燈翠欲流。更深仍不去，蘿月影悠悠。

武林曠然樓

百尺樓空樹樹封，秋風無賴更聞鐘。海門夜涌當窗日，禹穴雲生對岸峰。松影墓田埋琥珀，石華宮雨冷芙蓉。客心不分潮來準，又見潮回幾萬重。

九山秋眺

高空霜净出烟鬟，一上岧嶢盡解顏。幾處縈回仍古磴，忽來蒼翠是何山？太行木落啼猿急，河朔人稀猛虎閑。滿眼落霞看不定，夕陽猶駐半松間。

豫州形勝俯山東，遠近寒烟幾代宫。鐵塔桃花瓠口入，銅臺禾黍墓田空。繞林虹影懸泉水，絶頂鶴翎帶海風。落照蒼茫千萬壑，珊珊紅柿早霜中。

送張譙明之官池太

吳越諸峰舊屐痕，諫官今又出黃門。梧桐一葉輕霜下，襆被千村落日昏。采石月華生鐵鎖，仙樓簫鼓静江豚。驚人謝脁青山在，白紵臨風倚畫樽。

送許蘭陵備兵鄜延

分陜金鉦過薛蘿，高奴飛蓋意如何。笳霜白翟吹長塞，磧日黃雲冷大河。雪戍鴻翻閑命射，羌樓梅落暗聽歌。五原倚劍天垂盡，漠漠荒墩入望多。

把酒重看舊鬢毛，寒方四月木棉袍。沙中旌旆邊風響，笛裏關山雁影高。漢使龍駒隨苜蓿，秦天春雨過櫻桃。三臺不掩岩疆夜，何必從人乞佩刀？

汴里

夾河百戰此中原，海内繁華屬宋元。瓠子秋風高九月，桃花夜雨漲千門。天低艮岳星辰下，水接扶桑海日昏。鐵塔巋然仍不動，幾行宿鷺起朝暾。

燈火東京盛狹斜，天中今古帝王家。元碑蝌蚪蝸添篆，宋邸金鋪日射沙。波底樓臺過雁影，風前歌舞自蘆花。一時詞賦鄒枚盡，蕭颯長空雪又華。

百泉雜興

山上看成霜，山下看成霧。濕鐘過澗遲，遥向石門度。
泉鳴雨後橋，烟宿水邊閣。螢火隔中流，石陰落未落。

懷侯僊蓓〔二〕令宣平十年不調

十載括蒼山，訟庭空翠積。朝衙宿雨晴，去鹿遺香迹。
舉頭思故鄉，坐久鳴琴歇。忽破萬山雲，飛來吴市月。

潞墳

中官化老僧，故殿改新寺。林外散鐘聲，猶疑銅雀至。

長安賦别

霜壓金門日上遲，燕王臺畔草離離。西風一夜悲人事，團扇秋輕太液池。

〔二〕『蓓』，原本、校本均作『蓓』，誤。侯杲（一六二四——一六七五），字僊蓓，號霓峰，順治六年（一六四九）進士，官至禮部郎中。有《玉岩草》《亦園詩稿》。侯杲與施閏章等有交往，施閏章有《題侯僊蓓同年遺像》。

種遍桃花欲去時，滿園啼鳥怨空籬。明年羯鼓知多少，肯放春風到病枝。

過環姬墓讀一時見和詩多用余前韵率爾再步

亂紫殷紅上客衣，春來不見見春歸。那堪泉近西風早，秋月春花一例飛。

山童泉咽雨模糊，破廟寒烟共一圖。夜夢不離橋畔月，醒來猶有玉簫無。

題賈膠侯撫軍攀轅圖

夾道烟遮袂作幃，逆風獨鳥渡河遲。信陵不計侯嬴老，且向彝門立少時。

垂柳青油低復低，去輪未肯過隨堤。鶯聲苦欲留長晝，滿樹斜陽不住啼。

卷四十五　竇遴奇

福清魏憲惟度　輯選

桐城戴其員雪看　宣城梅　清瞿山
嘉善孫　棨青門　元城張鴻佑念麓　參

竇遴奇　字德邁，號松濤，大名人。

小引

魏子曰：詩有别趣，不關理也；詩有别才，不關學也。滄浪之言是固然矣，不知捨理與學而言詩，雖有别趣、别才，終不可以入道。古聖人以詩爲經。蓋經者，常也，常行之謂道。道之所在，可以經世，可以居身，可以接物。比興之體，觀感繫焉，匪細故也。余曩於旌陽晤僉憲竇松濤先生，恂恂莊莊，有可親之色，知其爲學道人也。迨讀其詩，有所爲《學古堂》焉，有所爲《燕游草》焉，有所爲《新宛偶吟》焉，一以志壽春之治績，一以紀長安之倡酬，一以勒新安宛上之名勝，靡不響中鳴球，秀奪天錦矣。至其丁未歸山，復有所爲《退耕草》，多敦睦鄉閭、瀟灑山林之什》，皆松濤之精神所凝結，發爲光采。於聖賢經世、居身、接物之道，燦然而不可掩也。寧僅僅別趣、别才云爾乎？近訪孫徵君於夏峰，得其家君亮采世兄函寄《倚雉堂全集》。暑雨炎蒸中，對榻快吟，至七律終篇，爲其易簀時逍遥永訣之作，絶不沾滯世諦，似得此中三昧，益信松濤之於道也，確乎其有獲矣。故拔其尤者以復家君之命。

放鸚鵡歌

西方有靈鳥，赤喙能言語。鴝鴿雖斷舌，未若斯禽著。我今購黄口，架上倦飛翥。鳥栖欲高林，魚游樂深處。傷哉羈樊籠，能無故鄉慮？落羽辭金殿，綉領鎖公署。禰衡賦未成，放汝隴山去。

獵

洛陽多游冶，結交誇金張。三河募勇士，名將出其鄉。英風同李廣，淮右掃欃槍。秋高戰馬肥，牽黄復臂蒼。驌驦銜珠勒，鷫鵜膏魚腸。玉轡赤狨鞦，琫珌飾鞶囊。一劍擊狡兔，三箭射天狼。空中羽毛落，荒郊猛獸藏。書生不善騎，檢厩得調良。高原看合圍，燔肉復飲觴。獵畢帶禽歸，戎車亦彭彭。意氣頗自得，觀者立道傍。

雜興〔一〕

幽谷出佳人，肌骨若冰雪。眼際有芙蓉，眉端生新月。東鄰宋玉窺，三年未一瞥。堅貞不嫁人，豈容鑽隙穴？十五充後庭，六宮無與埒。誰知寵生妒，君恩中斷絶。長門一步地，有如河漢隔。古風日以衰，王化日以竭。但貴桃李姿，不貴松柏節。

又

韝鷹具利爪，攫物厲秋風。使不逢狐兔，亦與凡鳥同。丈夫當無事，何以异凡庸。邊徼忽多故，擐甲效從戎。靈鵲化金印，旗纛建交龍。銘勛膺上賞，晋爵列侯封。平時論豪傑，管樂亦無功。

燕雁問答

白露溥高秋，倏忽月將丑。鴻雁在中澤，南翔亦不久。道逢群燕子，飛鳴相唱喁。雁言秋已老，北方不可狃。胡不整歸裝，差池呼其偶。燕言我南行，定在社前後。旦晚辭華屋，移家携黄口。雁復前致詞，霜雪已濡首。一自過塞門，卜居瀟湘藪。飲啄俱不遑，恐遭弋者手。南方遇鷓鴣，行將娶爲婦。燕子復鴻雁，此邦非好友。安恃身鮮小，穿簾入户牖。萬一失安居，我其巢林不？

〔一〕『雜興』，原本、校本均作『興雜』。據文題之意乙正。

君看鶯與鳩，所處一何厚？安然居鵲巢，睍睆鳴翠柳。我輩苦行役，終歲南北走。語罷各欷歔，明年還會否？

菊花咏

野風吹蔓草，群芳俱已歇。霜下林葉落，籬菊花始發。主人惜寒蕊，羅列傍門楔。三五排成序，顏色取黄白。清影凉如水，寒枝冷似鐵。淡同静女貌，寂悟老僧偈。似共幽人語，商量細細折。秋去冬已至，不久寒將劇。庭前噪鳥雀，檐溜灑冰雪。何以賞孤芳，開窗延明月。

張子房

秦皇如虓虎，士民遭毒螫。力士一徂擊，天下遂大索。雖曰報韓仇，無乃類劍客。佐主平函夏，帷帳常畫策。奇謀蓋群公，英風挫項籍。能忍成大謀，終遂興漢業。一時多奇人，似爲子房設。後有四老人，前有一黄石。

聞雁篇

秋聲蕭颯多愁雲，雁叫南樓不可聞。高飛南北無停翼，往來燕粤不離群。李嶠曾爲《汾水歌》，漢皇赤雁曲如何。洞庭湘水木葉落，蒼梧白雲霜色多。巫峽猿啼第三聲，青田離鶴怨蹉跎。望帝春心化杜宇，越王臺上鷓鴣過。《九辨》能催宋玉哀，潘郎頭上已如皚。遠聽如聞雙杵鳴，羌笛凄凉怨未開。君不見蘇武年來持漢節，李陵相别衣沾血？丁年奉使皓首歸，不繫帛書空嚙雪。又不見毛嬙出塞見吹笳，青冢〔一〕由來葬龍沙？蛾眉不贖妾顔色，寄語征鴻恨琵琶。别有怨女共逐臣，孤客天邊别故人。聞聲多增驚秋夢，見影能教落泪頻。銜蘆戀稻自昔傳，北鄉不久又來賓。二十五弦彈不去，飛來飛去淮水濵。

自來安到和州一路山岩蒼翠至温泉寺少憩因賦

亂山𡸣嵎數十里，群峰如龍矗雲起。行行籃輿轉山腰，有水潺潺流澗底。長江鍾阜遠勢來，龍眠巢湖近相倚。青松無數如偃蓋，白日雜遝走鹿麂。脚踏曲盤石苔滑，黄精芝草長不死。中有高人事隱栖，縛茅構屋山麓裹。倦客登臨意興懶，遥望蘭若止數里。法雨天花常自飛，講習堂外石齒齒。僧房寂静白石鐺，頭陀供茶兼萸紫。寺傍有泉如鼎沸，熱如探湯色甚美。跬步有屋四圍遮，招我沐浴水清泚。傳有日光在下蒸，不然疑是火龍髓。因思塵世苦煩熱，如何炎歊却在水？安得乾坤放逸人，探奇名山興未已。

游黄山

仙源城外近黄山，一十五里清潭灣。緑波瀠洄浮錦鱗，水穿地泲响潺湲。石能化羊亦化豕，黄山

〔一〕『冢』，原本、校本均作『塚』，塵土意，誤。據文意改。

一望色皆紫。天都保障石關巋，面對天都峰矗矗。巨榧成林大數圍，急澗争鳴聲太蹙。湯口路分丞相原，鷄鳴犬吠滿林谷。逶迤數里至湯泉，纖塵不染温可沐。斫金嵌玉百道光，喬松蓊翳覆石屋。桃花源内千樹花，又許漁郎再問楂。朱砂庵近白龍潭，萬斛珠璣一水涵。鴻鍠鉅鼓鳴天上，内有支公不下龕。木蓮九瓣似辛夷，昇種天香世外奇。從兹境界愈奇哉，仄徑崎嶇苦足悝。噫吁嚱，危乎！深林邃密，仰觀不見天光與日晐。陡澗杳冥，俯視不辨九埏與八垓。或危岩崱屴萬仞，林木響應聲排豗。或細草鋪綉，巨竹成圍，丹井藥銚長莓苔。雁懶猿愁，忽開平衍，一隙可築般若臺。古色剥落兮，如隸書草篆千年歷劫灰。奇形突兀兮，如刀劍戟鋋勢傑魁。可喜可怖，使人肅然心恪，湛然慮澄自徘徊。竊意員嶠方壺能有此，娑婆世界到此即天陔。嗟乎！登黄山，望黄海，兹山高一千一百丈，三十六峰盡嵯峰。秦皇漢武皆後起，開闢迄今幾萬載。五岳四海雖稱尊，勢壓東南半壁，窅窱巀嶭，惟此喜在我門棖。芒鞋笻杖笄皮冠，生平素有盧敖庬。若同劉阮入天台，揖浮丘，拜容成，鼎湖飛龍至今在。

登敬亭山吊李太白

大塊下墜成敬亭，宛溪終古常清泠。近城綿亘幾十里，突兀屹立在郊坰。一望層巒皆蒼翠，方春草木自娉婷。逐隊來游多麕麖，鳧鷺淺水群梳翎。琴溪仙迹在眼前，麻姑煉丹幾千年。山川得入非偶然，千秋幻出李青蓮。錦袍色似翠雲鮮，豪飲猶如瀑布川。白也已騎長鯨去，精靈常在敬亭巔。山中芳茌年年長，白也新詩字字傳。潯陽雨，夜郎霧，采石捉月月不顧，不能携得敬亭去。我來數百餘年後，登山猶見題詩處。

題劉松年岳陽樓畫

丹崖蒼壁江南有，數年相對亦非偶。岷江浩浩萬里來，予昔泛舟在京口。一時謝政歸故鄉，惟見浮伾與濁漳。雖然素有向平志，但苦千里難裹糧。少文卧游亦可人，安見畫裏即非真。家無米家書畫船，揀得舊本劉松年。岳陽樓比黄鶴樓，懸來滿室生雲烟。我聞樓在瀟湘之尾，洞庭之口，下有長江蛟龍吼。有時風静水如練，君山一點在兩肘。湘女梳頭對明鏡，水光山色入户牖。黄陵廟裏人烟集，西邊欲落扶桑日。萬艘千航泊江頭，洞賓飛過人不識。一一傳神阿堵中，惟有范老一記畫不出。

賦得暖室海棠

室煥留生意，枝頭紅已堆。欲謀傲雪蕊，須築避風臺。乘臘何全放，睡春却早開。胭脂寒色淡，不問嶺南梅。

寄嚴兒家報

平安付驛使，秋仲尚難回。夏麥須常曬，寒蔬及早栽。雨多防屋漏，窗閉懼書㚒。節費納官税，無勞里正催。

九華山

九華登絶頂，遥望近黄山。岩草迎眸轉，危橋引步艱。烟消群壑現，風静野雲閑。峭壁夾幽澗，峽鳴水一灣。躡屐偶登眺，雕鏤屬化工。水流千澗外，峰入大江中。蒼翠滴仙館，丹霞鎖梵宫。夙懷游五岳，此地得無同。

夏日久雨乍晴同友人賞月

樓敞能驅暑，長空散錦雯。何人歌朗月，疑是鮑參軍。影濕猶沾雨，光斜不帶雲。攲冠雜坐久，一曲鼓桐君。

夏日即事

樗散宣州吏，焚香對此君。門流春穀水，窗起敬亭雲。樹色鏡中落，溪聲月下聞。方塘閑徙倚，鷗鳥自爲群。

江上泛舟

極目茫無際，烟波似洞庭。淺深識水色，濃淡辨山形。潮落魚龍散，霜遲草木青。夜來渾不寐，櫺外見天星。

正月十七日野泊

蟾蜍猶未减，四望盡空陂。天净光能瀉，崖巉勢欲敧。雙蛟乘浪鬥，群鷺隔灘嬉。敗葦蕭蕭動，疑人夜半窺。

秋浦泛舟

盈盈今夕月，照見九華峰。幽窟驚龍吼，懸崖探虎踪。水聲咽亂石，夜色隱青松。四壁人烟絶，遥聞遠寺鐘。

春日懷劉覺岸

昔我同年友，而今幾個存？如君復石隱，夢不到青門。把酒移山影，垂竿繫月痕。青青原上草，何處覓王孫？

三月晦日作

野水滿横塘，蘿痕印短墻。雨來旋鸖井，風急亂鶯簧。虚牖納朝霽，空亭受晚凉。一卮聊自醉，未曉尚春光。

遣懷

年老抄書讀，逢人敢醉狂。衣裳取草木，談話盡農桑。蘿徑招幽客，山禽戀小堂。桃源隨處有，何必問漁郎。

漫題

鑿泉石罅下，積水亦潺湲。門小開還閉，鹿馴動亦閑。訪僧取慧劍，交友借他山。黄鵠翔霄漢，不令弋者攀。位置耕漁事，小勞興未闌。不憂田斥鹵，但要竹平安。白雪和歌少，青山吾道難。管寧有一榻，朝夕可盤桓。

香烟

焫鼎灰生韵，清齋樂事便。凝空得作態，散縷欲流涎。弱質堪浮硯，輕姿可入筵。忽疑雲靉靉，驟覺霧綿綿。霞落游絲遠，風飄亂影遷。繞甍色易繪，落紙氣難搴。非岫何蒸氣，是烟自吐鈿。魂空因悟偈，象幻可參禪。芬馥蘭同味，蹁躚舞并妍。茶槍宜既爈，琴韵喜長然。散聚紋綺結，翻翾縠靄旋。燈光争裊裊，竈縷效翩翩。秋霧晨蒙野，春濤曉出泉。曾携朝滿袖，爲此賦詩篇。

譙郡有懷

征馬長嘶古道傍，江山猶是舊商湯。西園有客稱才子，鄴下何人竊帝王。細雨斜侵羅襪冷，春風輕颭菜花香。千秋欲泄奸雄恨，野雉空飛過白楊。

壽春署中雜咏

八公山上列連營，千載如聞草木聲。投水無鞭驕晋壘，賭棋有屐却秦兵。荒丘漠漠猿狷叫，落葉蕭蕭雁鶩鳴。勝地名賢兩寂寞，白雲蒼狗幾回更。

述懷

地僻幸無車馬喧，觀他户外眼常昏。築幽時羡南山隱，謀醉頻開北海尊。荒徑遥思琴鶴在，敝廬猶憶菊松存。篋書半榻移支枕，寄迹江湖且杜門。

初月

一片晴空明且幽，黄昏始出挂瓊樓。凝暉綺幔侵羅帶，落影江湖作釣鈎。纖指未盈冰鏡滿，彎眉時散玉繩流。朔朝已倒山河影，無地清光不可收。

玉泉山

萬泉噴涌作西湖，四望芙蕖今已無。寺遠僧還明月在，水流路斷野橋孤。濯纓塵去一朝静，脱帽凉來竟日呼，竹裏行厨客饌簡，放歌不減舊狂奴。

高梁橋

聞道高梁二月天，芳郊淑氣鎖晴烟。清明士女鞦韆會，修禊游人歌舞筵。錦雉亂飛春樹裏，黄鸝巧語緑楊邊。我來夏盡秋初日，一望荒阡野草連。

登西山絶頂

珠宫縹緲倚雲霄，檻外層巒一望遥。北去欲連碣石頂，東來時吸海門潮。泉聲似擊馮彝鼓，鶴唳如吹嬴女簫。咫尺蓬萊天闕近，終南自古護神堯。

山行遇雨

數峰矗立一峰青，峰上玲瓏結小亭。半壁嵐光藏鳥道，長松偃蓋蔽天星。風生洞口雲猶黑，龍過山腰雨帶腥。游客未曾持箬笠，歸來殘虹射簾櫳。

甘露寺

爲愛招提杖竹笻，紺宫門外草茸茸。僧敲玉磬風逾静，客飯胡麻水自春。出洞正逢雙白鶴，入門止見數青松。珠林别後秋郊寂，霜樹紅如二月濃。

冬日游凫山

地以名賢重得名，逶迤數里近旌城。天空一鳥平蕪下，雲散千峰畫裏行。旭日近含梅蕊出，餘霞遠帶雪花輕。梵宫此日閑登眺，不減南樓庾亮情。

宿江寧鎮

江寧驛口暫停旌，又是北來幾日程。漁艇晚炊烟乍起，疏星漸落月初明。鳥啼檐角飛無定，風剪林梢寒有聲。伏枕不堪思往事，殘燈獨坐夜三更。

惜春歸

百年事業漫相商，九十韶光睫底忙。柳絮未飛鶯踏落，桃花初卸鳥銜將。爲燒銀燭消殘漏，好障丹紗護晚芳。客裏不堪春色去，且圖拚醉紫霞觴。

春日偶步郊園

罷却名場栖隱時，每逢春日例題詩。溪雲初起風吹斷，野樹平鋪鳥踏垂。雨後麥苗争上下，日晴花朵舞參差。東郊茅屋園林好，閑步青苔麋鹿隨。

登大浮山絶頂同社友陳越石玩月

載酒同游竹院深，嵜岑山勢共追尋。緑波渺渺河流急，落日蒼蒼樹杪沉。昔讀雄文頻問字，今逢蘭若喜開襟。夜闌忽送千峰雨，妒殺姮娥一片心。

花朝後二日連有疾風驟雨俄而成雪因賦

二月穠花草木菲，終朝冷絮滿空飛。出門鵖尾風吹斷，獨坐蝦鬚雨漏稀。弱草負暄荄已凍，蟄蟲出户力還微。那堪春日行冬令，伫望陽和斡化機。

送劉導九侍御假滿還朝

蕭蕭驄馬踏青莎，周道逶迤柱史過。花笑鶯歌登大陸，雪殘風静渡滹沱。禁城仙仗天邊轉，長樂鐘聲雲裏和。主聖無煩陳諫草，從容退食自鳴珂。

金灘即事

深秋乘興到山家，菡萏凋殘嘆若耶。河漲魚鷹獵水急，沙深奴雁守更斜。汀蘆老似千行竹，柿葉紅如二月花。木落潦清天欲暮，凉風叢桂入窗紗。

蒼頡廟

門前何代種喬松，古廟荒凉烟霧濃。春至壤墻生薜荔，秋來積水老芙蓉。貝書龍負通樵徑，碑紐蟲侵有土封。欲效杜陵題禹廟，一天暮雨濕行踪。

初夏漫成

新緑初肥草木榮，南窗枕簟暮寒生。偶然對酒心先醉，相約看花意懶行。節過梅天晴亦雨，月逢望日旦猶明。小軒浴罷渾無事，起聽西園蛙鼓聲。

黑甜一夢到桃源，瓦枕繩床樂小軒。墻角花開稱姊妹，籬邊竹迸號翁孫。蛣蟯脱殻羽初振，螻蟈鳴陰聲尚呑。孟夏嘉辰説浴佛，龍華争赴給孤園。

孫右漢新成沙堤別業

幽趣恒存物外心，别開池館晝陰陰。荷擎玉露紅妝歇，柳變青條晚翠深。時向綺窗臨故帖，偶來密樹理瑶琴。高車旦晚催君去，未許常歌《梁父吟》。

移竹

乞得數竿植水榭，炎天節候氣氤氲。老枝解籜龍腰見，新粉披砂鳳尾分。今日移根須帶雨，他年拂簳欲凌雲。淇園西去無多地，每望平安報此君。

夏夜

繩床偃卧數明星，露滴梧桐落小庭。夜飲有時驚宿鳥，晚行偶爾借流螢。窗前一氣涵虚白，檻外千竿送遠青。漏下三更松際響，滿天風雨色冥冥。

初夏飲黄石笥白醉齋時予謝政初歸

四月麥黄藊出蛾，春光九十忽然過。晴霞晅色侵柔草，細雨凉聲到小荷。彭澤自憐歸去晚，茂陵徒愧著書多。相逢劇飲消長晝，莫訝高軒着釣蓑。

憶舊詩

忽然有夢到梅谿，箬葉青青柏葉齊。山色似雲千片落，水光如黛亂痕低。峽邊芳草連天緑，谷口幽禽盡日啼。誰道函關天下險，東封止可一丸泥。再補新宛

孔雀

南國遠來都護鳥，北方珍重此禽稀。初辭滇洱猶回首，久别雌雄難共飛。當日陸離憐翠羽，至今零落嘆珠衣。揀書讀罷楊修賦，欲啓金籠放爾歸。

曾聞翡翠比琅玕，恐歷冰霜不耐寒。張尾徐翔如紫鳳，振衣應節似青鸞。未能丹穴雲中見，却就樊籠階下看。金馬碧鷄山萬里，昇來豈懼道途難。

新柳

鶯語初嬌酒夢醒，起來忽見柳娉婷。隋堤富貴真難遇，羌笛凄凉尚可聽。裊裊腰肢垂綉户，年年離别恨旗亭。嫣紅姹紫當春盛，却讓柔絲枝上青。

咏燕

社日忽逢春已分，巡檐小燕自成群。千聲巧唤深閨夢，兩尾輕穿畫閣雲。海客有時爲國婿，鷓鴣何事避周君。眼前不久經三夏，將子同歸越水濆。

三山磯

芒鞋偶一到，靦面亦巑岏。半臂浸江水，無人山意寒。

采石懷古

兹山歷萬年，突兀起孤嶼。欲覓酒中仙，秋江寂不語。

高郵舟中書所見

欸乃漁人舉棹聲，女郎堤畔蹋歌行。桃蹊柳陌人争渡，送盡孤帆一日程。

西子

館娃齊唱采蓮歌，二國興亡問苧羅。寂寞千年烟月冷，浣紗石上青苔多。

卓文君

笮橋橋下餘琴臺，多病相如作賦才。留得野花如面靨，白頭有怨爲誰開。

王嬙

一去紫臺別漢庭，琵琶猶恨畫中形。盧龍塞外荒原草，惟有昭君冢上青。

虞美人

血染霜鋒氣盡消，俠名偏自出妖嬈。拔山欲下英雄泪，滿地香魂不可招。

趙飛燕

複道遺書金步摇，趙家姊妹態多嬌。昭陽侍寢争新寵，何日天家禍水消。

班婕妤

猶記承恩夜未央，天顔有喜御爐香。自從紈扇西風急，長信蕭蕭水殿凉。

楊玉環

月殿霓裳一曲歌，漁陽兵起鼓鼙多。花鈿委地紅顔盡，七夕其如共誓何？

江采蘋

六宫粉黛不相宜，獨嗅梅花冰雪姿。當日蛾眉一淡掃，不同楊氏妒諸姨。

張麗華

艷色由來四海兵，姮娥桂殿出飛瓊。雖然宫闕成塵土，留得新詞玉樹聲。

綠珠

名園金谷已成塵，千載猶傷石季倫。有盡繁華皆似夢，至今惟説墜樓人。

金陵

龍行虎視起江東，顔謝才名一代雄。當日若無檀道濟，依然賣履舊家風。

九重日日禮浮圖，麪代犧牲事有無。堪笑梁王饑不得，臺城應悔作佛奴。

鸚鵡

金眸靈鳥出西河，曾向潼關一度過。莫怪樊籠常繫爾，能言自古讒尤多。

采石懷李白

魚龍變化大江灣，千載名存采石山。公自得仙鯨皆去，空留明月照人間。

貰酒江亭解佩刀，奇峰突兀壓飛濤。乘舟捉月人千古，猶憶當年宫錦袍。

家園小葺

新築茅扉松下開，小園蔬藥滿畦栽。虛堂四望納風雨，時有香從水面來。

卷四十六　王追騏

福清魏憲惟度　輯選

華亭張一鵠忍齋　長洲錢中諧宫聲
黄岡程啓朱念伊　休寧孫　默無言　參

王追騏 字錦之，號雪洲，黄岡人。

小引

魏子曰：余客衛源，寓蘭若，自夏徂秋，寂坐澄觀，日撫古柏八九株而已。忽楚中王雪洲先生簇車馬、排竹户而入，晤對三晨夕，出其詩見示。新穎雋逸，不屑屑步趨古人。初讀之，如月下梅花，香影不可即離；再讀之，如帳中佳人，情貌皆有實際；熟讀之，如聽成連鼓琴，忘乎其爲天空海大時也。然雪洲由詞林陟諫垣，建牙山左，以亢直〔一〕忤時，而其詩寄托遥深，絶不露侘傺無聊之概。宋荔裳觀察比諸三閭大夫，謂其目成於美人，含睇於山鬼，纏綿悱惻，超忽惝恍，有不自知其何心者。可謂雪洲知己矣。余急携其詩向山巔水湄、雲岑烟樹間一洗繁縟焉，惜叱馭之速，不及盡登，罪余手腕矣。

小孤山

渺質托孤舟，曠懷寄海表。留柱屹中流，層巒俯衆眺。造物豈神奇，片青能縹緲。問向小孤石，不栖大鵬鳥。蒙茸僧寺隱，明滅燈龕小。旅月共悠悠，離魂自悄悄。何時巔上趺，披雲待暮曉？

潯陽舟中同侄子雲作

潯江風驟雨，風驟雨遲遲。舟撼濤愈沸，聲催意俱馳。肝隔中宵語，骨肉豈盡知。遷客久無泪，處士尚有詩。世薄仇睚眦，賦罷怨江蘺。修怨要天損，蒼冥鑒在兹。痛哭無家别，别我莫相思。

〔一〕『亢』，原本、校本均作『杭』。『亢直』謂爲人正直剛强，《三國志·魏書·杜恕傳》：『恕在朝八年，其言論亢直，皆此類也。』故改。

客夜聽雨

聽雨疑落葉，颯沓扣窗紙。側耳逐風聽，葉落雨聲裏。嚴威凛若箭，激烈迅如駛。薄衾傲長夜，游子念故里。深閣知未知，我在空山委。

落葉

生理甚艱難，何忍紛紛落。北風太不情，入山任肆虐。飄零故相依，聚散靡所托。恨無松柏幹，歲寒仍舊蘀。待學桃李枝，乘春先發萼。物序豈殊懸，葉葉請自度。

吴山感懷

有客西南來，離家二千里。及兹秋徂冬，羈栖靡所止。翹首望故鄉，霜雪盈眼底。暗窺天地秘，静識藏身理。湖海波太急，居山莫居水。秦漢俗已薄，讀經莫讀史。感慨祇自知，情結中夜起。夷跖名何在？彭殤身俱已。大道絶兩端，千載慎一死。維彼賢達人，陶然悟太始。

雨中遣愁

沉陰欲結愁，先故密爲雨。爲雨未終朝，結愁已千縷。人生役悲歡，肝腸不自主。寧忍百年身，竟爲愁所苦。因之發浩歌，按劍徐起舞。劍光烈以寒，歌聲復詡詡。靡我不知愁，愁亦奚所補。

乙巳秋七月壽映然子

幽人致宜秋，清秋興宜月。月上秋山顛，照人采薇〔一〕蕨。薇蕨化金光，奇芬流馝馞。香亦不可磨，光亦不肯歇。赫耀千載内，人與月同揭。

題美人秋夜聽笛

月暗砧響停，風肅蟲語悄。側耳空外聽，何處秋聲早。激徵與悲商，楚楚傷懷抱。未知吹者心，聽者情如稿。豈不纏綿思，思深人易老。

八月十七日

此日泣不歌，今夕歌當泣。反側窺明發，含凄憾罔極。腸枯歌無聲，痛久泣無力。金風萬山中，百感奔胸臆。持兹訴明月，細雨圍如棘。

述夢

夢山不知名，夢中游且喜。景物杳難似，想像尚可擬。石影插上天，松聲落在水。纔出危磴外，又挂深篁裏。忽見羽衣人，顧予笑不已。爲詢人間事，衹向峰前指。舉首望峰前，跳號唯鹿豖。

〔一〕『薇』，原本、校本均作『微』，據下文改。

此意殊怪哉，此夢胡爲爾。

送孫無言歸黃山

還山吟風雨，作歌山水音，淒以清兮高且深。空中岩壑何所見，歌者爲歌還山心。海天莫莫泛浮鷗，出岫流雲古及今。華山半席徒懸爾，輞川全勝杳難尋。隱鱗藏羽事殊艱，超世何妨任陸沉。有客邗州十六載，闔門著書行不改。瓊花臺畔迷樓前，憑吊千秋自〔二〕磊磊。何因忽起黃山情，一似黃山舊有盟。浮丘公自何年別，今將采藥問容成。玉壺珠函猶在否？仙家風味應不朽。洞口松風問信來，三十六峰皆我友。懷友方知別友難，還家不似無家醜。君兹歸去漫勞勞，籜冠芒履道人袍。澗外風湍崖下月，知誰更聽廣陵濤。吁嗟乎！吾道栖栖思不禁，爲君喜賦《還山吟》。

姑蘇臺

闔閭伯吴事壯哉，夫差雄舉非不才。鏤宫飾館金玉濺，泥沙秖委越人材。世有奇物妒者多，炎帝攘之亟相摧。何代宫闕不丘墟，人胡獨笑姑蘇臺？姑蘇臺狀誰睹記，千載作歌詈驕恣。龍蛇勢布本王居，穿池泛舟尋常事。怪道館娃閣太豪，從來金屋貯阿嬌。荒淫或嫌長夜飲，無如歌舞人相

〔二〕『白』，聚錦堂本作『事』。

招。雄視高臺掖齊楚，豈期臣妾非心膂。潛師偃戈渡江來，不惜勝游供一炬。水號兕兮山躍鯉，變幻總是興亡理。莫向繁華怒吴主，祇惜荒丘吴臣死。臣死臺焚千古哀，傷心豈爲此遺址。當年血熱屬鏤劍，今日光寒吴越史。吁嗟乎！君不見亭亭昂昂抉目人，請看姑蘇臺上月長明。

紀夢

昨夜三更後，輕帆忽見家。奚童開竹徑，稚子説燈花。舊醖如將發，寒衣尚未加。側身仍道院，山静月空華。

月夜懷十弟

越國嗟行役，棲棲弟與兄。况當憂患日，復起别離情。空館人孤立，霜天雁一聲。如何寒夜月，偏向客中明。

吴山醉中咏梅

愁人凝醉眼，黯黯着梅花。庾嶺雖多派，羅浮未有家。暗香宜自媚，孤質竟誰誇。含蕊神偏壯，幽然待雪華。

老樹

深山多老衲，此樹更忘年。情淡峰前月，神凝雪後天。枝枝春意在，歲歲道心堅。幾閲滄桑盡，凄然覺汝賢。

盆梅

繪月莫繪魄，畫梅須畫影。夜殘伴孤燈，欞虚挂疏梗。不聞梅蕊香，衹覺梅風冷。醉眼望石盆，神已到庾嶺。

獨酌

消夜恃尊酒，酬杯借月華。漫將歌當泣，一任客爲家。自笑懷荊璞，誰能贈莫邪？醉餘形顧影，爾亦在天涯。

薔薇

小架舒長蔓，輕風回細香。高低隨綴采，深淺各施妝。含露偏多艷，迎霞倍有光。爲憐春色好，偷影過鄰墻。

吴山念十弟閩游不歸

閩越遥相憶，凄凄俱楚吟。尊前孤月影，夢裏兩人心。幽室昏方旦，浮雲古及今。懸憐留滯者，寧爲惜知音。

庭桂初發值雨

翠竹蒼峰裏，窺園幾樹黄。春華方逞艷，積雨不成妝。竟老秋闈夢，空傳月殿香。淮南招隱句，三復倍凄凉。

檇李道中十弟先期旋里口占賦别

去去毗陵道，依依檇李城。寒江顔色少，歸雁羽毛輕。先慰高堂意，徐傳游子情。分携何所贈，苦調寄同聲。

男兒無别泪，多半是吞聲。憂患經年夢，悲歌永夜情。感因秋自重，愁向月同明。漢水吴山上，相應憶弟兄。

貞娘墓

吴中多怪事，有妓唤貞娘。墓尚傳青史，魂猶禮梵王。懸知名士骨，不及美人香。嘆息荒丘上，迷離春草長。

毗陵客夜寄懷錢宫聲

男兒感意氣，不語自情深。飄泊仍吴棹，凄清是楚吟。未知孤夜月，曾繫幾人心？同調分天際，爲君待鼓琴。

雨望

閑窗暮雨遠峰低，揚翮摩空鶯亂啼。暫醉身忘留古院，曠游夢不到深閨。何因四野俱簫管，可是中原罷鼓鼙。難負湖山春色早，陰晴都費郢人題。

吴山正月十五夜咏懷

三年燈火戲沙堤，不謂風輪到浙西。燕市踏歌猶繫夢，吴山醉月莫輕題。虹橋彩競星辰隱，玉漏聲高絲管低。似我今宵唯痛飲，恐教病骨照青藜。

玉蘭花和韵

梅殘自覺興全殊，又見迎春映玉壺。香色若隨題處有，丰神還擬畫中無。唐人祇解辛夷咏，北地仍將木筆呼。綴綴芳容誰得似，寫從山谷浣花圖。

燈詩次沈繹堂先輩咏即戎裝美人燈

雉尾斜輝寶劍長，深閨游俠漫登場。渾忘身幻空中相，祇欲人傳巧樣妝。玉質自甘風骨冷，丹心不讓月輪光。亭亭醉舞筵前影，錯認當年岩下郎。

柬檗庵熊和尚

二十年前早識君，兒童曾聽説雄文。待窺瀛海潮頭月，猶隔華山頂上雲。此際傳燈寧自照，當年諫草爲誰焚。好留半席遲來客，莫學希夷不肯分。
儒禪樹幟覺誰真，月散千峰共一輪。曾笑坡公原衲子，還疑佛印本詩人。梵鐘直破三更夢，史筆能留萬古春。門外何從分世界，如君與我後先身。

古錫山房同錢宮聲姜西銘朱檝昭陳行一余澹心王忠宇白大生柯烜庵于伊身柳敬亭僧就閑妓峽雲湘疑看牡丹小飲次余澹心韵

姑蘇春焕洛陽紅，群逞風流到梵宮。詞賦客争誇粉黛，平康人慣識英雄。移來國色金尊影，收去天香玉帳風。遥惜明年花再發，花前高唱幾人同。

題美人春睡

山中鶴夢閑，江上鶯花冷。俱爲春閨裏，含凄待寫影。

初夏客中漫興

人向花前老，春從客裏歸。起看新緑影，先上旅人衣。

隔院見山茶

動問寒芳獨數梅，海紅不肯讓梅開。輕飄遠艷千千朵，恰照離人酒一杯。
江西忽見滇南花，楚客行吟天一涯。幾度惜花還自惜，憐予與爾俱非家。

卷四十七　李贊元

福清魏憲惟度　輯選

秀水曹　溶秋岳　睢陽湯　斌孔伯
晋江吴愈聖梅麓　商丘徐作肅恭士　參

李贊元 字匡侯，號素園，龍溪人。

小引

魏子曰：讀詩如聽琴焉。宫商按節，疾徐式度，使天下有心人聆其飄緲之音，神怡色喜，不必於海天空廓、山水恬寂時皆有不能暫忘之意。斯其詣界之天而全之人，非旦夕可爲功。余每讀素園先生《出門吟》輒作此想。丁未出都，止白門，一刻其詩。辛亥游雲間，棹三泖，再刻其詩。心悦而好之，恐不得當也。近過衛，望建牙氣色抑抑温温，有輕裘緩帶風。屬僚咸師其意，俾所治如登太古，絶不見晚近囂凌之習。昔人謂衛多君子，子魚、伯玉輩皆能澡飾其躬而不知浴沐於

《淇奧》詩人金錫圭璧中者，久而莫知其然也。則先生之詩，寧特出門有功哉！吏治文章、品節操行，皆從可識矣。昨過蘇門，訪孫公和嘯臺，萬籟松濤與百泉振響，恍阮嗣宗下山時聞空中鸞鳳聲。笑謂友人吴星若曰：『《廣陵散》於今絶矣，此琴心何來？』因相與步月庭中，出先生詩一朗吟。忽又移我情於海天空廓，山水恬寂時〔二〕也。先生其余之成連也乎？時壬子初秋十有二日。

古意

武侯無三顧，躬耕在南陽。吕望非後車，磻溪亦潛藏。由來名世士，遇合在霸王。如何智伯滅，豫讓乃自戕？士爲知己死，主恩安敢忘。精誠貫日月，千載有耿光。嗚呼卞氏璧，抱泣荆山傍。至寶題爲石，古今同嘆傷。

淮陰摧强項，武安霸西秦。英氣掩白日，奇勛動鬼神。一旦遭殺戮，骸骨成灰塵。勢盈天所忌，功大不謀身。所以富春叟，桐江理釣緡。晞髪高崗上，濯足溪水濱。干戈自搶攘，偃息全吾真。嗟嗟千駟富，孰若采薇貧。

〔二〕『恬寂時』，原本漫漶，據校本補。

長安雄勝地，自古帝王州。冠蓋半都邑，赫赫公與侯。鳴騶交紫陌，紅日隱高樓。酣歌窮日夜，簫管佐珍羞。誰憐楊執戟，蕭然着敝裘。閉户獨著書，門無長者游。倏忽陵谷改，臺榭成荒丘。《太玄》垂千祀，竟與金石儔。立言古所貴，貧賤安足憂。

又

古風難復作，交道久已虧。雖結紵縞好，戈矛亦相隨。巍巍卿相宅，門庭皆故知。一朝權勢去，腹心生別離。蕭朱始定交，皓首同所期。如何末路變，按劍互見欺。管鮑没世遠，遺踪不可追。

吁嗟翟廷尉，此語將告誰？

雷發蟄蟲振，春來百草萌。升沉皆有節，躁動衹自傾。傅説佐殷宗，相業亦已宏。物色苟未遇，版築竟何成。鳳凰栖枳棘，徒爲燕雀輕。英雄不得勢，何以垂令名？

漢高方用武，陸賈勸修文。叔孫强議禮，綿蕞遂紛紛。諸儒抱六經，掇拾亦已勤。區區成何事，何如衛霍勛。謝艾少書生，白帢殲趙軍。折衝在樽俎，老儒竟未聞。

直木先自伐，膏火乃自煎。神龍貴藏首，物類皆已然。叔夜倜儻士，豪氣掃雲烟。才高識亦寡，身名遂不全。倬哉黄叔度，養晦在幾先。汪汪千頃波，當時稱聖賢。

四時有代謝，芳華無久好。春來草木榮，秋至亦枯槁。纍纍北邙山，白骨覆古道。人生非神仙，安能長壽考！登高望瀛洲，流水何浩浩。中有不死人，逍遥在蓬島。朝餐流霞漿，夕吸玉紅草。

欲往河無舟，憂愁以終老。
青青松與柏，植根澗水傍。不華亦不實，偃蹇自低昂。東園桃李樹，春至吐芬芳。姿顔嬌且麗，
顧盼生輝光。良辰難久得，北風乃飄颻。倏忽繁華落，道路咸嘆傷。獨有松柏枝，蔥翠如故常。
悲哉長門婦，色衰空凄凉。
千金買騏驥，價重如連城。一旦駕鹽車，逐隊嶺上行。逡巡氣凋喪，幾爲駑馬輕。鞭策馳遠道，
騏驥乃長鳴。瞬息千里至，追電寂無聲。斯時群馬伏，俯首不敢争。御馬貴有道，如何違其情？
造父没已久，嘆息泪縱横。

舟中感懷

我來燕都久，形神惡羈束。泛棹向南游，路紆水回澓。所幸舟楫遲，山川恣極目。遠眺望平疇，
稻粱固比屋。楓柳垂林隈，群鷗陌上宿。花鳥何安生，樂郊各止足。對此淳樸風，庶幾上古俗。
胡爲故鄉土，征求日急蹙？虎狼滿街衢，談笑用鞭朴。連村無鷄犬，怨聲及草木。采薇供饔飧，
終日不盈掬。煌煌冠蓋居，但見礫與蓼。誰不愛兒女，朝生暮即鬻。逃竄遍异鄉，神鬼乏糜粥。
生離既悲號，死魂亦慟哭。仁愛上天心，此方獨傾覆。予豈不懷歸，欲行常局促。何以救斯民，
所望在良牧。

村酒行

長道老風霜，我身亦淒涼。村中無好酒，獨坐對空觴。此村罹兵革，田疇久已荒。我行阡陌間，荆棘遥相望。藜藿苦未給，何以佐壺漿？况乃誅求逼，鞭朴勢蒼黄。嗟彼豪貴里，玉户綉朱梁。絲竹已滿座，旨酒亦成行。日暮酣歌起，日出猶未央。胡爲此方民，百憂愁我腸。盛衰固有運，哀樂亦有常。達人貴察變，戒之慎勿忘。

俠客行

長安游俠客，結識遍四方。夜宿邯鄲肆，日馳白驌驦。門下多死士，衣履珠玉裝。千金買寶劍，淬礪日光鋩。射獵上林苑，殺人燕市傍。百萬酬知己，一飯不敢忘。解兵用談笑，抵掌屈侯王。小哉秦舞陽，獻圖乃倉皇。請纓事戎伍，何論殺與傷。男兒死牖下，白骨污山岡。

燕道難

古樹寒鴉啼夜秋，堤邊玉露壓花流。白日沙飛天路暗，空餘明月照蒿丘。蒿丘白骨覆古道，嘖嘖蜚蟲泣荒草。薄暮山鬼笑語聲，寒霜入鬢朱顔老。君不見燕昭斷壟久生苔，燕滿離宫兔滿臺。玉花氣折鹽車下，天駟無光夜色哀。蕭蕭易水落長虹，羌笛横吹木葉空。搔首爲吊荆高客，黑雲驟雨來悲風。

采蓮曲

江南水漲六月天，蘭舟桂楫滿江邊。愛花窈窕誰家女，艷服袨妝共采蓮。蓮花爛熳照羅衣，棹入蓮蘂畫艇微。忽聞笑語花間出，驚起鴛鴦水上飛。自從夫婿入長安，深閨獨守夢魂單。鄰家女伴來相喚，隨入蓮塘步又難。采蓮采得并蒂枝，儂家心事空自知。夫婿遠征誰寄去，傷心無語立江湄。

任城太白樓

謫仙浩氣塞九州，縱横古今誰與儔？幸有任城賀使君，慷慨同登城上樓。任城樓閣照奎婁，四際群峰一望收。畫棟上接雲漢影，曲欄俯瞰大河流。使君意氣高天下，觥籌雜遝相獻酬。知己相逢爲君飲，意中寧知公與侯？憶昔金鑾殿上游，大官供俸進珍羞。興酣揮灑如風雨，筆摇五岳凌滄洲。可憐謫仙雲馭遠，樓門寂閉日悠悠。山川若無高士迹，臺觀芳草亦空留。安得兩賢千載在，狂歌長破碧江秋。

姑蘇臺吊古

吴王霸圖久灰滅，吴王樓臺亦摧折。我行吴門吊吴宫，感慨興亡欲嗚咽。憶昔當年築臺日，征徭幾竭萬家室。星霜苦作尚嫌遲，老弱顛踣誰復恤。高臺崔巍欲接天，俯映湖光勢若連。萬户千門懸翠麗，錦障圍中列管弦。吴宫美女顔如花，響遏行雲舞落霞。蟬鬢蛾眉争鬥艷，不知嬌寵屬誰家。牙板疊催曲屢變，銀河影没正酣宴。敵兵已渡越來溪，君王尚醉鴛鴦殿。可憐瑶臺貯綺縠，一炬烟銷走麋鹿。吴中士女共笑歌，子胥忠魂地下哭。故宫舊路久已迷，流水瀰漫野草萋。香徑屧廊何處問？百花洲畔杜鵑啼。由來久盛不可期，狐兔亦上越王居。祇有姑蘇臺上月，曾照西施歌舞時。

延津古劍行

延水溪頭日色西，江楓樹上烏夜啼。自言能記昔年事，含詞未吐風凄凄。憶昔豐城鑄劍年，良工百煉老飛烟。月脊霜鋒未出匣，浮光已照斗牛邊。西江王氣無長在，化入延津變光彩。碧水奔騰波浪驚，空山霹靂妖魑改。此劍相傳今已失，黑雲欲障半天日。牧豎曾游上苑宫，荆榛忽滿萬家室。聞道當年漢代昌，帝子三尺入咸陽。誰虞一夜長安火，未央翻作麋鹿場。我聽此言感嘆頻，漁舟暮雨泣霜磷。玉樓燕子飛飛去，空對楊花愁殺人。

春日江村雜興

春野一天晴，惠風柔以平。故巢來舊燕，弱柳戲新鶯。樹暝多秋氣，樓高皆夜聲。老農時共醉，别後不知名。

風輕宿霧收，春色滿平疇。野樹多穿屋，溪花不礙舟。雨餘山疊翠，雪後水添流。何事子喬鶴，翱翔遍十洲。

溪水自潺湲，春來不閉關。空江月出早，静樹鳥歸閑。潮到將吞岸，雲飛欲動山。悠然頻眺望，長嘯不知還。

春日象山山莊

久厭風塵色，深林且閉關。泉聲帶月静，松影入窗閑。初雨新芳草，殘雲續斷山。日斜青嶂外，谷鳥自飛還。

獨坐晴樓上，林巒四望分。樵歌烟外出，猿嘯夜中聞。花氣常通水，禽聲半在雲。倏倏塵境外，麋鹿亦同群。

群峰當户牖，積翠落庭陰。不入此中路，安知物外心。石橋通澗細，烟火傍山深。爲語武陵叟，桃源尚可尋。

春到千峰秀，雨收萬壑晴。日看青草變，時對白雲生。燕語空山響，花開遠樹明。長吟松月下，樽酒此中傾。

鑿泉逢雨漲，種藥傍春長。葉掃還留影，花殘不斷香。寒鐘摇晚寺，弱柳動斜陽。夜静孤燈隱，風生枕簟凉。

未央宫

故殿久成荒，空鐘在建章。寒烟生廢井，蔓草上枯楊。苔鎖朱門暗，蟲飛畫閣凉。寥寥秋苑内，明月爲誰光。

道傍殘柳有嘆

嚴冬草木衰，嗟彼白楊枝。憔悴在今日，芳華异昔時。葉稀承露少，絮落到鶯遲。欲待扶疏至，春風報汝知。

大寧寺卧佛閣

睡卧高樓上，寂然長閉關。形聲皆是累，視聽亦宜删。枕上乾坤静，夢中歲月閑。片塵飛不到，明月滿空山。

雨花臺

昔日談經地，今朝牧馬墟。堪憐一片土，尚説六朝餘。雲落遠山出，臺荒古木疏。感懷非一事，臨眺獨躑躅。

錢塘觀潮

晚棹寒舟下，奔潮萬里鳴。乍昏千岸影，遥壯一江聲。流急青峰亂，濤飛緑樹平。閑將滄海興，坐看片帆輕。

劍浦舟中

流水別鄉夢，春風送遠征。千峰非一色，萬瀨祇同聲。棹向晨鐘發，舟連岸草行。嶺猿知客意，莫向此時鳴。

落花詩

春色將歸不忍看，飛絲落絮已闌珊。因風吹繞朱簾暗，帶雨輕沾綉閣寒。羯鼓頻催難再發，金鈴長護亦隨殘。相逢又是他年事，坐對銷魂獨倚欄。

廣陵道中逢友人黄君竹以倦游歸隱賦此贈別

久客頽顔懶問津，蕭蕭衣帶畏逢人。桐溪錦釣長辭漢，楚水桃花亦避秦。雲到江頭帆影濕，雨過嶺上馬蹄辛。風烟欲斷關河路，莫怨空山草木貧。

雨晴

昨夜凄風吹我寒，荒郊竹屋雨聲殘。一朝日散平疇净，滿道沙飛落葉乾。未雨不知晴日好，新晴方覺雨時難。疏雲已盡高天大，且向長原放眼看。

春日偕同年陳兵憲綠崖暨金陵諸友游宿牛首山

春風布暖一天晴，陟險登崖策杖行。幽閣倒垂危塔影，層巒暗度細泉聲。江流遠近雲中過，山勢低昂雨後明。佛火熒熒僧未臥，蒲團坐月夜三更。

端午秦淮

金陵佳氣入江春，兩岸芳華動翠蘋。白下湖山千載舊，天中風日一朝新。碧潭倒照青樓影，錦瑟空愁白髮人。王謝風流今已去，倚欄悵望獨傷神。

金陵懷古

六代爭雄據石城，地形蟠踞浪傳名。人謀不在金湯固，天塹已隨歌舞傾。殿外銅駝荒草滿，陵前石馬暮雲橫。升沉代換渾如夢，杜宇魂銷泪幾聲。

過烏衣巷故里

徘徊往事欲傷神，閥閱銷沉淮水濱。屋有夜烏啼樹冷，梁無舊燕落泥新。空聞江左衣冠地，不見風流王謝人。寄語行人休嘆息，晉家陵寢亦灰塵。

秋日山中有感

萬壑秋聲落葉繁，蕭蕭風雨一天昏。百年半去愁回首，四壁空留獨閉門。草壓斜橋何處路，鴉啼殘樹幾家村。瘖痍未起親朋散，坐對空山欲斷魂。

翠壁柴門上緑苔，無邊雲氣動樓臺。四郊烽火桑麻盡，滿地蓬蒿豺虎來。山鬼偏從愁裏嘯，林花何事老時開。長溪日暝空流水，颯颯風聲永夜哀。

題林劍鳴山樓

愛此山樓景物清，人間臺榭望中輕。泉歸衆壑參差落，日照群峰次第明。谷鳥半銜烟際影，林風不斷夜來聲。柴扉寂寂行人少，雲色蒼茫嶺外横。

翛翛履杖卧雲丘，獨踞烟霞百尺樓。山翠沾人常帶雨，松風入谷亦多秋。長林日晚樵聲急，曲徑花深鳥道幽。卜隱何須方外地，桃源已在此中游。

莆陽道中

杖策翛然别舊關，江風暮月亦愁顔。泉聲欲冷谿邊樹，日色中分雨後山。野火燒時群鳥去，白雲歸處一僧還。故園芳草今何似，爲此相思夢未閑。

釣臺懷古

數代行藏自古今，千年一釣此長岑。錫符豈屬功臣福，剖竹多疑英主心。片石封烟觀世静，空臺挂壁照江深。殘碑半向青苔斷，斜倚寒樓獨自吟。

秣陵春望

江上春來野草萋，翠裾綺袖滿長堤。青山半向雲邊出，黄鳥多從雨後啼。風静晚汀鷗睡早，花殘紫陌蝶飛低。登高遠眺長干道，一望林巒路欲迷。

初夏即事

芳菲摇落送春光，暖日晴雲晝漏長。輕葛初裁金剪細，嫩茶新試石泉香。風吹楊柳緑垂屋，鳥啄櫻桃紅過墻。小院日閑午睡足，翠樓簾捲夕窗凉。

小孤山

小孤山島自乾坤，四面洪濤日夜奔。絶壁陡懸天外險，孤峰特立水中尊。碧雲入寺鐘聲濕，白浪横江樹影翻。遥望層崖曲徑緲，何時携杖到山門？

廣陵懷古

隋家天子幸揚州，彩女歡歌擁御舟。邗上緑楊纔拂岸，秦中白骨已成丘。故宫草發雲空鎖，舊冢苔封鹿自游。二十四橋何處問？暮猿長嘯野風秋。

江村

殘村旅舍動秋思，木葉蕭蕭岸際垂。短壁參差依野樹，蓬門欹側向江湄。竹橋路細人行少，弱柳風輕日影移。老叟倦閑常晝卧，時牽蔓草補疏籬。

魚舟

數葉輕航江上過，閑將短楫漾清波。魚梁水落驚秋夢，烟雨舟回起棹歌。晚簟祇堪明月到，早帆惟挂白雲多。群鷗日夕沙邊宿，矰繳未工奈爾何。

丁未臘月七日金陵回光寺遇雪

北風蕭瑟送殘年，陰雨空濛雪滿天。澤國有林皆玉樹，石城無屋不寒烟。僧歸深院松扉閉，漁釣空江夜火懸。曲徑苔封過客少，紅爐緑酒任高眠。

雪霽後登樓遠眺欣然再賦

輕風旭日過江城，宿霧初收天氣清。滿樹凝花懸素影，長溪殘絮落新聲。雲歸浦外晴還濕，月到樓頭冷倍明。大地銀河聊縱望，捲簾長嘯一樽傾。

燕都感懷

古寺寒鴉帶露鳴，河橋緑樹落秋英。將軍射獵花邊過，公子彈箏月下行。駔儈場中多識面，黄金臺上孰知名。漸離故冢蓬蒿滿，何處臨風聽筑聲。

即席次答張爾成少參韵

霓旌獵獵逐風開，遥看文星自北來。椽筆應推燕國手，風流獨數鄴中才。寒檐露落燈花冷，古寺鐘沉月影回。把酒談詩耳正熱，城頭夜漏莫相催。蕭蕭四壁嘆鷦鷯，异地懷人問字遥。遠望轅門千里隔，相逢驛路一尊邀。爐中火熱香烟滿，秋後風高夜雪驕。醉讀新詩頻起舞，冰綃何必讓瓊瑶。

都門送孝廉莊儕鶴歸里

知己分離二十年，相逢燕市倍凄然。何堪握手無多日，復爾銷魂自各天。芳草輕沾江店雨，春風遥散馬蹄烟。長途詩篋君應滿，莫向痴人夢裏傳。

團扇詞

篋中白團扇，夏來親郎面。願天不復秋，長與郎相見。

寶鏡嘆

綉囊裹寶鏡，日夜挂妝臺。儂色已憔悴，躊躇未敢開。

鷓鴣啼

寒床寂無語，鷓鴣啼向曙。如何不早啼，郎已出門去。

長門怨

久隔上林路，無意對花開。東風不解事，吹送苑花來。

江南曲

妾在横塘上，江潮日蕩漾。潮水有去來，郎心無定向。

擬古宫怨

弱柳飄摇百子池，大家依様畫蛾眉。鸞車已向别宫去，妾學新妝誰得知。
太液池中菡萏新，紅裙摇曳緑波濱。無端驚起鴛鴦鳥，陌上雙飛惱殺人。
中宫宣召按新箏，玉指細彈離恨聲。却被東風吹散去，君王乍聽未分明。
鸞輿塵遠邈難攀，聞道將來尋又還。自是君王不好色，非關薄命盡紅顔。

閨怨

妾家住在大江頭，江水多情日夜流。聞得櫓聲樓上看，不知何處是郎舟。
池畔芳桃郎自栽，今朝已見碧花開。無情桃樹開何急，種花主人今未來。

懷友人用上下平韵有小序，選八首。

旅中閑關悶坐，偶有意中之思，因感嘆凄凉，愴然屬筆。不必有是事，不必無是人也。亦猶屈子

《湘君》，陳思《洛神》之義爾。文不逮意，辭未及情。覆瓿之譏，或者其未免乎？

烟雨蒼茫鎖碧居，千愁莫寄半行書。西來青鳥羞傳信，思欲遺君雙鯉魚。
强扶衰杖望重門，躑躅含愁聲欲吞。想到無端思夜卧，却將飛夢訴離魂。
愁鬢羞開青鏡奩，秋風何事欲窺簾。峨眉千丈峰頭雪，疑是離人白髮添。
洞庭秋水碧雲沉，帝子中洲何處尋。玉佩蘭舟愁眇眇，空留湘竹泪痕深。
飛燕猶然巢故枝，征夫或有夢歸時。狂風一起落花散，兩地傷心兩不知。
羅綺翩翩翠袖長，微風暗送自飛揚。何時化得青紅錦，裁作君衣猶帶香。
金井欄邊絡緯聲，寒燈獨聽夢魂驚。空幃無計成雙影，故把頹容月下行。
浮雲來往不須巢，飛鳥長鳴楊柳郊。汝自閑情我自怨，相逢相過莫相嘲。

睡起

寂寂僧房睡起遲，起來已是早炊時。莫云客夜全無事，夢裏常吟未穩詩。

醉後

十千買醉莫辭貧，一醉頹然閑此身。恨少中山千日酒，醒來依舊是愁人。

過清溪有感

綉户朱簾紅杏墻，風吹蘭麝滿溪香。於今已作榛蕪路，任是無情亦斷腸。

和韵遣懷

四載飄揺南北天，凄風苦雨亦堪憐。黄金散弃鬚眉老，聊作新詩學少年。

代人題畫圖

階前流水起清音，鬱鬱長松正滿岑。石壁翠連青草色，洞門閑鎖白雲深。

卷四十八　紀映鍾

福清魏憲惟度　輯選

秀水何元英蕤音　山陽馬駿圖求

華亭沈　荃繹堂　福清翁白未青　參

紀映鍾 號檗子，江寧人。

小引

魏子曰：余過白門訪知名之士，惟與治、檗子稱首焉。與治往矣，宛陵施大參輯其遺詩，紙貴金閶，可爲身後知己。檗子則游京華，歲且十稔，偕盧江龔宗伯善也。人争艷之，曰是其知己也。身遇之，視與治爲尤隆。余曰：不然。名者實之賓也。身有所由，立道有所由昌，而後名以副焉。顧與、紀二公，貞者也。貞者十年不字，宛陵慕其貞而傳之，盧江愛其貞而禮之，其好均也。亦必二公有可慕、可愛者存也。其可愛、可慕者何也？曰：道也。道昌則身立，身立則名貴，其詩自不朽於天地間。近代徐天池、盧次楩、陳白雲皆得一人以不恨此物、此志焉耳。余采《補石倉》，闕里孔觀察以檗子詩來，復出宗伯八行，敦切贊嘆焉，曰：『是檗子知己也。身遇之也，視與治爲尤隆可也。』

學圃

我爲東湖樵，子學南山圃。相逢大道傍，雪涕問勞苦。我逢女貞樹，再拜不敢斧。子有東陵瓜，屢潰深秋雨。生事尚飢寒，吟詩坐蒿堵。

城邊路

城邊路，歌舞處。十年變爲墓，十年犁爲田，十年成淺渡。

關山月

邊月何凄凄，邊霜送馬啼。無情沙磧水，日夜下遼西。

陽春曲

曉聞鳥語喧，啄碎簾鈎玉。時光不相待，坐起惟忽忽。塵生寶瑟紅絲寬，春色年年在閑緑。

寄塞上人

薊酒天下勁，趙女天下白。英雄雖失意，割肉頗自得。邊草色萎枯，胡笳氣蕭瑟。憑吊古戰場，千秋動魂魄。

和謝康樂

南風吹高鳥，輕帆切浮雲。洪波寢以馳，衆山迢遞分。登樓睇八荒，結思徒煩殷。風烟縱寥廓，念與子爲群。情言敦在昔，離別悲長勤。燁燁好顔色，抗手阻塵氛。論心展悦豫，傾抱鄙見聞。不信三五期，渺若河山紛。白駒靡返轡，蘭茗墜朝曛。日暮山上松，謖謖猶爲君。任心置丘壑，群力競兹時。畚鍤一何勤，要與習懶宜。流泉靡輟響，靈卉密中籬。開軒俯南畝，層岫綿參差。山翳滌亭午，卓然見好姿。鳴鳥鮮狎至，清風若相期。睡起罷書帙，徒步看前陂。東皋方作始，農事無疇咨。固違塵世轍，葆此嘉遁奇。

彦遠别我南歸

記昔乙酉歲，斷髮出奔走。城西黄葉村，安禪傍枯柳。潭風送早秋，山雨暗窗牖。鄰單兩瘦僧，煮茶自相耦。白雲停幽谷，寒泉注淺缶。趺坐無他言，一卷嘗在口。問爲誰氏詩，喃喃稱老手。子謂老手難，古人寧幾有。展帙覺异色，竟讀嘆且久。静氣果不群，紛華豈能誘。鏗然聲律高，定識精神厚。既道姓名罷，行藏更非苟。淡比松下禪，堅類柏舟婦。一家河渚栖，梅花帶左右。入林恐不密，數峰當户守。内子亦苦吟，研山間井臼。置君神仙中，轉覺畫圖醜。此語今十年，夢魂未曾負。犖犖千秋名，淪落同敝帚。投刺長安道，錯愕辨真否。燒鐙〔一〕韓子廬，濁醪傾幾瓿。平生性命歡，獨此堪不朽。長歌貽蹇修，再歌示良友。環堵生烟霞，真懷動星斗。何意超古初，祇不落人後。春到理歸鞍，故人備粻糗。却恨邢臺令，敚我西山偶。離合固難期，曰歸毋回首。湖上多桃花，澗中嬴南畝。莫帶長安塵，輕點溪頭酒。

慈仁寺訪彦遠用前韵紀事

二月風氣佳，出門待新柳。騎馬慈仁寺，松光迎馬首。傍松入高門，披帷見我友。寒退土竈間，日色在低牖。主人半病眠，應酬費心手。捉筆方攢眉，見我笑開口。開口便説詩，大致歸一厚。謂我善七言，歌行尤勁陡。五言力固强，多作慎莫苟。此語見至誠，佩之如琳玖。我愛與子言，妙意入醇酒。促膝夢天涯，爲樂享敝帚。汲泉累僮稚，設果探瓶甀。屋下春鳥鳴，墻上松濤走。家書取示予，絶不及升斗。苦心懶自明，摧挫栖塵垢。我有千竿竹，别來翠應朽。子有千株梅，何人爲子守。我有一閣書，野鼠蝕蝌蚪。子有一片石，雲根弃培塿。我有五岳囊，刓敝不在肘。

〔一〕『燒鐙』，亦作『燒燈』。

子有蒼精龍，抑塞不敢吼。山川間良辰，天地徒爲耦。獨將向上機，相勖閨中婦。惆悵浮雲過，
瞠目立許久。我子事事同，我生重重咎。願移白下居，就子河渚畝。來往見風流，二老世外有。
揮涕忽歡然，不覺日當酉。更訂月明時，招要固哉叟。叟韓詩也

寓三山雨中述懷

人日至春分，日日雨不止。朝曦澹林端，陰雲已凝俟。初猶灑窗微，漸作翻渠駛。宿莽未萎黄，
新草怒生朮。北窗暗如漆，飢烏下啄紙。群兒樂未央，志士悲年齒。
雨中百端集，繞廊忽行吟。自我當暑來，居諸春已深。桃花散林綺，叢桂日抽簪。遥想幽人閑，
花下鳴素琴。貽我一端縞，與我稱斷金。泥塗白日阻，空睇南山岑。
谷鳥鳴喈喈，好山弄眉嫵。流雲静不飛，懷人在東武。誰將嶺頭梅，寄過瀟湘浦。落月照蒼梧，
春風遍蘅杜。佳人渺難期，愁多不堪數。
烈士貴有身，聖人亦無位。冥鴻既高飛，衰鳳猶一至。曄曄千仞姿，卑栖狎狂鷙。已知不可爲，
大義終難避。慨然成春秋，不易匹夫志。後世隆中人，出師得其意。

大子手植檜

古檜真神物，側起殿北隅。仿佛龍門桐，百尺枝柯無。細文自右旋，千轉如羅繻。厥狀類槁隕，
膚理獨精腴。榮悴關興革，曾不爽斯須。竊聞子手植，純氣綿扶輿。渺渺一微木，運與造化俱。

易姓固常理，天道貴如愚。夫子亦何言，四時任來徂。願言勖我儕，珍重報菀枯。

荒村早行

村村趁集人曉行，曉月自照繁霜明。石橋壓水水不動，秋蟲栖草啾啾鳴。誰家蓐食不早起，瓦瓶汲井聲齒齒。夙火猶光亂草檐，前山日已半峰紫。寒風射眸如細霰，北行竟日背日面。却憶南村就曝時，回首疏雲送孤雁。

報國寺雙松歌

落落何朝十二松，兩松怪誕難爲容。求之骨貌意已失，尚想天外超忽雙雲峰。白日當空集風雨，紫氣盤蓋藏芙蓉。一日一看一奇特，百步之餘尤荒惑。或言此松似石鼓，冰苔蝕籀缺釵股。或言此松類神駿，蘭筋决滅秋霄迅。或言此松：其太古無懷氏之民，邊幅裂盡存吾真，傴僂錯愕任笑嗔。不知嵁岩與朝市，頹然放足三千春。

補山堂歌爲砦庵老人作

茫茫楚澤黏天緑，中有老人結茅屋。浄洗腸胃臨江流，看盡虞淵又暘谷。却訝門無一片山，秋瀾萬頃空潺湲。拿舟欲采芳蘭去，居山不見悲潸潸。會當割取熊耳峰頭千仞石，嶙峋置在鴻濛澤。打鐘夜攬懶龍眠，振衣直上摩霄碧。爾梅居士何人乎？噓翕雲漢移蓬壺，張目一掃岩壑出。峭冥巀嵲，頃刻插在練光鑒靚之明湖。造物缺陷我不問，誰能補山祇須臾。五日一石十日水，神速得如梅也無。老人一見發長嘯，渾然自謂愚公愚。乘風浩蕩睨八極，手排閶闔叫蒼梧。嗚呼！手排閶闔叫蒼梧。

送鍾子黄歸鹿宕

送君歸鹿宕，山色正蕭蕭。雨氣江湖白，秋聲日夜驕。殘書披澗户，幽鳥待松寮。他夕天門月，鍾期信可招。

冬日將往淳湖夜宿徐卿汐閣次壁間韵

荒磯背郭静，日暖卧沙鷗。水落增高岸，烟微没去舟。早梅偏近寺，冬柳尚遮樓。一榻消長夜，鄰鐘幾度秋。

秋窗仿韋蘇州

病起北窗下，池塘轉夕陰。山雲淡歸鳥，城闕動清砧。卉吐秋容變，波停碧藻深。主人有高適，抱膝日同吟。

廟壇月

皎皎新秋月，高飛老樹顛。廟壇芟寸草，樓閣掃寒烟。鄰畤松聲静，家山鶴夢懸。大河南北限，目送白雲邊。

登太行絶頂

西來雲氣接崑崙，匹馬登臨絶頂尊。蹶起雄爲天下脊，巋然怕作晋陽門。沁流一道穿河水，上黨孤城俯太原。回首武靈戎服地，暮烟荒堡自朝昏。

天嶺交盤并豫分，客身常逐雁爲群。至今淇上無修竹，終古山頭有白雲。車轍漫回悲竭澤，樓船曾下濟横汾。霜清九月裘如鐵，此夜寒砧何處聞。

張幼仁園居

結構幽居似輞川，鷲峰鹿苑一溪連。天涯白首歸張翰，海内丹山老鄭虔。高閣三層懸暮雪，荒畦十畝刈寒烟。城陰宅近堪來往，古路鐘聲不紀年。

題丘季貞西軒

楚州秋色在城西，千樹梧桐晚雉齊。亂後自餘明月好，霜前仍有子規啼。連山送客悲芳草，向晦齋心對碧溪。十笏一軒書萬帙，蒼雲深隱鳳雛栖。

廣陵夏夜同與治半千蒼略訪〔一〕楚吟城北村舍次與治韵

顧子乘舟江霧昏，杜龔促膝坐前村。白雲滿地鄰僧磬，黄葉封溪處士門。傍舍衹須山一片，閉關常得酒盈尊。最憐合并如斯少，夜半傾泉煮北源。

湖上逢曹秋岳都憲承贈新詩次答

憶傍長安鄉月清，東方千騎五羊城。如今林下添真隱，不問寰中失老兵。遠埠舟移雙岸雨，夕陽樵斷六橋鶯。天涯聚會乘佳日，獨抱閩山去住情。

陳孝廉〔二〕自閩過訪京口山寺喜作

聞君樵牧萬峰幽，握手何期在潤〔三〕州。破衲穿雲來嶺外，黄梅歇雨坐山樓。懶留鐵甕軍城酒，欲采江籬漢水舟。垂老逢君頭白盡，不堪重話十年愁。

〔一〕『訪』，此處原本、校本脱文。據紀映鍾《戇叟詩鈔》（清光緒三十一年江寧傅氏刻本）補。

〔二〕『廉』，原本、校本均作『兼』。孝廉，漢時察舉考試之科目，明清對舉人的雅稱。

〔三〕『潤』，原本、校本均作『閏』。京口在潤州。

歷陽書懷

茅亭山色借鄰家，霜後東籬尚有花。一雁西南啼過雨，半江風月送悲笳。灾祥數考《京房傳》，天地空浮博望槎。垂老倦游如轉轂，虚將轗軻紀年華。
城闕啼鴉返照殘，蕭條極目水烟寬。雲埋鷄籠香泉潔，月暗烏江古廟寒。牛馬飆馳誰挽轍，乾坤人老幾還丹。白沙紅蓼孤舟在，祇向滄洲買釣竿。
雙流古柏儼林丘，鐘鼓郊原動暮愁。岩樹秋紅藏烈碣，江磷夜白釣魚舟。三年炎海凋霜鬢，百里驚濤轉石頭。行過荒祠空俎豆，不堪生酒酹周侯忠烈祠周侯，名虎，臨淮人，破賊功奇絶。謝德輿爲之記。

何蕤音新居留題

卜築新居似草堂，琴尊深擁竹匡床。鳥聲林外連方澤，雪路橋西近虎房。萬里徵書曾出使，十年通籍尚爲郎。剪燈投轄情偏重，聽到鳴鷄舞更狂。

史遠公以黄山游紀相示奉答

君從湯口尋山去，直入千峰與萬峰。纔有路時三澗雪，絶無人處一聲鍾。雲綿忽漫藏丹竈，瀑布長懸濺白松。披寫幽奇隨意出，却疑柱杖是蒼龍。

舟晚

浴罷坐船窗，風吹草香歇。河廣萬星涵，長庚大如月。

秋窗

疏雨暗秋窗，秋光净如濯。飛鳥不知人，徑下階前啄。

題王石谷畫

渡口有人家，芳樹蓋茅屋。勞勞待渡人，不向酒家宿。

數峰插天外，如倒石鍾乳。寒林暮色多，疏鐘到深塢。

春山可憐碧，春水平於鏡。承旨山水姿，媚中有蒼勁。

同戈驛唐太宗起兵處

李花開出晋陽宫，義士同戈氣決東。衰草衹今無馬迹，滿山落葉戰西風。

送邵蘭雪

家住姑蘇烟水寒，燕山炎夏拂征鞍。塵中任鎖書千帙，去釣香溪月一竿。

題畫

荒村十日雪飛蓬，枯樹無聲定晚風。相對草堆燒榾柮，喜無人迹過橋東。

卷四十九　劉六德

福清魏憲惟度　輯選

曲阜孔胤樾心一　武進劉維禎瑞公
廣平申涵光凫盟　元城黃蕿若石筍　參

劉六德 字智侯，大名人。

小引

魏子曰：有唐以詩鳴，蓋本業也。大曆而下，不啻波流，隆則隆，污則污，論其世可已。當世以詩鳴，則夢闈伯仲獨著於天雄。時雖多材，超乘而前，去挽近世千里矣。而必推其本於智侯太翁崛起啓、禎間，駸駸進於大雅，以睥睨中原，後此者莫與京焉。余索其遺編以長卿著書人多取去對，從百城擁坐中得一帙，佚者半，曰擬《封禪書》耶？細讀之，皆李杜名篇，體不相沿而辭不相襲，混然同氣、鏗然同聲、蒼然同色，求之古者不多獲，直欲藏之石室與乾坤共永。嗟乎！山川竅矣，吾其敢閉塞也哉！

初夏過張定甫郊居

結廬帶回岡，長林鬱其隈。叢藹滋雲亂，雜芳逼路回。徑苔濕欲漲，槐影厚如堆。到門望曲亭，
花氣出墻來。遲君久相招，一晤亦艱哉。未信耕耘苦，道顏自美鬑。清榻爲我設，素琴對君開。
莫言止酒便，步檐有樽罍。草窗風四面，曲案舉雙杯。春英入夏繁，延蔓不經栽。鋤瓜想餘慨，
治畝見經才。貧兮吾輩氣，静者道之媒。逍遥愛桑陌，慷慨登古臺。日長曠淡好，斯地絶嫌猜。
暮將入城市，清機隨塵埃。

平干道中

驅車十月交，遠上寒山陂。倏爾川原异，悵焉呀路岐。大野邈無際，長風當面吹。遠天落沙鳥，
寒林嚮枯枝。日入村墟淡，烟横丘隴悲。我行駕疲駑，寂寥寸寸移。寒湍遲夕渡，暮雲蔽餘曦。
望望樹中村，依稀挂酒旗。旅人共指點，一醉固在兹。

去婦詞

願歸不肖軀，勿使君傷怒。事君已傷君，何如尋却步。逝將自疏遠，除滌新人路。新歡未有人，
君家窘朝暮。願充行媒使，爲君廉織素。君心愛憎殊，妾則深知故。舊人愛意往，新人應緣出。

何以識新人，但與妾都异。伐柯比之子，君情穩得遂。却堅百年好，是妾報君義。

戲效讀曲歌

髻樣堆來裕，修容宕處工。素心深斂飾，芳帷最玲瓏。一解

隨意光絲履，偶弄階前步。爲君閑眼多，細細行將去。二解

每去不回眸，衹須强前走。已知方顧儂，作意俱向後。三解

同是木石心，自許泛相顧。何意動徘徊，羞得嬌無度。

古意

纔見桃花落，桃實纍滿道。昨夜雨生苔，眼看又秋草。念彼歲華疾，願言日傾倒。

小蜩甫能飛，已被饑鴉喙。有翼不知時，何如守其殻。

東家有少婦，早起乘凉天。濯髮净有光，自出掃門前。長日無他事，安坐意泰然。

臘日微雨過普照寺

臘日寒風改，徘徊到上方。雲深薄曙色，雨潤起塵香。老檜芬層閣，清笙出翼廊。塵緣到此净，已覺似春光。

題夢中詩

空居絶勝想，却夜夢逢詩。是我幽清影，憑誰照耀之。憶忘争此息，深淺任翻奇。亦既呼燈記，虚明宛在兹。

寒月

月既水之魄，於冬方盛明。不如秋風雨，况妙雪陰晴。肅肅霜空净，遲遲永夜情。每能體此意，寒甚坐深更。

贈斫琴防羽客是王又日弟子，故云。

兹器寂寥久，高人觸手生。静知絲木理，不獨爪甲聲。一向精成癖，千秋孤調明。爲君起逸興，鼓對秋空清。

雪

野與天同照，光偕静作晨。風烟一清警，物色共知春。幽意到鴉伴，殊情獨翠筠。滿林花壓遍，梅却未全匀。

偶成

晴暖猶無定，園林亦漸來。遠條觀柳意，低樹探花胎。酒隔前冬熟，軒當正午開。爲嫌春事滯，日日繞庭梅。

長至日大人陪祀郊壇賜膳盒咏絲寓糖

引出纖於縷，輕文錯落加。天庖織女供，龍海夜鮫誇。蔗化桑生繭，蛛爲蜂吐花。聖恩千萬緒，特賜近臣家。

虎睛〔一〕糖

爲訝天厨昇，盈盤聚虎瞳。寒光懾馮婦，彩色盻支公。映燭妨飛火，開函欲引風。山中逢漢將，月黑按雕弓。

客館

車馬自風塵，淹留倍愴神。僕爲同爨侶，僧是補衣人。沽酒遲來客，無燈早倩鄰。破窗風雨劣，愁坐更沾巾。

雁字

帶雨濡烟宛轉回，洛圖一畫半天開。倒江横折龍蛇影，温月平鋪雲錦裁。形是鳥文聲是訴，譯爲

〔一〕『晴』，原本、校本均作『晴』，誤。虎眼糖，明宫廷甜食。《酌中志》：『是以絲窩虎眼糖，外廷最爲珍味。』

嗟怨讀爲哀。幾回玉塞音書絶，極目遠人天際來。

欲語相思一字强，蒹葭浦上叫悲凉。南宫醉墨紛無陣，子敬飛毫淡着霜。愛學紅箋霞一點，錯臨眉譜翠雙行。天涯兄弟原同齒，凄惻河梁十九章。

春夜禪舫聽女郎鼓琴

小廊空響漾風林，夜有仙姝携素琴。窈窕自諧松澗意，雍容不露鳳鸞心。欲彈若個揮弦態，曲罷君聽指外音。一據忘言知有恨，可容誰和《白頭吟》。

海棠葉

不向春前鬥麗姿，欲從淡冶學西施。背將紅燭牽羅袖，自洗鉛華愛翠眉。嬌性未憨應暗惜，羞藏不盡使人思。慧心亦恐傷摇落，不到脂殘粉退時。

無題

十斛明珠莫浪誇，自從塵外謝鉛華。秋濤注處清無骨，春嶼烟中妾有家。笑却秦城依故壟，不嫌陶粟傍寒花。爲因價重身難繫，欲引長縢到若耶。

樓上待約

春郭雨初晴，烟消花柳明。高樓獨遠眺，客至不知迎。

山家

小村無正巷，盤曲兩三家。蔫麥皆新飯，遠風吹棗花。

中秋

良宵圖閉門，空静待華魄。獨有碧霄間，清輝尚如昔。

人日過北郊酒舍

野暖流晴雪，廬香温舊醅。春游吾第一，誰解未花來。

彈琴

羲農久寂寞，彈琴想其真。偶有餘淡時，悠然太古心。

竹窗

開窗面幽竹，竹蔭秋苔濕。微風透深叢，清潤時來入。

楊花

不共殘紅落，復倩東風馭。到處向人飛，似説春歸去。

明妃曲

薄命還當弃聖朝，畫工須置在輕條。料他衹道無鹽好，未必甘心抹阿嬌。

宮詞

明鏡朝來把泪窺，君恩妾貌肯相隨。年年花落春風轉，却畫宮中那樣眉。

郊外訪友

芳草城邊岐路斜，春風拂拂到山家。主人置酒銷閑晝，茅屋開窗對杏花。

憶夢

眼前事事弃如遺，一夢無端顛倒思。誰寫殘經誰化鶴，世間蝴蝶總相知。

同黄石筍夜坐柳下

偶從静侣坐風林，雨暗雲香夜色深。薄月欲來穿不透，依稀凉影散衣襟。

飲劉伶墓側

寥落風塵老倦秋，幾回不死戀盈甌。此來亦有埋身杵，可許丘傍更一丘。

卷五十　黄莅若

福清魏憲惟度　輯選

長垣郜焕元雪嵐　嘉善曹爾垓十經

東明袁　佑杜少　江寧金世仁嵋山　參

黄莅若

號石笥，元城人。

小引〔一〕

魏子曰：此石笥黄先生《留笏草堂詩》也。堂爲少師中五公所遺，在元城之西。石笥讀書其中，以名花馴鳥自娱，故其詩多悠然有會之致。壬子春初，與余杯茗間，出盧次楩《蟣蠓集》相與論定，至慷慨悲歌，不忍釋手。蓋其愛才之心出乎天性，有不自知其所以然者，非同於世俗浮慕之

〔一〕聚錦堂本無小引。

士，黨其鄉之文人，自爲門户計已也。今令器翩翩俱致青雲，人皆謂少師忠貞之報，不知石笥之優於繼述者至深且長也。讀其詩、論其世、知其人，願與天下共之。

雪霽

天地劃然皎，寒光四望盈。檐融春滴滴，樹映玉晶晶。未免泥塗困，真添白髮明。杖藜無處所，歲暮若爲情。

游成八公野圃同劉印心

曠野開花圃，秋深有客過。閑雲三徑滿，紅樹一川多。雙屐穿殘菊，孤尊傍古柯。樊籠今始出，放意一高歌。

雨中蓮開遲竇德邁不至却寄

一枝冉冉照漣漪，正是輕烟細雨時。鏡裏新妝添沐澤，江邊獨立帶愁思。何來好友空餘酒，獨着蓑衣漫繞池。應有風香吹别院，東鄰宋玉豈無詞。

社集喜曹顧庵太史至分韵

天地嚶鳴候，飛觴促衆英。問誰主白社，有客自承明。司馬山川遠，相如詞賦精。寒風逐客泪，春日故人情。握手悲歡集，當筵逸興橫。人中瞻海岳，筆底鬥蛟鯨。博雅群言折，詼諧四座傾。韓軒成李賀，維咏付裴生。翻喜辭天禄，天涯續舊盟。

七夕立秋

疏桐影散月痕青，淡淡荷香飛露螢。共道雙星渡河漢，驚看一葉下空庭。遥憐複道停仙馭，近倚秋光冷畫屏。兒女共羅瓜果待，老夫守拙懶求靈。

送别曹顧庵歸里

輝輝藜焰照蓬門，一夕千秋得共論。藝苑方期常御李，春光無計可留髡。鶯花澤國迎歸棹，風雨漳南黯别魂。他日相思何處遣，新詩細讀向黄昏。

百泉

入眼何清綺，湖亭落照西。山光揺翡翠，水色漾玻璃。身世歸圖畫，行藏狎鷺鷖。俗緣何日了，於此卜幽栖。

夜雪

空庭漠漠凍雲低，萬籟寂寥夕鳥栖。但覺清光生夜色，不知寒影動花蹊。浸凌孤榻瓶梅冷，揺蕩吟魂江樹迷。莫道袁安高卧穩，夜來夢繞灞橋西。

探梅

鬱鬱窗前梅，一枝横雪意。正當酒熟時，試看花開未。
歲暮風色苦，庭梅寒意結。我欲探其花，凍指撥冰雪。

登東昌光岳樓

層樓丹拱倚雲端，勢壓青齊自大觀。海上雲山争入座，天涯詞客各憑欄。城銜晚照征帆近，木落霜空去雁寒。白首登臨仍是病，仲宣愁思正漫漫。

登岱二首

五岳名山泰岱尊，天開東臂壯乾坤。雲扶御道千峰轉，樹擁金宫萬壑奔。静夜海光飛日觀，晴秋練影上天門。百王禮樂朝宗地，咫尺還疑近帝閽。
岩壑千重具渾淪，群峰拱列似陪臣。光分齊魯連仙嶠，根轉星河出海濱。龍化秦松攫曉霧，雲封漢簡動秋旻。天風莽蕩吹寒色，萬仞峰頭一粒身。

郜凌玉學憲修郡志成旋里送别

幾年海岳震才名，魏博於今仰鑒衡。文獻初成傾五馬，旌旄南去動連城。孤亭錦席驪歌起，匹馬霜天雁陣横。從此山川生氣色，烟霞一路解逢迎。

早春咏雪和孔心一觀察韵

陽回寒谷早梅開，人倚雪天醉臘醅。色映年華成閬苑，瑞呈雲物見靈臺。沾濡應候恩膏布，瀟灑隨風珠玉來。應有清光連火樹，六街袨服絶纖埃。

寒光一片映窗明，柳岸花溪處處平。春到纖葩應五出，風回逸態欲横生。尋梅踏去扶笻看，沽酒携來拂袖迎。最是幽齋多冷韵，淡烟疏樹隱山楹。

積素迎輝凍欲流，雪花又向早春浮。誰朝玉闕驅龍過，似下瑶臺跨鶴游。花撲瓊筵窺拂麈，光翻玉陛動鳴球。使君遥祝豐年瑞，高咏陽春醉倚樓。

暮春過李弘甫郊居

春深門巷柳風斜，有客來尋仲蔚家。𧏙簡無靈懸税櫛，回崗繞翠擁烟霞。連天圃色隨游屐，趁酒松陰帶晚花。莫待夕陽沉睥睨，搴帷春浪滚晴沙。

卷五十一　宋　翔

福清魏憲惟度　輯選

曲阜孔胤樾心一　泰州張幼學詞臣

華亭王廣心農山　江寧張　揔南邨　參

宋　翔　字子飛，宛平人。

小引

魏子曰：韓昌黎云，天下事成於自同而敗於自异，獨於詩則不然。詩尊漢魏，鄴下之才别矣；詩盛三唐，中晚之趨殊矣。家握靈蛇，人懷和璧，取其矯然峻拔者，庶無籬下之譏也。宛平宋子飛先生，以名制科，督國鹺，江淮之間稱廉吏。公餘留心風雅，不屑屑於近人之習，且不屑屑於古人之規，縱筆所如，意先之必以創，詞隨之必以新。創也、新也，踞其巔則體迥矣，詣其成則法老矣。炫其异采者，却而避之，與爰居之於鐘鼓奚别焉？昔楊子雲著《太玄》，世無知之者。

子雲笑曰：『世不我知，無害也。後世有楊子雲，則必好之矣。』然其時桓譚知之矣，侯芭又知之矣。歷今千百載未有子雲，而子雲之書固同敝天壤也。余於子飛之詩有桓侯之契焉，因以質之。孔觀察慨然許我。

栖霞寺聽月亭

禪寂山無籟，天空月印亭。雲流石不鎖，影落水爲形。碎耳江中楫，驚心夜半鈴。眼高何處是？徙倚快營屏。

桂林冬至

一綫牽兒女，愁多與夢長。不知將臘至，豈是爲春忙。萬里吾家遠，人情客路凉。梅花方破白，天送歲寒香。

江行雪

雨雪衡山路，天涯萬里心。孤舟虚冷棹，殘夢壓寒衾。天闊雲遥落，江空水映深。歸來歌笑處，驢背快長吟。

分水嶺北舟中得梅花爲瓶供

嶺南無雪壓春枝，遠樹梅花折入詩。兩兩三三香較韵，瓶中顧影弄鬟眉。
瘴厲欺春不早來，先催桃李盡時開。又將三月梅花雨，移向寒梢帶臘栽。

岳陽立春

岳陽城外洞庭春，誰是樓頭醉裏人。江水猶流樓已盡，且將殘酒薦盤辛。

閨怨

收拾脂粉殘，凝眸不對鏡。躊躇無語處，簾影香階净。
紅紅樹頭花，涵濡修嫵媚。今夜明月光，蕭瑟秋風吹。

閨思

假寐卧香閣，朦朧何曾睡。思量玉尺寒，裁衣托誰寄。
新月不可贈，深深羅帷裏。纖手弄雙鈎，湘簟凉如水。

北還旅懷

長江客泪暗青衫，誰借秋風挂布帆。萬里孤舟行處是，回頭望斷粤林杉。

上灘

亂石巃嵸故作堆，瀾翻浪鼓雪飛來。舟人操縱輕如葉，險處回流水自開。

舟次君山望月

月到秋深冷愈孤，偏來江夜襯冰壺。君山不到遥相對，自把茱萸問岸蘆。

廣西恭遇萬壽聖節赴京奉表稱賀行次興安縣萬里橋記事

萬里山河萬里途，太行襟帶接嵩呼。重關紫氣迎長至，百道鑾書奉永圖。江漢朝宗臣領袖，風雲入際帝權樞。滿帆清節還時望，願答堯天瑞應符。

辛亥除夕奉表進京舟泊江干遇雪

臣悃天涯路，風波一夕時。年來秦嶺去，今日楚江吹。雨雪留寒住，星帆帶歲移。明朝春正月，王事敢遲遲。

陽朔道中咏崖石萬笏朝天字

憤筆書來掃大荒，群峰稽首拜衣裳。文章不説標銅柱，石上風生翰墨霜。

處處山巒尖入雲，攀轅驅轂若爲群。峰烟萬里無多事，剩得崖書寫右軍。

粵西太平府即事坐月

天留小月挂吴鈎，又聽弓鳴力不柔。旞纛營開新細柳，龍英州映左江樓。交南那處無人賞，朔北誰家不舉頭。偏我旅懷聊藉照，驚心匣劍可堪抽。

舟行衡山縣道中

山轉人不移，隨波東復西。不知天造意，恰以地生谿。且遂長波遠，因依短棹栖。弓刀自在目，之子欲何携。

夜宿洞庭湖

吸江不盡駛，一水接高天。突與山争峙，渟因地作滇。踞舟憑夜穩，拍案説風平。方假中宵夢，沙頭雁破眠。

長門月

不知天上意，偏宜照獨人。玉階歌舞罷，金鏡奩妝新。萬瓦凝秋碧，千門坐月旻。君思知不盡，忍使露華浸。

茅店月

匹馬清秋路，西山日已微。數聲樵牧唱，一色水雲飛。影落孤村道，寒浸旅客衣。隔鄰彈鋏者，夢與月空歸。

深秋雨

方看黄花曳杖回，西山爽氣送青來。乍寒野緑晴猶濯，將落殘紅冷不開。故欲小春忙待雪，且安半榻慢驚雷。秋風疑管人閑事，吹碎檐流滴破苔。

竹影

老幹嶙峋映壁疏，凌風閃閃獨摇初。天成个字塗蟲篆，地作龍文印鳥書。一片墨光浮夜色，數竿清致弄寒廬。主人高得拾空節，葉葉中宵待月鋤。

江舟眺遠

白鷺群依灘水清，陣成列羽宿沙平。孤舟人唱三更月，萬里秋江一色明。

芙蓉花

巧美輕紅伴菊花，滿瓶秋色共丹霞。自憐艷質驚風笑，一片心情籠絳紗。

卷五十二　馮雲驤〔一〕

福清魏憲惟度　輯選

吳門蔡方炳九霞　秣陵倪　燦闇公
關中李念慈屺瞻　華陽蔣先庚震青　參

馮雲驤　字訥生，號志俶，雁門人。

小引

魏子曰：試觀當代之晋地，典型在望，人材倍出，可以甲天下也。古亦爲然，於今較甚。如于總制之清剛，受皇衷之篤眷；魏司寇之忠耿，邀天心之信任。若我訥生馮先生，父子兄弟，文苑師匠，斐然綉虎之儔，蘭臺標峻。卓爾伏鸞之目，儀觀偉甚，廷臣莫不傾心；神彩凝然，朝野於焉

〔一〕枕江堂本、聚錦堂本於本卷收録孔興釪詩篇。

囑曰。昔讀大人夫子之文，才調縱横，字字歸於淳厚。今頌訥生先生之詩，學識英敏，言言挺發光華，效終軍奇木之篇；漁畋藝苑，仿充國金城之奏。鼓吹詞壇，組織風雅，别標逸韻。或五言、或七言、或近體、或樂府，纚纚千言，無才不備。有從祀、有宴集、有游觀、有懷古，洋洋百卷，無美弗臻。赤霞十丈，如游樊重之門；金粉數帙，似入王根之宅。若雲岡寺裏，争看才子之碑；韓侯嶺上，競寫名流之賦。聯翩江鮑之才，赫奕燕山之座。觀其華蓋都門，談諧興劇，燦帝京烟月之奇；登涉緑野，講學論詩，領蜀國江山之秀。愚不自揣，對芬莫禁，含毫意在采芳，和韵寧無擊節。用輯百家之盛，敢辭半豹之譏。雖曰芟鶴，聊存片羽，已足遠駕徐庾，近邁錢李。更可欽者，先生迢迢厚德，高於回雁之峰；烈烈豐功，訖彼圖龍之國。凡兹僻壤，并囿嘉綏，足令諸子賡分陝之勛，百尺勒平淮之頌，豈獨鴻都學士分題〔一〕翡翠之箋，虎觀詞宗争捧珊瑚之筆已也。

時序篇

童童山上松，條條風中柳。四時一以化，貞脆隨所守。人生天地間，苦無金石壽。陰陽不停馭，霜露變林藪。小人羡榮利，志士耻升斗。余生三十一，碌碌猶奔走。探海斬妖蛟，利劍不在手。

〔一〕『分題』，原本作『題分』，誤。詩人聚會，分探題目而賦詩，謂之『分題』，又稱『探題』。

側身視風塵，哀歌對樽酒。明月寫素心，孤雲結良友。曾許稷契儔，羞居管晏後。進未奮功名，退非耕畎畝。一身半浮沉，百年任休咎。今古浩無涯，悠悠嘆白首。

秋日閑居

虛堂月每留，疏牖雲常護。盈手摘蘭花，香光散零露。碧漢何迢迢，孤鴻林外度。徘徊了無言，庶幾觀道素。嗟彼市朝人，擾擾日又暮。

游華嚴寺

清夜招提境，長風吹纖柯。新月皎皎出，流光蕩緑蘿。此地曾龍戰，萬馬屯干戈。白骨銷爲土，梵聲雲外和。極目何所見，孤鴻渡大河。

題雲岡寺寺依山爲洞，鑿石佛不知其幾千百也。高者數丈，開門俯河流湯湯然。

古巘陰陰元氣濕，蒼雲不動秋風急。斤斧何年出化工，深夜月明山鬼泣。竅鑿天開石髓香，千佛寶相生奇光。平河對面魚龍舞，琉璃慘澹照蒼茫。當門古木森成抱，落葉蕭蕭人不掃。常看花草變春秋，茅庵野衲山中老。山中習静意如何，寒鴉飛盡水無波。興亡太息人間事，故國繁華一瞬過。城臺極望遥如夢，霜鐘響徹晨鷄弄。帝子銅駝碧蘚沉，美人玉燕青苔凍。息機乘化吾何心，曠哉天地迥高深。萬載應知陵谷改，大道虛無自古今。

和徐雲門同冀心水過飲見貽之作

黄沙十丈捲大澤，舊雪初殘塞草碧。相逢故人醉濁醪，握手慷慨今何夕。仰視浮雲縱復横，草堂肅肅夜高清。哀歌拔劍神采動，落紙揮毫風雨驚。側身中原獨懷古，斗筲之人何足數。匹馬南山射虎來，振衣中夜聞鷄舞。冀君徐君意頗豪，呼杯大叫持蟹螯。人事悠悠安可問，年年古冢生蓬蒿。坐久唾壺敲欲坼，窗外七星莽照白。未作圖形麟閣人，且爲縱酒高陽客。相看逸興回仙仙，拳石孤花清可憐。招影徘徊伴紅燭，喝月飛光倒碧天。曾笠天山遁岩谷，擬同物外游麋鹿。笑爾支離潦倒人，一官草草沾微禄。白登渾水遠茫茫，戰後山川總斷腸。大漠疏墩嘶獵騎，殘僧古寺吊斜陽。登高極望聊携手，烏鴉啼夜玹猿走。爲訪城南舊酒家，昔時美人今在否。

雲中行

獨馬荒凉過古城，邊風十丈吹黄塵。高臺葉落松槭槭，平河沙冷波粼粼。憶昔雄藩封帝子，豪華富貴誰堪比。翠輦龍衣白日過，畫樓鳳闕天中起。轉眼烟花故國殘，悲風蕭瑟野漫漫。金魚玉碗秋塵閉，石馬銅駝夜月寒。莽蒼大漠頻回首，戰後青山餘敗柳。行人吊古居延川，健兒射獵韮狐口。朱弦無聲錦瑟哀，紅顏羅綺安在哉。君不見城北城南歌舞地，烏鴉啼夜啄蒼苔。

趙武靈王墓

靈丘邑外土阜巋然，土人相傳爲武靈王墓。

大漠蒼蒼山月小，趙王墓枕青山老。怪蝶隨風獵野花，黄狐幾夜眠秋草。昔時意氣何英雄，遺俗能成蓋世功。山川想像餘威在，斷碣殘碑□鳥蟲。年年凉雨磷燈濕，龍旗夜朝精靈集。甲士黄雲帶劍來，宮娥紅鬼調箏立。迢迢戍壘望飛樓，七星挂城河漢流。誰記舊游歌舞地，真珠埋盡野松愁。我來登臺獨懷古，一將濁酒澆黄土。楓青塞黑古魂疑，悲吟吊君君豈知。

雲中雜詩

天險飛狐口，嵯峨萬仞間。檐前飛白雁，窗裏卧青山。鐵甲舊當道，泥丸可塞關。衹今下鎖鑰，戍守已應閑。

登雁門

黄雲綿古道，青嶂逼遥天。老本寒相嘯，危泉裊自懸。嵯峨稱地險，鎖鑰數前賢。烽火今時息，迢迢望塞田。十年征戰後，詞客此重過。舊壘殘戈在，荒臺落照多。野猿啼黑月，獨鳥啄飛蘿。憑吊增深感，蕭條一放歌。

春興

濁酒澆春老瓦盆，春雲冉冉護籬門。静能觀化天爲友，饑不憂貧道自尊。紫燕黄鸝飛石徑，疏風細雨長苔痕。他時蓑笠閑身在，流水桃花倚釣綸。

三雲感舊

黄雲如旆挂城頭，不斷陰風紫塞秋。落落殘碑沉野路，蕭蕭衰葉響沙洲。清霜如夢金甌冷，淡月無情玉碗愁。豺虎縱横百戰後，古魂縹緲聚荒丘。

奉贈魏環極夫子

抗疏陳情歸草堂，春暉壽母紫霞觴。飛飛鴻雁堪逃世，冉冉芙蓉好製裳。萬卷一身存禮樂，孤燈午夜夢羲黄。愧余三十未聞道，負笈當期拜大方。

蕭然宦橐愛清貧，菽水歸來樂性真。自有蒼生望出處，豈能龍卧老風塵。素琴拂拂虚空静，垂柳依依玉塞春。獨悟微言存絶學，茫茫今古見斯人。

興雲橋

百丈飛梁駕玉鼉，嵯峨鐵柱砥驚波。沉來白馬沙堤古漢沉白馬玉璧於河塞瓠子决，跨去青羊异迹多青羊橋，老子騎青羊過之，得名。兩岸松杉分野色，五更濤浪走雷梭。何人一采芙蓉贈，徙倚聊爲白石歌。

春水曲

春水緑逶迤，映月光澄澈。黄鳥一聲啼，杏花落似雪。
碧水連大道，落花飄游絲。春衣葉葉風，馬上誰家兒。

獨行空山中

獨行空山中，縱望紛岩岫。泉漱雲根鮮，松撑石罅瘦。
獨行空山中，奇石生左右。山鳥時時鳴，白雲故相就。

山雨詞

山雨蕭蕭濕曉烟，青霞白石映流泉。岩前舊種金光草，叱起雙龍耕古田。

從軍行

驚沙十丈寶刀穿，大將三秋校獵還。黑水蕭條臨虎帳，黄雲縹緲直狼烟。
白羽雕弓倚戍樓，寒沙滚滚濁河秋。戰場一望山圍合，鬼嘯枯楊黑月愁。

少年行

獵獵秋風塞草高，獨騎蕃馬跳空壕。無端老樹槎牙折，逐得蒼狐石上逃。

射獵曲

將軍射獵古城東，金桿長槍玉靶弓。十丈朱旗翻曉色，五千飛馬蹙秋風。

雲中秋日

霜風昨夜感秋聲，獨客徘徊驚旅情。黄柳幾枝臨古道，白沙十里繞孤城。野猿坐嘯殘霞迴，烟鳥低飛落日輕。疏散欲將人事絶，間心吾已謝時名。

浩浩驚沙四野來，彎弓夜上李陵臺。寒花滿地清霜重，飛草粘天畫角哀。賽罷神燈明雀瓦，戰餘鬼火照龍堆。百年詞客重過此，吊古長歌獨馬回。

大漠蒼茫望轉迷，無邊衰草野雲低。孤臺突兀聞狐嘯，怪石縱横印虎蹄。寂寂青山看近遠，飛飛紅葉自東西。古王尚有遺宫在，瑶瑟銀筝盡土泥。

錦帳貂裘紫橐駝，將軍射獵過渾河。幾聲蘆管悲風起，十丈紅旗秋色多。手解絛鷹臨大漠，自追野馬踏山阿。昔年此地曾征戍，指點沉沙認斷戈。

李牧祠堂接雁門，青山萬仞古臺尊。龍蛇壞壁秋雲暗，劍戟虚廊夜月昏。千載風烟銷舊壘，异時松柏老孤根。迢遥玉塞憑高望，過客還來薦野蘩。

秋陰慘澹菊花黄，游子登高望故鄉。獨夜清霜驚旅夢，山城明月搗寒裳。好閑不用憐貧病，任達從來愛酒狂。極目中原天地迥，碧雲鴻雁兩茫茫。

曾識平城戰古場，沙田無數列牛羊。松枝槭槭凝烟黑，鬼語啾啾落月黄。邊塞昔時勤將帥，山川异代感興亡。哀歌未斷悲風起，徙倚頻看劍影長。

世事空憐去日多，酒酣白眼一悲歌。徘徊秋色誰能那，寥落孤心近若何。肅肅斷鴻迷古塞，飄飄殘蝶戀寒柯。浮雲富貴無須問，欲訪南山舊薜蘿。

赴蜀

一官萬里欲何之，要看峨眉天下奇。謾説城池經戰後，應知山水尚前時。回車豈畏王陽坂，古柏還尋諸葛祠。最喜蠻方今大定，好將聖化敷西陲。

扶風班孟堅墓

蕭蕭匹馬扶風路，蒼山返照斜陽樹。下馬讀碑拂石苔，分明此地蘭臺墓。排纘漢事大文哉，光華日月同昭回。蛙語蟲吟何足道，萬古誰人繼史才。

緑野亭横渠講學地

曉日照春草，來尋緑野亭。天心開北學，聖道闡《西銘》。風雨殘碑蝕，耕樵古木零。狂瀾回既倒，後進孰横經。

咸陽懷古

飛橋城外跨長虹，感概山川歷代雄。瑞絶鳳麟王氣盡，戰餘龍虎霸圖空。故宮禾黍輕行處，大野風雲望眼中。爲訪古來歌舞地，寒鴉衰草夕陽紅。

棧道

棧道盤盤險，春山一綫分。人來疑控鶴，衣上欲飛雲。峰勢馬愁進，溪聲語亂聞。回頭千萬叠，造化此奇文。

雲棧

山腰萬仞路，下臨不測淵。俯身窺栖鶻，舉手接飛鳶。山頭舊冰雪，閃閃挂飛泉。溪中萬古石，跳珠濺潺湲。忽驚仄路絶，空行駕危椽。峰峰自回合，藤蔓束荒烟。盤盤緣石壁，磴磴捫青天。遥看來往人，縹緲訝飛仙。更聞猛虎嘯，當我踞崖巔。勞臣有定限，豈敢憚艱難。匹馬千山外，迢迢夕照前。

過九折坂壬戌秋

匹馬九月來，經過九折坂。昔人此回車，余何獨涉遠。猛虎嘯我前，啼鴉日色晚。蒼然古木平，霧雨迷絶巘。捫蘿踏天梯，棧石欹還斷。大壑老蛟潜，金鱗時一閃。二十四盤灣，迅降尤奇險。

過此即蠻方，野屋人依廣。山風吹衣裳，相顧皆慘澹。王事敢言勞，崎嶇余何憾。

謁三蘇祠癸亥春

三蘇此故里，老檜倚風吟。山水文章古，雲霞祠宇深。城臺雖灌莽，氣象自清森。階下諸生拜，淵源尚可尋。

夜郎道中

松杉互氣概，叠嶂拱東西。白豹銜人起，蒼猿近路啼道傍樹上多蒼猿。森陰萬古路，斷續野雲梯。立馬還登眺，重重烟樹低。

和撫軍韓公闈中韵甲子秋日

秋色西山烟靄霏，晴雲縹緲夾城飛。縣鐙照影時回壁，天桂空香欲染衣。石室横經銷戰鬥城都有文翁禮殿圖石室，銅洲靈響續清暉順慶銅魚洲，水聲潺湲，主發科。魏公更有南樓興，永夜徘徊封鎖闈。

灩澦石

霜冷江痕落，嵯峨灩澦高。砥流争氣象，離岸立清豪。舟過雙崖險，天留一柱牢。遥窺疏鑿理，賴此緩波濤。

孤鴻篇

顥氣晶晶秋晚天，平江無浪澹寒烟。萬里遥看一雁至，嘹嚦長鳴過我前。倚船曠望人踪絶，流影横霜照晴月。兩岸松杉冉冉陰，中洲蘆荻脩脩葉。此時星漢正徘徊，沙陣單離幾夜來。山寺梵鐘如應和，灘頭鷗鷺欲疑猜。應和疑猜夜已久，獨往辛勤誰復友。矰繳欣然脱此身，稻粱寧爲謀其口。下有幽人拂素琴，一彈三嘆洗心塵。謾言漸羽堪儀世，此去江湖豈可尋。

采蓮曲

雲英飄晚風，花色照衣紅。采蓮女兒歸南浦，鷺鷥悠悠蝴蝶舞。

戰城南

戰城南，鼓鼕鼕，黄雨黑雲殺氣濃。大戟長戈盤怒風，城北城南圍十里。飄飄敵矢如飛蜂，壯士手斬髑髏紅。紫騮來往掣驚龍，搴旗陷陣歸論功。

戰城南，落日黄，殘兵轉鬥野茫茫。大旗風摧鼓不揚，空壕馬蹶折銀槍。遥睇黄沙舊路長，蒼狼坐月秋色凉。神馬歸來嘶晚風，將軍千騎爲鬼雄。

旅興

金泥半落黄，古寺立山岡。鐘磬疏風斷，袈裟月色凉。客來穿草樹，梵語辨蒼茫。頓覺浮生幻，年年道路長。

荒臺天突兀，古石地盤桓。馬立西風勁，雁來河水寒。松枝映酒旆，楓葉下魚竿。徙倚生奇思，

休嗟行路難。

飛花詞

飛花寂寂光，流水散紅妝。鸝語香中辨，蛛絲葉裏長。佳人垂素手，羅帶自飄颺。

過雁門

野雲崩廢壘，枯柳卧沙灘。百戰英雄地，樵人抱膝看。

蒼鹿眠頹堞，寒鴉啼古壕。昔時扼地險，今日委蓬蒿。

閑居

閑居無所事，散步踏青苔。晚日下南山，清風習習來。浮雲何冉冉，爲我一徘徊。拂我篋中書，

讀罷命酒杯。天地此悵望，奇懷曠然開。古今不暫息，人世逐塵埃。貧賤從吾好，長吟卧草萊。

郊園雜詩

富貴不須臾，逐逐亦何爲。人生惟適意，習静且栖遲。閑居覺日永，獨坐看雲歸。鈔罷種樹書，

掇薪取枯枝。童子驅黄犢，緩步聊相隨。

歸鳥尾畢逋，田車聲顉仄。迢迢望高城，冥冥來秋色。西風振荒林，蕭條隕寒籜。霜菊有寒香，孤英自落落。我行踏平沙，羊裘而帶索。一采黄金花，傲然臨大壑。

遠游

厭兹人境隘，騎氣游大荒。萬里在目前，五岳鬱相望。湯湯九河水，晶晶素月光。道逢古仙人，教我遐年方。贈我雙龍珠，石瓢酌金漿。毛髪生奇采，雲衣吹妙香。浩然携長劍，逍遥蓬山陽。

我昔何所夢

我昔何所夢，高峰凌紫霞。玉樹照白日，澗壑森谽谺。其上飛青鳳，其下眠文麚。仙人怡妙顔，彈琴對落花。許我千年住，耕雲采芝芽。回首望塵世，悲風飄黑沙。

感興

層山立萬仞，澗水何悠悠。老木虬龍形，青枝不知秋。中有古逸人，静氣與天游。著書無一字，永日看溪流。顧我一長嘯，流雲散不收。

登塔

塔峙應州城中，建自遼。叠木爲之，七級八面，高見數十里，朱欄碧瓦，玲瓏飛竦。登之，河水一杯，孤城如彈也。

古木層層起，嵯峨亦壯哉。登臨望不極，千里白雲來。日月飛荒塞，松杉結古臺。題詩霄漢上，彩筆倚徘徊。天若檐前出，人同象外過。川光迎旭亂，秋色傍城多。獨立增幽感，奇懷發浩歌。年來憑吊意，今古復如何。龍沙莽回互，造化出雄材。塔敞風雲入，天低氣象來。青山銜睥睨，紅樹抱崔嵬。揮手塵寰外，分明接斗魁。玉磴朱輪直，銀沙碧漢斜。星宮聞夜梵，月殿拂仙華。塞堞千年曲，恒山一點遐。舊游如可望，蓬島是吾家。秋色況如此，登之生遠心。寒花開澹澹，香雨静沉沉。人境愁偏窄，浮生累易尋。不如學避世，長此對蕭森。

恒岳

嵯峨恒岳倚長空，銀榜高縣敞帝宮。神草奇光紛照耀，幽花香雨散空濛。飛泉倒挂清秋月，玉洞虚涵太古風。回首塞垣看不極，沙場縹緲一歸鴻。恒岳有神草十九種，見志。

急雨驚雷大壑愁，飛蛟挾霧起秋秋。乍聞天樂飄金瓦，時有神燈挂石樓。嵽嵲萬年拔地軸，威尊千里奠雲州。我來長嘯耽奇勝，扣劍飄蕭此壯游。

奇峰削壁倚嵯峨，詞客孤笻此日過。燕璧多年沉瑞玉，趙符古地問干戈。危崖急雨飛流折，大壑清秋落木多。朔野從來戎馬地，獨教靈境歛雲蘿。燕璧趙符事見志

歲庚子秋厘正祀典

上諭〔一〕粘黄門，請移曲陽祀於渾源恒山。虛堂神鬼此躚跜，玄岳盤桓認斷碑。誰使曲陽紛祭祀，從教漢武錯旌旗。金泥玉檢興朝典，錦樹仙臺萬古奇。一自秩宗厘正後，翠華縹緲望邊陲。仙郎一疏奏明光，天上金書賁朔方。遂令名山新大典，長留靈氣獲岩疆。飛龍翼翼紅雲返，芝草翻翻白日長。誰是登高能賦者，好從古地勒鴻章。

潼關行爲大司馬孫公一門死節作，有序。

有明末造逆寇鴟張，大司馬孫公傳庭，危時授鉞，泣血誓師。遠道秋霖，援絶糧盡，潼關抗節，裂臆斷胸，鼓死城摧，氣虹血碧，三秦同事之人，率目擊能道其梗概也。至夫人張氏，從容就義。聞長安之將陷，淪寒井以明心，數姬連袂相從，弱女吞聲就死，孤兒流落民間。越二載餘，長公子世

〔一〕『諭』，原本作『俞』，誤。『上諭』，即詔書，是皇帝的命令和指示。

瑞，千里裹糧，蒼茫西向，問之潼關父老，皆知大司馬盡節之地，而遺體不可復識矣。爰求母骸，携其幼弟，間道歸里。蓋張夫人出之井中，他人率不可復識。夫人獨容色未消，衣裳不毀，其孤心苦節，足以動天地而感鬼神，故特訶護其身，誠則形理固然也。嗚呼！其於臣道、妻道可謂交盡無遺憾矣！夫人潔己捐軀，能以大義自處，孫公刑于之化，亦可知矣。且夫人之死，率閨房衆輩以從，不留遺一人以辱司馬，其節苦、其志密矣。獨怪其小星妾媵皆視死無難色，顛沛造次之頃，非有法令之可繩也。其内政之肅，何如哉。孤嬰數齡，閭里哀而食之，不加毒戾，孫公之於秦民厚哉！公子艱難道路，奔走饑寒，求其弟而得之，其孝友哉！而今世或猶有不得其詳者，謂孫公遁逃不知死所，夫何不問之？當時諸將士，余同里人也，知之悉，至若張夫人，尤著矣。時又有監軍道喬公遷高，定襄人，潼關罵賊，伏劍死。後寧武有周將軍遇吉，力戰死，皆殺身成仁之賢也。故作歌以紀孫公、張夫人而并及之。

潼關城下月如水，潼關城上鼓聲死。司馬北望拜神京，臣報國恩畢如此。萬群寇馬踏沙黃，長戈大戟飛寒鎧。彎弧舊將嬰城鬥，斷甲材官泣戰場。孫公灑血潼關道，鬼馬不歸嘶碧草。花袍玉劍委紅泥，渭水飛鴉波浩浩。冰心巾幗何嶙峋，就義從容不顧身。雛鳳玉顔同日死，千年石砌閉青春。幾隊峨眉愁耿耿，飛鳥輕身墮碧井。緑鬢吹爲夜雨苔，紅衫化作流霞影。有子蒼茫西向秦，荒園遺迹訪蒿蓁。昔時夾道紅旗陣，今日空衙動野磷。愁雲覆井寒烟古，秋風蕭蕭黄葉雨。玉骨曾傳葬此中，鬼神常護埋香土。牽來素綆古龍驚，莊容衣佩宛如生。觀萬人，共嘆息，方知天地鑒幽貞。重向戰圍泪沾臆，青山一帶愁何極。元戎戰骨碎刀痕，魂魄茫茫招不得。更有遺孤已二年，父老指點私相憐。破巢漫說無完卵，趙氏嬰兒自瓦全。同時飲劍有喬公，呼天拊膺氣何雄。腰横寳帶眠頹堞，手擲頭顱向晚風。眼見山飛滄海立，銅駝霜冷荆蓁濕。寧武孤城再合圍，餘者降旗拜寇入。吁嗟乎，悲哉！國家之亂誰爲基，英雄數盡際艱危。翼虎已分鶉首策，趙卒長平大聚時。一門仗節古來少，日月飛光同皎皎。青楓夢斷麒麟圖，香閨血化鴛鴦鳥。有臣死國婦死夫，高風大義厲頑愚。嗚呼！其形往矣神未徂。嗚呼！其形往矣神未徂。

卷五十三　申涵盼

福清魏憲惟度　輯選

濱州杜　漺子濂　侯官倪康年箕三　參
曲阜孔胤樾心一　錢塘趙　端又呂

申涵盼 字隨叔，號定舫，廣平人。

小引

魏子曰：余客澶淵，夏日初長，僦蕭寺半畝，錯昏曉沉睡。每念世情嶮巇，涼涼踽踽有江河日趨之勢。且乾坤甚小，出門無餘地，安得飄飄凌雲，不至束縛以歸山岡，亦有生快事。遂登顓頊故城，訪蒙莊垂釣處。不禁望古遥集，徒深寤嘆。忽魏博備兵使者孔公以定舫申先生詩郵示。急令老蒼頭固扃兩白板，捧讀之。見其性情肫摯，詞氣疏越，體裁規制古人，法律典型近代。《石鼓》《金臺》等篇，見稽核之功；《陌上》《結客》諸什，備美刺之旨。他如《歷代宮詞》，寄托全在言外；《秋日集杜》，組織別出心裁。使五千里外旅人，於午日當窗時，作清風江上、澹月簾前之想。又何必訪太古遺墟，慕混沌日月，作蒙上人《逍遥》《齊物》觀也？然吾讀孔公八行云：先生官詞林，卓犖群書，以備天子顧問。近始假歸，與乃兄皃盟倡予和汝，極天倫之樂，行見其修之家者，措諸國所進，正未可量耳。區區數詩，予烏足以盡知之？聊藉此以復孔公，毋爲《石倉》缺典而已。

陌上桑

二月春蠶饑，樹桑吐新葉。有女名羅敷，携筐適南陌。芳年二八餘，濯素如秋月。光澤動行人，使君下車歇。無端前致款，婉意以相迫。不識女素心，謂是凡巾幗。靦顔誇門第，欲貯黄金宅。女乃再拜言，使君誠貴官。桃李自逐熱，松柏自耐寒。妾有荆作釵，不願青琅玕。妾有布爲裙，不願紫羅紈。孔雀好羽儀，亂匹同野鶩。鴻雁唳高秋，比侣翔雲路。微物且有偶，人可易其素。君婦不如新，妾夫不如故。

結客少年場行

多結客，少聚金。金盡有來時，客散無知音。知音何悠悠，長安西陌頭。貂冠寶帶錦雲裘，玉勒金羈跨紫騮。意中不知誰爲仇，往來馳驟看吴鈎。撼泰山，搏猛虎，瞋目不言聲帶怒。家無擔石儲，恥與王侯伍。白晝殺人心不平，尸骼狼籍道縱横。腰間寶劍常帶血，官吏莫敢問姓名。君不見郭解徙咸陽，人人爲盡死。借問萬户侯，何如一俠士？

野田黄雀行

孔雀死於尾，鸚鵡死於舌。雀無羽毛奇，弋者宜不屑。陌頭挾彈兒，彈其雙翼折。食我田中苗，自遺口腹孽。黄雀黄雀計何拙？田中苗盡農夫血。力不能搏兔，如韝上鷹，貪彼稻粱非明哲。

雜興

青青嶺上柏，移植廊廟間。但能守清操，所至皆深山。蔬水聊足樂，逢迎恥厚顔。閉門而却掃，坐卧有餘閑。何爲長戚戚，徒使鬢毛斑！

公卿税文藻，名士貢航梯。遼東誇白豕，楚人來山鷄。欲貴洛陽紙，先灾大谷梨。獵者道交錯，謦唾比虹霓。誰作指南車，破此岐路迷？士人先德行，淘金黜沙泥。

米采浦中珠，薪砍月中桂。珠桂尚可求，米薪日難繼。緬懷赤松子，辟穀良拙計。業已入深山，烟霞不須貰。何不行此術，用當封侯際。

鴉鳴咸瞋目，鵲噪競開顔。微物何休咎，愛憎分其間。况於俠邪輩，最善爲躋攀。臨井而下石，始悟人情艱。君子别涇渭，交道非等閑。

駑駘策田間，驊騮走千里。人有能不能，安得强事此？羊裘隱得名，銅柱功成毁。富貴無終窮，所難在知止。古來曠達人，急流退者幾。貂珥羨泉石，韋布羨華簪。相羨無已時，何者稱其心？嶺雲高百丈，潭水深千尋。水雲相上下，映帶成古今。履位而行素，賢聖無升沉。

豳風圖 館課

文武周之聖天子，開國承家農事始。帝王何必重黄金，黄金積多民餓死。寶藏瓊盈富貴絶，一絲一粒蒼生血。作法於凉猶懼奢，後車偏蹈前車轍。東南地沃西方鹵，聖人任德不任土。建康荆棘泣銅駝，岐陽俎豆猶鍾鼓。卜年八百無奇謨，不信但看《豳風圖》。丹青留得艱難在，紙上曾聞歌舞無。

拜杖行 贈邵弘齋先生

嘉靖龍飛飛漢水，初年治并開元美。興獻無端比濮王，廷臣半爲争禮死。張桂逢迎釋主憂，一言取相田千秋。朝離郎署暮臺閣，甘將氣節易封侯。武林計部目眦裂，伏闕上書聲泣血。觸怒逆鱗請尚方，朱雲攀檻檻爲折。殿頭拜杖血肉飛，陰有鬼物相護持。日月黯澹風雲黑，杖公不死公不知。三木囊頭頭搶地，不屈主尊屈獄吏。吏曰不敬法當誅，狀已奏可公不悸。九重忽報乾清灾，至尊中夜心徘徊。回天賴得中涓力，輪臺詔下囹圄開。布帆南去欣無恙，子方減死流烟瘴。春日吟詩君子亭，秋風閑倚登高杖。杜門三十八年餘，石室空留萬卷書。馬鬣風高啼杜宇，白雲對滿水雲居。秉釣赫奕今何有？有意死公公不朽。祠前松柏萬年青，至今膾炙詩人口。

夜宿劉將軍園亭

建纛江東久，將軍喜論文。門庭無棨戟，池榭有烟雲。曲折堪修禊，風流已冠軍。我來方夏日，涼月夜繽紛。

仗劍從戎去，堂留緑野虛。園丁晨掃徑，奴子夜烹魚。灞上誰開壘，西湖正跨驢。清時無戰伐，衛霍有閑居。

封事

封事連朝至，驚傳水旱書。朝廷憂未已，郡國政何如？兩税追呼盡，常平議論疏。捐租雖有詔，內帑已無餘。

吳長庚安南使還

敕命趨南越，宣威震百蠻。君王勤遠略，臣子歷諸艱。風急飛鳶渡，雲迷勾漏山。間關驚易老，霜雪使臣顏。

送米紫來司李贛州

疏散游京雒，冠裳束米顛。蒲風催去旆，梅雨漲行船。江右荒殘久，刑曹長厚先。莫耽山水癖，雅望卜初年。

雨

遠壑雲生岫，扶筇渡晚溪。青摇榆莢雨，紅濕杏花泥。語燕參差舞，藏鶯斷續啼。老農占歲稔，荷笠舉春犁。

張素存年兄以何處秋生早八首見示即走筆奉和

何處秋生早，秋生搗練中。影憐孤夜月，聲送隔鄰風。遠信無鴻寄，相思有夢同。漏殘催剪尺，窗冷燭摇紅。

何處秋生早，秋生夜月中。井梧含宿露，戍鼓雜悲風。人語三更静，清光萬里同。樹摇亭影落，小閣隱燈紅。

荷蘭貢寶輿

昭代聲靈遠，梯航入帝京。聖人不愛寶，海國自抒誠。翠蓋團金箔，珠簾綴紫纓。何如身勸駕，蒲轂御階行。

秋日即事集少陵題并步元韵八首

搗衣

關山牽遠夢，空夜落清砧。一片凄凉月，三更離别心。閑情因病減，歸思入秋深。珍重高樓笛，休吹塞上音。

促織

芳塘傳細響，宛轉唤征人。天寶籠中貴，長門枕畔親。草根吟月夕，墻底泣花晨。漫道同簫管，愁懷聽更真。

蒹葭

野岸霜風渡，蒹葭奈汝何。蒼烟迎返照，紫籜點輕波。客夢家山遠，懷人秋水多。釣磯江上冷，歸計竟蹉跎。

螢火

草螢秋徑落，隨意故飛飛。露濕明珠佩，風吹火浣衣。雨中光不減，月下影還微。自應隋宫詔，年年照客歸。

天河

天空雲影散，萬里絳河明。岸直波濤白，窗虚緯度清。凉風吹夜柝，霜月下秋城。聞有支機石，尋源感慨生。

歸雁

幾日湘江去，重來碣石雲。冥飛常避弋，栖澤自爲群。結陣逾高柳，銜蘆背夕曛。征鴻無倦羽，歲歲客中聞。

夜雨

高閣梧桐夜，瀟瀟氣已秋。纔添豆葉雨，欲製木蘭舟。燒燭看長劍，攤書當勝游。西山多霽色，明日一登樓。

白露

掌露娟娟净，緇塵散馬蹄。月明青瑣闥，夢斷武陵溪。渡雁驚寒早，啼烏繞樹栖。秋風催不去，冷落故山蹊。

送程立庵學士册封安南

虎節龍旌賜上方，乘槎萬里策輕裝。朝廷詔令通交趾，學士文章重夜郎。絶域但能沾雨露，人臣何必不風霜。尉陀奉朔歸圖版，麟閣勛名在玉堂。

病中得家書

太行遥望白雲深，鴻雁南來寄好音。春日弟兄應自健，天涯游子獨關心。客途夢繞常千里，病裏書真抵萬金。三徑未荒松菊在，此生何事負園林。

實録館開賜宴禮部恭紀

提封萬國静烽烟，宵旰垂衣十八年。風雨創成基業在，艱難留得史臣傳。校書虎觀推劉向，講業龍門憶馬遷。光禄宴開恩寵渥，沙堤歸晚撤金蓮。

艾司農長人館師代祭嵩岳還朝

星軺仗節度秋雯，歸路春旌帶晚曛。銅雀水流衝岸草，卧龍風冷落鴉群。襭袍初濕三花雨，蠟屐猶沾二室雲。河内千家憐内史，朝天應上采風文。

韓念子庶常外補廣平教授書贈

承明數載曳華裾，三輔行沾化雨餘。紫禁芝泥蘇軾草，青氈柿葉鄭虔書。傳經户滿邯山雪，垂釣厨烹大陸魚。高卧不殊西掖穩，滿簾春月照寒廬。

送王幼輿年兄之任梓潼

五月驅車棧道長，巴西萬里去爲郎。漢朝宰輔多由令，晋室簪纓半屬王。風落琴聲吹劍閣，雲移鳧影渡瞿塘。山城無事看山好，漉酒郫筒月滿床。

迢遞征帆背夕鴉，江流曲折入三巴。錦官城下初裁錦，花蕊樓前遍種花。君卧林泉垂十載，邑遭兵燹失千家。於今循吏惟休息，日日吟詩早放衙。

宣王石鼓在國子監

橋門石鼓卧嶙峋，雨溜霜吹漸失真。傳是宣王勤武略，却從尼父視明禋。鼎彝并列追風雅，兵火無虞歷漢秦。一自東都朝貢絶，幾隨鍾簴屬真人。

黄金臺在昌平

昭王擁篲已塵埃，碣石宫前盡草萊。伏櫪有心防虎視，按圖何地索龍媒。空聞易水千金價，早見咸陽萬騎來。滿目霜笳悲馬角，黄雲落日照荒臺。

張華宅在蘆溝河北

茂先博物得封侯，晝策平吴管樂儔。石鼓銅魚沉黍谷，龍泉寶劍落蘆溝。海鳧已兆華亭泪，荆棘空慚索靖憂。故宅荒凉霜月滿，蟪蛄聲咽野雲愁。

樓桑村在涿鹿

樓桑葉落塞風飄，古碣雲封夜寂寥。一統未成龍鳳死，三分既定虎狼驕。蚩尤戰壘埋沙磧，昭烈祠堂卧野樵。劍閣錦江天下險，中山王氣接神堯。

賈島峪在房山

峪中石屋隱蝸廬，想像風流百戰餘。才與孟郊相上下，名從韓愈得吹噓。逃禪早悟浮屠法，玩世曾騎京兆驢。多少園陵俱泯滅，至今野老説山居。

酈亭在樓桑村南

道元别業已飄零，大樹村南尚有亭。鹿澤鳴笳雲漠漠，琴溪飲馬石泠泠。隨刊八載歸神禹，羽翼千秋注《水經》。寂寞漁陽兵燹後，草間留得讀書螢。

黄竹子歌

江邊黄竹子，風雨夜悲鳴。不堪截作笛，亦有斷腸聲。

西宫怨

玉闌斜倚憶吹簫，秋殿寒雲暗鵲橋。銀箭數催欹枕聽，昭陽夜雨滴芭蕉。

吴宫

琴臺春老月黄昏，芳草霏微静掩門。愁聽館娃催夜宴，此身恨不苧蘿村。

楚宮

章華明月照回廊，滴滴銅壺夜漏長。近歛湘裙腰已細，君王別夢訪高唐。

秦宮

防房𦚾麗接南山，日聽鳴筝鬢已斑。十萬旌旗容得下，掖庭偏不破愁顔。

漢宮

珠簾寶案映窗紗，辜負長門二月花。買賦漫誇顔色好，漢庭霜冷怨琵琶。

魏宮

綺闌玉井接蟾蜍，水殿風凉月滿渠。不是翠華遲望幸，後宮宵旰六尚書。

晋宮

絳紗未繫綉衾孤，目斷羊車獨擁爐。吴妓三千充近掖，不如半斛石家珠。

齊宮

麝殿銀泥門服鮮，雉頭鶴氅税民錢。畫眉買黛無人問，匝地鋪金步步蓮。

陳宮

臨春燕語聽呢喃，紅濕鮫綃泪滿衫。玉樹後庭誰得寵，女中學士挂空銜。

隋宮

泛舟踏月夜游多，未審乘輿何處過？十六院中燈火暗，遥聞馬上奏清歌。

唐宮

沉香亭畔月光斜，羯鼓初回照夜車。聞道海棠春睡足，上陽無復種梅花。

卷五十四　袁　佑

福清魏憲惟度　輯選

曲阜孔胤樾心一　侯官陳恭聖璽
遵化周體觀伯衡　福清林劭子將　參

袁　佑 字杜少，東明人。

小引

魏子曰：近代詩家互相雄長，譬逐鹿矣，然獲鹿者多指爲馬，至馬腫背者亦思伏櫪長鳴。此風之所以傷也。部學憲雪嵐有《五鹿詩選》，余得，快讀之至袁公杜少，語孔觀察心一曰：『獲一鹿矣，不敢指爲馬矣。馬腫背者，且降伏道旁矣。』觀察笑曰：『獨不可爲龍乎？』余曰：『先生好龍者也。』龍潛於淵、升於天、遨翔於雲表，一出而雨，天下誰不好之者？然葉公好之，而不知所以好，故真龍伏而畫龍得以縱横於其懷。今杜少以清白吏子孫，日振家聲，有龍種矣；至性孝友以肝膈交天下士，有龍德矣；著述甚富，文名轟起於燕趙間，有龍文矣。且雋才敏妙，雪嵐稱其於絲竹繁會中，授簡揮毫，灑灑數千言，則龍性之變化，又不可知矣。先生好龍者也。吾願先生之好真龍，毋好畫龍也。觀察曰：『誠如子言，請出以問龍師決：非鹿也，非馬也，非馬腫背也。』

天馬歌

天馬貴直千黃金，鳳頸龍文汗溝深。剪鬃韝出無人顧，垂首至膝塵埃侵。夕出咸陽門，夜涉太行坂。鹽車盤盤泥没輪，四蹄躑躅羊腸遠。嘶天風，振林木，電光霍霍閃魚目。飲流山下羡白犢，嚼勒嚙澗草，沙寒草不肥。崑崙上有禾，空長五尋大五圍。望金臺，憶赤水，風霜漸恐加長齒。何時解衣遇孫陽，一夕爲君馳千里？

秋懷

水國蒹葭處處秋，官鐘戍角滿城樓。寒雲帶雁移孤樹，急雨啼猿下晚洲。紅女機邊空有泪，仙翁河上不知愁。飄摇白動虛林色，纖月低懸漢影浮。

大名遇部凌玉學憲馬上

款叚南來馬，不期竟是君。悲歌同客路，聚散逐秋雲。四海無新侶，十年有舊文。河流兼樹響，愁病那堪聞。

濟南雜興

人近孤城望古陴，往來徒自誤春期。天晴花放桃源驛，月冷蝶驚漆水湄。客倦揮毫題白鳳，兵驕挾矢射蒼羆。山川霸氣仍如舊，夾谷平原障作籬。

山勢平臨近水亭，白鷗白鷺滿沙汀。柳條待雨仍捨凍，麥意違春未放青。冀北九方能識馬，濟南一老自傳經。夜來風起連城響，伏枕關心不可聽。

月夜游秋水橋岸

藕花短短葦花齊，漁艇秋烟草閣西。出寺溪雲隨意遠，過橋山月趁人低。藏書對客常丸藥，載酒尋僧獨杖藜。砧杵不聞千户静，蕭蕭城闕夜烏啼。

少年行

闌入燕姬肆，金罍傾醍醐。半醉飛馬去，殺人帝城隅。爲報他人仇，帶血趨天衢。激昂色不變，下馬問博徒。

五侯張綺筵，四座無寒士。騎馬直登堂，相見不爲理。飛揚據上席，側首皆尊齒。吴歈發清音，柔曼難入耳。捋袖彈秦箏，颯颯北風起。

鳴雁篇

鳴雁飛鳴何翩翩？縱横自矜毛體全。刷羽弄紫海，竦翮矗青天，嗗嗗和聲散雲烟。銀漢無津梁，瞪目遠瞻空盤旋。銜蘆雁門往復歸，羞同周周相因依。炎洲施網羅翡翠，何如斂翅且卑飛，滄州之水可忘饑。

北郊

白日霜郊開晚霽，出門取路問漁罾。城陰瘦馬嘶殘雪，岸口飢烏立斷冰。負水人家千隴麥，隔溪烟火一林僧。著書應怪經時廢，多病衹今似茂陵。

九日約登東臺寺未果

古寺嵯峨出，重陽欲一尋。荒原禾歷亂，寒圃菊蕭森。避世塵猶擾，養生病尚侵。飛雲迷洞口，落日晃城陰。瓠子方沉玉，秖園未布金。空將陶令酒，誰識遠公心。野色雙臺合，秋光獨樹深。雁王伭傍户，鼠婦細穿林。荷芰應堪製，茱萸自可簪。賦成悲楚客，惆悵罷登臨。

長門怨

日日妝成祇自悲，翠鈿金縷亦何爲？君王縱愛傾城色，不出長門那得知。
沉沉宫漏夜無聲，半捲珠簾見月明。譜出霓裳供奉曲，避人花下自吹笙。

凌玉去燕游晋歸贈以詩賦此奉酬

殘菊重陽一醉回，虞卿飄泊正堪哀。入春詩夢池中草，落日書傳隴上梅。緑野依然游子去，青山無恙故人來。五雲北望天高處，知是黄金郭隗臺。

飲幼輿齋中賦和

獨鶴盤雲下九皋，西風杖屨肯辭勞。陶潛自種當門柳，仲蔚無妨滿徑蒿。日薄長林留晚照，夜深急雨落秋濤。相期共載伾山酒，笑指丹崖翠壁高。

訪幼輿不值

六月棠谿已挂車，鶴城西望獨愁予。秋深寂歷行周道，病久艱難讀《漢書》。樵牧尚知君子里，竹梧空過故人居。同憐藥裹風塵外，落木寒烟上客裾。

曹顧庵太史過飲海棠下奉酬

春烟寒食過，掃徑問林花。獵騎《甘泉賦》，歸人博望槎。樽携白社酒，樹擁赤城霞。莫急滄江渡，中原已是家。

送别吴星若兼柬魏惟度

上客來荒縣，行館臨清池。橋邊細雨發，朝暮常絲絲。舊垣青苔長，新林朱果垂。田家有盤餐，留君飯紫芝。不爲河朔飲，縞紵空相思。北行見惟度，道頌枕江詩。

登泰山

五岳獨推泰岱尊，我尋泰岱問軒轅。青來幾點齊州小，白望無邊海氣昏。河伯獻魚朝日觀，老人牽狗過天門。低頭忽見雲飛處，梁父西南是故園。

黄峴嶺南下夕暉，山樵散髮采山薇。松盤白石雙龍鬥，人傍青天一鶴飛。片片雨花翻古寺，濛濛雲氣濕春衣。經年便欲留丹壑，屐齒無端送客歸。

泊楊柳青

十里帆檣壓海雲，潮聲初下浪花分。人家烟火聞刁斗，岸上新添守夜軍。

春日游水月庵

溪橋晴日好，渡水問珠林。曉樹浮烟出，春城帶雪陰。鷗鷺游子夢，花發定僧心。命僕携農具，閑聽扣角吟。

酬梁芝三吏部

角巾獨買碧山居，人羡山公啓事餘。詞賦近題梁苑雪，音書遠寄汴河魚。幾年帝里輕回馭，何日王門敢曳裾？見説鶯啼曾有約，片帆春雨到衡廬。

九日登舊城用曹秋岳侍郎韵

唐碑突兀立東皋，吊古携樽醉紫螯。寒色臨城秋水闊，孤烟擁樹暮山高。疏鐘晚飯僧初定，急管新聲客自豪。罷席同期明日酒，臺邊還爲掃蓬蒿。

謝成魯公畫山水障子

匡公堤下雪如霰，軟裘快馬恣歡宴。公子清狂迥絶倫，醉騁丹青弄柔翰。畫手神妙跨前人，米顛倪迂法稍變。是時江東推藍生，心折公子求識面。共信經營如有神，十年湖海名獨擅。相逢知予性好奇，臨行持贈鵝溪絹。歸向雪廬挂石壁，遂令虚室生葱蒨。木葉風濤終日聞，山嵐彩翠不時現。仿佛移我入此圖，青苔碧石森相間。世人胸中無丘壑，徒能肖貌學韓幹。焉知筆墨有生氣，能挾風雷激紫電。

長清道中

古路雙崖斷，垂鞭逐馬群。啼鶯當日暮，歸雁過春分。麥望隴邊雨，人看山外雲。狂來真自放，咄咄説雄文。

晚宿長清

思歸頻遠眺，一雁過高天。塔斷曾經火，城頽不記年。山高風未暖，海近月將圓。飄泊難成寐，挑鐙手一編。

過肥城和大愚

千山通驛路，百里見孤城。野日經風白，低雲傍馬行。秦碑留古篆，漢樹響春聲。天子崇文教，濟南起伏生。

月夜同陶少鄭少兄吳少弟飲常華館

露白天青霽色澄，梧陰竹影月層層。風塵萬里還三徑，雨雪十年祇一燈。鸜鵒樽中開醉眼，鶺鴒原上得良朋。共傳西漢文章賤，合向空山問大乘。

病中

蘿徑何人與往還，參差徒見菊花斑。飛揚意氣窮猶壯，摇落名心病始閑。飢鼠張燈窺夜閣，寒鴟掠月嘯秋山。北征欲賦愁無力，藥裹經旬獨閉關。

同湘北訪程周量會元讀擬古諸詩抵暮

相識雲霄士，得披晋魏吟。秋河生樹杪，夕日下庭陰。石室藏書意，金門隱吏心。不知歌嘯起，一往爲誰深。

良鄉雨中

萬國朝宗地，蒼茫路未平。秋光浮遠塔，雨氣壓孤城。争道駝牛出，盤雲鶴鸛鳴。空濛望獨鹿，霧樹引人行。

過舊縣堡城

病踏秋烟出郭門，參差路入舊東昏。垂楊百樹齊圍寺，流水一溪斜抱村。何處人家藏奥草，獨聞鐘磬響高原。禾侵官道無行旅，自在沙鷗静不喧。

過東廣微先生故里

鄴東有高原，落日蒼烟裏。遺館濱衛河，霜濤寒聲起。庭下竄鼪鼯，柿葉紛階紫。列巷古衣冠，云是先生里。豐碑篆晋文，伏臘走婦子。先生通神明，禱雨懷昔史。今歲旱無秋，得勿悲桑梓。

薦誠任潤毛，手挹衛河水。劍佩疑鏘鏘，從人負弩矢〔一〕。雲旗颺落暉，容與搴芳芷。懷出五色毫，爲吾潤鄙俚。

玉階怨

玉階無人行，徘徊玉階側。皎皎明月輝，照見妾顔色。

〔一〕『弩』，原本、校本均作『努』，誤。『弩矢』，弩弓與箭。

卷五十五　毛升芳

福清魏憲惟度　輯選

長洲徐元文立齋　龍游余　恂孺子
開化方元啓竹友　遂安方象瑛霞莊　參

毛升芳　字允大，號乳雪，一號質庵，遂安人。

小引

魏子曰：余友金陟三衡文兩浙，得佳士之多，三十年來未有。至遂安，以允大冠，軍無不旂靡鼓停，曰：『此而拔矛先登也固也。』迨允大與余定交繁陽，喜其外祖竹友方先生治聲籍盛，四郊無侮，得以從容章甫，與余談詩，大有壇坫中原，排泰山、躪梁父之氣，何嘐嘐也！余因論次其篇什，快[一]謂竹友曰：『詩，心聲也。其道卓爾，惟潜者得之。』允大稽古有力，冥悟有神，其心潛矣。潛則沉深，自然之所由出，非刓鋒藏巧者所可幾。吾以証之於天：天有至教，各以時行，不春不華，不秋不實。允大早歲之業，則春也。余見其鉅麗，余喜其日新。今已壯矣，其時爲夏。余愛其蕃滋，余覘其峻茂。過此以往，於時爲秋，秋實告成，堅矣、碩矣，改柯易葉，無用芬華，歲功畢矣。余願允大之漸近自然也。竹友曰：『彼歸自京華，辟雍鐘鼓，實或憑之所進，或未可量耳。願子表其數章，爲知己光且以告陟三先生焉。』

舟泊常州

垂楊拂岸點秋容，迢遞波光曳小舼。濱海提封推越鎮，枕江鄰郡是吴淞。魚留釣舫開編户，竹榻荆扉列雉墉。波漾柳深風景别，野橋又見露華濃。

慧山

慧山明媚遠蒼茫，况復江洲杜若芳。紫嶂緗嵐添秀色，輕烟蔓草映明妝。水含暮樹青蕪老，岸挾微雲碧岫長。眉黛應憐圖畫裏，一帆風滿送吴航。

[一]『快』，疑衍文。

過濟寧遥望李太白酒樓戲和陳寒山先生原韵

跨鯨捉月，今已千餘秋。蔓草瀠洄，凄凉猶聞太白樓。君已乘雲，仍作瑶池客，我猶不免風塵碌碌利名流。蘿徑荒碑苔蘚積，曠懷浩落幾欲向此留。試問壚頭可能容一醉？狂生逸興豈俗儔！金樽一倒，解却胸中之閑愁，何必區區折腰屈膝臣王侯！貴妃聊捧硯，三郎爲調甌，沉香亭畔醉草調，飲中諸仙供唱酬。吁嗟乎！山間明月，江上鳧鷖，閑歲月，看白頭。塵氛厚，若楚囚。彼蚩者氓，蕉其鹿而沐其猴。謫仙酒聖，聊可與謀。富貴浮漚，嫦娥髑髏。夜來欹枕，惟餘蟋蟀聲啾啾。豪思不可制，豁然宇宙山河開兩眸。勛猷分内自應有，應有之後，黄冠青犢，閑窗看鷽鳩。清聖濁賢放飲亦悠悠，非分之榮安必求？大千世界，億萬人烟，皆與天地寄蜉蝣。淮陰月，濟南舟，何時輕車慢楫重來此地閑，呼爾傾犀觥。山靈有性，不負斯丘！

東昌望魯仲連射書臺和寒山椒子原韵

望望東昌柳色新，秋風徐拂甕頭醽。魯連氣節高千載，義士風流寄一亭。蔓草衹應增感緒，荒臺何必計遐齡。火牛寂寂無人問，憑吊先生自有靈。

過順治門有感

寒垣古戍起先朝，雄鎮空留砂磧遥。水咽蘆溝聲黯淡，山留萬歲草蕭條。城垣綿亘畿南地，駝馬馳驅塞北貂。百戰惟餘燕趙士，酒樓歌驛聽吹簫。

過漢光武斬石人處

燕雲回望鬱蒼茫，此日停車謁漢光。金馬晨馳旋斗柄，石人夜語試鋒霜。當年麥飯遺踪杳，望裏滹河故道長。野草豐碑依古廟，不勝憑吊思悠揚。

舟過嘉禾

江村漁舫雜蒹葭，城郭參差幾萬家。蝦菜叢叢菱芡葉，風帆影影荻蘆花。青山遠隔分吳越，白水遥連列艘艖。爲問樓頭烟雨色，餘芬清映月輪斜。

美人咏

月下

蟾光澹澹影清姿，獨立階前有所思。深浣素娥閑鬥草，玉人初傍玉山時。

燈下

蘆花落盡夜生涼，楚舞吳歌枉斷腸。徐理綉針更漏永，露桃銀〔二〕燭怯餘光。

〔二〕『銀』，原本、校本均作『根』，誤。

鏡中

徑尺青銅現玉仙，愁容對爾亦生憐。緑窗閑整眉心黛，秋水嬋娟涵遠天。

翠香古亭

南望澶淵樹影疏，孤亭香翠倚長渠。石窗古雉莓苔少，杳杳征鴻集晚蘆。

夢山三峰

夢山何處問高踪，野樹寒沙聽暮鐘。秋草荒原縈夕照，馬陵道上訪三峰。

舟泊姑蘇

水國江城裹，繁華入畫圖。朝雲看艷舞，夜月倩嬌扶。萬艘來蝦菜，千檣集寶珠。采蓮吟欲遍，夢想亦姑蘇。

平江舟次

水映胥門涵遠天，漁歌農唱咽鳴蟬。紅亭捲幔花稱麗，翠嶂藏春月自妍。江路遥遥雲樹際，海門隱隱櫓檣連。千人石上紛如織，爲憶青娥一黯然。

嘉興雜咏索和方年兄

石門秋色在江濱，携李風流景色新。鴻雁北來聲未遠，雲山南望影猶真。佳人翠袖垂金脱，才子紅樓藉錦茵。倚棹漫懷親舍遠，相期杏苑帝城春。

舟泊廣陵

廣陵佳麗古揚州，艷粉繁香競勝游。山引蕪城來鶴市，地連京口繞邗溝。倚門翠袖邀金𨰿，傍水輕船映畫樓。二十四橋秋月好，無端逸思滿扁舟。

卷五十六　梅　清

福清魏憲惟度　輯選

平湖馬紹曾覲揚　宣城俞　綬去文
金壇蔣　超虎臣　南城吴學炯星若　參

梅　清 字淵公，號瞿山，宣城人。

小引

魏子曰：敬亭在宣城五六里，登謝朓北樓可望。嘗讀太白詩云：『相看兩不厭，惟有敬亭山。』疑宣城虚無，人獨有此片石可語耳。己酉秋，訪瞿山梅孝廉，把酒臨風，共坐亭上，俯萬峰崒嵂，全城在抱。愚山施少參、阮懷高文學、耦長梅文學各以樽榼至，反覺山爲之低。不厭者，不在敬亭矣。時余沾小恙，太守莊君量、郡司馬唐寓庵走健足促登筵且以醫來，興盡而返。次日瞿山畫松石，賦詩題其上，慷慨而别。時讀其詩，恨不多見。去歲補《石倉》於魏博，兒敬脩自真州以

《瞿山全集》至。開緘讀之，纍纍數千篇，恍萬里故人相視几席，不啻陳琰琬於明堂，望蒹葭於秋水也。因細爲論次，遴其醇以厚者、清以峭者、秀以婉者、鬱以奇者，與天下共欣賞焉。因反太白之詩曰：『相看兩不厭，惟有瞿山詩。』他日再過敬亭，山靈呵責，瞿山當爲余分咎矣。

君子行

英英山上芝，朝日有餘輝。藹藹谷中蘭，芳馥襲人衣。古人慕素修，劍佩紛委蛇。被服詩與書，正義常滿懷。志違甘退守，時至行不疑。策名受一職，潔己以爲期。却金及暮夜，正笏臨彤闈。慷慨犯主顏，静言持不回。清聲垂奕世，聞者猶徘徊。

燕歌行

繁霜歲暮天氣寒，關山歷歷路漫漫。鴻雁影稀烏啼酸，念君遠客滯長安。君去妾留當無歡，夜夜夜半摧心肝。君醉青樓白玉盤，妾怨深閨朱闌干。草枯霜老羅帷單，短歌微吟張琴彈。琴聲斷絶明月殘，别何容易會何難。

古别離

門前臨大路，可望不可尋。欲自從此出，山高江水深。嘆息閨中婦，不如車中輪。嘆息樓下女，不如衣上塵。塵附衣宛轉，輪得車縱横。妾身無羽翼，何由逐征人。南方有飛雁，北方有鳴禽。

相求不相得，哀哀徒此生。

明月照高樓

明月照高樓，凉風下枯桑。中夜起四望，千里流輝光。佳人渺何在，川路浩無梁。一別易寒暑，容面如參商。不惜會面稀，期君發中腸。不惜歲華落，壯志成摧藏。援琴申懷思，曲短思何長？同心而離居，向人多悲傷。

子夜變歌

歡不親問儂，儂懷空自抱。歡縱親問儂，儂亦何所道。枕畔吹春風，夢裏生芳草。

稼園

春園灌藥苗，雨露苦不足。藥苗枯莫憂，所憂爾百穀。屋角群鳩鳴，老農喜相祝。夜雨聲微微，響我窗外竹。幽夢亦沾灑，阡陌床前緑。

月霽鳳凰橋觀漲

長橋月射高城下，奔騰千丈銀濤瀉。老蛟不怒長鯨歸，誰驟平原嘶萬馬。橋上喝波波欲立，天河無浪鮫人泣。眼見江城花再明，何況麥爛秀還實。水聲漸息歡聲起，市頭價減珍珠米。噫吁嘻！安得朝光一迸十日晴，普天之下無愁人。

宿施尚白桐窗

碧桐獨立孤光瀉，幽人把卷當窗下。我來問字過雙橋，挑燈對酌留長夜。秋風落葉葉不起，歌聲多在烟波裏。曉來同望東溪雲，商量更釣東溪水。

題畫寄家木山

夢中曾見溪山路，别有烟雲繞其處。梅花幾樹古香幽，茅屋數間奇趣護。獨曳孤筇隨意吟，誰留千古回頭顧。若肯商量置此身，此中便可尋仙去。

田居漫興

秋思真無盡，都歸野老家。露肥曾緑橘，霜瘦未黄花。飲谷牛何繫，忘機雀不譁。柴門隨意倚，莫更望天涯。

雨過一溪净，菱花間荇花。歲荒思稻黍，秋老望蒹葭。白燕歸滄海，青鵁宿晚沙。草堂新釀熟，能醉即生涯。

送邢孟貞還淳陰

敬亭城下路，作客易成愁。登眺憐新句，山川非舊游。秋飆欺海燕，湖水任沙鷗。白日幽居好，他鄉不可留。

長橋晚眺

鳥啼山雨歇，人集晚涼微。樹樹風初動，田田雲亂飛。燕翻簾幕軟，魚上釣絲肥。獨佇蒼茫外，長吟送落暉。

雪阻山中定九留飲同幼龍中子尊素子彦分賦

雪積復何往，山空獨此時。雲將歸不夜，鳥欲下無枝。密坐寒相敵，深杯醉豈辭。吾家花樹樹，群聚一題詩。

春日同方爾止麻孟璇蔡大美家季升諸子泛舟響山兼訪家杓司别業

春漲初高雙棹穩，空山深入百花薰。何年仙去乘黄鶴，此日人來望白雲。孤嶂影隨千樹立，兩橋流自一溪分。風驚叠壁松聲起，絶勝笙簧隔水聞。
幾載幽歡别響山，方舟泊處更躋攀。竹扉未啓先聞嘯，松牖纔憑便覺閑。兩水樓臺青嶂外，一村鷄犬白雲間。滄洲如夢同惆悵，醉聽鳴榔月下還。

北渡

余何志四方，拂劍出門去。客秋方南歸，今夏仍北渡。五載三上書，敢云憤不遇。但悲窮途長，家舍如流寓。况聞傳羽書，江海無平路。居子執余手，臨行苦猶豫。離别當此時，一心濺百慮。

自分既風塵，回頭復何顧。相勸共登舟，牽衣别親故。是歲六月中，炎蒸斷雨露。繫纜垂柳陰，且得暫盤踞。扁舟爾爲家，天涯許朝暮。一程敬亭西，再程楚城戍。屠子能長歌，教余遺短句。江南美酒多，驅愁飲無度。天明發大江，波濤直如注。滚滚數百里，帆檣險難據。回望石頭城，龍蟠真鞏固。關隘無行人，旌旗儼相布。須臾北風吼，颯颯江聲怒。天光忽昏黑，雲氣盡如鶩。前舟茫無踪，後舟群相呼。檣櫓安所施，欲泊知何處。聯舟四五子，相視不能語。炮響天地震，交轟達平曙。聲從瓜步來，生靈哭繁庶。紛紜進三閘，群舟横争赴。突然鐵騎飛，塵埃暗於鶩。或負甲冑奔，或兼人馬仆。鮮血濺雕鞍，驅策何由駐。不知誰人軍，交馳抑胡遽。一時色俱喪，回舟泝難泝〔二〕。滿船但亂呼，手足何所措。含舟拉屠子，奴僕亦孑附。所幸得鶉衣，猶然識儒素。悲哉夫書生，八方無去住。江縣門壅閉，上下哀相訴。黄童號耶娘，垂白携孩孺。見聞俱不真，紛紛但呼籲。亂聲漸迫促，響動如獲捕。踉蹌荆棘中，縱横無整步。借問山中人，摇手隔谿樹。大小銅山尖，崎嶇多荒墓。森僻思一憩，村婦雜相居。夜行數十里，饑來不能恕。問訊月塘集，足困復誰助。張子與劉子，先我伏茅署。見余喜復泣，全生偶然聚。老農薦村酒，充腸得瓜瓠。鼙鼓聲忽至，潰散各何具。曉竄八百橋，始得尋粗酺。沾唇猶未終，鬻簞復驚怖。男女各亂

〔二〕『泝』，原本、校本均作『沂』，誤。『泝』，謂逆水而上航行。

奔，亂兵至如雨。冒鏑呼同行，没腰渡深淤。可憐小兒女，漂踏遍林圃。盤歷數峰外，悄然見老嫗。西渠有管翁，茅屋草中捬。見人走欲驚，余急道情愫。相依乞乍息，彼亦切切愬。山外即軍兵，猛虎不足喻。羸婦無全餐，小兒無完褲。栖息尚不保，草食何能饇。爾何群遠行？爾生托誰付？飄零倘不歸，道路徒增惡。言罷共幽咽，四顧莽回互。連夜眠草根，蛇蝎群爲蠹。仰面見星斗，高天吾何與？夜半尋間道，寂寂趨江塢。幕列無一人，空江衹荒霧。黑夜招歸航，鄉音幸不忤。蕩槳數百里，仍遭風雨妒。入門驚生還，收泪聞咻噢。老母見我歸，泪枯雙眼瞀。山妻見我歸，扶病泪如澍。兒女見我歸，久認始争慕。老幼共一哄，神疲厭聒絮。縣官聞我歸，饋問亦錯愕。親友聞我歸，争提榼與酤。出入刀矢間，聞問思一晤。手携仍一卷，踏脚得芒屨。皮骨視枯裂，經時絶啜哺。已無魂魄存，但覺鬼神護。南山有舊舍，可以養餘愈。明日别屠子，烟霞乍容錮。

送江右岷之仙源

山城雪後山路深，疏村古塞寒森森。十里五里少人迹，千峰萬峰當面立。游人此去奈如何？詩思琴溪橋上多。柳條欲折未敢折，驪駒一歌還再歌。男兒挾策豈終老，饑來且走荒山道。况君落筆生春花，那復王公不傾倒。壟上梅花萼已肥，君歸莫待梅花飛。瞿硎舊友舊相得，釀酒待爾華陽西。

維陽送孫無言歸黃山

夢裏分明見黃海，惆悵余懷三十載。七十二峰重復重，朵朵芙蓉青不改。欲往從之咫尺難，千年靈境空相待。淮南孫子天都裔，掉頭拂袖不可羈。邗江客散春潮退，送將歸去孰追隨。獨携孤劍更何有，自言采藥尋吾師。明年我問丹臺路，雲裏呼君在何處。

東岳

古岳巃嵸插浩旻，東方千嶂盡稱臣。峰頭縹緲疑江練，海底沉浮仾日輪。遺狩到今仍紀舜，封碑猶在不知秦。平陽孫復真難侶，揮手蓮崖蚤置身。東西門向星辰列，汗漫游當霄漢逢。劈野衹餘天一半，盤空却有路千重。蒼茫不散青齊氣，繚繞驚傳南楚烽。側首浮雲蔽秦觀，長安何處上三峰。

燕子磯

石翼何年水面浮，飛來獨立大江流。波沉臺榭三吴泪，烟瑣艨艟六代愁。隱峽笳聲驚過雁，翻空鼉影散群鷗。鍾山日落秋風急，野老何當獨倚樓。

同顧黃公魏惟度敬亭雲齊閣

霜後看山秋氣多，悲秋人意奈秋何。但教出郭舒愁眼，莫漫登峰放浩歌。斷續雁聲連塞漠，飄零楓葉滿岩阿。尊前雲鳥常能醉，拚此浮生日日過。

大梁行

君不見大梁城高接雲起，大梁萬户臨河水。帝子風流自一時，北來冠蓋常齊軌。疊鼓鳴鐘夜未央，登臺授簡遥相倚。自言千載盛驕奢，自謂繁華未有涯。干戈倏忽起河上，一日軍聲掩漢家。鐵馬暗臨官渡出，烽烟高傍晋丘斜。吁嗟此地難爲守，析骸裹血亦何有。智伯潛成灌趙謀，亞夫不引援梁手。坐看驚濤倦地沉，傷心魚鱉難回首。由來興廢自年年，黯淡愁雲此地偏。停車欲問年前事，滄海桑田復幾遷。水落彝門通小幰，沙平竹苑起新阡。鼉鼉既徙狐狸入，飛磷暗撲長途急。幾處遥迷金谷塵，何人更上繁臺立。爲君陳歌歌大梁，秋風一夜銅駝泣。

月夜黄臘河遣興

灑酒空江待月明，維舟永夜聽潮聲。百年詞賦窮司馬，萬里間關老步兵。詩律每經愁裏細，鄉心獨向醉中生。危舷處處隨風泊，惟有沙鷗自不驚。

江行

秋水孤帆坐渺茫，耻於行路賦滄浪。横空磯壘成天險，動地風濤自古狂。海燕掠波輕獨試，江豚逆浪濕何妨。最憐昏黑隨篷轉，滿眼浮雲遍大荒。

酬魏惟度時以枕江堂詩見示

康樂恣幽尋，青蓮引遐想。寄托兩不虛，清詞謝塵坱。繼起今且誰，枕江具奇賞。落筆渺烟緑，入耳激泉響。一吟起余懷，三復坐蕭爽。請税市中駕，携琴共長往。

題莊澹庵太史自畫西山秋爽圖卷子歌

西山勝覽天下無，幾回獻策親曾見。合沓争干霄漢雲，菁葱半掩長安甸。色借金莖佳氣深，香傳瑶草仙華遍。紛紛子墨薊門西，霽雪秋風立望齊。杖底一丘探不盡，尊前萬壑寫還迷。岩巒有興空相憶，雲物懸毫不敢題。此圖圖出真奇賞，千里回看入蕭爽。拂拭江城白日長，悠然坐我桑乾上。披面烟嵐起薄寒，滿堂朔吹流清響。漆園先生真异人，絶世風流迥出塵。已臨秋水舒懷净，更挹秋山入抱新。千年帝里忽生色，一日滄洲坐有神。瞿硎客，吴子真，惆悵西風狎隱淪。三山五岳紛嶙峋，周旋蠟屐長相親。

題戴葭湄爲許孟起寫真歌

噫嘻！長康不作曹霸没，遂使英雄少顔色。世人寫貌不寫神，欲識其真那能得。噫嘻！許公此圖傳不輕，戴生下筆真且精。衹今别去二十載，忽然相對鬚眉親。丰姿蕭灑儼文士，再三熟視真將軍。腰間仿佛劍光爍，紙背猶疑長戟横。幾令鄂公起酣戰，還爲裴令開神明。但恨七尺留短幅，置身不及圖麒麟。余也自顧偃蹇無足比，千載風流意誰是？噫嘻！安得與爾戴生揚眉把袂山水間，爲余解衣盤礴復一起。

吴興舟中

雨霽招舟子，孤篷獨扣舷。一峰青到水，兩岸碧於天。漁艇通村徑，蠶絲繞夏田。棹歌明月上，客夜幾人眠。

吴山春望

春到吴山望不窮，當春未敢解春風。伍胥祠北蒼烟冷，武穆墳邊碧樹空。十里湖光新幕舫，半城柳色舊王宫。沉吟莫向峰頭立，大海微茫夕照中。

武林重晤徐世臣

相逢各自泪縱横，十八年中此日情。剩有鬢眉耐霜雪，更無舟楫問蓬瀛。空齋綉佛琴心冷，高枕丹書鶴夢輕。怪我驅馳向塵世，酒杯潦倒共愁傾。

錢塘懷古

西子湖邊忽乍晴，錢塘門外得潛行。錦帆簫管聲聲斷，粉堞旌旗處處横。三竺山中争牧馬，六橋堤畔不聞鶯。長吟長嘯須何日，春雨春風無限情。

送郭方重督漕北上

幾時北塞送歸鞭，此日西泠放客船。聚散動當鄉國外，嘯歌空繫水雲邊。錢塘花發愁雙棹，青海潮回計一年。王事倘餘清興在，新詩須共早秋傳。

采蘭篇

意中柏梘山，峰巒每縹緲。別來纔一年，魂夢何牽繞。不耐塵世囂，去住徒顛倒。幽興托芳蘭，策杖飛虹島。岩巔呼老僧，空山覺春曉。峰巒盡故人，相見開襟抱。興愜忘采蘭，不欲更搜討。香風處處引，覓處却深窅。托體值巉岩，幽栖自然好。移根向市朝，剪伐天機渺。非無大國香，榮華易枯槁。君子愛其名，退藏以自保。衆人擷其英，一臭呼爲草。所以出處間，用捨各有道。

采茶篇

敬亭有仙草，靈氣蟠其枝。朝飲日華麗，夜則星露滋。幽香鬱深谷，天風時一吹。我來雨新霽，却值采茶時。攀岩歷鳥道，興癖忘嶔崎。半壁闢瑶圃，佇望青離離。繁條吐翠甲，實异凡樹姿。搴衣當筐篚，但采毋紛披。衆人折欲盡，吾戒以盈持。山鬼瞰其側，能使盈者虧。攬之到僧舍，鼎火次第炊。一製使葉斂，再製使葉糜。三製聲颼颼，葉葉如蟲絲。生意足於內，雖燥性不移。豈惟過雀舌，遠奪陽羨奇。旋汲山中泉，坐聽松風瀰。須臾浮白玉，久視仍如斯。啜之勝蘭臭，衆口群相疑。塵慮悉已滌，不但清心脾。我聞玉泉涸，白蝠如掌垂。泉乳結爲茗，不异大藥資。久服得羽化，路險無人窺。何當探兹穴，允以長生期。

題半公廬山瀑布圖

半公曾到廬山頂，萬丈飛泉眼中冷。我愛兹山游未能，意中常見飛泉影。巨然盤礴霜毫怪，亂捲珠簾挂天外。老瞿拂幛再三看，眼中意中却相會。青山何處不紅塵，面目匡廬真不真。他年黄海峰頭望，此障原來是故人。

爲鍾子夔畫書泉隱居圖

幽人卜築居書泉，泉上風光别一天。撲水老梅放殘臘，倚岩新竹生寒烟。短閣臨流足幽絶，紅塵欲侵侵不得。客至同看渡浦雲，詩成共坐凌波月。長歌長嘯日悠悠，妙手還推第一流。屏障紛紛借光彩，公卿滚滚下扁舟。近來此事競風雅，偏爾精神露瀟灑。指顧山陰應接迷，并刀欲剪紛難下。咄嗟勝事日多端，誰復幽栖得自寬。老瞿無限滄洲意，都入書泉畫裏看。

九華山

太古以前生氣足，石精化作蓮花開。盤根直壓滄江立，吐蕊争參碧漢回。俯世誰能辭瘴癘，置身莫更泥蓬萊。梵王深處香雲滿，白晝諸天拱法臺。

久擬靈岩尋憩息，怪來鳥道得追攀。峰高應攝雷霆鬥，山古能邀日月閑。兩眼懸將青嶂外，一心扶在白雲間。何當呼出王喬伴，雙鶴雙飛任往還。

天津行

四月四日春風殘，天津麗人心未安。五五十十驟成團，風飄密語聲一攢。群招小艇游盤桓，凌波競欲生飛翰。早潮奔漭暮潮寬，波心絶不愁風湍。自是不解深閨難，無愁那得不爲歡。中有少婦憑短闌，脉脉流盼生波瀾。鬌絲婉轉烏雲蟠，若有所思臨眉端。衆被綺綉伊素紈，新晴欲暖伊仍寒。娉婷不是羅衣單，照耀一簇花枝繁。行人誰不矜相看，誰解行人着意歡。

舟月

此際情何極，親人月滿舟。無波難辨水，未冷竟宜秋。猿嘯懷空谷，烏栖夢故樓。誰憐天外客，歌罷寄東流。

客中送春

關情今夜那能禁，着眼紛紛何處尋？人道東風收拾盡，最難收拾一春心。

寒食

柴門孤閉野夫家，酒盡床頭醉不賒。寒食夜寒眠未得，心隨風雨到梨花。

題畫雜詩

寒雲寒樹護山家，岩壑無人一徑斜。策杖行吟獨惆悵，幾枝春色到梅花。

新荷點點映橫塘，濃柳絲絲拂野航。閑把道書消永晝，黄鸝聲裏送斜陽。

秋空漠漠曉嵐清，落木蕭蕭野水平。愁向疏林停短棹，天邊鴻雁最關情。

爲憐叔夜并憐松，寫入生綃對影重。但使撫弦能作調，何須遥問赤城峰。

如畫江城畫自新，溪聲林影并成春。但教一棹橋東去，方識青蓮是解人。

傍橋烟柳有餘清，帶郭江流作練明。君向此間爲客久，新詩應作畫中聲。

潮落江湖遠望情，流雲落木不堪聲。憶君知得新吟好，思入澄潭百尺清。

越中漫興

越王臺畔罷吹簫，海色無邊夜寂寥。鐵馬不歸人去盡，問誰江上射新潮。

綽約天然媚上春，年年溪水浣沙新。袛今無事傾人國，任取扁舟泊向人。

不厭山陰道上情，經過日日有餘清。如何易盡剡溪興，取次回舟夜雪行。

卷五十七　計東

福清魏憲惟度　輯選

涇陽李念慈屺瞻　富平曹玉珂陸海
嘉善顧耿臣奕聞　江寧胡其毅致果　參

計東 字甫草，吴江人。

小引

魏子曰：余過白門，訪恕老堂。堂中人善月旦，首推甫草才名，口咏數詩見示，已梓予《詩持》之選矣。近輪蹄息魏、楚中，王先生來視學，復傳甫草數詩至。雖較恕老堂口授者略廣，余終不能無恨少也。噫！豈甫草故靳余哉！余聞龍之在天也，乘乎雲氣，散爲五采而頷下之珠不可必獲；鵷雛以彩翮周八極、下十二樓，非元扈不止。得其毛者，矜以爲瑞。余尸居半畝，未能探驪，而鳳聲亦已悠悠矣，安從得甫草之珠、之毛而愛之也？雖然物之神者，不在多得其一焉，亦足以該萬有。今甫草讀書都下，聲氣之孚日益博，行將雲雨天下、羽儀一世。余得此數詩，亦足以爲神物矣，又何恨少爲也！

過滄溟先生墓作寄嵇爾遐明府嵇時謫歷城丞

怪石嵯峨若相觸，黑豕紛紛下來牧。中有大字滿碑題，下馬摩挲幾回讀。云是滄溟古墓道，一片黄塵蔽春草。揮鞭爲驅群豕開，我愛先生意氣好。文人自古相輕薄，七子論交俱不惡。同時逸興凌九烟，身後高吟留五岳。我今羈旅嘆無朋，欲與嵇生話蕭索。嵇生磊落真吾徒，長篇汗漫歌嗚嗚。微官大隱歷城下，不愧虬髯一丈夫。

白楊

三月交河畔，森森見白楊。悲風摇曉日，倒影泣斜楊。似柳難爲折，非花不受香。齋前如可植，我意欲千章。

秋興

憑欄日日望新秋，秋至炎威尚未休。逼側一身迷去住，艱難雙屐結窮愁。瓜田屢報東陵熟，菰米頻看北苑浮。見説侯嬴方伏軾，心隨飛鳥到盧州。

遲遲殘暑復旬餘，力疾慚登油壁車。千古葵丘誇劍佩，一鞭秋色渡河渠。茫茫不解征人恨，落落難安窮巷居。何日俸錢營負郭，斑衣觀獲愛吾廬。

兩河輸挽下飛符，憲府乘秋指汴都。攬轡看山仍拄頰，從游稽古衹披圖。天清野潦收粳稻，日落沙深叫蟪蛄。夜静淇流聲轉急，同行畏虎劍相呼。

鄴城吊謝茂秦山人

鄴中懷古正秋風，詞賦深慚謝氏工。生欲移家辭白雪，殁隨疑冢對青楓。諸王禮數何常絶，七子交期竟不終。自是貴游多薄幸，布衣未必嘆飄蓬。

秋懷

大火老益驕，金柔且懾伏。詎知進退機，時序暗相逐。柔者日以堅，驕者日以蹙。微凉生静夜，爽氣動林木。志士每夙興，感此愜幽獨。衛青方爲奴，平津尚畜牧。遲暮何足悲，時會不可卜。

獨坐明月下，仰視高樹巔。枝葉何蓁密，碧陰結濃烟。星稀不成列，落落依高天。是時始開秋，蟋蟀聲凄然。何爲蟪蛄鳴，終夜先喧闐。十里亂人聽，尼父亦自憐。何况羈旅人，念之不成眠。

秋雷殷地來，引領望甘雨。欲得瀟瀟聲，滌此炎蒸苦。雲翔雨不下，惆悵失所慕。起視河漢間，清淺若可渡。妄想愧平生，多爲虚聲誤。

壯哉鉅鹿郡，南有豫讓橋。昔年報恩處，拔劍呼天號。殺身難塞責，國士真無聊。至今蓬山傍，雲氣長蕭條。何况清秋時，慘淡横林皋。憶予數載前，驅車此逍遥。懷古意悱惻，騁目心徒勞。

茲來閉院中，束縛同枯茅。仰羡雲間雁，歸飛一何高。

又

蒼鷹秋始擊，勁翮摩晴空。暮飛過祁連，晨游發雲中。睥睨燕與雀，拿攫不足供。何爲遂苦饑，臂韝同樊籠。得肉每不飽，側目雙眸紅。耿耿夜不寐，騷騷聽邊風。何時從羽獵，啄葩〔二〕還自雄。誓盡草中兔，扈君林光宫。

秋夜既難曙，偃卧亦可耻。四更起秉燭，危坐攬三史。孤陋慚見聞，博涉昧原始。二者均未安，於何得條理。念昔讀書人，用心不如此。大略貴獨觀，深思絶傍倚。所以著作林，千載頌文起。我今祇沿流，曷以繼芳軌。

人言秋士悲，我言秋士樂。四座且勿訝，聽我話大略。天地當盛夏，萬物皆汜濩。莽莽見百昌，滔滔四磅礴〔三〕。一朝秋氣至，斂華漸索寞。蠅蚋且倦飛，果實熟已落。熱客既相違，静者得栖泊。夕陰淡長林，凉雲生遠壑。滿摘蘭芷芳，心迹交漠漠。可樂祇此時，尊爐負前諾。

使院一墻外，四望多白楊。蒼蒼數百株，鬱鬱相低昂。院中高槐樹，三四亦成行。修幹摩青雲，

〔二〕『啄葩』，計東《改亭詩集》（清乾隆十三年計瓚刻本，下同）作『激昂』。
〔三〕『礴』，原本、校本均作『磚』，誤。『磅礴』，謂廣大無邊。

勢若羞頡頏。商飆忽怒起，枝葉互擊傷。内外同一籟，多寡均摧戕。森然公府門，謖謖丘墳傍。種植雖各殊，枯菀仍相當。大哉《齊物論》，千古依蒙莊。

又

明月愛秋夕，露白光逾好。滌滌萬里碧，瀟灑軼塵表。華燈映長廊，樹影交馳道。玉繩懸檐楹，河鼓明晴顥。感此卧獨遲，傍徨攬懷抱。忽起亡友悲，平生寡同調。侯宋研德、疇三往游仙，柴陸甘枯槁虎臣、麗京。追悼久益深，悲風摇宿草。

秋水漲滹沱，湯湯合漳河。洹淇挾百泉，千里同洪波。中宵渡我馬，月黑岸嵯峨。濺濺流水聲，浮舟徑盤渦。失足咫尺間，性命供黿鼉。慘怛游子情，飢驅可奈何。

九秋歷三輔，趙魏多埃塵。側聞武安郊，藕花遍湖漘。十里開爛熳，芬芳炙城闉。結想冀一見，庶以澄心神。豈料方戒嚴，含意不得伸。清霜敗殘荷，長堤始脂輪。瞬息寓我目，後時極酸辛。忍見叢菊花，臨風復鮮新。

讀邢州詩有懷集中張(彝)王(惆)崔(鳴鶯)趙(培基)諸同年兼悼鉅鹿楊學士猶龍先生

同年推四子，門下溯楊公(予丁酉座主曹公出楊公門下。)好句〔一〕雄河朔，高懷并岱宗。相思清夜月，獨聽老槐風。何日從文宴，南皮勝事同。

別邢州國士書院後大槐樹

我來槐樹下，忽已見新秋。久客忘時序，依人慎去留。燈移燒蝎尾，月出喘吴牛。明日辭襄國，空堂國士愁。

送九江蔡孝廉歸里次李屺瞻原韵

率爾思歸急，潯江秋水深。客程多赤日，家食少黄金。吴下交公瑾，關中識季心(屺瞻，關中人。)。忽憎分手易，眷戀一披襟。

俱爲負米出，誰不念倚閭。種秫供新釀，看山愛舊廬。君歸仍捧檄，我夢罷垂魚。倘復長相憶，松陵好寄書。

〔一〕『句』，原本、校本均作『尚』，據《改亭詩集》改。

因秦中侯使君至臨清寄東柳公㢵

不見柳開已十年，别來消息久茫然。最悲遲暮猶彈鋏，那得微風共着鞭。水接山東人在望，秋殘河北〔一〕月空圓。寄書爲乞咸陽叟，泪熱〔二〕清燈叢菊前。

壽菊廬先生詩四首有序

予自識菊廬先生後，相贈酬以古文各三四首。予生日，先生復爲序贈予。迨先生爲壽之辰，予賀以詩四章。顧菊廬於詩體最愛其鄉竟陵派。予擬爲之，終不似，因自笑。予吴人，何不亦效我鄉牧老人所云四體詩乎？然予才遠不及中麓，近不逮元恭，乃下而仿少微、怡荆二體，以博同人一笑。倘不知予〔三〕，謂予張東澗之幟，予則何敢承也？

菊花開日先生壽，始信先生號菊廬。花挾凉風香淡遠，人含秋色致蕭疏。入山耐可依虓虎（先生雙修堂讀書，夜每聞虎嘯聲），避俗應嫌佩緋魚。底急京華曾兩至，關心祇爲故交書。

山青白眼見洪山，水落巴湖艇子還。庭有寒光翳老柏，門無熱客惱垂鐶。著書何必求人解，采藥

〔一〕『北』，原本、校本均作『比』，據《改亭詩集》改。
〔二〕『熱』，《改亭詩集》作『濕』。
〔三〕『予』，原本漫漶，據校本補。

先須駐母顔。忽漫高言天下事，巢由管葛絶追攀。七國翻從三國留予與菊廬共歷古燕、趙、魏三國之地，風塵二載共三秋。包容恕我真狂客，懶慢知予已倦游。曉發喜憑車轂轉，宵行畏聽水聲悠。勞勞行李頻相惜，孔雀何心更觸牛。先生清譽接江蘺，屈宋鍾譚并爾師。述作不分皆大手，古今相望可同時。華陽雲起迷丹壑，綺里泉清長紫芝。遮莫眉軒徵入對，蒼生延領待陳辭。

八月十五夜廣平宴集主人口吟杜詩夔州十五至十七四作予因每夕次其原韵和之

客傾楚國醴，主佩吕虔刀。并坐嘉林下，遲看明月高。輪孤開一照，星衆失如毛。子夜疑天曙，詩成欲吮毫。

歸夢趨吴會，蓬心客趙城。已愁秋夜永，況對月華明。忍泪燈宜滅，隨人酒共傾。螗蛄啼不住，掩耳避營營。

十六夜玩月仍次杜韵

爽氣欣今夕，孤懷信九秋。誰將清夜月，一照濁漳流。叢桂思招隱，高天欲寄愁。故鄉無限好，蕩影刺輕舟。

十七夜待月次杜韵

黄昏空悵望，倚徙愧閑身。稍見光移樹，方知月趁人。衣裳憎客久，粳稻憶家頻。不寐聽風起，沉沉雨又新。

廣平月夜奉懷申鳧盟兼寄觀仲隨叔

斯人堪結想〔一〕，宛〔二〕在此城中。夜静高齋月，秋凉喬木風。道心堅益澹，詩法老逾工。十載驚寥闊，慚余類轉蓬。

當代論人物，三申洵偉人。阿兄真獨立，兩弟喜能振（一語出櫟園先生《結鄰集》）。忠孝承貽燕，文章得雅馴。兹游難會面，良宴憶京塵。

遣悶

自落風塵二十年，心如膏火夜常煎。羞吟北府無愁曲，未解南華《至樂篇》。白髮老親雙泪裏，緑衣小婦一燈前。秋深河朔悲風急，每對征衣意惘然。

〔一〕『想』，原本漫漶，據校本補。
〔二〕『宛』，原本漫漶，據校本補。

魏博月夜代蘄水姚九兄送友之揚州

送君邗上帶吴鈎，正值漳河水涸流。銅雀臺荒芳樹老，虞姬祠冷斷雲愁。方期綉被同清夜，忽漫雕鞍隔暮秋。明月四更人不寐，遥憐上馬更回頭。

代友答姚九兄次前韵

公子翩翩佩玉鈎，十年心誓指江流。楚天雲雨誰同夢，燕市風塵互送愁。君昨西征纔觸暑，儂今東去又悲秋。客中頻作銷魂别，明月何曾照并頭。

九月〔一〕魏博次老杜夔州九日五首原韵酒後率成三首

依人隨處伶俜住，九日空懷戲馬臺。河朔最逢秋氣早，江天獨望暮雲開。白衣酒至愁難醉，皂帽風吹着復來。采菊插萸都不問，燈灺投筆汨相催。

院中秋老角聲催，仰視鴻飛斂翼回。一寸心爲趨府盡，百端愁爲倚閭來。人因歸夢常迷路，節是登高未有臺。此地風流鄴〔二〕鄴下，使君餘子共銜杯。

〔一〕『月』，原本、校本均作『日』，據《改亭詩集》改。
〔二〕『鄴』，《改亭詩集》作『憐』。

又見佳辰至，同傾北道杯。汨從木葉下，眼向醉人開。叢菊幾時放，故園何日回。痴兒空憶父，不見寄書來。

天雄旅次以詩代柬寄魏惟度

去歲正月初，積雪滿吴市。君寓胥江湄，嘯歌著詩史。我自阿咸家，過從餘一里。家貧無肩輿，塗泥没屐齒。相見展高言，平心求真是。當今多人物，自許皆巨子。湛深貴通經，森嚴辨僞體。誰能弃筌蹄，直與悟元始。心期共努力，金石以永矢。分手各游燕，君向畿南止。詩選《補石倉》（曹能始先生《十二代詩選》，惟度續以今代詩），賀君得知己。篋中富篇章，床頭羅酒醴。品題劇丹黄，推許遍金紫。死灰若小人，愧荷存姓氏。溝壑與臺閣，胡乃同一視。再辱書殷勤，索詩繼王李（謂昊廬、屺瞻）。愓息久不寧，雅意於焉紀。仲冬夜半時，寒風撼窗紙。燈昏爐火微，愛冰取硯水。磨墨發豪吟，激昂不知耻。勞勞逆旅人，意氣空爾爾。出户瞻黄星，彈劍攬衣起。

卷五十八　趙　威

福清魏憲惟度　輯選

龍溪李贊元素園　含山李東燦梅邨

南海程可則周量　內江張祖詠又益　參

趙　威　字書癡，涇縣人。〔一〕

從軍辛巳年作

男兒七尺軀，淪滯久蓬蓽。干戈紛擾攘，懷國時悒悒。頃承上官詔，命我戍邊邑。盡室哀別離，秋風吹瘦日。我心寧不悲，忠孝疇能一。驅馬上河梁，揮手別親戚。生當取封侯，死則裹馬革。

〔一〕　此卷三個版本均無小引。

贈嘯庵鄧州守

作牧寧不難，達者操其要。肯綮經未嘗，揮刃理殊妙。膏雨遍郊原，和風及四徼。以玆無所爲，筆墨寄孤峭。骨力與風華，道州可同調。客子素所欽，愧未悉其奥。蕭然旅橐空，妻孥時聒噪。有懷莫可吐，狂吟聊自好。久欲致區區，恐來唐突誚。意氣薄層雲，肝膽應相照。蕪詞靦顔陳，以冀瑶篇報。毋曰非鍾期，輟弦不復操。

价人先生偕朗公武靖叔秋景升見過爰市鮭蔬濁醪作竟日談而价人以越水中飲先返諸公投瓊飛白薄暝猶豪不復知孰爲主客也

吾生少年時，即已耳盛名。豈期於玆地，始得親緒論。言簡意乃永，穆穆見精神。況無名士習，朗豁開胸襟。濁醪隨意酌，果蔬參差陳。未醉即先返，日色猶高林。去留皆旅寄，孰當是主人。諸公饒逸興，亦各率其真。儵然忘物我，溟瀞無古今。

閨情

臨窗綉鴛鴦，恐不得其情。移向池邊去，終朝綉不成。

美人愛新花，朝朝露下折。妝成對明鏡，彼此惜顔色。春風別花去，美人泪沾臆。

內弟葉十二新婚戲贈三首

未嫁識郎面，已嫁識郎心。郎年與儂齊，解事何太深。

男兒重顏色，女兒那不然。倚郎照明鏡，郎笑儂不言。

有客來喚郎，輟與郎唧唧。疑是分桃人，捉郎不令出。

哭黃吉叔氏叔諱大中，乙酉殉難城中。此詩丙戌年作。

天地殊聵聵，斯文忽喪之。寧甘蘭玉折，不效艾蕭滋。一死酬君父，千秋泣故知。夜來頻夢見，落月滿鬚眉。

贈內兄葉善長限韵

肉骨如吾子，才情古昔參。胸寧袁豹半，足乃卞和三。世已卑儒術，時姑對佛龕。達夫年始艾，詩思湛於潭。

示季弟彌生兼勖之

奇人雖負俗，未必此終之。魏戟投猶早，軍繻弃豈遲。衰宗期爾亢，舉世笑余私。彼此他山礪，聯床風雨時。

白石道丈七十

七十年侵暮，神明逾炯然。詩騷不偶俗，耕稼且娱天。窗有千峰黛，門閑五柳烟。曹源久探得其所居亦名曹溪，豈墮野狐涎。

魏賞延孝廉偕游東山次韵

蒼山雖近郭，袛尺隔塵喧。玄賞憐同調，禪心得共論。鼓鐘寒淺壑，烟水静清尊。竟日空王畔，安知衆慮煩。

秋海棠

弱質秋風裏，盈盈强自持。護憐幸塢壁，摧折怨娥眉。蠲潔誰能似，妖嬈世所知。三郎非具眼，千古一情痴。

考叔叔氏見過

衡門長寂寂，獨喜步兵過。尊酒非醽醁，清言當咏歌。寒鴉分落日，野燒耿荒坡。莫惜歸途晚，鬖鬖月映蘿。

奉别朗公道兄

古道存今日，於君僅見之。忘形時爾汝，得句必新奇。蠖屈能隨俗，幽栖每擇枝。往還纔一月，又復嘆參差。

喜朗公則通見過

分手雖旬日，猶疑隔歲時。以余勞夢寐，知子嘆乖離。到爲書先必，懷於晤後怡。濁醪拚一醉，且勿計前期。

次韵奉酬朗公雨中見過留飲之作

酌雨兼徵事，攤書滿竹床。競非關簟扇，負但笑疏狂。集以雅成暫，宵因醉不長。客中今若此，何必問吾鄉。

客三山送友人歸石城

客中猶送客，分手更淒其。水國孤舟夕，炎方五月時。勿言今日酒，不及昔人詩。去住俱如夢，徒勞嘆別離。

讀鄭哲孜世兄集有贈

聞聲雖曰久，傾蓋惜偏遲。一讀天然句，殊深伐木思。初暘映菡萏，微颸起漣漪。韵致誠如此，塤篪敢并吹。

文生道兄移寓亦復別墅頗有幽致上巳後四日偕台木敷公携醵資過之即席賦贈分得支韵

奇人偏好静，泉石雅相宜。移榻猶銓勝，需時暫守雌。一貧僮僕愠，百感友朋知。安得中山酒，與君共醉之。

寒食郊行即事柬台木

客旅逢寒食，情思倍黯然。幸同君梗泛，無不日蟬聯。野哭皆新冢，村裝猶去年。故園花發處，慎莫聽啼鵑。

月夜有懷子木却寄

懷人在何許，祇尺若天涯。明月無偏照，青燈祇自知。下帷應未寢，彈鋏漫生悲。同作嘉禾客嘉禾，地名，此處從無子規，無煩怨子規。

秋夜思諸同人集慧月庵即席分賦

久不理新裝，深閨祇自傷。秋風知妾意，吹夢到君旁。露冷魂頻警，窗幽月忽光。覺來仍影偶，益復倍凄涼。

寒食試新茗

炎土風光早，幽栖蘭若宜。對僧删旅况，試茗得新知。晝永傳磁静，花飛落影遲。江南游冶者，爾日應忘疲。

賦得蕩子行未歸

薄命非徒妾，孤情亦豈郎。時時續別泪，夜夜怯空房。明月浮窗冷，秋聲向枕長。雙蛾憔悴盡，那可夢漁陽。

壬子秋日謁太師忠烈公殷比干墓奉和大參李素園會兄韵

國運知將去，臣軀敢獨存。倘能回主聽，端藉此心痕。紂虐猶原嗣幸公之有後也，周恩未洽門惜其嗣未有封國，若微箕也。揭來瞻仰者，今昔共傷魂。

鎬豐名僅在，秋草亦萋萋。爲散鉅橋粟，因聲牧野鼙。孤懷如日月，浩氣邁虹霓。秦事公知否？泉臺可勿啼。

童年識嚮往，皓首拜先生。慘矣當時境，嘉哉曠代聲。成仁寧但直，殉國豈惟清。臣範垂終古，箕微似莫京。

埋骨高原日，商辛益肆驕。忠魂侍烈祖，天意啓興朝。當砌除芝玉，盈庭養艾蕭。不勝憑吊泪，滴滴向君消。

附素園原韵

殷社已成屋，千年一廟存。猿啼亡國泪，月照剖心痕。狐兔避封壟，風雷護寢門。漫將憑吊意，灑酒酬忠魂。
丹心繞故冢，芳草自萋萋。難補朝歌衮，空傷牧野鼙。血流皆化碧，氣吐亦成霓。入廟悲風起，群鴉莫亂啼。
一抔骨已朽，千載氣猶生。祇盡當年事，寧知异代聲。衣裳映月冷，松柏帶風清。魂魄歸何處，依依向舊京。
何幸列貴戚，逢此獨夫驕。致命酬先祖，無顔對异朝。雲來墳際暝，葉落雨中蕭。陵谷多遷改，貞魂總未消。

讀魏惟度《芙蓉屏傳奇》有感

奇事世非乏，每因文士傳。神情游局内，筆墨在機先。大怨終能報，微官殊可憐。吾生多坎壈，一閱一潸然。

雨中獨坐有懷价人先生兼訂晤期丁酉年作

答焉兀坐篆烟微，風雨蕭蕭晝掩扉。蒼蘚久無車轄破，閑窗時有燕雛飛。詩書墻壁今同慨，李郭勛猷昔亦稀。離思杞憂非一事，期君杖履莫相違。

壽舊台守齊价人初度

囊中但有赤城霞，環堵依稀處士家。自謂漢陰機已息，豈猶蒙叟智無涯。開尊輒詣羲皇境，學道曾登羊鹿車。剥啄罕聞塵事簡，駐顔何必覓靈派。羊鹿車即聲聞緣覺，仙藥有空同靈派。

庚子秋移栖浯洲適余初度辱諸公見贈以詩次韵酬之

嘹唳征鴻帶遠秋，移家到處若萍浮。忘憂每以親三雅，用世徒然習九丘。鄉思關山笛裏月，夢魂竹葉畫中舟。江東此際鱸魚美，胡爲浮名久滯留。竹葉舟，陳季卿遇异人事。

庚辰孟秋別王去文校書去文善書

暮雲愁寂雁聲頻，離思紛如落葉新。斗室香殘孤夢醒，案頭時禮衛夫人。

閨情二首

垂垂簾幕月光浮，默默秋風吹妾愁。心弱難堪蛩暗響，鄰家猶自弄箜篌。

深閨獨坐意茫茫，幽月臨窗旋照床。欲睡不禁衾枕怯，强留雲鬢待檀郎。

卷五十九　孟瑶

福清魏憲惟度　輯選

黄岡程啓朱念伊　秀水李明敖山顔
汲縣蘇文樞環中　莆田余　懷澹心　參

孟瑶 字二青〔一〕，汲縣人。

小引

魏子曰：嗟乎！二青死矣。其生平忠孝之旨、悲憫之懷、骯髒磊落之概盡見之詩者，能必其傳乎？不能必而必之若操券者，有天焉，有人焉。天能留之以無灾兵火，人能永之以貞諸金石，其

〔一〕『青』，又作『清』。見徐世昌等編纂，沈芝盈、梁運華點校：《清儒學案》卷一，北京：中華書局，二〇〇八年，第五一頁。

招功勳也。汲蒙鐵函，昭若日星，此物此志焉耳。予走河朔，覓二青詩不得。適郡伯程念伊先生招飲，道及『衛風人孟子爲予十五載知交。自其設絳梁園、明經上苑，以及承歡家庭、遁荒山水，無日不爲詩。吾將裒而集之，毋使散落人間爲千載恨事。』予聞之，避席起曰：『此文人心血也。與天地争敝，與鬼神争靈者也。既不能行之生前，又不能必之子孫。得先生表章，非但爲生死交情，實今古僅事。無論知與不知，皆當感泣先生。』即夜檄書役徵其詩，纍纍數千篇，授予論次。予伏讀五六日，喜二青詩無俗調，有遠思；無靡情，有邁氣。如孤雲出岫，如皓月翔空，如嫠婦夜泣，如老驥從軍，如聽笳聲於荒徼，如聆鶴唳於松林，如入長安酒肆，杖劍雜烏衣紅裙間，睥睨恣睢，不少減其英雄之色。嗟乎！二青以如此才而竟死耶！死而其詩得傳，猶然生也。則生之者誰耶？虞翻有言曰：『得一人知己，可不恨。』吾爲二青謝念伊先生矣。彼青藤、白雲得中郎退谷而益彰者，九京之下，友二青而三之否？

雪中憶鄰舊

雪風杜蓽户，誰過問袁安。戀夢寧遲卧，聽春不慮餐。梅花偏地老，雁羽遠天寒。過酒墻頭熟，兒群屢次看。

秋暮登崇本書樓

石榭連雲白，椒墻倚夕紅。一登高户杳，環眺衆山空。人在同明月，歌沉負《大風》。西鄰更漏近，廿載泣秋蟲。

至日薦食

夜較從前短，愁應此後長。掃庭忖懼喜，屈指數存亡。硯凍妨書紙，簾殘拂枕霜。騷思托旅雁，幾日到瀟湘。

不獨風霜至，十年已固窮。高吟送夏雨，老劍掖秋蓬。入夢庭雲白，裁書山果紅。鄰人嘲問字，愛酒是楊雄。

九日吹臺懷古

西風連夜捲吹臺，古徑無人叢菊開。林莽幾留狐兔嘯，雲孤時過雁鴻哀。逸詩未采陶潛去，空響如呼師曠來。感慨何禁憑短杖，重沽濁酒就莓苔。

寄劉水野廣文

廬不結人境，終朝門獨關。一經注白首，八口飽青山。鷗鷺同元氣，松筠寫舊顔。風騷我輩事，忘老力同删。

話蓮舟上人

閉户吾未得，頻年愧戒僧。一蒲趺暗室，半偈引秋燈。從佛安饑渴，投山變谷陵。別余期再過，冒雨自扶藤。

過靈光庵

朝下名山榻，夕從開士居。客貧不贅雁，僧醉但蒸猪。瓶水移梅氣，幡風定草裾。年來似逃墨，四壁擁殘書。

將入都門有懷三叔祖崇禮公

非忘驅車返，北平古壯游。山川雙拙僕，風雨一疲牛。問水蘆溝咽，看松報國幽。人亡陵谷改，誰問舊孤丘。

投山陰蔣同野兼懷倪鴻寶先生

天涯生氣幾人存，雁唳蛩鳴未足論。余不學詩孤北地，君能尚友起西園。寒花就徑貽香晚，脱木經風接席温。別後莫忘通寤寐，倪家庭户向黄昏。

封父亭

朝呼封丘門，停車封亭下。封父何許人，民曰商賢者。姓存名不存，徘徊泪爲瀉。當時德與功，消沉付礫瓦。矧我在蓬蒿，妄自附風雅。抽劍十年霜，換酒向鄰舍。醉去悄無人，或擬孟東野。

過同盟山夷齊扣馬地

中路衝風冽，群峰入草蓁。俱成千古地，原是一心人。旌幟淇園竹，壺漿盟水津。何知西輸後，反袂泣孤臣。

登丹陽寶華閣見吾里賀景瞻公題額

此中真寂妙，公力得常凝。後佛争千古，先余入上乘。閣深雲不出，樹近鳥時登。不及成圖畫，名山許右丞。

到静樾庵問是馬湘蘭故居

此土何年净，吾情忽亦移。曇花春令雨，甘露夜深卮。徑伏行雲老，簾開擊磬遲。絶痴前日鳥，栖向度歌時。

觀龍興寺方丈古本牡丹

似解繁華暫，故令開放遲。當欄晴蝶妒，紀候老僧疑。幽氣先傳谷，孤形後染脂。對君行樂足，富貴復何時。

到西湖

携家近北岳，尚友拜西湖。我到山何澹，人云水不孤。藏身閑館榭，留夢領鷗鳧。豈學王摩詰，輞川日繪圖。

汲城北爲衛夫人南子墓前人作雉其上余聞之毛蘇崖甚悉謀异時構屋於巔題曰見子亭頻歲耕廢願違矣己丑正月十四日忽觸成詩

讀書兼問俗，快許是芳鄰。具眼見夫子，其心豈婦人。宫鐘開後史，夜漏續前轔。原乏傾城意，遺骸懺北闉。

吊宋娟

美人去此果何之，千古同憐此一時。十壘烽烟迷鶴駕，六陵王氣見蛾眉。干戈天促從軍婦，丘壑余藏故國詩。未没人文孤思寄，逸民傳後是名姬。

穀日夜半見雪

不覺今宵雪，夜闌忽出門。尚遲老毋寐，欲起近鄰言。光白招吟鼻，苔空陷醉痕。頻年艱汲井，多貯滿山樽。

閏六月十四日封丘署中

一瞑亦庸德，全歸無溺詞。人應慕父母，天但愛鬚眉。舌在秦無罪，弓亡楚不悲。勞勞顧松菊，到處是陶籬。

湖上謁六先生祠

千秋歸正命，七載别神京。是岸應先到，斯文與後生。水心浴日月，鐵面照墻羹。未敢臨流哭，嫌同阮步兵。

馬玉筍工部惠衛河圖謝之

廿載鷦鵝倦羽翎，欣瞻鳳德謂儀型。鬚眉宛在蒹葭潤，筆墨長留社稷靈。漢史不刊《鹽鐵論》，夏書兼秘《海山經》。見今聖主勞思楫，聞道河干已肖形。

蕪湖縣再逢辰日過六度庵

蕪亭莫是虎眉剎，兩次余來歷誕辰。千里青樽滋涕泣，六時白社枉因循。遲疑婚嫁牽兒女，泛愛山川誤古人。今日妻孥祝且怨，萱花堂冷鹿門蓁。

九日和杭子

何辭今日醉，重起爲謀卮。歲月凋陶菊，乾坤老杜詩。露披雙鬢改，夢醒一燈知。厭聽鄰砧作，秋思落幾時。

倦游

羸馬秋風裏，猶嘶未斷魂。舊群空北野，老力藐中原。細草黄金盡，妖狐白晝奔。縱然逢伯樂，相顧欲何言。

題李工部署中秋海棠

歡趁西風早，何勞芳草萋。幽人看不厭，疑醉杏花堤。

和劉公戡工部菡風

渡口水連天，移舟亂曉烟。歌聞觸别緒，不住采蓮船。
歡來桃葉水，水清照儂面。相憐不爲容，故遣浮鴉亂。
桃華映儂顔，桃葉遮郎眼。鄰女妒春深，持紗群來浣。

吹臺近游梁院

如不登婆塔，何因到吹臺。一丘哀夜雁，十畝宿秋苔。古磬鄰僧扣，離宫遺老猜。無人問轍迹，爲紀孟孫來。

題白兔

即此一微物，何能略化工。有因別黑白，無相得雌雄。入雪孤芳貴，凌雲老力空。終當縱汝去，似未怨樊籠。

吊何烈女

順治十有六年秋九月十三日，衛風人孟瑶病愈，而有所感。激於何烈女之死，因爲詩三章吊之，復治香茗致祭於其埋骨地，述當時事以奠其靈。曰：『嗚呼！烈女出守禦衛輝都司榆林何公應顯。年及笄，丁流賊難被殺。始賊執顯及其妻妾、外母、烈女俱臨刑。賊殺顯夫婦，釋其外母。至烈女，欲得之，烈女不可，賊之卒群讓其伍長。烈女終不可，曰：『吾父母死，吾亦死。』遂踴躍赴市。賊乃殺烈女，委其一門骸骨糞土中，懸首於府治前。後數年，守禦故人邵定國白郡守沈石友，移其骸骨葬北郊厲壇之西。嗚呼！烈女蓋古之聞道人哉！子曰：『朝聞道，夕死可矣。』烈女何憾乎？同時獲嘉原任陝西觀察賀仲軾先生聞賊至，率其妻妾死。其得烈女之先者哉！死者如有知，烈女應與賀先生分途而游九京矣。瑶也幸一病弗死，猶及成吊詩，述往事於十有六年之後，晚矣。晚而所傳信，庶幾以告無罪焉。

麟鳳安能囿，豺狐任橫行。入關皆戰壘，向北無全城。兒女何暇死，君親已不生。匆匆白刃下，頃刻是皇明。時逆闖將抵北平朝廷弛法紀，闔閣信彝倫。敢惑干戈裏，輕容父母身。頭顱擲浄土，魂氣避妖磷。濺血經秋碧，山嵐寫未真。

既近共姜里，柏舟津可尋。引身就白刃，揮手謝青禽。辭漢寒臺露，歸周空帑金。所嗟當日泪，未敢泛沾襟。

投康小范和余澹心韵

高踪不礙市廛居，白首交存扣户餘。人是陶潛閑五柳，時非宋玉吊三閭。租田未穫惟沽酒，報國無能仗著書。近日開門延北阮，衣襟塵滿欲何如。

過杞望馬頎公白松園

曲塘凋砌映高墉，春草萋迷夏木蘢。近代留余如野鶴，當時識子是真龍。笙歌人去餘紅袖，誦讀堂空冷白松。昨日有懷登艮岳，烟嵐無力老周封。

復入張禹型先生泉上生祠

登兹恍隔世，下拜嘆頹形。堂在沾歌哭，泉流照典型。遐心老衲白，舊史一�青。誰謂襄陽遠，魂來度石坰。

河内道中竹圃

叢篁通暗水，幽徑似江南。我欲移全室，誰能分一龕。齋長冬剥筍，衣敝曉披嵐。不放桃花出，漁舟未可探。

訪范射虛廣文和王蓼航太史

聞君藏書三十簏，橫壓方床床礙屋。晴風披卷出烟雲，遍繞窗前十個竹。我來不報累閽人，問字携樽往還熟。下榻炊鐺點藥闌，幽芬悦口清悦目。移午神怡乍解醒，剥蘀製冠荷製服。勞勞何境忽蒼凉，親在匡廬觀布瀑。

康熙元年六月出郭觀郡伯程念伊先生決衛河水灌城池歸而感事有作

池涸久不濬，城隍敵旅陌。譬人具官骸，而若無津液。坐觀元氣凋，戚焉動郡伯。郡伯子程子，家世瀟湘籍。下令趨父老，荷鍤引陂澤。不日滄浪水，移我沅湘客。或日水洚潦，其中長鱔鯽。網罟頃集之，欻成魚鹽市。吾豈長貧哉，安知非膠鬲。經春天不雨，維夏書無麥。負稞病有司，憂懼過黎赤。不如田間人，猶能討農隙。得探一簣土，聊以補其宅。夕凉亂哺烏，飛鳴匝屋白。嗟哉泉下親，形聲咫尺隔。胡然寫我衷，相彼波濤洁。

移竹和李穀旦

我友胸次別，人取不妨弃。廓然耳目前，此君稱高致。看之狎夕晨，往來每無忌。辟如同心人，時乎居兩地。清陰快獨醒，輕烟隔衆醉。西山雨夜過，灌溉欣根遂。如我數年餘，作簡注《周易》。

八月六日夜夢老父雙手酌瑶一巨杯趣飲之杯内銀鑲外朱漆接飲云一斗亦醉一石亦醉詩未成而瑶寤

今夕侍嚴親，嚴親爲我酌。巨觥引雙手，捧飲何歡躍。醒後喜尚餘，秋聲入孤幕。山妻問我夢，謂當受天爵。寧知不孝人，兼逢賦命薄。老父未速誅，昔也慈幃托。慈幃今已違，遑更念老弱。我知夜來心，善後計憂樂。生當皆醉時，宜飲以狂藥。或者所著詩，廿年盡糟粕。顧我援清滌，爲浣肝腸惡。夢中睹面顔，似不惝魂魄。懼喜按當年，恍惚不可度。

題楊妃墓和劉憲石先生

黄沙白荻馬嵬曛，憑吊楊妃往拜墳。孤負蛾眉空一代，正淹鳳泣謝三軍。陣雲歌起虞姬劍，宫樹戈回越女裙。遺佩紫囊悲七夕，上皇猶在未傾君。

讀育嬰會疏卷有懷龔孝升先生

開卷聞啼笑，觀生別智仁。始知真佛子，原是大詩人。風雅存元氣，干戈歸净因。十年籬落外，歌寤隔松筠。

偶作

兵容不可去，在泮論徒虚。河伯猶求婦，天王復假車。伊周前有過，巢許老無書。又是冬風起，黄沙冷敝裾。

夜讀侯朝宗詩

今夕翻成悔，開函吟誦遲。中原不數子，天下孰言詩。寇盗王維日，瞿塘杜甫時。漏深霜迹滿，揮泪墮寒卮。

六月二十晨起作詩薦老母

雨凉杜户撤蛛絲，檐水頻添灌獻卮。八口猶疑當日病，三年無改入山詩。原非青史留洟涕，相見黄泉反愧怩。劍短歌長鴻羽倦，西江水到亦嗟遲。

龍洞和王文安韵

庭寮出絶巘，便可結詩壇。床下虎無畏，洞中龍自寒。蕨薇沿夏后，松柏是秦官。明日余當去，離歌誦《考槃》。

九日過依水園

冒雨出門澀，渾如出塞游。黄花負九日，白髮亂三秋。别後逸詩格，愁來厭酒籌。故人今夕夢，端的在河洲。

無題

不厭春游早，其如治思紛。橋危遲送步，風細巧憐人。脂粉翻污貌，衣裳應想雲。窺臣非好色，三載負殷勤。

封邸對鏡

霜雪擁顏面，吟哦累友朋。閲人非一鏡，老我是孤燈。官計虚元亮，詩名鎖右丞。黄河漁叟在，不問舊時罾。

封邸許燕巢

庭虚交夏木，榻外地無餘。已供仙人卧，寧同燕雀居。受風低負海，銜水近污書。不忍垂簾隔，掀髯雨到徐。

晨起讀杜詩

寤寐浣花偶誦詩，吟哦盡日頗栖遲。一編我作廿年史，十畝誰堪兩代師。遠履題門聞鳳泣，孤原連夜聽狐疑。杖藜明日且歸去，潛向中庭告老慈。

商王廟吊古

一夢即相許，圖形不再求。後王何爲者，疑信卜金甌。

銅雀臺

西陵望不見，蒼茫叫征馬。妾夢濺寒流，君恩鑠古瓦。
河在臺難没，雀歸陵已空。近年較廉耻，不敢藐英雄。

别劉方若刺史

别後屢懷君，漏盡尚呼酒。不須囊中錢，需婦床頭有。
到門如看竹，君出唤烹茶。明歲秋風渴，何顔對菊花？
不欲没疇昔，分甘奉老親。數年稽信友，君外是何人？

立冬

不必御冬窮，十年一冷同。檐低遲補雪，榻敝久禁風。畢賦安鷄犬，慵游負雁鴻。無題供嘯咏，出郭較霜紅。

蘇黄門饋菜賦謝

瓶花疏勁似楓丹，絶歷秋風不拒寒。多病難温前代席，一身虚腐百年餐。王維兵後無腥賜，杜甫朋來有苣盤。飽食忽思復落箸，却妨菜色礙君看。

祀竈

迎送無卮酒，罪知神所私。幸無從婦謫，久已聽鄰移。榻鶴迷風雨，聞鷄絶戾㢊。呼炊燃舊稿，厭飫是吾詩。

除夕

來歲吾何祝，金車供有司。廿年耕舊硯，二月賣〔二〕新絲。無雪聞梅削，防風聽爆遲。山妻慟骨肉，不作頌椒詩。

擬友夏小詞

春園游屐寒，不厭梳髮早。是采宜男花，告歡日鬥草。

〔二〕『賣』，原本、校本均作『敵』，誤。唐聶夷中《咏田家》：『二月賣新絲，五月糶新穀。』見（清）彭定求等編：《全唐詩》下册，上海：上海古籍出版社，一九八六年，第一六〇四頁。

花下與歡昵，藏深衣袂冷。歡從何處窺，一動亂花影。

仲冬浣衣

一衣屢浣曉空陰，中婦躊躇力未禁。不識先生詩思起，正伸紙墨聽秋砧。
新詩盈帙與誰論，浣服居園自較存。租吏何爲呼不去，吟聲砧韵并柴門。

黄粱夢有感

四月沙晴槐徑風，邯鄲古道當崆峒。若稽舊史思堯禹，未必先生一枕同。

夫子書樓和孟陟公

夫子藏書地，高深幾欲從。欙松栖楚鳳，棟雨制秦龍。白日燃宵炬，黄河滴曉鐘。欲言不盡意，孤碣老苔封。

風雪中往祝孫先生得句

夫子如梅樹，往來狎雪途。嚴寒遲瘦蹇，遠白老啼烏。句獲欣投卷，衣單悔挂壺。穿林久不出，圖畫湊倪迂。

本書爲國家社科基金重大項目『全清詩歌總集文獻整理與研究』、
廣西特聘專家團隊課題『清詩總集文獻整理與研究』階段性成果

百名家詩選

〔清〕魏憲 輯
方麗萍 丁潔瓊 點校

上

廣西師範大學出版社
GUANGXI NORMAL UNIVERSITY PRESS
·桂林·

百名家詩選

BAI MINGJIA SHIXUAN

出版統籌：湯文輝
出 品 人：喬祥飛
責任編輯：劉艷艷
助理編輯：閆　曦
責任校對：郭婷婷
責任技編：王增元
書籍設計：冀帥吉

圖書在版編目（CIP）數據

百名家詩選 ：上、中、下 /（清）魏憲輯 ；方麗萍，丁潔瓊點校. --桂林 ：廣西師範大學出版社，2022.10
ISBN 978-7-5598-5490-2

Ⅰ. ①百… Ⅱ. ①魏… ②方… ③丁… Ⅲ. ①古典詩歌－詩集－中國－清代 Ⅳ. ①I222.749

中國版本圖書館 CIP 數據核字（2022）第 192077 號

廣西師範大學出版社出版發行
（廣西桂林市五里店路 9 號　郵政編碼：541004
網址：http://www.bbtpress.com）
出版人：黄軒莊
全國新華書店經銷
三河弘翰印務有限公司印刷
（河北省三河市黄土莊鎮二百户村北　郵政編碼：065200）
開本：880 mm × 1 240 mm　1/32
印張：44.75　　字數：855 千
2022 年 10 月第 1 版　　2022 年 10 月第 1 次印刷
定價：398.00 元（上、中、下）

前言

一

魏憲，字惟度，號兩峰居士，别署兩峰、枕江堂主人、竹川釣叟、虚舟漁史等，福建福清人。著有《枕江堂集》（詩十卷、文一卷），編有《詩持》《補石倉詩選》《燕臺送别詩》等詩歌總集。萬曆《福州府志》〔一〕、康熙《福清縣志》〔二〕等記載，魏憲曾祖文焲爲嘉靖二十三年（一五四四）進士，曾任兵部郎，歷任知府，分守嶺西副使轉廣西按察使等，有文集《石室私抄》（九卷）。魏憲父名賢訒（一五七七—一六五〇），字獻可，號仁者。天啓二年（一六二二）『始鐸富春』，崇禎元年（一六二八）『擢定海令』。次年即憤然於『有司』構陷而辭官返鄉。魏賢訒爲人

〔一〕（明）潘頤龍等掌修：《福州府志》卷十七《人文志》，明萬曆二十四年（一五九六）刻本。

〔二〕（清）李傳甲修，郭文祥纂：《福清縣志》卷六，清康熙十一年（一六七二）刻本。

剛直爽快，『生平以意氣過激，不得大用』，臨終囑令兒孫『慎之』。〔二〕魏憲『爲人豪爽，刻苦問學，肆力於詩。……以詩交海内』〔三〕，待人謙恭和善，與清初詩壇詩人、選家，如錢謙益、吴偉業、魏裔介、周亮工、施閏章等都有交往。

關於魏憲生年，學界有幾説：柯愈春先生認爲大致是在『萬曆三十九年至四十三年（一六一一—一六一五）之間』〔三〕，陸林先生推斷魏憲『當生於明天啓四年（一六二四）』〔四〕，黄浩然先生斷魏憲生於天啓六年（一六二六）〔五〕。《補石倉詩選》中有康熙二十二年（一六八三）冬魏憲編選胡介祉詩的材料，可斷定魏憲卒於康熙二十二年冬之後。

『甲午之役，余誤副車。匯白夫子監厥事，爲嘆息者久之。至以詩相慰，留寓白門，爲襄《詩

〔一〕（清）魏憲撰：《枕江堂文集·贈文林郎仁者五府君行狀》，清康熙十二年（一六七三）有恒書屋刻本。

〔二〕引自（清）郭柏蒼、楊浚輯録：《全閩明詩傳》卷三十八《萬曆朝九·董養河》。參見（清）鄭傑等輯録，福建省文史研究館整理：《全閩詩録》第四册，福州：福建人民出版社，二〇一一年，第一四一九頁。

〔三〕柯愈春：《清人詩文集總目提要》，北京：北京古籍出版社，二〇〇一年，第九三頁。

〔四〕陸林：《知非集——元明清文學與文獻論稿》，合肥：黄山書社，二〇〇六年，第四二八頁。

〔五〕黄浩然：《魏憲研究》，南京師範大學碩士學位論文，二〇〇九年。另：魏憲生於天啓六年（一六二六），卒於康熙二十二年（一六八三）冬後。這一觀點亦見於鄧曉東：《清初清詩選本研究》，南京師範大學博士學位論文，二〇〇九年。

持》之選。』〔一〕甲午年是順治十一年（一六五四），這一年魏憲鄉試落榜，之後再没有參加過科舉，故文獻大都稱其爲『順治間庠生』。他一生四處游歷，『所至皆交結當地名士以采詩』，曾在北京、江蘇南京、江蘇蘇州、江蘇常州、江蘇揚州、安徽宣城、河北大名、河南濮陽、山東東明、安徽蒙城、河南開封、河南商丘多地盤桓。游歷期間，魏憲一方面與當地詩人交游唱和，一方面將所得之詩編選、刊印。魏憲本人詩作也入選其他選家詩選中，且都被給予較高評價。如與他同時期的鄧漢儀（一六一七—一六八九）《詩觀》選其詩五首，且評其《雲屏》有『壯句』『寫得蒼茫有氣』，《光明頂》『字字精煉，筆有奇光』〔二〕；卓爾堪（康熙時人，生卒不詳）《遺民詩》選其詩四首，鄭傑（約一七五〇—一八〇〇）《國朝全閩詩録初集》卷五選其詩兩首，徐世昌（一八五五—一九三九）《晚晴簃詩匯》選其詩六首。除詩歌外，『惟度於古文詞，若志、序、銘、記，以及傳奇各體，動筆千百言，無不原本於漢唐，浸淫於子史』〔三〕。魏憲詞作，《全明

〔一〕（清）魏憲輯：《百名家詩選》卷十二《佟鳳彩·小引》，國圖藏清康熙二十四年（一六八五）聖益齋本（以下引此本者，版本不另出）。
〔二〕（清）鄧漢儀撰，陸林、王卓華輯：《慎墨堂詩話》，北京：中華書局，二〇一七年，第四三三、九九二頁。
〔三〕（清）魏憲撰：《枕江堂詩集·孔胤樾序》，清康熙十二年（一六七三）有恒書屋刻本。

詞》《全清詞》中均有收録，所作《芙蓉屏傳奇》在當時有一定影響[一]。儘管卓爾堪、鄭傑等均將魏憲視作遺民詩人，但入清時魏憲衹有十八歲，且參加了順治十一年（一六五四）的鄉試。魏憲此番鄉試落榜，終生未得仕進，故稱其爲明遺民恐不合適。

二

《百名家詩選》已知版本三種：（一）康熙十年（一六七一）魏氏枕江堂本；（二）康熙二十一年（一六八二）聚錦堂本；（三）康熙二十四年（一六八五）聖益齋本。三個版本基本情況如下：

枕江堂本。左右雙邊，半葉九行，行十八字，白口，單黑魚尾，下書口鎸『枕江堂』三字。卷首有吴偉業序、凡例（八則），其後爲登選姓氏（九十一家，含各卷所選詩人姓名、字號、籍貫、選詩總葉數、小引葉數等信息）。如『魏裔介，石生，貞庵。直隸柏鄉人。詩二十六，引

[一] 參見（清）魏憲輯：《百名家詩選》卷五十八趙威《讀魏惟度〈芙蓉屏傳奇〉有感》。

二』，表示魏裔介詩在卷内占二十六葉，小引兩葉〔二〕。其後依次爲小引、正文，正文依次著録書名、選家，四位參選者籍貫、姓字，本卷詩人籍貫、姓字及入選詩歌。吉林大學圖書館，日本國立公文書館内閣文庫、神户市立中央圖書館有藏，《續修四庫全書》據吉林大學圖書館藏本影印出版〔三〕。

聚錦堂本。左右雙邊，半葉九行，行十八字，白口，單黑魚尾，下書口鎸『枕江堂』三字。内封右刻『閩中魏惟度彙輯』，中刻『皇清百名家詩』，左刻『聚錦堂藏板』。卷首爲《御製升平嘉宴詩序》與《御製麗日和風被萬方》詩，其餘和其他兩本基本相同。中國科學院圖書館、北京大學圖書館、清華大學圖書館、湖南省圖書館、華東師範大學圖書館，美國哈佛大學燕京圖書館、哥倫比亞大學圖書館，日本京都大學人文科學研究所有藏。《四庫全書存目叢書》《華東師範大學圖書館藏稀見叢書匯刊》所影印底本均爲聚錦堂本，前者據湖南省圖書館藏本影印，後者據華東

〔二〕《續修四庫全書總目提要》將此中數字解讀爲選詩數，誤。參見《續修四庫全書》編纂委員會編：《續修四庫全書總目提要·集部》，上海：上海古籍出版社，二〇一四年，第三三六頁。
〔三〕吉林大學圖書館藏本影印本，參見《續修四庫全書》編纂委員會編：《續修四庫全書》第一六二四至一六二五册，上海：上海古籍出版社，二〇〇二年。

師範大學圖書館藏本影印〔一〕。

聖益齋本。内封右刻『閩中魏惟度彙輯』，中刻『國朝百名家詩選』，左刻『詩持廣集 聖益齋藏板』，天頭刻『康熙乙丑年鐫』。左右雙邊，半葉九行，行十八字，白口，單黑魚尾，下書口鐫『枕江堂』三字。此本登選姓氏有一百零一家，十家名後有『嗣刻』二字〔二〕，卷首爲《御製升平嘉宴詩序》與《御製麗日和風被萬方》詩，之後基本與其他兩本同。國家圖書館、復旦大學圖書館有藏。國家圖書館藏本上有鄭振鐸手跋。

經比勘，以上三個版本在版式、内容上基本相同，實爲一個版本系統。『枕江堂』是魏憲的室名，刊印過《詩持》《補石倉詩選》及《杜律詹言》等著作。『聚錦堂』是自明至清末在南京一直都很活躍的書坊，版刻書籍很多，醫書、詩選、小説等一應俱全。刻印過劉勰《楊升庵先生批點〈文心雕龍〉》、《湯顯祖批評〈花間集〉》等著作〔三〕。『聖益齋』可見資料很少，《歷代名人室名別號辭

〔一〕《四庫全書存目叢書》編纂委員會編：《四庫全書存目叢書》第三九七册，濟南：齊魯書社，一九九七年；黄秀文、吴平主編：《華東師範大學圖書館藏稀見叢書匯刊》第二至七册，北京：北京圖書館出版社，二〇〇六年。

〔二〕嗣刻者爲葉芳藹、馮雲驌、汪琬、徐乾學、龔章、尤侗、倪燦、陳維崧、黄虞稷、吴朔十家。

〔三〕瞿冕良編著：《中國古籍版刻辭典》（增訂本），蘇州：蘇州大學出版社，二〇〇九年，第五一五、九二〇頁。

典》認爲它與枕江堂一樣也是魏憲的刻書室名〔二〕，所刻書籍衹有兩種，一是《百名家詩選》，二是順治十六年（一六五九）刊刻的《詩法入門指規》二卷（金陵陳美發輯，國立公文書館日本内閣文庫有藏）。

三本均無評點，但個别卷内偶見夾注。如卷三十三程可則《銅鼓歌金公絢宅作》一詩，『醉擊華堂聲陸續』句下小字夾注：『《晋書》：諸獠并鑄銅爲鼓，初成，懸庭中，置酒招同類。有富豪子弟來者，執金銀釵扣鼓，釵竟遺主人，名納鼓釵。』『詔置宣德稱奇珍』句下小字夾注：『《漢書》：伏波征交阯，得駱越銅鼓，改鑄馬式，上之，詔置宣德殿門。』卷八十還保留了幾首詩後的小記。

除卷八十九魏憲本人詩爲『同學諸子公選定』外，其他卷均列有四位參選者，如卷一魏裔介詩是『宣城施閏章愚山、含山李東燦梅邨、黄岡程啓朱念伊、無錫顧貞觀華峰參』。大多數的入選者也多少不等地參與了其他卷的編選工作，如宋琬參編了梁清標、王熙、戴其員、沈道映、王澤弘的詩，王士禛參與了毛師柱詩的編訂，施閏章參與了魏裔介、陸求可、葉雷生、宗元鼎詩的編訂，吴偉業參與了吴學炯詩的編訂，曹爾堪參與了陸求可、沈道映、劉元徵、宗元鼎詩的編訂，等等。孔胤樾

〔二〕池秀雲編：《歷代名人室名别號辭典》，太原：山西古籍出版社，一九九八年，第五二五頁。

參編最多，參與了二十六卷（近三分之一）的編選工作，吴學炯參與了十三卷的編選。

清代姚覲元所編《清代禁毀書目（補遺）》記載，乾隆間《百名家詩選》『内有錢謙益、龔鼎孳詩，應剷除抽禁，餘書仍行世』〔二〕。

三

《百名家詩選》三個版本雖屬一個版本系統，但彼此間存在一些差异，而這些差异導致我們對此書的版本判定面臨不少問題。

首先是此書的版本來源及三個版本間的關係不清。三本有同有异：

第一，書名有别：枕江堂本内封題作『百名家詩選』，聚錦堂本内封題作『皇清百名家詩』，聖益齋本内封題作『國朝百名家詩選』。《中國古籍善本總目》著録時間及依據不同〔三〕：枕江堂

〔二〕（清）姚覲元編：《清代禁毀書目（補遺）》，上海：商務印書館，一九五七年，第三三八頁。

〔三〕翁連溪編校：《中國古籍善本總目·集部》，北京：綫裝書局，二〇〇五年，一七八六頁。

本作康熙十年的依據是吴偉業序，聚錦堂本是御製詩序及詩的創作時間〔二〕，聖益齋本是内封上『康熙乙丑年鐫』的字樣。體例不同：枕江堂本有吴偉業序、凡例，無御製詩序及詩；聚錦堂本與聖益齋本有《御製升平嘉宴詩序》及《御製麗日和風被萬方》詩，無吴偉業序，亦無凡例。

第二，登選姓氏（目録）有細微差异。三本均收九十一人。各本均存在登選姓氏與卷内選人不完全對應的情况。例如，三個版本均將卷八十七『釋讀徹』、卷八十八『釋大依』二人次序顛倒；聚錦堂本與聖益齋本，目録著録爲馮如京，卷内則爲柯聳。尤以聖益齋本目録與卷内不同處最多。除上列外，還有：卷三十二『成性』收馮如京詩，卷五十『馮雲驤』收黄蕋若詩，卷五十二『孔興釪』收馮雲驤詩。這就導致聖益齋本比其他二本多出馮如京、馮雲驤詩，而少孔興釪、成性詩。

第三，小引問題。陳融《顒園詩話》稱『人一小引，皆自作』〔三〕。全部以『魏子曰』開篇，主要介紹本卷詩歌的由來、編者與本卷詩人的交往、得詩渠道，對入選者詩歌、人品的評價，以及對一些詩歌問題的看法。除卷八十九魏憲本人小引爲陸輿（雪樵）所撰外，其他均應爲魏憲所

〔二〕康熙二十一年（一六八二）上元節，康熙與群臣（九十三人）柏梁聯句，康熙作序。四庫本《聖祖仁皇帝御製文集》卷三十五收此詩及序，題作《升平嘉宴同群臣賦詩用柏梁體（并序）》。參見（清）永瑢等：《欽定四庫全書·集部·聖祖仁皇帝御製文集》卷三十五《升平嘉宴同群臣賦詩用柏梁體（并序）》。

〔三〕謝正光、佘汝豐編著：《清初人選清初詩彙考》，南京：南京大學出版社，一九九八年，第一三六頁。

作。三本小引均不全，枕江堂本、聖益齋本缺八卷小引〔二〕；聚錦堂本另缺曹爾堪、陳寳鑰、黄蕖若三人小引，共缺十一篇。聖益齋本『馮如京』『馮雲驤』卷皆有小引，但與此書其他小引形製不同，爲駢文，没有魏憲與之交游的信息。『馮如京』卷小引與清陳維崧《佳山堂詩集序》（《陳檢討四六》卷五）中部分文章内容大量重合〔三〕，『馮雲驤』卷也存在與《陳檢討四六》部分文章相似文句。三本中卷八十六小引與其他小引體例不同，題爲《秋雨堂詩集原序》，乃魏憲爲吴學炯《秋雨堂詩集》所作序言，從《枕江堂詩文集》中直接移入，未更换標題，但加上了與其他小引一致的『魏子曰』三字。

第四，刻印質量問題。三本中，聖益齋本最爲精細，錯誤較少。聚錦堂本最爲粗糙，有字體、字形不統一的現象，如卷二十三張永祺第十五、十六葉，卷三十一毛逵第一、二葉，卷三十八嚴曾榘第一、二葉，卷三十九顧大申第九、十葉，卷六十程啓朱第一、二葉，卷七十一陸輿第十五、十六葉，卷七十三朱驊第一、二葉内字體，與其他部分字體明顯不同；卷三十一缺自《招燕》至

〔二〕 分别爲：卷六王熙、卷九曹溶、卷三十柯聳、卷四十陸求可、卷五十八趙威、卷六十八劉友光、卷七十七楊思本、卷七十八劉維禎。

〔三〕 參見（清）永瑢等：《欽定四庫全書·集部·陳檢討四六》卷五《佳山堂詩集序》《方渭仁都門懷古詩序》，第一至七葉。

《小孤山》六首詩；入選詩人字號、籍貫錯誤較多，錯别字也比較多。枕江堂本未見内封，個别版心處有『補石倉詩選』字樣。

四

通過以上對照，《百名家詩選》中出現了與魏憲編選的另外兩部詩集《詩持》《補石倉詩選》相關的信息，要弄明白《百名家詩選》的本來面目，我們必須要厘清幾個關係。第一是與《詩持》《詩持廣集》的關係，第二是和《補石倉詩選》之間的關係。

《販書偶記》著録：『《詩持》一集四卷、二集十卷、三集十卷，閩中魏憲評選，康熙辛亥枕江堂刊』，『《詩持》四集一卷，東冶魏憲評選，康熙十九年枕江堂刊』。〔二〕《藏園訂補部亭知見傳本書目》著録大體相同，多版本信息：『《詩持》一集四卷、二集十卷、三集十卷、四集一卷，清魏憲編。清康熙魏氏枕江堂刊本，九行十八字。一至三集康熙十年刊，四集康熙十九年刊。』〔三〕

〔二〕孫殿起：《販書偶記》，北京：中華書局，一九五九年，第五一九頁。

〔三〕（清）莫友芝撰，傅增湘訂補，傅熹年整理：《藏園訂補部亭知見傳本書目》（四），北京：中華書局，二〇〇九年，第二〇四頁。

可知《詩持》四集共二十五卷，前三集彙刻於康熙十年（一六七一），四集刊刻於康熙十九年（一六八〇）。國家圖書館、清華大學圖書館、北京大學圖書館有藏。其内封右刻『閩中魏惟度先生評選』，中刻『詩持全集』，左下刻『枕江堂藏板』。四周單邊，半葉九行，行十八字，白口，單黑魚尾。版心上鐫『詩持一集』『詩持二集』『詩持三集』『詩持四集』（四集依次分別著録），中鐫各集目次，下鐫『枕江堂』三字。版式與《百名家詩選》基本相同。四集分別有自序、凡例、目録。每卷下分別著録集名、卷次、評選者、參閲者、詩人姓字籍里、詩作及小字評點。《四庫禁毁書叢刊・集部》第三十八册收録《詩持》一至四集〔二〕。

《詩持一集自序》落款時間爲『康熙辛亥中秋前五日』，枕江堂本《百名家詩選》吴偉業序時間爲『康熙辛亥夏日』。這也就意味着《詩持》前三集與《百名家詩選》的編選、刊刻可能是同步進行的。魏憲爲什麽同時進行兩部性質相似的詩集的編選呢？

第一，《詩持》前三集的編選、刻印歷時較長。《詩持一集》是『總二十三年之風雅』，選詩斷限是『自甲子至丙戌』，即天啓四年（一六二四）至順治三年（一六四六），『刻於潭陽』，『僅

〔二〕（清）魏憲輯：《詩持》一至四集，清康熙枕江堂刻本。影印本見《四庫禁毁書叢刊》編纂委員會：《四庫禁毁書叢刊・集部》第三八册，北京：北京出版社，一九九七年。以下此書版本同，不另出。

得兩卷』，時間當在康熙五年（一六六六）之前。因魏憲於康熙五年抵京師，『紙貴一時，板亦漫滅』，已着手補刻一集。〔一〕《詩持二集》『始自都門，成於白下』，計劃收録『丁亥至今日』，即順治四年（一六四七）至康熙七年（一六六八）間詩〔二〕；魏憲於康熙七年到南京，因此，補刻的《詩持一集》與新編《詩持二集》應刻印於康熙五年到七年（一六六六—一六六八）間。魏憲後來又調整了計劃，《詩持三集》『意在總六十年風雅，爲一代全書』〔三〕。康熙九年（一六七〇），他『携近代詩三百有餘家至雲間』，與『暘谷傅先生論定』，終『自夏徂冬，六閱月始告成』。〔四〕此爲《詩持》一至三集（最新增修版）編選過程。至康熙十年（一六七一），《詩持》已歷『三刻矣』〔五〕。因此，魏憲這裏所説《詩持一集》實指《詩持》前三集（最新增修版），此序作於三集彙刻後。編訂於嘉慶二十一年（一八一六）的《江蘇詩徵》，在卷四十六《贈魏惟度》詩下注

〔一〕（清）魏憲輯：《詩持一集·凡例》。譚陽，即今福建潭陽漳州漳浦縣。
〔二〕（清）魏憲輯：《詩持二集·凡例》。
〔三〕（清）魏憲輯：《詩持三集·總録》。
〔四〕（清）魏憲輯：《詩持三集·自序》。
〔五〕（清）魏憲輯：《詩持一集·自序》。

曰：『惟度，閩人……輯《詩持》初、二集，《皇清百名家詩鈔》行世。』〔一〕這可能意味着《詩持三集》尚未刊印時，《皇清百名家詩》已在市面上流行開來。《清史稿・藝文志》著録魏憲著作兩部，『《詩持》十卷，《廣集》八十九卷』〔二〕。徐世昌也曾言：『惟度嘗選國朝詩爲《詩持》，凡三集。又别采百家，號《詩持廣》。』〔三〕《詩持廣集》的卷數與《百名家詩選》完全相同，且有『百家』之説。在聖益齋本的内封上，也有『詩持廣集』四字。這是否意味着《詩持廣集》與《百名家詩選》本就是一本書？魏憲從順治十一年（一六五四）開始編選《詩持》，『以得詩先後爲次』，隨選隨刻，至康熙十年（一六七一）《詩持》『三刻』完成，歷時十七年。十七年間，魏憲『閲稿四百餘家，得詩三千餘首』〔四〕，僅編出二十四卷書（《詩持》前三集），『有集已成而增益者，業難更定』，有『新編較勝於前』的，更加『不忍遽弃』，於是便出現『仍以再見、三見爲

〔一〕（清）王豫編：《江蘇詩徵》卷四十六《贈魏惟度》，清道光元年（一八二一）焦山海西庵詩徵閣刻本。全詩如下：『騷人卜築枕江流，洗耳投綸有唱酬。六代鶯花憑醉眼，二陵風雨入羈愁。早看王謝傾玄麈，未許蕭梁傍選樓。千古瀼西人不見，草堂今在古皇州。』

〔二〕《清史稿》卷一百四十八《藝文四・總集類》，北京：中華書局，一九七七年，第四四〇九頁。

〔三〕徐世昌輯：《晚晴簃詩匯》卷三十三，北京：中國書店，一九八八年，第四二二頁。

〔四〕（清）魏憲輯：《詩持一集・凡例》。

例』之事〔二〕。如此的編排與刻印方式決定了《詩持》的編撰過程本身就是一個不斷調整思路、發現不足的過程，所以《詩持一集》纔會起初衹有兩卷，很快就有四卷的修訂、增訂版。在時間、材料都充足，前編詩集滿是遺憾的情況下，魏憲很可能順手將《詩持》容納不了或感情上割捨不去的内容一并收入《詩持廣集》中，以圖後續再編出一部容量較《詩持》更大的詩集。

第二，將《詩持》（前三集）與《百名家詩選》入選詩人對照後會發現，《百名家詩選》選録詩人近一半出現在《詩持》前三集中。《百名家詩選》小引提及《詩持》與《百名家詩選》關係之處多達十一次〔三〕，都涉及這兩部選集之間的關係。如卷三十一毛逵小引云：

近代匪石君緝太虚、雪堂、巨源、茂先、于一、士業、博庵諸君子，擅東南之譽。余《詩持》之選，固已論次之矣。壬子寓衛，錦來毛先生憑太守程念伊寄示近集數種……余因論次是集……

〔二〕（清）魏憲輯：《詩持三集·凡例》。

〔三〕分别爲：卷二李霨、卷十申涵光、卷十二佟鳳彩、卷十九曹爾堪、卷三十一毛逵、卷三十三程可則、卷三十四周令樹、卷三十九顧大申、卷五十七計東、卷八十丘象升、卷八十五曹玉珂。

選《詩持》時，魏憲未見毛逵詩。毛逵後來委托程啓朱將『近集數種』寄示，毛逵詩纔得以入選是集。這是《詩持》與《百名家詩選》的第一種關係：從無到有。

陳寶鑰詩代表第二種情況：在兩部詩集中完全相同。《詩持》前三集共選三十首（一集選七首、二集選十五首、三集選八首），《百名家詩選》卷二十九選三十首，所選詩作完全相同。

第三種情況則完全不同，以王崇簡、周體觀、釋大依等人選詩爲代表。以上諸家，《百名家詩選》所選詩歌無一首與《詩持》相同。無論是完全相同，還是完全不同，第二、三種情況在兩部詩集中并不普遍。

最常見的是第四種情況：由少到多。先看卷三十三程可則小引：

丁戌之際，余寓白門，得先生佳什，登《詩持》二、三集中，業已借光紙貴。近復得八家詩於五鹿，多先生長安之作，拔其尤者，先付剞劂。

《詩持》前三集收録了程可則的五首詩。後來魏憲得到八人詩集，其中有程可則作於長安的新詩，於是又將其中特別優秀的詩選入，計六十首，其中與《詩持》相同的衹有兩首。

程可則詩是比較極端的由少到多的例子，更多的情況是《百名家詩選》比《詩持》略有增加。如吴偉業詩，《詩持》選三十首（二集二十二首，三集八首），《百名家詩選》選三十三首，三十首全同，增加了三首。再如傅爲霖詩，《詩持》前三集選二十七首，《百名家詩選》共選三十三首，其中二十七首全同，增加五首。王熙、沈荃、戴明説、楊思聖、嚴曾榘等人的選詩都屬於這一類情況。這是《詩持》與《百名家詩選》中最常見的現象。

在計東小引、丘象升小引中，魏憲表示過《詩持》選詩過少的遺憾〔二〕。在《百名家詩選》卷三十九顧大申小引下有這樣一段話：

近策蹇入都，路出大名，奕聞太守新擁五馬賁予寓，坐談之頃，即以見山爲詢，意以余《石倉》之選不得先生佳篇爲憾事。遂遍搜行篋，《鶴巢全集》久爲上官大夫竊去。因取余

〔二〕《百名家詩選》卷五十七計東小引：『余過白門，訪恕老堂。堂中人善月旦，首推甫草才名，口咏數詩見示，已梓予《詩持》之選矣。近輪蹄息魏、楚中，王先生來視學，復傳甫草數詩至。雖較恕老堂口授者略廣，余終不能無恨少也。』同書卷八十丘象升小引：『曩余選《詩持》，僅登其數首，不無恨少。近始得其《嶺海集》，古體取材昭明，長句希踪太白，近體以少陵爲主，佐以王、孟，故音節、聲響、意象、丰神無之不飛揚欲動，真可束天下於法之中，游天下於法之外，譬大塊噫氣，吹萬不同，寧僅爲黍谷之暖已哉。』

《詩持》暨徐松之《雲山酬倡》内所載，合梓以傳。

魏憲與顧耿臣相遇後論詩，顧耿臣（字奕聞，嘉善人）認爲魏憲還没有選到顧大申（號見山）的好詩，他手頭本有顧大申的别集，但被『竊去』，魏憲衹好將《詩持》已選之詩與徐松之唱和集中顧大申詩作合并刊刻。

綜上所述，從編訂《詩持》第一集開始，魏憲就源源不斷地得到許多新的詩作，於是他在編訂《詩持》的同時，將從各種渠道得到的新詩編入一部新的詩集，作爲對《詩持》的擴充、增加。

而在聖益齋本的内封上，恰恰有醒目的『詩持廣集』字樣。顯然魏憲在重修《詩持一集》和編訂二、三集的過程中，將已經入選、未能入選《詩持》以及新獲得的詩歌一并編入了《詩持廣集》中，以擴編出一部容量較《詩持》大許多的詩集。如此，《詩持廣集》與《詩持》前三集刊刻時間也應當是大致同步的，即康熙七年至康熙十年（一六六八—一六七一）間。

接下來的問題是：爲什麽人們在談論魏憲時，很少談及《詩持廣集》，而魏憲本人又爲何從不提及《百名家詩選》呢？

首先，應當考慮的是經濟原因。魏憲本人并没有足够的財力獨立編詩，他需要『射利』以維持生計。『利』之來源，可言説的，是外界的資助，魏憲説了很多，如《詩持一集》得佟國器資助，《詩持三集》是傳爲霖『捐冰俸相資』，《詩持四集》獲佟鳳彩助刻。有没有不可言説的（不好意思、不屑等）其他渠道？二集的刻印經費從哪裏來？爲什麽我們没有見到《詩持二集》的贊助者？是魏憲爲《詩持廣集》重定『异名』，還是魏憲爲『射利』將《詩持廣集》的書版貨與書商，而書商認爲《詩持廣集》的名頭不够大，在刊刻時選了幾個更搶眼、更響亮的詞（百名家、國朝、皇清）。鄭振鐸曾對此有過懷疑，『「百」字係後來挖改，疑非原來書名』〔二〕。這也就能説清爲什麽聖益齋本内封上有『詩持廣集』字樣，且人數最接近百家（九十一家加嗣刻十家，除去魏憲本人，恰爲百家）。故聖益齋本很可能是最接近《詩持廣集》原貌的本子。枕江堂本則與聖益齋本近似，而流傳最廣的聚錦堂本應是書坊補刻本，質量粗糙，缺失小引最多，文字錯誤也多，鎸刻字體不一。清人法式善曾言：『余見憲輯自魏裔介，訖憲，凡九十一家。所列葉方藹十家目已芟去，殆後人重刻本耳。卷前恭載康熙二十一年正月十四日御製升平嘉宴詩。』〔三〕即是聚錦堂本。

《百名家詩選》與《補石倉詩選》的關係也是必須面對的一個問題。

〔二〕鄭振鐸撰，吴曉玲整理：《西諦書跋》，北京：文物出版社，一九九八年，第三一六頁。

〔三〕（清）法式善撰，涂雨公點校：《陶廬雜録》卷三，北京：中華書局，一九五九年，第七八頁。

在枕江堂本《百名家詩選》版心出現了七處『補石倉詩選』字樣〔二〕。研究者們據此推斷《百名家詩選》即《補石倉詩選》，并將枕江堂本的刊刻時間定爲吴偉業作序的康熙十年（一六七一），認爲枕江堂本《百名家詩選》可能是最早的刻本。這個結論還需要進一步辨析。

《補石倉詩選》所補乃明代曹學佺《石倉歷代詩選》（亦名《石倉十二代詩選》）。曹學佺（一五七四——一六四六），字能始，號石倉，與魏憲同爲閩人。其《石倉歷代詩選》上起古初，下止於明，共五百零六卷。魏憲『悉照石倉舊本，廣輯昭代，上溯啓禎，補宗伯曹能始先生未竟之業』，以『接十二代宗工』，成一時『盛事也』。〔三〕

《補石倉詩選》現存版本有康熙十年（一六七一）魏氏枕江堂刻本、嘉慶間孫氏度森堂印本。前者中國社會科學院文學研究所藏六十七卷，國家圖書館藏十四卷（國圖十四卷均見於中國社科院文研所六十七卷内）。此本未見内封，版式爲左右雙邊，半葉九行，行十八字，白口，單黑魚尾。書前有康熙十年（一六七一）吴偉業序、凡例（八則）、目録三帙。目録首行題『補石倉詩選』，次行題『第×帙姓氏』『以得詩之先後爲次』，後爲詩家姓字、籍貫，每帙六十八家，共二

〔二〕具體參見吴偉業序第二葉、卷四龔鼎孳第二十九葉、卷十二佟鳳彩第十葉、卷二十五范承謨第一葉、卷三十七程雲小引第二葉、卷七十一陸輿第十七葉。

〔三〕（清）魏憲輯：《詩持一集·凡例》。

百零四家。目録後依次爲小引、正文。每卷皆著録書名『補石倉詩選』及卷次（『卷之』下或缺卷數，或爲墨釘）、選家、四位編選者、詩人、選詩。版心上鎸『補石倉詩選』，中鎸詩家姓氏及卷次（『卷之』下基本無卷數，而是墨釘），下鎸葉數及『枕江堂』三字。

後者南京圖書館藏三十二卷。是書内封分左、中、右三欄：右刻『福清魏憲惟度輯選　中牟孫志道性山重訂』，中刻『重訂補石倉詩選』，左下刻『度森堂藏板』。無吴序、凡例及目録，祇有孫氏自序。在孫氏序言中，魏憲於『康熙中，膺大中丞聘，因至中州』，并且『與一時賢士大夫游』，最終『遂成此編，付之梓人，惜僅三十二家』。〔一〕根據此本各家小引紀年來看，此三十二卷編選活動時間大致在康熙十四年（一六七五）至康熙二十一年（一六八二）間。此本卷四黄淳耀見於中國社科院文研所藏本目録第一帙第四位，可見此三十二卷也是《補石倉詩選》中的一部分。然而此本選人無一與《百名家詩選》同。

將《百名家詩選》與《補石倉詩選》進行對照，中國社科院文研所藏本與枕江堂本《百名家詩選》，除了版式基本相同，卷前吴序、凡例完全一致，現存六十七卷《補石倉詩選》中有六十三卷與《百名家詩選》高度重合。魏憲爲何要再次重複勞動，『克隆』與《百名家詩選》（《詩持

〔一〕（清）魏憲輯，孫志道重訂：《重訂補石倉詩選》，清康熙間枕江堂刻嘉慶間度森堂本。

廣集》）幾乎一模一樣的總集？這是否説明《百名家詩選》就是《補石倉詩選》？

康熙十年（一六七一）魏憲在《詩持》三集最終彙刻時言：『余是選既竣，即有補石倉之舉……有志千秋者，乞以全稿郵寄白下，共商剞劂焉。』〔一〕説明此時《補石倉詩選》還未開始編選，魏憲利用凡例正爲其新書徵稿。〔二〕及至康熙十一年（一六七二），魏憲仍説：『壬子春暮，謀續《石倉》之選。』〔三〕但枕江堂本《百名家詩選》與《補石倉詩選》皆有吴偉業序言，而且魏憲在吴偉業卷前小引中説：『迨辛亥維夏，相遇虎丘，謀《補石倉》之選，先生贈序，過爲揄揚。』〔四〕看來吴偉業序言的確是爲《補石倉詩選》所作，但吴偉業於康熙十一年初即去世，他爲何要爲一部尚未具雛形的詩選作序？由於在《詩持》與《百名家詩選》（《詩持廣集》）中，魏憲的編選活動呈現出既重複又增補，且不斷擴大選人選詩規模之特徵，首先要考慮的是魏憲直接將已成形之《百名家詩選》（《詩持廣集》）作爲《補石倉詩選》的藍本，并決定以此爲基礎繼續編選另一部新的『擴大集』，使其成爲『接十二代宗工』之『盛事』。因此吴偉業看到的很可能是《百名家詩

〔一〕（清）魏憲輯：《詩持一集·凡例》。
〔二〕李鵬：《中國古代圖書出版行銷研究》，北京：學習出版社，二〇一三年，第二三六頁。
〔三〕（清）魏憲輯：《百名家詩選》卷二十七孔胤樾小引。
〔四〕（清）魏憲輯：《百名家詩選》卷八吴偉業小引。

選》（《詩持廣集》）。再者，《四庫全書總目》曾稱『憲以曹學佺有《十二代詩選》，止於天啓，因選是集以補之』，但又於王澤弘《鶴嶺山人詩集》提要中稱『前三卷皆題已刻詩若干首，蓋皆澤宏舊作，嘗爲魏憲録入《石倉詩選》者』。〔一〕館臣爲什麽認爲《百名家詩選》是補曹學佺《石倉詩選》，爲何又認爲王澤弘舊作收入了《補石倉詩選》呢？《百名家詩選》中選王澤弘一百三十三首詩，然而《補石倉詩選》中王澤弘僅列於目録，并未見其詩。若《百名家詩選》是由《補石倉詩選》修改而成，爲何王澤弘詩不見於《補石倉詩選》？説明館臣所見亦是《百名家詩選》，而非《補石倉詩選》。值得注意的是，王澤弘《鶴嶺山人詩集》附注有言『冠以少作，刻入《補石倉詩選》者一百二十三首』〔二〕，此語與提要相合，可知館臣所見并非《補石倉詩選》。且《鶴嶺山人詩集》言此一百二十三首詩皆出於《補石倉詩選》，既如此，由《補石倉詩選》修改而成的《百名家詩選》怎麽會比原本多出十首詩作〔三〕？

〔一〕（清）永瑢等：《四庫全書總目·集部》，北京：中華書局，一九六五年，第一七七一、一六四六頁。

〔二〕《四庫全書存目叢書補編》編纂委員會編：《四庫全書存目叢書補編》第五三册，濟南：齊魯書社，二〇〇一年，第三四四—三四五頁。

〔三〕《百名家詩選》多出十首詩，分别爲：《鐵佛寺訪謝有客》《江上漫興》《落花詩·其一》《程穆倩山人招飲》《贈李二夢珠》《望九華》《自題小像》《雨後游西山作·其二》《岸動二首》。

《補石倉詩選》中與王澤弘情況類似者共有十七人〔二〕，如此看來，魏憲至少是準備將《百名家詩選》中的八十二位詩人作爲《補石倉詩選》的基礎，但實際上魏憲僅將六十五人的文獻移入《補石倉詩選》中，并做了極其細微的改動，如增張永祺詩五首，張祖詠、戴其員詩各一首，增王熙、柯聳、趙威三人小引，大多數詩人的文獻都維持了《百名家詩選》中的原樣。究其原因，大概因魏憲已將全部精力投入到擴大《補石倉詩選》的工作中了。結合《百名家詩選》卷五十七計東《天雄旅次以詩代柬寄魏惟度》、卷七十四孫郁《閩中魏惟度同江右吴星若過訪以補石倉詩選見惠即贈》兩首詩中所記載交游情況及其他卷小引紀年來看，魏憲從康熙壬子至癸丑（一六七二—一六七三）這一時間段起開始頻繁活動於濮陽、天雄等地，而《補石倉詩選》的編選大致是始於這一段時間，而且此時魏憲很可能已將《百名家詩選》部分文獻及新選文獻合并後改題爲《補石倉詩選》，故《百名家詩選》中頻現魏憲『補石倉』事業之名〔三〕。而且從孫郁詩題看，《補石倉

〔二〕名列《補石倉詩選》目録，却未見其詩者有：曹溶、成性、傅爲霖、陸求可、毛升芳、計東、程啓朱、楊輝斗、黄伸、張鴻儀、劉友光、李念慈、朱騂、楊州彦、劉維禎、王澤弘、馮雲驤（僅見於聖益齋本）。

〔三〕出現十四次，與《詩持》十一次相當。分别見於卷八吴偉業、卷二十施閏章、卷二十六魏裔魯、卷二十七孔胤樾、卷二十九陳寶鑰、卷三十五李東燦、卷三十九顧大申、卷四十八紀映鍾、卷五十三申涵盼、卷五十六梅清、卷五十七計東、卷七十二沈道映、卷七十四孫郁、卷八十九魏憲。

詩選》似乎已經刻成，但這若是《補石倉詩選》全集，僅從體量上就是一筆十分厚重的饋贈。第一，孫郁與魏憲没有特别交情，以《補石倉詩選》全集爲贄，太重；第二，孫郁也并非當時的文壇泰斗或詩界領袖，不存在魏憲以此集求引的可能；第三，孫郁此詩寫得很是輕鬆，絲毫看不出受大饋贈的感激。因此，魏憲贈與孫郁的，應該是旋得旋刻的《補石倉詩選》的某一卷或某幾卷。

據上述信息可知，魏憲從康熙十一年（一六七二）起主要活動區域在河南、河北兩地。在這期間，他的交際面不斷擴大，得詩越來越多，《補石倉詩選》的規模也越來越大，而在《百名家詩選》各家小引中，康熙十二年（一六七三）以後的紀年就没有出現過了，而是出現於南圖藏度森堂本《補石倉詩選》詩人小引中，區間大致在康熙十三年（一六七四）至康熙二十二年（一六八三）〔二〕。據此本來看，康熙二十二年冬魏憲仍然還在編選《補石倉詩選》，且最終卒於開封〔三〕。因此，南圖藏本所選三十二人自然不會與《百名家詩選》相同。

〔二〕魏憲入梁時間大致爲康熙十四年（一六七五）及其後。《詩持四集·自序》稱『余乙卯游梁，大中丞佟公假館艮岳之側』；南圖度森堂《重訂補石倉詩選》楊士元小引稱『丙辰入大梁』、毛際可小引稱『丙丁間游大梁』、宋法祖小引稱『壬戌游大梁』。

〔三〕『過梁，買宅居焉。卒，厝柩南薰門外，游者多瀝酒吊。』見（清）沈傳義等修，黄舒昺纂：《新修祥符縣志》卷十七《人物》，清光緒二十四年（一八九八）刻本。

《補石倉詩選》是以《百名家詩選》（《詩持廣集》）爲藍本編選而成的其他證據有，前文述《補石倉詩選》中未見選詩的詩人中，還包括僅見於聖益齋本《百名家詩選》目録的徐乾學。這説明魏憲在編選《百名家詩選》時因未能得徐氏文獻而將其列於嗣刻，并計劃於《補石倉詩選》中再選，然而也未能成功。《補石倉詩選》若刻有徐乾學詩，《百名家詩選》又何必將其列於『嗣刻』之中？再如《百名家詩選》還有十一人逸出《補石倉詩選》目録〔二〕，其中有僅存於聖益齋本《百名家詩選》中的馮如京。聖益齋本著録時間爲康熙二十四年（一六八五），如果《百名家詩選》從《補石倉詩選》修改而來，爲何《補石倉詩選》中并無馮如京？這也再次證明康熙二十四年聖益齋本《國朝百名家詩選》可能是在原版内封上添加時間後刷印而成，并非原刻。而枕江堂本《百名家詩選》吴序及個别卷版心處出現未挖净『補石倉詩選』字樣，可能是書商作僞所致。《百名家詩選》成書於《補石倉詩選》之前，且盛名已久，二者内容高度近似，書商不能區分二者之關聯，爲射利，將《百名家詩選》與陸續出現的《補石倉詩選》個别詩卷拼接而成，加之吴序、凡例，删除封面，以充全貌。這也再次印證了《百名家詩選》三本中爲何衹有枕江堂本卷前有凡例，且與《補石倉

〔二〕《百名家詩選》有而《補石倉詩選》目録無的詩人爲：劉六德、張鴻佑、楊思本、丘象升、葉雷生、宗元鼎、毛師柱、曹玉珂、釋大依、馮如京、魏憲。

詩選》一模一樣。況且此凡例中第五、七則分别與《詩持二集》第四則、《詩持三集》第三則基本相同，這很可能説明魏憲因《詩持》前三集體例完備，故并未作《百名家詩選》（《詩持廣集》）凡例，而是在《百名家詩選》（《詩持廣集》）基礎上擴大《補石倉詩選》後，再作凡例。

如果對《百名家詩選》版本出現時間進行重新界定，一種推測是冠有魏憲刻書室名的聖益齋本最接近《詩持廣集》（《百名家詩選》）的原貌，其質量最好，出現時間也最早，魏憲將書版轉售他人後，保留了該集初名《詩持廣集》的同時，爲擴大影響又冠名《國朝百名家詩選》。後聚錦堂得到此版，進行補刻，并大肆出版發行，使《皇清百名家詩》大行於世，廣泛流傳。

然而迄今爲止，我們也看不到全本的《補石倉詩選》留存，根據魏憲最後的活動軌迹，此書最終未能竣刻，於是《清史稿・藝文志》等材料言及魏憲成就時就衹知《詩持廣集》或《百名家詩選》，而不知《補石倉詩選》了。

綜合前文所述，我們可以清晰地總結出魏憲整個編選計劃制訂、執行、調整、再執行的一個較爲符合邏輯的軌迹，也能更爲合理地解釋魏憲如此『不憚煩』[二]，一而再、再而三地編選同類

[二] 鄧之誠先生爲其所藏清康熙二十一年（一六八二）本《皇清百名家詩》所作手跋。見謝正光、佘汝豐編著：《清初人選清初詩彙考》，南京：南京大學出版社，一九九八年，第一三四頁。

性質且詩人及作品大量重叠的詩集到底爲何。除鄧之誠先生所言『蓋以此書射利』的可能外，魏憲在持續三十年的時間中衹專於一事，三部總集所反映的清初詩壇面貌也越來越清晰、全面。

第一，編選《詩持》雖牛刀小試，但目標明確，選詩時間上先後進行了三次調整，最終確定爲『總六十年風雅』（一六二四—一六八四），《詩持》前三集編訂刻印期間積纍了一定經驗，但不系統、不完善，於是要『廣』，同步將已入選、未入選、新得『國朝』詩人大部分詩歌編入《詩持廣集》。

第二，《詩持》竣刻，《廣集》已備，魏憲又圖以『石倉舊本』接『十二代宗工』之『盛事』。然而，《百名家詩選》中衹選部分『國朝』詩人，尚有勝朝及《百名家詩選》未選的國朝詩人待選，於是計劃一并置入《補石倉詩選》中，以成巨著。

最後，可以説《百名家詩選》實爲一部承前啓後、承上啓下之作，它既是《詩持》之『廣集』，又是《補石倉詩選》之『基礎』。且此作在流傳過程中，傳播、影響力遠超《詩持》與《補石倉詩選》。正因如此，它爲魏憲帶來了名利上的巨大收穫，也令他與此書始終陷於巨大争議之中。

五

下面我們再談談魏憲的詩學思想及其在選詩上的反映。

與中國詩論喜探源溯流一樣，魏憲選詩，每以某人詩似前代而加以贊譽，如『寢食三唐，沐浴漢魏』（卷一），『不啻唐虞之賡歌、成康之陳頌，有皋夔、周召風焉』（卷二）。他評吴偉業的詩是『陶冶於漢魏而潤澤於盛初，根荄於德性而焕發於典籍』（卷八），評劉元徵是『其敦厚也似陳拾遺，其韶秀也似王氾水，其沉鬱頓挫也幾幾乎比肩浣花野老矣』（卷七十五），説丘象升詩『古體取材昭明，長句希踪太白，近體以少陵爲主，佐以王、孟，故音節、聲響、意象、丰神無之不飛揚欲動』（卷八十），評申涵光詩『詞典旨温，情深景肖，不減漢唐風裁』（卷十）。但他同時也肯定承襲中的『變』，如評王崇簡詩『皆澤於古而出以娟秀之容、和平之氣，不斤斤摹擬三唐，而三唐不能外焉』（卷三），説王追騏詩『新穎隽逸，不屑屑步趨古人』（卷四十六），評龔鼎孳的詩更是『其調高而逸，其詞婉而麗，其托旨也遥深，取材也精確，浸淫於六朝而不沾六朝之氣，沉酣於三唐而不貌三唐之容，即起應、劉、嵇、阮、韋、孟、杜、李諸君子，相與角技一堂』（卷四）。魏憲認爲『變』應適度，『一變而新創，再變而雕鏤，三變而險僻，則牛鬼蛇神輩得操入室之戈以與我争，而詩道傷矣』（卷二十四）。

魏憲推重先秦、漢魏詩歌的清剛勁健，但也不排斥鍛煉技巧、凝練詩歌韵致的六朝及晚唐。他在評宗元鼎詩（卷八十二）時説：

今人言詩，古體動稱漢魏，黄初以降若不屑者，定九獨不廢六朝。今人言詩，近體動稱初盛，大曆以還若不屑者，定九獨不廢中晚。蓋今人爲詩，多以郛郭，而定九以神韵。今人爲詩，多以剽襲，而定九以研精也。至主客評其《芙蓉集》：『爲青春鸚鵡、楊柳樓臺，極得陰鏗、何遜之體，意得處往往欲逼二謝，絶句尤得樊川、玉溪諸家之妙。』

『青春鸚鵡』『楊柳樓臺』，以古代批評最常用的意象批評法形象把握宗元鼎詩歌風格，又采用類比批評法，以殷、何、大小謝及小李杜來描述宗元鼎詩歌的風格。魏憲認爲祇要能得『妙』處，入詩境，皆是好詩，反對『詩有正始，以《三百篇》爲宗。吾楚未入風，安能媲響』（卷六十一）之説，認爲『楚無風而有騷，今以爲經；繼經而有詩，今以爲史，幾與雅、頌并列……詩之盛也，莫楚若矣』（卷六十一）。從整體來説，魏憲選詩還是多以現實主義傳統爲主，風格多沉厚、頓挫，輔以楚辭、六朝、晚唐中的浪漫主義及清麗、婉約。

魏憲主張詩歌創作要打破成規，遠離近習。他評宋翔『不屑屑於近人之習，且不屑屑於古人之規，縱筆所如，意先之必以創，詞隨之必以新，創也、新也』（卷五十一），要求詩人之詩要『率真』（卷七十），因爲『人不真，惡能詩？有意爲之，則僞矣。詩不真，惡足傳？有意爲之，則僻矣。惟無意於爲真而真詩見、真人并見者，斯其人非常人，其詩亦非常詩』（卷八十一）。而且詩人衹有『率真』纔能擁有超然灑脱，不爲世俗所累之『性情』（卷三十六），『性情』的培養還需得『江山之助』[二]，如『少陵入蜀後詩益工，謂其獲山水之助。則生長於蜀者，宜盡能詩矣』（卷六十五）。詩人得『江山之助』後，不僅可以作詩，還可以『臨帖作字』，盡顯『丰采骨力』，或『以詩文作丹青』，『寄其性靈』（卷六十九）。衹有如此，人之『真情』、詩之『真情』纔能得以自然流露、準確表達。魏憲認爲『真情』的表達和流露同時也應該是詩歌的作用，即『詩爲心聲』，不平則鳴，相輔相成。

六

魏憲選詩，重詩人品節，『是選以人爲重。人以品節爲主，或理學紹古，或經濟匡時，或正色

[二]（南朝梁）劉勰撰，范文瀾注：《文心雕龍注》卷十《物色第四十六》，北京：人民文學出版社，一九五八年，第六九五頁。

廟廊，或敦行草野，皆兩間正氣、一代偉人。衡量之間，寧嚴不濫。事緣實著，人以類從』〔一〕。《百名家詩選》中入選詩人或爲賢臣能吏，在安邦治國、紓解百姓苦難方面兢兢業業；或行吟草野，品行高卓，足以規範周邊，輝耀後世者。魏憲不同意嚴羽的『別才』『別趣』説，認爲『詩以適於用者爲大』〔二〕，并將『適用』分爲『經世』『居身』『接物』三類〔三〕。由此出發，魏憲選了很多的『載道』『適用』之詩，從中可見到深沉的歷史反思、尖鋭的現實批判，以及波譎雲詭的清初歷史。如他本人模仿杜甫《哀江頭》而作的《哀城東》（卷八十九），即在强烈的今昔對比中將家鄉福清的現實予以展現：『壞垣破壁亦無存，萬瓦鱗鱗何須計。百族流離自昔無，男爲奴僕女爲隸。』李念慈的《剛成屯》（卷七十）、楊思本的《閲旅庵難民圖志哀》（卷七十七）、孟瑶的《康熙元年六月出郭觀郡伯程念伊先生決衛河水灌城池歸而感事有作》（卷五十九）、陸求可的

〔一〕（清）魏憲輯：《百名家詩選·凡例》，吉林大學圖書館藏清枕江堂刻本。影印本見《續修四庫全書》編纂委員會編：《續修四庫全書》第一六二四册，上海：上海古籍出版社，二〇〇二年，第四二七頁。以下引此凡例，版本皆同，不另出。

〔二〕（清）魏憲輯：《百名家詩選》卷六十三黄仲小引。

〔三〕《百名家詩選》卷四十五竇遴奇小引：『不知捨理與學而言詩，雖有別趣、別才，終不可以入道。古聖人以詩爲經。蓋經者，常也，常行之謂道。道之所在，可以經世，可以居身，可以接物。比興之體，觀感繫焉，匪細故也。』

《水灾三載困苦已甚秦陲河堤未築辛亥春水猶漲民之饑也殆云極矣皇上心焉念之捐漕米十萬石遣户部侍郎田公賑濟》（卷四十）均屬此類。這些詩，寫出了百姓的苦難，也表達了身處亂世士人的憤激、憂慮與悲憫，如『從來兵寇也如林，十六年來太不禁』〔一〕，『明明天子國，鞠爲戎馬場』〔二〕。毛師柱《田父詞》（卷八十三）『人生筋力百可用，慎莫歸種江南田』，宛然可見杜甫的『嘆息腸内熱』。

《百名家詩選》中有很多今天的文學史不很重視的奉贈、唱和詩。這類題材并非全無價值。結合其他抒懷之作，我們讀到了《百名家詩選》社會政治批判外的另一面：士人的風雅。他們憑吊古迹、宴飲清歡，深夜青燈攤書的快樂，友人突然造訪的驚喜，親朋的辭世，生活的艱辛……幾乎所有生活的日常與波瀾都在其中有所反映。『漢法三章懸日月，宦途九折比江河』〔三〕，『興來風雨千張掃，望去蒼茫一管枯』〔四〕。諸如此類的詩歌能令我們無限接近清初士人的語境，體味到他們年復一年『日常消耗』中的牢騷與抱怨，讀書人精神的堅守，以及他們對社會政治、自身命運

〔一〕（清）魏憲輯：《百名家詩選》卷七十七楊思本《閔旅庵難民圖志哀》。
〔二〕（清）魏憲輯：《百名家詩選》卷十三楊思聖《追憤五百字》。
〔三〕（清）魏憲輯：《百名家詩選》卷五梁清標《送笪在辛歸丹徒》。
〔四〕（清）魏憲輯：《百名家詩選》卷八十八釋讀徹《焚筆》。

和前途的思索。此外，我們還能從中發現清初士人所開拓的新的審美領域，也能看到清初詩壇的潮流與趨勢。如魏憲創《八居詩》[一]後，出現了一個小小的《八居詩》創作高潮，魏裔魯、程啓朱、楊輝斗、戴其員等紛紛進行同題創作。他們以各自不同的視角展開了清人對於居處的想象，也進行着詩藝的競技。再如楊輝斗對各種精細聲音的描繪：《剪刀聲》《桔槔聲》《砧聲》《欸乃聲》《鐵馬聲》。范周創作了幾種系列詩，如『花』系列：雪花、雨花、霜花、浪花、酒花、鏡花，韵部系列：《雁字詩》（一東、二冬、四支、六魚、七虞、十一真、十三元、十一尤、十二侵）、《落花詩》（一東、二冬、三江、四支、五微、六魚、七虞、八齊、十灰、十一真）等，也很有意思。這些均反映了清初詩人在詩藝方面的努力及成效。

《百名家詩選》還能令我們瞭解當時人的交游，看下面這段話：

余以衰老，多愛憐後學。見微慧者，撫之、策之、激之、濯之，不啻飢渴者之於食飲，寒暑者之於衣巾也。旁有忌者，議之、方之、怪之、毁之，余初不顧也。閱數歲，或盡弃，

[一] 分别爲：樓居、鄽居、山居、岩居、水居、村居、船居、茅居。

其生平竟背謬余所期。向之議且毀者復快且詎矣，而余復不顧也。〔二〕

儘管這是出自僧人之口，但其中所顯示的前輩對後學無任何希求的純净的欣賞與提携令人感喟，也從一個側面見出清初大致的社會風氣。其他再如應舉詩、落第詩、思鄉詩、返鄉詩等等，都在爲今天的讀者展開清初廣闊的社會空間的同時，也將我們拉回到他們當年生活的『現場』，令我們看到劇烈的社會動蕩後，清初士人所遭遇的艱難以及他們的堅守與堅持。

作爲一個來自福建的選家，魏憲選詩顯示了鮮明的地域視野。小引中常有對地域與詩歌流派及文學群體、文化活動的介紹，如江左三大家、燕臺七子、天雄三才子之類。一些即便在當時可能都微不足道的小詩派、小活動，魏憲也記録下來，如編選了《五鹿詩選》的五鹿社等。魏憲還有很多反映獨有地域文學、文化歷史的詩歌。『山川若無高士迹，臺觀芳草亦空留』〔三〕，謫仙樓、荆軻故居、『保定道中拜漢昭烈關壯繆張桓侯廟』、『柴市』（北京府學西，文天祥死節處）。地方的歷史文化傳統及清初人對這些傳統的理解和認識在這些詩歌中得到了相對集中的呈現。

〔二〕（清）魏憲輯：《百名家詩選》卷八十七釋大依《示牧愚上座引》。
〔三〕（清）魏憲輯：《百名家詩選》卷四十七李贊元《任城太白樓》。

『君寓胥江湄，嘯歌著詩史。』〔二〕魏憲要接續曹學佺的《石倉歷代詩選》，編選一部反映清初詩壇狀況的一代『詩史』，必然要照顧到編選對象的全面性、豐富性、多樣性。內容上，社會批判、民生疾苦、文士風雅、咏懷咏史、奉贈唱和，覆蓋面很廣，也有一定的深度。形式上，也豐富多樣。古體、近體、樂府，應有盡有。長篇、短章，各有千秋。儘管較之唐宋詩，清詩在整體藝術水準上有一些差距，但《百名家詩選》中，依然選到不少描摹物態、勾畫性靈、記録歷史的神妙之作，也有很多在藝術上臻於完美的篇章。如下面這首：

新婦思母家，頻歸又畏禮。洛且姑嫜前，微言衣當洗。〔三〕

因此，這個意義上，《百名家詩選·凡例》中所宣稱的『是集所載，不問存没，一以佳篇爲主』的主觀目標基本達到了。

〔二〕（清）魏憲輯：《百名家詩選》卷五十七計東《天雄旅次以詩代柬寄魏惟度》。
〔三〕（清）魏憲輯：《百名家詩選》卷八十五曹玉珂《新婦》。

七

清人是如何評價這部詩集的呢？

嘉慶間侯官人鄭傑（約一七五〇—一八〇〇）如是説：

> 惟度嘗選本朝《百家詩》，入選者多顯官，列己於末，而秀水朱竹垞（彝尊）檢討不與焉。檢討有詩云：『近來論詩多序爵，不及歸田七品官。直待書坊有陳起，江湖諸集庶齊刊。』蓋指此也。又嘗選《詩持》三集，凡平日與己唱和者，美惡悉登，頗爲蕪爛。[一]

魏憲不以詩而以『位』選詩，以私人交情選詩，導致編出的詩集『蕪爛』。趨炎附勢、自我標榜、没有公心，鄭傑對同鄉魏憲似乎一點兒也不講情面。鄭傑此説影響極大，詩話著作全部跟

[一]（清）鄭傑等輯録：《全閩詩録》，福州：福建人民出版社，二〇一一年，第一〇五頁。

着講〔二〕，目録學著作也受其影響。如《四庫全書總目》：

> 《百名家詩選》八十九卷，福建巡撫采進本……今觀所選諸人，大抵皆聲氣標榜之習，至葉方藹以下十人未得其詩，而先列其目，益見其不爲論詩作矣。〔三〕

『未得其詩，而先列其目』是聖益齋本的情况，可以不論。『不爲論詩作』，從根本上否定了魏憲的選詩水準。此後，『聲氣標榜』成爲粘在《百名家詩選》上的標籤。但此書『可寶貴者，清初詩人如丘象升《嶺海集》、吴學炯《秋雨堂詩集》等今皆未見，藉此選可略窺原集之一斑』〔三〕。但作爲一本權威的目録學著作，《四庫全書總目》點明了《百名家詩選》在保存文獻方面的價值。

〔一〕朱則杰文章梳理出了一個系列：鄭傑《注韓居詩話》——徐祚永《閩游詩話》——楊鐘羲《雪橋詩話》——陳融《顒園詩話》——錢仲聯《夢苕庵詩話》——鄧之誠《皇清百名家詩跋》。見朱則杰、李迎芳：《清代詩歌中的若干本事問題》，《浙江社會科學》，二〇〇四年第二期。此外還有郭柏蒼《竹間十日話》、梁章鉅《三管詩話》。

〔二〕（清）永瑢等：《四庫全書總目·集部》，北京：中華書局，一九六五年，第一七七一頁。

〔三〕實則遠不止此二集，如孔胤樾無别集，詩歌全賴此書存。見傅璇琮等：《〈續修四庫全書提要〉集部前言及集部提要五篇·百名家詩選》，《中國文化研究》二〇一三年冬之卷，第一五九頁。

相較而言，鄭振鐸對《百名家詩選》的評價比較中肯：

此類書在三十年前爲學人争取之目標，今則知音絶稀；實則論述清初詩者，此書仍是第一手材料之一也。〔一〕

每家有一小序，足資知人論世之助。……自附其詩於後，不脱明人積習。所選未必皆可觀。然其中詩集不傳者居多。賴此，得窺豹一斑。〔二〕

作爲文獻學家、藏書家的鄭振鐸對《百名家詩選》的來源及流傳十分熟悉，認爲此書『所選未必皆可觀』，言下之意是選出的詩并不都是好詩。〔三〕但也同時認爲此書保存了清初詩的第一手資料，提示小引提供了諸多考訂作家籍里、仕宦、生平、交游、作者所處時代等資料。可以説，鄭振鐸是充分肯定此書保存資料的價值的。

《中國詩學大辭典》承《四庫全書總目》思路，祇是『大抵』没了『此書之編意在標榜

〔一〕鄭振鐸撰，吴曉玲整理：《西諦書跋》，北京：文物出版社，一九九八年，第三一三頁。

〔二〕鄭振鐸：《西諦書話》，北京：生活·讀書·新知三聯書店，二〇〇五年，第二五三頁。

〔三〕嚴格地説，配得上『皆可觀』的詩選是微乎其微的，考查角度不同，各種缺憾、錯誤都難以避免。

聲氣』。〔一〕《四庫全書總目》寫就兩百餘年後，《續修四庫全書總目提要》出版，收了《百名家詩選》，同樣也有提要。它將『顯宦』與『聲氣標榜』勾連，落實爲『打秋風』：

魏憲，字惟度，……所選詩人，除二僧外，多爲顯宦，似藉選詩之名，行打秋風之實。魏憲及同預選政之吴學炯亦得列入，選己詩且多達三十四首〔二〕，他人多不及此數。此舉與其輯《詩持》時多録他人贈己之作同出一轍，難逃自我標榜之譏。……多平平之作，實難當『名家』之稱。而未選朱彝尊詩，尤爲遺珠。〔三〕

魏憲的人品及所編詩集質量被完全否定了。

〔一〕本詞條爲王學泰撰。見傅璇琮等主編：《中國詩學大辭典》，杭州：浙江教育出版社，一九九九年，第七七七頁。

〔二〕本提要作者誤將『編選姓氏』中該詩集每位詩人選詩所占葉數認爲選詩數量。

〔三〕《續修四庫全書》編纂委員會編：《續修四庫全書總目提要·集部》，上海：上海古籍出版社，二〇一四年，第三三三六頁。

《華東師範大學圖書館藏稀見叢書匯刊》收録了聚錦堂本《皇清百名家詩》，曰：

魏憲選詩，多爲達官顯宦。而清初最重要的一些詩人，如顧炎武、屈大均等遺民，朱彝尊、毛奇齡官位不顯，皆未能入選。即使入選者，如吴偉業、王士禎的某些名篇，或涉時忌，或揭露民間疾苦，亦在擯除之列。但此書作爲清前期詩歌的重要選本，還是選了不少好詩，自有其參考價值。〔二〕

上述指出遺漏的其他清初重要詩人，没問題。但認爲擯除了涉『時忌』的及揭露民間疾苦的『名篇』，此觀點就站不住了。因爲『名篇』是一複雜而主觀的判斷，關於清詩名篇的標準還在繼續討論，逐漸形成共識的過程中。同時，本文前部分所舉已經證明，此書中并不乏觸『時忌』『揭露民間疾苦』的詩。與鄭振鐸一樣，此書編者也承認它『選了不少好詩』，有『參考價值』。

〔二〕 黄秀文、吴平主編：《華東師範大學圖書館藏稀見叢書匯刊·前言》，北京：北京圖書館出版社，二〇〇六年，第六頁。

八

現代學術背景下，我們當充分尊重前人的研究成果，但也不必全受其拘限。回歸文本，回歸語境，持『瞭解之同情』的『瞭解』，與古人『同情』，不求全責備，不回避問題，儘量給此書一個真實、客觀、公正的評價。

第一，詩選本身。本文前面已有陳述，摒除『涉時忌』及『揭露民間疾苦』詩作應屬没有認真閱讀具體作品的主觀論斷；確實不能説《百名家詩選》是清初詩壇的全貌，詩選也確實是遺漏了一些重要詩人，但還是選到了不少好詩。

第二，選家本人。我們注意魏憲的身份：底層知識分子，無權無勢，需要生存，自然就期待着有熱心同道的資助，利用可資利用的人際資源。以隱士的道德標準要求選家魏憲，是不合適的。憑魏憲交往對象中有『顯宦』就斷定他『聲氣標榜』『打秋風』自然更是欠妥。何況，他交往的這些所謂的『顯宦』，全部是經過了科舉選拔，有很好的文學功底與趣味的士人，一起談談詩，寫寫詩，偶爾給生活無着的魏憲以經濟的幫助，一如當年嚴武資助杜甫，怎麽能輕言其『打秋風』？而且，魏憲以『枕江堂』之名刊刻書籍出售，應該也有勞動所得，不會全靠給人編詩『打秋風』爲活計吧！

自然，還需要深入到『多爲顯宦』的問題。入選八十九位詩人，以一生身居最高官位計算，五品及以上五十二人〔一〕，過半數。考慮幾個因素：很多不是直接交往；有一些入選者在魏憲選詩時已經辭世；剩餘魏憲與之有交集的，顯然不會統一處在他官職的最高位。綜合考慮這些因素，即便『多爲顯宦』勉强能成立，但『聲氣標榜』尤其是『打秋風』之説過於刻薄。

第三，選詩語境。先看下面這段文字：

> 遴選一代之詩，工程是很浩大的，對選家的識見、交游和財力的要求都很高，所以多數選家都是以自己交游所及的範圍，或爲懷念故舊，或爲標榜聲氣，編選同人的作品。〔二〕

清人選當代詩，就『交游所及的範圍』選詩是普遍做法。鄧漢儀自稱他的《詩觀》『選數多寡，實非有意，皆因其卷之繁簡，地之遠近然』〔三〕，有遺漏、不典型，也難免多親友故舊。應該説，清人選清詩，大致如此。但人們對《詩觀》的評價較高，沈德潛稱『足備後人采擇』，徐世昌贊

〔一〕入選詩人的品階根據《清史稿》、地方通志等資料進行統計，數據如下：一品十二人，二品八人，三品四人，四品十三人，五品十五人，六品二人，七品六人，八品一人，無品階、未入仕者二十九人。

〔二〕傅璇琮、蔣寅主編：《中國古代文學通論·清代卷》，瀋陽：遼寧人民出版社，二〇一六年，第四一二頁。

〔三〕（清）鄧漢儀輯：《詩觀初集·凡例》，清康熙慎墨堂刻本。

『其中遺集罕傳者，頗賴以得梗概』〔一〕。爲什麽《百名家詩選》遭遇的却是百年一貫的苛評呢？『將相以位隆特達，文士以職卑多誚。此江河所以騰涌，涓流所以寸折者也。』〔二〕『文士以職卑多誚』，一介布衣，無寸官半職，活該『多誚』？

我們還需要注意魏憲本人的話：

近來選家，如柏鄉魏相國之《觀始》《溯洄》二集，顧茂倫之《驪珠》《英華》《詩鈔》，田髴淵之《高言集》，陳伯璣之《詩慰》，鄧孝威之《詩觀》，徐松之之《雲山酬唱》，多不勝述，俱見博采苦心，業已行世。是選不敢雷同，以滋物議。〔三〕

魏憲不願意重複别人的勞動，不沿襲其他選家。它遺漏了幾位在我們今天看來十分重要的詩人。但有情可原，一是在魏憲所生活的年代，選家祇能選自己『够得着』的人和詩；二是因爲他想有

〔一〕分别見於（清）沈德潛輯評：《國朝詩别裁集》卷十二《鄧漢儀》，清乾隆二十五年（一七六〇）教忠堂刻本，第三十葉。徐世昌輯：《晚晴簃詩滙》卷四十六，北京：中國書店，一九八八年，第六二六頁。

〔二〕（南朝梁）劉勰撰，范文瀾注：《文心雕龍注》卷十《程器第四十九》，第七一九頁。

〔三〕（清）魏憲輯：《百名家詩選·凡例》。

所創新，所編選詩集有獨特性。

當我們將《百名家詩選》的選詩與其他清人選清詩進行比較後，我們甚至可以説《百名家詩選》是一部較好的『論詩之作』。沈德潛等編的《清詩别裁集》刻印晚於《百名家詩選》九十年，好評如潮。兩部詩集都選了宗元鼎，沈德潛稱他『最重風調，而性情因之以出』，『集中七言絶句，尤近中晚唐人』〔一〕，選其詩六首，其中七言絶句三首。《百名家詩選》卷八十二選有宗元鼎三十四首詩，稱他『避地東原，藏書百卷，鴻妻驥子，衡門蕭然』，詩歌風格接近六朝與中晚唐。在對宗元鼎詩歌風格的判斷及最擅詩體這兩個關鍵問題上，沈、魏二人完全一致。二人所選七言絶句均最多，沈德潛是占比百分之五十，魏憲是十一首，占比三分之一；再如《百名家詩選》卷五十選黄蕖若詩十七首〔二〕，道光己亥年（一八三九）刊印的《國朝畿輔詩傳》卷十六選黄蕖若詩四首〔三〕。四首詩中魏憲選入了三首，獨無《送趙秋水歸里》。一方面，可以説兩書的選詩傾向大致

〔一〕（清）沈德潛等編：《清詩别裁集》卷八，上海：上海古籍出版社，二〇一三年，第三一六頁。

〔二〕分别爲：《雪霽》《游成八公野圃同劉印心》《雨中蓮開遲竇德邁不至却寄》《社集喜曹顧庵太史至分韵》《七夕立秋》《送别曹顧庵歸里》《百泉》《夜雪》《探梅》《登東昌光岳樓》《登岱二首》《郜凌玉學憲修郡志成旋里送别》《早春咏雪和孔心一觀察韵》《暮春過李弘甫郊居》。

〔三〕分别爲：《登東昌光岳樓》《送别曹顧庵歸里》《送趙秋水歸里》《探梅》，當中有兩首贈人歸里詩。

相同，也能見出魏憲選詩，可能有更審慎、更細緻的去取考慮。

《百名家詩選》的文獻價值還得益於其刊刻時間。彼時文禍未開，忌憚相對較少，再加上刊刻之後不怎麼被重視，流傳不廣，一些詩歌的本來面貌得以保存下來。如卷二十施閏章《先祖母生日述感》中的『商飆忽已至，朱明猶未畢』兩句，『朱明』表示夏天。此二字在《施愚山先生詩集》中變爲『炎序』，顯然是不想讓人聯想、引申生出歧義。再如卷八吴偉業《鴛湖曲》『畫閣猶存老兵坐』，《梅村集》作『畫閣偷窺老兵怒』；『人生快樂終安極，年去年來增嘆息』，《梅村集》作『人生苦樂皆陳迹，年去年來堪痛息』。有的時候是詩句的删减，再如卷九曹溶《武林遇何芝函侍御舉子彌月因述往事以志悲喜》，《静惕堂詩集》少四句，改一處。〔二〕這些删减和修改，其中可能有一部分是形式的考慮，但更多的則應該有更深層的社會政治原因。所有這些差异，可資校刊、考訂外，也值得分析、研究。

綜上，《百名家詩選》是一部尚未得到充分重視，具有較高文學、文獻價值，值得閲讀和深入研究的清初詩選。

〔二〕《静惕堂詩集》無『西川方阻兵，劍閣樹牙纛』『茂草聚都宫，簪紳日煩促』四句，改『潼關賊莫當』爲『潼關賊滔天』。

凡例

一、此次點校整理，以國家圖書館藏清康熙二十四年（一六八五）聖益齋本爲底本，以華東師範大學圖書館藏清康熙二十一年（一六八二）聚錦堂本（影印本見《華東師範大學圖書館藏稀見叢書匯刊》，簡稱『聚錦堂本』）、吉林大學圖書館藏康熙十年（一六七一）魏氏枕江堂本（影印本見《續修四庫全書》第一六二四至一六二五册，簡稱『枕江堂本』）爲校本。

二、本書中凡屬下列情况之一者，出校：

（一）底本有誤，據校本、别集校改者，出校；

（二）底本、校本均誤，據别集校改者，出校；

（三）底本、校本文字兩通而含義不同者，出异文校記；

（四）底本與别集文字有較大出入者，酌情出校，以備一説；

（五）底本中人名、地名、名物制度、詞語典故等有訛誤、脱文、衍文、倒文者，確有實據，補改删乙後酌情出注；如無堅實理據，則酌情出校存疑。

（六）底本漫漶、缺漏，據校本補者，出校；底本、校本均漫漶、缺漏，據別集補者，出校，必要時出注。

本書中屬下列情況之一者，不出校：

（一）凡底本不誤而校本誤者，不出校；

（二）底本、校本均漫漶、缺漏，不能補者，以『□』表示，不出校；

（三）部分屬形近、音近致誤者，諸如『毋』刻作『母』，『已』『己』『巳』統刻爲『巳』，徑改，不出校。

三、本次點校整理，將底本中所脱成性、孔興釪兩卷詩予以補遺，置於正文卷末；將校本中卷前吴偉業序、凡例八則，鄧之誠、鄭振鐸二位先生跋語，以及所引用書目及其版本信息，皆附録於末。

目録

附録

御製升平嘉宴詩序

朕於宣政聽覽之餘，講貫經義。歷觀史册，於《書》見『元首』『股肱』『賡颺』『喜起』之盛，於《詩》見《鹿鳴》《天保》諸篇，未嘗不慕古之君臣一德一心，相悦若斯之隆也。今際海内晏安，兵革偃息，首春令序，九陌燈輝，豐穰有徵，吾民咸樂。思與諸臣欣時式燕，爰於乾清宫廣集簪裾，肆筵授几。斯時也，蟾光鰲炬，焜耀堂簾，彩樹瓊葩，雜〔一〕羅樽俎。許笑言之勿禁，寬儀法之不糾。復令次登文陛，渥以金罍，咸俾有三爵油油之色焉。《易》曰：『上下交而志同。』《傳》曰：『享以訓恭儉，宴以示慈惠。』則今日之兕觥旨酒，豈徒以飲食燕樂云爾哉？顧瞻諸臣，或位居諧弼，或職任卿尹，或典文翰，或司獻納，宜共成篇什，以紹《雅》《頌》之音。朕發端首倡，效柏梁體班聯遞賡，用昭升平盛事，冀垂不朽云。

康熙二十一年正月十四日

〔一〕『雜』，《聖祖仁皇帝御製文集》卷三十五作『離』。

御製麗日和風被萬方

卿雲爛熳彌紫閶大學士臣勒德洪，一堂喜起歌明良大學士臣明珠。止戈化洽民物昌大學士臣李霨〔一〕，蓼蕭燕譽聖恩長大學士臣馮溥。天心昭格時雨暘吏部尚書臣黄機，豐亨有兆祝千箱户部尚書臣梁清標。禮樂文章仰聖皇禮部尚書臣吴正治，廟謨指授靖八荒兵部尚書臣宋德宜。春回丹詔罷桁楊刑部尚書臣魏象樞，河清海晏禹迹彰工部尚書臣朱之弼。百度胥飭綱紀張都察院左都御史臣徐元文，千官濟濟盈岩廊吏部左侍郎臣張士甄。天工無曠勤贊襄吏部右侍郎臣楊永寧，有年歌協臣所望户部左侍郎臣李天馥。共期紅朽答殊常户部右侍郎臣李仙根，轉漕億萬充天倉户部倉場侍郎臣馬汝驥。邦禮叨贊慚趨蹌禮部左侍郎臣楊正中，職司寅清佐垂裳禮部右侍郎臣富鴻基。天河洗甲通蠻鄉兵部左侍郎臣焦毓瑞，皇威四暢咸來王兵部右侍郎臣陳一炳。祗承欽恤和氣翔刑部左侍郎臣杜臻，刑措不用民壽康刑部右侍郎臣葉方藹。八材庀化師殳斨工部左侍郎臣趙璟〔二〕，右平左墄開明堂工部右侍郎臣金鼎。仰窺神策驅天狼內閣學士臣李光地，膏以大澤人胥慶內閣學士臣張玉書。帝庸作歌追虞唐翰林院掌院學士臣陳廷敬，身依雲漢賡天章翰林院

〔一〕「霨」，原本作「蔚」，《聖祖仁皇帝御製文集》卷三十五作「霨」，據改。

〔二〕「璟」，原本作「燝」，《聖祖仁皇帝御製文集》卷三十五作「璟」，據改。

學士臣張英。恪秉訓厲敦羔羊左副都臣宋文運，奉宣仁風之吴疆巡撫江寧左副都臣余國柱。九閽詄蕩瞻
龍光通政使司通政使臣王盛唐，斗杓高掩貫索芒大理卿臣張雲翼。圖列養正親羹墻詹事府詹事臣沈荃，黄
鐘大鏞諧禎祥太常寺卿臣崔澄。郊衢《擊壤》歡豐穰順天府府尹臣熊一瀟，大官珍膳羅酒漿光禄寺卿臣
馬世濟。調閑六御騰康莊太僕寺卿臣張可前，忝預風紀凛清霜僉都臣張吉午。出入玉佩聲鏘鏘左通政臣
崔官，納言惟允尚職詳左通政臣吴琠。褒忠勵節感賜觴右通政臣陳汝器，拜手好生頌禹湯大理寺左少卿
臣徐旭齡。闤扉闃寂春草芳大理寺右少卿臣榮國祚，前星令望欽顒卬少詹事臣王澤弘。終始念典用斯臧
少詹事臣崔蔚林，言謨行範輝縹緗侍讀學士臣蔣弘道。猗歟至德日就將侍讀學士臣胡簡敬，叨塵侍從恩
莫量侍讀學士臣朱之佐。靖共夙夜無怠遑侍讀學士臣嚴我斯，梧桐生矣于同岡侍讀學士臣孫在豐。紬書東
觀翰墨香侍讀學士臣盧琦，三德六行爲士坊國子監祭酒臣王士禛。宫官備位滋悚惶右春坊右庶子臣祖文
謨，六經義叶如笙簧侍讀臣朱典。奎文焕若森琳琅侍讀臣王封濚，朝朝橐筆侍御床侍講臣董訥。紀載聖
治金匱藏侍讀臣王鴻緒，頻年宣室虚對揚侍講臣高士奇。宸篇掞藻燭昊蒼侍讀臣郭棻，承華毓德成圭璋
諭德臣陳論。青宫琪樹栖鸞凰諭德臣朱世熙，金輿導從驂雲驤司經局洗馬臣田喜霠。罘罳流影耀璧璫左
參議臣趙士麟，仁波溟渤同瀛汪左參議臣趙之鼎。鸞旂乘春零露瀼右參議臣張鵬，爰賡《天保》矢勿忘
右參議臣鄭重。八表同軌來梯航大理寺寺丞臣徐誥武，雲門磬管聲喤喤右中允臣吴珂鳴。泰交天闕開春

陽左中允臣李録〔一〕予，惟睿作聖金玉相右中允臣鄭開極。珥筆何幸日月傍左贊善臣徐乾學，瑞逾寶鼎兼芝房左贊善臣鄭之諶。堯樽夜醉星低昂右贊善臣沈上墉，在廷悦豫和宫商右贊善臣王尹方。濫典樂正董上庠司業臣劉芳喆，治登三五麻聲颺修撰臣歸允肅。睿謨典誥同洋洋編修臣王項齡，記神聖功臣職當編修臣曹禾。琅函瑶版書焜煌檢討臣潘耒，石渠高議芟秕糠檢討臣嚴繩孫。日侍清禁研鉛黄編修臣杜訥，願言直節謹自防吏部掌印臣王承祖。帝心勤民重農桑户部掌印〔二〕臣王曰温，具舉細目恢弘綱禮科掌印臣李迥。誕敷文德四國匡兵科掌印臣劉沛先，嘉禾既殖鋤莠稂刑科掌印臣傅感丁。奉琛執玉輸篚筐工科掌印臣姚締虞，屈軼朱草紛兩廂掌河南道臣唐朝彝。封章問夜撿皂囊掌江南道臣任玥，擬將勁操堅蒼莨掌浙江道臣李見龍。朝無闕事聯班行掌山西道臣郭維藩，千門燎火宵未央掌山東道臣孫必振，升平高宴邁柏梁掌陝西道臣衛執蒲。

（此御製詩序、詩見於聖益齋本、聚錦堂本卷前。此作實爲清康熙皇帝玄燁於康熙二十一年上元節與滿漢群臣仿柏梁體共同創作。見於四庫本《聖祖仁皇帝御製文集》卷三十五，原題作《升平嘉宴同群臣賦詩用柏梁體・并序》。）

〔一〕『録』，原本作『籙』，聚錦堂本、《聖祖仁皇帝御製文集》卷三十五均作『録』，據改。

〔二〕《聖祖仁皇帝御製文集》卷三十五『掌印』後有『給事中』三字。

登選姓氏 以得詩之先後爲次

魏裔介（石生　貞庵　直隸柏鄉人　詩二十六　引二）

李　霨〔一〕（景裔　坦園　直隸高陽人　詩二十九　引二）

王崇簡（敬哉　順天宛平人　詩九　引一）

龔鼎孳（孝升　芝麓　江南廬州人　詩三十一　引二）

梁清標（玉立　蒼巖　直隸真定人　詩十二　引一）

王　熙（子雍　胥庭　順天宛平人　詩八　）

錢謙益（受之　牧齋　江南常熟人　詩十三　引二）

吴偉業（駿公　梅村　江南太倉人　詩十九　引二）

曹　溶（鑒躬　秋岳　浙江秀水人　詩十四　）

〔一〕『李公諱霨，字景裔，直隸高陽人。』見（清）李元度纂，易孟醇校點：《國朝先正事略》卷三《名臣》，長沙：岳麓書社，二〇〇八年，第八六頁。

范承謨（覲公　奉天瀋陽人　詩十六　引二）
范承斌（允公　奉天瀋陽人　詩附　）
范承烈（彦公　奉天瀋陽人　詩附　）
魏裔魯（竟甫　直隸柏鄉人　詩十九　引一）
孔胤〔一〕樾（心一　山東曲阜人　詩三十二　引二）
郜焕元（凌玉　直隸長垣人　詩二十　引二）
陳寶鑰（绿崖　福建晋江人　詩十三　引二）
柯　聳〔二〕（岸初　素培　浙江嘉善人　詩九　）
毛　逵（錦來　江西新昌人　詩十六　）
馮如京〔三〕（修隱　秋水　山西代州人　詩六十八　引二）

〔一〕原本作『衍』，據正文改。
〔二〕原本作『馮如京』，據正文改。
〔三〕原本作『成性』，據正文改。

程可則（周量　湟溱〔一〕　廣東南海人　詩二十　引二）
周令樹（計百　河南延津人　詩九　引一）
李袠燦（藜仲　梅邨　江南無爲人　詩十四　引二）
傅爲霖（暘谷　石漪　福建南安人　詩十四　引二）
程　雲（天翼　山東萊蕪人　詩十三　引二）
嚴曾榘（方貽　柱峰　浙江餘杭人　詩七　引二）
顧大申（見山　江南華亭人　詩十　引一）
陸求可（咸一　密庵　江南山陽人　詩二十六　）
周體觀（伯衡　直隸遵化人　詩十二　引一）
王日高（登孺　北山　山東茌平人　詩十四　引二）
范　周（雪樵　江南吴縣人　詩三十九　引一）
王紫綬（蓼航　河南輝縣人　詩十四　引一）

〔一〕『溱』，原本作『榛』，誤。『程可則，字周量，一字湟溱，號石臞，南海人也。』見（清）李元度纂，易孟醇校點：《國朝先正事略》卷三十八《文苑》，長沙：岳麓書社，二〇〇八年，第一五二一頁。據改。

賓遴〔一〕奇（德邁　松濤　直隸大名人　詩二十二　引二）

王追騏（錦之　雪洲　湖廣黄岡人　詩十　引一）

李賛元（匡侯　素園　福建龍溪人　詩二十一　引二）

紀映鍾（伯紫　蘗子　江南江寧人　詩十二　引一）

劉六德（智侯　直隸大名人　詩八　引一）

黄蕰若〔二〕（　石筍　直隸元城人　詩五　引一）

宋　翔（子飛　順天宛平人　詩六　引一）

馮雲驤〔三〕（訥生　志僦　山西代州人　詩六十　引二）

申涵盼（隨叔　定舫　直隸永年人　詩十四　引二）

袁　佑（杜少　直隸東明人　詩十　引一）

毛升芳〔四〕（允大　乳雪　浙江遂安人　詩五　引一）

〔一〕原本作『鄰』，據正文改。

〔二〕原本作『馮雲驤』，據正文改。

〔三〕原本作『孔興釪』，據正文改。

〔四〕原本作『毛芳升』，據正文改。

梅　清（淵公　瞿山）　江南宣城人　詩十九　引一）
計　東（甫草）　江南吴江人　詩十二　引一）
趙　威（書痴）　陝西涇縣人　詩十　）
孟　瑶（二青）　河南汲縣人　詩十八　引二）
程啓朱（念伊）　湖廣黄岡人　詩十六　引二）
楊輝斗（潤丘）　湖廣荆門人　詩十一　引二）
成　光（仲謙）　直隷大名人　詩十二　引一）
黄　伸（美中）　直隷元城人　詩六　引一）
黄　任（志伊）　直隷元城人　詩五　引一）
張祖詠（又益）　四川内江人　詩十四　引二）
張鴻儀（企麓）　直隷元城人　詩十　引一）
張鴻佑（念麓）　直隷元城人　詩四　引一）
劉友光（杜三　魚計）　湖廣攸縣人　詩二十二　）
戴其員（雪看）　江南桐城人　詩十八　引二）
李念慈（屺瞻　劬庵）　陝西涇陽人　詩十七　引一）
陸　輿（雪樵）　江南揚州人　詩十七　引二）

沈道映（鑒亭　彦徹　江南華亭人　詩十六　引一）
朱　驊（汗朱　直隸滑縣人　詩四　引一）
孫　郁（雪崖　直隸元城人　詩十七　引二）
劉元徵（夢闈　直隸大名人　詩十六　引一）
楊州彦（宣樓　湖廣當陽人　詩十一　引一）
楊思本（因之　山東新城人　詩二十四）
劉維禎（瑞公　江南武進人　詩二十）
王澤弘（涓來　昊廬　湖廣黄岡人　詩四十二　引二）
丘象升（曙戒　江南山陽人　詩二十　引二）
葉雷生（蓉庵　浙江錢塘人　詩三十五　引一）
宗元鼎（定九　江南江都人　詩十三　引二）
毛師柱（亦史　端峰　江南太倉人　詩十二　引二）
黄之鼎（訥庵　直隸元城人　詩七　引一）
曹玉珂（陸海　陝西富平人　詩二十四　引二）
吴學炯（星若　南溪　江西南城人　詩二十三　引二）
葉方藹（子吉　訒庵　江南崑山人　詩　嗣刻）

馮雲驌（懿生　　山西代州人　　詩　嗣刻）
汪　琬（苕文　鈍庵　江南長洲人　　詩　嗣刻）
徐乾學（原一　健庵　江南崑山人　　詩　嗣刻）
龔　章（含五　惕恃〔一〕　廣東歸善人　　詩　嗣刻）
尤　侗（展成　悔庵　江南長洲人　　詩　嗣刻）
倪　燦（闇公　　江南上元人　　詩　嗣刻）
陳維崧（其年　迦陵　江南宜興人　　詩　嗣刻）
黄虞稷（俞邰　楮園　江南上元人　　詩　嗣刻）
吴　朔（小曼　梅岡　江南上元人　　詩　嗣刻）
釋大依〔二〕（南庵　　福建莆田人　　詩十三　引一）
釋讀徹〔三〕（蒼雪　　雲南人　　詩七　引一）
魏　憲（惟度　兩峰　福建福清人　　詩三十四　引一）

〔一〕『恃』，原本作『持』，誤。光緒《惠州府志》卷三十五：『龔章，字惕恃，號含五，廣東歸善人。』
〔二〕原本此處『釋大依』『釋讀徹』錯置，據卷内次序改。
〔三〕原本此處『釋大依』『釋讀徹』錯置，據卷内次序改。

卷一　魏裔介

福清魏憲惟度　輯選

宣城施閏章愚山　含山李௘燦梅邨

黄岡程啓朱念伊　無錫顧貞觀華峰　參

魏裔介 字石生，號貞庵，柏鄉人。

小引

魏子曰：余讀《嶼舫》前後二集，不勝今昔知己之感也。何也？柏鄉先生宰天下，統百官，貴矣；闢賢路，育人材，榮矣；業留天壤，勛光史册，悠且久矣；道德之言，濂洛之旨，紹往開來焉，尊且富矣；暫息林泉，長懷廬墓，孝且仁矣；著述日新，子孫法之，奕世守焉，博且永矣。余小子戔戔日取其詩，僭越論次，不幾移卷石於泰岱，加勺水於彭蠡乎？曰：非然也。蓋先生之知余也以詩，而余之佩服先生也亦以詩。憶予浪迹入燕，僑居蕭寺，息蔭長松之下，酒酣耳熱，呼嗚自勞。間爲小令，播諸管弦，使優伶數輩雜遝環倡，予倚洞簫和之，以稍泄其怫鬱無聊之概。人或目爲狂生，先生聞之，笑曰：『此而不狂，誰當狂者？』時枉車騎，責予於稠人廣坐中，觀者咤爲殊遇，而先生禮益恭，謙益著。余執鞭導送逡巡於金閨玉闕之間，臨岐以《嶼舫詩》相贈，珍重行篋，翻刻雲間，紙貴一時。日月如輦，忽六七年，先生予告家居。予北轅過衛，密邇典型，修尺一走，候先生貽我好音，云：『海内風雅，落落晨星。兄台逸才妙品，寢食三唐，沐浴漢魏，所著作選定，喬雲瓊枝何足以云？况邶、鄘居二南之次，詩人性情，千載如生，文旌在彼，必有揚扢爲不朽盛事。』復示余《嶼舫》新篇，皆出都、别友、家食、戀闕之懷所積而成者也。其爲氣也厚，其爲詞也昌，其爲旨也婉矣。予伏枕讀之，恍長安市上爲先生纜轡授綏時也。先生其真余之知己也哉！

觀滄海

滄海非東，昆侖非西。倬彼天漢，元氣混齊。蓬萊三山，是耶非耶？銀臺金闕，侯不乘槎。潤色萬物，震蕩九土。沐日浴月，天樞地户。幸甚至哉，歌以咏志。

子夜吴歌

燕京女兒多，何如吴下好。豆蔻花正開，甘作閨中老。鐵甕城邊路，挂帆到揚州。儂欲隨歡去，不是覓封侯。

玉泉篇

嗚呼！人間風濤何其深，洞庭既波灔滪侵。長鯨礪齒若霜鐔，左徒空吊楚江潯。彼君子兮，大川舟楫濟，一世而爲心。

擬龜山操

望東魯兮，龜山蔽之。豈不懷歸，畏群婢之我疑。山之陰，其雨瀰瀰。父母之邦，實勞我思。龜山龜山，吾將移爾填滄涯〔二〕。

朝起獨坐

病痊久閉門，坐息待〔三〕其處。濛濛太古涵，雲物自來去。雙樹植庭陰，一鳥向人語。我心澹無

〔二〕『涯』，魏裔介《嶼舫詩集》（國圖藏清順治刻本，下同）作『海』。

〔三〕『待』，魏裔介《嶼舫詩集》作『得』。

營，冥然安所助。

讀杜子美詩

古作多蔚跂，兹編實云聖。盥手展縹帙，肅然起恭敬。世人誦公詩，擷芳資游泳。我誦見公心，楷模性情正。救瑄雖云非，其意實孤勁。一躓不復收，驊騮終遠屏。有語不忘君，愴怛忠愛盛。飄泊蠶叢間，欃槮長鑱柄。路阻豺虎多，身傍干戈横。燦燦浣花詞，磊磊夔州咏。百年歌獨苦，斯語泪如迸。放舟夷陵後，潦倒春華競。天困萬古胸，抒發鴻濛性。陶冶不可窮，世秉詞伯政。讀之浹數旬，高齋風雨并。既哭復還歌，枕藉以爲命。斯人竟已矣，惄焉心如怲。

讀李太白詩

三謝與鮑庾，江左稱獨步。太白更絶塵，汗血如飛兔。擲筆振金石，有文懸瀑布。萬象羅胸中，百代生指顧。是氣曰浩然，不祗爲章句。沉香亭畔詞，諷諫有微趣。奴視高將軍，才人詎能慕。羽翮落九天，挂席逐烟霧。留滯東魯雲，蹭蹬采石路。我思汾陽王，再衍晋陽祚。云誰識此人，青蓮慧眼故。無知功未酬，夜郎竟遠戍。璘也實蠢愚，偶而被籠篏。龍章與鳳姿，豈若争食鶩。古今稱謫仙，斯言良不誤。黄金如可成，須并子美鑄。

夜醒

春夜宿齋中，睡醒覺夜永。呼童然膏炷，四壁有餘炳。長安百萬家，悄如太行嶺。犬吠時復聞，積雪起空冷。耳目俱寂然，中懷獨耿耿。乃知喧闐地，未嘗無真境。不必聞晨鐘，蘧然有深省。

五子咏

楊猶龍

楊子氣豁如，愛賢如不及。賦詩敵少陵，感慨時欲泣。嵯峨萬仞岡，振衣自獨立。每見必怡顔，清風穆可挹。

魏環溪

吾宗雪齋子，屹然古人風。苞苴不敢至，門庭闃若空。歲食并州米，疏震日華東。鄭公猶可見，翹首送歸鴻。

曹厚庵

厚庵精名理，著書繼濂洛。體用既兼全，聖道豈如爝。訓士良有方，由博以返約。一疏振紀綱，千人自諾諾。偉哉文清儔，大雅欣有托。

申皛盟

風雅道寢衰，百家矜藻絢。孰識古人心，清微自相禪。平干有奇姿，氣高體亦變。高齋素〔二〕論文，未覺隙光宴。

郝雪海

郝生不羈士，冰雪静聰明。方略萬人敵，抵掌死生輕。志大才頗疏，飄泊中山城。我欲往從之，共作千日醒。

選唐詩清覽集作

鴻濛啓元運，靈淑鐘人紀。喜起肇賡歌，風雅隆周祀。漢魏有升降，六朝多靡綺。卓哉貞觀君，世濟擅厥美。磊磊富瓊枝，寧獨杜與李。歷下重格調，竟陵采幽旨。遥遥古人心，笙竽若隔耳。大道已曠邈，澆氣顧莫止。鎮以中和音，萬物返其始。

選清詩觀始集作

人心釀世運，世運變人心。盛衰既遞轉，治亂亦相尋。群生天地間，激蕩成謳音。鴻纖既异致，雅俗判高深。聖主闢文運，群賢慶盍簪。篇什多古風，聲價重球琳。寧敢繼絶筆，所願正哇淫。

〔二〕『素』，《嶼舫詩集》作『數』。

詠杜

老杜才名高萬丈，誰云删後更無詩。此豈人力之所爲，山川風雨發其姿。玲瓏刋盡琅環秘，饑寒迫出奇崛詞。文章自不關花鳥，性命深沉乃出之。亦知不祥造物忌，原非富貴飲啄資。但快狂言喙三尺，安問令名垂來兹。

過楊忠愍祠

我行八月燕山道，白溝河邊秋欲老。堤平沙静雲不飛，易水西來波浩浩。道傍舊有椒山祠，忠魂直上逼蒼昊。拜瞻公像起徘徊，灑泣再讀擊奸草。奸人殺公公不死，藏血化碧不可燥。灼灼星列是公精，千年歲社陳蘋藻。世蓄之屬獨何爲，嗟哉豚鼠多顛倒。

初春西望積雪漸融蒼雲間之其狀萬變子瞻以雪浪名石余當移以贈燕山矣賦成書奉猶龍坦園二太史

西域有山真奇絶，蜀中西望惟積雪。大海春江水甲翻，勢捲層冰大地折。巨靈忽移向居庸，幽燕兩月飛瑶屑。北山之陰太白封，南山之陽雪如瀑布流淙淙。我行立馬不能去，徘徊若失心忪忪。平巒高岫誰能辨？疑是錢塘潮起、廣陵濤怒，瀰天灝灝舞蛟龍。坡公之石善自供，何不觀此嶓嶂之奇峰？中有太古真元氣，玉簺萬頃堆芙蓉。野人新得白鶴氅，便欲凌波蕩雙槳。山靈遮莫笑顛狂，泛筶飛渡誰同往？

桃源行有序

昔晋有高士陶淵明，置身三代，嘆其身遭劉宋禪代之際，世之人莫己知也，故作《桃花源記》綴之詩，以自明其古處。其文云：『此中人語云，不足爲外人道也。』嗚呼！非此中人足道乎？又云：『劉子驥親往，未果。後遂無問津者。』嗚呼！非其人，津可問乎？乃唐人如王摩詰、劉夢得、韓退之等，皆以桃源爲神仙，而東坡亦不能辯，以爲漁人所見，乃避秦者之子孫。是皆無异於説夢也。余嘗熟讀陶集，偶有所見，擬作數句。雖詞意膚淺，庶幾窺於作者之意云爾。

淵明自謂羲皇人，作爲詩記擬避秦。秦人宋人一而已，詐力篡弑不足詢。柴桑自有桃源渡，洞口雲深落英聚。鷄犬同〔二〕有古音聲，衣裳不作新制度。此中避世可千年，春花秋月自娟娟〔三〕。峽中不知人何事，世人遥望惟青山。山色溪光終不改，武陵白雲自相待。却笑時人欲問津，避秦之宅竟安在。

〔二〕『同』，《嶼舫詩集》作『尚』。

〔三〕『娟娟』，原本、校本均作『涓涓』，據《嶼舫詩集》改。

賦得夏雲多奇峰

五月六月雨時作，奇雲蔚跂分〔一〕錯落。倏見莽泱抱日流，旋與回風相磅礴。亭亭一柱峙太空，混茫元氣通寥廓。森森岩岫列千層，明霞碧凋耀丹雘。天台雁宕何足多，五岳真容起空漠。世人見雲不見峰，豈知峰即爲雲橐。峰雲變化無窮時，造物神力誰厚薄。憶昔曾懷向平心，青鞋布襪冠竹籜。婚嫁未畢禽慶往，誰能支策凌飛鶴。以兹感嘆望雲峰，醉眼常〔二〕存古丘壑。

九日集樸園

移樽登小閣，雲物晚來清。烟外清〔三〕砧落，霜前白雁横。寒山呑暮日，流水匝孤城。登眺悲今古，長吟賴友生。

戊子典試山西獲鹿道中過漢淮陰侯祠

望望行將夕，孤城起暮烟。沙深遲倦馬，野闊響孤蟬。鬼哭韓侯廟，雲崩背水川。明朝九曲路，叱馭莫迍邅。

〔一〕「分」，《嶼舫詩集》作「紛」。
〔二〕「常」，原本、校本均作「嘗」，據魏裔介《兼濟堂文集》（清康熙三十九年刻本，下同）改。
〔三〕「清」，《嶼舫詩集》作「霜」。

大漢承天運，偉哉命世才。土門赤幟出，河朔陣雲開。相背豈君意，假王是禍胎。未央鐘室血，憤懑有餘哀。咄咄蒯通計，豈知烈士行。秘謀羞絳灌，武略失良平。漢世無茅土，中原幾戰争。拜瞻遺像肅，古廟近荒城。舍人書不載，告變豈無欺。赤族酬龍準，扁舟愧子皮。奇兵吞趙魏，古屋泣熊羆。吕雉誠多詐，空令漂母悲。

柳墅

雨後園林〔一〕好，褰臨見翠屏。荒城平野出，孤樹斷霞停。地僻桑麻長，人閑鷄犬寧。濁醪慰父老，努力事郊坰。

送友人南歸

山色猶如晋，游人欲向吴。輕鯈浮淺渚，高鳥下平蕪。澹澹秋雲没，荒荒白日徂。亂峰戴古驛，征馬正踟蹰。

〔一〕『園林』，《輿舫詩集》作『林園』。

中秋夜集

風疏雨亦霽，驚我又中秋。探月疑蟾兔，哀時任馬牛。孤光逐坐遠，浩氣與空浮。楚些歌方續，還思庾亮樓。

霜露變歲雲暮耳目所觸無非凄切音容之遺每形夢寐枕上率成不覺其哀

怙恃悲雙失，凄凉獨此身。飄風拂素枕，孤月冷松筠。尚愧皋魚死，徒傷孫綽心。嗟哉乘化者，松梓自爲鄰。

過傅掌雷太史曉園

自有滄洲意，瀟然三徑清。藉花能醉客，坐樹不妨鶯。著述淹風雨，交游念死生。濁醪君不惜，一晤一回醒。

柬友人

天地欃槍滿，山河景物移。丹鷄盟石友，柿葉寫新詩。道以遲能重，書因悟轉疑。中原高戰伐，運甓是吾師。

送傅掌雷按察東昌

中年多坎壈，同志惜離群。吹角東藩日，藏書大陸雲。素心誰共數，佳夢必能分。莫作《長沙賦》，相期有聖君。

喜辯若弟至都

二載昆朋隔，栖栖未得閑。有懷期對語，相見一開顔。秋色移河漢，鄉思落故山。惟愁歸計迫，獨挾碧雲還。

送辯若弟歸里

梁鴻入越日，季子游燕時。爲客誰青眼，還家是白眉。分金何足語，樹德莫如滋。尚愧姜家被，摇摇念故籬。

送申鳧盟歸平干〔一〕

結茅洺水上，韵骨自珊珊。縫掖驚皇甫，噫歌避伯鸞。詩名燕市噪，樽酒夜燈寒。白雪空山裏，何人歌猗蘭。

贈成我存中翰

雷同世所尚，之子未云然。有夢曾吞鳳，無文不欲仙。官飢從僕瘦，津要任人先。不讀《潛夫

〔一〕『平干』，原本、校本均作『干平』。按，平干在今河北永年縣，申涵光爲直隸永年人，故當作『平干』，據改。

論》，誰知是大賢？
冷署垂鞭早，出門何所之。澄懷觀海岳，把酒論安危。澹澹歷陽樹，悠悠江上思。蒼生方阽厄，雅志在良時。
余家泜水北，素與屠沽親。愛士豈無癖，巷車亦有人。文章知愧古，意氣願爲真。披對《蘚書》後，如刪五斗塵。

春日憶山中園林寄諸弟

雪霽長安道，風吹游子顔。高齋春不暖，獨卧夢常閑。古樹家寒鳥，白雲鎖故山。同胞應念我，何處下松關？

送彭子燕又歸華亭

握手即言别，能無惻惻情。詩經燕月老，人向泖江清。無語及時事，有懷問杜蘅。東南多好友，應共聽秋聲。

題田髴淵水西草堂

勝事繼雲林，幽居傍水潯。江天浮樹杪，峰色下庭陰。人有元龍氣，歌成白雪音。穀城石可祀，藜杖許相尋。

同文衣子俶夜坐清言

故人不可去，移席坐清苔。奥論窮天地，奇文掣電雷。螢光林外下，暝色鳥邊來。茶氣清炎暑，無煩問酒醅。

贈殷伯巖

伯巖，鷄澤人。曾爲睢寧令，弃官歸。與楊猶龍友，又與白涵三講求性命之學，游五岳名山，能詩。戊戌秋，至都即旋。余賦此追贈之。

不作淮南令，歸來事桔槔。名山多杖履，田舍有風騷。爽氣虬鬚動，清言河漢高。卜鄰已有願，終共隱蓬蒿。

燕臺秋興

北平千載興王地，况是潤瀍定鼎時。三輔材官雄虎豹，九州牧伯理瘡痍。翠華警蹕天威肅，宫闕參差夕照移。何事荆蠻獨未靖，十年戎馬亂軍麾。

西苑妝樓餘廢址，世宗芝殿鎖荒芊。不聞葛藟箴彤管，空采丹砂羡偓佺。太液晚波翻漢月，曲江細柳動秋烟。翠微北望諸峰杳，古木龍鱗已有年。

黄金雖係尋常物，好士能留萬古情。歲晚清笳悲戰壘，風高落木響孤城。劉蕡對策身空老，賈島能詩暮已耕。痛哭呼天頻悵望，誰將國士遇荒傖。
洪流浩浩百川騰，昏墊頻嗟歲不登。瓠子築宮空往事，淇園楗石竟無能。蒸黎家室隨魚腹，天地
江湖剩釣罾。側席近聞思讜論，何人慷慨咏春陵。時河决，久不塞〔一〕。
蘆溝橋畔山烟積，銅馬門前秋草隮。畫角聲隨鴻雁度，黄蒿城放槖駝回。時艱欲上安邊略，國詘
獨庸治賦才。嘆息〔二〕豪華成寂寞，嚴城風雨晚砧催。
燕支黄葉下桑乾，八月幽州霜露寒。歌舞笙竽喧九陌，王侯甲第壯三韓。旌旗遠障飛狐塞，烽火
遥通雲棧盤。安得伏波專閫外，封疆爲請一泥丸。
悠悠坐憶東籬菊，悵悵時懷雙鯉書。稽古桓榮終見用，散金疏廣可能如。霜黄梧碧侵寒月，秋老
丹楓〔三〕向索居。鎖闥幾年隨曉仗，爲郎皓首漫躊躇。
複嶺重關勢若奔，皇畿形勝建瓴尊。盤龍踞虎來天險，帶濟襟河入薊門。重譯何年通越雉，乘槎
有使問昆源。宣雲密邇神京地，鎖鑰還應奠右藩。

〔一〕『塞』，原本、校本均作『寒』，據《嶼舫詩集》改。
〔二〕『息』，《嶼舫詩集》作『惜』。
〔三〕『丹楓』，《嶼舫詩集》作『楓丹』。

游西山桃源洞

何人移植武溪花，石徑盤回静不譁。靈洞千年藏日月，幽岩一曲抱烟霞。因竣象子來猿窟，貪看白雲見鶴家。回憶當年燈火處，依稀篆草護籠紗。

白青玉楊畬雲同舍弟辯若涵一暑月作課喜而爲賦

廿年幽事寄縹緗，酒竈茶鐺意不忘。析義須當存正始，論文直欲夢池塘。黄扉久誤桑麻約，白社重披荷芰香。倚玉應知多樂事，悠然風雨話聯床。

夜不能寐思先嚴

雁塔當年志未酬，而今零〔二〕落向山丘。幽人共説龍蛇恨，孤子常懷蒿蔚憂。七代褒封留世册，三年血泪灑松楸。親恩罔極終難報，手澤殷勤付校讎。

思母

風木凄其嘆露晞，萱庭黯黯不停暉。几筵尚在音容杳，杯棬空留視履非。急雨亂飄寒砌響，斜風猶傍舊幃飛。頷中犀角今微矣，馬鬣白楊泪濕衣。

〔二〕『零』，原本、校本均作『雲』，據《嶼舫詩集》改。

又和辯若諸弟重陽登崔府君廟

年年曾此對青樽，臺上蕭蕭静掩門。因慕信陵爲俠舉，深慚康樂醉高原。黄花入鬢青山泪，白雁翻秋野水繁。安得連床風雨話，著書更欲抉天根。

舊是桃源聖德村，每逢佳節倒青樽。太行西去烟霞窟，驛路南來羽檄繁。樹老秋聲雲自幕，人揮豪句筆如奔。先朝司馬多功業，古岸潺湲流水痕先塋在廟北。

和梁敷五太史雨中見懷

連朝風雨散空濛，高韵常懷孤嶧桐。已召雲嵐爲侍史，肯將花鳥負東風。參玄枯坐涵神劍，琢句長吟付楮公。聞説兵厨篘竹葉，訂期促膝聽秋鴻。

和梁玉立秋日見懷

故人弱素時相聞，當代龍門獨有君。臭結芝蘭因世好，交同管鮑托鴻文。風流共羡人如玉，倜儻争歸氣若雲。水漲滹沱秋漸老，蒹葭高咏夕陽曛。

春日過蘆溝橋

桑乾直下連滄海，夭矯青龍接御堤。寥落長空寒過雁，蒙籠烟樹曉聞鷄。香山晴氣歸雙闕，榆塞風霜上馬蹄。咫尺五雲頻眺望，春風已到帝城西。

秋夜

雪霽霜飛夜不明，怯寒兀坐然孤檠。懶翻鄴架書千卷，長嘯庾樓月五更。自是違時同叔夜，猶然伏枕愧虞卿。羈懷暫作鄉園夢，驚入疏櫺落葉聲。

和法黄石太史

寵辱從來夢不驚，醉中風雨暈潮生。天涯黄霧常連塞，海上青山空有情。應馬呼牛甘大隱，栽松種秫漫逃醒。盈虚莫問君平卜，已見朱門蔓草縈。

晏坐書灰片月明，開樽揮影亂清檠。卜居龜策頻濡滯，閲世滄桑幾變更。幸有硯田娱歲月，肯將傲骨媚公卿。故園蕙菊今摇落，長〔一〕憶寒林旅雁聲。

贈申子梟盟

定交杵臼問楊子，倒屣迎門我亦然。人若伯鸞夏甫輩，詩猶河漢梧桐篇。蘆花洺水今將老，秋月燕山且共憐。世事名心久寂寞，看雲他日傍君眠。

〔一〕「長」，《嶼舫詩集》作「空」。

和亦庵金年兄夜酌論詩作

數載玉堂風雨懸，偶同樽酒倍愀然。治安有策長沙涕，流徵誰歌宋玉篇？霞捲夕陽開遠岫，雪融瀑布挂飛泉。懷君兄弟如康樂，剪韭炊粱已有年。

吴駿公贈余有自是漢廷真諫議蕭王陌上賦東都之句賦此答之

冰心在玉壺。北面丹書須帝佐，豈因作賦重《三都》。雄譚相視客懷孤，竹檻高齋鳥共呼。燕市悲歌多酒侣，延州風雨半平蕪。文成絶調空春雪，道有

飲右軍齋中即賦并約天寧寺之游

六尺方床日照初，科頭玩世自徐徐。談玄頻勸高陽酒，問字時來畫舫居。折檻昔曾干帝座，絶交今欲著新書。青門擬赴招提約，踏屐飛花春雨餘。

送秦留仙檢討請假歸無錫

潞水澄明一碧流，錦帆人在木蘭舟。詔書下殿縈公緒，才子臨江繼少游。座有青袍非劍俠，檻依紅樹是高秋。惠岩幽處泉渟冽，安得從君汗漫游。

送王雪麓之鳳陽

辟疆曾共論新文，結綬彈冠氣不群。爲有皇華星作使，可憐青眼望中分。軺車疑帶行山色，桂楫

猶沾大陸雲。淮甸瘡痍今未息，好將民隱奏吾君。

和高陽李坦園相國

無才寧敢玷崇班，歲月驅馳指顧間。縹緲五雲瞻紫極，逍遥一杖到青山。太平春酒人同醉，柳墅茅堂天賜閑。自有夔龍思補衮，著簪求舊可能還。

和寶坻杜純一相國

阪〔二〕泉南度近恒山，却望彤廷豹尾班。自是長孺多卧病，非關白傅愛投閑。當公綸綍憂勞日，愧我雲霞縹緲間。此去杖藜尋藥餌，何時咨儆覲天顔。

讀東鹿李方巖楚游草即贈

一卷新詩楚水頭，歷冬及夏始回舟。雪飄僧舍茶烟歇，晴看高峰酒力稠。慢世敢誇《鸚鵡賦》，逢人先解鷫鸘裘。可憐逆旅輕奇士，芳草王孫自倦游。

〔二〕『阪』，原本、校本均作『版』。《左傳・僖公二十五年》：『遇黄帝戰於阪泉之兆。』《嘉慶一統志・太原府》：『阪泉，在今山西陽曲縣東北，相傳舊名漢山。』據改。

夏日同李方巖張元裕過雕橋尚書里遂至石屏禪院

蘭若幽栖遠市城，西南形勢翠雲横。細泉斜映池荷色，密葉深藏好鳥聲。偶借禪床分午夢，便携村醴過柴荆。野人不必知名姓，十載蓬萊殿上行。

過欒武子祠懷古

有客衝炎到古臺，凄凉祀宇使人哀。風摇麥隴留殘粒，案缺爐烟有敗灰。大陸東瞻水欲涸，太行西望翠成堆。歸來重檢丘明傳，誰是當年僑肸才。

九日同諸友昆弟子侄登高

令節逢時未可辭，素心仍與故人期。興高猶側龍山帽，足健無庸藜杖持。古道秋風自爽颯，東籬菊朵任凄其。登臨好友多求仲，何獨浣花解賦詩。
選勝尋幽此地偏，古臺突兀立平阡。一灣野水來城下，幾處晴嵐插遠天。黄菊未開人自醉，茱萸共佩氣如仙。登高纔罷旋垂釣，一棹蒼茫入碧烟。

贈何誕登僉憲

梧垣幾載諫書陳，見妒蛾眉氣已馴。飲酒讀騷真國士，栽花種竹即閑人。子規啼徹岷江月，匹馬踏殘白帝春。近欲卜鄰居後巷，清談夜坐豁吾真。

讀陸務觀劍南稿八十五卷終

南渡詩家有放翁，才高不與衆人同。心如秋水湖千頃，筆抵春山翠萬叢。報國有懷入畫角，學仙得力似冥鴻。晚年獲此真良友，寒夜蕭蕭醉碧筒。

先子築樸園内有八景幼業其中憶作八絶

嘯木層

崇砌步超然，森森古木侍。層臺咫尺間，便有萬山意。

聚遠樓

兹樓名聚遠，所聚竟何物？山色從西來，白雲自滭沸。

慧香廊〔一〕

春在葳蕤中，衆芳噴不歇。心幽得妙聞，皎皎花間月。

烟雨池

秋潦浮積翠，空沼自〔二〕潺湲。菡萏開還落，幽人垂釣閑。

〔一〕『廊』，《嶼舫詩集》作『廓』。
〔二〕『自』，《嶼舫詩集》作『日』。

枕奎閣

淩虚貯鄴架，井幹挂文昌。應有筆花夢，時時到墨莊。

畫舫居

數椽雖近市，寥落與天游。載酒詢奇字，拍浮一醉侯。

垂虹亭

城隅集暮靄，樹杪隱孤峰。谷澗來霓飲，烟光復幾重。

澄觀堂〔一〕

人皆以目視，而我以心觀。觀亦同無觀，盈盈一水看。

猶龍與文衣詩有夜雪打空廊君詩在何處之句文衣和之余步其韵

夜雪打空廊，梅花窗外冷。寒香初放時，高韵何人領。
夜雪打空廊，不知花落處。祇在風雪中，風亦吹不去。
夜雪打空廊，不聞夜雪響。幽人正未眠，濸然無所想。

〔一〕『堂』，原本、校本均脱，據《嶼舫詩集》補。

夜雪打空廊，迷却天邊樹。孤舟一釣翁，自識江干路。

宴〔一〕坐偶題

南陌落花多，北窗啼鳥静。焚香復捲簾，獨坐心如鏡。

暑月露卧

燒夜炎風不肯停，閑移繩榻趁孤螢。袒胸跣足叢陰下，卧看長河没曉星。

漫興

索米長安衣帶寬，故園春草路漫漫。夜深忽作梨花夢，誰倩宫中賦曉寒？

寄滑蔚州

復見雲中有孟舒，翛然兩袖矢懸魚。山城白日渾無事，琴鶴庭前讀素書。

題大司寇李五弦陳美人遺照

自古佳人薄命死，定知情死情能生。君看盈尺輕綃上，尚有珊瑚骨欲鳴。

〔一〕『宴』，原本、校本均作『夜』，據《嶼舫詩集》改。詩中衹有静坐而無夜坐意，故改。

東阿縣南渡河

長途驛路出東阿，草色蒙茸秋色多。馬上不知身在魯，臨流錯憶是滹沱。

游韋公寺觀海棠

太真睡起意嫣然，香國紅霞亂遠天。我欲結巢花頂上，同君登木共盤桓。

卷二 李霨

福清魏憲惟度　輯選

曲阜孔胤樾心一　石門勞之辨書升
南昌熊一瀟蔚懷　南城吴學炯星若　參

李霨

字臺書〔一〕，號坦園，高陽人。

小引

魏子曰：唐以詩取士，求其勛譽并隆者，不數見焉。孟襄陽、杜少陵名震矣，不能裕其身。宋弘農、王汜水身昌矣，不能全其名。徘徊三百年間，惟魏鄭公、張曲江、裴晋公數君子相道與詩聲

〔一〕　此字見李霨《心遠堂詩集》，國圖藏清康熙十六年刻本，版本下同。

競顯。他如姚、宋之倫，雖曰功業甚偉也，而明堂郊廟之作不足以鼓吹休明。噫！何其難也。今高陽李帥相際國家右文之盛，承文敏公，世掌絲綸，著爲詩歌以黼黻皇猷〔一〕。時則有若陪郊祀，時則有若從講幄，時則有若宿内直，時則有若扈鑾輿、侍宴享、答内賜，靡不有詩。宇内風雅之士播誦其篇章，不啻唐虞之賡歌、成康之陳頌，有皋夔、周召風焉。憶余垂髫時學工詞賦，見師相仗節入閩，陟仙霞、渡漁梁、過黯淡洪濤，迢遞七百餘里。復自洪塘發棹，逆溯延津，藉八閩奇峭之山川，譜一掬靈明之幽奥，歷今幾三十載，猶口誦其篇。至戊戌、甲辰間，師相兩總春闈，家駿石念在，咸受一日之知，手抄佳咏，光余《詩持》之選，業已紙貴洛陽。兹孔觀察心一復取師相《心遠堂全集》屬余論定。上嗣十二代之傳，譬諸水焉，之江、之漢、之淮、之河，疏派分流，胥朝宗於海也；譬諸樂焉，黄鐘大吕并奏闕廷，而笙鏞柷敔之皆細響也。師相之功顧不偉哉！彼鄭、晋、曲江諸君且三揖而讓之矣。

〔一〕「黼黻」，原本、校本均作「黻黻」。按：「黼」，古代禮服上半黑半白花紋；「黻」，古代禮服上黑青相間花紋。「黼黻」，多指帝王高官所穿服裝；「黼黻皇猷」，猶言輔佐朝廷。

郊居即事

中夏暑猶薄，晨光引遐矚。夜雨濕村烟，四野皆新浴。萬樹静微風，平疇凝一緑。遥田當我樓，可以時寄目。鷄豚識原野，烟火辨茅屋。策杖羡老農，早起察穜稑。悠哉天地意，萬化於此足。

秋日

朝出城南門，秋氣相侵凌。郊原一蕭條，百草愁不勝。豈無時序悲，所慰禾黍登。微生固有分，其敢忘夙興。

秋感雜述

四氣遞生殺，所任暑與寒。隕霜死百草，曾不遺蕙蘭。大運一以傾，愚哲寧殊觀。身世兩相委，落葉隨驚湍。下士逐憂樂，戚戚不自安。胡不探物化，榮悴固有端。

中庭雙紫薇，光蕤夏及秋。誰使花不實，歲晚成沉憂。結條未堪贈，委砌無人收。美人感幽獨，坐對西風愁。我生同物化，芳妍詎相借。况復白露時，單衾怨遥夜。

苦竹亦有節，寒菊亦有芳。哀此檐際花，蕭摵萎嚴霜。物性异貞脆，順受固其常。奈何末世士，局促失行藏？

繁霜錮地脉，凝陰陽氣窮。落葉積庭廡，枯條鳴北風。田家斂農器，群務皆休工。悄悄念終古，有愁無由通。餔〔一〕醩以諧世，崎嶇違深衷。

春日遣興

冰雪氣漸遠，頗覺天宇和。西望斂朝烟，峰影晴翠多。社燕葺故壘，庭樹振柔柯。群動紛自適，我寧憂虞羅？白眼向今古，浩浩一長歌。

積雨秋夜讀書有懷田里

幾日碧蘚合，客庭閑且肅。濕雲低護檐，飛雨凉濺燭。永夕幸無營，開卷破幽獨。息念攻群疑，觀生驗早服。四年隔鄉園，五畝荒穜稑。今秋霖潦過，奔流豬平陸。漁舟載戈鋋，焚殺及茅屋。況復煩撻伐，無地安樵牧。遺壘烏鳶肥，空村狐狸哭。理亂如相周，天心豈難卜。

咏史

紛紛七雄時，宗周若旒綴。世主醉富强，人心死功利。禮賢徒虚名，賤士工游説。從成則楚王，横成則秦帝。山東實脣齒，傾詐争自弊。相割委强秦，弱肉恣狼噬。吾愛張孟談，曲折存趙計。吾愛魯仲連，卓犖挫秦勢。排難辭成功，羞爲浮榮繫。長嘯懷若人，千秋氣凌厲。季子多黄金，

〔一〕『餔』，原本、校本均作『補』，據《心遠堂詩集》改。

徒傷身後裂。

漫興

露結庭始寒，木葉稍欲脱。夜長秋分後，待旦渺難達。欹枕聞嚴更，栖鴉冷相聒。枯蕉集微雨，蕭森涼氣闊。勞生竟何成，嘆息時已末。諒無羽翼期，瑶華安可掇。懷哉滄洲人，晤語庶當豁。

九日登歸義寺閣

日月協陽數，嘉名昔共珍。客懷非一感，眷焉追同人。野徑入幽寺，地偏趣易伸。高閣豁遠目，物態一何新。風日午方暖，雲木〔二〕秋逾真。澹蕩衆山色，蒼莽九衢塵。爲歡幸簡率，盛氣無逡巡。誰能愛清醒，坐負百憂身。

久旱快雨竟日

伏後數日風，秋行百物瘁。昨夜猶繁星，兹雨出不意。土潤〔三〕適宜時，况爲滌炎熾。早霞映窗紅，俗諺乃足志。翻盆聲砰渹，决渠力犇恣。百川會神靈，九陌怯塗塈。驕陽歷三時，疵沴蒙動

〔二〕『木』，《心遠堂詩集》作『水』。
〔三〕『潤』，原本、校本均作『闊』，據《心遠堂詩集》改。

植。沾灑雖時有，滋渥今方被。一洗瘡痍蘇，晚收田畝利。草竊得銷亡，兵災俱偃避。共睹熙穰時，重乾孑遺泪。區區持斯願，天心或不弃。

秋齋五咏

齋植雜卉，迄秋，榮瘁不一。杜門多暇，擇其可以寄興者五，各係四韵。時或展諷以醒倦卧，非曰觀物有得也。

竹

去年僦竹〔一〕居，今年抽新笋。倏倏數十竿，青翠自相引。對之終日閑，頗使幽興盡。無爲愁西風，不隨秋霜賈。

蕉

芭蕉陰乃滋，得雨時已晏。夏風息侵凌，晚色稍蒽蒨。緑衣彼姝子，長袖如舞扇。捲舒得其宜，終始庶相眷。

槿

種松材難成，種槿花易鮮。朝榮暮已落，盛衰如眼前。物理固不一，修短同所天。汩汩世故中，

〔一〕『竹』，原本、校本均作『作』，據《心遠堂詩集》改。

愛憎誰使然。

榴

盆榴植數年，紅芳一何茂！纍纍懸枝實，獨耀秋霜後。惜哉阻遐遠，不得榮俎豆。馨香不常好，臨風爲三嗅。

蒓

馬蓼本微物，移根幽人側。剪拂日以長，照灼弄顔色。非供耳目玩，尚有江湖憶。安得返故蘖，怊悵秋氣逼。

秋日寓感

歷歷泫景市，匆匆芳歲摇。客心久濩落，秋氣仍蕭條。在户有蟋蟀，抱葉無鳴蜩。斜日明空林，商聲隨驚飆。陰陽默嬗代，巧智日益雕。衰榮轉相伺，如彼莫與朝。有形無不盡，金石澮焉銷。寄言南山松，無爲侘後凋。

候迫無淹晷，秋陰易爲暮。閑堂向夕開，清燈耿幽素。夜久群籟息，征鴻數聲度。感此不成寐，彳亍中庭步。仰視流雲繁，罨藹寒月露。河漢西南横，衆星爛以錯。已矣何憂虞，闊哉此天路。

余本躬耕士，早耽田畝樂。霜期滌場後，百穀亦已穫。歲暮群役休，鷄犬偃林薄。鄰里時招邀，濁酒共斟酌。世事若反掌，人境兩零落。昔歡百無一，長懷負夙諾。武備正未弛，誰能念藜藿。

還瞻故里墟，寒莽宿飢雀。

初發都門

六年束吏舍，所向困局迫。出郊兹晨始，豁若樊籠〔一〕釋。望山懷故栖，遵途惑新陌。回首魏闕高，塵沙黯將夕。軀微墮世罟，拮据事行役。豈無四方志，悲與親愛隔。曠寂均苦樂，浮生安所擇。起滅情無端，沉思莫能擲。

便道過里

匆匆車馬至，蓬户散雀羅。開扉掃塵榻，陰森氣未和。遺友三五人，携酒相經過。道昔如失夢，問名幸無訛。意色共憯悒，慰藉翻滂沱。慚其斟酌厚，微酣成悲歌。悲歌何所云？人少豺虎多。

望惠山

弱懷結奇尚，遠游欣必遂。當境何多乖，投緣似相避。惠山挺吴壖，一水入遥視。佳泉耀茶經，夙聞已神醉。陂陀間高下，林壑布森邃。少斂雨餘雲，微辨烟中寺。騷騷南風逆，澹澹西日墜。

〔一〕『籠』，原本、校本均作『龍』。樊籠，即囚籠，喻受束縛不自由。晋陶淵明《歸國田居·其一》：『人在樊籠裏，復得返自然。』（逯欽立校注：《陶淵明集》，北京：中華書局，一九七九年，第四〇頁）故改。

暝色野蒼茫，遽失諸峰翠。征帆束嚴程，愈信簪組累。遐期泛秋濤，庶滌山靈恚。

胡子袞偕泛西湖

良朋佳山水，際之號奇遇。尤奇旅役同，而盡天涯趣。聯輿出城闉，環峰眩初顧。舟楫味久諳，
壺觴煩夙具。澮瀕風不停，澄泓石可數。溧溧清我襟，初夏失蒸昫。篙工逆施勇，風顛白浪怒。
雲波恍惚中，如有靈怪聚。四山窿碧匝，萬頃青鏡布。明晦一以殊，形譬詎能措。竹覆六一泉，
鶴去林公墓。肅哉千古人，胡爲歌酒污。深探乏濟勝，非獨豺虎懼。杳杳長葑青，踟躕斷橋路。

仙霞嶺

雨破炎風凉，吹我仙霞嶺。途改旅思新，力盡崖路永。回合目易眩，盤陡步無整。衣穿白霧濕，
肌濺懸流冷。低視飛鳥背，仰接奔龍影。挂樹猿狖閑，蹲石虎豹猛。天近雲車翻，嵐沐烟鬟靚。
蒼黑杉百丈，葱蒨竹千頃。唯昔此設險，岩關扼要境。事去衆志非，金湯費藩屏。盗賊尚藂嘯，
嶮隘尤多梗。世人競捷足，及兹未易騁。

舟發浦城

地形下東南，灘溜如矢疾。客行衝霧雨，扁舟僅容膝。粼粼沙痕高，齒齒石鋒密。礌砢礙中流，
鉅細狀非一。狹逼驚濤飛，深沸漩渦溢。舟楫巧紆避，簸蕩神先怵。篙工一失手，勢争洪波汩。

菀薈崖卉稠，奔激岸峰崒。駭奇豫初覽，煩促厭縷述。乘流怪浮生，坎止私願畢。

往復過將樂以不得游玉華洞爲恨

伊余滯京師，每作雲林想。薄秩苦維縶，不得遂長往。及兹遠行役，萬里環輪鞅。雖倦馳驅勞，謂仲夙昔仰。鏞州富岩窟，玉華號幽廣。窅冥鍾瑰异，蒸瀦幻物象。昔過嚴程迫，今歸淫潦長。逢人詢仿佛，驚啃徒惝惘。神境隔塵俗，劣賦慳靈賞。乃徵造物緣，離合莫能强。

黯澹灘

谿灘奇多名，黯澹不可觸。我來值水殺，洪流尚犇續。巉巉萬石齒，盱布無遺矚。直下磯勢阻，逆陟峽形矗。當其泛濫時，拍天激浪酷。行子推畏途，咫尺鄰魚腹。岌岌牽一筊，禍劇垂堂蹙。長年氣整暇，槳栧理詳熟。仰泝凌飛濤，石罅妙紆曲。進止有餘裕，操持快心目。因知濟險者，所負必素足。庸夫喜大言，遇變手恒束。

高郵湖

偶爲乘風行，清曉帆力足。輕陰遲晨光，烟姿澹相屬。扣栧泝邗流，去鳥翼同速。指顧度盂城，一葉入澄緑。平湖始何代？龐爲衆壑腹。空明勢無極，一一細紋蹙。雨色東南來，波靄共犇逐。遠近水態更，葑蓼靚膏沐。茅茨瀕湖氓，婦子卧溝瀆。愧余力匪及，徒取媚旅矚。

洗象行

長安好事三四人，偕我城河觀洗象。金火交争當此辰，烟開清旭凉風蕩。傾城兒女叢摩肩，曲岸青茸地閑敞。龐形紆步來何遲，錦衣花毦歡厮養。象奴控縱樂隨手，羸跣盤據馴所往。四體頑笨運以鼻，屈伸掉掇役如掌。皴皮出没蒼山頹，鉅齒掀拿白波仰。下蹈泉窟潛龍驚，高漱飛流迅雷響。此物初從南徼至，日陪羽衛光儀仗。鬥鷄舞馬迹已非，仙游一閟空遺想。瑶光降精或虚傳，俯貪芻豢悲羈鞅。君不見焚身之愚自古嗟，回首簪裾意惝恍。

鳴箏詞

縠帳凉生屏華燭，蘭軒半敞人新浴。手停團扇揎冰綃，調箏聊按歸風曲。繁弦本自號秦聲，况逢趙女顔如玉。皓腕頻低雁柱移，金鈿纔卸蛾眉緑。大弦沉沉小弦起，初爲黄鐘後清徵。百種幽情十四弦，殷勤排當憑纖指。春葱脆映玻璃甲，攏撚搊挑皆有法。曼聲睍睆鶯囀花，急響飄騰泉出峽。俄翻苦調變陽和，颯然霜霰來庭柯。驚烏膈膊羽相亂，高天爛爛垂星河。將回復引怨思多，悲生樂極翻滂沱。箏乎信工情則那，曲終掩袂四壁静，竹稍忽墮流螢影。

搗衣曲

旃檀爲杵紋石砧，先搗征衣後錦衾。征衣遠寄交河戍，枯草飛沙没行路。錦衾憔悴伴空閨，玉顔無夢中宵啼。啼亦不可歇，夢亦不可成。欲識君邊刁斗恨，試聽妾處搗衣聲。

北風行

北風吹海冰千丈，寄書鯉魚不得上。今年泪死芙蓉花，月醉鸞篦夢惆悵。銀臺金闕弱水流，徐市仙去復何求。相如自負茂陵女，非爲閨中吟白頭。

空城雀

官倉鼠，常苦肥。空城雀，常苦饑。饑者遠羅網，肥者瀕灾危。朝飛蓬蒿間，暮宿頹垣裏。啾啾引群雛，鷹鸇不屑視。君不見楊雄執戟甘寂寞，終令奇字催投閣，可憐不及空城雀。

夜坐吟

虚窗月白宵向分，寒燈穗落酒未醺，微吟孤坐情思紛。庭烏腷膊聲相聞，烏聲吟聲同殷勤。同殷勤，兩懊惱。悲離群，思遠道。

邯鄲才人嫁爲厮養卒婦

趙女如玉顔，曾入趙王宫。一朝得新偶，雙栖馬厩中。榮悴不自知，委身亦何窮。時憶叢臺宴，歌吹夜魂通。灼灼瓊樹枝，飄飄逐枯蓬。太息驗物理，愛極良鮮終。勿憶深宫寵，勿謂厮養賤。不見蘼蕪草，生滿長門殿。

感秋雜咏

曉

清旦氣澄肅，况當秋欲闌。平林薦初日，餘夢受新寒。苔露冷猶照，鄰砧急稍安。不堪將短鬢，坐對歲華殘。

風

庭前芳菊枝，蕭瑟不勝吹。落日忽相别，虚堂君自知。傳香隔疏幌，驚露散清墀。秋夢還堪寄，相從去海涯。

水

臨流同落落，而我浄秋心。清影一相照，孤懷千古深。寒鷗甘浩蕩，墜葉怯浮沉。因憶山窗下，聲聲瀉素琴。

砧

秋聲非一感，砧杵亦年年。嘆息鄰家子，低徊《搗練篇》。明河樓角注，暗露竹稍懸。欲待虚窗月，勞君伴夜弦。

竹

恃爾爲寒友，非徒共隱居。秋風時自許，苦節意何如？籜隕龍孫瘦，霜凝鳳尾疏。夜看千尺影，落月照檐虛。

蓼

娟娟如有恃，水際鬥明妝。歲晚西風急，孤妍合自藏。溯洄成遠道，慨嘆隔中央。祇有洲前鷺，相看得并行。

草

遲暮難爲色，秋風可奈何？夾堤看雨霽，接塞入雲多。古道唯車馬，深宫亦綺羅。明年春盡後，相約憶山阿。

葉

摵摵不相宜，迢迢望故枝。憶君風雨夕，愁倍落花時。餘緑争苔色，新黄與菊期。空階幸堪托，藥竈亦安辭。

鶴

浩然雲外念，江海惜平生。近砌終難進，懷人寄一鳴。稻粱寧折節，軒御久遺榮。雖獲幽栖伴，翻傷羈旅情。

鵶

寒雲去欲盡，隨意點平蕪。不惜中庭樹，何嫌暝際呼。風枝摇夢數，霜月背群孤。南雁時相問，秋期到爾無？

蟬

夜久如相警，微寒敢告勞。隱居孤樹密，秋氣一庭高。潔飲良殊衆，廉聲畏見褒。客心知未厭，寧惜伴蓬蒿！

螢

微光惜自隱，辛苦度疏簾。近扇風相借，當階月不嫌。莫因名熠耀，漫欲鬥輕纖。秋盡年年別，寒叢憶爾潛。

七月三日

三日驚秋早，虚檐走宿雲。遠蟬風外斷，輕雨竹邊聞。戰伐鄉心擾，寒暄歲序分。空將摇落意，吟眺送斜曛。

十五夜月

輕烟向暮收，清鑒正當樓。萬里陰晴合，中庭瓜果秋。冰霜侵袂起，星漢入檐流。寂寞霓裳拍，無因問舊游。

瓶花

幸爾伴幽獨，兼無風雨欺。容華如可久，采折豈非宜？色静香虚牖，心傷别故枝。物情違所性，珍惜詎能知。

泡子河觀象臺

泡子河邊路，曾經全盛時。青山催馬齒，朱榭失蛾眉。病樹生枝秃，荒橋度板危。試尋弦管地，蛩語滿秋籬。

前代占天處，仍餘觀象臺。重黎湮掌故，泫默〔一〕自昭回。推測應多迹，興亡不一哀。麻衣曾待此，猶識古城隈。

宿院即事

嚴儆直承明，霜濃夜氣清。長河殘月暈，老樹凍烏聲。黄紙緘書秘，青綾幞被輕。同人話未已，宫漏欲三更。

〔一〕『默』，《心遠堂詩集》作『點』。

復次白蓮驛

一隙兵戈徑，微軀此再留。青楓傳戍火，白石净溪流。砦閉雲霄隘，村空虎豹游。爾曹昧天命，行旅得無憂。

阻風野泊

缺岸連叢篠，蒼崖罥黑雲。捲蓬風力怒，觸石浪花分。酌暗螢徐下，眠驚虎夜聞。境緣奇不厭，漸習遠人群。

金山

窣堵波〔一〕何壯，窮攀七級顛。蒼峰低四向，白日黯孤懸。〔二〕霧合俯忘水，風吹漸及天。高寒兼險寂，旅鬢怯留連。

開卷

辰見方收雨，風清已戒寒。城高凄鼓角，山净出峰巒。明目黄花枕，科頭白竹冠。無聊思古處，

〔一〕『波』，《心遠堂詩集》作『坡』。
〔二〕『蒼峰低四向，白日黯孤懸』，《心遠堂詩集》作『山容隨四顧，帆影去孤懸』。

開卷自相寬。

白雲觀次石生給諫韵

何地尋真隱，珠宫一畝隈。風烟孤堞迴，雪色衆峰開。事逐白雲去，人騎黄鵠來。探奇不覺遠，野興自相催。

殘碑拂鮮字，廢殿冷香烟。妙諦丹砂隱，遺名白日懸。藏舟人不免，拔宅事虚傳。儻遇長春子，君從乞大還。

促織

語默非由己，微生二氣間。空階如有約，秋客獨相關。月魄寒羅幕，機絲損玉顔。勞勞悲衆籟，委化未能閑。

送友人守蜀

閬中天外路，五馬映朱轓。郡是重游地，人餘轉戰魂。隴雲埋棧道，巴字識江痕。木落千岩肅，同誰聽夜猿。

直西苑紀事

太液通天漢，千年帝澤深。飛梁虹影卧，遠榭鏡波侵。鷺立沙洲静，鶯啼灌木陰。金門饒隱趣，此地即雲林。

永日閑簪筆，沿堤步偶長。輕鷗風翮健，老樹雨聲凉。指顧寥天外，追隨大雅傍。還期明月夜，尊酒就波光。

秋海棠

偶被昌州號，何須工部詩！丁香垂蓓蕾，卯酒暈胭脂。莖弱西風怯，葩鮮曉露宜〔二〕。最憐凉月夜，翠袖倚疏籬。

葡萄

凉蔭仍高架，秋深緑未殘。朝暾明馬乳，夜露濯冰丸。沆瀣流金掌，馨香薦玉盤。一從隨漢使，鄉國路漫漫。

郭外

近郭誰家墅，幽尋偶到門。短籬藤蔓老，喬木鳥聲繁。秋色遂如此，客懷無與言。翻愁逢俗士，車馬隔林喧。

〔二〕『宜』，《心遠堂詩集》作『滋』。

武闈監射再宿金剛寺呈梁玉立大司馬劉淇瞻李漢清二少司馬

再宿招提境，三年迹轉新。清砧前度夢，碧樹此時春。推轂先樞長，披襟得故人。屢偕過冀北，尚愧九方歎。

送金子京

抱玉空歸去，孤懷困益堅。千秋雙白眼，四海一青氈。竊禄慚同學，窮經負少年。離心通越徼，天際片帆懸。

秋日子飛小亭觀竹

移得琅玕質，蒼蒼繞屋稠。風傳天上籟，緑澹座間秋。怪石當窗静，寒花綴徑幽。相過原不厭，况爲此君留。

秋日城西即事

秋郊朝氣肅，蔓草未全腓。白露催林葉，晨光上客衣。敗壕寒水咽，荒墅遠烟微。欲覓當年迹，同游在者稀。

送孔心一督學中州

列宿光輝動紫庭，文星偏照大梁城。登高作賦枚乘簡，按部〔二〕懷仙子晉笙。洙泗雲仍親振鐸，詩書干櫓久消兵。遥知絳帳生徒盛，水鏡冰壺相映清。

發洪塘抵延津

短蓬永晝唯昏睡，赫日中天苦鬱蒸。三伏去年觀洗象，百僚故事憶頒冰。征夫靡及悲原隰，舟子相招畏友朋。欲御冷風歸未得，奇峰極目火雲層。

復度漁梁達仙霞諸嶺

楓嶺梨關各异形，蜿蜒紫氣敞虚屏。洞傳笙鶴仙來往，峽鬥雲雷晝杳冥。杉竹較前增老翠，峰巒終古擁空青。此身久擬岩扉住，覓路他年是已經。絶頂誰初一徑開，仰鄰帝座頫崔嵬。僧閑施茗泉邊煮，傭健肩輿樹杪來。雲罥山嵐吹作帶，雨添溪溜響成雷。何殊蜀道青天上，事去金牛莫漫哀。

〔二〕『按部』，《心遠堂詩集》作『訪古』。

秋思

雲净西山翠影鋪，高城吹角曉嗚嗚。未聞歸馬閑龍盾，更見徵兵急虎符。露落故宮班女扇，衣沾清泪阮公途。中林鵾鴂鳴何早，已送霜風逼槁梧。

秋老燕臺接薊門，清商朔吹起黄昏。轆轤葉下銀床静，閶闔風生翠幕翻。野鷺自甘湖海宿，羈鴻尚戀〔一〕稻粱恩。芳洲杜若應憔悴，欲采何因薦楚魂。

蒔花

庭除隙地無人至，閑課兒童種雜花。漸老心情唯學圃，未歸踪迹漫爲家。春寒待放亭亭蕊，夜雨新抽細細芽。誰道荒齋還寂寞，繞欄半畝簇明霞。

送王迂叟太常祀衡岳前以侍御按楚

送君遠上祝融峰，岳廟馨香肅禮容。緑字赤文神禹迹，金泥玉檢歷朝封。乘軺到處探幽勝，持斧當年識舊踪。游遍洞天憑記取，遲余携手訪雲松。

〔一〕「戀」，原本、校本均作「巒」，據《心遠堂詩集》改。

送曹錫餘之鄖陽

終賈才名未許過，除書新領別鑾坡。漸聞南土烽烟静，况復詞人岳牧多。路駐彤幨咨父老，囊餘彩筆壯山河。方城漢水同袍遠，怊悵驪駒白玉珂。

擬宫詞

惆悵樓東薄命吟，昭陽日影夢中沉。當熊辭輦恩難恃，落葉哀蟬憶反深。自昔丹青能易貌，何人詞賦可回心。春風著意鳴鶗鴂，紅雨千林恐不禁。

新縑故劍易生疑，濁水清塵兩不期。爲問絳紗初繫日，何如金屋退閑時。照顔不夜珠無色，樹背忘憂草有知。從道君恩深似海，波瀾洄澓使人悲。

皓齒争妍滿六宫，專房敝席幾人同。蝶隨香袂時時改，柳引羊車處處通。歡極那知蓮漏促，寵移不待玉樽空。當筵一奏秋風曲，始信君王是化工。

洛浦明珠鄭國蘭，千秋長擬奉君歡。同游正墮雲間翼，獨舞俄羞鏡裏鸞。七寶臺高終怯步，六銖衣薄詎勝寒。鉛華不是承恩具，斟酌蛾眉畫愈難。

早春赴南〔二〕苑

新年又復理征鞍，御宿風光獨早看。堤柳未萌春覺淺，河冰欲泮臘知殘。馬循馳道行來熟，林映周廬望裏寬。更愛西山增氣象，千峰積素送輕寒。

重過西苑感舊

馳道荒凉羽衛空，重關魚鑰閉離宫。一從玉輦歸天上，無復霓旌到苑中。衰柳數株留返照，枯荷幾葉戰西風。侍臣剩有號弓泪，灑向寒波恨不窮。

送楊賢甫副憲祀華岳江瀆

聖代懷柔秩典章，首嚴岳瀆奠金方。中丞暫假祠官節，宗伯親頒御府香。挺秀三峰連漢畤，安瀾萬里下瞿塘。新秋莫訝無殘暑，驛路風清白簡霜。

游盤山千像寺

俯臨絶谷仰巑岏，木杪行來路幾盤。亂石縱横疑虎伏，怪松詰曲學龍蟠。飛梁澗溜泠泠語，重閣天風冽冽寒。却恐山靈嫌俗客，忍抛嵐翠事征鞍。

〔二〕『南』，原本漫漶，據校本補。

題水軒〔一〕

積潦天成碧沼寬，層軒面水得佳觀。親〔二〕添野艇通荷港，更擬漁磯置釣竿。澹蕩波間馴白鳥，空濛雲外送青巒。何年共解塵纓濯，卧對清流一枕寒。

雨游中頂回香亭

冒雨幽尋已再經，長林秋氣暗郊坰。水侵野徑縱横白，雲裹遥山隱見青。舊識羽流逢道院，還看錦石峙香亭。高人况復携琴至，一曲洋洋指下聽。

數畝芙蓉錦障齊，清流曲曲抱長堤。振衣風送寥天外，過雨雲垂上苑西。隔水笙簧宜遠奏，尋芳壺榼更重携。儘拚騎馬乘船似，落照籠陰路不迷。

十月既望之夜夢乘小舟入村塢兩岸皆高柳茅屋掩映大有幽致一叟出迓貌樸而神清班荆對酌出詩卷相評質如故交然已而相送登舟成一律贈之云云寤而失記第五句及尾聯因擬其境足成之不省何解也

幽居避世似桃源，杖屨相迎遠市喧。往事開天談易感夢中解爲開元天寶遺事云云，新知車笠對無言。

〔一〕『題水軒』，《心遠堂詩集》作『又題水軒』。

〔二〕『親』，《心遠堂詩集》作『新』。

岸明漁火霜凝舫，柳蘸寒流月挂村。把酒論詩如宿約，却愁别路隔柴門。

小圃山亭成偶述

木石相逢眼便青，爲山何必問山經。曾聞二壤增喬岳，已有烟霞護小亭。四壁古今同逆旅，一卷聚散寄真形。幽尋閑眺無餘物，鹿嚙松枝鶴墮翎。

疏花傍砌薜遮垣，曲曲闌干淺淺軒。西岫遥看朝氣爽，南榮偃曝午晴温。聊同金谷銷詩酒，不學平泉誡子孫。自笑故園蕪已盡，雪鴻到處易留痕。

雪夜郊壇即事

接地瑶花一徑通，同雲暝色鎖郊宫。光凝玉輅留寒照，濕捲霓旌待曉風。永夜茶湯煩羽客，比鄰笑語憶群公。殘編未盡青燈跋，已聽鷄人報漏終。

古意

去年送郎去，泪濕門前道。至今不肯銷，點點生春草。

夏夜

醒愁明月明，睡愁明月落。醉覺無人聲，暗風響村柝。

題畫贈琴客

會得無弦意，高情今古同。時來岩下坐，抱膝聽松風。

題畫

谷口浮雲任捲舒，長松永日護幽居。置身已在羲皇上，静對青山讀道書。

懸崖飛瀑净塵埃，紅樹蕭疏蔭碧苔。指下高山知欲奏，旋呼童子抱琴來。

淇水

斷岸危橋水漾沙，冒寒宿草已抽芽。荒村破屋無烟火，淅淅野風吹杏花。

景帝陵

蒼蒼栝柏冷烟凝，古瓦頹垣牧豎登。白髮中官扶杖立，向人指點景皇陵。

天壽山諸陵

石馬精靈汗有無，重煩新令禁樵蘇。應知結恨三泉下，風雨空山泣湛盧。

長陵

神功聖德峙豐碑，灋澗曾開一代基。玉柙珠襦無恙否？燕山漆錮憶當時。

崇禎帝陵

龜鼎移來十六年，遺民幾户住陵前。永和尚食人俱盡，何意牲牢到几筵。

太監王承恩墓

常侍孤墳傍寢園，尚留短碣表忠魂。遺弓當日何人拾，應有銀璫碧血痕。

夜行抵湯泉

遥峰望裏影模糊，路入荒村鷄犬無。新月一彎殘雪映，馬蹄歷歷踐冰壺。

林幕雜述

萬緑陰森列幕居，清談四座興偏餘。晚凉藉草時欹枕，夢破風吹一卷書。

西苑雨中

紅墻緑柳裊絲絲，曾艤龍舟挂彩旗。今日顰眉和泪雨，輕風吹上侍臣衣。
忽驚急雨戰新荷，亂撒鮫珠兩岸多。猶見迷離烟霧裏，廣寒璚島石嵯峨。

悼鶴

不見當年丁令威，凄凉華表幾時歸。廣寒一閉霓裳闋，零落誰憐舊舞衣。
雙栖珠樹飲丹泉，羽化同歸謝俗緣。不學青陵臺畔鳥，痴情重爲世人憐。

卷三　王崇簡

福清魏憲惟度　輯選

曲阜　孔胤樾心一　茌平王日高北山

盱眙〔二〕魏象樞環溪　新昌毛　逵錦來　參

王崇簡，號〔三〕敬哉，宛平人。

〔二〕『盱眙』，原本、校本均作此。清沈德潜等編《清詩别裁集》卷二曰魏象樞『山西蔚州人』（上海：上海古籍出版社，二〇一三年，第六〇頁），《清史稿》卷二百六十三魏象樞本傳亦同（北京：中華書局，一九七七年，第九九〇五頁）。本書卷七十七又爲『蔚州』。

〔三〕『號』，原本、校本均作此。楊廷福、楊同甫編《清人室名别稱字號索引（增補本）·乙編》：王崇簡，宛平人，字敬哉，室名青箱堂。（上海：上海古籍出版社，二〇〇一年，第六二頁）

小引

魏子曰：余性不佞佛，曾喜讀佛書，知其孜孜所求者，福慧而已。然福可兼慧，而慧必不能兼福。何也？有福之人自能讀書，書乃慧之根也；早慧之人，聰明可恃，勢必蕩然自恣。恣則慢，慢則傲心生，傲心生則福薄矣。帝王之學，不過主敬以祈天永命，况吾儒乎？吾儒之所爲慧業者，詩也、文也。求爲詩文，必先讀書，非致其攻苦深之歲月者，不能固必期獲福焉。今世之兼此者，惟敬哉王先生。先生身居宗伯，恬澹寡欲，嫻然一如素士。經史之暇，四方名士執贄問道者，無間晨夕。所著《青箱堂詩》皆澤於古而出以娟秀之容、和平之氣，不斤斤摹擬三唐，而三唐不能外焉。世之談慧業者，必推爲祭酒。且年近耄耋，逍遥杖屨，司空胥庭先生依依膝下，南山橋而北山梓，爲盛朝梁棟之資，其爲福，豈僅僅歷三餘、破萬卷，瞭文人之業已哉！故余過魏博與孔心一先生贊嘆愛慕之如此。

新歲閑居

良辰淑景日悠悠，簾幕風微半上鈎。群鳥依林争語雜，疏梅當牖送香幽。身閑尚負奇書約，心壯猶思五岳游。且向兒童問市肆，華燈何處滿高樓。

元宵

元夕風光好，開樽玩歲華。檐楹懸璧月，几席落銀花。鼓打喧童稚，燈來出内家。宵深難得寐，梅影半窗斜。

贈劉魯一少司馬

帝里論交盡宦途，如君自與世情殊。籌時獨撿天人策，娱客常披海岳圖。半榻疏陰依亂竹，一簾清影蔭高梧。素懷却遠風塵外，閑釀松花滿玉壺。

爲韋念莪畫扇

崖僻溪幽茅屋低，四山飛雪徑踪迷。高人卧處何由識，却在孤松小阜西。

秋夕

滅燭憐虚白，開簾待月明。疏籬三徑晚，幽砌一蛩鳴。往事隨年積，秋懷憑夜生。最宜岑寂裏，枯坐學忘情。

隆教寺新軒

高軒依古剎，閑徑入雲寒。丹碧開窗入，蒼茫俯檻看。泉幽石骨冷，秋老葉聲乾。不必尋僧問，心從何處安〔二〕？

月宿來青軒

來青軒上宿，此夕獨淒清。落葉分泉響，空山媚月明。深林疏磬歇，平楚遠烟横。倚檻不成寐，荒寒入四更。

來青曉雲

開户山皆失，方知身在雲。林巒互隱現，雨雪復氤氲。策杖尋樵徑，登崖辨石紋。溪橋人迹絶，瑟瑟細泉聲。

早春閑齋

亂木參差覆短墻，春風習習繞回廊。簾垂白日圖書静，坐近梅花衣袂香。老去情懷嫌落寞，興來歌笑任疏狂。忽聞宛轉銀箏調，雲影希微淡夕陽。

七月十二日憩興勝寺

偶息勞生足，來憑樹杪樓。晴嵐恣遠眺，風葉報新秋。林果無人落，花關斜日幽。空庭隨坐嘯，

〔二〕『心從何處安』，王崇簡《青箱堂詩集》（清康熙二十八年刻本，下同）作『從來心自安』。

俯仰憶前游。

秋夜

秋净星河冷素閨，梧桐露滴夜凄凄。無端懷抱縱横甚，蟋蟀聲中月又西。

香山深秋

青碧蒼茫裏，高岩落磬音。門開黄葉亂，徑轉白雲深。古殿留殘照，幽花媚僻岑。泠泠泉咽石，秋色滿疏林。

來青軒夜坐

夕靄低山勢，斯游不厭頻。烟溪飄敗籜，夜冢走青磷。風定聞天籟，心清夢故人。寒岩千丈石，恍惚是前身。

歲暮雜興

歲序忽驚晚，開樽豈厭頻。漫思身外事，且對眼前人。錦瑟宜銀甲，梅花倩綉茵。歲華莫浪擲，欲睡復逡巡。

幽廊通曲室，積雪映疏籬。徑僻恬鶴夢，窗虚静鳥思。書訛抽亂帙，病減補殘詩。自恨偏多事，憂來睡每遲。

空階宜晚步，新月挂檐楹。可怪閑居日，猶多應世情。當歡談素履，秉燭看青萍。倚徙年光暮，春風昨夜生。

玉泉山亭遇劉杜三孝廉

偶坐泉亭上，何來瀟灑人。問名相識舊，藉草定交新。高論驚山鬼，幽懷適暮春。泠泠岩下水，相與滌風塵。

題畫應李坦園相公教

奇懷欲何向，淡宕寄幽情。風定青波湛，烟低白鳥明。空亭留夕照，老樹送秋聲。寂寂高天裹，悠悠〔二〕影亦清。

茅閣横塘上，烟波渺一方。霜林高視聽，秋水澹行藏。深徑寒蛩細，疏欄野菊香。石邊唤童子，睡莫損詩囊。

但不甘同濁，何勞快獨醒。波寒石下冷，烟裊竹邊青。僻徑堪乘興，風林最可聽。閑觀雲出没，萬事一虛亭。

秋容澹寂照，素瀨影瀟疏。兀坐從吾懶，高懷仰太虛。偶來群木石，何必事琴書。雅尚當前趣，

〔二〕『悠悠』，原本、校本均作『悠然』，據《青箱堂詩集》改。

臨流不羡魚。

偶題小畫

家舫窗開深柳間，晝長人静鳥間關。愁看青史興亡事，閑仿雲林一片山。

季夏

默念懺前非，一蟬鳴亭午。蝴蝶大如掌，簾外復栩栩。物化無停機，推遷嘆今古。流雲戀深林，開卷坐前廡。暑雨忽澄霽，凉颸滿庭户。
明霞耀空碧，纖雲依老木。朱炎化微凉，笋席秋先肅。事往愧多悔，感物悲易逐。浮生已殘夢，無求即遐福。池邊藕葉香，亭亭媚幽獨。

秋來

颯颯金風動，園林一倍清。虚檐桐葉墜，幽砌草蟲鳴。捲幔延秋影，移床就月明。翩翩庭下鶴，老更羡身輕。

宿岩下

寂寞深山秋更佳，況兼僧舍淡無華。寒烟夕染千峰翠，霜葉晴連萬樹霞。佛閣燈懸妨夢怯，石岩水細逐風斜。瀟瀟静對宵鐘歇，檻外飛來隔岫鴉。

九日過玉皇廟聽道士彈琴

徜徉隨意作幽尋，豈必携尊上碧岑。下馬空階黄葉亂，登樓遠岫白雲深。閑將流水高山意，來聽琳宫羽客音。寂寂移情無可説，滿庭斜日照秋陰。

夜坐聞箏

静夜傳幽響，纖微去住音。因風來曲牖，隨月越疏林。塞北凄凉調，閨中宛轉心。平生無限意，愁絶不堪論。

劉元功王灌亭米吉士張顒侯兒熙宴飲

嘉賓宴樂夜吹笙，剪韭蒸藜愧大烹。野老恰貽田舍酒，宫音試鼓教坊箏。樽移火樹交加合，簾捲星毬錯落明。朋舊幸存吾輩在，何妨痛飲話縱横。

玉泉山憶往

玉泉山下莽蕭條，餘柳依依破寂寥。訪舊竟無依壁寺，尋幽尚有駕溪橋。風輕日永流雲淡，人静山空啼鳥驕。欲問當年歌舞地，頽垣久已屬漁樵。

偕五弟登香山圮殿憶四弟昔游

古刹層崖路幾重，杏花深處最高峰。蒼烟欲墮嵐光合，返照斜穿林影濃。携手看雲因憶弟，循岩趺坐且聽松。可憐殿廡摧頹甚，尚有殘僧打夕鐘。

退谷坐杏花岡上兒照燕默孫克善克勤往尋水源

深谷惟聞亂鳥鳴，年光昨日過清明。杏花已減三分色，泉水依然百折聲。幽徑遲回聊寄興，空亭坐卧欲移情。閑看稚子尋源去，盡在蒼岩絶頂行。

來青軒夜坐

高岩二月尚凄清，逸興嘗懷獨往情。静夜禮星瞻北極，空堂説鬼坐三更。穿林村火升沉影，到枕風泉斷續聲。多少京華酣醉客，輸他歌吹到天明。

李望石李書雲秋夕招飲林亭放舟

蒹葭白露晚蒼蒼，舟轉林亭互易方。花徑迷離藏竹石，柳塘深淺睡鴛鴦。華燈照水層層影，黑夜移橈面面光。投轄無煩君過計，酒闌猶欲賦滄浪。

出金山口望大覺寺

霜華雲影盡秋痕，麓突巒回勢若吞。繞水疏籬别有徑，殘岡古廟半無門。幾行青翠峰邊雁，一帶斜陽烟外村。策馬未須愁日暮，鐘聲隱隱出高原。

重游大覺寺 金之清水院

門徑依稀記未真，深林古殿倚嶙峋。一泓清水猶相識，五十年前曾到人。

東園丁香

徘徊不獨惜春陰，花滿閑園白日深。鄰寺頻聞人借問，妙香何處落高林。

豐臺花圃

莫嘆春歸倍可憐，風皋雨陌倍悠然。閑庭鳥語人過少，灌木雲來地自偏。曲折引泉穿草屋，殷〔二〕勤插圃護花田。當年萬柳園何處，日落平蕪盡暮烟。

〔二〕『殷』，原本、校本均作『勤』，據《青箱堂詩集》改。

卷四　龔鼎孳

福清魏憲惟度　輯選

曲阜孔胤樾心一　黄岡程啓朱念伊
廣寧丁思孔景予〔一〕　南城吴學炯星若　參

龔鼎孳　字孝升，號芝麓，合肥人。

小引

魏子曰：盧江宗伯龔先生，交盡天下士。天下士無貴賤、親疏、遠邇，皆願交於先生，故先生之詩傳誦遍宇内。心悦而好者至，購梨棗以壽之。板經數易，誠盛事也。余丁未刻先生詩於白門金

〔一〕『予』，原本、校本均作此。楊廷福、楊同甫編《清人室名别稱字號索引（增補本）·乙編》：丁思孔，廣寧人，字景行，號泰巖。（上海：上海古籍出版社，二〇〇一年，第四頁）

闤闠，陳緑崖大參載入滇、黔，欲與碧鷄、銅鼓均奏殊方。壬子臘深，訪孔心一觀察於魏博。坐暖室圍爐中，風雪欺窗，寒威刺骨。觀察復出先生詩四十卷，曰：『此三十二芙蓉也，隨處陽春，能冋黍谷乎！』余因得鍵户澄觀，探其淺深之候，悟其正變之旨，舉天地間世運之升降、人事之變遷、物態之凉燠，無不隱躍於筆端。其調高而逸，其詞婉而麗，其托旨也遥深，取材也精確，浸淫於六朝而不沾六朝之氣，沉酣於三唐而不貌三唐之容，即起應、劉、嵇、阮、韋、孟、杜、李諸君子，相與角技一堂，吾恐集大成者亦未能遽捨此而他也。彼小言詹詹，曰：『吾登作者之壇，仐幾冒夜郎王之誚哉！』近吴門諸子有江左三大家之刻，以先生全集與虞山、婁東并轡而馳。余友顧茂倫、趙山子稱詞壇董狐，固有確見，然梅村之言曰：『牧齋深心學杜，晚更放而之香山。』則後之論正統者，未必無司馬君實其人也。先生知余，其莞然一笑乎。

送雪堂夫子南歸用古詩十九首韵

良會成契闊，執手當乖離。出門即河梁，徘徊失津涯。恩情中道捐，會合已可知。凉風有時令，敢不辭華枝？相送何用遠，馬行何用緩。倉卒共千秋，崎嶇獨身返。生平管葛心，盛年猶未晚。努力作征夫，迢迢夜中飯。

歡至松與柏，歡盡水與石。廉頗免長平，坐中無故客。貴賤异哀樂，人情以厚薄。不見風塵子，策足來京洛。一言取卿相，貧交已離索。蛾眉獨妍好，春風羅華宅。媒妁將安施，萬里生咫尺。
恩怨亦繇人，區區坐相迫。
秋蘭與蘼蕪，芳菲繚堂壁。美人忽目成，明眸殊的歷。何期恩愛歇，悲樂頓相易。乘風駕雲旗，
縹緲將安適。人生有別離，所貴慎羽翮。窈窕新相知，睇笑紛接迹。願隨鴻鵠逝，肯受轅駒軛。
寸心本自知，向人亦何益。
浮雲起北陸，天地爲懍栗。陰風何飄摇，日月不成列。龜山劇峥嶸，惜我斧柯缺。聊城一矢後，
千載無穿札。雲漢鬱相望，三嘆謝離別。寥廓亦何嘗，延首浮雲滅。回飆見太清，留心待君察。

送遂初朱子南歸和蘇李録別韵

出門萬里路，歡愛争須臾。游子欣故鄉，將乖復躊躇。山川鬱岧嶢，中懷不可逾。去者浮雲翔，
留者還向隅。相視一太息，顔鬢摧斯須。當風告前綏，慎子千秋軀。
管鮑今不作，人面如九疑。僑札申久要，乃在縞帶時。明月照中庭，酣樂知何其。風雨一息來，
歡晏從此辭。故人飽喪亂，心迹同所期。一日三見面，枯槁爲華滋。小别數作惡，况當乖隔時。
風波各努力，行矣寬憂思。

雨中同内人泛舟雷峰諸勝

輕渚揚素飆，桂柮沿悠緬。群峭秀可掇，苔徑仄難踐。雷怒潭虬立，林瞑沙鴻眩。曲嶼散餘柳，奇雲没層巘。觸石碧乳開，動瀾蒼霧捲。犨尚忻偕集，塵累企初遣。叢祠荒鵶叫，零蔓紛披眼。伫視延凄愾，忽悟人代晚。巾香裊春木，閣火起回坂。清暇庶有托，游屐自兹衍。道衰功業薄，淪迹寄漁釣。塗引步兵慟，景放孫公嘯。丹壑媚遐采，晶日扃繁耀。言豁區中矚，流覽烟際嶠。縹蕊春湍激，翳蘿蒼崿峭。紺碧森孤塔，窈冥極横眺。殿濤蕩遠樹，霸氣斂殘曜。嘆往覿川逝，乘時詫電躍。庶保伯鸞逸，毋召鴟彜誚。劚藥愜行歌，傾樽耽埋照。貧賤理足悦，幽討歷衆妙。繁陰豈滯阻，霞客此同調。

登寶石山

捫蘿叩蒼扃，雨磴積苔綉。門射江潮闊，湖帶錦屏右。吴峰盡入抱，越嶠遠來就。雉堞炫表裏，鱗甍吐層構。杉栝俯若薺，蒙翳失横岫。鈴鐸既風展，金碧亦緑囿。星崖延夕暉，乳泉決春溜。崒嵂此浮屠，拔起六橋秀。往者頗相忽，憑檻若襟袖。及兹足目到，高深乃奇湊。拭壁讀殘碑，陵谷幾興仆。滄海豈不廣，詎信桑疇茂。

咏懷詩 閑居無事托咏寫懷用阮公原韵

登高一太息，零泪沾裳衣。流離逢世難，遠道將焉依。豈無脱粟飯，中抱長苦饑。孤蓬隨驚飆，故林不可歸。宛轉就娱樂，安知心所悲。迢迢天漢長，嗷嗷鳴雁飛。禍亂幸衰息，安枕以當歸。

擊筑動燕市，鼓缶操秦音。平生輕俠意，與世同消沉。立志苦不早，焉辨貞與淫。起視武安第，車騎紛如林。彼姝雖憔悴，誰當存其心。

夙昔入宫時，蛾眉傾昭陽。承恩一顧盼，行步摇華光。何期中道捐，華髮飄素霜。殊麗既難明，含貞亦不芳。玉鏡疑我姿，秋風穿我裳。時去顔色賤，團扇徒回翔。平生一悦己，灰没何能忘。

瑶草植孤秀，蔦蘿被岩阿。芳雜理自喻，不怨無人過。庭户一移置，剪伐何其多。波瀾生倉卒，信誓空山河。失志爲人役，枯菀同傷嗟。

昔與故人别，揮涕臨河梁。仰視白日馳，四顧心茫茫。千載一相失，黄鵠中天翔。經歲無素書，星漢遥相望。空庭旅雁鳴，我懷如雨霜。微陰盛殺氣，君子多憂傷。展轉逢喪亂，室家不可常。

飄摇萬里心，載咏《蒹葭》章。時聞上游之警，因懷雪堂先生遂初朱子。

我有一樽酒，嘆息爲誰傾。故人紛宛雒，所厚非沉冥。失意不在衆，睇睞争枯榮。慶卿與田光，一諾輕其生。靈曜炯千載，方寸同熒熒。管鮑起貧交，至死心長并。黄金何時多，含笑覘人情。

荆山有奇璞，秀孕天廟光。剖之得國寶，燦爛陳琮璜。卞氏昔未遇，掩暖愁孤芳。刖足豈云辱，慟哭窆山陽。悼此連城姿，蹉跎譽不翔。物奇無知己，不若弃道傍。寄謝悠悠人，失時誠足傷。
元精相代禪，嘉候當青陽。天地氣以盛，蔚爲四序綱。珍卉廣被野，輕雲秀藥房。草木各自壽，
百歲無繁霜。焉知羲馭迫，無藥停景光。迢迢園中絮，隨風已飛翔。

中林堂夜集依曹秋岳明月之夜爲韵

時序驚代謝，蜻蛚凄繁聲。皚皚前林霜，續我蘭膏明。好友送中夕，相叙平生情。岩壑理既乖，
竹帛終何成。時危寡安居，山岳當户庭。携手悲故丘，泛泛池中萍。人生有美酒，何若身後名。
不見朝曦暉，向夕亦以傾。
歲事日衰徂，萬感積華髮。蒼蒼禾黍間，皎皎上明月。浮雲空晻靄，美人敞瑶闕。瓊卮寒共禦，
漏盡歡不歇。世亂貧賤安，固窮謝請謁。碧沼流清漪，荒山長秋蕨。溷俗懼乖素，降辱轉多蹶。
君子相閔傷，蓬蒿令身没。
游子凄歲晏，戚戚心難知。悲風起廣術，羽翼乖有時。牽衣戀縞帶，綢繆盡中私。嘯歌日以遠，
雨雪將告誰。時去文彩賤，阿閣巢荒鴟。揮涕勿復道，有酒斟酌之。耦耕諧鄙尚，埋照息衆嗤。
盈盈庭中月，幽琴爲君施。

富春渚

沙嶼揚烟舲，晨霞媚修遠。皀輕逝枉渚，雁凄警層巘。霜樹鬱若薺，丹翠被長坂。曠矚區中豁，素賞雲外綣。谷紆猿狖闃，練净魚龍偃。碧石漾寒藻，孤峰側蒼菌。中林天籟鳴，窈窕協笙阮。吾衰接輿鳳，志飽飲河鼹。百憂改登臨，一往懔屯蹇。息駕忻耦耕，長歌延肥遁。

又用康樂韵

檣烏正輕飆，漸指桐君郭。夕暉澹杉崖，歸烟散蘭薄。觸石鮮幽阻，挂席快交錯。豈期途百折，坦然雲一壑。當時栖隱人，采山諧雅托。緬邈景喬柯，中奮蔦蘿弱。理釣慚遲暮，脱屣踐夙諾。風塵有磷緇，寸心詎摇落。將偕海上鷗，永固泥中蠖。

七里瀨和康樂韵

崇臺雖謝登，紆嶺正延眺。攬裳恣緣沿，參複改岑峭。岸曲失前渚，陰多翳晨曜。巨石峙回雪，鏜鞳互吞嘯。層房或山椒，欹側吐清妙。運開蟠稚先，智寓要領誚。加腹酬英游，炎鼎繫綸釣。逝矣璜溪載，詎諧客星調。

舟發建德作用康樂韵

素瀨皀回漪，風急帆更緩。節險岝㟧怒，嶂阻淪漣斷。量壑净可拭，倒景翠交款。恐泥兆夕佳，嘆逝滌中懣。濯纓既懷新，弛帶匪任誕。詎信魚鳥心，高沉勝偏纂。勢詭理亦齊，目炫賞翻短。言采曄曄芝，式叶箍箍竿。寒岩秀層蘿，圭步幻凄暖。皓髮悔宛轡，丹竈企行散。林澗紛娱悦，忘憂豈弦管。

蘭溪舟中作

叢峭翕烟艓，榜語破樵響。整楫訛曦昧，絶流輕下上。力盡天一回，雲馬騁飛槳。皓魄眷芳洲，征夫哂遐往。蘭皋始擊汰，川陸頓平廣。元化卑雷同，百里殊風壤。襟目互瞀惑，陵谷證今曩。釀陰冒故巒，牽衣何悒怏。林空出寒翠，稀疏送餘賞。篙師急鳴灘，還如争瀁漭。

自龍游趨衢州作

吾家石芙蓉，几案秀森觸。其峰三十二，洞壑肖頗酷。摩挲浴空翠，烟霧時斷續。辭汝遠行游，宵征指炎毒。陰雷中夜鬥，凌曉見晴旭。遥巒插青蒼，到眼一驚告。聯娟媚羅嫫，對境看已足。歸棹急逾嶺，雪水早消暑〔二〕。綢繆復懷袖，如理登臨檝。篙子疲險陷，吾徒忍欣矚。越人長水濱，弄舟幸成俗。灘聲激長嘯，羡彼雲中鵠。

〔二〕『暑』，原本、校本均作『蜀』，與文意不符，故改。

十八灘雜咏用少陵諸韵

挂席逾回瀨，覶面勢斷絶。積石鋪中渚，高下出層鐵。蒼茫太古前，坤軸何自裂。巨斧斫崩雲，飄動萬川雪。陰濤如怒駟，歷險轉奔悦。開闔細針髮，操縱在一折。回身漭瀁間，後徑欻已滅。眴目謝伯昏，對此翻内熱。

萬境尚恬曠，探奇趣貴惡。一往森幽昧，群態赴盤錯。大塊厭渾淪，元氣此剷削。何來蛟鼉室，倒向帆影落。急雷地中起，石柱支已弱。曲折鎖東注，斯理惑高漠。不知天地賾，大觀殫海岳。險澀到波瀾，豈虞舟航薄？蕭蕭寒籜響，山鬼嘯虚廓。川岩浩多端，我何悲荒寞。

危纜穿斜罅，寒日濺江濕。沿洄岞崿間，叫呼亦已急。萬石銜孤舟，森然齒牙集。其狀各槎枒，力短斧柯澀。所幸非重淵，篙師智能及。凄凄負舟子，露脛波上泣。

布帆惜斜景，矢箙解沙岸。參差前渚石，咫尺隔晨漢。孤月涌中川，梅蕊落已半。當時種花人，魂魄復誰喚。村墟鷄犬失，柝静林烟漫。賈舶猶軋鴉，遠逐漁火散。因知瘠土民，心已寒離亂。江風吼虚岩，撫枕一長嘆。

彌望堵墻列，兵後羨懷土。近前唯長蒿，蒼蒼翳狖古。驛卒既鳥散，荒程梗如縷。三五行戍人，懸鶉苦枝柱。曲徑山樓斜，叢箐緑寒雨。戰艦方絡繹，賦斂紛徵取。生理尚蕭瑟，遑暇計廪庾。炯炯閶闔高，流離仰天數。

心怵天柱險，到目炫蒼赤。高沙界中流，萬象歸一石。遠若浮菱芡，近或欹屋壁。錯落卧羊馬，拱揖昧主客。骨立草樹青，忽綴幽怪迹。并力争一縫，淪漣遽崩迫。諸舟各覓徑，宛轉匯中澤。境過轉凄惻，艱難此何適。

彈子磯用少陵韵

蒲帆挂蒼雲，一折出險壯。遂劃白日開，欹側炫背向。萬仞裂冰雪，鬼斧愕難狀。丹翠懸石根，陡絶失倚傍。伏虎應辟易，飛鳥亦慘愴。陰洞豁層巔，彈丸誰所放。猛氣壓孤舟，奔馬銜欲喪。飄飄御風人，振衣或神王。巉岩激江花，烟水互争讓。何年鑿混沌，殊詭産列嶂。茫茫嶺海心，快意洗愁悵。

催妝曲

瓊綃四角檀絲繞，晴雲犀押烘朱鳥。茱萸麝帶摇春風，鳳蠟散花銀箭曉。梨渦小纈匀紅烟，金蟲斜堆睡未闌。青菱呵活紫綿軟，回身却抱鴛鴦弦。畫中蛺蝶愁黄昏，今日親承一笑恩。江南有情無盡處，蜜蜂飛上蓮鬟語。

柳絮歌和何大復原韵

湖上朱樓春色殘，樓邊湖水碧漫漫。東風幔捲楊花入，花底春愁日未闌。低飛緩舞鞦韆院，點點着衣輕似霞。玉臺妝倦過啼鶯，畫棟泥香栖海燕。紫陌蘭窗紛裊裊，金鞭團扇無人掃。君不見西陵橋畔萬長條，春歸今有蘼蕪草。

樟樹行用少陵古柏行韵

古樟輪囷昇枯柏，植根江岸兼水石。風霜盤互不計年，枝幹扶疏詎論尺。望中轉柁愁易過，道旁掉臂真可惜。其下蕭瑟楓林青，其側參差茅宇白。十年躍馬桑乾東，雙松詰曲慈仁宮。紫鴿翔舞避偃蹇，蒼龍蜿蜒回虛空。今來荒野忽有此，數畝陰雪爭天風。當時萬幕駐金甲，大樹颯沓開神功。勿言將壓煩榱棟，傲睨高原川谷重。寒翠寧因晚歲凋，孤撐不畏狂瀾送。地近軍城耀水犀，天開阿閣巢雲鳳。自古全生貴不材，樟乎匠石憂終用。

許菊谿紫苔山房醉歌行同于皇澹心于一子翥其年諸子作

昨日城北秋陰多，杜二招我游岩阿。酒酣落木萬山下，高臺蕭瑟兼嵯峨。紫苔山房一丈菊，秋星乍寒家釀熟。玉盤味美不記名，但道人生無此福。十年閑却持螯手，故鄉那得頻重九。銅盤燭爛江雲開，半夜烏啼白門柳。橙橘香邊孤月晴，霜風吹雁來高城。空庭人影碧露下，一宵鼓角秋無聲。汝南先生天下豪，平生花月沾吾曹。寧觸輦上金張怒，却令韵事增蓬蒿。九衢車馬多如雨，流螢飛過昭陽樹。安能玉斧砍桂枝，一夕空入散烟霧。月既明，酒復清，江干昨夜無甲兵。人生花下少游屐，鬢毛空對秋霜白。回看臺上月黑時，有酒不醉真可惜。

爲友沂題所藏楊龍友畫册和錢牧齋先生韵

南渡誰秉國鈞者，當時争指貴陽馬。皖江老狐據當道，清流喋血盈朝野。金盤火齊高如山，斜封墨敕疇封還。葛嶺閑堂格天閣，錦裝大軸連雲間。一夕延秋六軍散，白衣紅袖徒悲嘆。相府圖書等告身，溝渠紙墨殘花亂。龍友筆墨殊蕭然，鯖盤游戲還仙仙。解衣興至一揮灑，千岩萬壑生秋烟。黄驄褲褶馳南陸，憤作虎頭飛食肉。鐵戟沙迷戰鼓沉，櫪馬驚星地翻軸。丹青縱横久更新，荆關董巨流傳真。蒼茫古色照金石，貴陽亦有風流人。趙生意氣深相取，晴窗還并孤松撫。此物携持應有神，九疑落月三湘雨。

中秋苦雨至十八夜始見月

冰蟾光似昔，辛苦破層陰。難補高秋恨，猶憐碧海心。吹燈殘葉下，過雁一江深。今夕看虚幌，何辭徹曙砧。

桂闕迴生愁，寒星下石頭。月還同萬里，天不改中秋。香霧晴仍濕，潮痕老漸收。蒼蒼宫樹影，莫任野雲浮。

寄懷孔心一觀察

五鹿風烟外，春雲棨戟開。金堤原壯國，鈐閣妙延才。減米交情古，爲霖旱魃回。故人懷刺滅，豁達一銜杯。

又

客愛瑕丘去，人懷濮水清。烽烟銷赤羽，耕鑿遂蒼生。臺柏秋千尺，壺冰月一泓。門前玉節信，應反度遼驚。

夜發抵富陽

生事安行役，蒼茫獨夜舟。枕高孤角送，峰轉萬星流。遠火明山市，江聲入棹謳。折腰驚候吏，吾夢正滄洲。

長干秋興

百戰樓船地，三秋橘柚天。高雲孤鳥没，古道夕陽懸。虎踞遺雄迹，鷗行媚遠川。關河王氣外，落木浩無邊。

送秋兼送客爲洞門及友沂返廣陵也是日秋盡伯紫孝威同賦

對客憐秋去，潮荒建業城。難堪江上橹，又送雁邊聲。砧急霜催暮，山寒月放晴。離亭杯酒外，萬馬一時行。時征兩粤，兵泊石城下。

楚客行吟久，江山未卜居。得歸仍繞樹，望遠一回車。落日横清笛，行雲托素書。琴心秋後寂，易渴馬相如。

邗江春暮于皇孝威園次辟疆過集用少陵陪鄭廣文游何將軍山林韵

花邊偕坦步，泉石一時清。林霽從過蝶，庭空已到鶯。茶香吴寺雨，蓴滑越溪羹。幽事宜晨夕，浮雲訝此行。

寄題竹溪草堂

李子黼臣築室射陽湖上，顔曰『竹溪草堂』。諸同人咸爲詩歌紀其勝。余過八寶，匆匆行路，不及一登斯堂。黼臣命扁舟送之韓侯釣臺。適梅公司馬來自京師，盤桓十餘日始别。臨岐戀戀，請爲賦詩，文通黯然，不覺才盡。别後自河入濟，水涸舟膠，日行不二三十里。永晝無事，言念故人，因用少陵《重過何氏五首》韵成詩如數。夫浣花老翁於將軍山林來往無期，而余尚靳草堂覿面之緣，可謂古今人不相及。然吾觀李子英逸卓犖，非久岩穴者。鳧鷗之盟，終當讓余代主。他日竹溪移文，吾與梅翁恐不免波及耳。

選勝愚公谷，耽幽種樹書。乾坤曾轉戰，水石已成廬。地迴惟栖鳳，泉香不羡魚。籜龍春雨長，日護草玄居。

和孝威秋懷

柳色長橋暗，徘徊溝水西。酒醒千里別，天闊一帆低。旅迹分栖燕，鄉心蹴舞鷄。旗亭人散後，不復唱銅鞮。

寒葉中林夜，高歌興不違。登臨寬白眼，感慨到烏衣。欲別愁明月，沿流戀落暉。盍簪如可老，吾病爲君稀。

送陳行五之登萊和伯紫彦遠韵

何意都亭路，花天縱客還。眠多妨載酒，裝薄似看山。孤寺春鐘寂，雙柑屐齒閑。飛鴻太寥廓，相望海雲間。

月夜虎林與内人言别

風雪寒江路，輕帆信轉蓬。月晴燈火外，人老别離中。啼笑憐嬌女，艱難倚角弓。玉臺梅事早，春報緑樽同。

内人移舟相送

九載西陵約，游踪誤去船。泪痕芳草見，歸夢遠峰懸。目斷回孤棹，湖長縮别筵。河橋今夜月，故向碧波圓。

錢塘江行雜詩

塵夢空江净，天風不厭喧。櫓柔輕白浪，山妙領黄昏。多難扁舟得，當年畫角屯。倦飛真一笑，歸鳥遍遥村。

霸業消烟水，潮荒萬弩風。片帆殘照下，孤月亂流中。歸馬方嘶北，征鴻日向東。喜聞金革定，丹壑縱衰翁。

客路逢初降，離愁入夜紛。人還吴苑雪，夢駐越溪雲。燈火衣香見，江山戍柝聞。何時操作罷，同釣五湖濆。

常山道上

石路縈〔一〕清沼，亭皋帶遠林。柳黄何夜雪，樟老一山陰。戰伐遺今日，蕭疏稱此心。探奇堪卒歲，愁豈鬢毛侵。

險隘江閩接，巑岏岫嶺長。弓鳴猿易駭，林密虎真藏。炊飯村烟白，支扉木葉香。幾時群盜息，

〔一〕「縈」，原本與枕江堂本皆漫漶，據聚錦堂本、龔鼎孳《香嚴齋詩集》（天津圖書館藏清康熙五年刻本，下同）補。

并日理游裝。
隔水喧漁艇，巾車落日催。沙平寒燒出，峰壓縣樓開。塔暝栖鴉過，城孤野獸回。故人青眼在，
驚喜看山來孫孝若司李晤語甚歡。

雨中抵玉山

細石沾泥滑，危峰入霧沉。孤青時隱見，群木倍陰森。霜果紅驚眼，風蘿裊出林。長橋傾圮後，
側想戒臨深。

曲江道中看山

群峭横斜遍，乘波枕上看。陡驚天柱拔，森逼瘴烟寒。鐘釜縣苔古，鋒棱劈漢寬。蒼蒼海日近，
應有毒龍盤。
兩岸銜青嶠，中流吐一舟。雲濤翻翠壁，砂氣綉丹樓。雕鶚全低翼，豺狼敢犯幽。殘生鷗夢裏，
頭白漸知休。

飛來峽

湞水攢江曲，雙岩壓浪昏。樹痕崩峽口，石氣蕩天門。地截蛟龍斷，山埋日月尊。樓船飛渡後，
悯悯失空村。

泊清遠

老樹浮殘堞，人家帶戍樓。峽平山漸盡，江闊月長流。虎氣凌孤柝，蛩聲駐早秋。嶺程强半過，無雁識鄉愁。

晚抵三水

港密殘陽斂，兵聲起泬寥。大星斜帶岸，懸水逆吞潮。望縣稀燈出，驚心覺路饒。滔滔腥浪接，海氣暖魚苗。

春日袁亦文招同秋岳飲五羊觀

勝日淹雙屐，高城峙此亭。花凌晴壑秀，鳥逼暮天青。石閣盤雲出，風泉倚笛聽。芳春朋好在，蘭蕙肯凋零。

初夏吴江公齋中藤花大開招同諸子宴集

爛熳霞天合，繁香拂酒深。賓朋文舉坐，丘壑謝公心。萬事花經眼，餘生醉入林。紫絲圍錦燭，遮莫晚風侵。

題内人畫蘭

簾開遠岫碧烟平，傾國香中擁百城。密葉疏花紛自出，畫簾棐几故多情。九秋空谷同餐露，百折當門竟寫生。沅澧招魂風日在，年年春色報柴荆。

送金長源還松陵同秋岳即席賦

顛倒春愁錦瑟弦，帝城風物故依然。伊凉北地聲原古，花月江南夢可憐。楊柳曲深催畫角，鄉關人聚緩離筵。驪駒最有銷魂意，况是銅溝碧草天。

沂湖晚泛同内人限韵時值小雨初霽

殘霞如綺壓孤艭，夜色微茫客倚窗。北望風烟迷短岫，南來鷗鷺習寒江。驚秋殘荻聲長濕，近水征鴻影自雙。賴有謝家晴練句，爲寛愁鬢向銀缸。

留别燕友

門外驪駒即各天，春波吹度木蘭船。病逢遠别難辭酒，衣戀重陰未改綿。蝶夢易迷三月草，烏啼可記五侯烟。暮雲横笛愁如許，莫道龍標不似前。

寄題春雨草堂

空林烟景日蕭蕭，丘壑於今道未消。城外畫圖城裏屋，柳邊溪水竹邊橋。風清北牖横藜榻，月出南山理豆苗。漁父似忘興廢事，垂綸閑送隔江潮。

橘庵限韵爲張詞臣賦

栖烟濯露自成園，秋到柴門絡緯喧。抱膝此間容嘯傲，去人已遠足丘樊。深花爲客開空谷，濁酒呼鄰過短垣。户外江天横萬里，好因風雨護龍根。

送荒隱主人歸蓬蒿同見末聖秋賦

隔歲蓬蒿月乍晴，朱弦醉傍玉壺鳴。重來仙棹移江柳，幾日秋風憶楚蘅。虎觀經方横石鼓，鴻飛心已度蕪城。還期歸轍停叢菊，小圃年年看落英。

玉山舟行趨饒江

徑轉峰回失遠洲，扁舟欹側坐牽愁。雲移石壁寒籠日，夢穩漁磯曲枕流。山縣市荒稀泛蟻，空江笛細不驚鷗。遥憐吴苑風花早，海國春歸萬里樓。

春日游粤秀山

木棉花爛四山紅，春晝攀蘿到梵宫。樹色迥浮樓觀日，經聲晴捲海潮風。香銷歌舞珠簾外，頭白登臨戰馬中。臺上鷓鴣啼碧草，霸圖猶憶昔人雄。

和秋岳游五羊觀同程周量作

洞門雲細拂砂床，幽沼涵風薜荔傍。誰向龍宫穿玉乳，真看石掌泛瓊霜。禹糧堯韭晴長潤，蒲澗蘭湖近不荒。更擬流杯呼皎月，青天鰲影落蒼茫。

送孔心一督學中州

當時張膽延英閣，執戟人能叩榻呼。竟轉龍鱗天北極，旋行驄馬地東吴。山中藥物淹高枕，洛下生徒拜大儒。上殿伫看稽古席，六經魯壁盛笙竽。

伯紫招集孝侯臺秋眺

月明翻厭燭花紅，夜色微茫塔影東。百戰樓臺金井露，空山草木玉衣風。烟深環堵琴樽外，人立秋星戍鼓中。醉後不知林葉亂，新霜催墮景陽宫。

于一伯磯蒼略子翥秋我杓司伯紫澹心綺季諸子

空山急雨亂清歌，愁聽江聲捲白波。今夜月明南北望，始憐客散道途多。霜青曉壁沾離袂，頭白疏星憶女蘿。此去長安無落葉，灞陵殘柳意如何。

分携重爲話前期，人立江船被酒時。簫鼓六朝秋并歇，關河雙涕老交垂。愁中月墮如憐客，别後詩成各向誰。終古名山多氣象，好歌招隱代將離。

送吴見未守潮州和燕友韵

隔歲風烟萬里游，錢塘簫鼓問回舟。却憐花發羅浮路，又值人分宛雒秋。雲細鷓鴣啼急峽，雪晴蛟蜃蹴中流。縣知嚴助承明出，彩筆方春一倚樓。

西山寒日映朱絲，尚憶群賢拄笏時。驄馬幾看同雨霰，鰐魚今又避旌麾。汝南風俗清流傳君以名高數羅鈎黨，白下賓朋別墅棋。到日石湖春漲緑，爲言吾夢繞江蘺托懷江上并石城諸子。

玉帛南天自一家，條風燕雀静鳴笳。張燈客醉春星落，回騎書成嶺雁斜。地遠轉蓬增白髮，裝輕携研抵丹砂。桄榔樹下留歌嘯，莫訝炎荒瘴癘賒。

經行處默投香渚，信汝家風萬壑清。况有閫天傳戍鼓，須令軍府憚書生。征徭實望隨車雨，農戰能消下瀨兵。還向中林延隱逸，陳蕃儒術重公卿。

石仲生學士邀同洞門諸公游摩訶庵飲松林寺

芳郊晴日快招携，橋外沙明碧玉蹄。花氣暖薰殘酒後，草痕青過古城西。鳴鳩入寺春無賴，野袷逢山老更迷。回首珠林烽火路，十年京雒愧鷄栖。

風塵隔處即川岩，但許當歌口不緘。坐愛游絲牽白日，狂容翻酒污輕衫。鳴騶地放雙柑語，早雁人停萬里帆。終信短筇歸計穩，故林松桂未全芟。

除夕柬何子蕤音

能詩今古推何遜，酒態還聞叔夜狂。京國風塵空老大，雲霄羽翮幾飛揚。飽看世路思江海，數過門羅散雨霜。明日長楊春色動，玉壺同繫紫游繮。

元夕雪後伯紫綺季過集和空同韵

乍晴紫陌喧銀蠟，勝賞能停羽爵飛。燕地雪霜連夕轉，江關簫鼓十年違。更長不厭鳴鷄亂，曲罷真憐并馬歸。鳷鵲星繁還佇立，五雲深處正宵衣。

宋其武太史招同諸子集季滄葦侍御齋中時邁生在坐同集者王襄璞姜定庵陳階六謝爾玄

雨深梧竹夜蒼蒼，判醉衝泥樂未央。何意飛霜驄馬座，翻聞拭汗粉巾香。態憐瓊樹青雙鬢，雪綴華燈白一房燃包稚修所製雪山燈。安得落花横玉笛，回風直墮酒人傍。

和答彦遠

寺門花雨濕衣時，忽漫吴閶錦楫持。望眼三年纔一見，關心四海幾相知。中流簫鼓龍吟曲，後夜星河雁足詩。蓬轉那期消息改，白楊同繫故人思爲程仲玉觀察也。

同古古伯紫諸君夜集限韵

如此深宵聚亦難，隔年猶作隔生看。門來舊雨知天定，心似春星炯夜闌。四海姓名重問訊，一麾兒女又團圞。歌風臺上應搔首，未許封侯托報韓。

一行書札到東吴，爲惜烏啼尾畢逋。分謗至今全主客，留身真喜得江湖。夢回絶塞風烟改，話入春燈涕泪枯。寄語西川李供奉，有人縱酒復歌呼爲綉虎兼及研齋。

晚泊荒洲用李獻吉冬至飲劉氏莊園韵

星連荒渚白，岸轉暮帆紆。旅色揺蓬燭，鄉心老碧蕪。夜漁依火出，秋雁逼天孤。風日愁雙槳，行藏足五湖。旗亭人易散，彭澤酒難呼。麋鹿疑踪迹，鳧鷗狎道途。月微寒藻見，霜近夏蟲徂。有恨悲啼切，難消病骨蘇。短歌埋骯髒，長劍失伊吾。萬事蕭條後，崎嶇悔壯夫。

石城放舟後即事言懷用杜工部水宿遣興韵

波浪兼天闊，鄉關到眼迷。九秋遲雁字，萬里載鸞篦。失志因兵火，逢人感雪泥。親朋仍故國，花柳本芳堤。砧送江雲北，潮浮海月西。巷深聞燕去，城古記烏啼。往事消横笛，何山穩杖藜。時賢紛管葛，故老或彝齊。莫擊中流楫，惟驚動地鼙。世憑悲失馬，吾自羨乘鷖。丘壑身無恙，烟霞屐早攜。窮途辭猛虎，凄怨報莎鷄。荻冷催殘雨，花深想舊蹊。田園三徑改，圖畫片帆賫。危石看鷗度，斜陽藉草低。避人多難後，决策一峰栖。白社招宜入，丹崖路可梯。放言存遠志，隱几見天倪。叔夜交常絶，文通恨懶題。百年游子泪，回首濕青溪。

過弋陽

跨山築城似蘄春舊游令亦楚人

浠水孤城石壁懸，江干戎馬暗風烟。行逢楚客山樓下，指似并州二十年。

升平歌舞大江西，玉茗新詞寶瑟低。今日荒江烟水外，樓臺斜日亂鴉啼。

毛姑嶺

巑岏翠壁倚寒流，縹緲懸崖百尺樓。誰信雲中環佩冷，短松叢竹戰場秋。

百嘉村見梅花

推篷風日一枝斜，回首吴雲萬里家。誰識羅浮香雪路，銷魂原是綺窗花。
冷蕊真憐野塢留，春風消息動中洲。江邊歲暮催頭白，可及孤鴻過嶺愁。
天涯疏影伴黄昏，玉笛高樓自掩門。夢轉乍驚身是客，一船寒月到江村。
亭亭束素立斜陽，獨笑無人豈自傷。惆悵風帆偏負汝，不教步屧近微香。

抵南康後舟中漫興

千秋烟月鎖岩坰，供奉風流屐齒停。惆悵栖賢橋上約，孤帆春雨一燈青。
大孤烟黛點晴湖，髻插江心又小孤。高枕乍驚蒼翠到，一聲僧磬下菰蘆。

上巳將過金陵

倚檻春愁玉樹飄，空江鐵鎖野烟銷〔一〕。興懷何限蘭亭感，流水青山送六朝。
波含玉溆柳條晴，三月長安正早鶯。聞説九衢春宴歇，水邊應少麗人行。

〔一〕『銷』，原本、枕江堂本均作『鎖』，據聚錦堂本改。

吴江急雪打帆遲，萬里人還建業時。贈芍采蘭春正好，却愁香草賦將離孝威將於真州别去。

又戲爲介玉

碧玉頻牽旅夢愁，吴山花氣隱妝樓。天邊忽墮青溪月，今夜新眉已似鈎。

題道公畫

雪後淮陰别道林，幾年空負買山心。祇今人去秋山在，石上幽琴老泪侵。

爲友人題便面小畫

斷崖深處有柴關，一杖幽人自往還。正是西窗風雨到，呼燈潑墨看秋山。

七夕戲爲文漪四絶句

半塘秋水欲平橋，子夜雙星正寂寥。應向穿針樓上立，一天風露冷銀簫。

月高金井碧梧斜，砧杵秋生萬里家。共信蛛絲能乞巧，幾時織就合歡花。

菱鏡分携一寸波，畫簾冰簟五銖羅。曝衣驗取經春泪，玉腕香憐半臂多。

紅欄船繫柳絲長，花裏人歸解玉璫。好夢不須烏鵲渡，横塘記取兩鴛鴦。

卷五　梁清標

福清魏憲惟度　輯選

萊陽宋　琬荔裳　高陽李如澇澹庵

膠州宋可發艾石　東莞尹龍光巽峰　參

梁清標　字玉立，號〔一〕蒼巖，真定人。

小引

魏子曰：退谷云：『有色，人不必盡爲妻妾；有才，人不必盡爲朋友。』贊嘆愛慕，千古同情。余常持此以讀書交友於大司馬蒼巖先生，庶乎其有合也。蓋余於先生分位既殊、山川復隔，高山

〔一〕『號』，原本、校本均作此。徐世昌輯《晚晴簃詩匯》卷二十二：『梁清標，字玉立，一字蒼巖，號棠村。』（北京：中國書店，一九八八年，第二五〇頁）

流水之音徒聽諸雲霞縹緲間而已。記往歲豫章索梁、杜合刻於陳伯璣，把讀數晨夕，不忍釋手。至白下，晤子濂杜大參，流連於秦淮燈舫中。以浮白大呼曰：『誰與君齊名者？竟不得見乎！』大參笑曰：『陽春白雪，閫中天地，豈得盡知？子但存其詩以存其人焉可矣。遇合固自有道也。』

閑居

白日每易暮，浮雲亦無心。長安何喧闐，歲月徒駸駸。小院暑氣薄，庭晝結秋陰。柴門無熱客，危坐適〔一〕蕭森。時時手一編，散帙走白蟫。涼風左右至，颯然開素襟。幽花夜半舒，坐中香微侵。秋蟲不知名，往往得清音。不寐受晚涼，雨氣來遥岑。天地未有窮，榮禄安足歆。步兵何潦倒，歲星甘陸沉。昔人有懷抱，誰與測高深。時譽非苟得，投分須黄金。且酌杯中酒，白眼托高吟。

初春北上留别兄弟

春風何澹蕩，寒日照郡樓。舍人治我裝，游子去舊丘。東門設祖帳，親戚羅道周。顧余麋鹿性，林壑夙所求。用世本無具，竊禄良足羞。胡爲煩徵書，勸駕多朋儔。津亭傾離樽，清泪沾敝裘。

〔一〕『適』，梁清標《蕉林詩集》（天津圖書館藏清康熙十七年秋碧堂刻本，下同）作『胡』。

帝闕鬱岧嶢，王程敢遲留。執手不能〔一〕别，前路云阻修。回首語昆季，爲我治田疇。兹行報明主，歸卧西山頭。三徑勿蕪荒，烟月長夷猶。〔二〕

再宿石門驛遇風

登車事晨征，繁霜綴短袍。朔風來萬壑，竟日聲怒號。空山亂木摧，旋轉如鴻毛。飛沙捲雙旌，征夫心忉忉。翹首望石門，巉巉青壁高。驛亭何慘澹，斜日銜林皋。擁爐寒不寐，榾柮傾濁醪。客心復如何，壯懷聊自豪。昏月墮前岩，孤燈空蕭騷。中夜聞荒鷄，喔喔起蓬蒿。四境多祁寒，敢嗟行役勞。

郊獵篇

朔風獵獵吹原野，小隊射獵東城下。健兒身手捷如飛，少年錦裘紫騮馬。沙黄日白霜草枯，仰視鴻雁浮雲徂。笑彎角弓擬霹靂，溪邊驚起雙飛鳧。〔三〕合圍馳逐二十里，遥見空天皂雕起。狐狸絶迹林烏稀，纍纍一騎黄塵裏。太行積雪如瑶宫，斷橋冰裂響流水。翻身欲入邯鄲城，舉鞭笑指新

〔一〕『不能』，《蕉林詩集》作『珍重』。

〔二〕『蕪荒』，《蕉林詩集》作『荒蕪』；『夷』，《蕉林詩集》作『彝』。

〔三〕《蕉林詩集》下有四句：『狡兔古云有三窟，胡爲爰爰走寒蕪。蒼鷹决眦臂韝脱，毫毛撒地血模糊。』

豐市。市中有酒瀉葡萄，相逢皆稱邯鄲豪。解鞍覓石敲新火，入肆開鮮試寶刀。丈夫不能佩斗印，且須落拓飲醇醪。醉歸連轡炬明滅，夜看星辰太白高。

奉常兄召飲金魚池歌

長安赤日如火然，僕夫刺促車塵間。金魚池頭管弦動，吾兄此地張高筵。堂上風簾桃竹簟，門外驟褭金〔一〕連錢。舉觴半是神仙客，皎皎照人稱玉尺。揮麈四座笑語清，荷花〔二〕剪剪行几席。欻忽天末陰雲垂，烟水溟濛氣蕭瑟。紅牙板拍靈鼉鼓，龍笛啁啾雜急雨。白墮頻浮琥珀杯，秦青獨擅梨園部。響聲遏雲雲不行，鳧鷗泛泛珍珠傾。潛蛟起舞游魚出，何如張樂臨洞庭。共君掌中杯莫空，陰晴那能測化工〔三〕。海水三見揚塵土，紅顏無幾成衰翁。君不見昭王昔築黄金臺，千年廢址生蒿萊。又不見荆卿擊筑燕市歌，壯士蕭蕭逐逝波。瀲灔魚藻塘，蔥蒨郊壇樹。不見當時人，猶存歌舞處。都城游騎日喧闐，朝暮風光自來去。樽有酒，歌未央，蜉蝣天地間，胡爲多憂傷？城烏啞啞〔四〕高臺凉，玻璃千頃何蒼茫。安得長繩繫白日，接䍦倒着濯滄浪。

〔一〕「金」，《蕉林詩集》作「鐵」。
〔二〕「花」，《蕉林詩集》作「風」。
〔三〕「陰晴那能測化工」，《蕉林詩集》作「須臾那能測陰晴」。
〔四〕「城烏啞啞」，《蕉林詩集》作「烏歸亭暮」。

胡韜穎入京賦贈

百戰驅馳後，相逢鬢已華。漸離初對酒，越石自吹笳。身退仍多難，功成未有家。哀哀風木恨，掩泪向天涯。

故國烽烟隔，羈人道路難。素書秋夜讀，長劍醉餘看。開府推羊祜，中原望謝安。登樓應有賦，孤雁薊門寒。

清明出游

春色當寒食，河橋列騎游。帝城初禁火，杏苑正鳴鳩。暮雨郊壇樹，青帘花市樓。東風吹柳絮，飄落滿皇州。

秋陰

雨過新凉夜，秋風漸入簾。草蟲吟短壁，螢火閃虛檐。歲歉終何賴，官貧敢自嫌。閉門時偃卧，人謂學陶潛。

保定道中拜漢昭烈關壯繆張桓侯廟

荒原風日淡，遺廟傍河濱。霜變祠前草，烏啼戰後塵。蒿萊依手足，喪亂見君臣。易水寒如昔，千年舊烈新。

百戰河山异，巋然見漢宫。傍檐凋老檜，繞屋響秋蟲。涕泪中原地，馳驅國士風。鄉人勤伏臘，何處哭英雄？

對雨

署冷官如寄，階空影自移。飛蟲暗羅網，倦蝶坐深枝。稼事占收早，鄉書恨到遲。孤吟渾歷亂，况復雨絲絲。

題李司寇陳姬遺像

想像春風面，殷勤屬畫師。曲房燒燭夜，長笛倚樓時。晝永調鸚鵡，歌成唤雪兒。姗姗明月下，初訝佩環遲。

素手閑開帙，依依笑靨生。歌留團扇小，香叠越羅輕。桃葉風前句，梧桐雨後聲。寂寥金谷苑，花草怨啼鶯。

冬日從獵南苑

烏號鳴曉日，霜没鐵連錢。天子真神武，群公半少年。緣鷹脱臂疾，雪騎印沙圓。古禮稱冬狩，君王豈好畋。

白日照霓旌，迢迢接鳳城。離宫雲乍斂，甲帳火微明。四野冰霜色，中宵鼓角聲。炊烟千縷上，夜飯羽林兵。

南郊望不極，驅馬雪中來。日饗熊羆士，寒添乳酪〔一〕杯。雙旌飛鳥避，一騎按雕回。解網知明聖，無煩諫獵才。

送程翼蒼館丈司教蘇州

初挈琴書去，鷄啼古驛寒。胡爲詞館客，暫就廣文官。絳帳羅絲竹，鱣堂息羽翰。吴門佳麗地，山水足盤桓。

似子金閨彦，之官亦素風。青氊家自具，白雪和難工。江路隨秋雁，霜天静晚蓬。酒錢煩吏給，吟倦有郫筒。

送王望如司李泉州

萬里兹行始，閩天鳥路盤。百蠻繁訟獄，三尺重刑官。水驛叢蘭發，榕城木葉寒。殊方同赤子，莫當遠人看。

〔一〕『酪』，《蕉林詩集》作『酩』。

懷柔縣坐月

十日風沙路，懷柔此暫居。孤城山月小，古木驛亭疏。桑柘冰霜後，人家戰伐餘。思深渾不寐，欲上監門書。

西山道中

立馬依叢薄，陰崖鳥自啼。亂雲關樹北，秋草漢陵西。日氣含朝雨，山光落斷霓。野僧驚節候，向暖理寒綈。

薊州入山

晴色滋芳樹，清溪灌莽田。野塘春草徑，花墅夕陽天。塞近生涯薄，山深雨雪偏。喧豗人境絶，盡日響流泉。

贈翁仲千内翰

美人今喜拜官初，款叚晨驅冰雪餘。槖筆遂稱丞相掾，直廬能讀纍朝書。客星殿上傳方朔，詞賦宮中奏子虛。身傍九霄渾咫尺，漫言温室樹何如。

送姜匯思侍御巡視茶馬入秦

綉斧棱棱漢使豪，離情黯澹動干旄。沙寒古驛丹楓晚，風起黄河白雁高。善馬如雲調苜蓿，清笳對月醉葡萄。埋輪知爾憑三尺，塞上秋霜拭佩刀。

早過金魚池

秋塘衰柳綰紅霞，騎馬遲遲落帽斜。載酒難同山簡興，過門猶識邵平家。風行白水漂菰米，露濕青籬冷豆花。縹緲日高臺殿出，曉壇寒樹繞啼鴉。

古津書來却寄

天涯十畝漸安貧，千里緘書報故人。應有公孫虛左席，謾教漁父慰孤臣。名山史爲窮愁著，同舍情於异地親。何必崎嶇惟〔一〕遠塞，乾坤咫尺暗風塵。

送劉潛柱給事還江寧

燕山送客意如何，愁對驪駒白玉珂。良友似君同調少，才人自昔左遷多。征鴻叫月依沙渚，木葉飛霜下潞河。宣室即今思賈誼，漫從江上戀烟蘿。西風去國問垂綸，短褐行吟嘆逐臣。海内汝爲真諫議，少年群號謫仙人。清齋説法長干雨，避世還丹句曲春。當遇懶殘煨芋食，空囊不復怨官貧。

〔一〕『惟』，《蕉林詩集》作『悲』。

送張仲若大司馬開府雲中

元戎小隊擁雙旌，貴相星同上將明。羌笛晚吹青海戍，秋霜先下受降城。逍遥叔子看裘帶，譚笑希文有甲兵。莫道封侯論骨相，如今軍旅仗書生。

虎符佩出未央宫，兩袖翩翩識素風。饗士轅門沉畫角，行邊俠少避青驄。尚書履接星辰近，太乙光連海岳雄。紫塞即看閑斥堠，須知魏尚在雲中。

送羅篁庵詹事致政歸里

羨君揮袖問岩扉，柳暗旗亭怨夕暉。杜若洲邊千嶂合，春潮天上一人歸。浮雲世事抛簪紱，故國生涯采蕨薇。京洛同游今幾在，十年回首各沾衣。

未老何緣賦《遂初》？臨岐慷慨酒樽餘。僦居江左能將母，病免文園自著書。三徑薜蘿吾道貴，十年筆札宦情疏。扁舟去國輕如葉，滄海無令歲月虚。

送筥在辛歸丹徒

行行驄馬避如何，忽著初衣返薜蘿。漢法三章懸日月〔二〕，宦途九折比江河。西窗雨夜攤書滿，北

〔二〕『日月』，《蕉林詩集》作『象魏』。

固雲山伏枕多。知子蕭然忘寵辱，好從静室禮維摩。

贈賀宣三令丹陽〔一〕

萬卷牙籤近郭居，高吟抱膝足三餘。平原公子能留客，玄晏先生好聚書。初試琴堂春雨潤，曉臨水驛畫樓虚。知君爲政緣經術，一縣花開錦不如。

贈高二亮〔二〕

短衣朝市自行歌，萬里迎親意若何。孤客曉隨湘水雁，秋帆遥下洞庭波。漸離俠骨窮猶健，高適詩名晚更多。經歷中原戎馬地，壯游勛業漫蹉跎。

宿山驛

寂寥山驛宿，茅屋幾人家。落日奔山鬼，開門散凍鴉。

野望

莽莽落日黄，朔風吹古道。登高眷所懷，極目沙場草。

〔一〕《蕉林詩集》題下有『家有函樓蓄書甚富』。
〔二〕《蕉林詩集》題下有『所著詩文傳奇甚富』。

行旅

盡日不離岩壑，寒雲自抱長川。夜坐驛亭殘月，曉行山店疏烟。

少年行

年少揮鞭控紫騮，自言家住古幽州。樗蒲一擲黄金盡，笑擁胡〔一〕姬上酒樓。
清霜三尺拂刀環，醉後長歌白晝閑。走馬西山邊日暮，滿天風雪放鷹還。
高堂宴罷奏琵琶，射得雙雕向客誇。手擲金錢通貴戚，夜驅白馬宿娼家。

石門驛道中

石門亂石水粼粼，野館荒鷄唤客頻。殘雪千山行旅夜，曉霜兩鬢渡河人。

〔一〕『胡』，《蕉林詩集》作『名』。

卷六 王熙

曲阜孔胤樾心一　大名成光覯〔一〕天　參
萊陽宋　琬玉叔　嘉善孫枀青　門

福清魏憲惟度　輯選

王熙

王熙字子雍，號〔二〕胥庭，宛平人。

〔一〕『覯』，原本、校本均作此。楊廷福、楊同甫編《清人室名別稱字號索引（增補本）·乙編》：成光，字近天。（上海：上海古籍出版社，二〇〇一年，第二〇六頁）

〔二〕『號』，原本、校本均作此。徐世昌輯《晚晴簃詩匯》：『王熙，字子雍，一字胥廷，號慕齋，宛平人。』（北京：中國書店，一九八八年，第二八三頁）

小引〔一〕

魏子曰：荔裳宋先生以大觀察入蜀，與余相遇沅湘間，口咏大司空胥庭先生詩，令予默識且諄囑曰：『詩不必多，存其人焉，可矣。』余既録秘行篋，維舟黄鶴樓下，明月清風、空江萬里，恰如其詩。因取一再吟，仰而思曰：敬哉宗伯，世之所爲喬岳也！以喬岳奠中原諸峰，皆羅列下拜。司空資其雲霞日月之出納，洞澗岩壑之深窅，松筠檜柏、禽魚鳥獸之蕃滋，以涵育一世，宜爲詩之多，富有日新，不可勝紀。何景星慶雲僅此數十章，使人企懷天際也。因過魏博，請哀益於孔觀察。觀察乃欣然微笑曰：『噫！何恨少哉！司空有挺峙雋拔之才，兼優游閑適之度，功業在廟廊，而稱誦在今古。詩特其過庭之訓，偶見一班耳！且司空全集盈尺，豈荔裳所能盡記？此口傳者皆其舞象勺之年，肄業之暇間及之也。吾將爲子探其石室而罄出之焉。』

咏史

毛生昔淪没〔二〕，囊錐蔽光耀。寄食平原門，三年不被召。奮身在末行，微受公子誚。當時十九

〔一〕本卷小引，《百名家詩選》各版本均無，今據國圖藏枕江堂本《補石倉詩選》補入。

〔二〕『淪没』，王熙《王文靖公集》（國圖藏清抄本，下同）作『浮諶』。

人，側目〔一〕皆含笑。一定楚趙盟，碌碌誰同調。

春日扈從南海子觀大蒐

上苑回春馭，傳呼夜漏催。六龍雲裏下，八陣日邊開。細草鳴鑾地，雄風買駿臺。應知宸算遠，不爲詰戎來。

秋日遣興〔二〕

幸無當世事，日與古人居。風雨增新句，江湖阻素書。梧聲幽自發，砧響静偏疏。避俗真堪隱，何勞賦〔三〕《遂初》？

送泊水出守鳳翔

烟雨放春晴，黄鸝夾岸鳴。飛花隨去路，征雁亂離情。日落山光遠，風和野色平。思君回首處，華岳暮雲横。

〔一〕『側目』，《王文靖公集》作『相視』。
〔二〕《王文靖公集》中此詩與原本出入較多，照録如下：『幸無車馬至，日與一編居。風雨添佳句，江湖阻素書。梧桐吹更落，楊柳静還殊。即此忘塵世，何須賦《遂初》？』
〔三〕『勞賦』，原本脱漏，據校本補。

讀皃盟詩投贈

昔日江南客，行吟意若何？危時驚地窄，旅食厭〔一〕人多。鐘阜秋前月，新亭醉後歌。五湖烟艇小，我亦帶〔二〕愁過。

送趙友沂歸廣陵

別當秋雨後，歸及塞鴻前。那有不平意，翻生知己憐。人行沙岸小，樹近夕陽偏。望望征帆遠，清霜欲暮天。

送張綉虎歸里

長安之子去，大雅一時稀。風鶴驚猶在，蓴鱸興不違。夕陽催旅雁，木葉落征衣。越土今何似，湖干可樂飢。

汾湖野眺

萬家稻穫野光秋，游子臨湖雙泪流。西北群山横大漠，東南一水隔皇州。叢篁僻地猶風葉，獨雁

〔一〕「厭」，《王文靖公集》作「苦」。

〔二〕「帶」，《王文靖公集》作「載」。

歸飛更遠洲。百戰昔悲燕趙地，故園今衹見雲浮。

送同年冀太守半偈任襄陽

寒風萬木冷河橋，極目南天路轉遥。前引雙旌揮赤羽，新乘五馬勒金鑣。紅雲京闕增鄉思，白日湘江對落潮。此地猶歌大堤曲，習家池上醉花朝。

送别鐵山宗伯

言歸幾纜海邊槎，十月清霜聽曉笳。適意故宜彭澤柳，謀生且種邵平瓜。風寒烟霧孤帆迥，人遠關山落照斜。莫惜臨岐頻把袂，應憐客夢自天涯。

流離得至瓜洲友人樽酒相慰

荻花蘆葉月中闌，明滅湖光漁火寒。往事空流清曉夢，故鄉遥向碧雲看。霜天雁影征途遠，野渚鷄聲静夜殘。客况飄零應命酒，憂懷暫許爲君寬。

渺渺江干一望奢，風傳清磬出蒹葭。月來故里池亭想，舟入波中歌吹遐。鳥外峰嵐雲氣失，林前烟火水痕遮。秋容瑟瑟芝蘆上，沉醉何辭天一涯。

登金山侍家大人偕高侶鶴年伯紀堯章先生暨紀仲霽井方中郭鍾一諸友

奇峰在望已多幽，問徑逢僧到上頭。荒荻遥連雲外水，飛岩遠接碧空流。石根驚浪魚龍戲，江影浮天日月游。山色入波臺閣亂，渺茫疑是泛虚舟。

岷峽東來盡海門，波濤澎湃一峰尊。山河萬里垂雙泪，鐘磬千年帶水痕。黯淡難窮無去路，渺茫何處是中原？窮途慰藉惟憑友，日暮愁思滿故園。

偕金雲卿寓句曲

杯酒消今夕，他鄉夢易沉。椿煩僧伴摘，茗見主人心。月好予難寢，更深君自吟。春光不相厭，且爲聽琴音。

丹陽道中柬金季龍張亮公

蒼峰遠望氣濛濛，十里寒光落照中。溪色連雲僧室暗，歌聲帶雨酒燈紅。天長草樹層霄接，地迥風烟一縷通。在野興深增慨嘆，感君爲我慰飛蓬。

雲陽舟中送友東歸

朝來何事不勝悲，寂寂離情怨子規。惜别暫留寒雨夜，送行無奈曉風時。深溪霧捲飛花片，平野烟濛緑柳絲。東去江城相望隔，天涯何日更追隨。

惠山

日夕峰峰静，探奇隔水尋。松陰覆小徑，塔影落幽林。避亂欣乘興，薄游慚未深。鳴榔人又去，夢裏憶登臨。

晚泊虎丘遲宋玉伯玉仲玉叔諸先生不至

隔水看山雲氣濛，暫停舟楫待君同。蒼林依渚連峰碧，漁火侵溪倚浪紅。疏雨輕時低暮靄，鐘聲斷處即松風。千人石上遲遲立，燈影移來是緑桐。

寓鮑赤城侍御山莊

日長山静穆，曠覽嘆無依。宿雨鶯聲濕，流雲鶴羽肥。酒因愁緒縱，夢與故鄉違。飄泊魂猶悸，深岩且掩扉。閑步松陰落，無端身外思。鳥邊情更遠，花下意多遲。山色當樓入，溪聲隔岸移。秋風魂欲動，不勝客途悲。

餘航山中喜遇聖秋

一年如雨别，握手又他方。北海知元禮，江東重偉長。杖敦孺子列，經問丈人行。同調蕭條客，無言向夕陽。

寓葉善長宅

入徑生紆折，清陰静不繁。水痕依月冷，桐瘦倩朝暄。急雨凉侵牖，晚花紅到門。鳴琴時可倚，揮麈聽高言。

村居

村中多异致，時傍落花居。好鳥鳴烟外，閑雲罩水餘。慵聞今日事，愁憶古人書。客舍增寒照，秋光似敝廬。

望寶應懷李勑臣張韞仲

沙渚秋深意每驚，蕭蕭蘆荻暮天情。渡溪返照藏佳月，出水輕凫浴晚晴。雨過雲飛黄葉寺，鐘鳴人在夕陽城。憑軒更憶揮杯後，同向霜林聽笛聲。

初冬日照道中

鄉思何促迫，計日逐歸輪。霜草荒風白，烟林曉氣新。途艱頻問路，世亂莫辭貧。萬木疑前路，寒光静野塵。

萊陽友人見過賦贈

奇山相對嘆無鄰，欲卜丘園息此身。假館尚難占好夢，還鄉未定羡居人。王褒名自文章遠，黄憲交因師友親。惟念諸君多感慨，策如鼂董可能陳。

雨花臺

落日未窮千里望，青山遥映半城陰。敬亭隔在數峰外，滿路閑花有遠心。

卷七　錢謙益

福清魏憲惟度　輯選

吴縣范　周挺嶽　江寧〔二〕王仕雲望如　參

晋江陳寶鑰緑崖　無錫　錢肅潤礎日

錢謙益 號牧齋，常熟人。

小引

魏子曰：虞山先生以大宗伯閉門掃軌，潛修三十年，甚介；歸命本朝，知天意攸歸，甚哲；坐擁百城，著書等身，嫻然如素士，甚簡；延攬名士，遞及術數，不惜贈言，甚廣；選列朝詩，

〔二〕『江寧』，原本、校本均作此。錢海岳《南明史》：『王仕雲，字望如，歙縣人。』（北京：中華書局，二〇〇六年，第三七一八頁）

有大書特書之旨，甚嚴；築『我聞室』，與柳夫人如是長齋綉佛，甚快；且沉酣載籍，登作者之堂，晚年耽僻，間出入於釋典，不曰英雄欺人則托而逃焉，甚宏以肆。至其爲詩，率乎性、止乎情，總漢魏、唐宋、元明諸家而探其旨趣，始彷彿少陵，終且放而之香山，甚宕以縱。余辛丑之秋泛舟大泖，挂帆九峰，讀先生詩於陳徵君草堂。漏將三下，忽風伯、雨師交臂震呼，如欲劈窗攫虞山詩以去者。從游客抵掌大笑曰：『古人詩能泣鬼神、撼山岳，虞山詩且能驅風雨矣。豈子平日快誦其詩，多所囈語，故三尺靈光，挾天地噫氣以入？』余亦徬徨不敢即安，覺四壁殘熒摇摇欲滅，中有皤皤黄髮呼之或出者，豈其仙耶？其佛耶？抑古之人耶？急取虞山集藏之敝簏，壓以古龍精，將達旦始息，信乎其有神靈阿護，非僅僅比興之陳。使天下尋聲逐影者曰虞山。虞山在是也，兹先拔其秀色者付剞劂氏。

正月十四日與邵僧彌看梅西山由横塘抵光福

放舟出横塘，喜與烟郭遠。遠景宜日斜，清游取春淺。嫩柳綠未舒，寒條翠將展。近水樹乍明，遥峰月漸顯。同舟得佳侣，静好有餘善。行看烟巒紆，坐愛溪橋轉。約略雲樹間，西山纍甑甗。山容如高人，作意任偃蹇。我生在塵網，鹿鹿苦未反。明朝山中雲，倘笑歸來晚。再拜萬樹梅，爲我滌顔靦。

元夕阻雨泊舟光福

尋花不覺遠，直入梅花村。孤篷坐滴瀝，清曉如黄昏。未能理蠟屐，何暇開清樽。名花初發時，燕賞亦遲人。西山千萬樹，亞枝趁朝暾。洗妝映流水，薄寒倚柴門。豈知墮烟雨，掩抑空泪痕。梅花如静女，有恨初不言。我懷同楚客，莽莽欲斷魂。世無别花人，此意誰與論？

吴門送福清公還閩甲寅

都門祖帳藹如林，却望彤墀泪不禁。出處頻煩明主念，安危何限老臣心。夢回漸覺朱衣遠，身退初知白髮深。林下有人君側少，知公未忍説投簪。
介圭争望錫河山，忍聽優歌枯菀間。春盡親王將就國，夜分御札尚封還。赤心自愬縈千折，丹地頻驚扣九關。羽翼已成商老去，漢庭容易點朝班。

西山道中

上陵何幸得幽期，夢裏西山慰我思。泉石雨枯惟有骨，鶯花春老尚無姿。歸鴉禁鑰愁偏急，羸馬斜陽喜并馳。來往鵷鴻紛接武，祇因倦羽獨差池。

碧雲寺

丹青臺殿起層層，玉碣雕闌取次登。禁近恩波蒙葬地，内家香火傍禪燈。豐碑鉅刻書元宰，碧海紅塵問老僧。禮罷空王三嘆息，自穿蘿徑拄孤藤。

香山寺

千峰匼匝更分明，磵複岡回一徑清。天遠夕陽連海色，山空晚院聚鐘聲。雲從石磴中間出，月向香臺下界生。萬疊烟巒欄檻外，不知何處與身平。

春日過易水

驅車信宿驛程閑，雙鬢蕭騷春又還。易水到來偏易感，酒人别去更相關。暮雲宫闕愁心繞，落日衣冠古道閑。老大不堪論劍術，要離墳畔有青山。

北上渡淮寄里中游好

少壯真非把玩時，後游今已嘆衰遲。逃禪定入遠公社，乞食還過漂母祠。悶對秋鷹藏老手，閑臨春鏡簡新絲。天涯我亦憐同病，落日蒼凉有所思。

懷李先輩長蘅

鎖院文章京雒塵，篝燈每共話酸辛。青袍奉母誰如子，席帽趨時自有人。精舍翻經招净侣，晴窗鬥墨趁閑身。明年相約桃花水，一笑清溪整角巾。

懷文狀元文起

蕭然襆被出都城，此日班行繫重輕。不是翰林增諫草，誰令天子放門生。階前警鶴諳琴德，竹裏遷鶯和友聲。綠浪紅欄佳麗地，思君白月照柴荆。

懷王僉事淑士

吴趨車馬競陁喧，中有幽人獨寤言。紅藥授書懷北郭，青燈讀易想南園。齋心梵夾時翻閱，抱膝長編自討論。安得丹鉛從所好，與君風雪閉重門。

雨中過清流關

雨氣微茫積翠分，旋妝行路景氤氲。僧携箬笠穿紅樹，人坐籃輿度白雲。古澗墮樵衝水下，空林落葉隔溪聞。鄉心不耐關山笛，又聽鐘聲報夕曛。

南歸感事

破帽青衫出禁城，主恩容易許歸耕。趁朝龍尾還如夢，穩卧牛衣得此生。門外天涯遷客路，橋邊風雪蹇驢情。漢家中葉方全盛，五噫何勞嘆不平。

齊物粗知蒙邑書，詎應戴笠羡乘車。漱冠何意彈新沐，脱髮誰能戀曉梳。身隱不須言放逐，時清未可廢樵漁。耦耕舊有高人約，帶月相看并荷鋤。謂程孟陽也。

蛺蝶詞

一庭花霧晝冥濛，蛺蝶雙飛逐好風。依約黄簾還綉幕，可曾飛過宋家東。

漂母祠〔一〕

韓侯釣水繞城垣，青史猶垂進食言。人以千金知老母，天將一飯試王孫。孤生書劍沾新泪，逐客簪纓感昔恩。欲薦渚蘋何限恨，寒鴉落日滿祠門。

欲别東樓去

欲别東樓去，栖遲念浹旬。槐陰亭早夏，燕語殢餘春。酒爲開嘗好，書從借看新。他時與朋好，風雨話斯晨。

春游

踏青車馬過清明，薄靄新烟逗午晴。日射夭桃含色重，風和弱柳著衣輕。春禽欲傍釵頭語，芳草如當屐齒生。每向東山看障子，不知身在此中行。

韶光是處著芳叢，轣轆香車輾鏡中。拂水潤如圍綉帶，石城山作畫屏風。柳因鶯淺低迷緑，花爲

〔一〕 錢謙益《牧齋初學集》（國圖藏明崇禎十六年瞿式耜刻本，下同）作『漂母祠和何士龍』。

春深歷亂紅。璧月半輪無那好，碧桃樹下小房櫳。

河間城外柳

長條垂似髮髿髿，拂馬眠衣總不堪。昨夜月明揺漾處，曾牽歸夢到江南。

仿元微之何處生春早

何處生春早，春生畫舫中。花迎千嶂碧，柳罨小橋紅。溪女憐新霽，菱歌愛晚風。西施舊明月，偏照五湖東。

夜步虎山橋

信步尋溪橋，村犬吠林杪。月色淡自佳，山行誤亦好。暮峰斂餘黛，早梅開輕縞。定知今宵夢，空濛入幽討。

十七日早晴過熨斗柄登茶山歷西磧彈山抵銅坑還憩衆香庵

吴山環西南，其山秀而嶧。鬱盤起玄墓，迤邐屬西磧。梅花生其中，居然好宫宅。譬彼冰雪姿，綽約處姑射。回環具區水，粘天浸寒碧。空濛滋霜根，浩渺蕩月魄。湖山畜氣韵，烟雲發芳澤。所以西山梅，迥出凡梅格。我來早春時，發興蠟雙屐。探奇忘晴雨，尋花越阡陌。茫茫梅花海，上有花霧積。不知何處香，但見四山白。籃輿度花杪，登頓旋已易。恍忽如夢境，愕眙眩游迹。

縱覽乘朝暾，留連坐日夕。殘陽挂烟樹，横斜似初月。清游難省記，勝情易追惜。還恐梅花神，忙忙笑逋客。

花朝魏仲雪徐于王諸人宴集賦詩用花朝二字排韵余閉關不得與仲雪枉詩見示依韵奉和兼簡于王

不分春光取次奢，小闌側畔想芳華。晴烟籠柳村村雨，暖日薫桃樹樹霞。舊社房櫳看到燕，新妝簾幕記回車。憑君傳語東風道，莫放花朞過楝花。

渭南梁生爲余寫真題二絶句

憔悴南冠冰雪晨，天庭黄色自生春。憑君摹寫胥靡樣，可是商家夢裏人。

畫得漁翁貌不肥，春愁鶴髮正依稀。君家渭水南頭住，爲我平添舊釣磯。

舟行

斷岸蘆抽白，斜陽蓼褪紅。舟行秋色裏，人在水聲中。掠燕經殘雨，吟蟬趣晚風。陰蟲休切切，已是白頭翁。

玉堂雙燕行送劉晋卿趙景之兩太史謫官

玉堂晝暖薫風香，雙雙燕尾摇倉琅。背飛并映銀花榜，托宿交栖玳瑁梁。感君恩重巢君幕，顧影呢喃前復却。何當鳴梧比丹鳳，且願銜花效黄雀。喁唽辭歸未忍歸，差池掠羽試雙飛。風回鈴索聲猶在，日過花磚候已非。珠簾十二秋風促，蘆雪菰烟何處宿？明年社日蚤歸來，簷口銜泥補君屋。

讀梅村宫詹艷詩有感書後

上林珠樹集啼烏，阿閣斜陽下碧梧。博局不成輸白帝，聘錢無籍貰黄姑。投壺玉女知天笑，竊藥姮娥爲月孤。凄斷禁垣芳草地，滴殘清泪到蘼蕪。撾鼓吹簫罷後庭，書帷别殿冷流螢。宫衣蛺蝶晨風舉，畫帳梅花夜月停。銜壁金釭憐旖旎，翻階紅藥笑娉婷。水天閑話天家事，傳與人間總泪零。

鸚鵡

鸚鵡人憐汝，雕籠豢養成。翠衿矜妙麗，紅嘴鬥聰明。側近偷言語，憑高涴檻楹。君何憂反舌，時過寂無聲。

八月十二夜

憑闌風露浩難收，旋覺清光在上頭。横攬烟巒成小築，平臨雲物見高秋。月穿窈窕山皆漏，湖逗空明野欲流。尊酒相看多遠思，蘆花如雪記滄州。

人日得張藐姑刑侍書却寄

書閣摩挲嗅古香，冰消硯北逗春光。蕭條歲序逢人日，迢遞音書到草堂。天井烽烟新壁壘，玉關魂夢舊風霜。天涯相望俱頭白，各對梅花説斷腸。

京口渡江有寄

春陰和雨黯孤舟，歷歷津亭抵夢游。芳草未知爲客意，暮雲偏領渡江愁。鷩沙望裏蕪城賦，畫角飄來萬歲樓。寄語半山堂上客，壺觴還似舊風流。

西湖雜感

方袍蕭灑角巾偏，纔上紅樓又畫船。修竹便娟調鶴地，春風蘊藉養花天。蝶過柳院迎丹粉，鶯坐桃溪候管弦。不是承平好時節，湖山容易著神仙。

題丁家河房亭子在青溪笛步之間

花邊柳外〔一〕市朝新，夢裏華胥自好春。夾岸麴塵三月柳，疏窗金粉六朝人。小姑溪水爲鄰并，邀笛風流是後身。白首吴鈎仍借客，看囊一笑豈長貧。

〔一〕『花邊柳外』，《牧齋初學集》作『小闌花外』。

留題湖舫船名不繫園

湖上堤邊艤棹時，菱花鏡裏去遲遲。分將小艇迎桃葉，遍采新歌譜竹枝。楊柳風流烟草在，杜鵑春恨夕陽知。憑闌莫漫多回首，水色山光自古悲。

悼鶴

殘年百事苦傷悲，更報胎禽去曉池。院落又如亡愛子，寢門應比哭相知。乘軒任爾誇新寵，争樹還誰占舊枝。商略雲山瘞仙骨，玄黄祇恐未相宜。

瘞鶴之明日有鶴翔於鄉園宗老明翼氏購得贈予感而致謝

獨鶴仍從海上來，柴門還爲羽衣開。丹丘信隔猶凝望，紫府書通便却回。顧影似憐曾舞雪，返魂應逐未殘梅。仙家騏驥非凡骨，寄謝詩人莫漫猜。

贈佟中丞滙白時繇閩虔移旌江浙啓行之候正值初度

數卷圖書一水香，鬱孤臺裏理新裝。江梅并咏新詩卷，海月長懸舊印床。桃葉後庭紅豆曲，梨花前隊緑沉槍。壽筵携得天厨酒，千里何須走鶴觴。

玉帳牙旗纍策勛，黑頭麟閣早知聞。三方節鉞推開府，一半河山屬使君。閩海舊諳魚鳥陣，越江新領鸛鵝軍。懸弧正應彤弓錫，遥指醫閭拜五雲。

六琯陽回朔氣和，燭花如月酒如波。金章競奏清風頌，鐵騎齊揮挽日戈。一宿崇朝朝紫極，雙星永夕傍銀河。碧桃午夜開花遍，遼鶴争知幾度過。

鋒車鄭重詔東巡，紫誥黄封燕喜頻。天上小紅花不夜，人間重碧酒長春。客如彭叟羹斟雉，家有麻姑脯擗麟。記取良常開宴後，嘉平終古是芳辰。

徐州雜題

彭城一日水奔流，太守行呼吏卒愁。河復詩成無一事，羽衣吹笛坐黄樓。

柳老花殘木葉秋，西風斜日總牽愁。天涯大有多情客，不忍輕過燕子樓。

曲阜孔胤樾心一　太倉毛天麒如石
南昌熊一瀟蔚懷　三原孫枝蔚豹人　參

福清魏憲惟度　輯選

卷八　吴偉業

吴偉業 字駿公，號梅村，太倉人。

小引

魏子曰：文人相輕，同鄉尤甚。風之偷也，非自今矣。獨吴中諸子，於虞山則宗牧齋，於婁江則宗梅村，奉爲金科玉軸，不敢違越焉。噫！何桑梓之敬，歷五十餘年無异詞也！牧齋詩余既論定行世矣，於梅村先生敢靳國門哉？憶先生之元辛未也，出吾鄉周芮公門，時石齋、東崖皆在朝，如草木之有臭味，無不投也。故閩人知之最先。余兩過婁東，維舟江干，造廬請教，先生爲下榻，出新舊詩古文辭相與訂正，琴尊香茗間，甚款款也。迨辛亥維夏，相遇虎丘，謀《補石倉》之選，先生贈序，過爲揄揚。其表章古人、引掖後輩，一片誠心，可鏤金石。余屢志之。今先生往矣，詩篇流在天壤，如日月之麗、江河之行，罔勿之也，亦罔勿仰也。近有摘而疵瑕之者，曰某篇驕縱也，某篇憤嫉也，某篇不爲明人諱過也，某篇恐屬憂讒畏譏也。嗟乎！先生交道太廣，廣則難周。今日之起而謗訕者，即平日之俯而乞憐之人，或自號名士，或妄許山人，或還俗僧流，或不識也者，皆欲網利藝林、輕薄前哲，豈真怨毒之於人甚哉！亦其人之涼薄性成，欲決東海之波，傾注華、岱耳！蕭統有言曰：『剥復消長，中有至理，排斡〔一〕元氣，存乎其人。』今梅村詩陶冶於漢魏而潤澤於盛初，根荄於德性而煥發於典籍，當身已見其播傳，後代更推爲宗主。吾又何容贅哉！

石公山

真宰劚雲根，奇物思所置。養之以天地，盆盎插靈异。初爲仙家囷，百仞千倉閉。釜鬲炊雲中，

〔一〕『斡』，原本、校本均作『幹』，誤。『排斡』，謂推移運轉。唐韓愈《南山詩》：『力雖能排斡，雷電怯呵詬。』見（清）方世舉：《韓昌黎詩集編年箋注》卷四，清乾隆二十三年雅雨堂刻本。

杵臼鳴天際。忽而遇岩城，猿猱不能縋。遠窺樓櫓堅，逼視戈矛利。一關當其中，飛鳥爲之避。仰睇微有光，投足疑無地。循級登層巔，天風豁蒼翠。疲喘千犀牛，落落誰能制？傴僂一老人，獨立拊其背。既若拱而揖，又疑隱而睡。此乃爲石公，三問不吾對。

歸雲洞

歸雲何巉岩，雕斫自太古。千松互盤結，托根無一土。呀然丹崖開，蒼茫百靈斧。萬載長欹危，撐拄良亦苦。古佛自爲相，一身雜仰俯。依稀莓苔中，葉葉青蓮吐。若以皮真詮，足號藏書府。仙翁刺船來，坐劈麒麟脯。鐵笛起中流，進酒虬龍舞。晚向洞中眠，叱石開百武。床几與棋局，一一陳廊廡。翩然自兹去，黄鵠瀟湘浦。恐使吾徒窺，還將白雲補。

永和宫詞

揚州明月杜陵花，夾道香塵迎麗華。舊宅江都飛燕井，新侯關内武安家。雅步纖腰初召入，鈿合金釵定情日。丰容盛鬋固無雙，蹴踘彈棋復第一。上林花鳥寫生綃，禁本鍾王點素毫。楊柳風微春試馬，梧桐露冷暮吹簫。君王宵旰無歡思，宫門夜半傳封事。玉几金床少晏眠，陳娥衛艷誰頻侍。貴妃明慧獨承恩，宜笑宜愁慰至尊。皓齒不呈微索問，娥眉欲蹙又温存。本朝家法修清宴，房帷久絶珍奇薦。敕使惟追陽羡茶，内人數減昭陽膳。維陽服製擅江南，小閣爐烟沉水含。私買瓊花新樣錦，自修水遞進黄柑。中宫謂得君王意，銀環不妒温成貴。早日艱難護大家，比來歡笑同良娣。奉使龍樓賈佩蘭，往還偶失兩宫歡。雖云樊嫕能辭令，欲得昭儀喜怒難。緑綈小字書成印，瓊函自署充華進。請罪長教聖主憐，含辭欲得君王慍。君王内顧恤傾城，故劍還存敵體恩。手詔玉人蒙詰問，自來階下拭啼痕。外家官拜金吾尉，平生游俠多輕利。縛客因催博進錢，當筵便殺彈筝伎。班姬才調左姬賢，霍氏驕奢竇氏專。涕泣微聞椒殿詔，笑譚豪奪灞陵田。有司奏削將軍俸，貴人冷落宫車夢。永巷傳聞去玩花，景和門裏誰陪從。天顔不懌侍人愁，后促黄門召共游。初勸官家佯不應，玉車早到殿西頭。兩王最小牽衣戲，長者讀書少者弟。聞道群臣譽定陶，獨將多病憐如意。豈有神君語帳中，漫云王母降離宫。巫陽莫救蒼舒恨，金鎖雕殘玉箸紅。從此君王慘不樂，叢臺置酒風蕭索。已報河南失數州，况經少子傷零落。貴妃瘦損坐匡床，慵髻啼眉掩洞房。豆蔻湯温冰簟冷，荔支漿熱玉魚凉。病不禁秋泪沾臆，裴回自絶君王膝。苔没長門有夢歸，花飛寒食應相憶。玉匣珠襦啓便房，薤歌無异葬同昌。君王欲製《哀蟬賦》，誄筆詞臣有謝莊。頭白宫娥暗嚬蹙，庸知朝露非爲福。宫草明年戰血腥，當時莫向西陵哭。窮泉相見痛倉黄，還向官家問永王。幸免玉環逢喪亂，不須銅雀怨興亡。自古豪華如轉轂，武安若在憂家族。愛子雖添北渚愁，外家已葬驪山足。夜雨椒房陰火青，杜鵑啼血濯龍門。漢家伏后知同恨，止少當年一貴人。碧殿凄凉新木拱，行人尚識昭儀冢。麥飯冬青問茂陵，斜陽蔓草埋殘壟。昭丘松檟北風哀，南内春深擁夜來。莫奏霓裳天寶曲，景陽宫井落秋槐。

宣宗御用戧金蟋蟀盆歌

宣宗在御升平初，便殿進覽《豳風圖》。暖閣才人籠蟋蟀，晝長無事爲歡娱。定州花甆賜湯沐，玉粒瓊漿供飲啄。戧金髹漆隱雙龍，果廠雕盆錦香褥。飲飛着翅逞腰身，玉砌軒鬐試一鳴。性不近人須耿介，才堪却敵在慓輕。君王暇豫留深意，棘門壩上皆兒戲。鬥鷄走狗謾成功，今日親觀戰場利。坦顙長身張兩翼，鋸牙植股鬚如戟。漢家十二羽林郎，蟲達封侯功第一。臨淮真龍起風雲，二豪螟蛉張與陳。草間竊伏竟何用，竈下厮養非吾群。大將中山獨持重，却月城開立不動。兩目相當振臂呼，先聲作勢多操縱。應機變化若有神，慓突仿佛常開平。黄鬚鮮卑見股栗，垂頭折足亡精魂。獨身跳免追且急，拉折扳翻衹一擲。蠮螉塞外蠕蠕走，使氣窮搜更深入。當前拔栅賭先登，奪采争籌爲主人。自分一身甘瓦注，不知重賞用黄金。君王笑謂當如此，楚漢雌雄何足齒。莫嗤超距浪輕生，横草功名須致死。二百年來無英雄，故宫瓦礫吟秋風。一寸山河鬥蠻觸，五千甲士化沙蟲。灌莽微軀一何有，捉生誤落兒童手。蟻賊穿墉負敗胔，戰骨雖香嗟速朽。凉秋九月長安城，黑鷹指爪愁雙睛。錦韝玉絛競馳逐，頭鵝宴上争輸嬴。鬥鴨欄空舞馬死，開元萬事堪傷心。秘閣圖書遇兵火，廠盒宣窑賤如土。名都百戲少人傳，貴戚千金向誰賭。樂安孫郎好古癖，剔紅填漆收藏得。我來山館見雕盆，蟋蟀秋聲增嘆息。嗚呼！漆城蕩蕩空無人，哀蛩切切啼王孫。貧士征夫盡流涕，惜哉不遇飛將軍。

聽女道士卞玉京彈琴歌

駕鵝逢天風，北向驚飛鳴。飛鳴入夜急，側聽彈琴聲。借問彈者誰？云是當年卞玉京。玉京與我南中遇，家近大功坊底路。小院青樓大道邊，對門却是中山住。中山有女嬌無雙，清眸皓齒垂明璫。曾因内宴值歌舞，坐中瞥見塗鴉黄。問年十六尚未嫁，知音識曲彈清商。歸來女伴洗紅妝，枉將絶技矜平康，如此纔足當侯王。萬事倉皇在南渡，大家幾日能枝梧。詔書忽下選蛾眉，細馬輕車不知數。中山好女光徘徊，一時粉黛無人顧。艷色知爲天下傳，高門愁被旁人妒。盡道當前黄屋尊，誰知轉盼紅顔誤。南内方看起桂宫，北兵早報臨瓜步。聞道君王走玉驄，犢車不用聘昭容。幸遲身入陳宫裏，却早名填代籍中。依稀記得祁與阮，同時亦中三宫選。可憐俱未識君王，軍府抄名被驅遣。漫咏臨春瓊樹篇，玉顔零落委花鈿。當時錯怨韓擒虎，張孔承恩已十年。但教一日見天子，玉兒甘爲東昏死。羊車望幸阿誰知？青冢凄凉竟如此。我向花間拂素琴，一彈三歎爲傷心。暗將别鵠離鸞引，寫入悲風怨雨吟。昨夜城頭吹篳篥，教坊也被傳呼急。碧玉班中怕點留，樂營門外盧家泣。私更裝束出江邊，恰遇丹陽下渚船。剪就黄絁貪入道，携來緑綺訴嬋娟。此地繇來盛歌舞，子弟三班十番鼓。月明弦索更無聲，山塘寂寞遭兵苦。十年同伴兩三人，沙董朱顔盡黄土。貴戚深閨陌上塵，吾輩漂零何足數。坐客聞言起歎嗟，江山蕭瑟隱悲笳。莫將蔡女邊頭曲，落盡吴王苑裏花。

蘆洲行

江岸蘆洲不知里，積浪吹沙長灘起。云是徐常舊賜莊，百戰勛名照江水。禄給朝家禮數優，子孫萬石未云酬。西山詔許開煤冶，南國恩從賜荻洲。江水東流自朝暮，蘆花瑟瑟西風渡。金戈鐵馬過江來，朱門大第誰能顧。惜薪司按先朝册，勛産蘆洲追子粒。已共田園没縣官，仍收子弟徵租入。我家海畔老田荒，亦長蘆根豈賜莊。州縣逢迎多妄報，排年賠累是重糧。丈量親下稱蘆政，鞭笞需索輕人命。胥吏交關横派徵，差官恐喝難供應。江南尺土有人耕，踏勘終無豪占情。徒起再科民力盡，却虧全課國租輕。詔書昨下知民病，解頭使用今朝定。早破城中數百家，蘆田白售無人問。休嗟百姓困誅求，憔悴今看舊五侯。衹好負薪煨馬矢，敢誰伐荻上漁舟。君不見舊洲已没新洲出，黄蘆收盡江潮白。萬束千車運入城，草場馬厩如山積。樵蘇猶向鍾山去，軍中日日燒陵樹。

再觀打冰詞

官催打冰不肯行，座船既泊商船停。商船雖住起潛聽，冰底有聲柁牙應。桅竿旗動吹南風，舟子喜甚呼艨艟。兒童操挺争跳躍，其氣早奪馮彝宫。砉如蒼崖崩巨石，鍧如戈矛相撞擊。滃如雲氣騰虚空，颯如雨聲飛淅瀝。河伯娶婦三日眠，霜紈方空張輕烟。忽聞裂帛素娥笑，玉盤銀甕傾流泉。别有鮫綃還未醒，沉魚浮藻何隱隱。上冰猶結下冰行，視水如燈取冰影。冰輪既碾相催送，三千練甲皆隨衆。激岸回湍冰負冰，白龍十丈鱗鱗動。自古水嬉無此觀，披裘起坐捲簾看。估客兼程貪夜發，却愁明日西風寒。枕畔輕雷殊不已，醉裏扁舟行百里。安得并州第四弦，彈徹冰天霜月起。

海市

仙人太乙祀東萊，不信蓬瀛此地開。虹跨斷崖通羽蓋，魚呑倒景出樓臺。碧城烟合青葱樹，赤岸霞蒸絳雪堆。聞道秦皇近南幸，舳艫千里射蛟回。

灝氣空濛萬象來，非烟非霧化人裁。仙家困爲休糧閉，河伯宮因娶婦開。金馬衣冠蒼水使，石鯨風雨濯龍臺。鑿空博望頻回首，天漢乘槎未易才。

東南天地望中收，神鬼蒼茫百尺樓。秦畤長松移絶島，梁園修竹隱滄洲。雲如車蓋旌旗繞，峰近香爐烟靄浮。却笑燕齊迂怪士，秪知碣石有丹丘。

激浪崩雲壓五湖，天風吹斷海城孤。千門聽擊馮彝鼓，六博看投玉女壺。蒲類草荒春徙帳，滄溟月冷夜探珠。誰知曼衍魚龍戲，翠蓋金支滿具區。

鴛湖曲

鴛鴦湖畔草粘天，二月春深好放船。柳葉亂飄千尺雨，桃花斜帶一枝烟。烟雨迷離不知處，舊堤却認門前樹。樹上流鶯三兩聲，十年此地扁舟住。主人愛客錦筵開，水閣風吹笑語來。畫鼓隊催桃葉伎，玉簫聲出柘枝臺。輕靴窄袖嬌妝束，脆管繁弦競追逐。雲鬟弟子按霓裳，雪面參軍舞鸜鴿。酒盡移船曲榭西，滿湖燈火醉人歸。朝來別奏新翻曲，更出紅妝向柳堤。觀樂朝朝兼暮暮，七貴三公何足數。十幅蒲帆幾尺風，吹君直上長安路。長安富貴玉驄驕，侍女薰香護早朝。分付南湖舊花柳，好留烟月待歸橈。那知轉眼浮生夢，蕭蕭日影悲風動。中散彈琴竟未終，山公啓事成何用。東市朝衣一旦休，北邙坏土亦難留。白楊尚作他人樹，紅粉知非舊日樓。烽火名園竄狐兔，畫閣猶存老兵坐〔二〕。寧使當時没縣官，不堪朝市都非故。我來倚棹向湖邊，烟雨臺空倍惘然。芳草乍疑歌扇緑，落英錯認舞衣鮮。人生快樂終安極，年去年來增嘆息。〔三〕聞笛休嗟石季倫，銜杯且效陶彭澤。君不見白浪掀天一葉危，收竿還怕轉船遲。世人無限風波苦，輸與江湖釣叟知。

避亂廣陵

浩劫知難問，秋風天地哀。神宫一柱火，仙竈五丁雷。劍去龍沙改，鐘鳴鼉鼓來。可憐新戰骨，落日獨登臺。

彭蠡初無雁，潯陽近有書。干戈愁未定，骨肉苦離居。江渚宵傳柝，山城里出車。終難致李白，卧病在匡廬。

〔二〕『畫閣猶存老兵坐』，吴偉業《梅村集》（國圖藏清康熙刻本，下同）作『畫閣偷窺老兵怒』。

〔三〕『人生快樂終安極，年去年來增嘆息』，《梅村集》作『人生苦樂皆陳迹，年去年來堪痛息』。

課女

漸長憐渠易，將衰覺子難。晚來燈下立，携就月中看。弱喜從師慧，貧疑失母寒。亦知談往事，生日在長安。

送張學博孺高之官江北

薄宦非傍郡，孤舟幾日程。詩傳沛子弟，禮問魯諸生。冰冽官厨釀，城荒射圃耕。北來車馬道，猶喜簡逢迎。

病中别孚令弟

此意無人識，惟應父子知。老猶經世亂，健反覺兒衰。萬事愁何益，浮名悔已遲。北來三十口，盡室更誰依。

送紀伯紫往太原

佐府偏多暇，從容岸幘時。詩成千騎待，檄就百城知。從獵貪呼妓，行邊快賭棋。歸將出塞曲，唱與武陵兒。

長安雜咏

鼓角鳴鞘下建章，平明獵火照咸陽。黄山走馬開新埒，青海求鷹出大荒。奉轡射生新宿衛，帶刀行炙舊名王。侍臣獻賦思遺事，指點先朝説豹房。

聖駕幸南海子遇雪大獵

君王羽獵近長安，龍雀刀鐶七寶鞍。立馬川原千騎擁，賜錢父老萬人看。霜林白鹿開金彈，春酒黄羊進玉盤。不向回中逢大雪，無因知道外邊寒。

送曹秋岳以少司農遷廣東左轄

江東才子漢平陽，身歷三臺拜侍郎。五管清秋懸使節，百蠻風静據胡床。珠宫作貢通滄海，象郡休兵奉朔方。早晚鄼侯能薦達，鋒車好促舍人裝。

秋風匹馬尉佗城，銅鼓西來正苦兵。萬里虞翻空遠宦，十年楊僕自專征。山連鳥道天應盡，日落蠻江浪未平。此去好看宣室召，漢皇前席問蒼生。

銅柱天南起暮笳，蒼山不斷火雲遮。羅浮客到花爲夢，庾嶺書來雁是家。五月蠻村供白墮，千年仙竇訪丹砂。炎州百口堪同住，莫遣閑愁感鬢華。

送同年江右朱遂初憲副固原

銜杯落日指雕鞍，渭北燕南兩地看。士馬河湟征伐罷，弟兄關塞别離難。荒祠黑水龍湫暗，絶坂丹崖鳥道盤。錯認故京還咫尺，幾人遷客去長安。

清秋柳陌響朱輪，帳下班聲到近臣。萬里河源通大夏，七盤山勢控新秦。北庭將在黄驄老，西海僧來白象馴。最喜安邊真節使，君恩深處少風塵。

自嘆

誤盡平生是一官，弃家容易變名難。松筠敢厭風霜苦，魚鳥猶思天地寬。鼓枻有心逃甫里，推車何事出長干。傍人休笑陶弘景，神武當年早挂冠。

揚州

野哭江村百感生，鬥鷄臺憶漢家營。將軍甲第櫜弓卧，丞相中原拜表行。白面談邊都入幕，赤眉求印却翻城。當時祇有黄公覆，西上偏隨阮步兵。

盡領通侯位上卿，三分淮蔡各專征。東來處仲無他志，北去深源有盛名。江表衣冠先解體，京西豪杰竞投兵。祇今八月觀潮處，浪打新塘戰鼓聲。

撥盡琵琶馬上弦，玉鈎斜畔泣嬋娟。紫駝人去瓊花院，青冢魂歸錦纜船。豆蔻梢頭春十二，茱萸灣口路三千。隋堤璧月珠簾夢，小杜曾游記昔年。

過淮陰有感

落木淮南雁影高，孤城殘日亂蓬蒿。天邊故舊愁聞笛，市上兒童笑帶刀。世事真成反《招隱》，吾徒何處續《離騷》。昔人一飯猶思報，廿載恩深感二毛。

登高悵望八公山，琪樹丹崖未可攀。莫想陰符遇黄石，好將鴻寶駐朱顏。浮生所欠止一死，塵世何由得大還〔二〕。我本淮王舊鷄犬，不隨仙去落人間。

贈遼左故人

路出河西望八城，保官老母泪縱横。重圍屢困孤身在，垂死翻悲絶塞行。盡室可憐逢將吏，生兒真悔作公卿。蕭蕭夜半玄菟月，鶴唳歸來夢不成。

齊女門前萬里臺，傷心砧杵北風哀。一官誤汝高門累，半子憐渠快婿才。失母况經關塞別，從夫祇好夢魂來。摩挲老眼千行泪，望斷寒雲凍不開。

功臣廟

畫壁精靈問氣豪，鄂公羽箭衛公刀。丹青賜額豐碑壯，棨戟傳家甲第高。鹿走三山争楚漢，鷄鳴十廟失蕭曹。英雄轉戰當年事，采石悲風起怒濤。

玄武湖

覆舟西望接陂陀，千頃澄潭長緑莎。六代樓船供將士〔三〕，百年版籍重山河。平川豈習昆明戰，禁地須通太液波。烟水不關興廢感，夕陽聞已唱漁歌。

〔二〕『塵世何由得大還』，《梅村集》作『塵世無繇識九還』。

〔三〕『將士』，《梅村集》作『士女』。

梅村

枳籬茅舍掩蒼苔，乞竹分花手自栽。不好詣人貪客過，慣遲作答愛書來。閑窗聽雨攤詩卷，獨樹看雲上嘯臺。桑落酒香盧橘美，釣船斜繫草堂開。

別丁飛濤兄弟

把君詩卷過扁舟，置酒離亭感舊游。三徑雲間空想像，二丁鄴下自風流。湖山意氣歸詞苑，兄弟文章入選樓。爲道故人相送遠，藕花蕭瑟野塘秋。

送林衡者歸閩

五月關山樹影圓，送君吹笛柳陰船。征途鶗鴂愁中雨，故國桄榔夢裏天。夾際草荒書滿屋，連江人去雁飛田。無諸臺上休南望，海色秋風又一年。

自信

自信平生懶是真，底須辛苦踏征塵。每逢墟落愁戎馬，却聽風濤話鬼神。濁酒一杯今夜醉，好花明日故園春。長安冠蓋知多少，頭白江湖放散人。

新河夜泊

百尺荒岡十里津，夜寒微雨濕荆榛。非關城郭炊烟少，自是湖山戰鼓頻。倦客似歸因望樹，遠天如夢不逢人。扁舟蕭瑟知無計，獨倚篷窗暗愴神。

將至京師寄當事諸老

莫嗟野老倦沉淪，領略青山未是貧。一自弓旌來退谷，苦將行李累衰親。田因買馬頻書券，屋待牽船未結鄰。今日巢由車下拜，凄凉詩卷乞閑身。

感舊

赤欄橋護上楊花，翠羽雕籠語絳紗。羡殺江州白司馬，月明亭畔聽琵琶。

臨清大雪

白頭風雪上長安，裋褐疲驢帽帶寬。辜負故園梅樹好，南枝開放北枝寒。

阻雪

關山雖勝路難堪，纔上征鞍又解驂。十丈黄塵千尺雪，可知俱不似江南。

卷九 曹溶

福清魏憲惟度 輯選

宛平王崇簡敬哉　武進吴珂鳴耕方

高陽李　霨坦園　宜興莫大勛魯巖　參

曹　溶〔一〕字鑒躬，號秋岳，秀水人。

夜濟語溪是檇李西邑

越舸溯歸浪，衆壑奔澄川。弄歌未及晚，皓魄俄已懸。氣燠褫紈帶，候至鳴商弦。起坐理遐矚，列岫靄人烟。枯桑變農月，遺穗多平田。密霧阻游鵠，大澤延栖鳶。卷組方過里，學漁還扣舷。

〔一〕此卷原本、校本均無小引。

深居負〔一〕奇疢，在道無長年。二端覺情慮，保德中自捐。

武林遇何芝函侍御舉子彌月因述往事以志悲喜

晨興理長征，鼓棹起文鵠。兩峰秋未窮，霜雨洗煩縟。欻逢流寓人，佳氣滿中谷。西川方阻兵，劍閣樹牙纛。〔二〕樂此甘棠鄉，將老悉歸躅何曾按吾浙。土竈映疏烟，詩書冷僮僕。相視涕沾膺，俯愧身更辱。歷數同朝生，蘿蔓倚珠玉。潼關賊莫當〔三〕，時宰正貪黷。獨修來衆指，角黨慎所觸。睚眦怨必伸，横發等鋒毒。楚風彌悍急，賢豪罹深酷。張弓黯昧間，恩斷不可續。旁睨恨拘束。論救乏通才，百口義安贖？以兹嘗惻惻，微薄蒙見録。曠識洞秋毫，道轉容褊曲。伏謁慰離顔，話舊意猶篤。茂草聚都宫，簪紳日煩促。〔四〕慘人先自戕，覆巢連戚屬。余歸皮骨存，公鬢方再緑。階樹挺芳枝，英器喻騏騄。邀賓設湯餅，妙舞炳明燭。灑掃湖上軒，夕霞開麗矚。田園雖就蕪，得酒一生足。坦慮杜群機，福善良可勖。哲嗣冀揚徽，講德勵衰俗。

〔一〕『負』，曹溶《静惕堂詩集》（天津圖書館藏清雍正三年李維鈞刻本，下同）作『召』。
〔二〕『西川方阻兵，劍閣樹牙纛』，《静惕堂詩集》無。
〔三〕『莫當』，《静惕堂詩集》作『滔天』。
〔四〕『茂草聚都宫，簪紳日煩促』，《静惕堂詩集》無。

觀拂水歌

往者〔一〕歲暮登山椒，沙黄密雪封枯條。泉源凍盡流不得，仰睹天宇雙鴻遥。我今再過值闌暑，黑虹如帶飄湖渚。狂霖三日發瀑布，雖逢泥滑當視汝。村前竹輿疾且輕，十里幻作五里行。穿松造坂始一息，隔谷已見濺濺鳴。得名未許他方借，游龍千道光相射。怒捲雷霆石上生，高奔江海空中瀉。亭午南風氣力微，不能挾〔二〕水使倒飛。偶然披拂僅盈尺，敢詡錯落同珠璣。路傍野老髮勝銀，爲言此水若有神。來游合備清虚福，風色變换恒隨人。蹇余諧俗無奇計，支離豈免山靈弃。俄頃紛多感悼心，白首岩阿真未易。

茉莉篇

吴王舊苑凉如水，銀河照地忘眠美。鶴過陰廊月漸低，螢飛複館風微起。佳人盡是傾城姿，珊瑚鎖骨冰呈肌〔三〕。單縠裁成舞袖窄，輕蓮步出歌屏遲。雀釵墜後夕妝急，粉鏡臺平垂手立。横挑并翼光疑留，密綰同心狀奚及。收却秦珠籠步摇，何藉琅玕壓翠翹。倡綠墮馬垂餘纈，宫樣盤龍束

〔一〕『者』，原本、校本均作『往』，據《静惕堂詩集》改。
〔二〕『挾』，《静惕堂詩集》作『挽』。
〔三〕『肌』，《静惕堂詩集》作『姿』。

短綃。盤龍墮馬愁無極，衹有鮮花動人憶。下階自摘窈窕枝，拂鬢忽增靡曼色。屈絲穿雪望玲瓏，拔簪抽玉憐攲側。共蒂連叢露不乾，相偎衹對艷姬看。初苞細蕊玻璃薄，徐舒素萼水晶寒。拭汗半沾桃簟冷，辟塵斜插犀梳影。枕畔移春蝶詎知，帳中逆鼻〔二〕人還醒〔三〕。此時含笑別有情，此時橫陳百態生。鴛鴦幔角羞無力，烏鵲橋頭夢不成。亦有秦淮諸女郎，薰衣代燎侈莫當。家家綉户朝留葉，人人膩髮夜如霜。那惜金錢還競賽，淡飾自緣名士愛。乍可招摇日未西，誰能爛熳開方戴。來從五嶺沉烟霧，正逼長江千萬路。寸草常令閨閣歡，一生總爲芬芳誤。恨儂少小作妖嬈，不耐移根去國遥。天寒歲暮空回憶，金屋終難貯阿嬌。

夜歸行

冰凌澀艇閉湖甸，長街人稀砂打面。老鷲僵立毛羽頹，密林無葉天將變。歲十二月寒正緊，夜色交加飛雪片。西鄰黄生知我閑，折簡召我偕芳宴。急呼短輿踏雪行，火爐促坐開深院。四海難逢武備休，一身且喜還相見。酒出床頭臘味青，密煎餅薄不留咽。貪歡寧止過百杯，臨當分手情戀

〔二〕『逆』，原本、校本均作『送』，訛誤。『逆鼻』，謂茉莉之香氣回旋飄動入鼻。宋陳師道《和和叟梅花》：『捲帘初認雲猶凍，逆鼻渾疑雪亦香。』見（清）陳唐編：《後山先生逸詩》卷四，清雍正三年（一七二五）刻本，第十葉。

〔三〕『醒』，原本、校本均作『省』，據《静惕堂詩集》改。

戀。是時城樓鼓聲緩，涑合通衢積銀霰。杖藜徐返未及門，星光忽迸鷄翎箭。硬弓挂臂腰纏刀，豈有宵嚴催巷戰。截路攔胸爾何意，瞭知行刼排後殿。踉蹌反走氣始蘇，回看賊火尚如電。近日姑息厲禁弛，弱肉竟令人命賤。居民早暮縱殷防，穴墻毁栅得自擅。哀號長跽獻所有，婦女不敢藏釵釧。公然嘈雜廛市中，况復村田隔州縣。客兵失業無不爲，推原禍本由惰弁。鷙性那肯忍饑餓，兼呼伴侣利器便。親值怪事空心驚，嘆息鄉勇莫能練。亂後思安此一端，來往無虞亦堪羨。

李氏横山草堂歌

江亭作城枕潮汐，其西乃有横雲山。往來采石恣斧鑿，窮巔絶뺏無人攀。忽傳選勝意匠苦，出錢置屋懸崖間。連綿不斷數十里，芒鞋踏碎蒼苔斑。轉入深山見金碧，清池種蓮常百尺。文杏裁作堂上梁，好峰磨向階前墄。群詫林稀岡勢回，倏看履過溪流坼。渡江南來僅見此，乃知神物天所惜。凌秋直上青松梯，下瞰三泖蛟龍棲。時時晞髮弄明月，不與常候同暄萋。憶昔此園全盛日，掃除盡力無纖泥。平坡直許萬馬過，削壁到處游人題。笙管啁啾澗底發，壺觴絡繹空中移。盛極還衰有常度，赤棘戎戎塞前路。君家父子已游仙，那得林泉尚如故。百年藻井環獸裂，珠閣離披若烟霧。松鼠晝出不避人，酒臺墨沼空無數。嗚呼吾友今寂然，空餘旐旐纏幽燕。時危壯士薄升斗，思親眷國身同捐。魂魄應知戀鄉里，姓名定足文山川。霜天夜半起横笛，倘有孤鶴來盤旋。

吴郡秋思

山外高樓俯夕曛，五噫嗣咏正離群。寒濤不見横江鎖，沙草時揺鎮海軍。槎滿吴淞天畔落，秋連鳧雁客邊聞。長鷩竹箭雕疏甚，谷口何年盡白雲。

語溪夜泊

春水西回拍岸冰，重裘不寄冷難勝。心窮進退兵戈阻，行遍燕吴歲月增。宿鳥依人喧過檻，烟巒作雨暗孤燈。千年霸國今存否？自向漁樵數廢興。

九日芝麓總憲招宴慈仁寺即席賦

帝城風葉動三秋，滿眼青山侣舊游。兵後幾人無白髮，樽前此地是滄洲。蕭蕭檜栝盤雕健，漠漠關河去雁愁。多恐客懷揺落盡，臺霜莫遣近高樓。

答曾庭聞

兩度過鴛水，車書失會同。那知鷄黍約，翻在道途中。臘近椒盤酒，陽回玉琯風。西陲兵〔一〕事減，寂寞數英雄。

〔一〕『陲兵』，原本漫漶，據校本補。

避地河西好，移家傍賀蘭。時名尊雁塔，鄉夢落魚竿。射獵需才備，山川倚險看。聞君驅馬出，靈武至今寒。

游南華寺不果紀事

越疆多變後，佛火漸衰年。古院存兵窟，春風洗瘴天。鏡塵深嶂少，獵網夜燈圓。大法原無擇，安心旅泊前。

贈孟二青

東吴蕭散士，薄力謬稱詩。法與諸家左，名將故國私。放船隨夕漲，隱几聽寒鴟。忽動高流意，相逢不恨遲。

衛國風多美，新交得孟公。碧山因坐晚，清署失樽空。鷹隼秋能警，松篁路未窮。亂餘辭辟召，迹與古人同。

庚寅清明游先農壇即事

此時當樂死，户外復何之。清酒頻分夜，歸驢偶倒騎。烟霾池畔少，花竹禊前移。客興粗排遣，流鶯莫漫欺。

題成少傅浮丘山房圖

翠花臨瑶圃，蒼松出錦林。峰巒期置酒，猿鶴喜抽簪。景勝餘宸藻，山成有賜金。即看高卧日，萬壑應清音。

繫情魚鳥地，千里望神京。石笋穿籬密，風潭倚檻清。救時還種藥，娛客自和羹。插架縑緗滿，真疑閬苑行。

絶境微吟表，飛崖尺練中。丹青傳逸事，臺榭綰春風。竹色携琴過，河聲捲幔通。幾時倍杖履，洗眼對空濛。

飲馮秋水二知園

常憶披襟粤嶺東，棘圍將動彩旗風。幾年障塞愆魚腹，一夕樽罍媚菊叢。鳳詔莫回疏廣逸，草堂疑亞杜陵窮。君看蕭灑長林外，盛有蛾眉泣漢宫。

滹沱水急雁門高，勇退寧關感二毛。鶴過松間留醉石，月斜詩裏得宫袍。賓朋秩秩來花信，勛業悠悠付蟹螯。興到盡開池上閣，自存雄氣剪蓬蒿。

塞上何曾有藥欄，君家池館恣人看。林香茹越穿筇入茹越山在應州，雪氣樓煩拂劍寒。宛宛泌流宜畫舫，冷冷静晝出雕盤。鳳雛不見三年久，欲寄音書路淼漫懷長公訥生博士。

勾注山前積翠深，中書行省一浮沉。傳家已著張衡賦，奉使終辭陸賈金。竹檻清光開臘蟻，夜燈疏雨唤春禽。江南回首風濤惡，塵鞅憐余大隱心。

日午徵歌錦簟清，鸞簫欲斷玉縱横。星分陸海初聯榻，天剩瓜田合耦耕。萬里抽簪酬願足，一春沾酒覺身輕。自從親到華胥後，不道幽并接鳳城。

豪飲相遭恨已遲，炎天羸馬更安之。主人翻匿陳遵轄棋公兵備，座客初聞顧况詩昆山顧凝人以游五臺適至。窈窕名園塵不入，泬漻吾道鬢如絲。清吟灰盡熊羆窟，暫對還驚白雪姿。

答雷潛虛

連營虎旅接雲州，國士書來别幾秋。歷覽名都留劍舄，悲歌落月和箜篌。鋤瓜竟易通侯賞，織素誰傳去婦愁。醉倚雪花汾水上，夜寒催憶鳳凰樓潛虛新罷官，故慰之。

贈别何叔鑑

朔風吹雨過重陽，客邸新交錦帶香。急解金魚趨酒肆，勝驅鐵馬上沙場。哀吟離黍神州舊，夢挽雕弧幕府長。挽節正須攄壯思，振衣恒岳俯河梁。

二毛衰盡未酬恩，欲鼓琵琶涕滿樽。雪色喜從三楚至，春風難向五原論。郊空苜蓿賓筵苦，冷放熊羆别路昏。千里金羈芳草緑，獨留清嘯繞屏門。

歲暮雜詩

使者空傳萬里槎，古墻積鐵見黄沙。杯乾苦憶南鄉月，歲閏應遲北岳花。香送玉珂心自阻，霜浮金戟夢初斜。臨檐手種青松滿，不減山中處士家。

刁斗無聲瞷曉星，車書西去達金庭。籌兵已换三邊險，攬鏡難回兩鬢青。隨俗羔羊乘臘卧，背人饑烏帶愁聽。暗期碧草皋原滿，束馬輕裝下井陘。

風葉晨飄鳳井陰，含悲壯士亦銷沉。塵埃天倦彈冠客，鼓角宵攢拊髀心。江國授衣秋杵近，胡姬勸酒砦霜深。臂鷹獵兎非吾事，目送群山入素琴。唐莊宗金鳳井在應州。

較射堂高拂弩牙，鹿盧長劍淬霜花。圍連墟莽摶生兕，壁暗金鐎起暮鴉。邊徼豈須誇筆札，年光時喜混龍蛇。玉關通道無傳警，一望降城雪草斜。

白登奇計舊知名，新敕書生莫論兵。吏散層冰凝石几，夜愁殘月照藜羹。榛林已失沙陀裏，帳殿空懷拓跋城。每恨恒山青蜿蜒，教人長起故園情。

喜聞照千至太原招之

憶別王生近十秋，關榆塞柳送新愁。名都美酒當無恙，佐郡華簪早自抽。藥竈去人添鬢雪，雲帆約我負江舟。相思好命追風騎，休折梅花寄隴頭。

五原精鋭古今聞，珠勒銀槍閱馬軍。宦迹崎嶇驚卒歲，客情蕭颯看浮雲。燈棚鼓亂樽初洗，沙驛鴻飛夢轉分。知爾雕龍雙腕健，已令春草碧氤氳。

送方艾賢進皇太后壽表

玉節趨丹陛，金鞍被紫騮。雄藩專使者，西道領諸侯。候館臨琴峽，王程指薊丘。酡酥開綉幄，雉尾下雲樓。萬國瞻坤象，千官憶睿謀。笙鏞圍翟茀，鸞鳳耀簾鈎。日暖慈宮啓，天高彩伏留。

聖情深視膳，孝德見凝旒。蒼佩鵷行入，爐香燕喜浮。

又

御筵桃核古，内醖菊花稠。緬想車輪斎，偏逢賜予優。微酣還甲第，緩步出清秋。廉吏徵求簡，雄才雅頌收。好傳天上語，一慰滯邊愁。

張晦先兵憲自滇南寄訊作此答之

黄輿窮地紀，朱幕壯王猷。花發昆池曉，猿啼僰道秋。總誇持節盛，詎免望京愁。天末懷同調，軍聲控上游。瘖痍南北共，綜核簡書稠。比玉名常在，聯鑣志莫酬。碧鷄通信使，白馬過諸侯。遂枉縑緗贈，應爲栗烈謀。分甘來戟府，歛局下江樓。封驗芝泥濕，開驚瘴雨浮。倉山齊五岳，珥海照中州。龍氣雌雄遠，鵷行絳灌收。停雲初嗣響，卧雪竟忘憂。爲報占星客，春先在隴頭。

雲岡寺宴集二十韵〔一〕

邀客坐平沙，寒陰半雪花。梅檀羅十寺，罄筦幻三車。堤柳飄金梵，風毛印玉砂。野清圍列騎，徑曲隱吹笳。石鼓喧霄漢，冰泉礪齒牙。法幢隨霧雨，寶座即谽谺。佛國游堪借，軍容静不譁。遥天開帟幕，中席進琵琶。鼎沸親煎茗，盤空映削瓜。興餘攀鐵鎖，深處乞胡麻。醒酒穿林麓，

〔一〕『二十韵』，原本、校本均作『十二韵』。《静惕堂詩集》作『二十韵』，據改。

貪歡〔二〕置網罝。鏑聲鳴〔三〕餓虎，矛影散秋蛇。未礙西來法，聊舒遠放嗟。古今人孰在，銘刻意徒奢。水繞孤城直，山分大漠斜。要荒齊奉版，駝馬各歸家。境勝酬官冷，閑多綏鬢華。湫袠親靉靆，彩筆付蒹葭。當軾懸捎兔，移燈照晚鴉。碧雲猶徙倚，不信出塵賒。

〔二〕「歡」，原本、校本均作「權」，據《静惕堂詩集》改。
〔三〕「鳴」，《静惕堂詩集》作「驚」。

卷十　申涵光

福清魏憲惟度　輯選

曲阜孔胤樾心一　攸縣劉友光魚計
浚縣周體觀伯衡　曲周劉　佑雲麓　參

申涵光 號鳧盟，廣平人。

小引

魏子曰：余選《詩持》，欲總南北風雅爲詞苑大觀。得鳧盟申先生詩於白下，僅數首，私意以爲古人。迨登蘇門訪孫徵君香茗之餘，言鳧盟留心理學，爲程朱功臣，綺詞韵語，矢口不談。始知鳧盟以今人而坐進於古人者也，慨焉慕之。鳧盟因孔觀察一日之交，以全集簡知我者，且致詞焉。余愕而起曰：『申公尚談此乎？抑慰余夙懷乎？』遂移向花月亭中快吟之。詞典旨温，情深景肖，不減漢唐風裁。益信鳧盟於聖賢大業，既已優入，而性情名言，不妨并著，爲今古全人也。

至其寄托悠長，以抑塞沉鬱之才，蘊忠厚和平之旨，則余於皐盟別有賞心，不復向外人道也。

歲晏

東鄰富珠玉，華屋眉常顰。西鄰褐不完，弦歌無冬春。人生各有適，苦樂豈關身。詩書敦古懷，
山川多嘉辰。斗酒良亦娱，况遇同心人。寄語結駟客，莫憐原憲貧。
少年矜意氣，抵掌瀝肺肝。樽中酒尚温，談笑生波瀾。但念今時非，不言昔時歡。寵歇難爲容，
罪誤誠多端。昔當貧賤中，努力同艱難。
荆吴隔大江，風濤不可涉。短衣凌荒岑，挂槳撥寒月。玄雲閉河梁，故人書久絶。目招誰家兒，
輕揚弄綺陌。投我蛺蝶羅，擊以雙玉玦。我畏不敢過，中途自改轍。弱草披澗陰，梧桐峙高闕。
本非同根生，榮瘁應各別。
我有太阿劍，寶氣常干霄。飾以藍田玉，淬以鷿鵜膏。出入常相隨，有如貧賤交。時平適不用，
共弃荒山坳。田父顧之笑，欲刈蕭與蒿。
亭亭西山雲，萬仞青芙蓉。下臨不測淵，上有太古松。松頂巢黄鶴，淵中藏蛟龍。躡屐披雲根，
亂石翳蓊茸。隔溪三五人，濯足吟疏風。白髮好容顔，無乃南山翁。漢庭亦已出，書幣凋淳懞。
真隱自草木，豈貪世上功。落日凌紫烟，揮手吾焉從。

憶山居

世態今如此，人生亦何慕。嚴風剉草木，春到南郊樹。步屧入平沙，鳧鷺眩屢顧。忽見西山來，微茫隔烟霧。宿昔避世心，浮雲展幽素。朝看漁樵行，暮隨猿鳥聚。道力苦未堅，人群被羈住。遥指斷山口，知是草堂路。舉世喜多端，朱門無緩步。我性實疏頑，常恐世人怒。耕種難後時，清溪淺可渡。山鳥待歸人，百年亦朝露。

咏古

我聞燕山側，昔有黄金臺。千金買馬骨，遂有壯士來。壯士不爲金，感君重士心。君王不愛馬，馬死鹽車下。感會成風雲，勛名難俱偶。昔在泥塗中，枵然窮谷叟。我來屬時危，荒臺迹已没。昭王不可求，坐看燕市月。

鷄鳴曲

酒正暖，月暗風凄凄，墻頭膠角鷄亂啼。拂車塵，郎欲去，室中人語：鷄失早暮，不是應啼時，郎行莫教誤。

黄河决

黄河决，河水竭。蛟龍遠徙，車徒步涉。去海千里，黿鼉晝飛。生無處所，死不可知。魚游松頂泰山卑，龍乎，龍乎，何時歸？

匡廬吟問李饒州志清

汝從江右返，正當秋雁分。幾時離却鄱陽水，衣裘尚帶匡山雲。我聞匡山天下絶，飛泉百丈吹瓊雪。香爐五老没層雲，影入波濤峰勢折。聞有陸羽井，又有遠公臺。李白讀書心所好，至今魂魄應常來。我曾東入吴，揚帆下西浙。楊子太湖水，滿眼吴山北固皆丘垤。十載匡廬幽夢結，西江血滿鄱湖熱。兵戈遥隔子猷船，汝若曾登可細説。

邯鄲行

西風吹落葉，颯颯邯鄲道。邯鄲兵火後，人家生白草。我聞邯鄲全盛時，朱樓銀燭光琉璃。趙女臨窗調寶瑟，樓前走馬黄金羈。即今富貴皆安在？惟有西山青不改。不見游俠子，白日報讎飲都市；亦不見壚邊倡，華袿鳳髻明月璫。舊城寥落荆榛裏，樓臺粉黛皆茫茫。城邊過客飛黄土，城上憑臨日正午。照眉池畔落寒鴉，不信此地曾歌舞。探轂沙丘去不回，霸圖消歇更堪哀。邯鄲之人思舊德，至今猶上武靈臺。

學仙引

少年寡信好，萬事隨徵逐。常笑學仙人，服藥死窮谷。患難損精魂，心事恣潦倒。我年方及壯，自覺形容日衰老。側聞廣成子，能爲黄金丹。方瞳碧玉杖，逍遥生羽翰。我欲從入崑崙巔，掃花曬藥浮雲邊。縱使神仙不可得，也應高枕送殘年。

吁嗟行

吁嗟！我生三十有四年，山楓野櫟空拳攣。倔强時遭豪吏駡，酒酣擊筑何人憐？我見時人强笑語，傾心輸意相纏綿。險如太行深溟渤，鞠躬酒肉生戈鋋。吁嗟我生胡能然！我有詩書三萬卷，先人手澤留丹鉛。筋力未衰兩弟少，埋愁息照雲山邊。西岩茅屋近滏口，上栽松竹下平田。有時坐明月，半醉揮朱弦。橋頭望落日，蠟屐凌蒼烟。有時高卧臨風渚，白鷺飛來枕席前。我生得此亦已足，胡爲終日隨喧闐！待我十年人事畢，負薪椓地終南巔。不爾浮家范蠡船，吁嗟我生胡能然！

郡中怪張覆輿自西山來

何事須城郭，人間復見君。全家依澗草，短褐帶山雲。薄俗居難定，忘形鹿可群。四方多戰伐，羡爾未全聞。

元夕

百戰山河异，春燈舊俗存。魚龍張紫焰，鐘鼓動黄昏。到處能看月，今宵亦閉門。歡娱思夙昔，嗚咽罷開樽。

林慮訪王山人

亂水桃源路，荒村仲蔚家。緣溪收柹葉，留客煮椒茶。丹栱岩前寺，黄雲谷口花。結鄰須共老，踏月度寒沙。

遣興

曝背隨農父，狂歌近夕喧。看山頻倚杖，見月自呼樽。塔影橋邊寺，鷄聲烟外村。栖遲烽火後，何事賦《招魂》。

豈敢名高尚，山園已定居。數椽風雨外，萬事死生餘。避地尋丹訣，傳家有素書。天寒松酒熱，日日涸樵漁。

荒臺憑晚眺，樹裏帶衡漳。網集潭魚急，天空塞鳥長。遠山供屧杖，落日澹行藏。不用移文誚，平生一草堂。

沙岸長林白，鷄豚委巷深。幽偏遺薄俗，昏旦倚天心。終日看飛鳥，有時彈素琴。蘆笳吹塞雪，何處雁書沉。

水落村沙暮，人烟郡堞西。樹分霜月小，門逐野墻低。留客須茶竈，殘生付藥畦。近來詩興發，不復向人題。

星月寒流外，衡門對浦橋。近簾霜氣逼，待酒燭花消。避世嗟蟬葉，浮名悟鹿蕉。天南消息斷，有夢入江潮。

小築容高卧，荒林失曙更。人從多難老，心向遠天清。野屋縣魚笱，霜灘落雁聲。一年看又暮，新月幾回明。

近闢場西地，林端結草亭。早凉吹散帙，夕鳥下疏欞。山翠遠猶見，漁歌夜可聽。寂寥雲水外，矯首問鴻冥。

甲申二月避寇西山六月適江左越明年乙酉四月乃還里舍荆棘虎狼風波盜賊之險歷歷在心

清夜追賦情見乎詞

故國容今夕，投林鳥倦飛。半年寒谷住，千里夜行歸。客夢江心雪，鷄聲天畔扉。艱難留病骨，回首泪沾衣。

與諸友游泉亭寺

樹裏泉亭寺，山田一徑斜。石開門對井，岸落雨衝沙。數子行秋色，孤樽就野花。暫來慚更去，康樂未離家。

縣壺腦謁張尚書湛虛先生

結茅飛鳥上，秋色滿縣壺。白髮增幽事，黄冠屈壯圖。琴樽山月好，風雨老臣孤。莫訝披雲至，浮名此地無。

山中回伯巖送至馬服山宿竹林寺明日別去

不盡登臨意，黄昏到竹林。問人尋草徑，隔水聽秋砧。雲落安禪處，僧知出世心。夜深高閣冷，鐘鼓伴愁吟。

曲周劉雲巃書樓

冷落尚書履，蕭森處士居。地憐群盜接，人似六朝餘。瓦硯來冰井，牙籤半石渠。醉眠驚夜柝，霜月小堂虛。

冬月餞周黍函八公兄弟歸武進

久晴宵亦暖，尊酒故人留。預悵臨岐別，何妨徹夜游。霜高潛落樹，月小静於秋。爲待江花發，漳邊問鷁舟。

社集限韵

早起開寒酌，乘春待客臨。干戈吾黨在，書畫草堂深。絳燭移人影，清歌動鳥音。醉餘天地別，忽似少時心。

南園社集

風定村橋暖，沙清野竹幽。世情憐塞馬，吾道及春鷗。緑似前年樹，烟生何處舟。籬邊新月上，問子可能留。

小築門依寺，長堤樹隱城。壺觴分野色，鐘磬有閑聲。褊性應難改，山田尚可耕。且將林外酒，高枕聽春鶯。

雨後林慮道中早行

曉渡青泥坂，秋花亂馬蹄。不知山寺近，漸覺遠村低。萬事驚鼙鼓，孤雲入杖藜。蘇門高卧處，爲訪碧峰西。

出郭

出郭驚黄葉，蹉跎欲白頭。一年秋又盡，萬事晚多愁。雪嶺回征雁，霜葭隱釣舟。避喧翻憶客，何處覓羊求？

雨罷有懷張上若周茗柯賀懷庵

六月濤聲裏，初晴亂白雲。風來蟬抱葉，烟隔鳥呼群。補漏牽青草，攤書待夕曛。高朋閑舟楫，消息久無聞。

久陰

僻巷青泥滿，人家水氣中。草疏催過雁，屐響住鳴蟲。生計貧初問，浮名晚欲空。蒼生思白日，涕泪落丹楓。

送路妹婿南行

八年三月聚，今去幾時歸。萬里隨霜草，孤身伴鐵衣。雨頻江路滑，邊冷雁書稀。莫更憐居者，柴門方掩扉。

答楊太史猶龍

少歲驚銅馬，騎驢入暮山。論交鳴鏑下，哭廟野雲間。宦格容疏放，鄉書獨往還。十年招隱地，猿鶴至今閑。

偶過韓聖秋寓值紀伯紫姜匯思快飲時匯思將南歸

下馬聞高會，開簾盡所親。秋花盈小院，京市有閑人。老向何方好？交憐我輩真。十年江左夢，風雨念西秦。

送姜匯思歸杭州省覲

黄葉催歸棹，青萍伴客裝。夢依湖畔草，身遠塞門霜。去國勞雙鬢，趨庭衹舊裳。客愁寬借汝，嗚咽罷離觴。

寶鷄巷訪吴見末比部即訂九日之游

卜宅依寒水，朝回衹閉關。見君當落葉，此地有空山。雨歇秋仍暖，官貧老更閑。登高何處好？屨杖許追攀。

贈胡彦遠

捩棹辭河渚，西風捲釣鈎。過江如絶域，入雒是閑游。駝馬黄雲暮，園陵白露秋。客居經半載，禁得幾回愁。

清源久客候妹婿路吾徵將自南旋

兩〔一〕年秋作客，此度更凄然。家近翻無信，人來尚各天。亂沙催岸柳，細雨暗江船。相見應嗚咽，臨風泪早懸。

〔一〕『兩』，原本、校本均作『雨』，聚錦堂本此句有眉批『雨，應作兩』，據改。

望遠

望遠來津市，秋深嗟未還。衣裳經雨薄，童僕去家閑。舟側隨魚網，鑼鳴渡水關。誰憐羈客影，日日衆人間。

登岱

夙愛雲山好，奇游始岱宗。腰輿凌絶壑，拄杖入深松。草覆前朝字，風傳下界鐘。天門霄漢裹，遥望翠微重。

躡屐登黃峴，崩雲暗女蘿。萬峰朝碣石，一氣引洪河。近水花争發，方秋雨易多。似聞梁父嘆，懷古正長歌。

古洞雲深黑，飛湍下碧簾。棧分孤闕小，天劃數峰尖。據石眼初放，臨風衣漸添。兩邊黃葉寺，朱果綴墻檐。

鼇祝來何代，聲靈走百王。封先群時禮，歡助萬年觴。夜日翻滄海，秋雲擁棟梁。問人尋玉簡，秦漢總茫茫。

萬國通金幣，均輸入縣官。樹留樵客火，額憶玉清壇。雷雨沉瑶席，荆蓁卧石闌。兒童聞勝事，長嘆説凋殘。

杜老遥題在，天留萬古青。雁來霜氣白，龍卧海風腥。鑱石傳游迹，除苔榻梵經。夜深看輦道，何處火熒熒？

飲表兄李志清水村亭子

樹影交亭影，蟬鳴亂夕陽。試泉傳茗碗，醒酒剥蓮房。席近繁花濕，衣沾碧草香。不成浮海意，咫尺是滄浪。

城近來宜數，相逢初解鞍。頻年高會少，斯世酒人難。浣葛垂欹樹，窺波落野冠。坐看農事苦，飽食愧盤餐。

寄金陵紀伯紫

昔在金臺側，逢人問酒徒。黄花吟入寺，白眼卧當壚。狂任公卿怪，清尋霜月孤。園陵看蔓草，血涓幾同枯。

暑夜諸友來集因憶山居

院凉宜晚坐，水氣逼荒村。挂笠纓垂樹，催觴月過門。危時清夜少，交道野人存。不到山園久，秋花憶石根。

春旱

海上戈初罷，方隅亦漸寧。風多天早赤，春旱草遲青。車馬軍輸急，帆檣戰血腥。不眠思往事，離亂恐重經。

睡起

睡起亭陰直，沙邊水氣凉。鳥飛低見影，松老静聞香。失學追何及，逃名久漸忘。近來軒冕客，無札到滄浪。

聞淮陽凶荒

昨歲淮陽雨，秋禾掩碧濤。赤眉連楚塞，白骨亂江皋。轉徙春農急，遲回計部勞。驚心魂夢裏，仿佛聽呼號。

暮春晚熱鄰友來坐花下

旱極春城熱，朋來坐夕梧。解衣攤石几，爇酒遠風壚。竹覆看花暗，星流到月無。戍樓喧鼓角，夜半有啼烏。

竹

戲插階前竹，三年已作藂。疏簾斜照緑，炎日細生風。時有幽禽至，長鳴曉霧中。如依高士座，鬚髮浄秋空。

寄懷容城孫鍾元先生隱居蘇門

結屋依泉樹，鬚眉見古人。衰年仍向學，薄俗自相親。萬死扶鈎黨，孤忠有逸民。近村成井邑，半是舊比鄰。金碗思龍馭，柴門謝鶴書。半生常作客，萬事此揮鋤。山鳥依茅棟，泉花照笋輿。尚嫌車馬聒，深谷欲逃虚。地自孫登後，高名屬許衡。君來前迹掩，更覺百泉清。饌薄供春蕨，冠存濯舊纓。向時親捧杖，谷口約同耕。

夏夜

夜短禁愁思，更深惜暫凉。餘生原土木，萬事已滄桑。鼠黠時登案，蛟喧故撲床。不眠松影立，擁露待晨光。

晴

不復衝泥出，科頭萬事慵。草晴如帶露，雲亂自成峰。賒酒憑秋稼，占年問老農。怪來香細細，澤國滿芙蓉。

秋夜懷兩弟入都

雨頻秋氣早，晚坐覺衣單。偶自裁詩就，同誰對月看。壯心輕道路，老夢怯長安。塞樹先摇落，將無憶釣竿。

獨往

荷香引步屧，出郭近長林。每立孤霞外，誰知獨往心。遠山晴見塔，小市晚聞砧。歸路沿新月，空窗拂素琴。

金陵早發

江臯久雪泥無路，草屐麻衫水氣中。不爲饑寒懷竹簡，偶思故舊歷霜風。六朝劍佩留殘寺，兩岸樓船挂角弓。聞道淮揚烽火急，天涯慘澹一孤蓬。

西洞庭

亂離忍渡鴟彝水，柔櫓輕檣范子舟。人有漁樵皆素侣，地無烽火即丹丘。千家橘柚分田路，十里松杉擁石樓。元宋興除高枕過，願將蓑笠伴魚鷗。

憂旱

春城落日淡無暉，草暗雲霾晝掩扉。到處清樽還獨飲，滿天鴻雁欲何歸？江邊曉角催征馬，塞外寒沙落釣磯。記得先皇憂水旱，十年素布浣龍衣。

鄴下懷古

漳南落木繞寒雲，野雉昏鴉魏武墳。不信繁華成白草，還將歌舞囑紅裙。西園亂石來三國，古瓦遺書認八分。七十二陵空感慨，至今誰説漢將軍。

無才

窗下平田細路分，樵歌幾處遠猶聞。濤聲夜落漳南樹，山色晴分冀北雲。曲岸人家依紫蓼，衡門客到煮青芹。無才合就窮途老，車馬休驚白鷺群。

寄西山張覆輿王都鄰殷伯巖張上若

蒼葭白月繞寒城，萬里霜飛旅雁驚。欲向山園尋綺季，誰從土室問袁閎。空餘慷慨猶多事，不廢謳吟亦近名。方外草深天地在，即今何處聽秋聲？

春郊

晴烟落日净暉暉，坐愛村橋晚未歸。亂後鶯花春自好，城中車馬客來稀。浦沙向暖鴛鴦卧，徑草初青蛺蝶飛。待到南園花滿樹，相過百遍定無違。

山中回寄吴下故人

西來雲木隱秋山，草屩孤筇信往還。半畝家留烟水外，十年身老亂離間。燈前濁酒酬黄菊，江上殘荷待白鷴。橘柚滿園烽火絶，幾時雙槳問吴關。

答王祭酒敬哉先生

雲霄書札到滄浪，醉卧秋陰菊正黄。冠履曾瞻鍾阜月，鬢眉應老薊門霜。一時麟鳳趨天仗，十載禽魚戀草堂。讀罷新詩山欲暮，滿林風雨動悲凉。

沙吹碣石斷飛鴻，千里霜笳夕照中。我自孤筇尋澗草，君從雙闕咏秋風。天涯烽火寒暄隔，午夜悲歌出處同。待到功成黄閣後，肯將漁父作鄰翁。

早秋憶舍弟觀仲久留都下

御苑蒼葭隱碧渠，天涯羈客半年餘。歸鞍莫待黄花後，尺素空傳白雁初。十畝松陰清梵閣，九門朔氣冷華裾。故園酒熟魚蝦滿，目斷庭幃正倚閭。

清源寺夜有懷舍弟觀仲隨叔

西風牢落贊公房，百里滄波是异鄉。誰解綈袍遮短褐，幸留明月伴空床。雁來古渡天如水，葉下秋城徑有霜。諸弟故園黄菊滿，即今何處擁壺觴。

雨

霜催落葉晚紛紛，細雨何堪永夜聞。馬自恒饑悲伏櫪，雁雖遭濕不離群。横流近接黄河岸，曉日全遮岱岳雲。聞道三齊游俠地，衹今賓客憶田文。

靈岩寺

天畔靈岩已昔聞，石橋花雨正紛紛。楓林亂掩浮圖出，黛色遥從泰岳分。古殿横闌迷赤箭，秋泉帶葉下青雲。伊蒲會罷僧厨飯，倚杖看碑到日曛。
雲外笙簧擁碧霞，游人争看鐵袈裟。虚岩白映山南日，老菊黄垂洞口花。溪水過橋喧鶴鸛，松根出石走龍蛇。飛梯萬仞栖真地，可許尋源問鹿車。

齊河道中

河流頻入汶陽田，大國笙竿憶惘然。百里豺狼鳴白晝，誰家鷄犬卧寒烟。黄榆亂塞門前路，赤地猶横隔歲船。爲報遺黎應努力，軍需方急水衡錢。

柬謝清源諸友

池頭風急早霜含，有客招尋得遠探。市近晚沽桑落酒，船來初擘洞庭柑。一時愁困憐司馬，諸子才名繼濟南。多病比年常戒飲，爲君重醉菊花龕。

別愁

庭槐落葉已深秋，雁影霜華起別愁。擊鼓夜喧青雀舫，閉門寒問黑貂裘。淵明乞食慚冥報，杜甫因人作遠游。白飯黄鷄歸正好，江帆細雨待春流。

長安雜興

黄榆霜老角聲哀，萬里風雲塞上來。到處狼裘圍蹴踘，四時龍管動蓬萊。憂天憶上劉蕡策，失路難登郭隗臺。蕭寺雪深鐘鼓後，可憐燈影撥寒灰。

三韓風俗漸宜人，曳履鳴璫記未真。酪酒半醺鷹在臂，柴車塞路馬隨輪。侯門競致軒轅鼎，羽客猶存處士巾。獨有中官雙鬢雪，時時涕泪説艱辛。

日落盧溝沙亂飛，城頭風雨折旌旗。囊空尚欲沽鄰酒，秋盡何人問客衣。絶域草衰蒼隼健，故園溪淺白魚肥。朱門夜夜鳴簫鼓，未許羈愁夢暫歸。

長途列戟滿荒墩，城巷生魚水氣昏。五利燒丹招海士，相如作賦買長門。黄雲夜照緣邊戍，白骨秋沉落葉村。我自鋤茅依絶巘，莫將悲喜問乾坤。

趨庭猶記説朝班，雙闕龍旗碧漢間。一自鼎湖隨玉仗，至今雲壑掩柴關。泥塗愧枉群賢顧，蓑笠還尋十畝閑。惜別漫傾燕市酒，霜梧落葉滿西山。

寄殷伯巖嵩岳

壯歲弃官尋五岳，早春乘屐訪三花。時逢好友俱堪老，每到名山即欲家。滿地松雲閑白拂，半天笙鶴遠清笳。慚予人事空瓢笠，目斷長河萬里槎。

酬魏都諫環溪

故山何日拄孤藤，夢在丹崖最上層。諫獵共傳焚後草，翻經不斷夜深燈。慚將皂帽還塵市，怪到朱門得戒僧。秋水滿園歸雁急，會看霜雪冷魚罾。

種竹

種竹茅齋下，忽覺茅齋冷。雨餘秋月生，窗上濕疏影。

酌酒

酌酒桃樹陰，落花眼中過。酒盡君莫還，醉即枕花卧。

客至

卧嫌人語煩，移床就古寺。君來看水雲，莫説城中事。

作屋

門前莫樹籬，欲令烟水接。伐柳作梁柱，屋内生枝葉。

殷睢寧伯巖弃官北歸

蕭然孤劍下南徐，父老江邊擁使車。歸路不須船載石，年來贏得秣陵書。

題明妃畫

五月邊霜毳帳秋，羅衣脱盡换貂裘。蘆笳一夜腸應斷，畫上何緣不白頭？

寄路甦生兄弟久寓吴門

六年風雨海門潮，目斷征鴻不可招。記得别時春二月，兩行烟柳濕楓橋。

村夜

月落溪村暑頓清，野人高卧夜無驚。遠風忽動堤邊樹，夢裏渾疑是雨聲。

飲野人草堂醉後泛舟漳浦

孤村雲木隱龐公，紫蓼蒼葭小徑東。多少樓臺隨雨散，獨將茅屋待秋風。
風吹何處稻花香，醉裏狂歌上野航。怪底不知殘暑在，人家一帶有垂楊。

隔岸棋聲散錦鷗，茅堂高卧海雲秋。沙邊日落長林晚，遥見歸人立渡頭。

醉别山翁日欲沉，遠天風雨渡寒砧。村邊·望秋禾滿，舊路依稀不可尋。

寄懷路妹婿吾徵

風雨難招客子魂，浮家萬里卧江村。姑蘇臺上應回首，白日寒烟是薊門。

題人野亭

溪上孤亭草樹幽，月明常醉木蘭舟。門前處處秋瓜滿，猶恐人疑是故侯。

送諸友應舉北上

難將蓑笠伴賢書，馬服山前有敝廬。京洛故人誰尚在？十年風雨隔樵漁。

舍弟入都

雁羽衝沙入薊門，連宵北望海雲昏。故園高卧愁如此，細雨孤燈何處村？

南園省梅

土寒北地梅開少，每憶林香欲作家。可惜數朝人事裏，春風吹老隔年花。

雨後

雨後看花踏錦泥，殘雲猶傍古橋西。黄鶯也解留春色，祇在棠梨枝上啼。

送人

水國陰雲落塞沙，故人匹馬向天涯。此時薊北春將晚，一路風吹楊柳花。

望嶁山

草徑傾危百丈縣，山頭樓閣鎖春烟。醉中曾倚樓前樹，當日登臨是少年。

寄冀襄陽公治

河朔音書隔楚烟，十年無泪拜啼鵑。仲宣樓上休南望，細雨蒼梧亦可憐。

燕京即事

地爐朝進白羊羹，處處霓裳間錦箏。賜得紫貂新暖帽，御橋霜冷駱駝聲。
塞雲宫月遠蒼蒼，蕭后妝樓亦渺茫。四百餘年池水換，依然風動芰荷香。
移來内市旁松寮，呵殿聲回散早朝。拚得金錢矜意氣，素磁争認舊哥窑。
聞道西山翰墨留，風雷午夜護銀鈎。可憐石馬荒榛裏，明月霜笳萬里秋。
金環盤髻覆輕紗，秃袖花鞭白鼻騧。共道禁城春色好，莫同青冢怨琵琶。

山前兔急雁飛號，黑霧黄塵落毳袍。獵罷歸來催夜飲，江南少婦解弓刀。
漢時秦原隴曉鐘，黄綃牙軸市塵封。畫圖往往多隆準，傳是先朝舊御容。
日暮垂鞭過畫樓，市旁舞女水綿裘。歌聲尚帶殊方語，半是揚州半潞州。
郊外香車錦作幃，順城門下馬争飛。獨憐貧女無顔色，拾得殘蔬首戴歸。

傅掌雷枉駕僧舍

野寺霜高旅夢孤，階前馴鴿避傳呼。市人莫訝勞驄馬，此亦長安舊酒徒。

泛舟明湖

四郭山圍嵐氣昏，竹籬疏樹一江村。醉中見月忘風露，夜半吹簫過水門。
茂苑荒臺鹿自游，斷垣衰草隱朱樓。宫中衹有明湖水，依舊潺湲出御溝。

卷十一　曹申吉

福清魏憲惟度　輯選

曲阜孔胤樾心一　嘉興李良年武曾

晉江陳寶鑰綠崖　南城吴學炯星若　參

曹申吉

字〔二〕澹餘，安丘人。

小引

魏子曰：貴竹大中丞曹先生，世之所爲祥麟威鳳也。麟以其明燭天下，鳳以其文儀百世，望者驚爲神异，而麟與鳳自若也。故石光電火、華蟲野雉，亦得以其能自振於一時。予少長學詩，從無

〔二〕「字」，原本、校本均作此。楊廷福、楊同甫編《清人室名别稱字號索引（增補本）·乙編》：曹申吉，安丘人，字錫餘，號澹餘。（上海：上海古籍出版社，二〇〇一年，第五六〇頁）

一人知己，獨大參陳緑崖先生拔之塗泥。壬子持節入黔，初晤中丞，便加奬借而中丞不弃，以一介使緘所著《澮餘集》，歷湘沔，度章淮，寄予於鍾阜之下。余小子端策拜受曰：『不腆鄙才，未敢以糠秕先也。』拔其所爲雋腴者曰：『此鮑參軍、謝宣城也。』拔其所爲幽峭者曰：『此元次山、孟襄陽也。』拔其所爲奇特沉鬱者曰：『此李青蓮、杜少陵、牧之也。』手抄而什襲藏之。至魏博出質孔觀察曰：『山左人文接踵，皆以《三百篇》爲鼻祖。白雪樓既已奉祧，隱秀軒當祀別室，起而陳俎豆、次昭穆者，捨此其誰？』觀察熟讀，微笑曰：『吾其尸之，使雲仍羅拜。』因以余抄本授剞劂氏，且祝之曰：『麟不必游郊，而鳳不必栖桐也，與天下百世共之可也。』

庭烏

樹樹烏栖遍，人言羽族微。尋巢穿葉度，帶雨引雛飛。啼早憐朝景，歸遲眷夕暉。庭中雙鶴静，常共爾相依。

寧陽道中

暫喜微凉至，能令暑氣清。斷虹侵雨足，遠樹隱雷聲。細草村烟合，殘陽堞影明。更從雲起處，依約聽流鶯。

途中即事

長途百里少炊烟，荒徑孤村動客憐。幽澗静涵人影度，斷崖高峙雨痕懸。近城雲掩峰峰日，隔水風吹樹樹蟬。更喜東來晴色好，悠然遠見泰山巔。

東墅小集

别業蕭然暑氣晴，蘭舟過處午凉生。樓臺傍水時留影，竹樹臨風半有聲。隔岸烟沉漁網急，入園谷静鳥歌輕。閑中莫使芳尊淺，疏雨殷雷近暮城。

霧中趨事景山

曉色兼寒霧，霏霏紫禁濃。深林遥聽鶴，齋殿迥聞鐘。烟靄籠千騎，蒼茫辨一峰。還疑垂法雨，處處白雲重。

冬曉偶作

九衢曙色遠浮空，馬迹車聲日日同。永夜霜飛千户裏，曉來寒滿一城中。窮陰天地仍含雪，極目雲山更度風。聞道時巡在郊甸，漫疑黄帝訪崆峒。

青州道中

沙邊鷗鷺識歸心，迎客群飛更度林。到面山容如故友，近城人語盡鄉音。千年霸業荒丘在，十里西風柿葉深。欲買雲門棲隱處，古岩幽洞許相尋。

蠶多桑盡聞有瘗蠶土中者作春蠶怨

養蠶苦不多，蠶多桑葉稀。葉稀猶自可，時復空筐歸。一解

歸來見蠶饑，對蠶寂無語。瓶中數升粟，不堪持飼汝。二解

主婦怨春蠶，胡不生雙翅。不見滿園蝴蝶飛，草間栩栩無人喂。三解

主人自外來，呼婦首常俯。今年絲貴官租急，願蠶忍饑且成繭。四解

春蠶怨主人，爾貧何相迫。我聞亦有朱門客，繰車不動常衣帛。五解

陌上桑既盡，瓶中粟亦無。人蠶相對饑，空腹兩躊躇。六解

主婦同主翁，長跪謝天蟲。未忍相看死狼籍，不若汝先歸土中。七解

呼兒助舉筐，瘗蠶桑樹側。徘徊不能去，婦子泪沾臆。八解

日長困卧時，鄰家聞繰絲。回念二三月，力盡爲阿誰。九解

乘時速植桑滿壟，沿門更乞來年種。待得桑葉再生時，携筐一上春蠶冢。十解

賦得萬户搗衣聲

商節初移律，輕砧已滿城。背人收篋笥，結伴向檐楹。月照高低影，風吹斷續聲。夜涼深帶露，苔静亂飛螢。細草時侵袂，寒螿更助鳴。哀音隨腕歇，遺響繞階清。遠塞書難度，空閨夢易驚。忽聞何處雁，還動去年情。

觀灘水

長川如鏡碧潺湲，浪逐西風秋色繁。殘照入波斜見影，亂雲依岸半留痕。舸輕細細魚鱗動，樹遠青青鳥羽翻。更欲乘槎問河漢，孤村烟火易黄昏。

曉行山中

早起群山入望中，烟嵐深處徑纔通。雲聯雁度千村曉，馬帶霜寒十里風。晴色乍開峰近遠，泉聲遥隔樹玲瓏。何年蠟屐扶笻去？沂嶺丹楓興不窮。

過開山作

循山一徑曉氤氲，寒色凌空破碧氛。寂寂雁鴻霜外度，青青城郭望中分。斷崖半隱林間雪，層嶺遥通海上雲。西北更窮千里目，荒烟無際客思紛。

雪後行洱水道中

大陸層陰澹夕暉，雪光摇漾日光微。亂雲古道瑶華滿，淺草平原獵騎歸。陌上烏饑啼樹切，橋邊流急帶冰稀。遥遥更聽茅檐外，冷絶鷄聲出板扉。

栽蕉

映水青三尺，當簾緑一叢。心舒仍帶雨，葉聚漫摇風。未覺秋聲恨，翻憐塵〔二〕夢空。無情蔽萱草，彈事莫相攻。

出獻縣復登小舟行二十里作

荒城南北水連空，三載重過嘆轉蓬。高下波光茅屋外，往來帆影荻花中。雲聯瀛海千層浪，日淡滹沱兩岸風。多少輕鷗隨小艇，何如江畔問漁翁。

早春過天寧寺作

春光五日望中明，客思還從郭畔生。山引晴雲遥度闕，塔分夕照半侵城。松杉覆院兼香影，鈴鐸

〔二〕『塵』，原本、校本均作『鹿』。『塵夢』，謂塵世之夢幻。五代齊己《送禪者游南岳》：『塵夢是非都覺了，野雲心地更何妨。』

臨風雜鳥聲。乘興欲窮人境外，峰巒無際野烟横。

題望石亭子

幽折時來往，尊開破旅顔。雲歸春館暝，月淡水亭閑。緑入烟中遠，青從柳外還。行當乘小艇，共泛蓼花間。

夜起聞雁

何處征鴻急，閑聲逐夜凉。星明遥辨影，露濕暗分行。秋抱蘆邊月，寒生塞上霜。帝城有歸夢，應共爾南翔。

九日送吴賡庵先生歸省

秋深西望遠烟清，無那登高復送行。江畔彩衣天子詔，尊前黄菊故鄉情。寒生漢浦迎征蓋，日落津門悵去旌。醉把茱萸催客棹，相思應念比鴻聲。

九月三十日作 時家兄初至都

西風輕轉曉光凉，庭樹依微鳥乍翔。日淡猶懸昨夕雨，雲寒欲護早林霜。賴銷旅况耽杯緑，擬送窮秋戀菊黄。十載緇塵雙眼闊，鄉心細細話連床。

立冬日集滴翠園同崔老山綦松友王阮亭暨家兄升階二首

秋盡空烟裏，耽幽逐夜凉。庭閑偏受月，樹老迴宜霜。人影浮寒渚，歌聲韵野航。還疑輞川上，同結薜蘿裳。

水氣臨冬斂，平收夕照閑。孤猿寒抱石，群鳥晚依山。月淡蘆花白，波明樹影斑。勝游常可續，何事憶柴關。

寒中偶興却懷家兄

寒聲催短晷，夕氣散遥陰。河淺冰偏結，城高日易沉。十年塵外迹，千里雪中心。客路今方半，離憂一倍深。

冰床行

長安冰床穩於屋，大不盈丈足無輻。遥望還疑河上舟，片帆不見行空速。數人箕踞一夫牽，寧似篙師徒碌碌。北風吹寒冰正堅，兒童奔挽兼水陸。更籍氍毹耀眼明，衝塵足倦群相逐。寒威漸減春漸來，天道由來易轉覆。一日須牽一百回，乘時早渡愁足蹜。須臾河畔柳新青，驢丁歡喜爾曹哭。敲碎冰山唤賣冰，銅盤自擊冰千斛。

六日貯雪罌中偶成四韻

長安清事減，藏雪及春期。寒聚爲山易，光凝得月遲。石邊深可掬，竹杪潔偏宜。留待茶香後，旗槍欲鬥時。

人日雪中野眺

雪深天地合，入望轉空濛。鳥度冰潭側，人行玉鑒中。山遥微辨岫，野曠迥聞風。更想疏林外，烟光漸不同。

春陰

漠漠春陰淡早空，窗光落几墨光融。花遲甘讓三春色，雲薄能禁一夜風。繞屋垂楊殘雪裏，隔簾啼鳥曉寒中。未知芳草城南陌，緑到溪邊第幾叢。

折枝牡丹

名葩紛上苑，分折到閑門。窺鏡紅如笑，依簾翠欲翻。風吹渾不妒，香滿竟何言。尚憶陪游處，花叢覆輦痕。

晚雲

出岫曾何意，捲舒欲暮天。隔城遥帶雨，近樹暗浮烟。乍斂山腰重，微明日脚懸。更須分彩暈，深處護蟬娟。

立秋夜作

積雨催秋至，虛窗一半明。光分殘月影，凉入早蛩聲。風細初侵簟，雲歸尚隔城。敝廬滄海畔，三載廢躬耕。

晚行宿野寺作

晚行堪待月，東上倚雲根。鳥歇林光霽，蟲鳴豆莢繁。秋烟紛野徑，凉露下高原。入寺鐘聲寂，還清旅夢魂。

奉命致祭南岳

帝命乘軺出，湖湘亦舊游。才慚三禮重，地匯萬川流。閲歷勞青眼，行藏伴白鷗。衡陽遥可想，七十二峰秋。

五岳今方一，浮生興不窮。香分天子詔，秋老大王風。楚澤荒烟合，中原落木空。名山真誥在，那與卧游同。

題天琴亭

昔人論琴理，難於指上聽。淵明好無弦，言下聲泠泠。誰知天地音，悠然會此亭。鼓掌清籟集，抵壁亦鏗嗚。人去聲俱寂，仿佛衆樂停。起看秋月白，回眺秋樹青。浩浩有奇趣，因之暢性靈。

雨中登小閣隔江望黄鶴樓有懷

水國行多雨，竭來值秋暮。北風號晝夜，踟蹰漢口渡。登臨愁白浪，冥冥勞四顧。隔岸眄危樓，朱甍若烟霧。古來耽名勝，才盡崔顥句。佳什至今傳，仙人渺何處。極眺但蒼蒼，雲遮漢陽樹。黄鶴爾飛來，予欲凌江去。

霧

水國夜偏寒，江上行多霧。我來名山側，步步勞返顧。九背還九向，曲曲湘流趣。舟楫窮所歷，野泊無定處。一氣迷昏旦，咫尺荒烟聚。蓊鬱天邊岫，蒼茫岩際樹。鷄犬白雲深，猿鳥青冥住。孤帆已百折，遠道更千慮。灘子慎早發，踟蹰愁虎渡。日色蕩遥波，咿啞凌虚去。

僮輩走亂山中折梅花數枝置瓦瓶内爲賦

曲徑攀蘿一杖登，折來冷蕊伴孤藤。呼僮欲問探奇路，香到山中第幾層。

陰

窮陰迷楚道，城内亂山多。鳥影低寒雨，雲光澹晚波。故園荒薜荔，孤棹阻江河。安得晴帆轉，吾當趁釣蓑。

武昌雜詩三首

鄂渚一帆停，高城色杳〔一〕冥。臨江茅舍白，經雪菜畦青。豹霧連山暗，鼉風拂浪腥。南天多語鳥，日日雨中聽。

隔岸晴川影，帆檣觸浪奔。禹功江漢大，楚俗鬼神尊。地濕陰當盛，天低日易昏。荒洲猶寂寞，詞賦擬《招魂》。

入夜覺寒增，山中雪幾層。經旬稀見日，絶岸半依冰。遠夢堪尋蝶，浮生衹杖藤。危樓仙迹在，今古記誰登。

雨中晚登黄鶴樓同丘曙戒别駕

茫茫萬里楚烟收，日暮登臨江上樓。帆影高低紛遠浦，山光明滅枕寒流。雁鴻暗入浮雲色，鸚鵡遥生异代愁。天半相携還把酒，滄波回首舊瀛洲。

雪

楚天風雪一孤舟，永夜寒光映敝裘。萬叠帆檣雲際没，千家烟火畫中收。茫茫衹訝山川合，歷歷

〔一〕『杳』，原本、聚錦堂本均作『香』，據枕江堂本改。

還疑城郭浮。江畔淹留傷歲晚，落皃飛雁滿滄洲。

雪中抵黄州

蒼茫天一色，雪岸界中流。帆影遥侵樹，山光暗入舟。風烟寒赤壁，詞賦重黄州。三楚經行遍，春來倦遠游。

江上守歲

高枕天涯任歲徂，西江波浪接南湖。風吹峭壁疑飛動，雪擁廬峰乍有無。荒岸烽烟酬節序，野醪斟酌應屠蘇。乘流志已馳吴會，一氣茫茫大小孤。

戊申元旦時泊舟湖口二首

誰意荒江滸，蕭然度歲華。漱流差免俗，泛宅尚無家。聒耳鄰舟鼓，關心野戍笳。終慚廬岳隱，空返漢臣槎。

望裏波濤合，春帆此日晴。山猶天外影，江是去年聲。濁釀酬僮僕，孤舟絶送迎。流光渾易擲，遠客轉須驚。

小孤山

屹然自鬱蒼，拳石水中央。峭逼波濤動，寒凌日月長。片雲穿鳥徑，餘雪冷僧糧。愁絶攀蘿客，茅亭覆上方。

曉發安慶

月落早潮生，乘流下皖城。聽鴻疑故友，使馬趁初晴。岸草新春色，江濤舊戰聲。青山同過客，到眼費逢迎。

池陽絶句

池陽山色晚冥冥，九子峰高峙玉屏。簫鼓遠來頻賽社，一江風定佛燈青。

早發荻港將抵蕪湖道中作

野望茫茫白，陽光水上浮。鷗鳧春避槳，星月夜隨舟。曲抱峰腰轉，平涵日脚流。蕪陰圖繪裏，終藉午風柔。

過梁山晚泊采石二首

設險江干戍，金陵重上游。天門高并峙梁山一名天門，石壁峭常浮。浪濺寒雲濕，風飄晚磬流。遠燈勞指點，還似泛漁舟。

勝游疲耳目，晚泊罷登臨。春入魚龍氣，山通潮汐音。蕭森孤棹雨，峭拔半江陰。高咏留清響，荒祠白古今。

偶見

偶見垂楊覆遠亭，雪紋猶界亂松青。畫眉依舊眠雕檻，鵁鶄偏來浴淺汀。

采石紀游

江邊人影石欄齊，夕照平臨小艇低。青接遠亭斜有徑，黑窺深洞峭無梯。虬枝霧結仙樓迴，鳥道雲盤大壑迷。長揖前修生逸興，忘歸偏在翠螺西。

法黄石方伯劉仁侯臬長杜子濂大參招看吉祥寺古梅黄石賦一律見投别後却寄此作

梅陰深藉曲欄遮，寂寂琳宫閲歲華。半落乍疑三尺雪，冶游猶認六朝花。同心載酒香分屐，别思臨春月滿槎。歸去琅玕欣在握，疏枝回首已天涯。

燕子磯泊舟

群山忽盡碧江頭，片石孤撑萬里流。路界荒烟斜到寺，波涵夕照暗隨舟。鳥聲乍接高峰磬，雲影遥侵絶浦鷗。斟酌春光岩際好，徑須策杖一探幽。

邵伯道中

隋苑凄凉事已徂，繞堤依舊長蘼蕪。一帆暮雨揚州郭，二月輕風邵伯湖。野塢烟深藏乳燕，春塘水淺露晴鳧。小窗漫擬《淮南賦》，招隱千秋尚可呼。

司吾驛早發

朝曦晻靄上荒林，野燒微茫古道侵。芳草時時通遠夢，閑雲處處識歸心。三春雪影留吴舫，臘月鴻聲憶楚吟。到眼風光看漸异，鳥啼并入故鄉音。

雨中曉行

雨色冒平陸，遥嶺光明滅。夜來曾宿處，淡淡村烟發。布穀語方熟，喚晴鳩乍歇。晻藹櫻桃花，野岸飄芳雪。微陰忽蕩潏，泠泠幽澗折。行役踏遠春，屢負芳菲節。園林眷新霽，延佇青薇蕨。祓禊難及期，目極翻内熱。

過滸山二絶句

白鷗宅已荒，青山影幽獨。垂釣舊時翁，湖心擬結屋。

菰蒲夾岸生，葉葉青如剪。平接麥疇風，微動波光淺。

趵突泉

濟上懸流萬斛珠，空冥咫尺接平湖。傍岩忽散高低雨，濺石俄傾大小珠。四照山光圍雪浪，一天雲影浸冰壺。樓邊白鶴傳遺趾，欲向蓬瀛問有無。

濟南奉別家兄

雙鴻不相見，抗音思翱翔。和鳴復幾時，振羽忽分行。載脂千里車，念別迫中腸。濟水通遠夢，同宿仍故鄉。東西戀岐路，各慎天一方。是時春欲暮，狂飆日飛揚。飄我若浮雲，繚繞華不岡。吾廬成逆旅，顧影轉蒼凉。君歸汶水上，離離春草長。

趙北口道中

紅塵忽界碧波迷，水面斜陽映柳堤。野鳥頻窺漁舍熟，春烟乍斂鷺田低。吹來荇藻雲千頃，望斷桑麻雨一犁。憶別木蘭舟隔月，風光猶似射陽西。

又口號

昔年頻過總新秋，渺渺湖光接漢浮。今日重來春乍暮，白鷗青草伴漁舟。

祖園集飲應易齋先生召

水亭遥碧浸清池，蟬語幽尋步屧宜。籬畔豆花縈紫蔓，午餘槐葉綴青絲。壺觴凉就風來處，荷芰香生雨過時。天外斷虹隨馬足，歸雲遠岫共參差。

雨中啓事

閶闔門高四望通，凉生丹陛曉光濛。雲烟半濕遥山外，雕鶚斜飛細雨中。苔滿罘罳三殿影，萍開太液一池風。乘秋顧上金莖頌，執戟長楊未許同。

雨後

涼逐雨餘生，疏星照禁城。鴉飛牽霽影，鸛舞助秋聲。玉陛雲中洗，金莖象外清。群峰遥在眼，浮動日華輕。

夜涼絶句

夜涼擊柝罷高城，露下栖烏一半鳴。銀鑰重關渾未啓，西風吹徹御溝聲。

九日望石招同易齋敏公冰壺三先生作庭北山年丈泛舟梁園移棹訪書雲黄門聽歌劇飲四詩紀事

共愛三秋色，相携九日求。晚波嵐氣合，斜照水亭開。萸結摇新佩，杯香理舊醅。避人移小艇，緩咏當登臺。
携觴兼載菊，共泛一塘中。夕澹霜前月，涼生柳外風。波澄山影見舊築雨山爲水所没，雲静雁行空。絲竹行相引，清宵樂未窮。
燈火參差影，臨流一道斜。尋歌通遠岸，移棹到鄰家。愛客增觴政，開簾受月華。祗疑銀漢裏，頻許泛仙槎。
良會今能幾，浮生興不違。樂同濠上客，歌傲郢中兒。露下茶烟濕，舟回樹影隨。何須驚落帽，醉任晚風吹。

九月行欲盡

九月行欲盡，千山變衰草。凌風叩閶闔，勞人起常早。明星爛震隅，耿耿苦難曉。寒月澹無聲，流影高城皎。抱寂衆囂外，冥心萬籟表。鐘歇鴉半啼，葉凋樹乍小。侵鬢霜氣白，渾疑座中老。感此歲華頻，益我歸思繞。

冬夜四首

酒滴槽床夜有聲，擁爐深處燭光横。殘書更乞兒童讀，遮莫鄰家絲竹鳴。

野人獨愛梅花瘦，少婦偏憐茉莉寒。好伴黔婁爲一榻，日同修竹報平安。

燈前弱女未能嗔，學語喃喃索果頻。遥憶家園梨棗會，含飴應念客中人。

欹枕時聞茗碗香，紙窗不隔月微茫。瓶中剩有陶潛菊，傲盡長安幾度霜。

卷十二　佟鳳彩

福清魏憲惟度　選輯

安丘曹申吉澹餘　晋江陳寶鑰緑崖
輝縣冀應熊渭公　内江張祖詠又益　參

佟鳳彩 字高岡，襄平人。

小引

魏子曰：風雅之興必有所由起，上之人憑高而呼，下之人疾聲以應。鼓鐘鐘鳴，吹角角動，蓋有機焉，匪幸致也。本朝崇尚雅樂，士大夫之重文教、審音律者無慮數百家。至賡喜起奏郊廟，襄平佟氏爲最著。憶我閩僻處海嶠，懷東、匯白兩中丞前後秉鉞，其戡定之功，一見之詩，至今《車攻》《吉日》之章猶歷歷石鼓金崎間也。戊己之交，先大令仁者公杜門守正，懷東先生屢顧草堂，吟咏贈答無虚日，且以聞於朝，有特起之旨。甲午之役，余誤副車，匯白夫子監厥事，爲嘆息者久之，至以詩相慰，留寓白門，爲襄《詩持》之選，進告之曰：詩是吾家事。家黔撫高岡，少壯登朝，功業爛天壤，且旁通騷賦，有刪定功。余向往徒殷，以未得其詩爲恨。忽黔參陳緑崖憑及門吴星若遠寄先生近集且云：『至貴竹無好懷，惟把此過日耳。』余得之喜可知也。因共西川張又益焚香快讀，珍諸行篋。至辛亥秋中，携之渡河，與衛郡太守程念伊先生較論，太守極爲欣賞，謂風雅領袖實在於兹，遂以付梓。雖曰吉光片羽乎？然鼓吹休明，端有賴於斯集矣。

過襄城首山

汝水驅車馬，揚鞭指翠屏。猿號清澗落，鶴唳曉嵐輕。遠樹連雲淡，微風拂草青。軒轅曾問道，留咏寄山靈。

昆陽城

百萬雄兵聚，中興事績開。北環灃水曲，南應豹山隈。曉霧連還斷，寒鴉飛復來。相傳漢地古，對景漫徘徊。

草廬

遠上龍岡入草亭，陣圖四壁燦辰星。風生錦水飛濤白，烟净黄山繞樹青。潭底龍蟠寒月皎，廬中人去野雲扃。獨憐漢相檐前鳥，訴盡春愁不忍聽。

喜晴

蕭蕭陰雨谷川平，一夕雲輕喜乍晴。霞射水邊鷩宿鷺，月來樹底起眠鶯。嵐光欲染前山黛，花色新從小澗明。最是雨餘風景好，斜陽分照古襄荆。

過辰州石門關

石門壁立與天齊，古木陰森一望迷。人迹半空鶯語墜，馬蹄隔澗帶雲躋。峰峰相應争鳴谷，水水重連襯仄蹊。秣馬登臨鄉思遠，夕陽斜挂界亭西。

春思

幾回望斷古沙場，更值春嵐映綉房。絶塞霜飛三月冷，中原春到百花香。空將孤枕和衣卧，懶向銀缸對粉妝。歸雁不來何處阻？今年又比昔年蒼。

寄陳祇貞

握手東郊話别長，明珠隱隱向漁陽。玉泉景色三春雨，金筑風光六月霜。白髮猶悲花早落，青雲更羡鳥高翔。關山久阻離歌怨，人事音書仔細詳。

春游

晴烟輕鎖緑楊斜，隔岸芳村四五家。簫管韵傳枝上鳥，輪蹄踏破路傍花。

觀射

揖讓稱君子，懸弧古道隆。軍屯喧畫鼓，馬走挽雕弓。玉羽飛星疾，金鞍耀日紅。成平崇武備，應慶萬年功。

雨中游習池

芳踪自古著，況復構新亭。細細泉聲冷，峨峨峴岫青。微波傳翠遠，好鳥送音泠。佳景斜陽外，江風動緑汀。

子夜水聲

何處流澌下，疏鐘隱不鳴。夜深星影燦，澗險水聲清。萬里還家夢，三秋作客情。朔風吹畫鼓，邊月入窗横。

春獵

邊静鑾烟息，春閑塞馬肥。和風吹畫鼓，芳草映龍旂。北顧龜沙近，東馳楚水依。歌詩崇聖教，演射壯軍威。疑虎彎弓疾，非熊卜夢微。山深孤樹直，日暖凍花稀。去自靈泉過，還從振武歸。巡行垂野甸，田獵挂鶉衣。

采蓮曲

夏池接水積江平，池上芙蓉出水生。船内歌聲雲外響，蘭橈摇動緑波明。緑波宛轉繞芳甸，雲外清音猶未散。娥娥玉顔紅粉妝，纖纖素手王孫看。王孫一看水天空，越女新荷玉貌同。池畔戲橈雙腕白，禁中苔印小蓮紅。磧沙顧步兩鴛鴦，花際徘徊蛺蝶狂。晝捲夜舒隆漢帝，如珠似斗盛昭王。古來美色人所羨，况復摇舟新相見。願入清波作并頭，願爲皓月分嬌面。

過朝歌同陳祇貞周潞公游故藩舊居

客路驅車衛水前，暫停翠閣聽啼鵑。峰屏倚夕飛寒霧，石榭連雲動碧天。萬井蒼茫同眺望，百花明媚自蹁躚。登臨對此情無極，酒罷詩成畫鼓闐。

晚登保安荒城西望小頂山

碧嶂青青翠色横，夕陽直射古荒城。亂峰烟鎖層層秀，瀑水晴懸漾漾明。鳥弄餘暉緣樹語，樵迷幽徑帶雲行。停驂西望饒佳致，遠隔關山憶帝京。

武侯書院

名臣舊地已荆榛，紅散苔紋點暮春。殘碣陰森寒翠柏，層樓寂寞暗青磷。錦城宫闕成堙迹，劍閣勛猷燦北辰。極目郊原追往事，三分漢鼎恨難泯。

晚渡漢江

山接荆梁聳翠屏，源泉直溯漢秦清。蘭舟摇動蟾光亂，錦浪瀠洄雲影停。波勢排空玉壁覆，濤聲拍岸雪門扃。上游自古稱雄據，幾許英豪昭汗青。

襄城書院

楚天寥闊白雲横，斜日西岩漢水平。千里風塵還駐馬，數楹書院暫披荆。檐前桃李渾無色，窗外松篁尚有情。寄語東風莫漫妒，空堂寂寂伴餘生。

望峴山懷古

叠峰聳翠枕襄流，遥憶當年叔子游。恩澤遠濡吴國士，嵐光冷射鹿門丘。猿號山外檀溪響，人到碑前墮泪浮。極目静隨孤鶩去，遺芳時共白雲留。

襄陽喜雨

久旱三春麥未收，濃陰霢霂散千憂。暮雲有意垂龐洞，朝雨無情長蔡洲。快睹平郊遥映秀，恰逢客路暫相留。公餘且把詩情寄，霽後還堪對漢流。

釋鷹

驍騰獵騎下巴西，曾騁雄姿擊狻猊。畫角聲高才自捷，朱旗影動勇難齊。秋風遠道空思夢，夜月長羈對影栖。獨解雙絲憐健翮，應知矯矯作雲梯。

隔岸春雲

澮澮烟霞映夕暉，陰連村樹傍江飛。花間蝶版香隨舞，柳外鶯聲韵轉微。隱士不來清興杳，館池空在昔人非。多情惟見春雲好，歲歲輕沾衲子衣。

長夏江風

千秋名士隱山隈，自鑿方池伴草萊。白日横空嫌晝永，清風拂面羡天開。野鳬還逐驚濤没，小艇輕隨錦浪洄。徙倚茅亭頻吊古，山翁習氏幾時回。

大田署中望屏山

㵐水涓涓日夜流，石屏横翠古今留。數椽柏府雄邊徼，一派寒光宿斗牛。月朗關山明似畫，雨飄巒洞冷如秋。故園桃李今應熟，却望飛雲欲共浮。

九日同卞大司馬偕諸公登貴筑東山

暮年萬里自爲寬，小整杯茗盡日歡。檻外河山烟瘴靖，閣中星斗玉霄寒。黄花點點籬頭綻，聖水潺潺郭外盤。茱佩歸來忘落帽，雙雙燈火照雕鞍。

庚戌新春同甘大司馬及諸文武郊行

淡淡雲烟柳欲低，旌旗摇動映春畦。堤梅韵送黄鶯語，錦轡光騰白馬嘶。百木欣欣迎劍佩，千鐶肅肅耀林溪。歸來鼓角邊烽靖，惟見家家剪彩齊。

江雨

水闊侵荆土，山高傍楚雲。舟眠多客夢，長日雨紛紛。

宛丘途中即景

輕蹄踏細草，曲水傍殘紅。好鳥枝頭語，鄉山雲樹籠。

桃源洞

天台别有路，桃洞尚存源。漁子忘情後，游人空自言。

思歸

浪迹風塵裏，何如一醉眠。家山秋夜月，光滿竹林邊。

白鸚鵡

隴客鄉山遠，雪衣暗渡關。能言雖有用，籠絡在人間。

送小兒賦斌北歸

抱首荒郊下，傷心不忍歸。情懸千語外，未吐馬蹄飛。

江行

曲江芳草滿，緑岸起眠鷗。隨浪孤帆遠，雲山入水流。

過演易臺

曉風寒露透征紗，演易臺邊舞亂鴉。雨灑斷碑奇偶碎，數家烟火傍青霞。

峴首晴嵐

山山雲外翠横屏，雨後晴峰色更青。落日斷霞紅欲〔一〕染，無邊風景映茅亭。

鳳磯濤聲

仙禽遺迹漢江隈，危石横流水自洄。錦浪光浮花外雨，聲連牛斗起龍媒。

〔一〕『欲』，原本漫漶，據校本補。

□□

乘風裊水揚帆去，江北江南疑倒流。借問武陵何處是？須臾已泛洞庭舟。

昔日鄉山共客游，今朝花鳥動離愁。宦情遠去人千里，獨伴雙雙白鷺洲。

溪□曲曲白雲邊，古柏虬松高下連。石塹逶迤迷客路，遥聞樵唱問南天。

霏霏雨氣醮征沙，□□酌聞日已斜。游客停驂村店遠，白雲横處兩三家。

叠峰恍似秦關險，疲馬遲遲過五溪。聞道伏波遺迹在，淡雲遥共古碑齊。

百尺長松咽暮蟾，荔溪橋下水漩漩。山行舉步浮青遠，細雨縈烟障碧天。

□□

芙蓉一逐水流東，燕語鶯啼感慨中。花落岩疆春去早，雨消巫峽夢成空。

淡淡愁雲映落暉，縈烟細雨逐風飛。魚軒曾伴春去早，雨消巫峽夢成空。

淡淡愁雲映落暉，縈烟細雨逐風飛。魚軒曾伴東西地，空吊羅幃月裏歸。

東風爛熳正梅香，春雨連綿逐雪忙。客子傷心何處問？滿天霾霧暗紅妝。

烟雨微茫翠色昏，每從月夜鼓莊盆。傷情惟向南枝泣，楚水黔山萬里魂。

毓秀何方此地違，風裳水佩白雲飛。梧桐葉落逢秋雨，漂泊長江去不歸。

卷十三　楊思聖

福清魏憲惟度　輯選

柏鄉魏裔介貞庵　華亭董俞蒼水
曲阜孔胤樾心一　福清翁白末青　參

楊思聖　號〔一〕猶龍，鉅鹿人。

小引

魏子曰：今天下盡談詩矣。東南以詞華勝，西北以氣力雄，而要皆程於法。法得，則詞華與氣力無偏至之譏。方伯楊猶龍先生，詩軌於法者也，以少陵爲宗，然少陵於法有變化之功，猶龍於法

〔一〕『號』，原本、校本均作此。錢仲聯主編《清詩紀事·順治朝卷》：『楊思聖，字猶龍，號雪樵，直隸鉅鹿人。』（南京：鳳凰出版社，二〇〇四年，第一六五五頁）

見準繩之樂。近代善學杜者，李獻吉、鄭少谷外無其人，而形似神合之間，論者嚴之。今猶龍擅二公之長而深於法，幾幾乎登浣花之堂矣。昨柏鄉魏相國以方伯遺詩遠寄，余扃户伏讀匝兩旬，拔其雅馴者質諸孔觀察曰：『猶龍詩無所不備。五言近體可謂長城，非全師十萬不能攻；五七言古則垣墉也，七言近體則藩籬也。合好掩惡，使觀者不得窺其内藏，亦窅以深矣。然吾聞猶龍生平探程朱秘旨，與魏環溪、申鳧盟諸先輩互尊性命之業，相國與觀察皆以所得相左右，則其流溢於詩者，方伯之緒餘也。又何難於登峰造巔、培塿諸子也哉？』觀察乃欣然首肯曰：『然！子且論其詩可矣。』因取其學杜而深於法者復柏鄉之命。

秋夜感述

空院響梧桐，夜永秋方半。竟夕不皇寐，沉吟坐成嘆。披衣步前楹，仰視明河爛。初月出未高，衆星縱横燦。南有孤飛禽，肅肅厲羽翰。霜重儔侣失，哀鳴如有怨。苦被凡鳥猜，顧影自驚彈。稻粱志已違，鳧藻非所玩。何當矰繳收，飛飛入雲漢。

濟寧道中書所見

水氣噴山浮，洪流迴奔峭。天際環如繩，落日迷蒼嶠。廬舍潛蛟龍，鷗鷺相叫嘯。濈濈樹頭烟，樓臺遞隱躍。我時乘舟來，慘淡悲風嘯。四望盡蘆荻，皇問禾與稻。哀哀寡婦哭，秋原影堪吊。
日暮心魂肅，餘光銜山嶅。

寒夜

冬夜淒以長，寂寞絶人境。涼月薄帷幕，荒庭交樹影。寥寥寒柝鳴，熊熊孤劍冷。擁被不成眠，
森沉萬慮永。早歲乏深智，凌厲思一騁。遂爲世網牽，甘心逐蛙黽。人生不百年，哀樂在所領。
貧賤各有適，豈必勒鐘鼎。愁來憶古人，見機苦不猛。含恨當語誰，泪下如修綆。

舍弟廉至都

弱冠生計拙，低頭徇微禄。十載客京華，夢寐隔親族。秋風遲汝來，如對諸伯叔。挑燈話良夜，
一一心爲觸。夭矯池上松，蕭疏籬下菊。厨中魚常鮮，甕頭酒初熟。佳節誰先醉？明月或同宿。
北郊有别墅，我父手所築。别來曠歲年，憶想時在目。桃李莫輕折，園丁宜時督。汝昔慕俠烈，
比聞就約束。茅茨可以居，何必取華屋。磽确可以耕，何必厭粱肉。天道有盈虧，君子貴詒穀。
拙哉比鄰子，窮老事積蓄。

懷古

日夕登高臺，云是昭王墓。野雪蓋枯草，下見征人路。霸圖既銷歇，山河亦已故。徒有黄金名，

千載令人慕。
燕市豪俠窟，擊筑事屠狗。酬恩借一言，殺身常恐後。我有平生劍，芒寒夜觸斗。含笑當贈誰？
感激空在手。寥寥今千年，斯人不復有。

追憤五百字

愁來昧所適，峥嶸歲月長。短衣不掩膝，日暮纏風霜。撫事感百慮，歷亂攢肺腸。昔余墜地時，
微願在四方。雖乏濟世姿，妄欲效贊匡。況遭天下亂，不忍即徜徉。中道罹禍患，理數或相妨。
倏忽二靈逝，蕭蕭悲白楊。遂使寸草心，無由報春光。弟妹未長成，幼小誰扶將？流離强因人，
隱忍情内傷。有似失巢鳥，哀鳴聲遑遑。乾坤莽回互，慘淡日月黄。妖星動宸極，赤羽插雕梁。
明明天子國，鞠爲戎馬場。回首橋山松，萬古涕浪浪。豈少諸大帥，纍若佩貂璫。蟒玉會登壇，
賊來不敢當。毒蛇恣吞噬，曠野多豺狼。潛身匿下里，恐懼如探湯。家業既蕩盡，吞聲行裹糧。
徒跣如冰雪，中夜慨以慷。皇天重驅除，盜賊不終猖。滿洲十萬弦，驍騰若雲驤。一洗鯨鯢穢，
復睹日月光。草昧經綸始，稍稍力紀綱。從龍皆老成，邁軸無留良。詔許蓬蓽士，縣官爲促裝。
公車旦夕駕，無乃太卒倉。是時家初破，饑卧凍欲僵。但冀沾微禄，未便慎提防。含泪别親友，
亦覺謀未臧。朝廷重文學，翰林實國昌。謬以燕石質，比美於琳琅。朝隨同學子，聯翩步玉堂。
盍簪拜先師，問道儼循墻。日走前輩門，屏立自矜莊。忸怩對僮僕，枵腹事文章。十日一朝尊，

也復陪駑行。敝裘壓〔二〕羸馬，取笑街頭倡。雖無多周旋，日見雜亂忙。常將形問影，初志云何忘。我家漳水南，别業在廣羊。自從遭羈絆，故壘但空桑。子弟婚嫁乖，親戚盡老蒼。昨日寄書來，苦道田地荒。何如早歸去，披髮耕山岡。

游嵩岳偶紀

乾坤結奥區，灝氣宅靈元。群峰皆内向，屹然成一尊。混混烟嵐合，終古白雲屯。仿佛鬼神朝，惝恍肅心魂。對面少室開，拱立如弟昆。三柏自何代，老横盤地根。冷冷天風吹，似有聲響吞。下馬剔殘碑，纏藤雜苔痕。干戈頹金碧，琳宫無一存。怪石當路伏，攫拏虎豹蹲。鳴泉聒暗壁，緣崖被蕙蓀。的皪野花明，鳥雀滿岩喧。一僧嶺頂來，負擔行步奔。暫佇詢所歷，手指翠微樊。策杖望絶巘，飄渺隔天門。我欲從之游，徙倚已黄昏。

山行遇雨

栖栖苦無成，中年嬰世務。行役安得辭，鷄鳴懷往路。陰雨感天時，險夷信所遇。振衣陟重岡，蹉跌無安步。輿夫怨塗泥，招呼何暇顧。滴瀝聲轉急，千峰起烟霧。風來麥浪翻，緑波飛鷗鷺。

〔二〕「壓」，原本、校本均作「厭」，據楊思聖《且亭詩》（國圖藏清康熙刻本，下同）改。

旅途雖云勞，牛羊下高岩，樵牧隱深樹。丁丁石橋渡。衆壑響驚濤，瑣細不知數。山花隨意開，亦復賞幽趣。行行至前村，燈火時已暮。

硤石

牽扶强登涉，行人苦逼窄。天光窺一隙，積雨泥淖滑，昏旦虧陰晴，土立如深壁。凌晨過硤石，崩奔若雷激。嶺頂瀉飛泉，負勢各争出。合沓遠近青，萬壑明歷歷。憑高眼初放，僕馬頗極力。稚子類猿猱，束縛還相汲。嵌空架數椽，户牖當疊鬭。峭絶千仞崖，鳴鳥聽不一。蒙茸草樹豐，見人滿岩集。當時避寇亂，久因托家室。吁嗟乎鮮民，何年脱險厄？近聞多虎患，白晝恣吞食。天使人獸争，安敢不戰栗。岐予望前途，足趼空愁疾。

入棧紀行

棧雲易爲雨，朝行蒙霧露。崖樹架連橋，奔流澗石怒。攀緣争一罅，陂陀馬足誤。山禽鳴翠屏，幽陰衆壑赴。始知所歷高，下見夜來路。壯懷在馳驅，漫自賦《感遇》。客子悲遠道，旅途未遑安。整裝凌晨發，帶雨度柴關。灘石相激聒，雲生暗峰巒。步滑屢攲仄，衣濕幾時乾？强顔慰僮僕，談笑輕波瀾。中情默自傷，胡能駕羽翰。棧深雷雨驕，溪喧愁無寐。積霖困荒村，屋破苦風吹。蕭條晨爨艱，恒饑色憔悴。人馬雜坐卧，相對發長喟。起視山頂雲，縷縷生烟織。重陰密難開，借此陽光閟。

雪浪石以子瞻得名魏石生年丈雪後望西山曰此雪浪山也作詩屬余和之

亂石槎枒古北口，怪雪吹山山勢走。千岩萬岩何夭矯，天吳鼓鬣老魚吼。絶似層冰結，又如碧海移。耳邊已聞驚濤怒，眼底常見堆琉璃。蒼虬蜿蜒數百里，噴珠濺沫鞭不起。中有雲氣隨變化，晶光騰掉鱗甲裏。昔有髯蘇氏，得石名雪浪。即以顔其齋，作銘坐相向。吾友石生更好奇，每對西山發浩思。雪後迴視忽大叫，高懷應許子瞻期。風塵澒洞道路艱，泥污車馬滿市闤。安得携手住岩間，劚藥餐霞弄潺湲，來住空明豁心顔。

毛將軍贈刀行

將軍意氣誰與儔，錦衣貂帽紫驊騮。俄頃往往決大計，雄略何殊班虎頭。慷慨憐余稱同調，握手相看忽而笑。脱贈寶刀如有神，良工動色嗟光耀。虎氣龍身寧久藏，風雨時時聞騰驤。誓以精誠托俠士，羞將奇質炫明堂。男兒各有封侯志，世間何多不平事。好歸匣裏莫常開，他日中原爲君試。

始皇墓

祖龍東巡山鬼蹙，發徒穿壙殷山谷。木石驅盡天爲驚，血污游魂聞晝哭。茫茫何處問神仙，魚燈不滅照黄泉。銀海金鳧一朝閉，石馬無聲泣斷烟。當時氣勢如虓虎，六國平來誰敢侮？豈知身死阿房焚，寂寞驪山一抔土。君不見漢文陵墓亦荒凉，路人下拜每傍徨。夜來樵牧高丘話，風雨時時怨始皇。

過戚畹廢宅

太息主人去，空堂掩綺羅。春風翻石燕，夜雨泣銅駝。客散君恩盡，臺荒鬼怨多。傷心千載恨，涕泪向山河。

金山寺

峭壁開初地，中流瞰大江。濤驚逆石走，佛怒喝潮降。雲木圍僧榻，龍雷護法幢。青蒼望不極，終古自淙淙。

危磴何年寺，江流不肯平。金天開一劃，龍背涌孤撑。鐘動雲生籟，瀾回石有聲。薄游欣得托，小憩道心清。

鏜鞳波聲急，蒼茫石徑微。佛樓迎浪活，塔影射江飛。渦轉喧僧渡，雲腥潤客衣。偶來如有悟，鷗鷺本忘機。

舟發錢塘看嚴陵一帶山水

泛泛嚴陵棹，無山不水源。行人聽石籟，舟子報潮痕。岸斷深藏路，峰回遠認村。挂檣風正利，漁唱不聞喧。
瞬目看山過，谽谺晝欲暝。崖懸挂瀑白，石老溜痕青。人語翠微落，松風天際泠。奇情不可駐，飄渺隔仙扃。
峽束江流壯，陰森別有天。高峰虧晚照，古竇没寒烟。客屐雲光濕，人家樹杪懸。平生耽幽勝，未敢廢貪緣。
合沓峰容昇，空濛石氣流。水環烟作寺，山繞竹爲樓。嵐影經時幻，猿聲入夜稠。孤舟何處泊？浩蕩客心秋。

仙霞嶺

地氣東南盡，天根老此疆。浙閩分嶺頂，江海限津梁。峽緊風濤怒，山深雷雨藏。奇游看不厭，俯視但蒼蒼。
威遲盤硤路，百里白雲封。古洞緣蒼鼠，靈湫戰老龍。仙衣晨見舞，石杵夜聞舂。何日幽棲遂，松喬會此逢。

宿山寺

暝鐘投野寺，客意憚蒼凉。岩壁禪燈暗，花龕佛火荒。盤藤懸古月，老桂發山香。幸就山僧榻，俗〔二〕緣得暫忘。

延平早發寄答周元亮

王程催去棹，曉色動波瀾。好友難爲别，名山祇借看。相思橘柚渺，有約荔枝寒。風雨梨關道，何由駕羽翰。

使回柬丁野鶴

江南殊物侯，久客苦淋浸。風軟花争媚，潮多氣易陰。孤舟芳草路，細雨碧山心。遲爾何由至，蕭條空自吟。

詛梅

爲憐臘後約，不借一枝看。暖室香偏麗，蓬門影獨寒。難隨高士駕，莫逐凍驢鞍。空有凌霜節，憑誰結古歡。

暑中答野鶴

尚餘孤壁在，强半是君詩。雨歇山青後，香殘月上時。冰霜清暑夢，海岳老雄詞。此意今人薄，

〔二〕『俗』，《且亭詩》作『塵』。

惟應静者期。

夜雨

官冷閑於寺，幽居不近名。挑燈尋舊緒，聽雨坐深更。暗牖低龍氣，空堂度雁聲。興來何所事，午夜有詩成。

雨後宋玉叔過談

宦拙無人訪，招尋剩有君。莓苔初破屐，笑語欲生雲。幻影池光静，攤詩花氣醺。雄談渾不忌，海岳足奇聞。

秋病

伏枕看霜露，偏驚旅宦情。乾坤高病色，身世老秋聲。籌國憑人借，忘機任衆争。但能安薄禄，未可嘆無成。

喜申鳧盟至都門

意外勞相訪，秋風人正閑。喜深無一語，驚定始開顔。款款悲霜鬢，遲遲話故山。長安非昔日，莫畏鶴書還。

不堪今夕會，重憶亂離初。人老干戈裏，交存生死餘。山川幾命駕，涕泪共裁書。十載還耕約，相看愧鬢疏。

哀流民

婦子嗟何計，飄流未忍分。全家依亂草，痛哭寄秋雲。徵税煩群吏，殷憂荷聖君。當今誰鄭俠？早遣繪圖聞。

落暉

一官長自笑，竟日掩雙扉。多病心空壯，無家夢不歸。倚檐看鳥過，仰面觸蟲飛。吟望終何事，西山又落暉。

閑亭

好静官程恕，閑亭物外踪。讀書秋少睡，服藥晝多慵。樹淺驚栖鳥，窗低載半峰。肩憂非我事，微願學爲農。

高卧

官貧人事少，高卧養愚慵。獨掩一庭雪，遥聽何寺鐘。閑心關藥裹，旅食愧村農。漸覺浮名累，吾將愜所從。

春日閑居

人閑天意静，幽興滿吾廬。藥銚春時後，甌香午夢餘。尋山常愛畫，懷古剩翻書。祇此堪容懶，浮名漸欲疏。

同魏石生年丈過張永舒園林看花留飲成醉

密坐意何適，淹留卜夜闌。樹聲喧鳥墜，燈影夢花安。醉舞拖藤杖，狂歌側籜冠。芳時朋好在，莫問寺鐘殘。

病中過魏石生年丈值其亦病遂訂西山之游

疏拙兩人在，何堪病亦同。閉門新事淡，伏枕舊圖空。共指西山霽，遥憐秋樹紅。扶笻應有待，絶莫畏霜風。

秋日閑居

豈意成頽放，雄圖事已虚。時平宜湎酒，宦拙漫裁書。秋月堪酬客，青山不負予。遥空霜色冷，留滯嘆居諸。

摇落

泬漻天氣静，風景起離憂。雁叫龍沙月，霜飛鹿塞秋。短衣垂老泪，遠夢結鄉樓。萬事同摇落，憑人呼馬牛。

午出東闕散步松林下

退食松陰午，長林枕御溝。鳥鳴宮漏静，蟬噪樹風秋。赤日流雲氣，青山壓鳳樓。承恩陪侍從，緩步每遲留。

秋響

不覺逢摇落，層軒納晚晴。看花秋慘淡，步月夜虚明。露冷蟲多語，雲深雁有聲。憂來堪獨寤，肅肅旅魂清。

閑門車馬少，鄙性合幽居。虚閣朝臨帖，秋燈夜讀書。未能輕紱冕，安敢憶樵漁。潦倒年華變，驚看緑鬢疏。

傳説魚池地，金元有舊銘。興亡時已易，歌舞昔曾經。老樹壇壝黑，殘陽壁壘青。依違堪玩世，無用泣新亭。

惆悵前朝事，秋來思不勝。青山圍故國，白露下諸陵。禮樂存遺逸，興亡問老僧。异時誰載筆，涕泪傳萇弘。

秋聲何處至？一夜送寒潮。月暗蠮螉塞，雲沉螮蝀橋。深岩栖老衲，古木響山樵。此意無人識，空齋客夢遥。

秋螢和魏環溪

蕭條階砌冷，望裏自依稀。帶月流光小，穿籬落點微。輝輝明客眼，故故上人衣。寄語西風早，凌霜試一飛。

熠耀誰名汝，偏於晦處明。繞欄疑有色，度幕欲無聲。隱見金光閃，飄颻玉宇輕。推遷感物化，腐草盡生成。

入晉行山中

百轉山重障，高低砂石中。人家雲外住，行客嶺頭逢。耕鑿存唐俗，牛羊占晉風。憑輿聞嘆息，何處有哀鴻？

早發盤陀驛

脂車未暇緩，侵曉發盤陀。況瘁僕夫嘆，喧呼驛使訶。砂灘鳴雪籟，土屋傍岩阿。宛轉風塵裏，前途定若何。

雪霽山中曉〔一〕行

憑輿資遠眺，曙色指朝暾。春雪雲邊寺，孤烟山下村。殘鐘驅客夢，冷雁唤征魂。何似林居子，高齋尚閉門。

山行

迤邐層阿險，攀緣〔二〕躡石梯。山頑不受樹，澗束故藏谿。决眦〔三〕看人小，摩崖覺日低。纔從東嶺下，前路又烏啼。

中秋夜雨樓集

莫虚今夕賞，風雨一登樓。疏樹侵瑶席，明燈照碧流。百門秋氣老，直北野雲浮。何事周南客，中宵嘆滯留。

〔一〕『曉』，原本、校本均作『晚』，據《且亭詩》改。
〔二〕『攀緣』，《且亭詩》作『板緣』。
〔三〕『眦』，原本、校本均作『背』，據《且亭詩》改。

游百泉

不謂風塵客，相從到百泉。山空疑作雨，林密欲爲烟。亂石當樵路，平流散渚田。薄游堪取醉，好向水亭眠。

登頓〔一〕勞心目，如從畫裏行。松驕盤石險，雲静蕩波平。孤嶼采菱唱，深岩伐木聲。低回幽興愜，得句不書名。

露下寒空净，粼粼見石湖。環山風雨葉，隔岸水穿蒲。簪袚何年謝，烽烟此地無。臨流真足慕，泛泛渚中鳧。

夕山秋色暝，潭底幻明霞。白動千岩月，紅垂兩岸花。斷橋通寺徑，古木隱人家。獨羡持竿叟，清寒立釣槎。

贈馬布庵

高居被服蒼，頭白孝廉郎。看畫雲生户，攤詩笛在床。花飛浮酒緑，茶沸動甌香。有客時相過，淹留數不妨。

〔一〕『頓』，原本、校本均作『蝢』，據《且亭詩》改。

晚征

蒼茫野色暮，惆悵欲何之。隘巷牛鳴鐸，荒村犬吠籬。人歸山市静，月上夕林遲。明發遥相望，風烟不可知。

旅夕風雨

旅夜愁沾濕，征人苦未閑。驚風疑動地，怒雨忽移山。孤枕遲鄉夢，寒燈冷客顔。擁裯渾不寐，離恨與潺潺。

即席酬翁藏若送别之作用燕又韵

送别春城路，依依草樹滋。青山常作客，白首各違時。慷慨同誰賦，風流亦我師。心期千古在，不必向人知。

藏名人不識，風雨老雄吟。花落他鄉泪，鶯迷故國心。尊前愁易破，客裏病常侵。鴻雁蕭蕭去，孤雲衹自深。

同翁藏若馬茱史何仲端李簡臣梁日晋游超化砦

峭壁千尋上，人家已定居。春秋迷漢臘，鷄犬是秦餘。堂豁堪娱老，山深好著書。一椽如肯借，不异在吾廬。

密縣白松相傳爲黄〔一〕帝葬三女處

老樹何年植，軒轅事有無。霜紋飛素雪，鐵幹冷栖烏。赤日風雷急，空山魑魅趨。榮枯應不到，天地任荒蕪。

少林寺

古寺雲深處，山圍面面峰。鳥鳴金澗竹，風落翠微鐘。斷碣封蒼蘚，長廊倒怪松。往來看不厭，昏黑更扶笻。

初祖庵

落日披蓁入，空山若有人。片峰留色相石有達摩像，相傳爲面壁時所遺，孤樹老龍鱗庵有樹，云是六祖手植。崖暝烟嵐障，庵荒虎豹鄰。誰將一葦渡，到處是迷津。

入山憩莎蘿坪

一路灣環入，花香啼鳥催。濤驚翻雪浪，石老卧青苔。猿飲空中挂，樵歌雲外來。幽栖吾所欲，隱者莫相猜。

〔一〕『黄』，原本、校本均作『皇』，據《且亭詩》改。

登華山

陰森天闕近，風雨肅精靈。九服崇禋祀，千秋昭薦馨。玉虬迎翠蓋，仙樂響雲軿。冉冉隨烟霧，回看下界冥。

金天分氣象，獨立俯諸山。洞黑神飆發，崖昏紫霧環。蒼龍生足下，仙掌出雲間。欲喚希夷夢，重來叩大還。

漢丞相武侯墓

定軍山下路，丞相有孤墳。故國空流水，荒阡足夜雲。君才自十倍，天意竟三分。行客年年過，鶯啼不忍聞。

漢中感懷

漢南猶未定，兵亂見蒿萊。雨漲蕭何堰，風高韓信臺。江山銷霸業，日月老雄才。底事龍川水，東流竟不回。

金牛驛

蜀山方恃險，漫道五丁開。鐵騎飛常過，金牛去不來。烽烟劍閣迴，殺氣錦江催。可笑公孫輩，徒稱割據才。

登舟

輕裝凌曉霧，江氣入舟寒。嗚櫓催殘夢，揚舲下急灘。崖深青兕伏，沙静白鷗乾。自笑狂游誤，萍踪獨未安。

江峽迷南北，孤帆信遠風。欹斜看艓子，欸乃聽篙工。破浪烏檣疾，維舟野爨同。緣流山色暮，停棹宿空濛。

中宵雷雨集，蕩漾客心驚。枕上魚龍氣，洲邊戰鬥聲。鄉書天易斷，匣劍夜空鳴。擊楫愁難寐，飄飄第幾程。

入蜀

殘黎嗟爾在，城市幾人過。世亂漁歌隱，廬荒虎迹多。青山供涕泪，白日度干戈。中野餘鴻雁，勞來事若何。

空樹

兵荒時幾易，樹老已無心。不識興亡事，何愁霜雪侵。林枯看石立，風動聽龍吟。應有胡僧到，空山趺坐深。

春燕

飄泊來何處，呢喃如話歸。穿花迷綠影，掠雨弄春輝。故里巢難定，雕梁願易違。年年愁作客，
須汝好相依。

晚坐納凉

向夕披襟坐，清齋静見聞。蕉聲晴送雨，江氣晚蒸雲。樹裏明河落，籬間白月紛。蕭蕭殘暑薄，
寂歷欲何云。

途中示弟謙及兒履吉徵吉

夢寐幾相見，那知岐路逢。客床眠聽雨，僧舍午聞鐘。病久形骸老，愁多世事慵。到家應計日，
慚愧説行踪。
垂死傷天末，歸來是再生。江山父子泪，風雨弟兄情。池草連朝長，庭槐昨夜榮。登堂悲喜集，
不用問浮名。

贈丁野鶴

十年踪迹混風塵，尊酒逢君意氣親。天地有情容落魄，江山無恙對高人。談心燕市鬚眉古，
倚棹津門涕泪頻。聚散此生難自料，肯教雙劍老龍鱗。

惜梅

粉褪梅心帶泪痕，支離誰解護花魂。烟沉湘浦香生夢，月暗羅浮影到門。畫閣有情愁歲暮，綠窗無語怨黄昏。何人一夜吹長笛，零落江南雪滿村。

漁村問渡

落日維舟一問津，西風颯颯動秋蘋。穿林乳犬知迎客，隔水痴凫欲趁人。鄰婦煮魚供野饌，估兒撾鼓賽河神。相期買宅同來此，明月羊裘伴釣綸。

窮歲

桑乾河畔草蕭蕭，極目蒼茫野色遥。古路平沙無過雁，長鑱深雪有歸樵。鹽車竟爾羈神駿，金屋何曾貯阿嬌。底是倦還還未得，小山叢桂可能招。

題宫紫玄春雨草堂

東掖傳經計已疏，歸來爲築浣花居。蒼山移石供支杖，春樹分陰照讀書。竹外尋僧招野艇，雨中留客摘園蔬。荷衣未製吾將老，乘興何年共結廬。

寄丁野鶴

夢老燕關鶴未還，空餘勝地憶當年。草堂得句常携手，蕭寺看花數拍肩。家累久虚浮海約，官貧難寄買山錢。空聞命駕人千里，不借王猷半夜船。

秋懷

癖性年來萬事慵，甘將摇落寄行踪。羞囊愧買新豐酒，瘦馬愁聽長樂鐘。遠道不堪懷橘柚，荒亭無那老芙蓉。交疏久已違人訪，蓬跣何妨恕不恭。

蔚屶邢西臬壑連，誅茅猶記倚山巔。何知晋魏疑無世，未老鴻濛别有天。千澗遥從雲外落，萬峰長共室中懸。可憐數子追隨地，不見於今已十年。

冬夜獨步忽有魏二石生之憶

空階獨立近黄昏，夜氣蒼凉静客魂。不耐蕭蕭風送竹，可憐皎皎月當門。冥心忽覺霜鐘落，倚樹頻驚凍雀翻。偶憶西街魏給事，孤懷寂歷與誰言。

次喬文衣上元集春雪齋韵

佳節輕寒雪作花，圍爐小閣隱燈紗。客懷易感難成醉，老友相看即是家。但遣金門閑白日，何須絶域問丹砂。可憐此夜笙歌劇，握手同驚兩鬢華。

敝園春曉

暉暉初日照籬根，早見春光動敝園。静念榮枯隨草木，間齊得喪付朝昏。一編入手常懷古，萬壑當窗獨閉門。咫尺桃花渾不識，人間浪説武陵源。

舍弟至話故山

纔説家園雙泪霏，淹留深悔宦游非。龍沙古戍人將老，秋水閑庭夢未歸。岐路烽烟常不定，异鄉兄弟暫相依。何時得果垂綸願，霜滿蘆花坐釣磯。

寄西山〔一〕殷伯巖申皀盟

緇塵不見鹿皮冠，歲暮相思雨雪殘。羸馬衝沙吾獨笑，藜床索句爾同看。官貧漸喜經營少，老至真慚去住難。莫便移文稱謝客，如今大隱是長安。

題畫

夕林一帶枕山岡，連屋編茅樹隱墻。稚子緣溪收棗栗，歸人隔嶺下牛羊。行行似覺仙源近，去去空留鶴夢長。安得置身岩壑裏，科頭高卧到羲皇。

〔一〕『西山』，原本、校本均作『山西』，據《且亭詩》改。又《清史稿》卷四百八十四載，申涵光『甲申，奉母避亂西山，誅茅廣羊絶頂。與鉅鹿楊思聖，鷄澤殷岳、殷淵，定患難交』（北京：中華書局，一九七七年，第一三三二一頁）。殷伯巖即殷岳。

送孔心一按吴

綉衣初試惠文冠，驄馬如雲一路看。勝覽姑蘇吴岫迥，平臨北固大江寒。閶閭漫苦征求切，父老驚傳法令寬。南顧敢忘勞聖主，天門咫尺是長安。

送張晦先按粤

秋風迢遞五羊城，慷慨何辭萬里行。躍馬頻年烽燧逼，揚舲此日海塵清。島間蜑户迎征蓋，嶺外梅花促使旌。極目天涯鴻雁少，蠻烟瘴雨足離情。

秋夜感述

秋生雙闕動悲笳，寂寞閑亭夜不譁。明月夢回千里雁，寒燈霜照一籬花。才疏未許投時好，客久何堪領物華。十載金門渾欲老，自傷留滯已無家。

投老

名場歷盡夢猶酣，投老其如七不堪。斜雨斜風淹薊北，好山好水憶江南。飢驅元亮荒三徑，病苦維摩寄一龕。誰道陸沉金馬穩，疏慵衹合早抽簪。

秋雨再渡黄河

河流東望接微茫，飛蓋重過天正霜。細雨虚洲人待渡，西風短棹客鳴榔。野禽掠水衝烟白，秋草垂花夾岸黄。歷盡波濤還此地，瀟瀟疏柳濕行裝。

秋興

蕉堂編竹敞朝暉，吏事無多獨掩扉。薄宦經時惟卧病，孤臣九月未成衣。天當絶域相逢少，座對名山不醉非。到處干戈悲轉戰，桃源何地好圖歸。

幽徑蒼苔木漸凋，笋鞋棕帽任逍遥。每憐秋色晚除架，爲愛雨聲多種蕉。旅食不須彈匣劍，遠游誰許伴山樵。閑居招隱知何日，自古丘園托治朝。

他鄉風雨草萋萋，老眼何堪逐望低。秋院樹深鴝鵒叫，江城花落竹鷄啼。巴人榷税輸鹽井，蠻户燒畬穫稻畦。職在旬宣無寸補，空憐涕泪到殘黎。

晚春即事

花落閑庭春事闌，主人長日但加餐。竹間路好披雲入，窗裏山宜帶雨看。半篋殘書留過目，百年衰鬢罷彈冠。蕭條莫厭交游冷，逆旅悠悠蜀道難。

過江上人家有感

小徑回塘沙石横，人家曲曲抱荒城。半扉雲掩深秋氣，千尺江流斷崖〔一〕聲。舟到屋邊牽細纜，客來花下搗香粳。如何歲歲頻征戰，賦斂時聞吏夜驚。

述懷

南北飄流一葉輕，漫將出處問平生。居今方信天難恃，吊古常疑史未明。衰病山川慚識路，壯游書劍悔多情。祇應閉户携佳醖，沉醉終年不解醒。

贈魏子存任成都

絶域三年此見君，每從坐次賞奇文。柳洲春酒詩人社子存遺我《柳洲詩集》，梅里秋風高士墳嘉善有吴仲珪墓，在梅里，世所謂梅花道人也。夜夢吹殘千岫雨，曉裝濕盡一溪雲。成都舊是繁華地，俯仰應悲麋鹿群。

題畫

樹裏半開門，兒童報客訪。携琴兩忘彈，坐聽松風響。

〔一〕『崖』，《且亭詩》作『岸』。

見山堂秋曉

曉起坐空堂，寒花垂白露。科頭懶讀書，閑倚籬邊樹。

題李五弦亡姬遺像後

裊裊芙蓉秋可憐，兒家幽慧倩誰傳。館娃築後無西子，明月空歸范蠡船。

明妃詞

滿地笳聲夢裏疑，覺來猶似漢宮時。玉顏不遣君王問，恨少黄金買畫師。

阿嬌怨

夜捲珠簾霜色繁，沉沉宫漏咽長門。雙蛾不肯隨人畫，買賦何由感至尊。

班婕妤

玉輦辭來事不同，獨憐團扇畏秋風。殷勤寄語承恩者，莫放紅顏損鏡中。

過魏環溪可亭留飲深談

蕭蕭蓬徑易招尋，風雪相看共此心。門外軒車應不到，清談常是坐燈深。

桂庵詩句敵秋雯，凌許清詞亦不群。驚起同君澆酒讀，滿窗風雨葉聲聞。

萬點蒼山雉堞齊，雁門關外草凄凄。獨憐李牧還祠廟，零落殘鐘卧澗溪。
曹子存孤托死生，感君爲賦古交行。如今此道成輕薄，不是黄金不定盟。

憶周茂山

遥指孤帆一月程，榴花開遍蓼花明。思君夢繞錢塘水，聽到江猿第幾聲。

贈温獻之

相逢涕泪且停揮，城闕蕭條夢裏微。唯有青山常不改，月明時見鷓鴣飛。

卷十四　戴明説

福清魏憲惟度　輯選

曲阜孔胤樾心一　山陽程淶維東

晋江丁胤煒雁水〔二〕　歙縣汪鑛玉笥　參

戴明説 字道默，滄洲人。

小引

魏子曰：予慕道默先生之名久矣，慕其詩，慕其字，兼慕其畫。偶向觀察孔公言之，觀察曰：『子第知慕道默之詩、字、畫，亦知所慕之各有定價乎？然就道默之三者論之，詩居一，畫居二，

〔二〕即丁煒。錢仲聯主編《清詩紀事·順治朝卷》：『丁煒，字澹汝，號雁水，福建晋江人。』（南京：鳳凰出版社，二〇〇四年，第二三二六頁）

字居三。吾篋中襲藏備矣，當令子縱觀之，可乎？』先出其字，龍翔虎卧之勢，飛沙驚蓬之妙，幾欲拍案而叫。技已至此，而猶謂之三乎？請觀其二，繼出其畫。遠峰斷崖，嵐光映目，曲溪峭澗，濤聲韵耳，理趣之兼到，仙逸之各擅。予幾認戴尚書爲高尚書矣。技已至此，而猶謂之二乎？請觀其一，復出其詩。淵乎其神，蔚乎其彩，如王心齋初見新建時，冠則有虞，服則老萊，攝衣上座，儼若懷葛間人。今詩家含英咀華，差蹈六朝金粉，安得以此古型示之？快讀之後，方知公畫、公字不得不因公詩而俯就第二、第三之位置矣。公曾承世祖皇帝命，臨畫作字，頒賜銀章，至今傳爲盛事。倘《上林賦》奏則凌雲之嘆，安知其不復見於今日哉！

樵詞

澤峰媚初日，出霧動嵯峨。翩然起樵思，寄行向遠蘿。眷彼繁樹枝，剪取未云多。泛愛懼徇物，所志茂大柯。分雲尋山性，緩步無曲阿。雨來風在林，烟泉濺寒蓑。此地無人事，何以爲咏歌？

農詞

西照敞青原，林韵深石溜。籬下指雲忙，來去山如舊。場秉恰冬畬，茅索敦宵晝。耳目既寡營，無意餘朴壽。閱世熟晴陰，感我皇天厚。

秋讀書懷患骨

爽朝拜書讀，静悦肅心骨。因憶北窗簾，影動池秋月。含思畫西山，香細烟嵐發。

同王覺斯學士游紫芝白石山房

人傳瓊笈文，豹性隱玄霧。孰知至道存，原空諸有故。明發出東門，莞爾幽人宿。流水淡古心，春雨桃花悟。魑魅斂精魂，山靈欣西顧。駐月安龜神，留雲問鶴路。所志明晦先，灝渺不可慕。清風天上來，玉笙發紫暮。長生亦多營，續覽約芳樹。

袁安故里

北風刷黄河，大雪空山鳴。所餘高士骨，卧與山川撑。瑕疵捐内視，寂凝毛髪明。日月終亦老，峴屼安足驚。

范蠡廟

宛河東南范蠡鄉，落花不掃枯垂楊。宛城之南范廟陰，春風一夜啼鴉深。廟荒兵劇草木合，中藏謀士憂時心。會稽昔曾敗於越，擁盾五千命如髪。君臣自爲宗社屈，寶姝靦覞山川竭。後揚寧敢辭前沈，皇天祐祉勞趨蹶。守時不作弗爲客，天地相參人事發。遲之又久二十年，堅以憂勤積歲月。勾踐已繕士女怒，夫差忠臣偏解骨。玄月以來帝不考，挺鈹一旦如飛鶻。胥魂猶照吴宫人，風雨東門愁恍惚。自知蛙黽不可居，禹祀因之無剪罰。丈夫常憂功不立，當年已見紈𩞄輯。四時之序成者退，五湖烟棹寧云急。生人自古歡少憂危多，何必對酒不醉長垂泣。

博望城張騫舊封處

男兒生，未封侯，頭已白，乃坐赤𤼵黄茅之遠陌。礙足荆榛不可排，一眼横看博望夕。博望城邊野老瘦，破袖不遮霜霰漏。爲言此是張騫封，驚湍走石淘寒甃。憶昔文皇專默理，謙謙高帝側室子。綉紈不御太倉紅，含哺原從寡欲始。後誰好大復喜功，歲歲拓邊籌未已。將軍方遣神仙來，柏梁毾幕同時開。瑶露乾擎仙掌倦，燕支木落槖駝回。此日侯封帝曰善，麒麟彩綬庸人眩。水草突盤帶礪文，宛蹄混入風雲變。杖磨邛竹矯如龍，揶揄葛陂飛紫電。君不見建元策對廣川字，正言明道不謀利。未央方憚張琴瑟，申韓氣短公孫忌。君不見洛陽年少長太息，宣室豈副蒼生泪。古來壯士窮達自浮雲，其如人才進退關國事。吁嗟乎！博望之城城之東，兒女戰伐走死空。紫山鬱𡼏白鴉老，西向茂陵啼曉風。

子陵釣臺

淯水風雲慘澹極，回環子陵釣臺北。世人但傳栖錦峰，一絲卧繫桐江側。吾謂冥鴻高不羈，游龍邈穆有生翼。真人韞采方南陽，同學誰云無宴息。亂臣改玉假伊周，下瞰四方乃盜賊。西京文字侈功德，媚骨皇路叢荆棘。嚴子避亂并避治，姓名不令竹帛識。客星咄咄帝星前，布衣吾自行吾意。雲臺日月任空闊，雉衡石室留顔色。君不見貧交糟糠不可瀆，知幾終日無傾覆。羊裘一去富春高，中宫已廢長門哭。吁嗟乎！天中戈甲人皴瘃，臺邊芳草爲誰緑？

張衡讀書宅

昔爲河間游，仿佛聞聲歌《四愁》。今作南陽客，乃過平子讀書宅。宅空雲老人不知，西日陰陰蒙古柏。去年陽侯連雨師，蛟龍黑怒白河射。荒臺草蔓鴻文秘，世人傳賦不傳意。美麗不敢爲國華，鮏塞内顧啬皇志，但願天子愛德不愛奢。十年豈練雕蟲字，曾聞地震謹民憂。鬼魅不畫圖讖收，丈夫固自有面目，藩相之出何必留。嗚呼！丈夫不幸生末流，媪宦不忌復何求。

卧龍岡

南陽之南驚蟄雷，北風吹雪大如梅。杜鵑濕咽啼不得，龍岡夕暝垂烟黑。岡頭恍惚有龍伏，聞風似覺有羽翼。出處大端不可苟，君子之道先生有。魏篡吴亂誰驅馳，鼎足直峙炎火壽。湇濤隱照水魚踪，夜留真氣憑石牖。兩朝百艱惟一德，主明主暗弦如直。表成有血泣鬼神，龍蛇陸沉寧終極。伐魏心，吞吴力，江流深兮皎如日。不咎星隕咎荆州，英雄豈可成敗測。吁嗟乎！王佐已矣王道息，山深月笑蟲唧唧。

喂馬行

鎧甲遍城潦遍野，檄文傳喂南征馬。里正中宵布裹頭，顆粒寸草逢人求。南陽處處經征戰，輪蹄一沸十三縣。有檄但促征豆芻，將軍額外還折夫。一夫數金囊槖好，復驅市人鍘馬草。箕踞怒棰五十日，罷耕撤肆奔潦倒。市人逃死小吏危，中夜忻然投白水。妻孥已盡茅檐毁，但避誅求死亦喜。一隅未靖骨如山，願爲厲鬼雪國耻。

老婦行

鄖陽有山山崒嵂，草深水腥妖蛇茁。南陽自古號天中，胡爲歲歲成邊戍。南陽止剩百人家，家家含泪供閑卒。戍卒自領官家粟，但願啖麥不啖秫。長呑踴躍雄如鯨，輔車纔潤盤飱失。供者佝僂啖者怒，轟雷愁氣崩殘室。老婦長跽方致辭，當頭一擊血如漆。垂死止悲十年窮，嗚嗚不敢申紀律。所望移威加豺狼，何褻一劍及蟣虱。軍麾肅整古來難，籬邊悄憶李光弼。可憐倉皇今日畢，鷄鳴咆哮日又出。

城頭行

城頭日日接郵帖，開函便是供兵牒。將軍有怒不加賊，雷霆輕用争餉饁。貔貅吮血劍爲牙，芙蓉香暖團嬌妾。官家有令不進城，將軍到處能要挾。殘黎恇怯泪不出，溝壑兒女平蹀躞。汝陽舞陽尤最苦，閉城爲守官家土。汝令昨日逼死化作土，舞令躑躅長跽汗如雨。

桃花

春風一夜開何物，主人經[一]歲勞剪拂。桃花寧畏未央寒，露井輕辭垂蒿蔚。錦袍簇絢舊峥嶸，對雨不笑香吃吃。蝴蝶欲來芳草知，桃開始覺春飛遲。但得留春能倚人，百年長醉胡爲悲。醉酒澆月月欲沉，仙源有山深更深。自從雲障周秦路，閑殺漁舟何處尋。

春藹讀王梅和少司農九華詩悠然有懷即事

情深雲水什，閉目是潺湲。移得山當户，携來月滿闗。魚吹林絮出，鳥破嶺烟還。解駐江春意，微風相與閑。

二月友同醫至

焚香不礙睡，斂迹對光春。猶有憐貧藥，來依善病人。心深通草木，命薄慎親鄰。日上慵窺鏡，余顔可是真。

[一]『經』，原本、校本均作『輕』，據戴明説《定園詩集》（國圖藏清康熙戴氏平山在東閣刻本，下同）改。

聞覺斯與玄道士擬山游有念次之

存此尋山意，相逢皆道流。岱峰常納雨，滄海豈知鷗。終古鴻濛秘，夕陽車馬稠。勿嫌歸計晚，葛杖正宜秋。

古臺

亦有不成夢，歸心當古臺。乾坤百戰内，風雨一詩來。定月知魚樂，深山終木才。所思辛苦後，未敢駐寒灰。

偶感

晨光泛小安，吾亦理虹竿。乞酒時貪月，無田似戀官。天心通動静，真氣守饑寒。未躡炎洲去，盤雲磴幾乾。

次張坦公移竹

清影無寒燠，相從卜所歸。林疏星月動，秋近水雲依。老節兼悲暮，虚心敢厭微。莫吹砧韵入，萬户少寒衣。

豫章涂静微遇於都

哀鴻催曉霽，老杖發秋陰。多難驅馳事，中原感慨心。漁燈連月没，獵火入雲深。對酒今何夕，徒傷霜鬢侵。

八月十六日言懷次龔孝升用少陵秦州韵二十首同兒綸縉咏選九首

爲卜湖山志，將尋魚鳥游。徘徊今夜月，窈窕此生愁。銅漏滄桑泪，銀河牛女秋。長門無奏對，清影吊三留。

皎月疑團扇，凄寒起漢宮。羈人新白髮，湛露又瑶空。烽火摇西極，親朋謝北風。傷心原上柳，歲歲灞陵東。

月下千門閉，流黄夢未歸。屠龍新玉壘，射虎古金微。水旱風雷黑，鉦鼙朋友稀。東山焚屐後，擬檄笑重圍。

地大容人隱，誰過鐵笛亭。年華軍羽白，心事酒旗青。擘海生初日，鋪花受落星。風雲平世業，亦不到林坰。

天心仁愛急，民瘼正殷繁。吴越高雲漢，江河濫宿源。黄花風落壑，白骨月臨村。無礙浮鷗意，懸瓢卧石門。

金鰲昔勝地，秋氣浪痕低。象塔沉蒼璧，龍舟護紫泥。漕艱淮上下，烽接粤東西。辛苦清宵月，年年照鼓鼙。

不憚西陽寂，空林彈響泉。誅茅容鶴到，焚草避人傳。山海誰籌箸，風雲正拓邊。干將昨夜嘯，霜拂曉花然。讀書知老憒，神智在人間。夔禼終成土，巢由寧選山。馬高連竹瘦，雕勁逆風還。俯仰燕然勣，螭文落蘚斑。苜蓿秋風老，山陽望馬歸。雁峰時黯黮，麟閣日光輝。風落圖書静，霜空草木飛。旄頭看漸没，咫尺是天威。

臨漳懷古

英雄氣不盡，隱逐濁漳流。豆煮千秋泪，香分五夜樓。履冰炎鼎暮，吐哺鄴園游。勞殺疑墟草，年年辨漢侯。

安陽道再用册封時舊韵

桐葉曾持節，雕宫已挂蘿。千烽摧白骨，兩鬢老黄河。衝驛鞭棰急，遺詩苔蘚多。銅臺不可望，簫鼓暮如何。

忽步

惜花忽步野籬頭，滿眼霜英破晚秋。痕照青衫昨夜酒，吟成紅葉此生愁。潮聲夾雨燈留夢，海氣吞林月入樓。莫使雁聲來獨坐，山光隨意自悠悠。

賦得胡此庵學士萬紫千紅總是春

十載滄桑策杖遲，樓頭籬下盡成詩。欲窮影落春秋後，當識香來坐臥時。入眼雲山清不礙，宜人桃李淡相思。何須又覓東風面，日日幽情好自知。

密雲令郭星鶉調安化

曾貽清夢殷邊笳，賈墜湖天亦作家。鳳吹一時留短棘，鴻文千古在長沙。蠻烟薏苡山頭月，瘴雨苞茅海上槎。莫道相逢無可寄，夷陵舊土發殘花。

同覺斯夜坐

天闊風高薄暮情，春歸猶有斷腸聲。爲留老友看山色，且徹殘燈領月明。禾黍崎嶇宮水落，麒麟蹭蹬陣雲平。海棠開盡黃鸝去，不敢中原問耦耕。

尊存

屋就幸依青嶂好，家貧猶有緑尊存。雲枯海燕欺潮信，風勁江豚耗水痕。半世蓍龜天損益，千秋管鮑古寒温。蓮峰自昔通群帝，何日高尋扣岳門。

擬閑

中宵夢到方醒後，何處人能未老閑。石枕竹簾通藥氣，鶯聲鹿迹隱花關。白雲耕破師長沮，緑水調成教小蠻。無限神仙不可見，空憐年鬢爲誰斑？

偶閑有感

老奴帶雨扶新竹，稚子撥雲尋古源。舟楫何人撑碧落，文章無事寄黃昏。玉釵埋徑花鬟泣，金鎖沉江戰骨存。剩有病心歸未得，茶鐺藥裹扣玄言。

五月即事

薊門積旱晝沙鳴，憔悴榴花不肯明。脾濕今難親酒氣，魂勞昨已厭茶聲。旌旗柳帳千笳月，鷄犬桃源一笛晴。隋苑唐堤何處是？曲江野老嘆蓬瀛。

憩想自問得江字

久懷蒲柳誰相對？漸瘦芙蕖亦自雙。魚樂潭空花入户，鶴鳴月小夢横江。日邊瓊樹新招貢，天外霜旌待受降。寄有平安家未到，松濤蘆葉正淙淙。

又送虎別

半樵鐵樹香山裏，一釣晴雲滄水西。短劍荒山哀鼠盜，孤舟涼雨病荊妻。鬢緣心拙三江老，天許文窮五岳栖。爲擬歸來秋滿帳，玄經綠綺正堪携。

登汪氏園亭臺

陵園北望白原大，入暮盤雲萬徑枯。野自尾箕開蕊嶠，人從弓矢見蓬壺。學書學劍蝸名贅，宜月宜霜山影癯。留滯松陰藏老鶴，玄文幾許待樵夫。憑高此日無艱虞，下瞰蒼茫之海隅。禹貢越文猶阻絶，燕臺駿骨空踟蹰。可憐一月向花落，閑問諸峰帶雨無。老句驚人焚便好，黄山白岳是前途。

秋懷

燕臺夕氣下滹沱，萬里西寒發浩歌。曠代文章歸白髮，高天雲漢照黄河時不雨。茶行沙口酬羸馬，日落香山放病駝。猶有當年漁父在，荆榛想像到烟波。

濁醪易盡平原後，老骨寒生渴病時。鴉落玉山尋寂寞，龍歸太液鎖葳蕤。蘆租誰罷銅陵郡，鹽哨新燒花馬池。轉眼西風千橘酸，鄰人隔夜幾笳悲。

學宫石鼓鎮經帷，苔蘚縈斑雷電暉。哀角清砧黄菊病，寒雲亂草野狐肥。門東日月文丞相，鄴下松楸武岳飛。勞此餘生不敢問，年華零落到知非。

翠華西苑舊鑾幃，暮雨斜風向晚飛。衰草連天原玉蝃，五雲回輦有漁磯。職方生死依宫水用金伯玉事，萬歲溪山駐夕暉。聞説桃林薇蕨好，蹉跎千載幾人歸。

中元秋懷兼悼妾

銀河霐漻接崑崙，老碧蕭蕭萬木村。白雁寸腸悲上苑，清霜斗酒載西園。蒹葭倚寺天空暮，菡萏流燈月易昏。我尚匏瓜君掩玉，靈槎無力望津門。

春懷

荆籬老耇話幽州，爲許陰晴濁酒收。白草大風沉楚帳，黄榆驟雨守吴鈎。世無狗監難容字，客到龍門易拜侯。雙鬢未凋殘笠在，銅駝玉樹不關愁。

一自蓬舟來故墅，七年羸〔二〕馬到今朝。摇天風浪誰青眼，滿地鶯花有畫橈。漫倚銅駝羞草檄，敢教玉〔三〕女伴吹簫。六朝無限催人處，殘壘斜陽萬里潮。

元宵日柬陰太峰予謫後公將乞病

火樹金貂上苑春，燕臺何事傍孤臣。黄州有地容看菊，山啓留官更擇人。落日文園星斗大，陰林武穆羽旄新。將歸笑囑長亭柳，此後從容點客巾。

〔二〕『羸』，原本、校本均作『嬴』，據《定園詩集》改。
〔三〕『玉』，原本、校本均作『毛』，據《定園詩集》改。

欹林層雪變山容，肯許樵人認舊峰。消息三生空海梵，興亡五夜入烟鐘。依將日月學乘鶴，斂却鬚眉問卧龍。自是太平勤老眼，朝來指點古堯封。

題畫

深坐層巒下，平分烟樹愁。遥疑小艇載，多少洞庭秋。
天地危橋外，陰森處處開。山光不是客，何日破雲來。
爲尋蒼山來，春水知人未。無限樹前心，口暮寒烟閉。

中秋代閨中詞

誰逼秋氣來，衰草凋顔色。不敢怨秋風，羅帶上明月。

北泛次高中孚

薄緣不敢怨身輕，去住風波信此程。枕上濤光天上月，羈人一夜舊秋聲。

惆悵詞

羽節霜旌暮未回，昭王牧馬下燕臺。黄鸝若惜春原草，肯逐桃花笑雨來。

題顧夫人蘭卷

孤根耿耿護陽春，許伴三閭問鬼神。多少鬚眉不敢畫，香烟輕照管夫人。

題李五弦少司馬陳姬遺像

菡萏餘香鸚鵡身，瓊簫聲落鏡中春。何年留得霓裳曲，痛殺開元未死人。
生來自合綉鴛鴦，金管停雲玳瑁梁。半枕西風千樹落，祇今流恨滿横塘。
一葉清名千卷詩，天花吹落到人時。金籠尚罩香魂在，司馬青衫知未知。
燕燕飛飛王謝家，香風不斷入銀紗。河橋尚有痴兒女，袒臂逢人叫買花。

宫人斜

君恩到死伴殘紅，千里平原五夜風。祇是香魂留不住，飛隨黄葉上陽宫。

長信詞

雲散金門宿鳥疑，銅龍鎖月一床遲。秋來緑鬢尋常落，不似寒花尚戀枝。
寶鼎瑶函出上林，餘香猶自解恩深。可憐半枕珊瑚夢，一片寒蛩秋雨心。
静裏雙親夢裏砧，孤窮何事伴微吟。自從永巷無紅日，不見寒鴉直到今。
不是蛾眉不讓人，漫藏蘭佩待餘春。閑思笑語從前過，星月樓頭懺鬼神。

夢别王將軍

邊風一夜變燕嵐，我滯長安君向南。回首忽憐新雁至，不知何夢寄湘潭。

四時閨意

碧桃花露曉簾香，楊柳鞦韆小日長。一炷真檀成獨笑，回風無力數鴛鴦。
荷香暗入度紅牙，小簟重簾閉妾家。半枕珊瑚無個夢，笑留明月上栖鴉。
餘香偏欲襲輕紗，綉出仙人乘彩霞。立却西風不肯説，佯斟泉水煮黄花。
琬液瓊英對遠林，豹囊閑煮夜沉沉。靈簫自有梅花氣，吹落寒香到妾心。

遥次孔心一紅梅十首

山陰小泛月痕中，幽討從來趁暗風。何處仙人分絳雪，玉鱗千丈涌新紅。
蝶紫蜂黄萬壑深，凌風别有淡霞心。玉顔誰避長楊獵，遠抱胭脂出上林。
琥珀流光雪影齊，香分客夢未全迷。玄都久嘆劉郎去，莫誤桃花亂鳥啼。
香連燭影摇冰寒，總是鉛華不可干。想欲人間湔濁骨，枝頭輕放葛洪丹。
纔知瀲灧初來意，静見低回欲冷時。肯向塘堤偕錦杏，百花頭上認伊誰。
羞將玉羽鬥羅浮，天許衝寒漫試愁。祇是北風偏解妒，白雲紅泪下蘆溝。
紫府朱文昨夜開，堅冰借汝轉春回。誰言晏圃移時苦，高挺寒香細細來。
半袒緋衣絶世塵，紅雲天近另爲春。壽陽自有微醺面，不似荒城少醉人。

來青餘雪瘦西山，豈倩縞裙浪取憐。分得赤林朝日氣，海心遥伴早春還。

半酒凝香一笑微，春明旭色欲飛飛。争傳商鼎添朱顆，豈是霜顔老曙扉。

秋次禹峰言别赴粤

秋入黄雲白水城，河橋衰柳落蟬輕。雁回猶有游人去，萬里蒼潯一月明。

卷十五 沈荃

福清魏憲惟度 輯選

澤州陳廷敬説巖 閩縣金鏡陟三

宛平田種玉遜庵 華亭董含閬石 參

沈荃 號繹堂，華亭人。

小引

魏子曰：雲間名下久立詞壇赤幟，董思白、陳仲醇拔鍪弧先登，陳大樽、夏瑗公抱桴鼓應之，李舒章、宋轅文、顧偉南、彭燕又出偏師以左右之，意在奪竟陵前矛而摧其堅壘，不覺與信陽、歷下旗鼓相當。鼎革來，諸公俱赴玉樓，獨偉南以魯靈光峙江南保障，與顧見山、張忍齋、王農山、張匪石帶三、周釜山、王印周、田髴淵、董閬石蒼水、宋南陔諸先生横槊賦詩，有兼容并包之志。獨繹堂沈學士受知聖天子，世所傳應制諸篇，真不啻凌雲之賦。則廓清之功、紓廟堂南顧之憂者，猶不啻頗牧之思爲王國干城。予曾單騎直入，搜其《陰符》《黄石》諸秘而步伐止齊之法，庶幾願學而未能也。他日有事疆埸，一彼一此，且三舍避之矣。

寄懷彭禹峰憲副由衡陽之滇中

亭皋隕衰籜，征鴻迅天際。歲序轉飆流，群動遞遷替。佳人杳莫從，芳馨撤蘭蕙。遇物隆所悲，興懷紛雪涕。雪涕情難已，登高羅四垂。曠途邈不見，結意寫何時。音容兩契闊，悲歡絶相知。湘烟昔已渺，何況今滇池。滇池望不極，遲回滋永嘆。人生非繫匏，安能期聚散。麋鹿陋群游，遐征壯羽翰。樗材難匠裁，修柏美楨幹。楨幹宿所迎，超忽復奔雷。下馬節露布，上馬殲渠魁。嚏唾落珠玉，壯思生酒杯。何時握君袖，汗漫論九垓。九垓非所論，沉痼故難屏。案牘苦塵坌，歌吟澀競病。君子勉其常，野人終静性。亭伯萬里來，爲子得朋慶時崔修庵之任便寄故云。

中元夜錫山晚泊

維楫梁溪晚，高城水氣昏。風烟猶故國，節序已中元。殘暑流螢度，新凉玉露繁。辭家三閲月，撫景暗銷魂。

京口

潤州古形勝，落日漫登臨。山到南徐斷，江回北固深。嚴關屯虎旅，絶壁聽龍吟。招隱讀書地，蒼茫何處尋。

淮陰送馮个臣寶初喬梓南歸

木落淮南夜，清樽話别時。風塵纔更老，霄漢遇偏遲。世業承弓冶，新篇步竹枝个兄有《竹枝餘音》小詞。黄花三徑滿，瀟灑鹿門期。

首夏同爲客，秋來月再圓。關河揮别袂，淮楚送歸船。砧動青楓暮，霜高白雁天。親朋倘垂訊，旅思正凄然。

同个臣泛舟泖口次韵話别

谷水迢迢路，輕帆此并游。滄江春色遠，城郭暮烟浮。時序登臨日，天涯話别愁。風塵還浪迹，何日共羊求。

吴門舟次留别个臣天垂秉叔兼寄武子日千子山得仲天石諸子

并棹胥江暮，風烟動旅魂。故人今遠别，良夜對清樽。絶岸驚濤壯，高城細雨昏。臨岐遥寄語，我道自乾坤。

寶應道中和吴六益

江闊行漸杳，淮楚望猶迷。席挂長風急，雲垂遠岫低。荒塘喧野渡，獨戍隱烏啼。蕭瑟征橈暮，詩篇懶共題。

馮个臣客武陵以椰杯見貽賦答

八月瀟湘木葉催，天風吹下尺書來。多君獨縱珊瑚管，贈我真邀鸚鵡杯。橘浦霜黄千樹老，龍岩雲擁一門開。桃源若在應相問，折得花枝手自栽。

憶大梁署中海棠次汪介人韵

鈞陽回首七經霜，三度同君醉海棠。曾倒玉山詩酒聖，漫揮彩筆頌花王。晨曦露浥開嬌靨，夕照波明靚晚妝。惆悵此時虚爛熳，鶯啼草緑倍蒼凉。

送陳頡仙憲副之任荆南

玉露商飆節使游，軒車重上古潭州。西朝薇省揮詞翰，百粤蓉江建羽斿。古驛馬嘶湘口月，孤帆木落洞庭秋。驪駒暫遠褰帷色，前度行看有太丘。

送張幹臣學士歸廬陵

西江理學闡宗風，黼座深資沃功。爲使閶闔登衽席，敢將肝膽答蒼穹。危言漫擬長沙涕，微讜
終憐内史忠。此去螺山休沐好，知君夢繞日華東。
襆被蕭蕭出鳳城，雲霄極目重含情。片言豈詡回天力，三宿還辭去國名。聖德優容昭日月，臣心
愚樸本生平。曲江風度應存憶，莫戀空山猿鶴盟。

九月望日同馬覲揚先生飲保陽丁憲副董僉憲張副戎秋月堂

高臺晴日照丹楓，上客鳴騶此暫同。望裏群山遥拂翠，坐來明月正當空。香浮菊盞凝寒露，曲引
霓裳度晚風。最喜他鄉重話舊，漫將離思寄歸鴻。
華堂絲管正紛紛，燒燭聽歌别思殷。五夜星辰依北斗，九秋松菊眷南雲。仙杯瀲自金莖賜，彩袖
香從紫殿分。此去承顔應計日，中朝霖楫正需君。

張綉山茂宰留飲署中即事

兩京舊擅張衡賦，百里還淹龐統才。松菊丘園難問訊，風塵薄禄且徘徊。城依濁鹿寒烟渺，山逼
天門晚翠來。短轡相過拚一醉，空庭凉月下雙槐。

渡滹沱河

滹沱秋水莽滔滔，落日輕裝上小舠。東下津門千里闊，西來岳色亂峰高。蕪蔞古渡迷寒雁，麥飯荒亭空野蒿。誰向中流歌擊楫，西風客思正蕭騷。

登真定天寧寺大悲閣二首

傑閣崚嶒聳碧霄，無邊花雨晝飄颻。千年龍象凌空矗，大陸雲山入望遥。金殿香燈停御蹕，窮碑文字識前朝。憑欄不盡登臨意，蕭瑟天風下泬漻。

危級盤空上紫氛，清秋河岳望中分。白毫隱隱諸天見，幽磬泠泠下界聞。寶座花幢窺法相，金題緑字想遺勛閣係王中丞倡修，題曰『三摩妙勝』。最憐塵世徒勞攘，匹馬西風逐雁群。

贈柏鄉魏貞庵太保

暫向東山問薜蘿，平泉逸興近如何。十年調鼎心原赤，壯歲懸車髮未皤。燕國文章當代擅，鄭公封事兩朝多。九重側席思霖楫，寧許滄洲老芰荷。

元臣啓沃著綸扉，何事抽簪遽息機。海内共瞻太傅出，都門先羡二疏歸。鄗臺曉日携藤杖，槐水秋風坐釣磯。夙昔登龍慚國士，漫從緑野奉音徽。

十月朔日過鄰張爾成年兄招飲漫賦二首

初冬風景似重陽，有客停車話舊長。天外歸鴻迷遠塞，樽前晚菊傲寒霜。十年仍轉蕭侯粟，兩鬢空存季子囊。漫道《上林》詞賦好，雲霄回首極蒼茫。

高院笙歌酌晚霞，周南留滯莫深嗟。名山未許尋宗炳，流水還應問伯牙。老去詩篇憑覽眺，年來杯酒半京華。明朝分手洹河上，愁聽西風咽暮笳。

衛源懷古

邶鄘舊俗更如何，客子驅車幾度過。水下百泉秋浪淼，山從王屋曉烟多。鹿臺草没飛鴻雁，牧野天寒散駱駝。六七賢君何處問，三仁祠廟尚嵯峨。

訪孫鍾元徵君出五世一堂卷索題次愚山韵

幽居疑入浣花村，此日欣登元禮門。蘇嶺鳳鸞何處聽，郡窩風月至今存。枕中不秘千秋業，膝下常羅五世孫。一夕十年真快事，短檠木榻話清樽。

長垣道中憶程箕山僉憲

驅馬匡城北，霜嚴百草腓。荒塗慘行色，斜日澹征衣。木落遥村見，天空過雁稀。黎陽在咫尺，惆悵故人違。

過臨洺關

昨日邢州道，今朝洺水來。關城仍突兀，沙岸自縈洄。百戰雄圖歇，三秋旅雁哀。有懷慷慨士，停策漫遲回。

渡江

挂席晴江滿，秋風灑客衣。烟波天外渺，樓堞望中微。擊楫懷前烈，垂綸想釣磯。嘹嘹數聲雁，羨爾正南飛。

九日登河上戍樓有感

何處登高好，相携上戍樓。西風吹斷柳，落日照征裘。小堡千家暮，長河九月秋。蒼蒼烟霧裏，遥指是齊州。共切他鄉思，况驚佳節臨。茱萸難入手，松菊自關心。野曠低寒雁，城空急暮砧。天涯尚行役，搔首一沾襟。

舟中酌酒成詩

憶昔扁舟過，十年此再經。風塵真似夢，鬢髮已成星。家遠瞻雲樹，天寒念鶺鴒。今宵對明燭，劇飲不須醒。

雨霽泊平湖橋

雨霽江天豁，風恬驛路清。殘虹遥挂樹，返照故銜城。墟里遲烟火，鐃吹進晚晴。前村貰酒近，傍柳聽啼鶯。

潞河道中

津樹靄蒼蒼，沙邊艫舳長。戍旗翻落照，城角動秋商。夜氣臨關紫，河流倒日黄。風光帝里近，寧敢怨他鄉。

返照

薄暮風湍急，蓬軒過雨凉。頹雲千里黑，返照半天黄。村暝喧歸渡，沙虚集晚檣。停杯一佇立，何處是江鄉？

從河上策馬至汴即事寄懷故園諸子

驅馬大堤曲，蒼茫指驛亭。烟凝寒野白，雁入暮雲青。江海勞鄉夢，風霜老使星。可知高蹈者，不是愛沉冥。

破愁

鞅掌竟何事，馬蹄無暫閑。平田見春草，落日明寒山。髮變風沙裏，心摇歲序間。哦詩與醉酒，萬一破愁顔。

曉上雍丘呈楊猶龍方伯王安之臬司徐寧庵憲副郭嵋公僉憲

野寺鐘聲動，明河曙色寒。輕裘戒徒旅，短褐上征鞍。戍古啼鴉亂，林空落葉乾。愁將行路曲，
凄切向君彈。

丁酉九日重登三峰山

秋色三峰好，揚鞭入翠屏。晴巒迷近遠，錦樹雜丹青。朔吹空中發，霜砧野外聽。憑高聊放眼，
仿佛對山靈。
斜日照青松，餘酣興倍濃。攀蘿上絶巘，立馬指遥峰。二室風雲合，千林紫翠重。天涯眷良會，
何日更追從？
謖謖山風起，蕭蕭木葉乾。詞人揮玉碗，候騎簇金鞍。谷暝疏鐘動，天空過雁寒。高吟猶未倦，
微月上林端。

遥和李按君清輝閣原韵

傑閣凌風上，清秋載酒過。蒼茫烟樹合，窈窕夕陽多。野色凝青靄，泉聲隱碧蘿。山公饒逸興，
漫唱接離歌。

最憶蘇門勝，追陪帳未過。泉分衛水闊，山逼太行多。曲渚藏漁艇，長松挂女蘿。幾時攀絶巘，剔石一高歌。

又次袁石公韵

峭壁横千仞，微珠噴百泉。寒霞生夕翠，曉日亂秋烟。院静風鳴葉，沙暄雀噪田。蕭條人吏散，半榻且安眠。

勝地元幽絶，高風更穆如。雲山留彩筆，花鳥羡閑居。夜月寒梧井，西風老鱠魚。本無名利擾，不是學清虚。

又次袁小脩韵

古閣藏書處，開軒面晚湖。人家依竹樹，秋水泛菰蒲。潭影日空碧，嵐光乍有無。天然圖畫裏，極目送雲鳬。

眺賞日將斜，澄潭落彩霞。山中思桂樹，谷口訪名花。洞壑仙人宅，烟蘿處士家。河源如可問，咫尺泛星槎。

春暮自密至禹度大騩石門諸山馬上口占

走馬春山道，和風着面輕。澗花不辨色，谷鳥自成聲。陟磴看雲立，捫蘿傍險行。心幽逢地勝，處處好題名。
石密初無徑，林開忽有天。杉松高蔽日，枳棘暗藏烟。金鼎仙人竈，丹砂玉女泉。崆峒原不遠，
笙鶴去何年。
峭折千盤上，微茫一綫通。馬嘶青澗底，人語翠微中。仰面峰將墜，回鞭路已窮。松崖聊息影，
謖謖下清風。
濟勝游原健，探奇興倍偏。岩陰藉草坐，峰頂對松眠。果摘青梅小，沙披錦石圓。擎杯正爛熳，
眺賞未知還。
入谷方亭午，斜陽到石門。雙崖聳木末，巨壑劃雲根。潭黑蛟龍伏，風腥虎豹屯。行人矜險絶，
相戒莫停轅。
聞昔岩栖者，閑閑物外情。晨炊敲白石，夜雨劚黄精。茅屋秋能補，山田歲可耕。所嗟離亂日，
豺虎遍縱横。
稍喜烽烟息，翻憐丘壑存。年荒收橡栗，日夕散鷄豚。婦子還相保，篝車未敢論。班荆話田父，
惻惻暗銷魂。

朱仙鎮謁岳忠武祠

奕奕朱仙廟，荒荒白日陰。金戈百戰地，毳幕兩宫心。風雨靈旂暗，丹青古殿深。階前有松柏，

每夜作龍吟。

宋室偏安日，將軍盡瘁時。奸回真誤國，痛哭竟班師。碧血千年恨，丹心异域知。往來瞻拜者，不忍讀遺碑。

咏雁

已厭風沙苦，還愁雨雪紛。連翩辭鳳塞，嘹喨入江雲。高舉原無慕，長鳴實念群。天邊有羈客，腸斷不堪聞。

春日徐寧庵憲副招同席太守張趙兩丞滎城小集

旨酒此高會，天涯今一堂。疏松露微月，碧瓦上清霜。顧曲客皆醉，燒燈情未央。無須怨行役，聊爾學疏狂。

吾道猶塵鞅，誰能即倦游。高天勞倚伏，白日任沉浮。花落消春恨，山青入暮愁。何當偕孺子，携手問丹丘。

送孫九萬副憲之閬中

劍門山勢接龍蟠，束馬懸車道路難。遂有王尊能叱馭，驚看司馬獨登壇。清江百折芙蓉繞，雪嶺千盤玉女寒。萬里褰帷真壯概，至尊應念惠文冠。

送楊猶龍先生晉蜀左藩古詩六首

赤驥在萬里，丹鳳托九霄。我子駕言邁，四牡鳴蕭蕭。和鸞有疾軫，逸駟無停鑣。豈不念同懷，王命勿崇朝。旨酒盈路隅，酌斗不盡杓。四坐發妍唱，左右增鬱陶。行雲爲徘徊，旌旆時飛摇。彼美不可見，引領心忉忉。

峨峨蓬萊居〔一〕，藹藹〔二〕承明扉。伊昔金門間，俯仰覿光儀。華星爛層闕，離采揚其暉。玉衡一西指，去我倏若遺。悠悠晉陽阪，忽忽長河湄。良圖無近迹，駑馬不能追。君子樹令猷，靡鹽焉足悲。

吏道何迫促，長徽既已纓。自余忝末位，四野多沸羹。蜩螗鳴道周，寢處勿遑寧。念子常相於，飾我以令名。黍苗實懷新，陰雨遂見傾。奈何萬里途，無以歌德聲。思隨晨風翼，天路以遐征。

仲春肇芳節，好鳥鳴嘉林。垂楊覆原野，青驪日駸駸。將車入魚凫，盤龍鬱崎嶔。俯視嘉陵江，奔流浩難禁。志士輕九折，一往無高深。良當樹功勛，勒銘劍山岑。

丈夫有本性，立德勿辭險。功業不早建，毋乃白日晻。奕奕惟梁州，孰非禹所甸。荆榛一阻閉，

〔一〕『蓬萊居』，原本漫漶，據校本補。
〔二〕『藹藹』，原本漫漶，據校本補。

不絶僅如綫。修平豈异人，况乃責分陜。天子眷西顧，式端未應晚。懷哉清風頌，至今有餘善。
今日一遠别，四野何茫茫。東風吹場苗，白露沾衣裳。軒車行遲遲，執手奚所將。惟此一尊酒，
可以訴中腸。仰視雲中鴻，引吭不能長。飛猿啼我側，飢鴟鳴我傍。何意塤與篪，翻爲參與商？
燭龍有遐照，永翼垂末光。

擬今日良宴會送翼三扶雲六益諸子

今日良宴會，斗酒聊歡娱。中堂薦庶羞，酌醴烹嘉魚。左右發妍唱，彈絲間笙竽。好風自南來，
微雨灑庭除。葵榴耀丹榮，芳香雜萱蘇。羽爵紛縱横，四座共欷歔。我懷豈异人，親愛半離居。
山川阻且緬，形影何能俱？皎皎食場苗，冀一束生芻。遁思不可留，執手空踟躕。丈夫輕四海，
哲士騁良圖。何况非遠别，參商祇須臾。矢志保貞素，萬里心相於。試聆向子言，終期班生廬。
今日良宴會，宴會祇須臾。踟躕念往路，悢悢不能舒。賴此一樽酒，聊以永歡娱。停觴理清瑟，
泠泠間吴歈。再彈《游子吟》，四坐增悲歔。伊昔二三子，携手同登車。天涯恣談讌，晨夕欣相
於。何期中道乖？參商勿克俱。滄江倏以遠，白日倏以徂。思假晨風翼，飄飖翔雲衢。日歸未得
歸，悵望天一隅。何當樹萱草？解我心煩紆。

送友歸山

世交逐炎涼，道交固金石。夙秉物外心，微尚耽冥寂。之子洞真銓，玄論相與晰。神廬抉秘要，內景闡幽賾。金丹結芳華，靈草起沉疾。招我五岳游，飼我玉山食。人事若勞瘵，塵網未得釋。終當訪雲岩，長嘯凌逸翮。

戲爲陶季深閨人除夕寄外

江關極目思悠悠，吴楚烟霜萬里愁。纔折隴梅遥寄遠，春風楊柳到高樓。

十載移家傍五湖，故園三徑久榛蕪。君今獨上嵩山頂，還有桃源在世無。

寄贈李素心備兵州

萬里巴陵道，君行正早秋。湖連青草闊，山入洞庭幽。列戟仍開府，高歌獨上樓。陶公遺迹在，壯業許重收。

寂寂黄陵廟，娟娟帝子靈。杯邀江月白，笛破楚山青。玉佩貽珠浦，仙臺放鶴亭。此中紛杜若，爲我折芳馨。

春雲篇

春雲冉冉鈞臺畔，麗日和風相絢爛。乍看縈曳捲晴空，忽復絪縕臨翠甸。二月鶯花次第催，雲光春熹共裴徊。紛披欲拂珊瑚管，瀲灩常浮玳瑁杯。鱗蒸石觸何須問，蒼狗白衣祇一瞬。由來舒捲任青天，出岫閑心無遠近。有客風流貌若仙，方瞳玄髮富詩篇。谿山浪迹不知老，斗酒狂歌且歲年。憑高四望春駘蕩，緱嶺崆峒隨處訪。願得日倒金叵羅，與君偃仰青雲上。

管城驛舍見壁上舊題因憶素心孝曾梡株魯元止鑒六益武曾武宣扶雲數子

黃河春信接天流，南去荒荒古鄭州。四壁詩篇多寄恨，一庭花鳥自生愁。宦途歷落琴樽夕，客夢蕭條風雨秋。忽憶故人憔悴盡，天涯踪迹幾沉浮。

卷十六　陳廷敬

福清魏憲惟度　輯選

曲阜孔胤樾心一　順昌何儒顯敬庵
華亭沈　荃繹堂　嘉善孫　棨青門　參

陳廷敬 字子端，號説巖，澤州人。

小引

魏子曰：詩固貴清真，尤貴典雅；固貴沉厚，尤貴頓挫。譬諸峇嶁之山，非不静潔也，童其木則游者少矣；村僻之婦，非不端肅也，涴其膏則愛者稀矣。古之詩人，質而腴、樸而華，無艱深之病，如見其人、如聞其語者，柴桑也。善清真者也，能典雅矣。積而堅、宏而肆，無奔放之累，如洞其心、如穴其骨者，浣花也。善沉厚者也，兼頓挫矣。余讀學士陳説巖先生詩，有情矣，而詞敷焉；有力矣，而神存焉。或曰：『此晋風也。渭川、秦隴之間，氣萃而靈鍾焉者也。』余曰不然。丈夫生世，以適於用者爲大。至詩文，當獨抒新裁，勿落窠臼。今之囿於見者，於齊魯則曰白雪樓，於沅湘則曰隱秀軒，叩其所爲滄溟、退谷者何似？則茫無畔岸。此何殊盲者於塗拍肩相隨曰『吾小魯小天下也』，亦妄甚矣！余向讀白東谷、程崑崙二公詩，非不居然晋風也，而恬淡幽雅，有道容焉；深奥淵實，有古質焉。以學士之才之情，與二公賡和一堂，取中原作者角技量力，吾恐此一鹿也不死於二公，而死於學士矣。搴六朝之旗，樹三唐之幟，何多讓焉？

即事憶山園

陰雲滿中閨，曉露泫金井。種花三徑荒，落葉萬山静。玉徽流凄響，錦禽弄孤影。歸來早閉關，水樹歡朝景。

秋日作

玉河水没秋雲深，高城落照空陰陰。沿溪老樹行自嘆，下馬夕陽時一吟。出門催貰舍西酒，來坐獨捶床上琴。夜深揮杯攻雅操，霜露颯颯沾衣襟。

吴將軍歌

秦關慘澹白日落，邊風獵獵驅黄雲。側身西望涕紛紜，令人長憶吴將軍。將軍昔日方少年，結髮十四來朝天。紫茸金鎖桃花甲，紅玉絨緣瑪瑙鞭。十六英名標幕府，襜褕照耀麒麟鮮。南北從軍幾馳逐，英雄常嘆髀生肉。雪净天山罷射雕，沙深白帝空埋鏃。吁嗟天地滿甲兵，咸陽以西賊縱橫。白豹城頭戍鼓亂，賀蘭山外夕烽明。繫頸面縛者誰子？風烟已黯靈州傾。是時將軍凛大義，仗劍軍前怒裂眦。白頭痛哭望神京，赤氣流虹大星墜。嗚呼！北邙山下冢纍纍，秋風石馬行人悲。十萬健兒存者誰？争似將軍馬革歸。

中秋

秋雲如水雨如塵，天外飛鴻意轉親。酒盡定拚今夜月，燈前空憶舊時人。倘因皓魄終相鑒，近有孤懷欲細陳。渺渺廣寒千萬里，金莖誰裛露華新？

定興道中懷盧聚五明府

迢遞停驂遠帝京，郵亭今宿第三程。荆關紅葉隨征騎，易水清流繞縣城。隔院砧聲秋卓午，古墻槐影月平明。蕭蕭曉發投何處？悵望龍山一日行。

渡滹沱河

晨興越大河，霜氣壓清波。秋日石梁外，人家漁浦多。遠鷗浮水去，高葉趁風過。來往恒山道，征車奈晚何。

夜宿欒城

平沙開小邑，數騎宿長亭。映月收書帙，聽更下枕屏。戍樓軍鼓暗，古驛壁燈青。望遠京門道，安車度井陘。

柏鄉道中

楊柳荒亭道，勞勞一放歌。望山鄉路少，歸馬夕陽多。郊樹積黄葉，城流横碧波。數聲風笛晚，摇落近關河。

宋廣平祠墓次碑陰韵

鳳闕衣冠古廟荒，關山秋晚更斜陽。一時仙李原春色，千古梅花自异香。轉恨君臣空蔓草，獨看隴墓下黄羊。魯公遺迹徘徊久，新月泠泠映石床。祠有顔魯公書碑

送陸鶴田少參歸養陸以御史外補

見君封事上彤墀，何事鳴珂隔鳳池。棨戟春風行部遠，霜驄落日出關遲。貧因任昉疏財後，官是何郎去位時。天井峰頭揮别袂，朔風蕭颯故人知。

春雪

二月萬花紅，霏霏曉雪中。有香争入樹，無力怯從風。幽意忽相愜，清襟聊可同。十年梁苑客，

賦罷各西東。

三月三日同楊松谷泛舟沁水

始得方舟穩，滄波望轉迷。濤聲春晝外，寺影夕陽西。楊柳横橋直，桃花夾岸齊。十年江海興，與爾手同携。

卧病

病劇藥亦罷，清秋無好懷。菜畦新種子，石徑舊生苔。獨卧花仍放，當愁雁正來。濁醪真負汝，兩月不銜杯。

望西山

秋杪思紅葉，冬來眺碧巒。夕陽過澗遠，山色入窗寒。嵐氣通書幔，香泉裊釣竿。烟光三十里，春到約重看。

送焦守雌兼寄郡城諸友

到家臘酒熟，爲客松徑荒。以君告歸日，使我心彷徨。秋田百畝多，耕穫南山岡。别來兩霜雪，林樹間成行。曉入直金門，凄凄宫葉黄。南州榻間人，日高未衣裳。感此勞逸理，愴然動中腸。家遠郡城西，况兹阻帝鄉。寄謝同袍友，相思無相忘。

寄弟

分手州東路，河橋又一春。遠游慚弟妹，薄禄謝交親。形影看來雁，音書問去人。梅花亭下月，二十五回新。

雪中湘北見過

寒天坐蕭瑟，我友到門時。雪裏催沽酒，花間看奕棋。讀書來自解，得句畏人知。君聽松窗下，霜風日夜吹。

雪中晚歸李叚邢三君子至時邢將赴永福令

行游遵北渚，飛霰灑寒汀。小苑堆銀樹，西山點翠屏。驟逢驅騎返，密作下簾聽。速客三人集，留歡二妙停叚先歸。碧凝扶檻竹，紅濕隔窗燈。玉笛吹何處，霜砧響客亭。坐中風蔌蔌，天外氣冥冥。一嶺江流險，千岩桂樹青。蠻方花自异，天柱雁曾經。惜别春明外，相思倒玉瓶。

曉雨柬王儀部貽上

細雨入幽夢，醒聞松際殘。開窗歸雁過，拂樹啼鶯闌。雲亂遠峰碧，晴回初夏寒。昨朝王儀部，吟興接餘歡。

高陽夫子招飲林亭

東閣招賢日，追陪許數過。樓臺容地少，烟雨接天多。樹帶長楊苑，池涵太液波。公應小獨樂，萬井自謳歌。

歷歷好崖谷，幽然在帝城。情忘兼紱冕，勝絶想柴荆。燕掠花香淺，鷗行水葉平。滄洲無限興，對此豁平生。

歲閏清和侯，鶯花夏未遲。碧桃天上種，文杏海南枝。歸第銅龍晚，開樽玉漏移。年年京洛會，延賞衆芳時。

孫遵仰侍御數年住我東鄰一日移去作此奉訊

西山出墻角，峰色共東家。城晚疏行騎，臺高數見花。鄉關思落日，客舍戀天涯。何處堪清嘯，秋燈静夜譁。

見花有感

石榴花下暑風清，客醉揮杯感未平。萬事飄摇隨薄宦，十年潦倒愧浮名。自憐少壯愁中老，誰解鄉關去後情。芳草東山臨別路，那因重起爲蒼生。

立秋夜懷默巖

碧雲似春水，河漢自成流。萬里長安月，何人江上樓。潮回楊子渡，山擁秣陵秋。今夜西風起，凄然增別愁。

讀杜工部夔州諸詩同翊聖二首

醉愛黃墟酒，秋吟白帝詞。病辭殘暑過，愁遣故人知。羈束江山老，行藏歲月遲。聽君話湘漢，漂泊使人悲。

老友惟吾子，相思整十年。難開此懷抱，各憶舊山川。巫峽秋濤外，行山夜月邊。西郊千里道，歸夢直如弦。

秋夕

竟有蕭蕭色，天風吹我床。關山連夜雨，衾枕落新凉。畫扇收殘暑，秋衣生暗香。最憐久游子，夢入故園長。

會稽唐夫子入覲示出都時感別詩依韵奉酬

誰言司馬江州日，却是宣城治郡時。落落公才今并駕，悠悠吾道欲何之。昭亭草色縈征騎，宛水春流入夢思。別後吴天諸父老，閑田争讓府君慈。

長至前一日雪中出署有感

凍雲初起校書樓，吏散烏啼暝色幽。苑草霏霏沾玉勒，天風颯颯偃狐裘。瑶臺自落千花影，葭管先吹六出浮。恰是微陽如綫日，陰宵清冷使人愁。

歲暮雜感

晚歲寒山驛路岐，梅花那得隴頭枝。遥遥關塞春能早，急急音書歲已遲。客舍漸多殘臘事，鄉人稀見少年時。相思不及東風便，楊柳西園取次吹。

歲盡關河獨倦游，每當落日憶西州。鼓鐘白墮荒城社，風雨黄昏舊寺樓。客久鄉園稀遠夢，官貧花鳥散長愁。閉門罷酒真無那，有底閑時不自由。

十五夜雪默巖招同惟一及吴潘二子限韵

令節招邀喜不勝，却當風雪灑寒燈。春花拂酒真無數，穠李行歌悵未能。鐘鼓閉門天更好，江山何地月同升。他鄉羈思重雲滿，烟水懷人幾處曾。

寄懷吴湖州園次

十年僦屋西街住，山色東窗共短籬。隔座秋燈憐夜話，五更朝馬聽同嘶。江寒北雁春前少，人去鄰花雪後遲。渺渺南雲烟水闊，菰城風雨憶君時。

三月廿八日劉公戫招集宣武門東水樓看柳口號

城下春流憶遠江，樓邊柳色坐平窗。東風還肯留三日，乘興能來倒玉缸。
誰家亭子枕城河，雲氣青青水碧波。楊柳千條春不去，一聲長笛落花多。

异星行

幽州五月方炎天，流金鑠石無今年。火雲照地地欲然，紅日曝人人可憐。我行揮汗如流泉，道逢异星當晝懸。我生三十未見此，驚絶指示童僕看。吁嗟此星胡太奇，五行灾异誰能知？乾坤定位割昏曉，何不少待月華東上時。君不見前年京城動地樞，天子責躬下詔書。又不見今春白氣夜横出，公卿無語皆躊躇。傳聞颶風吹海海色怒，齊魯之間損丘賦。西秦州縣流餓殍，哀我下民歲將暮。吁嗟乎！向來變异何其多，星兮星兮奈汝何！

喜雨

久旱氣始潤，五月生新凉。霧宿林景碧，雨過斜照黄。未知禾稼色，已覺花蘂香。京城百萬家，糧艘仰四方。小人習獄市，天子憂農桑。昨者下明詔，切責在官常。委職操文墨，臣也中徬徨。高雲閉赤日，太白晝遁藏。今當見開霽，青空絶纖芒。理數相感召，天心爲低昂。乃知帝好生，此身逢時康。

夢游南樓歌

別久南樓已十秋，長風吹夢下西州。祇疑身躡青天影，直見黄河明月流。

屋後閑眺東默巖時移宅東鄰

横絶城頭山，放眼不到地。蒼然百萬峰，杳杳落檐際。雲樹無兩色，天嶺但一氣。連綿亘明霞，岩谷積空翠。城中端居人，户牖分遠勢。荒庭稀過從，長夏寡人事。山色時時來，短墻得羅致。喜我素心友，巷南新移至。雖未晨夕俱，客情覺中遂。焉知我看山，非君看山意。

夏日遣興

西日既隱山，餘光樹顛明。赤雲帶連岡，綺霞散層城。虚檐交微風，當窗落青冥。林景稍一動，倏然鐘磬聲。寡欲性有托，息慮身無營。大雅久寂寞，苦吟誰見榮。勛名苟不立，章句老此生。依依見新月，下照古時城。古人對新月，應如今人情〔二〕。列星初爛熳，滅燭何青冥。河霧宿近樹，竹烟羅前楹〔三〕。風鳴弦素響，夜静吹玉笙。閲世心寂寞，外物身峥嶸。有酒起自酌，誰能趨

〔二〕『人情』，原本漫漶，據校本補。
〔三〕『羅前楹』，原本漫漶，據校本補。

浮名。

我本蓬室士，田牧東山椒。山家閑歲月，即事以自勞。水碧日照色，麥黄風翻濤。西莊進社酒，東鄰饗炰羔。遄歸方三載，行游違林皋。中情昇絶裾，吾生希挂瓢。解愛五千言，日讀乾初爻。志上凌鴻鵠，小人争牛毛。遁世以無悶，托興長逍遥。

旅夜

草際候蟲語，花邊螢火流。歲時催旅夜，風雨近清秋。落葉下庭樹，寒瓜滿故丘。無由隨去雁，迢遞到南州。

雨中同諸公集田沛蒼前輩宅

琉璃廠西急雨飛，驅車到門雨細微。绿蕉隔席寒淰淰，紅燭捲簾烟霏霏。潞州濁酒琥珀色，藐姑群公冰雪肌。夜深沾醉此何適，得歸射獵開荆扉。

爲阮亭題江天積雪圖

秋來最有江山興，夜雨寒披積雪圖。水驛無人村徑晚，梅花滿地月明孤。

龔大司馬招同人集城南送董玉虬御史赴秦州分拈少陵秦州雜詩韵

南院逢君日，秋來十載强。曉風天語近，晝刻奏書長。度隴新旌節，行邊舊驌驦。秦州西照外，極目已蒼蒼。
日下秦關險，霜前隴樹繁。寒花迎驛騎，秋色動河源。渭北雲山道，江南烟水村。行藏倚聖主，莫更憶蓬門。

孫止瀾學士製篆印留别贈歌

射州學士才力健，上慕稷契羞管晏。天生文采兼奇懷，在於敬也徒然羨。姓氏何人記憶深，手鏤珍示知君心。殷勤贈我方寸石，篆刻變化窮古今。恍然置我秦漢上，熟視嘆絶誰能禁。想君拭石初經營，意匠鑿石石怒生。捉刀如筆刀縱横，自言工巧不貴物。藝技那與流輩争，我今鼓楫翩然行。秘此不吐傷我情，以兹感激懷抱傾。憶交學士十載餘，太學釋褐同時趨。門前石鼓纍纍俱，鼓形穹窿石犖确。字勢蝌蚪分錙銖，我初開口恨詰曲。學士發聲如貫珠，寶符玉璽今焉如。絲綸手握承明廬，太史大篆訝贔屭。中郎石經紛魯魚，天子今年開石渠。校書同异觀諸儒，今君請急胡爲乎？吁嗟汝歸形影孤，古人戀闕憂江湖。

對菊

日夕秋齋裏，天寒有菊花。影稀窗月白，枝避檻風斜。獨立真憐汝，逢開每憶家。故園經别處，籬外是天涯。

爲錢宫聲同年題周静香畫松屋圖歌

春風射策明光殿，玉勒踏花共游宴。風塵澒洞歲序移，十年不見錢郎面。江路漫漫江水深，携畫遠來求我吟。東華軟紅没鞍馬，秋城寒山勞素心。歸來細視松十尋，長風謖謖吹衣巾。蒼濤飛翻白日出，窅窕爲我開深林。青山空濛落瀑布，石痕杈枒水洄沍。流入萬里之長江，游龍行天挾烟霧。錢郎錢郎，何爲鬱鬱久居此，舊隱如斯不歸去？君不見昨日東園花，夭桃穠李空霜露。天寒歲暮百卉凋，惟有青松尚如故。古來材大非偶然，坎壈豈受時人憐。

冬日雜詩四首

雪後落照殘，陰風起中夕。蕭條關塞情，黯然生咫尺。念我故鄉人，同作他鄉客。冰堅蛟龍深，山長鳥獸寂。戚戚傷精魂，悠悠阻筋力。寒燈閉門時，明月照促膝。

流風舞回雪，飄飄鄉思飛。連雁去安極，路寒何時歸。含情掩房闥，憂來不可揮。觸物悔吝集，觀身色相微。苟能慎其端，托想謝危機。擁衾抱霜月，四壁生清暉。

仙人王子晋，霞舉凌太清。緬想煉金液，呼吸獵至精。所以緱氏嶺，時聞吹玉笙。逸響久寂寞，誰聆空外聲。至今千載下，舉世傳其名。

少負英邁氣，索居逃人群。偶然事詩書，游情空天雲。一自落世網，婚宦徒糾紛。起舞擊短劍，慷慨鷄鳴晨。流浪時忽徂，三十無令聞。空名竟何益，心懷難重陳。

冬夜懷故山

細傾寒夜酒，還讀舊時書。鼓角三更外，悲歡萬事餘。聲名看往昔，物理想乘除。多病沾微禄，經心有敝廬。梅花半山閣，臘雪一村墟。兵火思殘壘，烟波狎老漁。十年消戰伐，百畝静耕鋤。澗口桃源水，溪邊栗里居。養親容斗米，款客足園蔬。里社謀歸熟，鷄豚托興初。近聞長吏好，能使宦情疏。冬日喧茅屋，春晴御板輿。人生須自樂，行矣莫愁予。

雪夜懷舊

夜雪逢君事渺然，梅花庭北夜樽前。如今見雪長相憶，旅館寒燈十六年。

送王北山給諫歸茌平

珥筆論文地，回鑾諫獵辰。波瀾萬事闊，聚散十年頻。舊邸歌重聽，離亭酒一巡。時清滄海上，未許戀垂綸。

王信初同年索近作奉荅

雲霄何路却飛翻，寂寞官曹久閉門。客舍鶯花催穀雨，寺樓鐘鼓報黄昏。春衣暮冷添新火，濁酒更殘命舊樽。勝事西園猶記否？緑楊紅杏至今繁。

移居

隔巷星河別館開，客亭臨去重徘徊。青苔濁酒行吟地，惟有楊花日暮來。

弃宅

早弃街西宅，栖栖不定居。客游無舊業，心事有殘書。酒盞空隨汝，花枝最記渠。平生多病意，卜築未情疏。

宋茘裳觀察招同曹顧庵沈繹堂前輩許青嶼施愚山程周量王西樵阮亭諸子集王襄璞方伯寓亭同賦

雨急青燈暗，長風白袷涼。地堪河朔會，人許竹林狂。車騎閑韋曲，星辰隱建章。君王重詞賦，或恐動輝光。

花外銀鞍馬，樽前錦帶鈎。園林銷晚夏，荷芰近清秋。他日東陵道，還同灞上游有海淀之約。歡娱兼別緒，爲我緩行舟。時愚山將歸

張簣山學士以言事左遷歸里賦贈

入侍銅龍玉漏催，講筵早候閤門開。兩朝感激酬恩日，三殿從容論事回。受諫稍收除吏命，謫官許老直臣才。九閽不盡回天意，轉聽離鴻晝角哀。

障塞秋高萬乘行，數宵藜火罷西清。聖朝有道危言切，臣子何心薄譴榮。四諫當時皆史職，二羅

千古自同聲。翠華風雨經過地，倘憶留鑾矗直情。

九日同高念東沈繹堂兩先生宋荔裳程崑崙周量王襄璞北山西樵阮亭謝方山諸子梁園登高以秋菊有佳色爲韵

佳日樂清曠，登臨池上樓。蕭條鴻雁來，城闕颯已秋。四邊木葉下，亭午寒翠流。俯察林木變，仰視天雲浮。何意京陌間，臺榭豁遠眸。含嘯媚短景，步屧延阻修。陟危興屢奇，永念數子游。

結軫來西園，佳辰快休沐。況有舟楫具，林風方謖謖。溪渚委寒卉，時節秀芳菊。水泛忻始游，波搖駭流目。靡靡葭菼開，洄洄蘋藻逐。遂窮陂塘幽，不异在深谷。探奇入莽蒼，興酣欲往復。

滄洲望渺然，擬挂輕帆速。

冉冉節序高，風雨懷重九。及此弄晴暉，清歡亦希有。座密觥籌交，語多藩籬剖。明霞散林薄，落日延户牖。暝色蒼然來，嚴城急刁斗。明月懸中林，欲去更回首。

孝章弟至旋别

幾回風雪歲崢嶸，已改容顔識舊聲。父老尺書歸計定，高堂華髮旅魂驚。池塘昔夢三生恨，燈火寒齋此夜情。君到東軒窗下月，梅花疏影自縱横。

卷十七　王士禄

福清魏憲惟度　輯選

崑山徐元文立齋　貴溪鄭日奎次公　參
吴縣繆　彤念齋　武鄉程康莊崑崙

王士禄 字更生，號西樵，新城人。

小引

魏子曰：余渡仙霞，歷檇李，停棹北固山下，望金焦間江濤奔涌、峰勢崒嵂，以一觴自酹曰：『奇哉！天地之至文乎！』忽友人吴星若自笠澤蕩小舟就飲，復理蔬盤，以一觴對酹曰：『奇哉！何遇之巧乎！』星若乃手一編見示，隱其姓氏，欲余射覆得之。余數四朗吟，仍以一觴自酹曰：『奇哉！洋洋乎其大國之雄風乎！』星若鼓掌大噱，復引滿對酹曰：『此司勛王西樵先生游覽之篇也。』夫西樵生海岱、華不注之間，官天壽、玉河之側，而詩不概見。乃游廣陵、渡南徐，登杜鵑之樓，訪鶴林、八公諸勝，歷梁溪，品慧泉，步虎丘，溯鴛湖，終之以西泠、天竺、孤山、靈隱、净慈、韜光，無不有詩。詩悲壯蒼凉，大約沉酣於少陵，以靈運、子瞻佐之，不斤斤摹擬古人而古人實不能外焉。此西樵之所以岸焉，自昇爲時流之所亟推也，然不但此也。西樵方壯盛之年，豪游萬里，他日奉天子威令秉鉞東南，行將鼓棹鄱陽，訪羊腸、馬脊之奇，望匡廬瀑布噴珠瀉玉，挹紫氣於豐城牛斗間。順流而下，抵夏口，過武昌，看黄鶴、赤壁，仙風英氣，千載如生。入蜀、黔，徘徊於錦江玉壘之上，聽銅鼓鳳鳴；結廬於浣花溪上，取濤箋百幅，盡以其所歷山川寄諸咏歌者，備述於枕江堂上。彼星若也者，又欲予射覆得之耶！

人日作用杜公和裴迪登蜀州東亭韵

人日題詩東閣裏，宜人風物恰揚州。飛騰金勝仍相對，懶漫青鞋那自由。階草漸生縈小立，窗梅未發昵清愁。故園兄弟應惆悵，回雁春來系水頭。

宵步

幽人惜光景，復此閑階步。斜月亞空亭，明星點孤樹。

贈孫無言

白岳更年憶隱淪，蕭然且卧廣陵春。舊來好事曾無減，醉裏狂歌若有神。乍對真堪開老眼，遠游應不問家人。三山好共扁舟去，風景還能媚角巾。

金山妙高臺作同無言偉男道子

振衣躡絶磴，騁目臨高臺。參差岩壁豁，曠望江天開。雙屐凌天風，巾袷絶氛埃。俯視萬里流，孤島彌崔巍。春潮漲浦嶼，九派潯陽來。東流下海門，撞擊聞驚雷。仿佛秣陵烟，青如沙際苔。夕陽澹西津，城角聲何哀。緬昔孫仲謀，故是英雄才。紫髯没已久，悲來孰爲裁。玉局古仙人，飄飄戲九垓。風流此中存，俯仰良悠哉。縹緲望終古，鄙吝如推排。何有方子春，刺舟雲濤堆。裴回發長謡，荒忽踏黿能。

程崑崙招同韓如石文選錢日庵太守孫無言山人熊偉男文學夜集萬歲樓

千尋江閣引諸峰，夕景登臨策短筇。參佐風流如謝朓，樓臺蕭灑憶王恭。三年夢裏西津雨，五夜燈前北固鐘。明日芒鞋别君去，城中遥望白雲重。

拜米元章墓

石楠雙樹對裴回，米老幽墳奠一杯。欲賦《招魂》致顛魄，衆香國裏好歸來。

由黄鶴山尋竹林寺

黄鶴山南路，紆回石徑斜。委蛇美林壑，窈窕足烟霞。古寺藏深竹，春風拂澗花。孤筇將霽景，吟望浩無涯。

林公泉 林皋大師也

林公得泉處，竹溜僧厨通。聞説秋岩雨，傳聲滿寺中。

游竹林畢由夾山下望招隱時以迫暮不及游

夾山竹林背，岡嶺鬱回複。曲徑穿古松，鬚眉映松緑。稍上頗疏豁，聊以暢遐矚。三山在眼底，洪濤儼尺幅。夙齡慕招隱，風氣淡幽谷。戴公昔居此，逍遥友麋鹿。捶琴發新聲，行游被野服。千載緬清風，悠然照心目。况聞泉上亭，琅然響秋玉。屐齒缺探尋，何以慰幽獨。當時栖遁人，毋乃笑仆仆。載咏《淮南篇》，斜陽下西麓。

如石邀游八公洞二首

櫻桃花似雪，遥映夕陽幽。向背春山路，蕭疏蠟屐游。潭邊逢鹿迹，竹杪見僧樓。一道泉聲細，隨人幾曲流。

遂就池邊酌，壺觴破蘚斑。老梅香覆席，斜照遠銜山。人影竹中亂，鶴聲松際間。無能戀餘賞，惆悵曳筇還。

由青玉塢至雷轟石下探瘞鶴銘用吴琚游焦山觀瘞鶴銘韵

斜陽青玉塢，遥指緣江路。汩没窅冥間，觸目難爲賦。探奇不覺遠，春潮濺芒履。波閑鷗不猜，崖仄鶻無懼。遂造亂石側，遺銘龍鬼護。幸及江痕減，遘止諧夙慕。憶昔瘞鶴人，此中幾年住。言念朱方化，寧不感遲暮。回首望夷山，滄波日東注。太息拊岩苔，林巒生夕霧。

送孫無言歸黄山歌兼示杜茶村

黄山山人有山癖，早卜軒轅山畔宅。仳離廿載蕪城居，雲海蒼茫作逋客。結交時恐賢豪疏，耽文衹苦奚囊窄。梅花東閣春風偏，與子相逢非偶然。執手便愛野夫野，相携躡屐三山顛。十日三山游，黄山常在口。猿挂松拿指顧間，三十六峰吞八九。望崖送者詩盈千，三日快讀春濤邊。松寥閣上望千里，浮丘容成如眼前。愛君恐君便歸去，於中最賞茶村句茶村詩有『送詩盈萬首，方許作歸人』之句。贈詩滿萬君當歸，不然且向蕪城住。屈子雲螭思上浮，向長五岳遍遨游。與君好訂青鞋約，何必黄山是故丘。

夜行揚子橋道中

星氣動帆檣，蒼茫迷浦嶼。燈過識夜航，人語辨村墅。

吴江道中

何必湘潭棹，無勞西塞游。桃花春候暖，笠澤曉波幽。漁舍遠仍見，湖塍青欲流。樵風如有便，真泛五湖舟。

靈隱

碧磴侵尋梵宇開，紅樓合沓繞香臺。門圍榔栗凉陰滿，山削芙蓉暖翠回。入夜經聲縈澗竹，當春屐齒破階苔。何能更乞清秋住，一拾前峰桂子來。

西湖竹枝詞四首

日夕湖頭霽景閑，渲青浮碧門彎環。朝來水霧濃含雨，失却雷峰一帶山。

春雨濛濛不肯晴，連朝水氣接雲平。斜陽忽送青山出，一倍嵐光潑眼明。

白堤蘇堤清絶塵，裏湖外湖游棹頻。落日回船向烟郭，吴山蒼翠又迎人。

三弦細細按吴腔，風雨湖船盡掩窗。何似湖樓望游艇，亂凫零雁幾雙雙。

孤山

春風不見巢居閣，緑水猶圍放鶴亭。乂手斜陽思處士，梅花寥落暮山青。

林和靖墓下作

孤墳留嶼背，俯仰一情深。眷屬空梅鶴，風流想研簪楊璉真伽發先生墓，唯端研一枚、玉簪一枝。石苔荒積雨，春竹老層陰。拂拭遺碑在，清徽感至今。

同荔裳無言仲昭步青游鞏庵次荔裳韵二首

誰選雲山勝，茅堂占一規。斜廊通步屧，森木蔭清池。嵐翠凝侵袂，波凉欲上卮。午陰欣脱幘，一任好風吹。

徑曲非頻到，須令屐齒迷。林深人迹絶，石怪鬼工齊。興爲尋幽發，詩緣送遠題。欲隨清磬住，遂作碧山栖。

却别群公去，還幸夕景清。船歸衝暝色，風起亂林聲。路轉山燈隱，觴喧澗鳥鳴。回頭看九岳，仿佛片雲明。

即席送李君之滇南

暫游萬里意閑閑，不向風塵嘆鬢顔。羡爾雙童隨一馬，短衣吟過點蒼山。

紫雲洞歌

鋸鋙割雲鬼夜哭，墜向空山結靈屋。紫光暐曄蒸神砂，覆釜崯岈壓坤軸。倒懸兩笏支崩騫，互啓雙門納光煜。我來正當赤馭翔，踏蘚捫苔失炎燠。颯沓居然靈异栖，幽深恐有蛟龍伏。垂垂玉乳金壺傾，神瀵天漿恣滲漉。飯泥定可敵商芝，煮石何須燃楚竹。公和自昔愛幽栖，叔夜由來少仙福。振衣回策縈心魂，長嘯悠然響林木。

仲夏楊執玉太常招同荔裳半隱無言元定古直飲湖上晚泊第一橋聽莊蝶庵彈琴分賦

鳴琴廣陵客，弦指向人幽。星氣疏仍照，湖波澹不流。羽觴隨坐立，步屧任淹留。歸惜深宵月，還明水上栖。

韜光

經時慕幽勝，斯辰遂獨往。出寺靈隱盡修竹，緑陰接深廣。細路蟠中林，筍輿破森爽。竹溜引遥泉，高下遞清響。漸入并回溪，泠泠續幽賞。是時值炎夏，風氣轉蒼莽。大抵寒翠積，時露天宇朗。行深得懸磴，挂嶺亦紆枉。藤杖支七尺，芒鞋繫一緉。歷階步屢歇，登峰境彌敞。憑高縱遐眺，萬象羅俯仰。江光曳匹練，湖波儼盆盎。豁然望八極，青天信無黨。金蓮留囊迹，茶瓜啓遐想。世氣何足嬰，白雲定可上。便欲招鸞鶴，永言謝塵鞅。

湖心亭大風雨歌吴香爲葉子肅席上作

湖樓夢破朝徘徊，吴君葉君折簡催。欲以勝游蕩羈思，金樽蘭漿容趨陪。一醉湖亭好風日，四山静緑如春苔。忽忽殷雷起山脊，黑雲壓檻聲焞焞。夔牛鼓震日月死，軀山鐸掣陵巒摧。急雨注射激萬弩，層波黝黝争喧豗。回風雲旗颯出没，鼉鼉鼓沫江妃哀。恍如軒轅張樂洞庭野，蛟龍雜遝纏樽罍。又如神禹行水過桐柏，巫支騰踔群靈猜。山胥乍穿怒濤涌，危橋欲圻神鞭回。狂生顧視膽才豁，奴子屏息顔如灰。須臾勢過萬態息，翠屏玉鑒亭亭開。湘靈鼓瑟九疑静，李謩吹笛清風來。我醉湖山亦已屢，大抵好女臨妝臺。久對令人少志意，兹來壯觀真奇哉。山川情狀出明晦，丈夫意氣生風雷。歌成長嘯興未已，好呼山月浮深杯。

六月初七夜與執玉連舟湖中雅集對月有作

湖烟消漏淺，新月漾波幽。以此憐芳夜，因之集勝流。琴樽明暗几，燈火淡鄰舟。坐有紅顔女，眉痕塏欲愁。

烟雨樓眺望 是日立秋

孤嶼回波匝，危樓縱眺長。烟城團静緑，水屋淡斜陽。秋入玄蟬切，天空白鳥翔。南帆憶宵引，極目但青蒼。

六憶詩 選二

湖心亭北指君家，暗約回橈訪若耶。最憶酒闌風雨急，親迎桃葉一舟斜。

船頭皎月坐深宵，茉莉風凉碧漢迢。最憶流輝照雙影，沈郎清瘦謝娘嬌。

丹徒鎮阻風

不耐回帆急，天風聽轉驕。夜雲兼雨重，河水近江潮。旅迹尋常滯，歸程咫尺遥。驚烏將客思，歷亂向深宵。

移居寓園旅情頗適即事有詩凡得五首

野人習閑寂，所苦唯囂煩。寓舍既湫隘，矧乃鄰市喧。一旬榩户坐，自憐神氣昏。朅來得疏豁，意愜城中園。入門紫竹林，落落隨風翻。清闃敞庭户，曲折開籬樊。梅葉緑幽幽，參差照楹軒。開窗坐凉飔，頓失炎景暄。亭午妥幽夢，日夕傾芳樽。庶幾謝塵雜，聊以清心魂。

維時值上浣，向夕月已出。飯罷下階坐，清輝漾我膝。櫺楹頗幽映，几榻亦蕭瑟。中庭衆影交，荇藻亂疏密。雙桐尤峭蒨，亭亭表崒嵂。疏星浮樹杪，照眼明瑟瑟。群形隨夜深，蒼茫若相暱。委蛇清夢緩，森疏塵慮失。以兹慰滯淫，於焉破愁疾。緬想竹林人，斯懷庶堪質。

曉起理清夢，盥櫛頗徐徐。窗虚納晨色，緑蔭盈階除。窈然棐几静，可以讀我書。初旭上新桐，光景相扶疏。枝間好鳥鳴，清音和且紓。起行巡虚廊，懷抱爲之攄。攬鏡閲齒髮，四十已復餘。浮踪逗江淮，跬步成籧篨。不有栖托便，何以銷居諸。持此悦幽素，爲我辭高車。

方我來此初，葢荷貼水生。高枕倏幾辰，已復擢修莖。羈栖感時物，因之悵遠行。憶昔二十餘，俛仰安柴荆。東堂三桐樹，長夏歡新榮。風塵逾十載，魂夢空相縈。春歸見萌芽，忽忽重南征。

良辰觸幽緒，能無惓故情。浮生隨寄寓，略如波間萍。放懷希達人，逍遥絶所嬰。亭西繁嘉竹，猗猗近千竿。入夏抽新萌，色過青琅玕。豁達闢四窗，交蔭侵疏闌。向晚倍窅杳，翠袖倚天寒。夙昔子猷興，日夕滋盤桓。因之戒我僕，無使斤斸殘。南中此物多，數錢足一餐。縱有渭濱嗜，市鬻非所難。養此一畝陰，枕簟或可攤。清風戛中宵，如凌玉女壇。

七夕立秋

栖烏渺渺月悠悠，井幹新凉一葉投。期是黄姑還卜夜，節當白帝恰迎秋。孤踪已憚成都問，《九辯》徒增郢路愁。羈旅又逢天廓落，明河那爲浣離憂。

黄海歌贈洪瑞玉同年

首秋炎蒸苦未歇，避客高眠謝巾襪。我友高軒自遠過，新安江氣清人骨。屈指别來已三載，君卧故園殊好在。吾曹作語無寒温，便向黄山訊烟靄。三十六峰青照人，何者嶔嵚更無對。君言勝處難具陳，枝壑駢峰總堪愛。於中鋪海最奇觀，請得爲君述其概。亦如蜃市開蛟宫，倏忽靈奇鮮恒態。信宿淹留或一逢，未遣尋常供襏襫。山僧詣候呼游人，起向殘宵雜明晦。山雲未吐雲根青，谷静川空濯沆瀣。乍如輕絮生蓬蓬，漸似波濤執交匯。轉瞬岩巒忽滅没，蕩蕩懷襄歸鬉鬛。天都蓮華稍崛强，時向崩騰露項背。回風紫瀾相撞激，丹碧隱見湖滀内。蓬壺方丈疑播遷，瞿唐灩澦同茫昒。久之歸壑如落潮，三峰兩峰出破碎。雲消天地還重開，依舊千螺放青黛。雲來烟霧交須麋，雲去高深呈盻睞。吁嗟乎！淋漓元氣鬬鴻濛，誰能譎詭爭神工。子馳皇路我游倦，何時同訪軒轅宫？

送蕭尺木還蕪湖次題畫見贈韵

蘭陵閥閲擅江東，似爾還高處士風。看鬢真成如野鶴，掉頭不復待秋鴻。吾徒於道原尊拙，才子何人解送窮。爲我歸舟吊供奉，輪渠終日酒顔紅。

茘裳計日復别余去撫往悲來輒有此作

神女珠光夜有無，鄂君翠被迹還孤。何時水碧山青裏，重使羈身入畫圖。
披圖已嘆成鴻雲，判袂行愁溯朔風。况是揚州花月地，可無時遣一樽同。

答宋既庭兼寄尤悔庵

昨年吴越縱扁舟，白虎金牛總漫游。命駕虚成懷契闊，過門轉復失淹留。人歸甪里烟波晚，心折吴江菡萏秋。張陸宅邊須更去，和歌尤宋最風流。

卷十八　王士禛

福清魏憲惟度　輯選

崑山葉方藹子吉　長垣郜焕元凌玉

延津周令樹計百　宜興陳維崧其年　參

王士禛 字貽上，號阮亭，新城人。

小引

魏子曰：明人詩云：『三匝尚依華不注，中原欲認李于鱗。』則滄溟先生幾與此山争高矣。歷今百有餘載，阮亭先生以才情、氣魄奪其前矛，使白雪樓黯然無色，區區華不注尚能崒嵂萬仞，禁千古才人不得登其巔否也？憶阮亭、司李、維揚、晋秩郎署，知交遍天下，被延接者，有登龍之目。吾閩林茂之，八十春秋，扃户著作，竟陵兩前輩極爲推重，阮亭迎於邗江之側，共沐清風。共邑孫鍾元，以理學宗風潛居草野，年幾九十。今天子廉其名，兩徵聘焉。海内詢濂洛之旨者踵相接，阮亭尺一相通，賦詩流連東南，名下高阮亭之風者，嘖嘖不休矣。余歷落江湖，徘徊於石門、鐵甕間者，五六年未敢一造其庭。去夏孝廉王建我自吴門寄示阮亭近詩，且道其諄諄之意。余伏讀匝月，驚服其雋永清新、雄邁蒼老，直欲入少陵堂奥，别開東閣，與沈、宋、儲、孟、蘇、黄諸君子揖讓其間，彼元白、郊島輩且拜階除，不敢仰視矣。北地信陽而後重濟南者，真在此不在彼也。峨峨泰山信瞻望弗及哉！

鳴雁行二首

銀河離離明星爛，南雁飛鳴夜將半。音如哀弦乍零亂，空房思妾起長嘆。瀟湘一歲一旋歸，治郎不如春雁飛。

洞庭秋水一千里，雁行初低復驚起。雁門已遠少繒矢，好共銜蘆育雁子。白蘋洲上芙蓉多，西風日暮吹金波。

宿十一叔山齋曉起即事

草堂今夜宿，清夢雜諸峰。不辨群溪響，遥傳何寺鐘。春禽喧澗户，凉雨滴杉松。猶有前山約，烟中好曳笻。

五日龍溪作

龍溪深不測，磴道凌虛空。萬木插岩脊，夏五如凛冬。清泉浸明玉，石竇何玲瓏。沙瀨頗疏廣，花藥皆空濛。衆流匯山足，群峰當鏡中。烟緑削奇壁，一一青芙蓉。孤閣俯潭西，飛梁臨澗東。女蘿結暝翠，扶荔懸幽叢。靈溪遞虧蔽，欲盡還復通。褰裳亂谷雨，濯足臨寒淙。更陟水中嶼，未罷雲間筇。海岳發奇想，丘壑宜孤踪。即此樂閑逸，勿爲悲道窮。

和窟室畫松歌

孫黄門家園今爲林氏别墅，石几上有《黄門畫松歌》，頗極奇偉，乃和之。

黄門園中有窟室，背枕亞禄山名臨滄溟。石壁磊砢一千丈，入眼仿佛生精靈。横壁老松誰所作，海風怒攫山欲傾。盛陰五月凛霜雪，怒姿萬變盤雷霆。疑是溟渤含日氣，不然天上來星精。我來盛夏變冬序，白晝慘淡生晦冥。顛毛亂指舌上撟，寒肌起粟心骨驚。上下蒼茫有神鬼，左右騰跳飛騙駐。江南吴生昔爲此，一一下筆皆龍形。畢宏韋偃去已久，妙筆於今誰弟兄。吴生作此良已苦，徂徠銅鞮互變更。昔者吴道子畫壁天宫寺，將軍劍舞何蔚跂。興酣筆落氣磅礴，萬夫動色嗟神异。吴牛畫松已百載，鐵幹霜皮終不改。南榮曝背亦吾儔，偃蹇龍鱗好相待。

來鶴樓觀趵突泉

峰巒疑印渚，魚鳥即華林。曲閣清暉集，方塘積翠深。伏流生急雪，驚瀑起文禽。坐覺微風寂，朱弦空静音。

七夕篇

明月舒光秋婉孌，絳河遥遥隔清淺。相傳天上罷龍梭，星渚虹橋夜相見。此時羅幌已驚秋，此夕閨人復坐愁。銀漢風微聞雁度，金鋪夜暗見螢流。三秋畫閣停刀尺，良人遠戍交河北。烏鰂書中錦字空，寒蛩褥底凉風夕。江南河北正相思，共識今宵漏乍遲。那知歡宴成靈匹，空見離愁結綱絲。蛛絲宛轉縈千曲，能使愁心相斷續。乞巧筵空玉露零，曝衣樓静金風肅。須臾鷄唱斗闌干，天上依然别思難。鄰家少婦嬌夫婿，猶引金針向月看。

送萬開來副使之江寧

遥訊西洲使，梅花定有無。雲帆過楚甸，彩筆賦吴都。海岳留心想，江天入畫圖。明年楊柳色，先憶白門烏。

讀西樵九青游詩因懷開來

振衣昔上寒同頂，雲海春晴見大鯤。已厭幸臺觀漢篆，還登寶案俯秦樽。蒼藤白袷清溪路，竹葉萍花老寺門。最憶同游陶謝手，永嘉南去萬峰昏。

唐子畏羲皇上人放鷴圖

當年曾咏放鷴詩，蕭然意與羲皇期。六如縑素寫生筆，五柳先生真在兹。石路無人泉斷絶，空山蒼蒼見明月。鷴飛漸遠看漸微，青天一點餘殘雪。

送陳生由金陵歸平湖

群鶯交交春向暮，淮北江南草如霧。送君遥指秣陵城，已夢新亭亂花絮。新亭此去少年游，故里何時江上舟。秋雁定過西水驛，音書誰寄弄珠樓。

蠶租行

丁酉夏，有民家養蠶，質衣釧鬻桑，而催租急，遂縊死。其夫歸見之，亦縊。王子感焉，作是詩也。

陽春三月時，蠶子何蠕蠕。三日出奩中，五日遍籧篨。一解
東鄰有少婦，養蠶方一嫗。夜夜伴蠶眠，桑葉恐不周。二解
朝出南陌頭，猗猗望桑柔。亦不見桑柔，椹子醉鳲鳩。三解
歸來見蠶饑，徘徊當奈何。脱我耳邊釵，鬻我嫁時襦。四解
阿夫扶穤去，里正持符來。漢中索軍租，不得還顧私。五解
里正且上坐，黽勉具晨炊。但緩一月餘，蠶成賣新絲。六解

新絲亦難賣，新穀亦難收。不見馬上郎，雉尾紅錦裘。七解
再拜謝里正，丈人且旋歸。鬻我嫁時襦，脱我耳邊釵。八解
蠶應黑瘦盡，軍租持底當。痛哭視孤兒，畢命朱絲繩。九解
阿夫還入門，不復見故妻。生既爲同衾，死當携手歸。十解

慈仁寺雙松歌贈許天玉

我昔登泰山，舉手攀秦松。東南雲海幾千里，夜懸日氣開鴻濛。山人出山已三載，復見金元雙樹在。玃髯石骨青銅姿，古貌荒唐閲人代。長夏蒼蒼秋氣深，風來絶澗蛟龍吟。仙人五粒不可見，但有玄鶴飛陰森。蚴蟉詰屈宛相向，千曲盤拿氣初放。一任支離拔地生，那須夭矯排雲上。我來高枕石壇邊，耳畔往往聞驚泉。白日沉沉不到地，颯然雷雨生空天。烟色欲暝鐘復起，雄談岸幘波濤駛。千秋萬歲知者誰，閩海奇人許夫子。

洗象行

水關蒼蒼柳陰碧，寶馬流蘇紛絡繹。日中傳呼洗象來，玉河波射珊瑚赤。須臾鉦鼓干雲霄，萬夫聲寂如秋宵。虎毛蠻奴踞象頂，丘山不動何岧嶢。岸邊突兀二十四，直下波濤若崩墜。翻騰欲踏黿鼉宅，縱横還成鵝鸛隊。乍如昆明習鬥戰，萬乘旌旗眼中見。又如列陣昆陽城，雷雨行天神鬼驚。奴子湖旋氣遒壯，忽没中流狎巨浪。撇波一躍萬人呼，幡然却出層霄上。今年宰相收夜郎，

扶南盤況求王章。遠隨方物貢天闕，屹然立仗金階旁。聖朝自不貴异物，致此亦足威遐荒。黄門鼓吹暮復動，海立山移浩呼洶。大秦師子多威神，山林豈是天家珍。

武部拜椒山先生祠

今皇崇氣節，隔代復旌忠順治十二年以表忠録頒賜群臣。斧鉞文章氣，丹青社稷功。君臣存世廟，禮樂讀關中公從苑洛先生學樂律。再拜生遥慨，松陰起暮風。

題趙雪江仿摩詰群峰飛雪圖

寒色冥冥下岩壑，千峰萬峰雪初落。瀑布無聲溪澗凍，紅樹微茫敝孤閣。閣中有客方緼袍，當杯氣與蒼山高。遥看飛鳥落何處，如聞落木鳴東皋。崖横路斷少人迹，稍見老樵下岩隙。高低遠近一溪通，晦明合沓千重隔。右丞昔日居藍田，山水落筆窮自然。雪岡漁市盡高妙，欒瀨欹湖紛眼前。此圖曾入宣和譜，董巨荆關焉足數。兵火相尋六百年，玉躞金題幾更主。雪江老筆妙入神，臨摹古本幾亂真。即教唐宋多能手，未必常逢如此人。

抱琴歌爲鄺生作

嶧陽之桐何牂牂，緯以五弦發清商，一彈再鼓儀鳳凰。鳳凰不來兮我心悲，抱琴而死兮當告誰？吁嗟琴兮當知之。

歸次涿鹿賦別亦世還漢陽兼寄懷人

烏衣門第舊諸王，惜別驚心道路長。燕市酒壚三日飲，楚人杜若九秋香。漳臺暮雨悲銅雀，漢口晴山指鳳凰。寄訊庾公樓上月，幾人清興踞胡床。

華不注

天半落空青，孤峰削翠屏。雲霞紛罨靄，洞壑秘神靈。吊古思仙棹，探奇驗水經。登臨近重九，風日接滄溟。

泛錦秋湖二首

逸興愛秋水，孤帆凌暮寒。江湖多素侶，飄泊任漁竿。易盡郫筒酒，難忘楚澤蘭。花山青十里，落日放篷看。

白鷺可憐色，翩翩過稻陂。荻花經雨落，楓響入秋悲。信美真吾土，新凉况水湄。西勾橋上月，應繫故人思。向在京師，擬游海淀不果。

題天然道人院用韋公義濱法師西齋韵

到來澗聲小，寂歷聞初磬。嘉樹帶修廊，蕭然悦幽性。香散維摩室，日入采樵徑。相對坐忘言，徘徊遠天暝。

夜經古城作

我行牛山下，寒墟帶平楚。不見齊王宮，空城半禾黍。疏星耿不明，白楊夜深語。

大理石屏歌爲少傅劉公賦

少傅堂中蒼石屏，竦峙嵯峨高七尺。黝質離離光可鑒，六月蒼茫起寒色。洞壑窈窕冰雪生，峰巒槎枒雲物積。空中瀑布遠欲飛，檐前雨雹晴相射。坐來恍惚秋天高，盧霍千峰在几席。我公家近三神山，麗農方丈環青碧。黄扉坐論方促膝，却有閑情寄泉石。即今天威播南詔，爨僰昆明盡重譯。點蒼山色碧鷄雲，移來天闕辭荒僻。由來漢相最承恩，中書直取屏風隔。

送胡耑孩赴長沙

青草湖邊秋水長，黄陵廟口暮烟蒼。布帆安穩西風裏，一路看山過岳陽。

清涼寺

朝日出浦口，遥見清涼寺。深竹不逢人，經聲在空翠。

與周量過訪茗文夜雨共宿

故人千里别，春草萋已緑。相思南雲端，目盡東海曲。復作帝城游，乘暇慰幽獨。入門涼蟬鳴，中庭多嘉木。石徑生積陰，蒼苔宛山谷。坐久微風來，雨聲雜深竹。共有滄浪興，復縱青山目。

良會誰能常，今宵得同宿。

送懷人下第歸楚兼寄亦世

九月天涯菊有芳，送君離思滿江鄉。寒楓帶雨臨漳水，秋雁隨人過漢陽。敝履幾年愁北郭，公車猶自滯東方。吾家平子聲名久，報爾相思擊筑傍。

與公戢

偶然辭舊墅，復欲遂初衣。清潁雲山遠，春明客夢稀。寒松當几席，流水入琴徽。自昔聞通隱，陶公詎憶歸。

無題同彭十駿孫作

輕雷含雨過增城，人別金唐花氣清。心似西泠松柏老，愁如東冶暮潮生。游絲百結空縈恨，屬玉雙飛若有情。從此銀河漸迢遞，廣寒樓閣罷吹笙。

淮安新城有感

澤國陰多暑氣微，一城烟靄晝霏霏。春風遠岸江籬長，暮雨空堤燕子飛。四鎮蟲沙成底事，五王龍種竟無歸。行人泪墮官橋柳，披拂長條已十圍。

大觀閣上眺白馬湖

千仞憑欄俯射陂，亂帆暝色去何之。鐘聲遠出寒林寺，白馬湖頭落日時。

瓜州道中有感

垂楊垂柳拂關河，白舫朱樓映逝波。春雨蕪城寒浪静，夕陽京口暮山多。雷塘事去空禾黍，螢苑人稀罷綺羅。欲向江頭頻望遠，不堪灑泪石城歌。

江上寄程崑崙

江北望江南，衹隔江津水。日暮寒潮生，愁心滿揚子。

落日

落日下長川，揚舲去安極。不辨水禽聲，十里菰蒲色。

寄薛户部索畫

寂坐清淮烟水間，誰將雲壑破愁顔。知君作畫師黄鶴，試寫江南雪後山。

真州道中

蕪城西望人烟遠，秋風斜日蟬聲晚。青草迷離野渡横，行人指點隋家苑。

青山

晨雨過青山，漠漠寒烟織。不見秣陵城，坐愛秋江色。

雨後觀音門渡江

飽挂輕帆趁暮晴，寒江依約落潮平。吴山帶雨參差没，楚火沿流次第生。名士尚傳麈扇渡，踏歌終怨石頭城。南朝無限傷心史，惆悵秦淮玉笛聲。

宿弘濟寺曉登觀音岩眺望

擊楫凌滄洲，投宿招提境。入門優曇香，聞鐘夜方永。高枕聽濤聲，層軒抱江影。曉來微雨過，紅葉滿高嶺。憑欄見萬里，雲物殊清迥。長山去蜿蜒，上流壓江郢。海門控金焦，蒼烟翳朝景。信美睇山川，霸圖遞烟冷。何如學無生，抗迹雲峰頂。

題徐半山山居圖二首

先生竟學道，自製水田衣。獨卧寒林静，故人相見稀。晚凉松鼠落，曉日竹鷄飛。亂葉千峰裏，行歌何處歸？

淡濃寫山水，依稀聞亂流。雲中敬亭月，烟際宛谿舟。身預名僧會，裝成五岳游。邈然岩壑裏，長嘯憶丹丘。

登金山

振衣直上江天閣，懷古仍登海岳樓。三楚風濤杯底合，九江雲物坐中收。石簰落照翻孤影，玉帶山門訪舊游。我醉吟詩最高頂，蛟龍驚起暮潮秋。

毗陵歸舟

泊船西蠡河，解纜東城路。凉月澹孤舟，遥村隱紅樹。杳杳暮歸人，悠悠渡江去。

丹徒鎮

舟過丹徒鎮，霜風夾岸稠。潮回揚子夕，山接秣陵秋。斜日低帆影，輕寒閉水樓。江城多戍壘，哀角動新洲。

由招隱登夾山入竹林寺

籃輿俯高嶺，石磴轉幽谷。諸峰亂空翠，澄江叠輕縠。回望戴公宅，秋氣益蒼肅。紺壁隱奇杉，危亭蔽荒竹。孤僧遠獨歸，山鳥暮相逐。樹杪見古寺，松栝散林麓。絶壁尚千尋，紆徑非一曲。初蠟阮公屐，逝將訪金粟。暝坐竹林深，山山静寒緑。

竹林寺

迢迢夾山道，幽幽竹林寺。林公闢山處，泉澗饒古意。鐘磬聞諸天，花藥覆平地。森梢萬竿竹，烟景滿空翠。慈鳥識禪心，清猿起愁思。平生江海情，蕭然但高寄。回首禮白雲，何時謝塵累。

竹林寺題壁

日暮南山裏，山僧遠獨歸。竹林覆殘雪，石澗掩荆扉。行道花常落，焚香鳥自飛。京江泉壑好，朝夕在清暉。

象山觀音庵

夾道皆修竹，幽禽上下飛。蕭條臨曲岸，蒼翠滴人衣。曉嶂青千叠，晴江碧四圍。買山何必遠，此地足忘機。

與崑崙古樵即事

了了松間月，泠泠石上泉。焦仙祠外望，山色杳江天。

晚登焦山

長松古竹覆山根，小艇探幽破蘚痕。枯木堂中齋磬晚，水晶庵外大江昏。洞開三詔臨青壁，浪打雙峰矗海門。醉下高岩尋瘞鶴，寒濤激石暮崩奔。

海門歌

岷峨東下水流長，遠從井絡來吴鄉。奔濤萬里始一曲，古之天塹維朱方。北界中原壯南紀，魚龍日月相回翔。中流一島號浮玉，登高眺遠何茫茫。長空飛鳥去不盡，江海一氣同青蒼。山外兩峰遠奇絶，雙闕屹立天中央。左江右海辨雲氣，如爲八裔分紀疆。江流到此一縛束，早潮晚汐無披猖。燭龍曉日出雲海，山光照曜連扶桑。年來海戍未停罷，峨舸大艦來汪洋。胡豆洲前起烽火，徒兒浦上披裲襠。古聞京口兵可用，寄奴一去天蒼涼。我願此山障江海，七閩百粤爲堤防。作歌大醉卧岩石，起看江月流清光。

送楊集虚歸盱江

聞君讀書處，門對金船峰。齋閣花時雨，寒林定後鐘。諸天朝共食，樵客晚相逢。入洛思前事，還山邈去踪。凌烟拂鸞鶴，散髮弄芙蓉。板渚潮痕落，邗江酒思濃。談經時有暇，爲寄別來悰。

登銀山絶頂

直到銀山高處行，長江波浪午時生。盤回閣道空中出，層疊雲峰掌上平。下瀨朱旗依戍亂，高飛白鳥過江明。荀郎持節年猶少，容鬢臨流轉自驚。荀中郎鎮京口日，年二十九，予少兩歲耳。

瓜洲于園二首

于家園子俯江濱，巧石回廊結構新。竹木已殘魚鳥盡，一池春水緑憐人。

風寒江上草萋迷，閑踏春泥過澗西。一樹冬青青不改，映門猶自照清溪。

送毛呉江

別思徘徊溝水頭，君行幾日到蘇州。白鷗飛處停官舫，碧嶂晴時見郡樓。橘柚寒雲千里暮，烟波返照五湖秋。垂虹亭畔蓴絲美，一向江東寄遠愁。

抱琴亭

寒叢響凍禽，曲檻鳴修竹。幽人獨抱琴，雪壓池邊屋。

迷樓懷古二首

東都無復翠華游，樵牧千年識廢丘。錦纜銷沉餘落照，垂楊憔悴覆寒流。衹今清梵留初地，自昔迷藏有舊樓。回首穠華盡黄土，斷烟渺渺見邗溝。

皀舫鷄臺蔓草荒，偶尋故迹一沾裳。綺羅何處空隋苑，風景依然在蜀岡。桃葉陳兵猶旦暮，楊花聽曲益凄凉。景陽宫畔胭脂井，江北江南總斷腸。

同諸公訪栖靈寺

平山堂外柳如烟，古寺同尋第五泉。風静鐘聲臨岸曲，雨晴山色隔江天。雷塘有徑生春草，板渚無波作墓田。惆悵隋唐一彈指，不如初地老栖禪。

上方寺訪東坡先生石刻詩次韵

昔出蜀岡道，黄葉鳴秋蟬。今來上方寺，緑萼破春烟。坦步寶帶側，延眺隋城顛〔二〕。古刹龍象寂，殘碣蛛絲懸。緬思峨嵋人，文采真神仙。贈詩日南使，賓佐皆豪賢。邈然竟終古，漱墨留春泉。老筆欲飛動，妙態殊便娟。空堂響人語，怖鴿飛聯翩。後游慨今昔，憑吊當同然。

京江夜雪

揚子津邊揚片席，暮角聲傳京口驛。北風一夜江上寒，鴻鶴山頭雪幾尺。去年曾上春秋樓，蘆花楓葉如清秋。何當踏雪三山頂，第一江山萬里流。甘露寺有宋吴琚題榜曰『天下第一江山』。

吕城雪霽

鷄鳴吕城鎮，日出市橋東。雪屋回汀口，烟檣野竹中。鳥飛皆貼水，舟泛若乘空。古迹城荒壘，行行慨阿蒙。

〔二〕『顛』，原本漫漶，據校本補。

卷十九　曹爾堪

福清魏憲惟度　輯選

大興張永祺爾成　嘉善顧耿臣奕聞
長洲徐乾學健庵　遂安毛升芳允大　參

曹爾堪　字子顧，號顧庵，嘉善人。

小引〔一〕

魏子曰：文章有統緒焉。前有創者，必得其繼；中有繼者，必得其傳，斯隆隆於不已焉。捨是，則忽爾中絕。識者憫之。魏里固人文藪澤也，漁文者必集。自峨雪先生以制義冠天下，起衰之功，争重一時。顧庵學士克負荷以丕著其家聲，掌公諸昆季，嗣厥箕裘相接，幾歷百年。金華之選，

〔一〕　聚錦堂本無此小引。

石室之藏，去天僅尺五矣，其於詩尤著。余初出仙霞即得讀其名篇，業已載入《詩持》。至維揚，居京邸，所手録甚多，珍爲枕秘，時作蛟龍吟而鳳鸞嘯也。曰：『此奇特者非丘壑恣急公諸千古焉。』適太守顧奕聞簇五馬出魏博，觴予晚香亭上，論鴦湖風雅，必首推曹氏。相與誦其詩於回廊曲檻中，覺方池碧水，冉冉芙蕖，香色明媚而不能奪其魄也；盈階繞砌，蘭芷叢生，幽姿淡致不能襲其芳也。嗟乎！豈盡其詩之工哉？亦其人之冲懷雅度、恬性静氣發之於詩者，入人深而移人速也。其爲善繼善述、前後光裕者，烏可勝道哉！予於顧庵有溯洄之思矣。

鄴城引

清漳濁漳注城外，城上愁雲大如蓋。高臺峨峨生暗塵，白楊蕭蕭起天籟。君不見鄴中全盛時，玳瑁樓前珠箔垂。南皮沉李公子醉，西園樹葆美人隨。建安黄初一朝變，千載繁華等流電。紫狐夜嘯甄氏宫，緑草霜凋武皇殿。秋風思客真悲哉，道傍疑冢空蒿萊。月明繞樹烏三匝，猶逐當年銅雀來。

送唐采臣民部理餉寧夏

策名初署度支章，裕國謀深事朔方。芻牧但求終自得，米鹽雖瑣亦何妨。羌村日脚埋雲赤，古塞河流攪雪黄。會計不分詞賦好，賀蘭晴色照空堂。

柬申凫盟永慶僧舍

湖海同尊酒，豪心落照中。秋懷閑自得，詩格老彌工。唳雁頻看月，騎鯨快御風。漸荒三徑菊，清夢繞籬東。

送宋荔裳少參之任秦州二首

臘雪街亭滿，何時到鞏昌。關山樽底月，斧鉞帳前霜。閣暖調鸚鵡，花濃隱麝香。出門憐舊伴，白首尚爲郎。

成紀留遺迹，探奇壯此行。畫眉山黛曉，照眼嶺霞晴。地網形猶在，天官宿自明。邊亭須保障，且莫厭論兵。

遼后梳妝樓遺趾

雲堆黝石高，老魅穴敗瓦。何代遺此丘，荒凉古臺下。衰柳寒鴟驕，廢甃秋泉瀉。悲啼烏啄木，蕭瑟鼠憑社。芰荷凋金風，景物不堪寫。當年環佩來，鈿翠何魚雅。紅顏瘞黄土，舊日承恩者。

江南曲

江干灩灩漾晴波，并頭菡萏驕越羅。雕樹琅玗戛寒玉，刀剪安榴碎紅蹙。吴下蓴羹和鹽豉，上若銀瓶泛蟻緑。身留江北望江南，杏花作幔柳毵毵。春深草根青未茁，舊紙塗門扃畫雪。憶自海棠皺紅纈，隨聽桑陰叫鵻鳩。爲我頻掃故茅尾，叱牛力田何不足。人生適志耕且讀，浮名空與浮雲逐。

送紀伯紫游閩

閩海南征驛路長，薊門春折柳條黃。烟消直寫秦宮冷，暑近微翻越布凉。耆舊輩中留姓字，應劉傳裏記行藏。到時丹荔嘗初熟，徙倚榕陰月滿床。

題張大風畫册送趙友沂還楚

張生筆墨奇，踵接崔青蚓。幽林不數叢，澹澹無畦畛。沙明地欲浮，霧隱天難盡。山深静對時，空濛勢相引。安流移艇疾，南國饒櫻筍。瀟湘正瀰漫，屈宋同悲憫。願尋衡麓雲，從君采芝菌。

送孔心一觀察入覲

魯壁詩書闕里琴，畿南攬轡有甘霖。封章曾試回天手，撫字無渝飲露心。四牡荒原春欲動，三更孤館雪方深。鳳池日暖呼嵩罷，楊柳城邊散緑陰。

秋懷

鷟栗城頭朔氣寒，輕車油壁滿長安。槖駝夜帳開霜磧，靈鵲深巢近露盤。江上黄花依戰壘，關前衰柳拂征鞍。虚檐徙倚砧聲急，牛斗參横悵獨看。

小屋鈎簾月影虚，蕭然退食稱幽居。寒爐不斷青松葉，薄酒偏饒紫蟹胥。馴象解歌來六詔，鼎魚吹沫沸南徐。諫臣封事關機密，海内誰聞賈傅書。

送鄒廷輔太守任辰州

帝城惜别駕驪駒，客路傷神聽鷓鴣。共羡少年驅五馬，還憐秋日渡重湖。嶺雲遥接黔山峻，溪霧深圍楚嶠孤。一郡荆榛寒雨外，唯留詩思滿冰壺。

容臺高議孰能齊，看擁旌旄向五溪。船泛三湘湖月小，書探二酉洞烟低。龍標地困供兵馬，熊軾風高靖鼓鼙。散盡晚虚山郭静，於菟嘯雨暮猿啼。

柬同年吴方漣侍御

長安暑退雨來初，隔巷清秋苦索居。執戟長飢愁曼倩，杜門病渴卧相如。十年兄弟干戈後，萬里生涯瘴癘餘。正可從容謀諫草，治安唯待賈生書。

過德州逢程周量舍人

去國輕舟下夕陽，緣知使節暫翱翔。久懷南海城頭月，近踏東山樹底霜。詩格蒼深追李杜，離心悲壯入伊凉。天邊白雁秋先到，碣石寒烟繞帝鄉。

岱岳扶笻攬勝餘，駪駪四牡侍臣車。碑題碧落元無字，封禪金泥未有書。物候已知霜露近，宦情肯共友朋疏。隴頭倘折梅相寄，江路推篷待鯉魚。

邗關夜雨舟宿留柬胡道南侍御王阮亭司李

昏黑猶牽挽，栖栖意自甘。檣風摇遠塔，船溜響空潭。寒雨欺官罷，烟波縱客探。鏡中塵拂面，羞問舊瞿雲。

冬暮里居寫懷柬錢仲芳徐屆甫

清淺溪流繞岸回，城南消日剩村醅。且栽陶令門前柳，看放沙彌墓上梅。失路驊騮元易困，遭時鶯燕亦成媒。嘯歌丘壑真吾事，戰伐休驚戍鼓催。

小橋通徑藥畦寬，耕鑿乘時意儘安。鷄舌尚分鸞掖潤，羊裘似挾薊門寒。因占遁卦舒眉笑，更愛南華曝背看。澤國生涯隨地足，逍遥無患是漁竿。

舟行臨平道中

高湖與岸平，麥隴沿堤遠。條桑大如錢，春蠶未成繭。深巷午鷄鳴，密樹時禽轉。青山屢回合，不厭〔一〕舟行緩。野塘花作叢，錦綺自舒捲。穠李錯繁枝〔二〕，夭〔三〕桃放深淺。曉雪映朝霞，彌望

〔一〕『厭』，原本漫漶，據校本補。
〔二〕『枝』，原本漫漶，據校本補。
〔三〕『夭』，原本漫漶，據校本補。

極平衍。來日是清明，春風費裁剪。

穀雨後二日過鏡檻小憩

春深喬木緑陰齊，北舍南村祇隔溪。孤艇隨風獨來往，楊花撲過小橋西。

五月廿一日招同諸子湖舫觀荷舟名尋烟語即用爲韵各賦古詩

赤雲散如火，熱風滿湖天。雨氣忽然生，吹浪涌沸泉。迅雷出地底，幽人驚晝眠。鯨吞箸欲落，虹吸杯頻傳。野塔垂倒景，奇觀非偶然。寺昏林影黑，谷響瀑聲圓。孤山石子路，湍瀉鳴濺濺。遥看松柏下，悲凉生野烟。

日中開錦纜，風前披白苧。莎堤一掌平，停舟自容與。對花生静悟，聽雨忘新暑。盤桓嘉樹旁，群鷗互翔舉。共嘆弄丸手，還嘲走繩女。未甘俗子嗤，應爲達者許。着屐歸山寺，秉燭記儔侶。虚閣佛燈寒，卧聞梁燕語。

六月初八日招同海門澹心永叔東侯昂儔湖舫觀荷驟雨後登孤山尋和靖放鶴處

暑退風偏急，波回晚漸凉。萬花荷影合，三韭菜根香（海門、昂儔茹齋）。龍雨疑游戲，鶯簧自短長。提壺期再泛，幽興滿菰蔣。

野寺停橈待，輕波信槳浮。方笻游客具，東宛美人謳。鶴去天無影，蟬吟樹欲秋。五湖宜作長，且放釣魚舟。

六月初十日海門約諸子再集湖舫登湖心亭遠眺月下返昭慶寺

舊侶消長晝，新醅潑巨觥。四時饒筍海，六月熟蓮房。洗馬齊歸棧，流螢欲近床。湖亭隨意住，蘋蓼細生香。

德州田雨來南園館寓

踪迹全難料，嚴寒且暫休。庭虚分半榻，屋小似孤舟。避地沙中雁，驚弦海上鷗。羡君兄弟好，晴日爲淹留。

招同赤豹前輩漢思秋水文河持原暨無聲上人小集金灘旅舍限韵分賦

寒皋斜日下蒿萊，野蕨香芹一舉杯。客共浮名天地闊，人消殘臘古今催。祇聞笛裏江梅落，况見樓頭塞雁來。多難驚心還自放，尊前歌續《五噫》哀。

萍踪小住倚枯藤，旅館疏簾出夜燈。白帢漫勞稱國士，烏絲偏愛對詩僧。影浮孤樹庭先月，凍合千檣岸已冰。摇落江關詞客盛，何妨意氣暫飛騰。

孟春四日集爾成署中觀劇次蘧翁韵

雪滿樓臺歲乍新，當筵一曲見風神。競誇枚叔爲佳客，祇識何戡是舊人。拍按紅牙歌婉轉，杯傳藍尾酒逡巡。十年回首長安陌，看遍梨園幾度春。

甲辰穀雨日游懷州張和雅南尚村居

兄弟稱三雅，尊罍繼七賢。晚凉花媚日，春静柳生烟。觀水消長晝，吟風寫暮天。客心從此豁，托契在林泉。

送宋牧仲任黄州别駕

中流風入苧衫清，水驛乘槎五兩輕。雨過青山當夏口，潮回赤壁倚江城。携尊高閣鶯啼數，飛蓋芳洲鷺影明。吟得黄花吹滿地，梁園才子有詩名。

夏邑崔郎中南郭友園

南郭通幽處，千竿竹一區。板輿頻掃徑，别墅偶提壺。亂草芰蚊母，名花雜鼠姑牡丹最盛。刈葵猶爛熳，嘗笋最芳腴。潦積鳧争浴，烟昏鶴轉孤園有孤鶴。孟公優短札指簡庵，亭伯述嘉謨指正誼。雅量泉爲讓，忘機谷是愚。儘堪娱菽水，何暇較榮枯。飛斝狂夫興，抽簪達者模。掀髯供嘯傲，農圃信吾徒。

秋夜示家子祐傳夕

衣露微沾處，林風欲起時。暑隨三伏盡，秋入五更知。薄醉君應恕，清談叔未痴。倚檐聊獨立，蛛網織殘絲。

三峰拾橡行

亂峰紆回起還伏，幽寺無鄰隱深谷。老木撑空不見人，萬緑緣崖四時竹。道人來此聊結茅，拾薪擔土如營巢。丹砂點漆俱藥種，攀蘿示我黄精苗。洞中日月無新故，祇見枯藤纏古樹。書籙能令蜩蝻潛，栖真或與神仙遇。時捫怪石上層巔，御空游行風颯然。天寒雪深飢不死，麻鞋拾橡空山裏。

初冬同半千問旭静鑑過訪掃葉清凉寺山樓

落木吹殘鴨脚風，妙香微度小樓空。相携詩友多方外，不斷江流在鏡中。近市何妨喧寂半，澄心已悟合離同。六朝烟景猶無際，須讓青山與謝公。

冶城幽寺即寒村，黄葉堆來晝閉門。疏竹影摇通水色，垂柑實老綻霜痕。天浮吴楚看明滅，月滿江山自吐吞。更與虎頭添畫本，長空帆影霧中昏。

方爾止過僧舍話舊有贈

故人投分十年餘，老去驚看雪鬢疏。宦路從來同塞馬，酒樓猶憶膾江魚。住鄰幽寺曾懸榻，門對清溪祇著書。爛熳天真詩更好，漫將風格較黄初。

酬龔半千見贈

城西僻巷如村墅，特地扶筇問草堂。建業山川供眺覽，廣陵歌吹剩清狂。才名著後休懷刺，風雨寒時約對床。小院尋僧共携手，潭邊烏桕着微霜。

承恩寺對月有懷紀伯紫余淡心

懷人秋雨凄，問渡春流泮。四序不我留，寸心爲君亂。汀風思雁起，潮落知魚貫。碧樹寒已摧，青蘿月方爛。伐木鍾阜荒，鳴磬蔣山斷。扁舟恨睽蠡，小閣愁羈粲。徒詡一條冰，苦嘗三斗炭。養氣牛未全，讀書豹纔半。二子本秣陵，行踪久分散。披衣恒獨語，把酒共誰玩。霜雪鬢漸凋，花柳節隨换。追想習池游，接䍦登下岸。

錢牧齋先生挽詞

入世雄心老漸灰，昔年鈎黨競風雷。俊厨何救東京没，刁顧還從北渡來。天爲文章留末路，人推碑版冠群材。先朝實録尤淹貫，多少微辭紀定哀。

平定州至柏井驛五十里

春老山風高，僕夫重藺苦。冷食村無烟，尚留遺俗古。危崖松際落，圓石澗陰聚。淙淙咽細泉，濛濛散靈雨。斗壁深淺紅，野桃半含吐。翔禽高復低，老眼倚衡數。翠屏供賞心，林影忽移午。

何殊畫中游，筆墨聊携取。

翠蛟潭

策馬發州城，行行路逼窄。高峰接晨霞，幽徑蹲怪石。紺乳結層冰，中有老蛟宅。濤涌日月陰，脉錯雷霆坼。人静山鬼號，孱質蕩魂魄。緇塵恐難浣，瘋憂徒日積。照水添雪髭，神傷久爲客。路轉一回顧，潭影春雲白。

秋懷和仲芳韵

孤雁銜雲唤暮愁，蠻烟冒竹野塘幽。仙人鐵笛期黄鶴，遷客胡床對白鷗。已耐戍笳吹夜雨，莫教獵騎競高秋。蒐兵諌草遲金鑰，甲馬東巡恐未休。

渭曲蒼苔冷石磐，釣絲秋老漾晴瀾。池塘墜露芙蓉泣，井絡浮烟橘柚寒。荷鍤仍荒田二頃，擁衾好卧日三竿。幽栖却憶朝參早，五柞花濃霧裏看。

西風穲稏偃霜塍，遠塢平疇樹幾層。山鬼夜闌吟苦竹，秋墳月黑散寒燈。携歸皂帽回中雪，踏破芒鞋寒上冰。老去巾瓶如退院，息機容作住山僧。

今古嵩邙穴已平，公卿摇落總忘情。黑甜正熟呼方覺，白髮頻添慣不驚。湘浦行吟招宋玉，大梁痛哭吊侯生。愁腸已斷猿啼處，風雨重陽又滿城。

冬夜徐矔庵留宿寒齋

病後身偏健，霜前小艇來。夜燈知客到，新釀喚兒開。布帽長橋雪，疏梅小徑苔。禹門幽可住，石壁似天台。

庚戌立夏前三日同友人集許師六園亭即席限韵

花陰潭影傍樵漁，半掩春城碧柳疏。賓客漫矜珠履盛，烟波渾似玉壺虚。竹西路近時聞笛，《梁父》吟成尚讀書。醉裏横眸都不辨，重重雲樹接南徐。

青油幕挂賞花船，載酒留春亦可憐。高下山川開楚甸，蒼茫江海凈蠻烟。壯懷未冷題鸚鵡，别恨方深叫杜鵑。却喜厨中櫻笋熟，二分明月到尊前。

沈園雨中雅集同竹逸西銘爾斐仲芳亭彦即席賦謝憲吉未公

舊家亭榭碧琅玕，乳燕池塘鬥鴨欄。一水似從雲外去，九松偏向雨中看。苔深石磴芒鞋滑，花落江城翠袖寒。二十年來重慰眼，滿湖烟月笑漁竿。

北山九松和徐竹逸莫魯巖兩明府韵

江村衝雨暢游觀，倚壑留雲恣屈蟠。自愛徂徠峰頂月，懶尋勾漏鼎中丹。千年虎魄含春晚，六月虬鱗挾雨寒。松老不存炎冷態，荷鋤長許野人看。

蕪湖識舟亭

夢日亭邊路，江風萬里愁。凉飆驚草木，小浪戲梟鷗。帆帶蜾蠡月，船通巫峽秋。三湘雲氣接，乘興欲南游。

庚戌漁陽除夕

天涯客况似江村，燈火蕭條濁酒尊。未許枌榆閑病叟，却因梨栗念諸孫。三更積雪低檐白，四境消烟古堠昏。何日漁鄉容穩卧，梅花塢静閉柴門。

春風亭

白日移郊隧，孤亭滮水西。侍郎頻拄笏，鄰叟爲蒸梨。眠犢荒原古，喧禽野樹低。春風吹不盡，芳草又平堤。

愚山初至都門西樵阮亭見招晚集同荔裳繹堂周量

雲深鳳闕解鞍初，客裏招尋慰索居。南國盡宗施氏易，西京何用賈生書？誰言幽薊非吾土，促膝賓朋亦故廬。刻燭催詩弦月小，清光未滿玉蟾蜍。

古銀槎歌贈荔裳

長安伏日赤如火，曲檻虚亭門不鎖。宋公召我園林游，河朔冰盤浸瓜果。山雨忽收賓客至，出示酒槍㫒恒製。枯槎怪石坐神仙，周彝漢卣應無二。元季巧匠朱碧山，市隱皋橋稱絶藝。倪黄山水吴興書，幾與古人争位置。群賢驚詫手摩挲，神刀鬼斧曾琢磨。西鄰好貯葡萄酒，南海空矜鸚鵡螺。至正年間遭殺戮，野火燒天烟萬斛。内府珍裘裂雉頭，舊家寶瑟焚蛇腹。獨此古物在人間，感慨乾坤同轉轂。秘器偕藏埒球貝，波斯問價昂珠玉。三百年來貴有徵，請檢陶家輟耕録。亟呼從者傾郫筒，恢拓智勇開心胸。爲慶遭逢落公手，瓷碗况出隗囂宫。兩美相兼且觴月，干將莫邪亦神物。枕蛟騎虎安足愁，讀罷長歌嘆奇絶。宋公本是神仙才，文筆不從人間來。何妨跳入銀槎裏，御風萬里游蓬萊。

程周量席上送蔡竹濤之太原同宋荔裳王西樵施愚山沈繹堂王阮亭

高槐暗空階，晚蟬噪古木。客來春申浦，妙齒詩蟠腹。曠達阮步兵，綺麗顔光禄。眉宇含飛動，嘯歌愜幽獨。賓主乘夜凉，雄文互披讀。西望有所懷，短轅駕黄犢。言辭鼎路門，出循井陘麓。荒驛號晨鷄，重岩走驚鹿。倒屣太守迎，嗚瑟交城宿。况有文恪孫，談經任往復。秋風吹布袍，夜雨濕茅屋。唐宫蓬艾深，狐狸草中伏。登樓感王粲，作賦稱枚叔。惜此良宴會，離情激豪竹。

送愚山游嵩少

高懷抗塵表，整轡馳中原。暫緩方州寄，秣駒脂我轅。使君昔登岱，日觀聞清猿。論詩貴典要，收士皆璵璠。旋秉湖西節，爲梁駕鼉黿。鐃鼓殷前導，津吏排朱幡。兹行意猶適，無藉郵符煩。

少林足偃仰，太室當行軒。仙人此窟宅，噓氣春長暄。餘糧洞中韭，不死石上萱。薜捫异僧壁，竇疏流泉源。夜深下笙鶴，仿佛靈旗翻。山椒拾橡栗，幽澗呼綺園。中央剖二儀，應悟混沌元。平生守微尚，亦厭都市喧。嵩頂願偕憩，胡爲困丘樊。

雨後同友人集石林京邸分韵

凉月光先吐，城西挂遠峰。花陰藏蟋蟀，秋氣斂芙蓉。香細茶烟潤，簾深燭影重。斗壇依檜柏，長被白雲封。

一笏墓田歌贈陸集生同施愚山賦

太平全盛永陵年，文定聲華館閣傳。間氣偉人登大耋，賜塋亘脉城北偏。宰木干霄抱沙曲，坎隅松槚寒猶緑。道旁翁仲埋深泥，馬巷曾孫森似玉。少時意氣拂吴鈎，驊騮逸步孰與儔。詞場卓犖噪三鳳，祇餘一鶴横高秋。獻賦金門頭漸白，岸巾曾作梁園客。款叚都憐馬少游，賭墅還同謝安石。忽傷淺土九原人，明眼難逢楊救貧。孝子胸懷恒慘澹，佳兒頭角已嶙峋。伫見騰騫踵前代，却笑浮雲移世態。故交堪嘆麥舟空，吉壤誰教漆燈待。唯倩好手爲此圖，笏田一片荒草枯。秋霜春露情無限，蒿里凄風啼曉烏。

抱書嘆同施愚山賦贈姜鐵夫

鑒湖一曲水清徹，會稽竹箭直無節。中有詩人擁被眠，曹山草堂聽鶗鴂。長歌短什駕三唐，苦吟無補生計拙。架壓十七史，丹黄恣搜閲汗青。炯炯夜迢迢，古人精魂殊未滅。芟繁汰冗成异書，身作蟫魚儘穿穴。饑驅厭卧耶溪雲，行脚時衝薊丘雪。自言歸隱良亦難，子女無依爨烟絶。去年孤艇瀟湘别，尚有故人爲脂轄。向平未遂名山願，伏櫪長敲唾壺缺。蹭蹬長安一敝裘，蹶泥驢困西風咽。作客自憐窮到骨，對人漫詡姑存舌。君不見虬鬚健兒勁如鐵，射獵慣飽生麞血。胡爲乎抱書矻矻坐窮年？精竭髓枯生内熱。

秋日南還留别西樵阮亭次來韵

白髮餘生刀俎餘，酒鐺藥裹送居諸。魂消皂帽游荒塞，泪盡青衫念舊廬。一雁遠隨羈客棹，雙魚期損故人書。孤臣引分江干老，賦就閑情傲子虚。

卷二十　施閏章

福清魏憲惟度　輯選

南海程可則周量　黃岡程啓朱念伊
新城王士禄西樵　含山李吏燦梅邨　參

施閏章 字尚白，號愚山，宣城人。

小引

魏子曰：余之於愚山先生也，一知之於己丑制義，再知之於燕臺七子詩，三知之於《夢愚堂》《谷音》《旴江》《武彝》諸古文中，垂二十餘年矣。己酉秋始得登其堂，流連數晨夕，相與策蹇敬亭，坐相看不厭之樓，交相善也。近余越仙霞、過白下、問津勞勞送客亭，忽接愚山郵示新篇，且贈序及詩，淋漓數千言。拱手謝青衣。納諸行篋中，至河朔與郡伯程念伊、司馬李梅邨快讀。二先生擊節嘆嘉曰：『曷補子《石倉》以報子之知己乎？』余逡巡起曰：『愚山其真余之知己乎，抑余之知愚山乎？』憶愚山早歲負才名，縱横天壤。其講學鄒魯，鄒魯人得而知之；參藩豫章，豫章人得而知之；晋秩湖湘，湖湘人又得而知之。今行世所謂《就亭》《賣船》諸詩，固其風流佳話也，抑末耳。當愚山取法古人也，濂、洛、關、閩諸君子得而羽翼之矣，顔、謝、應、劉、沈、宋、李、杜諸詩人得而友昆之矣。至其掇芳擿藻、無間晦明，則左、馬、韓、柳、王、曾諸大家皆得而寢處之矣。彼待而知之者在千載以上，聞而知之者在千載以下也。余又何足以知愚山乎？又安必愚山之知余乎？然愚山之言曰：『男子之篇章猶女子之膏沐也，意所悦可忻然相許，欲默不能。』則愚山之郵詩示余也，其將爲余之膏沐乎？抑爲千古人之膏沐乎？余借此以報愚山矣，并報程、李二先生矣。

引聲歌

蛟龍可豢，致之重淵。神龜雖壽，謀身不全。禍福無兆，天地匪堅。山則爲谷，海則爲陸。誰億萬年？奠此九服。長嘯無爲，含真守璞。

隴西行

客有隴西行，道逢江南客。本自同鄉人，相見各頭白。憶昔出門時，新婦掩口啼。嬌兒不解愁，薄作堂下嬉。夫婦不相思，父子何當離。西風吹隴水，堅冰凝我衣。慚無一觴酒，爲君解渴饑。

勿復言故鄉，故鄉不得歸。

豫章行

大木藏深山，交柯蔽高天。生與盤石固，太古無歲年。斧斤倏見取，長繩相鈎連。推挽發千夫，蹂躪〔一〕遍原田。工師改故質，持作萬斛船。昔也凌崇岡，今也泛廣川。不惜離根株，役我風浪間。鉅材逝將盡，臃腫亦難全。多謝中林草，惆悵私相憐。

上留田行傷婦死於兵也

里中有啼兒，聲聲呼阿母。母死血濡衣，猶銜懷中乳。

陌上桑

沃沃陌上桑，離離池中蒲。南國有佳人，窈窕世所無。朱弦理瑶瑟，長佩雜瓊琚。〔二〕春華艷金屋，足不逾門樞。日暮見烽火，攬裳泣踟躕。樹木雜輪囷，巍阪何崎嶇。金雀墮草間，霜露沾羅襦。三日罷膏沐，秀色揚鮮膚。寢蒿蔭藁薄，照耀如明珠。傍有冢上松，昨夜聞啼烏。烏啼亦不雙，

〔一〕「躪」，原本、校本均作「躝」，據施閏章《施愚山先生詩集》（天津圖書館藏清乾隆刻本，下同）改。

〔二〕「朱弦理瑶瑟，長佩雜瓊琚」，《施愚山先生詩集》作「高樓臨廣陌，皓腕颺清裾。兄弟盛車騎，坐中夫婿殊」。

雌鳴懷故夫。鐵騎從東來，悉索南山隅。相逢斜谷口，險隘不容車。刃脅牽上馬，肯復立斯須。左手何所携？銀蒜玉簾鈎。右手何所携？翠帳垂流蘇。移我嫁時物，顛倒繫馬頭。婦言將軍令，勿虐良家妹。健兒聽益怒，此婦一何愚！我已弃妻子，從軍萬里餘。若不逐人歡，所願誰與俱？垂頭掩雙袂，吞聲泣路衢。

鷄鳴高樹顛

鷄鳴高樹顛，征夫夜不眠。披衣下床去，牽馬立門前。妻孥相訣别，長征遼海間。上山馬蹄滑，渡河河水堅。堅冰有時泮，浮雲何當還。

浮萍兔絲篇

李將軍言部曲嘗掠人妻。既數年，携之南征，值其故夫，一見慟絶，問其夫已納新婦，則兵之故妻也。四人皆大哭，各反其妻而去。余爲作《浮萍兔絲篇》。

浮萍寄洪波，飄飄東復西。兔絲罥喬柯，裊裊復離披。兔絲斷有日，浮萍合有時。浮萍語兔絲，離合安可知？健兒東南征，馬上傾〔二〕城姿。輕羅作障面，顧盼生光儀。故夫從旁窺，拭目驚且疑。長跽問健兒，母乃賤子妻。賤子分已斷，買婦商山陲。但願一相見，永訣從此辭。相見肝腸

〔二〕『傾』，原本漫漶，據校本補。

絶，健兒心乍悲。自言亦有婦，商山生別離。我戍十餘載，不知從阿誰？爾婦既吾鄉，便可會路岐。寧知商山婦，復向健兒啼。本執君箕帚，弃我忽若遺。黄雀從烏飛，比翼長參差。雄飛占新巢，雌伏思舊枝。兩雄相顧詫，各自還其雌。雌雄一時合，雙泪沾裳衣。

慷慨歌

耕田求食，苦不得息。起而爲吏，薄食我力。念爲良吏何可得？一解
貪吏受錢甘如飴，身安逸樂。廉潔何爲？人無以娱室家，出無以游賢豪長者，遺我心所思。何不歸故鄉，與妻子共餔糜？二解
念爲貪吏，子孫愚，受人嗤；念爲廉吏，子孫雖賢，常苦饑。嗟彼子孫誰何人？丈夫各有志，何當爲爾作計，身受惡名爲？三解

飛龍引

飛龍一雙，乘雲上翔。俯視八極，中路徬徨。一解
下土小臣，心思太古。言叩天門，手擊天鼓。雷雨晝迷，噤不得語。二解
天閶高高，高不可即。但見群仙，玉女侍側，貨財千億。小臣昧死頓首言：天闕清虚，安用貨財千萬億？願丐下土小民作衣食。三解

仙人持節，問汝何所求。小臣不願富貴，願假赤螭，游戲十洲。山無崩徙，河海安流，帝壽萬年兵革罷。小臣魯鈍，但當貧賤長優游。四解

鷄鳴曲

喔喔復喔喔，鷄鳴茅屋角。客行千里無此聲，傾耳聽之驚客情。踟躕回勸主人翁，勿留此鷄鳴屋中。朔方健兒如雲屯，城中掠盡來山村。山深茅屋隔松筠，但聞鷄鳴知有人。妻孥被掠鷄亦烹，空庭破壁徒酸辛。君不見長夜漫漫夜相續，啾啾人鬼同時哭。

棗棗曲

休寧有香棗，蓋取二棗刓剥疊成，中雜茴香，以蜜漬之。好事者相沿持爲遠餉。詢其始，則商人婦所爲寄其夫者。忘其姓氏，義取早早回鄉云。予聞而悲之，其詞曰：

井梧未落棗欲黄，秋風來早吹妾裳。含情剥棗寄遠方，綿綿重疊千回腸。封題寄去憑君語，口甘誰道妾心苦。閨中不識望夫山，君看泪濕床頭土。

茗塢行

我有老祖母，白髮被兩耳。骨肉日零落，慟哭不能已。眼前孤孫來，問是誰家子？泪多早喪明，虞淵迫暮齒。白刃何倉皇，驅我東南徙。人與杖俱扶，蹉跌入荆杞。黽勉進藜羹，哽咽受一匕。

男兒值亂世，固窮未云鄙。空鬱負米心，窮岫無甘旨。

又

遠赴南山阿，言邁已百里。樹杪見人烟，解顏慰妻子。捫足息岩陰，一坐不能起。長跽乞主人，廡下暫栖止。親交何雜遝，兔絲牽葛藟。茅屋二三間，風雨昨傾圮。去去勿踟躕，落日下荒壘。晨征發荒野，薄暮臨回谿。秋水寒且急，梁絶路無蹊。妻孥相怨怒，濡足褰裳衣。妾身不足惜，所念懷中兒。前山猛虎穴，日暗風凄凄。屏營不敢語，怪我饑兒啼。吞聲還撥弃，泣涕誰當知。回風動蒿藜，遠聞我馬嘶。誰家有好女，泣涕臨路岐。倉卒行路情，垂頭牽我衣。浮萍寄清流，免爲濁水泥。妾夫良家子，壯氣貫虹霓。不聽妾區區，戰死不復歸。願爲雙飛燕，銜土掩遺尸。白骨横纍纍，夫婿知阿誰？願爲城上烏，夜夜孤鳴悲。

亂後不得尹蕢階消息率成長篇

余本卧痾人，乃乘相如傳。浩蕩越江湖，迢遞歷鄉縣。分符值知己，天末各眷戀。就中有尹生，才名冠吴甸。素心炯白日，逸氣掣飛電。銜命守昭州，舉室罹憂患。賊壘蔓山谷，魑魅日中見。飲水愁毒淫，官庖無完膳。藩鎮善督責，汗顏甘訶譴。誅求義不忍，出質盡釵釧。播遷兩及期，玄鬢颯已變。聞我萬里來，握手驚拭面。灑掃先下榻，契闊共餐飯。煦沫及僮僕，敝衣爲補綻〔二〕。傾橐治我裝，左右色無倦。二子汗血駒，髫齒挺英彥。論文受甲乙，悲歌雜歡宴。移觴榕樹根，濡翰鸜鵒硯。明月當郡樓，繩床枕書卷。陶陶夜未央，羽檄喧轉戰。桂嶺走鯨鯢，昭江紛組練。城荒無駐卒，路阻絶鄰援。爨婢罷晨炊，勺水不下咽。我行已倉皇，君意翻繾綣。中厨呼酒漿，妻孥泪如霰。餞我登竹舸，揮涕苦相勸。封疆我則死，風鶴子當遠。訣别水聲中，纜解急如箭。

過羣嶺

瘴雲落日昏，耳目驟驚眩。但見逋逃人，男女相蹂踐。别來斷消息，飛蓬各飄轉。蒼梧殺氣高，銅柱妖氛纏。巢卵得無覆，頸血或已濺。詩書故多難，鬼神不録善。長號叙悲憤，今日儒冠賤。

崇岡鬱崚嶒，鳥道繞山腹。仰探白日短，俯瞰丹霞伏。魚貫度行人，疲馬艱躑躅。春晴多好風，吹我岩壑緑。農耕嶺上雲，婦飯溪中犢。羈心曠登陟，瘠土見風俗。華陽靈迹閟，杖策尋石屋。

齊雲岩

裂石通天門，凌巇構菌閣。雲入岩下飛，瀑向松間落。粲粲香爐峰，蓮花鬱參錯。七曜内盤旋，

〔二〕『綻』，《施愚山先生詩集》作『繕』。

百靈外回薄。白鹿銜草來，灼爍王喬藥。

飛來峰至冷泉亭作

夕宿遵水裔，朝霞興崇阿〔一〕。奮袂越修阪，緣岡瞰頹蘿。寒卉就蕭瑟，叠巘表嵯峨。風驚虛谷鳴，洞闢靈妃過。陰崖瀉玉乳，曲磴森喬柯。天地戒斫鑿，智巧一何多。層巔睇海若，下澗騰清波。坐石漱泠泠，密藻含丹華。神期接超忽，耳目秘冲和。側聽鐘磬響，眷此滄浪歌。

星峰亭作峰前有坑，始皇所鑿以泄王氣

觸雨陵山椒，陟巘展朝霽。危亭冒崎嶔，頹檐倚薜荔。天姥颺靈旗，羲和頓馳轡。白雲無仿佛，隨風颯然至。秋草燦春華，山鬼善凝睇。坑嗤秦帝鑿，嶺想謝公憩。豁達萬古情，流觀四山際。

先祖母生日述感

商飆忽已至，朱明〔二〕猶未畢。層城暗朝霧，白日何蕭瑟。披衣及明發，追往心憯怛。王母生此辰，百感難具述。嗟余實薄祜，慈親襁褓失。貧家缺乳媪，坎壈成幼疾。煢煢遭百罹，逝將弃此物。

〔一〕『朝霞興崇阿』，《施愚山先生詩集》作『朝霞爛岩阿』。
〔二〕『朱明』，《施愚山先生詩集》作『炎序』。

祖母出延陵，天植性藹吉。提携必在臂，坐抱不離膝。含飴未敢哺，鞠育翻戰栗。簪珥盡湯藥，
中夜起唧唧。三物禱神明，聲吞不得出。願移桑榆年，續我蒲柳質。吾父曾閔徒，定省必周悉。
乞母勿太苦，丁寧氣嗚咽。七歲學畫荻，八歲弄紙筆。長跪受孝經，探懷給棗栗。十歲稱藐孤，
骨瘦見突兀。大母兼怙恃，纖細盡曲折。鷄鳴出汲回，晨炊頭不櫛。實耻乞鄰燈，宵織照寒月。
種豆落爲箕，種瓜華不實。蟲生黄蘗枝，食蘗甘如蜜。十八病且婚，生計日轉拙。寒帷膏火明，
素壁圖書列。坐客飽盤餐，中厨忍饑渴。黽勉逾數載，生兒誇汗血。扶杖哺曾孫，兩世心力竭。
乙酉亂無象，躑躅弃家室。烽燧明川原，戰骨纍丘垤。負母逃深山，喘息氣倉卒。是時風雨來，
泥滑履顛蹶。前有蝮蛇岡，後有猛虎穴。母孫但相抱，日落山崒嵂。嬌兒忽已殤，衰白肝腸裂。
隴坂寒楓林，青霜雜雨雪。古藤花自隕，蒼耳子偏結。亂後返敝廬，磷火曜蓬蓽。門前新戰場，
葵藿久蕪没。山林紛伏莽，城郭響鷽窠。錦帙代薪炊，青箱貯芻秣。儒冠供厮養，不爾則鞭撻。
苟活昧生理，射策上京闕。奔迫登王程，蓬轉不得歇。結綬走幽燕，驅車歷楚粤。閶闔高九天，
陳情空怫鬱。白髮已黄泉，游子尚行役祖母屬纊時，章奉使粤西。逾年就哭泣，罪重痛難割。猶憶歲
在寅，休沐值今日。母哀久喪明，余病亦䯏𩪘。强起奉母觴，下拜行蹩躠。母以手捫我，舉酒含
泪啜。哽咽相慰勞，豈謂即永訣。負土非佳城，窮猿號㟔嵲。卜吉信茫茫，隱忍守故轍。碣石望
江東，墟壟邈天末。欲薦一卮酒，游魂悲遠别。音容日在眼，夢寐久恍惚。骨肉性纏綿，歲久漸

寥闊。孝養愆平生，既往難補缺。冉冉予亦衰，星星髮垂白。浮雲萬里徂，中路何當輟？側頸望蒼蒼，舉聲腸斷絶。

春風舞歌

何淡玉，武林伎也。嘗作歌曰：『春風舞，春風舞，吴姬紫玉飛作烟，越女西施化爲土。』既早死，又數憑乩，有『亡年纔十八，死托杜鵑根』之句。吴門尤展成紀以長詩，予亦悼歌，仍目篇曰《春風舞》。

春風舞，春風舞，風舞花飛落何所。昔爲掌上身，今作泉下土。月明環佩魂啾啾，猶寄人間斷腸語。自言死托杜鵑根，三生艷質纏辛苦。悲歌促節有遺音，珊瑚碎折西陵浦。君不見廣陵十萬女如雲，一朝零落同秋雨。江南薊北天茫茫，夢魂寧識吹簫侣。但使春心吹不斷，年年化作春風舞。

老女行有序

傷女奴也。休寧俗用女奴樵、汲，或終不字。覽《長門》《寡婦》二賦，愍焉，兹又殆甚。敢告主人，年二十以上俾爲婦，怨庶可已。作《老女行》。

老女髮黄赤雙脚，敝襦掩泪千行落。夙昔紅妝不嫁人，今朝白骨〔一〕將誰托？可憐三五顔如花，道旁見者爲咨嗟。木有連枝鳥有匹，女兒何得長無家？杏花白，桑葉青，使我上山行負薪。豺狼厲齒爲我鄰，暮歸不敢言苦辛。宴高堂，舞霓裳，梁間燕子飛雙雙。主人歡樂夜未央，我獨何辜宿空房？君不見蕩子婦，望遠未歸悲獨處，老女吞聲更誰語。

短歌寄題魏惟度枕江堂

客游把書不離手，愛説草堂日在口。草堂距江知幾尺，高枕還聞水聲否？短墻繞岸朱欄寛，覆屋藤花白晝寒。徑曲時容鷗鳥入，磴回直絶雲霾端。亂來萬户餘殘瓦，怪石横江色如赭。書屋將營九曲中，茅堂坐擁三山下。堂中人兮今未歸，長對青谿憶故扉。篋裏新詩傳海内，江頭閑殺舊漁磯。

春暮

積雨閉天地，初晴已暮春。長歌花落徑，獨步鳥隨人。海嶠思尋藥，湘湖夢采蓴。那堪聞戰伐，回首是風塵。

〔一〕「白骨」，《施愚山先生詩集》作「衰鬢」。

慈仁寺松

直欲凌風去，翻從拂地看。秋聲通寺閣，爽氣接林巒。〔一〕老閱山河變，陰生日月寒。文離爾何意？不厭卧長安。

力疾赴官比部别家叔父辛卯

抱痾廿伏枕，語别即沾巾。風雨殘春路，關河獨去人。無才安宦拙，寧儉補家貧。禄養嗟無及，吞聲憶二親。

懷侯韓振之任藍山

貧苦日相共，宦游天一涯。有官真似水，無夢不還家。五嶺來山瘴，孤城接塞笳。别離春已暮，多恐鬢將華。

移居東郭

偶卜城東宅，臨流有石臺。潭烟依檻集，山色度溪來。蠶月桑枝蔭，鶯時柳葉開。先人敝廬在，伫望獨遲回。

〔一〕『秋聲通寺閣，爽氣接林巒』，《施愚山先生詩集》作『摧殘經百折，偃仰鬱千盤』。

送高念侶之嶺南

久別羊城路，因君憶舊游。瘴來諸嶺夕，雨急百蠻秋。卉服迎旌節，鄉心滿驛樓。明年還北闕，莫向日南愁。

赤壁黄州

亂石寒烟路，千年人自游。峻嶒存赤岸，虛白俯滄洲。百戰樓臺盡，三春江漢愁。誰憐詞賦客，今古一孤舟。

排山驛

山外無平地，岩中有宿雲。生猺安鼠穴，猛虎雜人群。日出蠻烟暗，天低瘴嶺分。艱難經喪亂，吹角更堪聞。

送王挺生之荔波

秋色滿平津，征帆去苦辛。一身烽火地，萬里瘴江人。野闊天無雁，城荒洞有民。分符到殊俗，努力是王臣。

湖田督刈

楓林寒雨一村孤，秋漲田低半在湖。敝履短衣就麋鹿，三年八口寄荒蕪。粳舂野碓穿雲入，酒倩鄰翁隔水沽。忽見麻姑好山色，卜居長擬作潛夫。

晴川樓至大別山絶頂山下有鎖穴，是孫皓鐵鎖截江處，對江即黄鶴樓

桃花洞口花正開，却月城邊對酒杯。大別風高神禹廟，漢川雲暗楚王臺。江沉鐵鎖魚龍蝕，鶴去仙樓鸛雀來。絶調千年空悵望，碧烟芳草暮大哀。

漠漠晴川古木稀，褰裳絶壁攬春暉。水吞山郭蛟還鬥，風起江城花自飛。集浦帆如千樹密，傍岩僧共片雲歸。郎官湖畔真堪醉，細雨東來點客衣。

熊羆嶺在祁陽

策杖層岩不可攀，蒼烟合沓萬重山。林陰晝入熊羆窟，石險宵懸虎豹關。古廟戍樓深寂寞，寒松苦竹響潺湲。人間回首虚無裏，惟有浮雲向北還。

康州舟次

亂水潺湲夕照前，青莎白石静娟娟。鷓鴣飛處月斜挂，蟋蟀鳴時人獨眠。炎塞山川窮兩粤，病身風雨別三年。近來鄉思翻摇落，隨意蘆花送客船。

始入白岳宿桃花洞天

樹裏柴扉暮不扃，仙臺燈火遠熒熒。烟横谷口虚堂白，路入山腰古洞青。槲葉翻風喧夜雨，桃花

流水帶春星。巑岏五老遥相待，何日松根劚茯苓？

送潘仙客使粵西

涷柳疏梅雪漲溪，使舟又入楚天西。洞庭過盡湘流碧，桂嶺回看衡岳低。石室玲瓏魑魅笑，江花窈窕鷓鴣啼。星軺舊憶經行處，一路淒清聽鼓鼙。

季天中諫議尚陽追送不及

策馬送君君出門，朔風動地捲蓬根。一身就死甘臣罪，萬里投荒是主恩。笳吹天山邊月小，城連沙磧塞雲昏。心知去國無多淚，腸斷慈烏聲自吞。

送王晉劉學使之豫

禁林簪筆舊知名，祖帳傾城太史行。地擁天中回北極，才推鄴下抗西京。銜杯風雨黄河出，拄笏雲霞少室晴。若過夷門應伏軾，抱關倘有魏侯生。

夏至陪祀方澤

雨後仙壇碧草芳，遥聞玉輅出芝房。崇墉柏帶青霜氣，方澤波含明月光。仙仗旌旗嚴咫尺，精靈岳瀆走蒼茫。朝來回輦西山見，五色晴雲接建章。

西湖竹枝詞八首

外湖游遍裏湖游，南北峰高水面浮。弱柳新栽成絮少，不教飛去惹人愁。

儂作葛洪井中水，郎似飛來峰上雲。怪他昨日成輕薄，載酒偏澆蘇小墳。

女兒二八妒花枝，柳作腰肢月作眉。蠶眠桑老不成繭，滿腹含絲却待誰。

越紵吴羅巧稱身，當壚窈窕艷青春。囊中縱使金錢盡，那不銜杯愁殺人。

荷葉横塘官路斜，吴姬日出浣春紗。兒家種蓮取蓮子，囑付游人莫采花。

西陵松柏已無林，天竺山頭日欲陰。同向三生石畔拜，與郎世世結同心。

郎渡錢塘妾叚橋，春花秋月可憐宵。妾心似海愁無岸，不向江頭去看潮。

白玉搔頭紫玉簫，香車寶馬木蘭橈。但留歌舞長如舊，拚取黄金作六橋。

卷二十一 嚴沆

福清魏憲惟度 輯選

南宫杜鎮子静 錢塘趙吉士天羽
鄞縣胡文學道南 南城吴學炯星若 參

嚴沆 字〔一〕顥亭，餘杭人。

小引

魏子曰：余兩造先生之廬矣，庭間碧草，門枕青峰，未得請見也。偶於雲間晤方貽給諫，始得讀先生詩，猶之乎晤其人焉。辛亥夏中，余客姑蘇，先生奉新綸入告，與余舟首尾并發。顧茂倫、

〔一〕『字』，原本、校本均作此。錢仲聯主編《清詩紀事·順治朝卷》：『嚴沆，字子餐，號顥亭，浙江餘杭人。』（南京：鳳凰出版社，二〇〇四年，第一八八六頁）

計甫草諸同人道先生之意，邀余晋謁。余逡巡遜謝曰：『有先生之詩在，猶之乎晤其人焉。』因閉蓬窗，細爲論次，喜其應制則臺閣莊嚴，館課則條達敷適，感事述懷則慷慨激揚，贈答唱酬則情詞斐亹，不啻入李杜之埸而拔其赤幟，使編裨皆唯唯聽命矣。然先生之言曰：『情有所未能忘。』使人共見其情而不以爲累，則先生之詩即先生之情也。以先生之情而爲詩，則余之未晤其人也，讀其詩可也。

燕臺懷古館課

杖策俯原莽，徘徊眺京闕。易水澄秋風，靈山蔽林樾。昭王昔全盛，曾宫倚孤碣。金臺摩蒼穹，桂館瞰溟渤。繁華未及已，春陽坐銷歇。服食求神仙，三山淼難即。皇圖啓鎬洛，玉帛賁朝臬。文教既誕敷，來王逮窮髮。信美瞻宗周，鬱葱超百葉。感往愴歲年，撫時誦陳列。

寄懷無赦叔二首

喬木摧本根，連理瞻同枝。明發一以悲，慨焉有餘思。焚囊義何厲，比豆恩無移。侍陳賜餘瀝，刻燭命新詩。朝景披風簾，蕙氣吹參差。浮沉乍金門，夢想違光儀。秋山紓杖屐，上客娱琴棋。達生既冥趣，頌酒誠忘疲。倘垂刻鵠訓，永爲直己規。

又

昔圖有三壽，琴樽儷同堂。起京優言笑，爲樂如未央。黄髮變鬒黑，白眉颯已長。藍輿疏市陌，屣履步中唐。索米托遠游，吏隱非長庚。撒鹽憶薄咏，負劍睽携將。春湖饒尊罏，浩然引壺觴。遂初契本性，遥想安能忘。

喜雨 館課題余以是日散館

春原靄延景，流光鑠長薄。蓬沙隱青郊，霏烟含朱閣。玄陰忽霑黯，靈雨紛布濩。土膏滋翠麥，砌潤翻紅藥。空泠谷溜通，蒠蒨岩花落。翼瓦浄群動，鱗疇輸衆壑。鋤笠戒農時，篝車冀秋穫。拄笏送山雲，垂鞭望南郭。涵濡愧無成，斐然謝述作。

報國寺雙松

燕山突兀幾千載，四百餘年景物改。惟有慈仁雙老松，霜皮剥落至今在。其一婆娑勢攫地，撑拿詰曲春雲霎。一株稍欲干層霄，却顧徘徊意相待。紛幡密葉生風濤，屹立虬根玩真宰。慣看城市變烽烟，幾見桑田作滄海。何年紺殿啓琳宫，石欄蹬道盤虚空。飛花濛濛日月静，溜雨黯黯神靈涌。大都月市番估集，胡床翠幕陳西東。哥柴古窑周漢鼎，陸離法物羞雷同。似與雙松校年歲，必有真賞窺鴻濛。日斜人散蒼烟重，倒景上殿雲瓏蔥。軒車冠蓋繆相嘆，肩摩轂擊勞過從。吁嗟此松澹蕩有真意，祇愁化作雙虬龍，直上燕山絶壑，一往不得見，悵望千峰與萬峰。

題贈孫北海先生退谷

西山冥冥水蕭蕭，谷口幽人誰見招。馬蹄蹴踏狹邪路，塵飛日暗咸陽橋。北海先生結盧處，山風歷歷檐前樹。自有圖書屋裏藏，不勞車轍門邊駐。晋人法書唐人畫，周鼎宋磁不論價。宣和御印硃鮮新，景陵署款翠相射。石床垛積書架平，竹光岩靄繚縱横。昔人已遠物亦貴，懷古悲時無限情。請看滚滚東西南北人，奔走富貴勞其身。一官寄迹山林興，翻似烟霞鄭子真。

田凝只索畫久不得報歌以代柬

我昔平湖弄秋水，酒酣最愛群峰青。興來落筆寫山色，泉石出没雲冥冥。一日十紙不厭速，貴取繪意非傳形。三春索米長安陌，馬足涔泥滯行迹。西山玉河在眼前，神昏腎强真意隔。案頭緗素委零亂，貴游尺一相迫索。必逢好友情性諧，吮墨含毫始光澤。鸞坡舊侶多忘機，吾子趙氏連城璧。吴綾一幅皎秋霜，經年未敢輕點畫。首秋暑退風簾開，疏雲細雨滋緑苔。玉碗烹茗泛香雪，十指拂拂神初來。故舒直幹筆一放，試叠層巒烟欲回。須臾脱手天窅淼，此事原堪一朝了。不嗔濡滯嗜我真，相遲霜前看雲嶠。

紫騮馬

絶漠發宛城，嘶風紫電行。鬣舒移影疾，腕促踐塵輕。花汗旋看落，蘭筋怒不平。祇應思萬里，羈紲起長鳴。

梅花落

塞北梅曾見，春風笛裏多。影疑邊月近，寒傍朔雲過。細萼飄弦管，餘香散綺羅。江城家萬里，霜色上横戈。

新秋雨霽

霽色秋郊静，松風接翠巒。歸雲雙闕迴，初日萬家寒。玉凋流仍駛，金莖露未乾。鳳池陪染翰，爽氣滿長安。

贈施尚白比部二首

才華金馬客，侍從白雲司。幾上甘泉頌，常吟曲水詩。退朝仙佩轉，過闕玉驄遲。聞道玄文就，君山許獨知。

湖上登臨日，曾陪謝客游。題詩紅葉落，鼓棹白蘋秋。聯轡重金闕，看山傍玉溝。陽春知絕唱，明月倘能投。

賦得春寒花較遲

東陸春初報，青陽日未熙。節移蓂漸長，寒細柳偏遲。殘雪西山麓，微霜上苑枝。含芳待恩澤，佇看景風吹。

賦得長安一片月

朔雲飛盡鳳城秋，水繞宮墻夕照流。乍有清光生碧漢，即看爽氣入朱樓。狹邪燈火千門迥，禁掖松杉萬樹幽。解道邊笳烽燧息，不勞砧杵玉關愁。

同胤倩夜話有懷西溪舊侶

十年河渚戀幽栖，萬樹梅花繞碧溪。每憶羊何移棹晚，數來嵇阮到門齊。春星走馬憐簪筆，斜日看雲阻杖藜。燕市酒徒驚座客，將因話舊感鳴鷄。

八月早朝太和殿

紫禁鳴鐘五夜催，玉階仙仗彩雲隈。香縈萬户龍車出，影静千官曙色開。夾道旌旗星斗合，中天蕭管鳳皇來。更隨東閣經邦地，却愧長楊作賦才。

送查巢阿令新興

海東門第晋瑯琊，才子翩翩屬大家。不擇南州緣斗米，可知勾漏有丹砂。桄榔雨過雲依户，翡翠花深吏散衙。庾嶺春風肯相憶，折梅萬里望京華。

駕幸瀛臺侍從恭紀館課

翠蓋龍旗入建章，啼鶯百囀柳初黄。昆池冰泮三山近，阿閣花深九陌香。徑轉虹梁通紫極，庭含玉樹隱霓裳。侍臣緩步隨鑾輅，岡上應看集鳳凰。

寒食出永定門掃祖墓有感

逢時端欲重清門，索米兼容拜九原。可是牛眠瞻祖德，能留馬鬛亦君恩。翻悲故國先靈遠，何處青山落日昏。老母肩輿聊悵望，百年親爲剪蘋蘩。

送龔芝麓先生使粤東

灞陵衰柳映平蕪，持節争看汲大夫。元老風霜標冀闕，清時雨露下番禺。千山象郡蠻烟合，萬里羊城塞月孤。此去那論河内火，流民應上使臣圖。

送柴虎臣歸里

偶携詞賦客燕關，避世仍勞小艇還。高枕自娱鴻寶册，荷鋤終愛鹿門山。石城五月披裘過，鷲嶺千峰放鶴閑。却愧浮沉金馬客，未容蓴鱠共追攀。

懷季天中遼左

萬里邊城問謫居，躬耕遼海意何如？龍沙更作《投湘賦》，鳳闕長懸諫獵書。鴨緑流澌春水下，醫閭積雪暮寒餘。柳條漸識陽和近，未必君恩雨露疏。

送龔天階司李南州

鳳池遷客嘆離群，佐郡南州水國分。彭蠡秋濤蒸曉日，匡盧飛瀑瀉春雲。閣中棨戟臨才子，闕下簫韶憶聖君。西去長沙知不遠，即歸應有吊湘文。

寄子問家兄

闕頭柳碧又三春，送別詩篇久愴神。相讓五湖兄是長，乍隨三殿朔稱臣。一官薄禄逢時拙，半畝閑園乞食貧。多負仲容依躡屐，可教松竹過西鄰。

秋祭歷代帝王恭紀十韵

閟宫祟秩事，西陸逮秋成。一氣通群帝，千年拱上京。乾坤留道法，肸蠁合寅清。鳳曆傳天位，龍旗萃兩楹。冕旒凝露氣，劍履肅風聲。華黍瑶籩列，香雲寶鼎生。純犧登俎重，玄水上尊明。秉〔一〕瓚樅金震，升階銷玉鳴。編鐘宜磬筦，八佾舞咸莖。克配看昭假，高齊萬古名。

水師凱旋歌四首館課

樓船下瀨棹歌輕，虎士金戈組練明。萬里風濤回島嶼，五雲王氣拱神京。

〔一〕『秉』，原本漫漶，據校本補。

積水窮桑蜃氣開，戈船叠鼓起鳴雷。海東盡看車書入，銀甕金輿次第來。
千檣萬櫓集江洲，散馬垂櫜猛士休。見説皇威彌八極，珠崖亦在海南頭。
錦帆遥下白雲間，雪甲霜刀賦入關。聖主雄才殊漢武，不勞方士問三山。

慰戴經碧喪妾

蕙帳烟銷委縠衣，彩鸞一去不知歸。愁窺落月湘簾暗，祇有梁間玉燕飛。
長日花間下玉驄，共斟仙露飲春風。凄凉獨有相如在，取酒誰看作賦工。

題畫與伊翕庵

石棱苔剥氣高寒，古木蕭森落葉丹。種竹春雲垂紫籜，小山莫作桂藂看。

賀鄧玉書新婚

瀛洲仙史校書晨，蕙帳重開貯玉人。見説江城楊柳色，移將雙闕不勝春。
爲約朝雲下碧虚，徐家與妹有傳書。新縑舊素知何似，織就鴛鴦總不殊。

卷二十二　宋琬

福清魏憲惟度　輯選

曲阜孔胤樾心一　開化方元啓竹友

吴縣范周挺嶽　六合袁綰漢推　參

宋琬　字玉叔，號荔裳，萊陽人。

小引

魏子曰：嗟乎！大造無私，何竟以青鏤管厚荔裳先生耶？余讀《安雅堂》古文辭，於經擬尚書，於史擬左國。龍門雖日恣丹黄，與從游諸子習之無斁，未嘗不私心妒之。迨讀其《北寺》詩則惄焉以憂，讀其《二鄉》詞則躍然以喜。嗟乎！始妒之，既憂之，終喜之，余之傾倒荔裳也至矣！因取其新舊諸集合刻以傳，且揚言天下曰：詩尊《三百篇》尚矣，歷千年而有盛唐諸子，歷千八百年而有弘嘉諸子，歷二千年而有昭代諸子，非不蔚然盛也，皆未見其自出性靈，本《三百篇》而變化之，譬齊晉諸君彤弓弧矢受命宗周矣，猶堪自霸一方也。等而下之則田、韓、趙、魏受封齊、晉矣。再而遞其傳，則信陵、平原、孟嘗之徒且受封於田、韓、趙、魏矣。雖專其國政，勢若二君，以齊、晉諸王視之，直稽首稱臣耳。獨茘裳傑焉。自命劈北地之藩籬，蹋信陽之垣墉，歷下、竟陵願奉冠帶而祀春秋也。豈不以文武之權，行堯舜之事？曰：道在今古，奈何以王霸雜治之，則統以一矣，位以尊矣，極以立矣。彼吴楚稱尊者，猶不及邾莒小侯也，亦淺之乎爲丈夫矣。今茘裳且總憲蜀中，峨眉、劍閣之間，必有以發其聰明而涵其德性者，請以予言榜諸浣花草堂焉。

春日同沈象調陳路若集米吉士齋中分得庚字

旅卧不成寐，遥愛西山晴。朝光曜衣屧，哳嚦聞初鶯。故人隔深巷，車轍分縱横。良辰相與惜，往往多徒行。喜無髮可櫛，盥畢扣柴荆。素心三五人，列坐堂軒楹。開樽話疇昔，使我心骨驚。大兒翦春蔬，次兒吹玉笙。新雛弧尚懸，隔户聞啼聲。相顧慰懷抱，傾倒及茶鐺。去亦不復揖，來亦不復迎。空山多白雲，雙犢同爾耕。

徐塘口曉發

舟過十六閘，快如脱深井。篙師喜不眠，鳴榔夜相警。暉暉星欲稀，獵獵風初猛。登艫一長望，澄波浩千頃。樹杪見黄河，蛟龍得所騁。上下白雲光，凌亂蘆花影。宿鷺浴還飛，驚鴻斷復整。孤棹〔二〕破寒烟，荷衣不知冷。

張幼量古劍歌

有客傳書滄海東，貽我寶劍光熊熊。龍鱗鳳脊不復識，開篋蜿蜒生白虹。張君今之魏公子，好古懷奇性所喜。急難偏憐趙勝危，虚恭能使侯嬴死。一朝劚地出湛盧，雌雄再向豐城起。拭以華陰山下之紫泥，濯以浩汗東流大江水。鸊鵜寒光不可藏，星辰夜閉珊瑚匭。鋭頭奚兒虬作鬚，三尺錦囊常負趨。携舞樽前聊娱客，空堂似有蛟龍呼。五陵貴人欲相奪，君執不可顔色沮。酒酣顧余恒促膝，笑指蒼天凌皎日。何由邂逅有心人，脱手霜鐔佩其一。戈鋋沸地箭滿眼，未肯須臾暫相失。故人卧病久離群，豈意寒暄到白雲。參差宛帶芙蓉影，滅没還疑蝌蚪文。冰雪交情有如此，始知世上空紛紛。自昔神物稱難遇，春日蒼茫隔烟樹。報君遥盼塞鴻飛，挂壁蕭蕭走風雨。

〔二〕『棹』，聚錦堂本作『樓』。

長歌寄懷姜如須

甲寅之歲汝降初，我生汝後七月餘。竹馬春風事游戲，鷄犬暮歸同一閭。君家黄門早射策，盛年謁帝承明廬。有兒顔色嬌勝雪，珠襦綉褓青羊車。予時抱持著膝上，許以弱女充掃除。是時兩姓雁行敵，絳華朱萼相扶疏。操觚握槧衆所羨，汝南潁上名非虚。城東茅屋先人築，清渠一道穿喬木。同輩相携五六人，縹緗羅列開籤軸。冬菁作飯飽饔飧，布衾共卧忘休沐。自是轅駒行步遲，却看雕鶚拚飛速。當時天步日艱難，戎馬交馳疆圉蹙。盗賊縱横賈誼哀，國是紛紜蔡邕逐。鈎黨方嚴誰見收，多君置槖供饘粥。一朝變起塵沙飛，老親白首同日歸。骨肉摧殘那忍道，餘生孤孑將疇依。渡江浮海無消息，飄泊不辭寒與飢。予歸已類遼城鶴，十人九人存者稀。行經舊巷不復識，高臺傾圮無門扉。旅穀生庭故井塌，鴟鴞晝嘯狐狸肥。有客傳書知汝在，但言北望常沾衣。携家流落栖江左，出處憐余無一可。舊業雖餘數頃田，犁鋤欲把誰能那。况復陳留風俗衰，青兕玄熊啼向我。應詔公車解褐衣，勉尋升斗羞卑瑣。兔絲未附女蘿枝，明珠已碎珊瑚顆。三十餘年倍苦辛，回頭萬事傷心夥。君有慈幃吾母同，老人苦欲思山東。男呻女吟歸不得，到今兄弟猶飄蓬。給諫桐鄉有遺澤，季也常依皋伯通。展轉崎嶇二千里，蓄甘負米心忡忡。伯兮蹭蹬遭戕賊，《黄鳥》之詩傷我衷。鶺鴒高冢鬱相望，昔何榮盛今何窮。古人四十稱强仕，爾我年猶非暮齒。形骸老醜青鏡中，鬢毛鑷盡還復起。語云憂患能傷人，孝章詎有長年理？江上春風變柳條，尺書忽墜來雙鯉。上言别後長相思，長跽開緘泪盈紙。扁舟欲來蛟怒號，采采芙蓉隔江水。君不見周周之禽最微細，羽翼相銜不相弃。又不見交讓之木柯葉同，南枝葳蕤北枝瘁。少年意氣輕雲霄，中道飄零共憔悴。吴門市卒避人知，灞上將軍逢醉尉。富貴升沉安足論，要當努力千秋事。歌罷空堂驟雨來，燈火青熒秋不寐。

送顧勉齋督餉關中

柳色依依邊馬鳴，故人萬里賦西征。漢江舊繞褒斜谷，蜀道新懸驃騎營。磧裏梅花春不度，樓中羌笛夜偏清。相看懷抱蕭條盡，隴水秦雲雁幾聲。

寄沈惠孺郡丞

短褐論交得沈侯，登山臨水見風流。還同謝朓來姑孰，曾酹平原過趙州。古驛月明漁笛遠，長淮春盡柳絲柔。歸航多載秦郵酒，共醉君家八咏樓。

寫哀

幽憤嵇中散，悲歌楚左徒。予材誠不逮，其事若相符。犖犖嗟男子，申申詈女嬃。巫咸渺終古，風雨閟難呼。

憔悴南冠縶，凄凉北寺門。凍雲添夜哭，怪鳥下朝暾。百代皋陶廟，前朝李杜魂。欲排閶闔問，虎豹一何尊。

懷王敬哉先生兼謝時黄河决濟兗間

蕭條歲月孰華予，行坐徘徊靡所如。刀俎堪驚身似鹿，雲霄還念食無魚。但留東海栽桑地，敢作南山種豆書。聞道宣房薪未塞，欲從太史問河渠。

江南曲

菡萏池塘隔畫橋，月明樓上美人簫。十年不到傷心地，夢逐長江來往潮。

聽鐘鳴

余覽北魏詩，有蕭綜《聽鐘鳴》《悲落葉》二篇，詞甚凄惋。彼以貴藩播越，不失顯膴，然尚內不自得，有憂生飄泊之嗟。矧余羈囚，日與法吏爲伍，每當宵箭將終，晨鐘發響，凄戾之音，心飛魂栗。詎必聽猿而涕下，聞琴而纍欷哉！歲時晼晚，庭樹萎然，爰效其體以識余之憤懑焉。

聽鐘鳴，所聽非一聲。一聲纔到枕，雙泪忽縱横。白頭老烏作鬼語，群飛啞啞還相驚。明星落，悲風哀，關山宕子行不返，高樓思婦難爲懷，何況在羅網？夜半聞殷雷，無縻復無褐，腸內爲崩摧。聽鐘鳴，心獨苦，獄吏抱鑰來，不許吞聲哭。

悲落葉

悲落葉，落葉紛相接。無復語流鶯，飄摇舞黄蝶。朝如繁華之佳人，夕作蘼蕪之弃妾。因風起，從風飛，放臣羈客那忍見，攀條攬扼空沾衣。徘徊繞故枝，柯幹長乖違。凜凜歲雲暮，此去將安歸？悲落葉，傷心胸。願因征鳥翼，吹我到鄉中。

大雪自卦臺宿張秀才家

看山不厭遲，暝色一何速。雪花埋馬蹄，乃就田家宿。秦風無索綯，白板新泥屋。主人貧且閑，解種滿園竹。答云遠廛市，新曆未曾讀。昨因賽先農，豚肩會宗族。幸有濁醪存，使君盡一斛。夜聲静鷄犬，朝光見麋鹿。告歸且復留，公府下尺牘。何日謝簪纓？還山買黄犢。

翁玉于以蕭尺木畫杜子美詩册索題

蕭生畫手稱絶妙，風格遠過文待詔。曾貌《天問》與《九歌》，荒唐隱怪皆殊肖。三閭大夫色憔悴，山鬼乘狸善窈窕。解衣盤礴余在旁，舉杯向天發狂嘯。翁侯酷愛少陵詩，驚人佳句常相隨。手裂生綃三十幅，蕭生一一丹青之。浣花草堂若在眼，劍門棧道横參差。罷榷歸來無長物，獨携此册還京師。長安公卿頗好事，書畫寧復論真假。百鎰始購宣窑杯，千金賡買銅臺瓦。此圖一出價必高，翁侯愛玩不肯捨。即今遷謫轉蕭瑟，欲歸無舟陸無馬。翁侯翁侯，誰令爾愛杜陵翁，千秋坎壈將無同？蘆花采采雁南渡，笠澤烟水秋濛濛。君歸結廬在何處？余欲携孥學梁鴻。蕭生夙有五湖志，何不招隱來江東？嗚呼！何不招隱來江東，畫君與余持竿垂釣秋風中。

釣臺圖歌贈馬蘭臺山人

九峻山人聊玩世，伏波將軍之苗裔。家在渼陂紫閣間，孤情獨與烟霞契。彈箏叩缶本秦聲，裂芰爲衣皆楚製。儒冠誤人幾半生，秋風屢雪劉蕡涕。長焚筆硯事丹青，潑墨吮毫稱絶藝。横皴酷似黄大〔一〕痴，細染還宗吴仲圭。近代以來數文沈，嘉隆而後作者誰？山人工意不工似，匠心自出無專師。盧龍山水頗不惡，韓家釣臺尤最奇。一峰高入白雲裏，登樓坐見滄海湄。游人欲繪每束手，譬如寫照難鬚眉。一日坐我悠然堂，解衣盤礴無人窺。須臾圖成挂諸壁，高岩邃谷光參差。瀨澮旋渦漁艇立，窈冥洞口烟蘿垂。主人韓生有狂癖，此臺自爾高曾貽。見圖再拜悲且喜，重之不啻商尊彜。便買貞珉勒山側，酹酒欲告山靈知。山人此别欲何往？贈汝一枝笻竹杖。避世宜從麋鹿群，結廬高卧仙人掌。寧恤床頭妻子飢，要令胸中丘壑長。我今持節越王城，蘭渚剡溪恣偃仰。預拂霜綃以待君，一揮欲使群山響。記取雪深一丈時，山人須鼓山陰槳。

放歌行贈馬羲徵

畫花如欲語，畫鳥如欲飛。徐黄已往不可作，近數淮南馬布衣。蹇驢箬笠來燕市，五侯屏幛生光

〔一〕『大』，宋琬《安雅堂詩》（雲南省圖書館藏清順治十七年刻本，下同）作『天』。

輝。尤善蒼鷹及鴻雁，楓林颯颯蘆花稀。霜拳未下狐兔走，碧波群唼荇藻肥。我從隴首來，携得一鸚䳇。顧影輒哀鳴，交交念儔伍。君繪其一〔二〕桐花陰，素壁雕籠相向舞。雪衣化去委蒼苔，丹青尚爾留風雨。高士從來信不羈，雲林迂絶虎頭痴。狂歌白眼每驚座，醉卧青樓醒畫眉。鸕鷀典後復何有？但言貰遍盧龍酒。祇今八月雁來時，袖中秃筆還如帚，一幅吴綃沾〔三〕一斗。

寄王敬哉詹尹

不見王詹事，相思隔禁林。傳經家學遠，求劍主恩深。萬里驅車地，三年避弋心。瑶華如可寄，一和隴頭吟。

劉越石聞鷄處

衰柳平沙古渡村，傳聞此地舞劉琨。鞭惟祖逖能先著，客有盧諶感舊恩。江左衣冠空北顧，古來天地此中原。鷄聲依舊清霜曉，招得并州萬里魂。

〔二〕「一」，原本、校本均缺，據《安雅堂詩》補。

〔三〕「沾」，《安雅堂詩》作「䩞」。

邯鄲

趙王宮北古叢臺，歌舞常年翠輦來。白馬大梁公子過，黃金東海魯連回。三千珠履人何往，十五銀箏歌自哀。寂寞平原抔土在，麒麟荒缺卧蒼苔。

驛夜

濁酒更深醉不辭，短檠疏簟怯凉颸。樓邊哀雁飛何早，海上鱸魚歸又遲。銀漢欲斜爲客夜，金釵初墜憶眠時。空閨應有刀鐶夢，泣向流黄説鬢絲。

銅雀臺

三臺縹緲鬱相望，俯眺中原接太行。鳳觜香殘歌舞散，魚鱗瓦冷館池荒。漆燈詎有千年焰，穗帳空施八尺床。何似金人汾水上，茂陵風雨泣劉郎。

雲臺觀

三峰峰下羽人居，夾道青松覆碧渠。金榜蝌文程邈篆，玉函龍氣老聃書。荷鋤種藥他年事，倚杖穿雲此地初。柏子一餐身力健，芙蓉蒼翠濕衣裾。

登華岳作

獨上鈎梯覽大荒，秦關終古氣蒼蒼。天開閶闔纔尋尺，地界雍梁入渺茫。五粒松揺群帝佩，三漿露挹百神觴。仙人方罫青冥上，更欲凌風度石梁。松風謖謖步虛聲，杖策高尋衛叔卿。星近祠壇光欲墮，月臨仙掌夜偏明。扶桑萬里天鷄曙，箭括三更石馬鳴。誰信楊雄擅詞賦，不將彩筆記層城。

鸚鵡

雕籠萬里托征鞍，辛苦何辭行路難。幽閣恰添嬌女伴，方音猶作部民看。且分薄俸供粳稻，莫遣春風瘁羽翰。流水隴頭相憶否，朔雲邊月不勝寒。

古銀槎歌

我有匣中銀鑿落，碧山山人手所作。背鏤至正壬寅字，點畫形模今宛若。斷節枯根紛錯糾，中有仙人博望侯。衣冠甚古鬚髯蒼，飄飄一似乘孤舟。肘後惜無筇竹杖，袖中或有安石榴。人言八月泛天漢，支機石畔逢牽牛。奇事流傳見圖畫，鍛師何意窮雕鎪。當年親致汗血馬，飽歷條支經大夏。安知骨貌久銷歇，供人把玩充杯斝。金人已去柏梁臺，玉液常沾白蓮社。嗟我瓠落溝斷同，潦倒賴爾衰顏紅。有酒如澠不稱意，欲求仙術尋壺公。跳身此槎之腹中，窮源再入馮彝宮。爲侯改號鴟彝翁，胡爲低眉偃蹇在塵世，枕蛟騎虎愁吾躬？

挂劍臺在張秋鎮

延陵季札賢公子，腰下芙蓉淬秋水。一片心期不忍寒，蕭蕭隴樹虹霓紫。歷聘諸侯未反命，魚腸剸刃王僚死。躬耕三讓宗家法，吴邦不受輕如屣。闔廬枉自鑄黄金，屬鏤不以誅奸嚭。當時列辟尚權衡，劍客縱横仁義否。君臣父子競相屠，谷風之刺徒爲耳。公子深憂在萬古，聊因死友扶人紀。縞紵非無畛與僑，千金獨向徐君委。朅來酹酒想遺風，荒臺半圮埋寒叢。麒麟寂寞一抔土，誰其樹之松柏桐。人言墓草似干將，轆轤鐔鼻將無同。三十年來不復甲，枯根或化爲蛟龍。水湯湯兮風烈烈，篝火黄昏讀殘碣。金石有時銷，此誼長不滅。君不見交態紛紛等阡陌，任昉門前無吊客。

竹器草堂歌瞹城朱松鄰、白門濮仲謙皆以竹器擅名

君不見練川朱生稱絶能，昆刀善刻琅玕青。仙翁對弈辨毫髮，美人徙倚何娉婷。石壁巉岩入烟霧，澗水松風似可聽。鏤玉雕犀安足誇，玻璃可碎犧樽腥。白門濮生亦其亞，大樸不斫開新硎。虬鬚削盡見龍蜕，輪囷蟠屈鴟彝形。匠心奇創古無有，區區荷鍤羞劉伶。妙製流傳真者少，何侯得之爲异寶。大書深刻作堂額，客至登堂多不曉。我來問名請縱觀，錦笥纔開稱絶倒。黄侔蒸栗縝且堅，潤比瓊琚兼肉好。何侯啖我燒羊脾，華髮臨風除白帢。階列唐昌觀裏花，欄餘甫里先生鴨。

美酒元從白墮傳，新芻更得青州法。南人不慣北人歡，繩床坐聽糟床壓。君不見蔡邕笛，千年人去亭名柯。詎若龍鐘古節大如斗，真堪一日十摩挲。銅盤絳燭朱顏酡，升君之堂爲君歌。年來已厭烏程釀，客中十斛須相餉。沙棠樹下牡丹叢，蓓蕾計日應全放。殷勤欲倩好風吹，痛飲還期明月上。預敕雙童洗竹罌，待余醉卧青絲幛。

贈馬參戎

君昔銜命赴臨洮，少年意氣何雄豪。狐白之裘秦復陶，褲靴帓首烏孫刀。雪深草淺牽旅獒，手格猛獸如童羔。綠熊赤豹遠遁逃，生取蒼兕拔其髦。屯田蕪没愁耘薅，黄砂磧裏飛蓬蒿。金城戍卒飢嗷嗷，翁孫方〔二〕略徒煩勞。安西都護醉葡萄，誅來絡繹窮秋毫。旋從丞相征哀牢，五月渡瀘入不毛。苴蘭城下血戰鏖，蠶叢鐵馬隨猿猱。李廣數奇功則高，猿臂不得擁旌旄。長嘯歸來脱錦袍，黄公酒壚换濁醪。鱸魚三寸蓴可芼，安能俯仰同桔槔。美人環佩逢江皋，感君一曲《求凰操》。温柔有鄉堪酕醄，何勞錦字貽竇滔？霸陵醉尉空嘈嘈，吴鈎夜作蛟龍號。孫盧餘孽阻風飈，天威赫怒集征艘。樓船十萬聲喧嚣，何人爲薦公孫敖？鋈弧重綉解弓弢，洗清瘴海爲城濠。雲臺圖畫鄂與褒，道傍笳鼓驚兒曹，丈夫窮達信所遭。

〔二〕『方』，原本、校本均作『刀』，據宋琬《安雅堂未刻稿》（北大圖書館藏清乾隆三十一年刻本，下同）改。

棧道平歌爲賈膠侯尚書作

君不見梁州之谷斜與褒，中有棧道干雲霄。仰手可以捫東井，下臨長江浩汗洶〔一〕波濤。大禹胼胝恐未到，帝遣五丁開神皋。巨靈運斧地維絶，然後南通巴蜀西羌髳。蛇盤縈〔二〕紆六百里，千回萬曲緣秋毫。懸車束馬弗可以徑度，飛騰絶壁愁猿猱。漢家留侯真婦女，烈火一炬嗟徒勞。噫嘻乎！三秦之人困征戍，軍書蜂午如蝟毛。銜枚荷戈戟，轉粟窮脂膏。估客爾何來？萬里競錐刀。須臾失足幾千仞，猛虎蝮蛇恣貪饕。出險釃酒始相賀，磷磷鬼火聞呼號。泰運開，尚書來，恩如雨露威風雷。一呼集畚鍤，再呼伐薪柴，醇醯澆山萬夫發，坐看巉岩削盡爲平埃。噫嘻乎！益烈山澤四千歲，火攻莫救蒼生災。昔也商旅魚貫行，今也不憂狼〔三〕與豺。昔也單車不得上，今也康莊之途可以走連輦。僰僮巴舞貢天府，桃笙賨布輸邛崃。歌《豳風》，擊土鼓，賈父之來何晚哉！豐功弈弈垂萬祀，經濟不數皋皋才。中朝衮衣待公補，璇璣在手平泰階。西望劍閣高崔巍，側身欲往空徘徊。大書深刻告來世，蛟龍岌嶪磨青崖。金穿石泐陵谷徙，我公之功不與伏波銅柱同塵埋。

〔一〕『洶』，原本、校本均作『洶』，據《安雅堂未刻稿》改。
〔二〕『縈』，原本、校本均作『榮』，據《安雅堂未刻稿》改。
〔三〕『狼』，原本、校本均作『貇』，爲『貌』之异體，據《安雅堂未刻稿》改。

剡溪道中作

昔人乘雪往，而我泝風行。萬壑穿雲轉，孤舟與石争。魚游寒水見，鷗立夕陽明。安道留遺宅，寥寥千載名。

己酉正月過姜如農東萊草堂

拜杖端門下，孤臣命若絲。何堪天譴日，即是國亡時。諫草傳梅尉，扁舟混子皮。似君幽隱意，獨有白鷗知。

同時熊給諫，不异楚靈均。破衲稱開士，殘碑記黨人。老從方外友，悟彼定中身。應據生公石，軍持話宿因。

同牧仲弟及譚長益宿焦山僧舍分賦兼送牧仲歸黄州

薄暮〔一〕烟方合，蒼茫見蒜山。人依青嶂卧，僧與白鷗閑。殿角松杉内，江聲枕簟間。支筇臨絶頂，縹緲振衣還。

高下精藍啓，黿鼉相伴居。鹿裘三詔客，龍氣兩朝書。城郭孫吴後，江山戰伐餘。卯君譚赤壁，

〔一〕『暮』，原本、校本均作『莫』，誤，據文意改。『薄暮』，謂傍晚。

勝迹定何如。

寓侯記原秬園侯廣成先生故居也

繫舟猶未穩，邀我過西軒。舊好敦三世，新知在一言。空餘袁粲宅，不返汨羅魂。君問浮生事，蒼茫掩泪痕。

上巳遲三月是年閏二月，高齋自一家。魚梁連竹屋，鷄栅縛藤花。萬木偏能冷，群鷗未覺譁。臨邛頻送酒，莫遣豹奴賒。

送曹澹餘少宰開府黔中

青門一相送，陌上雪初消。前導騎馴象，殊恩解御貂。山川分五嶺，風壤半三苗。幕府陳琳在，征途慰寂寥。

八尺連錢馬，銀鞍玉鑿蹄。賜從天厩内，直到夜郎西。文網寬邊吏，壺漿拜遠黎。應憐謝康樂，春草獨含凄。

贈周計百郡丞時方擢太原太守

爲憶梁園客，曾題庾嶺書。交游憐我在，憂患識君初。使酒狂猶故，論文老不如。依然朱紱舊，誰道主恩疏。

貝錦何年織？遭逢頗似卿。蛾眉元不減，馬角幾曾生。姓字傳三殿，旌旄冠百城。君看太行險，未足敵人情。

佐郡領雲州，弓刀出塞游。人烟稀馬邑，雨雪濕貂裘。訪古過青冢，開樽醉白樓。寄言魏光禄，莫惜作書郵。

晋國桐封地，年來困繭絲。叔虞風自古，尹鐸爾堪師。門俗熊羆軾，勞民蟋蟀詩。懸知汾水上，竹馬遍群兒。

九日送程崑崙謫刺耀州同顧庵西樵周量阮亭賦

青衫人欲老，五馬向西州。鄉樹黄河隔，山城漆水流。褲襦歌叔度，稼穡頌公劉。華岳登臨後，題詩寄舊游。

新婦怨

妾似初弦月，纖纖衹半弓。未逢三五夕，還與缺時同。

渡黄河

半世行藏敢問天，身如百丈往來牽。傍人代我思前事，曾共驪龍夜夜眠。

夜聞鶴唳聲侯秬園曰張氏蓄此有年一旦求售予以貧故失之今爲鄰園有矣因成絶句

數聲清唳隔松陰，孤客偏傷萬里心。莫向西鄰彈別鶴，仙人元自重黄金。

秋雨聲

劍閣泥深幸蜀年，淋鈴一曲至今傳。霏霏無奈初長夜，淅淅〔二〕偏多向曉天。衰柳堤邊鶯鷺語，枯荷葉上攪鷗眠。盧家少婦横波泪，濕盡箜篌十五弦。

烏聲

三匝栖烏夢不安，哀鳴睥睨曉霜寒。豈云宕子從軍樂，似訴征人行路難。金井轆轤梧乍脱，白門樓閣柳初殘。賤臣哭後頭終黑，腸斷當年太子丹。

蟲聲

耿耿雙星隔絳河，亂蛩幽怨出平莎。美人簾外清商曲，壯士尊前變徵歌。爲傍疏燈哀轉劇，却憐明月語偏多。西堂有客中宵坐，《九辯》吟成奈爾何。

〔二〕『淅淅』，原本、校本均作『浙浙』，據《安雅堂未刻稿》改。

角聲

一更初奏五更終，晝角長隨萬里風。夜月飄摇沙磧外，曉霜嗚咽戍樓中。飛來雨雪嘶邊馬，散入川原起塞鴻。解道秋聽殷地發，白頭愁殺杜陵翁。

舍侄稼庵小石至京慰問悲喜有作

檻車北發踐嚴霜，念爾飄摇在豫章。十載話來真夢寐，一家人際小滄桑。嵇康未死求丹訣，阮籍何歸哭白楊。見説鄉園親串少，沙蟲猿鶴總堪傷。

上總河朱尚書

神京飛挽仰河堤，禹宅司空職貢齊。十有二川勞赤舄，八季三過錫玄圭。安瀾詎見潮如馬，保障何勞石作犀。莫向東南憂杼柚，捷書今已罷征西。

寄劉雪舫

爰從北寺代呼天，送客魂消死别年。人向生前曾自祭，詔從江上忽驚傳。酸風楚雨《懷沙賦》，白雁青楓訪戴船。欲向甓湖尋釣艇，乞君三畝種瓜田。

勝果寺

鳳凰山半古招提，隔岸青山接會稽。澗水幾層穿宋苑，夕陽一片在蘇堤。樹經樵斧倉庚少，澗落江門白馬嘶。行到中峰更回首，畫樓粉堞望還迷。

送别張登子

鶯花三月峭帆孤，聞道相如騎甚都。北固重臨多戰壘，黄河西上見平蕪。世情不易容龍性，交道從來在狗屠。京洛若逢金馬客，故人憔悴得知無？

九日同姜如農王西樵程穆倩諸君登慧光閣

塞鴻猶未到蕪城，載酒登樓雨乍晴。山色淺深隨夕照，江流日夜變秋聲。上方鐘磬疏林滿，十里笙歌畫舫明。空負黄花羞短鬢，寒衣三浣客心驚。

丁未閏四月姜及生先生招同孫魯山年伯游牛首從獻花岩至祖堂信宿乃還

城中雪霽瞻雙闕，此日追陪杖底看。古木十圍遮鳥道，大江千里見龍蟠。行穿洞壑棲禽響，卧近星河襆被寒。壺榼已傾童子報，夜來添笋足朝餐。

夏瑗公先生廿載淺土門人盛珍示卜地葬之以其夫人祔焉高其義爲詩以贈

幾年松檟缺經營，負土荒原賴友生。曾賦《國殤》哀翟義，竟無傭保付王成。月明大鳥來華表，劍合雙龍捲素旌。二陸冤魂應共語，雲車風馬笑相迎。

胡去驕羅以獻將歸楚中小集南園即席分韵

纔從雙屐探梅萼，忽送孤帆折柳條。唳鶴灘頭春欲盡，鸕鷀陂上夢方遥。生徒南郡悲長笛，詞客西京有洞簫。我亦因君動歸思，那能長住伯通橋。

元日祀先大夫兒輩相隨拜跪頗能成禮喜而有作

華髮支離嘆鮮民，椒觴獨薦每沾巾。松楸又歷三冬雪，俎豆新添一輩人。拜舞儼依嚴父膝，登臨能掖老夫身。明年小塾誰先入，篋裏遺經爲爾陳。

元日日食陰雨不見越四日微雪不成夜乃大雨排悶賦詩

歲云改矣寒方劇，日有食之雲氣微。柳色偏於南國早，雪花長似北人稀。愧無旨酒會鄰里，且擁殘書眠竹扉。堪笑兒曹强解事，闌街簫鼓試春衣。

姜奉世新寓園亭故相國申文定公別墅也余所居西百花巷相去纔二百武客中無事晨夕往來賦詩書壁以紀歲時二首

冠蓋當年盛故鄉，論交三世羡潘揚。夕郎封事留青瑣，吏部遺文有墨莊。松菊荒蕪堪灑泪，江湖飄蕩此登堂。故人剩有姜肱在，百尺高樓共一床。

結構何須論拙工，知君丘壑在胸中。林塘疏豁用卿法，裙屐蕭閑有父風。萱草階前抽短碧，梅花雪裏弄新紅。醉歸不畏春泥滑，衹在吴趨巷口東。

臂痛

虎尾餘生脱禍機，衰遲真與病相依。畏途休嘆肱三折，旅卧新消帶一圍。眠柳應慚黄犢健，掠波空羡白鷗飛。書生自乏封侯骨，相者從來不厭肥。

舟中夜讀

病起蕭然岸幅巾，蒲帆高挂四無鄰。生憎白髮將予侮，稍喜青燈與客親。興廢渾如前日事，鬚眉真見古初人。他年笑向兒曹説，垂〔二〕老方知有斫輪。

行樂詞

三間笠澤魚鱗屋，雙槳松江鴨嘴船。長大從吾釣秋水，大兒捩舵小兒牽。霜露年年隔墓門，歸騎竹馬薦鷄豚。夜臺此日悲還喜，松柏成圍始舉孫。

〔二〕『垂』，原本、校本均作『乖』，據《安雅堂未刻稿》改。

卷二十三　張永祺

福清魏憲惟度　輯選

吴縣范周挺嶽　嘉善顧耿臣奕聞
元城錢綎瞻海　武昌張皋謨汝士　參

張永祺 字爾成，大興人。

小引

魏子曰：魏博之東有鎮焉，河流環繞，左右岸植榆、柳、桃、杏之屬。春風扇陽，水深淺不時，渟爲沙，漾爲灘。初旭臨之，色爲丹爲碧，居人被以名曰『金沙灘』。豫之漕運必由此達河，以達京師。督糈使者雖駐節於鄴，半居停焉。癸丑春，訪范挺嶽使君始至其地。寓僧寮香茗之餘，登準揖閣虚無人，得《金灘倡和詩》一帙於内典叢雜中。喜讀之，知爲張爾成先生作也。先生先范使君督豫漕内召行，其厘弊剔蠹猶嘖嘖有聲。公餘以風雅振作鄴中，使曹魏一家不得憑凌千古。

每多慷慨悲歌，盡收燕趙之才。余屢索其集於河朔，李大參僅示數章，兹復得此於三千大乘中合梓以傳，豈非神靈之所阿護，爲金沙灘留此一段佳話耶？雖曰吉光片羽也，亦已慰余十載停雲之思矣。進求其全焉，俟之异日。

立春雅集

良辰握手歲將闌，酌取新泉春到灘。林鳥穿檐喧暝色，瓶梅向客傲餘寒。杯傾雪膾香飄細，松泛雲根露尚團。懶説世情空過眼，詩中天地置身寬。

癸卯元旦

朝元闕下肅元辰，猶記鑾回祀六禋。擊鼓辛盤畿甸俗，呼嵩琳宇遠臣春。青山躑躅懷人舊，薇省蹉跎讓歲新。幾欲覆蕉書甲子，漆園寤後蝶知巡。

人日詩限體韵

春字

拂拂晴光四望春，依依苑柳意窺人。天回大陸寒雲斂，日上中原草色新。縱酒何妨空擊筑，乘槎猶自愧知津。盍簪且喜同晨夕，奇句燈前細討論。

寒字

朝光入户破餘寒，晨雀争枝意未安。野寺疏鐘吟晝漏，平泉春水静前灘。中天貢粟黄龍舫，合殿傳柑碧玉盤。九陌笙歌聽未厭，幾回鄉思罷憑欄。

花字

村村喧羯鼓，春至野人家。泛此三冬雪，行看二月花。晴嵐浮曉翠，獨樹噪昏鴉。萬象風光爛，殊鄉感歲華。

遲字

見説天心復，崇岩遍曉吹。春從隔歲早，花豈傍人遲。愁劇尋梅笑，官閑刻燭宜。上方燈火麗，倚徙萬年枝。

較字

昨日漏春光，隱隱花欲罩。花意自先春，春寧與花較。浩蕩動余懷，褰裳理輕棹。

賦得春寒花較遲

東風吹律到千門，初日瞳瞳照原隰。萬彙蘇萌雷雨功，携取有時任所給。君不見城西西山凝積雪，嬌鶯拭羽語猶澀。篔簹十畝足寒條，深谷幽蘭香欲襲。上林春水漾流澌，嘉樹迎風緑漸垂。公子調筝初出郭，美人剪帖製新詞。年年此日稱人日，人日芳菲欲向誰。伊余昔謫江之滸，奇葩滿眼深冬吐。家家守歲放桃花，凉燠無時因風雨。揭來粼下風日和，俯仰黄初發浩歌。况復容與澹春波，浮白與客醉顔酡。粲粲新英入目多，寄謝寒威六月息。托根結實資其力，春來好景與人同，扶杖看花花自得。

宴集演盧生雜劇

共有鄉心向客持，春晴更與月相宜。覺來無夢歌留譜，醉裏看人酒去卮。風動爐烟薰蕙細，花催漏鼓落梅遲。河橋幾度東方曙，轉憶當筵入夜時。

小集

求友嚶鳴切，詩成許數過。興來忘地主，醉後飲天和。捲幔春星落，窺雲澹月吪。向來歌吹發，吾意亦婆娑。

對雪

餘寒春未散，樹杪六花盈。掠鳥飛猶濕，隨波點故輕。且耽千日醉，莫問五侯鯖。欲共清輝迴，長空月有情。

元夕宴集

夜色迢迢玉宇端，參差翠影萬峰盤。草青春服牽書帶，花隱芳尊似合歡。久客良宵增短鬢，故鄉明月滿長安。種桃人醉臨風發，笛裹江梅落未闌。

宴集

燈留此夜未全燒，月涌長空影練潮。萬户踏歌香綺陌，九霄吹暖濯新條。人間好景今猶昨，節物方春晝讓宵。取醉天街看火樹，也應坦步樂遍饒。

得仲連書喜而有作

長安冠蓋交，烜赫金張第。遨游金谷園，朝華夕委砌。上客侈聯鑣，笙歌競狼戾。吾子厠其間，冰雪不相締。蕭然一篋書，擷芳采六藝。有時發枯吟，太空秋蟬蜕。霜畦遈韭花，白酒酣新霽。萬事伏枕過，六書一燈細。終日無所語，孤行海岳勢。昨來薜荔裳，慰我梁園滯。展此瑶華音，晴嵐俯天際。百川日夜流，一雁聲嘹唳。蘆溝携手行，十年九分袂。坐待月華升，圓景散虧蔽。與了堅素心，芳草珍蘭蕙。

白雲從東來，空庭一栖止。悠然萬古心，秋水差相似。寒烏日夕翔，雨雪遺音旨。念我生平友，中夜披衣起。徘徊視孤檠，炯炯心猶是。華星錯遥空，廣除菊紛委。歲月車馬間，勞人昧所以。上國勝游觀，聯榻披圖史。一別阻清歡，素書憑雙鯉。達士秉曠觀，嗟余逐强仕。歲晏梅花開，夢子空山裹。

送施愚山游嵩少

嵩岳立中天，河流具今古。在昔祀典修，百靈尊后土。閲世槐與柏，歷歷猶可數。日月出其中，川原如在户。千年寥闊心，達者與爲伍。愚山秉奇尚，所歷不自詡。飄然來帝京，預想吟梁父。群公富詩篇，偕爲兹游譜。恍惚陟其巔，奇妙一一睹。秋光清遠心，登頓未停午。捫蘿石徑懸，蒼翠衣裳取。三花拂面生，二室森然俯。萬壑變陰晴，九州入吞吐。平田吹粳香，石髓流鍾乳。回瞻草履迹，處處烟生縷。青到一色天，白眺下方雨。蒼龍澗底眠，异獸摩空舞。仙掌蓮花峰，甘露傳燈祖。殿角新琉璃，殘僧築環堵。梵音空裏聞，定香散天姥。花氣四時春，鶴言此山主。嗚呼湖海遥，名岳崇於五。寄謝簪祓儔，小豁胸中腐。平生江南游，登岱曾行部。大觀窮宇宙，盧杖終焉補。

螺浮給諫臨別見示諸老和言率步五首選二

十年霜雪老黄門，樓外梨花客邸尊。兩袖澤蘭歸雁影，片帆津樹暮潮痕。不將白簡紆臣節，依舊青山頌主恩。來往一身仍似葉，幾多心事對江村。

十年霜雪老黄門，受賞何如納諫尊。抗疏薊東空有泪，埋輪亭下竟無痕。禁鐘青瑣歸前夢，畫角牙旗是處恩。南國流離今在眼，争臣未許北山村。

愚山自永城寄詩答後再寄

朔風旅館客初醒，馬首孤吟到會亭。讀罷挑燈愁默坐，白雲蒼壁雨泠泠。
梁園東望草荒荒，曉日鴉啼屋上霜。一片閑心渾未倦，敬亭無奈候歸裝。

不寐

不寐漏三更，風聲雜雨聲。寒從欹枕得，夜向一燈明。閱歷成吾老，艱難見物情。一帆歸計早，負郭看春耕。

淇泉道上大風苦寒

晚來雲從日脚起，須臾暝色催行李。策馬衝寒到驛亭，一燈熒熒響窗紙。白酒數杯解饑劬，枯腸欲鳴聊徙倚。夜半忽聞風吼聲，倒海驚沙震遠邇。坐久空床不能寐，攬衾就枕涼如水。曉行酒力面難勝，泉流淙淙復聒耳。道傍候吏我知爾，笑我風塵猶未已。茅檐婦子三五人，欲向使君有所陳。使君年年去都門，一年幾度走河濱。昔日紫髯豐頤頰，今來憔悴鬢如銀。殷勤婉昵爲余説，昨歲苦寒地凍冽。早春無雨麥苗稀，四月黄霾桑枝折。使君六月住都門，此地三伏苦炎熱。秋來一望草全枯，井渴石乾泉亦竭。狂飆鎮日走黄沙，到今十月仍無雪。倉皇數語畏人嗔，其時低頭眼流血。我聞此語如履冰，立馬當風寒欲徹。嗚呼！吾寒尚有敝羊裘，嗟爾百結鶉衣不自由。嗽嗽懸磬勤輸納，吏呼夜怒聲啾啾。吾聞冬雪春雨太平日，奈何獨廑廟堂憂？

曉起

曉起倦前疇，平沙一雨收。烟容吹日白，雲氣結風柔。路暗車聲緩，人稀鳥語稠。醉鄉何處是？身世一菟裘。

衛源道中遇雨有懷繹堂

細雨回風灑鬢星，瀟瀟寒鳥倦梳翎。烟生四野虛疑白，雲合千山不見青。薄宦敝裘憐僕御，衝寒沽酒指旗亭。故人一水盈盈外，此夜悲歌莫漫聽。

贈程念伊太守

暮雨征途不暫閑，停車相向意茫然。秋來駐馬纔三月，冬去除書又一年。漢代股肱褒治郡，周南方岳賦《歸田》。家園直北抽簪去，春日遲遲花正妍。

和繹堂送顧庵年兄南歸原韵

去矣詩人又漸稀，青尊遥夜暫相依。西園詞賦憑誰寄，南國文章羡爾歸。落日蒹葭鴻影亂，秋江烟雨蟹螯肥。應憐留滯登樓客，寒夜論心願不違。

僧房長夏反《離騷》，燕市狂歌飲濁醪。野水沙鷗迎畫舫，澄嵐翠黛識宮袍。思歸愧我荒三徑，頌酒知君藐二豪。到日携笻清興適，白雲紅樹兩峰高。

繹堂再飲齋中臨行貽詩率步來韻

欲别何能醉，非君不可留。空齋憐仲蔚，前路有江州。落葉山泉響，修篁石徑幽。此行殊自得，怪爾咏蜉蝣。來詩末句有蜉蝣一語，故及之。爲愛山光好，來游勝拜官。鴻歸香橘柚，鳳至韵琅玕。驛樹橋邊密，明星馬首殘。信陵俠客地，俯仰一盤桓。

送胡存人南歸

握手談今夕，離情已黯然。師恩深自責，交態畏人憐。别酒風前路，孤吟日暮天。停鞭聊極目，江水迴浮烟。

贈佟高岡中丞

上公勛伐重，開府廟謨尊。峴首今羊祜，湘南舊馬援。地當三楚盡，江到萬山吞。節使來金殿，先聲震石門。百蠻欣日近，殊俗感春温。夜静狼烟息，關嚴虎旅屯。羔羊期共勵，琴鶴淡無言。作賦岩阿桂，裁詩江上村。懷柔天子德，廉静大夫恩。月皎牙璋雪，霞標銀箭暾。功成麟閣畫，爵錫馬纓繁。巴蜀棠陰遍，西江樾蔭存。竹鷄時雨潤，銅鼓晚風喧。引領紅雲表，傷心白日昏。車回南服轍，樹隕北堂萱。泪向丹楓灑，啼垂縞帶痕。十年重過鄴，一水湛如洹。自顧迂疏陋，深維剪拂敦。星霜趨左個，霖雨望中原。宣室勤清問，民艱好坐論。

孫無懷同家爾執游黃華

見説黃門彦，林慮紀勝游。岩深常帶雨，樹老自生秋。絶壁無人到，仙踪尚可求。三峰留筆處，日月濯苔幽。

佟中丞惠丹砂滇棋賦謝

中丞立馬散清風，高誼雲霄自不同。枰對松筠局外冷，丹成鷄犬鼎邊逢。刀環明月流霜雁，尊酒長河落彩虹。憶昔王陽從此去，彈冠原未及無功。

西樵考功貽書見詢寄此奉懷兼呈貽上農部

長夏炎蒸三徑蒿，南來一雁朔風高。詩成江漢諸姬盡，别後關河尺素勞。修禊他時同逸少，含香此日憶山濤。支離病骨誰能飲，愁聽疏鐘首重搔。

鄉心遥夜麗譙驚，賦就懷人夢未成。伯仲臯夔時并馬，文章海岱有同聲。西園池冷松篁色，上客歌殘雨雪行。北眺薊門流片月，霜深萬木射雕平。

送爾執北歸後悵然有感

鄉關攬轡客心驚，薄暮空林倦鳥鳴。婚嫁向平雙鬢改，酒棋謝傅一身輕。桑乾雪映千山曉，易水霜流萬壑清。話到微醺官舍後，膝前兒女一〔二〕含情。

柳幔牙籤連屋吟清晝，諍臣如子可無雙。家學有人能接武，二難早歲共鶏窗，屈宋衙官意未降。當樓坐碧幢。見説登臨南國勝，月明蕭史醉邗江。

九日三春燕子年年社，窺園鶴影立清陰。叫樹鴉聲銜夕照，城隅素業杳難尋，小閣疏篁月在林。西風處處砧。老大思歸渾未得，難消酒力五更心。

李吉津夫子貽書兩及書此寄懷

深杯消往事，桑柘帶平蕪。舊侶辭三殿，新知得五湖。攤書晴日好，習静片雲俱。欲問蒼生累，高吟且據梧。

人誰嗟失馬，我亦類飄萍。聽雨頭新白，看山眼舊青。水環沙麓障，雲覆早春屏。寥落渾無事，流年紀驛亭。

寄懷杜子静太史

帝城烟柳藹春風，珥筆從容閣道東。豁達欲交天下士，殷勤愛與故人同。异時司馬文章盛，此日

〔二〕『一』，原本、校本均作此。徐世昌輯《晚晴簃詩匯》卷二十六所收此詩作『倍』（北京：中國書店，一九八八年，第三一六頁）。

征南物望崇。退食銜杯何地醉，憑欄延佇有歸鴻。愧我迂疏咏《四愁》，多君意氣重千秋。青黄肯假良工飾，騏驥終爲造父求。大陸寒雲吹去鳥，晴瀾芳草狎輕鷗。燕關勝友多能事，授簡誰居最上頭。十年踪迹漫浮沉，落月晨鷄异地心。紅藥一階翻舊雨，朱弦三嘆有遺音。晴雲遠度層城曉，瑞雪遥連太液深。莫謂陽春無和者，春郊解纜一追尋。擁爐覓句夜將闌，濁釀荒城笑一官。殊俗辛盤聊結襪，同人金馬慶彈冠。千門柳色迎初日，二月鶯聲破曉寒。直北宵鐘疑入耳，相思一水到前灘。

十六夜風雨

尚有昨宵興，當尊幸不空。澆愁風力側，滑履雨香中。燈影參差照，銀花斷續紅。漢官傳燭久，此夜望恩同。

贈繆鼎鉉少尹

悠然真吏隱，三徑足烟蘿。養鶴噓池水，還丹濯桂柯。方春行藥遍，長日對松哦。百里歌賢佐，應知虎渡河。

贈向望湄進士南還

楚水江雲夢與俱，維舟曉發咏印須。宜民雅欲來鴻雁，治政還能聽蟪蛄。車過淇泉瞻菉竹，烟深行麓俯平蕪。春來花事河陽盛，羡爾飛鳧繞碧梧。

冬日過衛源贈李素園參藩

太行西望曉生烟，使節中開雉堞懸。緩帶舊聞羊叔子，揮毫今識李青蓮。牙旗晝静飄霜葉，鼓角宵嚴枕衛川。獨愧征車來往急，蹉跎我自負流年。
高齋徐步散清幽，遥夜寒鐘動客愁。健隼空過牧野地，紅雲不斷望京樓。一庭凉雨身同雁，四壁蒼岩畫勝秋。南眺鄉關鮮荔熟，分甘何日到中州。

李大參招飲即席賦贈

相逢握手一尊開，不盡天風送客來。把酒豈無燕市筑，談詩空老建安才。舊游雁塔音書闊，新到龍門笑語回。記得年時杯味美，冰花綺席凍雲催。
栖遲鄰下感鶺鴒，棨戟相依百望遥。人世尚容青白眼，我行會與雪霜邀。歌闌擊缶鄉音習，飲劇挑燈夜色驕。爲問投桃南去意，新詩定擬勝瓊瑶。

金灘賦贈郜凌玉學憲

河畔春風解纜初，故人相向漫欷歔。握中十部名山業，篋裏三年秀水書。地近楊雄時問字，途臨阮籍一回車。桃花水繞漳河去，尺素東來寄鯉魚。

卷二十四　梁清寬

福清魏憲惟度　輯選

大城劉　楗公愚　歙縣　王仕雲望如
曲阜孔胤樾心一　西安〔一〕葉淑衍椒生　參

梁清寬 字敷五，真定人。

小引

魏了曰：余友田孝廉鬗淵負一時月旦，所論定《高言集》極稱許梁詹事敷五先生爲燕趙巨擘。余得讀其詩久矣。東南鞅掌，未得渡滹沱一訪雲亭。近旅澶州，孔觀察緘示一帙，細恣丹黄，佩服先生詩以厚爲主。氣厚則静，意厚則實，詞厚則典，浮與纖者不得托足焉。近代詞壇樹赤幟者多

〔一〕『西安』，即浙江西安縣，舊縣名，今屬浙江省衢州市。

清越。清越固靈矣，一變而新創，再變而雕鏤，三變而險僻，則牛鬼蛇神輩得操入室之戈以與我爭，而詩道傷矣。先生獨救之以厚，厚則典奥者居上，三頌是矣；古質者次之，十五風、二雅是矣；沉實藴藉者又次之，漢魏諸篇是矣。至近體、五七言，一以盛唐爲歸。曰：昔以之取士，今以之持世，則坐進淳穆，聽卿雲喜起之賡旦慕事矣，請取先生《華岳》《咸陽》《江瀆》《入棧》諸篇懸以爲鵠焉。

題靈石紅拂三義祠押紅字

落日霜林小徑通，遥看孤殿野烟中。憐才求友鬚眉事，立霸圖王貔虎風。獨羨片言諧伉儷，誰能一局定雌雄。古人遺迹真堪紀，贏得山前返照紅。

温泉

西京近接玉華泉，策馬尋芳落照前。半畝香波澄碧沼，一簾暖氣散輕烟。松枝含露迎人翠，山色浮光對日妍。聞道貴妃曾浴此，至今懸想舊花鈿。

吊貴妃墓有小序　四首選二

貴妃之事，唐史極其訕詆，而後之憑吊之者亦以舊文爲信史，從而誣蠛之。余獨疑天寶間文武諸大吏在中朝者始不能格君，任邊疆者繼不能禦侮，亂起范陽，人心瓦解，乃盡歸咎貴妃，致使陳元禮輩迫挾其君縊妃子馬嵬佛寺。當是時，稍知君臣大義者寧忍出此？史官不察，特欲寬諸臣之罪而遂以宮闈暧昧之行構成穢語。噫！亦太甚矣。余意貴妃恃寵驕恣，不能爲諱，其他皆可傳疑，未敢謂爲確論也。但觀太白《清平調》三詞，一以飛燕相比妃子，遂大銜恨。則其聰慧异人，豈甘身自蹈之。且近於千百年後，尚致夢賀令，俾清其墓田，則芳魂不散，幽恨未消，從可知矣。余過其墓，吊以絶句四章，非好侈不經之談，敢於翻古人之案，徒爲妃子雪耻，實憤當日文武不忠於國，盡委罪後宮，而史臣復忍以曲筆醜貴妃，而并及其君更爲不忠之尤者耳。

洗兒遺事未爲真，當日曾羞飛燕倫。怪煞從前多謗史，雲衣端不染邊塵。

誰令賊馬渡秦川，百二山河亦播遷。謀國武文空忝竊，獨教妃子不生還。

入棧

雲連古棧曉寒侵，嵐氣高浮盡日陰。山麓結茅聊下榻，野粳釀酒暫開襟。千層峭壁迷樵徑，百道飛泉冷客心。莫笑王陽迂闊甚，鄉思永夜不成吟。

贈李元戎含露

名高材武久軼群，草檄兼長露布文。古道對人心似雪，熱腸酬世氣干雲。弓彎猿臂稱殊技，陣變花門奏大勛。莫謂君家遺事遠，鳳城復見李將軍。

保寧書懷

驅馬王程歲漸移，迢遥猶未卜歸期。黄牛峽口尋遺老，青草池邊覓舊碑。雁杳無情應有恨，客愁抱病轉多思。鄉關欲到渾難寐，步月瞻雲夜漏遲。

謁桓侯廟

肝膽盟天地，艱危義不撓。丹忠争漢魏，神勇壓孫曹。霹靂軍中令，冰霜戰後袍。至今威尚烈，匹馬陣雲高。

成都故宫感懷

離離細草遍荒臺，寂寞西風動客哀。鴛瓦朱宫迷舊址，玉鈿翠靨委蒼苔。巡檐凍雨聽如咽，極目愁雲掃不開。把酒倚欄清漏永，挑燈無意盡餘杯。

武侯祠

西川割據祀元勛，駐節祠前拜手殷。細草盈階叢鹿迹，青松插漢噪烏群。當年氣貫中原日，千載名高錦閣雲。獨怪卧龍天下士，茅廬何遽定三分。

戊申初春留别賈司馬用來韵

青門良晤經年久，幾折梅花贈故人。已見風流傳翰墨，更知功業到麒麟。交歡幕府挹南斗，并立郵亭望北宸。握手京華應有日，心期重約渭河濱。

致祀華岳

信道嵯峨冠百州，遥臨仙掌望中收。徑開石壁千峰矗，氣鎖坤維萬壑稠。峻絶不容凡鳥過，翠華衹許化人留。今來拜祀靈壇下，願祝蒼生大有秋。

祀日即事

盥沐天階日未暉，太華閣下檢朝衣。御香繚繞宫墻暖，仙仗森嚴鼓角稀。翠柏成雲團寶蓋，碧峰懸嶂護金扉。精禋已報傳休享，好靖邊烽獻頌歸。

又疊前韵

初禮瑶宫望曙暉，香烟高護紫霞衣。風吹喬木虬龍動，殿敞飛甍麋鹿稀。背枕河流通帝座，面臨雪巘冷雲扉。老聃遺樹今仍在，待駕青牛采藥歸。

咸陽懷古和賈司馬韵

荒城嵐氣接高秋，澹月疏雲動客愁。异代興衰同逐鹿，千年勛業等浮鷗。圖王猶自傳姜尚，策國誰能繼馬周。渭水秦關多勝迹，驅車幾度問前丘。

致祀江瀆

江干遠祀答神功，聖主新恩九域同。已幸長波平巨浪，寧忘遍野集飛鴻。流移望冷眉山月，耕鑿思吹黍谷風。疾苦殊方今尚劇，亟旌廉吏拯民恫。

獨酌柬銓翰葵石玉立兩弟

冷桂新香晚向人，疏燈醉倚問閑身。銓曹聲價原名鏡，供奉文章故有神。博學多君稱小陸，無才獨我愧三陳。西風一夜連床夢，不禁題詩遺慰頻。

李二公年兄自京師見訪扇頭有玉立弟詩以春明門内即村居爲題依韵和贈

春明門内即村居，楊子雲亭好著書。雨後藝花泉釀熟，林中覓句世情疏。青蓮久屬同心友，緑野忽來長者車。敢謂陳蕃能下榻，孤踪携手話樵漁。

題夢園

鼓子城隅錦沙陌，小築薜蘿有幽客。白雲峰下碧溪頭，寂寞楊公高談宅。半山半市儘避喧，一詩一酒一卷石。松風拂檐石床静，竹籬短垣追陶令。緑蔭繞屋藕苗衣，清吟長嘯世無競。浮雲一片任暮朝，月夜虚窗參斗横。逸踪願作鹿裘人，支頤冷眼向簪紳。閑把道書尋丹訣，絶勝長安混緇塵。山中鎮日數棋局，那知仕路已翻新。惟此清風樛木閲今古，醉倒殘花卧湘浦。有時蕉葉代箋題，湖光鳥語紛捐組。歸來不用買山錢，披襟烟月常作主。吾將爲先生頌冥鴻之孤高，且願書左徒之《離騷》。朝搴木蘭夕宿莽，英雄咄喈笑蓬蒿。倦來枕上日高睡，歡歌慷慨震雲濤。君不見功成已從赤松翔，五湖早有大夫航。世上浮名真秕糠，蒹葭伊人天一方。

贈于世丈

金山孤插鬱籠葱，瘦嘯高峰獨有公。不須陶潛賦歸去，一丘一瓢伴烟樹。富貴冕軒安足論，志切湖海踏昆侖。雲物蒼茫堪深隱，著書時闔陸羽門。羡君丹素常滿案，含咀應劉霞色爛。兼之學道陋世筌，穆穆孝友相蟬聯。元將洵可號鳳毛，一經競道韋公高。草堂知己惟林山，怡然自覺心事閑。絳縣安識幾甲子，今來但有冰霜顔。俯仰人世易凋朽，北固江濤在窗牖。隱侯自是足千秋，傲吏可把洪崖手。慕君之德爲君歌，雨壑風湍付緑蓑。何用勞勞萬金産，桓典稽古澤正遠。

春日過柏棠别墅

偶過西郊日，海棠紅欲燃。里門仍故榜，茅屋枕寒泉。小飲花堪醉，慵游草借眠。山中饒樂事，歸路眺晴烟。

秋日過賈氏别業

曾傳韋杜曲，林水復燕京。北闕雲中近，西山雨後清。萬家烟火集，一榻薜蘿盟。好飲宜城酒，高歌把菊英。

近喧成遠築，虛閣草塘連。窗度雲間鳥，池看水際天。明霞翻別浦，高柳罥晴烟。山簡情何似，臨風憶昔賢。

秋夜

雨餘眠不得，支枕伴銀釭。夜静天多籟，雲移月入窗。愁聞秋瑟瑟，難看雁雙雙。搔首萍踪外，雄心應自降。

茅堂

茅堂成小築，車馬不知喧。醉月花盈佩，歸舟子候門。客來談稼穡，身健益盤飧。巾履無拘束，婆娑染酒痕。

野望

芳草垂楊岸，茅茨十數家。小橋環緑水，遠岫映紅霞。入坐花迎笑，開樽酒任賒。夕陽烟景碧，漁艇出蒹葭。

睡起

睡起渾無賴，窮愁百事闌。雲窺虛牖静，風入小床寒。拙宦餘三徑，浮名悔一官。早如農圃好，長嘯向烟巒。

舟泛

春日東郊泛小艖，筆床茶竈足生涯。池環晋代陶公柳，畦種青門邵子瓜。明月迎人歸秀浦，閑鷗傍岸睡晴沙。一聲遠笛因風至，不減山陰處士家。

月坐感懷

雨後蟾光上碧梧，深沉院落一輪孤。隔年歲月疑今古，往日親知半有無。興至愛尋《高士傳》，愁來頻檢白雲圖。中宵萬感尋常集，把酒還思碎唾壺。

花朝獨飲時有作吴歈和以洞簫者

寒紅初綻報花朝，書卷茶爐樂事饒。檻密不教風暗妒，臺虚如向月相招。吴兒飲佐停雲曲，秦女聲傳辨鳳簫。可許春光容易過，十年已醒夢中蕉。

入直西苑

面面樓臺傍水濱，雨餘爽氣入簾新。柳邊度馬勤中使，殿角攤書集侍臣。白鷺晴驕頻浴沼，青山翠滴遠依人。湖光明月渾同色，携手天階望紫宸。

夏夜和李二公年兄韵

高臺獨倚晚凉生，坐待虚窗月影横。一片寒冰消溽暑，數聲遠笛見孤清。鴻書快讀吟還注，蝶夢鷩回起更行。天際閑雲多變幻，青山如畫好同盟。

雨中嘯雲樓即事

小雨淙淙入曉凉，樓前老柏正青蒼。結籬儘足安羊仲，閉户何須問鄭莊。書卷梧桐沾細潤，窗紗茉莉送餘香。平生最愛尋幽處，瓦鉢松醪興欲狂。

主父宫 和玉立弟恒山古迹三十韵　選十七首

依稀城闕緑烟中，主父荒丘落晚虹。過眼豪華霜月冷，常聞野老説遺宫。

韓河

緑波遥望接恒峰，曲折東來走蜃龍。形勝千年蟠地極，泉聲細瀉間疏鐘。

齋中竹

碧影參差蔭北窗，輕風摇曳響淙淙。子猷載酒堪乘興，疑在湘江與漢江。

常山祠

孤城獨守捍危時，千載忠肝繞烈祠。北岳山靈增氣色，至今名紀太常旗。

望諸君

齊城七十盡來歸，即墨猶存是耶非。霸業未成時勢异，英魂常逐野磷飛。

西郊水村

緑柳芳塘野外居，疏籬環繞盡芙蕖。秋來策杖平橋望，稚子雙雙戲釣魚。

諸福屯

郊居樹隱景堪圖，不數陶家柳五株。好祝東皇施灌溉，今來風雨妒花無。

千秋臺

赤符帝子渡河來，貔虎千群拜上臺。何事播遷今古恨，白蘋黯淡向秋開。

大茂山

大茂山中落照曛，紫烟堆裏牧樵群。秋深霜樹飛紅葉，候雁寒鴉噪暮雲。

蕪蔞亭

漢家故事可重論，帝子難忘一飯恩。盛世風雲良不偶，蕪蔞千載表荒村。

北岳祠

岳廟嵯峨草木寒，諸峰羅列似千官。何年太祝陳牲幣，片片秋雲護石壇。

尉陀

尉陀荒壟鳥緡蠻，宿草芊芊滿故山。南越子孫今在否？鄉心應望白雲還。

冶河

冶河蘆岸打魚船，醉酒烹鮮煮野泉。莫道山翁無樂事，鳥聲巧囀蓼花天。

趙陵

高丘石馬接烟霄，從楚横秦事已銷。草樹秋深迷客徑，陰陰暮靄鎖清宵。

太行山

衰草凄凄百戰場，英雄棋局等弓亡。秋原漫上高峰望，極目寒烟數雁行。

西郊水亭

清溪曲港小橋平，繞岸荷花帶晚粳。雉堞遥分秋照冷，澹烟和月急砧聲。

城河

芙蓉照水影鬖鬖，十里横橋帶曉嵐。秋净漁舟紅蓼岸，鮮鱗紫芡小江南。

卷二十五　范承謨　范承斌　范承烈

福清魏憲惟度　輯選

曲阜孔胤樾心一　嘉善孫鋐古喤
閩縣金　鏡陟三　莆田陳偉蘭涯　參

范承謨

號〔一〕覲公，瀋陽人。

小引

魏子曰：昔嚴鄭公節制東西川，爲少陵卜築浣花，元戎小隊日相過從，有『政簡移風速，詩清立意新』之誦；韓魏公留守魏博，愛唐人梨花白雪之句，構雪香亭，種梨萬樹，偕都人士觴咏其

〔一〕『號』，原本、校本均作此。錢仲聯主編《清詩紀事·順治朝卷》：『范承謨，字覲公，號螺山，漢軍旗人。』（南京：鳳凰出版社，二〇〇四年，第一八四七頁）

下；至文潞公猶追踵其盛，賦詩勒石。風流韵事，非功業軼倫者未易以播揚今古也。潘陽范先生，際國家統一之時，承大師相，世篤忠貞，出撫兩浙，公餘與二介弟聯咏一堂。今讀其詩，如《雹霽雲停》，喜化工也；《行田東郡》，勤民事也；《當湖桂山》，嘉同志也；《釣臺秋夜》，懷隱淪也；《聞砧香杵》，哀婦織也；《洞宫寺壁》之予方外，《紫騮冬獵》之及禽獸，吴越詞林，侈爲美談。手抄且百相續。心一孔觀察從金臺來，授余一帙，方謀剞劂，適聞有總制吾閩之命，兩浙父老匍匐攀留，至動宸聽。余引手加額曰：『公雖未莅閩視事乎，觀其所以撫浙，則知其所以制閩也。觀浙民之所以愛戴不忍其去，則知閩民之所以跂足而歌來暮也。』余歷覽江湖，停輪京邸，恨不能遽返柴門，以竹馬迎公道左。其所以沾沾色喜者凡以爲閩也，蓋閩素重風雅，晋安一派與歷下、竟陵鼎足而立。嗣海烽不靖，古調榛蕪，騷人韵士未獲所宗，得公往而憑高以呼，山川皆振，是天猶欲存晋安風雅，而不忍終聽其湮没於荒烟蔓草間，夫非金崎石竺鼓吹休明之一會哉？余恐鄭、魏二公不克專美於前矣，故因次公詩而不勝望幸焉。

平谷十六夜泛月翌日郭子返都

清光猶勝昨，皎皎浸前溪。對此仍圓夜，翻憐欲缺時。棹聲秋外咽，離緒酒前迷。獨有漁陽雁，終隨北斗飛。

東臯泛月

村童曳小艇，橫直復傾欹。沼面風初定，崖陰月故遲。柳烟酣鳥夢，水色浸人衣。歸卧東窗曉，乾坤一息機。

浙東諸郡道中作

最愛名山未得游，已見名山未許住。牛車拖過錢塘潮，馬首帶來銀岱露。禹陵一拜便登舟，天姥纔瞻却回步。天台雁蕩雨初深，華頂石梁寒欲暮。脚底低窺望海尖，耳根平洗飛雲度。尋徑攀藤虎豹驚，衝潭擊棹蛟龍怒。灘急山腰響白雲，林深谷口迷紅霧。汗雨不離三伏天，蠟屐已穿八千路。何時重到玉峰頭？笑共仙人搏白兔。

永平秋夜釣臺泛月

極望知流盡，輕舟岸岸移。恰回叢樹後，已在小橋西。星動魚燈亂，天寒雁陣低。隱淪何處覓？此地有彝齊。

聞砧曲

香杵紋砧素練裯，深閨少婦迴生愁。敲落天邊一片秋，雲亦隨之墜不流。金微鐵嶺路縹忽，安得乘風跨玉虬〔一〕。

徜回雹霽有作

天隘鬱初極，停雲忽報秋。乍來雙闕動，紛迸百林愁。星月驚相見，炎涼寂自收。化工何意緒，倉卒動神謀。

孟秋望夜偶作

嘯罷復長嘯，明河天外明。雁飛雲影薄，螢墜葉梢輕。歲歲隨星變，愁愁逐病生。何如烏夢穩，砧杵自秋清。

冬獵篇

朔氣森冽天地愁，層巒徹夜電光流。捲書拭劍水盈溝，呵手敲冰飲紫騮。曉霜光裏寒凝目，四野垂天星陸續。初日沉沉上大荒，高旗歷歷翻山曲。黄雲慘壓鼓隆隆，健兒舒臂鳴弴弓。弦迸風高天色酸，馬蹄躒地響聲乾。痴鷹忽怒犬跳躑，飛走羽毛無一完。獸急人忙各顛倒，血肉淋漓污枯

〔一〕『虬』，原本、校本均作『蚪』，形訛。玉虬是傳説中的虬龍。《楚辭·離騷》：『駟玉虬以乘鷖兮，溘埃風余上征。』（見林家驪譯注：《楚辭》，北京：中華書局，二〇〇九年，第一八頁）

草。倉皇虎豹出林彎，按轡拈弓閑更好。烝徒崚嶒後且前，鋒鏑參差明復鮮。古人蒐苗獮狩皆寓武，一生一殺寧徒然。孔子釣弋亦獵較，湯雖一面之網，仁心豈能全？

偶占

柳眼纔舒笑欲顰，風吹頭上拂愁人。愁人正似風前柳，辜負清光三月春。

秋後雨止師時中自浙歸偶作時家兄在浙

相看都未了，不語轉愁生。雨葉階前暗，風燈壁上明。有情惟密友，無夢衹疏更。爲倩雲中月，遥傳共望情。

行田紀懷

庚戌夏五，余以行田按泰順。吏民咸謂古無有使節至此者。因覽夏生所獻詩，遂用其韵。

單車瘴嶺驅中夏，千里炎荒度夕陽。自是先公期後樂，却緣聖主視如傷。幨帷戴雨行泥隴，使節馳星破曉光。每值道塗全梗塞，忍看比屋半流亡。芻茭幸不煩民力，糗糒何妨亦自將。我忝漫言嘗旨否，吾民久未厭秕糠。雁鴻欲集聲先咽，鳩鵠相逢色已愴。草澤三空寧類漢，桑林七事却同商。瘡仍無肉何由補，繭已窮絲不及忙。滿地榛蕪成草昧，稽天崩潰竟洪荒。老翁行役悲溝瘠，寡婦誅求哭路旁。聞道使君生化虎，更傳令史共爲狼。埋輪已誓從都候，叱馭誰能畏太行。飢溺衹今寧幹止，澄清於此慰懷望。敢云善政能匡植，豈爲虚名起激揚？但使鞠躬臣貌瘦，寸心聊以報吾皇。

因略南湖遂至洞霄宫偶爾題壁

諸峰平匝碧嶙峋，玉井蓮花擁紫宸。未到已疑仙佛地，重來翻愧宰官身。偶尋大滌穿黄竹，爲訪栖真被翠茵。忠定紫陽提舉處，江東閑殺老謀臣。

辛亥春行田海鹽駐寓張諫議涉園留貽主人

精衛銜石東南决，女媧煉石西北缺。神聖千古無完功，高人心與造化同。海鹽南郭鮮原上，萬畝桑麻平似掌。其間十畝有群松，怪石轟騰夔罔兩。借問此中居者誰？張公昔歲長安歸。補天隻手用不盡，聊於丘壑開崔嵬。平地千峰水百曲，隨意植梅兼蒔竹。松雲梅雪竹烟間，又綴紅桃環柳緑。亭榭離奇皆自然，小橋仄徑偏宜偏。諸峰四面各相看，曲室幽窗時見焉。中有一峰特高聳，東望海濤如雪涌。天水平吞日夜愁，星辰匝踏參差動。我自生平最好奇，一聞名勝竟居之。未問主人先看竹，不嫌污壁狂題詩。二月春風花正好，行車東出嘉禾道。百萬蒼生爲去年，桑田變海無青草。天氣雖春民物秋，長民物者能無憂。何當大補東南缺？須知精衛難爲謀。主人又復出山去，定寫流民進朝寧。猿鶴今遺三徑空，却使忙人等閑住。張公張公天下豪，不隱山林隱市朝。

補衮望君留北闕，挂冠吾欲返東皋。

春郊口號

數椽茅屋緑烟低，幾樹桃花絳雪迷。爲買村醪無覓處，蠻姬指説小橋西。

桂山堂爲平湖陸侍御作

當湖十里清溪曲，百道寒流界棋局。中有山堂叢桂中，環籬一色皆修竹。有竹何可無主人，主人名字清且芬。玉階仙仗爲香吏，金粟如來是後身。昔年袖裏明光草，屈注天潢肅馳道。天子留心與趙堯，諸侯落膽愁温造。歸來日在山中堂，淮南叢桂全無香。秋風萬里九霄碧，坐看繁花如霧黄。吾之東行正春暮，營田日走湖橋路。主人爲我破蒼苔，相携直到林深處。時當牡丹花盛開，臨池尚有九英梅。小橋箕踞坐相得，鬚眉照水無塵埃。更有樓前數株梓，木中之王樹之子。精神能獨護群花，惡風暴雨難驅使。我聞太丘功德多，譬如桂樹泰山阿。君家世代有雙璧，元方季方今如何？在昔名園洛陽郡，一盛一衰關世運。宣力之餘樂未央，况逢聖世如堯舜。匆匆歸去心交加，回首林泉隔紫霞。爲約清秋白露後，乘風來看黄金花。

泉公亭僧舍題壁

三月春光澹碧山，恰來花發又花殘。忙中歲月驅馳盡，海上風雲指顧間。杜老漫吟歸馬逸，莊生徒羨白鷗還。茅庵一宿仍卑濕，未許浮生半日閑。

范承斌　字允公，瀋陽人。

乙巳八月送友人還山

砧聲將落葉，淅淅動寒幃。秋色來何處，故人今日歸。遠山孤樹小，隔水數鴻飛。却羡君兄弟，舟中話翠微。

郭快庵太史齋聯有愛菊能將酒醉花之句足成近體

黄葉翻飛秋易老，烟凝小院煮山茶。尋閑祇把詩消日，愛菊能將酒醉花。疏樹耽霜寒有色，懶雲渡水去無家。閑情滿眼空園静，獨倚西風落日斜。

讀陶淵明桃花源記

武陵春色艷春霞，武陵漁子泛輕槎。緣溪一路聞啼鳥，盡日無人見落花。落花片片低覆首，把釣船頭隨岸走。水盡林窮又一山，捨舟獨步入山口。舉頭忽見白雲生，白雲之外喧鷄狗。青松古柏有人家，屋外清泉半田畝。村中一見各相驚，鷄黍殷殷亦有情。但言秦亂初來此，不足爲人道姓名。裴回數日尋歸路，春風歷亂桃花暮。可憐好月送人歸，回首空濛鎖烟樹。

賦得亂山殘雪夜

燈火行來暮，參差山路遥。寒侵孤月小，魂入野痕消。積素疑非夜，空林似擁潮。冰澌驚路斷，望處有横橋。

秋夜懷友

悄然成獨坐，坐久漏聲移。秋雨秋風夜，思君思我時。寒蟲催落葉，宿鳥下高枝。料得各無寐，重看贈别詩。

白鷳

何處白鷳鳥，雙雙弄素姿。照潭清入影，選樹玉同枝。見月豈無意，因風若有思。相憐不相損，莫恨羽毛奇。

秋蘭

誰堪隨世賞，空谷有餘清。衆草披三徑，孤芳抱一莖。美人懷渺渺，秋水澹盈盈。夜静西園内，相看體倍輕。

搗衣篇

夜静誰家砧杵聲，秋風吹送滿江城。樓頭戍鼓行人斷，露下梧桐月色輕。月色籠烟如織素，長年離別看庭樹。夢中夜夜到漁陽，誰憐未識門前路。門前有路無人歸，聞道明年又合圍。悄悄幽魂傳素手，斑斑紅泪寄征衣。衣上痕，君莫浣。滴泪人，日日遠。

除架

園霜一夜滿，三徑豁空扉。春長青蛙子，秋携緑葉歸。寒蟲徒唧唧，凍雀强飛飛。幸得遺根固，明年依舊肥。

夜甚寒曉復大風因憶家學士出獵未歸賦以志懷

朔風入户覺衣單，何處追飛興未闌。弱弟但知誇落鶻，高年注意在彈冠。鷹翻枯草寒生眼，馬驟荒陂低抱鞍。獵罷休教吟苦瘦，且須沽酒一加餐。

給諫汪北溟表兄以對影成三人命題戲爲放歌

高人疾俗如疾仇，有時愛月如愛酒。披衣顧影天宇空，月色一庭酒一斗。揮杯勸影影依依，舉觴酌月月在手。我飲一杯影一杯，峻嶒月色杯中走。天上人間我與君，眼前之人吾何有。勸君痛把李白尊，休教笑破淵明口。

春閨怨

處處高樓弦管音，樓邊繫馬柳陰深。可憐郎去留春色，春色偏知傷妾心。

夏閨怨

小雨凉生薄簟幽，强同女伴綉紅榴。相思不信吴山遠，抛却金針上翠樓。

范承烈 字彦公，瀋陽人。

乙巳八月送友人還山

八月西園月，衹今不共看。三年依木榻，一棹自江灘。日澹蘆花净，舟輕楓葉寒。到家兄及弟，酬勸有餘歡。

九日菊下計友人去程

不敢思君路，漫漫秋水長。幾時歸舊隱，今日是重陽。貧共漁家飯，寒分楓岸霜。櫓摇背指處，應念菊花黄。

秋懷

秋色夜夜去，秋雲日日生。蕭疏容我懶，寥落自多情。野水空天静，荒烟古樹平。憑闌望不極，凄斷暮笳聲。

秋杪過東皋百草就萎盆菊獨茂欣賞永日爲賦短篇

東皋真勝地，晚色益清幽。野水閑尋壑，寒雲濕不流。黄花香小徑，老樹帶高秋。對此歡無極，因成盡日留。

除架

人意同秋薄，殘枝略弗存。誰憐當濩落，猶自戀餘暄。敗籜歸空徑，寒雲住滿園。物情應有極，吾欲竟無言。

雪後偶成

山曉來檐際，寒生萬嶺明。歸雲争遠岫，霽色落層城。眼底闊如此，人情覺可平。莫言梅影瘦，敢向雪中横。

秋夜懷友

庭月明如水，凉風盡入秋。野花開徑小，蟲響傍人幽。對此誰能遣，吾今始欲愁。去年今夕夜，同爾在高樓。

秋蘭

徑僻苔痕積，幽蘭傍石橋。移根來邃谷，叢露入詩瓢。春去誰爲艷，秋寒幸未凋。此時吾念爾，風雨更蕭蕭。

郭快庵太史齋聯有愛菊能將酒醉花之句足成近體

落葉侵階日已斜，閑尋野史就窗紗。避人故以屋依竹，愛菊能將酒醉花。栗里昔栽陶令柳，青門近種邵平瓜。寒山幾點牛羊下，老樹亭亭盡暮鴉。

讀陶淵明桃花源記

三月桃花花滿林，漁舟隨水入山深。片片飛花浮緑水，時時啼鳥弄春音。參差遠近皆紅樹，行至山前疑有路。捨舟獨步循山椒，驚看處處皆桑竹。桑竹森森通去津，有人來此爲逃秦。山中記曆無甲子，閑看木葉識冬春。仙源不受俗人履，歸去空勞志遺址。重來春水共春烟，桃花亂落如紅雨。

擣衣篇

凄凄復凄凄，秋草萎秋泥。風裊空階柳，條條折向西。西風日夜猛，綉幕衣裳冷。躑躅出房櫳，月落梧桐井。梧桐落葉黄，夫婿戍漁陽。漁陽萬里道，留妾在空房。邊地風悲冽，人言寒似鐵。壯士慣長征，妾心愁欲絶。不怨君不歸，念君身上衣。捨情方向石，一雁帶霜飛。

冬日即事

祇此成吾況，那知冬已初。凍雲凝遠岫，寒雀啄遺蔬。夢破蕉中鹿，巢殘書裹魚。閑情聊自遣，不是愛狂疏。

夜甚寒曉復大風因憶家學士出獵未歸賦以志懷

永夜寒無寐，朝來冷倍生。狂飆摧古木，哀角帶商聲。獵馬馳何地，荒烟横暮城。幾時圍校罷，一望野雲平。

汪給〔一〕諫北溟表兄以對影成三人命題戲爲放歌

日暮雲收新度雨，眼静身閑少俗伍。鄰磬初聞坐未安，檐花欲落人無語。舉頭忽見月當空，懷抱縱横失今古。把杯對月舞且歌，影隨月色紛如縷。人影月影分不開，三人酬酢忘賓主。我憶古人禰正平，吴江走筆賦《鸚鵡》。大兒孔文舉，小兒楊德祖，餘子碌碌何足數。嗚呼！餘子碌碌何足數。

〔一〕『給』，原本、校本均作『結』。給諫爲六科給事中别稱。范承斌亦作同題詩，據改。

春閨怨

誰言一刻是春宵，春夢難尋驛路遥。曉起閑行隨戲蝶，落紅無數點輕綃。

雪

陰雲垂四野，朔氣障空霄。欄井迷銀葉，庭柯挂玉條。隨風輕入户，落地漸平橋。對酒冰生脚，吾兄正射雕。

白鷴

似爾文章亦可憐，毿毿白羽點輕烟。有時月照雙栖影，好傍先生五柳前。

（後學魏清源、林奇樟、魏敬一、吴學炯、陳天益、魏敬脩仝較。）